Aug. Vidal's Lehrbuch der Chirurgie und Operationslehre

Dritter Band

Anatiposi

Adolf Hardeleben

Aug. Vidal's Lehrbuch der Chirurgie und Operationslehre

Dritter Band

Unveränderter Nachdruck der Originalausgabe von 1856.

1. Auflage 2023 | ISBN: 978-3-38200-842-0

Anatiposi Verlag ist ein Imprint der Outlook Verlagsgesellschaft mbH.

Verlag: Outlook Verlag GmbH, Zeilweg 44, 60439 Frankfurt, Deutschland
Vertretungsberechtigt: E. Roepke, Zeilweg 44, 60439 Frankfurt, Deutschland
Druck: Books on Demand GmbH, In de Tarpen 42, 22848 Norderstedt, Deutschland

Aug. Vidal's

Lehrbuch

der

ırurgie und Operationslehre.

Nach der dritten Auflage, mit besonderer Rücksicht auf das Bedürfniss der Studirenden,

deutsch bearbeitet

von

Dr. Adolf Bardeleben,

d. Professor der Chirurgie und Director der chirurgischen u. augenärztlichen Klinik an der Universität zu Greifswald.

---

t mehr als 500 in den Text gedruckten Holzschnitten.

Dritter Band.

Berlin, 1856.

Druck und Verlag von Georg Reimer.

Inhalts-Verzeichniss des dritten Bandes.

Drittes Buch.

Von den chirurgischen Krankheiten der einzelnen Körpergegenden und Organe.

Drittes Buch.

Von den chirurgischen Krankheiten der einzelnen Körpergegenden und Organe.

Local-Pathologie der chirurgischen Krankheiten.

Topographische Chirurgie.

Erste Abtheilung.

Krankheiten des Schädels.

Am Schädel sind, wie es der „anatomische Ueberblick" zeigen wird, die Verbindungen der einzelnen organischen Systeme von der Art, dass fast immer die krankmachende Potenz einen gleichzeitigen Einfluss auf mehrere, oft sogar auf alle Gewebe ausübt. Eine Krankheit hält sich selten innerhalb der Grenzen der primär erkrankten Elemente, sondern dehnt sich, je nach ihrer Intensität und der Eigenthümlichkeit ihrer Ursache, mehr oder weniger aus. Ihre Symptome werden dadurch mannigfach abgeändert; Verlauf und Ausgänge der Krankheit in den verschiedenen Geweben hemmen oder steigern sich wechselweise; die pharmaceutische Behandlung, so wie der chirurgische Eingriff vermögen wenig auf ein Element dieser Region, ohne zugleich ihren Einfluss mehr oder weniger direct auch auf die andern auszuüben. Es bedarf nur eines Blicks auf die Zusammensetzung des Schädels, um die Ueberzeugung von der Wahrheit dieser Behauptungen zu gewinnen. Man kann sagen, dass sämmtliche organische Elemente sich hier gegenseitig berühren, so sehr greifen ihre Beziehungen in einander. Vermittelt werden diese innigen Wechselverhältnisse von allen Seiten durch zahlreiche Gefässe und Nerven aller Art. Wunderbarer Weise leistet das zur Bewahrung des Gehirns bestimmte knöcherne Gehäuse oft der Fortpflanzung der Krankheiten und mitunter der Krankheitsursachen auf jenes Vorschub; denn die Diploe ist so gefässreich, dass leicht eine Entzündung oder irgend eine andere Krankheit der Weichtheile ihr mitgetheilt wird. Da die Venen in ihr vorherrschen, so ist eine solche Entzündung von grosser Bedeutung und pflanzt sich ihrer Seits sehr leicht gegen das Centrum, also zunächst auf die Gehirnhäute und auf das Gehirn selbst fort. Bei Stössen, welche den Schädel treffen, schützen die Knochen wohl den Theil des Gehirns, welcher unmittelbar unter der getroffenen Stelle gelegen ist; aber eben indem die Knochen widerstehen, erzeugen sie jene Dröhnung, welche die Gehirnerschütterung und die indirecte Quetschung des Gehirnmarks hervorruft, Zufälle, welche oft bedenklicher sind, als eine Verwundung des Gehirns. So bilden am Schädel Schale und Inhalt ein Ganzes, dessen einzelne Theile sich gegenseitig bestimmen, sofern nur eine therapeutische oder pathologische Thätigkeit hinlängliche Kraft entwickelt; Alles steht hier in nahem Zusammenhange. Dieser Umstand macht sowohl das Studium, als auch die Behandlung der Schädelkrankheiten sehr schwierig und höchst wichtig; es handelt sich hier immer um sehr complicirte Verhältnisse.

Ueberblick der chirurgischen Anatomie des Schädels.

Der Schädel, zur Aufnahme und zum Schutze des Gehirns bestimmt, ist eine Art Kapsel von ovaler Form, welche zwei Drittheile des ganzen Kopfes bildet. Ueber dem Gesichte gelegen, erstreckt er sich mit seinem umfangreichen hintern Ende weit hinter dasselbe. Seine seitliche Ausdehnung übertrifft um ein Weniges die von Oben nach Unten. Die Schädelkapsel besteht aus zwei Theilen: einem obern, dem Schädelgewölbe, welches abgerundet, mit ziemlich regelmässiger Krümmung nach Vorn durch die Augenbrauen, nach den Seiten durch den äussern Gehörgang und den Zitzenfortsatz, und nach Hinten durch die untere halbkreisförmige Linie des Hinterhauptbeins begrenzt wird; einem zweiten untern, der Basis, welche flacher, sehr uneben, und durch das Gesicht und den obern Theil des Halses, mit welchem sie eng verbunden ist, verdeckt wird. Man hat zuweilen beobachtet, dass bei einem Falle oder einem Schuss aus grosser Nähe, wenn sie das Schädelgewölbe sprengten, die Sprünge die angedeuteten Grenzen doch nicht überschritten.

1. **Weichtheile des Schädels.** Die äussere Bedeckung des Schädels, die Kopfhaut, ist im Allgemeinen sehr dick; nur in der Schläfengegend ist sie dünn, und hier wie in der Stirngegend leicht verschiebbar. Während sie in der Jugend glatt und zart ist, wird sie beim Erwachsenen und namentlich beim Greise runzlich. Die in dieser Kopfhaut befindlichen Fettbälge können durch Entzündung, Vergrösserung oder Verstopfung Geschwülste erzeugen, welche man als Acne, Finnen oder Balggeschwülste (*Atheroma folliculare*, s. Bd. II., pag. 32) bezeichnet. Die Haare durchdringen die Kopfhaut fast überall in schräger Richtung; nur in der Höhe des obern Winkels des Hinterhauptbeins verhält es sich anders. Es ist bekannt, dass sie zuerst in der *Regio temporalis* erbleichen, woher vielleicht die Bezeichnung *Tempora*. Das subcutane Fettgewebe hängt in der Art mit der äussern Haut zusammen, dass man sie oft für Eins gehalten hat, während sie doch mit dem Scalpell trennbar sind. Die Dicke dieser zweiten Schicht ist sehr verschieden, je nach den einzelnen Stellen; in der Schläfengrube ist sie z. B. oft so bedeutend, dass sie dieselbe fast ganz ausfüllt.

Die *Galea aponeurotica*, ihrer Lage nach der an andern Theilen des Körpers vorkommenden *Fascia superficialis* vergleichbar, ist vor dieser durch ein besonders straffes fibröses Gewebe und durch Insertion der Frontal- und Occipitalmuskeln an ihren vordern und hintern Abschnitten ausgezeichnet, so dass sie in jeder Beziehung mit Recht „Sehnenhaube" heisst. Gefässe jeder Art und Ordnung, so wie Nerven durchdringen die Bedeckungen der Schädelknochen. Die drei eben besprochenen Schichten sind von sehr dichtem Gewebe, daher wenig dehnbar; hieraus entspringt bei entzündlichen Zuständen die Neigung zur Einschnürung (die bei dem gleichzeitigen Nervenreichthume excessive Schmerzen veranlasst), und die Abplattung der Tumoren, namentlich der Balggeschwülste dieser Gegend. Die Dicke und Widerstandsfähigkeit der behaarten Kopfhaut und der Unterhautzellschicht bewirken, dass man bei Contusionen nach der Verflüssigung des Ergusses in der Mitte des Tumors eine mitunter so entschiedene Depression findet, dass sie, wie später gezeigt werden soll, mit Knocheneindrücken verwechselt werden kann. Die Therapie berücksichtigt die Festigkeit der Weichtheile des Schädels in so fern sie sich beeilt, durch kühne Einschnitte die Spannung in den entzündeten Theilen zu heben und Eiterungen in der Tiefe vorzubeugen. Die zwischen der *Galea* und dem *Pericranium* befindliche Bindegewebsschicht begünstigt die Weiterverbreitung blutiger oder eitriger Ergüsse und ist bei dem phlegmonösen Erysipel, mit weitverbreiteter Ablösung der Haut (der schwersten Complication der Kopfwunden), der Sitz der Krankheit. Ein verwundendes Instrument muss die äussere Haut, den *Panniculus adiposus*, eine fibröse oder muskulöse Schicht, die Schicht blättrigen Bindegewebes und endlich das Pericranium durchdringen, bevor sie den Knochen selbst erreicht, abgesehen noch von den Gefässen und Nerven, welche je nach den getroffenen Stellen des Schädels verletzt werden. Geschwülste oder blutige und eitrige Ergüsse an der Oberfläche des Schädels können aus demselben Grunde in verschiedener Tiefe ihren Sitz haben, nämlich unter der Cutis, unter der fibrösen Haut (Galea) und unter dem Pericranium.

Wir wenden uns nun zu den den einzelnen Theilen des Kopfes eigenthümlichen Elementen. Das *Planum occipito-frontale* entspricht der Wölbung des Schädels. Auf der Mitte der Stirn verläuft die *Vena frontalis* (*praeparata, graeca*), welche mitunter doppelt vorhanden oder sehr entwickelt ist, oft ganz fehlt; sie ergiesst sich im Nasenwinkel in die *Vena facialis*. Die Alten pflegten sie zu öffnen, um vermittelst der *Emissaria Santorini* die vordere Hälfte des Kopfes von Blutüberfüllung zu befreien. Zu beiden Seiten der *Vena frontalis* liegen die gleichnamigen kleinen Arterien, in welche die *Arteria ophthalmica* endigt; sie erheben sich vom innern Augenwinkel bis zum Scheitel. Man empfiehlt mit Recht, sie bei der Rhinoplastik (nach der ersten indischen Methode) sorgfältig zu schonen. (Vergl. Bd. I., pag. 356.) Der *Muscul. frontalis* vermischt nach Unten seine Fasern mit denen der *MM. orbicular. palpebrar., corrug. supercil.* und *pyramidal. nasi.* Sein Antagonist ist der *M. occipitalis*, welcher (ebenfalls zur *Galea aponeurot.* aufsteigend) von der *Linea semicircular. super. oss. occipit.* und von den *Proc. mastoid.* entspringt. Die *Arteria supraorbitalis*, ein Zweig der *A. ophthalmica* tritt über den *Margo supraorbitalis* aus der Augenhöhle und begiebt sich unter den *Musc. frontalis*, wo sie mit der *Art. frontalis* und *temporalis* anastomosirt. Der *Nervus supraorbitalis*, ein Zweig des *Ophthalmicus trigemini*, tritt aus der Augenhöhle fast in der Mitte des *Margo supraorbitalis* und etwa 1 Zoll von der Mitte der Nasenwurzel entfernt. Der *Nerv. supratrochlearis* tritt 4 Linien vom vorigen aus der

Augenhöhle, nach Aussen von der *Trochlea* und dem *Obliq. superior.* Diese Nerven leiden in der bekannten Neuralgie, dem *Tic douloureux*; man hat durch Cauterisation oder Excision derselben dies Leiden zu heilen versucht. Man könnte die subcutane Incision dieser Nerven unterhalb der Augenbrauen, wo sie die *Orbita* verlassen, ausführen, und zwar da, wo das innere Drittheil des *Margo supercillar.* mit dem mittleren zusammentrifft. Vom Hinterhaupt her verlaufen gegen den Scheitel aufwärts *Aa.* und *N. occipitalis*, von denen erstere nächst der *temporalis* die grösste Arterie der Schädeldecken ist.

Die hauptsächlichsten Lymphgefässe dieser Gegend begleiten die *Aa. temporal.* und *auricular.* und treten in die *Gangl. parotid.* und *mastoid.* mit Ausnahme eines kleinen Bündels, welches dem Lauf der *Ven. front.* folgend in das Gesicht und von da in die *Gangl. submaxill.* hinabsteigt.

In der *Regio temporo-parietalis* finden wir zuerst die unbedeutenden *MM. auricular. anter.* und *poster.*; darauf folgt eine starke Aponeurose, zwischen deren Lamellen die *Art. temporal superficial.* verläuft. (Vergl. Arteriotomie Bd. I, pag. 138.) Unter der mittlern Platte der Aponeurose folgt eine reichliche Fettschicht, welche, je nachdem das Individuum fett oder mager ist, die Schläfengegend hervorspringend oder ausgehöhlt erscheinen lässt. Die Aponeurose des *Muscul. temporal.* bildet für diesen Muskel eine besondere Scheide. Dann folgt endlich der *Muscul. temporal.*, dessen Dicke eine Contraindication gegen die Trepanation an dieser Stelle abgiebt. Abscesse, welche unter der äussern Aponeurose entstanden sind, haben wenig Neigung, sich weit auszubreiten; die tieferen, durch starke Aponeurosen beschränkt, können sich bis in die Gegend des Jochbogens erstrecken, so wie man anderer Seits Geschwülste dieser letztern Gegend bis in die Schläfengegend vordringen und dort ihre weitere Entwickelung gewinnen sieht.

Die *Art. temporal. prof.*, aus der *Art. maxill. intern.* kommend, steigt unter dem Schläfenmuskel empor; die entsprechenden Venen dringen bis zum Gehirn, vermöge der *Emissar. Santorini.* Die Schläfen gewähren eine günstige Stelle zur Blutentziehung sowol für die capilläre als für die durch Arteriotomie bei Affectionen des Gehirns selbst und namentlich auch bei Krankheiten der Orbita und der Augen. Die Lymphgefässe begleiten die *Arter. temporal.* und *auricular. poster.* und münden in die *Gangl. parotid.* und *mastoid.*

Die *Reg. mastoidea* ist von wenigen Schichten bedeckt; man findet dort den *Musc. auricul. poster.*, bedeckt mit etwas Fett, die Ansätze des *Musc. sternocleidomastoid.*, des *Musc. Trapezius* und *Splenius*; ausserdem die kleine *Art. mastoid.* und das Periost.

2. **Die Schädelknochen und Hirnhäute.** Die Schädelkapsel wird durch die bekannten acht Knochen gebildet. Das Stirnbein, dessen beide Hälften in einer mittleren Linie (*Sutura frontal.*) aneinander stossen, enthält zwei Höhlen, *Sinus frontales*, welche durch das Auseinanderweichen der beiden Knochenplatten gebildet und im Alter grösser werden. Diese Höhlen stehen mit der Nasenhöhle in Verbindung, wodurch sich der Stirnkopfschmerz beim Schnupfen erklärt. Das Seitenwandbein ist mehrfach von den *Vasa emiss. Santor.* durchbohrt. Auf seiner innern Fläche gewahrt man Furchen (das sogenannte Feigenblatt), in denen die *Art. meningea media* verläuft, weshalb man die Trepanation an dieser Stelle gern vermeidet. Das Schläfenbein ist besonders den Fracturen durch Contre-Coup ausgesetzt.

Die Schädelknochen gehören zu den flachen Knochen, bestehen daher aus zwei Lamellen, zwischen denen die sehr gefässreiche Diploë gelegen ist. Diese

Knochen entwickeln sich zuerst aus einer fibrösen, mit Gefässen durchzogenen Haut, deren strahlige Anordnung bei der Geburt ganz deutlich ist. Valleix hat dargethan, dass zuerst die innere Tafel, dann die Diploe und endlich die äussere Tafel verknöchern. Diese Knochen sind beim Fötus dünn und biegsam, wie Bleiplatten [1]); es giebt Individuen, welche lange Zeit hindurch die dem kindlichen Alter zukommende Dicke und Consistenz der Schädelknochen behalten, wodurch eine besondere Prädispostion zu Eindrücken begründet wird.

Für den Operateur wäre eine genaue Kenntniss der Dicke der Schädelkapsel sehr wünschenswerth. Blandin schätzt sie im Allgemeinen auf 4 Linien, was wol übertrieben sein möchte. Die Dicke der Schädelknochen bietet sowol nach den verschiedenen Stellen des Kopfes, als auch nach den Individuen grosse Verschiedenheiten dar; sie ist z. B. geringer in der Schläfe und an den *Tubera parietal.*, bedeutender dagegen an der *Protuber. occipital.*, der *Basis cran.* etc. Petrequin nimmt als Minimum 1, als Maximum 4—5 Linien an. Bei Kindern ist der Schädel natürlich weniger dick, als bei Erwachsenen, und während seine Dicke bei Geisteskranken oft zunimmt, schwindet sie oft bei alten Leuten in Folge von Resorption der Diploë, welche nach Blandin bis zur Perforation des Schädels sich ausbilden kann. Nach Gerdy soll in der Nähe der Suturen die Schädeldicke zunehmen, während Velpeau die entgegengesetzte Behauptung aufstellt; beide sind zu exclusiv, denn eine und dieselbe Naht ist nicht einmal in ihrer ganzen Ausdehnung von gleicher Dicke.

Die hauptsächlichsten Nähte sind: die Kranznaht, die Stirn-Keilbeinnaht, die Pfeilnaht, die Hinterhaupts- oder Lambda-Naht, die Schläfen-Scheitelbein- oder Schuppennaht; ferner die *Sutura sphenoparietal.* und *sphenotemporal.* |An den Nähten findet das Wachsthum der Schädelknochen statt|; ihre Verknöcherung beginnt mit der Vollendung des Wachsthums, also in der Regel mit dem zwanzigsten Jahre, und wird erst mit dem dreissigsten oder vierzigsten Jahre vollendet. |Jedoch verknöchern die Nähte nur ausnahmsweise vollständig; in der Regel bleibt auch bis zum hohen Alter eine fibröse Schicht in ihnen übrig.| Bei dem Greise entsteht auch eine Verengerung oder selbst Verschliessung der kleinen Oeffnungen in den Knochen, und die Gefässe, welche in ihnen verlaufen, verwandeln sich in fibröse Fäden.

Die Nähte spielen bei den Knochenbrüchen eine bedeutende Rolle. Bei dem Kinde schützt die zuerst verknöcherte Basis des Schädels die wichtigsten Theile des Gehirns, während das Gewölbe nachgebend und elastisch die Kraft der Stösse bricht und Lösungen der Continuität verhindert. Beim Fötus findet man da, wo die Winkel der Schädelknochen sich untereinander berühren sollen, mehr oder minder grosse häutige Lücken, die Fontanellen genannt, von denen die vordere die constanteste und grösste ist; sie ist viereckig, und ist in einzelnen Fällen im zwanzigsten, ja selbst im dreissigsten Jahre noch gefunden worden. Den Geburtshelfer interessirt mehr die hintere, kleinere, dreieckige Fontanelle, welche jedoch mitunter schon bei der Geburt verschwunden ist. Die Seitenfontanellen schliessen sich früh und haben für ärztliche Diagnose geringe Bedeutung. Für den Gerichtsarzt ist es wichtig, dass in die Fontanellen oft Nadeln, oder andere für die Neugeborenen tödtliche Instrumente hineingestossen werden.

[1]) Panizza hat an Petréquin einen Kindesschädel gezeigt, welcher von dem Schnabel eines Hahnes durchbohrt war.

Im Innern sind die Schädelknochen von der *Dura mater* und deren Arachnoideal-Ueberzug bekleidet. |Die *Dura mater* ist die Trägerin der die Schädelknochen versorgenden Arterien, unter denen die vom *Foramen spinosum* zu den Seiten des Schädels aufsteigende, in einer verästelten Rinne (s. oben) und oft stellenweise in einem Kanale des Keil-Schläfen- und Scheitel-Beins verlaufende *Art. meningea media* (aus der *Maxillaris interna*) die bedeutendste ist.| Zwischen der *Dura mater* und dem Knochen findet sich ein dichtes Bindegewebe, welches den Extravasaten nicht gestattet, sich auszudehnen, sondern sie gegen ihren Ausgangspunkt zurückdrängt. Hierdurch wird die Trepanation in ihrem Bestreben, die Ursache der Compression zu entfernen, begünstigt. Anders verhält es sich, wenn die Extravasate unter der *Dura mater* in der Höhle der *Arachnoidea* entstehen, indem sie dort nothwendig diffus sein und das Gehirn selbst berühren müssen, was für die Trepanation sehr ungünstig ist.

|Die Venen der Schädelknochen stossen mit denen des Hirns und seiner Häute zur Bildung der *Sinus* zusammen, welche zwischen zwei Platten der harten Hirnhaut, meist hart am Knochen anliegen. Durch diese Anordnung ist ein Zusammenfallen der geöffneten Sinus, wie es bei der Mehrzahl der Venen beobachtet wird, (vergl. Bd. II., pag. 254) unmöglich gemacht, was wegen der Blutung und der Möglichkeit des Lufteintritts von Wichtigkeit ist. Die schon oben erwähnten *Emissaria Santorini* (namentlich durch die *Foramina mastoid., parietal.*, und das sogenannte *Foramen coecum* hinaustretend) setzen die *Sinus* mit den Venen der Schädeldecken und der Nasenschleimhaut in Verbindung. Für den Chirurgen haben namentlich in operativer Beziehung die grösste Wichtigkeit: 1) der *Sinus longitud. super.*, welcher der *Sutura sagitt.* anliegt und weiter nach Vorn in der Richtung der fötalen *Sutura frontalis* verläuft, und 2) die *Sinus transversi*, in deren Gegend jedoch die Schädelknochen, wegen der daselbst befindlichen Insertion der Nackenmuskeln, für einen operativen Eingriff schwer zugänglich sind.

Unter dem Visceralblatt der *Arachnoidea* (nicht in dem serösen Sack, welchen sie bildet), zwischen demselben und der *Pia mater*, befindet sich die Cerebrospinalflüssigkeit, welche bei Fracturen der Schädelbasis mit Verletzung der Hirnhäute oft ausfliesst.

Eine genaue Kenntniss der Schädelbasis und der in ihr befindlichen Austrittsstellen der Hirnnerven ist für die Diagnose zahlreicher chirurgischer Krankheiten unerlässlich; eine Beschreibung derselben erscheint hier aber überflüssig, da ihr besondere chirurgische Seiten nicht abzugewinnen sind. Nur ihre Betheiligung an der Bildung mehrerer von Aussen zugänglicher Höhlen wollen wir ausdrücklich hervorheben. Sie bildet das Dach der Nasenhöhlen, der Augenhöhlen, die hintere Wand der Stirnhöhlen, das Dach der Trommelhöhle (welche eigentlich in der Schädelbasis eingebettet liegt), endlich auch die obere Begrenzung des an ihr angehefteten Schlundes. Daher haben Blutungen aus einer dieser Höhlen eine grosse diagnostische Bedeutung, wenn man anderweitigen Grund hat, eine Fractur der Schädelbasis zu vermuthen.|

Erstes Capitel.

Verletzungen des Schädels.

In diesem Capitel werden wir 1) die Störungen der Continuität, 2) die Eingeweide-Brüche (*Herniae*) behandeln, welche durch Oeffnungen des Schädels hervortreten.

A. Störungen der Continuität des Schädels, Kopfwunden, *vulnera capitis, plaies de tête.*

Diese Störungen der Continuität können sich blos auf die Weichtheile erstrecken, oder zugleich auf die Knochen (Wunden oder Knochenbrüche); sie betreffen: 1) nur die äussern Weichtheile; 2) die Knochen; 3) die innern Theile; 4) eine gesonderte Betrachtung erheischt eine eigenthümliche Quetschung, eine Art subcutaner Störung der Continuität, am Kindesschädel, welche unter dem Namen Cephalaematom bekannt ist.

I. Verletzungen der äussern Weichtheile. Kopfwunden im engeren Sinne.

Die Bedeutung dieser Wunden ist immer grösser, als diejenige der Wunden anderer Körpertheile; denn selbst da, wo nur die behaarte Haut verletzt wurde, ist Gefahr vorhanden; um so viel mehr, wenn die Galea oder gar das Pericranium getroffen wurde. Die Nähe des Gehirns und die zahlreichen Gefässverbindungen erklären genugsam die Gefahr dieser Wunden, welche besonders da vorhanden ist, wo ein Erysipel oder profuse Eiterung hinzukommt. Man muss deshalb in Bezug auf Prognose selbst der geringsten Kopfwunden sehr vorsichtig sein, namentlich da, wo es sich um gerichtliche Fälle handelt.

a) Schnittwunden.

Schnittwunden sind die wenigst gefährlichen, und doch hat man den tödtlichen Ausgang von Operationen beobachtet, welche nur einen einfachen Einschnitt in die behaarte Haut erforderten. A. Cooper z. B. spricht von einer Dame, welche in Folge der

Exstirpation einer Balggeschwulst der behaarten Kopfhaut starb, — und dieser Fall ist nicht vereinzelt in der Wissenschaft.[1])

Das verletzende Instrument kann senkrecht oder schräge und gleichsam abschälend treffen; im ersten Falle giebt es keine Lappen, im zweiten kann ein mehr oder minder grosser Lappen gebildet werden. Der erste Fall von Continuitätsstörung gibt die einfachste Indication; man rasire die Haare ab, wasche und vereinige die Wunde, möge sie nun bis auf den Knochen dringen oder nicht. Bei Lappenwunden kann die Basis des Lappens bald oben bald unten sich befinden. Im ersteren Falle muss der bewegliche Theil mit einigen *Serres fines* oder Nähten befestigt werden, oder man bewirkt durch graduirte Compressen einen Druck, vermöge dessen jener Theil in seiner Lage erhalten wird; im zweiten Falle genügt eine einfache Binde, ein paar Heftpflasterstreifen, um die Wundränder in gegenseitiger Berührung zu erhalten. Man hat in diesem letztern Falle nicht die Stagnation des Eiters zu fürchten, welche meistens da eintritt, wo die Basis des Lappens den unteren Theil der Wunde bildet. Diese Erfahrung hat J. L. Petit bewogen, eine prophylactische Gegenöffnung an der Basis des Lappens in Vorschlag zu bringen; doch wird diese meistens entbehrlich, wenn der Verband zweckmässig, d. h. mit einem gleichmässigen Druck von der Basis bis zur Spitze des Lappens angelegt wurde.

Die Schnittwunden sind am häufigsten mit Blutungen complicirt. Die Ligatur ist in diesen Fällen selten nothwendig, um die Blutung zu stillen, auch schwierig, weil die Arterien in der Haut oder in einem sehr dichten Bindegewebe verlaufen und daher nicht isolirt hervorgezogen werden können, welche Schwierigkeiten noch bedeutender werden, wenn bereits Entzündung eingetreten ist. In solchen Fällen bleibt schliesslich die Cauterisation als Zuflucht. Die Compression ist jedoch, wo die Wahl möglich, vorzuziehen, und zwar nicht auf die Wunde selbst, sondern im Verlaufe des Gefässes anzubringen, indem das Tamponiren der Wunde, um die Oeffnung der Arterien direct zu schliessen, den Eintritt einer Entzündung begünstigt, deren Folgen unberechenbar sind. |Wo eine solche Compression nicht anzubringen ist, dient die umschlungene Naht als ein vortreffliches Blutstillungsmittel; nur müssen die Nadeln sehr frühzeitig, unter Anwendung des Collodium, entfernt werden.| Nach der Vereinigung der Schnittwunden muss man dem Eintritt der Entzündung vorbeugen, zunächst dadurch, dass man jede Reizung der Wunde entfernt hält.

[1]) *Vorlesungen*, Th. I., pag. 349.

b) Stichwunden.

Stichwunden bluten weniger, als die vorhergehenden, aber die auf sie folgende Entzündung wird häufig erysipelatös. Auch diese Wunden dringen bald perpendiculär, bald mehr oder weniger schräg gegen den Knochen ein; mit andern Worten, sie können die Gewebe bald unterminiren, bald nicht. Sie können nur die Haut, oder auch die tiefer liegenden fibrösen Gewebe durchdringen. Die bedeutenden Schmerzen, welche Stichwunden zu begleiten pflegen, erklärte man ehemals durch die unvollkommene Durchschneidung der zahlreichen Nerven des Schädels, weshalb auch Pigray den Rath gibt, diese Nerven vollends zu durchschneiden, oder gar sie zu kauterisiren. Allerdings sind diese Schmerzen mitunter von bedeutender Hartnäckigkeit und es folgt ihnen in seltenen Fällen sogar Paralyse eines benachbarten Organs. So spricht Dupuytren [1]) von einer Verletzung des *Nerv. frontal.* durch ein stechendes Instrument, welche zuerst excessive Schmerzen, und dann den Verlust des Sehvermögens der betreffenden Seite hervorrief. Die Incision der Wunde und die „wahrscheinlich" dadurch bewirkte vollkommene Durchschneidung des verwundeten Nerven beseitigte zwar die Schmerzen, jedoch ohne dass das Gesicht wiederhergestellt wurde, welche Erscheinung Dupuytren nur durch die Anastomosen des *Nerv. front.* mit dem *Gangl. ophthalm.* erklären zu können glaubt. Die Durchschneidung der Nerven durch das Dilatiren der Stichwunden ist in der That das sicherste Mittel, die schweren nervösen Zufälle, welche diese Art der Verletzungen mitunter begleiten, zu beseitigen. [2])

[1]) *Traité des plaies par armes de guerre. Paris* 1834. *T. II.*

[2]) Es muss bemerkt werden, dass jene Erklärung der Heftigkeit und Hartnäckigkeit der Schmerzen durch die unvollkommene Durchschneidung der Nerven wahrscheinlich mit zu grosser Zuvorkommenheit acceptirt worden ist, da die Erfahrungen über Operationen, bei denen Nerven ungleich und unvollkommen, theils durchrissen, theils durch Ligaturen unterbrochen wurden, wenig zu Gunsten dieser Erklärung sprechen. (Vergl. Bd. II, pag. 323.)

Sollte man nicht die beruhigende Wirkung der Incision auf Rechnung der Befreiung der umgebenden Gewebe aus einer durch die Entzündung gesetzten Einschnürung bringen können? Und anderer Seits, hat man, um die Durchschneidung des verwundeten Nerven zu vervollständigen, diesen immer hinlänglich entblösst, um grade das centrale Ende zu treffen? Keineswegs; denn man hat die Incision in der Wunde selbst gemacht und sie mitunter vervielfältigt, weshalb es wahrscheinlich ist, dass in der Mehrzahl der Fälle der angeschnittene Punkt des Nerven nicht getroffen wurde und so das eine Ende des Nerven angeschnitten zurückblieb. Bei der Anführung der Worte Dupuytren's haben wir das Wort „wahrscheinlich" gesperrt, weil daraus hervorgeht, dass er keineswegs

Die gewöhnlichste Complication dieser Wunden ist das Erysipel. Nach Pott und andern Chirurgen geht die erysipelatöse Entzündung in Fällen, wo die Haut allein verwundet wurde, über den Schädel hinaus auf Ohren, Hals und Gesicht, und zwar mit einem charakteristischen gelben Anstrich der Hautröthe. Wurde die Aponeurose verletzt, so bleibt die Anschwellung auf den Schädel beschränkt, ohne sich auf die Augenlider oder Ohren auszudehnen; der dunklen Röthe fehlt jene gelbliche Beimischung und die Härte ist bedeutend. Im ersten Falle ist das Erysipel also einfach, im zweiten phlegmonös, eine wirkliche Phlegmone. Wahrscheinlich ist die Bestimmung dieser Grenze der Entzündung nach Stichwunden von Seiten der älteren Chirurgen mehr auf die anatomischen Verhältnisse, als auf die Erfahrung gegründet; denn so viel ist sicher, dass zuweilen tiefen Wunden erysipelatöse Entzündungen folgen, welche Hals und Gesicht in ihren Bereich ziehen, während nach solchen, die nur in den behaarten Theil eindrangen, die Entzündung oft auf den Schädel beschränkt blieb und selbst, statt sich im Umfange zu vergrössern, in die Tiefe drang. Jedoch muss man anerkennen, dass die Verletzung der *Galea aponeurotica* häufiger ein phlegmonöses Erysipel zur Folge hat. Wenn die Entzündung in die Tiefe dringt, so springt sie über alle anatomischen Hindernisse hinweg; aber wo diese Hindernisse fehlen, muss ihre Ausdehnung natürlich leichter sein. Ist also nur die Haut verletzt, so begrenzt sich die Entzündung in der Regel an der Galea; wurde aber letztere durchbohrt, so wird sofort auch das unter ihr liegende Bindegewebe ergriffen, und da dies sehr lax ist, so gewinnt diese Entzündung leicht eine grosse Ausdehnung, welche durch den Widerstand der Galea gegen die Entzündungsgeschwulst nur noch begünstigt wird. In solchen Fällen müssen Einschnitte so tief als möglich gemacht werden.

Wenn schon, erfahrungsgemäss, das idiopathische (d. h. nicht traumatische) Erysipel, sofern es nur im Gesichte seinen Sitz hat, Gehirnsymptome hervorrufen kann, um wie viel mehr muss dies der Fall bei demjenigen sein, welches einer Verletzung des Schädels folgt. Diese Gehirnsymptome geben natürlich dem Verdachte einer Entzündung des Gehirns, oder seiner Häute Raum, besonders wenn Stupor auf das anfängliche Delirium folgt; und doch fehlt diese Ge-

sicher war, die Durchschneidung des verwundeten Nerven bewirkt zu haben. — Wie dem auch sei, die Praxis bleibt immer dieselbe; denn in Fällen excessiver oder andauernder Schmerzen ist die Incision, und selbst die wiederholte, erfahrungsgemäss von entschiedenem Nutzen.

hirnaffection oft, und sehr gewöhnlich erweist sich jenes Delirium als ein sympathisches von geringer Bedeutung. Man würde also eine falsche Prognose stellen und eine falsche Behandlung einleiten, wenn man jene sympathischen Gehirnsymptome beim Erysipel mit denjenigen verwechseln wollte, welche ein wirkliches Gehirnleiden bezeichnen. Diesen bedeutsamen Punkt der Diagnose hat Boyer richtig erkannt, indem er sagt: „Die Entzündung (der Wunde) tritt selten vor dem dritten oder vierten Tage ein; sie kündigt sich durch Röthe, Schmerz und Anschwellung der Wundränder an. Die Entzündungsgeschwulst breitet sich aus und nimmt den Charakter des Rothlaufs an; oft entsteht Fieber, die Zunge bedeckt sich mit gelblichem Belag, der Kopf wird schwer und schmerzhaft; es kommt endlich sogar zu Coma und Delirium. Diese Zufälle können täuschen und an eine Entzündung der Gehirnhäute glauben machen. Doch erkennt man ihre Abhängigkeit von der Wunde an der Lage und der veranlassenden Ursache der letztern, an der Zeit, in welcher diese Zufälle eintraten, an dem lebhaften Schmerze des verwundeten Theils bei der Berührung, an der merklichen Entwickelung der Entzündungsgeschwulst vor dem Auftreten von Cerebralsymptomen, — endlich an der Art der Schlafsucht, welche trotz stärkeren Fiebers weniger ausgeprägt ist, wenn es sich um eine äussere Entzündung handelt.“ Ueberdies wird bei einem einfachen Erysipel der Vernarbungsprocess in der Wunde zwar vorübergehend gestört, aber das Periost bleibt fest am Knochen, und hat das Fieber nachgelassen, so geht Alles in der Wunde wieder seinen Gang. Wenn aber neben dem Erysipel eine Affection innerhalb der Schädelhöhle besteht oder aber die Ursache desselben ist, dann hat nicht blos die Wunde ein übles Aussehen, sondern das Pericranium löst sich auch vom Knochen; der Vernarbungsprocess steht nicht blos still, sondern selbst das bereits fertig Gebildete wird wieder zerstört. Man könnte glauben, in der Praxis wäre diese genauere Unterscheidung von geringer Bedeutung, weil man bei Gehirnsymptomen, unbekümmert um ihren Ausgangspunkt, stets mit aller Energie zu verfahren habe. Dies möchte angehen, wenn alle Individuen von gleichem Alter und gleicher Kraft wären. Aber es wäre gewiss nicht zu rechtfertigen, wenn man bei einem schwachen oder bejahrten Subjecte den ganzen antiphlogistischen Apparat entfalten wollte, aus keinem andern Grunde, als weil es Delirium oder Schlafsucht hat, die lediglich von einem einfachen Erysipelas am Kopf abhängen können.

c) Contusionen.

Die Contusionen am Schädel rufen Geschwülste hervor, welche man Blutbeulen nennt; ihre Form entspricht gewöhnlich diesem Namen wegen der sehr dichten Beschaffenheit des subcutanen Bindegewebes. Die Beule tritt besonders dann sehr circumscript und hart hervor, wenn der Stoss in perpendiculärer Richtung traf. Erfolgt der Stoss in schräger Richtung, so entsteht eine ausgiebigere Zerreissung der Gewebe, der Blutaustritt geht leichter von Statten; es ergiesst sich so zu sagen in eine in dem Augenblick geformte Tasche. Weichere Blutbeulen lassen oft etwas Fluctuation wahrnehmen.

Die Diagnose dieser Geschwülste ist keineswegs schwierig; doch sind Täuschungen möglich. Mancher Arzt hat einen Schädeleindruck zu sehen geglaubt, wo nur eine Blutbeule bestand, ein Irrthum, welchen schon Ruysch zu rügen hatte. Später hat J. L. Petit diese Verwechselung erläutert. Sie kann nur bei einer Beule vorkommen, deren Mitte sich eindrücken lässt, während sie von harten Rändern umgeben wird. Man hat auch angeführt, dass die Verletzung einer grösseren Arterie in der Geschwulst ein Klopfen verursachen könne, welches man mit der durch die Basilar-Arterien erzeugten Pulsation des Gehirns verwechseln könnte. Wenn man jedoch eine Blutbeule eindrückt, so ist der Grund derselben gleichmässig, da er durch die unbeschädigte Oberfläche des Knochens gebildet wird, während er bei gleichzeitigem Knocheneindruck ungleich ist, indem die Knochenstücke nicht in derselben Ebene liegen; die Ränder sind im letztern Falle scharf und selbst etwas Beweglichkeit der Knochenstücke ist wahrzunehmen. Was die Pulsationen betrifft, so würden diejenigen des Gehirns nur nach völliger Beseitigung eines mehr oder minder grossen Schädelstückes wahrgenommen werden können, woraus die Unmöglichkeit einleuchtet, eine solche Verletzung mit einer Blutbeule zu verwechseln.

Die Blutbeulen sind von geringer Bedeutung, besonders wenn die Symptome der Hirnerschütterung fehlen. Dennoch bedürfen sie oft der Behandlung, denn da das Blut in einem sehr dichten Bindegewebe sich befindet, folglich seine Ausbreitung durch Infiltration in dasselbe behindert ist, so unterliegt seine Resorption grösserer Schwierigkeit; es kann deshalb leicht ein Theil der Gerinnsel zurückbleiben und der Kern einer derjenigen Geschwülste werden, welche im Allgemeinen unter dem Namen der Balggeschwülste begriffen werden. (Vergl. Bd. I, pag. 461.)

In vielen Fällen reichen kalte oder sogenannte zertheilende Umschläge hin, um die Resorption zu bewirken.

Die Compression ist ferner ein altes und in der That sehr wirksames Mittel gegen diese Beulen; sie ist sogar ein Volksmittel und wird von den Laien bald mit einer breiten Messerklinge, bald mit einem Geldstück u. dgl. m. ausgeführt.

Mitunter sind diese Beulen zu bedeutend, so dass die Compression entweder unzulänglich, oder doch zu schmerzhaft ist; in diesen Fällen sind Blutegel oder die Eröffnung angezeigt. Doch ist die Incision nicht früher anzuwenden, als bis jede Hoffnung zur Resorption geschwunden ist; denn letztere kommt oft noch da zu Stande, wo man es gar nicht mehr erwartet. In diesem Falle verliert die Beule an Umfang, verändert ihre Gestalt und Farbe, indem sie platter wird und ihre dunkle Farbe ins Gelbliche übergeht.

Wenn keine Resorption Statt findet und die Menge des extravasirten Blutes bedeutend ist, so kann Entzündung folgen, und zwar um so leichter, als die Entstehung eines solchen Extravasats eine erhebliche Quetschung voraussetzt. In diesen Fällen muss man, wenn nur die Kräfte des Individuums ausreichen, eine oder selbst wiederholte Blutentziehungen machen, indem man nie die grosse Nähe des Gehirns übersehen darf. Wenn man bei bedeutenden Beulen sich endlich zur Eröffnung mit dem Messer entschliesst, so werden am Besten mehrere Incisionen gemacht; dieselben sind an den tiefsten Punkten der Geschwulst und in hinlänglicher Ausdehnung auszuführen, um dem Blute freien Abfluss zu verschaffen.

d) Gequetschte Wunden.

Die gequetschten Schädelwunden sind häufig Lappenwunden; die Basis (der haftende Theil) des Lappens ist bald am obern, bald am untern Ende der Wunde gelegen. In allen Fällen aber muss man, wie bei Schnittwunden, die Ränder vereinigen und in Bezug auf die Befestigung des Lappens das oben bezeichnete Verfahren beobachten. Der Lappen selbst ist oft mehr oder minder zerhackt oder gequetscht. Er kann, wenn er das Resultat eines schrägen Stosses war, eine grosse Ausdehnung haben und ein mehr oder weniger grosses Stück des Schädels gänzlich entblössen, er kann sehr unregelmässig geformt sein; aber dennoch muss die Vereinigung versucht werden. Die weniger gequetschten Theile des Lappens werden doch haften, während die stärker gequetschten eitern und die bedeutend zerstörten absterben werden. Da aber unmöglich *a priori* der Grad der Contusion des Lappens beurtheilt und die Lebensfähigkeit der einzelnen Punkte bestimmt werden kann; so muss man handeln, als ob für alle die Wahrscheinlichkeit der unmittelbaren Vereinigung vorhanden wäre. Hierdurch wird niemals geschadet und oft sehr viel gewonnen. Charpie, Plumasseaux u. dgl. unter den Lappen zu schieben, ist unzweckmässig; durch solche fremde Körper würde nur die Entzündung gesteigert werden. In keinem Falle darf man, wie bedeutend auch immer die Contusion eines Lappens sein mag, diesen sofort ganz entfernen, wie dies ehemals nur zu oft geschah.

Die gequetschten Wunden rufen am Häufigsten eine Reaction hervor, welche die Grenzen einer adhäsiven Entzündung überschreitet, wodurch alsdann mitunter Eitergänge entstehen, welche man baldigst öffnen muss. Hier ist auch der richtige Platz für die Incision an der Basis des Lappens, die Gegenöffnung J. L. Petit's. Eine mehr oder minder bedeutende Eiterung ist aber stets zu erwarten, wenn mortificirte Stücke ausgestossen werden müssen.

Es ist nicht immer leicht, aus der äussern Form einer Schädelwunde das verletzende Instrument zu erkennen; denn selbst ein quetschender Körper kann, je nach der Gewalt (Schnelligkeit) und Richtung seiner Einwirkung eine Wunde hervorbringen, welche in keiner Beziehung von einer Schnittwunde zu unterscheiden ist.[1])

[1]) Wir haben schon bei der Besprechung der Wunden im Allgemeinen (Bd. I, pag. 285) einen hierher gehörigen Fall erwähnt. Ueber den Kopf eines Mädchens ging das Rad eines im schnellsten Laufe fahrenden Tilbury hinweg. Die hierdurch verursachte Wunde in der Schläfengegend hatte so gleichmässige und so glatte Wundlefzen, dass Vidal, wenn er nicht Zeuge des Factums gewesen wäre, unmöglich an die Wirkung eines quetschenden Körpers hätte glauben können. — Ein Mensch, welcher, indem er springend durch die Thür seines Zimmers gehen wollte, mit dem Kopfe gegen den Rand der obern Thüreinfassung anstiess, zog sich auf dem Scheitel eine Lappenwunde zu, deren Wundlefzen so glatt waren, wie sie nur ein Rasirmesser hätte hervorbringen können. Die Gestalt des Schädels, der knöcherne Widerhalt, die wenigen diesen bedeckenden Weichtheile und endlich die Schnelligkeit der Einwirkung erklären die Reinheit der Wunden. In beiden Fällen ging die Vereinigung schnell von Statten, die der Wunde des jungen Mädchens durch *prima intentio*.

Es muss aber, im Anschluss an diese Beobachtungen, deren Zahl leicht vermehrt werden könnte, darauf hingewiesen werden, dass die Ansicht: jede durch einen stumpfen Körper erzeugte Wunde müsse nothwendig eine gequetschte und daher ungeeignet zur Heilung durch *prima intentio* sein, eine irrthümliche ist. Nicht die Schärfe des verletzenden Körpers allein, sondern eben so sehr die Art, namentlich die Schnelligkeit seiner Einwirkung und anderer Seits der Widerstand, welchen der verletzte Theil leistet, sind

II. Continuitätsstörungen der Knochen. Knochen-Wunden und Fracturen am Schädel.

A. Schnitt- und Hieb-Wunden. Je nachdem das schneidende Instrument mit grösserer oder geringerer Gewalt, mehr oder minder direct auf die Schädelknochen einwirkte, erzeugt es verschiedene Störungen der Continuität. Oft hinterlässt das Instrument nur eine leichte Spur auf dem Knochen, „Hedra" der Alten; oder der Knochen wird perpendiculär und in seiner ganzen Dicke zerspalten; oder es ist ein schräger Spalt, so dass er einen Theil des Schädelgewölbes mit wegnimmt, welcher entweder vollkommen entfernt ist, oder noch an den Weichgebilden haftet.

Die Diagnose der Schädelknochenwunden ist keine absolut schwere, da die gleichzeitige Continuitätsstörung der Haut die Untersuchung erleichtert; schwer ist es aber, die Tiefe, den Grad der Quetschung des Knochens und die sehr häufige Complication mit einem Knochenbruch festzustellen. Wie grade auch das Instrument einwirkte und wie scharf seine Schneide war, sobald der Stoss oder überhaupt die Gewalt heftig war, ist Wahrscheinlichkeit für

in dieser Beziehung massgebend. Je grösser die Bewegung ist, welche dem verletzten Theile durch den verletzenden Körper mitgetheilt wird, desto ausgedehnter ist die Erschütterung und Zerrung in der Umgegend der Wunde, desto geringer die Aussicht auf *prima intentio*, und umgekehrt. Die Grösse der Bewegung aber, welche ein trennender Körper der Umgebung der Wunde mittheilt, steht in umgekehrtem Verhältnisse zu seiner Schnelligkeit, ferner in umgekehrtem Verhältnisse zu seiner Berührungsfläche (d. h. zu seiner Schärfe), dagegen in gradem Verhältnisse zu der Cohäsionskraft (d. h. dem Widerstande) des getroffenen Theils. Diese für die ganze Lehre von den Wunden wichtigen physicalischen Verhältnisse sind von Gustav Simon in seiner Schrift „über Schusswunden" (Giessen 1851) zuerst im Wesentlichen bestimmt dargelegt worden. Die Wunden zerfallen hiernach in zwei Gruppen: A. die Bewegung des einwirkenden Körpers ist der Umgebung der Wunde gar nicht (oder höchst wenig) mitgetheilt worden, reine Wunden (Schnitt- und Hiebwunden in der grossen Mehrzahl; ausnahmsweise auch Wunden durch stumpfe Körper, sofern solche mit grösster Schnelligkeit einwirkten, daher auch Schusswunden beim Schiessen aus nächster Nähe). B. Die Bewegung ist auch der Umgebung entschieden mitgetheilt worden, und zwar: *a*) indem die Gewebe vor ihrer Trennung bis aufs Höchste ausgedehnt wurden (gerissene Wunden), oder *b*) indem der direct getroffene Theil zermalmt, die Umgebung aber in mehr oder weniger hohem Grade erschüttert wurde (gequetschte Wunden). Bei den Wunden der ersten Gruppe ist *prima intentio* die Regel, bei denen der zweiten eine seltene Ausnahme.]

einen Knochensprung vorhanden; es kann ein von einem Wundwinkel ausgehender Sprung sich unbemerkt weit erstrecken und selbst ein Theil der äussern und namentlich der innern Tafel losgelöst sein.

Alle diese Umstände verschlimmern auch die Prognose; denn erstens beweisen sie, dass mit der Erzeugung der Wunde die Gewalt des verletzenden Agens nicht erschöpft war, woraus immer mehr oder minder auf gleichzeitige Commotion zu schliessen ist, und zweitens wird, da ein Knochenbruch unebnere Ränder hat, als eine Knochenwunde, die Wahrscheinlichkeit einer consecutiven Entzündung innerhalb der Schädelhöhle, folglich auch die Gefahr um so grösser. Dennoch giebt es Wunden der Schädelknochen ohne Fractur und mit sehr geringer Gehirnerschütterung; sie sind meistens Einwirkungen des Säbels, besonders wenn dieser in der Weise der Araber und Mameluken gehandhabt wird; man kennt die Schnelligkeit, mit welcher die Damascener Klingen der Orientalen theils drückend, theils sägend die Köpfe wegschlagen. Wenn also die Waffe nicht über der Schneide zu dick, also zu schwer ist, wenn sie in der Weise der Orientalen geführt wurde, es also ein wirklicher Schnitt ist, so kann die Knochenwunde ohne gleichzeitige Fractur bestehen, und durch einen zweckmässigen Verband das Leben des Kranken erhalten werden. In diesem Falle schneidet, wie J. L. Petit sagt, die Waffe in den Knochen, wie das Messer in den Apfel. Die Beispiele von Heilung sehr ausgedehnter Wunden der Schädelknochen mit gleichzeitiger Entblössung der *Dura mater* und selbst des Gehirns sind nicht allzuselten.[1])

Die allgemeinste Indication ist hier die Vereinigung und zwar die unmittelbare, wenn der Knochen nur leicht angehauen ist; dieser Punkt steht unzweifelhaft fest in der Praxis. Wenn jedoch der Knochen in seiner ganzen Dicke durchhauen und selbst ein Sprung entstanden ist, dann sind die Meinungen verschieden. Die Delpech'sche Schule, der sich auch Gama zugesellt, will die unmittelbare Vereinigung; die Mehrzahl der Aerzte aber, und an ihrer

[1]) In Dupuytren's Abhandlung über Wunden durch Kriegswaffen (*Leçons orales de clinique chirurgicale, t. VI, p. 148 ff.*) findet sich die Beobachtung eines Julikämpfers, welcher in dem Glauben, dass ein halbes Hundert Bürger ihm folgten, den wahnsinnigen Einfall hatte, eine Escadron zu durchbrechen. Die Reiter zerhieben ihm den Kopf in unzählige Lappen und ein Hieb öffnete den Schädel und entblösste die *Dura mater*. Der Verwundete vermochte noch in ein benachbartes Haus zu gehen, wo er zuerst durch Magistel verbunden wurde. Später genas er im Hospital Beaujon. Dupuytren zeigte ihn 1831, also ein Jahr nach seiner schweren Verwundung, in seiner Klinik.

pitze Boyer, lassen einen Raum zwischen den Wundrändern, um en Abfluss des Eiters zu fördern und die Vereinigung vom Grunde aus nach der Oberfläche zu bewirken. Auch darüber herrschen erschiedene Meinungen unter den berühmtesten Wundärzten, was zu thun sei, wenn ein Theil des Schädels ganz abgelöst ist und nur noch an den Weichtheilen hängt. Die Einen (unter ihnen auch Bégin) wollen, nach dem Vorgange von Béranger und Fallopius, das Knochenstück entfernen, um den dann aus den Weichtheilen allein gebildeten Lappen anzulegen; die Andern, Petit folgend, wollen es erhalten. Die Ersteren sagen: dieses Knochenstück ist entschieden zur Necrose geneigt und wird so ein fremder Körper, dessen Reizung die Gewebe nothwendig zur Eiterung führt. Hierdurch wird die Nothwendigkeit bedingt, durch Incisionen die vernarbten Weichtheile wieder zu öffnen; auch die Complicationen und üblen Zufälle entstehen hierdurch. Bégin, welcher diese Nachtheile auseinandersetzt, bedauert, eine Schicht der Kniescheibe, welche mit einem Lappen der Weichtheile gelöst war, nicht weggenommen zu haben, da dieser Lappen sich nur im Umfange angelegt hatte, wodurch eine beständige Eiterung entstand. „Ich war also gezwungen," dies sind seine Worte, „die Weichtheile zu incidiren, um die Knochenstücke heraus zu nehmen." Hierauf kann man aber Bégin entgegnen, dass hier die Nothwendigkeit, das Knochenstück zu erhalten, nicht vorlag, da die Kniescheibe, mag sie mehr oder minder dick sein, ihre Functionen in gleicher Weise versieht; man weiss sogar, dass sie überhaupt nicht unumgänglich nöthig ist, da mit der Zeit manche, welche nach einem Bruche derselben einen erheblichen Verlust an Knochenstücken erlitten haben, noch ziemlich gut gehen lernen. Anderer Seits ist es aber von Bedeutung, dass das Gehirn hinlänglich geschützt sei und da der Knochen seinen wahren Schutz bildet, so muss man, so lange als irgend möglich, ihn zu erhalten suchen. Uebrigens lässt sich die Kniescheibe an und für sich nicht einmal mit dem Schädel vergleichen, wenigstens ist ihre Organisation von der des letztern sehr verschieden. Denn während diese in den günstigsten Verhältnissen sind, ihre Lebensfähigkeit lange zu behalten und schnell wieder aufzunehmen, verhält es sich mit der Kniescheibe, welche eigentlich nur ein Sesambein ist, ganz anders. Deshalb ist es, Alles wohl erwogen, im Allgemeinen vorzuziehen, nach dem Beispiele Paré's (oder eigentlich des Celsus) das Knochenstück zu erhalten. Paré berichtet, dass er den Empfehlungen des Celsus in einem Falle gefolgt sei, wo der Mittelpunkt des Stirnbeins abgelöst war. „Es war genannter Knochen in Umfang und Grösse dreier Zoll ohngefähr bis auf die *Dura mater* durchgehauen, der Art, dass er sich auf das Gesicht zurücklegte und nur noch auf drei Zoll ohngefähr vom *Pericranium* und der Muskelschicht gehalten wurde. Nachdem ich das Blut von der *Dura mater*, deren Bewegungen man deutlich wahrnahm, weggenommen, brachte ich das abgehauene Stück zurück und befestigte es zur bessern Haltung mit drei Nähten an den obern Theilen, und legte, um dem Eiter Abfluss zu gewähren, drei kleine Wieken in die Seitentheile der Wunde. Alles wurde so wohl angepasst, dass durch Gottes Gnade der Kranke genas." Aber trotz Paré's gewichtiger Autorität und trotz ähnlicher, von Belloste, Leaulté und Rouhault berichteter Beispiele, muss man doch anerkennen, dass es Fälle giebt, wo das abgelöste Schädelstück nicht zu conserviren ist, z. B. wenn es zu klein oder zu ungleich abgeschlagen ist, wenn es selbst eine Fractur enthält, oder eine Fractur an den Knochentheilen, von denen es abgelöst ist, besteht, endlich, wenn es nur wenig noch mit den tragenden Weichtheilen zusammenhängt und besonders wenn das *Pericranium* theilweise von seiner äussern Fläche losgelöst ist. Weiter fragt es sich: muss man überall vereinigen, oder, wie Paré, für den Abfluss des Eiters Zwischenräume lassen? Will man die Vereinigung versuchen, so muss man sie, besonders bei frischen Wunden, auch vollständig herstellen, wodurch vielleicht die Eiterung ganz verhindert wird. Dass man ferner durch die angelegte Naht die Verbindung des Lappens sicherer macht, leidet keinen Zweifel; aber jeder Nadelstich ist eine Veranlassung mehr zur Irritation, und hier muss man fürchten, diese zu vervielfältigen. Deshalb sind die Nähte möglichst früh zu entfernen (vergl. Bd. I, pag. 123) oder durch *Serres fines* (sofern diese sich bequem anlegen lassen) zu ersetzen; in einzelnen Fällen kann selbst ein zweckmässiger Druckverband durch gut angelegte lange Pflasterstreifen angemessener sein. Endlich ist die Frage, ob man die Wiedervereinigung eines, an einem vollständig vom Kopfe getrennten Lappen adhärirenden Knochenstücks versuchen darf. Nach den über die Möglichkeit des Wiederanheilens getrennter Körpertheile im Allgemeinen vorliegenden Erfahrungen (Bd. I, pag. 278; Bd. II, pag. 28) und nach den (vereinzelten) Beobachtungen von Erfolg auch am Schädel, darf man nicht anstehen, selbst einen vollständig abgetrennten, Weichtheile und ein Knochenstück enthaltenden Lappen wieder anzulegen, und zwar muss man dies um so mehr versuchen, da (selbst mit geringer Aussicht auf Erfolg) ein solcher

Versuch, sofern er mit Umsicht gemacht wird, gar keine Uebelstände mit sich führt.

B. Stichwunden, Durchbohrungen. Sie sind meist durch Degen, Bajonette, die Spitze des Säbels, einer Hacke, oder andere spitze, zuweilen auch halb stumpfe Werkzeuge hervorgebracht. Die ersten Lebensjahre abgerechnet, so bedarf es, um die Schädelknochen völlig zu durchbohren, einer grossen Gewalt, bei hinlänglicher Schwere des Instruments; daraus erwachsen zugleich Contusionen, Commotionen und sehr häufig Knochenbrüche. Im Allgemeinen dringen die wirklich stechenden Instrumente selten über die äussere Tafel hinaus, es sei denn an besonderen Stellen, z. B. in der Decke der Augenhöhle; sind sie aber durch den Knochen gedrungen, so können sie das Gehirn und seine Häute leicht verletzen. Sehr dünne Instrumente können auch bei Erwachsenen jene Organe verletzen, ohne den Knochen zu durchbohren; z. B. wenn ein spitzer Stock, Pfriem u. dgl., in die Augenhöhle und durch die *Fissura sphenoidalis* (*orbitalis superior*) hindurchgeht. [1])

In vielen Fällen zerbricht das verletzende Instrument und es bleibt ein Ende in den Knochen eingekeilt zurück; dann wird, je nach der Stelle und der Tiefe des Eindringens mehr oder weniger Zeit vergehen, bevor üble Zufälle sich zeigen; doch wird, wenn der fremde Körper nicht herausgezogen wurde, der Kranke ihnen selten entgehen. In einigen Fällen kommt die Vernarbung der Weichtheile über dem fremden Körper zu Stande, so dass man sich trügerischen Hoffnungen und gefährlicher Sorglosigkeit hingiebt. [2])

[1]) |Als Beispiele sind die von Crampton beschriebenen, höchst merkwürdigen Falle zu vergleichen. (Canstatt's Jahresbericht für 1851, Bd. IV, pag. 24.)|

[2]) Zum Beweise ein Beispiel aus dem Werke Dupuytren's: „Vor ohngefähr zehn Jahren (Dupuytren schrieb 1834) bekam ein junger Mann in einem Streite einen Messerstich oben auf dem Kopfe, wobei das Messer den Schädel durchbohrte und abbrach. Der Chirurg, welcher den Kranken verband, untersuchte die Wunde nicht mit der gehörigen Aufmerksamkeit, sondern vereinigte die Wundränder, und der Kranke genas. Mehrere Jahre vergingen ohne andere Zufälle, als dass der Kranke mitunter Schmerzen in der Narbe empfand. Nach Verlauf einiger Jahre liess er sich in's Hôtel-Dieu aufnehmen, und als ich die Narbe untersuchte, fühlte ich sie aufgehoben und unter ihr einen fremden Körper. Nachdem ich incidirt hatte, zog ich vermittelst der Trepanation den spitzen Theil einer Messerklinge hervor. Dennoch blieben die Zufälle und es gesellte sich zu ihnen noch eine Paralyse der der Verwundung entgegengesetzten Körperseite. Nach Incision der *Dura mater* fand ich nichts, aber als ich mit Vorsicht mein Bistouri in das Gehirn senkte, sprang sofort der Eiter hervor. Noch denselben Abend nach der Operation verschwanden

Degen-, Rappier- oder Messerspitzen, Enden eiserner Ladstöcke u. dgl., kann man gewöhnlich mit der Zange herausziehen, so fern ihr hervorragendes Stück hinlänglich gross ist, um es fassen zu können. Sind solche Gegenstände aber stark eingekeilt und leisten Widerstand, so kann man mit Vortheil das Charrière'sche Instrument, eine Nachahmung des Paré'schen Elevatoriums, anwenden. Es ist dies eine Art Dreifuss mit centralem Stiel, welcher in den fremden Körper eingreift. Dieser Stiel ist eine Schraube und geht durch zwei runde Scheiben, welche die Füsse des Instruments vereinigen; indem man den Stiel zurückschraubt, entfernt man zugleich den von ihm gehaltenen fremden Körper. Lässt sich der fremde Körper aber nicht fassen, so muss man zu einer Trepankrone greifen, deren Grösse im Verhältniss zu dem auszuziehenden fremden Körper stehen muss.[1]) Hier begegnen wir also der ersten, gewiss von Niemand beanstandeten Indication für die Trepanation.

Bei dieser Art von Kopfwunden ist die innere Tafel, da sie leicht zerspringt, oft in grösserem Umfange gebrochen, wie die äussere; hieraus folgt die Indication, nach Anwendung des Trepans sorgfältig nach Splittern dieser Tafel zu suchen, weil sie, zurückgelassen, eben so viele Entzündungsursachen werden würden.[2]) Man kann bei Brüchen beider Tafeln immer annehmen, dass die innere Tafel weiter gebrochen ist, als die äussere.

die Erscheinungen (Fieber, Sommolenz, Delirien) und der Kranke genas." — Wie man auch über die Wirklichkeit eines geöffneten Gehirnabscesses und über die Schnelligkeit der erfolgten Heilung denken möge; es bleibt die Thatsache feststehen, dass eine Messerklinge mehrere Jahre, ohne üble Zufälle zu verursachen, im Schädel haften kann, dass diese Zufälle aber später doch hervortreten. Hieraus folgt aber die Nothwendigkeit, genau nach fremden Körpern zu forschen, um sie sicher zu entfernen.

[1]) Da die Pyramide des Trepans hier gewöhnlich nicht anwendbar ist, so bedient man sich, um die Krone zu fixiren und ihren Gang zu befestigen, einer runden Pappscheibe mit einer centralen Oeffnung, welche den Durchmesser der Krone hat. (S. unten „Trepanation.")

[2]) In der ersten Sitzung der *Société de chirurgie*, August 1843, zeigte Denonvilliers den Schädel eines Menschen, welchem ein Ziegel auf den Kopf gefallen war; er hatte eine *Fractura comminuta*, ein Loch mit Splittern gefüllt. Es wurde erkannt, dass die Splitter zahlreicher, also die Fractur ausgedehnter sei an der innern Tafel. Die Oeffnung des Schädels, nach Beseitigung der Splitter, erschien trichterförmig, aber von Innen nach Aussen verengt, und Denonvilliers führte an, dass die zerbrochenen Schädel des Dupuytren'schen Museums der Mehrzahl nach diese Eigenthümlichkeit haben, [eine auch anderweitig bekannte und durch jeden Versuch an der Leiche zu erweisende Thatsache.]

Wenn aber keine Spur eines verletzenden Körpers in der Wunde zurückgeblieben ist, und kein Zeichen von Druck sich kund giebt, so ist die Wunde zu vereinigen und einfach zu verbinden, und zwar um so eher, wenn die äussere Tafel allein nur angehauen, oder vielleicht nur gestreift ist. Die Erkenntniss der Tiefe der Wunde ist aber nicht immer leicht. Zwar würden die Besichtigung des Instruments, die Kenntniss der Richtung in welcher es verletzte, die Würdigung der Gewalt mit welcher es geführt wurde, Anhaltspunkte für die Diagnose sein, wenn sie nicht, und namentlich die letztern beiden, in den meisten Fällen ausserhalb der Möglichkeit lägen. Aber abgesehen hiervon, würde selbst ihre Gesammtheit eine *sichere* Diagnose der Tiefe der Wunde nicht zu begründen vermögen. Der Gebrauch der Sonde kann gefährlich, oft selbst unausführbar sein, so dass hier eben so, wie bei den übrigen Fällen von Kopfwunden, eine lange Ueberwachung des Kranken und ein kräftiger Eingriff beim ersten Erscheinen der Gehirnsymptome unumgänglich nothwendig sind.

C. *Quetschungen und gequetschte Wunden.* Eine Contusion der Schädelknochen allein ist unmöglich; die äussern Weichtheile müssen mehr oder weniger mit verletzt sein. Oft ist gleichzeitig der Knochen entblösst, und dann ist es weniger schwierig, die Contusion desselben zu erkennen. Mitunter ist die Diploë allein gequetscht, was jedoch in den ersten Augenblicken zu erkennen unmöglich ist.

Wenn einer Seits die sichere Erkenntniss einer Quetschung der Schädelknochen an sich selten möglich ist; so ist es anderer Seits gewiss, dass die Gestalt des verletzenden Körpers, die Kraft und Richtung seiner Einwirkung und endlich die an dem Kranken gleich nach der Verletzung wahrnehmbaren Erscheinungen, Wahrscheinlichkeiten darbieten können, welche den Chirurgen wenigstens veranlassen, mit grosser Sorgfalt den Kranken zu überwachen. Bei jungen und blutreichen Personen kann man vorbeugende Aderlässe machen; in jedem Falle aber ist der Kranke einem strengen diätetischen Regimen zu unterwerfen. Bei Schusswunden, namentlich wenn das Geschoss nahezu rechtwinklig aufschlug, besteht immer der Verdacht einer Knochenquetschung. Die Beschaffenheit der Wunde in den Weichtheilen kann hier Auskunft geben über die Richtung des Schusses; denn wenn eine Kugel den Schädel in gerader Richtung traf, so hat die Wunde eine abgerundete Gestalt und ist mit einer Art Kruste, wie eine Scheibe verbrannten [illegible] versehen; wenn aber die Kugel, durch die [illegible] am Knochen hinstreifend, eine rinnenförmige Wunde aufgewühlt hat, so stellt diese gleichsam eine Strasse durch zerrissenes und (in minderem Grade als im vorigen Falle) gequetschtes Fleisch dar.

Die Contusionen der Schädelknochen sind im Allgemeinen schwere Verletzungen und spät oft erscheinen erst ihre Symptome, denn im Knochengewebe tritt die Entzündung sehr langsam auf, und wenn die innerhalb der Schädelhöhle gelegenen Organe nicht gleichzeitig mit dem Knochen eine Quetschung erlitten, so entsteht in ihnen die Entzündung erst nach der Knochen-Entzündung. Bei Kindern jedoch erscheinen, wie schon Paré anführt, die Symptome der Quetschung der Schädelknochen schneller, weil hier die Knochen weniger hart, zarter und blutreicher sind, als bei Erwachsenen; deshalb eitern sie auch leichter.[1]) Die schweren Zufälle, welche auf Contusionen des Schädels zu folgen pflegen, haben mehrere Wundärzte bewogen, den Trepan in Vorschlag und Anwendung zu bringen noch vor dem Auftreten jener Zufälle, d. h. als vorbeugendes Mittel. Boyer, sonst ein entschiedener Anhänger der Desault'schen Schule, schüttelt hier das Joch seines Lehrers auf eine sehr entschiedene Weise ab. Desault nämlich hat in den fünf letzten Jahren seiner ausgedehnten Praxis alle die in grosser Zahl vorkommenden Schädelverletzungen durchaus ohne Trepanation behandelt.[2]) Boyer dagegen schreibt in seinem bekannten Lehrbuche: „Wo auch immer die Contusion den Kopf getroffen hat, wenn man das *Pericranium* vom Knochen gelöst und folglich letztern entblösst findet, so ist er gequetscht, und die Anwendung des Trepans ist eben so nöthig, wie beim Knochenbruch. Trepanirt man nicht, so entzündet sich die *Dura mater* und es erfolgt eine tödtliche Eiterung. Wenn Quetschungen durch Geschosse am Schädel schon vorkommen können ohne gleichzeitige Zerstörung der Weichtheile, wie viel mehr wird er gequetscht sein, wenn diese zerstört wurden. Deshalb betrachtet man die Entblössung des Knochens als sicheres Zeichen vorhandener Quetschung, und da diese fast immer bedenkliche Erscheinungen hervorruft, und zwar zu der Zeit, wo man über den Zustand des Kranken schon völlig beruhigt sein zu können glaubt, so muss man durch den Trepan diesen Erscheinungen zuvorkommen. Ferner folgt aus dem eben Gesagten, dass in allen Fällen von Quetschungen des Schädels durch Schusswunden, wenn diese nicht etwa sehr unbedeutend sind, die

[1]) *„Les os sont moins durs, plus déliés et plus arrosés et imbus de sang, que ceux des vieux et partant s'altèrent et pourrissent plus tôt."* A. Paré.

[2]) *Oeuvres chirurg. de* Desault. *T. II, p.* 33.

Incision der Weichtheile zum Zweck der Untersuchung des Schädels nothwendig sei. Findet man dann das *Pericranium* vom Knochen gelöst und die Farbe des letztern verändert, so ist der Trepan angezeigt.“ Boyer schrieb dies unter dem Einfluss der Pott'schen Ideen, welche sich an die griechische Schule anschlossen; denn schon Hippocrates lehrte: sobald die Contusion des Schädels erkannt war, innerhalb der drei ersten Tage nach derselben zu trepaniren, um das kranke Knochenstück zu entfernen, bevor die Necrose desselben Ursache von Druck und Entzündung des Gehirns würde; er empfahl also die prophylaktische Trepanation.

Erkennt man aber die Nothwendigkeit an, bei Contusionen des Schädels zu trepaniren, so muss man auch die Zeichen einer solchen Contusion genau angeben können, und da begreift man nicht, wie Boyer, ein so erfahrener Chirurg, dazu kommt, zu behaupten, dass, wo der Knochen entblösst sei, auch eine Contusion vorauszusetzen wäre. Man müsste aber, um wirklich rationell zu trepaniren, nicht blos das Vorhandensein, sondern auch den Umfang einer Schädelcontusion bestimmen können. Uebrigens dürfte überhaupt selten eine einzige Trepankrone die Grenzen der Contusion umfassen, welche gewiss um so schwieriger zu bestimmen sind, je weniger schon die Grenzen einer Contusion der Weichtheile in sicherer Weise gleich nach der Verletzung festgestellt werden können. Die diagnostischen Incisionen der Weichtheile (um einen etwa vorhandenen Bruch zu erkennen) sind verwerflich; im Gegentheil, das Beste, was man im Falle einer gequetschten Wunde thun kann, ist, die Weichtheile möglichst genau zu vereinigen, den Kranken einem strengen Regimen zu unterwerfen, wenn die ersten Wirkungen der Commotion vorüber sind, je nach den Cerebralsymptomen, zur Ader zu lassen, und endlich den Kranken überhaupt in solche Verhältnisse zu bringen, dass der beginnenden Entzündung vorgebeugt, oder dieselbe mit Vortheil bekämpft werden könne.

Giebt es Knocheneindrücke am Schädel ohne Fractur? Diese Verletzung wurde von fast allen ältern Chirurgen angenommen und von fast allen neuern geläugnet, indem letztere behaupteten, dass man in den meisten Fällen eine jener oben besprochenen Blutbeulen mit einem Schädeleindrucke verwechselt habe. Dass es dergleichen giebt, welche bei harten Rändern weich und im Mittelpunkte eindrückbar sind, ist bekannt, und diese haben gewiss am Meisten dazu beigetragen, jenen diagnostischen Irrthum hervorzurufen. Auch hat man wohl einen angeborenen Eindruck, oder eine unregelmässige Entwicklung eines schon vorher kranken Knochens für einen zufälligen Eindruck gehalten. Durch die Section ist an dem sonst gesunden Schädel eines Erwachsenen niemals die Existenz eines Eindrucks ohne Knochenbruch nachgewiesen. Will man nun behaupten, dass der Eindruck sich von selbst wieder gehoben habe, so heisst das nur einen neuen Beweis liefern, dass man eine Blutbeule für einen Eindruck gehalten habe. Doch darf man diese Eindrücke wol nicht unbedingt läugnen: sie sind in den ersten Lebensperioden, oder wenn bei Erwachsenen die Diploë eine gewisse Verdünnung erlitten hat, erklärlich. Schon Paré[1]) nahm sie bei Kindern als möglich an. „Man findet sie," sagt er, „an den weichen Knochen der Kinder ohne Riss oder Bruch, ohngefähr wie Beulen ohne Brüche in zinnernen und kupfernen Gefässen." Chaussier und Velpeau haben sie gleichfalls bei Neugeborenen gefunden; hier sollen diese Eindrücke im Augenblicke der Geburt durch den Druck der mütterlichen Beckenknochen entstanden sein. Im erwachsenen Alter sind diese Eindrücke nicht blos nicht beobachtet, sondern sie sind auch nicht einmal vereinbar mit einer normalen Bildung des Schädels;[2]) es wäre dazu nothwendig ein hoher Grad von *Osteoporose* des Schädels erforderlich. (Vgl. Bd. II, pag. 561 u. f.) Foville gedenkt unter den krankhaften Veränderungen am Schädel Geisteskranker eines Vorwaltens des spongiösen Gewebes mit gleichzeitiger bedeutender Blutüberfüllung, und solche Knochen, sagt er, welche dem Gewebe der Rippen ziemlich nahe kommen, werden durch einen Schlag mit dem Hammer eingedrückt, anstatt zu zerspringen.[3]) Doch würde man auch selbst bei dem Kinde wol zu

[1]) *Oeuvres d'Amb. Paré. Paris* 1840. *T. II, p.* 12.

[2]) Bégin erwähnt eines bereits bejahrten Mannes, welchem ein Balken auf den Kopf gefallen war, und bei welchem nach vollendeter Genesung auf einer der Seitenwandbeine eine hinlänglich tiefe und breite Furche zurückgeblieben war, um einen Theil des kleinen Fingers aufzunehmen. Die Ränder des Eindrucks waren glatt abgerundet und gingen regelmässig aber steil bis auf den Grund der Furche; dennoch aber war es unmöglich, eine Spur von Bruch wahrzunehmen. So berichtet Bégin; wo ist aber der Beweis, dass nicht doch ein (vielleicht nicht einmal) unvollkommener Bruch vorhanden war. Uebrigens ist das Ende der citirten Stelle noch viel wichtiger für die Lösung der vorliegenden Frage, indem Bégin hinzufügt: „Die Leichenöffnung solcher Individuen, welche an ähnlichen Affectionen gelitten, hat Dupuytren immer gezeigt, dass in solchen Fällen nur die eine Knochentafel, entweder die äussere oder die innere, nachgegeben und den Eindruck aufgenommen hatte, während die andere und gleichzeitig die Diploë gebrochen war." Man sieht also, dass es in der That unvollkommene Brüche waren.

[3]) *Dictionnaire de méd. et de chirurg. prat. T. I, p.* 551.

weit gehen, wenn man behaupten wollte, dass die Continuität keiner einzigen Knochenlamelle gestört sei. Es handelt sich hier, wie bei den sogenannten „Verbiegungen der Knochen" überhaupt, um unvollständige Brüche, Infractionen u. s. f. (vergl. Bd. II, pag. 347 u. 572). Daher sind diese Eindrücke keineswegs mit denen eines zinnernen Gefässes zu vergleichen, sondern mit denen vielmehr, welche man einem grünen Reis durch übermässige Biegung beibringt.[1])

Doch welcher Meinung man auch huldige, nie wird man ein Zurückbringen, eine Ausgleichung des Eindrucks vermittelst Heftpflaster und Schröpfköpfe für möglich halten; eben so wird man sich wol vor dem Gebrauch der Elevatorien hüten, welche in dem Maasse, wie sie den Knochen fassen, ihn tiefer eindrücken. Endlich wird man sich zur Trepanation gewiss nicht entschliessen, besonders, wenn man beachtet, dass selbst die grössten Anhänger dieser Operation in älterer wie in neuerer Zeit (Boyer und Hippocrates) behaupten: der Eindruck an und für sich erheische die Trepanation nicht.[2])

Eindrücke ohne Bruch dürfen nur als mehr oder weniger bedeutende Contusionen des Schädels angesehen und dem gemäss behandelt werden. Bei jungen Kindern sind sie von geringerer Bedeutung, und wenn sie bei Erwachsenen (in der von Foville angegebenen Art) vorkämen, so würde man auch hier sich nur auf die Behandlung einer sehr heftigen Contusion zu beschränken haben.

D. Knochenbrüche des Schädels. Quetschende Körper, welche eine grosse Gewalt auf den Schädel ausüben, bringen oft Knochenbrüche hervor; indem sie die Form der Knochen gewaltsamer Weise zu verändern streben. Diese Knochenbrüche sind sehr verschieden. Zunächst kann man sie in zwei Abtheilungen bringen: 1) directe Brüche; 2) Brüche durch Gegenschlag.

1) Directe Brüche. Sie entstehen an der getroffenen Stelle des Schädels selbst und zwar kann die äussere Tafel allein

[1]) *Sabatier, médecine opérat. T. II, p.* 26.

[2]) Sehr richtig citirt Boyer einen Fall Plattner's: „Ein Mann, welcher aus dem dritten Stockwerk herunter gefallen war, verlor das Bewusstsein und blieb einige Zeit in einem Zustande von Stupor. Nachdem man die Haare abrasirt, fand man einen tiefen und breiten Eindruck des Schädels, über welchem die äussere Haut jedoch ganz unverletzt war. Als der Kranke wieder zu sich kam, behauptete er, aus Furcht man könne incidiren, dieser Eindruck sei keineswegs Folge seines Falles, sondern er habe ihn von Kindheit an gehabt. Er genas bald ohne irgend welches bedenkliche Symptom." *Instit. chirurg.* 98, Note 6.

gebrochen sein, oder der Bruch kann als vollkommener die ganze Dicke des Knochens durchdringen. In letzterem Falle sind die Bruchränder entweder von einander entfernt — wahre Fractur; oder sie stehen an einander — Spalt, Fissur, wobei die Störung in der Continuität oft kaum bemerkbar ist. Beide Arten der Brüche können auch durch Gegenschlag hervorgebracht werden. Bei directen Brüchen sind die Bruchstücke entweder in die Schädelhöhle hineingedrückt oder nicht, d. h. der Bruch besteht mit oder ohne Knocheneindruck.

a) Brüche der äusseren Tafel. Sie sind die Wirkung quetschender Körper und haben eine grössere Bedeutung als die einfachen Sprünge, die von einer durch stechende oder schneidende Instrumente verursachten Knochenwunde ausgehen. Indem nämlich der quetschende Körper die Diploë zermalmt und das Blut sich in ihre Zellen ergiesst, wird die Eiterung fast unvermeidlich, wodurch, nach den Lehren der griechischen Schule, eine Indication für die prophylaktische Trepanation gegeben wäre. Doch ist im Allgemeinen der isolirte Bruch der äusseren Tafel begreiflicher Weise immer noch weniger gefährlich als derjenige der innern. Die Stelle des Schädels, wo die isolirte Fractur der äussern Tafel besonders hervortritt, ist die Gegend der Stirnhöhlen, indem dort, namentlich bei Greisen, die beiden Knochenplatten ziemlich weit auseinander stehen. Die Trepanation ist hier in der ersten Zeit nicht angezeigt; sie könnte späterhin nothwendig werden, wenn ein erheblicher Theil des Knochens nekrotisch würde und die Abstossung des Sequesters lange auf sich warten liesse, doch hätte die Operation in diesem Falle nur eine entfernte Aehnlichkeit mit derjenigen, welche die Höhle des Schädels selbst öffnet.

b) Einfacher Bruch beider Tafeln. Die Knochen haben, mag nun wirkliche Fractur oder nur Fissur vorhanden sein, in diesem Falle ihr Niveau behalten; es wird daher (sofern nicht Splitterung der innern Glastafel besteht) von keinem Bruchstück ein Druck auf das Gehirn ausgeübt werden können. Doch muss immer zugleich eine mehr oder minder heftige Contusion der Weichtheile oder auch der Knochen, mehr oder weniger Gefässzerreissung innerhalb oder ausserhalb des Knochens, und somit Veranlassung zu Bluterguss und Entzündung, so wie zu Compression des Gehirns bestehen.[1])

[1]) Fig. 130 zeigt einen Knochenbruch, welcher eine Entzündung des Knochens veranlasst hat, deren Zeichen durch die sehr deutliche Gefässentwickelung (Osteoporose) angezeigt sind.

Die Fractur ist leicht zu erkennen, wenn zugleich die Weichtheile getrennt und der Knochen entblösst ist. Es ist unzweckmässig, in diesem Falle noch Einschnitte zu machen, um zu sehen, wie weit der Bruch sich erstreckt; die Gefahr nachfolgender Entzündung würde hierdurch nur vermehrt werden. Bei jeder Schädelfractur mit nur einigermaassen deutlichem Auseinanderweichen der Ränder ist immer eine grössere Ausdehnung vorauszusetzen.

Schwieriger ist die Diagnose der Fissur. Man soll sie verwechselt haben mit Gefässfurchen, mit Nähten, namentlich an den Wormschen Knochen.*) Die genaue Kenntniss der Nähte und der vorzüglichsten Worm'schen Knochen hat die Möglichkeit hierin zu irren sehr vermindert. Man hat den Rath gegeben, zur Sicherung der Diagnose den Schädel mit Tinte zu bestreichen und dieselbe wieder abzuwischen; wo sie verschwindet, war eine Furche, wo sie zurückbleibt, eine Fissur. Sicherer als dies bereits obsolete Mittel ist das Abschaben des Periost, |was aber natürlich die Ernährung des Knochens in hohem Grade gefährdet.| Uebrigens hat die genaue Kenntniss einer einfachen Fractur und namentlich Fissur nur für diejenigen Bedeutung, welche die prophylaktische Trepanation anwenden wollen. Uns scheint eine einfache Fissur hierzu keine Indication; die etwa nachfolgenden Symptome der Compression müssen den einzuschlagenden Weg bestimmen. Ist der Schädel nicht entblösst, so muss man, um zu einer genauen Kenntniss des Bruchs zu gelangen, die sogenannten rationellen Symptome, die anamnestischen zu Hülfe nehmen. Man untersucht die Beschaffenheit des verletzenden Körpers, man sucht die Gewalt und Richtung seiner Einwirkung zu ermessen, und befragt endlich den Kranken selbst über seine Empfindungen im Augenblicke der Verletzung. War der verletzende Körper voluminös, von grosser Schwere und sehr hart, der Schlag heftig, traf er den Schädel an einer dünnen Stelle in gerader Richtung, bringt der Kranke oft mechanisch die Hand an die getroffene Stelle, so kann

*) Man liest in den *Mélanges de chirurgie* von Saucerotte die Krankheitsgeschichte eines Geistlichen, welcher auf das Hinterhaupt gefallen war. Nachdem die Weichtheile eingeschnitten und das Hinterhauptbein blossgelegt war, glaubte man einen transversellen Sprung zu entdecken; man ging eben an die Trepanation, als Nouvelle sich dieser widersetzte, indem er behauptete, es sei dies ein Worm'scher Knochen. Der Kranke genas ohne Trepanation und vermachte an Nouvelle seinen Schädel, welcher später in Saucerotte's Sammlung zu sehen war. Der Worm'sche Knochen vertrat in ihm die Stelle des obern Winkels des Hinterhauptbeins; er war 22 Linien im Quadrat gross. |Worm'sche Knochen der Art sind nicht so gar selten.|

man aus der Vereinigung aller dieser Symptome, nach einigen Chirurgen, das Bestehen einer Fractur schliessen. Es giebt sogar Einige, welche noch weniger Sicherheit verlangten, um zum Trepan zu greifen. Unläugbar kann eine vorhandene Fractur diese Zeichen hervorrufen, doch können sie auch ohne Fractur gefunden werden, so wie anderer Seits diese ohne ein einziges jener Zeichen bestehen kann.[1]) Der durch den Unfall selbst veranlasste Schreck verhindert den Kranken, das Geräusch wie von einem zerbrochenen Topfe, welches im Augenblicke des Bruchs entstehen soll, wahrzunehmen. Uebrigens würde er, selbst wenn er dies Geräusch hörte, es nicht zu deuten vermögen; denn das sind Empfindungen, welche man, um sie genau zu verstehen, mehrmals empfunden haben muss, oder auf welche man vorbereitet sein muss, was beides begreiflicher Weise nicht der Fall ist; deshalb ist es unfasslich, dass ein so ausgezeichneter Chirurg, wie Lamotte, auf diese einzige Indication hin trepanirte. In der That traf er es richtig. Auch Quesnay hielt sehr viel auf dieses Symptom, welches jedoch heutigen Tages so sehr von seiner Bedeutung verloren hat, dass man den Kranken nicht einmal mehr darüber befragt. Zu diesen sogenannten rationellen Zeichen pflegt man auch Gehirnsymptome zu zählen, welche vielmehr auf Gehirnerschütterung oder Gehirndruck, als auf eine Fractur zu beziehen sind. Einer teigigen Geschwulst, welcher man in dieser Beziehung grosse Bedeutung beilegt, werden wir bald Erwähnung thun. Sobald Gehirnsymptome und namentlich diejenigen des Gehirneindrucks erscheinen, pflegt man viel auf den Zustand des Pericraniums zu geben, besonders wenn ein heftiger Schlag den Kopf getroffen hat. Man glaubt z. B. an das Vorhandensein eines Bruchs, wenn das Pericranium vom Knochen losgelöst ist, und doch kann der Schlag den Knochen ohne Fractur entblösst haben und anderer Seits kann eine Fractur auch ohne Zerreissung des Pericraniums existiren. Aber die Lostrennung dieser Membran vom Knochen hat eine bei weitem grössere Bedeutung als Symptom, wenn sie während der zweiten Periode der Wunde consecutiver, oder, wie man sagt, spontaner Weise auftritt; denn in den meisten Fällen deutet sie dann auf eine krankhafte Thätigkeit im Innern des Schädels hin, welche freilich auch Folge einer einfachen Contusion des Schädels, ja selbst einer blossen Gehirnerschütterung

[1]) Quesnay (*Mém. de l'académie de chir. T. I.*) erzählt von einem Manne, dem ein zwanzigpfündiger Baustein gerade auf den Kopf fiel, ohne einen Knochenbruch zu verursachen, während in einem andern Falle ein Faustschlag in der Schläfe einen Bruch bewirkte, welchem ein tödtlich ablaufender Erguss folgte.

ohne wahrnehmbare Verletzung des Knochens sein kann. **Pott** legte das grösste Gewicht auf diese spontane Lostrennung des Pericranium vom Knochen, als Zeichen gleichzeitiger Lostrennung der *Dura mater*, welche beiden Verletzungen er für wesentlich zusammenhängend hielt.

Auch hier kann für diejenigen Chirurgen wenigstens, welche mit vernünftiger Mässigung den Trepan gebrauchen, die Entdeckung des Bruchs an sich keine Indication für diese Operation abgeben. Ueberdies sind Schädelfracturen fast immer zu umfänglich, als dass eine einzige Trepankrone zu ihrer Entfernung hinreichte. Wollte man aber im ganzen Verlauf der Fractur trepaniren, so müsste dies heutigen Tags mindestens für eine unverantwortliche Kühnheit gelten.

Fig. 1.

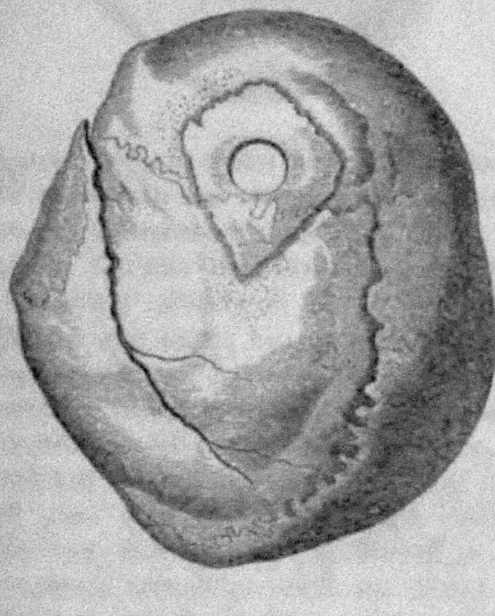

Fig. 1. und 2. zeigen, dass eine anscheinend einfache Fractur sich weit ausdehnen und selbst verzweigen könne; soll man sie deshalb mit Trepankronen in ihrer ganzen Ausdehnung verfolgen? Beide dem **Dupuytren**'schen Museum entnommenen Abbildungen zeigen noch andere später zu berücksichtigende Eigenthümlichkeiten; so z. B. sieht man auf dem Stirnbein eine Trepanöffnung und um dieselbe einen sich bildenden Sequester. Ferner bemerkt man im Umfange des hauptsächlichsten Bruchs eine Gefässentwickelung, welche beweist, dass eine intensive Ostitis vorhanden war.

Fig. 2.

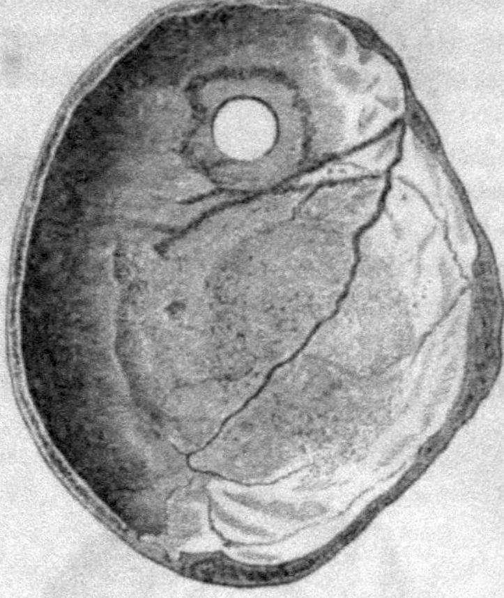

Sehr ausgedehnte Brüche lassen mitunter zwischen den Knochenstücken ausreichenden Raum, um dem Blute Abfluss zu gewähren. Man hat vorgeschlagen, denselben zu erweitern, oder ihn vermöge eines Holzsplitters offen zu erhalten. Hierdurch werden aber nothwendiger Weise die Weichtheile, besonders an den Endpunkten des Bruchs, gezerrt, und sobald man den Keil tiefer hineinschiebt, die *Dura mater* gereizt. [Die Verletzung wird solcher Gestalt künstlich mit einem fremden Körper complicirt.] Es ist, wenn die Knochenränder klaffen, viel besser, den Abstand weder zu vergrössern, noch zu verringern, sondern den Bewegungen des Gehirns selbst die Sorge, das auf die *Dura mater* ergossene Blut fortzuschaffen, zu überlassen. Dagegen darf man, sofern es möglich ist, den Abfluss des Bluts durch eine passende Lage begünstigen, so nämlich, dass, wenn die Wunde in einem Seitentheile des Schädels ist, der Kranke auf die entsprechende Körperseite gelagert werde.

4) Vielfache Fracturen, Splitterbrüche beider Tafeln. Zusammengesetzte oder vielfache Brüche sind, wie schon bemerkt, immer die Folge directer Einwirkung; aber ihre Ursache (der verletzende Körper) kann, je nach Umfang und Form, in grösserer oder geringerer Ausdehnung auf den Schädel einwirken, wodurch eine entsprechende Verschiedenheit in der Ausdehnung des Bruchs erzeugt wird. Die Verwirrung in der Lehre von der Behandlung

dieser Art der Fractur und namentlich über die Indicationen des Trepans hat wesentlich darin ihren Grund, dass man die möglichen Verschiedenheiten dieser Verletzung nicht gewürdigt hat. Die hauptsächlichste derselben betrifft die Ausdehnung des Bruchs, je nachdem er auf den getroffenen Knochen beschränkt bleibt, oder über dessen Grenzen hinausgeht, ein Umstand, welcher mitunter gründlicherer Erwägung bedarf, als der Grad des gleichzeitigen Eindrucks. Wenn nämlich der vielfache (Splitter-) Bruch auf einen Knochen beschränkt bleibt, entweder, wie es die Autoren bezeichnen, als Stern- oder einfacher Strahl-Bruch, so hat man, da die Kraft der verletzenden Gewalt an der verletzten Stelle erschöpft ist, weniger von der Gehirnerschütterung zu besorgen, und die Entzündung bleibt auf einen geringeren Umfang beschränkt. Dagegen drängt der Splitterbruch, welcher mehr oder minder gewundene, sich weithin ausbreitende Verzweigungen darbietet, durch mehrere Knochen oft vom Gewölbe bis zur Basis des Schädels.

Was die Ausdehnung und Vielfachheit der Verletzungen betrifft, so ist der Schädelbruch des Herzogs von Orleans der merkwürdigste. Es ist bekannt, dass der Prinz am 13. Juli 1842 von einem Wagen fiel, mit welchem die Pferde durchgingen. Der Tod erfolgte auf der Stelle. Die Lambda-, die Schuppen-, die Zitzen-, die Keilbein- und Felsenbein-Nähte waren getrennt und ein von rechts von der Lambda-Naht ausgehender Bruch drang ein wenig über den hintern untern Winkel des Seitenwandbeins durch den Schuppentheil des Schläfenbeins, ging in die Schläfengrube und endete auf dem grossen Flügel des Keilbeins. Ein anderer Bruch ging links von der Lambda-Naht von hinten nach vorn mitten durch das Seitenwandbein und trennte in derselben Richtung die Schuppe des Schläfenbeins von dem übrigen Knochen. Bei der gleichzeitigen Trennung der Nähte hing also dieser Theil des Schädels nur noch an den Weichtheilen. Ein dritter Bruch endlich ging quer durch das Keilbein in der Höhe des Türkensattels. Die Gesammtheit dieser Brüche und Trennungen stellte eine Trennung des Schädels in zwei Theile dar; einen vordern obern, welcher von hinten nach vorn gerechnet die Höhe der Scheitelbeine, die Schuppen der Schläfenbeine, das Stirnbein, Siebbein und fast das ganze Keilbein umfasste, und einen hintern untern mit dem Hinterhauptbein, den unteren Theilen der Scheitel- und Schläfenbeine und dem am weitesten nach Hinten gelegenen Theil des Keilbeins. Beide Bruchtheile bewegten sich aneinander. Marchal (de Calvi), welcher diese Einzelnheiten mittheilt (*Annales de chirurgie*, Paris 1842, T. V, pag. 465), brachte ganz denselben Bruch dadurch hervor, dass er einen Leichnam von einem Tische des Amphitheaters herunter auf das Pflaster stürzte und zwar so, dass der Kopf zuerst und mit seiner linken hintern Seite den Boden traf; der Leichnam hatte aufrecht auf dem Tische gestanden.

In Beziehung auf die Ausdehnung der Verletzungen hat der Fall des Prinzen kaum ein Analogon, als in einer Beobachtung Chassaignac's (s. dessen *Thèse de concours*), in welcher eine solche Combination der Trennungen und Brüche zugegen war, dass der ganze Schädel in zwei seitliche Hälften getheilt wurde.

Marchal zog aus seinen Untersuchungen den Schluss, dass, da der Prinz in Folge der Schwingung des Wagens rückwärts gefallen war, er auf die hintere Fläche des Kopfes gestürzt sei, und zwar auf das äusserste Ende eines bedeutenden Hebels, dessen Maass durch die Länge des Körpers in Verbindung mit der Gewalt der Bewegung bestimmt wird. Vergessen wir nicht, dass die Schnelligkeit der letzteren einen hohen Grad erreicht hatte, indem die Pferde durchgingen. Dabei macht Marchal die richtige Bemerkung, dass die Fälle auf den Kopf nach Hinten *ceteris paribus* gefährlicher seien, weil sie bei gestrecktem Körper Statt fänden, als diejenigen nach Vorn bei gebeugtem Körper, indem der Kopf immer die Neigung habe, zuerst auf den Boden zu gelangen. Es würde demnach, die Füsse an derselben Stelle gedacht, der Kopf nach Hinten herüber höher fallen, als nach Vorn.

Bei so bedeutenden Zerstörungen der Knochen kann eine Erschütterung und selbst eine Quetschung der Gehirnmasse nicht ausbleiben, und in dem ausgedehnten und verschiedenartigen Verlaufe der Bruchlinie müssen beträchtliche Blutergüsse existiren. Bleibt der kranke nicht unter dem Schlage sofort todt, so ist bei der grossen Ausdehnung der Verletzung es kaum möglich, die Entzündung in Schranken zu halten.

Die Fig. 3 und 4 zeigen einen Bruch mit bedeutendem Eindruck, dessen Ausdehnung, wie in der Regel, innerhalb der Schädelhöhle deutlicher ist, als aussen; gleichzeitig war die Gehirnmasse zermalmt und ein Theil derselben aus dem Ohre der entsprechenden Seite hervorgedrungen. Der Fall betraf einen Kutscher, dessen Pferde mit dem Wagen durchgingen, so dass der Unglückliche von seinem Sitze gegen einen an der Spitze zerbrochenen Meilenstein geschleudert wurde; er lebte noch zwei und dreissig Stunden. (Die folgenden Bemerkungen so wie die Zeichnungen rühren von dem behandelnden Arzte Gislain her.) Der Eindruck betrifft besonders das Seitenwandbein und den hintern obern Theil der Schuppe des Schläfenbeins; sein grösster horizontaler Durchmesser hat 8, der verticale 6 Centimeter.

Fig. 3.

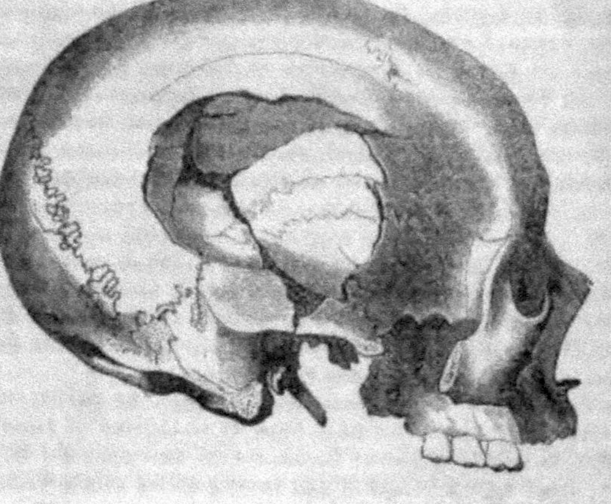

Fig. 4.

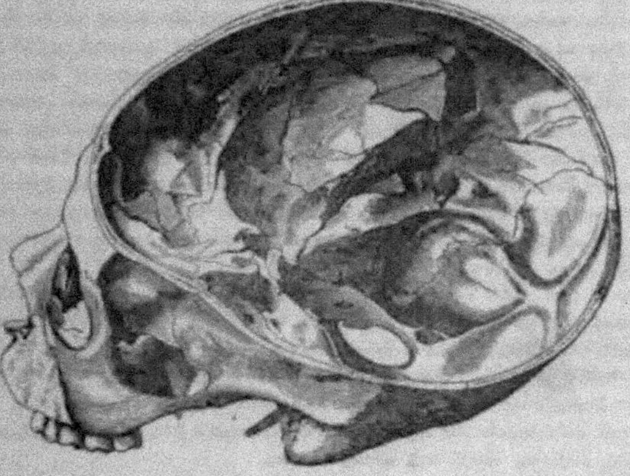

Der Bruch geht über die vordere Fläche des Felsenbeins, welche ein wenig gesenkt erscheint; er läuft an dessen Rande hin, bis zum vorderen Theile des *Foramen lacerum*, indem er so die Keilbein-Schläfenbeinverbindung trennt. In der Höhe des Knies des Fallopischen Kanals stehen die Bruchränder am weitesten auseinander und durch diese Oeffnung war die Gehirnmasse hervorgedrungen. Von da erstreckt sich der Bruch in der Richtung von hinten nach vorn und von rechts nach links an die Seite des Türkensattels und so fort auf die Mitte des Körpers des Keilbeins, welchen er in seiner ganzen Mitte durchdringt, so dass er in der Mittellinie die kleinen Flügel von diesem Knochen trennt; nun wendet er sich ganz zur Linken, dringt in die Augenhöhlendecke dieser Seite und endigt in der Verbindung der Orbital-Fortsätze des Stirnbeins mit dem vordern Theile desselben. Der umfangreiche Eindruck wird durch die Vereinigung mehrerer Brüche gebildet, welche meistens die Gestalt eines Kreisabschnitts haben und in ihrer Verbindung so ziemlich die ovale Gestalt, wie wir sie bezeichnet haben, darstellen. Man kann den Anfangspunkt dieser Brüche gerade unter den äussern Gehörgang auf den Mittelpunkt der obern Wurzel des in seiner ganzen Dicke gespaltenen Zitzenfortsatzes verlegen. Ohngefähr 1 Centimeter über dem Gehörgange theilt sich der Bruch und bildet dann zwei krumme zackige Linien, deren vordere, nach leichter Krümmung nach vorn, gradezu nach oben steigt, in einiger Entfernung an der *Sutur. coron.* hinläuft und dann auf den Anfangspunkt des Risses zurückkommt. Die hintere läuft sofort stark rückwärts bis auf 4 Centimeter von der Lambda-Naht und vervollständigt, indem sie sich abrundet und mit der vordern vereinigt, das Oval. Die gesammte, innerhalb beider krummen Linien liegende Knochenmasse ist deutlich eingedrückt, namentlich (im Umfange zweier Centimeter ohngefähr) in der Nähe des hintern obern Theils des Ovales, 6 Centim. vom Anfangspunkte; hier, wo der Eindruck am bedeutendsten ist, sind auch die Knochen am meisten zertrümmert. Im Innern des Schädels (Fig. 4) finden sich folgende Verletzungen: der dem äussern Eindrucke entsprechende Vorsprung der gebrochenen Knochen ergiebt ziemlich deutlich die Form einer Pyramide, deren Spitze durch die obern Winkel der vier, die Seitenstücke abgebenden Knochenfragmente gebildet wird; die Basen dieser Fragmente geben dann in ihrer Vereinigung jene Kurve, welche der äusserlich sichtbaren ovalen Form entspricht. Die dreiseitigen, scharfspitzigen Fragmente, besonders das obere, welches mehr als 2 Cent. hervorragt, sind völlig von einander getrennt. Die Ausläufer des Bruchs setzen sich auf ihren Seiten fort, verschwinden aber theilweise an der Base der Fragmente, besonders bei den obern, wo in der That die innere Tafel kaum betroffen wurde. Das untere Fragment, dessen Basis fast auf dem Felsenbeine ruht, bildet ebenfalls einen sehr spitzen Winkel. Sämmtliche Fragmente haften nur an der innern Tafel ihrer Basen, welche dem Stosse widerstanden hat. (*Annales de la chirurgie*, T. VIII, p. 236.)

Dieser Fall bildet demnach einen Gegensatz zu den gewöhnlichen Beobachtungen, indem die innere Tafel zerbrechlicher ist als die äussere, hier jedoch allein das Knochenstück hält, welches sonst nur ein an den Weichtheilen haftender Splitter gewesen wäre. Die Form des Bruchs war weder strahlen- noch sternförmig. Die hier beobachtete Form der Bruchstücke selbst, welche, statt dreieckig zu sein, wie sie es nach Angabe der Autoren bei sternförmigem Bruche sein müssten, Kreisabschnitte bildeten, dürfte sich häufiger finden.

Unter den Splitter-Brüchen unterscheiden wir also zwei Fälle, entweder der vielfache Bruch beschränkt sich auf einen Knochen, oder er betrifft mehrere Knochen sowol des Schädelgewölbes, als auch der Basis. Beide Fälle aber scheinen die Trepanation nicht zu erfordern; der erste weil er nicht bedeutend genug, der zweite weil er zu bedeutend ist. In der That ist es bei vielfachen Brüchen, wo die Verletzung beschränkt ist, wo die Weichtheile nicht getrennt und die Knochensplitter nicht zu beweglich sind, wenn keine Zeichen von Gehirndruck bestehen, besser, davon abzustehen. Auch im zweiten Falle sollte man sich der Operation enthalten, denn um alles Blut zu entfernen, bedürfte es ausserordentlich vieler Kronen, und selbst dann würde man fast niemals die Gewissheit erlangen, allen Erguss beseitigt zu haben. Jedenfalls würde der Einfluss der Trepanation nach der wahrscheinlich vorausgegangenen Gehirnerschütterung kein günstiger sein; sie könnte im Gegentheil den Eintritt der Entzündung, die gewöhnliche Folge der Erschütterung, nur noch beschleunigen.

Demnach ist bei Splitterbrüchen ohne Verschiebung der Splitter, wie die Fig. 1 und 2 ein Beispiel darbieten, die Trepanation als Vorbeugungsmittel zu verwerfen. Wenn irgend ein Bruchstück entschieden beweglich ist, so kann man dies entfernen, und der dadurch entstehende Substanzverlust wird, indem er den Abfluss des ergossenen Blutes begünstigt, eine Compression des Gehirns verhüten.

Die vielfachen Brüche mit Eindruck sind sehr verschieden und man würde mit grossem Unrecht die Trepanation bei ihnen ganz allgemein empfehlen oder verwerfen. Es giebt Fälle, wo die Fractur in der That eine *comminuta* ist; die sehr beweglichen Knochenstücke haben verschiedene Richtungen und einige, nach Innen gerichtet, stechen in die *Dura mater* oder verletzen gar das Gehirn; in diesen Fällen ist die prophylaktische Anwendung des Trepans vernünftig, gleichviel, ob die harte Hirnhaut verletzt und Compression zugegen ist oder nicht. Denn die dislocirten Knochensplitter müssen, da sie mehr oder minder der Necrose verfallen, nothwendig eine lebhafte Entzündung hervorrufen, welche, wenn sie nicht sofort tödtet, doch den Kranken während der verschiedenen Phasen des Mortificationsprocesses, welcher ohne einen gewissen Grad von Entzündung nicht bestehen kann, einer andauernden Gefahr aussetzt. Es bedarf dann nur einer Gelegenheit, man möchte sagen eines Anstosses, um diese Entzündung auf das Gehirn zu übertragen. Anderer Seits würde, wenn auch die Vernarbung ohne üble Zufälle zu Stande käme, die Narbe selbst später durch ihre Ungleichheiten die Gehirnfunctionen mehr oder weniger stören, oder sie könnte der Sitz dauernder und unerträglicher Schmerzen werden, welche allein schon oft die nachträgliche Trepanation nothwendig gemacht haben. Selbst Epilepsie und Geisteskrankheiten sind mitunter die Folgen difformer Knochennarben am Schädel. [1]) Es müssen also die eingedrückten Knochensplitter, welche das Gehirn reizen, als Analoga fremder Körper im Gehirn betrachtet werden, zu deren Entfernung man ja auch zum Trepan greift. Hier wie dort wird vorausgesetzt, dass die Entfernung in milderer Weise, etwa, nach Incision oder Dilatation der Wunde, mittelst der Kornzange, mit dem Hebel etc., unausführbar oder gefährlicher als die Trepanation erscheint. Hippocrates, welcher im Allgemeinen gern trepanirte, verwarf dennoch die Trepanation in Fällen von Eindruck, wahrscheinlich in der Voraussetzung, dass verborgene Zerstörungen, gegen welche die Trepanation nichts vermag, (wie sie die Fig. 3 und 4 in dem gleichzeitigen Bruche der Schädelbasis bei beweglichem Eindrucke zeigen, wodurch eine zur Beseitigung der Fragmente in der Schädeldecke unternommene Operation völlig unnütz geworden wäre), in der Regel zugleich bestehen. Es giebt Schädel-

[1]) Eine interessante Beobachtung nervöser Symptome in Folge einer Verdickung der Membranen nach einer Kopfwunde findet sich *Gaz. méd.* 183[illegible], p. 633; sie erschienen unter der Form traumatischer Epilepsie, und wurden von Dudley erfolgreich mit dem Trepan behandelt.

eindrücke, welche breit, oberflächlich und mit festem Grunde versehen sind; andere sind tief und eng, so dass die Bruchstücke übereinander liegen. Finden sich erstere ohne gleichzeitige Symptome von Hirndruck, so bedarf es der Trepanation nicht; die anderen contraindiciren sie trotz der Anwesenheit der bedenklichsten Zufälle, da das Uebereinanderliegen der Knochen einen sehr bedeutenden Umfang des Bruchs und eine Contusion des Gehirns voraussetzen lässt, deren verderbliche Folgen die Operation nur beschleunigen würde. [1]) Der Grad (die Tiefe) des Eindrucks darf nie allein massgebend sein für die Trepanation; man hat bedeutende Eindrücke ohne jedes bedenkliche Symptom gesehen, während andere, so zu sagen ganz oberflächliche, tödtliche Zufälle hervorriefen. Dagegen hat die Lagerung der Knochenstücke einen grossen Einfluss auf die Erregung secundärer Erscheinungen. Eine Meningitis ist begreiflicher Weise wahrscheinlicher, wenn die Gehirnhäute von einer Knochenspitze berührt werden, als wenn eine Knochenfläche, obschon mit ziemlichem Drucke, auf ihnen lastet. Wahrscheinlich hat man die Gefahren der einfachen Compression im Allgemeinen übertrieben und man wird künftig den rein mechanischen Einfluss bezüglich der Erregung secundärer Zufälle etwas geringer anschlagen müssen, als den vitalen.

Manche Chirurgen (unter ihnen J. Abernethy) sehen in dem Schädeleindruck als solchen niemals eine Indication zur Trepanation. Sie wollen, unbekümmert um den Grad, Sitz und die Ausdehnung desselben, die Operation nur dann zulassen, wenn Gehirnsymptome eintreten, welche auf eine Störung der Gehirnfunctionen durch mechanische Ursache hindeuten. Sie stützen ihre Vorsicht auf Beobachtungen von Schädeldepressionen, welche, trotz einer Tiefe von einem Zoll und darüber, dennoch einen glücklichen Ausgang nahmen. [2])

[1]) So verhielt es sich in dem oben (pag. 34) angeführten Falle von Bruch mit Eindruck, wo das Gehirn in dem Grade zerstört war, dass man vernünftiger Weise von keinerlei Art Operation Erfolg erwarten durfte.

[2]) Derartige Beobachtungen sind in der That nicht selten in der Wissenschaft; so citirt Hennen einen geheilten Schädeleindruck von 15 und einen von 18 Linien Tiefe (S. Cooper, *Dict. de chir.*, T. II, pag. 497). Eben so glücklich war Dupuytren in der Behandlung eines berühmten Banquiers. Malgaigne (*Gaz. méd.* 1832, p. 395) berichtet über einen Schädeleindruck in der Scheitelgegend in Folge eines Pferdehufschlags, welcher auf eine Breite von 10 Zoll ohngefähr anderthalb Zoll tief war, hinreichend, um einen gewöhnlichen Löffel aufzunehmen. [Im chirurgischen Clinicum zu Greifswald sehen wir häufig einen Mann, bei dem eine Bruch-Impression von mehr als 6 Linien Tiefe vortrefflich geheilt ist.]

Andererseits giebt es aber auch Beobachtungen, welche be-weisen, dass bei Unterlassung der Trepanation sich eine Entzün-dung ausbildete und durch die dislocirten Knochenstücke unterhal-ten wurde, deren Ausgang tödtlich war, und dass auch in Fällen von Genesung die Kranken doch oft vorher schwere Zufälle über-stehen mussten, mitunter selbst nur mit Verlust eines Theils ihrer Gehirnfunctionen davon kamen. Obgleich im Allgemeinen der ex-spectativen Methode bei Schädelverletzungen nicht anhängen, müssen wir doch in den schon erwähnten Fällen, bei Schädelbrüchen mit grosser Beweglichkeit der Knochenstücke, empfehlen, die Schädel-höhle zu öffnen, sei es nun durch Entfernung eines oder mehrerer (jedoch nicht der sehr festsitzenden) Knochenstücke, oder durch Application einer Trepankrone. Asthley Cooper hielt die Mittel-strasse zwischen den Vertheidigern der exspectativen und denen der eingreifenden Chirurgie. Nach seinem Vorgange darf man, wenn die Knochen nicht entblösst sind, nicht incidiren, um nicht dadurch die Verletzung mit einer Wunde zu compliciren, sondern man muss sie in ihrem subcutanem Zustande belassen; „aber," sagt er, „sind die Knochen entblösst und eingedrückt, so suche ich die Fragmente mit dem Elevatorium zu erheben, und mögen nun Gehirnsymptome zugegen sein oder nicht, ich trepanire nur in den seltensten Fällen; die Knochenstücke suche ich zu entfernen, indem ich den Hebel unter den gebrochenen Knochen schiebe." [1]) Es unterliegt keinem Zweifel, dass diese Methode der allgemeinen Empfehlung der Trepanation vorzuziehen ist. Aber es fragt sich: ist es immer leicht, den Hebel unter die Splitter zu schieben, um sie zu erheben oder fort zu nehmen? Muss man nicht oft besor-gen, sie noch tiefer einzudrücken? Denn diese Knochenstücke lassen wenig Raum zwischen sich und liegen um so enger, je tiefer sie eingedrückt sind; ja sie müssen selbst etwas über einander liegen. Eine Trepankrone macht die Erhebung oder die Extraction dieser Knochensplitter schneller, leichter und mit weniger Gefahr ausführ-bar. Samuel Cooper, welcher sich als Anhänger Abernethy's kundgiebt, stimmt seinem Vetter Asthley nicht bei, [illegible] nicht einmal die Knochenstücke zu erheben, [illegible] von Gehirndruck. Desault behauptet, das [illegible] den Druck der eingedrückten Knochenstücke [illegible] selbst könnten sich nach und nach wieder [illegible] [2])

[1]) Lectures T. I, p. 30[illegible]

[2]) Oeuvres chirurg. de P. J. Desault T. II p. [illegible]

2. Indirecte oder Contra-Fracturen, Fracturen durch Gegenstoss.[1] Wären die Schädelknochen überall gleich dick und widerstandsfähig und wirkten die verletzenden Körper nur auf ganz umschriebene Stellen, so würde es nur directe Brüche geben, denn die grösste Kraft des Stosses wirkt nothwendiger Weise auf den getroffenen Punkt.

Aber es giebt Stellen am Schädel, welche weniger widerstandsfähig und zerbrechlicher sind, als die andern, und die einwirkende Gewalt, zu gering um die zunächst getroffene Stelle zu zerbrechen, kann, sich fortpflanzend, an einer mehr oder weniger entfernten Stelle eine Fractur hervorbringen; dies sind die Brüche durch Gegenstoss, Contrafracturen. Es giebt deren verschiedene; folgende aber werden als typisch angesehen:

1. Die äussere Tafel kann dem Stosse widerstehen, während die innere unmittelbar unter demselben bricht, weil sie zerbrechlicher ist, woher auch ihre Bezeichnung „Glastafel.“ Jedoch liefert der Fig. 4 abgebildete Schädel den Beweis, dass an verschiedenen Stellen nur die äussere Tafel gebrochen sein kann, ohne gleichzeitigen Bruch der entsprechenden Stellen der Glastafel, welche in jenem Falle nur eingebogen war.

2. Beide Tafeln eines Knochen sind gebrochen, aber nicht an der getroffenen Stelle; so z. B. hat der Stoss den Stirnbeinhöcker getroffen, und die Decke der Augenhöhle erlitt den Bruch.

3. Der Stoss trifft einen Knochen und der zunächst gelegene Knochen bricht; z. B. kann das Seitenwandbein brechen nach einem Stoss auf das Stirnbein.

4. Der Bruch betrifft einen dem getroffenen diametral gegenüber liegenden Knochen; z. B. das Hinterhauptbein nach einem Schlage auf das Stirnbein, oder die Schädelbasis nach einem Schlage auf den Scheitel etc.

Es muss aber ausdrücklich hervorgehoben werden, dass nur in den seltensten Fällen der Bruch sich auf eine Tafel oder auch nur auf einen Knochen beschränkt.

[1]) Paul von Aegina läugnet die Fractur durch Gegenstoss und behauptet, man habe sie von den Brüchen der Gläser abstrahirt. Aber die Gläser seien leer, der Schädel gefüllt. Die Contrafracturen seien wirkliche directe Fracturen und die Täuschung beruhe darauf, dass bei einem Falle mehrere Theile des Schädels gleichzeitig getroffen würden (*Lib. VI, cap* 90). Galen, wo er über den Nutzen der Nähte spricht, sagt: sie dienten auch die Gewalt der Stösse zu brechen, die weitere Ausdehnung der Fissuren zu verhüten. (Vergl. Morgagni, *de sedib. et causs. morb. T. VIII, p.* 270, wo die Ansicht Paul's von Aegina angeführt ist.)

Alle diese Brüche haben in ihrer Diagnose unendliche Schwierigkeiten, da objective Localsymptome fast immer fehlen; man muss also zu den rationellen und anamnestischen Symptomen seine Zuflucht nehmen, deren geringe Verlässlichkeit schon oben auseinander gesetzt ist. Der Ton des zerbrochenen Topfes ist auch hier hervorgeholt, und namentlich hat man grosses Gewicht auf eine teigige Geschwulst gelegt, welche sich an der Stelle entwickeln soll, wo die Contrafractur sich findet. Man hat selbst vorgeschlagen, Pflaster oder Cataplasmen auf den rasirten Schädel zu legen; durch sie sollte die Geschwulst mehr entwickelt werden, oder sie sollten wenigstens an der dem Bruche entsprechenden Stelle eine besondere Feuchtigkeit oder Trockenheit zeigen. Doch fehlt diese Geschwulst meistens, und wo sie vorhanden, ist sie mehr die Folge eines zweiten durch den Fall hervorgebrachten Stosses, als einer Contrafractur. Man hat vorgeschlagen, ein Leintuch oder einen hölzernen Stab dem Kranken in den Mund zu geben, und während er das eine Ende mit den Zähnen festhält, soll der Chirurg vermöge des andern Erschütterungen am Kopfe des Kranken hervorbringen, welche an der Stelle des Bruchs Schmerzen veranlassen sollen. Paré und mehrere andere Chirurgen haben dargethan, dass die Erfahrung keineswegs zu Gunsten dieses, heutigen Tages obsoleten Mittels spreche. Auch der Schmerz, welchen der Kranke angeben und nach dessen Stelle er oft die Hand bringen soll, ist ein unsicheres Symptom.[1])

Den Contrafracturen an der Schädelbasis hat man vorzugsweise Blutungen aus den Ohren und aus der Nase, [so wie Sugillationen der Augenlider] zugeschrieben; aber diese können einer einfachen Erschütterung ihre Entstehung verdanken, und jedenfalls sieht man eine ziemliche Anzahl von Kranken, welche trotz dieses Symptoms ohne besondere Zufälle genesen, was immer

[1]) Vidal führt zum Belege eine Beobachtung an, welche ihm den geringen Werth dieses Symptoms dargethan hat. Als er Velpeau an der Charité vertrat, kam ein Mann mit einer gequetschten Wunde an der linken obern Kopfseite in seine Behandlung. Nach vierzehn Tagen eines sehr befriedigenden Zustandes traten plötzlich Gehirnsymptome auf und der Kranke klagte über die heftigsten Schmerzen unmittelbar über der Nasenwurzel; seine Klagen waren so lebhaft und so häufig, und er führte während seiner Delirien so oft die Hand nach der Stirn, dass Vidal sich zur Application von Blutigeln an dieser Stelle entschloss. Nach dem Tode des Kranken zeigte die Obduction Eiter unter dem Scheitelbein und einen Abscess im hintern Lappen des grossen Gehirns, aber nirgend eine Fractur und nichts Abnormes in der dem Stirnbein entsprechenden Gehirnpartie und seinen Membranen.

etwas unwahrscheinlich sein würde, wenn Bruch an der Schädelbasis wirklich vorhanden gewesen wäre. [1])

Symptome von viel grösserer Bedeutung für die Annahme eines solchen Bruches sind: Amaurose eines oder beider Augen, Lähmung der einen Gesichtshälfte und Ausfluss einer serösen Flüssigkeit aus dem Ohr, welche in den ersten Tagen nach der Verletzung eintritt und oft lange Zeit andauert. Begreiflicher Weise können die beiden letzt angegebenen Erscheinungen nur Wirkung eines Bruchs des Felsenbeins [2]) und gleichzeitiger Zerreissung des durch dasselbe hindurchgehenden Nerven (*Facialis*) sein.

Dieser Ausfluss seröser Flüssigkeit aus dem Ohre, dessen schon Bérenger de Carpi und ausführlicher Stalpart van der Wiel gedacht haben, [3]) ist in neuerer Zeit von Laugier, Robert [4]) und Anderen genauer untersucht worden.

Dieser Ausfluss ist Anfangs blutig und wird dann wässrig, indem er zuerst einen röthlichen Schein und dann völlige Durchsichtigkeit zeigt. Seine Quantität wechselt von einigen Grammen täglich bis zu einem Litre; er fliesst ununterbrochen und wird durch eine verstärkte oder verlängerte Exspiration beschleunigt. Verlust des Gehörs ist weder immer mit ihm verbunden, noch seine nothwendige Folge.

Ein gleicher seröser Ausfluss ist auch, wenngleich seltener, aus der Nase beim Bruch ihrer Decke (Sieb-Keilbein) und aus Kopfwunden, die mit Fractur des Schädelgewölbes complicirt waren, beobachtet worden.

Die Untersuchung dieser Flüssigkeit auf Eiweiss lässt kaum eine Spur dieser Substanz in derselben erkennen, weshalb man nicht

[1]) Albers u. A. halten die Blutung aus dem Ohre für ein sehr sicheres Zeichen (*Gaz. méd.* 1840, p. 811). [Jedenfalls kommt eine bedeutende Blutung aus der Nase ohne Fractur der Schädelbasis (des Sieb- und Keil-Beins) ungleich häufiger vor, als eine starke und anhaltende Hämorrhagie aus dem Gehörgange ohne Bruch des Schläfenbeins. Die höchst blutreiche Schleimhaut der Nase liefert auch nach einer Erschütterung viel Blut, die Schleimhaut des Gehörganges und das Paukenfell dagegen bluten zwar auch sehr leicht, aber nicht besonders reichlich und niemals andauernd, wenn es sich um ihre Verletzung allein, ohne Bruch des Schläfen- (namentlich Felsen-) Beins handelt.]

[2]) S. d. Arbeit von Maslieurat, *Gaz. méd.* T. IX, 1841.

[3]) Stalpart van der Wiel hat eine seröse Flüssigkeit fünf Tage ununterbrochen aus dem linken Ohre fliessen sehen, und zwar in solcher Fülle, dass die Quantität des Ausgeflossenen auf mehr als 50 Unzen täglich geschätzt wurde. (*Observat. rarior., cent. prior. observ. XV.*)

[4]) *Mémoire sur l'écoulement très-abondnta qui accompagne certaines fractures de la base du crâne.* Paris 1846. 8o.

mit Laugier annehmen kann, dass sie das abfliessende Serum eines Blutextravasats sei, abgesehen davon, dass schon die Quantität dieser Flüssigkeit ein so bedeutendes Extravasat voraussetzen liesse, dass andere Symptome seine Existenz bekundet haben müssten und man es bei Sectionen gewiss gefunden hätte. Guthrie glaubte, diese Flüssigkeit könne aus der Höhlung der *Arachnoidea* hervordringen, ohne jedoch seine Meinung durch Thatsachen zu unterstützen.

Die chemische Zusammensetzung dieser Flüssigkeit entspricht vollkommen derjenigen der Cerebro-Spinal-Flüssigkeit [1]) und in fast allen Fällen, wo die Leichenöffnung sorgfältig gemacht wurde, erwies sich das örtliche Verhältniss der Verletzung als günstig für einen Abfluss der letzteren Flüssigkeit. So verhielt es sich namentlich in einem von Robert angeführten Falle, wo die Hirnhäute in der Höhe des Türkensattels an der Stelle zerrissen waren, wo die *Arachnoidea* eine Verlängerung zum Stiel der *Gland. pituitaria* ausschickt; es musste also, da die Continuität an einer Stelle zerstört war, wo die Cerebro-Spinal-Flüssigkeit in reichem Maasse vorhanden ist, diese letztere sich mit Leichtigkeit nach Aussen ergiessen. Somit ist es als erwiesen anzusehen, dass die aus manchen Brüchen

[1]) [Wir besitzen jetzt drei sehr genaue und in allen wesentlichen Punkten übereinstimmende Analysen des sogenannten „serösen Ausflusses" von Chatin, von Rabourdin und von Deschamps (1851).

Seröser Ausfluss, nach Deschamps:		Cerebrospinalflüssigkeit, nach Lassaigne:	
Wasser	98,899	Wasser	98,504
Albumin, Fett, Osmazom und eine das Kupferoxyd reducirende Substanz	0,183	Albumin	0,088
Chlorkalium u. Chlornatrium	0,7748	Osmazom	0,474
Andere Salze	0,1432	Chlorkalium und Chlornatrium	0,881
		Andere Salze	0,053

Bedenkt man, dass diese Analysen zu verschiedenen Zeiten und mit verschiedenen Hülfsmitteln an organischen Flüssigkeiten angestellt worden sind, welche, der Natur der Sache nach, unmöglich ganz rein aufgefangen werden konnten, so wird man eine grössere Uebereinstimmung der durch die Analyse gelieferten Resultate nicht verlangen. Die das Kupferoxyd (beim Kochen mit Aetzkali) reducirende Substanz ist nachträglich auch in der Cerebrospinalflüssigkeit von Bussy nachgewiesen worden.

Jedenfalls springt die Verschiedenheit des serösen Ausflusses von Blut-Serum in die Augen. Er enthält bis zu 1 pCt. an Chlorkalium und Chlornatrium, während letzteres höchstens 0,6 pCt. liefert; er enthält nur Spuren von Albumin, während in letzterem ca. 8 pCt. dieser Substanz gefunden werden. (Vergl. *Bussy's Rapport* im *Bullet. de l'acad. de méd.* vom 15. Dec. 1852; Canstatt's Jahresber. f. 1853, Bd. IV.)]

sich ergiessende seröse Flüssigkeit nur Cerebro-Spinal-Flüssigkeit ist. Der einstmals aufgestellten Hypothese, dass es die *Aqua labyrinthi* sei, widerspricht sowol die in vielen Fällen sehr erhebliche Quantität des Ausflusses, als auch namentlich das Hervordringen derselben aus anderen Stellen als aus dem Ohre.

Doch will man diese Flüssigkeit auch beobachtet haben, wo das Scalpel keinen Riss in den Gehirnhäuten nachzuweisen vermochte. War vielleicht in diesen Fällen der Riss doch übersehen [oder bereits verheilt]? [1])

[Sehen wir aber, nach Vorstehendem, den serösen Ausfluss aus dem Ohr als das Resultat einer mit Zerreissung des Arachnoideal-Sacks complicirten Felsenbein-Bruchs an; so ist damit nicht gesagt, dass er bei jedem durch die Gegend des *Meatus auditorius externus* verlaufenden Bruch sich zeigen müsse; er wird vielmehr fehlen, sobald die *Arachnoidea* nicht zerrissen ist. Dagegen werden wir in jedem Falle von serösem Ausfluss aus dem Ohr mit Sicherheit Fractur des Felsenbeins annehmen müssen und dem entsprechend also auch eine üble, wenngleich nicht absolut lethale Prognose zu stellen haben, wie sich sogleich weiter ergeben wird.]

Genauer zu erörtern ist ferner die Ecchymose des Augenlides als diagnostisches Zeichen der Schädelbrüche an der Basis. Es giebt bekanntlich ein aponeurotisches Blatt, welches sich vom Umkreise der Augenhöhle auf die Tarsalknorpel fortsetzt und das innerhalb der Augenhöhle und unter der Conjunctiva gelegene Bindegewebe von demjenigen der Augenlider sondert.

Wenn nun in Folge einer Contusion oder einer Wunde sich Blut unter die *Galea aponeurotica* ergiesst, so kann es in das Bindegewebe der Augenlider dringen und hier eine Ecchymose bilden, ohne jemals in das subconjunctivale Bindegewebe eindringen zu können. Erscheint also eine Blutunterlaufung in den Augenlidern früh, und namentlich, bevor sie auf der zwischen der *Orbita* und der verwundeten Stelle liegenden Haut sichtbar ist, so hat dies seinen Grund in der Durchsichtigkeit der Haut des Augenlides. Demnach versteht es sich von selbst, dass, wenn die gequetschte Stelle auf dem Hinterkopfe sich befindet, das Blutextravasat sich unter die Haut des Halses senken wird.

Die unter der Conjunctiva gelegenen Ecchymosen haben zwei verschiedene Ursachen: 1) eine Quetschung oder Zerreissung der

[1]) [Man suchte vielleicht eine Fractur und ein Loch in den Hirnhäuten, statt auf eine Knochennarbe und eine festgeheftete Stelle der Meningen die Aufmerksamkeit zu richten.]

Blutgefässe des Auges oder der Conjunctiva; 2) eine Blutanhäufung in der Augenhöhle, gleichviel, woher es dorthin gelangt ist. Erscheint also die Ecchymose unter der Conjunctiva in Folge eines Stosses auf das Auge selbst, so ist dies ein Beweis, dass der Stoss seine Wirkung nicht auf die Augenlider beschränkt, sondern auf den Augapfel selbst ausgedehnt hat. Tritt sie jedoch nach einem Hirnschalenbruch auf, so durchdringt sie zuerst die Conjunctiva, und obwol sie sich, die Aponeurose zwischen dem intraorbitalen und palpebralen Bindegewebe durchdringend, secundärer Weise in das letztere ausdehnen kann, so gestattet der verschiedene Zeitpunkt ihrer Bildung doch keineswegs eine Verwechslung mit derjenigen, welche in einer Verletzung der äusseren Bedeckungen des Schädels ihren Grund hat. Bemerkenswerth ist, dass in Fällen von Schädelbruch das untere Augenlid auffallend häufiger als das obere der Sitz der blutigen Infiltration wird.

Contrafracturen der Glastafel sind oft gefunden worden, wo man es mit einem Blutergusse zu thun zu haben glaubte. Dies ist namentlich S. Cooper begegnet. „Die Glastafel ist oft zerbrochen," sagt S. Cooper, „während die äussere Tafel unversehrt blieb. So habe ich z. B. in Brüssel die Trepanation in einem Falle gemacht, wo schon sehr üble Erscheinungen aufgetreten waren und zog aus der Gehirnmasse einen Splitter der Glastafel von der Länge eines Zolls; der Kranke bekam sofort sein Gefühl und Bewegungsfähigkeit zurück. Dabei war die Stelle des Schädels, wo ich die Trepankrone aufsetzte, keineswegs äusserlich gebrochen, und nur die Spuren äusserer Gewalt in den Bedeckungen an der betreffenden Stelle bestimmten mich, der Trepanation den Vorzug zu geben. Ich glaubte viel eher einen Bluterguss auf der Oberfläche des Gehirns, als einen Bruch der innern Knochentafel zu finden." [1]) Diese Mittheilung lässt nur etwas mehr Einzelheiten und Genauigkeit zu wünschen übrig. Aehnliche Erfolge von Bilguer, so wie einen hierher gehörigen Obductionsbefund erwähnt Velpeau. [2]) Auch Paré hat durch Leichenöffnungen die Existenz dieser Contrafractur dargethan, und die Einzelheiten, welche er über sie angiebt, lassen an der Richtigkeit seiner Beobachtungen nicht zweifeln.

So wird also die Existenz eines Bruchs der innern Tafel der Schädelknochen bei gleichzeitig unverletzter äusserer Tafel nicht geläugnet werden können, während die Diagnose derselben, eben

[1]) *Dictionnary of pract. Surgery. Art. „Head."*

[2]) *De l'opération du trépan dans les plaies de tête.* Paris 1834. 8o.

so wie diejenige der übrigen Contrafracturen noch lange Zeit dunkel bleiben wird. Denn ein in den Gehirnhäuten steckender Knochensplitter kann, wie jeder andere fremde Körper, Reizungs-Symptome erregen; aber diese Symptome von Gehirnreizung entstehen ja nicht blos aus solcher Ursache; sie erscheinen oft ohne äussere oder mechanische Veranlassung. Ueberdies ist mit der alleinigen Fractur der Glastafel das Eindringen eines Splitters in die Meningen keineswegs immer verbunden. Ist aber eine solche Dislocation eines Splitters nicht vorhanden, so ist dieser Bruch oft weniger bedeutend, als die alleinige Fractur der äusseren Tafel, weil diese leicht zu ausgedehnterer Necrose führen kann.

Auseinanderweichen der Nähte. *Diastasis suturarum.*

Hierüber bedarf es nur weniger Worte, denn es leuchtet ein, dass, so wie dieses Auseinanderweichen bei Greisen gar nicht vorkommen kann, dasselbe selbst bei Erwachsenen und bei Kindern wol nur als Complication eines schweren Bruchs beobachtet werden wird. In dieser Weise fand es sich am Schädel des Herzogs von Orleans. Dennoch kennt die Wissenschaft einige Beispiele einfachen Auseinanderweichens, wie Robert und Lenoir dergleichen gesehen haben. Boyer behauptet, dass dies Auseinanderweichen nur durch Contrecoup geschehen könne. Dies soll sich nach seiner Meinung aus allen denjenigen Beobachtungen ergeben, bei welchen die Stelle der Diastase, so wie diejenige des ursprünglichen Stosses erwähnt sind; [1]) jedoch giebt Boyer diese Beobachtungen nicht näher an.

Wenn dies Auseinanderweichen der Schädelknochen nicht als Complication einer ausgedehnten Fractur vorkommt und durch Gegenschlag entstanden ist, so muss nothwendig eine bedeutende Gewalt eingewirkt haben und demnach gleichzeitig eine erhebliche Gehirnerschütterung zugegen sein; eben so muss eine grosse Menge Blut zwischen die *Dura mater* und die Schädelknochen, zwischen diese letzteren und die sie bedeckenden Weichtheile ergossen sein. Bei so bedeutenden Verletzungen verspricht die Trepanation begreiflicher Weise wenig Erfolg. Man kann dies Auseinanderweichen jenen grossen Fracturen vergleichen, wo der Schädel sich öffnet, wie ein vom Regen durchnässter Granatapfel, wenn ihn gleich darauf ein glühender Sonnenstrahl trifft. Dergleichen Verletzungen heilen nicht und eine unter solchen Verhältnissen unternommene Operation könnte nur ein nachtheiliges Licht auf unsere Kunst werfen.

[1]) *T. V, p. 77.*

III. Verletzungen der in der Schädelhöhle gelegenen Theile.

Wir betrachten hier die Verletzungen der Arterien, Venen und der innerhalb der Schädelhöhle gelegenen Nerven, so wie endlich des Gehirns selbst.

a) Gefässverletzung.

Im Allgemeinen ist es nicht der Blutverlust, welcher die Verletzung der Arterien im Schädel bedenklich erscheinen lässt, sondern der Druck, welcher durch das ergossene Blut auf das Gehirn ausgeübt wird; überdies kommen noch die sonstigen mit der Arterienwunde zugleich entstandenen Verletzungen in Betracht.[1])

Die Verwundungen der Sinus sind, was die Blutung anbetrifft, nicht so bedenklich, als man zu glauben pflegt, da ein leichter Druckverband hinreicht, den Blutfluss zu stillen.

b) Nervenverletzung.

Von grösster Wichtigkeit dagegen sind diejenigen Verletzungen, welche zugleich die innerhalb der Schädelhöhle verlaufenden Nerven betreffen, da diese sämmtlich an der Schädelbasis gelegen sind. Einige dieser Nerven sind nur durch Weichtheile gegen Verletzungen durch stechende Instrumente geschützt, wie der *Nervus opticus* und alle diejenigen, welche durch die *Fissura orbitalis superior* und *inferior* hervortreten. Andere Nerven sind durch so dünne Knochenplatten nach Aussen gedeckt, dass ein scharfer Körper sie auch ohne bedeutende Gewalt erreichen kann, so z. B. der *N. olfactorius.* Die Diagnose von Verletzungen der innerhalb des Schädels gelegenen Nerven ist übrigens schwer, wo nicht gar unmöglich, weil der gleichzeitige Bluterguss und die Gehirnverletzung mit ihren Erscheinungen die Symptome der Nervenverletzung verdecken.[2])

[1]) So findet man in der Abhandlung von Sanson (*des hémorrhagies traumatiques.* Paris 1834. 8o.) einen Fall von Verwundung der *Carotis interna* innerhalb ihres Verlaufs im *Canal. caroticus* des Schläfenbeins; doch fehlen bei dieser Beobachtung genauere Angaben. In der *Medic. chir. Review* Nr. 30, pag. 505, finden sich Beobachtungen von Verletzungen der *Arteria meningea media*, der *Arteria corporis callosi* und der *Art. foss. Sylvii*; es ist einleuchtend, namentlich in den letzteren Fällen, dass das verletzende Instrument, bevor es die Arterie traf, Zerstörungen von grösserer Bedeutung anrichten musste, als die Verwundung des Gefässes selbst hatte.

[2]) Chassaignac hat in seiner Concours-Schrift Beobachtungen über Verletzungen der *NN. olfactor., optic., oculomator. facial., auditor. glossopharyngeus, vagus, hypogloss.*, u. A. zusammengetragen.

c) Gehirnwunden.

Die Wunden des Gehirns haben nicht immer die grosse Bedeutung, welche man *a priori* ihnen beilegen könnte; namentlich wenn sie nicht das Mittelhirn oder die Basis betreffen. Durch Incisionen in die Hirnsubstanz (um einen Eiterheerd zu entleeren) sah man selten die Erscheinungen verschlimmert werden; oft sogar wirkte ein solcher Eingriff sehr wohlthätig. Die Bedeutung dieser Wunden hängt daher keinesweges allein von den Störungen in der Continuität des Gehirns, oder davon ab, dass der Substanzverlust desselben innerhalb gewisser Grenzen bleibt, sondern sie wird vielmehr durch die zugleich stattfindende Erschütterung des Gehirns und die nachfolgende Entzündung bestimmt. Deshalb wird auch die Behandlung namentlich gegen diese letzteren gerichtet werden müssen, wie weiter unten gezeigt werden wird.

A. Schnitt- und Hiebwunden. Lamotte hat die merkwürdige Beobachtung einer Säbelhieb-Wunde veröffentlicht, durch welche das rechte Scheitelbein eines Dragoners in der Länge von 2, und das linke in einer Ausdehnung von 3—4 Zoll bis in die Nähe des Ohrs gespalten wurde. Diese Wunde, welche nicht blos die Gehirnhäute, den *Sinus longitudinalis* und das Gehirn selbst durchschnitt, und welche, in Folge des beträchtlichen Blutverlustes des Kranken eine dauernde Ohnmacht hervorrief, heilte ohne schwere Zufälle in $2\frac{1}{2}$ Monat. Dergleichen Beobachtungen sind überhaupt nicht sehr selten. Wenn freilich der *Pons Varolii* oder die *Medulla oblongata* verletzt sind, so muss diese Verletzung natürlich tödtlich sein, so wie überhaupt eine Schnittwunde, welche bis zur Basis des Gehirns vorgedrungen ist, Zerstörungen desselben voraussetzt, welche mit der Fortdauer des Lebens unverträglich sind.

Boyer's Vorliebe für die Trepanation verleitete ihn, dieselbe selbst bei Schnittwunden des Gehirns zur Entleerung des Blutes vorzuschlagen, wodurch er sogar mit der griechischen Schule in Widerspruch gerieth, welche zwar bei Quetschungen des Schädels trepanirte, sich aber bei den in Rede stehenden Wunden der Operation enthielt. Da grade in diesem Falle die Wunde ausreicht, um das Blut zu entleeren, so würde man durch die Operation nur die Entstehung der Gehirnentzündung begünstigen.

B. Durchbohrende Stichwunden. Oft verursachen Knochensplitter Gehirnwunden, welche zu den Stichwunden gerechnet werden müssen. Ausserdem führt uns die Literatur viele Beobachtungen von Gehirnwunden an, welche durch Bajonette, Messerklingen,

Pfeile, Pieken, Lanzen, Stockspitzen u. dergl. verursacht wurden. Die Behandlung erfordert, wie schon, als wir dieselbe Art der Wunden am Schädel besprachen, dargethan wurde, wo möglich Entfernung des fremden Körpers, und der Trepan muss da aushelfen, wo ein Theil des verletzenden Instruments so im Schädel zurückblieb, dass er für die blosse oder mit zweckmässigen Instrumenten bewaffnete Hand nicht ausreichenden Halt bietet. Auch diese Wunden sind nicht immer so gefährlich, als man glauben möchte; so drang z. B. der Perforativ-Trepan einmal 10 Linien tief in die Gehirnsubstanz ein, ohne üble Zufälle hervorzurufen, [1]) und dasselbe Journal, welches diese Thatsache erzählt, berichtet über einen ähnlichen Fall von Gehirnverletzung, in welchem 20 Stunden lang jedes Symptom einer so schweren Verwundung ausblieb. [2])

C. Quetschung, Zerreissung. Sie sind in den meisten Fällen Resulat der Schusswunden. Die Kugeln durchdringen oft theilweise die Gehirnmasse, oder bleiben in derselben zurück; nicht selten reissen sie einen Theil des Gehirns mit sich hinweg. Diese Wunden sind verhältnissmässig weniger gefährlich, als die Mehrzahl derjenigen, wo das Gehirn von der Kugel nicht unmittelbar berührt wurde. |Dies beruht zum Theil darauf, dass die durch den

[1]) *Bibliothèque chirurgicale du Nord, p.* 130, und Peu, *Pratique des accouch. p.* 197.

[2]) Es dürfte hier am rechten Orte sein, einen Irrthum aufzuklären, in welchen mehrere Chirurgen, und namentlich auch Boyer, verfallen sind, indem sie den Lanzenstich, welchen Franz von Lothringen bekam, zu den Wunden des Gehirns und seiner Häute rechnen. Die Waffe soll, nach Boyer, oberhalb des Auges eingedrungen und in schräger Richtung an der andern Seite zwischen Nacken und Ohr ausgetreten sein. Wäre die Waffe wirklich oberhalb des Auges eingedrungen, so hätte sie ohne Zweifel das Gehirn verletzen müssen; da sie aber in Wahrheit unterhalb des Auges eindrang, so durchbohrte sie das Gesicht und nicht die Schädelhöhle; eine gewaltige Differenz! Folgendes nämlich ist, nach dem Berichte Paré's, die Thatsache: „Herr Franz von Lothringen, Herzog von Guise, bekam vor Boulogne einen Lanzenstich, welcher unterhalb des rechten Auges, in der Richtung gegen die Nase zu, eindrang, durchging bis zur andern Seite zwischen Nacken und Ohr, und zwar mit solcher Gewalt, dass die Lanzenspitze mit einem Theile des Schaftes abgebrochen in der Wunde zurückblieb und nur mit grosser Gewalt, mittelst einer Schmiedezange, entfernt werden konnte. Trotz dieser grossen Verletzung, welche ohne Zerstörung von Knochen, Nerven, Venen, Arterien und andern Gebilden nicht abgehen konnte, genas. Gott sei Dank! genannter Herr wieder.“ (*Oeuvres de Paré, édit. Malgaigne. Paris* 1846. *T. II, p.* 25.) Hieraus geht klar hervor, dass der Wundkanal nur den obern Theil des Gesichts und Halses durchdrang, ohne das Gehirn zu berühren.

Schädel gerade hindurch gehende Kugel in der Mehrzahl der Fälle eine mit höchster Schnelligkeit wirkende ist (vgl. oben pag. 16 u. 17); zum Theil aber darauf, dass die Oeffnung oder die Oeffnungen den ergossenen Flüssigkeiten leichten Abfluss gewähren und somit die Wahrscheinlichkeit des Gehirndrucks oder consecutive Entzündung um Vieles geringer ist. Es ist eine merkwürdige Erscheinung, grosse Kopfwunden mittelst Abstossung eines Theils des Gehirns vermöge der Granulationen, welche sich auf der Gehirnmasse selbst erheben, heilen zu sehen. In Bezug auf den Sitz der Gehirnwunden gilt im Allgemeinen der Satz, dass sie desto weniger gefährlich, je weiter sie von der Basis entfernt sind.[1]) Nach den Untersuchungen und Beobachtungen Guthries sind ferner Gehirnverletzungen gefährlicher am vordern Lappen des grossen Gehirns, als am mittleren, und gefährlicher an diesem als am hintern.

Die Behandlung solcher Wunden besteht in dem einfachsten Verbande, in der Vorbeugung oder Bekämpfung der entzündlichen Erscheinungen. Um die erstere dieser Indicationen zu erfüllen, bedarf es einer sorgfältigen Nachforschung nach fremden Körpern, wie z. B. Kugeln oder in die Gehirnsubstanz eingedrungenen Knochensplittern. Steckt der fremde Körper noch in der *Dura mater*, oder ist er überhaupt noch sichtbar, so muss man ihn sofort, selbst mit Hülfe des Trepans, entfernen; ist er aber in der Gehirnsubstanz vergraben, so wäre es unvorsichtig, ihn zu suchen, da die Untersuchungsmittel mindestens eben so gefährliche Verwüstungen hervorbringen würden, als die Anwesenheit des fremden Körpers. Dazu kommt noch, dass das Zurückbleiben mancher fremder Körper und namentlich der Kugeln im Gehirn, keineswegs immer üble Zufälle hervorruft.[2]) Die hierher gehörigen Beobachtungen erscheinen von hinlänglichem Gewichte, um den Chirurgen von dem Nachsuchen nach in der Gehirnsubstanz versteckten Körpern zurück zu halten,

[1]) Bekanntlich ist auch ein Bruch des Schädelgewölbes von geringerer Bedeutung, als ein Bruch der Basis. Berücksichtigt man diese Verhältnisse, so erklären sich die unglücklichen Erfolge der Civilhospitäler gegenüber den glücklicheren der Militairchirurgen, indem diese meistens mit Wunden des Schädelgewölbes zu thun haben. (Vergl. Guthrie in *the medic. chir. Review.* 1844 und *Gaz. méd.* 1844, p. 255.)

[2]) Barthelin z. B. spricht von einem Manne, welcher noch 14 Jahre mit einer Degenspitze im Gehirn gelebt hat. Zac. Lusitanus erwähnt eines am Typhus gestorbenen Mädchens, bei welchem zwischen den Gehirnhäuten und dem Schädel bei der Obduction eine Messerklinge gefunden wurde, durch welche sie 8 Jahre vor ihrem Tode verwundet war. Aehnliche Beobachtungen existiren von Anel, Mangin etc. (*Gaz. méd.* 1838, p. 379.)

obgleich sie ihn auf der andern Seite eben so wenig berechtigen, dieselben, wenn sie sichtbar sind, nicht heraus zu ziehen.

Erkrankungen des Gehirns in Folge von Schädelverletzungen.

Hirnerschütterung, Hirndruck, Hirnentzündung.

a) Hirnerschütterung. *Commotio cerebri.*

Die Widerstandsfähigkeit der Schädelknochen macht, dass wenn die Kraft des verletzenden Körpers einigermassen bedeutend ist, er auf den ganzen Kopf einwirkt, |seine Bewegung dem ganzen Kopfe mitgetheilt wird|. Da nun das Gehirn die bedeutendste und zarteste Masse des Kopfes bildet, so müssen die Wirkungen der |ihm mitgetheilten Bewegung, d. h.| Erschütterung, an ihm besonders offenbar werden. Die Erschütterungen der *Commotio cerebri* stehen in gradem Verhätniss einer Seits zu der Gewalt des verletzenden Körpers, anderer Seits zu der Widerstandsfähigkeit des Schädels, so dass bei gleicher Kraft des verwundenden Körpers die geringere Commotion sich da finden wird, wo die geringere Widerstandsfähigkeit des Schädels war. Eine Erfahrung aus dem gewöhnlichen Leben wird dies deutlicher machen. Wenn man mit den Händen das eine Ende eines dünnen Stabes fasst und mit dem andern Ende desselben auf einen harten Körper schlägt, so wird, wenn der Stab widersteht, die Erschütterung in den Händen lebhaft empfunden werden; wenn er aber zerbricht, so wird den Händen keine, oder eine geringfügige Erschütterung mitgetheilt werden. Da das Gehirn den Schädel vollkommen erfüllt, so begreift man, dass es bei jeder plötzlichen Formveränderung der Schädelwandungen auch eine plötzliche Compression erfahren muss. Da wo der Stoss trifft, wird die knöcherne Wölbung des Schädels, wenn auch noch so wenig, eingedrückt, während sie auf der entgegengesetzten Seite sich zunächst ausdehnt und demnächst abplattet, und ihre Weite an dem getroffenen Punkte wieder herstellt. Diese Formveränderungen gehen mit Blitzesschnelle vor sich und erzeugen Schwingungen, welche sich so lange fortsetzen, als die Wirkung der Gewalt dauert. Auf diese Weise muss eine Compression des Gehirns in allen Richtungen zu Stande kommen, und wenn diese Schwingungen sehr heftig, die Erschütterung also von äusserster Stärke war, so ist der Tod die unmittelbare Folge. Demnach ist die Commotion im Grunde nur eine Art von Compression, aber eine plötzliche und allseitige

Compression des Gehirns, wodurch dieses Uebel sich von der Compression im eigentlichen Sinne, von welcher sogleich die Rede sein wird, unterscheidet. Der Mechanismus der Commotion ist namentlich von Gama[1]) durch Experimente erläutert worden.

Die anatomischen Veränderungen hat man bis auf diesen Augenblick vergebens genauer zu charakterisiren versucht. Zwei Beobachtungen scheinen darauf hinzuweisen, dass bei den extremen Graden eine Verminderung des Volumens der Gehirnsubstanz, eine Art von Zusammensinken derselben zu Stande käme; doch sind diese Beobachtungen weder zahlreich, noch bestimmt genug, um allgemein gültig zu sein.[2])

Tödtet die Commotion nicht sofort, so tritt eine Reihe eigenthümlicher Erscheinungen in unmittelbarem Anschluss an die Verletzung auf, die man genau zu beachten hat. Das plötzlich und von allen Seiten zusammengedrückte Gehirn wird in einen Zustand kürzerer oder längerer Unthätigkeit versetzt, wodurch nothwendig im ganzen Organismus Störungen entstehen, deren Dauer in gradem Verhältniss zu der Intensität der Commotion steht. Um das Studium zu erleichtern, hat man mehrere Grade der Hirnerschütterung unterschieden, welche, obgleich der Natur der Sache nach immerhin etwas willkürlich, doch am besten von Dupuytren in folgender Weise bestimmt sind:[3])

„Erster Grad. Verdunkelung der Augen, Klingen in den Ohren, fast natürlich geschlossene Augenlider, eine plötzlich eintretende grosse Schwäche der untern Extremitäten; ferner drei bis vier Tage andauernde Schlaffheit des ganzen Körpers, vage Schmerzen, Appetitlosigkeit, entschiedene Unfähigkeit zur Arbeit, bei auf-

[1]) *Traité des plaies de tête etc. Paris* 1835. *2me édit.*

[2]) Die eine derselben rührt von Littre, die andere von Sabatier her, und zwar bezieht sich die erste auf einen jungen Gefangenen, welcher aller Mittel zum Selbstmorde beraubt, mit Ausnahme der Freiheit seiner Füsse, sich dieser bediente, um mit solcher Heftigkeit mit dem Kopfe gegen die Mauer seines Gefängnisses zu rennen, dass er in Folge der heftigen Commotion sofort todt umsank. Bei der Obduction fand Littre das Volumen des Gehirns vermindert, so dass zwischen ihm und den Schädelknochen ein leerer Raum blieb. „Dasselbe," sagt Sabatier, „habe ich bei einem Menschen beobachtet, welcher in Folge eines Schlages auf den Kopf plötzlich gestorben war; das Gehirn erfüllte nämlich die Schädelhöhle nicht ganz, so dass zwischen den Wandungen der letzteren und jenem ein beträchtlicher Zwischenraum blieb." Weiteres hat Sabatier nicht angeführt. (*Médecine opératoire, éd. de Sanson et Bégin, T. II, p.* 20.) Vergl. auch die Angaben von Dupuytren.

[3]) [Fast wörtlich aus Dupuytren's *Leçons orales.*]

rechter Stellung noch längere Zeit das Bedürfniss mit gespreizten Füssen zu stehen, um eine grössere Unterstützungsbasis zu gewinnen. Diese Erscheinungen bekämpft man durch ruhige Lage, Frictionen der Haut, demnächst sehr vorsichtige Anwendung der Spirituosa, Aromatica und anderer Stimulantia; denn eine übertriebene Anwendung dieser Mittel könnte bedenkliche Folgen, und namentlich Entzündung des Gehirns oder seiner Häute hervorrufen. Später bedarf es noch einer sorgfältigen Vermeidung aller Excesse im Essen, Arbeiten, Coïtus etc., längere Zeit hindurch.

Zweiter Grad. Plötzliche und gänzliche Bewusstlosigkeit, so dass die Kranken, wenn sie wieder zu sich kommen, nicht die geringste Erinnerung des mit ihnen Vorgegangenen behalten. Ferner äusserste Schwäche und Erschlaffung des Körpers; die Muskeln sind bald in zitternder Bewegung, bald verlieren sie die Fähigkeit der Bewegung gänzlich; häufig gehen Krämpfe vorher, wie man sie beim Niederschlagen des Schlachtviehes sieht; der Inhalt des Darms und der Blase entleert sich unwillkürlich. Obgleich jede Empfindung für Licht, Töne, Geruch und Geschmack gänzlich geschwunden, und jede willkürliche Bewegung völlig aufgehoben ist, tritt der Tod doch nicht ein, weil Respiration und Circulation fortbestehen. Zwar tritt im ersten Augenblicke Herzklopfen auf und die Respiration erscheint Anfangs unregelmässig; bald aber kehrt ihre Regelmässigkeit zurück, sie wird so leise und geräuschlos, und bewegt die Brustwandungen so wenig, dass es scheint, als athme der Kranke überhaupt nicht. Diese letztere Erscheinung ist besonders charakteristisch. Die Augenlider sind fast immer geschlossen, hebt man aber das obere Augenlid auf, so findet man das Auge zwar glänzend, aber die erweiterte Pupille zieht sich selbst vor dem hellsten Lichtstrahle nicht zusammen. Die gesammte Sensibilität ist abgestumpft, aber nicht erloschen: wenn man die Haut kneift, so entziehen sich die Kranken automatisch dieser Einwirkung. In der Regel[1]) findet Erbrechen statt."

„Während die Erscheinungen des ersten Grades nur Secunden oder Minuten lang dauern, halten sie in diesem zweiten einen, zwei, drei Tage und darüber an. Diese längere Dauer ist der Grund einer Täuschung, welche oft genug vorgekommen ist, dass man nämlich die Commotion mit Compression verwechselt und die Rückkehr der Gesundheit nach einer einfachen tiefen Commotion der Resorption des vermeintlich ergossenen Blutes zuschreibt."

[1]) [Nach Dupuytren nur: „Zuweilen."]

„Bei der Commotion bleiben die Kranken in derjenigen Lage, in welche man sie gebracht hat; sie scheinen in tiefen, ruhigen Schlaf verfallen, ohne Bewegung der Brustwandungen; das Gesicht ist bleich, die Augenlider gelähmt und die Pupille auf Reizung unempfindlich; mitunter reagirt sie ein wenig auf die Einwirkung des Lichts, ohne sich jedoch gehörig zu contrahiren. Die Kranken schlucken zwar, aber nur, wenn man Flüssigkeiten in den *Pharynx* bringt; sonst verbleiben dieselben vorn im Munde. Die Herzbewegungen sind äusserst schwach und der Puls von einer Langsamkeit [1]) und Weichheit, dass er auch dem leichtesten Drucke weicht; doch ist er regelmässig. Die Verdauung ist fast aufgehoben; gewöhnlich ist Stuhlverstopfung, oft Retention und zugleich Incontinenz des Urins zugegen. — Kneift man die Kranken, so reagiren sie das erste und zweite Mal nicht darauf; man muss es oft und kräftig wiederholen, um sie zum Zurückziehen der betreffenden Glieder zu bewegen; selten bringen sie die Hand an die gekniffene Stelle. Diese Erscheinungen, welche im ersten Augenblicke sehr deutlich hervortreten, vermindern sich dann allmälig. Die Kranken ziehen die gekniffenen Glieder schneller zurück, der Puls ist stärker und weniger langsam, die Pupillen reagiren selbst durch die Augenlider hindurch auf die Einwirkung des Lichts, und zwar in dem Maasse, dass der Kranke die Hand vor die Augen bringt. Dann regen sich auch die Kranken und wechseln ihre Lage. Die Sprache kehrt wieder, die Bedürfnisse machen sich fühlbar, so dass die Kranken nach Nahrung verlangen; dann fallen sie wohl wieder in ihren Schlaf zurück, in welchem sie 24 Stunden, oft länger, oft weniger lange verbleiben. Nach einer oder zwei derartigen Abwechselungen treten auch ihre geistigen Thätigkeiten wieder hervor, aber sie sind noch unfähig zu einer dauernden Aufmerksamkeit, eben so wie zu andauernder Bewegung. Daher beginnen sie einen Satz, ohne ihn zu beendigen, und die Bewegungen, welche unter dem Einflusse einer augenblicklichen willkürlichen Anstrengung entstehen, bleiben auf halbem Wege. Nach Verlauf von 4—6 Tagen sind die Kranken hergestellt, aber einzelne Folgen bleiben noch lange Zeit bemerkbar; z. B. eine gewisse Schwäche, eine Unfähigkeit für Lectüre oder jede andere geistige Arbeit, so dass sie einen Brief anfangen, ohne ihn beendigen zu können. Auch die Verdauung ist schwierig und die

[1]) [Der langsame Puls wird anderweitig keineswegs als charakteristisch für *Commotio cerebri* angesehen, vielmehr der schwache, frequente.]

Schwäche des Ganges und der Geschlechtsfunctionen dauert noch ziemlich lange Zeit; besonders hat man die Schwäche der letztgenannten Thätigkeit oft drei bis vier Monate zur grössten Beunruhigung der Kranken andauern sehen."

„In diesem höhern Grade reichen jene leichten Stimulantia nicht aus; die unmittelbare Anwendung der Aderlässe und Blutegel aber ist geradezu schädlich, ein Aderlass nach starker Commotion könnte den Tod herbeiführen. Nach Verlauf einer Stunde jedoch, wenn der Puls sich ein wenig gehoben hat und die Lebensthätigkeit zurückkehrt, kann man bei blutreichen Subjecten durch dieses Mittel die Gefahr der Entzündung beseitigen, welche die Compression des Gehirns durch Störung des Blutlaufs herbeiführt. Bei schwachen Subjecten jedoch sind statt ihrer Blutegel hinter den Ohren oder an anderen Stellen des Kopfes, Sinapismen, scharfe Fussbäder, Abführungen, nauseose Getränke, Frictionen, kurz, innere und äussere Excitantien angezeigt. In den Nacken gelegte Vesicatore sind in diesen Fällen von grosser Wirksamkeit. — Mitunter verlieren dergleichen Kranke das Gedächtniss für Eigennamen oder andere Worte; doch pflegt auch diese Geistesthätigkeit nach einiger Zeit zurückzukehren."

„Dritter Grad. Dieser Grad der Gehirnerschütterung tödtet fast alle Kranken, und zwar sehr schnell; sie stürzen sofort zusammen, aller Empfindungen, aller Geistesthätigkeit und aller willkürlichen Bewegung beraubt. Convulsionen und unwillkürliche Entleerung des Urins und der Fäces sind oft zugegen, der Puls setzt aus, die Respiration wird schwächer, erlischt allmälig und nach Verlauf einiger Secunden hat das Leben aufgehört. Aderlässe in diesem Zustande gemacht, würden den Tod beschleunigen; Frictionen, Spirituosa u. dgl. sind nicht schädlich, aber nutzlos. Die Obduction zeigt im Gehirn keine Spur von Erguss oder Compression, weder Quetschung noch sonstige Zerstörungen. Nur seine Consistenz hat das Gehirn eingebüsst, es lässt sich mit leichter Mühe zerreissen."

„Wenn man den Schädel apoplektisch Gestorbener ohne Anwendung des Meissels mit der Säge öffnet, so gewahrt man ein Volumen des Gehirns, welches die Capacität der einschliessenden Schädelhöhle zu übertreffen scheint; mindestens hat es Gestalt und Volumen behalten. In Folge einer Commotion aber sinkt das Gehirn zusammen." (Vergl. pag. 52 und die Note daselbst.) „Und doch gewahrt man weder mit blossem Auge noch mit der Loupe irgend eine Spur von Quetschung, Zerreissung oder Auseinanderweichen.

Wenn gleich die Commotion oft für sich bestehend beobachtet wird, so kommt sie doch auch oft mit den übrigen Verletzungen des Gehirns vor, indem sie mit jeder Wirkung eines Schlages verbunden ist."

Mit dieser Darstellung Dupuytren's vergleichen wir zur Ergänzung diejenige Astley Cooper's: „Die Geistesthätigkeiten der Kranken sind verschieden gestört, je nach den verschiedenen krankhaften Veränderungen des Gehirns: während sie in einem Falle das Bewusstsein vollkommen verlieren, antworten sie im andern auf die an sie gestellten Fragen und sinken dann wieder in Betäubung zurück. Das Gedächtniss ist aufgehoben, bald vollkommen, bald unvollkommen, und namentlich ist das vollkommene Vergessen einer fremden Sprache eine der gewöhnlichsten Folgen der Commotion. Mitunter kehrt das Bewusstsein des Kranken beim Erwachen zurück; er antwortet vollkommen richtig auf die an ihn gerichteten Fragen, aber sein Geist scheint von irgend einem Gegenstande präoccupirt, so dass er immer von diesem spricht. Niemals erinnern sich die Kranken der Art und Weise, wie ihr Unfall sie betroffen; sind sie z. B. vom Pferde gefallen, so erinnern sie sich vollkommen [jedoch nicht immer], dass sie aufgestiegen, auch wol, dass sie gestürzt sind, aber die Art ihres Falles haben sie ganz vergessen. Demnach gleichen die Wirkungen dieser Gehirnaffection in gewisser Weise denen des höhern Alters, indem der Kranke nur die Erinnerung der frischesten Eindrücke behält, während die von früherer Zeit ihm verloren geht. Doch sind die Grade der Gehirnerschütterung sehr verschieden, je nach den Umständen. Einige Kranke sind nur betäubt, oder kommen doch bald wieder zu sich; andere hingegen bleiben 14—20 Tage lang in einem Zustande von Stumpfsinn; einige Kranke erlangen den Gebrauch ihrer Sinnesorgane völlig wieder, andere verlieren die Sehkraft eines Auges, oder das Gehör eines Ohres, oder sie behalten für die Folge ein schwaches Gedächtniss. Bei einigen führt dies zu einem gewissen Zustande von Schwachsinnigkeit, bei andern entsteht Neigung zu Schwindel, oder zu Kopfschmerz nach der geringsten Veranlassung." A. Cooper hat in einem Falle nach einer Gehirnerschütterung eine [vielleicht scheinbare] Reizbarkeit des Magens mit beständiger Neigung zum Erbrechen entstehen sehen. In einzelnen Fällen verlieren die Kranken die Fähigkeit, das entsprechende Wort für ihre Gedanken zu finden, oder es hat auch ihre Urtheilsfähigkeit gelitten. [Die grosse Mehrzahl dieser Folgezustände der Commotion sind aber nur Symptome eines Hirnleidens überhaupt und keineswegs pathognomonisch.]

|Von praktischer Wichtigkeit ist die von Abernethy aufgestellte Eintheilung der Commotions-Erscheinungen, namentlich des zweiten Grades, in drei Perioden: 1) Bewusstlosigkeit, mehr oder weniger deutliche Lähmungserscheinungen; 2) Rückkehr des Bewusstseins und der Empfindlichkeit, fast immer Erbrechen; 3) Uebergang in Gesundheit oder in Entzündung des Gehirns. — Die Therapie ist, dem entsprechend, in der ersten Periode auf die vorsichtige Anwendung der Excitantia angewiesen; in der zweiten hat sie die drohende Entzündung zu verhüten, daher Blutentziehungen und Ableitungen; in der dritten endlich indicirt nur die in Folge der Commotion etwa entwickelte Hirnentzündung selbst.|

Sollte man es glauben, dass die Trepanation selbst gegen die Commotion empfohlen worden ist? Hill gehört zu den Chirurgen, welche diesen Gedanken gehabt haben; er erklärt selbst seine angeblichen Erfolge aus dem Abflusse von Blut, welchen die Operation zur Folge gehabt. Hätten nicht schon J. L. Petit und andere Chirurgen sich solchem Thun auf das Entschiedenste widersetzt, so müsste es hier noch geschehen.

b) Hirndruck, *Compressio cerebri.*

Die Blutgefässe, welche von allen Seiten das Gehirn durchfurchen und an seiner Basis sich hinziehen, theilen ihm ausdehnende und aufsteigende Bewegungen mit, welche die Schädeldecken zurückhaltend mässigen, weshalb diese Knochen eine wirkliche Compression auf dasselbe ausüben, aber eine solche, welche gemässigt, gleichmässig, natürlich, habituell, nothwendig, kurz physiologisch ist. Wenn aber ein anderer Körper auf dem Gehirn lastet, mag derselbe nun fest oder flüssig sein, so bewirkt er eine krankhafte Compression, welche je nach den sie begleitenden Umständen verschiedenartige Krankheitserscheinungen hervorruft. Die Schädelhöhle kann geöffnet sein oder nicht; das ist ein sehr wesentlicher Unterschied, denn bei geöffnetem Schädel bedarf es eines weit stärkeren Grades von Druck, um krankhafte Erscheinungen Seitens des Gehirns hervorzurufen. Wenn man bei Versuchen an Thieren das Gehirn entblösst, kann man sich überzeugen, dass ein trockner, auf die Oberfläche desselben gelegter Schwamm keinerlei Erscheinungen hervorruft; ist der Schwamm mit Flüssigkeit getränkt, so schwankt das Thier, und fügt man zu dem Gewichte des Schwammes noch einen Druck mit dem Finger, so tritt sofort Lähmung auf. Ist der Schädel nicht geöffnet, so erzeugt ein zwischen ihm und dem Gehirn gelagerter Körper schneller und deutlicher hervortretende Erscheinungen, was sich daraus erklärt, dass der Stützpunkt der Compression, welcher in dem einen Falle fehlt, in dem andern Falle durch die Schädelknochen geboten wird.[1])

Die Wirkungen der Compression müssen aber ferner verschieden sein nach der Grösse der Fläche, auf welche der fremde Körper drückt, so dass, je mehr Stellen dem Druck unterliegen, um so übler die daraus entstehenden Erscheinungen sind, und somit bei allgemeiner Compression der Tod sofort eintritt. Ein solcher Fall würde einer sehr heftigen Commotion gleich sein, welche (wie oben bemerkt) eben nur eine augenblickliche und allgemeine Compression des Gehirns ist. Auch ist es bei ausgedehnter Compression sehr schwer, das Gehirn ihrem Einflusse zu entziehen, wie z. B. da, wo eine diffuse Arachnitis Ausschwitzung eitriger, oder eitrig seröser Flüssigkeit zur Folge hatte. Aber auch eine räumlich beschränkte Compression kann verderbliche Folgen haben, wenn sie z. B. an der Basis des Gehirns, in der Gegend der Varolsbrücke oder am Austrittspunkte der Nerven Statt findet. Namentlich werden die durch Gegenschlag entstehenden Brüche an der Schädelbasis in den meisten Fällen durch den Bluterguss tödtlich, welchen die Verletzung der im Bereiche des Bruchs liegenden Blutgefässe nach sich zieht.

Ferner ist der Sitz des drückenden Körpers von Wichtigkeit. Im Allgemeinen sind die Folgen um so weniger schlimm, je mehr er nach der Schädelwölbung zu liegt, was deshalb leicht begreif-

[1]) Diese Thatsache scheint der Trepanation besonders das Wort zu reden und ist von den unbedingten Vertheidigern dieser Operation auch eifrig benutzt worden. In derselben Absicht hatten sie ja schon die geringe Gefährlichkeit mancher Splitterbrüche (s. oben) hervorgehoben, besonders wenn noch die Beseitigung eines Knochensplitters dem Gehirn die freie Ausdehnung gewährte. Doch haben sie in ihrer Begeisterung den sehr wesentlichen Umstand vergessen, dass, wenn man den Schädel eines Hundes öffnet, um ihn von Blut zu befreien, welches man vorsätzlich auf sein Gehirn gebracht hat, dieser Hund keineswegs jener heftigen und allgemeinen Erschütterung ausgesetzt war, welche nach bedeutenden Schädelverletzungen zu einer so oft tödtlich endenden Entzündung den Grund legt. Wo diese allgemeine Erschütterung des Gehirns nicht, oder nur in sehr geringem Grade vorhanden war, kurz, wo das Uebel nur örtlich ist, da ist die Trepanation allerdings oft angezeigt und kann erfolgreich sein, wie z. B. in solchen Fällen von Splitterbrüchen ohne, oder mit unbedeutender Commotion, wo man sie anwendet, um Knochensplitter zu erheben. Wer also meint, dass die Trepanation bei Blutergüssen ohne Knochenbruch, oder bei einfacher Spalte, den Kranken in dasselbe Verhältniss bringt, wie das Thier, an welchem man experimentirt, der verfällt in einen bedeutenden Irrthum, welchem er nur dann entgehen würde, wenn man bei dem Kranken die Wirkung der Commotion aufheben könnte.

lich ist, weil einer Seits die wichtigsten Theile des Gehirns an der Basis gelegen sind, und anderer Seits es auch leichter ist, den oberflächlich gelegenen Druck zu entfernen, als den in der Tiefe Statt findenden. Ausserdem kann die drückende Substanz ober- oder unterhalb der *Dura mater*, im Sack der *Arachnoidea*, unter der *Pia mater* und in der Substanz des Gehirns selbst gelegen sein, wodurch gleichfalls die prognostische Bedeutung der Compression bestimmt wird. Denn je näher am Gehirn der drückende Körper gelegen ist, desto mehr wirkt er direct auf den Lebensknoten und desto geringer ist die Möglichkeit seiner Entfernung.

Auch die Beschaffenheit der comprimirenden Substanzen bietet prognostische Verschiedenheiten dar. So können sie, von Aussen eingedrungen, mehr oder minder fest, glatt oder ungleich sein: oder es handelt sich um einen Bluterguss, um Eiter von guter, oder in Folge von Knochenkrankheiten saniöser Beschaffenheit, oder endlich, es besteht ein wässriger Erguss. Natürlich müssen diese verschiedenen Körper einen verschiedenartigen Druck ausüben, dessen Folge-Erscheinungen mehr oder weniger schnell und gefahrdrohend sich entwickeln. Denn ein in das Gehirn eingedrungener Knochensplitter, eine Degen- oder Messerspitze müssen leichter Entzündung hervorrufen, als eine Kugel, weil jene das Organ in höherem Grade reizen; daher die Aufforderung, ihre Entfernung um so eher zu bewerkstelligen. Am Leichtesten wird der Druck von ergossenem Blute ertragen. Dies ist zugleich die einzige Substanz, deren spontanes Verschwinden man mit Grund erwarten kann. Dennoch macht sich auch hier ein Unterschied geltend zwischen coagulirtem und flüssigem Blute, indem ersteres einen übleren Druck ausübt, und daraus erklärt sich zum Theil der Unterschied zwischen der Verletzung einer Arterie der Schädelwandungen und derjenigen eines venösen Sinus.[1]) Das leichter coagulirende arterielle Blut comprimirt mehr als das flüssige venöse. |Ausserdem kommt hierbei freilich die grössere Stärke des arteriellen Blutstroms in Betracht.| Was den Eiter und die Jauche betrifft, so üben diese einen doppelt nachtheiligen Einfluss, indem

[1]) Beiläufig bemerkt, liegt hierin auch die Differenz der Resultate der Versuche der Herren Serres und Flourens begründet (*Théorie expérimentale de la formation des os. Paris* 1847. 8. avec Fig.) Letzterer nämlich öffnete sorgfältig eine vordere Hirnarterie, und beobachtete, da das schnell hervordringende Blut bald coagulirte, die Erscheinungen der Compression, während Serres, welcher einen venösen *Sinus* öffnete und deshalb ein zur Gerinnung wenig eignendes Blut erhielt, jene Erscheinungen nicht fand.

sie neben ihrer Wirkung als fremde Körper auch noch corrodirend oder macerirend auf die benachbarten Gewebe einwirken.

Auch die Entstehungsweise der Compression ist verschieden, indem sie bald plötzlich, bald langsam auftritt; eine plötzliche Compression bringen fremde, von Aussen eingedrungene Körper oder Knochensplitter hervor; eine weniger schnelle wird durch ergossenes Blut, und die langsamste durch Exsudate, namentlich Eiter, veranlasst. Die plötzlich auftretende Compression verletzt das Gehirn am bedeutendsten, weshalb ihre Wirkungen auch sofort auftreten, selbst wenn die comprimirende Substanz an sich nicht sehr bedeutend ist; kommt dagegen die Compression langsam und allmälig zu Stande, so kann sich das Gehirn so zu sagen an sie gewöhnen, wenn sie an sich auch ziemlich erheblich ist. Man würde sich aber täuschen, wollte man hieraus den Schluss ziehen, dass diese letztere Art der Compression deshalb auch weniger gefährlich sei, denn die Quelle derartiger Ergüsse, meistens in einer Erkrankung der Meningen oder des Gehirns selbst gelegen, bringt eben in diesem Umstande eine bedeutende Verschlimmerung der Prognose mit sich. Ist dagegen der comprimirende Körper wirklich ein fremder, oder selbst ein Knochensplitter, so erfolgt fast unmittelbar nach seiner Extraction die Wiederherstellung der Gehirnfunctionen, während bei Compression durch eine Flüssigkeit weder so schnelle noch so glückliche Resultate erzielt werden.

Der Bluterguss kann sehr langsam auftreten und dennoch eine bei weitem gefährlichere Compression erzeugen, als jene plötzlich erscheinende in Folge dislocirter Knochenstücke; denn die Resorption der Blutergüsse ist immer zweifelhaft und selten vermag auch der Trepan alles Ergossene zu entleeren, während diejenige Compression, welche Knochensplitter oder fremde Körper, die nicht zu tief in die Gehirnmasse eingedrungen sind, erzeugen, sehr wohl vollständig beseitigt werden kann. Deshalb ist eine plötzliche, nicht übermässige Compression fast immer weniger gefährlich zu erachten, als die langsam heran schleichende.

Fast alle bisher besprochenen Ursachen der Compression können vereinigt vorkommen, ein Fall, welcher dann zu den complicirtesten und gefährlichsten gehört. So kann z. B. zu gleicher Zeit ein fremder Körper, Knochensplitter, extravasirtes Blut und exsudirte Flüssigkeit, deren Sitz dann sowol ober- als unterhalb der *Dura mater* und im Gehirn selbst sein kann, die Compression veranlassen; Complicationen, welche auch die Anwendung des Trepans so oft fruchtlos machen.

man oft erweitert, oft verengt, oft schnell wechselnd. — Der Verwundete ist betäubt und schwerfällig, so dass seine willkürlichen Bewegungen langsam und wie die eines Faulen erscheinen; die Sinne sind stumpf, der Kopf wird schwer, der Kranke klagt über Wirrsein in demselben und fährt oft mit der Hand dahin. Erwacht er aus der Betäubung, so hat er Schwindel, die Betäubung steigt bald wieder, die Respiration wird röchelnd, Delirium tritt auf. Oft kommen Convulsionen hinzu und Lähmungen, welche verschiedene Theile des Körpers befallen, je nach der comprimirten Stelle des Gehirns.[1])

Man hat versucht, die comprimirte Stelle im Gehirn aus den Arten der Paralyse zu erkennen, worauf es besonders dem Chirurgen ankommen muss, weil hier vor Allem die Trepanation an ihrer Stelle wäre, sobald man den Sitz des comprimirenden Körpers genau wüsste. Deshalb hat man auch von je an nach dieser localen Diagnose gesucht und die Beobachtungen von Petit (de Namur), de Lapeyronnie haben geistreiche Experimente veranlasst, welche unsere heutigen Physiologen wiederholt haben. Magendie, Serres, Flourens, Bouillaud u. s. w., sind dem Aufrufe Petit's gefolgt und haben mit hervorragendem Experimentations-Talente der Physiologie neue Thatsachen geliefert; die praktische Chirurgie aber ist leer ausgegangen. Wir wissen das, was auch den Alten nicht unbekannt war, nämlich, dass die Compression auf der der Lähmung entgegengesetzten Seite Statt findet, eine Thatsache, welche auch noch weniger feststeht, als die Alten glaubten, da von Zeit zu Zeit entgegengesetzte Beobachtungen auftauchen. Da nun die Lähmung nur im Allgemeinen die rechte oder linke Seite des Schädels als Sitz des Ergusses bezeichnet, jede dieser Seiten aber noch eine ziemliche Ausdehnung hat, so suchte man natürlich den Sitz genauer zu bestimmen, und da hierzu die Lähmung nicht ausreichendes Material bot, so ging man an die directe Untersuchung des Schädels und an die Erforschung örtlicher Zeichen. Findet sich nun gleichzeitig mit der Lähmung an einer Körperseite eine Verletzung auf der entgegengesetzten Seite des Schädels, so findet man wahrscheinlich unter dieser Verletzung den Erguss. Ist diese Verletzung eine Quetschung, so ist diese Wahrscheinlichkeit sehr gross; ist zugleich der Knochen entblösst, so wird sie noch grösser, und tritt Knochenbruch hinzu, so ist sie fast völlige Gewissheit. Dies sind die sogenannten primären Verletzungen des Schä-

[1]) Boyer, T. V, pag. 100.

dels, welche den benachbarten Erguss andeuten. Es giebt nun ausserdem secundäre, welche auch einen gewissen Grad von Sicherheit gewähren, z. B. Ablösung des vorher festen Periosts von dem Schädel vor oder nach der Lähmung, Auftreibung der Wundränder, Umwandlung ihrer rosenrothen Farbe in Grau, Austrocknen derselben, oder Ausfluss einer jauchigen stinkenden Flüssigkeit, deren grosse Menge im Missverhältniss zu der Wundfläche steht; — alle diese Zeichen machen es fast gewiss, dass ein Erguss auf oder unter der *Dura mater*, oft auch an beiden Orten vorhanden sei. Wir haben bisher das Dasein einer Wunde vorausgesetzt; aber auch wenn keine Wunde vorhanden ist, wenn nur gleichzeitig mit der Lähmung an der entgegengesetzten Seite des Schädels eine teigige diffuse Geschwulst auftritt, ähnlich wie bei beginnender Nekrose, so kann man einen Erguss unter der Schädeldecke vermuthen. [1])

Differentielle Diagnose der Commotion und Compression.

Commotion.

Ihre Wirkungen treten schnell und in grosser Ausdehnung auf; daher vollständiges Darniederliegen der gesammten Innervation.

Da die Ursache der Commotion schnell und vorübergehend einwirkt, so haben diese Wirkungen ihre Höhe zu Anfang, und werden allmälig schwächer.

Compression.

Die Compression dagegen tritt allmälig steigend auf und betrifft nicht das gesammte Gehirn; daher erscheinen ihre Wirkungen erst einige Zeit nach dem Unfall. Die Lähmung betrifft den Theil des Körpers, dessen Innervation in der comprimirten Stelle wurzelt, daher sie vorzugsweise ein Glied oder eine Körperseite einnimmt.

Die Ursache der Compression wirkt langsam, allmälig stärker werdend; ist letzteres nicht der Fall, so bleibt sie auf einem gewissen Punkte stehen. Denselben Gang nehmen ihre Wirkungen; Anfangs wenig hervortretend, werden sie

[1]) Eine Ablösung der *Dura mater* vom Knochen muss natürlich die Blutbewegung in diesem und in dem Periost stören, wodurch dann, wie bei anderen Periost- und Knochen-Erkrankungen, jene teigige Anschwellung der Bedeckungen veranlasst wird. Ihre nächste Ursache ist vielleicht die Hemmung des venösen Blutlaufs; denn bekanntlich sind die Knochen des Schädels vorzugsweise reich an Venen, und namentlich werden die beiden Perioste durch die Vermittelung der Schädelvenen mit einander in Verbindung gesetzt, so dass eine Ablösung der *Dura mater* sofort eine Behinderung im Laufe des Venenblutes, welches vom äussern Periost geliefert wird, bedingen müsste.

Die Commotion ruft plötzlich einen tiefen Schlaf hervor, welcher allmälig schwindet, indem er die Erinnerung an seine Ursache mit sich fortnimmt; denn es kommt vor, dass die Kranken, wenn sie wieder erwachen, keine Erinnerung des sie betroffenen Unfalls behalten. — Auch kommt bei der Commotion das Erwachen von selbst, da die Ursache des Schlafs beseitigt ist; nichts lastet so zu sagen auf den Augenlidern, sie öffnen sich freiwillig.	allmälig stärker. Bei ausgedehnter Compression ist es Anfangs eine leichte Betäubung, ein flüchtiger Schlaf, welcher allmälig so tief wird, wie derjenige, welcher den Anfang der Commotion bezeichnet. Doch ist er weder sanft und ruhig, sondern immer mehr von Aufregung unterbrochen; der Kranke hat gleichsam das Bestreben aufzuwachen, wird aber durch die Compression daran verhindert.
|Die Respiration ist leicht, der Puls klein und regelmässig. Häufig wird Erbrechen beobachtet.|	|Die Respiration ist schwer, stertorös, der Puls hart, voll, unregelmässig. Erbrechen findet nicht statt.|

In dieser Vergleichung ist die Commotion ohne gleichzeitige Quetschung des Gehirns, und die Compression nach dem einfachsten Blut-Extravasate gedacht. Zeigten diese beiden Gehirnaffectionen sich immer, wie in der eben angegebenen Schilderung, mit so deutlichen und in die Augen springenden Zeichen, so würde die Untersuchung nicht schwer sein.

Zur Vervollständigung der Diagnose haben wir noch Folgendes hinzuzufügen.

1) J. L. Petit hat mit Recht auf den Zwischenraum Gewicht gelegt, welcher die Commotion von der Compression scheidet und hat dargethan, dass die plötzliche Betäubung der Commotion zuzuschreiben sei, während die später, oder nach dem Aufhören der Wirkungen der Commotion eintretende der Compression zugeschrieben werden müsse.

Aber dieser Zwischenraum zwischen den Erscheinungen der Commotion und Compression fehlt nicht selten; denn in der Regel sind die Erscheinungen der Commotion noch nicht vorüber, während diejenigen der Compression schon auftreten, so dass beider Symptome nebeneinander und durcheinander gehen. In solchen Fällen ist der Verlauf der Erscheinungen ins Auge zu fassen und wenn sie in derselben Intensität fortbestehen, oder gar schlimmer werden, so spricht dies vorzugsweise für Compression.

2) Die Commotion weicht nicht immer ohne Rückfall und man hat Verwundete, welche aus dem oben beschriebenen Schlafe erwacht waren, von Neuem in denselben verfallen und lange Zeit hindurch sogar eine gewisse Betäubung, eine Art Trägheit in der Bewegung, der Empfindung und der Geistesthätigkeit behalten sehen. Eine solche Betäubung (rückfällige Betäubung) wird man leicht mit

der bei Compression vorkommenden verwechseln können, obgleich bei genauerer Betrachtung der zweite Schlaf nie so tief ist, als der erste und beim dritten und vierten Rückfalle immer weniger tief wird, während der Gang der Betäubung bei der Compression ein umgekehrter ist. [1])

3) Als fernere Ausnahmefälle sind noch folgende zu betrachten. Nicht immer beschränkt sich die Erschütterung darauf, die Energie des Gehirns auf einige Zeit abzustumpfen, sondern sie ruft mitunter materielle Verletzungen seiner Substanz hervor, weshalb diese Form der Commotion Gehirn-Contusion genannt wird. Diese Verletzung entsteht entweder unmittelbar unter der getroffenen Stelle des Schädels, oder auf dem dieser diametral entgegengesetzten Punkte, und sie kann sich von dem Grade einer einfachen Ecchymose bis zu dem einer wirklichen Zermalmung erstrecken, wodurch das Gehirn in einen röthlichen Brei verwandelt wird. Wenn eine solche Quetschung in einem irgend erheblichen Grade sich zur Commotion gesellt, so folgt allemal eine mehr oder minder lebhafte Reaction, welche meistens in tödtliche Entzündung übergeht. Diese Quetschung des Gehirns haben besonders Dupuytren und Sanson genauer untersucht, und nach der gewiss richtigen Ansicht des Letztern sind ihre unmittelbar auftretenden eigenthümlichen Erscheinungen folgende: eine mehr oder minder starke Contractur einzelner Glieder, fortdauernde Erregung aller Sinnesorgane, Verlust des Bewusstseins, ohne stertoröse Respiration; in leichteren Fällen aber Verengerung einer Pupille, Schliessen eines Auges, krampfhafte Bewegungen der Lippen oder anderer Muskeln, und Schwierigkeit gewisse Worte auszusprechen. Käme diese Contusion immer allein vor, so würden diese Symptome sie mit hinlänglicher Sicherheit erkennen lassen, aber leider ist sie immer in Verbindung mit der Commotion und zuweilen auch noch mit der Compression.

4) Noch seltener als die Verbindung der Contusion des Gehirns mit der Commotion ist die einfache Compression, da der Erguss von Blut ja immer mehr oder minder erhebliche Gefässzerreissungen voraussetzt, welche ohne einen gewissen Grad von Contusion überhaupt nicht gedacht werden können. — Ein Beweis,

[1]) In der *Gaz. méd.* 1841, pag. 570, werden Commotions-Symptome erwähnt, welche sich 28 Tage nach dem Falle wiederholt haben sollen, und endlich einer stark erregenden innern Behandlung, an den Füssen und Lenden gelegten Sinapismen und Vesicatoren ganz wichen. Es ist sehr wahrscheinlich, dass es sich in diesem Falle um eine leichte Entzündung gehandelt hat.

dass die Compression nicht einfach sei, sind die Zeichen nervöser Aufregung, welche gleichzeitig mit der Paralyse auftreten; besonders erscheinen sie als Contractionen oder Convulsionen an der der Lähmung entgegengesetzten Seite. Es ist sogar wahrscheinlich, dass in der Mehrzahl der Fälle diejenigen Symptome, welche wir als einfache Wirkungen der Compression betrachten, einem mehr oder weniger bedeutenden Grade von Entzündung des Gehirns oder seiner Häute ihr Dasein verdanken, namentlich wenn der Erguss schon einige Tage alt ist. Und selbst vorausgesetzt, dass der Erguss nur Blut sei, so wirkt er mehr oder weniger als fremder Körper, also irritirend auf das Gehirn, und später, wenn das Blut sich zersetzt, so tritt zu dieser mechanischen Wirkung noch die chemisch zerstörende. Diese Zersetzung des Blutes tritt besonders dann ein, wenn in Folge der Quetschung der Knochen Knochenentzündung auftritt und die Produkte der letzteren dem Blute beigemischt werden.

Solche Beobachtungen dürften Gama's[1]) Behauptungen bestätigen und auch den Versuchen von Serres und Malgaigne mehr Gewicht verleihen, welche darthun sollen, dass die der Compression zugeschriebenen Wirkungen übertrieben seien. Daher ist auch alles bisher über die Complicationen der Compression Gesagte der Anwendung der Trepanation entgegen, indem diese vorzugsweise bestimmt ist, die comprimirende Ursache zu beseitigen. Wenn nun aber die Gehirnsymptome mehr anderen Ursachen, z. B. einer mehr oder weniger heftigen Entzündung ihr Dasein verdanken, so kann der Trepan diese nur vermehren, folglich auch nur schädlich einwirken. Es giebt freilich Aerzte, welche den Trepan als Antiphlogisticum und Antapoplecticum betrachten, welche meinen, dass er in der Encephalitis entfesselnd wirke, indem er dem Gehirn gestatte, nach Bedürfniss sich auszudehnen und welche mit seiner Hülfe in der Apoplexie den Blutklumpen in der Gehirnsubstanz aufsuchen und ihn herausnehmen wollen. Wer ruhig überlegt, wird solchen Gedanken keine weitere Aufmerksamkeit schenken können.

c) Entzündung des Gehirns und seiner Häute. *Encephalitis et Meningitis.*

Jede Schädelverletzung von der einfachsten Wunde der behaarten Kopfhaut bis zum schwersten Schädelbruche, vom geringsten Bluterguss bis zum voluminösen Wurfgeschosse kann Encephalitis

[1]) *Traité des plaies de tête et de l'encéphalite. Paris* 1838. 8o.

hervorrufen. Da diese Entzündung aber in der Mehrzahl der Fälle tödtlich abläuft, so erklärt sich grade hieraus die grosse prognostische Wichtigkeit der Kopfwunden. Die Encephalitis ist nicht blos an sich gefährlich, sie wird es auch noch durch ihre Producte, welche fast immer zugleich Compression des Gehirns verursachen. Diese Producte bestehen entweder in serös-eitriger Flüssigkeit, oder in wirklichem Eiter von verschiedener Beschaffenheit, und finden sich über oder unter der *Dura mater*, oder im Gehirn selbst, wo sie entweder ausgebreitet, oder in einem Heerde angesammelt erscheinen, je nachdem die Entzündung diffus oder circumscript war. Im Allgemeinen ist das Exsudat bei Entzündung der Membranen (namentlich der Arachnoidea) weit verbreitet. Die Ausdehnung des Entzündungsheerdes spricht aber wenig zu Gunsten des Trepans; denn stösst man bei Oeffnung des Schädels auch grade auf die Eiteransammlung, so würde man doch wenig Wahrscheinlichkeit haben, sie ganz zu entleeren, und wollte man die Knochenlücken vervielfältigen, indem man den Schädel mit Trepankronen übersäete, so hiesse das doch wol nur die Reizung vermehren und den glimmenden Heerd der Entzündung zur Flamme anfachen.

Es können gleichzeitig mehrere Eiter-Ansammlungen bestehen, so z. B. kann Eiter über die Oberfläche des Gehirns verbreitet und gleichzeitig in der Substanz desselben ein Abscess gebildet sein; ja man findet Abscesse an entfernten Stellen, in dem Parenchyme anderer Organe, z. B. in der Leber, den Lungen u. s. w.[1]) Diese

[1]) Vidal fand (October 1839) in einem Körper, welcher den Folgen einer Kopfwunde erlegen war, Eiteransammlungen von gleicher Beschaffenheit: 1) unter dem Pericranium, 2) auf und unter der *Dura mater*, 3) in der Gehirnsubstanz, 4) in den *Sinus* der Schädelbasis, 5) in den Lungen und 6) in der Leber. Alle Zeichen wiesen hier auf eine Flüssigkeit als Ursache des Gehirndrucks hin und die consecutive Entblössung des getroffenen Scheitelbeins bezeichnete genau den Sitz des Ergusses; dennoch enthielt er sich der Trepanation, da bestimmte Erscheinungen von Seiten der Leber und Lunge zeigten, dass eine krankhafte Thätigkeit in diesen Organen (sogen. metastatische Abscesse) vorhanden sei. Es wäre eine glänzende Operation gewesen, welche grade auf den Abscess geführt hätte, wahrscheinlich hätte auch selbst der Gehirnabscess einige Zeit nach der Durchschneidung der *Dura mater* sich von selbst entleert, wie dies J. L. Petit beobachtete und wie man dies bei manchen Abscessen an den Extremitäten sieht, welche man zwar bei der ersten Incision nicht öffnet, welche aber doch bald darauf von selbst aufbrechen und aus der Incision sich entleeren. Wahrscheinlich hätte die Trepanation ein ähnliches Resultat geliefert, aber sie hätte doch nicht die Pyaemie beseitigen, nichts gegen die Eiterheerde in den Sinus und noch weniger gegen diejenigen der Lunge und der Leber leisten können.

Eiterheerde in entfernten Organen sind unzweifelhaft pyämischen Ursprungs. Die Pyämie aber ist eine häufige Folge der Kopfwunden, weil am Schädel und namentlich gegen dessen Peripherie hin, das venöse System im höchsten Grade entwickelt ist.[1]) Die *Sinus* grade bieten für die Entwickelung des pyämischen Processes die günstigsten Bedingungen. (Vergl. „Krankheiten der Venen.")

Ehemals wurde die Bildung der Leberabscesse von Manchen aus dem bald zu starken, bald zu geringen Blutzufluss zur Leber erklärt; Andere glaubten, dass in Folge des Falls Commotion der Leber oder Zerreissung ihres Parenchyms entstanden sei; da aber Leberabscesse auch ohne Fall beobachtet wurden, so nahm man zu den sympathischen Beziehungen zwischen Leber und Gehirn seine Zuflucht. So suchte man Unbekanntes durch Unbekanntes zu erklären, wie das so oft in der Pathologie vorkommt.

Die Symptome der Encephalitis folgen in der Regel erst auf diejenigen der Commotion und der Compression, und oft entsteht die Entzündung erst am zehnten, fünfzehnten und selbst am vierzigsten Tage.[2])

[1]) Schon Morgagni führt, zum Beweise, dass metastatische Abscesse in Folge von Kopfwunden längst beobachtet seien, an, dass Valsalva, durch seine eigenen Beobachtungen geleitet, erkannt habe, wie in Folge von Kopfwunden die Brustorgane mitunter erkranken. Morgagni berichtet ferner, indem er über die Obduction eines, durch einen Steinwurf an der rechten Seite des Hinterhauptes getödteten Kindes spricht, dass bei Oeffnung der Brusthöhle man die Lungen sehr geröthet und kleine mit Eiter gefüllte Abscesse in ihrem Innern gefunden habe. Der Leber wird bei dieser Beobachtung weiter nicht gedacht. In einem anderen Sectionsbericht, welcher die Pyaemie nach Kopfwunden darthut, heisst es: „Die Lungen wurden mit einer grossen Menge Knoten durchsäet gefunden, deren einige in Eiterung waren und bei ihrer Incision Jauche enthielten; an der rechten Seite der Leber wurden zahlreiche Knoten zum Theil schon in Eiterung beobachtet." Dann bespricht dieser grosse Beobachter die Frage: ob die Leber hier allein erkrankt sei, oder gleichzeitig auch die Lungen, das Herz, die Milz etc., und kommt zu dem Schluss, dass alle diese Organe krank sein, d. h. metastatische Abscesse enthalten können.

[2]) Wie spät diese Entzündung eintreten kann, davon findet sich ein merkwürdiges Beispiel in der *Gazette méd.* 1838, p. 35, wo von einer Zwischenzeit von 4 Monaten nach der Verletzung die Rede ist. Eben so weit gingen die Alten. „Jedenfalls," sagt Paré, „merke Dir, was die Alten geschrieben haben und was oft durch die Erfahrung bestätigt wird: dass die Schädelbrüche keineswegs ausser Gefahr sind bis zu hundert Tagen nach der Verwundung; besonders hüte Deinen Kranken sorgfältig, sei es im Essen, Trinken, Coitus, oder andern Dingen."

Schon Paré hatte die Bemerkung gemacht, dass die in Folge von Kopfwunden auftretende Entzündung (Fieber) gefährlicher sei, wenn sie spät erscheine; in der That ist die unmittelbare Entzündung ein Beweis, dass das Gehirn direct durch die verletzende Ursache afficirt wurde, während die spätere Entzündung allmälig von anderen Theilen auf das Gehirn übergeht und, was noch viel gefährlicher ist, meistens durch die Venen zum Gehirn geführt wird. Boyer behauptet, dass unter übrigens gleichen Umständen die Entzündung in Folge der Erschütterung viel gefährlicher sei, als die durch Contusion entstandene, so wie die letztere schlimmer sei als diejenige, welche durch eine Gehirnwunde oder einen fremden Körper, dessen Extraction leicht bewirkt werden kann, veranlasst wurde. Hiermit spricht Boyer also aus, dass die Entzündung in dem Grade gefährlicher wird, als ihre Ursache ferner liegt.

Berücksichtigt man nicht die Möglichkeit eines solchen verspäteten Eintritts der Entzündung, so erlaubt man nur zu leicht dem Kranken seinen gewöhnlichen Beschäftigungen, Vergnügungen und selbst Leidenschaften sich hinzugeben; — plötzlich bricht dann die Encephalitis aus, und die Beispiele, dass Verwundete, welche längst aus der ärztlichen Behandlung entlassen waren, von ihr ergriffen wurden, sind nicht eben selten. Es giebt Beispiele, wo die Entzündung zuerst nur die Weichtheile zu betreffen schien, jede Spur von Commotion fehlte und Alles den Eindruck einer einfachen Wunde machte; aber 14 Tage später brach die tödtliche Encephalitis hervor.[1])

Häufiger tritt Hirn-Entzündung hinzu, wenn Commotion bestand, und noch häufiger während der Dauer einer Compression, aus welcher Ursache diese auch kommen möge. Petit und Boyer

[1]) Folgende Beobachtung Morgagni's giebt ein Beispiel spät eingetretener Entzündung: „Ein Mann in der Nähe der sechsziger Jahre bekam einen Stockschlag etwas oberhalb der Grenze des linken Stirn- und Schläfenbeins, ohne dass weder in dem Augenblicke noch in den nächstfolgenden Tagen irgend etwas Bedenkliches folgte. Deshalb kam er täglich in das Hospital St. Maria zu Bologna, um sich seine Wunde, welche blos auf die Haut beschränkt war und für unbedenklich gehalten wurde, mit den gewöhnlichen Mitteln verbinden zu lassen. Ja er hielt sich als Kastanienverkäufer seiner Gewohnheit nach während drei oder vier Tage bei sehr kaltem Wetter auf einem öffentlichen Platze auf. Ungefähr mit dem sechsten Tage jedoch verschlimmerte sich die Wunde und es traten Fieber-Erscheinungen hinzu mit Schüttelfrost. Dieser letztere kehrte täglich auf dieselbe Weise wieder und tödtete so allmälig den Kranken, ohne dass noch weitere Symptome hinzutraten, als eine leichte Gangraen in der Wunde.“

haben darauf aufmerksam gemacht, dass eine unerwartet auftretende Entzündung namentlich bei Kindern zu fürchten sei, weil diese nicht anzeigen können, was ihnen widerfahren ist, oder, wenn sie auch könnten, es unterlassen aus Furcht, gescholten oder geschlagen zu werden. Eben so verbergen es die beaufsichtigenden Dienstboten. Dieselben Autoren haben darauf hingewiesen, dass man die Zeichen der Encephalitis leicht mit den Vorboten exanthematischer Fieber, oder mit den Erscheinungen der Wurmkrankheit oder des Zahnens verwechseln könne.

Ist ein Kind notorisch gefallen und es treten bald danach zufällig die von den eben angeführten Krankheiten abhängigen Cerebralsymptome auf, so kann die Entscheidung über das Wesen der letzteren schwierig werden; ja man hat sich soweit verirrt, dass man zum Trepan greifen wollte, obgleich eine Verletzung des Schädels gar nicht bestand. Zweimal hatte J. L. Petit die Hand eines Operateurs zurückzuhalten, welcher ein Mal bei Gehirnsymptomen in Folge der Dentition, und ein ander Mal bei solchen, die als Vorboten eines Variola-Ausbruchs erschienen, trepaniren wollte.

Wenn die Encephalitis aus innerer Ursache ohne gleichzeitige Meningitis überhaupt schon selten vorkommt, so ist dies bei der traumatischen noch viel seltener, ja fast unmöglich. Eben so fliessen die Symptome der Meningitis fast immer mit denjenigen der eigentlichen Encephalitis zusammen. So pflegt mit intensivem Kopfschmerz, mit Erbrechen, mit Exaltation der geistigen Thätigkeit, mit dem Delirium, sich immer Stupor zu verbinden; bei grosser Erregung, bei Convulsionen und Contractionen kann man grosse Schwäche, Niedergeschlagenheit, Coma und Lähmung finden; der Puls kann Anfangs lebhaft, zusammengezogen und schnellend sein, während er später langsam und breit wird. Die starke Pulsation der Carotiden und der Temporal-Arterien, in Verbindung mit den gerötheten Augen und dem erregten Gesichte des Kranken, lassen oft schon auf die Entzündung schliessen, ehe noch die Zeichen der Commotion gewichen sind. Kurz, die Erscheinungen nervöser Aufregung können Hand in Hand gehen mit entgegengesetzten Symptomen, oder letztere ihnen auf dem Fusse folgen.

Nach den Untersuchungen von Foville und Pinel-Grandchamp bezieht sich die Lähmung eines Arms auf eine Affection des *Thalam. n. optic.* (der entgegengesetzten Seite) und dessen Ausstrahlungen, diejenige eines Fusses auf Affection des *Corp. striat.* und seiner Ausstrahlungen, und die gleichzeitige Affection beider Gegenden ruft Hemiplegie hervor. Die sogenannte gekreuzte

Paralyse mit Affection z. B. des rechten Arms und linken Fusses wiese demnach auf eine Erkrankung des linken *Thalamus opticus* und des rechten *Corpus striatum*. Nach Caze soll durch Thatsachen feststehen, dass die isolirte Paralyse der Zunge auf eine Krankheit des *Cornu Ammonis* hindeute, und nach Bouillaud entsteht Verlust des Gedächtnisses in Folge von Alterationen der vorderen Gehirnlappen.[*]) Diese örtliche Bestimmung der Gehirnaffectionen hat eine glänzende Seite, von welcher sich einige Aerzte haben fortreissen lassen, aber eine genaue Prüfung hat bald gezeigt, wie wenig man sich darauf von praktischer Seite verlassen könne.

In seltenen Fällen folgt die Entzündung ganz unmittelbar auf die Commotion oder auf die Erscheinungen der Compression durch Blutextravasat; meistens liegt eine kurze Frist zwischen jenen und dem Eintritt der Encephalitis. So trifft mitunter den Kranken in dem Augenblicke, wo er seine Heilung von der Kopfwunde vollendet glaubt, ein neuer Schmerz an derselben, welcher Anfangs auf sie beschränkt, sich später auf den ganzen Kopf ausdehnt. Schwäche der Sinnesorgane und der Geistesthätigkeiten, Schwindel, Erbrechen, lebhafter, harter Puls, Schlaflosigkeit, Unruhe, Aufregung, Röthe des Gesichts, vermehrte Wärme, lassen (nach einer Kopfverletzung), wenn nicht ein sehr entschiedener Diätfehler vorliegt, keinen Zweifel mehr über den erfolgten Eintritt einer Encephalitis. Bald mehrt sich auch der Kopfschmerz und es tritt sehr bemerkbare Störung in den Gehirnfunctionen auf; namentlich ist die Exaltation der Sensibilität so gross, dass die geringsten Erschütterungen schmerzhafte Zuckungen hervorbringen, dass das Auge weder das Licht, noch das Ohr den Schall zu ertragen vermag. Das Delirium des Kranken ist fast anhaltend und nur durch sein Seufzen und Stöhnen unterbrochen; sein Gesicht wird immer lebhafter, seine Augen wild und das Erbrechen häufiger. Eben so wird der Puls härter, Angst und Hitze hervortretender, die Zunge trocken und rissig. Zuletzt wird der Kranke seiner ganzen Umgebung völlig fremd, bleibt in beständiger Bewegung, bringt die Hände an den Kopf und immer an dieselbe Stelle; sein Auge ist starr, sein Puls unregelmässig, die Ausleerungen unwillkürlich und Knirschen mit den Zähnen tritt ein.

Folgende zwei Beobachtungen von Morgagni geben ein Beispiel, wie ein solches Entzündungs-Fieber entstehen, sich verlieren und wieder kommen kann;

[*]) *Archives générales de médec.* 1825, *T. VIII*, *p.* 177. *Bulletin de l'académie de médec.* 1839, *T. IV*, *p.* 282.

gleichzeitig kann man die Zeiträume der Commotion, der äussern und innern Entzündung genau unterscheiden.

1) Ein ungefähr 60jähriger Mann quetschte sich bei einem Falle die rechte Seite des Vorderkopfs. Unmittelbar nach dem Falle bleibt er in einem Zustande halber Betäubung liegen; nach einiger Zeit jedoch verliert sich diese und er geht zu Fuss ins Hospital, wo er angiebt, von dem Falle nichts zu wissen und überhaupt jede Erinnerung des ihn Betroffenen verloren zu haben. An der Wunde bemerkte man die ersten Tage keine besondern Erscheinungen; mit Beginn des achten Tages aber tritt Fieber und Gangraen an der Wunde auf. Doch schwand mit der Abstossung des Brandigen auch das Fieber in wenigen Tagen; aber der Kranke behielt einen zwar nicht heftigen, doch betäubenden Schmerz im Hinterkopfe. Gegen den siebzehnten Tag hatte er einige Sehnenspannungen, welche drei Tage anhielten, und gegen den zwanzigsten erschien Fieber mit Frösteln und Erbrechen. Dieses Fieber, welches denn auch ohne Erbrechen bald zwei, bald drei Mal täglich wiederkehrte, tödtete den Kranken gegen den dreissigsten Tag durch unmerklich fortschreitende Vernichtung aller seiner Lebensverrichtungen.

2) Eine Frau von mehr als 40 Jahren fällt von einer Leiter und verwundet sich die linke Seite des Vorderkopfes ein wenig über dem Schläfenbein. Gleich nach dem Falle bleibt sie wie todt liegen, erscheint jedoch nach Verlauf einiger Zeit eben so wohl wie früher, und man findet keine tiefere Verletzung. Wenn nun gleich die Umgebung der Wunde gegen den vierzehnten Tag unter Fieber-Erscheinungen brandig wird, so werden doch in wenigen Tagen zuerst der Brand und dann das Fieber beseitigt. Aber gegen den dreissigsten Tag tritt letzteres mit Frost wieder ein, und gegen den vierunddreissigsten gesellt sich hierzu eine apoplektische Affection, begleitet von Aphonie und Verlust der Bewegungsfähigkeit der ganzen rechten Seite des Körpers, jedoch mit Erhaltung der Empfindung. Dass die Frau begriff, was man ihr sagte, deutete sie durch Zeichen an, und eine Art epileptischer Convulsionen, welche mitunter im ganzen Körper auftraten, bewegten die gelähmte Seite eben so wie die linke. Sie starb gegen den vierzigsten Tag.

[Solche Beobachtungen haben einen bei Weitem grösseren Werth, wenn eine genaue Section hinzukommt. In beiden Fällen handelte es sich wahrscheinlich um Bluterguss im Schädel.]

Doch zurück zur Beschreibung der Encephalitis. Wenn der Kranke nicht früher durch die Heftigkeit und Ausdehnung der Entzündung stirbt, so folgen auf die entzündlichen Erscheinungen die Symptome der Compression, oder vielmehr diese letztern gesellen sich jenen hinzu und gewinnen allmälig die Oberhand. Das Coma tritt mehr hervor, während das Delirium aufhört, oder weniger stark wird; die Hitze ist nicht dauernd lebhaft, und von Zeit zu Zeit, aber in unregelmässigen Zwischenräumen, treten Frostschauer auf; kalte, klebrige Schweisse bedecken namentlich die Stirn; die Pupille ist weit und unbeweglich und der Kranke gleitet zum Fussende des Bettes, als ob ein Gewicht auf dem Kopfe ihn nach dieser Richtung drückte. Unter diesen Umständen findet man auch den von Lallemand bemerkten Mäusegeruch, welcher aber weiter nichts ist, als der Geruch nach Urin, welchen der Kranke unwillkürlich lässt. Dann erscheint nicht selten auch die Lähmung der einen Körperseite, während die andere Seite von Convulsionen oder permanenter Contractur ergriffen wird. An dieser letzteren nehmen oft auch die Rückenmuskeln Theil, die Halsmuskeln sind aufgetrieben und angespannt, und die laute, schwere Respiration wird langsamer, unterbrochen und steht endlich still.

Von den örtlichen, anatomisch nachweisbaren Symptomen, welche eine krankhafte Thätigkeit innerhalb des Schädels anzeigen, ist schon oben die Rede gewesen. Dahin gehören die Wunden der Weichtheile, oder wo solche fehlen, doch Schmerzhaftigkeit an der getroffenen Stelle oder über dem entzündeten Punkte des Gehirns, oder Vermehrung des schon vorhandenen Schmerzes, endlich die teigige Anschwellung der Weichtheile (Pott'sche Geschwulst). Ist aber eine Wunde vorhanden, so zeigt sie die oben erwähnten üblen Erscheinungen und der entblösste Knochen wird nekrotisch. Die *Dura mater* erscheint, wo der Trepan oder die Obduction sie bloss legte, braun, ins Schwärzliche ziehend und leicht zerreisslich. Besonders ist die Ablösung des Pericranium von grosser Bedeutung, und wo die Verletzung selbst es schon abgelöst hatte, wird man immer finden, dass es unter dem Einflusse der innerhalb des Schädels entstandenen Entzündung sich in noch weiterem Umfange löst.

Der verderblichsten Complicationen der Encephalitis, der Pyaemie (metastatische Abscesse der Lunge, Leber u. s. w.) haben wir schon gedacht. Weniger gefährlich ist die gastrische Complication. Als häufigste Complicationen kommen das einfache und das phlegmonöse Erysipel vor, welche Entzündungen bald der Encephalitis selbst oft vorangehen, bald aber auch ihre Folge sind.

Die Behandlung der traumatischen Encephalitis muss sehr energisch sein; es bedarf, sowol um dem Ausbruch derselben vorzubeugen, als auch um sie zu bekämpfen, reichlicher Blutentziehungen. — Darüber sind alle erfahrnen Aerzte einig. [1])

Wenn gefragt wird, ob man am Arme, am Fusse, am Halse, oder innerhalb des Capillar-Systems die Gefässe zu öffnen habe, so ist die Antwort: der leichteste und sicherste Aderlass ist der am Arm, demnächst folgt der am Halse; auf den am Fusse aber darf man am wenigsten rechnen. Die topische Blutentziehung ist

[1]) A. Paré entzog in einem Falle (wo auch Erysipelas zugegen war) 27 Tassen Blut, und J. L. Petit liess noch mehr zur Ader.

fast immer von Nutzen, doch findet sie ihre Stelle erst nach dem Aderlasse. Die Arteriotomie (vergl. Bd. I, pag. 138) gewährt keinen besondern Vortheil.

Eine zweite Frage betrifft die Weise des Aderlassens, ob mit weiter Venenöffnung, ob reichliche, oder lieber oft wiederholte Aderlässe und weniger copiös — wie Bouillaud sagt: „*Coup sur coup.*" Am besten macht man Anfangs ein Paar kurz aufeinander folgende starke Aderlässe, und lässt dann nach längeren Zwischenräumen weniger reichliche folgen. Ist das Individuum jung und kräftig, so kann man sie sehr oft wiederholen. J. L. Petit hält die kräftigen Aderlässe besonders in den ersten beiden Tagen für unumgänglich. Statt der kleinen Aderlässe kann man, nach Gama's Vorgange, wiederholt Blutegel an den Kopf setzen, in der Weise, dass ein continuirlicher Blutabfluss dadurch erzielt wird. — Diese sogenannten permanenten Blutentziehungen werden nach Gama folgendermassen gemacht: „Wenn man bei einer Kopfwunde die Vereinigung bewirkt hat, so applicirt man in den Zwischenräumen zwischen den Verbandstücken 20—30 Blutegel, je nach der Bedeutung des Falls, und ersetzt sie in dem Maasse, als die durch sie bewirkte Blutung sich vermindert, durch andere. Diese „Relais" von immer neuen Blutegeln werden 2—4—6 Tage und selbst noch länger wiederholt, wenn die Hartnäckigkeit der Krankheitserscheinungen es erfordert. Die Schwäche, welche reichlichen capillären Blutentleerungen zu folgen pflegt, ist nicht zu fürchten. Sobald es zweckmässig erscheint, die Blutentziehung zu ermässigen, vermindert man die Zahl der anzusetzenden Blutegel immer um den dritten Theil, bis der Zeitpunkt gekommen ist, ihre weitere Anwendung zu sistiren. Diese erste Periode der permanenten Blutentziehung kann bis zu 24 Stunden dauern, worauf man die ferneren Applicationen nach längeren oder kürzeren Zwischenräumen macht, bis die Wahrscheinlichkeit der Heilung hinlänglich gestiegen ist. In dieser Weise dauert die Behandlung 6, 8 Tage und länger. Es kommt darauf an, dass diese Anfangs continuirliche und dann in unregelmässigen Zwischenräumen wiederholte Blutung, die Erscheinungen schnell beruhige und die Irritation der ergriffenen Gebilde beseitige; doch vermag sie die völlige Lösung der Encephalitis nur durch eine langsam steigende Wirkung herbeizuführen." [1]) Malgaigne [2]) erwähnt eines Falles von schwerer Kopfverletzung,

[1]) *Gama, plaies de tête, p.* 565.

[2]) *Gazette méd.* 1836, *p.* 56.

welcher durch diese continuirlichen Blutungen und *Tart. stib.* in Rasori'schen Gaben geheilt wurde. Gama will die Blutegel vorzugsweise an der getroffenen Stelle, oder sonst an der Stirn oder in der Schläfe gesetzt wissen; die Application am Halse oder am *Processus mastoid.* verwirft er. Ueberdies wendet er strenge Diät, beruhigende Getränke, einfache oder ölige Clysmata zur Vervollständigung dieser antiphlogistischen Behandlung an.[1])

Kann diese Behandlung den Gang der Entzündung nicht hemmen, so vermögen die übrigen Mittel selten noch etwas. Dennoch darf man die Ableitung auf den Darmkanal, das *Hydrarg. chloratum mite* und den *Tart. stib. in refracta dosi*, nicht übersehen, da mehrere Chirurgen und namentlich Desault dem letzteren Mittel unerwartete Erfolge zuschreiben, selbst noch in den letzten Perioden der Ergüsse. Da ihm die Trepanation so wenig leistete, so versuchte er, statt die Extravasate aus dem geöffneten Schädel zu entleeren, deren Resorption durch Beförderung der Secretion auf der Darmschleimhaut zu bewirken.

Eine sehr untergeordnete Rolle in der Behandlung der Encephalitis spielen die Vesicatore an den Gliedern, im Nacken, oder auf dem Kopfe, und zu Anfang möchten sie wol die Entzündung |und jedenfalls die Aufregung| eher steigern, als mässigen können.

Die Anwendung der Kälte auf den |abgeschornen| Kopf kann zwar Anfangs eine wohlthätige Abspannung und Beruhigung gewähren, jedoch |niemals allein die Heilung herbeiführen; ja zuweilen| folgt auf dieselbe eine heftigere Reaction. Deshalb ist die Handhabung dieses Mittels schwierig und man darf es kaum anders als nach mehrfachen Aderlässen und unter der genauesten Ueberwachung in Gebrauch ziehen. Man muss so zu sagen mit offener Lanzette dabei stehen, um die Ader zu öffnen, sobald die Reaction ausbricht.[2])

[1]) |Zuweilen lassen sich die allgemeinen und oft die localen Blutentziehungen durch den Junod'schen Schröpfstiefel ersetzen. Vergl. Bd. I, pag. 145.|

[2]) |Ich habe von der stetigen Anwendung der Eiskappe (d. h. einer den ganzen Schädel bedeckenden Blase, welche mit Eis gefüllt ist) stets eine gute Wirkung gesehen. Vidal führt zum Beleg seiner Ansicht folgende Beobachtung an:| „Einem jungen Mädchen, welches ich an einer Gehirnentzündung behandelte, war im Verhältniss zu ihrer Körperconstitution schon reichlich zur Ader gelassen und dennoch beharrten die Erscheinungen und steigerten sich sogar noch. Unter diesen Umständen entschloss ich mich zur Anwendung des Eises und applicirte dies selbst während einer ganzen Nacht. Den folgenden Tag glaubte ich eine Besserung zu bemerken und gab mich schon der Hoffnung hin, die sich aber bald als trügerisch erwies; der Gesichtsaus-

[Ueber den Kältegrad, welcher angewandt werden soll, und die Dauer der kalten Umschläge, entscheiden hier wie überall wesentlich die Empfindungen des Patienten. Sofern auf diese kein Verlass ist, hat man zu beachten, ob Steifigkeit des Halses (auch objectiv wahrnehmbar) oder Oedem am Schädel auftritt. Sobald dies der Fall ist, muss zu geringeren Kältegraden hinabgegangen oder die Anwendung der Kälte ganz aufgegeben werden.]

Auch hier kommt die Trepanation in Frage. Sie kann vorgeschlagen werden zur Beseitigung des Entzündungsprodukts innerhalb der Schädelhöhle, d. h. des Eiters. Zu diesem Ende aber müsste man:

1) Die Gewissheit seines Vorhandenseins haben und wissen, wie weit die der Compression zugeschriebenen Gehirnsymptome von ihm abhängen. Da aber diese Symptome, namentlich Coma und Paralyse, auch einer Meningitis oder einer Erkrankung des Gehirns, namentlich der Erweichung, ihren Ursprung verdanken können, so geben sie allein keine bestimmte Indication zur Anwendung des Trepans.

2) Müsste man über den Sitz der krankhaften Flüssigkeit durchaus im Klaren sein; ihr Sitz aber ist ungemein verschieden: zwischen *Dura mater* und *Cranium*, zwischen den Blättern der *Arachnoidea*, unter der *Pia mater*, in der Gehirnsubstanz selbst. Eine vorhandene Wunde, die von selbst erfolgende Entblössung der Schädelknochen, Lähmung auf der entgegengesetzten Seite, möchten wol ziemlich sichere Zeichen sein, dass man das Extravasat unterhalb der bestehenden äussern Verletzung zu suchen habe.

3) Fragt es sich, wie tief das Exsudat liege, wo seine Grenzen seien, ob es ein einziges oder mehrfaches sei. — Fragen, auf welche kaum eine Antwort möglich ist.

druck wurde wild und die Kranke versank in das tiefste Coma. Sofort wurde ein reichlicher Aderlass gemacht, worauf etwas Besserung erfolgte; dennoch bedurfte es eines wiederholten Aderlasses, um dieselbe zu befestigen. Möge diese Beobachtung dem jungen Arzte zur Lehre dienen. Nicht etwa, dass ich es bereuete, das Eis angewendet zu haben; ich glaube sogar, dass dadurch die Entzündung so zu sagen beweglicher wurde und nun leichter durch die letzten beiden Aderlässe beseitigt werden konnte; nur beweist diese Beobachtung besser, als alle übrigen mir zu Gebote stehenden, die grosse Gefahr einer Eisblase, deren Wirkung nicht einer gleich sorgfältigen Ueberwachung unterliegt. Gleichzeitig liefert sie ein Beispiel, dass man wirksame Mittel nie ein für alle Mal aufgeben, sondern wissen muss, zweckmässig darauf zurück zu kommen. Bei den heftigen Entzündungen junger Leute kommt ein Aderlass nie zu spät, wenn eine Steigerung der Entzündungs-Symptome eintritt."

4) Kommt die Beschaffenheit der comprimirenden Substanz in Betracht, ob dieselbe ihrer Natur nach vollständig entleert werden kann; denn wenn sie zähe und klebrig ist, so ist die Entleerung unmöglich, um so mehr, als sie dann gewöhnlich weit über die Oberfläche des Gehirns verbreitet liegt.

5) Selbst wenn man Dasein, Sitz, Grenzen und Beschaffenheit des Exsudats als bekannt voraussetzt, so bleibt es noch unsicher, ob nicht eine Entzündung vorhanden ist, deren Einflusse die functionellen Störungen mehr, als dem Druck der Entzündungs-Producte zuzuschreiben sind.

Alle diese Unsicherheiten müssen in der Regel von der Operation abhalten. Da das Vorhandensein der Encephalitis die häufigste und sicherste Thatsache ist, die Gefahr derselben nur zu bekannt und ihr genauer Zusammenhang mit den Ursachen der Compression unzweifelhaft ist; so ist das rationellste Verfahren eine energische und consequente Behandlung der Gehirn-Entzündung, zunächst durch directe Antiphlogose d. h. Aderlässe, und dann durch Ableitungen auf den Darmkanal oder *Tart. stib.* in der Desault'schen oder Rasori'schen Weise angewendet. Eine solche Behandlung giebt uns nicht blos die Hoffnung, die Entzündung zu zügeln, sondern auch die, das Exsudat zu beseitigen, indem siedie Resorption des Ergossenen begünstigt.

Gerade dieser Aussicht gegenüber wird man die Schwierigkeit begreifen, bestimmte Indicationen für den Gebrauch des Trepans in solchen Fällen festzustellen. Wunderbar genug ist die Leichtigkeit, mit welcher die alten Chirurgen sich entschlossen, den Schädel zu öffnen, und noch wunderbarer sind gerade die Mässigsten im Operiren diejenigen, welche die Trepanation am Häufigsten anwendeten. Pott, so umsichtig er sonst war, griff doch oft zum Trepan, während Desault, welchem man operative Mässigung schwerlich vorwerfen kann, die Trepanation zuletzt überhaupt verwarf.

Was uns am Meisten in Erstaunen setzen könnte, das sind die häufigen glücklichen Erfolge der Trepanation bei den Aelteren im Vergleich zu dem fast constanten Unglück seit der Desault-schen Schule. Die Gründe hierfür ergeben sich leicht, wenn man die Thatsachen nur sorgfältig und vorurtheilsfrei prüft. Indem die Alten die Trepanation als Vorbeugungsmittel anwandten, also bei jeder Fractur oder Contusion der Schädelknochen sogleich, folglich bevor noch Entzündung bestand, trepanirten; so mussten, da die Oeffnung des Schädels an sich nicht grade äusserst gefahrbringend ist, die glücklichen Erfolge dieser vorbeugenden Trepanation ziemlich häufig sein. [In die Reihe dieser Erfolge gehörten alle die Fälle, die wir jetzt auch ohne Trepan heilen sehen.] Aber auch da, wo der Trepan nicht blos zur Vorbeugung der Compression, sondern zur Beseitigung ihrer Ursache in Anwendung gezogen wurde, war die letztere in den glücklich verlaufenden Fällen fast immer ein Knochensplitter, ein fremder Körper oder endlich ein Extravasat zwischen *Dura mater* und dem Schädel; wogegen die Fälle, wo ein unmittelbar auf der Oberfläche des Gehirns liegendes Exsudat, oder ein solches in der Substanz des Gehirns, mit Glück durch die Trepanation entfernt wurde, äusserst selten sind. Die Ergüsse zwischen Schädel und harter Hirnhaut sind natürlich gefahrloser, als die unter der *Dura mater* gelegenen, weil sie, nicht in Berührung mit dem Gehirn selbst, nur einen mechanischen Einfluss auf dasselbe üben, weil sie ferner circumscripter sind, indem die Anheftungen der *Dura mater* die Verbreitung der Flüssigkeit verhindern, und endlich, weil sie meist nur aus Blut oder etwas verändertem Blute bestehen. Entstand der Erguss durch Entzündung, so ist diese letztere meist beschränkt. Die innerhalb der Schädelhöhle, also unter der *Dura mater*, gelegenen Ergüsse setzen immer schon eine viel heftigere und namentlich mehr oder weniger auf das Gehirn selbst einwirkende Ursache voraus. So ist in der Meningitis die Oberfläche des Gehirns in gewissem Grade erweicht, weil die *Pia mater*, welche doch im Wesentlichen nur das netzartig über die Oberfläche des Gehirns ausgespannte Gefässsystem desselben ist, immer an jener Entzündung Theil nimmt. Ihr Exsudat ist diffus und führt zu ausgedehnter Compression des Gehirns. Daher die Neigung zum Brande bei mehreren Entzündungen innerhalb der Schädelhöhle, daher der so stinkende Eiter derselben, daher die so oft von den älteren Chirurgen gebrauchten Ausdrücke „Fäulniss und Gangraen des Gehirns und seiner Häute"; daher endlich die grosse Gefahr der Eiter-Ergüsse innerhalb der harten Hirnhaut, und die so seltenen guten Erfolge der zu ihrer Beseitigung unternommenen Trepanation.

Zusammenstellung der Indicationen und Contraindicationen der Trepanation bei Schädelverletzungen.

1) Hieb- und Schnittwunden der Knochen. Hippocrates, so sehr er Vertheidiger der Trepanation war, verwarf sie doch bei den Hiebwunden der Schädelknochen, weil das extravasirte Blut einen Ausweg durch die Wunde habe. Die Nachfolger des Hippocrates, in der Meinung, dass das schneidende Instru-

ment die Trennung des Knochens ohne Contusion bewirke, nahmen an, dass die Entzündung, welche auf Knochen-Contusionen zu folgen pflegt, hier nicht eintreten werde, oder dass sie sich von den Schädelwandungen aus den innerhalb des Schädels gelegenen Theilen nicht mittheilen werde. Kann aber diese Schädelwunde in der That ohne Quetschung bestehen und ist nicht die Entzündung sogar zur Heilung der Wunde ein nothwendiges Requisit? So würde, — wollte man den Ansichten der griechischen Schule über die Indication der Trepanation bei Knochenquetschungen und über die prophylactische Anwendung derselben bei Quetschungen der Schädelknochen beistimmen, consequenter Weise der Trepan bei den meisten Schädelknochen-Wunden anzuwenden sein, weil sie gewiss sehr selten ohne gleichzeitige Quetschung existiren. — Ausserdem verwerfen die Anhänger des Hippocrates die Trepanation bei dieser Klasse von Wunden aus dem Grunde, weil diese selbst dem Abfluss der innerhalb des Schädels ergossenen Flüssigkeiten ausreichenden Raum darbieten. |Wir werden in einer Hiebwunde als solcher eine Indication zum Trepaniren jedenfalls nicht erblicken.|

2) Stichwunden der Schädelknochen. Hier bedarf es genauer Unterscheidungen. War das Instrument sehr scharf, so kann jede Contusion fehlen, und dann vermag wol keine Schule eine vernünftige Indication zur Trepanation aufzufinden. Da es aber unter den stechenden Instrumenten manche giebt, welche den Schädel nur durchdringen können, indem sie Quetschung und gleichzeitig Fracturen veranlassen, so tritt hier für diejenigen eine Indication zur Trepanation auf, welche diese Operation in allen Fällen von Quetschung und Bruch der Schädelknochen angewandt wissen wollen. Aber auch in diesem Falle muss ein solcher verwundender Körper, wenn er den Schädel durchdringen soll, eine mehr oder minder weite Oeffnung machen, und somit wird die Trepanation für diejenigen unnütz, welche sie zum Zweck der Entleerung des ergossenen Blutes und der Entlastung des Gehirns unternommen wissen wollen.

3) Fremde Körper. Eine dringendere Anzeige für die Trepanation erwächst bei Stich- und Schusswunden des Schädels dann, wenn ein Theil des Instruments oder der Kugel in dem Knochen eingekeilt zurückblieb und zugleich die Unmöglichkeit vorliegt, es ohne gleichzeitige Hinwegnahme der umgebenden Knochenparthie zu entfernen. Der Fall ist dann verschieden, je nachdem der fremde Körper entweder die Innenfläche des Knochens nicht überragt, also nicht in das Gehirn eindringt, oder aber in die Substanz des letz-

teren selbst eingedrungen ist. Eine solche Unterscheidung wird zuweilen nur durch eine Vergleichung des verletzenden Instruments und der anatomischen Verhältnisse der Schädelwände möglich. Im ersten Falle, wo nämlich der fremde Körper nicht in die Schädelhöhle eindrang, gestatten Einige, die Trepanation zu umgehen, während die Anhänger der prophylaktischen Trepanation sie auch hier in Anwendung ziehen. Im zweiten Falle aber, wo das Instrument (der fremde Körper) wirklich in die Schädelhöhle eindrang, ist es immer der Vorsicht angemessen, ihn herauszuziehen, mithin, wenn dies auf gefahrlosere Weise nicht möglich ist, zu trepaniren. In der grossen Mehrzahl der Fälle werden sich übrigens, wenn der fremde Körper die innere Schädelfläche überragt, sofort Symptome zeigen, welche über die Indication der Trepanation und selbst der sofortigen keinen Zweifel übrig lassen. Zweifelhaft hingegen kann da die Indication der Trepanation erscheinen, wo der fremde Körper (Flintenkugel, Schroot) vollständig in das Innere des Schädels gedrungen ist, ohne dass irgend etwas von ihm äusserlich sichtbar bleibt. Wenn er dann tief in der Gehirnmasse eingebettet liegt, so könnten die zu seiner Entfernung nothwendigen Verletzungen grössere Nachtheile in ihrem Gefolge haben, als das Verbleiben des fremden Körpers selbst. Lässt eine sorgfältige und vorsichtige Untersuchung mittelst einer geknöpften Sonde nicht ganz bestimmt seinen Sitz erkennen, so unterlässt man seine Entfernung und, wenn die Zeichen der Compression fehlen, die Trepanation überhaupt.

4) Contusion der Schädelknochen. Diese Verletzung indicirte, nach den Vorschriften der Hippocratischen Schule, welche Pott verjüngte und Boyer verbreitete, vorzüglich die vorbeugende Trepanation. Eine Schusswunde des Schädels und namentlich die Entblössung der Knochen, noch bevor irgend ein Gehirnsymptom oder sonstiger schwerer Zufall auftrat, waren für Boyer schon eine Aufforderung, den Trepan anzuwenden. Dieser Lehre lässt sich entgegnen: 1) Die Entblössung des Schädels ist keineswegs ein unleugbarer Grund des gleichzeitigen Vorhandenseins einer Contusion der betreffenden Knochen. 2) Die sichere Diagnose dieser Knochenquetschung ist oft mit unendlicher Schwierigkeit verbunden, und fast in allen Fällen ist es unmöglich, ihre Ausdehnung in die Tiefe sowol, wie in die Fläche zu erkennen, eine Unmöglichkeit, von welcher man um so mehr überzeugt sein wird, wenn man bedenkt, dass sie schon bei blosser Quetschung der Weichtheile besteht. So nimmt man die Amputation in Folge der Zerquetschung eines Gliedes immer möglichst fern von der Wunde

vor, um nicht noch in die Region der Quetschung zu gerathen. Da man ungeachtet solcher Vorsicht diesem Uebelstande dennoch mitunter verfällt, um wie viel mehr muss dies bei Quetschungen der Schädelknochen der Fall sein.

5) Fissuren der Schädelknochen indiciren nach Hippokrates die Trepanation. Will man durch dieselbe die von der Einwirkung eines quetschenden Instruments untrennbare Contusion behandeln, so treffen diese Behandlung die obigen Einwürfe; denn da die Grenzen der Contusion unbekannt sind, so sind es in gleichem Maasse die Grenzen der Trepanation und die Zahl der nothwendigen Kronen. Will man aber das extravasirte Blut entleeren, so gilt hier noch derselbe Einwurf, wenn die Spalte lang ist. Denn zu wissen, wo im Verlaufe einer Spalte das Extravasat liegt, und ob, falls man eine Oeffnung macht, durch diese alles Blut entleert werden kann, gehört unbedingt zu den Unmöglickeiten.

6) Fracturen mit Eindruck. In diesem Punkte herrscht Uneinigkeit unter den Vertheidigern der Trepanation; die Einen wollen trepaniren, während Andere, wie Hippokrates, es widerrathen. Einige Anhänger dieser letztern Ansicht vertheidigen sie durch die Behauptung, dass den Flüssigkeiten hinlänglicher Abfluss durch die Intervalle der Bruchstücke gelassen sei, und dass die letzteren selbst durch blosse Naturkraft gehoben werden könnten. Heutigen Tags gilt im Allgemeinen der Knochenbruch mit Eindruck an sich nicht gerade für eine Indication zur Trepanation, weil zahlreiche Thatsachen bewiesen haben, dass das Gehirn einen, durch die eingedrückten Schädelknochen verursachten, selbst ziemlich starken Druck ertragen kann. Es müssten also, um die Trepanation zu rechtfertigen, mit dem Schädeleindruck entschiedene Gehirnsymptome verbunden sein. Doch haben wir schon oben bemerkt, dass, wenn der Bruch in der That ein Splitterbruch und die Knochenstücke sehr beweglich seien, man sie als fremde Körper ansehen und nach den bei diesen gegebenen Regeln ausziehen müsse. Sollte dies aber ohne die Hülfe des Trepans nicht geschehen können, so würde man zu seiner vorbeugenden Anwendung nach denselben Grundsätzen verpflichtet sein, welche die Entfernung der fremden Körper, auch ohne dass sie üble Zufälle veranlasst haben, gebieten.

7) Ueble Zufälle nach Kopfverletzungen. Zur Bekämpfung oder Verhütung der Cerebral-Symptome soll die Trepanation ausgeführt werden. Hier liegt, so zu sagen, der Drehpunkt der Frage über curative und prophylaktische Anwendung der Tre-

panation. Darf und kann man aber dem Eintritt von Gehirnsymptomen vorbeugen durch eine Operation, die in der Eröffnung der Schädelhöhle besteht? Und wie sollte eine solche Operation derartige Symptome bekämpfen können? [Wir haben uns im Vorstehenden dahin entscheiden müssen, dass die Trepanation bei der Hirn-Erschütterung gar nicht, beim Hirn-Druck nur, sofern der Sitz des drückenden Körpers bekannt ist, bei der Hirn-Entzündung aber nur, im Falle Exsudate zu entleeren wären und auch dann nur, in sofern deren Sitz circumscript und genau bekannt wäre, als indicirt zu betrachten sei.] Hier wollen wir, um ganz unpartheiisch zu sein, den gewandtesten und gewichtigsten Vertheidiger der prophylaktischen Trepanation, Pott, selbst sprechen lassen:

„Um diesen Gegenstand erschöpfend zu behandeln," sagt Pott [1]), „wollen wir erstens sehen, welche Erscheinungen eintreten, wenn die Trepanation sehr verspätet, oder gar nicht angewendet wurde; 2) welche üblen Zufälle die Trepanation an sich zu veranlassen vermag; 3) in welchem Verhältniss die Zahl der ohne Trepanation Genesenen zu der Zahl derjenigen steht, welche, wie man sich gestehen muss, wegen Unterlassung der Trepanation gestorben sind, oder welche wenigstens Aussicht auf Hülfe durch die Operation gehabt hätten. In Betreff des ersten Punktes habe ich schon bemerkt, dass in Fällen einfachen Bruchs ohne Eindruck die Trepanation angewandt wird, um üble Zufälle (welche von der Fractur selbst unabhängig sind) zu mildern oder ihnen vorzubeugen, denn der einfache Bruch, an sich betrachtet, kann weder solche Zufälle hervorrufen, noch durch die Operation geheilt werden. Zu den häufigsten derartigen Krankheitszuständen gehört die Entzündung, Eiterung, Ablösung der *Dura mater* vom Knochen und folglich die Bildung eines Eiterheerdes zwischen *Dura mater* und Schädelknochen. Unter allen Entzündungen, welche Schädelwunden zu folgen pflegen, ist dies die gefährlichste, dringendste und diejenige, gegen welche wir am wenigsten vermögen. Denn zu Anfang giebt es keinerlei Symptom, welches dem Chirurgen mit einiger Sicherheit den Eintritt dieser Complication vorhersagt, und sind die Erscheinungen erst da, so scheitert die Operation (dann unsere einzige und letzte Zuflucht) meistens. Daher scheint die einzig zu billigende Methode, um diesem Unglück vorzubeugen, die Wegnahme desjenigen Schädeltheils, welcher, da er gebrochen ist, ziemlich sicher als der von dem Schlage getroffene betrachtet werden kann, und welcher, bei nachfolgender Entzündung, Loslösung und Eiterung der *Dura mater*, den Eiterheerd verdecken und seinen spontanen Aufbruch verhindern wird. Meiner Meinung nach, ist dies nicht blos der beste, sondern sogar der einzig haltbare Grund bei einfachen Schädelbrüchen ohne Eindruck frühzeitig zum Trepan zu greifen, und mir erscheint er an sich vollkommen ausreichend, um die Trepanation zu rechtfertigen oder selbst zu gebieten. Sie richtet oft, wie man gestehen muss, nichts aus, wenn nämlich das Uebel zu bedeutend ist, um überhaupt einem Mittel zu weichen; aber sie rettet mehr als ein Leben, welches ohne sie verloren wäre, davon bin ich so fest überzeugt, wie von irgend einer durch häufige Erfahrung erkannten Wahrheit. Bei

[1]) [*Observations on the nature and consequences of wounds and contusions of the head, fractures of the skull etc. London* 1760; in der französischen Uebersetzung: *Oeuvres chirurg. Paris* 1777. *T. I, p.* 102.]

derartigen Gegenständen stehen positive Beweise und eine formelle Ueberzeugung uns nicht zu Gebote, und es muss uns genügen, durch Vergleichung der Behandlung und des Ausgangs einer Anzahl ähnlicher Fälle möglichst nahe zu der Wahrheit vorzudringen, indem wir uns dann auf die Seite des wahrscheinlichsten Erfolges wenden. — Die zweite Frage, welche ich vor dem Leser behandeln muss, bezieht sich auf die üblen Folgen, welche die Trepanation, an sich, haben kann. Die Gegner der vorbeugenden Trepanation behaupten, dass sie grossen Zeitverlust herbeiführe, dass sie oft unnütz gemacht werde, und dass die Entblössung der *Dura mater* und ihr Contact mit der Luft verderblich seien. Die erste dieser Behauptungen ist ohne Zweifel richtig: Jemand, dessen Schädel trepanirt wurde, kann nicht so schnell genesen, wie Jemand, der diese Operation nicht überstanden, vorausgesetzt jedoch, dass keine anderen Erscheinungen hinzukommen ausser der einfachen Fractur. Wäre also die grössere Mehrzahl der Individuen, welche Schädelbrüche erlitten, so glücklich, jeder sonstigen Erkrankung, namentlich der innerhalb des Schädelgewölbes enthaltenen Organe, zu entgehen, so würde jener Einwurf begründet sein. Aber leider ist dies nur selten der Fall; den meisten, oder doch sehr vielen Schädelbrüchen folgen Erkrankungen anderer Art; die in der Schädelhöhle enthaltenen Organe leiden von der Verletzung eben so gut, wie der Schädel selbst. Unter solchen Umständen ist ein geringer Zeitverlust nicht mehr von besonderer Bedeutung. — Die Gefahr, welche man der Entblössung der *Dura mater* zuschreibt, ist ohne Zweifel begründet und man darf sie nicht ohne gewichtigen Grund entblössen. Und doch stehe ich nicht an, zu behaupten, dass diese Gefahr, wie gross sie auch immer sei, bei dieser Sachlage mit derjenigen nicht verglichen werden könne, in die man den Kranken durch Unterlassung der einmal nothwendigen Operation stürzt. Suchen wir schliesslich ein richtiges Urtheil über diesen Punkt, so stellt sich die Frage in folgender Art: Ist die Wahrscheinlichkeit eines üblen Ausganges als Folge der einfachen Entblössung der *Dura mater* eben so gross, als die Wahrscheinlichkeit, dass in dieser Membran kein Krankheitszustand, welcher Entzündung und Eiterung droht, vorhanden sei? oder gleicht das Uebel, welches durch die Perforation entstehen kann, dem Guten, welches die Operation bringen kann? Diese Fragen können nur Diejenigen beleuchten und entscheiden, welche viele derartige Fälle gesehen haben. Ich meiner Seits zweifle nicht, dass, wenn die allgemeine Regel, in allen Fällen den Schädel zu perforiren, hin und wieder Verwundete zur Operation brächte, welche sehr wohl ohne diese hätten genesen können, sie doch anderer Seits manches kostbare Leben retten würde, welches ohne sie unwiederbringlich verloren gewesen wäre. Der Erfolg einer frühen und prophylaktischen Trepanation lässt sich nicht entfernt nach demjenigen bemessen, welchen man noch erzielen kann, wenn man die Operation verschiebt, bis die secundäre Entzündung der *Dura mater* und das diese begleitende Fieber sie nothwendig machen. — Die Beantwortung der dritten Frage: in welchem Verhältniss die Zahl derjenigen, welche ohne Operation am Leben blieben, zu denjenigen steht, welche starben, weil die Operation unterlassen wurde, ist grössten Theils im Vorigen inbegriffen, wenigstens wird man sich, wenn man über jene sich entschieden hat, unzweifelhaft auch ebenso über die dritte entscheiden.[1]) — Die beträchtliche Zahl

[1]) Nach den genauen Untersuchungen von Bruns (Handbuch der practischen Chirurgie, Tübingen 1854, Abth. I, pag. 1051) beträgt die Mortalität nach der Trepanation durchschnittlich 1/[illegible], wenn man diejenigen Fälle zusammenstellt, in welchen sie wegen chronischer Erkrankungen ausgeführt wurde.

derartiger Fälle, welche einem grossen und, wie das St. Bartholomäus-Hospital, im Mittelpunkte einer volkreichen Stadt gelegenen Krankenhause zufliessen, eben weil dort allerlei gefährliche Beschäftigungen betrieben werden, hat mir die Gelegenheit zahlreicher Beobachtungen über diesen Punkt der Chirurgie geboten. Obgleich ich mitunter solche Verwundete habe ohne Trepanation genesen sehen, so hat mich doch die viel grössere Zahl derjenigen, welche mit Eiteransammlungen in der Schädelhöhle starben, sehr misstrauisch in dieser Hinsicht gemacht. Will ich auch nicht behaupten, dass ich in jedem Falle von Schädelbruch ohne Ausnahme trepaniren würde, so bedarf es doch, um mich davon abzuhalten, ganz besonderer und viel günstigerer Umstände, als man in der Regel findet, und selbst in diesem letzteren Falle würde ich mit grosser Vorsicht meine Prognose stellen. Wollte man aber aus meinen Worten entnehmen, dass ich die Blosslegung der *Dura mater* für eine ganz gleichgiltige Sache hielte, aus welcher nichts Uebles entstehen könnte, so würde man sich sehr irren. Mir ist es wohl bekannt, wie verschieden die ältesten Praktiker über diesen Punkt dachten, und auch wir bedürfen hierin noch sehr der Belehrung, so dass ich nicht rückhaltlos mich über denselben aussprechen möchte. Was jedoch für meinen gegenwärtigen Zweck von Wichtigkeit ist, das ist, dass man, indem man die Oeffnung des Bruchs ein wenig erweitert, die schon durch letzteren bedingte Gefahr nicht erheblich vermehren kann, in sofern der Bruch ja schon der Luft einen Zugang zur *Dura mater* geöffnet hat. Uebrigens handelt es sich hier, wenigstens bis zu einem gewissen Punkte, nicht um diese Blosslegung der *Dura mater*, sondern vor Allem um die Entscheidung: ob man berechtigt ist, in der Voraussetzung, die *Dura mater* sei nicht in der Art verletzt, um später in Entzündung und Eiterung zu gerathen, die vorbeugende Operation zu unterlassen und diesen Eingriff zu verschieben, bis drohendere Symptome ihn nothwendig machen; oder anderer Seits, ob man die Operation immer früh machen soll, um wo möglich den sehr wahrscheinlich eintretenden verderblichen Symptomen zuvor zu kommen."

Beschreibung der Trepanation.

Die Trepanation ist die kunstgemässe Durchbohrung eines Knochens, im engeren Sinne eines Schädelknochens. Darum muss auch der erste Trepan ein Bohrer gewesen sein. Man wandte Fassbohrer an, vermittelst eines Bogens, oder mit der Hand allein. Hippokrates[1]) durchbohrte nicht sofort bis auf die *Dura mater*, sondern machte die Operation in zwei Akten; „jedoch," sagt er, „muss man den Knochen sogleich völlig durchsägen, wenn man den Kranken aus den Händen eines Andern bekommt."[2]) Ausserdem hat man verschiedene andere Bohrer in Gebrauch gezogen. Albucasis verliess zuerst den Bogen, vermittelst dessen man den Bohrer in Gang zu bringen suchte; man ging dann zu dem Traubenbohrer über, dessen sich die Handwerker bedienen, um Holz, Steine oder Metalle zu durchbohren. Mit ihm durchbohrte, nach

[1]) *Oeuvres d'Hippocrate édit. Littré. T. III, p.* 168.

[2]) *Velpeau, De l'opération du trépan dans les plaies de tête. Paris* 1834, *pag.* 7.

Wepfer's Bericht, ein Kurschmidt den Schädel eines Menschen, und heilte ihn so von einem inveterirten Kopfschmerz. Der Handbohrer und der Traubenbohrer sind als die beiden Grundtypen des Trepans zu betrachten. Indem man dem einen Ende derselben eine cirkelförmige Säge, Krone genannt, anpasste, entstand die Trephine und der Trepan. Die Trephine, besonders in England im Gebrauch, ist ein Handbohrer, dessen Spitze sich in der Mitte einer zirkelförmigen Säge befindet; der französische Trepan dagegen ist ein Traubenbohrer, dessen Bohrspitze ebenfalls in der Mitte einer zirkelförmigen Säge gelegen ist. Diese Säge oder Krone macht den Trepan zu einer Art Locheisen, mit welchem man nicht bloss perforirt, sondern den Knochen resecirt. Diese Resection der Knochen ist in dem Maasse an den übrigen Knochen häufiger vorgenommen, als die Trepanation des Schädels seltener geworden ist, so dass heutigen Tages fast alle Knochen des Skelets, namentlich diejenigen des Gesichts, der Extremitäten u. s. w., ihr schon unterworfen sind. Daher haben auch die örtlichen Bedürfnisse die Form der angewendeten Sägen modificirt. Man hat solche construirt, die statt der kreisförmigen mehr oder minder krummlinige und selbst gradlinige Schnitte führen. Schon Graefe und Maché hatten eine Säge in Gestalt eines gezähnten Rades ersonnen, und in neuester Zeit haben Heine, Thomson und Charrière noch besser dem Wunsche Hey's entsprochen: „Könnte man eine Säge erfinden, welche mit Sicherheit in grader, oder leicht gekrümmter Linie einschnitte, so wäre dies für die Chirurgie eine vortreffliche Entdeckung.“ [1]) Namentlich erfüllt die Heine'sche Säge (Knochenbistouri, Osteotom) diesen Zweck. Es ist dies ein breites, conisches Messer mit abgerundeter Spitze, um dessen gefurchten Rand eine Kettensäge läuft, welche durch ein in der Handhabe befindliches Räderwerk vermittelst einer Kurbel in Bewegung gesetzt wird. Dies Instrument durchschneidet die Knochen wie das Bistouri die Weichtheile, d. h. in jeder beliebigen Richtung, und man kann mit diesem Osteotom somit auch Theile vom Schädel in jeder Form und in beliebigem Umfange wegnehmen. Aber es ist eben so schwer zu verfertigen wie zu handhaben, sein Preis sehr bedeutend und sein Mechanismus leicht zu verderben, — aus welchen Gründen seine Anwendung sehr beschränkt ist und bleiben wird. [2])

[1]) S. Cooper, *Dictionnary of practic. Surgery. IV. edit. p.* 1043.

[2]) [Namentlich ist die Zahl der mittelst des Osteotoms ausgeführten Trepanationen bis jetzt eine sehr geringe.]

Zur Ausführung der Trepanation wählt man die, dem zu entfernenden Körper (resp. Knochenstück) entsprechende Stelle des Schädels, vorausgesetzt, dass eine Blosslegung des Knochens daselbst möglich ist, ohne gleichzeitige Verletzung wichtiger Organe. Ehemals durfte man, so viel man auch trepanirte, nur wenige Stellen des Schädels zum Aufsetzen der Krone wählen; man trepanirte nicht unterhalb der horizontalen Linie, welche von der Nasenwurzel anfangend auf beiden Seiten zur *Protuberantia occipital.* läuft, oder mit andern Worten: man trepanirte nur das obere Gewölbe des Schädels, und selbst hier gab es viele verbotene Stellen, z. B. alle Nähte, die *Sinus*, die Schläfengrube, der vordere untere Winkel des Seitenwandbeins etc., welche Verbote jedoch später sowol durch die Erfahrung, als auch durch genauere anatomische Kenntnisse beseitigt wurden. So hat man bereits unterhalb der *Protuberantia occipital.* trepanirt, indem man die Nackenmuskeln durchschnitt und auseinanderbog; man hat auf den Nähten die Krone aufgesetzt, weil die unter sie ergossenen Extravasate ihren Zusammenhang mit der *Dura mater* aufheben; und selbst die *Sinus* zu öffnen hat man sich nicht gescheut, weil man erkannt hat, dass dies selten bedeutende Blutung veranlasst und diese selbst ohne bedeutende Schwierigkeit gestillt werden kann. Eben so hat man die mit der Incision der Weichtheile der Schläfengegend verbundene Gefahr als eingebildet erkannt und in dieser Gegend trepanirt; selbst die Verletzung der unter dem vordern untern Winkel des Seitenwandbeins verlaufenden *Art. meningea media* durch die Trepanation hat man nicht gescheut, weil man die entstehende Blutung zu unterdrücken wusste.[1])

[1]) Zur Stillung einer Blutung aus der verletzten *Art. meningea media* wird vorgeschlagen:

1) ein auf die Arterie gelegtes Bourdonnet, durch doppelte Fäden an ein zweites, ausserhalb des Schädels gelegenes Bourdonnet zu befestigen, nach Physik [unsicher].
2) Berührung der Arterie selbst mit einem weissglühenden Draht, nach Larrey [gefährlich].
3) Einpressen eines in der Mitte durchbohrten Korkstöpsels in die Knochenwunde [unsicher und gefährlich].
4) Durch ein Stückchen Wachs, welches auf das Lumen der Arterie aufgedrückt wird.
5) Das Anlegen einer gebogenen Bleiplatte, die beide Knochenflächen und zugleich die Furche, in welcher das Gefäss verläuft, comprimirt, [oder das Graefe'sche Compressorium.]
6) Endlich die Unterbindung des hervorgezogenen Gefässes, [welche die grösste Sicherheit gewährt, aber oft schwierig ist.]

Fig. 5.

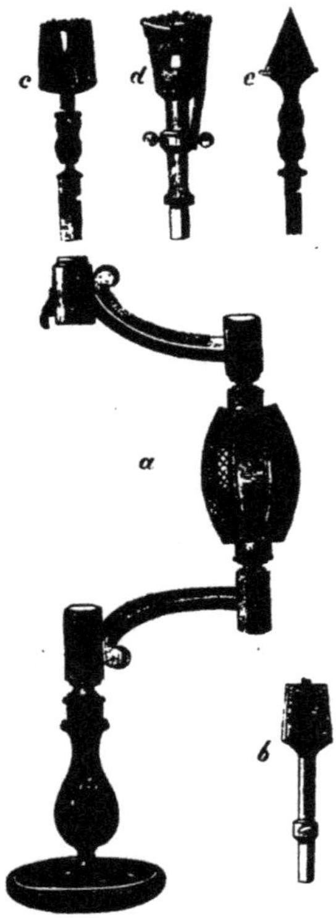

Die wichtigsten Instrumente eines Trepanations-Etuis sind diejenigen, welche dazu bestimmt sind, den Schädel zu durchbohren und die eingedrückten Knochenstücke zu entfernen. Der französische Trepan (Fig. 5.) ist, wie oben bemerkt, ein Fassbohrer. Seine obere Scheibe und die kugelförmige Handhabe des Mittelstücks müssen von Holz gearbeitet sein und sich leicht um ihre Axe bewegen, um jede für die Hand des Operateurs unbequeme Reibung zu vermeiden. Dieser ganze Theil ist der Stiel oder Baum des Trepans (*a*). Nun denke man sich statt der Bohrspitze des Fassbohrers eine metallene, in eine sehr scharfe Pyramide auslaufende Welle und hierzu die Krone (*c*), welche ein Abschnitt eines stählernen Cylinders ist (wie z. B. vier Centimeter eines Flintenlaufs) dessen unteres Ende sägeförmig gezähnt, das obere aber mit einem durchbohrten Bodenstücke versehen ist, um die Welle hindurch zu lassen. Diese Krone ist beweglich, so dass die Welle vor oder zurück gestellt werden kann, und sie wird durch eine Druckschraube in ihrer, je nach den Acten der Operation verschiedenen Stellung an der Welle befestigt. Im ersten Act wird die Krone zurückgezogen, damit die vorstehende Pyramide zuerst eingreife und der Krone später den zur Sicherung ihres Ganges nöthigen Stützpunkt gewähren könne. Sobald der Weg für die Krone gebahnt ist, stellt man sie tiefer, so dass sie nun allein in den Schädel eindringt. Wir beschreiben hier den von Bichat angegebenen Trepan, während bei anderen Trepanen der Stiel und die Pyramide nicht aus einem Stücke bestehen, sondern letztere in dem Mittelpunkt des Grundes der Krone eingeschraubt wird. Dann wird sie, wenn der Gang des Instruments gesichert ist, vermittelst eines Schlüssels entfernt, was den Apparat um ein Stück vermehrt, und die Stellung der Pyramide weniger sicher macht, weshalb man ihr vorher durch den Perforativ-Trepan (Fig. 5. *e*) den Weg bahnen muss. Die Kronen sind von konischer, oder cylindrischer Form. Erstere soll das zu schnelle Eindringen, und somit die Verletzung der *Dura mater* verhüten; die Operation wird aber wegen der fortdauernden Reibung der ganzen Seitenfläche dieser konischen Krone zu sehr verlangsamt und erfordert einen zu grossen Kraftaufwand. Man bedient sich jetzt deshalb ausschliesslich der cylindrischen Kronen und wendet auch das sogen. *Abaptiston* (eine Hülse über der Krone, welche in einiger Entfernung von dem schneidendem Rande der Krone festgestellt wird; Fig. 5 *d*) zur Verhütung des zu tiefen Eindringens, kaum mehr an, da dasselbe nur bei genau bekannter Dicke der Knochen seinen Zweck erfüllen könnte, dieser aber durch Vorsicht und Geschicklichkeit viel sicherer und leichter erreicht werden kann.

Das Trepanations-Etui enthält, ausser dem Trepanbaum und der Trephine, Kronen verschiedenen Durchmessers (und zwar von jeder Grösse zwei), eine hahnenkammförmige Säge, einen *Tire-fond* (Fig. 6 *a*), ein Linsenmesser (*b*), ein Schabeisen, Rugine, (*c*), einen Hebel, Elevatorium (Fig. 6. *d*), d. h. einen starken stählernen Stab, dessen eines Ende spatelförmig gestaltet ist, während das andere eine Krümmung besitzt, etwa in der Art, wie der eine Haken des lateinischen S, — ferner eine kleine Bürste, um die Zähne der Krone zu reinigen, einen bleiernen Hammer, eine Scheere, eine schneidende und eine stumpfe Knochenzange, und eine Exfoliativkrone (Fig. 5. *b*).

Fig. 6.

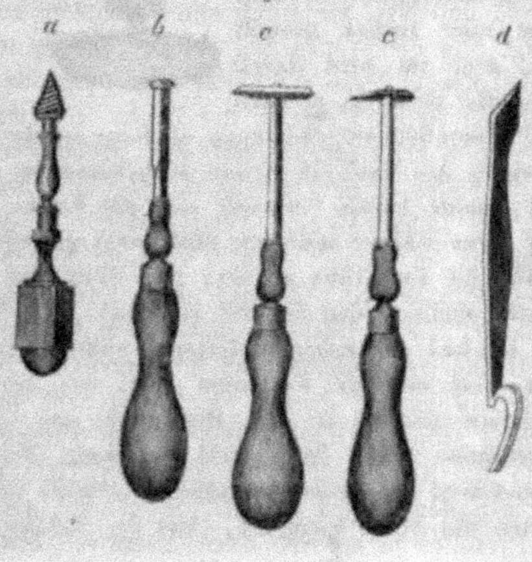

Die Ausführung der Operation selbst geschieht auf folgende Weise. Der Kranke liegt; sein Kopf, dem Licht zugewandt, ruht nahe dem Ende des Operationstisches oder des Bettes und wird dort sicher fixirt. Der vorhandenen Wunde giebt man mit einem starken Bistouri eine solche Gestalt und Grösse, dass der zu trepanirende Knochen gehörig blossgelegt wird; ist aber eine Wunde nicht vorhanden, so macht man |wo möglich blos eine hinreichend lange einfache grade Incision, wo diese aber nicht ausreicht| einen T-förmigen, oder wie Velpeau will, einen halbmondförmigen Einschnitt, oder endlich einen Kreuzschnitt. Der letzte hat insofern oft den Vorzug, als man, indem man ihn nach einer oder mehreren Richtungen verlängert, den Knochen besser blosslegt und somit den ganzen Umfang des Bruchs verfolgen und bei der Operation berücksichtigen kann. Für die Schläfengegend hat man einen V-förmigen Einschnitt vorgeschlagen in der Meinung, wenn man die Basis dieses V nach oben und die Spitze an die untere Insertion des *Musc. temporalis* verlege, die Durchschneidung der Muskelfasern zu vermeiden, was jedoch, wie jeder Versuch an der Leiche lehrt, irrig ist. — Wenn kein Bruch besteht, besonders aber, wenn keine beweglichen Knochenstücke vorhanden sind, so kann man unbedenklich sofort bis auf den Knochen incidiren; entgegengesetzten Falles bedarf es grosser Vorsicht, um nicht das Bistouri zwischen die Splitter oder in die Spalten dringen zu lassen. Die durch die Incision gebildeten Lappen werden nicht (nach Pott's Rath) abgetragen; man bedeckt sie vielmehr mit Leinwand und lässt sie durch einen Gehülfen zurückhalten.

Es folgt nun die Trepanation selbst. Die Krone wird so an dem Baume befestigt, dass die Spitze oder Pyramide um 1½ Lin. ihren gezähnten Rand überragt; der Bogen wird mit der rechten Hand wie eine Schreibfeder gefasst und so aufgesetzt, dass die Spitze der Pyramide in den Mittelpunkt des zu entfernenden Knochenstückes zu stehen kommt. Dann hebt man das Instrument allmälig, bis es im rechten Winkel zu dem Knochen steht und bringt nun die linke Hand an das obere Ende des Bogens, wo die dort befindliche Holzscheibe mit voller Faust gefasst wird. Die rechte Hand fasst nunmehr den hölzernen Griff im Mittelstücke des Bogens und bewegt diesen von rechts nach links, Anfangs langsam, dann schneller und endlich wieder langsamer und sanfter. Sobald die Krone auf 2 bis 3 Linien Tiefe eingeschnitten hat, zieht man den Trepan zurück |und ändert die Stellung der Krone zur Pyramide in der Art, dass letztere von ersterer überragt wird, was je nach der Construction des Trepans bald durch Vorschieben der Krone, bald durch Zurückziehen oder Ausschrauben der Pyramide geschieht. Die Pyramide ist jetzt unnöthig, selbst gefährlich, da sie, früher als die Krone durchdringend, die *Dura mater* verletzen würde. Jetzt muss auch, wenn dies nicht bereits zu Anfang der Operation geschehen ist, der Tirefond eingeschraubt werden, mit welchem später das ausgesägte Knochenstück herausgehoben werden soll. Stellt derselbe, wie gewöhnlich, eine einfache starke Schraube dar, so wird er bis etwas über die Hälfte der Knochendicke eingebohrt und dann wieder zurückgeschraubt, so dass man einen für die Aufnahme der Schraube passenden Gang gewinnt, in welchen sie nach erfolgter Trennung des Knochenstücks, ohne dasselbe zu drücken, wieder eingeschraubt werden kann. Um den letzteren, jedenfalls sehr zart auszuführenden Act ganz zu vermeiden, hat B. Heine den Tirefond in zwei Theile zerlegt; das untere Stück wird in den Knochen eingebohrt und bleibt darin stecken, das obere aber, welches den Handgriff darstellt, kann entfernt werden, so dass die Trepankrone über dem ersteren, welches nur eine geringe Höhe besitzt, bewegt werden kann. Zum Behuf des Heraushebens des Knochenstücks bedarf es dann nur des Einsetzens des Handgriffs. Hierauf bringt man den Trepan in die schon gemachte Rinne zurück, indem man ihn in oben angegebener Weise fasst. Die nun folgenden Bewegungen müssen schnell sein, wobei man sich jedoch wohl hüten muss, stark aufzudrücken und den Trepan aus der rechtwinkligen Richtung zu bringen, um die gleiche Tiefe des gemachten Weges zu bewahren und der Krone die Leichtigkeit ihrer Bewegung zu erhalten. Von Zeit zu Zeit muss der Trepan zurückgezogen werden, um den Weg mit einer platten Sonde oder einer Feder wieder frei zu machen und die Zähne der Krone mit einer Bürste zu reinigen; zugleich versucht alsdann der Operateur vermöge eines Spatels, des Elevatoriums, oder des inzwischen eingeschraubten Tirefonds die von der Trepankrone umschriebene Knochenscheibe zu lösen.

Chirurgen, welche nur am Cadaver trepanirt hatten, behaupteten, die Sägespäne würden, sobald man in die Diploë dringe, blutig gefärbt; am Lebenden aber haben die Sägespäne diese Farbe von Anfang bis zu Ende der Operation. Daher ist es nöthig, den gemachten Weg oft zu untersuchen, um die Fortschritte der Krone zu ermessen. Das Eindringen in die *Tabula vitrea* wird gewöhnlich durch ein krachendes Geräusch bezeichnet, was man leicht wieder erkennt, wenn man nur öfter am Cadaver operirt hat. Will man überdies die Krone mit einem andern Cylinder umgeben, einer Art Läufer (Abaptiston, Fig. 5 *d.*), der durch eine Druckschraube in beliebiger Höhe an der Krone befestigt wird, so hat man ein bestimmtes Maass des gemachten Fortschrittes, und der Vorsprung der Läuferkrone, welche gewissermassen eine Scheide der Sägekrone bildet, kann auch das plötzliche Eindringen in die *Dura Mater* verhindern. |Diese Vorrichtung ist jedoch unzuverlässig, da man die Dicke des Knochens vorher nicht genau kennt und folglich die Höhe, in welcher das Abaptiston festzuschrauben ist, auch nicht bestimmen kann.| (Vergl. pag. 88.)

Gewöhnlich hebt man die ausgesägte Knochenscheibe mit dem Tirefond, der Zange oder dem Elevatorium heraus; es kommt auch vor, dass sie in der Krone zurückbleibt, von wo sie nachher durch eine in der Mitte der Krone befindliche Oeffnung entfernt wird. Der Ausschnitt in dem Knochen ist meist sehr glatt; sollten jedoch kleine Brüche oder scharfe Spitzen zurückgeblieben sein, so ebnet man sie mit dem in voller Faust gefassten Linsenmesser, dessen Knopf zwischen Knochen und *Dura mater* sich bewegt, während die Schneide an dem Umfange der Knochenöffnung kräftig umhergeführt wird. (S. Fig. 6. *b.*)

Die Nothwendigkeit, mehrere Kronen aufzusetzen, tritt ein, wenn man die erste Oeffnung vergrössern, oder eine Gegenöffnung machen muss[1]). Im ersteren Falle werden die Kronen so aufgesetzt, dass zwischen den einzelnen Oeffnungen Knochenbrücken stehen bleiben, oder dass eine Oeffnung in die andere übergreift. Die, namentlich im ersteren Falle zurückbleibenden Vorsprünge und Brücken werden mit der hahnenkammförmigen (Heyschen) Säge oder mit der Kettensäge entfernt.

Ist die Knochenscheibe herausgenommen und man hat das

[1]) Pott begnügte sich selten mit einer Krone. So setzte er z. B. oft eine zu jeder Seite der Pfeilnaht. Sabatier vertheidigt besonders die Gegenöffnungen und vergleicht sie denen, welche man zur vollständigen Entleerung ausgedehnter und mit Eitersenkungen verbundener Abscesse machen muss. Doch ist zu bedenken, dass in letzterem Falle die Stelle, wo die Gegenöffnung zu machen ist, durch die Fluctuation oder durch eine durch die ursprüngliche Oeffnung einzubringende Sonde gegeben ist, welche beide Bestimmungsmittel für die Stelle der zu wiederholenden Trepanation am Kopfe fehlen; abgesehen davon, dass, wofern man mit der ersten Oeffnung den Eiterheerd trifft, durch die Lagerung des Kranken der vollständige Abfluss begünstigt werden kann. Ist aber der Eiterheerd sehr ausgedehnt und sein Inhalt sehr zähe, so reichen auch mehrere Gegenöffnungen zur Entleerung nicht hin.

Glück gehabt, auf den Erguss zu treffen; so fliesst er, wofern er nur circumscript und ziemlich flüssig ist, gewöhnlich leicht aus und die Besserung der Erscheinungen lässt sich bald wahrnehmen. Eben so verhält es sich, wenn es sich um einen fremden Körper oder Knochensplitter handelt, dessen Ausziehung keinen Schwierigkeiten unterliegt. Ist dagegen der Erguss diffus und zähe, so ist die Schwierigkeit, ihn zu entfernen, oft sehr gross. Bei unterhalb der *Dura mater* gelegenen Ergüssen hat man seit Clandorp die Durchschneidung dieser Membran gerathen, ja man hat sogar in die Gehirnsubstanz selbst eingeschnitten. Doch bedarf es hierzu, wo nicht absoluter Gewissheit, so doch grosser Wahrscheinlichkeit, dass die Lage des Ergusses der gemachten Knochenöffnung entspreche. Ist aber schon bei unmittelbar unter der *Dura mater* gelegenen Ergüssen eine sichere Diagnose schwierig, so wird sie beinahe unmöglich, sobald der Heerd im Gehirne selbst liegt. Wenn aber wirklich eine Knochenverletzung und Zeichen von Gehirndruck vorhanden sind, wenn die comprimirende Ursache weder ein fremder Körper, noch Knochensplitter, noch krankhafte Ansammlungen zwischen *Dura mater* und Schädelknochen sind; so liegt begründeter Verdacht für einen Erguss unter der *Dura mater* vor, und zwar kann man annehmen, dass es eine zwischen ihr und dem Gehirn liegende Flüssigkeit sei, wenn durch die straffe und gespannte Membran die Pulsationen des Gehirns durch den zufühlenden Finger nicht wahrgenommen werden. Tritt zu den genannten Erscheinungen noch eine gelbliche, bläuliche, oder schwärzliche Färbung der *Dura mater* und bildet dieselbe (wie einige Chirurgen beobachtet haben), eine mehr oder weniger deutliche Erhebung, so wird jene Diagnose noch wahrscheinlicher. Dann beseitigt man diese Anspannung durch mehrfache Incisionen der *Dura mater* mit der Spitze des Bistouri. Wird nun aber der Erguss unter der *Dura mater* nicht gefunden, so ist die Fortdauer der Symptome von Gehirndruck keinesweges immer ein Beweis, dass er in der Tiefe des Gehirns zu suchen sei; denn in seltenen Fällen nur bleiben die Meningen gesund, wenn in der Gehirnsubstanz Abscesse existiren, und die Fortdauer jener Drucksymptome kann eben so gut auf einen oberflächlich gelegenen Erguss an einem anderen, von der Trepanationsstelle mehr oder minder entfernten Orte deuten. Doch sind Fälle bekannt, wo das Bistouri über einen Zoll tief in die Gehirnsubstanz eingesenkt wurde und zuweilen sogar nicht ohne Erfolg. So ist z. B. Bégin so weit gedrungen und hat dann angehalten; wäre er drei Linien tiefer gegangen, so hätte er einen bedeutenden Abscess getroffen. Da jedoch gewöhnlich nichts über das Dasein und die tiefere oder oberflächliche Lage solcher Hirnabscesse sicheren Aufschluss giebt, so wird man in der Regel die spontane Oeffnung derselben abwarten müssen. |Bei sicherer Diagnose wäre natürlich die Eröffnung mit dem Bistouri sofort vorzunehmen.|

Wird die Compression durch Splitterung des Knochens bedingt, so setzt man die Pyramide auf denjenigen Knochenrand, welcher die meiste Festigkeit darbietet und lässt die Krone gleichzeitig auf beide Bruchränder wirken. Nach Entleerung des Extravasats zieht man die lose haftenden Knochensplitter heraus und erhebt andere, welche durch einfach dislocirte Knochentheile gebildet erscheinen[1]). Bei der Extraction der Splitter vergesse man nie, dass die Splitterbrüche an der inneren Seite des Schädels stets ausgedehnter sind, als an der äusseren.

Zum Verbande bedarf es nur eines Stücks Leinwand in Form eines Maltheser-Kreuzes, welches mit Löchern versehen und mit Cerat bestrichen leicht in die Oeffnung des Schädelknochens eingedrückt wird. Auf diese Leinwand legt man ein Plumasseau von weicher Charpie, welches durch eine Compresse, eine Nachtmütze, ein Kopftuch oder eine einfache Rollbinde befestigt wird. Die Alten hatten viele Bandagen zum Verbande der zufälligen oder therapeutischen Schädelwunden, doch verdient nur der Galenische Verband (auch „Verband der Armen" genannt) wegen seiner Einfachheit aufgeführt zu werden. Dies ist eine sechsköpfige Binde, zu deren Darstellung man ein längliches Viereck von Leinwand der Länge nach so spaltet, dass an jeder Seite drei Köpfe gebildet werden. Das Mittelstück dieser Bandage wird auf den Scheitel gelegt; der mittlere Kopf dann von beiden Seiten um das Kinn geschlungen, so dass eines der Enden von dem andern bedeckt wird, worauf man sie in der Gegend des Ohrs an einander befestigt (siehe Fig. 7). Nun werden die beiden vorderen Köpfe um das Hinterhaupt, die

Fig. 7.

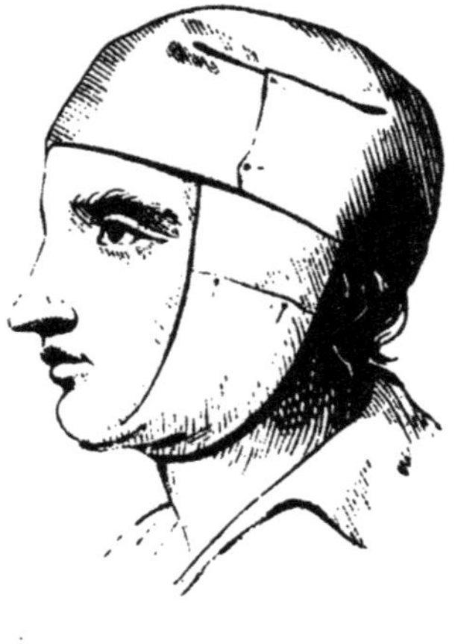

[1]) Elevatorium. Fig. 6. d.

hinteren um die Stirn gelegt, und in der Schläfengegend durch zwei Nadeln an einander befestigt.

Die *Mitar Hippocratis* ist die am häufigsten erwähnte Bandage für den Kopf (Fig. 8). Der Anfänger muss wenigstens die Art ihrer Anlegung kennen, um geeigneten Falls an der Schulter, dem Oberschenkel, oder an den Stümpfen abgesetzter Glieder Verbände nach demselben Princip anlegen zu können; denn am Kopfe selbst findet sie selten mehr Anwendung. Man legt sie mit einer ein- oder zweiköpfigen Binde, am Kopfe gewöhnlich mit letzterer an. Zu dem Ende legt man die Mitte einer 10-elligen Binde auf die Stirn und führt nun beide Köpfe oberhalb der Ohren zu dem Nacken. Dort wechselt man die Köpfe, schlägt den einen (den kleineren) um und führt ihn längs der Pfeilnaht auf die Stirn zurück. Der zweite, für die Cirkeltouren bestimmte Kopf befestigt die nach vorn gehende Tour, welche nun etwas seitlich von der Mittellinie zurückgeht, um im Nacken abermals von der Cirkelbinde befestigt zu werden. Indem man eben so auf der anderen Seite verfährt, bedeckt man den ganzen Kopf mit von hinten nach vorn und von vorn nach hinten laufenden Bindentouren (welche nahezu das Ansehen von Schnitten einer Melone haben), deren Enden von einer Cirkelbandage verdeckt sind.

Fig. 8.

Die Oele, Tincturen und Balsame (noch von Sabatier empfohlen) sind beim Verbande von penetrirenden Schädelwunden gegenwärtig mit Recht verbannt.

Man hat die sofortige Vereinigung der Trepanationswunde vorgeschlagen; ja man ist so weit gegangen, das Einheilen entweder des ausgesägten oder eines anderen, einem lebenden Thiere entnommenen Knochenstückes anzurathen. (Vgl. Bd. II. die Note zu pag. 344.) Wir sehen hier ganz von der Wahrscheinlichkeit des Gelingens einer solchen Einheilung ab (welche jedenfalls gering ist) und berücksichtigen nur den etwa zu erwartenden Vortheil derselben. Die Veranlassung zur Trepanation ist in den meisten Fällen Compression des Gehirns, die Ursache derselben kann aber oft nur allmälig beseitigt werden; die Schliessung der Wunde würde der Beseitigung jener ein Hinderniss setzen, folglich mehr schädlich als nützlich sein. Auch bei Knochensplittern, oder auszuziehenden fremden Körpern kann ein blutiger, selbst eitriger Erguss bestehen, welchem man den Abfluss nach aussen gewähren muss. Endlich kann man anführen, dass es, wenn man einmal den Schädel geöffnet hat, auch zweckmässig sei, dem Gehirne die hierdurch gewährte Freiheit, sich auszudehnen, zu lassen, um so weiterer Compression vorzubeugen.

Die Gehirnentzündung ist nach der Operation eben so zu fürchten wie vorher und man muss alle vorkommenden Erscheinungen einer genauen Erwägung unterziehen, um diese üble Complication frühzeitig zu bekämpfen.

Die im Schädel gemachte Oeffnung zeigt weiterhin bemerkenswerthe Vorgänge, indem sie sich auf verschiedene Weise wieder füllt. War die angewendete Krone klein, so verjüngen sich die Ränder der Knochenöffnung, neigen sich zur *Dura mater* hinab und fliessen endlich mit ihr zusammen; dann bedeckt letztere sich mit Granulationen, deren Dicke und Festigkeit allmälig zunimmt, so dass man zuletzt in der mehr oder weniger verknöcherten Narbe nur einen einfachen Eindruck wahrnimmt. Bei grösseren oder mehrfachen Kronen aber sieht man zuweilen die Ränder der Knochenwunde sich abrunden und dann erst von der *Dura mater* Granulationen bis zur Höhe der äusseren Schädelfläche emporwachsen. Diese Granulationen bilden endlich eine Art Pfropf, welcher die Trepanationsöffnung zwar ausfüllt, aber selten, und niemals vollständig, verknöchert. Hier bleibt dann ein schwacher Punkt des Schädelgewölbes, durch welchen die Bewegungen des Gehirns mitunter wahrgenommen werden und durch welchen nach Perrier und Larrey die Kranken sollen hören können.

Die Alten legten, zum Schutz dieser schwachen Stelle, Metallplatten auf die Lücke. A. Paré berichtet von Chirurgen, welche sich Goldplatten von den Kranken geben liessen und dieselben, statt auf die Schädelöffnung, in ihre Tasche steckten. Platten von gekochtem Leder oder dickem Kautschuk erfüllen besser als Metallplatten jene Indication.

IV. Kopfblutgeschwulst der Neugebornen, Cephalaematoma.

Nach dem Vorgange von Naegelé hat man Kephalämatoma oder Cephalaematoma (von *κεφαλη* und *αἱματωμα*, blutige Geschwulst des Kopfes) jene durch Gewebszerreissung entstandenen

Blutbeulen genannt, welche an der äussern, viel seltener an der innern Fläche der Schädelknochen Neugeborner vorkommen. Im weiteren Sinne bezieht sich diese Benennung auf alle Blutgeschwülste, welche zwischen der Aponeurose und dem Pericranium entstehen; der Unterschied zwischen den einzelnen Arten wird durch die grössere oder geringere Tiefe ihres Sitzes bedingt. Mit Rücksicht hierauf unterscheidet man [1]), nach dem Vorgange von Valleix:

1) Cephalaematome unter der *Galea aponeurotica.*
2) Cephalaematome unter dem Pericranium.
3) Cephalaematome unter den Schädelknochen.

Bevor die Bezeichnung „Cephalaematom" allgemein angenommen wurde, gab man jenen Geschwülsten sehr verschiedene Namen. Paletta nannte sie: Blutige Abscesse der Neugebornen (*Abscessus sangineus neonatorum*), Carus: *Ecchymosis capitis,* Osiander: *Ecchymosis*, Goelis: *Thrombus* u. s. f. In Deutschland wurde diese Krankheit zuerst genauer untersucht und erst seit einigen Jahren hat sie auch in Frankreich die Aufmerksamkeit der Aerzte auf sich gezogen. Doch sind seither auch dort zahlreiche Beobachtungen gemacht und haben Licht über manche Punkte verbreitet, welche frühere Untersuchungen im Dunkeln gelassen hatten. Die Arbeiten von Valleix [2]) sind diesem Abschnitte vorzugsweise zum Grunde gelegt.

1) Cephalaematome unter der Galea. Diese Species ist bei weitem die seltnere, dennoch aber ist sie hin und wieder beobachtet, wie die Berichte in den Schriften von Baudelocque [3]) Velpeau [4]), Paul Dubois u. A. beweisen. Sie besteht in einer

[1]) Pauli (*Annales de chirurgie t. V. p.* 102. *t. X. p.* 176) erkennt, was den Sitz betrifft, nur eine Species von Cephalaematoma an, nämlich dasjenige, welches zwischen der *Galea aponeurotica* und dem *Pericran.* gefunden wird. Er stützt diese seine Meinung namentlich auf die Gefässarmuth des Periosts der Schädelknochen im Verhältniss zu der Schnelligkeit, mit welcher nach der Punction der Tumor wiederkehrt und glaubt, dass diejenigen, welche den Bluterguss in unmittelbarer Verbindung mit dem Knochen gefunden haben, keinesweges ein einfaches (normales) Cephalaematom untersuchten, sondern ein durch Einfluss der Luft oder sonst verändertes, und daher rühre die consekutive Destruction der Knochenhaut. Die knochige Beschaffenheit des peripherischen Wulstes (s. unten) wäre eben nur eine Täuschung des fühlenden Fingers, wie bei allen Ecchymosen am Kopfe. |Factisch widerlegt.|

[2]) *Clinique des maladies des nouveau-nés. Paris* 1838.

[3]) *Art des accouchements*, 1. part. chap. II.

[4]) *Thèse sur la contusion dans tous les organes. Paris* 1833.

tusionen, wie z. B. durch starken Druck mit der Zange, Sturz auf den Kopf etc. veranlasst. — Die anatomische Untersuchung dieser Geschwülste liefert durchaus dieselben Resultate als diejenige der gewöhnlichen Blutbeulen des Schädels, weshalb ich sie hier übergehen kann.

Die Behandlung besteht in der Anwendung resolvirender Umschläge. Wo die Resorption sehr langsam eintritt, wird durch Entleerung der Geschwulst vermittelst einer Incision ein schnelleres Resultat erzielt: man lässt dem Einschnitte einen leichten Druck folgen.

2. Cephalaematoma unter dem Pericranium, Bluterguss zwischen den Schädelknochen und dem Pericranium. Dieser Species gab Naegelé zuerst den Namen Cephalaematom [1]), und von Vielen wird sie noch jetzt ausschliesslich so genannt. Nach Michaelis und Naegelé ist diese Blutbeule äusserst selten, welcher Ansicht auch Dubois beipflichtet, während Hoere im Gegentheil annimmt, dass auf ohngefähr 100 Neugeborene ein Fall komme. Burchard in Breslau ist durch seine Berechnungen ohngefähr zu demselben Resultate gelangt. Valleix fand ein solches Cephalaematoma auf ohngefähr 300—400 Neugeborene.

Am Häufigsten kömmt dies „Cephalaematom unter dem Pericranium" auf dem Scheitelbeine rechter Seits vor, dann auf dem linken und endlich noch viel seltener auf dem Hinterhaupts- und Stirnbein. In der grossen Mehrzahl der Fälle hat der Tumor seinen Sitz an demjenigen Theile dieser Knochen, welcher das Dach des Schädels bilden hilft. Daher erstreckt er sich abwärts selten über die Höcker des Seitenwandbeins hinaus; jedoch irrt Burchard, wenn er behauptet, dieser Fall komme niemals vor. Gewöhnlich ist nur ein Tumor vorhanden; doch kommt auch auf jedem Seitenwandbeine einer vor, in welchem Falle meistens der eine den andern an Grösse übertrifft. Zuweilen hat man selbst mehrere zugleich beobachtet. Niemals schreiten diese Geschwülste über die Nähte hinweg zu den benachbarten Knochen hinüber und wo mehrere sind, werden sie durch die Nähte vollkommen von einander getrennt.

Die Grösse dieser Geschwülste ist verschieden; von derjenigen einer Wallnuss an kommen sie bis zu einem solchen Umfange vor, dass sie das ganze Scheitelbein einnehmen. — Ihre Form ist oval, in ihrer längsten Ausdehnung dem Längendurchmesser des

[1]) Vgl. Naegelé in der Salzburger medicinischen Zeitung 1819 und Zeller, De cephalaematomate Dissert. Heidelberg 1822.

Kopfes entsprechend; sehr kleine jedoch pflegen rundlich zu sein. Burchard hat einige beobachtet, deren unterer Theil den Scheitelbeinhöcker umfasste, ohne ihn zu überschreiten, so dass sie eine nierenförmige Gestalt gewonnen hatten.

Das unter dem Pericranium liegende Cephalaematom bedarf nur kurzer Zeit zu seiner vollkommenen Entwickelung; mitunter genügen wenige Stunden, während es zuweilen auch 1—2 Tage wächst. Hat man Gelegenheit, sein Entstehen zu beobachten, so findet man eine schlaffe Geschwulst von geringem Umfange, in deren Grunde man mit Leichtigkeit, indem man mit dem Finger auf die bedeckenden Weichtheile drückt, den Knochen fühlen kann. Die Bedeckungen sind mehr oder minder gesättigt roth und zuweilen leicht ödematös.

Hat dies Cephalaematom sein Wachsthum vollendet, so erscheint es als eine pralle, schmerzlose, mehr oder minder deutlich fluctuirende Geschwulst, deren Bedeckungen ohne besondere Färbung sind. Auch der stärkste Druck auf dieselbe vermag keine Gehirnsymptome zu erzeugen, lässt aber im Umfange der Geschwulst einen harten hervorspringenden Ring erkennen, welcher mit dem Knochen in unmittelbarer Verbindung zu stehen scheint. Eine Ausnahme machen die in der Nachbarschaft der Nähte liegenden Stellen, wo dies Gefühl eines knöchernen Ringes unvollkommen ist. Dieser Knochenwulst könnte an einen Substanzverlust im Knochen an der von der Geschwulst eingenommenen Stelle denken lassen, — ein Irrthum, welcher auf sehr einfache Weise zu vermeiden ist; denn wenn man innerhalb des Rings, gegen die Mitte der Blutgeschwulst hin, stark auf die Bedeckungen drückt, so fühlt man den festen Widerstand der Knochenfläche. Manche Beobachter wollen Pulsationen in diesen Geschwülsten gefühlt haben. Da es jedoch zweifelhaft ist, ob diese nicht ein unter der Galea liegendes Cephalaematom vor sich hatten, so bleibt die Sache noch unentschieden.

Es scheint, dass Ledran [1]) ein derartiges Cephalaematom für einen Gehirnbruch genommen hat, — ein Irrthum, welcher leicht zu vermeiden ist, wenn man sich erinnern will, dass: 1) die Geschwulst nicht (in die Schädelhöhle) zurückgebracht werden kann, 2) dass ein Druck auf sie niemals Gehirnsymptome hervorruft, 3) dass ein starker Druck innerhalb ihrer Ränder den Widerstand des Scheitelbeins fühlbar macht, — was Alles beim Gehirnbruch

[1]) *Observat. de chirurg. t. I. observ. 1ère.*

unmöglich wäre. — Unwahrscheinlich ist eine Verwechslung mit dem sogenannten *Fungus durae matris*, da dieser der ersten Kindheit nicht angehört. Die Abscesse im Unterhautbindegewebe unterscheiden sich durch ihren Verlauf, ihre grosse Schmerzhaftigkeit beim Druck und die Weichheit ihrer vorspringenden Ränder, welche ausserdem immer breiter sind, als der harte Wulst des Cephalaematoms. Das *Caput succedaneum* endlich, jene serös-blutige Geschwulst ist teigig, ohne Fluctuation und hat keinen peripherischen Wulst, wodurch es sich hinlänglich von jenem unterscheidet. Schwieriger ist die Diagnose des unter dem Pericranium gelegenen Cephalaematoms von jenem unter der Galea (Vgl. pag. 97).

Sich selbst überlassen verläuft das *Cephalaematoma sub pericranio* immer langsam. Valleix fand in einem Falle, wo zwei kleine Cephalaematome bei demselben Kinde existirten, die Heilung des einen am 40sten Tage vollendet, während von dem andern zu dieser Zeit noch ein harter Punkt von der Grösse einer Linse übrig war.

Die Naturheilung dieser Geschwulst geschieht durch Resorption des Ergusses; es bleiben dann aber an der betreffenden Stelle harte, hervorragende Punkte zurück, Verknöcherungen, welche in Form von mehr oder weniger fest am Knochen klebenden Schildern sich bilden (Osteophyten). Einige Schriftsteller haben gemeint, dass in diesem Falle das Pericranium selbst verknöchere und so zuletzt mit dem Knochen verwachse. Dies ist jedoch durch anatomische Untersuchungen keineswegs festgestellt, obgleich mitunter der Widerstand der obern Wand der Geschwulst, welche beim Druck ein Geräusch, wie eine dünne Kupferplatte oder ein Pergamentblatt hören lässt, einer solchen Annahme viel Wahrscheinlichkeit verleiht. Solche Fälle sind es wol gewesen, welche Burchard zur Annahme eines interstitiellen, d. h. eines Cephalaematoms, welches sich zwischen den beiden Tafeln der Schädelknochen entwickele, — verleitet haben. Dies wäre ein anatomisch unmöglicher Zustand, da eine Trennung dieser beiden Tafeln beim Neugebornen gar nicht besteht.

Die Prognose dieser Geschwülste ist nicht schlimm; mit oder ohne Behandlung heilen sie fast immer, bei zweckmässiger Behandlung schneller. In den wenigen Fällen, welche zur anatomischen Untersuchung kamen, war irgend eine andere Krankheit die Todesursache. Bei der anatomischen Untersuchung fand Valleix Folgendes: Die behaarte Haut, die Galea und das unter der letzteren liegende Bindegewebe vollkommen gesund, wenn nicht etwa die

Geschwulst noch sehr frisch war, — in welchem Falle diese Theile serös-blutig infiltrirt gefunden werden.

Das vom Knochen gelöste und abgehobene Pericranium ist zwar ein wenig verdickt, ohne jedoch seine Durchsichtigkeit ganz eingebüsst zu haben. Den entblössten Knochen aber bedeckt eine Pseudo-Membran von sehr verschiedener Beschaffenheit. Während sie oft rothbraun, weich und von der Dicke einer halben Linie ist, sich leicht vom Knochen löst und aus kleinen, neben einander gestellten Granulationen gebildet erscheint, hat sie andere Male ein zelliges Ansehn und bietet selbst alle Merkmale einer Knorpelschicht dar [1]). Diese neugebildete Haut schlägt sich, nachdem sie den Knochen, welcher den Grund der Geschwulst bildet, auf das Genaueste überzogen hat, auf das abgelöste Pericranium um, überzieht auch dieses als eine sehr dünne Membran und schliesst so das inmitten angehäufte Blut in einen geschlossenen Sack ein. — Der Theil des Knochens, welcher den Grund der Geschwulst bildet, ist völlig gesund. Paletta, Michaelis und mehrere Andere nach ihnen haben irrthümlich von Zerstörung, von Caries und Nekrosis der äussern Tafel gesprochen. An denjenigen Stellen, wo das Cephalaematom liegt, existirt gar keine äussere Tafel, wie dies Valleix der Société anatomique dargethan hat, und jene Autoren sind durch die unebenen Osteophyten getäuscht worden, welche sich oft auf der Oberfläche des Knochens bilden. — Bei genauer Besichtigung der Schädelknochen erkennt man leicht die Quelle des Blutergusses in der Zerreissung zahlloser kleiner Gefässe auf der Oberfläche des Knochens. Auf diesen Gefässen selbst bildet sich später die dichte Schicht, welche die äussere Tafel zu bilden bestimmt ist. Die merkwürdigste Veränderung ist der im Umkreise der Geschwulst bestehende Knochenwulst. Dieser besteht aus Osteophyten, welche so locker mit den Schädelknochen zusammenhängen, dass man mit dem Nagel, oder der Spitze des Scalpels sie leicht ablösen kann. Der ganze Wulst stellt eine leicht zerreibliche Substanz dar, welche durch die Vereinigung kleiner mattweisser Knochenkerne entsteht, in deren Zwischenräumen sich eine schwach geröthete Flüssigkeit befindet, die leicht daraus hervorgedrückt werden kann. Zuweilen ist der äussere Rand dieses Wulstes rauh und schuppig, seltner, wie der übrige Theil des Knochens, gestreift, was darin seinen Grund hat, dass die Knochenkerne auf die strahligen Fasern in regelmässiger Weise abgelagert wurden. Die Gestalt des Wulstes

[1]) Valleix, *Clinique des maladies des enfans nouveau-nés* p. 133.

ist immer dieselbe; man unterscheidet an ihm eine untere, mit dem Knochen in Verbindung stehende Fläche, eine innere fast senkrechte, welche von jener neugebildeten Membran überzogen ist, und endlich eine äussere, mehr schräge Fläche, auf welche das Pericranium sich bis zu den Gränzen seines gelösten Theils hin festsetzt. Die Gestalt des Wulstes ist also auf dem Durchschnitt dreieckig und seine Höhe variirt von $\frac{1}{2}$—$1\frac{1}{2}$ Linie, nach den Beobachtungen von Valleix; andere Beobachter haben sie noch höher gesehen. — Die von Dieffenbach und Valleix gemachten Injectionen haben dargethan, dass nie ein Gefäss von Bedeutung zerrissen ist. — Der blutige Inhalt der Geschwulst ist gewöhnlich schwarz und flüssig; selten findet man Gerinnungen, wohl aber hat er hin und wieder ein saniöses Ansehn. Je näher am Entstehen des Cephalaematoms, desto mehr bewahrt das Blut seine reine rothe Farbe.

Ueber die Aetiologie dieses Cephalaematoms ist man nicht ganz einig. Valleix fand bei der Untersuchung der Köpfe neugeborener Kinder in dem Alter bis zu 40 Tagen unter dem Pericranium stets eine Ecchymose, welche von der Mittellinie aus nach den Seiten zu einen mehr oder minder grossen Theil beider Seitenwandbeine einnahm. Diese oval geformte Ecchymose zog sich ein wenig nach hinten, so dass sie den obern Winkel des Hinterhauptsbeins bedeckte. Grade an diesen von der Ecchymose eingenommenen Stellen findet sich auch das Cephalaematom und man kann sogar beobachten, dass jene von der einfachen blutigen Infiltration gradweise zur blutigen Schicht und zum blutigen Heerde fortschreitet. Ja, wenn auf der einen Seite das Cephalaematom existirt, so wird auf der andern Seite das Oval durch eine Hälfte der Ecchymose completirt, so dass dadurch der Zusammenhang zwischen beiden erwiesen ist. Mithin handelt es sich nur noch um die Ursache jener Ecchymose und diese dürfte allein in der Zusammenschnürung gefunden werden, welche der Uterus im Augenblicke des Durchgangs auf den Schädel ausübt. Denn in der That entspricht diese Ecchymose dem Theile des Kopfes, welcher sich zuerst im Muttermunde zeigt, und sie ist Anfangs meistens durch jene serös-blutige Infiltration (das *Caput succedaneum*) bedeckt, welche augenscheinlich dieser Zusammenschnürung ihre Entstehung verdankt. Das Cephalaematom ist am häufigsten auf der rechten Seite; bekanntlich ist auch das rechte Scheitelbein bei der ersten, also der häufigsten Schädellage die *pars praevia in partu*. Es geht somit aus Allem hervor, dass während der Geburt das Blut in den kleinen, auf der

Oberfläche des Schädels verlaufenden Blutgefässen sich anhäuft, sie ausdehnt, zerreisst und so jenes Blutextravasat erzeugt, welches das Cephalaematom darstellt.

Dieser Erklärung hat man Folgendes entgegnet: 1) dass Cephalaematome vor der Geburt beobachtet sind; 2) dass sie besonders nach leichten Geburten vorkommen; 3) dass sie nach Fussgeburten gefunden wurden.

Hiergegen ist zu erwidern, dass die Thatsachen, auf denen diese Einwendungen basiren, sehr selten und theilweise durchaus nicht unzweifelhaft sind. Und selbst wenn man sie für unzweifelhaft hält, berechtigen sie doch nur zu dem Schlusse, dass jene oben angegebene Ursache, wenn gleich in bei weitem den meisten Fällen vorhanden, doch nicht die einzige sei. Man wird z. B. gewiss nicht behaupten wollen, dass Stoss oder Fall nicht die hauptsächlichsten Ursachen der Schädelbrüche sind, weil Brüche ohne Stoss oder Fall entstehen können; eben so verhält es sich auch hier. — Wie steht es aber überhaupt mit jenen selten vorkommenden Ursachen, da die unvollständigen Angaben der Autoren es überhaupt schwierig machen über sie zu entscheiden? Valleix hat eine Blutgeschwulst unter dem Pericranium beobachtet, welche durch den Druck der Zange entstanden war; Klein fand sie bei Neugeborenen, welche bei der Geburt mit dem Kopf auf den Boden gestürzt waren, und es ist mehr als wahrscheinlich, dass in allen übrigen Fällen eine ähnliche Gewalt auf den Schädel wirkte, wenn gleich es keineswegs unbegreiflich ist, dass eine Gefässzerreissung zwischen Schädelknochen und Pericranium auch ohne äussere Veranlassung einmal entstehen kann. Eben so wenig beweisen die leichten Entbindungen gegen obige Erklärung, denn dass jene Zusammenschnürung von Seiten des Muttermundes auch bei ihnen vorkommen kann, ist klar und eines Weiteren bedarf es ja nicht zur Erzeugung der Geschwulst. — So bleibt also die von Valleix aufgestellte Erklärung die wahrscheinlichste für die Mehrzahl der Fälle, ohne dass jedoch jede andere ausgeschlossen wäre.

Rücksichtlich der prädisponirenden Ursachen des Cephalaematoms verdanken wir Burchard die sichersten Angaben. Zunächst betrifft die Krankheit häufiger Knaben als Mädchen und zwar in dem Verhältniss von 34 zu 9, was ohne Zweifel seinen Grund in dem grössern Umfange des Kopfes bei ersteren hat. Ferner betrifft die grosse Mehrzahl der Fälle Kinder Erstgebärender, was wohl als neuer Beweis des Einflusses der Rigidität des Muttermundes gelten kann. In den meisten Fällen waren die Mütter, nach Burchard's Beobachtungen, jung, schwächlich und zart.

Bei der Behandlung des Cephalaematoms gewährt die Oeffnung der Geschwulst mit dem Messer durch einen einfachen Einschnitt den meisten Vortheil. Bei der Ausführung derselben muss man sich sorgfältig in möglichster Entfernung von den Gefässen halten, da bei Neugeborenen die Verletzung einer auch nur kleinen Arterie bedenkliche Folgen haben kann. Nach Abfluss des Blutes bringt man etwas Charpie zwischen die Wundlefzen und legt einen Druckverband an. In wenigen Tagen beginnt dann die Vernarbung und nie treten üble Zufälle ein. — Resolventia wirken sehr langsam und nach langem Gebrauch derselben muss man oft doch noch incidiren. Goelis empfiehlt *Kali causticum* in der Weise, dass er mit einer geringen Quantität desselben die ganze Oberfläche der Geschwulst bestreicht, um so eine oberflächliche Entzündung und Eiterung hervorzurufen; doch hat nach dem eignen Zeugnisse dieses Schriftstellers das Mittel mitunter tödtliche Folgen gehabt und ist deshalb verwerflich. Burchard, welcher der Incision den Vorzug giebt, hat doch in 8 Fällen die Geschwulst sich selbst überlassen; die Heilung erfolgte gleichfalls, aber erst nach langer Zeit. Solche Thatsachen beweisen wenigstens die Unschädlichkeit des Cephalaematoms. Da jedoch die Incision keinerlei üble Folgen hat und anderer Seits die Dauer der Krankheit wesentlich abkürzt, so sollte man sie immer, namentlich wenn die Geschwulst nicht sehr klein ist, in Anwendung ziehen.

3. Cephalaematom zwischen *Dura mater* und Schädel. Diese von Hoere beschriebene Species besteht in einer Lostrennung der *Dura mater* durch ein blutiges Extravasat, welches zwischen dieser Haut und den Scheitelbeinen sich bildete. In den meisten Fällen trifft es mit einem Cephalaematom unter dem Pericranium zusammen und steht mit diesem durch eine Fissur im Scheitelbeine in Verbindung; Knochenwulst und sekundäre Knochenbildung fehlen.

Die Symptome dieser Krankheit sind diejenigen des Hirndrucks, doch ist es natürlich unmöglich die Krankheit am Lebenden sicher zu erkennen; nur vermuthen kann man sie, wenn bei *Compressio cerebri* ein Cephalaematom unter dem Pericranium existirt.

Diese Species von Blutgeschwulst hat noch keine Behandlung gefunden; [sie würde nach den beim Hirndruck aufgestellten Grundsätzen einzuleiten sein.]

B. Gehirnbruch, Hirnbruch, *Hernia cerebri, Encephalocele*[1]).

Aetiologie. Die Verknöcherung der Schädelknochen kann sich verspäten, wodurch in den Nähten und Fontanellen ein Mangel an Gegenhalt entsteht, und somit eine Prädisposition zum Austritt einer grössern oder geringern Menge von Gehirnmasse gegeben ist. Solche Dislocation heisst *Encephalocele congenita* und findet sich namentlich bei jungen Individuen. Ferner kann ein erworbener Substanzverlust im Schädel (z. B. in Folge der Trepanation, oder nach Caries und Nekrosis) dem Gehirn einen Durchtritt gestatten. Während die *Encephalocele congenita* nur an den Nähten oder Fontanellen vorkommt, kann die letztere Art des Hirnbruchs an fast allen Stellen des Schädels beobachtet werden.

Gewöhnlich ist die den Hirnbruch darstellende Geschwulst von den Weichtheilen des Schädels und den Gehirnhäuten bedeckt; doch kommt sie auch ohne diese Umhüllungen vor, |in welchem Falle dann freilich der Name „Hirnbruch, *Hernia cerebri*", nicht passt.| — Der Hirnbruch ist überhaupt selten und meist nur einfach zugegen.

Symptomatologie. Nach Boyer soll die Geschwulst selten umfangreich sein, etwa von der Grösse eines Taubeneis bis zu der eines Hühnereis; sie wird aber zuweilen viel grösser.

So hat z. B. Sanson in dem Cabinette der Pariser Fakultät das Wachsmodell eines neugeborenen Kindes niedergelegt, bei welchem das ganze Gehirn aus der hintern, in eine weite, abgerundete Oeffnung umgebildeten Fontanelle herausgetreten und in einer Tasche enthalten war, welche durch die Weichtheile gebildet wurde und am Nacken herabhing. Das Kind hat 15 Stunden geathmet und während der ganzen Zeit alle seine Funktionen wie ein wohlgebildetes Kind verrichtet. Wir werden auf einen von Bennet beobachteten Fall zurückkommen, welcher auch zeigt, dass der von Boyer angegebene Umfang überschritten werden kann; so wie man auch in der Experience 1837 No. 8 Beispiele voluminöser Hirnbrüche findet. 1844 theilte Velpeau der Akademie der Medicin (*Bulletin de l'académie de médec. t. X. p.* 123. 128) einen Fall von Hirnbruch mit, dessen Geschwulst mit dem Kopfe des Kindes von fast gleichem Volumen war. — Eine andere Behauptung Boyer's, dass der Hirnbruch fast immer seine ursprüngliche Form und Umfang beibehalte,

[1]) |Die Stellung der Encephalocele unter den „Verletzungen des Schädels" ist eine etwas gezwungene; der Hirnbruch beruht allerdings auf einer Continuitäts-Trennung der Schädelwandungen, aber in der bei weitem grössesten Mehrzahl der Fälle auf einer angeborenen —, er stellt auch eine Contiguitäts-Trennung dar, aber eine von äusseren Einflüssen fast immer ganz unabhängige.|

wird ebenfalls sowol durch jene Beobachtung Bennet's als auch durch diejenigen in der Experience widerlegt.

Die Geschwulst ist rund, glatt, gleichförmig, umschrieben, oft an der Basis eingeschnürt, gewöhnlich ohne Veränderung der Farbe der bekleidenden Haut, gar nicht, oder doch nur wenig schmerzhaft, von Pulsationen bewegt, welche dem Radial-Pulse isochronisch sind; sie wird gehoben und vergrössert durch eine starke Exspiration, durch Schreien, Husten, oder Niesen. Sie ist ganz oder theilweise reponirbar und völlig undurchsichtig. Druck auf die Geschwulst ruft die Erscheinungen des Hirndrucks hervor, wie z. B. Verlust der Geisteskräfte, Bewusstlosigkeit, momentane Lähmung verschiedener Theile des Körpers u. s. w. Bei etwas stärkerem Drucke fühlt man im Umfange der Geschwulst die Ränder der Oeffnung im Schädel, durch welche das Gehirn hervorgetreten ist, und sobald der Druck nachlässt, nimmt die Geschwulst ihren gewöhnlichen Umfang wieder an, und die Cerebralthätigkeit kehrt zur Norm zurück, da in der Regel weder die geistige Thätigkeit noch diejenige der sensiblen oder motorischen Sphäre des Nervensystems durch das Bestehen des Hirnbruchs selbst gestört sind. Indessen kommen derartige Störungen vor, besonders bei sehr voluminösen Brüchen; dann werden dieselben durch den Druck vermehrt.

Dies ist das Bild einer Encephalocele nach den Schilderungen der Schriftsteller; es würde viel genauer zutreffen, wenn der Hirnbruch immer einfach wäre; — aber er ist in den meisten Fällen mit Hydrocephalie verbunden. Die Flüssigkeit kann in diesem Falle in den Ventrikeln enthalten sein; dann entfaltet sich das schwindende Gehirn und tritt aus den Schranken des Schädels hervor; oder sie befindet sich ausserhalb des Gehirns und somit im Bruchsack; oder endlich sie findet sich ausserhalb der *Dura mater*. Der letztere Fall kömmt aber gewiss nur sehr selten vor, vielleicht nur in der Theorie. Diese Flüssigkeit nun, möge sie im Innern des Gehirns bestehen oder nicht, verändert wesentlich die diagnostischen Zeichen; so kann sie die Geschwulst durchscheinend machen, oder, indem sie das Gehirn von den Bedeckungen trennt, verhindern, dass die ihm durch die Basilararterien und durch die Exspiration mitgetheilten Bewegungen wahrnehmbar werden. — Eine andere Folge dieser Complication ist, dass, da der Druck nur mittelbar auf die Geschwulst wirkt, man nicht immer, oder doch nur in beschränktem Maasse die Repositionsfähigkeit der Geschwulst erkennen kann. Selten wird dann ein solcher Druck im Stande sein, die Geschwulst zurückzubringen, noch seltener sie zu heilen.

Diagnose. Am Häufigsten ist der Hirnbruch mit dem Cephalaematom verwechselt worden, so dass auch in dem Maasse, als letzteres genauer untersucht wurde, die Hirnbrüche seltener geworden sind. So bezieht sich wahrscheinlich die erste chirurgische Wahrnehmung von Ledran auf eine Blutgeschwulst, und nicht, wie jener Chirurg glaubte, auf einen Hirnbruch (Vgl. p. 99).

Prognose. Boyer sagt: die Prognose der Encephalocele hat nichts Bedenkliches, wenn nicht etwa Unfügsamkeit des Kranken den Gebrauch der Mittel vereitelt, welche die Geschwulst äusseren Schädlichkeiten zu entziehen und ihre Beseitigung herbeizuführen geeignet sind [1]). Sanson im Gegentheil behauptet, dass die Prognose des Hirnbruchs, namentlich des etwas grösseren, immer bedenklich sei, indem die Kranken fast immer einer Encephalitis erlägen, welche entweder die Folge der fortdauernden Belästigung der vorgefallenen Gehirnparthie, oder die Wirkung einer äusseren Gewaltthätigkeit ist [2]). So stehen hier zwei bedeutende Autoritäten einander gegenüber. Ihr Widerspruch löst sich jedoch, indem Boyer augenscheinlich durch die Chirurgen des 18ten Jahrhunderts verführt ist, welche oft Encephalocele und Cephalaematoma verwechselten.

Der Hirnbruch ist von solcher Bedeutung, dass er sogar einige Operationen hervorgerufen hat, welche fast immer tödtlichen Erfolg hatten. Von grosser Bedeutung hinsichtlich der Gefahr, welche der Hirnbruch für den Kranken herbeiführt, ist der Umfang desselben; denn je bedeutender er ist, je mehr Theile des Gehirns er enthält, um so schlimmer ist die Entzündung des Bruchsacks, um so leichter wird sie durch äussere Einflüsse veranlasst, um so grössere Schwierigkeiten bietet endlich der Bruch der Reposition und Retention dar. Dadurch wird denn auch seine radikale Heilung unmöglich, da sie die vollkommne Reposition des Bruchs voraussetzt. Der Grund der Repositions-Schwierigkeiten aber liegt vor Allem in der Festigkeit der Wände der Schädelhöhe; ihre Räumlichkeit kann sich nicht, wie die der Bauchhöhle, vergrössern. Callisen und Salleneuve haben zwar geglaubt, durch sanften allmäligen Druck auch diese Brüche reponiren und radikal heilen zu können; da jedoch zu jener Zeit die Diagnose der Blutgeschwülste noch sehr zurück war, so ist es wahrscheinlich, dass sie statt Hirnbrüche nur Cephalaematome durch Druck geheilt haben.

Varietäten der Encephalocele unterscheidet man, je nach den

[1]) Boyer, t. V, pag. 202.,

[2]) *Nouveaux elements de patholog. t. IV. p.* 198.

aus der Schädelhöhle getretenen Theilen des Gehirns, so namentlich den mehrfach bekannt gewordnen Bruch des kleinen Gehirns, Parencephalocele.

Den ersten authentischen Fall einer Parencephalocele beobachtete Lallement im *Hôpital de la Salpetrière* und theilte ihn Boyer in folgender Weise mit.

„Margarethe Recorda, 23 Jahr alt und starker Constitution, war von Kindheit an blödsinnig. Schon seit langer Zeit hatte sie am Hinterkopf eine Geschwulst, welche anfangs von der Grösse einer Haselnuss, allmälig bis zum Umfange und der Gestalt eines Hühnereis anwuchs. Als am 20. März 1831 die Kranke im Krankenhause erschien, fand ich folgende Erscheinungen: — Eine etwas weiche, bewegliche, schmerzlose Geschwulst, auf schmaler Basis sitzend, deren Compression keine Cerebral-Erscheinungen erregt, kurz mit allen Symptomen einer Balggeschwulst. Entschlossen, dieselbe zu operiren, umfasste ich ihre Basis mit einem Zirkelschnitt und ging sofort an die Abtragung. Ein blendend weisses Gewebe erschien an der Basis und erregte meine Aufmerksamkeit, und da es an mehreren Stellen erschien, so kam mir der Gedanke, es könne die *Dura mater* sein. Ich äusserte diesen Argwohn auch gegen die anwesenden Eleven. Der in den Einschnitt gebrachte Zeigefinger belehrte mich bald, dass die Basis der Geschwulst von einem knöchernen Kreise umgeben war, welcher durch die ganze Dicke des Hinterhauptbeins gebildet wurde. Deshalb unterbrach ich die Operation, indem ich den Eleven erklärte, dass ich die bedenklichsten Folgen davon fürchte. Die Kranke wurde verbunden und zu Bett gebracht und empfand den ersten Tag nichts. Den andern Morgen: harter Puls und heftiger Kopfschmerz (Aderlass am Arm, verdünnende Getränke), — bald darauf Erbrechen einer grünlichen Galle, welches immer häufiger wurde und eine grosse Schwäche hervorrief (beruhigende, krampfstillende Behandlung). Das Erbrechen wich nicht, bis am 8ten Tage nach der Operation der Tod erfolgte. — Obduction. Nachdem die Schädeldecke abgenommen, wurde das grosse Gehirn auf das Sorgfältigste untersucht, ohne irgend eine Veränderung darzubieten. Derjenige Theil der *Dura mater* aber, welcher den hintern Theil des Zeltes am kleinen Gehirn bildet, drang durch eine Oeffnung des Hinterhauptbeins, welche regelmässig abgerundet war, und ohngefähr drei Linien im Durchmesser hatte. Diese Ausstülpung der *Dura mater* war an ihrer äussern Fläche mit einem dichten und ihr sehr fest anhängenden Bindegewebe bedeckt, während ihre Höhle eine Verlängerung des kleinen Gehirns enthielt, welche, von beiden Hemisphären desselben zugleich gebildet, den Umfang einer Haselnuss hatte. Die Substanz des kleinen Gehirns enthielt mehrere Eiterheerde".

Einen ähnlichen Fall beobachtete Baffos; da ihn die Täuschung Lallements belehrt hatte, enthielt er sich der Operation. Auch die *Archives de médecine* (T. IV. p. 299) enthalten einen Fall von Parencephalocele; einen andern sehr bemerkenswerthen findet man in der *Gazette médicale* (1834, p. 667). Es betrifft dieser letztere eine kleine Negerin, an der man vier Wochen nach der Geburt zur Linken des Zitzenfortsatzes eine kleine Geschwulst bemerkte. Bennet beschloss sie zu exstirpiren, fand aber nach Durchschneidung der Bedeckungen eine weisse markartige Masse; zugleich hörte das Kind auf zu schreien, verdrehte die Augen nach oben und schien in tiefen Schlaf versenkt. Sofort stand Bennet von der Operation ab, und vereinigte die Wundränder, worauf das Kind sich erholte. Nach kurzer Zeit erschien auf der andern Seite eine zweite Geschwulst, welche sich mit

vermeintliche vordere Wand derselben, welche faserknorpelig fest war, mit der Knochenscheere entfernt. Jetzt lag eine röhrenförmige Höhle vor, aus welcher beim Schreien des Kindes ein Theil des Gehirns (wie die Section ergab, ein Stück des vorderen Lappens der rechten Hemisphäre) hervorgedrängt wurde. Tod nach 33 Stunden. Die 8 Linien breite Oeffnung in der Schädelbasis fand sich zwischen Stirnbein und Siebbein, gleichsam eine abnorme Erweiterung des *Foramen coecum* der rechten Seite.]

[Während die bisher erwähnten Varietäten des Hirnbruchs nur durch ihre Localität unterschieden sind; müssen wir, in ätiologischer Beziehung, die angeborene und die bei weitem seltenere erworbene Encephalocele unterscheiden. Noch wesentlicher, aber in diagnostischer Beziehung viel schwieriger, ist die namentlich von Spring [1]) scharf durchgeführte Unterscheidung in eine Meningocele, Encephalocele und Hydrencephalocele.

I. Meningocele (von Andern als eine Art von *Hydrocephalus externus*, von Bruns als *Hydrocephalus meningeus herniosus* bezeichnet) ist eigentlich kein Hirnbruch, sondern eine Ausstülpung der Hirnhäute durch Wasseransammlung. Dieselbe muss aber im Zusammenhange mit dem Hirnbruch betrachtet werden, weil 1) in vielen Fällen die Unterscheidung beider am Lebenden ganz unmöglich ist, und 2) gewöhnlich bald nach der Geburt durch angestrengte Respirationsbewegungen in die Meningocele Gehirnsubstanz eingetrieben und jene somit in eine Encephalocele umgewandelt wird. Ausser diesem Uebergange in Encephalocele sind, nach Spring, noch 2 andere Ausgänge möglich: 1) spontane Heilung, 2) Bersten des Sackes, Eintritt von Luft und dadurch tödtliche Entzündung.

II. *Encephalocele simplex*, entweder in der eben erwähnten Weise entstanden oder in Folge einer Verletzung des Schädels, in beiden Fällen ohne Wasseransammlung in den Hirnventrikeln.

III. Hydrencephalocele [2]). Das im Bruch befindliche Stück des Gehirns ist durch *Hydrops ventriculi* ausgedehnt; ein solcher Bruch kann folglich nur da vorkommen, wo die Hervorwölbung eines Ventrikels möglich ist. Dieselbe soll aber, nach Spring,

[1]) Canstatt's Jahresber. pro 1852. Bd. IV. p. 78.

[2]) [Diese Varietät, deren weitere Untersuchung in das Gebiet des *Hydrocephalus internus* gehört, bietet ein praktisches Interesse nicht dar, indem die damit behafteten Kinder (wenn überhaupt), stets nur sehr kurze Zeit gelebt haben. — Der Name Hydrencephalocele wird von anderen Autoren zur Bezeichnung einer aus Meningocele entstandenen Encephalocele (*Hydrocephalus meningeus herniosus*, nach Bruns) benutzt und wäre deshalb besser ganz zu vermeiden.]

nicht durch eine Bildungshemmung an den fötalen Oeffnungen, sondern durch Resorption der schon fertig gebildeten Knochen erfolgen.|

Therapie. Die zur Heilung des Hirnbruchs vorgeschlagenen Operationen sind alle nicht blos unsicher, sondern zugleich höchst gefährlich.

I. Ligatur. Man hat häufig die Ligatur dieser Geschwülste unternommen, doch in den meisten Fällen aus Versehen, indem man ihre Verbindung mit dem Gehirn nicht erkannt hatte. Dezeimeris hat (*Expérience* 1837 No. 8.) die Mehrzahl dieser Fälle gesammelt, aus welcher Zusammenstellung hervorgeht, dass diese Operationen fast immer einen tödtlichen Erfolg hatten. |Nur wo es sich um eine Meningocele ohne oder mit geringer Vorlagerung von Gehirnsubstanz handelt, kann das Resultat günstig sein, namentlich wenn es gelingt die letztere nicht mitzufassen.|

Foreest erzählt von einem kleinen zweimonatlichen Mädchen, welche am Hinterhaupte eine durchscheinende Geschwulst hatte; nach seiner Ansicht hätte sie können für einen Hydrocephalus gehalten werden, „wenn der Hydrocephalus als solcher eine vorspringende, kuglige Geschwulst bilden könnte." Foreest bequemte sich mit Widerstreben zu der Ansicht eines Chirurgen, welcher, auf mehrere glückliche Erfolge in ähnlichen Fällen sich berufend, auch hier die Ligatur anrieth. Sie wurde also ausgeführt und in der That schien das Kind in den ersten darauf folgenden Tagen sich besser zu befinden. Am 14ten Tage aber bildete sich an der Spitze der Geschwulst ein Schorf, nach dessen Abfall durchsichtiges Wasser abfloss. Von nun an befand das Kind sich weniger gut, nahm nach wenigen Tagen die Brust nicht mehr, magerte ab, wurde zusehends schwächer und starb sehr bald. Nach Foreest und Dezeimeris war hier Encephalocele mit Wasseransammlung vorhanden. Dass letztere da war, bewies die anfängliche Durchsichtigkeit der Geschwulst und der spätere Ausfluss, als der Schorf abfiel; weniger sicher ist der wirkliche Austritt des Gehirns, wenigstens fehlen hiefür die Data in der Krankheitsgeschichte, wie in dem Obductionsberichte.

Dagegen hat Schneider 1781 bei einem Neugeborenen eine wirkliche Encephalocele mit Hydropsie des Sackes unterbunden. Die sehr umfängliche Geschwulst war an ihrer Basis wie ein Champignon eingeschnürt, und als die zur Ligatur benutzte Seidenschnur zusammengezogen wurde, schrie das Kind heftig, beruhigte sich jedoch, sobald der Knoten fest zugezogen war. Am 11ten Tage bemerkten die Eltern, dass das Kind sehr schwach werde, doch blieb es den Tag hindurch ganz ruhig: nur im Verlauf des Abends erschien zum ersten Male ein convulsivischer Zustand, welcher sowol im Gesichte als an den Gliedern bemerkbar wurde. Einige Stunden später war das Kind todt. Die Obduction ergab eine ziemlich erhebliche Menge von Gehirnsubstanz, als Inhalt des Sackes, welche also mit der Ligatur eingeschnürt war. — Auch Velpeau hat die Ligatur gegen Encephalocele mit unglücklichem Erfolge versucht; nach dieser wurde die Geschwulst abgetragen; auch dies Kind starb am andern Tage.

II. Reduction der Geschwulst nach vorheriger Bloslegung. Die Blosiegung der Gehirnsubstanz behufs ihrer Reduction oder gar Abtragung hat eben so wenig Erfolg gehabt. Die meisten Operationen der Art sind auf Grund irrthümlicher Diagnosen unternommen worden; man wollte eine anderweitige Geschwulst exstirpiren und bemerkte zu spät, dass es eine Encephalocele war. Unter den durch Dezeimeris (l. c.) gesammelten Fällen findet sich nur einer, welcher auf diese Operation ein günstiges Licht zu werfen scheint. Es ist dies der von Richter, in seiner chirurgischen Bibliothek Bd. IV. p. 566, im Auszuge mitgetheilte Fall, den Joh. Nicol. Held in seiner Inauguraldissertation (Giessen 1777) veröffentlicht hat.

„Eine Weibsperson von 19 Jahren" — so erzählt Richter l. c. — „hatte am Vorkopfe, linkerseits über der Kronnaht eine Geschwulst von der Grösse eines Borsdorfer Apfels, die dem äussern Drucke ein wenig nachgab und eine Feuchtigkeit zu enthalten schien. Man hielt sie für eine Honiggeschwulst und unternahm die Ausrottung derselben. Als die Haut durchschnitten war, sahe man eine Oeffnung im Stirnbeine am Orte der Fontanelle, aus welcher die Geschwulst hervorragte. Sie war mit einer Haut bedeckt, in welcher eine Feuchtigkeit zu sein schien. Man öffnete deswegen diese Haut durch einen Schnitt; es flossen 2 Unzen röthliches Wasser aus und die Geschwulst setzte sich. Durch den Schnitt nahm man nunmehr ein deutliches Klopfen wahr, und bemerkte, dass der übrige Theil der Geschwulst durch das hervorgetretene Gehirn verursacht wurde. Man legte sogleich einen trocknen Verband und gelinden Druck an, den man so lange fortsetzte, bis das Gehirn zurückgewichen war; worauf sich die Oeffnung im Hirnschädel völlig so schloss, wie Trepanöffnungen zu thun pflegen. Die Frau befindet sich jetzt wohl, und hat seitdem verschiedene Kinder geboren."

[Fast noch merkwürdiger ist der von Richoux mitgetheilte Fall (*Revue médico-chir.* 1851 *p.* 358). Die Geschwulst sass oberhalb des äusseren Augenwinkels und hatte bei einem 12tägigen Kinde bereits die Grösse eines Hühnereies erreicht. Richoux legte die Geschwulst bloss, welche nun (unter der Haut) gestielt erschien. Nachdem er aus ihr durch einen grossen Einschnitt viel helle Flüssigkeit entleert hatte, erschien in der Tiefe eine kleinere aus weisser Hirnsubstanz bestehende Geschwulst, welche (etwa 1 Theelöffel voll Gehirnsubstanz) sammt den sie bedeckenden Häuten glatt am Knochenrande abgeschnitten wurde. Das Gehirn wurde mit der Fingerspitze zurückgedrängt und die Wunde zusammengenäht. Schnelle Heilung! Trotzdem gewiss kein nachahmungswürdiges Beispiel.]

III. Punction. Die Punction ist weniger gefahrbringend als die beiden vorigen Operationen; ihre glücklichen Erfolge[1]) stehen mit den unglücklichen ohngefähr in gleichem Verhältniss. [Wahrscheinlich bestand in der Mehrzahl der glücklichen Fälle blos Meningocele, ohne Dislocation eines Hirntheils.]

[1]) Namentlich hat Robert Adams in Dublin glückliche Erfolge von dieser Operation gehabt, welche er in dem *Dublin Journal of medical and chemical science no.* 6 veröffentlicht hat.

In der That ist die Punction eine rationellere Operation, als die vorigen, weil man, wenn sie vorsichtig mit dem Probe-Trocart, an der durchsichtigsten und schwappendsten Stelle der Geschwulst gemacht wird, allmälich das Wasser des Sacks entleeren kann, um sodann vermittelst einer gehörigen Compression den vorgefallenen Theil des Gehirns zurückzubringen. |Dies gilt namentlich für diejenigen Fälle, wo in eine von Wasser erfüllte Ausstülpung der Hirnhäute nachträglich Hirnsubstanz eingetreten ist.| Findet sich nicht blos im Bruchsacke, sondern auch im Schädel selbst Wasseransammlung, so ist die Reduction dadurch um so eher möglich, weil dann durch Abfluss desselben dem vorgefallenen Theile des Gehirns Platz gemacht und eine Compression des übrigen Gehirns durch denselben vermieden wird. Ausserdem kommen bei diesen Brüchen (eben so wie bei allen übrigen) Cysten ausserhalb des Sacks vor, deren Entleerung den Compressiv-Mitteln einen unmittelbaren Einfluss auf die Geschwulst gestattet. —

Doch welche Operation und welches sonstige Mittel man anwenden möge, immer stellen sich der Radicalkur grosse Schwierigkeiten in den Weg. Namentlich ist wohl zu bedenken, dass es sich hier fast immer um eine angeborne Hernie handelt, d. h. um ein *Vitium primae formationis,* welches eben so sehr das Gehirn selbst, als die Schädelwandungen betrifft; denn die Entfaltung der Windungen und die Verdünnung und Verlängerung der Lappen des Gehirns wird kein chirurgisches Mittel zum Normalzustande zurückführen. |In der Mehrzahl der Fälle wird man auf eine palliative Behandlung sich zu beschränken haben, indem man die Hernie durch einen mässig drückenden Verband zurückzuhalten oder doch einem weiteren Herausdringen der Hirnsubstanz vorzubeugen sucht. Eine solche Bandage wird zugleich zum Schutz der Geschwulst dienen, auf welchen man immer bedacht sein muss, da eine Insultation derselben entweder direct oder durch die nachfolgende Entzündung sehr gefährliche Zufälle herbeiführen könnte.|

Zweites Capitel.

Wasserkopf, *Hydrocephalus.*

|Wasserkopf, *Hydrocephalus, Hydrocephalie,* heisst die Ausdehnung des Schädels durch Ansammlung von wässrigem Erguss. Der Sitz, die Ausbreitung und die Entstehung dieses Ergusses kann eine sehr verschiedene sein. Namentlich haben wir von chirurgischer Seite in Betreff des Sitzes zu unterscheiden, ob die Flüssigkeit in den Hirnventrikeln (*H. ventriculorum*) oder in der Höhle der Arachnoidea angesammelt ist. Im letzteren Falle ist der Erguss entweder auf den ganzen Sack der Arachnoidea verbreitet (*Hydrops meningeus diffusus* s. *Hydrocephalus externus*), oder auf einzelne Stellen beschränkt (*H. meningeus limitatus*), welche letztere in der bei der Encephalocele angegebenen Weise zu Hernien ausgestülpt werden können (daher: *Hydrocephalus meningeus herniosus*, vgl. „Hirnbruch").

Aetiologie. |Da das Gehirn ursprünglich aus mit Flüssigkeit gefüllten Blasen besteht, so ist leicht einzusehen, wie durch eine Störung seiner Entwicklung auf Kosten seiner festen Substanz der *Hydrops ventriculorum* als angeborene Krankheit sich entwickeln kann. Schwieriger ist zu erklären, in welcher Weise die Wassersucht des Arachnoidealsacks (*Hydrops meningeus*) im Embryo entsteht. Wir müssen in dieser Beziehung einen exsudativen Process voraussetzen, wie er auch beim Erwachsenen als Veranlassung solcher Wasseransammlungen angesehen wird, ohne dass wir dadurch den Vorgang selbst immer bestimmt erklären könnten. — Vielleicht entsteht mancher *Hydrocephalus meningeus* durch Platzen eines von *Hydrops ventriculorum* ausgedehnten Gehirns (Bruns). — Beide Zustände, sowol die Wassersucht der Ventrikel als auch die der Meningen, können, wenngleich seltner, erst nach der Geburt ihren Anfang nehmen. Die Entstehungsgeschichte des erworbenen Hydrocephalus wird aber in der inneren Pathologie abgehandelt.|

|Wir lassen hier natürlich auch alle diejenigen Formen von Hydrocephalus unbeachtet, welche die Lebensfähigkeit des Kindes ausschliessen.|

Symptome. Der hydrocephalische Schädel ist über die Norm gross, während das Gesicht, hinter dieser Entwickelung zurückbleibend, wie nach Hinten gedrängt und sehr klein erscheint[1]). Durch diesen Mangel an Proportion zwischen den beiden Theilen des Kopfes unterscheidet sich leicht der Schädel eines Hydrocephalen von dem eines Riesen.

Namentlich sind es die das Schädel-Gewölbe bildenden Knochen, welche zur Vergrösserung der Durchmesser beitragen. Stirnbein, Seitenwandbeine, der obere Theil des Hinterhauptbeins und ein Theil der Schuppe des Schläfenbeins sind mächtig in die Fläche ausgedehnt und gewöhnlich zugleich in hohem Grade verdünnt. Zuweilen verdicken sie sich aber auch und sind dann im eigentlichen Sinne hypertrophisch. Am Deutlichsten ist die Vergrösserung des Schädels nach Vorn, denn der Einfluss der Stirn auf die Gesichtsbildung lässt die Veränderungen in der Richtung der beiden Theile des Stirnbeins auf eine besondere Weise hervortreten. Der stärker entwickelte obere Theil desselben überragt das Gesicht in der Art, dass letzteres dadurch verkürzt, verkleinert und wie im Schatten versteckt erscheint. Die *Pars orbitalis* des Stirnbeins bildet fast keinen Winkel mehr mit der *Pars frontalis* und indem die Wölbung der Orbita sich senkt, wird das Auge nach abwärts und gegen das untere Augenlid hin getrieben, wodurch letzteres nach oben zu steigen scheint, da sein freier Rand mit der Mitte der Pupille in gleicher Höhe liegt. Camper hält diese eigenthümliche Stellung des Auges allein für hinreichend, um die Diagnose des Hydrocephalus zu begründen, wenn auch der ganze übrige Kopf dem Blicke entzogen wäre. Die Fontanellen und die Zwischenräume der Nähte sind nur von einer dünnen Membran verschlossen, durch welche man die Fluctuation hindurch fühlt. Ist der Abstand der Nähte einigermassen erheblich, was namentlich auf dem Scheitel vorkömmt, und die Quantität der Flüssigkeit zugleich bedeutend, so bildet sich eine longitudinale Geschwulst, deren knochige Ränder sich durch ihre Resistenz zu erkennen geben. Bei sehr jungen Individuen und bedeutender Hydropsie erscheint der Kopf auch

[1]) Dergleichen Schädel von merkwürdigem Umfange finden sich in allen anatomischen Museen, namentlich von solchen Individuen, welche noch längere Zeit gelebt haben; so hat Monro ein Kind gesehen, dessen Schädel in seinem neunten Jahre einen Umfang von 36 Zoll hatte und auch Fabr. Hildan gedenkt des Kopfes eines 18jährigen jungen Mannes, dessen Umfang 2 Zoll über zwei Fuss betrug. Bei diesem letztern war der Hydrocephalus auf eine Krankheit gefolgt, welche ihn im dritten Lebensjahre befallen hatte; von diesem Zeitpunkte fing der Schädel an, sich zu vergrössern, wobei er jedoch völlig verknöchert war, so dass weder die Fontanellen existirten, noch die Nähte irgend einen häutigen Zwischenraum hatten.

bei natürlichem Lichte durchscheinend; noch mehr tritt dies bei künstlicher Beleuchtung hervor. Man kann dann sehr bestimmt die Knochen von den sie verbindenden Membranen unterscheiden; auch die Gefässverzweigungen der Schläfe und besonders der *Sinus longitudinalis* treten deutlich heraus.

In seltenen Fällen kann die Form des Kopfes eine konische sein. Wenn die in dem Schädel enthaltene Flüssigkeit schon einen solchen Einfluss auf die Knochen ausübt, so muss sie noch mehr die Gehirnfunctionen beeinträchtigen; in der That beobachtet man Symptome von Gehirndruck, welche sich bei aufrechter Stellung in höherem Grade entwickeln und vermehren. So kann im Beginn des Hydrocephalus das Kind in horizontaler Lage kaum leidend erscheinen, während es, sobald man es aufnimmt und aufrecht hält, unruhig wird, Beängstigungen und selbst Convulsionen bekömmt; man beruhigt es sofort, wenn man es wieder niederlegt.

Die Fortschritte der Hydrocephalie führen Veränderungen im Organismus herbei, welche aus der Störung in den Centralorganen des Nervensystems abzuleiten sind; dahin gehört die Abstumpfung der Sinne, des Gesichts vor allen. Ausnahmsweise kommen Kinder vor, welche durch lebhafte Farben oder scharfe Töne schmerzhaft berührt werden. Die Pupille ist dilatirt und die Iris bewegt sich langsam. Die Geisteskräfte sind gewöhnlich vermindert; nur in seltenen Fällen bleiben sie vollkommen unversehrt, — selbst bei erheblicher Hydrocephalie, wie Vesal, Monro und andere Schriftsteller bestätigt haben. Endlich kommt erfahrungsgemäss nicht ganz selten ein leichter Grad von Hydrocephalie mit einer sehr vorzeitigen Entwickelung der Geisteskräfte vor, namentlich bei rachitischen Kindern.

Auch die Organe der Bewegung erleiden Veränderungen. [Die Muskeln werden durch die Compression der Centraltheile ihrer Nerven dem Einflusse des Willens allmälig entzogen. Mit der Abnahme ihres Gebrauchs leidet auch ihre Ernährung,] die Glieder werden dünn, schlaff und schwach, der Gang schwer und schwankend und von häufigem Fallen unterbrochen. Zuweilen steigert sich dieser Zustand bis zu völliger Lähmung der untern, sehr selten der obern Extremitäten. Es scheint dann der Kranke seinen Kopf nicht mehr tragen zu können, denn er neigt ihn und stützt ihn auf die Brust oder auf die Schultern. Zuletzt kommen noch Verkrümmungen der Wirbelsäule hinzu. Gegen das Ende der Krankheit treten die Augen aus der Orbita scheinbar hervor, Thränen und Speichel fliessen fortwährend ab; die Füsse schwellen ödematös an; der Puls wird schnell, klein und unregelmässig, Anfälle von Epilepsie oder Coma treten hinzu und in den meisten Fällen erliegt der Kranke unter Convulsionen.

Prognose. Befindet sich der Erguss ausserhalb des Gehirns in dem Sacke der Hirnhäute, so bleibt noch Hoffnung, namentlich wenn dieser Zustand nicht angeboren ist; in letzterem Falle endet er fast immer tödtlich. Am Günstigsten für die Heilung ist begreiflicher Weise diejenige Hydrocephalie, welche von geringer Ausdehnung, nicht inveterirt und namentlich erst nach der Geburt entstanden ist.

Ausgänge. Viele Hydrocephalische sterben schon im Mutterleibe ab, und die, welche lebend geboren werden, vollenden meist nicht das erste Lebensjahr. Ist der Hydrocephalus nach der Geburt entstanden, so bleiben die Kinder oft Jahre lang am Leben, ja einige erreichen sogar das gewöhnliche Lebensende. Bei diesen letzteren treten die Nähte zusammen. Die Schädelknochen werden viel dicker, und der Raum, welchen die nun resorbirte Flüssigkeit einnahm, wird nun durch die neue Knochenmasse erfüllt, welche, sich an der innern Fläche der Knochen ablagernd, eine concentrische Hypertrophie derselben bedingt.

Der spontane Aufbruch des Schädels gehört zu den weniger günstigen Ausgängen; man hat die Kranken sterben sehen, nachdem aus der Augenhöhle das Wasser abgeflossen war, offenbar in Folge des dadurch bedingten Missverhältnisses zwischen dem umhüllenden Schädel und dem darin enthaltenen Gehirn, welches dem gewohnten Drucke plötzlich entzogen wird. Tritt dagegen die Heilung durch Hypertrophie der Knochen ein, so wird die Flüssigkeit sehr langsam resorbirt und in dem Maasse wie sie abnimmt, wächst der Knochen, so dass der Schädel dem Gehirn gewissermassen entgegen kommt. Es gleicht sich also in diesem Falle durch Wachsthum der Umhüllung bei Verminderung des Inhalts das hiedurch entstehende Missverhältniss aus.

Behandlung. Die einzige Indication, welcher die Chirurgie zu genügen vermag, ist Beseitigung des flüssigen Schädelinhalts. Da jedoch eine völlige Heilung andere Anforderungen macht, in so fern sie Beseitigung der primär oder sekundär aufgetretenen, oft sehr bedeutenden Alterationen der Schädelknochen, wie des Gehirns selbst voraussetzt, — so wird durch die Erfüllung jener einen Indication wenig geleistet.

Die Beseitigung des flüssigen Schädelinhalts kann direct geschehen (durch die Punction) oder indirect durch pharmaceutische [illegible] [illegible] die Bewegungen [illegible] Flüssigkeiten [illegible] [illegible]. [illegible]. [illegible], auch Jodpräparate [illegible].

Die [illegible] wird am [illegible] mit einem sehr dünnen Trokar ausgeführt, welchen man an einer Stelle, wo die Fluctuation sehr deutlich und die [illegible] nicht zu fürchten ist, einstösst, und [illegible] man die Flüssigkeit in kleinen Portionen allmälig unter sanfter Compression des Schädels abfliessen lässt. Wenn man die Punction nur in einfachen Fällen [illegible], [illegible] und wo möglich nach der Geburt entstandener [illegible] anwendete Fälle, welche zu den höchst seltenen und überdies schwer zu [illegible] gehören [illegible] so würden ihre Resultate günstig sein, aber in diesen Fällen ist man Aussicht, auch mit pharmaceutischen Mitteln zum Ziele zu kommen.

Die Punction ist auch bei [illegible] Fälle des Hydrocephalus [illegible] [illegible] [illegible], aber sie ist nicht rationell, [illegible] sie einen Krankheitszustand beseitigt, welcher wegen Fortdauer [illegible] [illegible] [illegible] muss. Denn selbst angenommen, dass nach einer [illegible] Punction eine [illegible] Entzündung entstände und [illegible] [illegible], die [illegible] der Flüssigkeit [illegible] würde, so [illegible] doch in den meisten Fällen Störungen des [illegible] und eine Vergrösserung des Schädels, welche niemals eine [illegible] [illegible] [illegible].

[illegible] müssen die [illegible] noch [illegible] und die Schädelknochen [illegible] [illegible] sein, wenn die Operation mit einiger Aussicht auf Erfolg unternommen werden soll. Um das Missverhältniss zwischen der [illegible] der [illegible] und der Ausdehnung des Gehirns möglichst auszugleichen, legt man sogleich nach der Punction einen Compressions-[illegible] um den ganzen Schädel.

[illegible] die Compression [illegible] ist angewendet, zumeist geklebsterten Binden, [illegible] u. s. w. [illegible] glücklich abgelaufene Fälle [illegible] [illegible] angeführt. Begreiflicher Weise ist [illegible] nur [illegible] anwendbar, wo die Wasseransammlung weder zu [illegible] noch zu gering ist; und selbst in diesen mittleren Fällen [illegible] [illegible] nicht [illegible] sein. Niemals muss man dabei

[illegible] [illegible] [illegible] [illegible] Punctionen glücklich geheilte Fälle. [illegible] [illegible] [illegible] [illegible] Unzen Flüssigkeit ab, einen Monat [illegible] [illegible] nach 11 Tagen [illegible] Unze und nach 20 Tagen 9 Unze, [illegible] der Umfang des Kopfes [illegible] um 4 Zoll verminderte. Zu bemerken ist, dass das [illegible] ein 9 Monat altes Kind war, dessen Kopfknochen noch [illegible] beweglich waren.

eine genaue Beobachtung der entstehenden Symptome versäumen, denn die Compression des noch beweglichen Schädels könnte wohl auch die Erscheinungen des Gehirndrucks hervorrufen.

Vergessen wir schliesslich nicht die schon erwähnten spontanen Heilungen; sie sind zwar selten, aber immer noch häufiger als diejenigen, deren Ehre die Kunst in Anspruch nehmen kann. So dürfte denn, namentlich dem Anfänger, der Rath zu geben sein, dass er hier die diätetischen und pharmaceutischen Mittel dem operativen Eingriffe vorziehen möge.

Drittes Capitel.

Necrose und Caries der Schädelknochen.

I. Necrose des Schädels.

Necrosen am Schädel rufen im Allgemeinen viel weniger jenes Heilbestreben hervor, welches man bei der Necrose anderer Theile des Skelets wahrnimmt, obgleich in der Textur der *Dura mater* gewiss nichts liegt, was der Knochenbildung entgegen wäre. Im Gegentheil kommen Verknöcherungen ziemlich häufig auf und in dieser Haut vor. Die beiden Perioste des Schädels sind so besonders gefässreich und alle Bedeckungen dieser Region so reichlich mit allen belebenden und erhaltenden Elementen versehen, dass man vielmehr einen sehr schnellen Wiederersatz des necrotischen Knochenstücks erwarten sollte. Gewiss ist die in der Mehrzahl der Fälle mit der Schädel-Necrose zugleich bestehende Caries ein wesentliches Hinderniss für das im Gange der gewöhnlichsten Knochen-Necrose begründete Heilbestreben. Ausserdem aber dürfte in dieser Beziehung die ganz eigenthümliche innige Verbindung zwischen *Dura mater* und den Schädelknochen nicht zu übersehen sein; ihr beiderseitiges Leben und Absterben scheinen untrennbar zu sein, so dass die Necrose jener die Ertödtung oder Verminderung der Lebensfähigkeit auch der *Dura mater* nach sich zieht. Jedenfalls wird die blosgelegte *Dura mater* fast nie die Grundlage neuer Knochenbildung. Uebrigens würde eine Knochen-Neubildung von der *Dura mater* aus bei Weitem nicht die Vortheile bieten, welche man auf den ersten Blick von ihr erwarten möchte; sie würde zwar dem Gehirn gegen die Einflüsse äusserer Schädlichkeiten Schutz gewähren und das Entstehen eines Hirnbruchs verhindern; aber da solche Knochen-Neubildungen immer mehr oder minder unregelmässig und difform sind, so könnten sie leicht nachtheilig auf das Gehirn einwirken und hartnäckige Kopfschmerzen oder andere Gehirn-Erscheinungen hervorrufen.

Die Aetiologie der Schädel-Necrose schliesst sich im Allgemeinen an diejenige der Necrose überhaupt an, namentlich sind Quetschungen und Knochenbrüche sehr oft eine sehr directe Veranlassung derselben. Nicht selten wird auch durch vorgängige Entzündung des Pericraniums, also in indirecter Weise Necrose veranlasst. Häufig ist eine dyskrasische Entzündung, namentlich Syphilis die Ursache, jedoch bei Weitem nicht so oft, als man in der Regel annimmt. Im letzteren Falle besteht neben der Necrose immer zugleich auch Caries.

[Die Ausdehnung der Schädel-Necrose ist eine sehr verschiedene, nicht blos in die Fläche, sondern namentlich auch in die Tiefe. Danach unterscheidet man sie in eine äussere, innere und totale. Erstere entsteht (sofern die äusseren Bedeckungen unversehrt sind) mit Erhebung einer Anfangs prallen, bald fluctuirenden Geschwulst (Tophus und Nodus der älteren Autoren), welche endlich aufbricht und sich dann in ein sinuöses Geschwür umwandelt, dessen Grund der, vielleicht noch von fetzigen Ueberresten des Periosts bedeckte Knochen ausmacht. Dabei können sich verschieden heftige Gehirnerscheinungen, namentlich von Meningitis herrührend, ausbilden, welche jedoch, wenn keine andere Veranlassung dazu vorhanden ist, nur höchst selten einen lebensgefährlichen Grad erreichen.

Ganz anders müsste sich dies bei der innern Necrose verhalten, über welche jedoch hinreichend genaue Beobachtungen noch nicht vorliegen.]

Von der allerschlimmsten Bedeutung aber ist eine totale, d. h. durch die ganze Dicke des Schädelknochens hindurchgehende Necrose (vgl. Fig. 9. dieses Bandes). Hier sind dann Cerebralerscheinungen viel gewöhnlicher, der Heilungsprocess viel langwieriger und eine vollständige Wiederherstellung fast unmöglich.

In der Regel bleibt bei Schädel-Necrose die Entzündung auf die nächste Umgebung des eigentlichen Krankheitsheerdes beschränkt. Tritt aber die leichteste Erkrankung hinzu, so kann diese Reizung sich steigern, weiter dringen und so eine Encephalitis hervorrufen [1]).

In derartigen Fällen ist die Trepanation angezeigt, wenn die lange Dauer des Uebels und, |sofern die Necrose dyskrasischen Ursprungs ist|, eine lange fortgesetzte allgemeine Behandlung mit Grund vermuthen lassen, dass sich dasselbe vollkommen localisirt habe. Dann aber darf das Vertrauen auf die *Vis medicatrix naturae* nicht zu weit gehen. Wenn man in vielen Fällen von Necrose an den Extremitäten nicht zu trepaniren braucht, so folgt daraus keineswegs, dass es sich bei denen am Schädel eben so verhalte. Hier kommt die locale Gefahr der Meningitis und Encephalitis zu den durch die Eiterung an sich erregten Besorgnissen der Pyaemie und der Erschöpfung hinzu.

Die Anwendung des Trepans ist in solchen Fällen um Vieles weniger gefährlich als bei Kopfwunden; denn abgesehen von der Abwesenheit der Commotion liegt schon im Heerde der Necrose ein Reactions-Bestreben, welches die Heilung der Trepanationswunde begünstigt. Ausserdem wird man, da die Operation nicht drängt, den günstigsten Moment zu ihrer Ausführung wählen und selbst den ganzen Organismus auf sie vorbereiten können.

II. Caries des Schädels.

Aetiologie. Die häufigste Ursache der Caries der Schädelknochen ist Syphilis; doch darf man auch die Einwirkung äusserer Ursachen nicht übersehen, besonders wenn man erwägt, dass das Stirnbein so häufig Sitz dieser Affection ist. Hat die Caries wirklich eine äussere Ursache (z. B. eine Kopfwunde mit Bruch oder Quetschung des Knochens), so ist sie beschränkt und darum weniger gefährlich, wogegen sie als Ausdruck eines Allgemeinleidens meist an mehreren Stellen des Schädels auftritt. Man hat sie auf dem ganzen Schädelgewölbe verbreitet gesehen, und dass sie fast das ganze Stirnbein einnimmt gehört nicht zu den Seltenheiten. Bemerkenswerth ist ihre fast constante Verbindung mit der Necrose;

[1]) Vidal sah eine Frau an Meningitis sterben, welche seit langer Zeit an Necrose des Stirnbeins litt; die natürliche Lösung des Sequesters stand bevor; derselbe war sogar schon beweglich, ohne dass etwas zu seiner Entfernung geschehen wäre. Die einzige nachweisbare Veranl[illegible] war eine Indigestion.

Fig. 9.

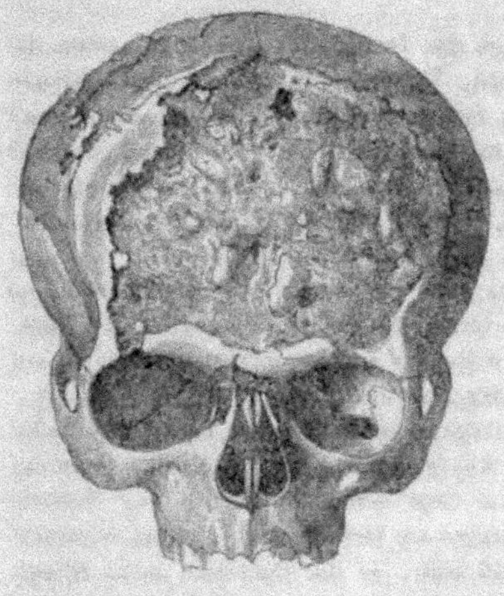

meistens ist letztere vorwiegend. Dies zeigt sehr vollkommen Fig. 9.

Symptome und Verlauf. Anfangs befällt die Caries bald die äussere bald die innere Fläche des Knochens und daraus erwachsen in Rücksicht auf den Zeitpunkt, wo die Krankheit erkannt wird, für Prognose und Behandlung bedeutungsvolle Differenzen. Erkrankt die äussere Tafel zuerst, so entsteht eine Geschwulst, an welcher das Periost mehr oder minder Theil nimmt; dieselbe ist teigig, festsitzend, unbeweglich, wenig oder gar nicht schmerzhaft. In diesem Zustande kann sie zwei bis drei Monate verbleiben; dann treten Entzündungs-Erscheinungen auf, die Geschwulst öffnet sich und der kranke Knochen erscheint. Ist diese äussere Caries von geringem Umfange, so ist sie wenig gefährlich und die balsamischen Tincturen, so wie andere Reizmittel werden mit Erfolg gebraucht, was freilich nicht mehr sagen will, als dass spontane Heilung möglich ist. Wird dagegen zuerst die innere Tafel krank, so kann lange Zeit vergehen, bevor die Krankheit äusserlich sichtbar wird; aber heftige unbesiegbare Kopfschmerzen, Schwindel, Betäubung, Convulsionen, treten auf und deuten auf eine Irritation oder Compression des Gehirns selbst hin. Uebersteht der Kranke diese Zufälle, so wird die Krankheit äusserlich sichtbar, d. h. es entsteht an der schmerzhaften Stelle des Kopfes eine Geschwulst, von geringem Umfange, wenig erhaben, wenig oder gar nicht schmerzhaft, welche anfangs etwas Fluctuation zeigt. Druck auf dieselbe vermindert ihren Umfang, vermehrt aber zugleich die Symptome von Hirndruck (wenn sie schon da waren), oder ruft sie hervor. Aus diesen Erscheinungen sieht man, dass die Geschwulst sowohl innerhalb, als ausserhalb des Schädels liegt, oder mit andern Worten, dass der Eiter auf der *Dura mater* mit jenem unter der behaarten Kopfhaut durch den durchbrochenen Schädelknochen in Verbindung steht. Diese Diagnose wird bestätigt durch die Veränderungen des Umfanges der Geschwulst, welche durch Hustenanfälle des Kranken hervorgerufen werden. Ist die Geschwulst geöffnet, so dringt eine jauchige Flüssigkeit in grösserer Menge aus derselben hervor, als man nach ihrem Umfange voraussetzen konnte, ohne dass, wie bei Caries der äusseren Tafel, ein angebrachter Druck diese Menge vermehrte, und dann bleibt eine fistulöse Oeffnung, welche manchmal weit genug ist, um den Knochen erkennen zu lassen, dessen Perforations-Oeffnung unregelmässige, spitzige Ränder hat. Dass die innere Tafel in grösserem Umfange erkrankt ist, wie die äussere und dass der Substanzverlust jener sich in der That über die Perforations-Oeffnung hinaus erstreckt, lässt später die anatomische Untersuchung erkennen. —

Ist der *Processus mastoideus* ergriffen, so dringt die Jauche mitunter in das Ohr und von da durch den äussern Gehörgang nach aussen, oder sie ergiesst sich durch die Eustachische Röhre in den Pharynx.

Prognose und Behandlung. Die grosse Gefahr, welche die Caries der innern Schädeltafel und diejenige der ganzen Dicke der Schädelknochen begleitet, wird einer Seits durch die Nähe der Meningen und anderer Seits durch die Schwierigkeit, das Uebel bis an seine Grenzen zu erkennen und zu entfernen [1]), bedingt.

In solchen Fällen sind alle Balsame und Salben nutzlos; das Glüheisen aber theilt sofort seine Hitze entzündend dem Gehirn mit, weshalb es von allen Aerzten gefürchtet wird. Jedoch hat Bérard mehrere Male in 8tägigen Intervallen das weissglühende Eisen auf eine Caries des Stirnbeins angewendet, ohne irgend einen nachtheiligen Einfluss auf das Gehirn wahrgenommen zu haben. Aber trotz dieser Beobachtung möchte es immer klüger sein, von diesem Mittel abzustehen und statt seiner das Linsenmesser, den Meissel, den Trepan, oder die verschiedenen oben angeführten Osteotome anzuwenden.

[1]) Um Letzteres zu erreichen und die Caries der Schädelknochen in ihrem ganzen Umfange zu zerstören, hat man die Zahl der Trepankronen so sehr vervielfacht, dass in einem Werke über die Schädelverletzungen durch *Contre-Coup* von M. de la Touche eine Beobachtung sich findet, nach welcher dieser Arzt mit Erfolg innerhalb 15 Monate 52 Trepankronen in den Kopf eines Weibes gebohrt hat. Die 60jährige Frau wurde 1762 der Akademie der Chirurgie vorgestellt. Was soll man nach solchen Beobachtungen noch von denen eines Daviel, Soulier oder Lapeyronnie sprechen?

Viertes Capitel.

Neubildungen am Schädel.

1. Exostosen des Schädels.

Wenn die Hypertrophie der Schädelknochen, welcher wir bei der Heilung des Hydrocephalus gedachten, statt gleichmässig und allgemein zu werden, nur an einzelnen grösseren oder kleineren Stellen auftritt, so bilden sich Knochenauswüchse. Diese können entweder auf der äussern Fläche des Knochens sich erheben, oder in die Schädelhöhle hineinragen, was in prognostischer Beziehung einen grossen Unterschied beider begründet.

Fig. 10. stellt zwei Fälle von Exostose an demselben Schädel dar, welche zu-

Fig. 10.

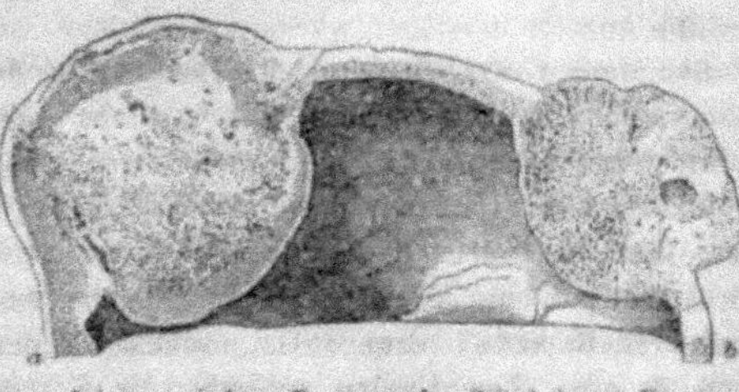

gleich äussere und innere sind: *a* Exostose des Stirnbeins, *b* Exostose des hintern Theils der Scheitelbeine. Fig. 11. zeigt Exostosen, welche blos innere waren.

Fig. 11.

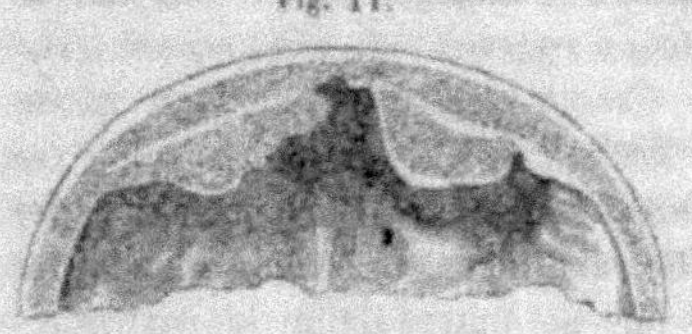

Auch hier, wie bei allen Exostosen, spielt die Syphilis, nach der Ansicht der meisten Autoren, eine grosse Rolle. [Wir haben unsere Zweifel über die Richtigkeit dieser Auffassung Bd. II. pag. 582 u. f. bereits ausgesprochen.]

Sind die Exostosen nur äusserlich, so erregen sie keine besondere Beschwerden, treten sie aber auch innerlich auf (wie in Fig. 11. an der innern Fläche des Stirnbeins), so reizen und comprimiren sie das Gehirn und bedingen so die oft beschriebenen Gehirnsymptome, denen gewöhnlich unbesiegbare Kopfschmerzen vorhergingen. Ist dieser Kopfschmerz auch hinsichtlich seiner Oertlichkeit genau beobachtet und das Vorhandensein universeller Syphilis auch durch andere, frühere oder noch existirende Symptome mit Sicherheit ermittelt; ist ferner Quecksilber in mehrfacher Gestalt und namentlich Jodkali zu 2—6 Drachmen täglich, während eines Zeitraums von wenigstens 2 Monaten angewendet; dann tritt bei dem Chirurgen die Frage über die Anwendbarkeit des Trepans auf. Doch müssten die Symptome von Compression sehr deutlich und entschieden auftreten, um ohne erkennbare Anzeichen einer Exostose einen solchen Entschluss zu rechtfertigen. Ueberdies darf man jenen Symptomen nicht zu viel vertrauen, da sie leicht mit denjenigen Fällen von Paralyse verwechselt werden können, welche zuweilen bei constitutioneller Syphilis vorkommen, ohne jemals von einer Exostose abhängig zu sein, und welche man oft von einer Affektion des Rückenmarks, oder, wie andere behaupten, vom Missbrauch oder schlechter Anwendungsweise des Quecksilbers abhängig findet. Somit, alles wohl erwogen, ist es besser, wo kein äusseres Zeichen einer Exostose erscheint, von der Trepanation abzustehen. Die Anzeige derselben würde entschiedener sein, wenn neben den Symptomen von Hirndruck zugleich eine äusserliche Hervorragung vorhanden wäre, weil sie eine Exostose in der ganzen Dicke des Knochens anzeigen würde. Aber angenommen der in Fig. 11 dargestellte Fall hätte vorgelegen, welche Trepankrone hätte man ansetzen und in welche Tiefe hätte diese dringen müssen, selbst wenn man die Stelle der Exostose genau getroffen hätte!

|Bei äusseren Exostosen dagegen ist, sobald sie eine bedeutende Difformität oder Beschwerden erregen, die Entfernung auf operativem Wege, in der Bd. II. pag. 585 angegebenen Weise, durchaus zulässig.|

II. Balggeschwülste am Schädel.

|Balggeschwülste in den Weichtheilen des Schädels sind sehr häufig. Ihr Sitz ist bald im Gewebe der Lederhaut selbst oder doch zum Theil in ihr, so dass nur die untere Hälfte in das Unterhautbindegewebe hineinragt *(Atheroma folliculare)*, theils im Unterhautbindegewebe allein. Unterhalb der Galea kommen niemals Balggeschwülste vor.|

Sie gewinnen, wegen der geringen Dehnbarkeit der Kopfhaut, selten einen bedeutenden Umfang. Ihre Gestalt ist eben deshalb oft etwas abgeplattet [1]).

[1]) Daher die jetzt wenig gebräuchlichen, aber durch ihr Alterthum ehrwürdigen Benennungen Testudo und Talpa. Einige Chirurgen halten jene erste Form, die Testudo, für eine Mischung von Atheroma und Meliceris, und glauben, dass sie mit dem Pericranium zusammen hänge, leichter degenerire und sich

Die in der Haut selbst wurzelnden Balggeschwülste beruhen wahrscheinlich auf einer enormen Entwicklung eines Schmeerbalges, dessen Ausführungsgang vorher durch Entzündung verschlossen war. Die im Bindegewebe entstehenden lassen sich auf eine übermässige Entwicklung schon vorhandener Hohlgebilde nicht zurückführen, obgleich gerade unter ihnen sogenannte Dermoidcysten, mit Epidermis, Haaren und Haarbälgen gefüllt, vorkommen. Endlich finden sich unter diesen Balggeschwülsten auch Cysten mit festerem, fettigem Inhalt (Cholesteatom) und einfache seröse Cysten[1]. |Letztere dürften in manchen Fällen als der Ueberrest einer ursprünglichen Meningocele, die an der Austrittsstelle aus dem Schädel obliterirt ist, während die Lücke, aus welcher sie hervortrat, durch das normale Wachsthum der Schädelknochen geschlossen wurde, zu deuten sein (Bruns).|

Gewöhnlich sind die Balggeschwülste am Schädel mehrfach vorhanden, namentlich die follikulären. Sie entwickeln sich langsam, ohne irgend einen Schmerz zu verursachen. Ihre Consistenz ist bald sehr fest, bald die eines festen Teiges; sie fühlen sich weich an und sind nicht wegdrückbar. Die Haut über ihnen ist nicht verändert, ausser dass sie von Haaren entblösst ist, was offenbar auf der durch den Druck bedingten Obliteration der Haarbälge beruht.

Wirkliche Gefahr erwächst aus diesen Cysten niemals, nur dass sie durch den Druck der Kopfbedeckung oder das Kratzen der Kämme leicht in Entzündung gerathen; ausserdem belästigen sie sehr durch ihre Grösse.

|Ihre Beseitigung ist nur auf operativem Wege möglich und deshalb nicht immer ganz gefahrlos, namentlich bei grösserem Umfange.|

mit Caries complicire, doch geht hieraus nur hervor, dass man diese Geschwülste oft mit primären Krankheiten des Knochens oder seines Periosts verwechselt hat.

[1]) Vidal operirte eine solche von der Grösse einer Nuss; sie war durchsichtig. Nach einer einfachen Incision wurde eine helle Flüssigkeit entleert und darauf der Sack mit Charpie ausgefüllt; er verschwand darauf durch Eiterung. Dieser Tumor hatte seinen Sitz auf der Höhe des Kopfes, ein wenig nach links und zwar an einer Stelle, wo weder jemals dauernder Druck noch Gewaltthätigkeiten eingewirkt hatten. Einer Frau exstirpirte derselbe eine Cyste, welche die Grösse des Kopfs eines sechsmonatlichen Kindes hatte. Diese Tasche enthielt eine grosse Menge Flüssigkeit von der Farbe eines etwas dunklen Milchkaffees mit Klömpchen von derselben Farbe. Nach Entleerung des Inhalts vereinigte er sofort und die Heilung erfolgte ohne Eiterung.

Hat die Geschwulst ihren Sitz an der Stirn, so muss man die Incision in der Richtung der Hautfalten machen. Dupuytren pflegte die Cyste zu öffnen, zu entleeren und sie dann erst herauszuziehen. Es ist meist leichter, die Geschwulst herauszuschälen, bevor sie geöffnet ist, weil man alsdann das Gewebe, welches sie mit der Umgebung verbindet, besser zu spannen vermag. Doch ist dies freilich nicht immer ausführbar. Vgl. Bd. II. p. 405 u. 470.

III. Gefässgeschwülste am Schädel.

Gefässentartungen und Verletzungen am Schädel können Aneurysmen hervorrufen, welche der Diagnose oft Schwierigkeiten bereiten, besonders wenn sie an Stellen vorkommen, wo viele Weichtheile liegen, wie z. B. in der Schläfengegend[1]).

|Charakteristisch für solche Aneurysmen dürfte sein, dass ihre Pulsationen und das in ihnen mit dem Stethoskop gewiss zu entdeckende Blasegeräusch bei Compression der entsprechenden *Carotis communis* verschwinden.|

|Teleangiectasien (cavernöse und erectile Geschwülste) kommen in der behaarten Kopfhaut äusserst selten und auch in der Stirn- und Schläfengegend sehr viel seltner als im übrigen Gesicht vor. Sie sind niemals unter der Galea, zuweilen dagegen im Bindegewebe unter der Haut beobachtet worden.|

[1]) Krimer (Gräfe's und Walther's Journal Bd. X. p. 587) berichtet über ein Aneurysma der *Art. meningea media*, welches man für eine Balggeschwulst hielt. Es hatte die Dicke einer Nuss und sass in der linken Schläfengegend, wo es vermittelst eines Stiels von der Grösse einer Schreibfeder an den Knochen selbst angeheftet zu sein schien. Der Operateur durchschnitt diesen mit einem Messerzuge, als ihm zu seinem Schrecken ein Blutstrom entgegenstürzte. Schon glaubte er die *Temporalis profunda* durchschnitten zu haben, aber die blutende Oeffnung hatte ihren Sitz im Knochen selbst. Die Kranke fiel in Ohnmacht und starb nach wenigen Stunden. Die Arterie hatte sich, nachdem die Geschwulst entfernt war, durch die Knochenöffnung zurückgezogen, und nun das Blut, dessen Abfluss nach aussen durch den Tampon verhindert wurde, in das Innere des Schädels ergossen.

Auch Täuschungen völlig entgegengesetzter Art kommen vor. Vidal sah (als Chirurg im Centralbureau) einen Kranken, welcher in der Mitte der Schläfengegend und in der Dicke des gleichnamigen Muskels eine Geschwulst von der Grösse einer Haselnuss hatte, die alle charakteristischen Zeichen einer aneurysmatischen darzubieten schien. Er schickte den Kranken in die Abtheilung eines berühmten Professors, welcher, in demselben Irrthum befangen, die entsprechende *Arteria carotis* unterband. Der Kranke starb und die Obduction zeigte eine harte, scirrhöse Geschwulst, welche während des Lebens nur durch die Pulsation der tiefen Schläfenarterien bewegt worden war.

[Bei der Behandlung aller Gefässgeschwülste am Schädel sind, noch mehr als an anderen Körpertheilen, die direct wirkenden Mittel den indirecten (vgl. Bd. II. p. 136 u. ff.) bei weitem vorzuziehen. Die Unterbindung der Carotis hat noch nie eine vollständige Heilung herbeigeführt, wofür der Grund in den zahllosen anastomotischen Aesten, welche mit geringen Umwegen der Geschwulst immer wieder Blut zuführen, leicht zu entdecken ist. Gerade hier also wird, sofern die totale Exstirpation nicht möglich ist, die Anwendung der Aetzmittel, selbst des Glüheisens (mit welchem jedoch nicht bis auf den Knochen gebrannt werden darf), vorzüglich aber wol der Electropunctur [1]) und der Einspritzung von Chloreisen zu empfehlen sein.]

IV. Krebsgeschwülste des Schädels.

Carcinoma cranii. Fungus Durae matris.

Die Krebsgeschwülste am Schädel wurden von den Alten mit den Balg- und anderen Geschwülsten zusammen unter dem Namen *Lupiae* begriffen und je nach ihrer Form mit den verschiedenen pag. 125 angegebenen Beinamen belegt. Allerdings bemerkte man aber, dass diese Geschwülste nach und nach den Knochen veränderten und zerstörten. Erst im letzten Jahrhundert hat man Natur und Sitz dieser Geschwülste genauer untersucht, und da man durch Beobachtungen festgestellt zu haben glaubte, dass die äussere Fläche der *Dura mater* Ausgangspunkt derselben sei und ihre Gestalt und Structur ausserdem den Pilzen glich; so nannte man sie *Fungus Durae matris* und betrachtete alle Carcinome des Schädels als fungöse Auswüchse dieser Membran. Die Thatsachen und Gründe, auf welche diese Ansicht (die der französischen Schule) sich stützte, wurden von Louis in den Memoiren der Akademie der Chirurgie [2]) ausführlich dargelegt. Später behaupteten Walther, Siebold und Graefe, im Gegensatze zu Louis, mit apodictischer Gewissheit, der Ausgangspunkt dieser Geschwülste sei die Diploë des Knochens (Ansicht der deutschen Schule).

Aus den vorliegenden Thatsachen ergiebt sich, dass die Krebse des Schädels bald vom Knochen, bald von der *Dura mater* aus-

[1]) [Ein traumatisches Aneurysma der *Art. temporalis superficialis* habe ich durch einmalige Anwendung der Electropunctur zu vollständigem und dauerndem Verschlusse gebracht. Dasselbe hatte allerdings nur die Grösse einer Haselnuss.]

[2]) *Mémoires de l'Acad. de chir. t. V. 1. 4. p. 9.*

gehen; ja Cruveilhier hat nachgewiesen, dass auch die *Pia mater* und das subarachnoideale Gewebe ihr Ausgangs-Punkt sein könne. Auch aus dem Gehirn selbst wachsen sie mitunter hervor, und der von Chelius angeführte Fall beweist, dass das Pericranium ihre Bildungs-Stätte sein kann. Somit findet man als mögliche Ausgangs-Punkte in der Reihenfolge von Aussen nach Innen: 1) Pericranium, 2) äussere Knochentafel, 3) Diploë, 4) innere Knochentafel, 5) äussere Fläche der *Dura mater*, 6) innere Fläche dieser Membran, 7) *Pia mater*, 8) Gehirn.

Am Häufigsten scheinen Krebsgeschwülste des Schädels in der Diploë ihren Ursprung zu nehmen, demnächst von der *Dura mater*, viel seltner von einem der übrigen möglichen Ausgangs-Punkte. In der Regel ist daher ein Schädelkrebs keine blos äusserliche Geschwulst. War die *Dura mater* der Ausgangs-Punkt, so wird die Geschwulst nur dann an der Oberfläche des Kopfes erkennbar sein, wenn sie den Schädelknochen, welcher sie überdeckte, durchbrochen hat, was in der Regel nur beim Ausgang von der äusseren Fläche der *Dura mater* geschicht. Der Krebs der Diploë bricht meist nach Innen und nach Aussen hindurch, verwächst innig mit der *Dura mater* und verbreitet sich oft in dieser weiter fort. Somit stellen die beiden gewöhnlichen Arten der Schädelkrebse Geschwülste dar, welche aus der Schädelhöhle hervor unter die Weichtheile des Schädels emporragen. Auf einer gewissen Stufe ihrer Entwicklung werden beide von der äusserst verdünnten *Lamina externa* des Knochens bedeckt sein. Diese wird sich unter knatterndem Geräusch (Pergament-Knittern) gegen die weiche Geschwulst eindrücken lassen. Diese Erscheinungen sind aber keineswegs charakteristisch für das Wesen der Geschwulst. Sie müssen sich ebenso gut finden, wenn ein Aneurysma der *Art. meningea media* oder ein auf der *Dura mater* wurzelndes Fibroid im Begriff steht die Durchbrechung des Knochens (unter fortschreitender Resorption desselben) zu vollenden. Es muss dahingestellt bleiben, ob unter den Geschwülsten, welche früher als *Fungus durae matris* beschrieben worden sind, nicht manche wirkliche Fasergeschwülste waren. Vielleicht handelte es sich um solche in denjenigen Fällen, wo durch die Exstirpation dauernde Heilung erzielt wurde. Jedenfalls ist festzuhalten, dass eine Geschwulst, welche, ohne angeboren zu sein, mit dem Innern des Schädels durch eine von ihr selbst erzeugte Oeffnung communicirt, höchst wahrscheinlich ein Krebs ist. Wir gehen bei der genaueren Beschreibung auf die seltenen Ausnahmsfälle um so weniger ein, weil die Krankheitserscheinungen im Wesentlichen doch ganz übereinstimmen müssen, und beschränken uns daher auf eine ausführlichere Schilderung des **gewöhnlichen Schädelkrebses**, welcher entweder von der Diploë oder von der *Dura mater* ausgeht.

Ihrer Structur nach, gehören diese Geschwülste in der Regel zum Zellenkrebs (*Fungus. Encephaloide*). Vgl. Bd. I. p. 519 u. f. und Bd. II. p. 604 u. f.

Localität. Unter 51 Beispielen solcher Geschwülste, deren Sitz von den Autoren bezeichnet war, fand Velpeau 13 in der Seitenwand-, 8 in der Schläfen-, 7 in der Stirn-, 7 in der Nasen-Augenhöhlen-Gegend, 7 am Hinterhaupt, 5 auf dem Scheitel, 3 am Felsenbein oder in der Dicke der Gehirnsichel.

Aetiologie. Was die Prädisposition betrifft, so behauptet Boyer, dass diese Geschwülste in jedem Lebensalter, von der ersten Kindheit an bis zum Greisenalter sich bilden können; doch trifft man sie am häufigsten zwischen dem dreissigsten bis funfzigsten Lebensjahre, eine Behauptung, welche mit Velpeau's, aus 40 Beobachtungen gewonnenen Resultaten vollkommen übereinstimmt. Die aus letzteren gefundenen Verhältnisse sind folgende: bis zum 10ten Jahre 6 Mal, zwischen dem 20sten und 30sten Jahre 7 Mal, zwischen dem 30sten und 40sten 10 Mal, zwischen dem 40sten und 50sten 9 Mal, zwischen dem 50sten und 60sten 5 Mal und zwischen dem 60sten und 80sten 3 Mal. Rücksichtlich des Geschlechts hat Velpeau fast keinen Unterschied gefunden, in so fern auf 23 Männer 21 Weiber kamen [1]. Gewöhnlich sind diese Krebsgeschwülste einzeln und selten findet man deren mehrere zugleich, wodurch natürlich der Zustand sehr verschlimmert wird [2]).

[1]) *Dictionaire en 30 Vol. t. X.*

[2]) Als Beispiel diene nachstehende Beobachtung weitverbreiteter Schädelkrebse, welche im Sommer 1850 in der chirurgischen Klinik zu Greifswald gemacht wurde. Eine Frau von 33 Jahren, Mutter eines drei Monat alten Kindes, wurde der Anstalt wegen allmälig entstandener Erblindung und Geschwülste am Halse überwiesen. Die Anamnese ergab nichts Bemerkenswerthes. Patientin hielt die Augen fortwährend geschlossen und vermochte durch Willenskraft das obere Augenlid nur wenig zu erheben. Die Pupillen waren schwarz und weit, die Iris reagirte gar nicht, die Augäpfel waren unbeweglich. Die Intelligenz der Patientin schien äusserst wenig entwickelt oder geschwächt. Sie lag meist in festem Schlafe, klagte aber oft laut über furchtbare Schmerzen im ganzen Kopfe. Lähmung bestand an keinem Theile weder des Rumpfes noch der Extremitäten. Auch die Bewegungen des Gesichts, der Kau- und der Zungenmuskeln waren nicht beeinträchtigt. Dagegen war das ganze Gebiet des I. und II. Astes des Trigeminus, soweit dies die Gesichtshaut betrifft, obgleich fortdauernd Sitz der heftigsten Schmerzen, doch für die

Als **Gelegenheitsursache** erwähnt Louis 7 Mal äussere Gewaltthätigkeiten, auch Abercrombie u. A. sprechen von Schlägen oder Fall auf den Kopf. Man hat letzteren aber wol nur deshalb eine grössere Bedeutung beigelegt, weil die ersten Zeichen und namentlich die ersten Schmerzen nach einem Ereigniss auftraten, durch welches der Schädel direct getroffen, oder wo er in Folge eines Sturzes auf eine andere Stelle erschüttert wurde. Gleichzeitige oder vorausgegangene syphilitische, scrophulöse, scorbutische, rheumatische Affectionen hat man, ohne den Zusammenhang nachweisen zu können, gleichfalls als ätiologische Momente aufgeführt.

Symptome und Verlauf. Die Entwickelung des Schädelkrebses lässt zwei scharf gesonderte Stadien erkennen, das erste

stärksten Reize durchaus empfindungslos. Aus Mund und Nase strömte ein fötider Geruch. Das Schlingen war behindert. An der linken Seite des Halses bestand eine sehr grosse Geschwulst, welche aus mehr als einem Dutzend von Lymphdrüsen, deren jede etwa zu der Grösse eines Hühnereies angeschwollen zu sein schien, zusammengesetzt war; rechts eine ähnliche kleinere Geschwulst.

Ich glaubte hiernach auf eine an der Basis des Schädels bestehende Geschwulst schliessen zu dürfen, durch welche die Sehnerven, die augenbewegenden Nerven und der ganze erste und zweite Ast des Trigeminus gedrückt werden mussten. Die Natur der Geschwulst deutete ich mit Rücksicht auf die gleichzeitige Drüsengeschwulst am Halse als carcinomatös. Nach einiger Zeit machte mich der damalige Unterarzt der Klinik, Herr Dr. Kühnast, darauf aufmerksam, dass die Kranke oft automatisch die Hand nach der linken Schläfe bewege und dass ihm dort eine weiche Geschwulst zu bestehen scheine. Dies bestätigte sich, die Geschwulst wuchs weiter, ohne Pulsationen oder anderweitige Bewegungen wahrnehmen zu lassen, ohne dass es möglich gewesen wäre, sie durch Druck in die Schädelhöhle zurückzudrängen, obgleich man sie etwas comprimiren und in ihrer Peripherie auch an einzelnen Stellen einen scharfen Knochenrand fühlen konnte. Die Kranke starb bald darauf.

Die **Section** bestätigte zunächst die in Betreff der am Halse liegenden Geschwulst gestellte Diagnose. — An und in dem **Schädel** fand sich Folgendes: Ein mit der *Dura mater* fest verbundener Zellenkrebs dringt durch eine Oeffnung von 1/4 Zoll Durchmesser aus dem linken Scheitelbein hervor; Haut und Galea sind über ihm noch unverändert; der Knochen ist an dieser Stelle beträchtlich verdickt, die Krebsgeschwulst dringt 1—2 Linien tief in Nischen der Diploë ein; deshalb kann die Geschwulst auch an der Leiche weder in die Schädelhöhle zurückgedrängt noch weiter hervorgezogen werden. Das Arachnoidealblatt der *Dura mater* ist an der Stelle, wo diese mit dem Krebs verschmolzen ist, von einem dünnen fibrinösen Exsudat bedeckt, übrigens aber unverändert glatt, glänzend. Für diese Geschwulst konnte es zweifelhaft bleiben, ob sie als *Fungus durae matris* oder *diploës* zu bezeichnen sei. Ausser ihr bestanden aber an verschiedenen Stellen des Schädelgewölbes noch andere Krebsgeschwülste, welche sämmtlich in der Diploë selbst ihren Ursprung genommen haben mussten, da sie noch mehr oder weniger vollständig von

so lange er sich innerhalb des Schädels hält, das zweite, wenn er ausserhalb desselben erscheint.

Erstes Stadium. Die Schädelknochen zeigen keine Veränderung; namentlich findet sich keine Erhabenheit. Die Krankheit ist entweder völlig verborgen, oder sie tritt mit Symptomen auf, welche auch andern Krankheitszuständen angehören können. So sind die Kopfschmerzen, jene bohrenden Schmerzen mit neuralgischem Charakter und selbst die Lähmungen keineswegs dem Schädelkrebs eigenthümlich. Wenn sich das Carcinom aber weiter entwickelt, so drängt es den Knochen vor sich her, verdünnt und zerstört ihn, wie oben bemerkt, in der Weise aneurysmatischer Geschwülste, so dass mitunter nur ein dünnes, leicht gehobenes

der äusseren und inneren Knochentafel umschlossen wurden und mit der *Dura mater* gar keinen Zusammenhang hatten. Es fanden sich alle Uebergangsstufen von dem nur an der Verdickung des Knochens und Pericraniums äusserlich zu erkennenden Anfange des Pseudoplasma im Gewebe der Diploë bis zur siebförmigen Durchlöcherung bald nur der einen, bald auch beider compacten Knochentafeln. Bemerkenswerth ist, dass an allen Stellen, wo das Carcinom sich zu entwickeln begonnen hatte, nicht blos die Corticalschichten beträchtlich verdickt und auffallend fest (sklerosirt) waren, sondern auch die Diploë selbst in festes Knochengewebe umgewandelt erschien. In ihm lag die Krebsmasse von der Grösse eines Nadelknopfs bis zu derjenigen einer Bohne, jedoch stets unregelmässig gestaltet, in kleinen Nischen gleichsam eingebettet. Dies Verhalten ist, wie ich bereits Bd. I. p. 606 bemerkt habe, abweichend von anderen Beschreibungen. Da die an der *Dura mater* angeheftete grössere Krebsgeschwulst sich in der Diploë ganz so verhielt wie die kleineren, welche den Knochen noch nicht durchbrochen hatten, so darf man wohl annehmen, dass sie auch als *Carcinoma diploës* entstanden und nur nachträglich mit der *Dura mater* in Verbindung getreten sei. Hätte sie allein am Schädel bestanden, so würde wol Niemand gezweifelt haben, dass es sich hier um einen wirklichen *Fungus durae matris* handle.

An der Basis des Schädels fand sich ein Zellenkrebs von der Grösse eines Hühnereis in der Gegend des Türkensattels, welcher den ganzen Keilbeinkörper gleichsam vertritt, nach vorn in die Nasenhöhle und nach oben die *Dura mater* erhebend gegen die *Fissura orbitalis superior*, das *Foramen opticum* und den *Sinus cavernosus* in der Weise auf beiden Seiten emporragt, dass der Opticus gegen den oberen Rand des *Foramen opticum* zu einem dünnen Bande zerquetscht ist, welches an dieser Stelle Nervenfasern gar nicht mehr enthält.

Der Oculimotorius und der Trochlearis sind in ähnlicher Weise gequetscht; der Abducens geht abgeplattet durch die Geschwulst hindurch; der Trigeminus scheint in gleichem Zustande ganz in sie überzugehen, jedoch lässt sich bei genauer Präparation die kleine Portion ganz unversehrt bis zum *Foramen ovale* verfolgen. — Die an der Lebenden beobachteten Erscheinungen wurden durch dies Sections-Ergebniss auf's Vollständigste erklärt.]

Blatt der äussern Tafel übrig bleibt. In solchen Fällen kann man jenes eigenthümliche schon von Louis [1]) angegebene Geräusch des Pergamentknatterns wahrnehmen.

Zweites Stadium. Nachdem der Krebs den Schädelknochen zerstört und durchbrochen hat, bildet er eine Hervorragung, eine wahre Geschwulst. Dann findet man oft, dass manche Symptome, namentlich die Schmerzen und die vom Hirndruck abzuleitenden Erscheinungen, wenigstens für einige Zeit aufhören. Natürlich wirkt die von den Hemmnissen des Knochens befreite Geschwulst weniger drückend und reizend auf das Gehirn. Merkwürdiger ist, dass der Schmerz manchmal beruhigt wird, wenn die bereits hervorgetretene Geschwulst wieder zurückgebracht wird. Dies findet darin seine Erklärung, dass die Knochenöffnung mit Spitzen und Rauhigkeiten besetzt ist, welche, indem sie die Geschwulst stechen, lebhafte Schmerzen hervorrufen. Bringt man jene zurück, so hebt man die Ursache und damit den Schmerz. Ausserdem wird, indem man durch die Reduction der Geschwulst das Gehirn etwas comprimirt, mehr oder weniger Coma und dadurch geringere Wahrnehmung des Schmerzes veranlasst. Als Symptome des zweiten Stadiums sind ferner hervorzuheben:

1) Eine Geschwulst, welche bei ihrem Entstehen oft sehr klein, oft aber auch sofort von der Grösse eines Hühnereis, gewöhnlich aber genau umschrieben ist. Ihre Härte ist geringer, als die eines Scirrhus oder einer Exostose, aber grösser als diejenige einer Balggeschwulst. Zuweilen ist sie weich und fluctuirend an einer Stelle und an der andern hart, welche ungleiche Resistenz und falsche Fluctuation wohl zu beachten sind als ein besonderes Kennzeichen des Zellenkrebses. Letzterer unterscheidet sich hiedurch namentlich vom Hirnbruch, dessen Geschwulst sich stets gleichmässig anfühlt. Ein anderes Unterscheidungszeichen ist das gänzliche Fehlen aller Flüssigkeit zwischen dem Krebs und seinen Umhüllungen, während der Hirnbruch meist von einer serösen Schicht bedeckt ist.

2) Bewegungen können in dreifacher Weise in diesen Geschwülsten vorkommen: a) in der Geschwulst selbst durch abnorm gebildete, oder entwickelte Gefässe, b) ihr mitgetheilt von den Arterien der Basis des Gehirns, c) ihr mitgetheilt durch die Respi-

[1]) Das Individuum der ersten Beobachtung von Louis bot diese Eigenthümlichkeit dar; sein Friseur hatte sie beim Haarschneiden zuerst bemerkt.

rationsbewegungen[1]). Die von dem Puls der Basilar-Arterien herzuleitende Bewegung ist die gewöhnlichste; mit ihr zugleich besteht in der Regel die von der Respiration abhängige; selten ist wol jene Bewegung, welche man den Gefässen der Geschwulst selbst zuschreibt. Fehlt alle Bewegung, so erklärt sich dies oft durch das bedeutende Wachsthum des Krebses; denn hat er die Knochenöffnungen überschritten, so breitet er sich zwischen dem Knochen und den äussern Weichtheilen wie ein wahrer Schwamm aus, so dass das Gehirn den directen Einfluss auf ihn verliert. Dann ist er auch nicht mehr zurück zu bringen, was sehr begreiflich ist, da die Taxis ihn nur an den Knochen flach andrücken würde, statt ihn in die Schädelhöhle hinein zu drängen.

Der Verlauf dieser Geschwülste kann sehr langsam sein; Graefe z. B. hat einen Kranken beobachtet, welcher 30 Jahre daran litt. Die Frau, deren Körper Robin wieder ausgraben liess um den Schädel zu untersuchen, war nach 44 Jahren daran gestorben.

Diagnose. Im ersten Stadium giebt es kein sicheres diagnostisches Zeichen; ja oft kann man die Geschwulst nicht einmal vermuthen. Das zweite Stadium bietet uns die Crepitation, die pulsirenden Bewegungen, die Möglichkeit der Zurückdrängung der Geschwulst in die Schädelhöhle; aber alle diese Symptome kommen nie gleichzeitig vor, können auch sämmtlich fehlen (s. oben), ja einzelne können auch anderen Krankheitszuständen angehören. Deshalb muss man sorgfältigst alle angeführten Einzelnheiten dieser Geschwülste erwägen, muss die auf ihren Verlauf bezüglichen Antecedentien genau prüfen, und wird so zu grosser Wahrscheinlichkeit und oft selbst zu einer chirurgischen Gewissheit gelangen.

Diejenigen Geschwülste, mit denen der Schädelkrebs am leichtesten verwechselt werden kann, sind der Hirnbruch und die erektilen Geschwülste. Der Hirnbruch aber ist angeboren, und ist er durch zufälligen Substanzverlust des Knochens später entstanden, so giebt hierüber der Gang der Krankheit Aufklärung; überdies bildet er, wie oben bemerkt, eine gleichmässige weiche und gleich-

[1]) [Die mit der Exspiration synchronische Hebung des Gehirns und der über ihm liegenden Geschwülste, welche namentlich bei angestrengter Exspiration sehr deutlich hervortritt ist bedingt durch die Zurückstauung der Cerebrospinalflüssigkeit, deren Raum in der Wirbelsäule durch die bei jeder Exspiration eintretende Schwellung der daselbst gelegenen Venenplexus beengt wird. Die Anschwellung dieser Plexus aber beruht wie diejenige der *Vena jugularis* auf der Behinderung des Bluteintrittes in die durch die Exspirations-Bewegung verengte Brusthöhle.]

mässig begrenzte Geschwulst, deren Zurückführung leichter ist und meistens vom Kranken gut ertragen wird. Von allem Diesen findet das Gegentheil bei den Krebsgeschwülsten statt. Was die erektilen Geschwülste betrifft, so erreichen diese nie einen so grossen Umfang, ohne die Haut zu verändern, und die etwa wahrnehmbaren Pulsationen dieser Geschwülste hören sofort auf, wenn es gelingt die entsprechenden Aeste der *Carotis externa* zu comprimiren. Ausserdem fühlen sie sich sehr weich an und können weggedrückt, aber nie zurückgebracht werden.

|Die Möglichkeit einer Verwechselung von Schädelkrebs und Aneurysma wurde schon pag. 127 besprochen.|

Prognose. Die wahren Schädel-Carcinome sind unheilbar. Boyer bemerkt: „Fast in allen Fällen trat der Tod schnell ein, entweder unter Convulsionen, oder in einem Zustande von Betäubung; mitunter war er sogar plötzlich. Sehr selten ging ein allmäliges Hinschwinden mit hektischem Fieber voraus. Unzeitige Anwendung der Arzneimittel oder unvorsichtige Operationen hatten ihn fast immer zur Folge.“ Diese letztere Behauptung ist wol geeignet, uns bedenklich zu machen, ob es nicht bei ausgesprochenem Krebse viel besser ist, von jeglicher Operation fern zu bleiben, um den Ruf der Chirurgie nicht auf's Spiel zu setzen. Man wird diese Vorsicht namentlich beobachten, wenn man bedenkt, dass die seltenen Erfolge der Operation sich auf Tumoren beziehen, welche durch Blutergüsse und durch syphilitische und andere Fungositäten gebildet waren; wenn man ferner nicht vergisst, dass der Fall von Siebold sich wiederholen kann (der Kranke starb unter dem Messer). Der Kranke von Courtarez und Chopart starb den folgenden Tag und der von Sivert lebte nur 2 Tage; ja diese üblen Erfolge wiederholten sich jedesmal, wenn solche Eingriffe auf fungöse Geschwülste von grossem Umfange gemacht wurden. Somit sei der junge Praktiker pflichtmässig gewarnt.

Behandlung. Man hat alle möglichen Pflaster auf diese Geschwülste gelegt und alle nur erdenklichen topischen und inneren Mittel versucht, man hat sie unterbunden (auch subcutan), cauterisirt, exstirpirt.

Was diese Operationen so sehr gefährlich, und oft so schnell tödtlich macht, ist wie oben gezeigt wurde, der Sitz der Geschwulst, ihre Verbindungen und die Nähe des Gehirns. Recidive folgen nur allzu häufig, auch auf die Exstirpation der krebsigen Brust, aber selten tritt der Tod unmittelbar, oder überhaupt so ein, dass man ihn mit Recht von der Operation ableiten kann. In solchen Fällen ist es die Krankheit, welche wiederkehrend tödtet, während, wenn bei der Operation eines Schädelkrebses der Tod in dem Augenblicke der Operation oder wenige Stunden nachher eintritt, Chirurg und Chirurgie in bedenklicher Weise blossgestellt werden.

Entschliesst man sich trotz dieser Warnungen zur Entfernung der Geschwulst, so muss man sie völlig und klar bloslegen, um ihre Grenzen sicher erkennen und überschreiten zu können, zu welchem Zwecke auch die Schädelknochen in mehr oder minder grossem Umfange durch Resection weggenommen werden müssen. Zu dieser Vergrösserung der Schädelöffnung kann man sich, wenn die Knochen verdünnt sind, des Linsenmessers bedienen; sonst ist der Gebrauch des Osteotoms oder Trepans räthlicher. Im Allgemeinen gilt die Regel, nicht zu sparsam mit den Trepankronen zu sein [1]), sondern die einmal unternommene Operation möglichst vollständig zu machen. Denn schont man die Schädelknochen, so schafft man sich Schwierigkeiten, verlängert dadurch die Schmerzen und giebt Gelegenheit zur Entstehung einer zu heftigen Entzündung. Sodann muss die *Dura mater*, [sofern sie nicht, unerwarteter Weise, gesund ist], im Umfange der Geschwulst durchschnitten und mit dieser entfernt werden; wollte man etwa nur ihre oberste Schicht mit dem Carcinome entfernen, so würde dies sehr schwer sein und ein Recidiv noch viel wahrscheinlicher machen. — Hat man aber in einem etwas erheblichen Umfange die *Dura mater* sammt dem Knochen entfernt, so können Gehirnerscheinungen eintreten, welche denen der Compression täuschend ähnlich sind. Diese Erscheinungen entstehen aber daher, weil die natürliche Compression des Gehirns mangelt; wird diese künstlich ersetzt, so verschwinden sie (A. Bérard).

Da fast alle Operirten der Encephalitis erliegen, so muss man ihren Eintritt zu verhindern und sie, wenn sie bereits da ist, zu bekämpfen suchen. Daher muss man auch die Wunde wo möglich sofort vereinigen, damit nur belebtes Fleisch mit dem Gehirn

[1]) A. Bérard musste 16 Kronen appliciren, um die Geschwulst vollständig blos zu legen; der Operirte starb. Dieser Chirurg und eben so Velpeau behaupten, dass hier die Principien der Operation in verschiedenen Zeiträumen anwendbar seien, so dass, wenn mehrere Kronen nöthig seien, man am ersten Tage einige appliciren und die übrigen mit der Exstirpation der Geschwulst auf den folgenden oder nächstfolgenden Tag verschieben soll. Wir würden fürchten auf diese Weise die Wahrscheinlichkeit hinzutretender Encephalitis, welcher fast alle diese Operirten erliegen, zu vermehren. —

in Berührung komme, als das mildeste und natürlichste Bedeckungs-Mittel [1]).

Differentielle Diagnose der Geschwülste des Schädels.

Für die Diagnostik kann man die Schädelgeschwülste in zwei Gruppen theilen:

1) Diejenigen, welche mit der Höhle des Schädels communiciren; wir wollen sie, obgleich sie auch äussere Hervorragungen bilden können, doch innere Schädelgeschwülste (Schädelhöhlengeschwülste) nennen.

2) Diejenigen, welche nicht mit der Schädelhöhle communiciren, äussere Schädelgeschwülste.

Erste Gruppe. Am Schädel findet sich eine abnorme Oeffnung, entweder weil die Knochen an dieser Stelle sich nicht vereinigt hatten, oder weil sie daselbst zerstört worden waren; deshalb sind die Geschwülste dieser Klasse, da die zusammendrückbare Masse des Gehirns selbst ihre Unterlage bildet, reponirbar; man kann durch Compression (eine Art Taxis) ihren Umfang vermindern, oder sie völlig wegdrücken und unter das Niveau der Schädelknochen bringen. Da aber die Schädelwände nicht dehnbar sind, so ist der Rücktritt der Geschwulst nur durch eine Umfangsverminderung des Gehirns selbst möglich, wodurch dieses natürlich comprimirt wird und somit jene Störungen in der Motilität, Sensibilität und Intelligenz entstehen, welche wir als Symptome von Gehirndruck kennen.

Die aus dem Schädel emporgewachsene Geschwulst ist ferner, wenn sie nicht in der Lücke des Schädels, aus welcher sie hervortritt, fixirt wird, der Einwirkung derselben bewegenden Kräfte unterworfen, welche das Gehirn rhytmisch emporheben. Sie zeigt daher die p. 133 angegebenen Bewegungen, namentlich die mit dem Arterienpulse synchronische. Solche können allerdings auch von Aneurysmen und erektilen Geschwülsten, welche ausserhalb des Schädels liegen, dargeboten werden. Dagegen muss den letzteren jedenfalls die bei jeder Exspiration eintretende Hebung fehlen. Eine solche, welche namentlich durch Husten, Schreien u. dgl. deutlich hervortritt, kann sich ausser bei den mit der Schädelhöhle communicirenden Geschwülsten nur bei grossen Varicositäten (erektilen Blutgeschwülsten) der Schädeldecken finden, welche letztere wiederum anderweitig leicht zu unterscheiden sind.

[1]) Bei grossem Substanzverluste der Haut empfahl Vidal selbst die Plastik sogar die Ueberpflanzung von Theilen eines Thiers.

Ferner fühlt man nach der mehr oder weniger vollständigen Reduction der Schädelhöhlen-Geschwülste, mit den Fingern die Ränder der Schädelöffnung, durch welche der Tumor hervortrat. Diese Ränder sind bei einigen zackig, ungleich, sehr scharf und mitunter abgebrochen, bei anderen stumpf und abgerundet.

Zu diesen inneren Schädel-Geschwülsten gehören: *a*) Hirnbrüche, *b*) Hirnwassersucht, *c*) der Schädelkrebs im engeren Sinne des Worts (*Fungus durae matris* der älteren Autoren), sofern er von der Diploë oder der *Dura mater* ausgeht.

Diese Geschwülste bieten Differenzen dar, welche für die einzelnen Species charakteristisch sind; so sind sie namentlich: 1) Angeborene, 2) Erworbene.

Der ersten Art gehören die Hirnbrüche und die Hydrocephalie an. Tritt die Hydrocephalie erst nach der Geburt ein, so ist dies doch kurze Zeit nachher und kommen Hirnbrüche bei Erwachsenen vor, so kann dies nur in Folge einer Knochenkrankheit, eines Unfalls oder einer Operation sein; lauter leicht zu ermittelnde Umstände. Diese erstere Art zerfällt in zwei Unterarten: die Geschwulst ist durchscheinend, wie beim Hydrocephalus; oder sie ist nicht durchscheinend, wie bei der Encephalocele, welche wenigstens in ihrem einfachen Zustande nicht durchscheinend ist.

Die zweite Art begreift alle diejenigen Schädelhöhlen-Geschwülste, welche unter die Benennung *Fungus durae matris* zusammen geworfen wurden; sie sind namentlich nie durchscheinend, nie angeboren, und treten aus einer mit ungleichen zackigen Rändern versehenen Schädelöffnung hervor. Druck auf sie erzeugt, wenn sie nahe daran sind, den Knochen zu durchbrechen, Pergament-Knittern. Die Zurückführung dieser Geschwulst ruft in der Regel (Vgl. die Krankheitsgeschichte p. 130 u. f.) Gehirnsymptome hervor, weil bei Erwachsenen, wo diese Tumoren vorkommen, die knöcherne Schädelkapsel viel unnachgiebiger ist, als in dem Alter der Hydrocephalie und Encephalocele, wo die Knochen noch nicht vollkommen vereinigt sind; abgesehen davon, dass in letzterem Alter das Gehirn derartige Compressionen überhaupt leichter erträgt. —

[Hierher gehören ferner die seltenen Aneurysmen der *Art. meningea media*, sofern sie die Schädelwand durchbrochen haben. Die grössere Gewalt ihrer Pulsationen und das brausende Geräusch, welches das Stethoskop in ihnen erkennen lässt, sowie das Aufhören beider Erscheinungen bei Compression der entsprechenden Carotis werden die Diagnose vom Fungus sichern.]

Zweite Gruppe: *a*) Exostosen, *b*) die durch Caries und

Necrose gebildeten Geschwülste, *c*) Cephalaematoma, *d*) Blutbeulen, *e*) Abscesse, *f*) Gefässgeschwülste.

Diese äussern Schädelgeschwülste liegen auf den Knochen, daher sind sie nicht zurückführbar; man kann ihre Gestalt mehr oder minder verändern, man kann sie flach drücken, aber immer bleiben sie auf der äussern Schädelfläche, weil die Knochen undurchbohrt sind. Wir unterscheiden bewegliche und unbewegliche.

Die erste Art, die beweglichen, entstehen in der behaarten Kopfhaut oder in dem Unterhautbindegewebe; dahin gehören die verschiedenen Balggeschwülste, die erektilen Geschwülste, die äusseren Aneurysmen. Zur zweiten Art, den unbeweglichen, gehören folgende Geschwülste:

a) Exostose, ausgezeichnet durch ihre ausserordentliche Härte und ihre sehr entschiedene Hervorragung.

b) Die durch Caries und Necrose gebildeten Geschwülste, welche teigig, mehr oder minder platt und nicht scharf begrenzt sind.

c) Cephalaematome mit dem charakteristischen, die Geschwulst umgebenden Knochenwulst; sie bestehen schon zur Zeit der Geburt.

d) Die eigentlichen Blutbeulen; nach der Geburt entstanden, durch Fall oder Stoss auf den Kopf.

e) Die Abscesse; ihnen gehen Entzündungs-Symptome vorauf; sie sind oft der Ausgang anderer Geschwülste, wenn diese in Entzündung versetzt werden.

|Es versteht sich wol von selbst, dass in dem vorstehenden Rückblick, wie auch in der nachfolgenden Tabelle die zahlreichen Ausnahmen von den als typisch aufgeführten Merkmalen, wie sie bei der Schilderung der einzelnen Geschwülste hervorgehoben sind, nicht wieder mit aufgenommen werden konnten.|

Diagnostische Uebersicht der Geschwülste am Schädel.

A. Innerhalb des Schädels festsitzend. Reponirbar, pulsirend, durch angestrengte Exspiration erhoben; durch Druck auf die Geschwulst entstehen Erscheinungen von Hirndruck; es existirt eine Oeffnung am Schädel. Prognose: im Allgemeinen ungünstig.	*a)* Angeboren. Die Oeffnung befindet sich in der Gegend einer Naht oder Fontanelle; ihr Rand ist abgerundet, glatt.	1) teigig oder prall fluctuirend; mehr oder weniger gestielt. Encephalocele. 2) Durchscheinend, nicht gestielt, schwach gewölbt. Hydrocephalus.
	b) Nach der Geburt entstanden Die Oeffnung befindet sich an einer beliebigen Stelle und hat einen unebenen, rauhen oder doch scharfen Rand.	1) Crepitation wie Pergament-Knattern, höckerig, meist bedeutende Cerebralsymptome und Schmerzen, zumal beim Druck. ***Fungus cranii (durae matris).*** 2) Pulsation verschwindet bei Compression der entsprechenden Carotis; sonst hört man ein sausendes Geräusch in der Geschwulst. ***Aneurysma arteriae meningeae mediae.***
B. Aeusserlich am Schädel festsitzend. Nicht reponirbar; Druck erregt keine Cerebralsymptome; keine Oeffnung am Schädel. Prognose: mehr oder weniger günstig.	*a)* Beweglich.	1) teigig oder elastisch, ohne Pulsation, ohne Farbenänderung der Haut. Balggeschwülste (***Lupiae, tumores cystici***). 2) Pulsirend oder von rother oder rothbrauner Haut bedeckt. Aneurysma oder Teleangiectasie, auch Varix.
	b) Unbeweglich.	1) scharfbegrenzt, beinhart. Exostosis. 2) Diffus, oder doch nicht scharf begrenzt, teigig. Necrosis und Caries (vor dem Aufbruch). 3) mit knochenartigem Rande, gleich nach der Geburt vorhanden. Cephalaematoma. 4) mit hartem Rande und leicht eindrückbarem Centrum, unmittelbar nach einem Schlage oder Stosse entstanden. Blutbeule. 5) Fluktuation, nachdem Entzündungserscheinungen vorausgegangen sind. Abscess.

Zweite Abtheilung.

Krankheiten des Gehörorgans.

Anatomischer Ueberblick.

Das Gehörorgan zerfällt in 3 Theile: das äussere, das mittlere und das innere Ohr, von denen das letztere gar nicht, das mittlere in geringem Grade der objectiven Diagnostik zugängig sind, während das erstere leicht untersucht werden kann und operativen Eingriffen verhältnissmässig geringe Schwierigkeiten bietet.

I. Aeusseres Ohr. Dasselbe umfasst die Ohrmuschel, den äusseren Gehörgang und das Trommelfell, welches die Scheidewand zwischen ihm und dem mittleren Ohre bildet. Die Ohrmuschel ist eine grösstentheils von einem dünnen, weichen und elastischen Knorpel gestützte, unregelmässig gewundene Platte, von sehr zarter, dem Knorpel mehr oder weniger fest anhängender Haut überzogen. Zwischen letzterer und dem Ohrknorpel befindet sich ein fibröses Perichondrium. Am unteren Ende der Ohrmuschel wird durch ein Duplicatur der Haut das Ohrläppchen dargestellt, welches keinen Knorpel enthält. Die Befestigung der Haut am Ohrknorpel ist viel straffer an der äusseren concaven als an der inneren (dem Schläfenbein zugewandten) convexen Seite. An letzterer lässt sich die Haut in Falten erheben, an ersterer nicht. Die gewundenen Leisten an der concaven Seite der Ohrmuschel sind nach hinten der Helix und Anthelix, nach vorn der Tragus und Antitragus. Helix und Tragus stellen einen äusseren, Anthelix und Antitragus einen inneren Ring dar. Die kleinen Muskeln der Ohrmuschel, welche nur von sehr wenigen Menschen bewegt werden können, sind in chirurgischer Beziehung kaum von Bedeutung, wenn man nicht auf die Function der Retrahentes, welcher die Ohrmuschel gegen den Schädel nach hinten anziehen sollen, wegen fehlerhafter Stellung des Ohrs Gewicht legt. Die relativ starken Arterien der Ohrmuschel entspringen: aus der *Auricularis posterior*, einem der hinteren Aeste der *Carotis externa* und aus der *Temporalis* (für die concave Fläche) unter dem Namen der *Auriculares anteriores*. Die Hautnerven des äusseren Ohres kommen aus dem *Plexus cervicalis* als *Nervi auriculares*, die Muskeln werden vom Facialis versorgt. Der äussere Gehörgang hat beim Erwachsenen eine Länge von 9 bis 18, gewöhnlich zwischen 12 und 14 Linien und verläuft schräg von Aussen, Oben und Hinten nach Innen, Unten und Vorn; er hat eine leichte Krümmung mit nach Hinten und Oben gerichteter Convexität, welche man zum Behufe der Untersuchung zum Theil ausgleichen kann, indem man die Ohrmuschel nach Hinten und Oben zieht. Sein Querdurchschnitt ist oval, so zwar, dass der grosse Durchmesser beim Erwachsenen vertical, beim Kinde jedoch fast ganz horizontal steht [1]. Er beginnt an der Ohrmuschel mit dem beträchtlich weiteren, knorpeligen Theile, wird allmälig, namentlich im knöchernen Theile enger und erweitert sich wieder etwas unmittelbar am Paukenfell. Letzteres steht gegen die Achse des Gehörganges schräg von oben aussen und hinten nach unten innen und vorn gerichtet, wodurch die untere Wand des Gehörganges um 2''' länger wird, als die obere. Die Haut des Gehörganges wird, je weiter nach innen, desto zarter, gefässreicher und empfindlicher. Sie ist mit Talgdrüsen versehen und mit zahlreichen Härchen (*Vibrissae*) bekleidet. Die das Ohrenschmalz liefernden Talgdrüsen sollen nach Buchanan 1000 bis 2000 an Zahl sein. Der röhrenförmige Knorpel, welcher das Scelet der äusseren Hälfte des Gehörganges bildet, ist durch mehrere Quereinschnitte an seinem vorderen und unteren Umfange eingekerbt (*Incisurae Santorini*), durch welche sich Eiter aus der Parotidengegend in den äusseren Gehörgang ergiessen kann. — Unter den Nerven des Gehörganges ist namentlich des *Ramus auricularis N. vagi* zu gedenken.

II. Mittleres Ohr, Pauken- oder Trommelhöhle, *Cavum tympani*. Ihre äussere Wand wird vom Trommelfell gebildet, an welches sich von Innen her der Handgriff des Hammers anlegt und an welchem von Vorn nach Hinten ein Nervenfaden vom Facialis, die Chorda Tympani, zum Lingualis hin verläuft. Die innere Wand zeigt zwei Oeffnungen, das ovale Fenster, welches durch den Fusstritt des Steigbügels verschlossen wird, den Zugang zum Vorhof des Labyrinthes, und das runde Fenster, unter dem ersteren gelegen und von ihm durch den vorderen Vorsprung des Promontorium getrennt, welches durch eine dünne Haut *Membrana tympani secundaria* verschlossen wird und den Zugang zur Schnecke bildet. Die Decke, d. h. die obere Wand der Paukenhöhle, durch welche sie von der

[1] Lenoir hat bei einer beträchtlichen Anzahl frischer und trockener Schläfenbeine die Beobachtung gemacht, dass die Oeffnung des äussern Gehörgangs, welche, je näher dem kindlichen Alter, desto mehr einer Ellipse gleicht, ihren grössten Durchmesser bei Kindern in einer Richtung hat, welche fast mit dem *Processus zygomat.* parallel, folglich gegen die Längenaxe des Körpers beinahe rechtwinklig verläuft; während bei Erwachsenen und um so mehr bei Greisen dieser Durchmesser der Längenaxe des Körpers parallel gelegen ist. Mit andern Worten: eine Linie, welche durch den grössten Durchmesser der Ellipse des äusseren Gehörgangs ginge, würde bei Erwachsenen in rechtem Winkel zum Horizonte stehen, während dieser Winkel bei Kindern um so spitzer werden würde, je näher dieselben dem foetalen Alter ständen. Hieraus zieht Lenoir den Schluss, dass, wenn man also z. B. bei Kindern einen fremden Körper aus dem Gehörgange ausziehen will, so muss man die eine Branche der Zange nach vorn, die andere nach hinten einführen, während man bei einem Erwachsenen und namentlich bei einem Greise die eine nach oben, die andere nach unten richtet. Gebraucht man aber einen Räumer oder Haken, um bei einem Kinde einen fremden Körper auszuziehen, so darf man das Instrument nicht, wie beim Erwachsenen, an der obern oder untern Wand einführen, sondern muss die hintere Wand wählen, weil hier die grösste Tiefe des elliptischen äussern Gehörganges nach hinten gelegen ist.

Schädelhöhle getrennt wird, ist sehr dünn und wird von einer grossen Menge kleiner Löcher durchbohrt, welche Gefässen und Fortsätzen der ***Dura mater*** den Durchgang gestatten. Die hintere Wand ist von einer Oeffnung durchbohrt, welche die Verbindung zwischen der Paukenhöhle und den Zellen des Zitzenfortsatzes herstellt. Nach vorn und innen setzt sich die Trommelhöhle in das ***Ostium tympanicum tubae Eustachii*** fort, über welchem, durch eine dünne Knochenlamelle von ihm getrennt, der kleine Kanal für den ***Musc. mallei internus*** (***Tensor tympani***) verläuft.

Die Kette der Gehörknöchelchen erstreckt sich vom Paukenfell, an welchem der Hammer befestigt ist, bis zu der durch den Steigbügel verschlossenen ***Fenestra ovalis*** durch die ganze Paukenhöhle in der Richtung von Aussen nach Innen. Sie stehen durch zierliche Gelenkkapseln in beweglicher Verbindung und können durch kleine Muskeln (jedoch kaum jemals willkürlich) in verschiedener Richtung bewegt werden. Die motorischen Nerven des mittleren Ohrs entspringen aus dem Facialis (welcher in seinem knieförmigen Kanale an der innern Wand der Tommelhöhle hinabsteigt), die sensitiven aus dem Trigeminus; auch aus dem ***Plexus caroticus*** steigen sympathische Fäden zu ihm empor, um die vielverzweigte Jacobsonsche Anastomose bilden zu helfen, deren Hauptheil, vom Glossopharyngeus zum Vidianus führend, an und in der inneren Wand der Paukenhöhle gelegen ist. Die Schleimhaut der Paukenhöhle, welche auch die Zellen des Zitzenfortsatzes auskleidet, ist eine Fortsetzung der Schleimhaut des Schlundes, welche durch die Tuba emporsteigt.

Fig. 12. [1]

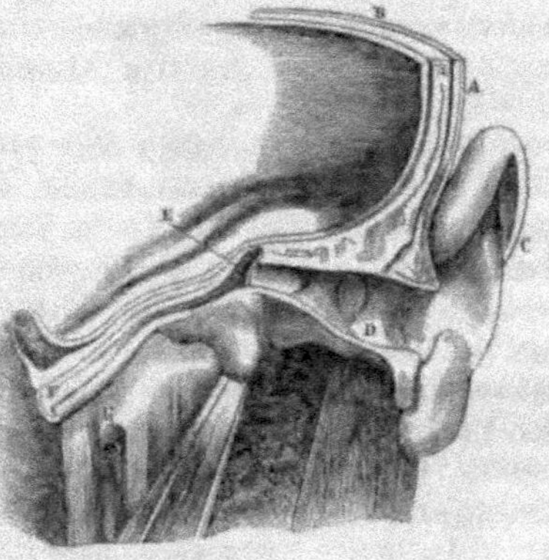

[Die Ohrtrompete, ***Tuba Eustachii***, ist nämlich ein gegen 2'' langer Kanal, welcher von dem Pharynx aus schräg aufwärts und nach Hinten zur Trommelhöhle verläuft. Ihr äusseres Drittheil liegt im Felsenbeine, hat daher knöcherne, nur von Schleimhaut ausgekleidete Wandungen und besitzt einen Durchmesser von etwa $^{1}/_{4}$ Linie. Ihre inneren zwei Drittheile dagegen, welche dem Schlunde zunächst liegen, haben faserknorpelige Wandungen und einen grösseren Durchmesser. Die Oeffnung der Ohrtrompete im Schlunde, ***Ostium pharyngeum tubae***, liegt an der Seitenwand des Pharynx ungefähr in einer Ebene, die man sich als Verlängerung des Bodens der Nasenhöhle nach Hinten denken kann. Nach Kramer's genauen Angaben [2]) bildet das ***Ostium pharyngeum***

[1]) Verticaler Durchschnitt durch die Ohrmuschel, den äusseren Gehörgang, die Paukenhöhle und die Ohrtompete von vorn gesehen (nach Bourgery).

A. B. Schläfenbein. C. Ohrmuschel. D. ***Meatus auditorius externus.*** E. Paukenhöhle mit dem Paukenfell. F. ***Tuba Eustachii.*** G. ***Arteria carotis.***

[2]) Die Erkenntniss und Heilung der Ohrenkrankheiten, 2te Aufl. Berlin 1849.

eine schräg von Oben und Vorn nach Unten und Hinten herabsteigende Spalte, von ovaler Form, $^3/_8$'' lang, deren unterer Winkel noch um ein geringes tiefer liegt als der Boden des unteren Nasenganges, während der obere Winkel ein wenig tiefer steht als die Ebene des mittleren Nasenganges. Das ***Ostium pharyngeum tubae*** liegt somit mindestens zur Hälfte hinter dem Gaumensegel. Ein deutlich fühlbarer Wulst umgiebt diese Oeffnung; der vordere Theil desselben befestigt sich an dem ***Hamulus pterygoideus.*** Wenn auch, wie Kramer glaubt, für gewöhnlich die ***Tuba Eustachii*** nahe dem ***Ostium pharyngeum*** durch gegenseitige Annäherung der sie auskleidenden Schleimhaut leicht geschlossen sein mag; so ist sie doch im gesunden Zustande jedenfalls nicht blos für die Luft, sondern auch für den aus der Trommelhöhle abfliessenden Schleim (abgestossene Epithelien etc.) vollkommen durchgängig.]

III. Das innere Ohr, Labyrinth, bietet leider, so genau wir es auch von anatomischer Seite kennen, weder in diagnostischer noch in therapeutischer Beziehung hinreichende Angriffspunkte dar, um eine besondere Beschreibung desselben von chirurgischer Seite zu rechtfertigen.

Erstes Capitel.

Untersuchung des Gehörorgans, diagnostische Operationen am Ohr, Otoskopie.

[Um die Diagnose irgend einer Krankheit des Gehörorgans zu stellen, ist die genaue Untersuchung desselben unerlässlich. Das übrige Krankenexamen hat nur in Verbindung mit einer solchen Untersuchung, und indem es gleichsam durch eine objective Untersuchung controllirt wird, einen wirklichen Werth. Für die Mehrzahl der Ohrenleiden reicht die blosse Besichtigung nicht hin. Auf solche Weise werden nur die Krankheiten der Ohrmuschel und der äusseren Hälfte des *Meatus auditorius* erkannt werden können. In besonders günstigen Fällen, namentlich bei weitem Gehörgange kann man wol auch bis zum Trommelfell hin sehen, wenn man durch einen Zug nach hinten und oben die Ohrmuschel und damit zugleich den knorpligen Gehörgang anspannt; vgl. p. 142. Durch Oeffnen des Mundes (Herabziehen des Unterkiefers, wodurch dessen Condylus weiter nach vorn rückt) vermag auch der Kranke selbst etwas zur Erweiterung des *Meatus auditorius* beizutragen. Sicher und vollständig aber kann man den Gehörgang nur mit Hülfe des Ohrspiegels, *speculum auris,* Fig. 13 untersuchen.

Fig. 13.

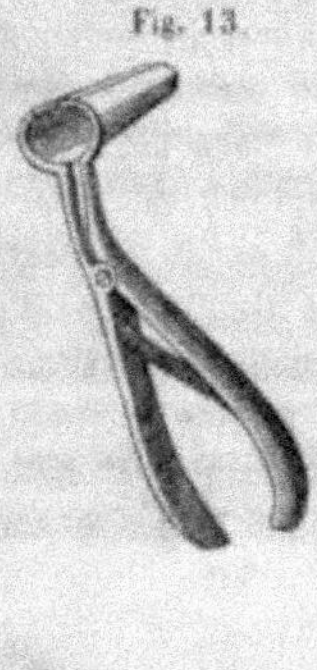

Der zweckmässigste Ohrspiegel ist der von Kramer angegebene, welcher in der obigen Figur in etwas zu groben Umrissen dargestellt ist. Das in das Ohr einzuführende Stück muss nämlich beträchtlich mehr konisch verjüngt und das für den Einfall der Lichtstrahlen und das Hineinsehen bestimmte stark trichterförmig erweitert sein, so dass das ganze Instrument einen in 2 Theile gespaltenen kleinen Trichter darstellt, dessen Hälften durch Druck auf die daran befindlichen Zangenarme von einander entfernt werden können. Ob das in den Gehörgang einzuführende Stück des Ohrspiegels einen plattgedrückten oder einen runden Cylinder darstellt, wird gleichgültig sein, da man es doch nur in den knorpligen Gehörgang einführt, welcher biegsam und dehnbar ist. Aus demselben Grunde ist die Möglichkeit einer Erweiterung des Gehörganges durch Druck auf die Branchen des Instrumentes nicht von der Hand zu weisen. Den knöchernen Gehörgang wird natürlich Niemand erweitern wollen, am wenigsten Kramer selbst. — Auch mit einfach trichterförmigen Röhrchen lässt sich in vielen Fällen die Untersuchung des äusseren Gehörganges vornehmen, aber gerade in schwierigeren Fällen leistet der Kramersche Ohrspiegel mehr und es dürfte daher zweckmässig sein, sich an seine Handhabung von vorn herein zu gewöhnen.

Die Beleuchtung des Gehörganges durch einfallendes Sonnenlicht ist unzweifelhaft die beste. Fehlt dies, so muss man sich mit künstlicher Beleuchtung helfen. Der (Coccius'sche) Augenspiegel, dessen Gebrauch ohnehin jedem Arzte bekannt sein muss, dürfte alle übrigen künstlichen Beleuchtungsapparate überflüssig machen. Mit demselben sieht man unendlich viel schärfer als bei der gewöhnlichen Tageshelle eines norddeutschen Herbst- oder Wintertages.

Kann man sich des Sonnenlichts bedienen, so setzt man den Patienten nahe ans Fenster, das zu untersuchende Ohr demselben zugewandt, erhebt mit der einen Hand die Ohrmuschel in der angegebenen Weise und schiebt mit der anderen den geschlossenen Ohrspiegel so tief als möglich in den Gehörgang ein, worauf dessen Branchen durch einen gelinden Druck auf die Zangenarme ein wenig von einander entfernt werden. Nur grosse Empfindlichkeit oder abnorme Enge des Gehörganges werden diese Manipulation unausführbar machen. In demselben Augenblick aber, in welchem die Einführung des Instruments vollendet ist, muss man auch dem Kopfe des Patienten eine solche Stellung geben, dass die Lichtstrahlen gehörig in das Speculum einfallen, und zugleich mit einem Blick den ganzen Gehörgang sammt dem Trommelfell genau mustern.

Im normalen Zustande haben die Wände des Gehörgangs die sogenannte Fleischfarbe mit einem röthlichen Hauche, das Trommelfell aber erscheint glatt, perlglänzend.

Die genaue Untersuchung des äusseren Gehörganges ist nicht blos in solchen Fällen erforderlich, wo die Aussagen des Kranken selbst oder anderweitige Berichte und Wahrnehmungen auf denselben als den Sitz des Leidens hinweisen, sondern muss überhaupt den Anfang der ganzen Untersuchung ausmachen.

Bei weitem schwieriger ist eine genaue Untersuchung der Paukenhöhle. Zu ihr giebt es, sofern das Paukenfell nicht abnormer Weise durchbohrt ist, selbst für die Luft nur einen Weg, durch die Eustachische Röhre [1]). Vor allem handelt es sich daher um die Entscheidung, ob diese für Luft und Flüssigkeit durchgängig sei.]

Das älteste und einfachste [aber unzulängliche] Mittel, um dies zu erkennen, besteht darin, dass man die Kranken bei fest verschlossenem Munde und Nase eine starke Exspirationsbewegung machen lässt; indem nun die Luft durch die Tuba in das Ohr eindringt, erzeugt sie ein Geräusch, welches der Kranke leicht hört und welches selbst der Wahrnehmung des Chirurgen (durch Auskultation) zugänglich ist. Archigenes, Valsalva u. a. kannten dies Mittel, Luft in das innere Ohr zu treiben, und bedienten sich seiner, um Wasser- oder Tabak-Dämpfe dort hinein zu bringen. Indem sie Mund- und Nasen-Oeffnung fest schlossen, liessen sie die Dämpfe durch angestrengte Exspirations-Bewegungen ins Ohr treiben.

Das Einführen eines Katheters in die Ohrtrompete (Catheterismus tubae Eustachii) wurde zuerst von dem Postmeister Guyot in Versailles, im Jahre 1724 versucht. Er führte zur Heilung seiner auf Verstopfung der Tuba Eustachii beruhenden Taubheit das Instrument an sich selbst durch den Mund ein. Cleland erfand 1741 die Methode, den Katheter durch die Nase einzuführen, welche jetzt ganz allgemein geworden und vielfach modificirt ist.

[Wir stellen die von Kramer gegebene Beschreibung des Katheterismus tubae voran, indem wir sie nach eigener Erfahrung als den sichersten Leitfaden für diese nur durch viele Uebung an Lebenden (z. B. an sich selbst) zu erlernende Operation betrachten. Die von anderen Ohrenärzten angegebenen Verfahren, welche Vidal ausschliesslich mittheilt, folgen als Anhang (p. 150 u. f.).

[1]) [Es braucht wol nicht besonders hervorgehoben zu werden, dass auch die Untersuchung des Gaumensegels, der Mandeln und des Schlundes als ein Theil der Otoskopie von Wichtigkeit ist, indem eine Entzündung sich von da auf die Eustachische Trompete fortsetzen und die angeschwollenen Mandeln das *Ostium pharyngeum tubae* verschliessen können. Fälle von Schwerhörigkeit oder gar Taubheit auf Grund solcher Anschwellungen sind aber selten.]

Kramer bedient sich silberner Katheter von 6″ Länge, welche, mit Ausnahme des einen trichterförmig erweiterten Endes, in ihrer ganzen Länge gleichmässig stark sind. Es ist jedoch nöthig, deren mehrere von verschiedener Stärke, — von der Dicke einer Rabenfeder aufsteigend, zu besitzen. Das vordere Ende des Katheterrohrs ist in einer Länge von 5‴ unter einem Winkel von 144° gebogen, — Schnabel des Katheters. Am anderen Ende (Trichter) befindet sich an der der Concavität des Schnabels entsprechenden Seite ein Ring. Der ganze Katheter ist der Länge nach in Zolle und Theile von Zollen eingetheilt, um stets zu wissen, wie tief er eingeführt ist. Der Operateur fasst den beölten Katheter an seinem trichterförmigen Ende und führt den Schnabel mit der Concavität nach Unten auf dem Boden der Nasenhöhle, möglichst nahe der Nasenscheidewand hingleitend, bis in den Schlundkopf. Wird das Instrument nur schnell durch den vorderen Theil der Nase hindurchgeführt, so entsteht kein Niesen und die Unannehmlichkeit dieser Passage ist relativ gering. Der Katheter wird soweit in den Schlund geschoben, dass der Schnabel dessen hintere Wand berührt, wobei der Ring, mithin auch die Concavität, nach Unten gerichtet bleibt. „Man senkt nun den Schnabel ein wenig und gleitet mit demselben, während man den Katheter vorsichtig an sich zieht, über den hinteren rundlichen Wulst des *Ostium pharyngeum tubae*, berührt die hintere Wand des Gaumensegels, welches sich hebt und den Katheter (mit Hülfe einer geschickten Viertelsdrehung [1]) um seine Achse nach Aussen und Oben) in die Mündung der Eustachischen Trompete fast unwiderstehlich hineinhebt".

Zieht man nunmehr den Katheter etwas nach Vorn, so fühlt man, dass sein Schnabel festgehalten wird, ohne dass dem Patienten Unbequemlichkeiten beim Schlucken oder Sprechen verursacht werden. Die Operation gelingt um so leichter, je genauer die Dicke des Katheters der Weite des unteren Nasenganges entspricht. Grade deshalb muss man sehr dünne und sehr dicke Katheter vorräthig haben. Gelingt es gar nicht, das Instrument durch das dem zu untersuchenden Ohre entsprechende Nasenloch einzuführen, so benutzt man das andere, muss dann aber eines Katheters sich bedienen, dessen Schnabel um $^3/_8$″ länger ist als

[1]) [Gerade diese „geschickte Viertelsdrehung" (es ist eigentlich eine Drehung um mehr als den vierten Theil eines Kreises, da der Schnabel des Instrumentes ursprünglich nach Unten gerichtet ist) bildet den schwierigsten Theil der Operation; denn nur wenn diese Drehung richtig ausgeführt wird, erfolgt wirklich, was wir oben mit Kramer's eigenen Worten geschildert haben.]

der gewöhnliche. Dies auch von Deleau angegebene Verfahren ist aber, wegen der grossen Schwenkung, welche der Schnabel im Pharynx zu machen hat, immer sehr schwierig. Auch das Herausziehen des Katheters kann, nach Kramer, in solchen Fällen Schwierigkeiten darbieten.

Nachdem der Schnabel des Katheters in das *Ostium pharyngeum tubae* eingedrungen ist, kann man durch Einblasen von Luft (mit dem Munde oder mit einem auf den Trichter des Katheters passenden Blasebalg, mit einer Spritze u. s. f.) sich von der Durchgängigkeit der Tuba leicht überzeugen. Der Patient selbst fühlt, dass ihm „Luft ins Ohr hinein" oder „aus dem äusseren Gehörgange hinausströme" und — was wichtiger ist — der Arzt hört, wenn er sein Ohr an das des Patienten anlegt [1]), deutlich das Einströmen der Luft in die Trommelhöhle und fühlt, wie die in den Katheter eingeblasene Luft ohne Widerstand aus dem Schnabel

[1]) Die Anfänge der Auskultation des Ohres fallen mit denen der Auskultation überhaupt zusammen. Laennec nämlich sagt, in seinem Traité de l'auscult. mediate. Paris 1837. t. III, p. 535 u. f.: „Wenn man das mit seinem gewöhnlichen, oder besser noch, mit einem, am Ende nur einen halben Zoll im Durchmesser haltenden und trichterförmig ausgehöhlten Obturator versehene Stethoskop auf den niedrigsten Punkt des Zitzenfortsatzes aufsetzt und zugleich die zu untersuchende Person veranlasst, nachdem sie das Nasenloch der andern Seite verstopft hat, kräftig durch das offen gebliebene zu exspiriren; so hört man deutlich ein Blasen, welches vom Eindringen der Luft in die Zellen des Zitzenfortsatzes (resp. die Paukenhöhle) herrührt. Ist dann auch nur ein wenig Schleim in der Tuba oder in der Paukenhöhle, so hört man ein Rasselgeräusch, dem Schleimrasseln sehr ähnlich, und vermag leicht zu unterscheiden, ob es in der Tuba, in der Paukenhöhle oder in den Zellen des Zitzenfortsatzes liegt(?). Diese Erscheinung findet man häufig bei selbst unbedeutendem Nasenfluss, ohne dass immer Schwerhörigkeit damit verbunden ist; ist die Tuba aber ganz verstopft, so hört man bis zu dem Momente nichts mehr, wo sie durch die vorhin bezeichneten Bemühungen entleert wird. — In ähnlicher Weise bewegt eine starke Inspiration durch die Nase die in den Höhlen des Ohrs befindliche Luft, wodurch ein dem bronchialen Athmen ähnliches Geräusch erzeugt wird(?) — Wenn man, indem man das Stethoskop auf den Zitzenfortsatz, oder den äussern Gehörgang aufsetzt, sprechen lässt: so hört man den Widerhall der Stimme, obgleich viel weniger stark, in ähnlicher Weise, wie in der Luftröhre; ja mitunter dringt sie grade aus dem Ohre hervor. Diese Resonanz ist mehr oder weniger über den Schädel verbreitet.

Diese Thatsachen, fügt Laennec hinzu, berechtigen zu dem Schlusse, dass die Auskultation einst ein sicheres Mittel sein wird, sowol die Obliteration der Eustachischen Röhre überhaupt zu erkennen, als auch diejenigen *Fälle zu bestimmen*, in denen Injectionen und in denen die Durchbohrung des

ausströmt. Gelingt es gar nicht, den Luftstrom zu hören, so kann man, wenn nur an der richtigen Einführung des Katheters nicht zu zweifeln ist, auf eine Verstopfung der Eustachischen Trompete schliessen. Um über dieselbe vollkommen ins Klare zu kommen, führt man dann durch einen möglichst dünnen Katheter eine Darmsaite (Harfensaite E) in die Tuba ein, was am leichtesten bei stark nach Oben und Aussen gerichtetem Schnabel gelingt. Durch die normale Tuba kann man, nach Kramer, eine solche Darmsaite bis ans Trommelfell fortschieben. Gelingt es nur mit Anstrengung, Luft in die Trommelhöhle einzublasen, klingt der Luftstrom zugleich matt oder hört man Schleimrasseln beim Vordringen der Luft, so zeigt dies eine Verstopfung der Tuba durch Schleim an, welche durch die stärkere Wirkung einer Luftpresse (s. unten) überwunden werden kann.|

Trommelfells angezeigt ist, so wie sie ohne Zweifel das Studium der verschiedenen Affectionen, besonders der katarrhalischen und ulcerativen Prozesse des Ohrs erleichtern wird.

So habe ich, bemerkt er noch, das Ohr einer ohngefähr 40jährigen Dame untersucht, welche von Ohrensausen schon mehrere Jahre gequält wurde; da man aber gar nichts hörte, sondern die Luft vielmehr vollkommen unbehindert in die Trommelhöhle, die *Tuba Eustachii* und die Zellen des Zitzenfortsatzes drang; so musste man schliessen, dass jenes Geräusch nur auf akustischer Täuschung beruhe" [d. h. eine subjective Empfindung war.]

Auf dieser von Laennec gegebenen Basis haben Deleau und Kramer weiter gebaut, indem sie Luft in die Eustachische Röhre und das mittlere Ohr nicht blos zum Heilzweck, sondern Behufs der Diagnose einbliesen.

Fig. 14

Deleau (Traité du cathétérisme et de l'emploi de l'air athmosphérique dans les maladies de l'oreille) giebt an, dass vermittelst des Katheterismus zwar das innere Drittheil der Eustachischen Röhre erweitert und untersucht werden könne, bis zum engsten Theil aber, namentlich zum äussern Drittheil dieses Kanals und zur Paukenhöhle dringe keine Sonde. Diese letztern Partieen seien nur Injectionen, theils tropfbarer, theils gasförmiger Flüssigkeiten zugängig. Vor der Injection muss nach einer der angegebenen Methoden ein Katheter in die Eustachische Röhre geführt werden, auf dessen Eingang die Canüle einer Spritze, oder eine Gummiflasche (wie er eine solche besonders beschreibt, Fig. 14) eingepasst, und dann zur Injection geschritten wird.

Itard's Verfahren. Sein Katheter ist von Länge und Krümmung eines weiblichen Katheters und etwa von der Dicke eines Rabenkiels, sein vor der Nase bleibendes Ende ist etwas erweitert, um Behufs der Injectionen die Canüle einer Spritze aufnehmen zu können. Zwei hier ebenfalls angebrachte Ringe haben ein solches Lageverhältniss zur Krümmung des Katheters, dass wenn diese horizontal gerichtet ist, die Richtung jener eine vertikale ist. Das Ende des Katheters, welches im Nasengange bleibt, ist mit einer in Millimeter getheilten Scala versehen, um anzuzeigen, wie weit der Katheter in die Nase eingeführt werden muss, um zur Tuba zu gelangen. Der gekrümmte Theil, oder der Schnabel des Katheters ist etwa drei Centimeter lang und hat eine Biegung, welche einem Winkel von 55 Grad ohngefähr entspricht; er endet in eine Anschwellung, eine Art von Wulst, wodurch an der Oeffnung sein Durchmesser nahezu verdoppelt wird. Eine Bougie von *Gummi elasticum*, welche in diesem silbernen Katheter liegt, muss natürlich weniger dick sein, überragt aber jenen um 7—8 Centimeter.

Die Operation des Eindringens in die Tuba wird durch eine vorgängige genaue Erforschung der Tiefe, in welcher die Oeffnung dieses Ganges gelegen ist, sehr erleichtert und verkürzt, zu welchem Zweck man eine Messung des Abstandes zwischen dem Alveolarrande des Oberkiefers und der Basis der Uvula veranstaltet, weil dieser Abstand so ziemlich der Entfernung zwischen der vordern Apertur der Nase und der *Tuba Eustachii* gleichkommt. Man bedient sich zu dieser Messung desselben Katheters und zwar so, dass man den Schnabel an die Basis der Uvula legt, das andere Ende aber zwischen die Schneidezähne; alsdann zeigt die Stelle der dort befindlichen Scala, welche dem Zahnhöhlenrande entspricht, die Tiefe, in welcher die Tuba liegt und folglich die Länge, in welcher das Instrument in die Nase eingeführt werden muss. — Nach diesen Vorbereitungen folgt die Einführung des Katheters selbst. Zu dem Ende bringt man den mit Fett bestrichenen Katheter in das, dem zu untersuchenden Ohr entsprechende Nasenloch und zwar mit seiner Convexität nach Oben gewendet, während der Schnabel auf dem Boden der Nasenhöhle fortgleitet. Sobald nun der Katheter bis zu dem auf der Scala bezeichneten Punkte in die Nasenhöhle eingedrungen ist, erhebt man sanft den Schnabel des Katheters vermittelst einer leichten Rotation des Instruments nach Aussen, worauf man fühlt, dass es in eine Höhle eindringt, in welcher es feststeckt, so dass es weder vor- noch rückwärts bewegt werden kann. Nun wird die Bougie durch die Oeffnung der Sonde gedrängt; trifft dieselbe auf ein Hinderniss in der Tuba, so entsteht ein Gefühl von Zerrung im Ohre. Wird eine solche Empfindung nicht in diesem Organe, sondern anderswo wahrgenommen, so ist dies ein Beweis, dass der Katheter nicht in die Tuba eingedrungen ist.

Deleau zieht den silbernen Kathetern solche von *Gummi elasticum* vor. Er behauptet, jene verursachten lebhaftere Schmerzen, als diese; hätte man sie eingebracht, so wage man kaum sie zu berühren, weil jede Bewegung des äusseren Endes sich auf den in der Tuba steckenden Schnabel fortsetze und durch die hier erzeugte Reizung Contraction der Pharynx-Muskeln und schmerzhafte Zerrungen der ganzen von dem metallischen Instrumente berührten Parthie hervorrufe. Die Gummikatheter dagegen, wenn sie auch nicht vollkommen von diesen Nachtheilen frei seien, gewähren zunächst eine grosse Biegsamkeit; sie erweichen sich ferner in der Wärme, wodurch ihre Berührung theils sehr sanft wird, sie anderntheils mit Leichtigkeit genau der Direction der Tuba folgend, sich bis zu 4 Centimeter tief einführen lassen. Der Katheter von Deleau enthält einen silbernen Führungsdraht (Mandrin), vermöge dessen er dieselbe Form annimmt, wie der metallische von Itard [1]). Deleau führt den Katheter zunächst wie Itard durch die Nase in den Pharynx (1. Akt der Operation). Manche Kranke und namentlich, wenn sie auf jede Empfindung zu achten gewohnt sind, werden dann von Hustenanfällen heimgesucht; und wenn sie diese wirklich nicht unterdrücken können, so ist dies ein Beweis, dass man die Sonde nicht früh genug angehalten, sondern sie an der hintern Fläche des Gaumensegels hat hinabgleiten lassen. Man muss alsdann den Schnabel ein wenig zurückziehen und ihn sofort nach Aussen und etwas nach Oben drehen, wodurch er in den Eingang der Tuba gelangt, indem er einer von dem *Tensor* und *Levator palati mollis* gebildeten Rinne folgt. (2. Akt der Operation). Daumen und Zeigefinger der linken Hand fassen nun den Katheter an dem vor der Nase liegenden Ende, während dieselben Finger der rechten Hand den Führungsdraht fixiren. Der Katheter wird dann in der durch die Krümmung des Drahts gesicherten Richtung tiefer in die Tuba hineingedrängt, so dass er, da er sich auf dem festgehaltenen Draht vorschiebt, sofern die Operation gut ausgeführt wird, von dem Ringe desselben sich um 10—15 Millimeter und selbst noch weiter entfernt. (3. Akt der Operation). Wenn auf diese Weise der Katheter eindringt, pflegt der Kranke seine Hand nach dem untersuchten Ohr zu führen, weil er im Gehörgange, oder etwas tiefer einen Kitzel oder einen leichten Schmerz empfindet. Der 4. Akt besteht in dem Herausnehmen des Führungsdrahts, welcher leise aus seiner Scheide (dem Katheter) hervorgezogen wird. In dem Maasse wie er hervortritt, wird er an die, dem sondirten Ohre entsprechende Backe angelegt und zuletzt einem Gehülfen übergeben. Das Katheterrohr wird nun mit Hülfe einer besonderen Zwinge an einen Flügel oder an die Scheidewand der Nase befestigt und der Kranke kann den äusserlich sichtbaren Theil des Katheters bewegen oder biegen, ohne Sorge sich zu verletzen.

Fig. 15. 16. 17. 18.

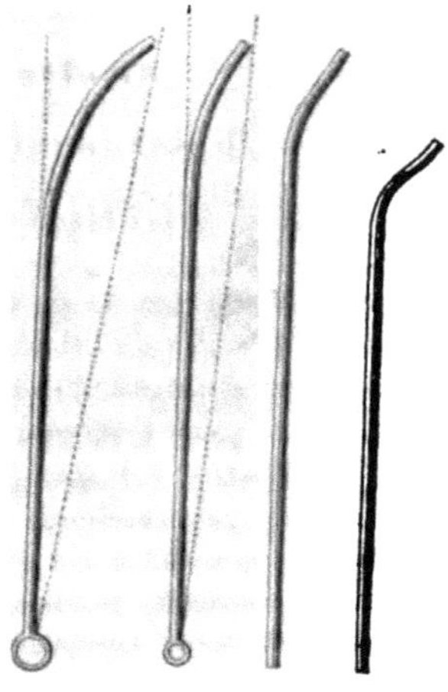

Gairal bedient sich eines Katheters, dessen Biegung 115° beträgt. Sobald der Schenkel desselben den knöchernen Grund der Choanen verlassen hat, macht man eine Viertel-Axendrehung nach Aussen. Bewegt man ihn nun einige Linien vorwärts, so dringt er direkt in die Oeffnung der Trompete. Um weiter in den Kanal vorzudringen, räth Gairal, die angefangene rotirende Bewegung des Katheters weiter zu führen, wobei sein Schnabel nach Oben und Aussen gehoben wird. Drückt man dann den Katheter tiefer hinein, so erleichtert dies sein Vordringen in den Kanal (Mémoires de l'aca-

[1]) Fig. 15 zeigt einen Katheter für einen Erwachsenen und Fig. 16 einen desgl. für ein Kind. Fig. 17. 18 sind dieselben Katheter ohne Führungsdraht und so gebogen, wie sie erscheinen, wenn sie einige Zeit in der Eustachischen Röhre verweilt haben. Sämmtliche Abbildungen haben halbe natürliche Grösse (nach Deleau).

démie de médecine. Paris 1836. T. V, p. 525). An dem Katheter ist ein mit einem Hahn versehener Schlauch von Gummi befestigt, vermittelst dessen die Injectionen in die Tuba leicht und vollständig bewerkstelligt werden können.

|Die meisten Ohrenkranken sind auch **Gehörkranke**, indem sie entweder gar nicht oder schlecht hören. Es kann sogar vollständige **Taubheit** bestehen, ohne dass wir wesentliche Veränderungen im äusseren oder mittleren Ohre zu entdecken im Stande wären. Somit ist eine bestimmte objective Entscheidung darüber, ob Jemand taub sei oder nicht, in manchen Fällen unmöglich. Es ist von Wichtigkeit nicht blos ungefähr zu wissen, dass ein Kranker schlecht oder schwer höre, sondern man muss dies auch qualitativ und quantitativ möglichst genau bestimmen. Namentlich sucht man die Entfernung, in welcher bestimmte Töne von verschiedenen Schwerhörigen deutlich vernommen werden, bestimmt zu ermitteln, wozu man sich des Schlages einer Uhr oder ähnlicher constant tönender Gegenstände bedienen kann. Hierbei lassen sich die Angaben des Patienten genau controlliren und man kann namentlich die Fort- und Rückschritte, welche die Schwerhörigkeit etwa macht, sicher bemerken.|

Zweites Capitel.

Entzündungen des Ohrs.

A. Von der Ohr-Entzündung (*Otitis*) im Allgemeinen.

Die häufigste Ursache der Ohren-Entzündungen ist, |abgesehen von den nicht selten zu Grunde liegenden Dyskrasien,| die feuchte Kälte; ihre vorherrschende Erscheinung der oft furchtbare **Schmerz**. Derselbe findet seine Erklärung in der geringen, oder gänzlich fehlenden Dehnbarkeit der entzündeten Gewebe, welche sofort Einschnürung der geschwollenen Stellen hervorruft. So ist der Entzündung der Ohrmuschel und des äussern Gehörgangs, so zu sagen, aller Raum genommen durch ein sehr kurzes Bindegewebe, unter welchem noch theils knorplige, theils knöcherne Flächen liegen. Je weiter nach Innen, desto schlimmer wird die Entzündung in dieser Beziehung; denn der Widerstand jener Gewebe nimmt zu und die Empfindlichkeit wird um so lebhafter. Die innern Entzündungen sind fast immer verderblich für das Gehör, einmal indem sie die zarten dieser Function dienenden Organe vernichten und zweitens, weil ihre Produkte den Schallwellen den Zugang abschliessen. Deshalb ist die nothwendige Folge jeder Entzündung, welche im innern oder mittlern Ohr ihren Sitz hat, ein gewisser Grad von Schwerhörigkeit, selbst vollständige Taubheit, nicht selten in Verbindung mit krankhaften Geräuschen im Ohr (Ohrentönen). Daraus erhellt die grosse Wichtigkeit, solchen Entzündungen möglichst vorzubeugen. Ihre Gefährlichkeit steht in gradem Verhältnisse zu der Tiefe ihres Sitzes; je weiter sie gegen das Labyrinth vordringen, um so mehr beeinträchtigen sie die Funktion des Gehörorgans, theils, weil die betroffenen Theile immer zarter und von immer grösserer Bedeutung werden für die Funktion des Organs, theils weil die Folgen der Entzündung immer schwerer zu beseitigen sind. Darum ist eine auf die Ohrmuschel beschränkte |wenn auch heftige| Entzündung ohne grosse Bedeutung, während dieselbe im äussern Gehörgange schon eine bedenkliche Prognose bedingen kann. Ist aber das mittlere oder gar das innere Ohr betroffen, so ist die Gefahr eine doppelte, in so fern einmal die Störung der Funktion nothwendig erfolgen muss und zweitens die Nähe des Gehirns Lebensgefahr bedingen kann.

Die Behandlung der Otitis ist wesentlich antiphlogistisch; die Blutentziehungen müssen um so ergiebiger und häufiger wiederholt werden, je tiefer die Entzündung gedrungen ist. Auch ableitende (namentlich Purgir-) Mittel sind anwendbar, doch nützen sie weniger als bei den Augenentzündungen. |In vielen Fällen ist, der Aetiologie entsprechend, eine antidyskrasische (namentlich antiscrophulöse) Behandlung einzuleiten.| Jede direkte Einwirkung auf die entzündeten Organe durch tropfbar flüssige, oder gasförmige Injectionen, Katheterismus etc. muss mit grosser Behutsamkeit geschehen.

B. Von den Entzündungen des Ohrs im Besondern.

1. Entzündung des äussern Gehörganges, Otitis externa.

Wenn Wunden, Contusionen, einfache oder stossweise Berührung des kalten Wassers (beim Schwimmen oder Tauchen) oder einer kalten feuchten Luft, welche den äusseren Gehörgang trafen, eine Entzündung desselben veranlassen, so ist letztere gewöhnlich einfach und hat die Tendenz zur Zertheilung. Tritt sie aber, wie man sagt, spontan auf, d. h. als Folge einer innern Ursache, einer Diathese, so neigt sie zum chronischen Verlauf, ruft Ulcerationen und gewöhnlich einen langwierigen Ausfluss hervor (Otorrhoea). Der Schmerz bei dieser Entzündung ist wegen des sehr kurzen Bindegewebes, welches die Haut des äussern Gehörgangs mit den darunter liegenden Knochen und Knorpeln verbindet, und wegen der vielen in dieser Haut verlaufenden Nerven oft sehr bedeutend; der Patient wird von brausenden, klingenden und klopfenden Geräuschen mitunter bis zu einem unerträglichen Grade geplagt. Hitze und Röthe sind bedeutend und die Anschwellung verschliesst bald den Gehörgang. Dies ist das Bild der genuinen acuten Entzündung.

[Kramer[1]) unterscheidet, nach den verschiedenen anatomischen Substraten, mit Recht folgende Formen der *Otitis externa.*

1. Entzündliche Abstossung der Oberhaut des Gehörganges. Kramer führt diese Krankheit auf als: Entzündung der Oberhaut des Gehörganges, eine gewiss nicht zu billigende Benennung, da wir der gefässlosen Oberhaut auch im Gehörgange keine Entzündung zuschreiben können; genauer wäre dies Uebel als „oberflächliche Entzündung des Gehörganges mit schneller Abstossung des Epitheliums und Anhäufung von Ohrenschmalz" zu bezeichnen. Letztere wird mit Hülfe des Ohrenspiegels sogleich erkannt; das angehäufte Ohrenschmalz, der sogenannte „Ohrschmalzpfropf" bildet auch den eigentlichen Angriffspunkt für die Therapie und es ist deshalb nicht allzustreng darüber zu rechten, wenn man dieses Krankheitsprodukt auch als Krankheitsnamen benutzt hat [2]). Die Ursache dieser oberflächlichen Entzündung ist wol immer Erkältung, namentlich auch beim Baden, „wenn einem Wasser ins Ohr gekommen ist". Der Patient empfindet Jucken, auch wol wirkliche Schmerzen im Ohre und in der Um-

[1]) l. c. pag 231 u. f.

[2]) Dass angehäuftes Ohrenschmalz üble Zufälle und namentlich Taubheit erzeugen kann, ist seit langer Zeit bekannt; ebenso die grosse Häufigkeit dieses Zufalls [1/10 aller Ohrenkranken nach Krämer.] Schon Duverney behauptete, diese Art der Taubheit sei die häufigste und die heilbarste. Der letzte Theil dieser Behauptung ist so wahr, dass es von je her Schlauköpfe gegeben hat, welche sich diese leichten Heilungen zu Nutze machten, um als Ohrenärzte in Ruf zu kommen. So lebte z. B. in Mons ein berühmter Ohrenarzt, welcher überhaupt nur solche Fälle in Behandlung nahm, [was freilich mehr für seine Meisterschaft in der ärztlichen Politik, als für diejenige in der Ohrenheilkunde zeugt.]

[Ich verdanke nachstehendem Falle ohne mein Zuthun einen grossen Ruf als Ohrenarzt in einem gewissen Bezirke. Ein junger Mann von auswärts

gebung desselben, bald auch Sausen im Ohr, welches jedoch nicht constant ist, endlich wird er, und zwar oft ganz plötzlich schwerhörig. Bewegungen, welche mit dem Finger im Ohre vorgenommen werden, führen bald zur Erleichterung bald zur Verschlimmerung. Die Entzündung geht aber niemals, selbst bei vollständiger Vernachlässigung auf die tieferen Schichten des Gehörganges oder auf das Trommelfell über. Bei der Untersuchung mit dem Ohrspiegel erblickt man sogleich den dunklen Ohrschmalzpfropf. Die Entfernung desselben geschieht durch Einspritzungen von lauwarmem Wasser, welche mit kräftigem Strahle und oft lange Zeit hindurch bis zur vollständigen Ablösung des Pfropfes gemacht werden müssen. Der Wasserstrahl selbst treibt ihn zuletzt heraus. Bei grosser Empfindlichkeit des Gehörganges träufelt man vorher ein oder mehrmal lauwarmes Oel in denselben und wiederholt dies auch nach der Entfernung. Der Gehörgang erscheint alsdann zuweilen schwach geröthet, oft aber, namentlich in schmerzlos verlaufenen Fällen ganz normal, — grade so wie die äussere Haut auch normal erscheint, wenn sie gleich vor längerer Zeit durch eine oberflächliche Verbrennung, Erysipelas oder dergl. zu einer übermässigen Abstossung der Epidermis veranlasst worden war.

Diese Erkrankung scheint am Häufigsten zwischen dem 20sten und 40sten Jahre, seltner bei jüngeren Leuten vorzukommen. Der Pfropf selbst besteht nachweisbar aus Epithelien, Härchen und Ohrenschmalz. Ob er blos Schwerhörigkeit oder vollständige Taubheit bedingt, hängt von der geringeren oder grösseren Festigkeit seines Gefüges, sowie von seiner Grösse ab.|

2. **Entzündung der Lederhaut des Gehörgangs.** Auch diese Form von Otitis ist häufig eine Folge von Erkältung; mitunter setzt sich eine Entzündung aus der Nachbarschaft auf den Gehörgang fort, oder fremde Körper im Ohr rufen sie hervor. |Sie

wurde durch einen Freund zu mir geführt, um das Letzte zu versuchen, da er in Folge eines Sturzes aus bedeutender Höhe, durch welchen eine beträchtliche *Commotio cerebri* (dem Referat nach) herbeigeführt worden war, schon seit einem halben Jahre trotz der Bemühungen mehrerer Aerzte vollständig taub sei. Der Gedanke, dass durch jenen Sturz eine Zerreissung vielleicht gar Fraktur im inneren Ohr zu Stande gekommen sei, lag so nahe, dass ich zunächst dem Patienten eine Repetiruhr auf den Kopf setzte. Zu seinem grossen Erstaunen hörte er sie schlagen. Sofort wurden die Gehörgänge untersucht und in jedem ein dicker Ohrschmalzpfropf entdeckt. Sie wurden durch wiederholtes Einspritzen von lauwarmem Wasser in wenigen Minuten entfernt und der vermeintliche Taube verliess vollständig geheilt, laut jubelnd die Klinik.|

ist viel seltner als die vorhergehende Form.] Ihre erste Erscheinung ist ein lebhaftes Jucken im Gehörgange, so dass der Kranke fortdauernd mit einem Finger oder Ohrlöffel hineindrängt, um, wie er zu sagen pflegt, Luft zu machen. Dann tritt ein wirklicher und lebhafter Schmerz ein und zugleich eine Anschwellung in dem Gehörgange, mit solcher Verengerung des letzteren, dass kaum eine Stricknadel einzudringen vermag. Diese Anschwellung betrifft bald den ganzen Gehörgang, bald nur den tiefsten (innersten) Theil desselben. Die entzündete Haut ist oft glatt und gleichmässig, oft auch mit Pusteln bedeckt. — Nach Verlauf eines, oder einiger Tage erscheint ein verschieden gefärbter Ausfluss, bald weisslich, gelblich, grünlich, zuweilen blutgestreift. Der Geruch desselben ist oft durchdringend stark, oft, namentlich Anfangs indifferent, oder fade und ekelerregend. Die Quantität dieses Ausflusses ist verschieden. Oft ist er ohne jegliche Schärfe, während er andere Male so scharf ist, dass er alle Theile, mit denen er in Berührung kommt, aufätzt und geschwürige Flächen erzeugt. — Die Absonderung des Ohrschmalzes cessirt. Harthörigkeit besteht von Anfang an, dagegen kann das Sausen und Klingen in den Ohren verschiedenen Graden fehlen, so dass für die Diagnose letztere Erscheinung geringere Bedeutung hat. Der Verlauf ist meist langsam. Die Genesung von dieser Entzündung kündigt sich durch das Wiedererscheinen des Ohrenschmalzes an, welches, so lange das Drüsenstratum des Gehörganges krank ist, nicht abgesondert werden kann. Diese Form von Otitis gehört [abgesehen von den heftigsten Fällen, in welchen Verschluss des Gehörganges erfolgt] nicht zu den schlimmen, da sie, wie langwierig sie auch sei, doch niemals über das Drüsenstratum hinaus in die Tiefe (d. h. gegen das Periost) vordringt. Schlimmer wird sie durch eine Complication mit Polypen, deren Entstehung hauptsächlich von der chronischen Form dieser Entzündung abhängig ist. Nach Kramer ist bei örtlich geringer Ausdehnung der Entzündung der Schmerz so geringe, dass die Kranken nur durch einen quantitativ nach den Perioden der Entzündung verschiedenen Ausfluss das Vorhandensein derselben erkennen. Bei genauer Untersuchung des Gehörgangs findet man dann an einer Stelle seiner Wandungen eine Anschwellung mit oder ohne Röthe, welche später bei weiterer Entwickelung die Bezeichnung Polyp erhält. — Es ist möglich, dass die Sache mitunter sich auch umgekehrt verhält. So lange der Polyp klein ist, wird er nicht erkannt; erst wenn man in Folge des Ausflusses das Ohr untersucht, entdeckt man ihn und hält ihn nun für das Produkt einer Entzündung, welche er selbst erst hervorgerufen hat. |Die Untersuchung mit dem Ohrspiegel ist bei dieser Entzündungsform oft sehr schwierig und doch nothwendig, weil das Leiden oft durch fremde Körper unterhalten wird, mit deren Entfernung auch die Entzündung schwindet. In einem solchen Falle darf man natürlich das Herausziehen des fremden Körpers mit Instrumenten gar nicht versuchen, sondern muss sich ganz auf Einspritzungen beschränken, durch welche bei hinreichend häufiger Wiederholung die Entfernung gelingt.| Sind bei kräftigen jungen Personen |bei welchen diese Entzündungsform am Häufigsten vorkommt|, die Schmerzen sehr lebhaft, so ist zunächst ein antiphlogistisches Verfahren indicirt und dann muss, wenn irgend eine Diathese die Krankheit erzeugte oder sie unterhält, diese bekämpft werden. Die örtliche Behandlung erfordert die äusserste Reinlichkeit vermittelst häufiger, mit einiger Kraft gemachter Injectionen, zu welchen man anfangs warmes, späterhin aber kaltes Wasser verwendet. Weiterhin wird Bleiwasser oder eine Lösung von schwefelsaurem Zink in den gut gereinigten Gehörgang getröpfelt. Ist die Krankheit hartnäckig, so wendet man auch Einreibungen der Brechweinstein-Salbe auf den Zitzenfortsatz an. Eine dauernde Anschwellung des Gehörgangs wird durch Betupfen mit Höllenstein und das Einlegen kleiner Pressschwammcylinder bekämpft [1]).

3. Entzündung des Bindegewebes, Phlegmone des Gehörgangs. Nach Erkältung durch Zugluft, namentlich bei schwitzendem Kopfe, — heftiger auf den Kopf sich fortpflanzender Schmerz im Ohre, Fieber, Eiterung, heftiges Sausen bei fast vollständiger Taubheit; das ist in Kurzem das Bild dieser Form der Otitis.

Der anfangs dumpfe Schmerz wird bald sehr heftig spannend, reissend, erstreckt sich von der Tiefe des Gehörgangs aus über den halben und selbst über den ganzen Kopf und wird durch die geringste Bewegung des Unterkiefers vermehrt. Das Fieber ist namentlich Abends heftig und die Nächte sind schlaflos.

Diese Entzündung betrifft bald den ganzen Gehörgang, bald nur einen Theil desselben. Im ersten Falle verhindert die voll-

[1]) Andere haben zu jenem Zwecke Metallröhrchen eingelegt. Kleine Röhren von Gummi sind letzteren noch vorzuziehen, da sie weich und elastisch den Gehörgang nicht verletzen können. Wenn man in die Höhle der Gummiröhren einen festen Körper einführt, so kann man den durch sie bewirkten Druck vermehren und wenn man ihn wieder zurückzieht, so lässt sich die von den kranken Flächen abgesonderte Flüssigkeit leicht entleeren. Auch Injectionen kann man durch diese Röhrchen machen.

ständige Verschliessung des Ganges die genaue Einsicht in die Fortschritte der Entzündung. Ist letztere aber nur partiell und von geringer Heftigkeit, so gewahrt man an einem Punkte des Ganges, meist vorn, eine harte, gespannte, schmerzhafte Geschwulst. Eiterung folgt stets und die Entleerung des Eiters, welche fast immer durch den Gehörgang stattfindet, bewirkt sofortigen Nachlass der Erscheinungen. Nach Verlauf einiger Tage hört die Eiterung auf. Diese Entzündung dauert drei bis sieben Tage und ist nicht von grosser Bedeutung. Mit Ausnahme der Fälle, wo die Entzündung am Trommelfell hartnäckig fortdauert, wird das Gehör fast immer wieder hergestellt. Die antiphlogistische Behandlung, durch Blutentziehungen in der Nähe des Ohrs, derivirende Fussbäder, Klystire und Purgirmittel, führt wol niemals zur Zertheilung; dagegen sind Einträpfelungen von erwärmtem Oel und erweichende Umschläge bis zum Aufbruch und bis zur völligen Beseitigung jeglichen Schmerzes und aller Eiterung sehr nützlich. [Kann man der Entzündungsgeschwulst beikommen, so kürzt ein Einschnitt in dieselbe den Verlauf sehr ab und macht oft alle andre Behandlung überflüssig [1]).]

4. Knochen- und Knochenhaut-Entzündung. [Diese Art der *Otitis externa* kommt nach der übereinstimmenden Angabe der meisten Schriftsteller bei Weitem am häufigsten bei scrophulösen Kindern vor [2]). Jedenfalls entsteht diese Entzündung nur vor den Jahren der Pubertät, durchaus analog anderen scrophulösen Knochenentzündungen, auch in Betreff ihres schnellen Ausganges in Caries, welcher so früh eintritt, dass das eigentlich entzündliche Stadium noch niemals beobachtet zu sein scheint und man die Krankheit daher auch „Caries des äusseren Gehörganges" nennen könnte [3]).

[1]) [Trotz des Widerspruchs von Kramer (l. c. p. 300) muss ich, nach eigenen Erfahrungen, den frühzeitigen Einschnitt hier, wie bei jeder Phlegmone, empfehlen.]

[2]) [Diese Ansicht ist auch nach meinen Erfahrungen die richtige. Kramer sagt ganz im Gegentheil, dass die Personen, welche er damit behaftet gefunden habe, zur Zeit seiner Untersuchung ganz gesund gewesen seien, lässt es aber unentschieden, ob dies auch zur Zeit des Ausbruchs der Krankheit der Fall war; den Anfang der Krankheit zu beobachten, hatte er aber nie Gelegenheit. Die von ihm behandelten Kranken befanden sich beim Beginne der Krankheit in dem Alter vom zweiten bis zum sechzehnten Lebensjahre.]

[3]) [In den von Kramer beobachteten Fällen entstand das Uebel nach Scharlach oder (seltner) nach Masern, worin sich gleichfalls eine Uebereinstimmung mit anderen scrophulösen Leiden zeigt.]

Man findet in der Tiefe des Gehörganges eine kleine Geschwulst, in welche man mit einer Sonde eindringen kann, mit der sofort eine entblösste rauhe Knochenstelle gefühlt wird. Dabei besteht Ausfluss einer jauchigen Flüssigkeit (sogen. Ohrenfluss), ohne beträchtliche Schmerzen. Bei längerer Dauer und Vernachlässigung breitet sich die Eiterung vom knöchernen Gehörgange auf den *Processus mastoideus* aus, unter Zerstörung des Trommelfells, der Gehörknöchelchen und somit auch mehr oder weniger vollständiger Vernichtung des Gehörs. Von der gleichfalls in Entzündung versetzten Haut des Gehörganges wachsen üppige Granulationen auf bis zur vollständigen Verwachsung. Kommt es auch zur Abstossung einzelner Knochenstückchen, so bietet diese Art der Naturheilung doch wegen der anderweitigen Zerstörungen keine Aussicht auf die Wiederherstellung der Functionen des Ohrs.

Die Prognose ist also schlecht, wenn die Krankheit sich selbst überlassen bleibt, und die Behandlung vermag, namentlich wenn sie (wie gewöhnlich) erst spät eingeleitet wird, wenig daran zu ändern. Reinigende Injectionen, Breiumschläge, Betupfen der Granulationen mit Höllenstein, bei drohendem Verschluss Einlegen von Pressschwamm, — alle diese örtlichen Mittel sind höchst ohnmächtig. Dagegen müssen wir in der Ueberzeugung, dass dies Leiden ein Theil der Scrophelkrankheit sei, die möglichst frühzeitige Anwendung antiscrophulöser Heilmittel und die entsprechende Regelung der Diät (im weitesten Sinne) hier ebenso sehr empfehlen wie bei jeder anderen scrophulösen Caries [1]).|

II. Entzündung des Trommelfells, Myringitis [2]).

|Die Entzündung des Trommelfells kann bald acut, bald chronisch verlaufen. Ihre subjectiven Erscheinungen sind in dem einen wie in dem anderen Falle so unzuverlässig und wechselnd, dass sie kaum Erwähnung verdienen. Ohne sorgfältige Anwendung des Speculum ist die Diagnose einer Trommelfell-Entzündung ganz unmög-

[1]) |Kramer will von einer antidyskrasischen Behandlung ebensowenig wissen als von der zu Grunde liegenden Dyskrasie überhaupt.|

[2]) |Genaue Untersuchungen über die Entzündung des Trommelfells haben wir bis jetzt nur durch Kramer und zwar zuerst in seinen Ohrenkrankheiten, Berlin 1836, ausführlicher aber in deren 2ter Auflage, Berlin 1849 p. 321—459 erhalten. Dieselben sind für unsere Darstellung wesentlich als Quelle benutzt worden.|

lich. Es ist aber von grosser Wichtigkeit dieselbe frühzeitig zu erkennen, weil bei Vernachlässigung derselben in der Regel nicht blos das Trommelfell, sondern auch das *Cavum tympani* Zerstörungen erleidet, welche vollständige Taubheit bedingen können.]

1. Acute Trommelfell-Entzündung. [Schmerz in verschiedenem Grade, Schwerhörigkeit, Klopfen und Tönen im Ohr, zuweilen erst ein eitriger Ausfluss lassen den Patienten ärztliche Hülfe suchen. Das Trommelfell erscheint weniger glänzend als im normalen Zustande und in verschiedener Ausdehnung bald heller bald dunkler geröthet. Späterhin ist es von Granulationen (polypösen Wucherungen) überzogen und wird an einzelnen Stellen namentlich in der hinteren Hälfte, am unteren Rande von kleinen Geschwürchen durchbohrt [1]). Alsdann entsteht auch eine eitrige Absonderung von sahnenartiger Beschaffenheit und nicht stinkend; der Eiter kann im Gehörgange sich in Klumpen zusammenballen.

Nur wenn die Krankheit in hohem Grade entwickelt ist, entsteht dabei Fieber. Wird sie sich selbst überlassen, so geht sie unter fortschreitender Zerstörung in die chronische Form über. Dagegen kann sie durch zweckmässige Behandlung zur Zertheilung geführt werden und die Prognose ist daher nur bei gänzlicher Vernachlässigung schlecht.

Die Aetiologie ist noch in vieler Beziehung dunkel. Unzweifelhaft können reizende Injectionen eine solche Entzündung erregen; gewöhnlich aber wird eine Erkältung als Ursache angegeben.

Die Behandlung besteht in dem Anlegen zahlreicher Blutegel in der Gegend des Ohrs, Eintröpfeln von Oel, Breiumschläge auf das Ohr; später Einreibungen der Pockensalbe auf den *Processus mastoideus*, Reinigung des Gehörganges und Eingiessen schwacher Lösungen von schwefelsaurem Zink u. dergl.

Frische und nicht sehr ausgedehnte Durchlöcherungen des Trommelfells können, nach Kramer, bei einer solchen Behandlung wieder verheilen; jedoch muss dann jedes starke Schnäuzen, überhaupt jede Veranlassung zu einem plötzlichen Hinausdrängen der Luft aus der Trommelhöhle sorgfältig vermieden werden.

2. Chronische Trommelfell-Entzündung. Abgesehen von den Fällen, wo die acute in die chronische Entzündung des

[1]) [Kramer nennt Trommelfell-Geschwüre nur solche Destructionen, welche eine theilweise Aufhebung des Zusammenhanges in einzelnen Schichten des Trommelfells bedingen. Die perforirenden Geschwüre dagegen nennt er: *Durchlöcherungen*.]

Trommelfelles übergeht, sind wol, in ähnlicher Weise wie bei der Ostitis des knöchernen Gehörganges, Dyskrasien, namentlich Scropheln als das wesentlichste ätiologische Moment dieser Krankheit zu betrachten. Häufig fällt der Anfang derselben mit dem Verlauf fieberhafter Exantheme, oder des Typhus zusammen. In vielen Fällen wissen die zur Zeit des Beginnes der Krankheit meist noch im kindlichen Alter stehenden Kranken gar nichts über die Veranlassung ihres sogenannten „Ohrenflusses“; denn in der Regel veranlasst der Ausfluss von Eiter aus dem Gehörgange noch früher, als die allmälig steigende Schwerhörigkeit, ärztliche Hülfe zu suchen. Die Beschaffenheit und Menge des ausfliessenden Eiters ist höchst verschieden. Bald ist er geruchlos und dick, bald stinkend und dünn. Bei der Untersuchung mit dem Speculum findet man den Gehörgang, sofern er nur gehörig gereinigt ist, von normaler Beschaffenheit. Ohrenschmalz ist auf seinen Wänden niemals vorhanden. Das Trommelfell erscheint matt, graugelb oder in verschiedenem Grade geröthet, seine Oberfläche ist rauh. Weiterhin findet man polypöse Wucherungen, welche sehr gefässreich und empfindlich sind, von dem Paukenfell in den Gehörgang hervorragen, oft bis zu der Dicke des vollen Durchmessers des *Meatus auditorius* und darüber, in welchem Falle sie dann Schwindel, Schwere des Kopfes und Neigung zum Erbrechen erregen. In anderen Fällen entstehen Durchlöcherungen, wie bei der acuten Entzündung, zuweilen bis zur Zerstörung des ganzen Trommelfells, wo dann die innere Wand der Paukenhöhle durch das Speculum gesehen werden kann. Jedenfalls vermag der Patient, sobald die Durchbohrung erfolgt ist, wenn er Nase und Mund fest zu hält, Luft durch den Gehörgang hervorzupressen, sofern nicht etwa zugleich eine Verstopfung der Eustachischen Röhre besteht. Die nunmehr den Einflüssen des directen Luftzutritts ausgesetzte Trommelhöhle wird alsbald von Entzündung ergriffen, welche sich nicht selten bis auf den Knochen selbst erstreckt, so dass Caries des Felsenbeins und weiterhin Entzündung der *Dura mater* und des Gehirnes die Folge sein kann. Furchtbare Kopfschmerzen, Erbrechen, Frostanfälle, Delirien, oft mit dem Anschein eines sogenannten Nervenfiebers, kündigen den Uebergang der Entzündung auf die knöchernen Wände der Paukenhöhle häufiger an, als Schmerzen im Ohre selbst oder Lähmung des entsprechenden Facialis, welche allerdings in leicht begreiflicher Weise auch vorkommen kann. Dass durch alle diese Veränderungen Schwerhörigkeit bis zur vollkommenen Taubheit herbeigeführt werden muss, bedarf keiner Erläuterung. Auffallend aber ist die Beobachtung Kramer's, dass nach grossen Durchlöcherungen des Trommelfells verhältnissmässig öfter ein erträgliches Gehör übrig bleibt als bei kleinen.

Die Behandlung erheischt vor Allem wiederum sorgfältige Reinigung des Ohrs durch Einspritzung von Wasser. Der Strahl darf jedoch nie so stark sein, dass Schmerzen entstehen oder dass bei durchlöchertem Trommelfell ein Strom von Wasser durch Mund und Nase abfliesst. Demnächst legt man künstliche Eiterungen hinter dem Ohre an, namentlich durch Einreibung der Brechweinsteinsalbe und giesst mehrmal täglich lauwarme schwache Auflösungen von schwefelsaurem Zink oder essigsaurem Blei in das Ohr. Hören diese auf wirksam zu sein, so geht man zu den Höllensteinlösungen über. Gelingt es hierdurch auch die Perforation des Trommelfelles zu verhüten, so bleibt doch oft eine bedeutende Verdickung des Trommelfelles zurück, gegen welche man die nachträgliche künstliche Perforation desselben mit besonderen Instrumenten oder mittelst Anätzung mit einem Stückchen Höllenstein empfohlen hat [1]). Diese Eingriffe müssen nach dem

[1]) Das Gehör kann ohne das Trommelfell bestehen, wie diejenigen Menschen beweisen, denen es entweder von Geburt, oder in Folge späterer Zerstörung fehlt. Sie hören nichts desto weniger, obgleich sie zum Beweise des Fehlens jener Membran den Tabacksrauch aus dem geschlossenen Munde durch das äussere Ohr herauszutreiben vermögen. Dennoch hat diese Membran einen unbestreitbaren Nutzen und zwar den, dass sie wie ein Regulator auf die Schallwellen wirkt. In ähnlicher Weise, wie die Iris die Lichtstrahlen, mässigt sie, je nachdem sie gespannt, oder erschlafft ist, mehr oder weniger die Schallwellen, so dass sie zuweilen wie ein Dämpfer wirkt. Ausserdem schützt sie die zarten und empfindlichen Organe der Paukenhöhle vor der Berührung der atmosphärischen Luft. Die Gefahren der bei jeder Verletzung des Paukenfells zu erwartenden Entzündung desselben sind im Obigen bereits geschildert worden.] Demnach rechtfertigt nur die dringende Nothwendigkeit die Perforation, deren Erfolge überdies wenig zahlreich sind; wenngleich Riolan eines Taubstummen erwähnt, welcher, nachdem er mit einem Ohrlöffel sich das Trommelfell durchbohrt hatte, sein Gehör wieder bekam. Der erste, welcher diese Operation vorschlug, war Cheselden und Cooper führte sie zuerst mit Erfolg aus. Auch Saunders, Parroisse, Michaelis, Cellier, Maunoir und andere Chirurgen sollen ähnliche Erfolge gehabt haben, aber die Zahl der erfolglosen Operationen ist bedeutend grösser, wie namentlich Itard und A. Dubois bezeugen. Auch Boyer hält wenig von dieser Operation und viele französische Chirurgen stimmen ihm bei. Er führt namentlich an, dass eine kleine Oeffnung in dieser Membran völlig nutzlos sei, weil sie sich gleich wieder schliesst, dass dagegen eine etwas grosse Oeffnung kaum gemacht werden kann, ohne Vernichtung sowohl der Handhabe des Hammers als auch der ganzen Membran, welche Object der Operation ist. Die an

Urtheile von Kramer für unwirksam, ja sogar für gefährlich erklärt werden und die aus Verdickung des Trommelfells entspringende Schwerhörigkeit wäre demnach für unheilbar zu halten.

Von der Anwendung innerer Mittel erwartet Kramer wenig, da sie jedenfalls viel zu langsam wirken. Dennoch wäre es unrecht, auf sie ganz verzichten zu wollen, und es wird daher namentlich in solchen Fällen, wo ein dyskrasischer Habitus dazu auf-

Thieren gemachten Versuche beweisen nichts; denn diejenigen, bei denen das Gehör sich erhielt, verdankten dies dem Schliessen der gemachten Wunde. A. Cooper hatte den zweiten der obigen Einwürfe von vorn herein beantwortet, indem er behauptet, dass einer Seits das Gehör keineswegs vernichtet, sondern nur alterirt sei, und dass anderer Seits, da die Eiterung die Organe der Paukenhöhle meistens schon zerstört habe, die Möglichkeit der Verletzung des Hammers den Chirurgen nicht zurückhalten dürfe. Indess empfiehlt auch Cooper ein Verfahren, um dieser Verletzung auszuweichen, indem er räth, das Trommelfell nach vorn und unten zu perforiren.

Der Grund gegen die Operation, welcher aus der schnellen Wiedervereinigung der gemachten Wunde geschöpft wird, ist schon von jeher geltend gemacht worden, weshalb Buchanan ein Perforatorium erfand, welches in vier Spitzen auslief. Durch dieses meinte er die Fasern transversell zu durchschneiden, so dass durch Zurückziehung der Lappen eine ovale Oeffnung entstände. Richerand wollte einen Substanzverlust in der Membran durch Cauterisation mit Höllenstein hervorrufen. Indess möchten doch sowohl das Instrument von Buchanan, als namentlich die Cauterisation Richerands eine zu grosse Reizung verursachen, so dass die Perforatorien von Deleau und Fabrizi, eine Art Locheisen, nach einer Idee Himly's construirt, noch vorzuziehen sein dürften.

Verfahren von Deleau. Eine scharf auslaufende Röhre enthält einen in Form eines Korkziehers gewundenen Stiel, welcher in eine kleine, dünne Scheibe endigt, deren scharfe Ränder denen der Röhre zugewendet sind. Hat man nun bei vollem Sonnenlichte den Gehörgang grade gezogen, um das Trommelfell sichtbar zu machen (?), so wird das Instrument an den vordern äusseren Theil der Membran angesetzt. Indem man dann den Stiel rotirend vorwärts schiebt, durchdringt er wie ein Korkzieher die Membran, worauf eine zurückspringende Feder die scharfe Scheibe kräftig gegen die Röhre andrückt und somit eine Scheibe aus dem Trommelfell herausschneidet.

Diese Operation ist weder lebensgefährlich noch schmerzhaft, und das ist das Beste, was man bis jetzt von ihr sagen kann. Fliesst Blut, so ist man auf Abwege gerathen.

Fabrizi macht dem Deleau'schen Instrumente einige, meistens begründete Vorwürfe und giebt ein anderes, nach folgenden Principien construirtes an: Die grosse Empfindlichkeit des Paukenfells bewirkt, dass in dem Augenblicke, wo das Instrument die Membran berührt, das Individuum unwillkürlich den Kopf bewegt, wodurch das Instrument leicht verrückt wird, wenn es nicht so construirt ist, dass es das auszuschneidende Stück der Membran schnell erfasst. Ein anderer wohl zu beachtender Umstand ist der, dass das Pauken-

fordert, der anderweitig schon erörterte Gebrauch von ihnen zu machen sein (vgl. Caries).

Unbedeutende polypöse Wucherungen können oft durch die eben angegebene Therapie beseitigt werden, wenn man concentrirtere oder an sich stärker wirkende Adstringentia (als Pinselung) anwendet; namentlich sah ich schnelle Wirkung vom Eisenchlorid. Von der vielgerühmten Opiumtinktur hat Kramer keinen günstigen Erfolg beobachtet. Bedeutendere Ohrpolypen [1]) widerstehen einer solchen Behandlungsweise; ihre Entfernung gelingt nur durch eine

fell grösser ist, als sein knöcherner Rahmen, so dass es nach aussen oder nach innen vorspringen kann, je nach den verschiedenen Krankheiten des Ohrs; deshalb muss das perforirende Instrument diesen verschiedenen Richtungen sich anpassen können. Ausserdem muss es regelrecht schneiden; denn wirkte es zerreissend, so könnte es, aller Vorsicht ohngeachtet, auf den Anheftepunkt des Hammerstiels wirken. Kurz, das Instrument muss durch seine Construction einerseits den jenseits der Membran fehlenden Stützpunkt ersetzen und andererseits ein regelmässiges Loch machen, ohne zu zerren oder zu weit einzudringen, um die in der Paukenhöhle gelegenen Organe zu schonen. —

Verfahren von Fabrizi. Eine grade ausgekehlte metallene Sonde, 80 Millimeter lang, drei Millimeter breit und ein Millimeter dick, ist unter stumpfem Winkel an einer hölzernen Handhabe befestigt. In der Rinne dieser Sonde läuft eine Stilet, dessen vorderes Ende in Troiskart-Form ausläuft, während das hintere durch eine Feder gehalten wird, welche die Spitze nicht über die Sonde hinausdringen lässt, ausser in dem Falle, wo der Operateur sie vorschiebt. Ein Ring hält das Stilet in der Höhlung der Sonde und eine kleine an seinem obern Ende angebrachte Schraube lässt es nur drei Millimeter über das Ende der Sonde hinausdringen. Der Chirurg fasst das Instrument mit der rechten Hand und führt die Sonde in den Gehörgang. Sobald er am Paukenfelle angelangt ist, setzt er das Instrument an dasselbe und drückt, indem er es unbeweglich festhält, mit dem Daumen das ausserhalb des Ohrs gelegene Ende des Stilets vorwärts, womit dann die Operation sofort beendigt ist. — [Alle diese Verfahren werden gerade auf das verdickte Paukenfell, mithin gerade in solchen Fällen, wo die Operation am häufigsten vorgeschlagen ist, keine Anwendung finden können, da sie nur auf das dünne, leicht zu durchschneidende Paukenfell berechnet sind.]

[1]) [Wir haben die Behandlung der Ohrpolypen hier angeschlossen, weil die chronische Trommelfellentzündung als ihre gewöhnlichste Veranlassung anzusehen ist, wollen aber keineswegs die Möglichkeit ihrer Entstehung auf einem von dieser unabhängigen Wege längnen. Weiter oben wurde bereits angedeutet, dass in vielen Fällen gar nicht entschieden werden kann, ob nicht vielleicht gerade umgekehrt die chronische Otitis von der Anwesenheit des Polypen abhängig ist, und die im Gehörgange wurzelnden Polypen, deren Sitz allerdings in der Nähe des Paukenfells zu sein pflegt, würden doch nur in sehr gezwungener Weise aus einer Entzündung dieser Membran abgeleitet werden können.]

Operation. Diese besteht entweder in dem Abschneiden mit einem kleinen, an der Spitze nicht schneidenden Messer, dessen Klinge auf die Fläche gebogen ist (auch mit einer kleinen Cooperschen Scheere, wie man sie bei Schieloperationen anwendet) oder aber in dem Abbinden, oder endlich in dem Abdrehen mit einer Zange. Durch den Schnitt kann man am Sichersten auch tief sitzende Polypen entfernen. Das Abbinden lässt sich in grösserer Tiefe weder mit einem Silberdraht, noch mit Hülfe besonderer Instrumente zuverlässig ausführen [1]). Das Abdrehen aber ist nicht blos schwierig, sondern auch gefährlich, wegen der ganz unberechenbaren Wirkung, die dasselbe in der Tiefe haben kann. Jedenfalls muss man nach der operativen Beseitigung des Polypen die Stelle, an welcher er festsass, selbst wenn gar keine Ueberreste

[1]) Fabrizi empfiehlt folgendes complicirte Verfahren für die Unterbindung der Polypen.

Man bedient sich silberner, 108 Millimeter langer Röhren, deren Durchmesser aber über 3 Millimeter nicht hinausgehen darf. Jede dieser Röhren enthält einen Metallfaden, welcher vor der einen Oeffnung eine Schlinge bildet und aus der andern 135 — 162 Millimeter heraushängt. Die Oeffnung der Röhren, wo die Schlinge liegt, wird durch eine Wand in 2 gleiche Theile getheilt, welche zugleich die beiden Fäden der Schlinge auseinander hält; das andere Ende der Röhre ist mit einem kleinen seitlichen Knopfe versehen. Vermittelst eines dieser Röhrchen führt man eine Schlinge ins Ohr und schiebt sie über den Polypen, möglichst nahe an seinen Insertionspunkt. Indem man nun die beiden freien Enden der Schlinge an sich zieht und zugleich die Röhre vorschiebt, zieht man die Schlinge zu, befestigt jene Enden an dem seitlichen Knopfe der Röhre und dreht nun den Stiel des Polypen, indem man die Röhre anziehend umdreht. Darauf wird über diese erste, also führende Röhre eine zweite Schlinge vor und über den Polypen geschoben und indem man die erste, wie eine Zange benutzt, kann man die zweite Schlinge näher an die Insertionsstelle des Polypen bringen. Nun wird die erste, unnütz gewordene Schlinge entfernt und die Drehungen mit der zweiten fortgesetzt. Leistet der Polyp den Versuchen, ihn zu entfernen, Widerstand, so nimmt man noch eine dritte Schlinge und zwar diese, da sie bestimmt ist, liegen zu bleiben, von Hanf und führt sie vermittelst einer bleiernen Röhre von der Dicke einer Linie. Hat man diese an dem Stiel des Polypen, möglichst nahe an der Wand des Gehörgangs angelegt, so zieht man die silberne Röhre zurück und zieht durch Vorschieben der Bleiröhre die Hanfschlinge scharf an. Darauf drückt man vermittelst einer starken Zange innerhalb des Gehörgangs die Bleiröhre einige Linien lang platt und sichert so die Festigkeit dieser Ligatur. Behindert der Polyp durch seine Grösse die Ausführung der Operation, so schneidet man ihn, sobald die erste Schlinge liegt, mit einer dünnen Scheere weg und beendigt jene in angegebener Weise. Am folgenden Tage versucht man durch einige Züge an der Röhre, ob der Polyp sich löst; widersteht er noch, so reisst man ihn mit wiederholten Drehungen des Stiels heraus. —

desselben zurückgeblieben wären, mit Höllenstein berühren, um vor einem Recidiv sicher zu sein [1]). Die Cauterisation des ganzen Polypen führt, wenn sein Gewebe schwammig und weich ist, auch zum Ziele; aber langsam und unter vielen Schmerzen. Am wenigsten schmerzhaft ist nach Kramer die Ligatur. Dieser einzige Vorzug derselben vor dem Schnitt verschwindet aber, wenn man bedenkt, dass die Anwendung des Chloroforms bei dieser Operation wol stets unbedenklich sein wird.

Durchlöcherung des Trommelfells, welche bei oder nach der chronischen Entzündung desselben besteht, ist äusserst schwierig zu heilen. Zunächst muss der Gehörgang und das Trommelfell selbst täglich durch Einspritzungen gereinigt und mit einem weichen Pinsel auf's Sorgfältigste ausgeputzt werden; dann sind stärkere Lösungen von essigsaurem Blei oder schwefelsaurem Zink mehrmals täglich einzutröpfeln, wobei den Patienten eine solche Lage gegeben werden muss, dass nichts davon in den Schlund läuft. Die hierfür passende Lage muss in jedem einzelnen Falle durch Versuche ermittelt werden. Ausserdem werden die Ableitungen auf die äussere Haut durch Pockensalbe u. dgl. fortgesetzt. Kramer gelang es durch eine Jahre lang fortgesetzte Behandlung solche Löcher im Trommelfell zur Heilung zu führen. Das Gehör des

[1]) Gewöhnlich verhindert der auf die Operation folgende Blutfluss die genaue Untersuchung des Gehörgangs und die Entdeckung der etwa zurückgebliebenen Polypenreste, so dass man meistens erst am folgenden Tage diese Inspection erfolgreich anstellen kann. Daher ist es zweckmässiger, unmittelbar nach der Operation den Gehörgang mit Charpie auszustopfen, theils um die, freilich selten erhebliche, Blutung zu sistiren, theils um das Trommelfell gegen äussere Einflüsse zu schützen. Es kommt nämlich vor, dass das lange Zeit der Luft, seines natürlichen Reizes, durch den Polypen beraubte Ohr nach Beseitigung desselben eine ausserordentliche Reizbarkeit besitzt, in ähnlicher Weise, wie nach der Operation des grauen Staars die Reizbarkeit der Retina noch einige Zeit hindurch so bedeutend ist, dass man den Zutritt des Lichtes zunächst hemmen und dasselbe nur allmälig mit grosser Vorsicht wieder zulassen darf; mit derselben Vorsicht muss man nach der Exstirpation eines, besonders alten Polypen in Bezug auf Zulassung von Luft und Schallwellen verfahren. Wenn am Operationstage eine genaue Untersuchung der Insertionsstelle des Polypen nicht möglich war, so muss dieselbe am folgenden Tage vorgenommen werden, um dann die fast immer nothwendige Cauterisation der Wurzel vorzunehmen, indem die vollständige Entfernung derselben beinahe zu den Unmöglichkeiten gehört. Das Glüheisen ist für diesen Zweck schon längst aufgegeben worden und eben so wenig sollte man flüssige Caustica anwenden; ein Höllensteinstift ist dagegen sicher auf den zu cauterisirenden Punkt zu dirigiren und seine Einwirkung leichter zu verfolgen und zu begrenzen.

Patienten wird dadurch gebessert, jedoch nie wieder ganz hergestellt. Ist aber die Entzündung von dem perforirten Trommelfell auf die Paukenhöhle übergegangen, so ist eine energische Antiphlogose dringend angezeigt [1]). Bei der grossen Gefahr, welche die weitere Ausbildung dieser Entzündung mit sich führt, darf man sich gewiss nicht, wie Kramer empfiehlt, blos bei sehr vollblütigen Kranken zu einem Aderlass entschliessen. Neben diesem sind dann zahlreiche Blutegel in der Umgegend des Ohrs und kalte Umschläge (Eiskappe) auf den Kopf, auch innerlich Antiphlogistica anzuwenden, das Ohr selbst aber wird mit lauwarmem Oel gefüllt und wenn die Eiterung stockt, mit einem Breiumschlage bedeckt. — Um das mittlere Ohr gegen kalte Luft und fremde Körper zu schützen, verstopft man den Gehörgang, dessen Trommelfell durchbohrt ist, je nach Bedürfniss mit Charpie oder Wolle.|

III. Entzündung des mittleren Ohres, *Otitis interna* [2]), mit Einschluss der Entzündung der Eustachischen Röhre (*Syringitis*).

|Die Entzündung des mittleren Ohrs übt ihren Einfluss auf das Hörvermögen hauptsächlich (soweit unsere bisherigen diagnostischen Hülfsmittel reichen) durch die Veränderungen aus, welche sie in der Eustachischen Röhre veranlasst. Auch kann nur von dieser aus ein directer therapeutischer Angriff auf die Krankheiten des mittleren Ohrs gemacht werden. Deshalb ist die von Kramer aufgestellte Eintheilung praktisch wichtig, wonach wir unterscheiden [3]): 1) Entzündung mit krankhafter Schleimbildung und

[1]) |Es unterliegt keinem Zweifel, dass die wesentlichsten Gefahren der Trommelfell-Entzündungen durch die Betheiligung der Trommelhöhle, also durch eine zur Myringitis hinzutretende *Otitis interna* bedingt werden. Deshalb kann es auch nicht getadelt werden, wenn man bei der Diagnose eines solchen Falles die *Otitis interna* als das Wesentlichere voranstellt. Der von Kramer nach zahlreichen und genauen Beobachtungen geschilderte Entwicklungsgang lässt es jedoch naturgemäss erscheinen, dass diese weiteren Phasen der Trommelfell-Entzündung schon hier geschildert wurden.|

[2]) |Die Bezeichnung der Entzündung der Trommelhöhle als *Otitis interna* verführt oft zu der Verwechslung, es handle sich um ein Leiden des inneren Ohrs, oder gar zu dem anatomischen Schnitzer, die Trommelhöhle und die in ihr gelegenen Theile zum inneren Ohre zu rechnen, wie Saissy und Itard sogar gethan haben.|

[3]) |Diejenige Form der *Otitis interna*, welche sich nach vorgängiger Entzündung des Trommelfells entwickelt, wird aus den in der Note 1 (dieser Seite) angegebenen Gründen hier nicht weiter berücksichtigt.|

Anhäufung im mittleren Ohre (Katarrh), 2) mit Verengerung oder 3) mit Verwachsung der Eustachischen Röhre.|

1. Katarrh des mittleren Ohrs (der Tuba).

|Schwerhörigkeit, bald schnell, bald allmälig steigend, oft wechselnd — ist das einzige constante subjective Symptom. Sie bessert sich bei warmer trockner Witterung und verschlimmert sich bei feuchtem Wetter. Zuweilen verschwindet sie plötzlich ganz für längere Zeit nach bedeutender körperlicher Anstrengung oder beim Niesen, Erbrechen, auch wol nach einer Erschütterung des Kopfes, zuweilen mit einem dem Kranken deutlich vernehmbaren Knall. Letzterer ist nicht charakteristisch für den Katarrh der Tuba; er kommt auch bei der zufälligen Ablösung eines Ohrschmalzpfropfs im äusseren Gehörgang vor. Ohrentönen findet sich oft, aber nicht immer. Die Entstehungsgeschichte der Krankheit führt zuweilen auf einen ausgebreiteten Katarrh der Nasen- und Schlundhöhle zurück, aber bei weitem nicht immer lässt sich ein solcher Zusammenhang bestimmt nachweisen und noch weniger häufig ist die Fortdauer der Entzündung im Schlund und am Gaumensegel, selbst bei beträchtlichem Katarrh des mittleren Ohres. Dies gilt namentlich auch von den Mandeln, welche keineswegs immer geschwollen sind, und jedenfalls durch ihre Anschwellung nicht die bestehende Schwerhörigkeit bedingen. Viele dieser Kranken sind scrophulös. Der äussere Gehörgang und das Trommelfell erscheinen normal. Die Auscultation des Ohrs aber ergiebt, wenn man durch den Katheter Luft in die Eustachische Röhre einbläst, ein grossblasiges Rasselgeräusch von verschiedener Stärke („einen schleimig brodelnden Ton" oder „starkes Schleimrasseln", nach Kramer). Gelingt es durch starkes Einblasen die Tuba frei zu machen, so bessert sich das Gehör sofort sehr bedeutend und das etwa bestehende Ohrentönen hört gänzlich auf. In frischen und ganz leichten Fällen vermag wol auch der Kranke selbst durch Eintreiben von Luft bei geschlossener Nasen- und Mundöffnung den Schleim zu entfernen. Dass in dem einen wie in dem anderen Falle die Herausbeförderung des Schleimes aus der Tuba nur durch den regurgitirenden Luftstrom erfolgen kann, leuchtet von selbst ein. Ob in allen diesen Fällen die Tuba allein oder auch die Schleimhaut der Paukenhöhle erkrankt sei, lässt sich nicht entscheiden; letzteres ist jedoch in den durch einfache Säuberung der Eustachischen Röhre geheilten Fällen nicht wahrscheinlich. In den meisten und namentlich in veralteten Fällen muss das Einblasen

durch den Ohrenkatheter lange Zeit wiederholt werden, um vollständige Heilung zu erzielen. Zuweilen reicht das Einblasen mit dem Munde nicht aus, um den zähen Schleim zu entfernen, man nimmt dann seine Zuflucht zu der Anwendung der bereits von Deleau empfohlenen, aber erst von Kramer mit Nutzen angewendeten Luftpresse.

In diesem Apparate nämlich kann die Luft mittelst eines Stempels in einem Pumpenstiefel bis zu einem bedeutenden Grade comprimirt werden. Sie entweicht durch ein den Rücktritt versperrendes Ventil in einen den Pumpenstiefel umgebenden festgeschlossenen Raum (Mantel), aus welchem sie durch Oeffnen eines Hahns in ein elastisches Rohr eingelassen werden kann, dessen Ende dem Trichter des Katheters eingefügt wird. Der Katheter selbst wird mit einer Zwinge an einem um den Kopf des Patienten geschnallten Stirnbande befestigt. Besitzt man keine Luftpresse, aber einen geschickten Gehülfen, so kann man, während dieser den Katheter fixirt, mit einer passenden Spritze — freilich weniger bequem, auch mit weniger Kraft — Luft eintreiben.

In solchen Fällen empfiehlt Kramer ferner schwache Lösungen von Jodkalium in geringer Quantität durch den Katheter in die Tuba einzublasen (*Kalii jodati* gr. x—xx in einer halben Unze *Aq. destill.*). Endlich ist es zweckmässig, die etwa bestehende scrophulöse Diathese zu bekämpfen und der Neigung zu Katarrhen (Verschleimungen, nach Kramer) durch tonische Mittel und Diät sowie durch Abhärtung mittelst kalter Waschungen u. s. f. entgegen zu arbeiten.

2. *Otitis interna* mit Verengerung der Eustachischen Röhre.

Die Verengerung der Tuba wird durch Anschwellung ihrer Schleimhaut bedingt, welche sich stets chronisch entwickelt. Ob gleichzeitig die Schleimhaut der Paukenhöhle in ähnlicher Weise geschwollen ist, lässt sich nicht mit Bestimmtheit ermitteln, ist jedoch unwahrscheinlich, da eine Erkrankung des Trommelfells bei der in Rede stehenden Entzündung sehr selten beobachtet wird. Schwerhörigkeit und Ohrentönen, welche in der Regel ohne Nachlass bestehen und stetig weiter fortschreiten, sind die einzigen subjectiven Symptome. Weder der äussere Gehörgang, noch die Rachenhöhle zeigen constante Veränderungen. Bei der Untersuchung mit dem Katheter findet man Schwierigkeiten; der Schnabel desselben gleitet über den das *Ostium pharyngeum tubae* umgebenden Wulst leicht hinweg und fällt, auch wenn man ihn in die Oeffnung der Tuba eingeführt zu haben glaubt, leicht wieder heraus. Ist die Einführung aber gelungen, so findet man beim Lufteinblasen einen sehr starken Widerstand und hört sie selbst bei starkem Blasen, in schlimmen Fällen sogar bei Anwendung der Luftpresse nur in dünnem Strahle ohne Schleimrasseln eindringen. Das Eintreiben von Luft führt zu keiner Besserung des Gehörs. Genauere Auskunft über den Grad und die Ausdehnung der Verengerung liefert die Untersuchung mit Darmsaiten (vgl. p. 149). Die Aetiologie dieser Krankheit ist ganz dunkel, ihre Prognose schlecht. Die einzige Hülfe, und auch diese nur in Fällen geringer Verengerung, dürfte, nach Kramer, in dem Einblasen einer schwachen Lösung des *Kalium jodatum* durch den Katheter zu suchen sein. Bei sehr grosser Empfindlichkeit muss man einige Tropfen einer Gummilösung vorausschicken. Solche Injectionen dürfen nur in Intervallen von mehreren Tagen wiederholt werden. Alle mechanischen Erweiterungsmittel haben sich als schädlich erwiesen. Da der Grund für die Schwerhörigkeit bei dieser Entzündungsform zunächst in der Versperrung des Luftzutritts durch die Eustachische Röhre gesucht werden kann, so liegt der Gedanke nahe, denselben durch Perforation des Trommelfells zu ersetzen. Die desfalsigen Versuche haben aber zu dem gewünschten Resultate nicht geführt. Kramer vermochte in der ganzen Literatur auch nicht einen glücklichen Fall zu entdecken. Er selbst hat sie zu dem angedeuteten Zwecke einmal ausgeführt, aber auch ohne Erfolg. Die Besserung des Gehörs müsste natürlich sofort eintreten. Gerade aus der Erfolglosigkeit der Perforation des Trommelfells dürfte übrigens zu schliessen sein, dass die Entzündung nicht auf die Eustachische Röhre beschränkt geblieben ist, sondern auch in der Paukenhöhle durch Verdickung der Schleimhaut Veränderungen herbeigeführt hat, welche die Leitung der Schallwellen behindern.

Will man in Fällen der Art die Perforation des Paukenfells versuchen, so müsste man ein etwa linsengrosses Loch im unteren Theile der Membran ausschneiden, was am einfachsten mit dem (Himly'schen) Locheisen gelingt, wenn man es mit einer leicht rotirenden Bewegung gegen das Trommelfell andrückt. Immer wird man schnellen Wiederverschluss und Entzündung des Trommelfells zu befürchten haben (vgl. p. 162 u. f.)[1].

[1] Statt der Perforation des Trommelfells ist auch die Anbohrung des Zitzenfortsatzes vorgeschlagen. Der schlimmste Vorwurf, welcher diese Operation trifft, ist, dass sie tödtlich sein kann. Prof. Koelpin machte sie einem Collegen, welchen Boyer „Gruner", Velpeau „Berger" nennt; wie dem auch sei, genug er starb als Märtyrer der Perforation des Zitzenfortsatzes (Boyer). Uebrigens hat diese Operation auch bei weitem nicht den Enthusiasmus wie die Perforation des Trommelfells hervorgerufen, als A. Cooper sie zum ersten Mal ausführte; im

IV. Entzündung des inneren Ohres (des Labyrinths).

|Eine primäre, nicht erst von den Nachbargebilden übertragene Entzündung des Labyrinths ist eine höchst seltene Krankheit. Diejenigen Schriftsteller, welche sie als häufig bezeichnen, haben wahrscheinlich die schon oben erwähnte Verwechslung zwischen mittlerem und innerem Ohr begangen, jedenfalls aber hinreichende diagnostische Merkmale nicht angegeben. Der von Kramer citirte Fall war traumatischen Ursprungs und führte durch Meningitis zum Tode, so dass die Verletzung und Entzündung des Labyrinths eigentlich die Nebensache war.|

Drittes Capitel.

Wunden und fremde Körper.

I. Wunden des Ohrs.

Wir haben hier nur von den Wunden des äusseren Ohrs zu handeln, da die übrigen Theile des Gehörorgans so tief und in solchen Umgebungen liegen, dass ihre Berührung durch ein verwundendes Instrument anderweitige Verletzungen voraussetzt, welche an sich die Aufmerksamkeit des Arztes so sehr in Anspruch nehmen, dass die Ohrwunde ganz in den Hintergrund tritt.

Wunden der Ohrmuschel müssen wo möglich durch *prima intentio* geheilt und deshalb in der Regel durch die blutige Naht vereinigt werden. Heftpflaster und Collodium reichen aus, wenn die Wunde klein und der abgetrennte Lappen leicht an seiner Stelle festzuhalten ist. Gewöhnlich muss man beim Anlegen der Nähte den Ohrknorpel mit durchstechen, wovor die älteren Aerzte eine unbegründete Besorgniss hatten; seit Leschevin aber glaubt Niemand [1]) mehr an gefährliche Zufälle nach Stichwunden der Ohrknorpel und man führt die Nadeln ruhig durch sie hindurch, wenn Richtung und Ausdehnung der Wunde es erheischen. Um aber die Wundränder genau aneinander zu erhalten, muss man dadurch, dass man die Einbuchtungen des Ohrs mit feiner Charpie ausfüllt, die natürliche Oberfläche desselben möglichst gleichmässig herzustellen suchen; namentlich müssen die Muschel und der äussere Gehörgang, wenn die Wunde bis dahin gedrungen ist, ausgefüllt werden. Dann kann man das so ausgefüllte Ohr mit einer Kinn-

[1]) |Chelius hat noch jenen Rath der älteren Autoren wiederholt (Handbuch der Chirurgie. VII. Ausgabe Bd. I. pag. 482).|

IV. Entzündung des inneren Ohres (des Labyrinths).

[Eine primäre, nicht erst von den Nachbargebilden übertragene Entzündung des Labyrinths ist eine höchst seltene Krankheit. Diejenigen Schriftsteller, welche sie als häufig bezeichnen, haben wahrscheinlich die schon oben erwähnte Verwechslung zwischen mittlerem und innerem Ohr begangen, jedenfalls aber hinreichende diagnostische Merkmale nicht angegeben. Der von Kramer citirte Fall war traumatischen Ursprungs und führte durch Meningitis zum Tode, so dass die Verletzung und Entzündung des Labyrinths eigentlich die Nebensache war.]

Drittes Capitel.

Wunden und fremde Körper.

I. Wunden des Ohrs.

Wir haben hier nur von den Wunden des äusseren Ohrs zu handeln, da die übrigen Theile des Gehörorgans so tief und in solchen Umgebungen liegen, dass ihre Berührung durch ein verwundendes Instrument anderweitige Verletzungen voraussetzt, welche an sich die Aufmerksamkeit des Arztes so sehr in Anspruch nehmen, dass die Ohrwunde ganz in den Hintergrund tritt.

Wunden der Ohrmuschel müssen wo möglich durch *prima intentio* geheilt und deshalb in der Regel durch die blutige Naht vereinigt werden. Heftpflaster und Collodium reichen aus, wenn die Wunde klein und der abgetrennte Lappen leicht an seiner Stelle festzuhalten ist. Gewöhnlich muss man beim Anlegen der Nähte den Ohrknorpel mit durchstechen, wovor die älteren Aerzte eine unbegründete Besorgniss hatten; seit Leschevin aber glaubt Niemand [1]) mehr an gefährliche Zufälle nach Stichwunden der Ohrknorpel und man führt die Nadeln ruhig durch sie hindurch, wenn Richtung und Ausdehnung der Wunde es erheischen. Um aber die Wundränder genau aneinander zu erhalten, muss man dadurch, dass man die Einbuchtungen des Ohrs mit feiner Charpie ausfüllt, die natürliche Oberfläche desselben möglichst gleichmässig herzustellen suchen; namentlich müssen die Muschel und der äussere Gehörgang, wenn die Wunde bis dahin gedrungen ist, ausgefüllt werden. Dann kann man das so ausgefüllte Ohr mit einer Kinn-

[1]) [Chelius hat noch jenen Rath der älteren Autoren wiederholt (Handbuch der Chirurgie. VII. Ausgabe Bd. I. pag. 482).]

binde leicht comprimiren. Dass auf diese Weise selbst vollständig getrennte Theile des äussern Ohrs wieder angeheilt werden können, ist durch mehrfache Thatsachen [1]) bewiesen.

Der plastische Wiederersatz des verloren gegangenen Ohrs oder eines seiner Theile ist namentlich von Tagliacozzi bereits ausgeführt worden, dann aber in Vergessenheit gerathen, bis Dieffenbach diese wie andere plastische Operationen wieder in die Praxis einführte. Eine besonders günstige Aufnahme wird diese Operation niemals finden, da sie immer nur sehr Ungenügendes leisten kann und da die Difformität, gegen welche sie Hülfe leisten soll, sich leicht verdecken lässt. [Uebrigens würde man bei ihrer Ausführung sich nach den Bd. I. p. 350 u. ff. aufgestellten Regeln zu richten und wo möglich der ersten indischen Methode den Vorzug zu geben haben. Zu diesem Behuf würde man für den Wiederersatz des fehlenden Ohrläppchens z. B. die Haut aus der Gegend des *Processus mastoideus* entnehmen und bis zum Anheilen an den Defect durch eine breite Brücke nach Hinten oder nach Unten mit ihrer ursprünglichen Nachbarschaft in Verbindung lassen. Natürlich würde es immer einer doppelten Hautlage, einer Umsäumung der Haut mit Haut bedürfen, um die Gestalt des Ohrläppchens einigermassen herzustellen.]

II. Fremde Körper im äussern Gehörgange.

Die Menge der im äussern Gehörgange gefundenen fremden Körper grenzt ans Wunderbare. Sie können sich in demselben bilden, oder von aussen hinein gelangen.

Die fremden Körper, welche sich im Ohre bilden, können flüssig oder auch fest sein. Dahin gehört: das Ohrenschmalz in einem der Versteinerung sich annähernden Zustande, ferner Krusten, Blutgerinnsel, Eiter und vielleicht Tuberkelmasse [2]). [Von den Ohrenschmalzpfröpfen war bereits im zweiten Capitel die Rede.]

Die von aussen kommenden fremden Körper sind entweder

[1]) Ein Fall der Art wird von Dr. Manni in den *Archives de médecine*, Juni 1840 berichtet.

[2]) Vidal glaubt folgende Thatsachen zu Gunsten der Annahme, dass Tuberkelmasse im Ohr vorkommen könne, deuten zu dürfen: 1) Bei einem an Taubheit seit langer Zeit leidenden Individuo war die Trommelhöhle übermässig ausgedehnt und der Felsentheil des Schläfenbeins angefressen. Diese beiden merkwürdigen Affektionen, sagt Cloquet, waren durch die reiche Entwickelung einer wachsähnlichen Masse hervorgebracht, welche sich im Innern der Höhle derartig verhärtet hatte, dass sie sich wie eine Art Pseudomembran schuppenförmig abnehmen liess. 2) In einem andern von Jobert beobachteten Falle hatte das die Trommelhöhle ausfüllende Ohrenschmalz (so deutet J. diese Masse) das Felsenbein in eine Höhle verwandelt, in welcher jede Spur der ursprünglichen Bildung des innern und mittlern Ohrs verschwunden war (*Clinique des hôpitaux t. IV.* 21. *Revue médicale,* Juni 1836, 414. *Nouveaux élémens de chirurg. opérat. du Prof. Velpeau 2. édit. Paris* 1839. *t. III. p.* 622).

flüssig, weich, oder fest. Einige lösen sich in Wasser, andere können zerbrechen, noch andere wachsen und vergrössern sich. Einige sind unbeweglich, andere dringen vor und sind lebendig.

1) Der Gehörgang füllt sich beim Tauchen oft mit Wasser, welches Sausen und Klingen in den Ohren erregt und durch sein Gewicht, wie durch seine niedrige Temperatur auf dieselben wirkend, nicht selten Ohren-Entzündungen hervorruft. Stürzt sich Jemand von einer grossen Höhe so in das Wasser, dass das Ohr die Oberfläche desselben zuerst trifft, so kann der Stoss auf das Trommelfell eine Erschütterung und Zerreissung desselben bewirken, welche Taubheit zur Folge haben kann.

2) Die weichen Körper sind gewöhnlich Stücke von Früchten oder Brodkrumen, welche Kinder spielend ins Ohr stecken.

3) Harte Körper giebt es eine grosse Menge; dahin gehören Kirschsteine, Bleistückchen, Porcellan, oder Glasscherben, Nadelknöpfe, Perlen u. s. w.

4) Im Wasser lösliche Körper sind Stückchen Zucker, Thonkügelchen u. s. w.

5) Körper, welche wachsen, d. h. zunächst aufquellen: Erbsen und Bohnen; es ist sogar gedruckt zu lesen, dass dergleichen gekeimt haben und an ihren Stengeln herausgezogen worden sind.

6) Zerbrechliche Körper sind namentlich: hohle Glaskugeln, wie falsche Perlen; fasst man sie schlecht, so zerbrechen sie und jedes Bruchstückchen bildet alsdann einen fremden Körper, dessen scharfe Ecken das Ohr verletzen, entzünden.

7) Haben die fremden Körper einen geringern Durchmesser als der Gehörgang, so sind sie **beweglich** und je nach der Stellung des Kopfes und nach den Handgriffen des Kranken oder des Chirurgen dringen sie tiefer gegen das Trommelfell, oder kommen aus dem Ohre hervor. **Bégin** nennt **vordringende** Körper vorzugsweise die Aehren der Gramineen; diese haben (sofern sie, wie gewöhnlich mit der Spitze voraus eingesteckt sind) eine vorwiegende Tendenz nach und nach in die Tiefe des Gehörorgans zu dringen und mehr als Einer ist, theils zufällig, theils in Folge irgend einer betrügerischen Absicht, das Opfer einer heftigen Otitis geworden, welche auf diese Weise entstanden war.

8) Auch die **lebenden** fremden Körper sind beweglich; dahin gehören die Ohrwürmer, die Fliegen, Läuse, Flöhe, Wanzen u. s. w. [1]); sie müssen erst getödtet werden, bevor man sie ausziehen kann.

[1]) **Itard**, *traité des maladies de l'oreille et de l'audition 2. edit. Par.* 1842. *t. I. p.* 297. *Bull. de l'Academ. roy. de méd. t. IX. p.* 311.

binde leicht comprimiren. Dass auf diese Weise selbst vollständig getrennte Theile des äussern Ohrs wieder angeheilt werden können, ist durch mehrfache Thatsachen [1]) bewiesen.

Der plastische Wiederersatz des verloren gegangenen Ohrs oder eines seiner Theile ist namentlich von Tagliacozzi bereits ausgeführt worden, dann aber in Vergessenheit gerathen, bis Dieffenbach diese wie andere plastische Operationen wieder in die Praxis einführte. Eine besonders günstige Aufnahme wird diese Operation niemals finden, da sie immer nur sehr Ungenügendes leisten kann und da die Difformität, gegen welche sie Hülfe leisten soll, sich leicht verdecken lässt. |Uebrigens würde man bei ihrer Ausführung sich nach den Bd. I. p. 350 u. ff. aufgestellten Regeln zu richten und wo möglich der ersten indischen Methode den Vorzug zu geben haben. Zu diesem Behuf würde man für den Wiederersatz des fehlenden Ohrläppchens z. B. die Haut aus der Gegend des *Processus mastoideus* entnehmen und bis zum Anheilen an den Defect durch eine breite Brücke nach Hinten oder nach Unten mit ihrer ursprünglichen Nachbarschaft in Verbindung lassen. Natürlich würde es immer einer doppelten Hautlage, einer Umsäumung der Haut mit Haut bedürfen, um die Gestalt des Ohrläppchens einigermassen herzustellen.|

II. Fremde Körper im äussern Gehörgange.

Die Menge der im äussern Gehörgange gefundenen fremden Körper grenzt ans Wunderbare. Sie können sich in demselben bilden, oder von aussen hinein gelangen.

Die fremden Körper, welche sich im Ohre bilden, können flüssig oder auch fest sein. Dahin gehört: das Ohrenschmalz in einem der Versteinerung sich annähernden Zustande, ferner Krusten, Blutgerinnsel, Eiter und vielleicht Tuberkelmasse [2]). |Von den Ohrenschmalzpfröpfen war bereits im zweiten Capitel die Rede.|

Die von aussen kommenden fremden Körper sind entweder

[1]) Ein Fall der Art wird von Dr. Manni in den *Archives de médecine*, Juni 1840 berichtet.

[2]) Vidal glaubt folgende Thatsachen zu Gunsten der Annahme, dass Tuberkelmasse im Ohr vorkommen könne, deuten zu dürfen: 1) Bei einem an Taubheit seit langer Zeit leidenden Individuo war die Trommelhöhle übermässig ausgedehnt und der Felsentheil des Schläfenbeins angefressen. Diese beiden merkwürdigen Affektionen, sagt Cloquet, waren durch die reiche Entwickelung einer wachsähnlichen Masse hervorgebracht, welche sich im Innern der Höhle derartig verhärtet hatte, dass sie sich wie eine Art Pseudomembran schuppenförmig abnehmen liess. 2) In einem andern von Jobert beobachteten Falle hatte das die Trommelhöhle ausfüllende Ohrenschmalz (so deutet J. diese Masse) das Felsenbein in eine Höhle verwandelt, in welcher jede Spur der ursprünglichen Bildung des innern und mittlern Ohrs verschwunden war (*Clinique des hôpitaux t. IV.* 21. *Revue médicale*, Juni 1836, 414. *Nouveaux élémens de chirurg. opérat. du Prof. Velpeau 2. édit. Paris* 1839. *t. III. p.* 622).

IV. Entzündung des inneren Ohres (des Labyrinths).

[Eine primäre, nicht erst von den Nachbargebilden übertragene Entzündung des Labyrinths ist eine höchst seltene Krankheit. Diejenigen Schriftsteller, welche sie als häufig bezeichnen, haben wahrscheinlich die schon oben erwähnte Verwechslung zwischen mittlerem und innerem Ohr begangen, jedenfalls aber hinreichende diagnostische Merkmale nicht angegeben. Der von Kramer citirte Fall war traumatischen Ursprungs und führte durch Meningitis zum Tode, so dass die Verletzung und Entzündung des Labyrinths eigentlich die Nebensache war.]

Drittes Capitel.

Wunden und fremde Körper.

I. Wunden des Ohrs.

Wir haben hier nur von den Wunden des äusseren Ohrs zu handeln, da die übrigen Theile des Gehörorgans so tief und in solchen Umgebungen liegen, dass ihre Berührung durch ein verwundendes Instrument anderweitige Verletzungen voraussetzt, welche an sich die Aufmerksamkeit des Arztes so sehr in Anspruch nehmen, dass die Ohrwunde ganz in den Hintergrund tritt.

Wunden der Ohrmuschel müssen wo möglich durch *prima intentio* geheilt und deshalb in der Regel durch die blutige Naht vereinigt werden. Heftpflaster und Collodium reichen aus, wenn die Wunde klein und der abgetrennte Lappen leicht an seiner Stelle festzuhalten ist. Gewöhnlich muss man beim Anlegen der Nähte den Ohrknorpel mit durchstechen, wovor die älteren Aerzte eine unbegründete Besorgniss hatten; seit Leschevin aber glaubt Niemand[1]) mehr an gefährliche Zufälle nach Stichwunden der Ohrknorpel und man führt die Nadeln ruhig durch sie hindurch, wenn Richtung und Ausdehnung der Wunde es erheischen. Um aber die Wundränder genau aneinander zu erhalten, muss man dadurch, dass man die Einbuchtungen des Ohrs mit feiner Charpie ausfüllt, die natürliche Oberfläche desselben möglichst gleichmässig herzustellen suchen; namentlich müssen die Muschel und der äussere Gehörgang, wenn die Wunde bis dahin gedrungen ist, ausgefüllt werden. Dann kann man das so ausgefüllte Ohr mit einer Kinn-

[1]) [Chelius hat noch jenen Rath der älteren Autoren wiederholt (Handbuch der *Chirurgie. VII.* Ausgabe Bd. I. pag. 482).]

in den Gehörgang gebracht. Begreiflicher Weise wird ein fremder Körper, der nicht zu fest sitzt, durch die Erschütterungen beweglich, und dann müssen das Oel und die angenommene Stellung das Herausfallen begünstigen. In einem andern Falle beseitigte man ein Korallenfragment, welches eine lebhafte Gehirnaufregung bis zum Delirium veranlasst hatte, dadurch, dass man blos einige Tropfen Oel einbrachte, und den Kranken veranlasste, eine Nacht hindurch auf dem kranken Ohre zu liegen; Morgens lag das Korallenstück auf dem Kopfkissen. — Demnach ist es wohl räthlich, immer mit einer zweckmässigen Haltung des Kopfes, mit den Erschütterungen und dem Eingiessen von Oel zu beginnen; namentlich sollten Laien diese Mittel vorzugsweise gebrauchen, da sie durch andere Manipulationen leicht schaden können. Ueberdies kann das Oel, auch wenn man nicht zum Ziel damit kommt, anderweitige Extraktionsversuche nur begünstigen. — Sind es Körper, welche sich in Wasser auflösen, wie Zucker, Thon oder Ohrenschmalz, so reicht das Einspritzen von Wasser meist aus. Mit einem in Oel getränkten Baumwollenbausch kann man Insekten tödten oder fangen und so das Ohr von ihnen befreien; es ist gewiss besser, ihre Tödtung mit mildem Oel zu versuchen, als gleich anfangs Terpenthin, oder andere mehr oder weniger irritirende Mittel in Anwendung zu bringen. Mitunter will man auch Thiere durch Köder herausgelockt haben, z. B. Ohrwürmer durch Milch, oder Würmer durch Fleisch; unter andern hat Bérard d. Aelt. den Wurm der Aasfliege durch in den Eingang des Gehörganges gelegte Stückchen Fleisch hervorgelockt (?). Um feste Körper herauszuziehen, bedient man sich einer kleinen Kornzange oder verschiedenartig construirter Räumer, einer Hohlsonde, des Daviel'schen Löffels u. s. w. Bei Erwachsenen muss man das Instrument stets am untern Umfange des Gehörganges einführen, weil bekanntlich der längste Durchmesser desselben von oben nach unten geht; man kann selbst ein wenig nach abwärts drücken, um diesen Durchmesser zu verlängern und so die Einführung des Instrumentes zu erleichtern [1]). Die Räumer oder Krätzer müssen aber, wenn sie auch der Enge des Canals angemessen sind, doch eine gewisse Festigkeit haben. Die Zangen müssen klein, leicht gebogen und ihre Handgriffe knieförmig gekrümmt sein, damit die operirenden Finger dem Auge des Operateurs nicht im Wege sind. |Jede Verletzung des Gehörgangs ist bei der Extraction sorgfältig zu ver-

[1]) |Vgl. die anatomische Uebersicht.|

meiden. Die dadurch erregte Blutung kann die Operation so sehr erschweren, dass man sie auf die Periode der Eiterung verschieben muss.

Fig. 19. 20.

Ein besonderes Instrument, um fremde Körper aus dem Ohre zu ziehen, hat Charrière (1839) nach Vidal's Angabe construirt. Es ist dies eine flache Canüle, welche eine in einen kleinen abgeplatteten Knopf auslaufende starke Uhrfeder enthält. Diese Canüle führt man an dem fremden Körper vorbei, sofern dies möglich, bis an den Grund des Gehörgangs und lässt am die Feder durch die an diesem Ende befindliche Oeffnung hervortreten. Indem sich nun die Feder in sich selbst zusammenkrümmt, umfasst sie den fremden Körper von hinten und wenn man Canüle und Feder hervorzieht, muss der Körper folgen. Fig. 20 zeigt das geöffnete Instrument in dem Augenblicke, wo es den fremden Körper fassen will; Fig. 19 das geschlossene Instrument, wie man es ins Ohr einführt.

Mitunter sind die der Extraction entgegenstehenden Schwierigkeiten so gross, dass man sich entschlossen hat, den Gehörgang zu incidiren; doch sollte dieses Mittel nur dann in Anwendung kommen, wenn entweder die Entzündung des Gehörgangs, oder Gehirnsymptome die anderweitig unmögliche Extraction dringend indiciren.

In seltenen Fällen muss man von der andern Seite auf den fremden Körper wirken. So erzählt Deleau, ein kleiner Stein habe, nachdem er lange in der Tiefe des Gehörgangs verweilt, das Trommelfell durchbohrt und sei in die Paukenhöhle gefallen, wo er unfassbar gewesen sei. Deleau trieb dann durch die Eustachische Röhre einen starken Injectionsstrahl, die Flüssigkeit riss den Stein mit sich fort und schwemmte ihn zum äusseren Gehörgange heraus.

meiden. Die dadurch erregte Blutung kann die Operation so sehr erschweren, dass man sie auf die Periode der Eiterung verschieben muss.

Fig. 19. 20.

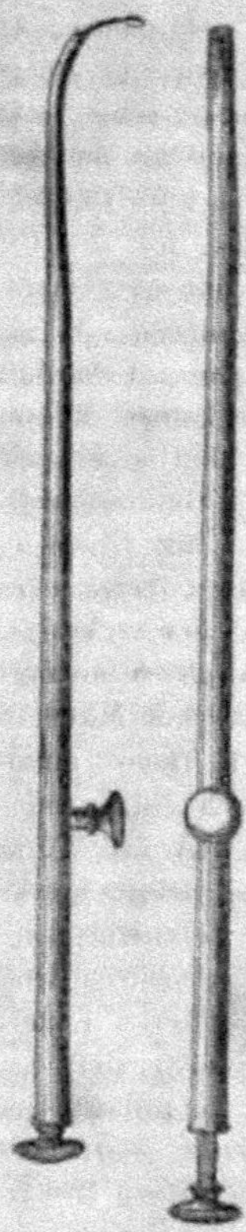

Ein besonderes Instrument, um fremde Körper aus dem Ohre zu ziehen, hat Charrière (1839) nach Vidal's Angabe construirt. Es ist dies eine flache Canüle, welche eine in einen kleinen abgeplatteten Knopf auslaufende starke Uhrfeder enthält. Diese Canüle führt man an dem fremden Körper vorbei, sofern dies möglich, bis an den Grund des Gehörgangs und lässt nun die Feder durch die an diesem Ende befindliche Oeffnung hervortreten. Indem sich nun die Feder in sich selbst zusammenkrümmt, umfasst sie den fremden Körper von hinten und wenn man Canüle und Feder hervorzieht, muss der Körper folgen. Fig. 20 zeigt das geöffnete Instrument in dem Augenblicke, wo es den fremden Körper fassen will; Fig. 19 das geschlossene Instrument, wie man es ins Ohr einführt.

Mitunter sind die der Extraction entgegenstehenden Schwierigkeiten so gross, dass man sich entschlossen hat, den Gehörgang zu incidiren; doch sollte dieses Mittel nur dann in Anwendung kommen, wenn entweder die Entzündung des Gehörgangs, oder Gehirnsymptome die anderweitig unmögliche Extraction dringend indiciren.

In seltenen Fällen muss man von der andern Seite auf den fremden Körper wirken. So erzählt Deleau, ein kleiner Stein habe, nachdem er lange in der Tiefe des Gehörgangs verweilt, das Trommelfell durchbohrt und sei in die Paukenhöhle gefallen, wo er unfassbar gewesen sei. Deleau trieb dann durch die Eustachische Röhre einen starken Injectionsstrahl, die Flüssigkeit riss den Stein mit sich fort und schwemmte ihn zum äusseren Gehörgange heraus.

Viertes Capitel.

Bildungsfehler des Ohrs.

Die Bildungsfehler des Ohrs betreffen glücklicher Weise nicht immer beide Seiten zugleich. Es herrscht, sowol in den normalen Funktionen, als auch in den Krankheiten des Ohrs nicht dieselbe Symmetrie und Sympathie zwischen den beiderseitigen Organen, welche man zwischen beiden Augen bemerkt, — ein Mangel, welcher einer Seits zwar die Schärfe des Gehörs beeinträchtigt, anderer Seits aber bewirkt, dass ein Ohr fast immer nach dem Verluste des andern erhalten werden kann, was bei den Augen nur allzu häufig nicht Statt findet.

Die einzelnen Bestandtheile des Ohrs können fehlen, oder in der Entwickelung zurückgeblieben sein; oder sie können in Ueberzahl, oder übermässig entwickelt vorhanden sein; oder endlich ihr Verhältniss zu einander kann verändert sein.

In demselben Maasse, wie die sichtbaren, unterliegen auch die verborgenen Theile diesen Verschiedenheiten, so dass diejenigen des äussern Gehörganges und der Ohrmuschel nicht häufiger vorkommen, als die des Promontoriums, des runden und ovalen Fensters, der Pyramide, der Gehörknöchelchen u. s. w. gefunden werden würden, könnte man sie eben so oft besichtigen. Die Untersuchungen Ed. Cock's und namentlich Jos. Hyrtl's bestätigen diese Behauptung.

Bedeutende Wichtigkeit und grosses Interesse würde die Feststellung des Verhältnisses gewähren, welches zwischen den angeborenen Bildungsfehlern des äussern Gehörgangs und denen der verschiedenen Theile des innern und mittlern Ohrs besteht. Bei völligem Mangel des äussern Ohrs fand man den übrigen Theil des Gehörapparats in einzelnen Fällen unverletzt; dies ist jedoch keineswegs constant.

Den angebornen Mangel des äussern Ohrs kann man als die Fortdauer des frühesten Bildungsverhältnisses im intra-uterinen Leben ansehen; häufiger ist derselbe zufällig erworben, wie z. B. Hennen einen Fall berichtet, in welchem dasselbe vollkommen durch eine Kanonenkugel hinweggerissen wurde, ohne dass die frühere Schärfe des Gehörs im Geringsten dadurch gelitten hätte. Diese Thatsache, als Beweis der Nutzlosigkeit des äussern Ohrs für das Gehör ist keineswegs einzig; aber es kommen ebensowohl gegentheilige vor, in welchen sogar eine Abweichung in der Richtung der Muschel und in dem Winkel, welchen sie mit dem Kopfe bildet, Veränderungen in der Wahrnehmung der Töne hervorruft. So widersprechend anscheinend diese Thatsachen sind, so lassen sie sich doch aus der verschiedenen Empfindlichkeit des innern Ohrs erklären. Es giebt Menschen, welche an dem äussern Ohr eine trichterförmig gehaltene Hand anlegen, um die Schallwellen leichter zu sammeln und zu concentriren, während andere mit kleinen Ohren und wenig hervortretenden, an den Kopf anliegenden Muscheln vortrefflich hören, so dass ohne Zweifel diesen das äussere Ohr wenig Nutzen für das Gehör gewährt, und letzteres, wenn jenes fehlte, ganz ungeschwächt bleiben würde.

Zuweilen fehlt blos ein Theil des äussern Ohrs; betrifft dies nur das Ohrläppchen, oder ist dies mit der Kopfhaut verwachsen, so sind diese Abweichungen nur von untergeordneter Bedeutung (vgl. p. 173). Anders verhält es sich schon mit der Kürze und namentlich mit der Enge des äussern Gehörgangs, denn diese Zustände beeinträchtigen wirklich das Gehör, weil dergleichen Gehörgänge leichter verstopft werden. Auch kommt zuweilen statt der wirklichen Verengerung des Gehörgangs ein Aneinanderliegen seiner Wandungen vor. Boyer spricht von diesem Bildungsfehler als Ursache einer fast vollständigen Taubheit und heilte die letztere durch Einführung eines goldenen Röhrchens von der Gestalt des Gehörgangs. — Ferner kann der Gehörgang verwachsen, entweder durch Annäherung und Verschmelzung seiner Wandungen, oder durch eine Scheidewand, eine Art Verdoppelung des Paukenfells. Der erste Fall ist bei weitem schwieriger zu beseitigen; die dagegen angewendeten Mittel nützen um so weniger, weil dieser Bildungsfehler sich meistens mit andern, noch tiefer gehenden Anomalien verbindet. Jene Art von Diaphragma vor dem Paukenfell [besteht wohl meist aus angehäuftem Epithelium und ist daher leicht zu beseitigen.]

Andrer Seits kommt eine übermässige Entwickelung des Gehörgangs vor, ohne gleichzeitige Verschärfung des Gehörs. Diese übermässige Entwickelung einzelner Theile des äussern Ohrs kann selbst die entgegengesetzte Wirkung haben; so wird z. B. ein grosser Tragus, Antitragus, oder Anthelix den Eintritt der Schallwellen in den Gehörgang behindern können. Dieser Effect tritt noch mehr hervor, wenn diese Vergrösserungen zugleich eine abweichende Richtung haben, so dass sie wie Deckel in den Gehörgang hineingebogen sind. Mitunter lässt sich die Durchgängigkeit des Gehörgangs durch Pressschwamm oder andere ausdehnende Körper wiederherstellen; meist aber ist die Abtragung der übermässig entwickelten Theile vorzuziehen.

Ein das Gehör zwar nicht behindernder, aber sehr hässlicher Bildungsfehler ist die Vergrösserung des Ohrläppchens nach vorn oder nach abwärts. Die Beseitigung wird mit einer grossen gekrümmten Scheere in einem Zuge ausgeführt. Blandin hat eine Verdoppelung des Gehörgangs beobachtet; sollte dieser doppelte den Schallwellen sich öffnende Weg wirklich das Gehör beeinträchtigen, so lässt sich natürlich der eine derselben leicht verstopfen.

Die Trommelhöhle kann zu eng, oder, nach aussen durch eine Verdickung oder Verknöcherung des Trommelfells völlig abgeschlossen sein (vgl. p. 158 u. f.).

Besonders häufig sind aber die Anomalien der Gehörknöchelchen, namentlich des Steigbügels, sowol rücksichtlich ihres Umfangs, ihrer Zahl als auch ihrer Gestalt. Dasselbe gilt von der Schnecke und den halbkreisförmigen Kanälen, ein Umstand, welcher besonders bekannt geworden ist, seit die Sectionen Taubstummer sorgfältiger gemacht werden. Doch darf man nicht übersehen, dass häufig Tuberkulose des Schläfenbeins bei der angeborenen Taubheit vorkömmt, so dass also nicht immer ursprüngliche Bildungsfehler der Knochen oder Nerven diese Kinder des Gehörs und folglich auch der Sprache berauben.

Wir unterlassen alle in der neuern Zeit beobachtete Bildungsfehler des mittleren und innern Ohrs anzuführen; denn theils sind sie im Leben nur dann zu erkennen, wenn zwischen ihnen und gleichzeitigen Difformitäten des äussern Gehörgangs Verbindungen bestehen, theils sind auch die Beeinträchtigungen, welche das Gehör durch sie erleidet, unheilbar.

Fünftes Capitel.

Neurosen des Gehörorgans.

I. Otalgie, Ohrenzwang, Ohrenschmerz.

Wollten wir unter Otalgie jeden am Gehörorgan vorkommenden Schmerz verstehen, so würden wir uns hier in Wiederholungen erschöpfen müssen, da die Mehrzahl der Ohrenkrankheiten von Schmerz begleitet ist. Leider haben viele Schriftsteller, wenn auch unabsichtlich, die Otalgie in einem so weiten Sinne aufgefasst und dadurch grosse Verwirrungen angerichtet. Es soll aber, gerade im Gegensatz zu den auf objectiv nachweisbaren Veränderungen im Gehörorgan beruhenden schmerzhaften Erkrankungen, hier von der Neuralgie des Ohrs, bei welcher jede Entzündung und jede nachweisbare materielle Störung überhaupt fehlt, allein die Rede sein.

Die Diagnose der Otalgie ist folglich grossentheils eine negative, d. h. durch Ausschliessung zu gewinnen, und mit Recht hebt daher Kramer hervor, dass Itard, wenn er auch den Begriff *„Otalgie nerveuse"* zuerst aufgestellt hat, dennoch für keinen einzigen Fall den Beweis liefern konnte, dass es sich um diese Krankheit wirklich gehandelt habe, da er nicht blos den *Catheterismus tubae*, sondern auch die genauere Untersuchung des Gehörorgans vernachlässigt hat.

In diesem beschränkten Sinne ist die Otalgie eine höchst seltene Krankheit, selbst wenn man die Fälle hinzuzählen will, in denen die Neuralgie nicht auf das Ohr beschränkt bleibt, sondern auf die ganze entsprechende Hälfte des Kopfes sich erstreckt. Unter den Neuralgien des Trigeminus sind diejenigen des 3ten Astes die seltensten; unter diesen aber kommen wiederum die auf das Ohr sich erstreckenden relativ selten vor. In dem von Kramer genau untersuchten Falle erwies die genaueste Untersuchung alle derselben zugänglichen Theile des Gehörorgans als vollkommen gesund. Auch die Hörfähigkeit war normal und es bestand kein Ohrentönen. Die Heilung erfolgte durch die Extraction eines zwar cariösen, aber durchaus schmerzlosen Backzahns des entsprechenden Oberkiefers. Wenn aber Kramer diesen „einzigen Fall, welchen er in seiner 17jährigen Ohrenpraxis beobachtet hat", für so ganz isolirt stehend hält, so thut er anderen Beobachtern Unrecht. Wurde auch die Untersuchung mit dem Ohrkatheter nicht vorgenommen, so bleibt es doch unzweifelhaft, dass ein heftiger Ohrenschmerz, welcher nach Extraction eines cariösen Zahns [1]) oder nach Exstirpation eines kleinen Neuroms [2]) oder nach der Itardschen Schwitzkur [3]) plötzlich wieder verschwand, wirklich eine Neuralgie und nicht ein durch Entzündung bedingter Schmerz gewesen ist. Ebenso unzweifelhaft ist es freilich, dass diejenigen Fälle von sogenannter Otalgie, welche zur Abscessbildung im Gehörgange führten, und von denen die Schriftsteller sagen, sie seien nachträglich in Entzündung übergegangen, von Anfang an Entzündungen gewesen sind.

Die Behandlung der Otalgie wird ganz nach den für die Neuralgien überhaupt geltenden Grundsätzen einzuleiten sein, — immer mit der so eben angedeuteten Berücksichtigung der ätiologischen Verhältnisse.

II. Nervöse Schwerhörigkeit.

Wir verstehen unter nervöser Schwerhörigkeit diejenige, für welche materielle Veränderungen als zureichender Grund nicht nachzuweisen sind. Die Diagnose stützt sich mithin vorzugsweise

[1]) [Fälle der Art sind den Zahnärzten wohl bekannt.]

[2]) „Ein Schiffseigner empfand zeitweise einen heftigen Schmerz im linken Ohr, welcher zuerst aufgetreten war, nachdem eine kleine, harte, bewegliche, farblose Geschwulst sich hinter demselben Ohre und zwar unmittelbar unter dem *Proc. mastoid.* entwickelt hatte. Es schien eine wirkliche Balggeschwulst zu sein, und obgleich sie nicht schmerzhaft war, erregte oder vermehrte man die Otalgie doch, wenn man die Geschwulst ein wenig stark drückte." — „Hiedurch", sagt Itard, „war der Zusammenhang der Geschwulst mit der Krankheit des Ohrs hinlänglich erwiesen und deshalb rieth ich zur Exstirpation. Ob dieser Rath befolgt wurde, ist mir nicht bekannt." (*Diction. des sciences médicales. Art. Otalgie.*) Vidal glaubt daraus, dass Itard den Kranken nicht wiedergesehen, schliessen zu dürfen, dass ihn die Operation geheilt habe. [Solche Schlüsse sind höchst bedenklich.]

[3]) Die von Itard vorgeschlagne und viel gepriesene Kurmethode ist folgende: Man benetzt den Kopf eine Viertelstunde lang mit einem in warmes Wasser getauchten Schwamm; um die Erkältung des Kopfes nach der Operation zu verhüten, reibt man, sobald jene beendet ist, die Haare mit einem Stück sehr warmen Flanell, welches man bald durch ein anderes ersetzt und so fort bis zur vollkommnen Abtrocknung; dann umwickelt man den Kopf mit warmem und trocknem Flanell. Auch kann man, und zwar möchte dies noch vorzuziehen sein, den ganzen Kopf mit Wachstafft einhüllen. — Dies ganze Verfahren kann aber nur bei Personen eingeleitet werden, deren Haare kurz sind; bei denen, welche lange Haare tragen, muss man die ganze Schläfengegend und das kranke Organ selbst mit einem Kataplasma bedecken. Fast immer tritt nach einer in der angegebenen Weise ausgeführten Benetzung des Kopfes eine reichliche Transpiration, besonders auf dem Schädel ein, wodurch der Schmerz sich verlieren soll.

auf negative Merkmale. Ob in der That immer ein Leiden des Acusticus selbst, oder in manchen Fällen eine am lebenden Menschen unmöglich zu erkennende Veränderung im Labyrinth dieser Schwerhörigkeit zu Grunde liege, könnte nur durch höchst genaue anatomische Untersuchungen entschieden werden.

Die Schwerhörigkeit tritt entweder plötzlich oder allmälig auf. Im letzteren Falle bleibt sie oft lange Zeit unbemerkt oder doch unbeachtet. Bei höheren Graden leidet durch die gezwungene Theilnahmlosigkeit und die zahlreichen Missverständnisse fast immer das Gemüth des Patienten, „er verfällt fast unabwendbar der düstersten menschenfeindlichen Stimmung, die ihn hart und launenvoll, zu einer Qual seiner Familie macht" (Kramer). Zuweilen treten Remissionen der Schwerhörigkeit, oft in kurzen Zwischenräumen, meist aber auch von kurzer Dauer ein. Oft ist das Hörvermögen bedeutend stärker, wenn der Schwerhörige einem starken gleichmässigen Geräusche ausgesetzt ist, z. B. beim Fahren in einem geschlossenen Wagen, oder wenn er in einem auf eine belebte Strasse hinausgehenden Zimmer die Stirn an das Fensterkreuz andrückt. Nicht ganz selten leiden solche Schwerhörige an einer eigenthümlichen Empfindlichkeit gegen scharfe gellende Töne, was unpassend als „krankhafte Feinhörigkeit" bezeichnet worden ist. Jedenfalls hören sie hohe Töne besser als tiefe, — aus bekannten physikalischen Gründen. Bei der Mehrzahl tritt im Verlaufe des Leidens Ohrentönen hinzu, bei allmäliger Entwicklung des Uebels oft schon von Anfang an. Diese für den Patienten höchst quälende subjective Gehörsempfindung ist von sehr verschiedener Qualität und Stärke, dauert in der Regel fort, wenn auch vollständige Taubheit eingetreten ist und erreicht zuweilen eine solche Höhe, dass sie den Leidenden zu jeder geistigen Thätigkeit unfähig macht und zuweilen zum Selbstmorde treibt.

Die Otoskopie ergiebt, dass der äussere Gehörgang frei und die Tuba durchgängig ist. Beim Einblasen von Luft durch den Katheter empfindet der Patient deutlich, dass sie an das Trommelfell anschlägt, die Schwerhörigkeit wird aber dadurch für einige Zeit verschlimmert, und zwar um so mehr, mit je grösserer Kraft die Luft eingetrieben wurde.

Die nervöse Schwerhörigkeit ist, nach Kramer's statistischen Untersuchungen, die häufigste Ohrenkrankheit. Ihre Aetiologie ist zum grössten Theil noch in tiefes Dunkel gehüllt. In den meisten Fällen beruht sie auf einer erblichen Anlage. Abgesehen hiervon können gewaltsame Erschütterungen des ganzen Kopfes, furchtbare

Explosionen oder Artillerie-Salven (wahrscheinlich durch directe Einwirkung auf den Acusticus), plötzliche Erkältungen des erhitzten Kopfs, Sonnenstich (wahrscheinlich durch Erzeugung eines Exsudats an der Schädelbasis), endlich die verschiedensten Erkrankungen des Gehirns, namentlich der dem Acusticus zugehörigen Centraltheile, — zur Schwerhörigkeit und Taubheit die Veranlassung geben. Auch Gemüthsbewegungen, übermässige Erregungen und Anstrengungen des ganzen Nervensystems, Säfteverluste u. dgl. m., Missbrauch narkotischer Mittel, endlich die ganze Reihe der stets dienstfertigen Helfer in ätiologischen Nöthen, Unterleibsstockungen, Hämorrhoiden, Gicht, werden als Veranlassungen aufgeführt.

Die Behandlung kann nur, wenn das Uebel noch keine bedeutende Höhe erreicht hat, mit einiger Aussicht auf Erfolg unternommen werden. Zunächst müssen die Ohren und das ganze Nervensystem vor weiteren schädlichen Einflüssen geschützt werden (Verstopfung der Ohren mit einem in Oel getränkten Pfropf von Wolle, Vermeidung jeder Erkältung derselben, sorgfältige Regelung der Diät und der ganzen Lebensweise des Patienten). Die etwa gleichzeitig bestehenden anderweitigen Krankheiten sind sorgfältig zu behandeln. Dadurch wird aber in der Regel das Gehör nicht gebessert. Man sucht daher auf den Gehörnerven selbst, auf dessen andauernde Erregung oder Schwäche örtlich einzuwirken. Der Weg, auf welchem wir ihm möglichst nahe rücken können, führt durch die *Tuba Eustachii*. Vermittelst des Ohrkatheters also wird zunächst Wasserdunst oder eine erwärmte Lösung von *Gummi arabicum*, welcher man später $1/8$ bis $1/4$ Gran *Extractum Hyoscyami* zusetzt, in kurzen Sitzungen und in Intervallen von 1 bis 2 Tagen in die Trommelhöhle eingetrieben. Die Milderung des Ohrentönens ist der Maassstab für die Fortschritte der Besserung. Weiterhin können dann kleine Quantitäten von Aether, Chloroform, Moschustinctur mit Wasserdünsten gemischt, nach den Erfahrungen von Kramer, einen guten Erfolg haben. Das Eintreiben reiner Aetherdämpfe, welches man eine Zeitlang für sehr wirksam hielt, hat sich später sogar als schädlich erwiesen.

Die in die Trommelhöhle einzutreibenden Dünste sollen 20 bis 25° Reaum. warm sein. Sie werden aus einem kleinen Ballon entwickelt, in welchem ein Thermometer steckt, und durch einen Schlauch in den, ganz wie für die Anwendung der Luftpresse eingeführten und befestigten Katheter geleitet.

Auch im günstigsten Fall ist der Erfolg einer solchen Behandlung nur ein sehr allmäliger; gewöhnlich kommt man erst nach mehreren Monaten zu einer merklichen Besserung des Hörvermögens. Eine solche muss aber um so höher angeschlagen werden, als die Krankheit, sich selbst überlassen, niemals rückgängig wird, vielmehr gewöhnlich stetige Fortschritte macht [1]).

Gleichsam als Palliativmittel, den Brillen analog, sollen die **Hörröhre** und **Hörmaschinen** dem Schwerhörigen die Möglichkeit verschaffen an der Unterhaltung Anderer Theil zu nehmen oder wenigstens einen Einzelnen deutlich zu verstehen. Wer mit einem Schwerhörigen sprechen will, muss nicht laut schreien, sondern langsam und mit recht deutlicher und bestimmter Articulation sprechen. Dies ist auch beim Gebrauch der genannten Apparate festzuhalten. Die Construction der Hörmaschinen ist verschieden, je nachdem sie blos für die Unterredung mit einer Person oder für allgemeinere Theilnahme bestimmt sind [2]). Für den ersteren Zweck bedient man sich eines langen elastischen Schlauches, dessen eines Ende in den Gehörgang gesteckt wird, während der Sprechende das andere, trichterförmig erweiterte vor den Mund hält. Unter den Apparaten, die für einen weiteren Kreis wirken sollen, dürfte als der zweckmässigste das doppelte Hörrohr mit gemeinsamem Mittelstück zu betrachten sein, welches mit seinen beiden Endstücken in den Gehörgängen steckt, und, je nach Belieben, entweder unter dem Kinn (einem ringsumlaufenden Barte entsprechend) oder quer über den Scheitel halbkreisförmig verlaufend, seine im Mittelstücke befindliche Oeffnung nach vorn wendet.

Sobald durch den Gebrauch einer Hörmaschine das Ohrentönen verschlimmert wird, muss man von ihrer Anwendung ganz abstehen.

III. Nervöses Ohrentönen, ohne Schwerhörigkeit.

Ohrentönen ist ein häufiger Begleiter sehr vieler Krankheiten des Gehörorgans. Die hier zu besprechende Art desselben ist nicht durch eine besondere Qualität oder eine eigenthümliche Art des

[1]) [Dass die Trepanation als Heilmittel der Taubheit in Vorschlag gebracht ist, wurde bereits pag. 95 angedeutet!]

[2]) [Oft erreicht der Patient schon durch Vorwärtsbewegung der Ohrmuschel mit der Hand eine stärkere Sammlung der Schallwellen. In dieser Weise können auch die, mit bewusstem und unbewusstem Charlatanismus gepriesenen Ohrmagnete wirksam sein, indem der hinter das Ohr gehängte kleine Eisenstab, freilich ohne alles Zuthun des Magnetismus, die Ohrmuschel ein wenig nach vorn drängt.]

Auftretens ausgezeichnet, sondern unterscheidet sich nur dadurch, dass weder vom Gehörgange aus, noch durch den Ohrkatheter irgend welche Erkrankung des Gehörorgans nachzuweisen ist. Dies ist vorläufig auch der einzige Grund für die Bezeichnung: nervöses Ohrentönen. Dass die Hörfähigkeit dabei nicht vermindert ist, geht schon aus der Benennung hervor. In dieser Beschränkung aufgefasst, ist das Ohrentönen eine seltene Krankheit, deren Aetiologie ganz unbekannt ist, und für welche man bis jetzt auch noch keine Behandlung kennt. Letztere empfiehlt Kramer etwa nach Analogie der gegen die nervöse Schwerhörigkeit anzuwendenden Kurmethode einzuleiten. Natürlich wird hierbei nicht an solche Fälle gedacht, wo unter den Erscheinungen eines heftigen Blutandranges zum Kopf oder einer beträchtlichen Anaemie auch Ohrentönen vorkommt, wo dann durch die anderweitig indicirte Behandlung auch diese Störung beseitigt wird.

Sechstes Capitel.

Taubstummheit.

Wenn ein Kind von Geburt an taub ist oder in so frühem Alter taub wurde, wo die erlernte Sprache weder bereits hinreichend fest dem Gedächtnisse eingeprägt, noch durch vollständige Erlernung des Schreibens gestützt ist, so gesellt sich zu der bestehenden Taubheit auch stets Stummheit. Es ist nicht nothwendig, dass die Taubheit eine absolute sei; schon bei höheren Graden der Schwerhörigkeit beobachtet man unter den angegebenen Verhältnissen dieselbe üble Wirkung auf die Sprache. Es leuchtet ein, dass die Veranlassung zur Taubheit hierbei ganz gleichgültig ist, das Kind mag durch eine angeborene Missbildung des inneren Ohres oder in Folge einer während der ersten Lebensjahre überstandenen Otitis das Gehör verloren haben, — Taubstummheit folgt in dem einen wie in dem andern Falle. Aus den Untersuchungen von Kramer geht hervor, dass, mit seltenen Ausnahmen, bei diesen Unglücklichen, alle der Otoskopie zugängigen Organe ganz normal gefunden werden und dass somit der Sitz des Uebels im Acusticus selbst oder seinen Ausbreitungen im Labyrinth gesucht werden muss. Die Kenntniss dieser Thatsache wird uns natürlich nicht abhalten, sondern vielmehr nur ansporuen, in jedem einzelnen Falle das Gehörorgan von allen Seiten her genau zu untersuchen. Sollte sich hierbei ergeben, dass eine Verstopfung des Gehörgangs oder der Eustachischen Röhre (natürlich auf beiden Seiten) besteht, so wird man auch hoffen können, in einem solchen Falle die Taubheit des Taubstummen heilen zu können. Bis jetzt liegen Beobachtungen der Art nicht vor.

Bei der angeborenen Taubstummheit hat man verschiedene Missbildungen des Gehörorgans, jedoch keine constant, durch anatomische Untersuchung nachgewiesen. Sie betrafen meist das Labyrinth. Jedoch ist die Zahl solcher Beobachtungen noch überhaupt zu gering, um allgemeinere Schlüsse daraus zu ziehen. Bei der Untersuchung einer grossen Anzahl lebender Taubstummer, welche von Geburt an nicht gehört hatten, fand Kramer das äussere und mittlere Ohr stets normal. Vielfach ist behauptet worden, dass die Taubstummheit erblich sei, d. h. dass gewisse Missbildungen des Ohrs, welche Taubheit bedingen, vererben könnten. Die Möglichkeit eines solchen Vorganges ist hier gewiss ebenso wenig zu läugnen, wie bei den angeborenen Missbildungen überhaupt. Zahlreich aber sind die Beispiele, welche man für eine solche Erblichkeit beibringen kann, jedenfalls nicht; ganz abgesehen von der Erfahrung Kramer's, dass die seltenen Ehen zwischen zwei taubstummen Personen stets kinderlos geblieben seien. Dagegen bemerkt man oft, dass angeborene Taubstummheit bei mehreren Gliedern derselben Familie, z. B. bei allen oder mehreren Söhnen eines gut hörenden Elternpaars vorkommt.

Die Unempfindlichkeit des Gehörorgans giebt sich schon in der ersten Zeit des Lebens kund. Das Kind wird durch Geräusche nicht geweckt und wendet nur solchen Dingen, die ihm lebhaft in die Augen fallen, seine Aufmerksamkeit zu. Wenn es anfängt Töne (nicht blos Klagegeschrei) von sich zu geben, so haben diese etwas eigenthümlich Rauhes. Endlich bleibt jeder Versuch zur Sprache im Laufe des zweiten und der späteren Lebensjahre vollständig aus.

Die nach der Geburt entstandene Taubstummheit ist viel seltner als die angeborene; jedoch vielleicht weniger selten, als man glaubt, da die oft mit anderen Erkrankungen coincidirenden Entzündungen des Gehörorgans, welche zur Taubheit führen, gerade im Laufe des ersten Lebensjahres häufig ganz übersehen werden. Der nachträgliche Beweis, dass die Taubstummheit erst nach der Geburt entstanden sei, lässt sich natürlich nur dann führen, wenn festgestellt werden kann, dass das Kind zu sprechen, oder doch in normaler Weise Töne zu bilden, zur gewöhnlichen Zeit begonnen hatte. In der Regel folgt Taubstummheit auch bei Kindern, welche schon deutlich sprachen, sobald das Gehör vor dem 8ten Lebensjahre auf beiden Ohren vollständig oder beinahe vollständig verloren geht.

Die Zahl der Taubstummen ist keine geringe; in der Schweiz allein giebt es deren über 8000, — Grund genug, um auch von ärztlicher Seite für die Heilung dieses Uebels thätig zu sein. Leider führt uns die Prüfung der vorliegenden Thatsachen nur immer wieder auf den Ausspruch Kramer's zurück, dass die Taubheit der Taubstummen sich bis jetzt als unheilbar erwiesen hat. Weder die auf gut Glück an vielen Dutzenden ausgeführte Perforation des Trommelfells, noch die vielen anderen medicinischen, chirurgischen und mystischen Behandlungsweisen, welche versucht und wieder verlassen sind, haben zu dem gewünschten Erfolge führen können, weil gerade die unserer Einwirkung zugängigen Organe entweder (und in der Regel) normal, oder aber in einer solchen Weise erkrankt sind, dass unsere Hülfsmittel Nichts auszurichten vermögen. Dagegen ist es durch pädagogische Bemühungen gelungen, den Unterricht der Taubstummen nicht blos in der Geberdensprache (Abbé de l'Epée), sondern auch in der Lautsprache (Pereira in Paris, Heinike, welcher in Leipzig 1778 die erste Taubstummenschule errichtete) so sehr zu vervollkommnen, dass Einzelne selbst zu einer fortlaufenden Unterhaltung befähigt werden, während der Mehrzahl wenigstens zu der Möglichkeit eines Verkehrs mit anderen Menschen verholfen wird.|

|Eine ausführliche Darstellung der bei Taubstummen anzuwendenden Unterrichtsmethode hat Ph. H. Wolff in dem von ihm bearbeiteten III. Bande des Linckeschen Handbuchs der Ohrenkunde (Leipzig 1845) gegeben. Daselbst ist auch die Literatur dieses Gegenstandes nachzusehen.|

Dritte Abtheilung.

Krankheiten der Nase, der Nasen- und Stirn-Höhlen.

Ueberblick der anatomischen Verhältnisse.

a) Aeussere Nase.

Die Haut der Nase ist an ihrem oberen Theile dick und leicht zu verschieben, weiter unten gegen die Spitze hin ist sie fest an die unterliegenden Theile angeheftet, sehr derb und von einer grossen Menge von Schmeerbälgen durchbohrt. Das Unterhautbindegewebe ist nur im oberen Theile entwickelt und mit Fett durchwebt. In der Haut der Nase und an ihren Knorpeln befestigen sich drei Muskeln; der Pyramidalis, welcher sich an den Frontalis anschliesst, der Transversus, welcher zur Verengerung und der *Levator labii superioris alaeque nasi*, welcher zur Erweiterung der Nasenlöcher dient. Das Scelet der Nase ist halb knöchern, halb knorpelig; nur der obere Theil besitzt ein Knochengerüst, bestehend aus den Nasenbeinen, welche sich nach oben mit dem *Processus nasalis* des Stirnbeins, nach aussen mit dem gleichnamigen Fortsatz des Oberkiefers, nach hinten aber gerade an der Stelle, an welcher sie mit ihren inneren Rändern aneinander stossen, mit der *Lamina perpendicularis* des Siebbeins verbinden. Die knorpelige Nase besteht aus fünf Stücken: den seitlichen Knorpeln (*Cartil. pinnales*), den Nasenlochknorpeln und der Nasenscheidewand. Die Nasenlochknorpel entsprechen nicht genau den Nasenflügeln, sie liegen ein wenig weiter nach Oben und werden von einander durch die knorpelige Nasenscheidewand getrennt.

Die Blutzufuhr wird durch mehrere, verhältnissmässig sehr starke Arterien geliefert, welche aus der Ophthalmica, der Angularis, der *Coronaria labii super.*, der Infraorbitalis und der Ethmoidalis entspringen. Die Venen der äusseren Nase ergiessen sich alle in die Angularis, ihre Lymphgefässe verlaufen zu den Submaxillardrüsen. Die Gefühlsnerven der Nase sind Zweige des Trigeminus und zwar im oberen Theile Fäden vom *Nasalis internus* und *externus*, in den Seitentheilen Aestchen des Infraorbitalis, auf dem Rücken und an der Spitze des *Ramus ethmoidalis* des Nasalis aus dem I. Aste des Trigeminus, der um dahin zu gelangen die Nasenhöhle passiren muss. Die Muskeln der Nase erhalten ihre Nerven vom Facialis.

b) Nasenhöhle.

Das Dach der Nasenhöhle ist ein nach unten concaves Gewölbe. Sein vorderer Theil ist abschüssig und wird von den Nasenknorpeln und den Nasenbeinen gebildet. Den mittleren Theil macht die *Lamina cribrosa ossis ethmoidei* aus, durch welche allein, abgesehen von dem sie bedeckenden Periost, die Trennung zwischen Nasenhöhle und Schädelhöhle gebildet wird. Den hinteren Theil des Daches bildet der Körper des Keilbeins, in welchem sich hier nach vorn gerichtet die Oeffnungen der *Sinus sphenoidales* befinden. Die innere Wand einer jeden Nasenhöhle wird durch die Nasenscheidewand gebildet, welche nach Oben und Hinten knöchern ist und aus der *Lamina perpendicularis* und dem Vomer besteht, nach Vorn und Unten aber durch einen besonderen Knorpel gebildet wird. Sie steht fast niemals in einer verticalen Ebene, sondern immer nach der einen oder anderen Seite hin gewölbt, so dass dadurch die eine Nasenhöhle geräumiger wird als die andere. Höchst selten ist sie durchbohrt. Den Boden der Nasenhöhle bildet zum grössten Theil der Oberkiefer durch seinen von beiden Seiten her zusammenstossenden Gaumenfortsatz, vorn auch durch den Alveolarfortsatz; hinten schliesst sich an den Gaumenfortsatz des Kiefers der horizontale Theil des Gaumenbeins an. Die äussere Wand der Nasenhöhle ist die complicirteste. An ihr sind die drei, in von Oben nach Unten steigender Grösse gegen jede Nasenhöhle vorspringenden Muscheln angebracht, zwischen denen sich die drei Nasengänge befinden, deren unterster und weitester zwischen der unteren Muschel und dem Boden der Nasenhöhle gelegen ist. Von der Wölbung der unteren Muschel verdeckt, befindet sich im unteren Nasengange, etwa 6''' vom Nasenloch entfernt, die etwas nach hinten sehende Oeffnung des *Canalis nasolacrymalis*. Im mittleren Nasengange münden nach vorn die vorderen Siebbeinzellen nebst der Stirnbeinhöhle, weiter nach hinten der *Sinus maxillaris*. Die Weite der Nasengänge ist nicht blos je nach der seitlichen Hervorwölbung der Nasenscheidewand, sondern auch je nach der stärkeren oder geringeren Entwickelung der einzelnen Muscheln und ihres Schleimhautüberzuges sehr verschieden, so dass Instrumente von gleicher Gestalt und Dicke in dem einen Falle mit der grössten Leichtigkeit, in dem anderen nur sehr schwer oder gar nicht ein- und hindurch geführt werden können. Jedenfalls ist der Raum in verticaler Richtung weniger beengt, als in horizontaler.

Die vordere Oeffnung der Nasenhöhle, die Nasenlöcher, sind bekanntlich in verschiedenem Grade nach unten gerichtet, von sehr variabler Weite und einer bedeutenden Erweiterung durch Instrumente, Pressschwamm u. s. w. fähig. Der beide Nasenlöcher trennende Theil der Nasenscheidewand ragt in der Regel mit seinem blos häutigen Saume etwas tiefer abwärts als die Nasenflügel. Die hinteren oder Schlundöffnungen der Nasenhöhlen, Choanen, drei bis viermal so gross als das entsprechende Nasenloch, sind gerade nach Hinten gerichtet, nahezu viereckig und da sie durchaus knöcherne Wandungen haben, einer Erweiterung nicht fähig. Der schmale hintere Rand des Vomer trennt sie von einander.

Die hauptsächlichen Arterien, welche das Innere der Nase und namentlich auch die Schleimhaut der Nasenhöhlen versorgen, sind: die *Sphenopalatina* und die *Pterygopalatina*, beide aus der *Maxillaris interna*, die *Ethmoidalis* aus der *Ophthalmica* und einige Aestchen, die von der äusseren Oberfläche der Nase her eindringen. Die Venen verlaufen nicht blos in Begleitung der genannten Arterien, sondern communiciren auch durch das irrthümlich so genannte *Foramen coecum* mit dem an dieser Stelle beginnenden *Sinus longitudinalis superior* der *Dura mater*. Die Lymphgefässe nehmen ihren Lauf zu den in der Submaxillar- und Parotidengegend befindlichen Lymphdrüsen. Ausser den Verästlungen des specifischen Sinnesnerven, des Olfactorius, welcher durch die Löcher der *Lamina cribrosa* in zahlreichen Aestchen eintritt, enthält die Schleimhaut der Nasenhöhle (die sogenannte Schneider'sche Membran) auch noch die Verästelungen der vom *Ganglion sphenopalatinum* aus und Seitens der Augenhöhle vom *Ramus ophthalmicus* eintretenden Zweige des Trigeminus.

c) Stirnhöhle.

Aus dem mittleren Nasengange gelangt man, wie schon erwähnt, nach Vorn und Oben zu den vorderen Siebbeinzellen und in die beiden Stirnhöhlen, welche von einander durch eine knöcherne Scheidewand gewöhnlich vollständig getrennt sind. Jede Stirnhöhle befindet sich zwischen den beiden aus compacter Knochensubstanz gebildeten Lamellen des Stirnbeins, befindet sich mithin an der sonst von der Diploë eingenommenen Stelle. Ihre Ausdehnung in die Breite und in die Höhe ist sehr verschieden. Manche Stirn erscheint erhaben und geistreich, obgleich nur Luft dahinter ist. In der Gegend des *Arcus superciliaris*, also dem oberen Rande der Augenbrauen entsprechend, und etwas darüber befindet sich beim Erwachsenen stets noch eine Höhle zwischen den beiden Lamellen des Knochens, wenigstens sind die Beispiele von gänzlichem Fehlen der Stirnhöhlen ungemein selten, Kinder dagegen haben keinen deutlichen *Sinus frontalis*; seine Entwicklung erfolgt erst nach der Geburt ganz allmälig. Die hintere Lamelle des Stirnbeins bildet die Scheidewand zwischen der Stirnhöhle und der Schädelhöhle; dieselbe ist immer viel dünner als die vordere.

Erstes Capitel.

Verletzungen und fremde Körper.

Wunden der Stirnhöhlen sind nur dann bedenklich, wenn die hintere Wand mitverletzt ist. Alsdann handelt es sich um eine Schädelwunde im engeren Sinne des Wortes. Die Entscheidung ob dies geschehen sei oder nicht, kann, namentlich bei Stichwunden, schwierig sein. In Fällen, wo der Verdacht besteht, dass ein fremder Körper beide Knochentafeln durchbohrt habe, wird man, im Falle seine Extraction nicht auf andere Weise möglich ist, sofort die Trepanation der äusseren Wand der Stirnhöhle (der vorderen Lamelle des Stirnbeins) vornehmen müssen, deren Gefahr begreiflicher Weise in gar keinem Vergleich steht zu derjenigen der eigentlichen Schädeltrepanation. Ist mit der vorderen Knochentafel zugleich die äussere Haut getrennt, so strömt, wenn der Kranke bei geschlossenem Mund und Nase exspirirt, Luft aus der

Wunde hervor. Ist die Haut unverletzt, so entsteht unter denselben Bedingungen Emphysem [1]). In beiden Fällen ist die Diagnose sicher. Blutung aus der Nase bei einer Wunde in der Stirngegend berechtigt nicht zur Annahme einer Stirnhöhlenwunde, da sie von der blossen Erschütterung abhängen kann. Besteht ein Substanzverlust in der Haut und der vorderen Knochentafel, jedoch ohne Verletzung der den Sinus auskleidenden Schleimhaut, — ein sehr unwahrscheinlicher Fall, — so wird diese durch die Respirations-Bewegungen mitbewegt und kann für das Gehirn gehalten werden. Tritt aus einer Wunde des *Sinus frontalis* nach einigen Tagen Schleim und Eiter hervor, so ist eine Verwechslung desselben mit Hirnsubstanz gleichfalls möglich [2]). Die Wunden der Stirnhöhlen bleiben oft lange Zeit fistulös, namentlich wenn Substanzverlust stattgefunden hat. Am Häufigsten findet man dies gerade an der Stelle, wo die Stirnhöhle am Weitesten ist. Der Grund für die Entstehung solcher Fisteln mag bald in der leicht eintretenden Verwachsung zwischen der äusseren Haut und der Schleimhaut des Sinus, bald auch in der Versperrung des Schleimabflusses (in die Nasenhöhle) zu suchen sein. Ist letzterer frei oder durch eine Art von Katheterismus frei gemacht, so führt die Anfrischung der Ränder (nöthigenfalls mit Hautverschiebung) und die blutige Naht zur Heilung.

Wunden der äusseren Nase sind sehr häufig und heilen im Allgemeinen sehr leicht, selbst wenn die Wunde keine reine Schnittwunde war. Man muss daher in der Absicht, eine entstellende Narbe zu verhüten, auch wenn seit der Verletzung schon mehrere Stunden vergangen sind, immer die Naht anlegen, sobald die Wundränder nicht ganz von selbst in Berührung bleiben. Das Durchstechen der Knorpel, welches man früher verwarf, ist dabei durchaus nicht zu scheuen, vielmehr bei allen grösseren und namentlich bei den Lappenwunden der knorpeligen Nase erforderlich, um die Lage der Theile zu sichern. Bei solchen Wunden leistet die umschlungene Naht mehr als die Knopfnaht, weil sie die Verschiebung nach allen Seiten hin hindert, jedoch ist sie an den

[1]) Dupuytren erzählt eine Beobachtung der Art, welche er nach einer Verletzung des *Sinus frontalis* durch einen Schlag machte. Die Wunde in den Weichtheilen war vernarbt, die Continuität des Knochens aber nicht wieder hergestellt. Da stellte sich nach einiger Zeit, sobald der Verletzte sich schnaubte, eine luftgefüllte Geschwulst an der Stirn ein, welche sich bis zur Schläfe ausdehnte. Durch andauernde Compression wurde das Uebel beseitigt.

[2]) Einen Fall der Art hat Maréchal in den *Mémoires de l'Acad. de chirurgie* beschrieben.

Nasenflügeln nur selten gut anzulegen. Nur im Bereich der knöchernen Nase lassen sich Wunden auch durch *Serres-fines* vollkommen vereinigen, weil nur hier die Haut sich in Falten erheben lässt. Alle Nähte können und müssen an der Nase frühzeitig entfernt werden (vgl. Bd. I. p. 123). Die Stillung der Blutung aus den verletzten Arterien der äusseren Nase kann fast immer durch gehörig dicht und tief angelegte Nähte bewirkt werden. Ausserdem nimmt man die Kälte zu Hülfe. Zur Unterbindung wird man nur selten greifen, styptische Arzneimittel aber wegen der dann unzweifelhaft folgenden Eiterung ganz vermeiden. Sind die Wundränder zackig, ungleich, stark gequetscht, schräg abgeschält, so glättet man sie mit einem schmalen Bistouri in hinreichender Ausdehnung und vereinigt dann. Den kleinen Substanzverlust, welcher dadurch entsteht, hat man nicht zu scheuen. Ist ein Stück der Nase ganz vom übrigen Körper getrennt, so ist selbst noch mehrere Stunden nachher Hoffnung vorhanden, dass dasselbe ganz oder doch zum grösseren Theile wieder anheilen werde. Man muss daher, wenn man bei der Verletzung gegenwärtig ist, gleich nachdem die Blutung aufgehört hat, und wenn von den Wundflächen aus die sogenannte plastische Lymphe (*Plasma sanguinis*) hervorzuquellen beginnt, die Vereinigung mittelst der Naht möglichst genau ausführen. Kommt der Arzt erst später hinzu, so ist natürlich keine weitere Zeit zu verlieren, aber auch, wenn der abgetrennte Theil schon blass und kalt ist, nicht ganz zu verzweifeln. Die Veränderungen an solchen Theilen sind dann im günstigen Falle die bei den plastischen Operationen, Bd. I. p. 358 beschriebenen. Lässt sich der abgetrennte Theil nicht auffinden oder kommt ärztliche Hülfe zu spät, oder ist endlich das getrennte Stückchen zu klein, so sucht man die Difformität sogleich durch eine (sogenannte plastische) Operation zu beseitigen, welches bald durch Umwandlung der Wunde in ein gleichschenkliges Dreieck und sofortige Naht, theils durch Herbeiziehung der Haut aus der Nachbarschaft mit oder auch ohne die Beihülfe von Seiteneinschnitten geschehen kann. Grössere Defecte erfordern eine plastische Operation im engeren Sinne (s. unten).

Die Brüche der Nasenknochen sind bereits Bd. I. p. 403 u. f. erörtert worden. Hier ist noch hervorzuheben, dass die nach einem schlecht geheilten Bruch der Nasenbeine zurückgebliebene Difformität sich durch abermaliges Zerbrechen (mit Meissel und Hammer von der Nasenhöhle aus) wohl beseitigen liesse, wie dies Roser vorgeschlagen hat.

In seltenen Fällen dringt durch die äussere Nase hindurch ein **fremder Körper** bis zur *Lamina cribrosa* hinauf und bedingt sogar eine Verletzung des Gehirns, wie solche Fälle namentlich von Crampton[1]) gesammelt sind.

Gewöhnlich bleibt der verletzende Körper dann in der *Lamina cribrosa* stecken, wird aber in der äusseren Wunde abgebrochen. An solche Fälle ist stets zu denken, wenn die Verhältnisse, unter denen die Verletzung erfolgte, auch nur entfernt auf ein solches Ereigniss hindeuten. Die Untersuchung von der Nasenhöhle aus wird die Entscheidung liefern. Cerebral-Erscheinungen aber können in der ersten Zeit nach der Verletzung ganz fehlen und die Wunde kann einer einfachen Stichwunde täuschend ähnlich sehen.

Verletzungen, welche die Schleimhaut der Nasenhöhle direct treffen, haben in der Regel eine relativ beträchtliche **Blutung** aus den zahlreichen und weiten Gefässen derselben zur Folge. Nur wenn das verletzende Instrument in der Wunde selbst stecken bleibt und diese vollständig ausfüllt, kann die Blutung fehlen. Blutungen aus der Nase werden aber auch sehr häufig beobachtet, ohne dass eine directe Verletzung vorausgegangen ist. Eine blosse Erschütterung des Kopfes, oder eine durch erregende Getränke, vornüber oder abwärts geneigte Haltung des Kopfes bedingte Ueberfüllung der Blutgefässe in der Schneider'schen Membran kann hinreichen, um eine bedeutende Hämorrhagie aus der Nase zu veranlassen. In anderen Fällen werden durch Verschwärungen der Nasenschleimhaut, namentlich auch der gefässreichen Neubildungen, welche auf ihr vorkommen (Nasenpolypen), Blutungen veranlasst. Oft hören solche Blutungen allerdings sehr bald von selbst auf, woraus es sich erklärt, dass unzählige Volks- und Geheimmittel als wirksam gegen Nasenbluten empfohlen werden. Zuweilen aber erreicht die Blutung schnell eine solche Höhe, dass nur durch eine zweckmässige **Therapie** die Lebensgefahr abgewandt werden kann. Eine solche besteht entweder in der Einspritzung von kaltem Wasser und adstringirenden Flüssigkeiten (namentlich Chloreisen, Alaunlösung), oder in der Anwendung des **Tampon**. Wenn die Blutung aus dem vorderen Theile der Nase, im Bereich der Nasenknorpel, kommt, so kann der **sogenannte vordere Tampon** ausreichen. Hierunter versteht man das Ausstopfen des knorpligen Theils der Nasenhöhle mit Charpie. Dies ist eine sehr einfache und dem Kranken verhältnissmässig wenig Beschwerden erregende Operation. Man sollte deshalb in zweifelhaften Fällen stets mit ihr den An-

[1]) S. Canstatt's Jahresbericht für 1851, Bd. IV. p. 24.

fang machen und den vollständigen Tampon nur da in Anwendung ziehen, wo nach Anwendung des vorderen noch Blut durch die Choanen in die Rachenhöhle einfliesst. Alsdann ist es nothwendig, auch die Choanen zu verstopfen, dadurch den Bluterguss auf den Raum der Nasenhöhle zu beschränken, und somit indirect den Blutaustritt aus den verletzten Gefässen zu hemmen. Dieser sogenannte vollständige Tampon der Nasenhöhle wird in folgender Weise angelegt: Um ein Bourdonnet (vgl. Bd. I. p. 73), das etwa 3—4 Mal so dick ist, als die Weite des entsprechenden Nasenloches beträgt, befestigt man 3 starke Fäden von etwa 1 Fuss Länge. Findet die Blutung aus beiden Nasenlöchern Statt, so sind 2 solcher Bourdonnets herzurichten. Ein elastischer Katheter, dessen Leitungsdraht man die Biegung eines männlichen Katheters (Bd. I. p. 69) gegeben hat, wird durch den unteren Nasengang (gerade wie beim Katheterismus der *Tuba Eustachii*, vgl. p. 147) in den Schlund geführt; daselbst senkt man seinen Schnabel möglichst tief, so dass er bei geöffnetem Munde hinter dem Gaumensegel erscheint, ergreift von der Mundhöhle aus seine Spitze mit einer Kornzange und zieht diese, während man den Leitungsdraht mit der andern Hand festhält, so dass der Katheter von ihm abgleitet, aus dem Munde hervor. Zwei der Fäden des Bourdonnets werden sicher an der Spitze des Katheters befestigt, letzterer macht seinen Weg nunmehr rückwärts durch Mund, Schlund und Nasenhöhle, die zwei Fäden folgen, und an ihnen wird, sobald sie aus dem Nasenloch hervorgetreten sind, das Bourdonnet auf demselben Wege in die betreffende Choane hinein oder doch gegen sie angezogen. Der Durchgang durch die Fauces ist hierbei namentlich, wenn der Kranke ungelehrig oder sehr aufgeregt ist, oft schwierig, so dass es erforderlich wird, von der Mundhöhle aus mit dem Finger den Tampon hinter das Gaumensegel zu schieben. Der dritte Faden wird von dem Tampon nachgeschleppt und muss aus dem Munde hervorhängen, am besten in einer solchen Länge, dass er am Ohr der entsprechenden Seite (wenn ein Ohrring vorhanden ist, an diesem) befestigt werden kann, ohne dass durch seine Spannung das Gaumensegel oder der Mundwinkel belästigt würde. Hat man sich versichert, dass der in angegebener Weise eingeführte hintere Tampon einerseits die Choane vollkommen verschliesst, andererseits aber auch nicht etwa durch sein zu grosses Volumen fortdauernd Brechreiz unterhält; so legt man die aus dem Nasenloch hervorgezogenen beiden Fäden nach rechts und links auseinander, übergiebt beide, oder doch den einen, einem Gehülfen oder dem Patienten zum Festhalten, fixirt den anderen selbst, und verstopft nun das Nasenloch mit Charpiekugeln. Ist es vollständig und sicher angefüllt, so schnürt man über der eingeführten Charpie die beiden Fäden in einen Knoten und verhindert hierdurch, da der vordere Tampon unmöglich nach hinten weichen kann, ein Hinausgleiten des hinteren.

Statt des elastischen Katheters kann man sich auch des Bellocq'schen Röhrchens (Fig. 21 *E*) bedienen, welches früher für diese Operation als unentbehrlich betrachtet wurde. Dies ist ein katheterförmig gekrümmtes Rohr von Silber, an dessen geradem Ende sich zum bequemen Festhalten ein Ring befindet. In dem Rohr bewegt sich ein Stiel hin und her, welcher in eine Uhrfeder ausläuft, an deren Ende sich ein mit einem Oehr versehener Knopf befindet. Die Einführung des Röhrchens geschieht, während der Stiel vollständig zurückgezogen ist, in der oben für den Katheter angegebenen Weise. Durch Vorwärtsschieben des Stiels wird die Uhrfeder mit ihrem Knopfe unter dem Gaumensegel hervor in die Mundhöhle getrieben, von wo er mit den Fingern hervorgezogen werden kann, um die Fäden in dem Oehr zu befestigen. Der Stiel und mit ihm die Feder werden nunmehr zurückgezogen und alles Uebrige erfolgt wie bei Anwendung des Katheters. — [Ich gebe der Anwendung des Katheters den Vorzug, weil: 1) Fälle vorkommen, in denen man das Bellocq'sche Röhrchen gar nicht, den elastischen Katheter aber recht gut durch einen sehr engen Nasengang hindurchführen kann; 2) die Operation mit dem Bellocq'schen Röhrchen nicht leichter ist, als mit dem Katheter; 3) ein zu anderen Zwecken nicht zu benutzendes Instrument durch den Gebrauch des Katheters ganz entbehrlich wird.]

Fig. 21.

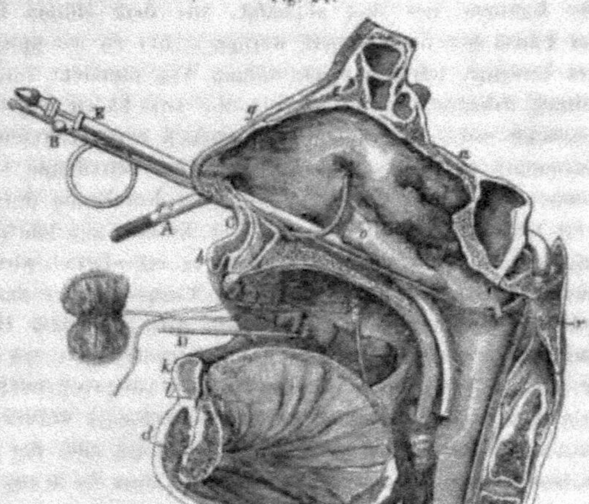

Fig. 21. Verticaler Durchschnitt des Gesichts und des oberen Theils des Halses dient zur Erläuterung nicht blos der bei der Anwendung des Bellocq-schen Röhrchens in Betracht kommenden Verhältnisse, sondern auch der relativen Lage dieser Theile überhaupt. Bei *a* ist die *Basis cranii* angedeutet, *b* Querdurchschnitt der Halswirbelkörper, *d* Querdurchschnitt des Unterkiefers, *e* des Zungenbeins, *f* Kehlkopf, *g* Nasenrücken, *h* Oberlippe, *k* Unterlippe, *i Pomum Adami*, *l* Zunge, *m* obere Muschel, *n* mittlere, *o* untere Muschel, an welcher ein Stück ausgebrochen ist, um den Eintritt der Gensoul'schen Sonde *A* in den *Canalis naso-lacrymalis* zu zeigen. *r Ostium pharyngeum* der zum Theil geöffneten Eustachischen Röhre, in welche der Katheter *p* eingeführt ist. *E* Bellocq'sches Röhrchen. Der Stab *D* deutet auf die Stelle des zweiten grossen Backzahns, von welchem aus die Trepanation der Oberkieferhöhle vorgenommen werden kann. Bei *C* ist der auf dem Durchschnitt stehen gebliebene häutige Theil der Nasenscheidewand angedeutet.

|Der vollständige Tampon der Nasenhöhle darf höchstens 3 Tage lang liegen bleiben, weil sonst durch die Zersetzung des mit reichlichen Schleimmengen gemischten Blutes Entzündung und Necrose der Wände, nicht blos der Nasenhöhle selbst, sondern auch ihrer Nebenhöhlen, namentlich der Oberkieferhöhle, herbeigeführt werden können. Begreiflicher Weise dringt das Blut, wenn die vordere und hintere Apertur der Nase geschlossen sind, auch in jene Nebenhöhlen [1]), wenn nicht zufällig durch ein Gerinnsel oder einen Schleimpfropf die Oeffnung derselben versperrt worden ist. Sollte daher der Patient schon vor dem dritten Tage über heftigen Schmerz im Oberkiefer oder in der Gegend der Stirnhöhle klagen, so wird die Entfernung des Tampons auch früher vorzunehmen sein. Im Falle die Blutung wiederkehrt, muss man natürlich, sofern durch Einspritzungen styptischer Mittel die Stillung nicht erreicht wird, die Tamponade wiederholen.|

Die Entfernung des vorderen Tampons geschieht leicht, nachdem man die ihn zusammenschnürenden Fäden mit der Scheere durchschnitten hat. Man sorge für vollständige Entfernung aller Charpie und vermeide jede Berührung der Nasenschleimhaut. Um den hinteren Tampon zu entfernen, spannt man den, aus dem Munde hervorhängenden Faden und zieht ihn mit dem möglichst tief in die Mundhöhle eingeführten Finger abwärts, sobald aber der

[1]) |Nur einmal habe ich nach der vollständigen Tamponade der Nasenhöhle das Blut aus den Thränenpunkten hervorquellen sehen (in der chirurgischen Klinik zu Greifswald, Novbr. 1854). Die Patientin hatte durch stundenlange Blutung aus beiden Nasenhöhlen so viel Blut verloren, dass sie wachsgelb aussah und gewiss ein hoher Grad von Blutarmuth und Dünnflüssigkeit des Blutes vorausgesetzt werden musste. Ueble Folgen für den Thränenleitungs-Apparat sind in diesem Falle nicht zurückgeblieben.|

Tampon diesem Zuge folgt, durch die Mundhöhle heraus. Die Nasenhöhle wird darauf durch kalte Einspritzungen gereinigt, dem Kranken aber alles Schnauben und Schnäuzen für die nächste Zeit untersagt.

[Mussten beide Nasenhöhlen tamponirt werden, so kann der Patient begreiflicher Weise nur durch den fortdauernd offen gehaltenen Mund Athem holen. Dies ist nicht blos sehr unbequem, sondern führt auch zu einer schnelleren Zersetzung und Vertrocknung des Schleimes in der Mund- und Rachenhöhle, sowie im oberen Theile der Respirationsorgane. Die Patienten haben bald einen widerlichen Geruch aus dem Munde, empfinden selbst einen faden Geschmack und zeigen den trocknen braunen Beleg auf Lippen und Zunge, der den Anfänger verführen kann an Typhus zu denken. Die Veränderungen im Kehlkopf geben sich oft durch Heiserkeit oder Husten kund, fehlen aber in anderen Fällen auch ganz.]

Die Uebelstände, welche durch die Einführung des vollständigen Tampons, sowie namentlich auch die Entfernung des in die Choanen eingeführten Bourdonnets unzweifelhaft bedingt werden, haben die Erfindung besonderer Apparate für die Tamponade der Nase veranlasst. Wenn man einen aus Goldschlägerhaut oder aus sehr dünnem vulcanisirtem Kautschuk gefertigten Schlauch, dessen eines Ende geschlossen ist, mit Hülfe einer Sonde durch den unteren Nasengang bis zur Choane einführt, durch das vordere Ende aber (welches zu diesem Behuf mit einem verschliessbaren Ansatzrohre versehen sein kann) kaltes Wasser bis zur strotzenden Anfüllung einspritzt, so wird dadurch nicht blos die Nasenhöhle ziemlich vollständig ausgefüllt, sondern auch zugleich durch die Kälte der Blutung entgegengewirkt.

An einen solchen Apparat haben schon Bell und Miquel (aus Amboise) gedacht, Martin St.-Ange aber hat ihn zuerst unter dem Namen Rhinobion genauer beschrieben und seine Vorzüge hervorgehoben. [Ein wesentlicher Fehler ist, dass man solche Apparate nicht immer zur Hand hat. Die Ausziehung geschieht nach vorgängiger Entleerung ohne Schwierigkeit.]

Fremde Körper werden in der Nasenhöhle, namentlich bei Kindern und bei Irren, häufig angetroffen. Gewöhnlich sind es Erbsen, Bohnen, Kirschkerne, Steinchen, Glasperlen, Stückchen Holz u. dgl. m. Bei Erwachsenen muss man auch bedenken, dass Charpiebäusche, Stücke Pressschwamm oder Draht von früher vorgenommenen Operationen her zurückgeblieben sein können. Auch von Würmern in der Nasenhöhle (die von hier aus sogar bis in die Stirnhöhle gekrochen sein sollen) wird durch ältere Schriftsteller vieles berichtet. Neuere und zuverlässige Beobachtungen der Art fehlen. Die beschäftigtsten Chirurgen der verschiedenen Länder, wie Boyer, Cooper, Dieffenbach, Roux u. s. f., haben niemals Beobachtungen der Art gemacht.

Gewöhnlich erregen fremde Körper in der Nasenhöhle nach einiger Zeit, aber bei weitem nicht immer sogleich, Schmerz, Behinderung des Durchganges der Luft, daher auch Veränderung der Stimme, und in manchen Fällen, namentlich wenn sie eckig oder spitz sind, auch Blutung. Die Verstopfung der Nasenhöhle erfolgt natürlich um so vollständiger, je grösser der Körper ist. Daher steigert sich der Nasalton der Stimme und die Undurchgängigkeit der Nase bei aufquellenden Körpern um so mehr, je länger sie darin verweilen. Dies gilt namentlich für Bohnen und Erbsen, die man nach längerem unbeachtetem Aufenthalt in der Nasenhöhle hat keimen und Wurzeln schlagen sehen, so dass sie mit Polypen verwechselt wurden [1]).

Die Diagnose kann sich in vielen Fällen allerdings auf die Aussage des Patienten selbst oder seiner Umgebungen stützen. Aber nur allzu oft ist dies nicht der Fall. Es war Niemand dabei, als die Erbse eingestopft wurde und das Kind selbst deutet viel lieber auf das Nasenloch, in welchem Nichts steckt, weil ihm die Berührung des anderen schmerzhaft ist. So kommen denn, namentlich bei Kindern, Missgriffe nach beiden Seiten hin vor. In dem einen Falle wird auf scrophulöse Ulceration der Nasenschleimhaut die Behandlung gerichtet, und es ergiebt sich schliesslich, dass ein eingekeiltes Stückchen Holz die Eiterung unterhielt; in einem anderen Falle macht man schmerzhafte und nachtheilige Versuche zur Entfernung eines fremden Körpers, der vielleicht niemals da war oder längst wieder entfernt ist.

Rulliez erzählt im *Dictionnaire des sc. médic*: „Ein kleines Mädchen litt seit mehreren Monaten an einer schmerzhaften Anschwellung und hartnäckigen Eiterung der Nase. Man glaubte, sie leide an einer scrophulösen Ulceration der Nasenschleimhaut. Zahlreiche Mittel wurden gegen diese vergeblich angewandt. Endlich untersuchte R. bei heller Beleuchtung das Innere der Nase und fand in einer Entfernung von etwa 9''' von der vorderen Oeffnung in der rechten Nasenhöhle einen beinahe quer gestellten fremden Körper. Die Extraction war leicht und die erwähnten Zufälle hörten sogleich auf. Es war ein bereits erweichtes Holzstäbchen von etwa $\frac{1}{2}$'' Länge, welches das Kind in die Nase gesteckt und dessen Anwesenheit es aus Furcht vor Strafe sorgfältig geheim gehalten hatte.

Die Besichtigung der Nasenhöhle erfordert, wie die des Gehörganges, sehr helles Licht; die Nasenspitze wird in die Höhe ge-

[1]) Einen Fall der Art entnimmt Boyer aus dem *Journal de médécine T. XV. p.* 525. Ein Kind hatte eine Erbse in die Nase gestopft; sie keimte und trieb 10—12 Wurzeln, deren grösste $3\frac{1}{4}$'' lang war.

zogen und zur Verstärkung der Beleuchtung auch wol noch ein Speculum eingeführt. In der Regel muss man sich aber mehr auf das Gefühl als das Gesicht verlassen. Man lässt den Patienten schnauben, indem man abwechselnd das eine oder das andere Nasenloch verschliesst. Man erregt Niesen durch Schnupftaback oder Kitzeln der Nasenschleimhaut; durch die explosive Exspiration wird dann der fremde Körper oft hinausgeschleudert. Die Untersuchung mit der Sonde liefert den positivsten Beweis. Man bedient sich hierzu einer dicken silbernen Sonde, deren einzuführendes Ende man vorher krumm biegt, um damit den fremden Körper, sobald man ihn entdeckt hat, auch sogleich hervorziehen zu können. Eine Hohlsonde leistet hierbei mehr, indem sie mit ihrer Rinne einen Theil des fremden Körpers umfasst. Bei kleinen Kindern wird sie durch den etwas umgebogenen Daviel'schen Löffel (ursprünglich ein Augeninstrument) zweckmässig ersetzt. Auch das von Vidal für die Entfernung fremder Körper aus dem Gehörgang angegebene Instrument (vgl. p. 178) kann benutzt werden. Ist aber der fremde Körper in der Weise eingekeilt, dass durch diese milderen Mittel seine Entfernung nicht gelingt, so muss man ihn mit einer Kornzange von entsprechendem Kaliber, deren Branchen man in verticaler Richtung öffnet, zu fassen und herauszuziehen suchen. Weniger empfehlenswerth dürfte das Ausputzen der Nasenhöhle nach Art des Fegens der sogenannten Russischen Röhren sein. Zu diesem Behuf soll nämlich in der bei der Tamponade der Nase beschriebenen Weise, ein Bourdonnet in die Choanen eingeführt und von da durch die ganze Nase aus dem an dem Nasenloch heraushängenden Faden hindurchgezogen werden. Zuweilen gelingt es leichter den fremden Körper durch die Choane in den Pharynx hinabzustossen. Dies ist bei Kindern, und wenn man die Beschaffenheit des fremden Körpers nicht kennt, auch bei Erwachsenen, sehr gefährlich. Der fremde Körper kann nicht blos in den Oesophagus und von da in den Magen gelangen, sondern auch in den Kehlkopf und weiter abwärts in die Luftwege eindringen. Gelingt die Ausziehung in keiner Weise wegen fester Einkeilung des fremden Körpers (wie sie jedoch nur nach längerem Aufenthalte vorkommt), so kann man sich entweder durch die Spaltung der Nasenscheidewand (nach Vidal), oder durch diejenige der ganzen Nase in der Mittellinie (nach Dieffenbach) helfen. Im letzteren Falle muss natürlich sogleich durch eine genaue Naht für eine gute Vernarbung gesorgt werden. Die Spaltung der Nasenflügel gewährt keinen Vortheil.

Sehr viel seltener sind fremde Körper in den Stirnhöhlen. Jedoch hat man Kugeln, Eisensplitter und ähnliche Dinge, die durch die vordere Tafel des Stirnbeins eingedrungen waren, darin angetroffen. |Bei Splitterbrüchen der letzteren können auch abgelöste Knochensplitter in die *Sinus frontales* gelangen|, im weitesten Sinne gehören zu den fremden Körpern auch Blutgerinnsel. Viel Aufhebens hat man von den in der Stirnhöhle vorkommenden Würmern gemacht. Was über das Vorkommen derselben in der Nasenhöhle gesagt wurde, gilt in noch viel höherem Grade von der Stirnhöhle.

Alle hierher gehörigen Beobachtungen sind älteren Datums und zweifelhafter Natur; jedoch scheint Boyer an das Vorkommen von Würmern in der Stirnhöhle nicht zu zweifeln. Er führt sogar die von älteren Schriftstellern gegebene Erklärung über die Art und Weise, wie sie dahin gelangen sollen, auf.

„Saltzmann hält es für wahrscheinlich, dass die Eier, aus welchen solche Würmer entstehen, mit der Luft durch die Nasenhöhle dahin gelangen; namentlich meint er, dass beim Einziehen des Duftes der Blumen und Früchte, die auf diese gelegten Eier mit fortgerissen und bis in die Stirnhöhle direct weiter geführt werden können. Dafür dürfte auch sprechen, dass Frauen, welche doch häufiger sich mit Blumen beschäftigen, auch vorzugsweise an Würmern in der Stirnhöhle leiden.“ (Boyer, *Traité des maladies chirurgicales*, *T. VI. p.* 193).

Roux erzählt (*Journ. de médéc.* vom Jahr 1758): „Eine Frau, welche am hitzigen Fieber mit heftigen Kopfschmerzen litt, bekam plötzlich ein heftiges Niesen, wodurch aus ihrer Nase im Ganzen 72 kleine weisse Würmer entleert wurden, worauf allmälig der Kopfschmerz aufhörte. Die Würmer waren denen ähnlich, welche man in den Stirnhöhlen der Schafe findet, wahrscheinlich sogar mit diesen identisch; denn die Frau hatte aus einer Lache getrunken, in welcher kurz vorher eine Schaafheerde getränkt worden war.

Die fremden Körper können aus der Stirnhöhle in die Nasenhöhle fallen und auf diesem Wege entfernt werden; zuweilen bleiben sie lange Zeit in der Stirnhöhle, ohne üble Zufälle zu erregen, und veranlassen solche dennoch später, in einzelnen Fällen erst nach vielen Monaten oder sogar nach mehreren Jahren (?).

Ein junges Mädchen wurde im unteren Theile der Stirn durch eine Spindel verletzt, deren Spitze in der Wunde abbrach. Die Wunde schloss sich über dem zurückbleibenden fremden Körper und 9 Monate lang trat kein übler Zufall ein. Dann aber entstand Anschwellung, Entzündung, Abscessbildung und mit dem Eiter zugleich kam die Spindelspitze heraus, worauf dann feste und dauerhafte Vernarbung erfolgte. (Haller, *Observationes pathol., obs. III.*) Die Beobachtungen von Jahre lang dauerndem Verweilen fremder Körper in der Stirnhöhle sind fast alle aus unzuverlässigen Quellen geschöpft; jedoch spricht Larrey (*Mémoires T. IV. p.* 89) von einem Manne der 14 Jahre lang die Spitze eines Wurfspiesses im *Sinus frontalis* behielt.

Die Diagnose wird leicht sein, wenn der fremde Körper durch eine Wunde der vorderen Knochentafel in die Stirnhöhle eingedrungen ist, schwierig dagegen, wenn eine Wunde fehlt und man von der Voraussetzung ausgeht, es sei etwas von der Nasenhöhle aus in den *Sinus frontalis* gelangt. Die Empfindung von Schwere und Schmerz im Vorderkopf, sowie die ganze Reihe nervöser und Hirnsymptome, die man als charakteristisch für die Stirnhöhlen-Würmer angesehen hat, sind höchst trügerisch.

Die Ausziehung der fremden Körper aus der Stirnhöhle geschieht entweder in der bei den Schädelverletzungen angegebenen Weise (vgl. p. 22 und 80), nöthigenfalls mit Hülfe der Trepanation der äusseren Lamelle (p. 191), oder aber von der Nase aus, wobei freilich an das Einführen einer Zange durch die Nasenhöhle hindurch bis zur Stirnhöhle nicht gedacht werden kann, es sei denn, dass man die Integrität des Siebbeins ganz hintenan setzt. |Das Erregen von Niesen soll einen fremden Körper aus der Stirn- in die Nasenhöhle befördern können. Dies ist nicht wahrscheinlich, da der Luftstrom beim Niesen durch die Nasenhöhle gerade von Hinten nach Vorn geht und somit auf die Entleerung der Stirnhöhle, welche einen oberen Anhang bildet, wenig oder gar nicht einwirken kann. — Ist die Erweiterung einer schon bestehenden Wunde erforderlich, so wird man oft durch Knochenzange und Linsenmesser den Trepan zweckmässig ersetzen, da jeder unnöthige Substanzverlust am Knochen aus den p. 192 bereits angegebenen Gründen zu vermeiden ist. Wäre ein fremder Körper durch beide Lamellen des Stirnbeins gedrungen und sässe in der hinteren Tafel fest, wobei er in der Regel auch das Gehirn verletzt haben wird[1]), so kann zu seiner Entfernung die Trepanation nicht blos der Stirnhöhle (d. h. der vorderen Tafel), sondern auch der Schädelhöhle (d. h. der hinteren Tafel des Stirnbeins) erforderlich werden. Letztere muss dann mit allen den oben p. 84 u. ff. angegebenen Cautelen vorgenommen werden. Die Lücke in der vorderen Tafel muss begreiflicher Weise gross genug sein, um die Bewegung der Trepankrone, mit welcher die hintere Tafel durchbohrt werden soll, zu gestatten.|

[1]) |Einmal fand ich bei einem Selbstmörder die Kugel zwischen der *Dura mater* und dem Stirnbein liegen. Sie hatte beide Tafeln des letzteren durchbohrt, war aber von der *Dura mater* aufgehalten und ein wenig abgelenkt worden. Obgleich ausser der geringen Compression des Gehirns eine Verletzung desselben nicht bestand, war der Schuss doch sofort tödtlich gewesen. Das Gehirn befindet sich als ein besonders schön entwickeltes (es gehörte einem Homburger Spieler) noch jetzt in der anatomischen Sammlung zu Giessen.|

Zweites Capitel.

Neubildungen und Verschwärungen an und in der Nase[1]).

a) An der äusseren Nase.

Syphilitische Geschwüre kommen, namentlich bei älteren Individuen, nicht ganz selten an der Nase vor. Sie greifen gewöhnlich schnell in die Tiefe, setzen sich alsbald auf die unterliegenden Knochen fort und unterscheiden sich hierdurch, wie durch ihre gewöhnlich bestimmt nachzuweisende Aetiologie von dem Lupus, welcher bekanntlich mit grosser Vorliebe gerade die Nase zu seinem Sitz wählt (vgl. Bd. II. p. 37—48). Es ist nicht zu billigen, wenn man diese secundär syphilitischen Ulcerationen mit dem Lupus zusammen werfen will, da letzterer durch seine Entstehung aus einem Lager oder einer Anhäufung von granulirten Kernen ausgezeichnet ist. Die Unterscheidung ist eine practisch wichtige, weil erstere durch energische Durchführung einer antisyphilitischen Behandlung mindestens zum Stillstand gebracht, gewöhnlich zur schnellen Heilung geführt werden, während auf letzteren in einer solchen Weise und ohne eingreifende örtliche Behandlung niemals eingewirkt werden kann.

Teleangiectasien kommen an der Nase häufig und in sehr verschiedener Gestalt vor, bald als gestielte oder ungestielte Geschwülste[2]), bald blos in der Dicke der Haut verbreitet, zuweilen von so starken Arterien versorgt, dass man eine schwirrende Pulsation in ihnen fühlt. Hieran schliessen sich die sogenannten Kupfernasen, vorzugsweise häufig bei den Freunden alkoholhaltiger Getränke in den verschiedensten Schichten der Gesellschaft. Dies sind Gefässerweiterungen, welche mit Hypertrophie, chroni-

[1]) Wir stellen hier Neubildungen und Verschwärungen zusammen, weil die Grenzen zwischen beiden grade an der Nase oft schwer zu ziehen ist. Namentlich wird der Lupus von Vielen noch immer als scrophulöses Geschwür bezeichnet (Vidal's *Ulcère scrophuleux et dartreux*) und für den Nasenkrebs ist der Ausdruck „Krebsgeschwür" auch nicht ganz zu verdammen, da derselbe sehr bald nach seinem Beginne ein flaches Geschwür darzustellen pflegt.

[2]) Die grösste Teleangiectasie der Art, die mir zu Gesicht gekommen, sass mit einem breiten kurzen Stiel genau auf der Nasenspitze eines einjährigen Knaben. Sie hatte die Gestalt einer Himbeere (es fehlte auch nicht an der obligaten Erzählung vom Versehen der Mutter) und übertraf die Nase an Grösse.

scher Entzündung, auch wol Ulceration in den Haut-Talgdrüsen, sowie mit Verdickung der Haut selbst und des subcutanen Bindegewebes verbunden sind. Bei gehöriger Regelung der Diät und Anregung der Darmsecretion vermag oft die örtliche Anwendung des Bleiessigs, der Alaunlösungen u. dgl. m. Heilung herbeizuführen. In schlimmeren Fällen ist hier, wie bei den weit in die Fläche verbreiteten Telcangiectasien, die wiederholte Excision kleiner Ovale mit sofortiger Zusammenheftung der Ränder zu empfehlen. Auch wenn die Heilung nicht *prima intentione* erfolgt, tritt doch an die Stelle des Kupfers eine viel weniger hässliche Narbe (Roser).

Warzen der Nase werden mit zwei halbovalen Schnitten leicht exstirpirt. Der alte Volksglaube, „sie seien ein *Noli me tangere* und dürften namentlich niemals geätzt werden", beruht wol auf der Verwechslung derselben mit beginnendem Epithelialkrebs, welcher auch hier ganz gewöhnlich in Form einer Warze beginnt und dessen Wachsthum durch oberflächliche Aetzung, wie durch andere Reizungen, allerdings befördert wird (Bd. I. p. 494). Sehr leicht aber kann man bei der Behandlung des Nasenkrebses mit Aetzmitteln auch zu tief dringen, so dass Necrose der Knorpel und Knochen veranlasst wird, die man beim Gebrauche des Messers hätte vermeiden können. Die Behauptung, dass nach dem Aetzen eine bessere Narbe sich bilde, als nach dem Ausschneiden, ist hier eben so irrig wie überall, selbst wenn wir den ungünstigsten Fall des gänzlichen Misslingens oder der Unmöglichkeit einer Vereinigung durch *prima intentio* voraussetzen. Ist die Verbreitung des Krebses so bedeutend, dass nach der Excision an eine Vereinigung gar nicht gedacht werden kann; so besitzt man ausserdem in der sofort vorzunehmenden partiellen Rhinoplastik ein Hülfsmittel, um die sonst unvermeidliche Entstellung fast ganz zu verhüten [1].]

b) In der Nasen- und Stirnhöhle.

[Jeden stinkenden Ausfluss aus der Nasenhöhle, und somit auch die Verschwärungen der Nasenschleimhaut, auf denen ein solcher Ausfluss beruht, nennt man von Alters her Ozaena, jede als Geschwulst in der Nasenhöhle auftretende Neubildung — Nasenpolypen. Will man bei dieser Auffassung stehen bleiben, so ist die Diagnose beider Krankheiten sehr leicht. Die Ozaena löst sich aber, bei näherer Betrachtung, in die bunte Reihe des Lupus, der syphilitischen, der impetiginösen und der Krebs-Geschwüre auf.

[1] [Vgl. den I. Fall in der Dissertation von Lütkemüller „*Rhinoplastices exempla duo*", Greifswald 1854.]

namentlich ist die Mehrzahl der als scrophulöse Ozaena beschriebenen Geschwüre als Lupus zu deuten. Ueberdies giebt es Geschwüre in der Nase, welche ein mildes nicht ätzendes und nicht stinkendes Secret liefern, die man also unter den alten Begriff Ozaena nicht subsumiren kann, obgleich hier wie dort Geschwürsbildung besteht. Es wäre daher gewiss besser den Namen „Ozaena" ganz fallen zu lassen und die Geschwüre der Nasenhöhle einfach mit Rücksicht auf ihre Aetiologie zu betrachten ¹)].

Die allgemein anerkannte Hartnäckigkeit der Verschwärungen in der Nasenhöhle hat ihren Grund nicht blos in der Schwierigkeit, die ihnen gewöhnlich zu Grunde liegenden Dyskrasien zu heilen, sondern beruht auch auf gewissen localen Verhältnissen. Das Bindegewebe nämlich, durch welches die Schneider'sche Membran mit dem Periost und dem Perichondrium des Nasenscelets verbunden wird, ist sehr straff und kurz. Die Verschiebbarkeit der Schleimhaut ist somit gering. Ist durch Verschwärung ein Substanzverlust entstanden, so wird daher die Vernarbung in hohem Grade erschwert, da eine Herbeiziehung der Ränder des Substanzverlustes fast unmöglich ist. Wird nun gar durch die Verschwärung ein Knochen oder ein Knorpel blossgelegt, so erfolgt im ersteren Falle eine, wenn auch nur oberflächliche Caries, im anderen Falle dagegen allmälige Necrose des Knorpels, — neue Gründe für eine langsame Heilung. Ferner ist nicht zu übersehen, dass der mit der Luft in immerwährender Berührung stehende Nasenschleim, welcher doch fortdauernd auf ein solches Geschwür einwirkt, die Narbenbildung mindestens nicht beschleunigen wird. Endlich veranlasst das juckende Gefühl den Patienten nur allzuoft mit dem Finger oder gar mit improvisirten Instrumenten die Nasenhöhle in einer für die Heilung nicht förderlichen Weise zu berühren.

Ausser den schon beim Lupus (s. oben) geschilderten Veränderungen findet man bei scrophulösen Individuen, und namentlich bei solchen mit sehr plattgedrückter Nase, schon von klein auf häufig oberflächliche Verschwärungen, welche vorzugsweise an der oberen Wand der Nasenhöhle, den Nasenbeinen und Knorpeln entsprechend, ihren Sitz haben. Man hat den Geruch nach zerquetschten Wanzen als specifisch für diese scrophulösen Nasengeschwüre betrachtet. Jedenfalls ist das aus solchen scrophulösen Nasen ausfliessende Secret von sehr penetrantem Geruch. Vom

...liche Entzündung der Nase, Schnupfen, Coryza, dürfte als eine ...e Krankheit wol nicht aufzufassen sein, obgleich Vidal sie besonders

Lupus unterscheiden sich diese Geschwüre durch die geringe Tiefe der Zerstörung, die (nach den Jahren der Pubertät) zuweilen von selbst erfolgende Heilung und die ihnen fast ganz abgehende Neigung zu weiterer Verbreitung; dagegen stimmen sie mit ihm überein in dem hartnäckigen Widerstande gegen die ärztliche Behandlung. Schmerz fehlt dabei ganz. Oft vermag die sorgfältigste Untersuchung ausser dem stinkenden Ausflusse nichts Abnormes zu entdecken; zuweilen geht der Geruchssinn bei solchen Patienten ganz zu Grunde. Neben einer der Individualität anzupassenden antiscrophulösen Behandlung und sorgfältigem Reinhalten der Nase, gewährt die Cauterisation mit dem Höllensteingriffel, den man an der oberen Wand der Nase hoch hinauf führen muss, die meiste Aussicht auf Erfolg. Celsus wollte sogar das Glüheisen gegen diese sogenannte Ozaena anwenden, wodurch aber gar leicht Necrose der Nasenknorpel veranlasst werden dürfte. Styptische Einspritzungen wirken noch sehr viel langsamer als das Betupfen mit Höllenstein. Eher dürfte noch in Fällen, wo letzteres nicht zum Ziele führt, von dem Einblasen des gepulverten Alaun oder Calomel etwas zu erwarten sein.

In seltenen Fällen erstreckt sich eine Verschwärung von der Nasenhöhle aus bis in den *Sinus frontalis*. Zuweilen entsteht Verschwärung im *Sinus frontalis* in Folge einer primären Entzündung seiner Wandungen. Anfangs besteht heftiger Schmerz im Vorderkopf und in der Gegend der Nasenwurzel mit der Empfindung von Druck und Schwere. Alsdann wird das Product der Schleimhautentzündung eitrig. Ist die Communication zwischen Stirn- und Nasenhöhle offen, so fliesst der Eiter in letztere und durch diese nach Aussen ab. Wenn aber die Communication nach der Nase hin nicht durchgängig ist, so greift unter dem Druck der angesammelten Flüssigkeit die Entzündung auf die knöchernen Wände über, die porotisch gewordenen Knochen geben nach, die Höhle wird nach Vorn und nach Hinten vergrössert und durch die Verdrängung der hinteren Tafel wird Hirndruck bedingt. Endlich wird die vordere Knochentafel durchbrochen und es entwickelt sich eine der schon oben erwähnten Stirnhöhlenfisteln. Seltener erfolgt der Durchbruch nach Hinten in die Schädelhöhle, wodurch natürlich Meningitis und Encephalitis mit allen ihren Gefahren herbeigeführt werden.

Fälle der Art sind bereits von Richter gesammelt und auch in dem von Corvisart, Leroux und Boyer herausgegebenen Journale T. XI. p. 516 verzeichnet. Darunter findet sich ein Fall, in welchem der Eiter in den Schädel eingedrungen und doch durch die Nase abgeflossen war und ein anderer, in welchem der Eiter die hintere und die vordere Knochentafel zugleich durchbrochen hatte. Man sieht also, dass selbst in solchen Fällen, wo die Entleerung auf einem an sich unschädlichen Wege erfolgt, die Prognose keine ganz unzweifelhafte ist.

Viel häufiger, als man anzunehmen geneigt ist, sind Eiterungen und Verschwärungen in der Stirnhöhle von einem primären Knochenleiden abhängig, namentlich von syphilitischer Caries. In anderen Fällen ist die Erkrankung des Knochens durch das Wachsthum einer Neubildung, eines Polypen, bedingt. Auch Hydatiden sind unter denselben Erscheinungen in der Stirnhöhle beobachtet worden. Die differentielle Diagnose solcher Erkrankungen wird unmöglich sein, wenn nicht etwa ein in die Nasenhöhle hineinragendes Stück der Neubildung der Untersuchung zugängig wird. In allen solchen Fällen wird schliesslich durch Ausdehnung der Stirnhöhle gegen die Orbita hin auch der Augapfel hervorgedrängt (Exophthalmos), ohne dass daraus auf diese oder jene Art der Erkrankung zu schliessen wäre. Manche übrigens vorsichtige Wundärzte empfehlen bei Anwesenheit der aufgeführten Symptome sofort die Trepanation des *Sinus frontalis.* Allerdings ist diese, wenn durch eine Flüssigkeit die beiden Lamellen des Stirnbeins weit von einander gedrängt sind, noch weniger gefährlich, als unter anderen Umständen. Da man die Diagnose aber doch fast niemals ganz sicher stellen kann, und man Ansammlungen von Flüssigkeit in der Regel doch noch ohne Zuthun der Kunst durch die Nase abfliessen sieht, so sollte man nur, wenn sehr heftige und andauernde Schmerzen, eine sehr bedeutende Geschwulst oder Erscheinungen von Hirndruck vorhanden sind, zum Trepan greifen. Dann muss man aber auch alle für die Entfernung fremder Körper und die Resection erforderlichen Instrumente sogleich zur Hand haben. Denn man kann eben so gut wie eine Ansammlung von Flüssigkeit, auch eine fibröse oder carcinomatöse Geschwulst, eine Hydatide oder aber Caries und Necrose des Stirnbeins vorfinden. In jedem Fall sucht man nach der Operation die Verbindung zwischen der Stirn und Nasenhöhle wegsam zu machen, damit der Abfluss der zurückbleibenden oder sich wieder ansammelnden Flüssigkeiten auf diesem natürlichen Wege erfolge und nicht die Heilung der in der Stirngegend angelegten Wunde störe.|

In ähnlicher Weise, wie die Geschwüre der Nase unter der Rubrik „Ozaena" sind die Geschwülste derselben mit Unrecht als Polypen zusammengefasst; sie sind bald Cysten, bald Fibroide, bald Krebse, wie dies Bd. I. p. 436—444 erörtert ist.

Viele Nasenpolypen wurzeln zwar in der Nase, erregen aber hauptsächlich im Schlunde Beschwerden, indem sie in die Höhle des Pharynx hinabhängen; sie werden Nasenrachen-Polypen genannt und zweckmässig mit den Nasenpolypen zugleich betrachtet, da sie wesentlich von der Nasenhöhle aus angegriffen werden müssen. Der gewöhnlichste Anheftungspunkt der Nasenpolypen ist die obere Hälfte der äusseren Wand der Nasenhöhle. Oft sitzt in jeder Nasenhöhle einer, zuweilen auch eine ganze Gruppe von Polypen. Sie können eine solche Grösse erreichen, dass sie nach allen Seiten hin aus der Nasenhöhle hinauswachsen und ihre Wandungen auseinander drängen. Die gewöhnlichsten Nasenpolypen sind die Schleim- oder Blasenpolypen. Die fibrösen stehen ihnen an Häufigkeit bei Weitem nach.

Symptome und Verlauf. Die Erscheinungen, welche ein Nasenpolyp als eine stetig wachsende Geschwulst darbietet, lassen sich, abgesehen von den Eigenthümlichkeiten, welche durch die Natur (Structur) der Geschwulst bedingt sind, in 4 Perioden eintheilen.

1. Unbemerktes Wachsthum. Man kann den Polypen weder sehen noch fühlen, aber der Kranke empfindet, dass die Durchgängigkeit der betreffenden Nasenhöhle beeinträchtigt ist. Die Stimme hat, wenn auch in geringem Grade, den sogenannten Nasalton, der Patient klagt über sogenannten Stockschnupfen, d. h. er hat die Empfindung, als müsste er eine in der Nase bestehende Schleimanhäufung durch kräftiges Schnauben entfernen, ohne dass seine dahin zielenden Bemühungen Erfolg haben. Begreiflicher Weise können diese Erscheinungen wol den Verdacht eines Polypen erregen, aber nie mit Bestimmtheit auf seine Anwesenheit schliessen lassen.

2. Eine bewegliche circumscripte Geschwulst wird in der Nasenhöhle entdeckt. Ist das Gewebe des Polypen weich und sitzt er mit einem dünnen Stiele fest (Schleimpolyp), so kann ihn der Kranke selbst durch kräftige In- und Exspirationen mit einem Geräusch, welches an das Flattern einer Fahne erinnert (*bruit de drapeau* nach Dupuytren), hin- und herschlendern. Ist der Stiel lang oder die Insertionsstelle des Polypen sehr weit nach Vorn, so kann der Polyp beim Vornüberbeugen des Kopfes aus der Nase hervorfallen oder doch vom Kranken herausgeschüttelt werden, während er beim Hintenüberbeugen des Kopfes in die Nasenhöhle zurückkehrt.

[Vidal führt als einzigen Autor für eine solche Beobachtung Alibert an.

mit dem Bemerken, sie bedürfe noch der Bestätigung. Ich habe diesen Vorgang bei einem Manne mehrmals beobachten können, welcher in jeder Nasenhöhle eine stattliche Traube von Blasenpolypen trug und selbige auch zu behalten wünschte, obgleich sie die knorplige Nase bereits zu einer unförmlichen Breite auseinandergedrängt hatten.]

Auf diesem Stadium angelangt, veranlassen die Nasenpolypen schon beträchtliche Beschwerden: Behinderung der Respiration durch die Nase, welche sich namentlich bei feuchtem Wetter und in der Rückenlage oft so steigert, dass der Patient mit offenem Munde schlafen muss; häufig ferner einen beträchtlichen katarrhalischen Ausfluss und nicht selten Blutungen, theils aus dem Polypen selbst, theils aus der umgebenden Schleimhaut, deren Hyperämie durch die fortgesetzten Bestrebungen des Patienten, das bestehende Hinderniss durch Ausschnauben zu beseitigen, fort und fort gesteigert wird.

3. Verstopfung der Nasenhöhle durch den Polypen. Die Luft kann neben ihm nicht mehr vorbei, daher auch die Unmöglichkeit, mit der von dem Polypen erfüllten Nasenhöhle zu riechen, und der unverkennbare Nasalton der Stimme, der durch die Resonanz der Töne in dem abgeschlossenen Theile der Nasenhöhle bedingt wird. Auf diesem Stadium bleiben die Schleim- oder Blasenpolypen in der Regel stehen. Sie können wol durch die Nasenlöcher hinaus- und durch die Choanen in den Schlund hineinwachsen; aber sie verdrängen nicht die knöchernen Umgebungen.

4. Verdrängung der knöchernen Wandungen der Nase ist die weitere Folge des fortgesetzten Wachsthums der fibrösen und sarcomatösen Polypen, unter welchen letzteren von den meisten Autoren auch die carcinomatösen Geschwülste der Nasenhöhle mitbegriffen werden. Jetzt handelt es sich nicht mehr blos um Störung des Geruchs und der Durchgängigkeit der Nase überhaupt, sondern eine grosse Menge anderer Störungen treten hinzu. Der von der weiter wachsenden Geschwulst ausgeübte Druck bedingt Entzündung und Verschwärung der Wandungen der Nasenhöhle und der Geschwulst selbst. Blutungen und Verjauchung sind die weiteren Folgen, die durch Erschöpfung oder Pyämie sogar zum Tode führen können. Ebenso bedenklich sind die örtlichen Wirkungen der nach allen Seiten hin drängenden Geschwulst. Der Thränennasengang wird verstopft, der Thränensack selbst comprimirt und in Entzündung versetzt, das Auge aus der Orbita verdrängt; selbst zum Gehirn hinauf kann die Geschwulst unter Verdrängung des Siebbeins emporwachsen.

In der Richtung nach Hinten vordringend, schiebt der Nasenpolyp das Gaumensegel abwärts und vorwärts, füllt den Pharynx aus und verstopft die Oeffnung der Eustachischen Röhre; abwärts sich weiter entwickelnd, drückt er den knöchernen Gaumen nach Unten, lockert die Zähne und dringt bis in die Mundhöhle vor. Nach Aussen können sich Nasenpolypen weit in den *Sinus maxillaris* hinein bis zu dessen vollständiger Ausfüllung, sogar bis zur Verdrängung seiner knöchernen Wandungen, weiter fortentwickeln. — Die Knochen werden bei dem weiteren Wachsthum dieser Polypen in dreifach verschiedener Weise ergriffen. Zuweilen erstreckt sich die Geschwulst in die Knochensubstanz hinein, das Knochengewebe wird in ein sogenanntes sarcomatöses Gewebe umgewandelt. In solchen Fällen ist es oft schwer zu entscheiden, ob die Geschwulst im Knochen selbst entstanden, oder erst auf ihn übergegangen ist. Gewiss sind solche, das benachbarte Knochengewebe in ihre eigene Structur umwandelnde Geschwülste häufig als Krebse zu betrachten. In anderen Fällen wird das Knochengewebe blos in solchem Grade verdünnt, dass es wie eine biegsame Platte dem Druck des Polypen nachgiebt. Endlich können durch ein rapides Wachsthum der Nasenpolypen auch Fracturen der sie begrenzenden Knochen veranlasst werden, und in manchen Fällen kommen alle drei Arten der Veränderung an den Knochen zugleich vor.

Diagnose. Trotz einer genauen Beachtung der bisher gemachten Angaben über den Entwicklungsgang der Nasenpolypen kann man doch in mancherlei Irrthümer verfallen. Man bekommt die Kranken erst spät zu sehen und erhält von ihnen nur unzureichende Auskunft. Manchmal wird eine scrophulöse Anschwellung der Nasenschleimhaut für Polypen gehalten. Natürlich wird man in einem solchen Falle niemals eine bewegliche Geschwulst finden; dagegen wird die Anschwellung der Nasenflügel und der Lymphdrüsen am Halse in den meisten Fällen der Art die wahre Natur des Uebels erkennen lassen. In einzelnen Fällen ist auch eine Anschwellung der Nasenscheidewand, welche bald durch einen Bluterguss, bald durch einen wirklichen Abscess bedingt wird, für Polypen gehalten worden. Ein Bluterguss unter dem Perichondrium der Nasenscheidewand entsteht nicht blos in Folge von Quetschungen, sondern auch aus unbekannten Ursachen. Zuweilen wird das ergossene Blut von selbst resorbirt, meist aber bedarf es einer frühzeitigen Incision, um der Nekrose des Scheidewandknorpels und der daraus hervorgehenden Abscessbildung vorzubeugen. Gewöhnlich finden sich solche Anschwellungen auf beiden Seiten gleichmässig entwickelt. Ob die Scheidewand dabei schon vorher perforirt war oder erst durch Nekrose perforirt wurde, muss in vielen Fällen zweifelhaft bleiben. — In sehr seltenen Fällen simulirt eine aus einer anderen Höhle in die Nase vorgedrungene Geschwulst einen Nasenpolypen.

Die merkwürdigste Beobachtung der Art findet sich in den *Archives génér. de méd. T. XXIII. p.* 431. Ein Schmied litt schon längere Zeit an den Erscheinungen eines Polypen in der linken Nasenhöhle. Daneben hatte sich auch eine schmerzlose Geschwulst der linken Wange entwickelt, die allmälig wieder verschwand. Ein Arzt versuchte vergeblich mit verschiedenen Zangen zu wiederholten Malen, diesen Polypen auszureissen. Ebenso erging es einem anderen Collegen. Bei jedem Zuge hatte der Kranke die Empfindung, als würde ihm die Wange und das linke Ohr gezerrt. Eine hierauf eintretende Geschwulst der Wange verschwand am folgenden Tage wieder. Ein gleich ungünstiger Extractionsversuch wurde auch noch von Vacca Berlinghieri gemacht. Sechs Tage darauf starb der Kranke unter den Erscheinungen eines Gehirnleidens, trotz einer energischen Antiphlogose.

Man fand an der Basis des Gehirns eitriges Exsudat. Der vermeintliche Nasenpolyp aber war eine Geschwulst des zweiten Astes des Trigeminus, welcher gleich bei seinem Austritt aus dem Schädel beträchtlich dicker wurde und eine fünflappige fibröse Geschwulst darstellte. Jeder der beiden grössern Lappen hatte den Umfang eines Pfirsichkerns, die 3 andern waren kleiner und der eine davon drang durch die *Fissura orbitalis inferior* in die Augenhöhle ein. Die ganze *Fossa sphenomaxillaris* war davon erfüllt und das Gewächs drang stielförmig eingeschnürt von da aus durch das bedeutend erweiterte *Foramen sphenopalatinum* in die Nasenhöhle, wo es wieder zu einem bedeutenderen Volumen anschwoll und die für einen Nasenpolypen gehaltene bewegliche Geschwulst darstellte. Die ganze Geschwulst nahm übrigens ausschliesslich vom Neurilem des II. Astes des Trigeminus ihren Ursprung und war nirgend mit den aus diesem Aste entspringenden Nerven verschmolzen.

Die Aetiologie der Nasenpolypen ist, wie die der Geschwülste im Allgemeinen, dunkel. Häufig jedoch hat man sie von äusseren Schädlichkeiten ableiten zu können geglaubt. Gerdy zählt zur Stütze dieser Ansicht eine ansehnliche Menge von Beobachtungen auf. Andrerseits ist es unbestritten, dass sie bei lymphatischen Individuen und in feuchten dunklen Wohnungen vorzugsweise häufig entstehen.

Die Prognose der Nasenpolypen ist theils von ihrer Natur, theils von ihrem Sitze abhängig. In ersterer Beziehung sind die sogenannten sarcomatösen Polypen als die schlimmsten zu bezeichnen, wie sich aus der vorhergehenden Schilderung leicht ergiebt. Locale Recidive sind bei allen Nasenpolypen häufig, ohne dass man deshalb berechtigt wäre, das Recidiv immer von einer besonderen Dyskrasie abzuleiten. Vielmehr besteht gewöhnlich der nachwachsende Polyp, zu der Zeit wo der erste entfernt wurde, schon im Verborgenen (s. Bd. I. p. 439). Der Sitz des Polypen übt insofern einen

Einfluss auf die Prognose aus, als er die operative Entfernung desselben mehr oder weniger schwierig macht. In dieser Beziehung kommt auch die Grösse desselben oft als ein wichtiges Moment in Betracht.

Therapie. Operation der Nasenpolypen. Man sucht den Polypen entweder zu zerstören oder zu entfernen. Ersteres geschieht durch die Compression oder durch die Cauterisation, letzteres durch das Abschneiden, Abbinden oder Ausreissen.

1. Das Ausreissen oder Abdrehen der Nasenpolypen ist die am Häufigsten angewandte Methode. In der Regel bedient man sich starker langgestielter Kornzangen, die deshalb auch schlechtweg Polypenzangen genannt werden. Sie müssen, namentlich wenn es sich um fibröse Polypen handelt, sehr stark sein und scharfe Zähne besitzen, damit sie sich weder biegen, noch abgleiten. In der Regel sind sie nicht zerlegbar, in manchen Fällen jedoch ist es von Nutzen, wenn man sie auseinander nehmen und jede Branche für sich einführen kann, wie dies bei der von Luër construirten Zange der Fall ist. In seltenen Fällen ist eine gekrümmte Polypenzange von Nutzen, wenn nämlich bei grosser Enge der vorderen Nasenöffnung die Zange vom Munde aus durch den Rachen in die Choane eingeführt werden soll, um den Polypen von Hinten her zu fassen.

Nachdem für kaltes Wasser, mehrere Becken, Handtücher, eine Spritze und, vorsichtiger Weise, auch für den Apparat zur Tamponade der Nasenhöhle gesorgt ist, setzt sich der Patient einem Fenster gegenüber und der Operateur führt die geschlossene Zange bis zur Wurzel des Polypen ein, umfasst diesen, indem er die Zange öffnet, oder schiebt die halbgeöffneten Branchen an dem Körper des Polypen bis zur Wurzel aufwärts. Nun wird die Zange geschlossen und ein leichter Zug mit ihr ausgeübt. Giebt der Polyp nach, so schiebt man die Zange an ihm weiter hinauf und fasst ihn von Neuem möglichst nahe seiner Insertionsstelle. Zuweilen kann man die Wurzel mit einer zweiten Zange fassen, während man den Polypen mit der ersten hervorzieht, und diese dann entfernen. Manche, namentlich Schleimpolypen, können mit dem ersten Zuge ausgerissen werden. Meist aber bedarf es einer drehenden Bewegung der Zange, um die beabsichtigte Ablösung möglichst nahe an der Insertionsstelle zu bewerkstelligen. Mit einer gekrümmten Zange lässt sich das Abdrehen nicht ausführen. Manchmal ist auch der Raum zu eng für eine drehende Bewegung. Alsdann unterstützt man das Ausreissen durch das Abquetschen, indem man durch wiederholtes kräftiges Schliessen der Zange den Polypen gleichsam abkaut. Dazu gehört aber nothwendig eine starke Zange mit recht scharfen Zähnen. Sobald man bedeutendere Kraft anwenden will, muss man die, mit der rechten Hand geführte Zange in der Gegend des Schlosses mit der linken unterstützen, um sie sicherer führen und zugleich Hebelbewegungen machen zu können. Nicht immer gelingt es, den, wenn auch noch so gut gefassten, Polypen sogleich vollständig auszureissen und häufig findet sich nach Entfernung eines Polypen ein zweiter, dritter u. s. f. in derselben Nasenhöhle. Deshalb ist ein wiederholtes Einführen der Zange sehr gewöhnlich erforderlich. Die Operation darf nicht früher für beendet angesehen werden, als bis die Luft ganz frei durch die betreffende Nasenhöhle hindurchgeht. Die in der Nähe der Choanen wurzelnden Polypen werden oft, wenn sie auch ursprünglich nicht in den Pharynx hinabhingen, durch die eingeführte Zange hinausgeschoben, namentlich, wenn mehrere Polypen in derselben Nasenhöhle sassen. Mit Rücksicht hierauf ist folgendes von Dupuytren empfohlenes Verfahren nützlich. Man schiebt, sobald ein Polyp in der Tiefe der Nasenhöhle gefasst werden soll, den Zeigefinger der linken Hand vom Munde aus durch den Pharynx in die entsprechende Choane und drängt mit seiner Spitze den Polypen der Zange entgegen oder verhütet wenigstens sein Ausweichen nach Hinten. Die Nützlichkeit des Fingers wiegt die Unannehmlichkeit seiner Einführung durch den Pharynx, welche selbst bei grosser Uebung nicht gering ist, vollkommen auf.

Unzweckmässig dagegen ist das Verfahren von Morand, welcher mit den Fingern allein den Polypen ausreissen oder abquetschen wollte, indem er den Zeigefinger der linken Hand von vorn, den der rechten Hand aber durch den Pharynx in die Nasenhöhle führte und zwischen beiden den Polypen abzuquetschen beabsichtigte. Dazu wären jedenfalls abnorm lange und abnorm dünne Finger erforderlich. Ebenso obsolet ist das Ausziehen der Polypen mittelst eines an einem starken Faden befestigten Schwammstückes, welches nach Art eines hinteren Nasentampons eingeführt und bald von Hinten nach Vorn, bald von Vorn nach Hinten durch die Nasenhöhle gezogen werden sollte (vgl. fremde Körper). Kaum des Erwähnens werth ist das Absägen der Polypen mit einer auf gleichem Wege eingeführten Schnur, an welcher dicht gedrängt Knoten angebracht sind. Auch das Ausziehen mit einer Ligatur ist umständlicher und weniger sicher als das Fassen mit einer Zange.

Wenn der Polyp so gross ist, dass er, obgleich völlig abgelöst, durch das Nasenloch nicht ausgezogen werden kann, so muss man dies in der bei den fremden Körpern angegebenen Weise erweitern.

2. Die Ligatur wird bald mit einem Draht, bald mit einer

gewöhnlichen starken Fadenschlinge ausgeführt. Am Zweckmässigsten wendet man eine sehr stark gewichste hänfene Schnur an (sogenannten Pechdraht). Metalldrähte haben neben dem Vortheile, dass sie sich leichter in Schlingenform um den Polypen herumführen lassen, den Nachtheil, dass sie beim festeren Zusammendrehen leicht brechen. Die Einführung der Fadenschlinge in die Nasenhöhle geschieht entweder von Vorn durch das Nasenloch oder durch die Choanen.

a) Einführung von Vorn her. Eine Kornzange wird an dem Ende ihrer Branchen mit einem Einschnitt versehen, welcher die Fadenschlinge aufnimmt. Die Zange wird dann geschlossen in die Nasenhöhle eingeführt, und, wenn man gegen die Wurzel des Polypen vorgedrungen ist, allmälig geöffnet. Hierdurch wird die Schlinge gebildet, die, wenn man die Fäden nunmehr spannt, die Wurzel des Polypen umfassen muss. Hält man sich versichert, dass dies wirklich der Fall ist, so zieht man die Zange aus und befestigt die Fäden in einem der Bd. I. p. 402 erwähnten Schlingenschnürer.

b) Bei der Einführung der Ligatur durch die Choanen hat man zwei Aufgaben zu lösen: zuerst die Einführung in die Nasenhöhle selbst, welche in der für die Tamponade der Nase angegebenen Weise mit einem elastischen Katheter oder dem Bellocqschen Röhrchen leicht gelingt; dann aber das Fassen des Polypen, welches, wenn die Insertionsstelle auf dem Boden der Nasenhöhle sich befindet, ohne grosse Schwierigkeit, je weiter nach Oben aber, desto schwieriger erfolgt. Zieht man an den beiden aus dem Nasenloch heraushängenden Fadenenden um die Schlinge vorwärts zu bewegen, so bleibt sie oft nicht geöffnet, sondern klappt zusammen; ist sie aber beim Anziehen von der Wurzel des Polypen abgeglitten, so müsste man, wenn keine besonderen Vorsichtsmassregeln ergriffen sind, die ganze Operation von Vorn anfangen.

Um beiden Uebelständen zu begegnen, empfahl Dubois das Mittelstück der Schlinge durch ein Stückchen eines elastischen Katheters zu ziehen, an welchem selbst zwei Fäden befestigt sein müssen, einer der nach Vorn aus der Nasenhöhle herausgeführt wird und dazu dient, um das Katheterstückchen, wenn es nicht mehr nöthig ist, zu entfernen; ein zweiter, welcher aus dem Munde heraushängt, um im Falle, dass die Ligatur von dem Polypen abgleitet, sie hinreichend tief in die Nasenhöhle zurückziehen zu können. Zu demselben Zwecke sind besondere Schlingenträger erfunden worden. Fig. 22 ist der von Blandin angegebene. Eine dreizackige Gabel, deren Zähne hohl sind und in der Nähe ihrer Spitze einen Ausschnitt besitzen *b*. Dieser Ausschnitt kann durch das Vorschieben eines Drahtes *c*, welches durch einen Druck auf einen Kopf am unteren Ende des Instrumentes *a*, erfolgt, in ein Oehr umgewandelt werden, durch welches man an jedem Zahne die Ligatur *d* einfädelt. Die Zähne können überdies durch einen Druck auf den grösseren

Fig. 22.

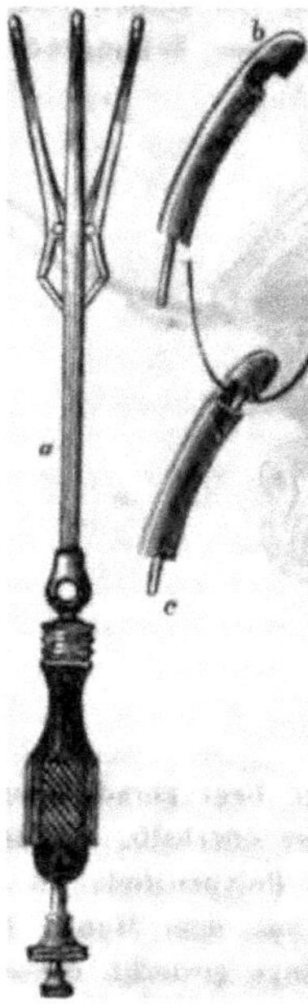

Fig. 23.

der am unteren Ende des Instrumentes befindlichen Knöpfe von einander entfernt werden. (Die einzelnen Zähne bei *b* und *de* sind in natürlicher Grösse, das ganze Instrument dagegen bei *a* verkleinert dargestellt.) Diese Gabel wird nun, mit der convexen Seite der Zähne nach Unten gerichtet, in den Schlund eingeführt. In der Gegend der Choane angelangt, entfernt man die Zähne von einander und öffnet durch Zurückziehen der Drähte die Oehre, in denen der Faden befestigt ist. Letzterer wird somit frei und kann an seinen schon vorher durch die Nasenhöhle nach vorn geführten Enden gegen die Wurzel des Polypen angezogen werden, welcher durch die weit ausgespannte Schlinge sicher gefasst wird, wenn er in der Nähe des Pharynx, namentlich nahe dem Boden der Nasenhöhle, seinen Sitz hat. In derselben Weise wirkt das Charrière'sche Instrument, Fig. 23, welches eine gleichfalls hohle zweizackige Gabel darstellt, deren Spitzen durch eine Rinne verbunden sind. Durch einen Druck an dem Riegel *a* kann man in diese Rinne zwei Drähte in der Art vorschieben, dass ein in der Rinne liegender Faden durch dieselben festgehalten wird, wie dies bei *c* angedeutet ist. Durch Zurückziehen des Riegels wird die Rinne vollständig geöffnet, wie es bei *b* angedeutet ist, und der Faden somit frei.

Sehr bequem lässt sich in der von B. Langenbeck angegebenen Weise die Ligatur mit zwei Schlingen anlegen. Eine Schlinge wird durch den Schlund in die Nase und zum Nasenloch heraus in der Art eingeführt, dass die beiden Fadenenden zum Munde heraushängen, das geschlossene Schlingenende aber zur

Fig. 24.

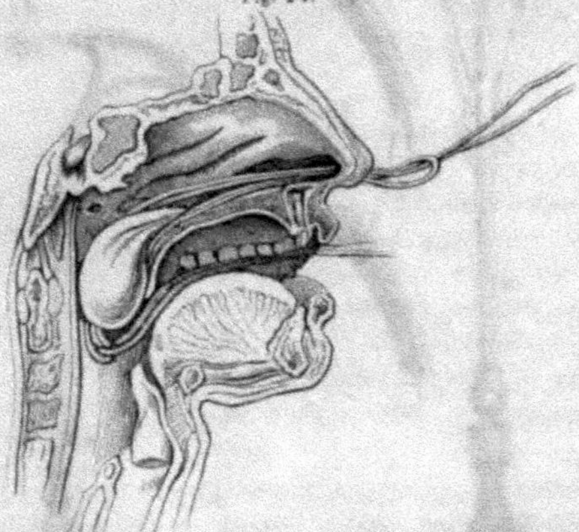

Nase heraus. Die zweite Schlinge liegt gerade umgekehrt. Die eine kommt auf die eine Seite oder oberhalb, die andere auf die andere Seite oder unterhalb des Polypenstiels zu liegen. Nun werden die Fadenenden, welche aus dem Munde heraushängen, durch die ebenda befindliche Schlinge gesteckt, dasselbe geschieht am Nasenloch. Dann werden die Fadenenden aus dem Mund und die anderen aus der Nase hervor und straff angezogen. Der Knoten, den die hierdurch gegen einander gezogenen Schlingen bilden, muss den Stiel des Polypen umschnüren, — vorausgesetzt natürlich, dass keine der Schlingen abgeglitten ist [1]).]

Ueber das Zusammenschnüren der Ligatur und die dabei zu beachtenden Vorsichtsmassregeln wurde bereits Bd. I. p. 401 u. ff. gesprochen. Der Polyp, dessen Stiel zusammengeschnürt ist (denn nur bei gestielten lässt sich die Ligatur anwenden), schwillt alsbald an und verfault unter beträchtlichem Gestank und Entwicklung einer grossen Menge von Jauche, deren Verschlucken sehr üble, ja selbst tödtliche Folgen haben kann. Man wird deshalb, wenn

[1]) [B. Langenbeck, Neues Verfahren zur Polypenunterbindung. Deutsche Klinik 1850. p. 155. — Die Knotenbildung erfolgt hierbei nach dem ursprünglich von Ricord für die subcutane Unterbindung der Venen angegebenen Princip. Ich kann diese Methode aus eigener Erfahrung empfehlen.]

es irgend möglich ist, gleich nach der Unterbindung den grössten Theil des Polypen (nöthigen Falls vom Munde aus mit einer gekrümmten Scheere) abzuschneiden suchen, das Einfliessen von Jauche in den Schlund verhüten und durch Einspritzen von Alaunlösungen, verdünntem Chlorwasser u. dgl. die fauligen Massen unschädlich zu machen suchen. Liegt auch nur entfernt die Möglichkeit vor, dass der Polyp, nach Zerstörung seines Stieles durch den Druck der Ligatur, in den Pharynx fallen könnte, so muss man durch eine Schlinge, die man durch ihn oder durch den zurückgelassenen Rest hindurchführt, dafür sorgen, dass er nicht etwa in den Kehlkopf gelange und somit Erstickung bedingen könne. Dieselbe Fürsorge ist beim Abschneiden des unterbundenen Polypen erforderlich.

3. Exstirpation. Das Ab- oder Ausschneiden mit der Scheere oder dem Messer geschieht gleichfalls entweder vom Nasenloch oder vom Munde aus. Sitzt der Polyp sehr weit nach Vorn, so kann man ihn mit einer schmalen Scheere leicht abtragen, während man ihn mit einer Zange hervorzieht. Weiter nach Hinten lässt sich in der Nasenhöhle schwer mit einer Scheere operiren. Mit einem sichelförmigen geknöpften Messer dagegen kann man nicht blos weit in die Nasenhöhle hinein, sondern auch bis zu den Choanen vordringen und an deren Rande Polypen abtragen, die man entweder mit einer geraden Zange in die Nasenhöhle hinein, oder mit einer gekrümmten in die Schlundhöhle hinabgezogen hat. Der von der Mundhöhle aus gegen die Choanen hinaufgeschobene Zeigefinger leitet die Bewegungen des Messers. Die Blutung nach dem Abschneiden eines Nasenpolypen ist um so heftiger, je weniger dicht an der Insertionsstelle der Schnitt geführt wurde. Wurde der Stiel hart an der Schleimhaut abgeschnitten, so dauern in der Regel auch Anfangs heftige Blutungen nicht sehr lange an, wenn die gewöhnlichen styptischen Einspritzungen gleich nach der Operation angewandt werden. Sollten diese nicht ausreichen, so wird sofort tamponirt.

Um die Exstirpation grosser Polypen, welche von den Choanen aus hinter dem Gaumensegel hinabhängen, bequemer ausführen zu können, ist die Spaltung des Gaumensegels vorgeschlagen und ausgeführt worden. Dieselbe kann aber immer vermieden werden. Der Nutzen, welchen sie gewährt, ist gering, und die Gefahr, dass die Vereinigung der künstlich angelegten Gaumenspalte ausbleiben könnte, ist gewiss in Anschlag zu bringen. In den meisten Fällen wird allerdings das Gaumensegel, wenn man es in der weiter unten zu beschreibenden Weise zusammennäht, auch zusammenheilen. Dass eine solche Wunde aber, wie Vidal angiebt, ohne Anlegung der Naht sich vereinigen sollte, erscheint unglaublich.

4. Cauterisation. Sowol das *Cauterium actuale*, als auch die verschiedenartigsten Aetzmittel, sind zur Zerstörung der Nasenpolypen angewandt worden.

Die Glühhitze ist zur Zerstörung überhaupt und so auch zur Zerstörung der Polypen ein vortreffliches und sicheres Mittel, zumal durch dieselbe zugleich der Blutung vorgebeugt und eine gute und schnelle Vernarbung bedingt wird. Grosse Autoritäten, unter ihnen auch Richter, sprachen sich daher für die Anwendung des Glüheisens, namentlich bei sarcomatösen Polypen aus. Dieselbe ist aber mit beträchtlichen Uebelständen verknüpft. Zunächst kann leicht eine heftige, bei hoher Insertion des Polypen selbst bis zum Gehirn sich ausbreitende Entzündung folgen. Ausserdem aber sind die Schwierigkeiten der Operation selbst fast unübersteiglich. Sitzt der Polyp nur ein wenig weit nach Hinten, so geräth man in Gefahr, unabsichtlich die gesunden Theile der Nasenwand zu verbrennen, bevor man zu ihm gelangt. Wendet man, um dies zu vermeiden, ein schützendes Leitungsrohr an, so hindert dies die Bewegungen des Glüheisens; die Operation wird verzögert und das Eisen wird, bevor es zu dem Polypen gelangt, so beträchtlich abgekühlt, dass es nur unvollkommen wirkt.

[Alle diese Uebelstände fallen fort, wenn man statt des *Ferrum candens* einen durch den electrischen Strom glühend gemachten Platindraht anwendet, die *Ligatura candens*, die galvanokaustische Schneideschlinge, nach Middeldorpf [1]).

Die aus einem, $\frac{1}{2}$ bis 1 Millimeter starken Platindraht gebildete Schlinge wird, in der bei Beschreibung der Ligatur p. 214 u. f. angegebenen Weise, um die Wurzel des Polypen geführt, dann aber mit einem besonderen Schlingenträger in Verbindung gesetzt, in welchem sie durchaus electrisch isolirt verläuft, mit Ausnahme zweier zu den beiden Polen einer starken galvanischen Batterie führenden Leitungen. Zugleich kann an diesem Schlingenträger durch Umdrehung einer Welle eine allmälige Verengerung der Schlinge bewirkt werden. Gelingt es, die bereits im Schlingenträger befestigte Drahtschlinge um den Polypen bis zu seiner Wurzel herumzuführen, so wird dadurch die Operation bedeutend abgekürzt. Sobald die Polypenwurzel von dem Platindraht hinreichend fest umfasst ist, lässt man die electrische Kette schliessen. Der Platindraht wird weissglühend und durchschneidet, während man ihn durch Umdrehung der Welle oder einen leichten Zug am ganzen Instru-

[1]) [Vgl. Dessen so eben erschienene Monographie: Die Galvanokaustik, ein Beitrag zur operativen Chirurgie. Breslau 1854. p. 42—48 und 138 u. ff.]

mente allmälig stärker spannt, den ganzen von ihm umfassten Stiel, so dass der vorher mit einer Zange oder mittelst eines hindurchgeführten Fadens gefasste Polyp mit dem Schlingenträger zugleich herausgezogen werden kann. Ragt der Polyp in den Pharynx hinein, so zieht man ihn durch die Mundhöhle hervor, während die Brennschlinge durch die Nasenhöhle eingeführt und auch wieder ausgezogen wird. Die Blutung nach dieser Operation ist um so unbedeutender, je dicker der Platindraht war, weil seine cauterisirende und somit auch styptische Wirkung der Dicke proportional sich ausbreitet.|

5. Das Haarseil ist früher in doppelter Weise zur Zerstörung von Nasenpolypen angewandt worden. Man zog entweder mit einer starken gestielten Nadel dasselbe durch die Geschwulst möglichst nahe ihrem Stiel, oder man führte es nach Art eines Tampons einfach durch die Nase, um durch Druck und Erregen von Eiterung die Zerstörung des Polypen zu bewirken. Daran schliesst sich:

6. Die Compression und Austrocknung durch wiederholtes Tamponiren mit blosser Charpie oder mit solcher, die in Bleiessig getaucht, mit Eichenrinden- oder Chinapulver vermischt war u. dgl. m.

|Unter den vorstehend aufgeführten Operationsmethoden ist mit Recht für die Schleimpolypen fast ausschliesslich die Extraction mittelst der Zange in Gebrauch. Um Recidive zu verhüten oder, was auf dasselbe hinauskommt, um kleine Polypen der Art zu zerstören, können auch Aetzmittel und der Tampon mit Nutzen angewandt werden. — Bei fibrösen Polypen hängt die Wahl der Methode theils von dem Orte, theils von der Art der Insertion ab. Das Abdrehen und Ausreissen führt schnell zum Ziele, wenn man sie nur mit der Zange sicher fassen kann und der Stiel nicht allzudick ist. Sitzt die Geschwulst mit breiter Basis auf, so wird man sie auch manchmal herausreissen können, aber selten ohne üble Nebenverletzungen [1]). Auch bei deutlich gestielten Polypen kann das Ausreissen gefährlich sein, wenn sie nämlich an der *Lamina cribrosa* festsitzen, wo mit dem Polypen zugleich ein Stück

[1]) |Die von manchen Schriftstellern beschriebenen knöchernen oder theilweis knöchernen Polypen dürften meist dem nicht beabsichtigten Ausreissen von Theilen der knöchernen Nasenwände, namentlich der Muscheln, ihren Ursprung verdanken. — Uebrigens soll nicht in Abrede gestellt werden, dass auch in Fibroiden der Nase, wie in anderen Fibroiden, Verknöcherungen vorkommen können.|

der genannten Knochentafel herausgerissen und dadurch zu einer vielleicht tödtlichen Meningitis Veranlassung gegeben werden kann [1]). Das Abschneiden mit dem Messer oder der Scheere hat solche Nachtheile nicht, lässt sich aber oft gar nicht anwenden und stellt eine bedeutende Blutung mehr als alle anderen Methoden in Aussicht, wenn man nicht vorher die Ligatur angelegt hat. Diese wiederum ist oft schwierig und ohne nachträgliches Abschneiden des unterbundenen Polypen aus den oben erörterten Gründen ganz zu verwerfen. Die galvanokaustische Schneideschlinge endlich vereint die Vortheile des Schnitts und der Ligatur, und hat vor beiden noch den Vorzug, dass die Operation mit grösserer Schnelligkeit und mit viel geringerer Beschwerde für den Patienten vollzogen werden kann.

Ueble Zufälle nach der Operation von Nasenpolypen (namentlich durch Ausreissen und Abschneiden), sind — ausser der, durch den Tampon zu stillenden, Blutung, — heftige Entzündung der ganzen Nasen-, Stirn- und Oberkiefer-Höhlen (selten), Gesichtsrose (wahrscheinlich nur, wenn der Operirte sich erkältete), Meningitis, abgesehen von der oben angedeuteten traumatischen Entstehung, auch wol durch eine Weiterverbreitung der Entzündung von der Nasenhöhle aus zu erklären.]

Nasensteine.

Nasensteine nennt man Concremente aus den im Nasenschleime enthaltenen Salzen. Sie bestehen namentlich aus phosporsaurem und kohlensaurem Kalk und Magnesia. Ihre Entstehung wird vielleicht durch besondere räumliche Verhältnisse der Nasenhöhle begünstigt, namentlich durch geringe Weite der Nasengänge. In vielen Fällen bildeten fremde Körper (Kirschkerne, Bernsteinstückchen, Zahnwurzeln) die eigentliche Grundlage (den Kern) für die Bildung des Nasensteins, indem sich die gedachten Salze um jene anlagerten. Man ist nach anderweitigen Erfahrungen, wie sie namentlich bei Anwesenheit fremder Körper in der Harnblase gemacht worden sind, keineswegs berechtigt, anzunehmen, dass eine besondere krankhafte Disposition der Nasenschleimhaut, oder gar ein Allgemeinleiden die eigentliche Ursache einer solchen Incrustirung von fremden Körpern in der Nase gewesen sei.

Die Anwesenheit eines oder mehrerer solcher Concremente in der Nasenhöhle erregt oft sehr wenig Beschwerden. In anderen Fällen dagegen werden so heftige Zufälle dadurch hervorgerufen,

[1]) [Einen Fall der Art kenne ich aus der Praxis eines anderen Chirurgen.]

dass die Patienten sofort ärztliche Hülfe suchen. Entzündung der nächsten Umgebung des Steines und in Folge davon ein schleimiger oder eitriger Ausfluss oft von sehr üblem Geruch, Anschwellung und Schmerzhaftigkeit der entsprechenden Nasenhälfte, Verstopfung oder doch Verengerung des Thränennasengangs, durch welche Anschwellung des Thränensacks und Thränenträufeln entstehen können, werden namentlich, wenn der fremde Körper im unteren Nasengange seinen Sitz hat, beobachtet. —

Kern erzählt, dass ein Nasenstein von der Grösse einer Erbse endlich durch Niesen herausgeschleudert wurde, nachdem er 1½ Jahre lang heftigen Schmerz zwischen den Augen veranlasst hatte. Auch Gräfe hat ähnliche Fälle beobachtet und Demarquay hat die älteren Fälle, sowie seine in der Blandin'schen Klinik gesammelten Beobachtungen darüber in einer besonderen Abhandlung (*Archives génér. de médecine* 1845) zusammengestellt.

Es wäre möglich, dass man in manchen dieser Fälle Ursache und Wirkung verwechselt hat. Vielleicht bestand zuerst Entzündung in der Nase und im Thränennasengang; durch diese wurde die Zusammensetzung der Thränen und des Nasenschleims verändert und dadurch erst wurde Veranlassung zur Steinbildung gegeben.

Die Diagnose der Nasensteine ist leicht, wenn man sie durch das erweiterte Nasenloch sehen kann; dies war aber nur in wenigen Fällen möglich. Man muss dann eine Sonde einführen und wird, wenn man mit ihr auf den Stein stösst, nicht blos einen Widerstand finden, sondern zugleich einen dumpfen Ton vernehmen. Sitzt ein solches Steinchen sehr hoch, oder durch die Windungen einer Muschel vor Berührungen geschützt, so ist eine bestimmte Diagnose unmöglich. Wird durch einen Nasenstein der Durchgang der Luft behindert, so liegt die Verwechslung mit einem Polypen sehr nahe. Der üble Geruch des aus der Nase fliessenden Secrets hat manchen Arzt bestimmt, sich mit der Annahme einer Ozaena zu begnügen. In anderen Fällen hat man anderweitige Neubildungen oder Caries der Nasenbeine vor sich zu haben geglaubt. Mehrmals sind, diesen falschen Diagnosen entsprechend, erfolglose therapeutische Maassregeln ergriffen worden.

Die Behandlung kann natürlich nur die Entfernung des Nasensteines zur Aufgabe haben. Selten ist diese durch Husten oder Niesen gelungen. In der Mehrzahl der Fälle musste die Extraction mit einer sogenannten Polypenzange ausgeführt werden und oft war diese schwierig, wenn der Stein, rings von aufgewulsteter Schleimhaut umgeben, wie eingekeilt festsass. Die rauhe, zuweilen zackige Oberfläche und die Grösse des Steins können Verletzungen während seines Durchgangs durch die Nasenhöhle verursachen.

Drittes Capitel.

Formfehler der Nase. — Rhinoplastik.

Ursprüngliche Missbildungen der Nase sind selten, erworbene Formfehler dagegen sehr häufig.

Die Nase kann doppelt sein. Das merkwürdigste Beispiel dieser seltenen Missbildung führt Borelli an (*Hist. et obs. medico-phys., cent. III. obs.* 43). Danyau erwähnt eine Frau, welche zwei nebeneinanderstehende Nasen, aber auch drei Augen und zwei Reihen Zähne hatte. Natürlich eignen sich solche Fälle weder für eine chirurgische, noch sonst für irgend eine Behandlung. Hiervon sind zu unterscheiden die sogenannten Verdoppelungen der Nase durch Geschwülste, welche auf ihr wurzeln. Dahin gehören namentlich fibröse und Gefässgeschwülste (Teleangiectasien), erstere auch unter dem Namen der gestielten Warzen, *Molluscum pendulum* u. dgl. bekannt. Die hierdurch bedingte Entstellung ist in der Regel so beträchtlich, dass die Träger dieser Pseudo-Doppelnasen gern in die Exstirpation solcher Auswüchse willigen. Die Operation hat nur dann Schwierigkeiten, wenn nicht genug gesunde Haut zur Deckung des durch die Excision bedingten Hautdefects herbeigezogen werden kann. Nicht ganz selten ist die Nase, namentlich gegen die Spitze hin hypertrophisch durch Verdickung des subcutanen Bindegewebes. Solche abnorm grosse Nasen hat Dieffenbach durch Excision ovaler und dreieckiger Stücke aus der ganzen Dicke, nöthigenfalls auch mit partieller Resection des Septum, verkleinern gelehrt.

Sehr häufig steht die Nase schief, meist nach rechts; vielleicht hat die Gewohnheit, sich mit der rechten Hand zu schnauben, einigen Einfluss hierauf. Jedoch giebt es auch andere Ursachen dafür; denn dieselbe Difformität kommt auch bei Leuten vor, die links sind und sich mit der linken Hand schnauben, und sie wird endlich auch schon in frühster Jugend beobachtet. In vielen Fällen ist die Schiefheit der Nase traumatischen Ursprungs. Schwerlich wird es, selbst in den leichtesten Fällen von Erfolg sein, wenn man, nach dem Rathe Vidal's, das Taschentuch in die andere Tasche steckt und sich mit der linken Hand schnäuzt. Wird bei höheren Graden des Uebels Abhülfe gewünscht, so muss man sich zu einer Operation entschliessen. Das von Dieffenbach[1]) angegebene Verfahren, nach welchem er stets Hebung der Difformität in kurzer Zeit und niemals einen üblen Zufall gesehen hat, ist folgendes. Man hebt die Haut auf dem Rücken der Nase über der Grenze zwischen den Knochen und den Knorpeln in die Höhe, durchsticht die Haut unter der Falte mit einem schmalen sichelförmigen Messer, führt dessen Spitze scharf über den Rücken fort, bis man in der Wangenhaut angekommen ist, und durchschneidet dann im Zurückziehen den Knorpel an der Grenze des Knochens und auch das Septum gänzlich. Hierauf zieht man das Messer aus und schiebt es durch dieselbe Oeffnung auf der anderen Seite, mit dem Rücken gegen die Haut gewandt, abermals zwischen der Haut und dem Knorpel bis zur Wange durch, um hierauf auch auf dieser Seite den Knorpel zu durchschneiden. Somit ist die ganze knorpelige Nase beweglich gemacht; sie wird mit Charpie gefüllt und durch lange Heftpflasterstreifen, welche über den Nasenrücken nach der entgegengesetzten Seite laufen, gezogen, so dass sie nicht blos gerade, sondern nach dieser Seite hin schief steht. Ist eine Schiefheit der Nase und namentlich Verschluss eines Nasenloches durch eine abnorm schiefe Stellung des Septum bedingt, so schneidet man aus dem knorpligen Theile, jedoch mit Schonung des unteren Hautsaumes, ein Stück aus. Natürlich sind Operationen der Art unwirksam, wenn die Schiefstellung durch Difformität der Knochen bedingt ist.

Verengerung und Verschluss der Nasenlöcher ist nicht blos entstellend, sondern beraubt auch die Kranken des Geruchssinnes und zwingt sie mit offenem Munde zu athmen (vgl. Nasenpolypen). Höchst selten kommt eine angeborene Atresie der Nasenlöcher (Bd. I. p. 343) vor. In der Regel wird sie durch Verschwärungen oder Substanzverluste bedingt. Durch Lupus und durch Verbrennungen kommt sie am Häufigsten zu Stande. Wie überall, so hat auch hier das Narbengewebe, namentlich das nach einer Verbrennung entwickelte, die Tendenz zur Verkürzung und Zusammenziehung. Schneidet man auch noch so grosse Löcher ein, sie verwachsen in wenigen Tagen wieder bis auf eine haarfeine Oeffnung, und zuletzt gänzlich. Das Einlegen von Bleiröhren, Stückchen von elastischen Kathetern u. dgl. m. ist nur ein Palliativmittel; wird das Röhrchen fortgelassen, so verwachsen auch die Nasenlöcher wieder mit überraschender Schnelligkeit. Nur durch das

[1]) Operative Chirurgie Bd. I. p. 368.

für die plastischen Operationen im Allgemeinen schon Bd. I. p. 361 angegebene Verfahren der Umsäumung mit Haut, so dass eine mit Epidermis überzogene Fläche das Nasenloch auskleidet, gelingt es, den Wiederverschluss zu verhüten. Zu diesem Behuf muss die Haut, je nach Bedürfniss, aus der Wange, aus der Nase selbst, bei grösserem Defect vielleicht sogar aus der Stirn entnommen und nach den allgemeinen Regeln der Plastik überpflanzt werden.|

|In Folge einer Zerstörung der Nasenfortsätze des Oberkiefers und Nasenbeine, oder auch ersterer allein, sinkt die ganze Nase, namentlich ihr Rücken, in so entstellender Weise ein, dass dringend Abhülfe gewünscht wird. Von sehr geschickten Chirurgen [1]) ist vergeblich der Versuch gemacht worden, ein Gerüst von Gold, Platina oder Blei in die Nase einzuheilen, damit es das verlorene Knochengerüst ersetzen sollte. Nur durch eine Operation kann eine Verbesserung erzielt werden. Diese erreicht man theils durch seitliche Zusammendrängung der die Nase bildenden Weichtheile, theils durch Spaltung der Nase und Einheilen eines langen schmalen Stirnhautlappens. Im ersten Falle legt man auf jeder Seite der Nase eine Schiene von Pappe an und durchsticht diese, sowie die ganze Nase, von einer Seite zur anderen mit starken langen Insecten-Nadeln, die man anfangs nur bis zu einem leichten Druck, später aber immer stärker an ihrem spitzen Ende umbiegt, so dass, durch Vermittlung der Schienen, der Nase eine schmale Gestalt mit prominirendem Rücken gegeben wird. Die Nadeln bleiben wochenlang liegen und erregen daher eine dauernde Entzündung, die zur Entwicklung von Granulationen in der Nase führt. Die Stichöffnungen selbst werden von einem Granulationswall umgeben. Dann schneidet man den Knopf der Nadeln ab und zieht sie nach der andern Seite hin aus. Ist die Haut durch den Druck der Schienen wund geworden, so wartet man bis die Excoriationen, unter Bleiwasserumschlägen, geheilt sind. Sonst aber wiederholt man das ganze Verfahren sogleich und mehrmals hintereinander, um recht feste Narbenstränge in der Nase zu erzeugen und dadurch ein abermaliges Zusammensinken zu verhüten. — Die Einheilung eines Stirnlappens ist vorzuziehen, wenn die Nase selbst nicht viel Material darbietet. Mehrere Monate nachdem die Einheilung des nach der ersten indischen Methode (Bd. I. p. 355 u. ff.) aus der Stirn überpflanzten Lappens gelungen ist, schneidet man aus seiner Mitte einen langen schmalen Keil aus und vereinigt die Wunde

[1]) Vgl. Dieffenbach l. c. p. 374

durch umschlungene Nähte. Dies wird in Zwischenräumen von mehreren Wochen so lange wiederholt, bis das ganze Corium des transplantirten Lappens entfernt und die alten Nasenhälften wieder direct aneinander gebracht sind. Dadurch wird die ganze Bindegewebsschicht des Lappens in die Tiefe des Nasenrückens gedrängt und durch diese sowol als durch die aus den wiederholten Excisionen hervorgehende feste Narbe erhält der Nasenrücken mehr Halt und Höhe. Jedoch führt dieses Verfahren zu genügenden Resultaten nur dann, wenn die Nasenbeine nicht ganz zerstört und die Haut über ihnen gesund geblieben ist. — In den schlimmsten Fällen muss man die Erhöhung der Nase durch Ueberpflanzen eines aus der Stirn zu entlehnenden grossen Lappens (wie bei der totalen Rhinoplastik) über die schon bestehende Nase zu erreichen suchen. Man umschneidet dann die Nase an ihrer Grenze gegen die Wange, löst die benachbarte Wangenhaut etwas ab, um sie emporheben zu können und heftet den Stirnhautlappen an diese an. Die blutige hintere Fläche desselben verwächst später mit der allmälig ihr Epithelium abstossenden Hautoberfläche der alten Nase. Je nach Bedürfniss wird man den Lappen entweder bis in die Nasenlöcher hineinreichen lassen, oder, wenn die Nasenspitze hinreichend prominirt, ihn an diese und die Nasenflügel anheften, nachdem man mit einem queren Schnitte durch die ganze Dicke der Nase die Spitze und die Flügel von der übrigen Nase getrennt und zu einer Art von Balkon umgewandelt hat. Hierdurch wird der schwierigste Theil der Rhinoplastik (die Bildung der Spitze und der Flügel) erspart und eine bei weitem geringere Dimension des Stirnlappens erfordert. Fehlt der eingesunkenen Nase zugleich das häutige Septum, so muss dieses entweder aus der Stirnhaut oder aus der Lippe ersetzt werden. Im letzteren Falle wird der Ersatzlappen aus der ganzen Dicke der Oberlippe entnommen, indem diese durch zwei verticale Incisionen, die von jedem Nasenloch zum Lippenrande verlaufen und beinahe $1/2$ Zoll von einander entfernt sind, durchschnitten wird. Die Schleimhaut des Lippenrandes wird an dem Ersatzlappen abgetragen und während er in die Höhe geklappt wird an die angefrischte hintere Fläche der Nasenspitze angeheftet. Seine Schleimhaut ist also abwärts, seine vordere, von Epidermis bekleidete Fläche aufwärts gerichtet. Späterhin wird die Beschaffenheit der Epithelien gerade die umgekehrte. Der Defect in der Lippe wird sofort durch Vereinigung der Wundränder mittelst der umschlungenen Naht ausgeglichen. Um die Vereinigung des obersten Theils dicht unter dem hinaufgeschlagenen

Lippenstück zu erleichtern, fügt man unter jedem Nasenflügel eine kleine quere Incision hinzu.

Angeborner Mangel der Nase wird sehr selten und fast immer nur gleichzeitig mit anderen Missbildungen, welche lebensunfähig machen, beobachtet. Desto häufiger ist verhältnissmässig ein erst nach der Geburt entstandener Defect der ganzen Nase oder eines Theils derselben. Hass, Eifersucht, Ehrliebe, selbst die Justizpflege haben zu solchen Verstümmlungen geführt. Es giebt Beispiele genug, dass eifersüchtige Frauen ihren Nebenbuhlerinnen die Nase abgeschnitten haben. In Deutschland fällt manche Nase im Duell, zur Aufrechterhaltung der Ehre. Die alten Aegyptier, Griechen und Römer liessen den Ehebrecherinnen, die Indier auch anderen Verbrechern, die Nase abschneiden. Sixtus V. liess diese Verstümmlung an einer grossen Menge von Spitzbuben und Banditen, welche Rom und seine Umgebungen unsicher machten, ausführen. Die Frauen haben zu allen Zeiten mit Tagliacozzi, der ein eigenes Capitel *de dignitate nasi* geschrieben hat, und mit Lavater übereingestimmt, der sagt: „Eine schöne Nase ist ein Königreich werth". Bei der Landung der Dänen in England schnitten englische Frauen sich selbst die Nase ab, um ihre Ehre zu retten. Aus gleichem Grunde that die Aebtissin zu St. Cyr in Marseille mit ihren 40 Nonnen dasselbe, als die Sarazenen dort ankamen. Unzählige Nasen gehen durch Lupus oder syphilitische Geschwüre zu Grunde. So hat es denn in allen Schichten der Gesellschaft, vom calabresischen Räuber bis zum Kaiser (Justinianus Rhinometes), schon Nasenverluste gegeben, und das Bestreben der Kunst, einen möglichst vollkommenen Ersatz für die verlorene Nase zu liefern, ist so frühzeitig erwacht, dass die Geschichte der plastischen Operationen überhaupt mit derjenigen der Rhinoplastik beginnt, und fast Alles, was über operative Plastik überhaupt ausgesagt werden kann, sich am meisten immer auf den organischen Ersatz der Nase bezieht. (Vgl. Bd. I. p. 350 u. ff.)

Zunächst tritt uns auch hier die Frage entgegen, ob der plastische Ersatz durch Transplantation eines Hautstücks eine nützliche Operation sei, und ob dadurch wirkliche Vortheile im Vergleich zu einem mechanischen Ersatz gewonnen werden. Man hat in neuerer Zeit aus Metall, aus Kautschuck u. dgl. mit so grosser Vollendung künstliche Nasen dargestellt, dass sie in manchen Fällen, selbst bei aufmerksamer Betrachtung, kaum bemerkt werden. Dieselben werden entweder an einem Brillengestell angebracht oder mit Collodium angeklebt, oder sie erhalten ihre Befestigung durch einen zur Choanenöffnung verlaufenden Draht, der dort mit einem (in verticaler Stellung durch den Nasengang einzuführenden) Querriegel versehen ist; auch durch eine federnde Gabel, die ihre Stützpunkte an der *Apertura pyriformis* findet, können sie befestigt werden.

Immerhin aber bleiben diese mechanisch angehefteten Nasen sehr kostspielig, wenig dauerhaft und unzuverlässig, so dass sie nur von Leuten, die fortdauernd der Kosmetik ihres Antlitzes die gehörige Aufmerksamkeit und Zeit zu widmen im Stande sind, mit Vortheil getragen werden können. Andererseits aber darf man nicht vergessen, dass die Rhinoplastik keine ganz ungefährliche Operation ist, dass sie einige Male den Tod zur Folge gehabt hat, und dass es endlich selbst geübten Händen nicht immer gelingt, der Nase die gewünschte Form zu ertheilen. Mit Berücksichtigung dieser Thatsachen wird man also im einzelnen Falle seine Entschliessung zu fassen haben.

Was die einzelnen Methoden betrifft, so gewährt für die totale Rhinoplastik die indische Methode, d. h. der Ersatz aus der Stirnhaut, die meiste Aussicht auf günstigen Erfolg. Das Operationsverfahren (vgl. Bd. I. p. 365 und 361, nebst Fig. 82.) ist folgendes: Der Rand der bestehenden Nasenöffnung wird rings herum möglichst geradlinig angefrischt, und die Haut, wenn sie nicht verschieblich ist, etwas abgelöst. Die hierdurch entstehenden Wundränder müssen einige Linien breit sein, damit die Ränder des Ersatzlappens in ihrer vollen Breite angeheftet werden können. Die Länge der vertical stehenden Seitenränder der Nasenöffnung wird gemessen und danach aus (gestrichenem) Heftpflaster ein Modell gemacht, an welchem die Entfernung der Nasenspitze von dem hinteren Rande der Nasenflügel auf 1 Zoll angenommen wird. Das Modell muss ferner um so viel länger sein als die Seitenränder des Defects, dass es die zur Bildung des Septum und zur Umsäumung des Ersatzlappens an den Nasenlöchern erforderliche Haut mitrepräsentirt. Die Länge des Septum wird hierbei auf mindestens $^3/_4$ Zoll, seine Breite (in welcher es später sehr zusammenschrumpft) auf einen halben Zoll angesetzt. Was zu den Seiten des Septum übrig bleibt, wenn man das Modell gegen die Ecken hin sanft abrundet, das reicht zur Umsäumung der Nasenlöcher aus. Die Anfertigung eines solchen Modells nimmt weniger Zeit weg, als seine Beschreibung. Es wird sofort auf die Stirn geklebt, an der vorher schon die in der Nähe stehenden Haare abrasirt sein müssen, wenn man voraussehen konnte, dass die unbehaarte Stirnhaut für die

Entnahme eines hinreichend grossen Lappens nicht ausreichen werde. Das Modell wird nun mit kräftigen Zügen umschnitten. Man schneide lieber zu tief als zu flach. Es schadet Nichts, wenn hie und da selbst das Periost durchschnitten wurde, obgleich man dies niemals zu entfernen beabsichtigt. Beim Abpräpariren des Lappens wird nur die Haut und das unterliegende Bindegewebe, letzteres aber in möglichst dicker Schicht abgelöst. Auf der einen Seite geht der Stirnhautschnitt ohne Unterbrechung in den Anfrischungsschnitt über, auf der anderen dagegen muss eine Brücke von etwa ½ Zoll Breite stehen bleiben, als Stiel (*nutrix*) des Stirnhautlappens, durch welchen er nach erfolgter Transplantation bis zur Anheilung seine Blutzufuhr allein erhalten soll. Der abgelöste Stirnhautlappen wird nun in der Weise geschwenkt, dass sein linker oberer Winkel in die Gegend des rechten Nasenflügels kommt u. s. f. Dabei muss der Stiel nothwendig eine gewisse Drehung erleiden. Dieselbe braucht aber nur äusserst gering zu sein, wenn man den Stiel gehörig ablöst (natürlich ohne seine Gefässe zu durchschneiden) und dicht über ihm von dem unteren Ende des seitlichen Stirnhautschnitts eine tiefe, etwa ½ Zoll lange Incision, horizontal nach aussen, dicht oberhalb der Augenbraue, vielleicht durch einen Theil derselben, hindurchführt. Dadurch wird zugleich die Stirnhaut auf dieser Seite so viel beweglicher, dass es oft gelingt, den untersten Theil der grossen Stirnhautwunde, welche nach der Ablösung des Ersatzlappens zurückbleibt, mit Hülfe einer umschlungenen Naht *per primam* zu vereinigen. Die übrige Stirnwunde wird sogleich mit feiner, verwirrter Charpie und mit dachziegelförmig übereinander gelegten Heftpflasterstreifen bedeckt. Der schlaff herabhängende Stirnlappen muss inzwischen gehörig unterstützt werden, damit nicht durch Zerrung des Stiels Compression der einzigen ihm noch zukommenden Gefässe, namentlich Venen, stattfindet. Er wird sehr bald kühl und blass, so dass dem Anfänger in plastischen Operationen wol Besorgnisse aufsteigen. In der That ist aber nur das Blauwerden bedenklich; dann besteht ein Hinderniss der Blutbewegung im Stiel. Zunächst wird nun der für das Septum bestimmte Theil des Lappens durch zwei Schnitte von den für die Umsäumung der Nasenlöcher bestimmten Seitenstücken getrennt. Letztere werden mit ihrer wunden Fläche gegen die Wundfläche des übrigen Lappens umgeklappt und mit ein paar grossen Stichen in dieser Stellung festgeheftet. Hierdurch gewinnt der Ersatzlappen schon einige Nasenähnlichkeit, indem die gedoppelten Seitenstücke den Nasenflügeln entsprechen. Das Anheften des Lappens an seinem neuen Wohnort beginnt mit dem Annähen des Septum; sein ehemals nach oben gegen den Scheitel, jetzt nach unten und hinten sehender schmaler Rand wird mit zwei Nähten sehr sorgfältig an dem angefrischten unteren Umfange der Nasenöffnung, d. h. dem oberen Theile der Lippe, befestigt. Die Seitenränder des Lappens werden genau an die entsprechenden verticalen Ränder der Nasenöffnung angepasst und durch dicht gedrängte Knopfnähte befestigt. Endlich wird in jedes Nasenloch ein Stück eines elastischen Katheters oder ein aus Heftpflaster aufgerollter Cylinder eingesetzt, wodurch aber kein Druck und keine Spannung bewirkt werden darf. Bei dieser ganzen Operation hat man gewöhnlich gar keine oder doch nur einzelne kleine Arterien zu unterbinden. Höchst selten ist eine bedeutendere Blutung zu bekämpfen und noch seltener eine Nachblutung [1]).|

|Die Nähte werden spätestens nach 30 Stunden, mit der grössten Sorgfalt und Vermeidung jeder Zerrung und Erschütterung, entfernt; am besten in der Art, dass man schon nach 12 Stunden einige, und nach 24 Stunden mindestens die Hälfte in alternirender Reihenfolge auszieht. Die an den Endpunkten befindlichen Suturen bleiben am längsten liegen, namentlich sind diejenigen, durch welche das Septum und die umgeklappten Ränder in den Nasenlöchern befestigt sind, zuletzt fortzunehmen. Die Nasenflügel werden weiterhin durch die Einführung kleiner weicher Cylinder unterstützt. Die ausgezogenen Nähte ersetzt man durch Collodium, welches selbst, wenn an einzelnen Stellen Eiterung entsteht, angewandt werden kann, da ja der Eiter freien Abfluss in die Nasenhöhle hinein hat. Späterhin ist eine sorgfältige Reinigung der Nasenhöhle durch Einspritzungen nöthig. Formverbesserungen an der neuen Nase gelingen meist sehr glücklich, wenn man nur lange genug damit

[1]) |Nach einer totalen Rhinoplastik kam in meiner Klinik einmal eine so bedeutende Nachblutung vor, dass ausser den, bei der, in der oben beschriebenen Weise ausgeführten Operation unterbundenen 3 kleinen Arterien noch 13 gleichfalls ganz unscheinbare Gefässchen unterbunden werden mussten. Sogar an dem einen Rande des transplantirten Lappens spritzte 5 Stunden nach der Operation noch Blut aus einer kleinen Arterie, — zugleich ein Beweis, wie wenig die Blutbewegung durch die Drehung des Lappens beeinträchtigt war. Nachdem alle Gerinnsel entfernt waren, wurden die Nähte in der frühern Weise wieder angelegt und die Heilung erfolgte, trotz dieses üblen Zufalls, fast ganz *per primam*. Der Patient, welcher am Lupus gelitten hatte, gab uns später noch andere Beweise seiner Bluter-Diathese, erfreut sich aber jetzt einer ganz untadeligen Nase. Vgl. die Dissertation von Lütkemüller: *Rhinoplastices exempla duo.* Greifswald 1854.|

wartet. Für den richtigen Zeitpunkt dazu dürfte eine genaue thermometrische Messung der Temperatur der neuen Nase von Werth sein. Zeigt dieselbe keine Differenz mehr von derjenigen der benachbarten Theile des Gesichts, so kann man auch mit Recht voraussetzen, dass ihre Ernährung wieder ganz normal sei. Lange Zeit aber bleibt die Temperatur derselben nicht bloss geringer als diejenige der benachbarten Theile, sondern namentlich auch in höherem Grade abhängig von der Temperatur der äusseren Luft. Bald nach seiner Ueberpflanzung wird der kühle Lappen wärmer, wenn das Knochen- und Knorpelgerüst der Nase noch vorhanden war und ihm somit von Hinten her noch Wärme mitgetheilt wird. Fehlt eine solche Unterlage, so bleibt er noch längere Zeit kühl, und seine steigende Wärme ist dann wesentlich ein Zeichen, dass die Gefässverbindung zwischen ihm und seiner neuen Umgebung hergestellt ist. An der Mehrzahl der neugebildeten Nasen ist eine verbessernde Operation wenigstens erforderlich, — die Exstirpation des Stiels. In einzelnen Fällen gelingt es diesen von Anfang an so zu lagern, dass er die richtige Gestalt der Nase nicht stört. Gewöhnlich aber muss ein Oval oder ein schrägliegendes Dreieck aus ihm excidirt werden. Kann man dabei (was jedoch meist vom Zufall abhängen dürfte) die Verletzung seiner Gefässe vermeiden, so ist dies für die fernere Ernährung der neuen Nase günstig; denn nach der Durchschneidung derselben ist das transplantirte Hautstück ganz auf die Gefässcommunication mit der Wangenhaut angewiesen. Man sieht es daher nach der Durchschneidung des Stiels, namentlich, wenn diese frühzeitig (vor Ablauf der sechsten Woche) erfolgt, auch wieder blass und kühler werden [*]) und ein wenig ödematös anschwellen. Jedoch scheint schon nach der vierten Woche, wenn die Heilung *per primam* erfolgt ist, Gangrän der Nase nach Durchschneidung des Stiels nicht zu fürchten zu sein.]

[Von besonderem Interesse ist die Wiederherstellung der Empfindlichkeit in der transplantirten Nase. Wurde ein breiter Stiel erhalten und dieser nur wenig gedreht, so behält ein grosser Theil des aus der Stirn zur Nase dislocirten Lappens die ihm ursprünglich zukommenden Nervenäste (aus dem Frontalis des *Ramus ophthalmic. Trigemini*) und somit auch seine normale Empfindlichkeit, d. h. bei Berührung desselben hat der Operirte die Empfindung, als würde die Stirn berührt. Am Deutlichsten zeigt sich dies in

*) [Als Beispiel diene der in der oben citirten Dissertation beschriebene Fall von totaler Rhinoplastik. Die Exstirpation des Stiels erfolgte nach 5 Wochen. Vor der Operation war die Temperatur der Luft 16,8° R., der Gesichtshaut 25,0° R.,

solchen Fällen in der Mitte des Nasenrückens. In den meisten Fällen hat der Operirte in der neuen Nase aber längere Zeit hindurch gar keine Empfindungen. Je vollständiger die Vereinigung durch *prima intentio* gelingt, desto früher empfindet der Operirte die neue Nase auch wirklich als seine Nase, und zwar immer zuerst an denjenigen Stellen, welche mit den neuen Umgebungen am Genauesten und in der grössten Ausdehnung vereinigt sind, also namentlich an den mit der Wangenhaut vereinigten Rändern. Hier kann man auf eine Breite von 3 Linien in glücklichen Fällen schon am 3ten Tage nach der Operation, bei der vorsichtigen (nicht etwa die Umgebungen mit erschütternden) Berührung mit einer Nadel, die Antwort erhalten, dass der berührte Theil die Nase sei, während in der Nähe des Stiels noch die Stirn und in der übrigen Ausdehnung der Nase, namentlich gegen die Spitze hin, entweder

der Nase 24,6° R. Nach der Operation dagegen Luft 16,2° R., Gesichtshaut 25,8° R., Nase 21,9° R.

Zur Erläuterung der Temperatur-Differenzen füge ich nachstehende Tabelle bei, welche sich auf den schon oben erwähnten Fall, in dem wegen Nasenkrebs die halbe Nase aus der Stirn ersetzt wurde, bezieht.

Zeit.	Gesunde Nasenhälfte	Transplantirte Nasenhälfte.	Luft.
Eine halbe Stunde nach Vollendung der Operation .	26,2	25,9	
Am 2ten Tage nach der Operation (Entzündung in der Umgegend)	27,4	27,0	
Am 3ten Tage	27,4	27,0	
Am 4ten Tage	27,3	26,6	18,4
Am 5ten Tage Morgens	27,4	26,5	19,1
An demselben Tage Nachmittags (nach plötzlichem Ausbruch eines *Erysipelas faciei,* welches auch die obere Hälfte des transplantirten Lappens ergriff.) . .	28,0	25,9	
Nachdem 5 Wochen darauf der Stiel resecirt war:			
Am 1sten Tage, bald nach der Operation . . .	26,5	24,8	19,6
An demselben Tage Abends 6 Uhr	24,4	23,6	18,2
Am 2ten Tage Morgens 6 Uhr	24,6	22,9	16,6
- - - Mittags 1 -	25,8	24,2	19,1
- - - Abends 7 -	23,9	22,5	16,3
Am 3ten Tage Morgens 6 -	24,2	23,2	17,0
- - - Mittags 1 -	24,7	23,9	19,1
- - - Abends 7 -	23,6	22,0	15,8
Am 4ten Tage Morgens 6 -	23,4	22,3	16,0
- - - Abends 7 -	23,7	22,8	17,0
Am 5ten Tage Morgens 6 -	23,6	22,5	16,1
Am 6ten Tage Morgens 6 -	23,3	21,9	15,3
Am 7ten Tage Morgens 6 Uhr	23,5	22,7	17,6

Alle Messungen sind mit einem Greiner'schen Normalthermometer höchst vorsichtig gemacht.

gar nichts oder doch nichts Bestimmtes, oder auch ein dunkles Gemisch von Stirn und Nase empfunden wird. Es versteht sich von selbst, dass bei diesen Versuchen die Augen des Patienten vollständig geschlossen sein müssen. Der Umstand, dass die Empfindung des Stirnlappens als Nase von den der neuen Umgebung zunächst liegenden Rändern beginnt, dürfte darauf hinweisen, dass diese der neuen Localität entsprechende Localisation in der That von einer Vereinigung der in der transplantirten Haut vorhandenen Nerven mit den angefrischten Nerven der Nachbarschaft abhängig sei. In welcher Weise sich aber hierbei die Primitivcylinder verhalten, und wie es möglich ist, dass durch das Zusammenwachsen ursprünglich gar nicht zueinander gehörender Nervenröhren dennoch eine vollständig normale Empfindlichkeit der neugebildeten Nase zu Stande kommt, darüber müssen genauere Untersuchungen erst Aufschluss verschaffen. Wird nach erfolgter Anheilung des Lappens die Brücke vollständig durchschnitten, so empfindet späterhin der Operirte auch nicht den geringsten Theil der neuen Nase mehr als Stirn, sondern gänzlich als Nase, wenn auch nicht mit derselben Schärfe wie die normale Nase. Bedurfte man der Ausschneidung des Stiels gar nicht oder wurden wenigstens bei der Excision eines Theils desselben die in ihm liegenden Nervenstämmchen geschont, so behält auch die nächste Umgebung des Stiels am Nasenrücken das Gefühl, als läge sie an der Stirn.|

|Die totale Rhinoplastik aus der Armhaut gewährt weniger Aussicht auf ein vollständiges Resultat und ist mit sehr viel grösseren Beschwerden für den Patienten verknüpft (vgl. Bd. I. p. 356 u. 357). Die Befestigung des Armes gegen den Kopf muss sehr genau ausgeführt werden, da nur bei ganz unverrückter ruhiger Lage des letzteren *prima intentio* zu erwarten steht. Graefe hat die hierzu erforderlichen Verbandstücke mit grosser Genauigkeit angegeben und abgebildet (vgl. dessen Rhinoplastik, Berlin 1818, p. 185—192 und Tabula VI.). Der Patient muss mit der Bd. I. p. 357 abgebildeten Jacke bekleidet werden, welche den Kopf gegen den Rumpf befestigt. Durch eine grosse Anzahl von Riemen oder Gurten wird dann der Oberarm gegen das Hinterhaupt in flectirter Stellung und die Hand auf dem Scheitel befestigt, so dass die innere Seite des Oberarms, aus welcher der Ersatzlappen genommen werden soll, der Nasengegend möglichst nahe liegt. In dieser Stellung muss der Patient bis zur Anheilung des Ersatzlappens verharren. Die einzelnen Acte der Operation bieten übrigens keine wesentlichen Abweichungen von der indischen Methode dar. Breite

Anfrischung und genaue Naht sind hier wie dort Bedingungen für das Gelingen. Der Stiel des Lappens kann und muss hier mit dem transplantirten Stücke selbst von gleicher Breite sein, wie dies ein Blick auf Fig. 83. unseres ersten Bandes lehrt. Trotz dieser Breite ist auf das Anheilen des Lappens nicht mit grösserer Sicherheit als beim Stirnlappen zu rechnen, weil die Armhaut dünner, weniger gefässreich ist, und namentlich nicht in der Richtung vom Stiel zu den angehefteten Rändern hin von Arterien durchzogen wird, während beim Stirnlappen der bekannte Frontalast gerade in dieser Richtung verläuft. Die Umsäumung der Nasenlöcher und die Bildung des Septum werden bei der Rhinoplastik aus der Armhaut zuletzt ausgeführt. Der Stiel des Lappens wird hierzu verwandt. Jedoch dürfte es zweckmässig sein, die Umsäumung der Nasenlöcher vor der definitiven Ablösung des Hautlappens vorzunehmen. Um dem Patienten die Qual der gezwungenen Stellung, in welcher er sich befinden muss, möglichst abzukürzen, kann man die Nase auf dem Arme zum Theil erst präformiren. Dies geschieht aber nicht mehr mit der von Tagliacozzi beschriebenen Umständlichkeit, sondern einfach in der Art, dass man auf dem Arme ein hinreichend grosses Stück Haut in Gestalt eines abgestumpften Dreiecks mit nach oben gewandter Basis umschneidet, und, nachdem man die Umsäumung der künftigen Nasenlöcher vorgenommen (d. h. zu den beiden Seiten des Stiels kleine dreieckte Lappen aufwärts umgeklappt und angenäht hat) der Narbencontraction überlässt. Somit wird zugleich verhütet, dass diese sich nicht später an der transplantirten Nase in unangenehmer Weise geltend mache. Vor der Anheftung der Nase an ihrem neuen Wohnort muss sie dann ebenso wie die Ränder des Defects angefrischt werden.|

|Auch durch Hautverschiebung von den beiden Wangen her kann die totale Rhinoplastik ausgeführt werden. Jedoch ist diese Methode, welche sich für den Ersatz einzelner Theile der Nase recht wohl eignet, für den des ganzen Organs nicht zu empfehlen, weil die Haut dieser Gegend zu dünn ist, zu stark schrumpft und ausserdem entstellende Narben im Gesicht, die überdies zum Ectropium Veranlassung geben könnten, nicht zu vermeiden sind.|

|Für die partielle Rhinoplastik, die bereits oben (p. 224 u. f.) zum Theil erörtert werden musste, hat man eine grössere Auswahl in Betreff der Localität des Ersatzlappens. Ein Nasenflügel kann aus der anderen Nasenhälfte durch einen gestielten Lappen ersetzt werden, bei grösserem Defect am besten aus der Stirn oder aber

aus der Wange, aus dem Arm. Für den Ersatz der Nasenspitze kann gleichfalls die Stirn benutzt werden. Dann muss man aber einen Theil der vorhandenen Nasenhaut geradezu opfern. In solchen Fällen ist von der Rhinoplastik aus der Armhaut mehr Vortheil zu ziehen, als beim Ersatz der ganzen Nase. Da kann dann auch aus der Hohlhand oder dem Vorderarm ein breitgestielter Lappen entnommen werden, natürlich mit den oben geschilderten Unbequemlichkeiten für den Kranken. Die Haut der Nase selbst kann abgelöst und in der Art nach Unten verschoben werden, dass der bestehende Defect durch sie ersetzt, der neuentstandene aber in der Nähe der Nasenwurzel leichter durch einen Stirnlappen ausgefüllt werden kann. In diesem Falle wird die Ernährung der abwärts verschobenen Nasenhaut durch ihren ungestörten Zusammenhang mit der Wangenhaut unterhalten. Keins der hier angedeuteten Verfahren verdient in allen Fällen den Vorzug. Gerade für die partielle Rhinoplastik gilt der Ausspruch am meisten, dass es viel wichtiger ist, die allgemeinen Grundregeln für die organische Plastik genau zu kennen und danach das für den einzelnen Fall passende Verfahren zu wählen, als eine Liste der bis jetzt befolgten Methoden dem Gedächtniss einzuprägen. Vgl. Bd. I. p. 354, woselbst auch die hierher gehörige Literatur angegeben ist [1]).|

[1]) |Ueber Rhinoplastik ist ausserdem zu vergleichen die unter Wutzer's Leitung gearbeitete, mit 14 schönen lithographischen Abbildungen ausgestattete Inaugural-Dissertation von H. J. van Heekeren: *De operatione rhinoplastica. Bonnae MDCCCLIII*, woselbst auch der entsprechende Verband zur Fixirung des Arms bei der Rhinoplastik aus der Vorderarmhaut abgebildet ist.|

Vierter Abschnitt.

Krankheiten der Lippen.

Erstes Capitel.

Missbildungen und Formfehler.

Eine ursprüngliche Verwachsung der Lippen in mehr oder weniger grosser Ausdehnung bis zum vollständigen Verschluss der Mundöffnung kommt als angeborene Missbildung [1]) in seltenen Fällen beim Menschen und auch bei einigen Thieren vor (vgl. Bd. I. p. 243).

Die Verwachsung der Lippen kann auch nach der Geburt in Folge von Verbrennungen oder Verschwärungen zu Stande kommen [2]). In geringer Ausdehnung findet sich eine solche Verwachsung der Lippen häufig. Ringförmige Verengerungen des Mundes durch Narbensubstanz werden namentlich nach Verbrennungen oder lupösen und mercuriellen Ulcerationen beobachtet.

In den gewiss höchst seltenen Fällen, wo nur ganz dünne und lose Adhäsionen (Epithelialverklebung) die Lippen miteinander vereinigen, ist die Heilung leicht und sicher. Die dünne Brücke, welche den Mund verschliesst, wird mit der Hohlsonde, oder auf

[1]) Diese *Atresia oris congenita* ist bereits von Haller beobachtet worden. August Bérard (*Dictionnaire de méd. articl. maladies des lèvres*) behauptet, der angeborene Verschluss des Mundes finde sich neben anderen Missbildungen ziemlich häufig bei todtgeborenen Kindern. Dies ist jedoch eine Uebertreibung.

[2]) Schon Turner erzählt in seinem *Traité des maladies de la peau* (Paris 1743. T. II. p. 120) von einem Maurer, dessen Lippen in Folge von Excoriationen mit einander verklebten. Eine Zeitlang blieb noch ein kleines Loch übrig, welches die Einführung von Nahrungsmitteln mit Hülfe eines Trichters gestattete. Endlich schloss sich auch dies und der arme Mann musste verhungern.

dieser mit einem schneidenden Instrumente getrennt und Wiederverwachsung ist, wenn man nur ein paar Tage lang Ceratläppchen in die Mundöffnung einlegt, nicht zu befürchten. Ganz anders verhält es sich mit den Schwierigkeiten der Heilung, wenn ein Verschluss durch Narbensubstanz stattfindet, ein rother Lippenrand somit nicht existirt. In solchen Fällen gelingt die Heilung, d. h. das Offenhalten der, wenn auch noch so weit wiederhergestellten Mundspalte nur, wenn eine Umsäumung der Oeffnung mit Schleimhaut, oder, weniger gut, mit einem umgeklappten Stück der äussern Haut bewirkt werden kann. Dies, nach den allgemeinen Principien der plastischen Operationen (Bd. I. p. 361) jetzt jedem Anfänger sofort einleuchtende Verfahren war bis auf Dieffenbach unbekannt. Man bemühte sich vergeblich durch eingelegte dicke Haken, die an einem besonderen Verbande befestigt wurden, die Mundwinkel auseinander zu ziehen und der bei Weitem mächtigeren Narbencontraction entgegenzuarbeiten. Verständiger war schon der Vorschlag von Rudtorffer, in der Gegend der Mundwinkel zwei Löcher zu bohren, in diese, wie bei der Anlegung der Ohrlöcher, Bleidraht einzuschieben und dadurch eine Ueberhäutung derselben zu bewirken, dann aber die zwischen ihnen liegende Partie, welche zur Mundspalte werden soll, zu durchschneiden. Krüger-Hansen hat durch dieses Verfahren einen glücklichen Erfolg erzielt. Jedoch dauert es sehr lange, bis die mit dem Troicart angelegten Oeffnungen übernarben, und der Patient kann während dieser Zeit Hungers sterben; die Sicherheit ist ferner nicht vollkommen, und der auf solche Weise hergestellte Mund bleibt immer hässlich und schwielig.

Das Dieffenbach'sche Verfahren ist folgendes: Ein durch die bestehende oder vorläufig angelegte Oeffnung in die Mundhöhle eingeführter Finger spannt und erhebt die Wange. Ein spitziges Scheerenblatt wird hierauf zwischen der Schleimhaut und den übrigen Gebilden etwas oberhalb der Linie, in welcher die künftige Mundspalte verlaufen soll, in der Richtung gegen das Ohr vorsichtig bis zu der Stelle, wo der Mundwinkel liegen soll, eingestossen, und mit der Scheere darauf ein Schnitt durch alle Theile, mit Ausnahme der Schleimhaut, geführt. Ganz ebenso wird ein zweiter Schnitt, mit dem ersten parallel, einige Linien tiefer geführt, so dass ein schmales Läppchen entsteht, welches am künftigen Mundwinkel durch einen kleinen rundlichen Schnitt begrenzt und von der Schleimhaut abpräparirt wird. Dasselbe geschieht auf der anderen Seite. Die zurückgelassene Schleimhaut wird durch Herabziehen des Unterkiefers gespannt und in der Mitte, der Richtung der Mundspalte entsprechend, mit der Scheere bis in die Nähe des Mundwinkels gespalten. Jedes der so gebildeten vier Schleimhautläppchen wird nach aussen umgeschlagen und mit dem entsprechenden Wundrande der äusseren Haut durch Nähte vereinigt. Das Hervorziehen der Schleimhaut und das Festhalten derselben während des Nähens geschieht mit einer kleinen nicht quetschenden Hackenpincette. Die Heilung erfolgt fast immer gänzlich durch *prima intentio.*

Die Modificationen, durch welche einige Chirurgen das Dieffenbach'sche Verfahren zu verbessern geglaubt haben, sind unwesentlich. Serre durchschneidet Haut und Schleimhaut mit einem Schnitt und näht dann einfach den Schleimhautrand an dem Hautrande fest. Dies wird bei callöser, narbiger Beschaffenheit der Theile nicht gelingen. Campbell bedient sich statt der Scheere eines schmalen spitzen Messers. Velpeau glaubt das Anlegen der Naht zu erleichtern, indem er die Fäden vor der Durchschneidung der Schleimhaut hindurchführt, so dass nach dem letzten Schnitte nur noch die Knotung derselben übrig bleibt.

Bei Weitem häufiger als die Verengerung des Mundes ist eine abnorme Weite desselben, bald nach Substanzverlusten, die durch Verschwärungen (Noma, Mercurialgeschwüre, Lupus, Krebs), Verbrennungen, Wunden, namentlich Schusswunden, veranlasst worden sind, bald als angeborene Missbildung. So kann namentlich durch Schusswunden eine Vergrösserung des Mundes buchstäblich bis zum Ohr zugleich mit einer sehr bedeutenden Erweiterung desselben Statt finden. Gewöhnlich bedarf es nur der einfachen Anfrischung und des genauen Zusammenheftens der Wundränder In manchen Fällen aber sind plastische Operationen erforderlich (vgl. Bd. I. p. 351). Natürlich muss hierbei auf die sehr häufig zugleich bestehenden viel wichtigeren Knochenverletzungen, namentlich in frischen Fällen, die gehörige Rücksicht genommen werden.

Eine Erweiterung des Mundes im Querdurchmesser kommt als angeborene Missbildung (im chirurgischen Sinne) nicht vor. Desto häufiger ist die durch angeborene, verticale Spaltung der Oberlippe bedingte Vergrösserung des Mundes, die sogenannte Hasenscharte, die an Häufigkeit alle anderen Missbildungen übertrifft.

Die Lippenspalte, Hasenscharte, Hasenmund, *Labium fissum seu leporinum, bec-de-lièvre,* war unzweifelhaft den Alten bereits bekannt. Celsus beschreibt die zu ihrer Heilung erforderliche Anfrischung der Ränder und die Naht. Paré und namentlich Franco, welcher dieser Missbildung besondere Capitel widmet (*Des bouches ou levres fendues; La cure des levres fendues; Autre procédure; D'une autre façon appelée dents de lievre*), haben den verschiedenen Gestalten und den daraus hervorgehenden Behandlungsweisen besondere Aufmerksamkeit geschenkt.

|Die eigentliche Hasenscharte findet sich ausschliesslich an der Oberlippe. Die Entwicklungsgeschichte der Kiefergebilde giebt uns über ihre wahrscheinliche Entstehungsweise Aufschluss. Der Oberkiefer im gewöhnlichen Sinne des Worts bildet sich bekanntlich 1) aus zwei seitlichen Stücken, den aus dem oberen Fortsatz des ersten Visceralbogens jeder Seite sich entwickelnden Oberkiefern der Embryologen, welche die Backzähne und den Eckzahn produciren, ferner aber 2) aus dem in der Medianlinie am vorderen Ende der Schädelkapsel hervorwachsenden Zwischenkiefer, welcher die vier Schneidezähne zu tragen bestimmt ist, und diesen entsprechend aus vier, später zu zwei symmetrischen Knochen verschmelzenden Stückchen entsteht. Sowie nun die beiden Oberkiefer gegen den Zwischenkiefer hervorwachsen, um schliesslich mit ihm zu verschmelzen, so entwickeln sich auch die Weichtheile, welche die Oberlippe zu bilden bestimmt sind, aus drei allmälig verschmelzenden Stücken. Durch eine Hemmung des normalen Entwicklungsganges (vgl. Bd. I. p. 339) kann die Vereinigung dieser Stücke an der einen oder andern Seite, oder auf beiden zugleich ausbleiben. Auf diese Weise entsteht die einfache oder die doppelte Hasenscharte. Die Trennungslinie muss daher immer nahe vor dem Eckzahne verlaufen, und eine einfache Hasenscharte in der Mittellinie kann nur bei gänzlichem Mangel oder einer verkrüppelten Entwicklung des Zwischenkiefers vorkommen.| — Sind nicht blos die Weichtheile, sondern auch die entsprechenden Knochen unvereinigt geblieben, so nennt man die Hasenscharte im Allgemeinen eine complicirte, genauer eine mit Wolfsrachen complicirte, auch wol schlechtweg Wolfsrachen (*fauces lupinae, gueule de loup*).

|Die hier gegebene Darstellung des Entwicklungsganges der Hasenscharte ist nicht blos eine „verlockende Theorie", sondern durch die genauen Beobachtungen, welche wir namentlich durch Rathke, Reichert und Bischoff über die Entwicklungsgeschichte der Kiefergebilde erhalten haben, wesentlich gestützt. Dennoch muss zugestanden werden, dass auch eine andere Entstehungsweise der Hasenscharte möglich wäre. Velpeau hat bei seinen embryologischen Untersuchungen, die nach dem Ausspruche seiner Landsleute (Vidal), so ausgedehnt sein sollen, dass er gleichsam alle Phasen der Entwicklung vor seinen Augen habe vorbeiziehen lassen, — die Lippe immer aus einem Stück entstehen sehen.

Diese Thatsache, auf welche von manchen Seiten grosses Gewicht gelegt ist, kann aber für uns gar keine Bedeutung haben; denn sie zeigt weiter Nichts, als was auch die embryologischen Abbildungen von Velpeau zeigen, dass er nämlich diejenigen Stadien der Entwicklung, um welche es sich hier handelt (vor der Verschmelzung der Oberkiefer mit dem Zwischenkiefer), gar nicht gesehen hat. Dagegen darf nicht unerwähnt bleiben, dass es Hasenscharten giebt, welche nicht genau der Grenze zwischen Ober- und Zwischenkiefer entsprechen, wie dies namentlich bei Fällen, die mit Wolfsrachen complicirt sind, nachgewiesen werden kann. Ich habe auf einen solchen Fall bei der 27sten Versammlung deutscher Naturforscher und Aerzte (Deutsche Klinik 1850 p. 457) aufmerksam gemacht, wo die angeborene Spalte sich zwischen dem ersten und zweiten Schneidezahn befand. Die Zahl und Beschaffenheit der Schneidezähne, sowie die Stellung des Eckzahns, war ganz normal. In solchen Fällen hat man wol anzunehmen, dass der eine Schneidezahnkeim sich von vornherein im Oberkiefer entwickelte, resp. das entsprechende Zwischenkieferstück mit dem Oberkiefer ganz früh verschmolzen war.]

Eine Spaltung der Unterlippe kommt als angeborene Missbildung höchst selten vor. Meckel und Nicati erwähnen solche Fälle. Jedoch sind sie nicht hinreichend beglaubigt. [Nach der Entwicklungsgeschichte des Unterkiefers und der Unterlippe, welche sich aus zwei seitlichen Hälften (dem ersten Paar der Visceralbogen entsprechend) entwickeln, findet sich eine solche Spalte in der Unterlippe voraussichtlich nur in der Mittellinie.] Spaltungen der Lippen durch frische Wunden, sowie vernarbte Trennungen der Art, bei denen keine Vereinigung zu Stande gekommen ist, können sich begreiflicher Weise an jeder beliebigen Stelle der Ober- und Unterlippe vorfinden.

Verschiedene Arten der Hasenscharte. Gewöhnlich ist die Lippenspalte einfach und besteht meist auf der linken Seite. Ist die ganze Höhe der Lippe gespalten, so erstreckt sich die Hasenscharte bis ins Nasenloch; der äussere Rand der Spalte ist dann stark nach Aussen gezogen, da den *Levatores labii et anguli oris* der durch die Spalte unterbrochene Orbicularis nicht entgegenwirkt. Alle mimischen Bewegungen, bei denen die Mundwinkel auf- oder auswärts gezogen werden, vergrössern die Spalte und flachen namentlich den Bogen, welchen der äussere Spaltenrand beschreibt, bedeutend ab. Der innere Spaltenrand steht mehr vertical, geht aber gleichfalls mit einem Bogen in den eigentlichen Lippenrand über. Eine bestimmte Grenze lässt sich zwischen letzterem und den Spalträndern nicht angeben. Diese wie jener sind von der glatten, weichen und vollkommen normalen Schleimhaut gleichmässig überzogen. Bei einer bis ins Nasenloch dringenden Hasenscharte beschränkt sich die Difformität nicht auf die Lippe; auch der Nasenflügel folgt dem durch die Levatores ausgeübten Zuge und wird dadurch abgeflacht. Bei der doppelten Hasenscharte.

(Fig. 25.), wird dadurch die ganze Nase platt und breit, zuweilen in dem Grade, dass die Nasenflügel gar nicht bestimmt abgegrenzt

Fig. 25.

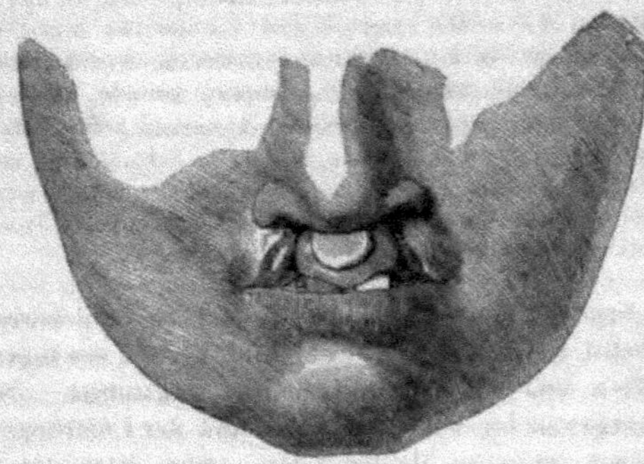

sind. Das dem Zwischenkiefer entsprechende Mittelstück ist bei der doppelten Hasenscharte gewöhnlich kürzer als die übrige Lippe, und mit seinem unteren bogenförmigen Rande schräg nach Vorn gerichtet. Dies hängt meist von der fehlerhaften Richtung des Zwischenkiefers ab, welcher, wenn seine Verschmelzung mit dem Oberkiefer ausbleibt, in der Richtung nach Vorn weiter wächst. Somit kann schon aus der Richtung dieses Mittelstückes auf das gleichzeitige Bestehen von Wolfsrachen in der Regel geschlossen werden.

Prognose. Bleibt die Hasenscharte sich selbst überlassen, so wird die durch sie bedingte Entstellung mit der stärkeren Entwicklung der Gesichtsmuskeln, dem Hervorwachsen der Zähne und dem weiteren Wachsthum der Kiefer immer bedeutender. Je nach ihrer Grösse behindert sie dann auch das Kauen, das Ausspucken, die Aussprache der Lippenbuchstaben. Ist sie mit Wolfsrachen complicirt, so wird dadurch auch das Schlingen, namentlich das Verschlucken von Flüssigkeiten, welche durch die Spalte im knöchernen Gaumen in die Nasenhöhle gelangen, erschwert. Die Beurtheilung aller dieser Verhältnisse ist bei Erwachsenen sehr leicht. In Bezug auf die Beschwerden, welche das Bestehen von Hasenscharte und Wolfsrachen den neugeborenen Kindern bereiten soll, hört man sehr gewöhnlich behaupten, die Lippenspalte selbst sei beim Saugen hinderlich. Hierbei geht man von der Ansicht aus, das neugeborene Kind fasse die Warze mit den Lippen. Dies ist aber nicht der Fall. Das Kind benutzt vielmehr seine Zunge als eine nach Oben concave Rinne, welche, indem sich ihre Ränder gegen den knöchernen Gaumen anpressen, zu einem Kanale vervollständigt wird, dessen vorderster Theil die Brustwarze aufnimmt. Letztere wird also einerseits von der Zunge, andererseits von dem Alveolarrande des Oberkiefers umfasst. Selbst der Wolfsrachen hindert das Saugen nicht immer, indem das Kind den unversehrten Theil des harten Gaumens als Deckplatte für die von der Zunge gebildete Rinne benutzt, d. h. die Zunge nicht gerade aufwärts, sondern schräg zur Seite an den Oberkiefer andrückt. Die Schwierigkeit wird bei Weitem grösser beim doppelten Wolfsrachen. Hier muss die Zunge sehr weit nach der einen oder andern Seite geschoben werden, um den vorderen Schenkeln der Yförmigen Spalte auszuweichen.

Besteht eine tiefe Spaltung der Unterlippe, so läuft der Speichel fortdauernd durch dieselbe ab; der Verlust dieses für die Verdauung wichtigen Saftes kann die Ernährung untergraben.

Wird die Hasenscharte einer zweckmässigen Behandlung unterworfen, so gestaltet sich die Prognose sehr günstig. Die nur selten mit grossen Schwierigkeiten verbundene Operation, welche in der Anfrischung und Vereinigung der Spaltränder besteht, führt in der Mehrzahl der Fälle zur Heilung der Hasenscharte selbst, und hat ausserdem auf einen etwa zugleich bestehenden Wolfsrachen einen günstigen Einfluss.

Operation der Hasenscharte.

In welchem Lebensalter soll man das mit einer Hasenscharte geborene Kind operiren? Gleich nach der Geburt, in den ersten Tagen, Wochen, innerhalb des ersten Monats; oder nach Vollendung der ersten, vielleicht gar erst der zweiten Dentition, im 4ten oder im 10ten Jahre? Alle diese verschiedenen Ansichten über die zweckmässigste Zeit zur Operation sind aufgestellt und vertheidigt worden. Für die Operation gleich nach der Geburt spricht keineswegs blos die Eitelkeit der Mütter oder die Betrübniss der Angehörigen über die Existenz eines missgestalteten Kindes in ihrer Familie, sondern: 1) die schnelle und leichte Heilung, die man bei ganz jungen Kindern, theils auf Grund ihrer ganzen Organisation, theils deshalb zu erwarten hat, weil das Kind sicher gleich nach der Operation in einen tiefen Schlaf verfällt und nicht weiter schreit; 2) die aus dieser schnellen Vereinigung hervorgehende Beschaffenheit der Narbe, welche bei Anwendung eines zweckmässigen Verfahrens kaum sichtbar bleibt; 3) die Aussicht, welche man auf Verschluss oder doch Verengerung einer zugleich bestehenden Spalte im harten Gaumen um so mehr hegen darf, je früher man operirt. — Mit Unrecht hat man auch hervorgehoben, dass die frühzeitige Operation den Vorzug gewähre, dem Kinde das Saugen zu erleichtern oder gar erst möglich zu machen. Die Gegner der frühzeitigen Operation haben umgekehrt behauptet, das Kind könne mit einer einfachen Hasenscharte recht wohl saugen, und das ist richtig; aber unmittelbar nach der Operation dürfe es nicht saugen, wenn man sicher sein wolle *prima intentio* zu erzielen. Letztere Behauptung erweist sich nicht blos nach der oben gegebenen Beschreibung des Mechanismus des Saugens als irrig, sondern ist auch durch zahlreiche Erfahrungen, namentlich durch Paul Dubois, welcher den operirten Kindern sofort nach der Operation das Saugen gestattet hat, vollkommen widerlegt[1]). Wäre es aber auch wirklich unzulässig, das Kind sogleich nach der Operation an die Brust zu legen, so würde hieraus kein Grund gegen die Operation gleich nach der Geburt zu entnehmen sein, da die Entziehung der Nahrungsmittel in keinem Lebensalter leichter längere Zeit hindurch ertragen wird, als gerade unmittelbar nach der Geburt. Bonfils und Bush haben hierüber namentlich Erfahrungen gesammelt.

Die Freunde der späteren Operation wollen die erste oder gar die zweite Dentition hauptsächlich deshalb abwarten, weil sie glauben, dass dadurch für die Dauer eine vollständigere Beseitigung der Difformität erlangt werde. Operire man frühzeitig, so werde beim weiteren Wachsthum der Lippe deren verticale Länge noch bedeutend vermehrt, die Narbe aber wachse nicht mit und so entstehe an der Stelle der Hasenscharte eine Einziehung des rothen Lippenrandes, die beinahe eben so störend sei, als die Hasenscharte selbst. Dieser Grund fällt fort, seit man Operationsmethoden kennen gelernt hat, durch welche jene Einziehung des Lippenrandes an der Stelle der Narbe (welche überdies auch bei der Operation eines Erwachsenen entstehen kann, wenn man sich eines unzweckmässigen Verfahrens bedient) zu vermeiden ist.

Die Vertheidiger der spätern Operation sagen ferner, ältere Kinder ertrügen leichter eine längere Entziehung von Nahrungsmitteln, lernten leichter Flüssigkeiten ohne Bewegung der Lippen in den Mund zu bringen, seien überhaupt gelehriger, weil sie schon selbst die Uebelstände ihrer Missbildung kennen gelernt hätten, bei

[1]) Vgl. die Abhandlung von P. Dubois im *Bull. de l'acad. de méd. t. X. p.* 766 (Juli 1845).

ihnen trete nicht so schnell Abmagerung und damit Erschlaffung (!) der angelegten Nähte ein, sie weinten nicht so viel und die Heilung werde daher nicht durch die Thränen gestört, — und Erörterungen der Art mehr, welche theils durch die oben angeführten Thatsachen widerlegt werden, theils einer Widerlegung gar nicht bedürfen.

Somit ist es gewiss zweckmässig, die Operation der Hasenscharte in allen Fällen entweder gleich nach der Geburt oder doch in den ersten Wochen auszuführen. Eine Gefahr für das Kind kann nur durch besonderes Verschulden des Operateurs erwachsen. Sollte die Vereinigung nicht gelingen, oder die Difformität durch die Operation nicht ganz beseitigt werden, so bleibt immer die Wiederholung in einem etwas späteren Lebensalter unbenommen. Die zweite Operation wird durch den früheren Versuch weder schwieriger, noch gefährlicher. Besteht aber auch zugleich Wolfsrachen, so ist die frühzeitige Operation unbedingt indicirt, weil die Erfahrung gelehrt hat, dass der Verschluss der Knochenspalte durch die frühzeitige Vereinigung der Spalte in den Weichtheilen befördert, vielleicht sogar durch sie allein bewirkt wird. Eine Spaltung des weichen Gaumens liefert eine solche Indication nicht. Auf den Verschluss derselben hat die Vereinigung der Lippenspalte keinen Einfluss; vielmehr räth einer der Erfahrensten auf dem Gebiete der Gaumennaht, die mit der Gaumensegelspalte zugleich bestehende Hasenscharte erst nach jener zu operiren, da die grössere Weite des Mundes für die Ausführung der immerhin schwierigen Gaumennaht von Vortheil sei (Roux).

[Dieser angebliche Vortheil dürfte jedoch so gering sein, dass die Rücksicht auf das grosse Hinderniss, welches die Lippenspalte dem Sprechenlernen der Kinder entgegensetzt, mich immer bewegen würde, die Hasenscharte sofort zu operiren, da für die Gaumennaht die Jahre der Vernunft abgewartet werden müssen.]

Bei doppelter Hasenscharte operiren jetzt die meisten Aerzte auf beiden Seiten in einer Sitzung und vereinigen beide Spalten, wie wir sogleich sehen werden, sogar mit einer Naht. Dies Verfahren ist durchaus gerechtfertigt. Die Befürchtungen von Louis und Benjamin Bell, welche die zweite Spalte erst nach vollständiger Vereinigung der ersten zu operiren riethen, haben sich als ungegründet erwiesen. Man glaubte eine Zeit lang, nach dem Vorgange dieser Autoren, das die beide Spalten trennende Lippenstückchen müsse durch die grosse Zahl der dasselbe durchbohrenden Nähte so heftig entzündet werden, dass Gangrän desselben zu befürchten sei. (Vgl. p. 249.)

Bei der Ausführung der Operation hat man die Vorbereitungen, das Anfrischen und die Vereinigung zu unterscheiden. Die Vorbereitungen sind ein sehr wesentlicher Theil der Operation. Da es sich gewöhnlich um kleine Kinder handelt, muss man für eine zuverlässige Haltung des ganzen Körpers und eine sichere Befestigung der oberen Extremitäten Sorge tragen. Man wickelt zu diesem Behuf das ganze Kind fest in ein grosses Tuch, steckt die Ränder und Ecken mit Nadeln fest und übergiebt das Kind einem dem Fenster gegenüber sitzenden Gehülfen zum Halten. Ein zweiter neben oder hinter diesem stehender Gehülfe fixirt gegen die Brust des ersteren den Kopf des Kindes und comprimirt zugleich am Rande des Masseter gegen den Unterkiefer die *Art. maxillaris externa*, oder, was meist sicherer sein möchte, am Mundwinkel zwischen Daumen und Zeigefinger die *Coronaria labii superioris*.

Die Anfrischung muss die miteinander zu verbindenden Spaltränder vollständig in reine Wunden verwandeln. Nur wenn diese Bedingung erfüllt ist, kann die Vereinigung gelingen. Die Anfrischung muss ferner immer so erfolgen, dass die beiden Wundränder sich in ihrer Dicke und Form genau entsprechen. Sie muss endlich ohne unnöthigen Substanzverlust ausgeführt werden, andererseits aber auch ohne Zurücklassung irgend eines überhäuteten Theils an einer zu vereinigenden Stelle. Niemand wird heute mehr daran denken, nach dem Vorgange von Franco, Aetzmittel oder Kantharidenpflaster zum Behuf der Anfrischung anzuwenden. Ob dagegen die Scheere oder das Messer den Vorzug verdiene, darüber ist vielfach gestritten worden. Es unterliegt aber keinem Zweifel, dass eine gute Scheere einen ebenso reinen Schnitt macht, als ein scharfes Messer, und es wird daher nur von der Operationsmethode, welche man anwenden will, abhängen, ob man dem Messer oder der Scheere den Vorzug geben soll, da in der einen Richtung bequemer mit der Scheere, in der andern bequemer mit dem Messer geschnitten wird. Oft entscheidet die Vorliebe des Operateurs. — In der Regel muss die Lippe vom Oberkiefer etwas abgelöst werden, indem man die Verbindung zwischen Lippenschleimhaut und Zahnfleisch durchschneidet.

Um die Lippe während des Schnittes zu fixiren, kann man sich nur selten (bei Erwachsenen) der Finger bedienen. Gewöhnlich bedarf man dazu einer Hakenpincette, eines scharfen Häkchens oder eines Fadens, den man mit einer gewöhnlichen Heftnadel durch den untersten Theil des Spaltenrandes hindurchzieht. Hiermit kann die Lippe hinreichend stark gespannt werden, um sowol mit der

Scheere als mit dem Messer in beliebiger Richtung Schnitte an dem Spaltenrande auszuführen. Jedoch haben Viele, namentlich in früherer Zeit, sich besonderer Lippenhalter, in welchen das abzuschneidende Stück des Spaltrandes eingeklemmt wurde, bedient, oder doch, um die Schnittführung zu sichern, ein Stück Pappdeckel oder eine Holzplatte unter die Lippe geschoben. Alle diese Vorrichtungen dürften mehr hinderlich, als nützlich sein.

Die Vereinigung der Spaltränder geschieht durch die blutige Naht, gewöhnlich durch die umschlungene, die deshalb auch wol schlechtweg „Hasenschartnaht" genannt worden ist [1]). |Jedoch ist es keineswegs erforderlich, die umschlungene Naht allein anzuwenden. Man kann sie sehr wohl, je nach Verschiedenheit des Falles und der Richtung der Anfrischungsschnitte mit der Knopfnaht combiniren, auch andere Vereinigungsmittel, z. B. Serres fines und Collodium, zu Hülfe nehmen. Die Knopfnaht allein ohne andere Beihülfe hat unter den Händen von B. Langenbeck die schönsten Resultate geliefert. Es kommt hier gewiss viel auf individuelle Uebung an. Die Rücksicht auf vollkommene Schönheit der herzustellenden Lippe lässt eine frühzeitige Entfernung der Nähte wünschenswerth erscheinen. Die Befürchtung, dass die erlangte Vereinigung durch die Wirkung der Gesichtsmuskeln wieder zersprengt werden könnte, fordert zu längerem Liegenlassen der Nähte auf. Nun unterliegt es keinem Zweifel, dass Knopfnähte länger liegen bleiben können, ohne Eiterung zu erregen, als umschlungene Nähte. Auch ist die Eiterung in dem Stichkanal einer Knopfnaht, die man zurücklässt, stets weniger beträchtlich und die Narbe weniger sichtbar. Dies spräche also für die Anwendung der Knopfnaht. Zu beachten ist ferner, dass eine dicht unter der Nase angelegte umschlungene Naht dem Kinde das Athmen durch die Nase ganz unmöglich machen und dadurch Unruhe, Schreien und somit Zerrungen der Wundränder, bei ganz kleinen Kindern sogar Erstickungsgefahr herbeiführen kann. — Alle Nähte müssen so angelegt werden, dass sie die ganze Dicke der Lippe mit Ausnahme der Schleimhaut

[1]) Früher bediente man sich für die Hasenschartennaht besonderer dicker Nadeln von Silber oder Gold mit aufzusteckenden Stahlspitzen, z. B. von Eckholdt. Sie gewähren keinen Vortheil, schaden aber durch ihre Dicke. — |Auch die Umwicklung mehrerer Nadeln mit einem Faden (Fig. 26.), welche früher allgemein empfohlen wurde, gewährt keinen Nutzen, kann vielmehr zu einer unerwünschten Verkürzung der Wundränder führen.|

Fig. 26.

durchdringen. Nur dann kann man auf eine sichere Stillung der Blutung durch die Naht allein und auf eine vollständige Vereinigung rechnen. Uebrigens gelten in Bezug auf die Anlegung und Entfernung der Nähte die Bd. I. p. 119—124 gegebenen Vorschriften. Ich würde namentlich dem Anfänger rathen, die Nähte nach der Hasenschart-Operation niemals vor dem dritten Tage zu entfernen. Hat man die umschlungene Naht angelegt und will deren *Fadentouren* mit Collodium tränken, so vergesse man nicht, dass der verdunstende Aether dem Kinde in die Nase zieht und leicht Betäubung erzeugt.|

Zur Unterstützung der Nähte, und namentlich um die Wirkung der Gesichtsmuskeln auf die Wundränder zu verhindern, hat man besondere Verbände, theils mit Binden, theils mit Pflasterstreifen, angelegt, welche jedoch in neuester Zeit als unwirksam und lästig erkannt, und in den letzten Jahrzehnten, ausser von Roux, von keiner chirurgischen Autorität angewandt worden sind. Man klebte dem Kinde ein grosses Stück Heftpflaster auf jede Wange und zog die beiden Heftpflasterstücke mit Fäden zusammen (trockne Naht), oder man legte eine zweiköpfige Binde oder einen langen Heftpflasterstreifen mit seinem Mittelstück im Genick an und kreuzte die Enden auf der Lippe. Dabei sollte denn der beabsichtigte Druck auf die Wangen durch untergelegte Compressen verstärkt werden. Wirksamer, aber auch viel verwundender, ist die Anwendung der Zapfennaht als eines Unterstützungsmittels für die unmittelbar an der Wunde angelegten Nähte. Es soll nämlich, nachdem die gewöhnliche Hasenschartennaht angelegt ist, die Zapfennaht in grösserer Entfernung von der Wunde hinzugefügt und dadurch die Spannung der Wundränder durch die Gesichtsmuskeln unmöglich gemacht werden [1]).

Bei der Nachbehandlung ist die grösste Vorsicht nothwendig. |Noch am 8ten Tage nach der Operation sah ich die vollständig durch *prima intentio* vereinigte Lippenspalte bei einem 3jährigen Kinde durch einen Fall auf die Ecke eines Stuhls wieder aufspringen. Selbst Säuglinge können, wenn ihre Arme freigelassen werden, durch eine hastige Bewegung, namentlich an den mit Collodium getränkten Fäden der umschlungenen Naht die Heilung stören.| — Die Vorschrift, dass man Alles fern halten müsse, was das Kind zum Lachen, Weinen, Schreien, Niesen, Husten

[1]) |Ich habe über dieses von Vidal empfohlene Mittel keine eigenen Erfahrungen, glaube es aber von theoretischer Seite für mindestens überflüssig erklären zu müssen.|

bringen könnte, ist leicht zu geben und schwer zu befolgen. Desault's Rath, das Kind vorher sorgfältig zu kämmen und mit *Ungt. hydrargyri cinereum* zu salben, damit es sicher vor Ungeziefer sei, ist gewiss praktisch. Man wird jetzt für den Schutz des übrigen Körpers Insectenpulver hinzufügen. Auch in Betreff der Blutung |und der, namentlich bei starker Verengerung oder Versperrung der Nasenlöcher eintretenden Athembeschwerden| ist sorgfältige Ueberwachung erforderlich.

Nach diesen für alle verschiedenen Fälle gültigen Betrachtungen wenden wir uns zu der Beschreibung der einzelnen Operationsmethoden.

1. Aeltere Methode (nach Dieffenbach). „*a*) Wundmachung der Ränder. Man fasst mit einer starken Hakenpincette den einen äussersten Lippenwinkel, zieht ihn etwas ab- und nach unterwärts, um ihn zu spannen, führt dann das spitzige Blatt einer kurzen scharfen Scheere hinter der Pincette, an der Seite des Lippenrandes bis über das Spaltende, etwanige Verbindungen hier durchstechend, hinauf, und trennt den Saum in ansehnlicher Breite, wenigstens mehrere Linien breit, durch das Zusammendrücken der Scheere. Ein gleicher Schnitt wird durch den andern Rand geführt und beide Wundränder durch Daumen und Zeigefinger des Assistenten comprimirt, der Doppelsaum mit der Pincette im obern Wundwinkel gefasst und mit der Scheere entfernt. Dann erst löst man die etwanigen Verbindungen der Lippe mit dem Zahnfleisch, welches besser mit der Scheere als dem Messer geschieht. — *b*) Anlegung der Nähte. Man führt durch die Mitte der Ränder die erste und stärkste Nadel, und zwar gewöhnlich zwei bis drei Linien vom Rande entfernt hindurch, umschlingt sie mit dem Faden vielfach, biegt sie und kneipt die Enden und die Fäden mit der Nadelzange ab. Dann wird die Nadel unter der Nase angelegt und die dritte dicht über der Contour der rothen Lippensubstanz. Die vierte Naht ist eine feine Knopfnaht, welche auf die Lippe selbst zu liegen kommt."

|Dieffenbach, welcher diese Operation gegen tausend Mal gemacht hatte, gesteht zu, dass gewöhnlich eine Einkerbung der Lippe an der Stelle der Narbe nach dieser Operation zurückbleibe, so dass sie nach Jahren wiederholt werden müsse. Er selbst suchte diesem Uebelstande bereits dadurch abzuhelfen, dass er die Anfrischung mittelst einer Cooper'schen Scheere, also mit halbmondförmigen Schnitten ausführte, wodurch die Wundränder länger wurden, als die Spaltränder gewesen waren. Aber hierdurch wird

dem gedachten Uebelstande nicht hinreichend abgeholfen und es geht ausserdem noch viel mehr von der oft gar nicht im Ueberfluss vorhandenen Lippensubstanz verloren.]

2. Methode von Malgaigne[1]. Die erwähnten Uebelstände veranlassten Malgaigne die von der Schleimhaut bekleideten Ränder der Spalte nicht abzutragen, sondern blos in Form kleiner dreieckter Lappen, deren Basis mit dem rothen Lippenrande in Zusammenhang bleibt, abzulösen (vgl. Fig. 27.). Reicht die Lippenspalte bis ins Nasenloch hinauf, so wird der oberste Theil einfach angefrischt und nur der untere für die Bildung der dreieckten Läppchen benutzt. Letztere werden heruntergeklappt, so dass sie zusammen ein am rothen Lippenrande nach unten hervorragendes Zäpfchen darstellen. Die erste Naht kommt an die Stelle zu liegen, wo die Wundfläche des Läppchens sich unter einem stumpfen Winkel gegen die Wundfläche des Spaltenrandes abgrenzt. Hier ist eben der winkligen Umbiegung wegen die Vereinigung am schwierigsten. Malgaigne selbst legt an dieser Stelle eine umschlungene Naht mit einer starken Nadel an. Es ist jedoch leichter eine ganz genaue Coaptation an allen Punkten zu erreichen, wenn man sich der Knopfnaht bedient. Jedenfalls wird diese für die herabhängenden Läpp-

Fig. 27.

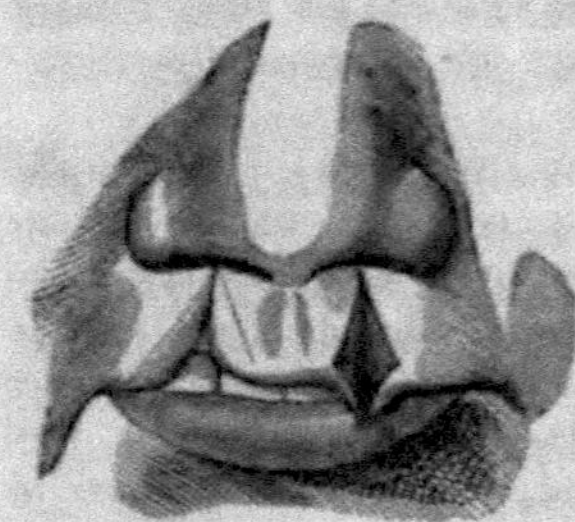

[1] [Diese Operationsmethode, welche von Malgaigne offenbar selbstständig erfunden und in die Praxis eingeführt ist (*Journ. de Chirurgie* 1844 p. 1), wurde, nach dem Zeugniss von Roux, bereits früher von Clémot in Rochefort angewandt, aber nicht veröffentlicht. Wenn Vidal angiebt, dass diese Methode nur zwei bis drei Mal ausgeführt worden sei, so muss hierbei ein Irrthum obwalten, da Malgaigne selbst im Jahre 1849 in der 5ten Auflage seiner *Médec. opérat.* schreibt, sein Verfahren habe ihm immer ein günstiges Resultat geliefert; es wird Niemand annehmen wollen, dass einer der ersten französischen Chirurgen in 5 Jahren blos zwei Hasenscharten operirt habe, — der Fälle von Clémot, die Roux selbst gesehen hat, gar nicht zu gedenken. — Nélaton (*Elém. de pathol. chirurg. T. II. p.* 704) hat das Malgaigne'sche Verfahren insofern modificirt, als er den Saum der Spalte in einem Stück abträgt, also in Gestalt eines Λ und dann umklappt, so dass die beiden abwärts gerichteten Läppchen die Gestalt eines V haben, indem sie mit ihren Spitzen zusammenhängen. Dies dürfte namentlich bei kleinen Spalten zu empfehlen sein. B. Langenbeck hat mit gutem Erfolge in dieser Weise operirt.]

chen benutzt. Man erhält auf solche Weise statt einer Einbiegung einen Vorsprung am rothen Lippenrande. Derselbe wird jedoch durch die nachfolgende Narbencontraction grösstentheils ausgeglichen. Man kann ihn überdies sogleich mit der Scheere bis zum Niveau der Lippe abkürzen.

3. |Verfahren von Mirault und B. Langenbeck (Fig. 28.). Anfrischung nach der Malgaigne-schen Methode *aa*; das eine Läppchen aber wird mit einem schräg abwärts gehenden Schnitte *c* ganz fortgeschnitten, so dass man also auf der einen Seite die gewöhnliche Anfrischung, jedoch mit einem winkligen Vorsprunge ausführt. Letzterer kommt in den einspringenden Winkel zu liegen der sich zwischen der Basis des Läppchens *b* und der übrigen Anfrischungslinie der anderen Seite *a* befindet.|

Fig. 28.

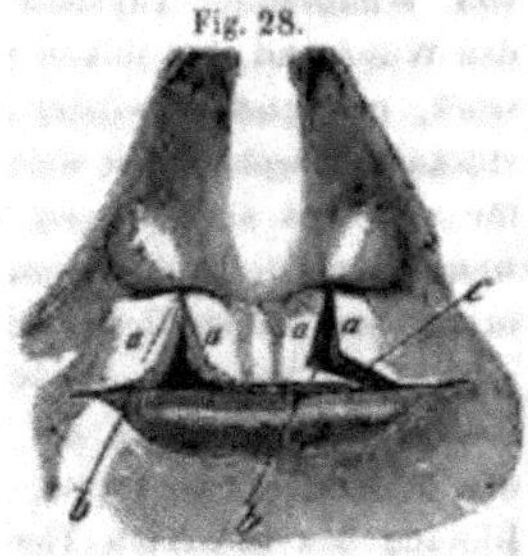

|Diese Schnittführung ist von Bernh. Langenbeck genauer bestimmt und in vielen Fällen mit dem glücklichsten Erfolge ausgeführt worden [1]). Mirault scheint gar nicht beachtet zu haben, dass der vorspringende Winkel des einen Wundrandes in den einspringenden Winkel des anderen eingepasst werden muss.|

|Für die Operation nach Malgaigne und Mirault dürfte der Gebrauch eines schmalen spitzen Messers vortheilhafter sein, als der der Scheere.|

Operation der complicirten Hasenscharte.

1. Operation der doppelten Hasenscharte. Bei Anwendung der älteren Methode fragt es sich nur, ob das mittlere Läppchen erhalten werden soll, oder nicht. Da es niemals eine hinreichende Länge hat, um den rothen Lippenrand mit seinem unteren Ende bilden zu helfen, vielmehr nach der Anfrischung blos als ein in den oberen Theil der Lippe eingeschobener Keil erscheint, so wird durch seine Erhaltung die oben getadelte Einziehung des Lippenrandes in beträchtlichem Grade verstärkt. Dieffenbach kam deshalb zu der Ueberzeugung, das Mittelstück müsse in der Regel ganz fortgenommen werden. Dadurch entsteht aber in manchen Fällen ein solcher Substanzmangel, dass die Vereinigung der Wundränder gar nicht, oder doch nur sehr unvollkommen gelingt. Die Anwendung der Malgaigne'schen Methode,

[1]) Vgl. Busch, chirurgische Beobachtungen, Berlin 1854 p. 42 obige Figur.

welche hier ganz von selbst die Mirault'sche Modification erhält, lässt diesen Uebelstand vermeiden. Die aus der Anfrischung der Seitentheile hervorgehenden Lappen legen sich von unten und aussen an das eckig angefrischte Mittelstück. Es hat gewiss keinen Vortheil, wenn man die Vereinigung mittelst langer starker Insectennadeln vornimmt, welche, soweit das Mittelstück reicht, alle vier Wundränder zugleich durchbohren, indem sie zuerst durch den Wundrand der linken Seitenhälfte, dann quer durch das Mittelstück, und endlich wieder durch den Wundrand des rechten Seitenstücks hindurchgeführt werden. Die isolirte Vereinigung jeder Spalte für sich hat aber wegen Enge des Raumes oft Schwierigkeiten, wenn man durchaus die umschlungene Naht anwenden will. Gerade in solchen Fällen liefert die Knopfnaht günstigere Resultate.

Wenn mit der doppelten Hasenscharte zugleich eine unvollkommene Entwicklung der Nasenscheidewand besteht, so kann man das Mittelstück der Lippe, nachdem es gehörig angefrischt ist, zur Bildung des untersten Theils des Septums, in der bei der Rhinoplastik (p. 225) angegebenen Weise, benutzen (Dupuytren).

2. Operation bei hervorragendem Zwischenkiefer. Je nach dem Grade des Hervorragens, welches sich bis zu einer rüsselförmigen horizontalen Stellung des *Os incisivum* steigern kann, demnächst aber nach dem Alter des Individuums hat die Operation verschieden grosse Schwierigkeiten. Es besteht immer zugleich Wolfsrachen, oft auf beiden Seiten. Früher suchte man eine rohe Hülfe in dem Abschneiden des Zwischenkiefers mittelst einer Knochenzange oder Säge, nachdem die etwa schon hervorgewachsenen Schneidezähne ausgezogen waren. Hierdurch wird, wie von selbst einleuchtet, eine höchst störende Difformität bedingt. Selbst wenn man einen Theil des Zwischenkiefers zurücklässt, wird der Operirte doch jedenfalls der oberen Schneidezähne beraubt. Desault hat überdies darauf aufmerksam gemacht, dass nach Entfernung des Zwischenkiefers die beiden Oberkiefer näher aneinander rücken, so dass der Unterkiefer mit seiner Zahnreihe bei geschlossenem Munde vor dem Oberkiefer steht, wodurch das Gesicht die bekannte Greisenphysiognomie erhält. Man beabsichtigt deshalb in neuerer Zeit allgemein den Zwischenkiefer und seine Zähne zu erhalten. Desault suchte dies durch Compression allmälig zu erreichen, und will, obgleich er sich blos einfacher Binden zu diesem Zwecke bediente, schon innerhalb 14 Tagen einen vollständigen Erfolg erzielt haben. Wirksamer und bequemer würde ein federndes Compressorium sein, welches seinen Stützpunkt im

Genick hätte; bei Erwachsenen könnte man ausserdem die sämmtlichen Schneidezähne mittelst eines Golddrahtes gegen die hinteren Backzähne befestigen und dadurch rückwärts ziehn, wie dies bei schiefgewachsenen Zähnen vielfach mit glücklichem Erfolge geschieht. Schneller und sicherer jedoch als die Compression führt die gewaltsame Umbiegung des Zwischenkiefers mit einer Zahnzange zum Ziele. Gensoul hat damit bei einem 13jährigen Kinde noch einen glücklichen Erfolg erreicht. Jedenfalls ist dies Verfahren bei kleineren Kindern vorzugsweise zu empfehlen. Wenn auch eine Fractur dabei entsteht, so hat diese doch keine üblen Folgen.

|Vielleicht fällt späterhin der eine oder der andere Schneidezahn, der in seinem Sacke durch die Zange allzusehr insultirt war, aus (wie ich dies einmal beobachtet habe). Niemals aber wird man sich zu einer absichtlichen Entfernung der Schneidezähne entschliessen dürfen, wie Gensoul unbegreiflicher Weise gethan hat. Malgaigne hat weder von der allmäligen Compression, noch von dem gewaltsamen Umbiegen Erfolg gesehen, giebt aber nicht an, in welchem Alter sich die von ihm behandelten Individuen befanden.|

|Wo die Umbiegung des prominirenden Zwischenkiefers nicht gelingt, macht man ihn beweglich, indem man ein Stück aus der Nasenscheidewand excidirt (Blandin). Die Schnitte müssen aber bei hohem Grade des Uebels bis in das knöcherne Septum geführt werden. Andrerseits darf man sie nicht unnöthig weit ausdehnen, weil sonst der blos in den Weichtheilen hängende Zwischenkiefer gar keine Befestigung wiedergewinnen könnte. Letzteres hat Malgaigne beobachtet, weshalb er dies ganze Verfahren verwirft.|

3. Operation bei bedeutender Abflachung der Nase. Geringere Grade dieser Difformität finden sich bei jeder Hasenscharte, welche bis ins Nasenloch hinaufreicht. Sie werden in der Regel durch die Vereinigung der Spaltränder unmittelbar oder doch mit der Zeit beseitigt. Ist zugleich sehr wenig Lippensubstanz an der dem Nasenflügel entsprechenden Seite vorhanden, so würde man bei Anwendung der bisher beschriebenen Verfahren das betreffende Nasenloch bis auf ein Minimum verengern oder ganz verschliessen. In diesem Falle muss ein bogenförmiger Schnitt, welcher vom Spaltenrande dicht unter dem Nasenflügel beginnt, und von da nach Aussen und Oben denselben umkreist, die Wangenhaut beweglicher machen. Zur Aufrichtung und Befestigung der Nase schiebt man quer durch ihre Basis eine starke Insectennadel, auf welche man vorher in der Nähe des Knopfs eine kleine Pappscheibe aufgespiesst hat; eine ähnliche wird auf die Spitze nach der Durchbohrung gesteckt, und diese dann in solchem Grade umgebogen, dass die Nase im queren Durchmesser comprimirt wird (vgl. Rhino-

plastik). Letzteres Verfahren kann, wenn eine allzugrosse Beengung des Nasenlochs nicht zu fürchten ist, auch ohne gedachten Einschnitt zur Anwendung kommen, wo es dann zugleich die Vereinigung der Lippenspalte sichern hilft. —

Ectropium der Lippen.

[Als Ectropium bezeichnet man an den Lippen, wie an den Augenlidern, die Umstülpung, bei welcher ein abnorm grosser Theil der Schleimhaut nach Aussen gewandt, die äussere Haut aber in verschieden hohem Grade verkürzt ist. Am Häufigsten sieht man diese höchst entstellende Difformität nach Verbrennungen, demnächst nach Anwendung von Aetzmitteln (bei Lupus und Lippenkrebs), endlich auch nach Ulcerationen. Man kann mit Dieffenbach verschiedene Grade des *Ectropium labii* unterscheiden, je nachdem der Alveolarrand noch mehr oder weniger von der Lippe verdeckt wird[1]).

Beim Ectropium der Oberlippe besteht fast immer zugleich ein Defect der Nase, so dass der Schleimhautsaum der ersteren mehr oder weniger hoch an den Nasenstumpf durch Narbensubstanz festgeheftet ist.

Eine blosse Ablösung oder quere Incision der Lippe, in der Hoffnung, es werde bei zweckmässigem Verbande Heilung mit breiter Narbe erzielt werden, führt niemals zum Ziele. Es ist erforderlich, grosse Keile aus der ganzen Dicke der Lippe — die Spitze gegen den freien Rand gerichtet — auszuschneiden (wie bei der Adams'schen Operation des *Ectropium palpebrarum*) mit darauf folgender genauer Vereinigung durch die Naht. Wo dies nicht ausreicht, muss man die bereits bei der Hasenschart-Operation angegebenen Schnitte um die Nasenflügel herum hinzufügen, wenn es sich um ein Ectropium der Oberlippe handelt, oder an der Unterlippe eine vollständige Lippenbildung ausführen. (S. unten.)

Die einzelnen Verfahrungsweisen, welche hier erforderlich werden können, sind bei Dieffenbach l. c. nachzusehen.]

Doppelte Lippe.

Als doppelte Lippe beschreibt man eine Difformität, welche in einer mehr oder weniger ausgedehnten Hypertrophie der inneren Fläche der Schleimhaut besteht. Dieser Formfehler kommt häufiger an der Oberlippe vor, und bedingt, namentlich beim Lachen, eine widerliche Entstellung. — Zum Behuf der Operation stülpt man

[1]) Vgl. Dieffenbach, Operative Chirurgie, Bd. I. p. 412—417.

die Lippe nach Aussen um, fasst die sogen. innere Lippe mit einer Balkenzange und schneidet sie mit einer Cooper'schen Scheere ab. |Zahlreiche Knopfnähte begünstigen nicht blos eine schnelle Vereinigung, sondern stillen auch am besten die gewöhnlich bedeutende Blutung.|

Defect. — Lippenbildung.

|Bei gänzlichem Mangel einer Lippe, wie er am Häufigsten bei Lippenkrebs und namentlich nach den durch dieses Uebel indicirten Exstirpationen vorkommt, ist es sehr schwer, einen mechanischen Ersatz zu schaffen. Am wenigsten gelingt dies für die Unterlippe, an welcher solche Defecte gerade am Häufigsten vorkommen; hier drängen sich die Mundflüssigkeiten auch neben den kunstreichsten Apparaten hindurch und der Zustand des Patienten wird durch sie nur scheinbar verbessert.

Der organische Wiederersatz einer defecten Lippe, Lippenbildung, Cheiloplastik, ist, wenn nur ein Theil einer Lippe verloren gegangen ist, eine der leichtesten plastischen Operationen [1]. Namentlich an der Unterlippe genügt oft ein einfacher horizontaler Einschnitt, nach den oben für die Stomatoplastik gegebenen Vorschriften. Die Weichtheile der Wange sind nachgiebig genug, um eine Verschiebung bis weit über einen Zoll hin zu gestatten. Wirft die Haut an der gegenüber liegenden Lippe, respective Wange (also, wenn es sich, wie gewöhnlich, um den Ersatz der Unterlippe handelt, der Theil der Gesichtshaut, oberhalb der horizontalen Incision) eine zu starke Falte, so wird, deren Grösse entsprechend, ein gleichschenkliges Dreieck mit nach Unten gerichteter Basis excidirt und diese Wunde natürlich auch sogleich durch die Naht vereinigt. Sollte die zur Umsäumung verwandte Schleimhaut sich hierbei spannen, so incidirt man sie am Ende des horizontalen Schnittes in verticaler Richtung.

Bei grösserem Defect muss man auf einer oder auf beiden Seiten viereckte Lappen bilden, die mit ihren inneren Rändern in der Mittellinie oder in deren Nähe vereinigt, an ihren oberen Rändern aber zum grösseren Theil mit Schleimhaut umsäumt werden. Die äussersten Ecken des oberen Randes der auf diese Weise hergestellten Lippe werden zur Bildung der Mundwinkel neben der Oberlippe angeheftet.

[1] |Defecte in der Wange, wie sie namentlich durch Noma, Mercurialgeschwüre, Hospitalbrand, vorkommen, fordern zuweilen zu einer Wangenbildung (Meloplastik) auf, welche am Häufigsten durch Hautverschiebung gelingt. Besondere Regeln dafür lassen sich aber nicht aufstellen.|

Auf jeder Seite der neugebildeten Lippe bleibt eine dreieckte Oeffnung, aus welcher die Mundflüssigkeiten herausfliessen. Ihre Heilung erfolgt unter einfachem Charpieverbande durch Granulationen mit Zurücklassung einer verhältnissmässig kleinen Narbe. (Dieffenbachsche Methode.)

[Die Narbe wird noch geringfügiger, ja es kann sogar Heilung durch *prima intentio* auch an diesen Stellen erzielt werden, wenn man nach dem Vorschlage von Jaesche (Beiträge zur plastischen Chirurgie, Mitau 1844) die Seitenschnitte halbmondförmig mit nach Aussen gewandter Convexität anlegt. Alsdann lassen sich die umgebenden Weichtheile leichter gegen den in der Wange durch die Verschiebung des Lappens bedingten Defect herbeiziehen; nur darf man den halbmondförmigen Schnitt nicht zu weit nach Hinten führen, weil dort die Haut durch das Unterhautzellgewebe straffer befestigt ist.]

[Wo diese Lippenbildung durch einfache seitliche Verschiebung sich nicht ausführen lässt, oder eine unnöthig grosse Verwundung zu bedingen scheint, kann man zu den Seiten des Defects nach Oben oder nach Unten Lappen bilden, welche durch eine leichte Drehung in die auszufüllende Lücke eingeschoben werden. Für den Ersatz der Unterlippe kann auf diese Weise ein Theil der Oberlippe und der Wange benutzt werden (Methode von Bruns[*]). Zu diesem Behuf verlängert man den Schnitt, durch welchen die Unterlippe exstirpirt oder der Defect angefrischt ist, schräg aufwärts gegen den Nasenflügel, führt einen zweiten Schnitt, diesem parallel und so weit von ihm entfernt, als die Höhe des zu ersetzenden Defects beträgt, durch die Wange, und verbindet beide durch einen rechtwinklig gegen sie in der Gegend des Nasenflügels geführten Schnitt. Die Wendung des Lappens nach Unten geschieht in der Art, dass der durch den letztgedachten Schnitt gebildete Wundrand mit dem gleichnamigen der anderen Seite in der Mittellinie der Unterlippe zusammenstösst. Bei diesem Verfahren ist es schwieriger, für die Umsäumung des späteren Lippenrandes, welcher der nach Aussen und Oben liegende Wundrand ist, die erforderliche Schleimhaut zu gewinnen; dagegen hat man den Vortheil, dass aus den zurückbleibenden, durch Granulationen zu schliessenden Wunden der Wange nicht, wie nach dem Dieffenbach'schen Verfahren, die Mundflüssigkeiten fortdauernd hervorquellen.

Die umgekehrte Lagerung der Ersatzlappen schräg abwärts ist von Blasius empfohlen worden. Für das Bruns'sche, sowie für das Blasius'sche Verfahren, wird vorausgesetzt, dass der Defect

[*]) [Vgl. Bruns in Roser und Wunderlich's Archiv 1844. Bd. III. Heft 1.]

nur etwa die obere Hälfte der Unterlippe, jedenfalls nicht die ganze Kinngegend, betreffe.|

Für die Umsäumung der neugebildeten Lippe mit Schleimhaut lässt sich zuweilen bei einer Exstirpation die wirkliche Lippenschleimhaut ganz oder zum Theil erhalten (Serre). Dann hat man natürlich nicht nöthig, den aus grösserer Entfernung her verschobenen Lappen seinen Schleimhautsaum schon mitbringen zu lassen. |Nach den schönen Erfahrungen von Langenbeck [1]) kann aber auch die Schleimhaut der gegenüber liegenden gesunden Lippe, indem man sie in hinreichender Ausdehnung und Breite ablöst und verschiebt, zur Umsäumung benutzt werden.|

|Mit Hülfe dieser Langenbeck'schen Lippensaum-Verschiebung werden nunmehr auch die sonst kaum brauchbaren Methoden der Lippenbildung von Chopart, Roux dem Jüngeren und Morgan einige Anwendung finden können.| — Diese suchen nämlich durch Verschiebung der Haut des Kinnes und des Halses, welche zu diesem Behuf mehr oder weniger weit abgelöst wird, die neue Lippe herzustellen. Von einem Schleimhautsaume ist bei ihnen gar keine Rede; die neue Lippe besteht nur aus der verhältnissmässig dünnen Haut des Halses (sofern der Defect tief hinabreicht), wird also selbst im glücklichsten Falle bedeutend zusammenschrumpfen. Das Kinn des Operirten wird nicht blos während der Heilung, sondern auf die Dauer dem Sternum genähert stehen müssen und das Eindringen der Mundflüssigkeiten unter die taschenförmig unterminirte Haut des Halses wird die Heilung voraussichtlich mindestens verlangsamen. Unter den für die Chiloplastik aus der Halshaut vorgeschlagenen Verfahren dürfte dem Chopart'schen [2]) immer noch der Vorzug gebühren. In der Breite des Defects voneinander abstehend, werden zwei verticale Schnitte über die Basis des Unterkiefers und dann am Halse abwärts geführt. Der so umschriebene Lappen wird abgelöst, aufwärts gezogen und durch Nähte befestigt. Roux und Morgan setzen voraus, dass die Unterlippe durch einen nach Oben concaven halbmondförmigen Schnitt entfernt sei. Ersterer will dann ohne alle verticale Incision die Haut unterminirend ablösen und durch einen Heftpflasterverband wesentlich in die Höhe schieben; letzterer empfiehlt die Spaltung in der Mittellinie.

[1]) |Deutsche Klinik 1855, I Quart. Es ist dies eine höchst fruchtbare Erweiterung des durch die Malgaigne'sche Methode der Hasenschartenoperation angedeuteten Weges zur Benutzung des rothen Lippensaumes bei plastischen Operationen.|

[2]) Fig. 29. veranschaulicht die Chopart'sche Methode an einem Falle, wo nicht

[Die Kenntniss der hauptsächlichsten unter den bis jetzt an-wandten Methoden der Lippenbildung, wie sie im Vorstehenden an-geführt sind, muss den Operateur bei der Wahl des im einzelnen Falle einzuschlagenden Verfahrens allerdings leiten; aber, wie bei allen plastischen Operationen, so darf auch hier ein sclavisches Befolgen der von Diesem oder Jenem gegebenen Vorschriften nicht Statt finden, da selten ein Fall dem andern vollkommen gleich ist.

Roux hat in einem Falle, wo ihm in anderer Weise die Chiloplastik un-lich schien, das hervorragende Stück des Unterkiefers resecirt. Ein solcher Ein-griff dürfte unverantwortlich sein (vgl. Resection des Unterkiefers). [Ein Er-der Lippe aus der Armhaut, nach der Tagliacozzi'schen Methode, ist m-wiederholt versucht worden, aber (wie es scheint) immer mit ungünstigem Erfo-Die Bildung eines gestielten Lappens aus der Halshaut, welcher, nach Art der i-schen Rhinoplastik, gedreht und dann aufwärts in den Defect der Unterlippe e-gesetzt werden soll, ist nicht blos sehr unsicher, sondern, wegen der aus eine-grossen, der Eiterung zu überlassenden, Halswunde entspringenden Gefahren, du-aus verwerflich.]

blos der grössere Theil der Unterlippe wegen eines Krebses in Gestalt ein-Oblongum fortgeschnitten werden soll, sondern ausserdem nach rechts e-

Fig. 29.

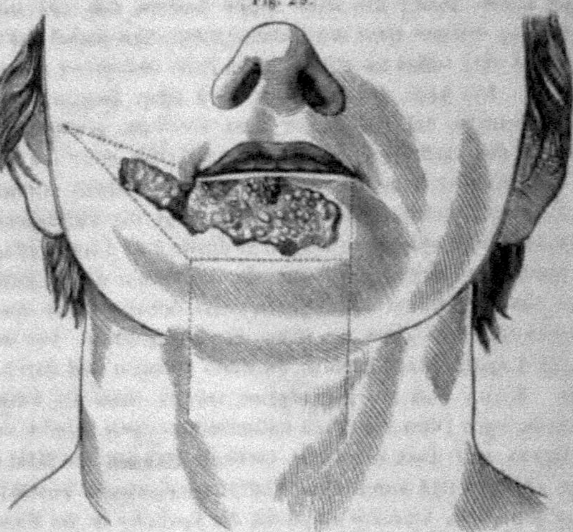

Theil der Wange wegen desselben Uebels durch zwei spitzwinklig zusamme-stossende Schnitte entfernt werden muss. Letztere werden einfach durch d-Naht vereinigt, die Halshaut soll so weit hinauf rücken, dass diese Vereinigu-ohne Herabzerren der Oberlippe möglich wird.

Zweites Capitel.

Verschwärungen und Geschwülste an den Lippen.

Geschwüre an den Lippen sind sehr häufig und sehr verschiedenen Ursprungs.

Die oberflächlichen **linearen** Geschwüre, welche man als **Risse** und **Schrunden**, **aufgesprungene Lippen** u. dgl. m. bezeichnet, sind sehr schmerzhaft; sie entstehen namentlich an aufgeworfenen Lippen, deren Schleimhautsaum nach Aussen gewandt und somit der Austrocknung und dem Temperaturwechsel, namentlich heissen Sonnenstrahlen ausgesetzt ist. Bestreichen mit Fett oder milden, schwach adstringirenden Salben (Lippenpomade, Zinksalbe) schafft meist Linderung, und führt, wenn der Patient nicht genöthigt ist, sich äusseren Schädlichkeiten immer wieder auszusetzen, zur Heilung. Schneller und sicherer kommt man zum Ziele, wenn man eine starke Höllensteinlösung aufpinselt, was jedoch für den ersten Augenblick sehr schmerzhaft ist.

Nicht selten verbreiten sich **aphthöse** und **Mercurialgeschwüre** von der Mundschleimhaut aus auf diejenige der Lippen. Neben einer entsprechenden inneren Behandlung ist in solchen Fällen das Betupfen mit Höllensteinlösungen oder Salzsäure von wesentlichem Vortheil.

Sowohl primär als secundär **syphilitische Geschwüre** kommen an den Lippen vor. Letztere beginnen mit der Bildung eines allmälig wachsenden Höckerchens, welches nicht immer schmerzhaft ist, bei dessen Entstehen aber zugleich die Lymphdrüsen der Submaxillargegend anschwellen. An der Grenze des rothen Lippenrandes geht die kleine Geschwulst in Verschwärung über und diese breitet sich wesentlich im Querdurchmesser der Lippe aus. Solche Geschwüre mit indurirter Basis, speckigen Granulationen und jauchigem Secret werden namentlich bei älteren Individuen häufig für Lippenkrebs angesehen [1]). Diese Verwechslung ist um so leichter möglich, als seitens des Kranken gehöriger Aufschluss über die wahre Aetiologie höchst selten zu erlangen ist. Dennoch ist die Diagnose recht wohl festzustellen. Das syphilitische Lippengeschwür entwickelt sich schnell und macht an der

[1]) [Hierher gehören wol auch die Fälle von Lippenkrebs, welche man durch Jodkalium geheilt hat.]

Oberfläche alsbald auffallend grosse Fortschritte; mit seinem Auftreten zugleich schwellen die entsprechenden Lymphdrüsen am Halse. Das Krebsgeschwür der Lippe dagegen wächst langsam, gleichmässig in die Breite und in die Tiefe; erst nach langem Bestehen gesellt sich zu ihm Drüsenanschwellung.

[Vom Lupus werden die Lippen nächst der Nase am Häufigsten ergriffen. Alle verschiedenen Formen des Lupus, wie wir sie Bd. II. p. 35—44 geschildert haben, können an der Lippe vorkommen. Ist die Erkrankung auf die Lippe beschränkt, so findet sich gewöhnlich die hypertrophische Form, zuweilen mit so starker Gefässentwicklung, dass die geschwollene Lippe an Teleangiectasie zu leiden scheint. Niemals geht der Lupus an den Lippen von der Mundschleimhaut aus, selten greift er auf sie über. Daher bedingt er in der Regel auch keinen Defect in der ganzen Dicke der Lippe, sondern führt wesentlich zum *Ectropium labii.* Jedoch giebt es einzelne furchtbare Ausnahmen hiervon (vgl. Bd. I. p. 47).]

[Zum *Lupus hypertrophicus* gehört wahrscheinlich auch der Fall, dessen Vidal gedenkt. Ein junges Mädchen wurde fast jeden Monat von Erysipelas an der Oberlippe befallen; durch diese wiederholten Hyperämien entwickelte sich die Lippe zu einer beträchtlichen Dicke. — Es kommt jedoch an den Lippen auch ein hypertrophischer Zustand vor, welcher durchaus keine Neigung zur Verschwärung zeigt. Man hat ihn nach Analogie der Elephantiasis als Leontiasis bezeichnet. Vgl. Bd. II. p. 208.]

Häufig sind namentlich an der Oberlippe Gefässgeschwülste (eigentlich Teleangiectasien), bald in der ganzen Dicke der Lippe bestehend, bald nur auf die äussere Haut oder die Schleimhaut oder auf beide zugleich sich erstreckend. Das Kaliber der sie zusammensetzenden Gefässe ist sehr verschieden gross, ihre Ausbreitung der Fläche nach ganz unbegrenzt. In dem einen Falle wachsen sie von der Lippe aus über die ganze Wange fort und erstrecken sich weit in die Nasenhöhle hinein, in dem andern greifen sie erst nachträglich auf die Lippe über, indem sie vom unteren Augenlid oder der Wange ausgehen. Sobald sie nicht ganz oberflächlich sind, bedingen sie eine beträchtliche Schwellung der Lippe. Dies ist auch der Fall, wenn die Schleimhaut allein ergriffen ist. Diese erscheint dann blauroth aufgewulstet und wird bei den Kaubewegungen häufig seitens der Zähne verletzt, woraus Blutungen und schmerzhafte Entzündungen hervorgehen. — Alle für die Behandlung der Teleangiectasien empfohlenen Mittel (Bd. II. p. 294—296) sind an den Lippen anwendbar. Den besten Erfolg hat man von der vollständigen Exstirpation zu erwarten, welche in der Regel in dem Ausschneiden keilförmiger oder viereckter

Stücke aus der ganzen Dicke der Lippe besteht. Bei der Vereinigung der dadurch entstehenden Lücke sind dieselben Gesichtspunkte maassgebend, die wir bei der Hasenscharte und der Chiloplastik geltend gemacht haben. Bei grosser Ausdehnung sind wiederholte partielle Excisionen mit schnellfolgender Anlegung der Naht zu empfehlen.

Von der Unterbindung der *Coronariae labii* oder gar der *Maxillaris externa* ist wegen der weit ausgebreiteten grossen Anastomosen gar nichts zu erwarten. Schwerlich dürfte auch die Compression sich wirksam erweisen. Jedoch führt Boyer zu ihren Gunsten folgenden Fall an: „Eine Mutter hatte die Ausdauer mehrere Monate hindurch, täglich 7—8 Stunden lang mit ihrem Finger die Teleangiectasie an der Oberlippe ihres Kindes zu comprimiren; der Erfolg war vollständig. [Hierbei ist nicht zu vergessen, dass manche Teleangiectasie ganz von selbst schwindet (vgl. Bd. II. p. 293).]

Warzen, Fibroide, Balggeschwülste, kommen an und in den Lippen vor, ohne besondere Eigenthümlichkeiten darzubieten.

Die häufigste und furchtbarste pathologische Neubildung an den Lippen ist aber der, vorzugsweise, ja fast ausschliesslich an der Unterlippe, bei Männern sehr häufig, selten bei Frauen auftretende Lippenkrebs. [Ueber seine Structur- und Wachsthumsverhältnisse haben wir uns bereits Bd. I. p. 492—503 ausgesprochen. Wir sehen nämlich von den höchst seltenen Fällen des Vorkommens von Markschwamm oder Scirrhus an der Lippe ganz ab, da uns eigene Erfahrungen darüber gänzlich fehlen und die von Anderen gemachten Angaben allzu oberflächlich sind.]

Der Lippenkrebs tritt hauptsächlich unter 2 Formen auf, indem er entweder an der Oberfläche oder in der Tiefe beginnt. Im ersteren Falle bemerkt man anfangs eine Schrunde, eine Pustel oder eine Warze, welche nur ganz oberflächlich im Schleimhautsaume oder in der benachbarten Haut zu wurzeln scheint. Nach einiger Zeit wandeln sich diese scheinbar unbedeutend erkrankten Hautstellen in Krebsgeschwüre um. Man hält den in dieser Form auftretenden Lippenkrebs für weniger bösartig, und behauptet, es habe sich hier ursprünglich blos um eine unschuldige Warze oder Pustel gehandelt, die durch wiederholte örtliche Reizung (beim Rasiren, durch den Gebrauch von Aetzmitteln) krebsig geworden sei. [Wie wenig von dieser Theorie des „Krebsigwerdens“ zu halten sei, wurde bereits im 1. Bande erörtert. In keinem einzigen Falle ist der Beweis geliefert worden, dass jene präsumtive Warze ihrer Structur und ihrem Entwicklungsgange nach nicht wirklich schon Krebs war. Dass wiederholte Reizungen das Wachsthum eines solchen pathologischen Gebildes fördern, soll deshalb nicht in Abrede gestellt werden.|

Die zweite Hauptform, in welcher der Lippenkrebs auftritt, ist die eines härtlichen Kernes (Knötchens) in der äusseren Haut der Lippe oder unter dem Schleimhautsaume. |Sehr häufig wird man bei genauer Untersuchung unter einer scheinbar unbedeutenden Schrunde einen solchen harten Kern entdecken. Schwerlich ist hier die Schrunde als das primäre Uebel, in dessen Umgebung sich, auf Grund wiederholter Irritation, eine krebsige Infiltration entwickelt habe, anzusehen. Vielmehr umgekehrt: das Carcinom ist in der Tiefe der Gewebe entstanden und die Schrunde ist die erste Andeutung seines Aufbruches, der Beginn des Krebsgeschwüres.| In manchen Fällen gewinnt der kleine Krebsknoten noch vor seinem Aufbruch eine solche Ausbreitung, dass der Lippenrand an der entsprechenden Stelle aufgetrieben oder höckerig erscheint. Die über diese Stelle hingespannte Schleimhaut erhält in solchen Fällen eine schmutzig blaurothe Farbe, welche von Manchen für charakteristisch angesehen wird.

Es braucht wol, nach der im 1. Bande gegebenen Darstellung, nicht besonders hervorgehoben zu werden, dass diese Verschiedenheiten des äusseren Auftretens mit einer Verschiedenheit der Structur in keinem Zusammenhange stehen.

Das Wachsen des Lippenkrebses ist Anfangs immer langsam. |Auch nach erfolgtem Aufbruch macht das Krebsgeschwür in der ersten Zeit keine schnellen Fortschritte und verhältnissmässig wenig Beschwerden, da es in der Regel nur bei der Berührung schmerzt und wenig, fast geruchloses Secret liefert.| Hat das Carcinom aber die Schleimhaut der Lippe erst durchbrochen oder auf sie vom Lippenrande her in einiger Ausdehnung übergegriffen, so schreitet es gewöhnlich schneller fort, |oft in der Art, dass die Vergrösserung von Tage zu Tage gemessen werden kann. Dann findet die Weiterverbreitung oft nach allen Seiten zugleich, in anderen Fällen aber nur in einer bestimmten Richtung Statt. Nächst der ganzen Lippe bis zum Niveau des Kinnes wird am Häufigsten das Zahnfleisch des Unterkiefers und dieser Knochen selbst von dem Carcinom ergriffen; seltner verbreitet es sich von der Unterlippe ausschliesslich in den Weichtheilen, also zunächst gegen den einen oder beide Mundwinkel und von da zur Wange weiter, ohne auf die Mandibula überzugehen.| Verhältnissmässig spät schwellen die Lymphdrüsen der oberen Halsgegend an. — |Auf die Speicheldrüsen, namentlich die Submaxillaris, geht der Lippenkrebs, ohne zugleich den Unterkiefer ergriffen zu haben, wol niemals über; in solchen

Fällen umfasst die Krebsgeschwulst den Knochen von der vorderen und hinteren Seite zugleich, und dringt an letzterer namentlich in eine oft gar nicht genau zu bestimmende Tiefe ein.

Die ausgebreiteten Zerstörungen, welche der Lippenkrebs herbeiführt, lassen sich oft durch eine selbst frühzeitige Exstirpation nicht verhindern. Es ist eine durch keinerlei Deductionen zu beseitigende Thatsache, dass Lippenkrebse **auch nach frühzeitiger und gründlicher Exstirpation** recidiviren können, nach späten (wenn auch noch so sorgfältig ausgeführten) Operationen fast ebenso häufig als andere Krebse, bald an der Lippe selbst, bald in den Halsdrüsen, zuweilen auch in anderen Organen recidiviren. Jedenfalls muss die Operation möglichst früh ausgeführt werden, und natürlich mit Schnitten, welche nur in gesunden Theilen verlaufen. Die Anwendung der Aetzmittel zur Zerstörung des Lippenkrebses ist nicht blos viel schmerzhafter und unbequemer, sondern auch weniger sicher, ganz abgesehen von der durch sie in allen bedeutenderen Fällen bedingten Difformität, gegen welche nachträglich doch noch das Messer helfen muss.

Die gewöhnlichste Art der Schnittführung ist die **Exstirpation des erkrankten Theils der Unterlippe in Gestalt eines Keils** durch zwei in der Kinngegend spitzwinklig zusammenstossende Schnitte.

Mit einer starken Scheere kann man diese Schnitte, während die Lippe durch einen Gehülfen gespannt und an den Mundwinkeln zugleich die Coronaria comprimirt wird, mit Blitzesschnelle ausführen. Die linke Hand des Operateurs fixirt mit einer Hakenzange das zu entfernende Stück. Der unbequemere Schnitt auf der rechten Seite des Patienten wird zuerst gemacht. Adhärirt die Spitze des excidirten Keils noch an der Uebergangsstelle zwischen Lippenschleimhaut und Zahnfleisch, so wird diese durch einen dritten Schnitt getrennt. Aus diesem Winkel kommt nicht selten eine Blutung, die den Anfänger stutzig macht, — aus den Aesten der *Art. mentalis*. Diese werden sofort unterbunden und die Fäden kurz abgeschnitten, die Lippe aber, wie bei der Hasenscharte, vereinigt. Die Blutung aus der Coronaria wird auch hier durch eine gut angelegte Naht sicher gestillt. Eine geübte Hand kann gewiss alle diese Schnitte gleich gut und schnell mit dem Messer wie mit der Scheere ausführen. Bei der grossen Nachgiebigkeit der Wangenhaut kann die einfache Vereinigung in der Regel vorgenommen werden, wenn weniger als die Hälfte des rothen Lippenrandes entfernt wurde. Spannen sich die zu vereinigenden Theile, so muss man eine Erweiterung des Mundes durch Spaltung und Umsäumung mit Schleimhaut an einem oder an beiden Mundwinkeln, endlich auch vertikale Seitenschnitte (Dieffenbachsches Verfahren der Chiloplastik p. 253) hinzufügen.

Ist der Krebs auf den rothen Lippenrand beschränkt, hat sich an diesem aber in einiger Ausdehnung in die Fläche ausgebreitet, so verdient das gewöhnlich nach Richérand benannte Verfahren der halbmondförmigen Excision (welches aber schon von Camper und Fabricius ab Aqua pendente erwähnt wird) den Vorzug. Man zieht den carcinomatösen Theil mit einer Hakenzange stark in die Höhe, während die Lippe in der oben erwähnten Weise fixirt ist, und trägt das zu entfernende Stück durch einen kräftigen Schnitt mit der Cooperschen Scheere oder mit zwei zu einer Ellipse zusammenstossenden Messerzügen ab.

[Man hat sich sofort zu vergewissern, ob auch nichts Krankes unter der Schnittlinie zurückgeblieben ist, wobei man die auf der Schnittfläche gemeinhin deutlich hervorspringenden acinösen Lippendrüsen nicht für Krebsknötchen halten darf, wie das Anfängern zuweilen begegnet. Aus der Schnittfläche spritzen gewöhnlich mehrere kleine Arterien; jedoch ist eine Unterbindung selten erforderlich, wenn man sogleich die Haut und die Schleimhaut durch Knopfnähte miteinander vereinigt. Sind die beiden Wundränder sehr verschieblich (was durch Ablösen derselben begünstigt werden kann), so lassen sich auch *Serres-fines* anwenden, ohne jedoch einen besonderen Vorzug vor der Knopfnaht darzubieten. Wird keine Naht angelegt, so erfolgt dennoch eine fast lineare Vernarbung, indem die Schleimhaut durch Narbencontraction gegen die äussere Haut herangezogen wird; aber es sind hierzu 3—6 Wochen erforderlich, während welcher der Operirte die wunde Stelle der Lippe mit einem angefeuchteten oder mit Salbe bestrichenen Läppchen zu bedecken und sorgfältig zu schonen hat.]

Ist der Krebs in beträchtlicher Breite tiefer abwärts in die Lippensubstanz vorgedrungen, so würde durch die Anwendung der keilförmigen Excision unnöthig viel Lippensubstanz verloren gehen, das letzterwähnte Verfahren aber nicht ausreichen. Dann ist es zweckmässig, das kranke Lippenstück mit drei, mehr oder weniger rechtwinklig aufeinander stossenden Schnitten zu exstirpiren, wobei sich vielleicht ein Theil der Schleimhaut erhalten lässt. Nach einer solchen Exstirpation ist dann jedenfalls eine plastische Operation zur Ausfüllung der entstandenen Lücke erforderlich. Wir haben deshalb schon im vorigen Capitel dies Verfahren erwähnen müssen (vgl. Fig. 59.)

[Oft müssen mehrere dieser Verfahren combinirt und complicirte Schnittführungen in Anwendung gebracht werden, um mit möglichster Schonung der gesunden Theile das carcinomatöse Lippenstück vollständig zu entfernen und dabei zugleich den Wundflächen eine einander entsprechende, für die erste Vereinigung geschickte Gestalt zu geben.]

Fünfte Abtheilung.

[Krankheiten der Zähne, des Zahnfleisches und der Kieferränder[1]).]

Erstes Capitel.

Störungen der Entwicklung. — Difformitäten.

|Der Durchbruch der Milchzähne, in der Regel nach dem 4ten Lebensmonat beginnend und innerhalb der ersten zwei Lebensjahre beendet, ist ganz gewöhnlich von krankhaften Erscheinungen begleitet. Wir übergehen hier die allgemeinen Störungen (Fieber, Durchfall, Erbrechen, Bronchitis, *Hydrocephalus acutus*) als der inneren Therapie zugehörig; das Zahnen wird gewiss, oft mit Unrecht, als die alleinige Ursache solcher Leiden angeschuldigt, während es nur überhaupt eine grössere Empfindlichkeit des ganzen Körpers bedingt hat. In entschiedener Abhängigkeit von dem Durchbruch der Zähne tritt dagegen die von erhöhter Thätigkeit der Speicheldrüsen begleitete Entzündung des die Kieferränder überziehenden Zahnfleisches auf. Dasselbe wird roth, schmerzhaft und schwillt an, bevor es allmälig von dem hervorwachsenden Zahne durch Druck zum Schwinden gebracht oder durchbohrt wird. Wo solche entzündliche Erscheinungen deutlich entwickelt sind, kann

[1]) |Die Zähne und ihre nächsten Umgebungen bieten eine Reihe von Erkrankungen dar, welche theils an sich eigenthümlich sind, theils eigenthümliche Operationen erforderlich machen. Mit Unrecht wird dieser Theil der Chirurgie von manchen Autoren (so auch von Vidal) ganz übergangen. Wenn auch nicht verlangt werden kann, dass nur wissenschaftlich gebildete Aerzte Zähne ausziehen und einsetzen sollen, so muss doch andrerseits die Nothwendigkeit anerkannt werden, dass jeder Arzt die Krankheiten der Zähne kenne, zu erkennen vermöge und die erforderliche Abhülfe wenigstens anzugeben wisse. Dies ist um so mehr erforderlich, als die Krankheiten der Kieferränder mit denen der Zähne innig zusammenhängen.|

man dem örtlichen Leiden durch einen gerade auf den Kieferrand gerichteten Einschnitt in das Zahnfleisch abhelfen und den Durchbruch des Zahns befördern; jedoch habe ich noch niemals erfahren, dass dies auf die anderweitig bestehenden Erkrankungen einen auffallend günstigen Einfluss ausgeübt hätte.

Zur Zeit der gegen das 7te Jahr hin beginnenden zweiten Dentition kommen abermals Erkrankungen am Kieferrande vor. Dem normalen Entwicklungsgange nach werden zuerst die Schneide-, dann die kleinen Back- und endlich die Eckzähne, unter vollständiger Atrophie ihrer Wurzeln, durch den gegen sie und ihre Gefässe von dem hervorwachsenden bleibenden Zahn ausgeübten Druck verdrängt, so dass sie endlich nur noch lose im Zahnfleische hängen und leicht aus diesem entfernt werden können. Inzwischen wächst schon beim Beginne des Zahnwechsels der erste grosse Backzahn hinter dem zweiten kleinen Milchbackzahn hervor. Erst nach mehreren Jahren folgt der zweite, und gewöhnlich erst nach Vollendung des Wachsthums, oft noch viel später der dritte grosse Backzahn. Bei dem Hervorwachsen der grossen Backzähne können ganz dieselben Störungen beobachtet werden, wie beim Durchbruch der Milchzähne. Namentlich wird von dem letzten Backzahne sehr oft das inzwischen derb gewordene Zahnfleisch nicht vollständig atrophirt, sondern in Lappen zersprengt mit in die Höhe gehoben. Bei der Berührung mit dem gegenüberstehenden Zahne entsteht eine schmerzhafte Quetschung. Eine hinreichend grosse und tiefe Incision schafft bald Abhülfe; jedoch kann es, wenn das gespaltene Zahnfleisch sich nicht zurückzieht, auch nothwendig werden, die überragenden Lappen mit einer Hakenpincette zu fassen und mit der Scheere abzutragen.

Wurde ein Milchzahn zufällig oder absichtlich entfernt und nicht etwa zugleich durch rohes Verfahren der Zahnsack des bleibenden Zahns mit beseitigt (in welchem Falle überhaupt kein Zahn an dieser Stelle wächst); so findet der bleibende Zahn bei seinem Hervorwachsen Schwierigkeiten, indem die Oeffnung des Zahnfachs, in welcher die Wurzel des Milchzahns steckte, sich durch Knochennarbe schliesst [1]).

Wächst der bleibende Zahn nicht gerade gegen die Wurzel seines Milchzahns aufwärts, so übt er auf die Gefässe der letzteren keinen Druck aus und der Milchzahn bleibt daher an seiner Stelle. Dadurch wird die ursprünglich vielleicht nur wenig abweichende

[1]) Es ist mir jedoch kein Fall bekannt, in welchem ärztliche Hülfe unter solchen Verhältnissen erforderlich geworden wäre.

Richtung des bleibenden Zahns noch stärker verändert. Er wächst vor oder hinter seinem Milchzahn empor und beide bleiben entweder für die Dauer in dieser Stellung oder die Atrophie des Milchzahns wird späterhin doch noch durch den Druck seines Nachfolgers bewirkt. Manchmal erhält der bleibende Zahn bei diesem Vorgange auch eine mehr seitliche Richtung, so dass er hinter einem ihm nicht entsprechenden Milchzahne, oder auch hinter einem anderen bleibenden Zahne zum Vorscheine kommt. Wahrscheinlich liegt in solchen Fällen eine mangelhafte Entwicklung (zu geringe Weite) des vom Kieferrande gebildeten Bogens zu Grunde. Hierauf ist bei der Therapie Rücksicht zu nehmen. Trägt nämlich offenbar nur der zurückbleibende Milchzahn die Schuld und ist der neue Zahn nicht so weit von der normalen Stellung abgewichen, dass sein Wiedereinrücken in die Reihe der übrigen unmöglich erscheint, so hat man den Milchzahn zu entfernen und durch einen allmäligen Druck den abweichenden Zahn in die gehörige Stellung zu bringen. Ist er aber weit abgeirrt, vollständig herausgewachsen, entstellend und hinderlich, so zieht man ihn selbst aus und lässt den Milchzahn zum bleibenden werden. Haben die Zähne offenbar auf dem ihnen angewiesenen Raume keinen hinreichenden Platz, so entfernt man in der Regel den am meisten aus der Reihe getretenen. Vorzugsweise häufig scheint eine solche fehlerhafte Richtung gerade am Eckzahn vorzukommen. Vielleicht hängt dies nicht blos von dem Umstande ab, dass der Wechsel des Eckzahns später erfolgt, als der seiner beiden Nachbarn, sondern auch von einer Störung in der Entwicklung der Kiefer, da bekanntlich gerade vor dem Alveolus des Eckzahns die Verschmelzungslinie zwischen Ober- und Zwischenkiefer sich findet. Steht nun der Eckzahn weit nach Vorn gegen die Lippe gewandt, so erinnert das höchst unangenehm an die entsprechende Bildung beim wilden Schwein; steht er nach Hinten, so stösst die Zungenspitze an ihn, — der Patient dringt in beiden Fällen auf Abhülfe. Zieht man aber den Eckzahn aus, so entsteht eine entstellende Lücke. Für solche Fälle ist es daher, wenn die Richtung des Eckzahns nicht allzu abweichend ist, zweckmässig, den ersten Backzahn zu entfernen, wonach man Hoffnung hat, den Eckzahn in die gehörige Stellung zurückkehren zu sehen. Sollte der schiefstehende Zahn mit einem seiner Nachbarn durch knöcherne Verwachsung verbunden sein, so muss die Entfernung, wenn sie nöthig wird, mit einer Feile oder einer schneidenden Zange mit Zurücklassung des anderen Zahns vorgenommen werden. Die höchsten Grade der fehlerhaften

Richtung des Zahnes zeigen sich in dem Wachsthum einzelner (namentlich der letzten) Backzähne des Oberkiefers gerade aufwärts in die Highmorshöhle hinein, oder gegen den Gaumen hin. Zuweilen dringt auch ein Schneidezahn unter der *Spina nasalis anterior* hervor, oder der letzte Backzahn des Unterkiefers wächst am *Angulus mandibulae* heraus. Sehr selten stehen die Eckzähne zwischen den Schneidezähnen oder zwischen den kleinen Backzähnen.

Die fehlerhafte Stellung der Schneidezähne beim prominirenden Zwischenkiefer wurde bereits bei der „Hasenscharte" p. 238 u. folg. erörtert.

Als eine eigenthümliche, jedoch meist nicht störende Missbildung sind die rundlichen Auswüchse zu erwähnen, welche sich zuweilen an der Seite der Zahnkronen finden (*Dentes proliferi*). An dieses Uebermaass der Bildung schliessen sich die Fälle von wirklich überzähligen Zähnen. Es können in der That 8 Schneidezähne in 2 Reihen hintereinander in einem Kiefer stehen. Aeltere Anatomen haben sogar Fälle von dreifachen Zahnreihen beschrieben. Zwei Reihen lassen sich aus dem Zurückbleiben der Milchzähne erklären (s. oben). Zur Erklärung der drei Reihen müsste man sich auf die seltenen Fälle stützen, wo eine dritte Dentition beobachtet worden ist.

Hufeland erzählt („Kunst das menschliche Leben zu verlängern", Jena 1797, p. 205) von einem Greise, welcher, nachdem er lange schon keine Zähne mehr gehabt hatte, in seinem 116 Jahre auf ein Mal 8 neue Zähne bekam, die nach 6 Monaten wieder ausfielen, dann durch andere wiederersetzt wurden u. s. f., bis 4 Wochen vor seinem, im 120 Jahre erfolgten Tode, so dass sich die Zahl dieser Zähne dritter Dentition, welche er ohne Schmerzen bekam und verlor, wenigstens auf ein halbes Hundert belief.

Selten findet sich eine wirkliche Verwachsung zwischen zwei Zähnen, am Häufigsten noch an den oberen Schneidezähnen. Hiermit muss die häufige Verkittung durch sogenannten Weinstein (d. h. Speichelsalze) nicht verwechselt werden.

Die häufigste Difformität an den Zähnen ist diejenige ihrer Wurzeln. Namentlich die Backzähne besitzen häufig so stark gekrümmte, bald divergirende bald convergirende Wurzeln, dass sie gar nicht ausgezogen werden können, ohne dass die Wurzel oder das Zahnfach eine Fractur erleiden. Vor der Extraction aber lassen sich solche Difformitäten nicht diagnosticiren.

Allgemein bekannt ist die eigenthümliche Difformität, welche nach Entfernung oder Ausfallen sämmtlicher Zähne (im Greisenalter) durch die davon abhängige Schrumpfung der Alveolarränder entsteht. Der vom Unterkiefer beschriebene Bogen wird dann verhältnissmässig zu weit für den vom Oberkieferrande gebildeten, der Unterkiefer tritt daher beim Schliessen des Mundes vor dem Oberkiefer in die Höhe, wodurch eine charakteristische Veränderung der Physiognomie entsteht. Die zahnlosen Kieferränder werden, indem die Wandungen der Alveolen zum Theil resorbirt und narbig eingezogen werden und das Zahnfleisch gleichfalls zu einem oft sogar scharfen festen Narbenrande zusammenschrumpft, zum Kauen wieder einigermassen geeignet. Bleiben dagegen einzelne Zähne in den Kieferrändern stehen, während der übrige Theil zahnlos zusammenschrumpft, so ist dies für das Kauen nur hinderlich; ihre Entfernung ist um so mehr angezeigt, als sie gewöhnlich vom Zahnfleisch an ihrem Halse entblösst und in ihrer Verbindung mit dem Alveolus gelockert sind.

Zweites Capitel.

Verletzungen.

Die Zähne sind vielfachen mechanischen und chemischen Insultationen ausgesetzt. Bei Fracturen der Kiefer (s. Bd. II. p. 408 u. f.) erfahren sie bald mit einem Bruchstück zugleich, in welchem sie stecken, bald ohne dasselbe eine beträchtliche Dislocation. Im ersteren Falle erhalten sie mit dem Anheilen des Bruchstücks auch wieder ihre Befestigung. Im zweiten Falle nennt man die Verletzung eine Verrenkung des Zahns, wobei derselbe entweder ganz aus seinen Verbindungen gelöst oder noch mit einem Theil des Zahnfleisches in Zusammenhang geblieben sein kann. Wird ein solcher luxirter Zahn in der richtigen Stellung möglichst bald und genau in seinen Alveolus wieder hineingepresst (was sehr schmerzhaft ist) und in dieser Stellung entweder blos durch grosse Schonung oder — bei Oberkieferzähnen — auch noch durch mechanische Hülfsmittel (Befestigung durch Draht am Nachbarzahne) mehrere Tage lang ruhig erhalten; so wächst er wieder fest, wahrscheinlich, indem das vom Periost des Alveolus gelieferte Exsudat rings um seine Wurzeln verknöchert. Niemals aber tritt ein dislocirter Zahn wieder in Gefäss- und Nervenverbindungen. Er ist fortan unempfindlich, verliert, da er nicht mehr von Blutflüssigkeit getränkt wird, seinen Glanz, und verändert seine Farbe gewöhnlich ins schmutzig Blaugraue. Die Verbindung zwischen dem Halse des Zahns und dem Zahnfleisch bleibt in solchen I zuweilen auch nach einfachen Erschütterungen des Za letzteres blutet anfangs häufiger und kann auch zeitweise eine oberflächliche Eiterung unterhalten, wogegen das Bepinseln mit Höllensteinlösung anzuwenden ist.

Nicht selten kommen an den Zähnen Fracturen einzelner oder mehrerer derselben ohne Betheiligung der Kieferränder vor. Bei der bereits erwähnten Verrenkung der Zähne sind oft alle oder einzelne Wurzeln des dislocirten Zahns abgebrochen. Auch in diesen Fällen kann der Zahn wieder einheilen. Die fracturirte Stelle der Wurzel wird von einem Callus umfasst, welcher mit der an dieser Stelle im normalen Zustande sich vorfindenden *Substantia ostoidea* in seiner Structur völlig übereinstimmt. — Beim Beissen auf harte Gegenstände gehen oft die Ecken und Ränder der Zahnkrone verloren. Von diesen quer oder schräg verlaufenden Fracturen setzen sich dann zuweilen Längsbrüche, Fissuren, in verschiedener Tiefe durch den Zahn fort. Solche Brüche haben nur den Nachtheil, dass die dadurch blossgelegte *Substantia tubulosa* den äusseren Einflüssen und damit einer oft schnell fortschreitenden Zerstörung ausgesetzt wird. Jedoch kann in der *Substantia tubulosa* auch eine Exsudation erfolgen, durch welche sie verdichtet, gleichsam sclerotisch und dadurch widerstandsfähiger wird. Dasselbe beobachtet man an abgekauten Zähnen. Treffen die Zahnreihen sehr genau aufeinander, oder werden die Zähne zum Kauen oder Festhalten harter Gegenstände (Pfeifenspitzen) anhaltend benutzt; so schleifen sich ihre Schneide- und Mahlflächen allmälig ab; der Zahn wird kleiner und die Schneidezähne namentlich zeigen statt ihrer ursprünglich dreispitzig zugeschärften Schneide eine breite Fläche. Diese sieht gelbbraun aus, ist oft durchscheinend, aber von ansehnlicher Härte. In der Regel wird nämlich bei Abnutzung der Krone von der Pulpa aus gegen die Kaufläche des Zahns neue Zahnsubstanz abgelagert, und dadurch die Pulpa selbst geschützt. Legt eine Fractur aber die Zahnpulpe bloss, so wird diese sofort in Entzündung versetzt, wobei sie unter heftigen Schmerzen anschwillt und aus der geöffneten Höhle des Zahns hervorquillt. Ein Anheilen des abgebrochenen Stücks ist vollkommen unmöglich; es fragt sich nur, ob man den Zahn ganz entfernen oder blos die Pulpa mit einem glühenden Draht zerstören soll. Letzteres ist nur dann zweckmässig, wenn man an dem zurückbleibenden Zahnstücke (namentlich der Wurzeln) einen künstlichen Zahn befestigen will. Bei Kindern dürfte immer die Extraction zu empfehlen sein, da die entstehende Lücke bei ihnen durch das Aneinanderrücken der Nachbarzähne fast gänzlich verschwindet.

gänzlich unberührt lassen. Die Auflösung des Weinsteins durch Säuren ist gänzlich zu verwerfen, da durch diese immer zugleich der Schmelz und die *Substantia tubulosa* angegriffen werden.

Wunden des Zahnfleisches ohne Substanzverlust heilen sehr schnell und sind in keiner Beziehung gefährlich. Schnittwunden, welche in verticaler Richtung in den knöchernen Alveolarrand eindringen, haben, wenn sie nicht mit bedeutender Splitterung verknüpft sind, keine üblen Folgen, sofern nicht die Verletzung den Zusammenhang zwischen dem Zahn und seinen ernährenden Gefässen aufgehoben hat.

Blutungen aus dem verletzten Kieferrande und nach Entfernung des Zahns aus dem Alveolus sind nur dann bedeutend, wenn durch eine vorausgegangene Krankheit Erweiterung der Gefässe bedingt oder ihre Zurückziehung unmöglich gemacht worden ist. Zur Stillung der Blutung reicht gewöhnlich die Kälte aus. Den Alveolus kann man mit Charpie, Wachs oder einem Korkpfropf tamponiren. Bei bedeutender Blutung kommt man durch die Anwendung eines glühenden Drahtes schnell und sicher zum Ziele. Die vorstehenden Thatsachen sind bei der Beurtheilung der absichtlichen Verletzungen der Zähne, wie sie bei der Mehrzahl der Zahnoperationen vorkommen, stets zu beachten.

Drittes Capitel.

Entzündung, Caries, Necrose.

Eine Entzündung der eigentlichen Zahnsubstanz kommt wahrscheinlich nicht vor. Einzelne Theile des Zahns aber, namentlich das von der innern Wand des Alveolus auf die Wurzeln des Zahns übergehende Periost, sowie die gefässreiche Zahnpulpa können von Entzündung befallen werden. Hat dieselbe an den Wurzeln des Zahns ihren Sitz, so bekommt der Patient die Empfindung, als wäre der betreffende Zahn länger geworden, namentlich wenn der Mund in der Art geschlossen wird, dass die Zahnreihen aufeinander treffen. Demnächst entsteht ein oft weit verbreiteter dumpfer spannender Schmerz. Der Zahn wird gegen Berührung und gegen Temperaturwechsel sehr empfindlich, nimmt eine gelbliche Farbe an und ragt wirklich ein wenig über seine Nachbarn hervor. Nachdem die Schmerzen, oft auf die ganze Kopfhälfte verbreitet, einige Zeit angedauert haben, entwickelt sich eine Anschwellung des Zahnfleisches in der Umgegend des kranken Zahns, oft auch der ganzen Wange. Der Zahn wird beweglich und in der Regel entsteht Eiterung mit Entleerung des Eiters in der Nähe des Zahns; darauf lassen die Schmerzen nach, der Zahn tritt in seine alte Stellung zurück und wird wieder fest. In anderen Fällen aber verbreitet sich die Entzündung mit grösserer Heftigkeit auf den Alveolus und es kommt zu der weiter unten zu schildernden Bildung von Parulis und Zahnfistel. Alsdann ist aber zu vermuthen, dass von Anfang an Caries des Zahns bestanden habe.

Bei Entzündung der Zahnpulpa fehlt das Längerwerden des Zahns, der Schmerz ist heftiger, aber weniger weit verbreitet. Uebrigens sollen die Erscheinungen dieselben sein. — Als Ursache der Zahnentzündung wird allgemein eine eigenthümliche Disposition obenan bezeichnet. Demnächst aber auch eine mechanische oder chemische Insultation; die häufigste Veranlassung aber möchte in der That die Caries der Zahnkrone sein, welche man von anderen Seiten ohne zureichenden Grund als Folge einer Zahnentzündung hat deuten wollen. Die Behandlung der Zahnentzündung besteht in der Application einiger Blutegel an das Zahnfleisch in der Nähe des leidenden Zahns und in dem Fernhalten äusserer Schädlichkeiten, oft in Entfernung des cariösen Zahns.

Zahnfäule, *Caries dentium*, wird nämlich ein eigenthümlicher, ungemein häufig vorkommender Zerstörungsprocess an den Zähnen genannt, welcher mit der Caries der Knochen durchaus nichts gemein hat und viel eher noch mit der Necrose verglichen werden kann. Die Caries der Zähne besteht in einem bald schnell, bald langsam fortschreitenden Zerbröckeln oder Erweichen der Zahnkrone und ihres Halses. Man hat, je nachdem die Zerstörung mehr durch Abbröckeln oder durch Erweichung vor sich geht, eine *Caries sicca* und eine *C. humida dentium* unterschieden, ohne dadurch eine bessere Einsicht in das eigentliche Wesen dieses, trotz seines so überaus häufigen Auftretens, noch immer räthselhaften Processes zu gewinnen. Die *Caries dent. humida* soll acut, die *sicca* chronisch verlaufen. Jedenfalls ist der chronische Verlauf der häufigere. Der Schmelz ist mehr dem Zerbröckeln, die eigentliche Zahnsubstanz mehr der wirklichen Erweichung ausgesetzt, da sie durch Vermittlung ihres Röhrensystems fortdauernd von Flüssigkeit durchtränkt ist. Je nachdem die Zerstörung in der Tiefe oder an der Oberfläche des Zahnes beginnt, nennt man die Caries eine innere oder äussere. Am Häufigsten beginnt sie an der Grenze des Schmelzes. Hier entsteht ein missfarbiger, intensiv weisser oder graugelber Punkt, der allmälig ins Schwärzliche oder Bräunliche übergeht, sich schnell vergrössert und alsbald mit der Sonde als eine nachgiebige Stelle erkannt werden kann. Schmerz kann dabei im Anfange ganz fehlen; so namentlich bei der Caries der Milchzähne. Häufig kann man die cariöse Stelle, obwol sie äusserlich ist, nicht sehen, weil sie an den einander zugewandten Flächen der Zähne oder doch an der dem Beschauer abgewandten Seite eines Zahns ihren Sitz hat. Alsdann erweist sich ein kleiner gestielter Spiegel zur Sicherung der Diagnose nützlich. Ist die Zerstörung bis in die Nähe der Pulpa fortgeschritten, so entstehen immer Schmerzen von verschiedener Heftigkeit, welche (namentlich bei jugendlichen Personen) durch Temperaturwechsel, vorzüglich durch Erkältung, auch durch den Genuss erhitzender Getränke zu einem unerträglichen Grade und zu einer für den Laien unbegreiflichen Verbreitung gesteigert werden können. Halbseitiger Gesichtsschmerz ist häufig von einem cariösen Zahne ganz allein abhängig. Die zerfallene Zahnsubstanz selbst geht, während sie noch an oder in dem Zahne, welchem sie angehörte, haftet, in wirkliche Fäulniss über, und verbreitet, dem entsprechend, einen widerlichen Geruch, der späterhin, wenn nach dem Wegspülen der zerfallenen Zahnsubstanz eine Höhle entstanden ist, durch die in dieser haftenden und verweilenden Speisereste unterhalten wird.

Die innere Zahncaries verläuft immer schneller. Man bemerkt anfangs an der Oberfläche der Krone des spontan und bei der Berührung schmerzenden Zahnes eine bläuliche Stelle, welche ihren Glanz verloren hat; dieselbe wird grösser und dunkler, bis endlich der Durchbruch erfolgt, worauf die Zerstörung in Folge des Einflusses der, in die nunmehr offene Höhle eindringenden Mundflüssigkeiten und Nahrungsmittel noch schnellere Fortschritte macht und endlich unter steigenden Schmerzen zur Zerstörung der ganzen Zahnkrone führt.

Sehr häufig wird, bei innerer sowol als bei äusserer Zahncaries, der unterminirte Rest der Krone zufällig abgebrochen. In den blosgelegten Nerven der zurückbleibenden Wurzeln kann noch lange Zeit heftiger Schmerz fortdauern. In der Regel entsteht dann aber Entzündung des den Alveolus auskleidenden Periost's und die einzelnen Wurzeln werden allmälig gelockert, bis sie zuletzt fast von selbst ausfallen.

Bei sehr langsam sich entwickelnder Caries beobachtet man, namentlich wenn sie auf der Kaufläche eines Backzahns begonnen hat und in verticaler Richtung fortschreitet, nicht selten eine verstärkte Ablagerung der eigentlichen Zahnsubstanz, ähnlich wie bei dem Abkauen, wodurch die Pulpa noch längere Zeit vor der Bloslegung bewahrt bleiben kann.

Nicht alle Zähne werden gleich häufig von Caries ergriffen. An den Milchzähnen ist sie so häufig, dass selten Kinder gefunden werden, bei denen alle Zähne bis zur Wechselzeit davon frei blieben. Demnächst wird, trotz seines späten Hervorbrechens, am Häufigsten der Weisheitszahn, oft gleich nach seinem Durchbruch, von Caries befallen; ferner folgen in dieser Häufigkeitsscala der erste Backzahn, die oberen Schneidezähne, dann die übrigen Backzähne, endlich, als die am seltensten ergriffenen, die Eckzähne. Letztere, sowie die kleinen Backzähne und der Weisheitszahn, zeigen die ersten Spuren der Zerstörung gewöhnlich an der oben bezeichneten Stelle des Kronenrandes; bei den grossen Backzähnen beginnt die Caries dagegen häufig an der Kaufläche, bei den oberen kleinen Schneidezähnen an der hinteren Fläche, bei den übrigen Schneidezähnen in der Regel an ihren Seitenrändern, oft so, dass zwei Nachbarn zugleich befallen werden, seltner am Rande des Zahnhalses.

Sowie in Betreff des Wesens der Zahnfäule, sind wir auch über ihre Aetiologie im Dunkeln. Für die *Caries interna* können natürlich äussere Einflüsse nicht als Veranlassungen angenommen werden. Man hat deshalb eine grosse Anzahl innerer ursächlicher Momente aufgesucht und aufgestellt. Zunächst ist es thatsächlich, dass die Zähne häufiger im kindlichen und jugendlichen Alter, seltner im männlichen und am seltensten im höheren Alter von Caries befallen werden. Bekannt ist das häufige Auftreten der Zahncaries bei Schwangeren, wo man sie aus dem stärkeren Verbrauche der Kalksalze des Blutes für die Bildung der fötalen Knochen zu erklären versucht hat. Ferner findet man sie auffallend häufig bei scrophulösen Subjecten, namentlich nach dem Ablauf acuter Exantheme mit anderen Erscheinungen der Scrophulosis zugleich auftretend; desgleichen bei Rachitis, bei allgemeiner Syphilis, endlich bei Mercurialintoxication und beim Scorbut, bei welchen Erkrankungen freilich das innere Allgemeinleiden nicht in nothwendigem Zusammenhange mit der Caries der Zähne zu stehen brauchte, da die örtliche Erkrankung des Zahnfleisches einen hinreichenden Grund für eine Störung in der Ernährung des Zahns abgiebt. — Da jedoch viele Fälle vorkommen, in denen Zahncaries besteht, ohne dass sich eine der aufgeführten Erkrankungen nachweisen lässt, so hat man eine besondere innere Disposition zur

Caries angenommen und behauptet, dass diese angeboren und erblich sei. Hieran schliesst sich die Frage, ob die Caries der Zähne ansteckend sei. Erfahrene Zahnärzte erklären die allgemein bekannte Erfahrung, dass bei Caries an einer Seitenfläche der benachbarte Zahn alsbald in ähnlicher Weise verändert gefunden wird, aus einer durch die Berührung der cariösen Masse bewirkten Ansteckung. Vielleicht erkranken aber auch in allen solchen Fällen beide Zähne zugleich. Denn man sieht niemals eine Uebertragung der Caries von einem kranken Oberkieferzahn auf den gegenüber stehenden und mithin nahe benachbarten Unterkieferzahn oder umgekehrt. Dagegen folgt eben so häufig als die Erkrankung des Nachbars, auf die Caries eines Zahns die cariöse Zerstörung des entsprechenden Zahns der anderen Kieferhälfte. Zur Erklärung dieses merkwürdigen Vorganges wird angeführt, dass die beiden einander entsprechenden Zähne zu gleicher Zeit und daher auch in derselben Qualität, unter gleichen Gesundheitsverhältnissen gebildet seien, und somit auch gleiche Krankheitsanlagen haben müssten. Jedenfalls kann bei einer solchen Reihenfolge in der Erkrankung der Zähne von irgend welcher Ansteckung nicht die Rede sein.

So hoch wir aber auch alle diese bekannten oder unbekannten inneren Ursachen anschlagen mögen, wir werden darüber doch nicht vergessen dürfen, dass **äussere Veranlassungen** für die Entstehung der *Caries externa* jedenfalls von grosser Bedeutung sind. Dahin gehören Erschütterungen, Zersprengen des Schmelzes durch schnellen Wechsel im Genuss heisser und kalter Speisen oder Getränke, das Trinken sehr saurer Getränke, kurz alle Verletzungen des Zahns im weitesten Sinne des Wortes. Auch Speisereste, welche zwischen den Zähnen stecken bleiben und daselbst verfaulen, sowie die Entblössung des Zahnhalses durch den sogenannten Weinstein, gehören hierher. In welchem Verhältniss die Entzündung der Pulpa zur *Caries interna* steht, ist noch nicht hinreichend untersucht.

Die **üblen Folgen der Zahncaries** beschränken sich nicht auf die **Zerstörung** des Zahns und die damit verknüpften **Schmerzen**, sondern dehnen sich auch auf die Umgebung desselben aus. Oft schon mit dem ersten Auftreten der Caries, oft auch später, entwickelt sich eine **Entzündung des Periosts** an dem zunächst liegenden Theile des Kieferrandes, welche bald blos äusserlich bleibt, bald auch in den Alveolus selbst hinabsteigt und sich dann auch auf die Zahnwurzeln weiter verbreiten kann. Ueber dem tzündeten Periost schwillt das Zahnfleisch in entsprechender Aushnung beträchtlich an, oft auch die Wange. Auf diesem Stadium hält die Krankheit den Namen Zahnfleischgeschwulst, Palis. Sich selbst überlassen, geht diese Periostitis des Kieferndes in Eiterung über, gewöhnlich mit schnellem Durchbruch einer oder mehreren kleinen Stellen, aus denen dann noch lange it hindurch dünner Eiter entleert wird. Schon vor dem Aufuch lässt die deutliche Fluctuation und einiger Nachlass in den dahin furchtbaren reissenden Schmerzen den Uebergang in erung erkennen. War die Entzündung sehr heftig und der Eiter ırde nicht frühzeitig entleert, so steht eine oberflächliche Necrose s Kieferrandes zu befürchten. Letztere ist mit der Sonde leicht d bestimmt zu erkennen. Nicht immer erfolgt der Durchbruch s Eiters durch das Zahnfleisch. Derselbe kann sich gegen die ssere Haut hin senken und entweder an der Basis des Unterefers oder an der Wange, auch am Gaumen oder gegen die Kieferhle hin seinen Ausweg nehmen. Alle diese Eitergänge, welche zum anken Periost des Alveolarrandes oder zu einer necrotischen Knoenstelle führen, erhalten den Namen „Zahnfisteln". Fast immer gt ihnen ein cariöser Zahn zu Grunde; höchst selten die schon oben schilderte Entzündung der Zahnwurzeln ohne gleichzeitige Caries.

Bei der Behandlung der Zahncaries müssen wir zunächst f die Prophylaxis derselben eingehen. Ein Theil derseln besteht unzweifelhaft in der Verhütung und zweckmässigen handlung derjenigen Krankheiten, die wir bei der Aetiologie fgeführt haben. Vermeidung aller Verdauungsstörungen, richtige mperatur (nicht über 40° R.) der zu geniessenden Nahrungsttel, Vermeidung eines schnellen Wechsels von Kalt und Warm, rgfältiges Ausspülen des Mundes und Reinigen der Zähne, naentlich gleich nach dem Genuss von Nahrungsmitteln, welche ste zwischen den Zähnen zurückzulassen geneigt sind, — das ire die Prophylaxis, durch welche wahrscheinlich mehr als durch rreichung antiscrophulöser Mittel oder des phosphorsauren Kalkes elcher die kräftige Entwicklung des Zahnbeins begünstigen soll) die Erhaltung der Zähne, namentlich bei Kindern, gesorgt rden könnte.

Zum Reinigen der Zähne, d. h. der Zwischenräume zwischen ihnen, ist eine rste erforderlich. Dieselbe muss weich sein und darf nicht in der Art bewegt rden, dass das Zahnfleisch dabei verletzt oder vom Zahnhalse abgelöst würde. Bürste wird mit schwach lauwarmem Wasser angefeuchtet und ausserdem (vieliht ohne besonderen Nutzen) in Zahnpulver, Zahnseifen und Zahnpasten eingeicht. Alle diese medicamentösen Substanzen haben nur den Zweck, die Reinigung der Zähne zu befördern und einer Erschlaffung oder Ablösung des Zahnfleisches vorzubeugen. Gute Seife wäre ein vortreffliches Reinigungsmittel, aber man fürchtet von ihr eine üble Wirkung auf das Zahnfleisch und scheut ihren schlechten Geschmack. Gewöhnlich und mit gutem Recht bedient man sich daher indifferenter Pulver, namentlich von Holzkohle, kohlensaurem Kalk (*Conchae praeparatae*), Magnesia u. dgl. m., welchen man durch aromatische Substanzen einen angenehmen Geschmack, und wenn es gewünscht wird, durch Cochenille u. dgl. eine schöne Farbe ertheilen kann. Sogenannte Zahntincturen, welche das Zahnfleisch stärken und erhalten sollen, dürften namentlich, wenn sie ohne starken Zusatz von Wasser angewandt werden, dem gesunden Zahnfleisch mehr schaden als nützen.

Die eigentliche Behandlung der Zahncaries ist entweder blos eine palliative, indem sie den Zahnschmerz zu beseitigen sucht, oder es wird durch sie die radicale Heilung, die Entfernung nämlich des cariösen Theils und die Verhütung der weiteren Verbreitung des Krankheitsprocesses beabsichtigt. Indem wir hier von Behandlung des Zahnschmerzes sprechen, setzen wir natürlich voraus, dass die Diagnose desselben in ätiologischer Beziehung gesichert ist, dass es sich also weder um die durch eine Parulis bedingten Schmerzen, noch um eine Neuralgie des Trigeminus handle. Die gegen den Zahnschmerz anzuwendenden Mittel werden in verschiedener Weise applicirt, je nachdem der schmerzende Zahn bereits hohl ist oder nicht. Im ersteren Falle nämlich bringt man sie in die Aushöhlung des Zahns selbst hinein, um möglichst direct auf die Nerven des Zahns einzuwirken. Nur in diesem Falle lässt sich von den zerstörenden Mitteln etwas erwarten, welche dadurch wirken sollen, dass sie die in die Zahnpulpa eintretenden Nervenästchen oder wenigstens die Zahnpulpa selbst vernichten. Dahin gehört das Einbringen eines Stückchens Höllenstein, Aetzkali oder Chlorzink. Die letzteren beiden Mittel sind jedoch, wegen der aus ihrem Zerfliessen hervorgehenden Gefahr für die Umgebungen des Zahns, besser zu vermeiden. Das sicherste und unschädlichste Zerstörungsmittel ist ein entsprechend gebogener glühender Draht, am besten ein Platindraht, welcher kalt eingeführt und dann durch den galvanischen Strom glühend gemacht wird[1]).

Um das Einführen des Glühdrahts möglich zu machen, muss man zuweilen mit dem Drillbohrer die bestehende Oeffnung erweitern oder eine neue anlegen. Lässt sich aus irgend welchem Grunde von diesen zerstörenden Mitteln keine Anwendung machen,

[1]) Gerade zu diesem speciellen Zwecke wurde bereits 1843 von dem berühmten Physiker Steinheil die Galvanokaustik empfohlen. Vgl. Heider's Aufsatz über den Zahnschmerz in der Zeitschr. der Wien. Aerzte 1844, p. 470 und Middeldorpf's „Galvanokaustik“, p. 13.

so bringt man in die Aushöhlung des Zahns betäubende, narkotische (eine Opiumpille oder ein mit Opiumtinctur getränktes Kügelchen von Watte u. dgl.) oder stark reizende Substanzen (ätherische Oele, Kreosot u. dgl.) ein, letztere in der Absicht, durch Ueberreizung die Empfindlichkeit der Zahnnerven, wenigstens vorübergehend, aufzuheben. Ob das Chloroform und die holländische Flüssigkeit mehr als Reizmittel oder direct betäubend wirken, muss dahingestellt bleiben; unzweifelhaft aber ist, dass durch sie alle übrigen Reiz- und Betäubungsmittel an Wirksamkeit übertroffen und daher überflüssig gemacht werden. Man bringt diese anästhetischen Substanzen nicht blos in der vorgedachten Weise in den hohlen Zahn ein, sondern legt auch einen damit getränkten Bausch Watte zwischen Zahnfleisch und Wange in die Gegend des schmerzenden Zahns. Zunächst entsteht heftiges Brennen und vermehrte Speichelsecretion, oft in dem Grade, dass derselbe aus dem Munde hervorströmt. Alsbald aber lässt auch der Schmerz nach und das Brennen verschwindet bald, nachdem der Wattenbausch wieder entfernt worden ist.

Zur Entfernung des cariösen Theiles des Zahns und zur Verhütung der Weiterverbreitung der Krankheit wird von den Zahnärzten das Ausfeilen, das Brennen und das Plombiren empfohlen. Die Zerstörung der cariösen Stelle legt nothwendig einen Theil der *Substantia tubulosa* bloss. Es ist mit grosser Wahrscheinlichkeit vorauszusehen, dass dieser Theil alsbald wieder der Caries verfallen werde, wenn er nicht vor äusseren Einflüssen in ähnlicher Weise geschützt werden kann, wie dies im normalen Zustande durch den Schmelz geschieht. Diesen Schutz zu gewähren ist die Absicht bei dem Ausfüllen der Zähne, dem Plombiren. Hierzu wendet man entweder weiche Metalle, namentlich dünnes weiches Goldblech an, oder einen feinen, schnell fest werdenden Kitt, spirituöse Harzlösungen, mit welchen etwas Watte getränkt wird, Guttapercha, welche erwärmt (und daher weich) in die Höhle eingedrückt und bei der Temperatur des Mundes schnell fest wird u. dgl. m. Alle diese Ausfüllungen (Plomben) können nur unter der Bedingung dauerhaft sein, dass die auszufüllende Höhle eine geeignete Gestalt besitzt, um ihnen Halt zu gewähren. Aus einer trichterförmigen Höhle werden alle Plomben bald wieder herausfallen. Befinden sich dagegen in dem hohlen Zahne einzelne Vertiefungen und Vorsprünge, oder ist der Eingang etwas enger als die Höhle selbst, so wird sich ein längeres (oft viele Jahre langes) Verweilen der Plombe erwarten lassen. Das vorgängige Cauterisiren oder Ausschaben der auszufüllenden Höhle kann daher ausser der Zerstörung der cariösen Substanz und des vielleicht blossliegenden Nerven auch noch die Herstellung einer für das Haften der Plombe geeigneten Gestalt der Höhle zum Zweck haben.

Bleiben die bisher erwähnten Mittel erfolglos oder können sie aus individuellen Gründen gar nicht angewandt werden, so besteht die einzige noch mögliche Abhülfe in dem Ausziehen oder Luxiren des schmerzhaften Zahnes. Man wird dem Luxiren den Vorzug geben, wenn die Krone des Zahns noch von erträglicher Beschaffenheit ist.

Die Behandlung der Parulis besteht, wenn das Uebel noch ganz im Beginne ist, in dem Ansetzen eines oder mehrerer Blutegel oder einer kräftigen Scarification des Zahnfleisches an der leidenden Stelle, welche schneller zum Ziele führt, als die für manchen Kranken ausserdem widerlichen Blutegel. Sobald aber die Geschwulst bedeutend und auch nur eine Spur von Fluctuation zu fühlen ist, muss hinreichend tief incidirt werden, um dem bereits gebildeten Eiter freien Abfluss zu verschaffen und Necrose des Kieferrandes zu verhüten. Die Nachbehandlung besteht in dem Ausspülen des Mundes mit lauwarmem Wasser.

Wenn eine Parulis nachweisbar durch Caries des Zahns bedingt ist, und in Folge dessen an derselben Stelle mehrmals recidivirt, so muss der Zahn gleichfalls ausgezogen werden. Man warte aber wo möglich die Heilung der Parulis ab, weil die durch die Entzündung vielleicht schon vorbereitete Necrose nach der mit dem Ausziehen nothwendig verbundenen Insultation leicht an Umfang gewinnen könnte.

Zur Beseitigung einer Zahnfistel ist immer die Entfernung des vielleicht nur an seiner Wurzel kranken Zahnes erforderlich. Ohne diese nutzt alles Anfrischen und Cauterisiren nichts. In manchen Fällen aber ist es fraglich, namentlich, wenn die Fistel im Zahnfleisch mündet, ob der Patient nicht lieber seinen noch gut aussehenden Zahn und mit ihm auch die wenig störende Fistel behalten will.

Mit der Caries der Zähne in genauem Zusammenhange steht wahrscheinlich auch die sogenannte Phosphornecrose der Kieferränder, eine neue Krankheit, welche man erst seit der Einführung der Streichhölzer-Fabrication kennen gelernt hat. Die Arbeiter in solchen Fabriken athmen eine theils mit phosphorigter, theils auch mit Phosphorsäure imprägnirte Luft. Dadurch ist zu einer Sättigung des Speichels mit Phosphorsäure Gelegenheit gegeben. Diese erregt nicht blos Entzündung des Zahnfleisches, sondern dringt auch zwischen dem Zahnfleische und dem Zahnhalse ein, so dass sie direct auf das Periost ihren zerstörenden Einfluss ausübt; namentlich aber scheint sie durch die Vermittlung eines cariösen Zahns ihre Wirkung zu entfalten. Letzteres wird durch die Beobachtung wahrscheinlich gemacht, dass die Fälle von Phosphornecrose sehr viel seltner geworden sind, seit man Arbeiter mit cariösen Zähnen nicht mehr zugelassen hat. Es ist keineswegs nothwendig, anzunehmen, dass die Phosphorsäure durch den cariösen Zahn hindurch zur Tiefe des Alveolus gelange. Wir haben bereits erwähnt, dass die Wurzeln cariöser Zähne nebst dem Periost des Alveolus häufigen Entzündungen und einer daraus hervorgehenden Lockerung ausgesetzt sind. Durch diese dürfte vornehmlich der Phosphorsäure ein leichteres Eindringen in die Tiefe des Knochens selbst möglich gemacht und dadurch eine schnellere Zerstörung veranlasst werden. Dies Leiden zeigt sich häufiger, heftiger und mit schnellerem Verlauf am Alveolarrande des Unterkiefers, was sich leicht aus der innigeren Berührung desselben mit der Mundflüssigkeit erklärt. Die ersten Erscheinungen sind immer die der Periostitis, sogenannter Zahnschmerz an einem oder an mehreren Zähnen, oft über die ganze Kieferhälfte verbreitet, dann Anschwellung des Zahnfleisches und Neigung desselben zu Blutungen, Schwellung der Lymphdrüsen des Halses; die Zähne werden wacklig und fallen aus, unter fortschreitender Anschwellung des Zahnfleisches und der Wange, bricht ersteres endlich an mehreren Stellen auf und wird geschwürig; oft kann man in dem entleerten Eiter bereits pulverförmige Knochenstückchen entdecken. Weiterhin wird der harte tönende Knochen leicht mit der Sonde entdeckt, die Entzündung greift auf die Wange über, auch hier entsteht Eiterung und Fistelbildung. Endlich ragen, je nach dem Grade und der Ausbreitung des Uebels, die necrotischen Knochenstücke mehr oder weniger aus dem Zahnfleisch hervor und werden unter massenhafter Eiterung, die leicht zu hectischem Fieber führen kann, allmälig ausgestossen. In der Regel findet eine reichliche Osteophytenbildung in der Umgebung des erkrankten Knochenstückes Statt; aber diese gefässreichen Knochenneubildungen werden selbst schnell cariös und der Ersatz des zerstörten Kieferstücks erfolgt daher nur in sehr unvollkommenem Grade. Der Grund für das cariöse Zerfallen der oft auffallend üppigen Osteophyten muss einerseits in dem Allgemeinleiden gesucht werden, welches diese Kiefernecrose von Anfang an zu begleiten pflegt. Die Kranken fiebern heftig, kommen schnell von Kräften, wobei die Schmerzen, die gewöhnlich sehr reichliche Salivation, die Unmöglichkeit hinreichende Nahrung zu sich zu nehmen, später auch das Verschlucken von schlechtem Eiter gewiss von Bedeutung sind. Andrerseits sind auch locale Veranlassungen zur Caries vorhanden, namentlich die fortdauernde Umspülung des neugebildeten Knochens mit schlechtem Eiter, der fortdauernde Zutritt der äussern Luft, die Unmöglichkeit einer vollständig ruhigen Lage u. dgl. m. Die Krankheit kann theils durch die langwierige, oft Jahre lange Eiterung und die dabei nicht selten sich entwickelnde Lungentuberculose, theils durch ihre Ausbreitung gefährlich werden. Es kommen Fälle vor, in denen ganze Kieferhälften, ja mit dem Oberkiefer zugleich sogar das Keilbein und ein Theil des Stirnbeins von Necrose befallen werden. In solchen Fällen ist dann wol eine allgemeine Phosphor-Intoxication anzunehmen, wofür bei der Beschränkung des Processes auf die Umgegend einzelner cariöser Zähne kein Grund vorliegt.

Die Behandlung besteht in prophylactischer Beziehung in der Verhütung der Einwirkung der Phosphordämpfe auf die Zähne, was man in den betreffenden Fabriken theils durch das Vorbinden von Masken und nassen Schwämmen vor den Mund, theils aber durch die Beseitigung aller schadhaften Zähne zu erzielen gesucht hat. Die Behandlung der Krankheit selbst muss anfangs streng antiphlogistisch sein: reichliche Scarificationen, Blutegel, selbst ein Aderlass. Zugleich sorgfältige Reinigung des Mundes, anfangs mit einer schwachen Lösung von kohlensaurem Natron, später mit blossem Wasser; ferner reine Luft und leicht verdauliche Kost. Im weiteren Verlaufe sind die entstehenden Phlegmonen frühzeitig zu incidiren; noch dringlicher wird diese Indication, wenn bereits Abscesse bestehen. Nur die vollkommen gelösten Sequester sind mit den Fingern oder der Kornzange zu entfernen. Ragt ein todtes Knochenstück in störender Weise hervor, so kann man es vorsichtig mit einer scharfen Zange abtragen. Jede Erschütterung der Nachbartheile ist aber sorgfältig zu verhüten, weil man dadurch den Zerfall schon entstandener Knochenneubildungen begünstigen würde. Aus demselben Grunde ist auch von allen eigentlichen Resectionen bei dieser Krankheit abzurathen, selbst wenn die Necrose auf die ganze Dicke des Unterkiefers sich erstrecken sollte. Die oberflächliche und von allen Seiten leicht zugängliche Lage der Kieferränder lässt die Abstossung wie die Ausziehung der Sequester gleich leicht von Statten gehen. Dass eine dem Allgemeinbefinden entsprechende innere Behandlung einzuleiten ist, braucht wol nur angedeutet zu werden.

Viertes Capitel.

Von dem Ausziehen, dem Feilen und dem Einsetzen der Zähne.

Das **Ausziehen der Zähne**, *Extractio dentium* (auch euphemistisch **Ausheben** der Zähne, bezeichnender **Ausreissen** genannt), wird in der Mehrzahl der Fälle durch anderweitig nicht zu tilgende, namentlich von Caries des Zahnes herrührende Schmerzen indicirt. Die Indication ist hier eine sehr individuelle und fast subjective. Der Patient lässt sich den Zahn ausziehen, wenn ihm die Schmerzen unerträglich werden. Der Arzt wird in solchen Fällen selten zuzureden brauchen. Im Ganzen werden viel mehr Zähne zu früh als zu spät ausgezogen; man sollte nie unterlassen, den Patienten vorher auf das nach der Extraction eintretende Schrumpfen der Kieferränder aufmerksam zu machen. Dagegen hat der Arzt die Entfernung des cariösen Zahns zu verlangen, wenn durch denselben eine Zahnfistel veranlasst oder unterhalten wird, sofern nämlich diese überhaupt geheilt werden soll (vgl. p. 278). Ueber die Indication zum Ausziehen eines in fehlerhafter Richtung stehenden Zahns oder seines Nachbars wurde bereits im ersten Capitel gehandelt. In solchen Fällen kann ebenso wenig, wie bei einer Zahnfistel, von einem Ersatz des Ausziehens durch die blosse Verrenkung des Zahns die Rede sein. Handelt es sich dagegen blos um die Beseitigung unerträglicher Schmerzen an einem sonst noch leidlichen Zahn, so kann man sich mit der Luxation des Zahns begnügen, bei welcher die in ihn eintretenden Nerven zerrissen werden, und ihn demnächst wieder fest drücken, um sein Anheilen in der p. 267 geschilderten Weise zu erzielen.

Das Verfahren bei dem Ausziehen der Zähne ist verschieden, je nachdem es sich um einen der Vorderzähne (d. h. einen Schneidezahn oder Eckzahn), oder aber um einen Backzahn handelt. Für das **Ausziehen der Vorderzähne** bedient man sich stets einer **Zange**, welche hinreichend stark, an den zum Fassen des Zahns bestimmten Enden etwas ausgehöhlt und in der Gegend des Schlosses ein wenig gebogen sein muss, um bei dem Ausziehen den Zähnen der gegenüberstehenden Reihe leichter ausweichen zu können. Die Zangenarme werden an der hinteren und vorderen Fläche des Zahns möglichst stark gegen die Wurzel vorgeschoben, während man sie allmälig immer fester gegen einander presst und somit das Zahnfleisch etwas verdrängt. Ist der Zahn auf diese Weise in möglichst grosser Ausdehnung gefasst, so macht man zunächst eine kräftige, rotirende Bewegung, um alle seine Verbindungen zu lösen, und zieht ihn dann mit einem plötzlichen Ruck in der Richtung seiner Längsachse heraus. Hierzu ist, namentlich bei den Eckzähnen, bedeutende Kraft nöthig. Zum Ausziehen der Backzähne kann man sich gleichfalls einer Zange bedienen. Soll aber mit derselben der Backzahn nicht seitlich umgelegt, sondern wirklich in verticaler Richtung aus dem Alveolus hervorgezogen werden, so ist hierzu eine ungemein kräftige Hand und für die einzelnen Arten der Backzähne eine besonders gestaltete Zange erforderlich. In der Regel aber hebt man den Backzahn aus dem Alveolus hervor, indem man ihn zugleich nach der einen oder der anderen Seite hin umlegt. Dies ist der Mechanismus beim Ausziehen der Zähne mit dem Zahnschlüssel (sogen. englischen Schlüssel) und mit der Zange von De la Fons. Letztere unterscheidet sich von anderen Zahnzangen dadurch, dass sie nur an der einen Branche in ein Paar starke, zum Fassen der Zahnkrone geeignete Krallen ausläuft, während das entsprechende Ende der anderen Branche, etwas über erstere hinausragend, eine leicht convexe Platte (Fletsche) darstellt, welche beim Gebrauch der Zange an die Aussenfläche des Kieferrandes auf das Zahnfleisch zu liegen kommt. Der mit einer solchen Zange gefasste Zahn wird durch eine kräftige Hebelbewegung an den Griffen nach Aussen umgelegt. Diese Zange eignet sich vorzüglich zum Ausziehen der Backzähne bei Kindern; für die hinteren Backzähne eines Erwachsenen ist sie ganz unpassend. Gewöhnlich benutzt man nicht blos für letztere, sondern für das Ausziehen der Backzähne überhaupt den Schlüssel. Dieser umfasst, ähnlich wie die Zange von De la Fons, den zu entfernenden Zahn. Die Krallen, in welche jene ausläuft, befinden sich an einem, je nach der Breite der Zahnkrone verschieden grossen, etwas mehr als einen Halbkreis beschreibenden Haken, welcher mit der Fletsche in beweglicher Verbindung steht. Letztere setzt sich in einen Stiel fort, an dessen Ende ein rechtwinklig gegen ihn gestellter hölzerner Handgriff sich befindet. Durch eine an letzterem mit verhältnissmässig geringer Kraft ausgeübte Drehung wird der zwischen Haken und Fletsche gefasste Zahn sehr gewaltsam (wegen des durch den Handgriff dargestellten Hebels) zur Seite geschoben und zugleich emporgezogen. Jedoch ist hierbei erforderlich, dass dem Abgleiten des Hakens durch tiefes Ansetzen desselben am Halse des Zahns und durch festes Andrücken desselben mit dem auf die convexe Seite aufgelegten Zeigefinger der anderen Hand vorgebeugt werde. Bei der Anwendung des Schlüssels und der Zange von De la Fons muss der Kieferrand und somit zunächst das Zahnfleisch als Stützpunkt für die auszuführenden Hebelbewegungen dienen. Obgleich selbst bei bedeutendem Druck Gangrän desselben nicht zu befürchten steht, so ist es doch rathsam, etwas Watte oder Leinewand als Polster unterzuschieben oder ein Stück Kautschuk zu demselben Zweck an der Fletsche befestigen zu lassen. Mit dem Schlüssel kann man einen Backzahn ebenso gut nach Aussen als nach Innen umlegen. Oberkieferzähne werden gewöhnlich leichter nach der äusseren Seite umgelegt; jedoch wendet man die beiden letzten Backzähne des Oberkiefers, um einer Verletzung des *Process. coronoid.* vorzubeugen, lieber nach Innen. Unterkieferzähne lassen sich leichter nach Innen umlegen. Von diesen Regeln giebt es jedoch manche Ausnahmen, deren Begründung sich immer erst durch einen Versuch im einzelnen Falle feststellen lässt.

Von grosser Wichtigkeit ist die Wahl eines passenden Hakens, deren gewöhnlich drei jedem Schlüssel beigegeben sind. Der Haken muss die Krone des auszuziehenden Zahns von einer Seite zur anderen umfassen, ohne weit von ihr abzustehen und ohne einen anderen Theil als den Hals, an welchen seine Krallen angesetzt sind, zu berühren. Ist der Haken zu gross, so dreht sich die Fletsche auf dem Zahnfleisch, ohne dass der Zahn dem Zuge folgte; ist er zu klein, so sprengt man eher die Krone ab, als dass man die Wurzeln aus dem Zahnfleisch heraushöbe. Immer ist es zweckmässig, sobald man durch Rotation des Schlüssels den Zahn gelockert und ein wenig zur Seite luxirt hat, denselben mit dem Schlüssel, in welchem er jetzt eingeklemmt ist, möglichst vertical aus dem Zahnfach hervorzuheben. Um dies Herausheben ohne vollständige Umlegung des Zahns zur Seite gehörig auszuführen, ist aber eine nur durch viele Uebung zu erreichende Sicherheit der Hand erforderlich. Gelingt es nicht, so ist man oft genöthigt, den durch die Drehung des Schlüssels luxirten Zahn mit einer Zange herauszunehmen. Dieselbe muss, um die hinteren Backzähne gut fassen zu können, am Schloss rechtwinklig gegen die Fläche gebogen sein, analog einer Cooperschen Scheere. Man nennt solche Zangen gekröpfte. Zuweilen muss der Zahn von dem festhaftenden Zahnfleisch mit der Scheere abgeschnitten werden. Um Zerrung des Zahnfleisches zu vermeiden, rathen Manche, das Zahnfleisch vorher mit einem

Messerchen abzulösen; was jedoch für die meisten Fälle überflüssig ist.

Die unter dem Namen Pelikan und Ueberwurf bekannten Instrumente sind so vollkommen ausser Gebrauch, dass sie keine weitere Erwähnung verdienen.

Zum Ausziehen der Zahnwurzeln, deren Krone abgebrochen oder zerstört ist, kann der Schlüssel benutzt werden. Man bedient sich aber alsdann eines spitzen und scharfen Hakens, den man, nach der gewöhnlichen Vorschrift, zwischen die Wand des Alveolus und die zu entfernende Zahnwurzel eindrängen soll. In gleicher Weise sollen auch die hebelförmigen Instrumente angewandt werden, unter denen das bekannteste, welches mit einem besonderen Handgriff versehen ist, den Namen Geissfuss führt. Der beabsichtigte Zweck, mit diesen Instrumenten ohne Verletzung des Zahnfachs die kranke oder schmerzende Wurzel herauszuheben, wird aber fast niemals erreicht. Entweder gelingt die Extraction nicht, oder man zersprengt das Zahnfach. Daher ist es, wenn man die Wurzel nicht an einem noch prominirenden Theile mit einer schmalen Zange fassen und ausziehen kann, viel zweckmässiger, auf die Erhaltung des Alveolus von vorn herein zu verzichten und denselben (wie Roser zuerst vorgeschlagen hat) mit einer scharfen Knochenzange vertical von einer Seite zur anderen zugleich mit dem ihn bedeckenden Theile des Zahnfleisches zu durchschneiden. Man kann sich dazu jeder sogenannten Splitterzange (aus einem Amputationsbesteck) bedienen; nur für die hinteren Zahnfächer bedarf man einer am Schloss rechtwinklig gekrümmten Zange. Nachdem das Zahnfach auf solche Weise geöffnet ist, fallen die Wurzeln entweder von selbst heraus, oder können doch ohne bedeutende Schwierigkeit ausgezogen werden. Ueble Folgen hat dieser anscheinend grausame Eingriff durchaus nicht, wie Roser bereits angegeben und ich selbst nach zahlreichen Erfahrungen bestätigen kann; vielmehr erfolgt die Heilung der Zahnfleischwunde und das Verwachsen des Alveolus schneller, als nach den, bei Anwendung des Hebels und des Wurzelhakens unvermeidlichen Insultationen.

Der Kopf des Patienten, welchem ein Zahn ausgezogen werden soll, muss immer hinreichend fixirt sein, entweder durch die Hände eines Gehülfen, oder durch den nicht operirenden Arm des Wundarztes. Im letzteren Falle legt der Wundarzt den Kopf des Kranken auf seinen Oberschenkel, indem er den Fuss mit gebeugtem Knie auf einen Stuhl setzt. Ob der Operateur vor oder hinter dem Patienten stehen soll, hängt von individueller Uebung ab. Beim Ausziehen der Vorderzähne des Unterkiefers steht man offenbar besser hinter oder neben dem recht niedrig sitzenden Kranken; das Umgekehrte gilt für die Vorderzähne des Oberkiefers. Die Zange kann immer mit der rechten Hand gehandhabt werden, den Schlüssel dagegen muss man bald mit der rechten, bald mit der linken Hand führen. Der ersteren hat man sich zu bedienen, wenn Backzähne der rechten Kieferhälften nach Innen oder solche der linken nach Aussen umgelegt werden sollen; in den entgegengesetzten Fällen muss die linke Hand operiren, wenn man nicht in hinderlicher Weise den Zeigefinger der anderen Hand schräg über das Instrument hinweg aufsetzen will. Die erforderliche Uebung der linken Hand ist leicht zu erwerben.

Die beim Ausziehen der Zähne vorkommenden Verletzungen der Kieferränder sind, mit wenigen Ausnahmen, nicht von grosser Bedeutung. Selbst bedeutende Quetschungen des Zahnfleisches gehen meist ohne üble Folgen vorüber. Häufig wird die eine Wand des Zahnfachs mit Substanzverlust fracturirt. Dies ist namentlich bei Backzähnen mit stark divergirenden Wurzeln unvermeidlich, wenn nicht etwa ein Stück der Wurzeln abbricht, was keineswegs von der Ausführung der Operation abhängt. Haben die Wurzeln eine stark convergirende Richtung, so wird mit ihnen zugleich das von ihnen umfasste Knochenstück aus dem Boden des Alveolus herausgerissen. Auch dieser Zufall giebt zu bemerkenswerthen Entzündungen nur selten Veranlassung. Tiefer eindringende Fracturen des Unterkiefers oder des *Processus coronoideus*, Abbrechen oder Luxiren der nebenstehenden oder auch anderer Zähne, oder gar Verrenkung des Unterkiefers, sind Zufälle, die ohne grosse Ungeschicklichkeit nicht gut vorkommen können. Zu warnen ist ausserdem vor dem Ausziehen eines unrichtigen Zahns. Sollte dies Versehen vorkommen, so muss man den ausgezogenen Zahn sogleich wieder genau einsetzen und sein Einheilen versuchen, was meistentheils wie bei einem luxirten Zahne gelingt. Ohne Verschulden des Wundarztes kann es geschehen, dass der Patient einen ausgezogenen Backzahn in dem Augenblicke, wo er durch die Drehung des Schlüssels gleichsam herausgeschleudert wird, verschluckt. Als fremder Körper kann er während seines Durchganges durch den Darmkanal Beschwerden erregen; voraussichtlich aber wird er auf diesem Wege niemals lebensgefährlich werden. Dies ist hingegen in hohem Grade der Fall, wenn der Zahn im Augenblick des Verschluckens mit einer kräftigen Inspiration durch die Stimmritze hindurch in die Luftröhre fortgerissen wird[1]). Selten findet nach dem Ausziehen eines Zahns aus dem Alveolus eine so heftige Blutung statt, dass die Anwendung der Tamponade oder gar die Anwendung eines glühenden Drahtes erforderlich wird.

[1]) [Ein solcher Fall wurde auf der chirurgischen Klinik zu Giessen beobachtet und von Kapesser in seiner Dissertation „Ueber fremde Körper in den Luftwegen"; Giessen 1853, beschrieben. (Canstatt's Jahresbericht pr. 1853. Bd. IV. p. 48).]

Das Ausfeilen der Zähne wird von manchen Autoren als ein Mittel empfohlen, um die Caries zu verhüten oder doch ihrem weiteren Fortschreiten vorzubeugen. In der Voraussetzung, dass zu dicht stehende Zähne vorzugsweise leicht der Erkrankung unterliegen, hat man ganz gesunde Zähne angefeilt, ohne zu bedenken, dass nach Hinwegnahme des Schmelzes das Zahnbein äusseren Einflüssen nur desto mehr ausgesetzt wird. Dieselbe Erwägung spricht auch gegen das Fortnehmen cariöser Theile des Zahns mit der Feile oder einer feinen Säge. Jedoch führen erfahrene Zahnärzte zahlreiche Beobachtungen an, in denen nach dem Ausschneiden des cariösen Stücks der übrige Zahn viele Jahre hindurch gesund geblieben ist. Dabei ist aber nicht zu vergessen, dass nicht selten auch ohne Zuthun der Kunst die Caries der Zähne Jahre lang still steht. Vollständiges Absägen der Krone kommt zur Anwendung, wenn man an der Wurzel eines cariösen Zahnes einen künstlichen Zahn befestigen will. Vorschriften für die Technik des Feilens und Sägens der Zähne lassen sich im Allgemeinen nicht geben. Die anzuwendenden Instrumente müssen möglichst fein und scharf schneidend sein. Will man zwei Nachbarzähne zugleich feilen, so bedient man sich einer flachen Feile, die auf beiden Seiten schneidet.

Das Einsetzen der Zähne ist einer sehr mannigfaltigen Technik unterworfen, je nachdem die Befestigung an einer noch vorhandenen Wurzel oder an den Nachbarzähnen geschieht, je nachdem ferner nur einer oder mehrere Zähne oder endlich ein ganzes Gebiss eingesetzt werden soll. Die Ersatzzähne sind gewöhnlich künstlich aus der Zahnsubstanz grösserer Thiere (Hippopotamus) oder aus feinem Porcellan hergestellt. Bei der Einfügung in eine noch vorhandene Zahnwurzel wird in diese mit einem kleinen Drillbohrer ein Kanal gebohrt, der Nerv nöthigenfalls noch durch Cauterisation zerstört und der Ersatzzahn dann mit einem an ihm befindlichen Stifte (daher auch Stiftzahn) in dem Bohrloch der Wurzel befestigt. Die Umwicklung des Stifts mit Seide, das Bestreichen mit Kitt und das Einfügen kleiner Holzkeile, sind gewöhnlich erforderlich, um eine hinreichende Befestigung zu erzielen. Um zu verhüten, dass ein solcher Zahn sich drehe, müssen die einander zugewandten Flächen des Wurzelstumpfs und des künstlichen Zahns Vorsprünge und Vertiefungen besitzen, die ineinander eingreifen. Künstliche Zähne von Porcellan werden gewöhnlich durch Vermittlung einer kleinen Goldplatte befestigt. Diese befindet sich am Wurzelende des künstlichen Zahns und ist an seiner hinteren Fläche genau befestigt. Von ihr geht ein Zapfen aufwärts (resp. abwärts) in den Bohrkanal der zurückgelassenen Wurzel. Solche Zähne können nur eine geringe Dicke haben. Ihre Goldplatte muss unter dem Zahnfleische versteckt liegen. Fehlt die Wurzel, oder ist dieselbe zur Befestigung nicht zu gebrauchen, so kann man nur die auf einer Goldplatte befestigten Zähne benutzen, von welcher hinter den Nachbarzähnen federnde Klammern zu dem Halse eines oder mehrerer Backzähne verlaufen. Auf einer solchen Goldplatte können auch mehrere künstliche Zähne nebeneinander befestigt werden, die dann entweder durch Klammern in der vorgedachten Weise, oder auch, wenn einzelne brauchbare Wurzeln vorhanden sind, durch Stifte in diesen letzteren befestigt werden.

Da zum Einsetzen künstlicher Zähne ausser dem kosmetischen Zweck nur die durch Zahnlücken entstehende Behinderung beim Sprechen Veranlassung giebt, so werden in der Regel nur Vorderzähne, bei weit sich öffnenden Lippen auch wol kleine Backzähne ersetzt.

Ganze Gebisse für einen oder für beide Kieferränder werden nach einem genauen Abdruck der letzteren in Wachs ausgeführt. Eine Goldplatte, welche die Zähne trägt, muss sich dem Kieferrande genau und ohne irgend einen Druck anfügen. Die Befestigung geschieht mittelst federnder Klammern an den Hälsen der letzten Backzähne des gegenüberstehenden Kieferrandes, oder, wenn auch diese fehlen, an dem Kieferrande selbst, in welchem Falle aber die federnde Verbindung zwischen den hinteren Enden der beiden Gebisse und das genaue Passen der Goldplatte auf dem zugehörigen Kieferrande den wesentlichsten Theil der Befestigung ausmachen. Wenn beim Oeffnen des Mundes ein Theil der Goldplatte sichtbar wird, so muss diese durch einen dem Zahnfleisch analog gefärbten Firniss verdeckt werden (sogen. künstliches Zahnfleisch).

Es bedarf keiner Erläuterung, dass diese künstlichen Gebisse mit grosser Schonung behandelt und häufig gereinigt werden müssen. Trotz aller auf sie verwendten Sorgfalt erregen sie doch häufig Entzündungen des Kieferrandes und müssen dann für längere Zeit entfernt werden. Auch einzelne künstliche Zähne nehmen eine besondere Pflege in Anspruch; sie müssen nach längerer Zeit herausgenommen, gereinigt und wieder befestigt werden. Lösen sie sich von selbst aus ihrer Verbindung, so können sie verschluckt werden und zu üblen Zufällen Veranlassung geben, wie eben ausgezogene Zähne. Dies gilt namentlich für solche, die in mehrfacher Zahl an einer gemeinsamen Platte befestigt oder aus einem Stück gearbeitet sind.

Fünftes Capitel.

Neubildungen an den Kieferrändern.

Geschwülste an den Kieferrändern, welche nicht entzündlichen Ursprungs sind, werden, nach einem alten aber nicht guten Gebrauche, mit dem gemeinsamen Namen Epulis belegt. Schon frühzeitig ist man zu der Erkenntniss gekommen, dass diese sogenannten Zahnfleischgeschwülste oder Zahnfleischgewächse höchst verschiedener Natur seien; danach hat man denn eine *Epulis ossea, fungosa, sarcomatosa, fibrosa, carcinomatosa* unterschieden. Es ist aber viel richtiger den wesentlichen Theil der Diagnose, die eigentliche Natur der Geschwulst voranzustellen, also von einem Enchondrom des Kieferrandes, einem Fibroid, Sarcom, einem Epithelialkrebs des Alveolarrandes u. s. f. zu sprechen. Unter Epulis aber etwas ganz Besonderes zu verstehen, wie dies Schuh [1]) will, nämlich „ein blutreiches, mehr weniger roth gefärbtes Afterproduct, welches einen starken Leim- und Eiweissgehalt, aber kein bestimmtes, mit freiem Auge nachweisbares Gefüge besitzt und nur vom Zahnfleische oder von dem Knochen des Ober- oder Unterkiefers oder deren Knochenhaut ausgeht", — dazu dürften die vorliegenden Erfahrungen nicht berechtigen.

Gewöhnlich gehen Geschwülste des Kieferrandes vom Periost aus und wölben daher das Zahnfleisch unter allmäliger Verdünnung desselben vor sich her, oder verdrängen einen oder mehrere Zähne, wenn das Periost eines Alveolus den Ausgangspunkt bildet. In letzterer Beziehung ist es oft zweifelhaft, ob die Neubildung in einem leeren Alveolus, nach anderweitiger Entfernung des Zahns, entstanden ist, oder ob der Zahn erst in Folge der Entwicklung jener Neubildung ausfiel. Die Angabe der älteren Autoren, dass zur gründlichen Heilung einer Epulis fast immer nicht blos die sorgfältige Exstirpation, sondern auch noch die Anwendung des Glüheisens erforderlich sei, spricht dafür, dass diese Geschwülste in der Regel einen tiefen Ursprung haben.

Die Unterscheidung der einzelnen Arten der Epulis im älteren Sinne des Wortes kann sich nur auf die allgemeinen Charaktere der unter diesem Namen begriffenen Geschwülste stützen (vgl. Krebs, Sarcom, Enchondrom). Zu beachten ist, dass wegen der fort-

[1]) Pathologie und Therapie der Pseudoplasmen, Wien 1854 p. 262.

dauernden Insultation, welcher diese Geschwülste bei jeder Bewegung des Unterkiefers Seitens der gegenüberstehenden Zähne ausgesetzt sind, auf allen verhältnissmässig frühzeitig Ulcerationen entstehen. Gewöhnlich sind die Geschwülste des Kieferrandes sehr gefässreich. Man hat daher sowol aus den ulcerirten Stellen, als auch bei der Operation dieser Geschwülste beträchtliche Blutungen zu gewärtigen. Diese mögen auch, namentlich bei unvollständiger Exstirpation, zur Anwendung des Glüheisens doppelt stark aufgefordert haben.

Die beträchtlichen Beschwerden, welche durch Geschwülste des Kieferrandes beim Kauen, Schlucken und Sprechen veranlasst werden, fordern auch ohne das Hinzutreten von Schmerzen zu einer frühzeitigen Entfernung der Geschwulst auf. Wo nur der leiseste Verdacht einer carcinomatösen Natur besteht, wird man noch eiliger als beim Lippenkrebs auf frühzeitige Exstirpation dringen müssen. Das Verfahren bei der Operation lässt sich in manchen Fällen erst, nachdem eine Incision an der Basis der Geschwulst bis auf den Knochen geführt ist, genauer bestimmen, weil durch diese erst Gewissheit über den Ausgangspunkt erlangt werden kann. Nur bei gestielten und offenbar oberflächlich inserirten Geschwülsten kann das Abschneiden nach vorgängiger Ligatur oder mit nachfolgender Application des *Ferrum candens* genügen; die Vortheile beider vereint auch hier, wie bei den Nasenpolypen, das galvanokaustische *Filum candens*. Bei allen übrigen muss man eine Erkrankung des Knochens und somit auch die Nothwendigkeit der Entfernung eines Theils des Kieferrandes als wahrscheinlich annehmen. Sind im Gebiete der Geschwulst Zähne ausgefallen oder die vorhandenen gelockert, so steigt diese Wahrscheinlichkeit. Die angedeutete Incision verschafft dann Gewissheit. Ist diese gewonnen, so löst man im Umfange der Geschwulst das Zahnfleisch an der Grenze der Wangenschleimhaut und in entsprechender Höhe auch auf der entgegengesetzten Seite ab und verbindet diese horizontalen Schnitte (nöthigenfalls nach Entfernung der hindernden Zähne) durch vertical über den Kieferrand hinweglaufende Incisionen. Das so umschriebene Stück des Alveolarrandes wird dann nebst der von ihm ausgehenden Geschwulst mittelst einer kleinen Stichsäge, einer schneidenden Knochenzange, auch wol mit Meissel und Hammer entfernt. Am Unterkiefer wird auf diese Weise die Continuität des Knochens nicht unterbrochen und seine Function daher nur wenig gestört. Wenn für die Ausführung einer solchen Resection des Alveolarrandes die Mundöffnung nicht hinreichenden Raum gewährt, so kann man die Wange entweder vom Mundwinkel aus spalten, oder, was oft vorzuziehen sein möchte, durch besondere Incisionen an der Stelle der Geschwulst dieselbe zugängig machen. Der Gebrauch eines seitlich schneidenden Meissels mit schmalem stumpfen Stiel und das Verziehen des Mundwinkels mit einem eingesetzten stumpfen Haken machen, nach Dieffenbach, die Spaltung der Wange überflüssig. Man soll nämlich, nach Dieffenbach's Angabe [1]), bei Erkrankung eines Seitentheils des Alveolarrandes den Mundwinkel der kranken Seite mit dem stumpfen Haken weit nach Aussen ziehen, dann den Alveolarrand an der vorderen Grenze der Erkrankung einsägen, die Wange vom Knochen trennen und nun den Alveolarfortsatz durch einen kräftigen Hammerschlag auf den seitlich angesetzten Meissel absprengen; gewöhnlich wird es aber nöthig, den Meissel zwei Mal (von der äusseren und von der inneren Seite) aufzusetzen. Zur Stillung der Blutung aus dem Knochen ist, nach Dieffenbach, das Glüheisen erforderlich.

[1]) Die Operative Chirurgie v. J. F. Dieffenbach. Bd. II. p. 49.

Sechste Abtheilung.

Krankheiten des Oberkiefers und der Oberkieferhöhle[1]).

Erstes Capitel.

Verletzungen und fremde Körper.

Einfache Wunden am Oberkiefer, namentlich auch Stichwunden, haben keine besondere Bedeutung. Wäre durch einen Hieb mit den bedeckenden Weichtheilen zugleich ein Stück von der vorderen Wand der Oberkieferhöhle entfernt, so würde man das Anheilen desselben versuchen, indem man den Lappen durch einige Nähte befestigte. Bei jeder Verletzung durch stumpfe quetschende Körper ist zu bedenken, dass die Erschütterung sich auf das Gehirn fortgepflanzt, vielleicht auch eine Fractur der Schädelbasis veranlasst haben kann (vgl. Bd. II. p. 405). Besteht mit der Wunde zugleich eine ausgedehnte Zersplitterung des Knochens, so hat man weit verbreitete Necrose und heftige Entzündung in der ganzen Oberkieferhöhle zu fürchten. Langwierige Eiterungen mit Bildung von Fistelgängen bestehen dann bis zur Ausstossung aller Sequester.

Am Häufigsten kommen nächst Knochensplittern, Flintenkugeln, Granatsplitter, eingestossene Zähne, oder bei eiternden Wunden Charpieballen, die in Vergessenheit gerathen sind, als fremde Körper in der Kieferhöhle vor. Sie sind, so lange die Wunde noch nicht geschlossen ist (was vor ihrer Entfernung wol kaum jemals geschehen dürfte), leicht mit dem Finger oder der Sonde zu entdecken. Die bestehende Wunde wird mit der Knochenzange oder

[1]) [Die anatomischen Verhältnisse werden, als aus der Osteologie bekannt, vorausgesetzt. Die Krankheiten des harten Gaumens finden später in einem besonderen Abschnitte ihre Erläuterung.]

dem Trepan erweitert und der fremde Körper mit
ausgezogen.

Unendlich viel seltner gelangen fremde Körper durch die
der Kieferhöhle, von der Nase aus in dieselbe hinein. Hier w
bei den Krankheiten der Stirnhöhle erwähnten Berichte über d
Würmern in diesen Höhlen. Bordenave erzählt in den *Mémo*
chirurg., dass aus einem cariösen Oberkiefer zugleich mit e
stinkenden Schwammgewächses eine Menge kleiner weisser Würm
seien. Dies geschah 9 Monate, nachdem der Abscess über dem
geöffnet war; es ist daher sehr wahrscheinlich, dass jene Würm
Eier direct von Aussen eingedrungen sind. Das Eindringen irg
von der Nasenhöhle ist wegen der Enge der Communicationsöff
scheinlich. Jedoch fand Fortassin bei der Section eines Solda
einen Spulwurm von 4 Zoll Länge im *Sinus maxillaris* (vgl. D
des maladies des fosses nasales p. 109). Zu erwähnen sind
seltenen Fällen in die Kieferhöhle hineinwachsenden Zähne vgl.
Ansammlungen von Schleim und Eiter, auf die wir sogleich nähe
sind von einigen Autoren als fremde Körper bezeichnet worden.

Zweites Capitel.

Entzündung und Necrose.

Acute Entzündungen der Oberkieferhöh
Wandungen) treten in Folge der so eben angeführte
auf; dieselben können sich aber auch in Folge eines All
namentlich nach Masern und Blattern entwickeln;
wird durch einen cariösen Zahn die Veranlassung g
die Entzündung sich von dem Periost seines Alveol
wärts fortsetzt. Die Erscheinungen einer solchen acut
sind die einer tiefliegenden Periostitis: heftiger Sc
Tiefe der Wange vom Kieferrande bis zum Auge, Hitz
in dieser Gegend und eine Störung des Allgemeinb
weilen selbst mit Fieber. Häufiger aber verläuft di
schleichend, ohne deutlich ausgesprochene Sympton
mit dem Gefühl von Schwere in der Wange. Die acu
kann zu einer schnellen Anfüllung der Kieferhöhle mi
Darauf folgt dann leicht eine mehr oder weniger au
crose.

Wahrscheinlich gehören hierher auch die Fälle von Necros
in Folge von Typhus, wie Patissier einen solchen 1840 im Hôtel
hat (*Dictionnaire des sciences médicales T. LI.*). Bei einem
der den Typhus durchgemacht hatte, löste sich der ganze Ober

schwellung und der Ausfluss der Flüssigkeit aus der Nasenhöhle, welcher, namentlich wenn der Patient sich auf die entgegengesetzte Seite legt, beobachtet wird. Ist die Oeffnung des Antrum versperrt, so entwickelt sich die Anschwellung schneller zu bedeutendem Umfange und nach allen Seiten hin, so dass eine Verwechslung mit einer im Innern des Oberkiefers nistenden festen Geschwulst möglich ist. Manchmal bahnt sich die Flüssigkeit ihren Weg durch einen Alveolus oder durchbricht an beliebigen Stellen unter cariöser Zerstörung eine Wand der Kieferhöhle.

Am Häufigsten scheinen Ansammlungen in der Kieferhöhle bei jugendlichen Subjecten vorzukommen; der älteste unter den von Boyer behandelten Kranken war 20 Jahr alt.

Nachstehende Beobachtung von A. Dubois (aus dem *Bullet. de la soc. de méd.*) wird zur Erläuterung, namentlich der diagnostischen Verhältnisse des *Hydrops antri*, dienen. Ein 7jähriges Kind hatte an der Basis des Nasalfortsatzes des linken Oberkiefers eine schmerzlose Geschwulst von der Grösse einer Nuss, welche von den Eltern nicht besonders beachtet wurde. Vom 16. Jahre ab aber wuchs die Geschwulst und wurde schmerzhaft und mit dem 18. Jahre hatte sie bereits eine solche Grösse erreicht, dass sie den unteren Rand der Orbita verdeckte und das Auge nach Hinten verdrängte. Zugleich ragte die Geschwulst am harten Gaumen beträchtlich in die Mundhöhle hinein, verschloss die entsprechende Nasenhälfte und drängte auch die Wange beträchtlich hervor. Die bedeckende Haut war roth und aufs Aeusserste gespannt. Die Oberlippe war in die Höhe gezogen, so dass man das hervorragende Zahnfleisch von der linken Seite sehen konnte. Hier konnte man die Verdünnung der Kieferwand wahrnehmen, das Sprechen, Kauen und Schlingen war sehr erschwert. Pelletan, Sabatier, Boyer und Dubois selbst glaubten es mit einem Schwammgewächs in der Kieferhöhle zu thun zu haben, welches exstirpirt werden müsse. Schon war Alles zur Operation vorbereitet, als Dubois hinter dem Zahnfleische deutliche Fluctuation entdeckte. Er machte sogleich einen Einschnitt, aus welchem eine zähe wasserhelle Flüssigkeit ausfloss. Mit der Sonde wurde nun die Ausdehnung der Kieferhöhle und die Abwesenheit eines Schwammgewächses nachgewiesen, zugleich aber in der Nähe der Incision ein harter Körper entdeckt, den Dubois für einen Schneidezahn hielt. Fünf Tage nach dieser Operation nahm Dubois zwei Schneidezähne und einen Backzahn heraus und entfernte zugleich den entsprechenden Theil des Kieferrandes; die Blutung wurde durch Tamponade gestillt. Einige Tage später konnte man bequem das Innere der Höhle übersehen. Im oberen Theile derselben erschien ein weisser Punkt, welchen Dubois Anfangs für Eiter hielt. Bei der Berührung mit der Sonde ergab sich, dass es ein Zahn war, den er sogleich auszog. Weiterhin wurden nur reinigende Injectionen gemacht. Nach 6 Wochen hatte sich die Höhle ausgefüllt und nach 1½ Jahren war jede Spur der früheren Difformität verschwunden.

Einen Abscess der Kieferhöhle beobachtete ich bei einem jungen Schauspieler, welchem nach der Extraction des 3ten Backzahns (welcher cariös gewesen) die linke Wange angeschwollen und schmerzhaft geworden war. Alsbald war ein stinkender Ausfluss aus der Nase eingetreten, der zeitweis verschwand und sich namentlich nach längerem Sprechen auf der Bühne plötzlich wieder einstellte. Man hatte den

„ersten Liebhaber“ wegen dieses „bösartigen Schnupfens“ bereits zum Zittmann verdammt. Bei der Untersuchung des leeren Zahnfachs fand ich den Knochen rauh und brüchig; nicht blos die nähere Umgebung, sondern der ganze Oberkiefer war empfindlich beim Druck. Dies leitete mich auf die Diagnose, obgleich durch Lagerung auf die entgegengesetzte Seite der Ausfluss aus dem Nasenloch nicht vermehrt wurde. Ich perforirte sogleich mit einem Stilet den Boden des Alveolus und ein furchtbar stinkender Strom, von etwa 1½ Unzen Jauche, entleerte sich. Demnächst wurden Injectionen von Kamillenthee, später von Höllensteinlösung, gemacht, und vollständige Heilung erreicht.]

Die Behandlung des Abscesses wie der Wassersucht der Kieferhöhle erfordert immer künstliche Eröffnung an einer möglichst tiefen Stelle. Die Entleerung dieser Höhle auf dem natürlichen Wege, mittelst Einführung eines dazu von Jourdain besonders angegebenen Katheters, ist nicht blos wegen der versteckten Lage des Eingangs (zwischen der unteren und mittleren Muschel), der oft geringfügigen Grösse oder gar Obliteration dieser Oeffnung viel schwieriger, sondern auch bei weitem weniger wirksam, weil es selbst im günstigsten Falle nicht gelingt, die in dem Antrum angesammelte oder später injicirte Flüssigkeit auf diesem Wege wieder vollständig zu entfernen.

Die Eröffnung der Kieferhöhle, *Perforatio s. Trepanatio antri maxillaris,* kann an drei verschiedenen Stellen erfolgen, wonach man besondere Methoden der Perforation unterschieden hat: von einem Alveolus aus, an der vorderen Fläche des Kieferbeins (in der *Fossa canina*), vom harten Gaumen her.

1. Durchbohrung eines Alveolus. Dies Verfahren wird gewöhnlich nach Meibom benannt, obgleich es schon Ruysch, Cowper und St. Yves bekannt war. Schon lange vorher hatte man beobachtet, dass Abscesse des *Sinus maxillaris* sich durch Alveolen entleeren können, deren Zähne vorher durch Caries verloren gegangen sind. Zuweilen hat man nur eine schon bestehende Oeffnung im Grunde des Zahnfachs zu vergrössern, in anderen Fällen ist das Ausziehen eines Zahnes hinreichend, um der Flüssigkeit einen Ausweg zu eröffnen, oft aber muss man nach dem Ausziehen des Zahns erst noch die Perforation ausführen. Ist ein leeres Zahnfach vorhanden, so perforirt man dieses; muss erst ein Zahn ausgezogen werden, so wählt man wo möglich einen bereits schadhaften, jedoch müsste es immer ein Backzahn (mit Ausnahme des ersten) sein, da man nur von deren Alveolen aus sicher in die Höhle eindringt. Sind alle Backzähne gesund, so wählt man den Alveolus des zweiten und beginnt die Operation also mit dem Ausziehen dieses Zahns. Zur Ausführung der Perforation selbst

können die verschiedenartigsten Instrumente benutzt werden: ein Trokart, nach Richter, ein Perforationstrepan, nach Desault, eine eiserne Sonde, nach Heuermann. Nach Entleerung der Höhle wird die Oeffnung mit einem Pfropf verstopft, um das Eindringen von Speisen in dieselbe zu verhüten. Durch dies Verfahren gewinnt man eine Eröffnung der Kieferhöhle an der gewöhnlich am Tiefsten gelegenen Stelle; es bleibt keine Narbe, die Ausführung der Operation ist sehr leicht. Jedoch wählen viele Aerzte in Fällen, wo alle Backzähne ganz gesund sind, oder wo sie bereits vor längerer Zeit ausgefallen und die Alveolen daher fest geschlossen sind, lieber das folgende Verfahren.

2. Perforation der vorderen Wand der Kieferhöhle (Molinetti und Lamorier). Nach der ursprünglichen Vorschrift wird die Haut der Wange eingeschnitten, um den Knochen zu entblössen, und letzterer in der Mitte zwischen dem Jochfortsatz und dem dritten Backzahn durchbohrt. Desault änderte dies Verfahren dahin, dass er die Anbohrung der *Fossa canina* als der dünnsten Stelle des Knochens und die Bloslegung derselben vom Munde aus, bei stark aufwärts und auswärts gezogener Oberlippe empfahl. Man schneidet etwa $^1/_2$ Zoll oberhalb des freien Randes des Zahnfleisches bis auf den Knochen ein und kann letzteren mit einem starken Scalpel, welches man mit aufgesetzter Spitze einige Mal um seine Achse dreht, leicht durchbohren, wodurch alle besonderen Perforationstrepane und anderweitigen Instrumente überflüssig gemacht werden.

3. Durchbohrung des *Processus palatinus*, wo er am Stärksten hervorragt und Fluctuation erkennen lässt. Nur wenn eine solche fluctuirende Hervorragung sich findet, oder wenn bereits eine durch den harten Gaumen von der Kiefer- zur Mundhöhle führende Fistel besteht, wird man sich dieses Verfahrens bedienen dürfen. Jedenfalls muss die Perforation im Bereich der Backzähne ausgeführt werden, weil man weiter gegen die Mittellinie hin nicht in die Kiefer-, sondern in die Nasenhöhle gelangen würde. (Bertrandi, Gooch, Cheselden.)

Wenn man nach Eröffnung der Kieferhöhle mit Hülfe von Einspritzungen (Anfangs von reinem Wasser oder Kamillenthee, später von Höllensteinlösungen) die Heilung nicht erzielen sollte, so bliebe, nach dem Vorgange von Weinhold, das Durchziehen eines Haarseiles übrig. Dasselbe müsste entweder von einem Alveolus oder von der *Fossa canina* aus eingeführt und durch eine am harten Gaumen angelegte Oeffnung wieder hervorgezogen werden. [Jedoch scheint dies Verfahren, aus allgemeinen Gründen, nicht empfehlenswerth.]

Drittes Capitel.

Geschwülste des Oberkiefers.

Exostosen am Oberkiefer sind von alter Zeit her für häufig gehalten worden, namentlich haben sowol Astley Cooper in seiner Abhandlung über die Geschwülste, als auch Boyer in seinem bekannten Lehrbuche diese Behauptung wiederholt und ihr dadurch bis auf den heutigen Tag eine gewisse Geltung verschafft. A. Cooper erklärt aber selbst, dass er unter Exostosen nicht blos knöcherne Neubildungen verstehe, sondern überhaupt Geschwülste am Knochen. Dass auch Boyer nicht blos wirklich knöcherne Geschwülste gemeint habe, geht aus seinen Worten deutlich hervor. „Diese Exostose", sagt er, „ist gewöhnlich uneben, wächst in verschiedenen Richtungen mehr oder weniger weit, je nach dem Widerstande, welchen die benachbarten Theile leisten, sie ist äusserlich hart, im Innern weich und schwammig, die harte Schaale hat oft bis zu 1 Zoll Dicke und besteht immer aus Knochengewebe, welches bald compact, und selbst von Elfenbeinhärte, bald spongiös, bald endlich aus beiden Gewebsarten gemischt ist. Der innere, nicht knöcherne Theil der Exostose besteht aus einer weissen, harten, aber doch schwammähnlichen Substanz, enthält zuweilen auch eine schleimige Flüssigkeit von verschiedener Consistenz und Farbe. Die Grösse der Geschwulst hängt von dem Grade der Verdickung und der Verdrängung der Wandungen des Kiefers ab. Indem nämlich jene schwammige Substanz im Innern der Kieferhöhle sich ablagert, wird zugleich die ganze Gestalt und Grösse derselben, und somit auch die des Knochens überhaupt, verändert." — Dieselben Geschwülste, welche Boyer als „Exostosen des Oberkiefers" bezeichnet, mit ihrem schwammigen oder schleimigen Inhalte, sind von Dupuytren später als „Knochencysten" beschrieben worden. Alle diese Geschwülste von nicht rein knöcherner Structur, mögen sie von einer dicken oder dünnen Knochenschaale umgeben sein, sind bei wissenschaftlicher Betrachtung aus der Reihe der Exostosen zu streichen.

Fig. 30. und 31. stellen in der Ansicht von Vorn und von der kranken Seite eine berühmte Oberkiefer-Exostose dar, welche im Dupuytren'schen Museum zu

Fig. 30. Fig. 31.

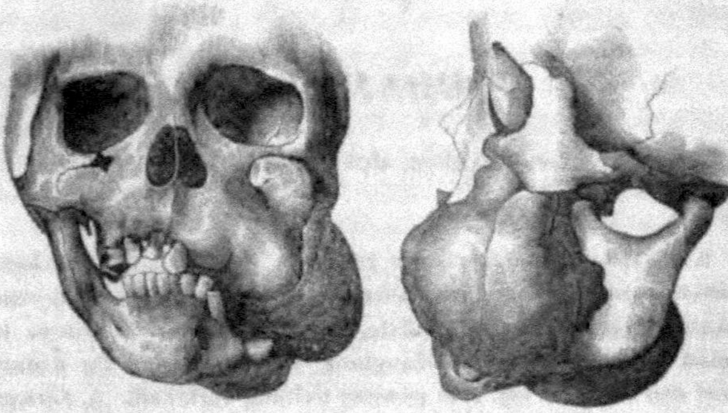

Paris aufbewahrt wird. Die Geschwulst geht ausschliesslich vom linken Oberkiefer aus und greift auf keinen der mit diesem in Verbindung stehenden Knochen über. Ihre Entwicklung ist namentlich in der Richtung nach Unten weit fortgeschritten. Hier hat sie mit ihren zwei grossen Lappen den Unterkiefer umfasst, durch dessen Widerstand ursprünglich die zweilappige Gestalt bedingt wurde. Der Unterkiefer hat weiterhin eine beiderseitige Verrenkung erlitten und nicht blos die Mehrzahl der Zähne in seiner linken Hälfte, sondern auch der Knochen selbst ist unter dem Druck geschwunden. Der innere Lappen erstreckt sich bis dicht vor die Wirbelsäule, ihre Höhe beträgt über 3 Zoll, ihr Umfang 11 Zoll. Die Oberfläche ist glatt, aber von zahlreichen Gefässfurchen und Kanälchen durchzogen.

In der Sammlung des St. Thomas-Hospitals zu London befindet sich der Kopf einer Fischhändlerin, die an jedem Oberkiefer eine beträchtliche Exostose trug. Bei der Untersuchung des Kopfes gleich nach dem Tode fand A. Cooper, dass die Geschwulst auch auf beiden Seiten in die Orbita eingedrungen war und dass diejenige der linken Seite sogar einen Theil der *Lamina orbitalis ossis frontis* durchbohrt und auf das Gehirn direct einen Druck ausgeübt hatte, in dessen Folge eine Apoplexie entstanden war. [Hier handelte es sich also gewiss nicht um eine Exostose im jetzigen Sinne des Wortes.]

Oft wird es aber auch dem Geübten sehr schwer, am Lebenden eine genauere Diagnose der Geschwulst festzustellen. Namentlich werden sich fibröse und sarcomatöse Geschwülste, sowie Enchondrome, wenn sie von einer knöchernen Schaale umgeben sind, von einer wirklichen Exostose nicht unterscheiden lassen. Weniger leicht dürfte die Verwechslung sein, wenn es sich um eine Krebsgeschwulst handelt. Eine solche wird bald durch einen Alveolus oder in die Nase hinein-, auch wol durch den knöchernen Gaumen hervorbrechen und demnächst durch Blutungen, Ausfluss von Jauche und die charakteristischen Schmerzen sich auszeichnen. Jedoch dürfen wir auch hier nicht vergessen, dass es Krebse giebt, die erst spät oder gar nicht schmerzhaft werden, und dass andrerseits Sarcome mit grosser Schnelligkeit die Knochen verdrängen und aus ihnen hervorwachsen, auch durch Druck auf den *N. infraorbitalis* heftige Schmerzen erregen. Die Verwechslung einer organisirten Neubildung im Oberkiefer mit einer Ansammlung von Flüssigkeit in seiner Höhle wird, trotz aller Rücksicht auf die p. 294 angegebenen Charaktere, mitunter möglich sein; in allen zweifelhaften Fällen ist daher eine Probepunktion an einer der oben angegebenen Stellen zu empfehlen.

Besonders zu erwähnen sind hier noch die sogenannten Polypen der Kieferhöhle, deren Geschichte ein Autor immer dem andern nachgeschrieben hat, obgleich ein wirklicher Polyp, d. h. eine deutlich gestielte Geschwulst in der Kieferhöhle kaum jemals beobachtet, noch weniger bei Lebzeiten erkannt sein dürfte. Sarcome und Colloïdkrebse, welche auf einem Stadium zur Untersuchung kamen, wo sie die Kieferhöhle, an deren einer Wand sie wurzelten, noch nicht ganz erfüllt hatten, mögen die Aufstellung dieser besondern Gruppe von Geschwülsten veranlasst haben.

Selten kommen im Oberkieferbein cavernöse Geschwülste und arterielle Teleangiectasien vor; sie bestehen immer zugleich mit einer ähnlichen Erkrankung der bedeckenden Weichtheile.

Alle Geschwülste des Oberkiefers bedingen alsbald eine beträchtliche Entstellung, weiterhin aber auch bedeutende und gefährliche Functionsstörungen, — ganz abgesehen von den Gefahren, welche für den ganzen Organismus erwachsen, wenn die Geschwulst krebsiger Natur ist. In der Regel entsteht die Neubildung in der Kieferhöhle. Man kann daher mit einiger Sicherheit auf sie schliessen, wenn diese Höhle ohne Entzündungs-Erscheinungen über ihr Volumen ausgedehnt erscheint. Selten werden alsdann die knöchernen Wände derselben verdickt; in der Regel erfahren sie eine Verdünnung und es kann dann jenes von Dupuytren für charakteristisch erklärte Pergamentknittern beim Druck auf die Oberfläche der Geschwulst wahrgenommen werden, von welchem bereits Bd. I. p. 16, Bd. II. p. 590 die Rede war. Die Wange wird nun immer mehr aufgetrieben, das Gaumengewölbe der kranken Seite herabgedrängt, die im Bereich der Geschwulst liegenden Zähne fallen aus, durch Verengerung der Nasenhöhle wird die Respiration behindert und die Stimme näselnd, die Orbitalplatte des Oberkiefers wird aufwärts gedrängt, die Orbita verengert, das Auge aus derselben nach Vorn verdrängt (Exophthalmos), die Augenlider gespannt, glänzend, die Conjunctiva geröthet, das unter ihr liegende Bindegewebe ödematös. Bei weiter fortgesetztem Wachsthume nach Unten wird das Kauen und Schlingen immer mehr erschwert und endlich unmöglich. Die Wandungen des Oberkiefers werden an verschiedenen Stellen durchbrochen, so dass die Geschwulst in den Mund, in die Nasenhöhle, in die Schlundhöhle, nackt hineinragt, mit der Wangenhaut verwächst und letztere selbst durch Druck brandig macht. Endlich kann sich das Wachsthum der Neubildung auch in der Augen- oder Nasenhöhle aufwärts zum Gehirn fortsetzen und Compression des letzteren bedingen.

Abgesehen von dem Mangel des Pergamentknitterns und des späteren Durchbruchs der Geschwulst durch die knöcherne Schaale zeigen die sogenannten Exostosen des Oberkiefers (mit Einschluss der ihnen äusserlich ähnlichen Geschwülste mit dicker knöcherner Schaale) dieselben Symptome.

Die Behandlung der Geschwülste des Oberkiefers kann nur dann mit Hülfe innerer Mittel gelingen, wenn es sich um Exostosen syphilitischen Ursprungs handelt. In diesen Fällen kann eine strenge antisyphilitische Behandlung das Wachsthum der Geschwulst unterbrechen und somit ihre spätere operative Entfernung möglich machen, in seltenen Fällen auch die Rückbildung der ganzen Geschwulst bewirken.

In letzterer Beziehung stützt man sich wesentlich auf folgende Erzählung von Boyer: Ein Kutscher hatte bereits seit zwei Jahren eine Exostose des linken Oberkiefers. Das Auge thränte und war nach Vorn geschoben, die Nase nach rechts verdrängt, das linke Nasenloch verstopft und das Gaumengewölbe hervorgetrieben. Nach Aussen ragte die Geschwulst stark hervor und die bedeckende Haut war glänzend roth. Das Gesicht bekam dadurch einen abschreckenden Ausdruck. Die Exostose war kurze Zeit nach einer syphilitischen Infection und gleichzeitig mit einigen anderen Symptomen desselben Uebels entstanden, war langsam und unter Schmerzen gewachsen, hatte aber seit 2 Jahren sowol zu schmerzen als zu wachsen aufgehört. Während des italienischen Feldzuges unter Napoleon beseitigte Patient die anderweitigen syphilitischen Erscheinungen, durch den van Swietenschen Liquor und einige Einreibungen. Da er aber wegen des Fortbestehens der Kiefergeschwulst seinen Dienst zu verlieren fürchtete, so wusste er sich ein auf zwei Pfund jener Flüssigkeit lautendes Recept zu verschaffen, dessen er sich acht Mal innerhalb dreier Monate bediente, so dass er in dieser Zeit 128 Gran Sublimat verbrauchte. Inzwischen war aber auch die Geschwulst verschwunden, das Auge in die Orbita zurückgetreten, der Thränenfluss hatte aufgehört und die Nase war frei. Nur eine Anheftung der Haut an der früheren Stelle der Geschwulst, welche jetzt vertieft lag, war übrig geblieben.

In der Mehrzahl der Fälle lassen sich Geschwülste des Oberkiefers nur auf operativem Wege und in der Regel nur durch

Ausschneiden des ganzen Oberkiefers beseitigen. Wenn die Geschwulst vom Alveolarrand oder von der vorderen Fläche des Knochens ausschliesslich entspringt, kann eine Resection dieser Theile zum Ziele führen. Solche partielle Resectionen sind schon im 17ten Jahrhundert von Acoluthus, später von Ruysch, Deschamps, Klein, Siebold u. A. ausgeführt worden.

Siebold operirte 1800 eine Geschwulst, welche sich vom rechten Eckzahn bis zu den linken Backzähnen erstreckte und stark hervorragte. Sie war im Verlauf zweier Jahre zu einer so entstellenden Grösse herangewachsen, dass man der Kranken Seitens der Polizei auszugehen verbot. — Nach vorgängiger Ablösung der Lippe sägte Siebold den kranken Alveolarrand ab und wandte nachträglich das Glüheisen an, obgleich der Blutverlust gering war.

Dupuytren resecirte 1819 den mittleren Theil des Alveolarfortsatzes und ein Stück des Gaumenfortsatzes. Die Oberlippe wurde bis ins linke Nasenloch gespalten, ihre beiden Hälften zurückpräparirt und hierauf mit einer Stichsäge, zuerst von dem einen und dann von dem anderen Nasenloch aus, das kranke Knochenstück in Form eines mit seiner Spitze nach Hinten gerichteten V umschnitten. Die Kranke genas (*Bulletin de l'Acad. et de la faculté de méd. T.* VII. p. 21.)

Zwischen diesen Resectionen und der sogenannten totalen Resection, d. h. dem Ausschneiden des ganzen Oberkiefers nebst dem ihm anhängenden Gaumenbeine, ist ein sehr grosser Unterschied. Diese letztere wahrhaft segensreiche Operation ist erst durch Gensoul in Lyon (1827) und Lizars in Edinburg in die Praxis eingeführt, und durch ersteren, nachdem er sie acht Mal mit glücklichem Erfolge ausgeführt hatte, in ihren einzelnen Acten zuerst genau bestimmt und beschrieben worden [1]).

Verfahren nach Gensoul. Die Operation zerfällt in 4 Acte.

1. Act. Entblössung des Oberkiefers. Ein vom inneren Augenwinkel beginnender Schnitt trennt in verticaler Richtung alle Weichtheile mit Einschluss der Lippe, welche in der Gegend des Eckzahns gespalten wird. Auf diesen Schnitt fällt ein zweiter rechtwinklig, der etwa 4 Linien vor dem Ohrläppchen beginnt und in der Höhe des Nasenflügels endet. Ein dritter Schnitt beginnt $1/2$ Zoll nach Aussen vom äusseren Augenwinkel und fällt auf den horizontalen Schnitt, an dessen äusserem Ende, nahe von dem Ohrläppchen. Somit wird, ausser der vertical gespaltenen Oberlippe, die gesammte Bedeckung des Oberkiefers in Gestalt eines viereckten Lappens, dessen obere Begrenzung mit dem unteren Augenlide und der Schläfenhaut im Zusammenhange bleibt, umschnitten. Derselbe wird mit grossen Zügen von dem Knochen oder der Ge-

[1]) Vgl. Gensoul, *Lettre chirurgicale sur quelques maladies graves du sinus maxillaire* 1833.

schwulst abgelöst, gegen die Stirn in die Höhe geschlagen
hier von einem Gehülfen fixirt.

2. Act. Von den drei Verbindungen des Oberkiefers
übrigen Gesichtsknochen (*Processus nasalis*, *Proc. zygom*
Proc. palatinus) werden die beiden nach Oben und Auss
legenen zunächst mit Hammer und Meissel getrennt. Der Oper
beginnt mit der Trennung des *Processus nasalis*, sprengt dan
zygomaticus ab, löst den Nasenflügel vom Oberkiefer, zieh
ersten Schneidezahn aus und setzt dann den schräg aufwärt
richteten Meissel an die Grenze der beiden Oberkiefer
um den *Proc. palatinus* von dem der anderen Seite zu tren

3. Act. Der am Gaumengewölbe hingleitende Finger wird
die hintere Grenze des harten Gaumens (in der Gegend der
nasalis posterior) angelegt. Dort stösst man ein spitzes
ein und trennt mit demselben das Gaumensegel von dem
Oberkiefer zugleich zu entfernenden Gaumenbein. Der Meissel
in die *Fossa sphenomaxillaris* von der äusseren Seite her
drängt, um das *Tuber maxillare* durch einige Hammerschläge
dem *Process. pterygoides* zu trennen [1]).

4. Act. Der aus seinen wesentlichen knöchernen Verb
gelöste Oberkiefer wird mit einer starken Hakenzange [2]) ge
hervorgezogen, während die andere Hand sorgfältig alle
härirenden Weichtheile, namentlich den *Nervus infraorbit*
seiner Eintrittsstelle in den *Sulcus infraorbitalis* mit dem
trennt. Spritzende Gefässe werden, wenn es möglich ist,
und unterbunden, anderenfalls wird die Blutung durch das
eisen, welches jedenfalls bereit sein muss, gestillt. Die W

[1]) [Die Ablösung des Oberkiefers und des mit ihm innig zusammenh
und fast immer mit zu entfernenden Gaumenbeins von dem *Processus*
goides des Keilbeins gelingt in der von Gensoul angegebenen Wei
immer, wenn die Verbindung der genannten Knochen ihre normale F
besitzt. Die meisten Wundärzte gehen über diesen Punkt mit Stills
hinweg, oder geben an, die Ablösung des Oberkiefers sei nach Durchs
seiner drei Verbindungsäste durch leichte hebelförmige Bewegungen g
Letzteres habe auch ich bei der Resection des Oberkiefers an einem
beobachtet. An den Leichen Erwachsener aber bricht stets der *P*
pterygoid. in seinem unteren Drittheil ab, wenn man jene Verbindung
hebelförmige Bewegungen zu lösen sucht. Wahrscheinlich ist aber die
keit des *Tuber maxillae* viel geringer, wenn eine Geschwulst in der
höhle sich entwickelt und den Knochen nach allen Seiten auseinar
drängt hat.]

[2]) [Bernh. Langenbeck's Resectionszange ist hierzu sehr bequem.]

Durchschneidung des *Process. zygomaticus* nicht hinreichend Raum zu haben fürchtet; so wird, von der äusseren Commissur der Augenlider anfangend, ein horizontaler Schnitt in die Schläfengegend geführt, worauf denn jedenfalls eine vollständige Entblössung der vorderen Fläche des Oberkiefers erreicht ist und der grosse Lappen wie ein Vorhang schräg nach Aussen und Unten hinabgeschlagen werden kann. Diese Spaltung des Gesichts in der Mittellinie gewährt den grossen Vortheil, dass bei ihr weder der *Nervus facialis* noch der *Ductus stenonianus* noch die *Arter. maxillaris externa* verletzt wird, so dass man weder eine zurückbleibende Lähmung der Gesichtshälfte, noch eine Speichelfistel, noch endlich eine störende Blutung während des Ablösens des Lappens zu befürchten hat. Bei genauer Vereinigung durch Nähte ist die Narbe in der Mittellinie oft kaum zu bemerken. Auch eine mangelhafte Vereinigung der Weichtheile im innern Augenwinkel, welche von Einigen bemerkt wurde, lässt sich durch sorgfältige Nachbehandlung vermeiden.]

[Wenn aber die Geschwulst sehr stark nach Aussen oder nach Unten und Aussen hervorragt, oder die Haut der Wange gegen das Jochbein hin entweder fest mit ihr verwachsen oder schon von ihr durchbrochen ist, so dürfte der von Velpeau empfohlenen Schnittführung oder einer Modification derselben der Vorzug zu geben sein. Man spaltet dann nämlich die ganze Wange durch einen halbmondförmigen oder schräg aufsteigenden Schnitt, der im Mundwinkel oder (um eine narbige Verziehung desselben zu vermeiden) in seiner Nähe beginnt und zum Jochbein aufsteigt. Hierdurch erhält man, namentlich gegen die *Fissura orbitalis inferior* hin, einen freien Raum. Auch gegen den inneren Augenwinkel kann man hinreichend weit vordringen und der Nasalfortsatz des Oberkiefers wird für Säge und Meissel zugängig gemacht, indem man von seinem vorderen Rande die knorpelige Nase vollständig ablöst. In der Regel wird aber nach dieser Schnittführung wegen der fast unvermeidlichen Durchschneidung der vorderen Aeste des Facialis Lähmung der Gesichtsmuskeln auf der kranken Seite zurückbleiben. Der *Ductus stenonianus* kann bei gehöriger Vorsicht geschont werden. Die Blutung aus den nothwendig zu durchschneidenden Aesten der *Maxillaris externa* wird sogleich durch Unterbindung gestillt. Die zurückbleibende Narbe wird immer sehr auffällig sein, indem sie, weil hinter der Schnittlinie zunächst keine Weichtheile liegen, stark nach Hinten und Innen eingezogen wird.]

[Bedeutende Blutungen während oder nach der Operation sind

Siebente Abtheilung.

Krankheiten des Unterkiefers.

Der Unterkiefer ist von allen Theilen des Scelets vielleicht derjenige, welcher am Häufigsten Erkrankungen (mit Einschluss der Verletzungen) ausgesetzt ist. Von den Fracturen und Luxationen dieses Knochens war bereits im 2ten Bande die Rede. Die Necrose desselben beginnt fast immer am Kieferrande und wurde in dieser Beziehung bereits p. 278 geschildert. Wir haben hier nur hinzuzufügen, dass namentlich in Folge von Periostitis, sowie nach Gangrän der Weichtheile (Noma) und nach traumatischer Entblössung nicht selten ausgebreitete Necrosen der Mandibula beobachtet werden, wobei einerseits die Bildung schwer heilender fistulöser Gänge, andererseits aber ein schneller Wiederersatz der zerstörten Knochentheile in der Regel zu erwarten ist.

Erstes Capitel.

Unbeweglichkeit des Unterkiefers, *Ankylosis mandibulae vera et spuria.*

Nicht ganz selten wird durch verschiedene Krankheitszustände die Beweglichkeit des Unterkiefers in der Art aufgehoben, dass die Zahnreihen nur äusserst wenig oder gar nicht von einander entfernt werden können. Die üblen Folgen einer solchen Unbeweglichkeit der Kinnlade sind von selbst klar. Die Ernährung leidet, die Reinigung des Mundes ist unmöglich, grosse Massen von Weinstein setzen sich an den Zähnen an und es entsteht ein widerlicher Geruch durch die Zersetzung der Speisereste und des angehäuften Speichels. Die Ursache der Unbeweglichkeit der Kinnlade ist entweder 1) eine wirkliche Ankylose des Kiefergelenks auf der einen oder auf beiden Seiten, oder 2) Contractur der Kaumuskeln, oder endlich 3) Verwachsung der Kieferränder unter einander oder mit der Wange.

1) Ankylose des Kiefergelenks ist selten; namentlich kommt eine knöcherne intracapsuläre Ankylose dieses Gelenkes ungemein selten vor (Vgl. Bd. II. p. 823.). Man wird dieselbe am Lebenden nur dann anzunehmen haben, wenn entweder alle Beweglichkeit des Unterkiefers mit Einschluss der Seitenbewegungen aufgehört hat, oder wenn keine der übrigen bekannten Veranlassungen der Unbeweglichkeit sich auffinden lässt. Die Behandlung könnte, nach Analogie des bei anderen Gelenksankylosen erprobten Verfahrens, durch gewaltsame Eröffnung des Mundes in der Chloroformnarcose versucht werden. Um den Unterkiefer gewaltsam abwärts zu bewegen, bedient man sich der sogenannten Mundspiegel, oder schiebt Holzkeile zwischen die Zähne. Unter den ersteren ist der von Heister angegebene unzweifelhaft der wirksamste. Seine keilförmigen Arme werden im geschlossenen Zustande leicht zwischen die nur ein wenig von einander abstehenden Zahnreihen eingeführt, dann aber mit Hülfe einer sogenannten Tourniquetschraube durch einen Hebelmechanismus gewaltsam von einander gedrängt. Bestünde eine Zahnlücke, so hätte man diese jedenfalls zu benutzen, da durch den mächtigen Druck des Instrumentes sehr leicht die Zähne umgelegt oder abgebrochen werden könnten. Liesse sich die Ankylose in dieser Weise nicht überwinden, so müsste man ein künstliches Gelenk entweder an der Stelle des Kiefergelenks selbst (was schwerlich gelingen möchte), oder weiter abwärts im Unterkieferaste anzulegen versuchen. Nach Dieffenbach gelingt diese schwierige und mit grosser Behutsamkeit anzustellende Operation am Besten von der Mundhöhle aus, indem man einen Meissel von $^1/_3$ Zoll Breite an einen möglichst hohen Punkt über alle hinteren Backzähne einführt und den Unterkieferast dann in der Richtung von Vorn nach Hinten durch einen kräftigen Schlag auf den Meissel zersprengt. Dieffenbach räth, dieselbe Operation dann auch auf der anderen Seite zu wiederholen und eine knöcherne Verwachsung durch frühzeitige Bewegung zu verhindern.

2) Contractur der Kaumuskeln ist selten die alleinige Ursache der Unbeweglichkeit des Unterkiefers. Gewöhnlich gesellt sie sich erst hinzu, nachdem entweder durch Ankylose im Gelenk oder Verwachsung der Kieferränder die freie Thätigkeit der Kaumuskeln gehemmt ist. Die Diagnose der Contractur selbst ist nicht schwierig. Man fühlt namentlich den Masseter und den Temporalis als harte, gespannte und zugleich abgemagerte Stränge, und bemerkt bei dem Versuche den Mund zu öffnen, dass dies durch ihre Spannung verhindert wird. Vielleicht lässt sich auch diese Con-

20*

tractur in der Chloroformnarcose überwinden und dann durch fortgesetzte passive Bewegungen gänzlich beseitigen. Anderenfalls ist die als wirksam bereits bekannte Durchschneidung der verkürzten Muskeln vorzunehmen. Man durchschneidet entweder den Masseter, oder den Temporalis, oder beide zugleich. Die Durchschneidung des Masseter geschieht nach Dieffenbach in folgender Weise. Die den Unterkieferast bedeckenden Weichtheile werden etwas nach Vorn verschoben, dann sticht man das sichelförmige Tenotom auf dem hinteren Rande des Unterkieferastes 1 Zoll über dem Winkel ein, schiebt es zwischen der Haut und dem Masseter nach Vorn, wendet an seinem vorderen Rande die Spitze und Schneide des Messers gegen den Muskel und durchschneidet denselben, indem man das Messer zurückzieht, in der Richtung von Aussen nach Innen, so dass die Schnittlinie ungefähr der Kaufläche der oberen Backzähne entspricht. Die Verletzung der Mundschleimhaut kann hierbei vermieden werden, ist jedoch von keiner grossen Bedeutung. Der Verband besteht in dem Einlegen eines Stücks Schwamms in den Mund, der Gegend des Schnittes entsprechend, und dem Befestigen eines dicken Charpiebausches durch Pflasterstreifen und Kinntuch auf der äussern Seite der Wunde.

Die Durchschneidung des Temporalis kann oberhalb und unterhalb des Jochbogens ausgeführt werden. Oberhalb desselben hat man die gleichzeitige Verletzung der tiefen Schläfenarterien zu fürchten. Bei dem Durchschneiden unter dem Arcus könnte der Kronenfortsatz, wenn er weit emporragt, hinderlich sein. In einem solchen Falle würde man sich durch Abmeisseln des *Process. coronoides* von der Mundhöhle aus helfen können, wodurch das vom Temporalis herrührende Hinderniss natürlich auch beseitigt wird. Jedenfalls muss nach allen diesen Myotomien durch häufige und kräftige passive Bewegungen einem Recidiv der Contractur vorgebeugt werden.

3) Verwachsung der Kieferränder untereinander und mit der Wangenhaut ist bei weitem am Häufigsten die Veranlassung der Unbeweglichkeit des Unterkiefers. In diesen Fällen ist immer eine beträchtliche Ulceration des Zahnfleisches allein oder zugleich auch der Wange vorausgegangen. Mercurialgeschwüre, Noma, Verbrennungen und Anätzungen des Mundes sind hier vorzüglich als ätiologische Momente zu nennen. Die Verwachsung zwischen den einander zugewandten Kieferrändern scheint zuweilen knöchern zu sein. Bei genauerer Untersuchung dürfte sich aber wol immer ergeben, dass diese scheinbare Knochenmasse nur aus incrustirter

Narbensubstanz besteht. In praktischer Beziehung ist dies gleichgültig; man wird in dem einen, wie in dem anderen Falle die den Kieferbewegungen hinderlichen Verwachsungen mit Scheere, Messer, Zange, Säge, nöthigenfalls auch mit dem Meissel trennen und durch gewaltsame passive, später auch durch active Bewegungen das Wiederverwachsen verhüten. Dasselbe gilt auch von der Verwachsung des Kieferrandes (Zahnfleisches) mit der Wangenschleimhaut. Die Trennung der hinderlichen Narbenstränge gelingt theils mittelst einfacher Durchschneidung vom Munde aus (der zu diesem Behuf in schwierigen Fällen durch verticale Spaltung der Unterlippe erweitert werden muss), oder durch Exstirpation der in der Wange befindlichen Narben.

Die von B. Langenbeck (Vgl. Busch, Chirurgische Beobachtungen. Berlin 1854 p. 32) empfohlene verticale Spaltung der Unterlippe ist viel weniger verletzend und gewährt, da man nachher die Wange leicht vom Kiefer abpräpariren kann, mindestens eben so viel Raum, als der früher, namentlich von Blasius zu diesem Zweck empfohlene Schnitt vom Mundwinkel aus.

Die Nachbehandlung erfordert die allergrösste Sorgfalt und Strenge, um abermalige Verwachsungen zu verhüten. Der Mund muss mehrmals täglich, nöthigenfalls mit einem Speculum, bis zur normalen Weite geöffnet und stundenlang weit offen gehalten werden, bis alle bei der Durchschneidung verwundeten Stellen vollständig vernarbt sind und somit eine abermalige Verwachsung unmöglich ist.|

|Um die Wiederverwachsung ohne so viel Umstände zu verhüten, hat Dieffenbach aus der unversehrten Mundschleimhaut einen breiten Lappen ausgeschnitten und diesen an den Stellen, wo die Adhäsionen getrennt waren, durch Knopfnähte befestigt. Jedoch hat er selbst dies Verfahren später für unwirksam erklärt; jedenfalls ist es schwierig und unsicher.

Häufig besteht neben der Festheftung durch Narben auch Contractur der Kaumuskeln, in seltenen Fällen auch wol Ankylose des Kiefergelenkes zugleich. Die alsdann erforderliche Combination der angeführten Operationsverfahren ergiebt sich von selbst.|

Zweites Capitel.

Neubildungen am Unterkiefer.

I. Exostosen.

Wahre Exostosen sind am Unterkiefer eben so selten, als am Oberkiefer (vgl. p. 297). Dieselben Verwechslungen, auf welche wir dort l iesen haben, sind auch in Betreff der Unterkiefergeschwülste begangen worden. Jedoch darf man das Vorkommen wirklicher Exostosen an diesem Knochen nicht überhaupt läugnen. Nach der Ansicht vieler Schriftsteller sollen Scorbut und Syphilis einen wesentlichen Einfluss auf die Entwicklung derselben ausüben.

Jede Unterkiefergeschwulst, und somit auch die steinharte Exostose, veranlasst beträchtliche Beschwerden beim Kauen, Schlucken, Sprechen, und selbst beim Athmen, und zwar in um so höherem Grade, wenn sie ihren Sitz an der inneren und hinteren Seite des Unterkiefers hat. A. Cooper berichtet von einer solchen Geschwulst, die so weit nach Hinten reichte, dass sie Compression der Glottis veranlasste.

Wenn eine wirkliche Exostose besteht, so ist die Geschwulst ungemein hart und hängt mit dem Knochen so fest zusammen, dass derselbe jeder Bewegung, die man an ihr auszuführen versucht, vollständig folgt. Aber nicht immer ist die Geschwulst genau begrenzt. Sie stellt zuweilen nicht einen hervorragenden Höcker dar, sondern der ganze Knochen scheint in grösserer Ausdehnung aufgetrieben zu sein. In solchen Fällen ist es sehr schwierig, gewöhnlich sogar unmöglich, zu entscheiden, ob eine Exostose am Knochen oder eine anderweitige Neubildung im Knochen, oder vielleicht gar blos eine Parulis sich entwickelt. Letztere wird in den nächsten Tagen bestimmt erkannt werden, im Uebrigen aber können noch längere Zeit diagnostische Zweifel bestehen (vgl. p. 288).

Eine innere Behandlung wird nur dann zu unternehmen sein, wenn die Geschwulst nachweisbar auf Syphilis oder Scorbut beruht. Hat sie sich aber langsam und schmerzlos entwickelt, ist es somit eine wahre Exostose nicht entzündlichen Ursprungs, so gelingt ihre Beseitigung nur auf operativem Wege, und zwar in der Regel nur durch Resection eines Theils des Unterkiefers. Zu einem solchen Eingriff wird man sich natürlich nur entschliessen, wenn beträchtliche Beschwerden dazu auffordern.

II. Cysten und Fibroide des Unterkiefers [1]).

Auf den namentlich von Dupuytren aufgestellten Begriff „Knochencysten", unter welchen nach seinem Vorgange auch alle im Gewebe des Unterkiefers entwickelten, von einer Knochenschale umgebenen Geschwülste subsummirt wurden, brauchen wir, nach

[1]) [Die gefässreichen Fasergeschwülste des Kieferrandes, die wir bereits p. 288 erwähnt haben, werden von Vidal als Gefässgeschwülste des Unterkiefers, *Dégénérescences vasculaires du maxillaire inférieur*, besonders beschrieben.]

den Bd. II. p. 589 u. f., sowie bei der Schilderung der Oberkieferkrankheiten gegebenen Erläuterungen, nicht nochmals einzugehen. Die Mehrzahl der hierher gehörigen Geschwülste sind Fasergeschwülste (Fibroide und Sarcome); jedoch scheinen auch Enchondrome relativ häufig am Unterkiefer vorzukommen. Wie überall, so sind auch hier die ätiologischen Verhältnisse dieser Neubildungen ganz dunkel. Erschütterungen und Quetschungen, auch fehlerhafte Richtung des letzten Backzahns werden als Veranlassungen aufgeführt [1]).

Die ersten Krankheitserscheinungen sind in der Regel ein dumpfer Schmerz, der von Zeit zu Zeit exacerbirt und ein Gefühl von Schwere in dem leidenden Knochen. Heftigkeit und Art des Schmerzes scheinen davon abzuhängen, ob die Geschwulst auf den *Nervus alveolaris inf.* einen Druck ausübt oder nicht. Anschwellung des Unterkiefers an der leidenden Stelle tritt erst nach längerer Zeit auf. Dieselbe ist gleichmässig, zeigt weder Höcker noch Vertiefungen, und lässt, wenn die Verdünnung der knöchernen Schale hinreichend weit gediehen ist, das oft erwähnte Pergamentknittern unter dem Fingerdrucke vernehmen. Die Zähne in der Gegend der Geschwulst werden nunmehr zur Seite gedrängt oder fallen gänzlich aus, die Bewegungen der Zunge werden behindert und somit das Sprechen, später auch das Kauen, wesentlich erschwert. Gewöhnlich erst nach mehrjährigem Bestehen erreicht die meist periodisch weiter wachsende Geschwulst eine solche Grösse, dass sie ihre knöcherne Schale durchbricht und ihr Wachsthum unter der Mundschleimhaut weiter fortsetzt. Die äussere Haut bleibt unversehrt, die Schmerzen mässig; Anschwellungen der Submaxillar- und der supraclavicularen Lymphdrüsen treten nicht auf.

Die Behandlung dieser Geschwülste kann nur in der Exstirpation derselben bestehen. Dieselbe ist, wie Dupuytren zuerst gezeigt hat, möglich, ohne dass die Continuität des Unterkiefers unterbrochen wird [2]). Hat die Geschwulst keine allzu bedeutende Grösse erreicht, so braucht man die Mundöffnung zum Behuf ihrer Exstirpation nicht blutig zu erweitern. Auf den hervorragendsten Theil der Geschwulst macht man in der Mundhöhle mit einem starken Messer eine tiefe Incision, welche um so leichter auszuführen ist, als die Zähne gewöhnlich ausgefallen sind. Wenn die

[1]) Vgl. Forget, *Recherches sur les kystes des os maxillaires. Juin* 1840.

[2]) Dupuytren hat aus dem Unterkiefer eine Geschwulst von der Grösse einer Faust entfernt, zu deren Blosslegung er die Unterlippe und die Halshaut bis zum Zungenbein spalten musste.

knöcherne Schale zu hart ist, um sie mit dem Messer spalten zu können, so nimmt man Meissel und Hammer zu Hülfe. Das blossgelegte Fibroid wird dann mit einem Spatel oder Hebel, oder, wenn diese nicht ausreichen, mit einer kräftigen Zange herausbefördert. Gelingt dies nicht vollständig, so nimmt man zur Zerstörung der Ueberreste das *Ferrum candens* zu Hülfe. Die Heilung der auf solche Weise entleerten Knochencyste durch Granulationsbildung und narbige Zusammenziehung erfolgt meist schnell und ohne üble Zufälle.

Auch bei Fibroiden und Enchondromen ohne knöcherne Schale [1]) wird man die Continuität des Unterkiefers wo möglich zu erhalten suchen müssen, wenn auch ein schwieriges und zeitraubendes Abpräpariren und Aussägen erforderlich sein sollte, um den gesunden Theil des Knochens zu erhalten (vgl. Geschwülste des Kieferrandes).

III. Krebs.

Der Krebs des Unterkiefers ist einer der häufigsten Knochenkrebse. Gewöhnlich geht er von den Weichtheilen und am Häufigsten von der Unterlippe aus. Nimmt er im Knochengewebe seinen Ursprung, so beginnt er entweder am Alveolarrande in Gestalt einer Epulis oder im Körper des Knochens als sogenanntes Osteosarcom. Im ersteren Falle handelt es sich dann gewöhnlich um einen Epithelialkrebs, in dem anderen um einen Markschwamm. Nicht selten scheint aber auch der Colloidkrebs im Körper des Unterkiefers vorzukommen. Durch die Durchsichtigkeit seines Gewebes getäuscht, hat man zuweilen eine seröse Cyste vor sich zu haben geglaubt, während es sich um Colloidmassen handelte, durch welche die Knochenmasse bereits verdrängt war.

Geht das Carcinom von der Unterlippe auf die Mandibula über, so erfolgt immer zuerst eine ausgebreitete Verwachsung zwischen beiden, die Krebssubstanz selbst aber durchbricht an mehreren Stellen in verhältnissmässig geringer Ausdehnung das compacte Knochengewebe, um sich demnächst in der gefässreichen Marksubstanz weiter zu verbreiten. Man kann auf die Ausdehnung des Carcinoms im Innern des Unterkiefers einen Schluss ziehen, wenn man genau beachtet, wie weit das Periost verdickt, leicht ablösbar und reichlich injicirt, der darunter liegende Knochen aber porös und hyperämisch ist. Im Uebrigen sind für die Diagnose des

[1]) [Die grossartigste und glücklichste Abtragung eines Enchondroms der Mandibula verrichtete Dieffenbach (S. Operative Chirurgie Bd. II. p. 62); die Geschwulst reichte bis zur Herzgrube hinab!]

Unterkieferkrebses dieselben Symptome maassgebend, welche beim Krebs im Allgemeinen und beim Knochenkrebs (Bd. II. p. 601 u. ff.) aufgeführt worden sind.

|Die einzige Hülfe besteht, wenn man sich nicht auf ein rein palliatives Verfahren beschränken will, in der Resection des erkrankten Knochentheils, wobei alle Schnitte, sowol im Knochen als in den Weichtheilen, durchaus nur im Gesunden zu führen sind. Die Prognose nach der Operation ist bei weitem günstiger, wenn die Weichtheile ganz unversehrt oder doch nur in geringer Ausdehnung ergriffen sind. Von übler Bedeutung ist hier, wie überall, die Infiltration der zugehörigen Lymphdrüsen. Jedoch darf man nach den vorliegenden Erfahrungen durch Anschwellung derselben sich von einem operativen Eingriff nicht abhalten lassen. Man soll sie, nach den Erfahrungen von Schuh, sogar zurücklassen können, wenn sie beweglich sind. Sicherer geht man aber gewiss, wenn man, trotz der grösseren Schwierigkeit, die daraus erwächst, die erkrankten Drüsen stets mit dem Knochen zugleich entfernt.|

Drittes Capitel.

Resection und Exarticulation des Unterkiefers.

Resectionen am Unterkiefer sind gewiss schon in alter Zeit ausgeführt worden; aber sie betrafen nur einen Theil des Alveolarfortsatzes. Dagegen ist die Resection aus der ganzen Dicke des Knochens, durch welche die Continuität des von ihm gebildeten Bogens in mehr oder weniger grosser Ausdehnung unterbrochen wird, eine Errungenschaft der neueren Chirurgie und ihre Einführung in die Praxis ein Verdienst Dupuytren's, der sie 1812 zum ersten Mal an einem Fiakerkutscher Namens Lisier ausführte, der noch heutigen Tages sich des besten Wohlseins erfreut. Mit grosser Schnelligkeit verbreitete sich diese Operation über alle Länder und schon 1839 konnte Velpeau in seiner *Médecine opératoire* (T. II. p. 621) 160 Fälle zusammen stellen, in denen sie ausgeführt war und von denen 120 glücklich verlaufen waren.

|Die Indication für die Resection und Exarticulation des Unterkiefers liefern in der Regel Geschwülste dieses Knochens, namentlich also alle die unter dem Namen der Exostosen und des

Osteosarcoms zusammengestellten. Unter welchen Umständen eine Exstirpation der Geschwulst oder eine Abschälung derselben vom Knochen zulässig ist, wurde bereits im vorhergehenden Capitel erörtert. Viel seltner indiciren Caries und Necrose die Operation, wie dies bereits p. 280 erläutert wurde.

Das operative Verfahren kann begreiflicher Weise nicht für alle Fälle dasselbe sein, sondern muss, je nach dem Sitze, der Ausdehnung und Beschaffenheit des Pseudoplasma, durch welches die Resection indicirt wird, so wie nach der Beschaffenheit der Weichtheile mannigfaltige Modificationen erleiden. Jedoch lassen sich im Allgemeinen gewisse Regeln aufstellen: 1) für die Durchschneidung der äussern Weichtheile, 2) für die Durchschneidung des Knochens, 3) für die Trennung der inneren Weichtheile des am Unterkiefer angehefteten Bodens der Mundhöhle. Die Resectionen des Knochens selbst aber bieten folgende wesentliche Verschiedenheiten dar: 1) Resection des Mittelstücks (Kinntheils), 2) Resection des ganzen horizontalen Theils (des ganzen Bogens), 3) Resection einer Seitenhälfte des Bogens oder eines Theils derselben, 4) Resection einer ganzen Unterkieferhälfte vom Kinn bis zum Gelenk, 5) Exstirpation des ganzen Unterkiefers. Die Resection des Alveolarrandes wurde bereits p. 289 beschrieben.

1) Trennung der äusseren Weichtheile. Man macht Schnitte, welche theils längs der Basis des Knochens, oder doch mit derselben parallel verlaufen, theils rechtwinklig gegen diese gerichtet sind. Sollen grosse Stücke des Unterkiefers entfernt werden, so führt man in jeder der beiden angegebenen Richtungen einen Schnitt und lässt beide entweder in der Mittellinie, oder am Winkel des Unterkiefers zusammentreffen. Bei der vorwiegenden Häufigkeit von Pseudoplasmen im Kinntheile des Knochens ist die verticale Spaltung der Unterlippe und die Fortsetzung dieses Schnittes gegen das Zungenbein hin am Häufigsten erforderlich. Jedenfalls sind die der Basis des Knochens oder der Mittellinie entsprechenden Incisionen weniger verletzend und hinterlassen bei weitem weniger entstellende Narben, als die vom Mundwinkel ausgehenden Spaltungen der Wange in der Richtung gegen den Kieferwinkel hin, zu welchen man nur unter ganz besonderen Verhältnissen seine Zuflucht nehmen dürfte. Die geradlinig und am Besten auch rechtwinklig durch die gedachten Schnitte umgrenzten Lappen müssen nicht blos die Haut, sondern alle überhaupt noch gesunden Weichtheile enthalten. Man schneide daher von Anfang an bis auf den Knochen, und löse die Weichtheile sämmtlich mit grossen, langen

Zügen ab. Ist ein Schnitt längs der ganzen Basis erforderlich, so wird nothwendig die *Art. maxillaris externa* quer durchschnitten. Man unterbindet sogleich ihre beiden Enden; eine weitere Bedeutung hat diese Verletzung ebenso wenig als die Durchschneidung der Antlitzvene. Wenn die Weichtheile mit dem Knochen zugleich erkrankt sind, so muss man die Schnitte mannigfach abändern, namentlich sind V förmige und ovale Excisionen in der bereits beim Lippenkrebs und bei der Lippenbildung angegebenen Weise oft erforderlich. Hier passt dann Dieffenbach's, manchmal irrig interpretirter, Ausspruch: „Oft muss anders geschnitten werden, als man es gelernt hat."

2) Durchschneidung des Knochens. Nachdem der Unterkiefer an seiner äusseren Seite hinreichend entblösst ist, wird an den Stellen, an welchen der Knochen durchschnitten werden soll, das Periost, sofern es nicht etwa gesund und ablösbar ist, durchschnitten und die Säge rechtwinklig auf den Knochen aufgesetzt. Eine schmale Stichsäge ist für die meisten Fälle das bequemste Instrument. Oft lässt sich die Durchschneidung mit einer gewöhnlichen Amputationssäge ausführen; auch die Kettensäge ist anwendbar, gewährt jedoch keine besonderen Vortheile. Um den Unterkiefer mit letzterer zu durchschneiden, muss man sie mit Hülfe einer starken Nadel dicht hinter dem Knochen hindurchziehen und den Schnitt dann von Innen nach Aussen führen. In derselben Weise lässt sich aber auch die Stichsäge handhaben, wenn man ihr vorläufig mit einem schmalen Scalpell dicht an der inneren Fläche des Knochens einen Weg gebahnt hat. Die Operation kann in vielen Fällen wesentlich abgekürzt werden, wenn man eine grosse, starke, schneidende Knochenzange (nach Liston) zu Hülfe nimmt. Mit derselben lässt sich der Unterkiefer jüngerer Individuen an jeder beliebigen Stelle glatt und ohne Splitterung, in ähnlicher Weise, wie die Lippe mit einer Scheere, durchschneiden; man muss aber Sorge tragen, dass die schneidenden Enden der Zange genau rechtwinklig gegen die Achse des Knochens aufgesetzt und ihre Arme demnächst mit hinreichender Kraft zusammengedrückt werden. Bei älteren Individuen thut man im Allgemeinen gut, in die Basis des Unterkiefers eine tiefe Furche einzusägen, bevor man die Liston'sche Zange ansetzt. Dadurch wird die Durchschneidung erleichtert und der Splitterung sicherer vorgebeugt.

[Ich habe mit der Liston'schen Zange sowol den Bogen als auch den aufsteigenden Ast des Unterkiefers ohne Gebrauch der Säge oft glatt durchschnitten. Die Anwendung des Chloroforms, bei welcher die Vortheile des schnellen Operirens sehr an Bedeutung verlieren, wird der Säge, und namentlich der Stichsäge, für welche man entschieden weniger Raum braucht als für irgend eine Knochenzange, wol immer mehr den Vorzug verschaffen. Natürlich ist hier, wie bei allen Operationen am Munde, sorgfältig darauf zu sehen, dass dem Patienten kein Blut in den Schlund hinablaufe. Dies lässt sich aber bis zur vollständigen Durchschneidung des Knochens sehr gut verhüten, da man bis dahin wenigstens grössere Gefässe, deren man nicht sogleich Herr werden könnte, nicht zu verletzen braucht.]

Von einigen Seiten ist vorgeschlagen worden, beim Durchschneiden des Unterkieferbogens die Schnitte in der Art schräg zu führen, dass die beiden Schnittflächen nachher genau auf einander passen. Dies ist jedoch ganz verwerflich, da es niemals in der Absicht des Operateurs liegen kann, die zurückbleibenden Stücke der Kinnlade gegen einander zu drängen und direct mit einander zu vereinigen. Hierdurch würde die grosse Gefahr, welche aus der Zurückdrängung der Zunge entsteht, ganz absichtlich vermehrt werden. Wir werden hierauf weiter unten ausführlicher zurückkommen müssen.

3) **Trennung der inneren Weichtheile, Ablösung des Mundbassins.** Manche Wundärzte wollen diesen Act der Operation vor die Durchschneidung des Knochens verlegen, indem sie Zerrung, Zerreissung und Quetschung der inneren Weichtheile durch die Säge befürchten. Dies Alles lässt sich jedoch vermeiden. In der Regel sind die an der inneren Seite des Knochens liegenden Weichtheile erkrankt, und man würde dann, wollte man sie vor der Durchsägung des Knochens ablösen, dieselben zwei Mal zu durchschneiden haben, das erste Mal dicht am Knochen, das zweite Mal an der Grenze der Erkrankung, wodurch unnöthiger Aufenthalt und jedenfalls ein viel grösserer Blutverlust veranlasst werden würde. Sägt man in der Richtung von Aussen nach Innen, so hat man nicht nöthig, vorher irgend eine Ablösung am Boden der Mundhöhle vorzunehmen, obgleich dies von **Delpech** und Andern empfohlen ist, um entweder ein Gorgeret oder eine Compresse zum Schutz der Weichtheile einzuführen. Soll dagegen die Säge von Innen nach Aussen geführt werden, so muss allerdings, wie bereits beschrieben, vorher ein kleiner Spalt für das Durchführen der Säge angelegt werden. Das Periost von der hinteren Fläche des Knochens abzulösen, dürfte nur in den seltensten Fällen gelingen.

Specielle Beschreibung der Operation.

a) Resection des Kinntheils.

Der Kranke sitzt aufrecht auf einem Stuhle, auf welchem ihn mehrere Gehülfen hinreichend unterstützen und fixiren. Ein hinter dem Kranken stehender Gehülfe namentlich hält mit beiden Händen den Kopf des Kranken, indem er zugleich mit seinen Fingerspitzen die *Art. maxillaris externa* zu beiden Seiten des Unterkiefers comprimirt. Ein anderer Gehülfe fasst mit Zeigefinger und Daumen die linke Hälfte der Unterlippe, während der Operateur die rechte in derselben Weise ergreift und die Lippe demnächst in der Mittellinie bis unter das Kinn hinab spaltet. Dieser Schnitt dringt bis auf den Knochen. Wird es wegen der Grösse des zu entfernenden Stücks erforderlich, die erste Incision bis zum Zungenbein zu verlängern, so durchschneidet man am Halse nur die Haut und das unterliegende Fettgewebe. Die Weichtheile werden nun nach beiden Seiten hin bis zur Grenze des Gesunden hart am Knochen abgelöst, so dass alle Arterien in dem sogleich zurückzuschlagenden Lappen unverletzt bleiben. Nun folgt, nach Entfernung der etwa hinderlichen Zähne, die Durchsägung des Knochens. Soll diese mit einer gewöhnlichen Amputationssäge geschehen, so muss sich der Operateur jetzt hinter den Kranken stellen und den Kopf desselben etwas nach Hinten und zur Seite neigen lassen. Nachdem der Unterkieferbogen einmal durchschnitten ist, verlieren seine dadurch entstandenen Hälften ihren wesentlichsten Halt; für den zweiten Schnitt muss daher die betreffende Seitenhälfte von einem Gehülfen und von dem Operateur selbst sehr sorgfältig fixirt werden, was durch den Gebrauch einer starken Hakenzange, mit der man den Knochen nahe der ersten Schnittlinie fasst, wesentlich erleichtert wird. Das ausgesägte Stück wird dann mit der linken Hand etwas hervorgezogen, die Umgebung gehörig gesäubert und demnächst die Grenze der Erkrankung in den Weichtheilen so genau als möglich bestimmt. Ist diese auf den Knochen beschränkt, so schält das flach geführte Messer denselben sogleich mit einem Zuge heraus. Erstreckt sie sich am Boden der Mundhöhle weiter, so wird sie vorsichtig von beiden Seiten her umschnitten und demnächst mit dem ausgesägten Knochenstück zugleich alles Erkrankte entfernt. Inzwischen hat ein Gehülfe mit seinen Fingern oder mit einem Haken die Zunge gefasst, um sie nach Vorn und Oben oder zur Seite zu ziehen und sie dadurch sowol vor Verletzung zu schützen, als auch ihre Zurückziehung gegen den Schlund, welche nach Ablösung der *Mm. genioglossi* und *geniohyoidei* zu befürchten ist, zu verhüten. Will man die Zunge mit den Fingern fassen, so muss man ein Stück Leinwand um sie legen, da die Finger sonst allzuleicht abgleiten. Statt des Hakens kann man sich auch einer Fadenschlinge bedienen, welche durch das Zungenbändchen oder nahe demselben durch die Substanz der Zunge selbst mit einer Nadel hindurchgeführt wird; dies dürfte sicherer und weniger verletzend sein.

Zum Behuf der Blutstillung muss man in der Regel einige kleine Arterien unterbinden, namentlich die *Submentalis*. Die Blutung aus der *Coronaria labii* ist, wenn der Schnitt in der oben angegebenen Richtung geführt wird, höchst unbedeutend und kann jedenfalls durch eine gut angelegte Naht gestillt werden. Sollte die *Art. alveolaris inferior* eine störende Blutung aus der Schnittfläche des Knochens liefern, so verschliesst man ihren Kanal durch einen Wachspfropf. Die Weichtheile werden durch die Naht vereinigt. Sollten sich im Verlauf der Nachbehandlung Eiteransammlungen bilden, so müssen, wenn die ganze Wunde durch *prima intentio* geschlossen ist, nachträglich Punctionen gemacht werden.

Statt einer einfachen verticalen Incision muss man einen V Schnitt nicht blos dann machen, wenn die Haut in entsprechender Ausdehnung erkrankt ist, sondern auch wenn gesunde Haut wegen der beträchtlichen Ausdehnung durch die unterliegende Geschwulst im Ueberfluss vorhanden ist. In solchen Fällen rieth Gensoul, das V nicht in der Mitte, sondern, von dem einen Mundwinkel anfangend, auszuschneiden, wodurch er verhüten zu können hoffte, dass die Lippe nicht später durch die in der verticalen Narbe eintretende Verkürzung zu niedrig würde. Wesentlicher dürfte es aber sein, eine Verlängerung der verticalen Schnitte bis zum Zungenbein zu vermeiden, und statt dessen, um den Knochen in grösserer Ausdehnung entblössen zu können, lieber einen ⊥ Schnitt zu machen, dessen liegende Schenkel der Basis des Unterkiefers entsprechen.

Unter den üblen Zufällen nach der Operation müssen wir zunächst der Zurückziehung der Zunge und der dadurch bedingten Erstickungsgefahr gedenken, auf welche der Operateur schon während des letzten Operationsactes gefasst sein muss. Wurde nur ein sehr kleines Knochenstück entfernt (nicht über den Bereich der Schneidezähne hinaus), so möchte die Zurückziehung der Zunge wol selten gefährlich werden, da ihre Befestigung am Unterkiefer durch den Boden der Mundhöhle, auch nachdem die Hervorzieher der Zunge ganz ausser Thätigkeit gesetzt sind, hinreicht, um den Zurückziehern (*Stylohyoides, styloglossus, stylopharyngeus;* auch die *Constrictores pharyngis* kommen in Betracht) Widerstand zu leisten. Je grösser aber das ausgeschnittene Knochenstück ist, desto mehr hat man, bald früher, bald später, Erstickungszufälle zu befürchten. Nicht selten kommt die Zurückziehung der Zunge erst längere Zeit nach der Operation zu Stande.

Vgl. Bégin, *Mémoire sur la résection de la machoire inférieure considérée dans ses rapports avec les fonctions du pharynx et du larynx* (Annal. de la chirurg. franç. Paris 1843. T. VII. p. 385 u. folgende). Beaugrand berichtet in den *Archiv. de médec. IIme Série* 1835. T. IX. p. 64 einen solchen Fall aus der Gerdy'schen Klinik. Die Wunde war durch die umschlungene Naht vereinigt worden, und die Zunge schien so wenig Neigung zur Zurückziehung zu haben, dass man es für überflüssig hielt, eine Fadenschlinge durch das Frenulum zu ziehen. Weder Fieber noch eine andere Störung des Heilungsvorganges stellte sich ein. Der Operirte war so vergnügt und glücklich, dass er alle Vorsichtsmaassregeln unbeachtet liess, fortdauernd im Bett aufrecht sass und Allen, die in seine Nähe kamen, laut seine Freude ausdrückte. Am 7ten Tage aber trat ein Zustand der Erschöpfung ein, der unter steter Zunahme der Beängstigung sich so steigerte, dass schon am 9ten Tage der Tod erfolgte. In ähnlicher Weise habe ich, bei übrigens günstigem Verlaufe, 2 alte Männer verloren, denen ich etwas mehr als den 3ten Theil des Kieferbogens wegen Krebs resecirt hatte. Der eine starb am 10ten Tage, der andere in der 6ten Woche. Beide hatten schon vorher an chronischem Bronchialkatarrh gelitten. Dies bei älteren Leuten so sehr häufige Leiden dürfte gerade nach der Unterkieferresection stets eine üble Complication abgeben. Jedenfalls aber hat man allen Grund, die Zurückziehung der Zunge, da durch dieselbe Verengerung des Pharynx und somit Behinderung des Lufteintritts in den Kehlkopf veranlasst wird, als ein übles und schwer zu verhütendes Ereigniss nach der Resection des Unterkiefers im Mittelstück zu betrachten.

Der Rath von Bégin, welcher in neuerer Zeit auf Grund anderweitiger Erfahrungen von Hutin wiederholt worden ist, man solle nach diesen Resectionen die äusseren Weichtheile niemals durch die Naht vereinigen, sondern der Eiterung überlassen, dürfte wenigstens in solchen Fällen Beachtung verdienen, wo bei der Vereinigung durch die Naht ein gewisser Druck auf die Zunge nicht ganz vermieden werden kann.

Ich habe in einem Falle, wo die Ausdehnung der Krebsgeschwulst auch bei sorgfältigster Benutzung der benachbarten Haut eine Vereinigung durch die Naht unausführbar erscheinen liess, Heilung ohne alle Erstickungszufälle erfolgen sehen, obgleich der ganze Unterkieferbogen auf der einen Seite bis nahe an den Winkel und auf der anderen Seite bis dicht an den Eingang des *Canalis alveolaris* von mir entfernt worden war.

In vielen Fällen wird man nach vollendeter Vernarbung der Weichtheile die übrig gebliebene Lücke durch eine plastische Operation noch ausfüllen können. Dann hat die Zunge voraussichtlich nach den Seiten hin durch Narbensubstanz so viel neue Befestigungen erhalten, dass eine weitere Zurückziehung nicht zu befürchten steht. Jedoch dürfte die Gesundheit derjenigen, welchen das Mittelstück des Unterkiefers resecirt worden ist, für alle Zeiten durch die Behinderung des Kauens gefährdet sein.

Die zurückbleibenden Seitenhälften des Unterkiefers werden stets nach Innen und Oben verschoben. In dieser Stellung bleiben sie unbeweglich, da durch Ablösung des Digastricus, d. h. durch

Entfernung seiner vorderen Insertion der wesentliche Herabzieher des Unterkiefers ausser Thätigkeit gesetzt und die Verbindung zwischen Mandibula und Zungenbein, mit einziger Ausnahme der schwachen Fasern des Mylohyoides, abgeschnitten ist.|

Wird das resecirte Stück durch neue Knochenmasse ersetzt, so ist dadurch auch die Möglichkeit zu späterer normaler Function der Mandibula gegeben. Gewöhnlich aber geschieht dies nicht, und die Patienten sind dann überhaupt ausser Stande, feste Nahrungsmittel zu geniessen, oder sie können sie wenigstens nicht gehörig kauen und einspeicheln, was namentlich für Brod, Kartoffeln und andere Amylacea von grosser Bedeutung ist. Die dadurch bedingten Ernährungsstörungen, wahrscheinlich in Verbindung mit dem durch die Verengerung des Pharynx bedingten Respirationshinderniss, können zureichen, um namentlich bei älteren Leuten den Tod herbeizuführen.

Ausser der Zurückziehung der Zunge durch Muskelzug, kann, bei grosser Heftigkeit der Entzündung, auch eine starke Anschwellung der Weichtheile des Halses in den ersten Tagen ein Respirationshinderniss abgeben.

Man sucht in allen diesen Fällen die Zunge nach Vorn zu bringen, indem man den Operirten so viel als möglich aufrecht sitzen und Nachts auf der Seite liegen lässt. Gegen plötzliche Erstickungszufälle sichert man sich mittelst einer durch das Frenulum gezogenen Fadenschlinge, an welcher man die Zunge leicht hervorziehen kann. Reicht dies nicht aus, so muss man zur künstlichen Eröffnung der Luftwege (Tracheotomie) schreiten (Lallemand).

Weniger häufig nehmen Nachblutungen die Aufmerksamkeit des Wundarztes in Anspruch, gewöhnlich muss man das Glüheisen zu Hülfe nehmen, um ihrer Herr zu werden; in leichteren Fällen, namentlich bei Blutungen aus der *Alveolaris inferior*, reicht die Tamponade aus, welcher man hier um so mehr den Vorzug zu geben veranlasst ist, als durch die Anwendung des Glüheisens Necrose des Knochenstücks, aus welchem die Blutung kommt, veranlasst werden würde. Diese wäre aber an und für sich schon als ein die Heilung sehr verzögernder übler Zufall zu betrachten.

Werden die Weichtheile in der Kinngegend nicht vereinigt, so bedingt der alsdann unvermeidliche fortdauernde Speichelverlust eine üble Complication. Lässt sich eine plastische Operation nicht ausführen, so muss man durch ein passend gepolstertes künstliches Kinn von Silber, Guttapercha oder dgl. diesem Uebelstande, so wie der bestehenden Difformität, abzuhelfen suchen.

b) Resection des ganzen horizontalen Theils (Bogens) des Unterkiefers.

Mit einem kräftigen Zuge werden die äusseren Weichtheile von dem einen *Angulus mandibulae* zum anderen längs der Basis des Knochens durchschnitten, demnächst von Unten nach Oben abgelöst und in die Höhe gezogen. Der Knochen liegt nun bloss und wird in der früher beschriebenen Weise, jenseit der Grenze seiner Erkrankung, durchsägt. Im Uebrigen sind alle bei der Resection des Mittelstücks angegebenen Vorsichtsmassregeln auf's Sorgfältigste zu beachten. Um den Knochen leichter entblössen zu können, fügt man zu dem angegebenen horizontalen Schnitte eine verticale Spaltung der Lippe. In den meisten Fällen, wo eine so ausgedehnte Resection erforderlich wird, sind aber voraussichtlich die Weichtheile gleichfalls in der Art erkrankt, dass dadurch die Richtung und Anordnung der Schnitte in denselben wesentlich bestimmt werden wird.

c) Resection einer Seitenhälfte oder eines Theils derselben.

Spaltung der Unterlippe und Incision längs der Basis, so weit es die Erkrankung des Knochens erheischt, ist für die Mehrzahl der Fälle erforderlich. |Kleine Geschwülste lassen sich auch in der Art exstirpiren, dass man von einer der Basis des Knochens entsprechenden Incision aus, mit einem Scalpell die Weichtheile hart an der vorderen und hinteren Seite des Knochens ablöst, und dann mit einer schmalen Stichsäge die Durchschneidung an der vorderen und hinteren Grenze der Geschwulst ausführt (B. Langenbeck).| Will man mit dem Bogen des Knochens zugleich einen Theil des Astes reseciren, so fügt man zu dem längs der Basis verlaufenden horizontalen Schnitte einen dicht vor dem Ohre hinabsteigenden verticalen hinzu. Beim Durchschneiden des *Ramus mandibulae* selbst ist auf den *Nerv. alveolaris inferior* zu achten. Soll die Trennung in der Nähe seiner Eintrittsstelle ausgeführt werden, so ist es, um eine Zerrung desselben zu verhüten, zweckmässig, ihn vorher mit dem Messer zu durchschneiden.

d) Resection einer ganzen Kieferhälfte.

Die Weichtheile werden in der so eben beschriebenen Weise durchschnitten; nur wird der verticale Schnitt vor dem Ohre bis über den Jochbogen aufwärts verlängert. Nach Ablösung der Weichtheile durchsägt man den Knochen in der Mittellinie. Dadurch wird die auszulösende Knochenhälfte viel beweglicher und dem Messer zugänglicher. Zunächst durchschneidet man mit einem geknöpften Pott'schen Bistouri, welches man hart am *Processus coronoides* hinaufgleiten lässt, die Sehne des *Musc. temporalis.* Demnächst wird das *Ligamentum laterale externum* durchschnitten und die Kapsel von Aussen geöffnet. Durch rotirende Bewegungen drängt man dann den Gelenkkopf des Unterkiefers hervor und durchschneidet die Kapsel in seinem ganzen Umfange mit kurzen Messerzügen oder mit einer Cooper'schen Scheere. Der *Pterygoideus externus* wird von seiner Insertionsstelle am Hals des *Proc. condyloides* abgelöst; indem man weiter mit einem geknöpften Messer am Knochen hinabgleitet, löst man die übrigen Weichtheile, namentlich den *Pterygoideus internus* und das *Ligam. laterale internum.* Hält man sich mit dem Messer hart am Knochen, so kann man die Verletzung der *Maxillaris interna* und der *Carotis externa* vermeiden. Dagegen werden mehrere Aeste der ersteren, namentlich die *Alveolaris inferior*, *Temporalis profunda* und *Masseterica*, so wie die *Temporalis superficialis* wol immer durchschnitten werden müssen. Die Blutung aus denselben ist so heftig, dass man wohl thut, jedes spritzende Gefäss sogleich nach der Durchschneidung zu unterbinden. Man muss deshalb alle Schnitte so führen, dass man dem trennenden Messer stets mit dem Auge folgen kann.

Die Mehrzahl der Wundärzte, welche diese Operation ausgeführt haben, entschloss sich, aus Furcht vor einer lebensgefährlichen Blutung, zur Unterbindung der *Carotis communis* vor dem Beginne der Resection. Dies ist aber an sich schon eine lebensgefährliche Operation, weshalb man in neuerer Zeit eine solche vorläufige Unterbindung auch allgemein unterlassen hat. [Jedoch dürfte die Compression der Carotis während der Ablösung der inneren Weichtheile zu empfehlen sein; denn so leicht es auch ist, die *Carotis externa* bei dem Ausschälen eines gesunden Unterkiefers unversehrt zu erhalten, so schwierig kann es werden, wenn durch degenerirte Gewebe das Gefäss fest an den Unterkiefer angeheftet ist.]

Nach einer solchen Resection wird die zurückgelassene Kieferhälfte stark gegen die verstümmelte Seite hin verschoben, so dass die Zunge und der Boden der Mundhöhle keineswegs den Grad von Befestigung behalten, den man wegen der Unversehrtheit des Geniohyoides und Genioglossus der einen Seite vielleicht erwartet.

e) Exstirpation des ganzen Unterkiefers.

Diese gewaltig eingreifende und verstümmelnde Operation ist in jeder Beziehung eine Verdoppelung der eben beschriebenen. Man führt den horizontalen Schnitt von einem Kieferwinkel zum anderen, und zwei verticale vor jedem Ohre abwärts. Die Weichtheile werden in der Richtung nach Oben von dem Knochen abgelöst, die Kinnlade in der Mitte durchsägt und dann eine Hälfte nach der andern in der vorstehenden Weise exarticulirt und ausgeschält. Trotz ihrer grossen Gefahren ist diese Operation doch mehrmals und auch mit glücklichem Erfolge (v. Walther) ausgeführt worden. Sehr selten mag sie wirklich indicirt sein. Dieffenbach z. B. konnte in allen Fällen, die ihm vorkamen, den Gelenkkopf als gesund zurücklassen. Bedenkt man, dass eine so ausgedehnte Erkrankung des Knochens, wie sie hier vorausgesetzt werden muss, fast immer krebsiger Natur sein wird, so fühlt man sich viel mehr aufgefordert, in solchen Fällen jeden operativen Eingriff zu unterlassen, als das unmöglich Scheinende zu wagen, mit der sicheren Aussicht auf ein baldiges Recidiv. Die Zurückziehung der Zunge und die Störung der Ernährung sind hier natürlich noch viel mehr als bei den Resectionen des Unterkiefers zu fürchten.

Achte Abtheilung.

Krankheiten der Zunge.

Erstes Capitel.

Missbildungen.

1. Festheftung der Zunge.

Die Zunge kann bald durch ein zu grosses Frenulum, bald durch seitliche Anheftungen, bald in ihrem ganzen Umfange, oder endlich an ihrer oberen Fläche (höchst selten) festgeheftet sein. Alle diese Anheftungen sind meist ursprüngliche Missbildungen. Sind sie nach der Geburt entstanden, so sind ihnen Verwundungen, Verbrennungen oder Gangrän vorausgegangen, daher bestehen gleichzeitig Verkrümmungen und Substanzverluste an der Zunge, so dass durch die blosse Ablösung die Difformität nicht ganz beseitigt wird. Glücklicher Weise sind aber solche Fälle höchst selten, da die fortdauernden Bewegungen der Zunge auch nach bedeutenden Verbrennungen, Mercurialgeschwüren u. dgl. m. eine Verwachsung hindern.

Bei weitem am Häufigsten wird die als „zu kurzes Zungenbändchen" bezeichnete, meist aber auf einer zu weit gegen die Spitze der Zunge hin ausgedehnten Insertion des Frenulum beruhende Anheftung der Zunge, welche von Manchen auch Ankyloglosson genannt wird (worunter man jedoch richtiger eine vollständige Festheftung der Zunge am Boden der Mundhöhle verstehen sollte), Gegenstand chirurgischer Behandlung. Je weiter nach Vorn das Frenulum sich an der Zunge erstreckt, desto mehr hindert es die Bewegungen der Zunge, und zieht endlich beim höchsten Grade dieser fehlerhaften Bildung die Zungenspitze in der Mittellinie so stark abwärts, dass sie wie eingekerbt erscheint und die Gestalt eines Kartenherzens erhält (Levret). Seltner ist das Frenulum wirklich zu kurz (in dem Durchmesser von Oben nach Unten). Der wesentlichste Nachtheil der aus diesem Bildungsfehler für das neugeborene Kind hervorgeht, ist die Behinderung des Saugens. Das Kind ist ausser Stande mit seiner Zunge eine Rinne zu bilden, wie dies für das Umfassen der Warze erforderlich ist; zuweilen wird, namentlich bei wirklicher Verkürzung des Frenulum, auch die Ausführung der Schlingbewegungen schwierig. Höchst selten aber ist die Anheftung eine so straffe; in der Mehrzahl der Fälle besteht das Uebel viel mehr in der Phantasie der Mütter und Wärterinnen, als im Munde der Kinder. Daher auch die grosse Menge populärer Namen für dieses Uebel. Auf die Aussprache der Consonanten übt die Festheftung der Zungenspitze, auch wenn sie nur in geringem Grade besteht, einen störenden Einfluss aus. Man kommt aber selten in den Fall, hierüber Beobachtungen machen zu können, weil die Lösung der Zunge eine übermässig beliebte Operation ist, wie dies bereits von Fabricius ab Aquapendente und von J. L. Petit hervorgehoben wurde. Die Diagnose ist übrigens sehr leicht. Man steckt dem Kinde einen Finger in den Mund; ergreift es ihn und saugt daran, so muss die Zungenspitze frei sein. Fasst das Kind den Finger nicht mit der Zunge, so muss man den Mund öffnen, was am einfachsten durch Zuhalten der Nasenlöcher geschieht, und sich dann überzeugen, ob die Zunge mit ihrer Spitze den Lippenrand erreichen und sich bis zum Gaumengewölbe erheben kann. Man hüte sich aber, daraus, dass das Kind die Brust nicht nehmen will, immer auf Festheftung der Zunge zu schliessen. Dies hängt viel häufiger von einer fehlerhaften Beschaffenheit der Brustwarze ab. Hierbei ist aber nicht zu übersehen, dass Kinder mit einem mässigen Grade von Festheftung der Zungenspitze ausser Stande sind, an einer kurzen eingezogenen Warze zu saugen, während sie für eine lange dünne Warze einen hinreichenden Grad von Beweglichkeit besitzen. Da nun die Lösung des Zungenbändchens im Allgemeinen eine höchst unbedeutende Operation ist, so wird man natürlich das Kind lieber zum Saugen durch dieselbe geschickter machen, als eine andere Ernährungsweise einleiten. Die Operation wird heut zu Tage weder mit besonderen Gabeln und Messern, noch durch Unterbindung, sondern einfach mit der Scheere ausgeführt. Der Kopf des Kindes muss fixirt sein, dann drückt man die Nase zu, damit es den Mund aufmache, und lässt sofort zwei Finger der linken Hand zu den Seiten des Frenulum unter die Zunge gleiten. Letzteres wird dadurch gespannt und kann nun leicht in entsprechender Länge mit der Scheere durchschnitten werden. Man schneidet möglichst entfernt von der Zunge, um nicht ein Aestchen der *Art. ranina* oder diese selbst zu verletzen. Finden die Finger keinen Platz unter der Zunge, um das Frenulum zu spannen, so schiebt man den zu diesem Behuf von J. L. Petit angegebenen Griff der Hohlsonde in der Art unter die Zunge, dass das Frenulum in den Ausschnitt desselben zu liegen kommt. In den gewöhnlichen Fällen wird die Operation durch den Gebrauch dieses Instrumentes bloss erschwert. Eine weitere Nachbehandlung ist in der Regel nicht erforderlich. Wurde aber durch unvorsichtige oder ungeschickte Führung des Schnittes ein Gefäss verletzt, so muss man die Blutung sogleich zu stillen suchen. Bei starker Blutung cauterisirt man sogleich mit einer glühenden Nadel oder einem anderen improvisirten Glüheisen. In leichteren Fällen mag es zureichend sein, wenn man die Zunge durch eine in den Mund gelegte Compresse niedergedrückt erhält und das Kind dadurch zugleich hindert, durch Saugen die Blutung zu steigern. [Ich möchte mich jedoch darauf, wenn die Blutung überhaupt eine Behandlung erfordert, nicht verlassen.] Als ein übler Zufall nach der Durchschneidung des Zungenbändchens wird von J. L. Petit auch die Zurückziehung, gleichsam ein Verschlucken der Zunge, und die dadurch bedingte Erstickungsgefahr aufgeführt.

Man hat dies für eine Fabel erklärt, die nicht mehr Werth habe als die Erzählung, dass Negersclaven zum Behuf des Selbstmords ihre eigene Zunge verschlucken sollen. Abgesehen davon, dass auch für diese letztere Angabe sich Vertheidiger gefunden haben, hat Cross in der *Presse médicale* Bd. I. p. 388 eine mit den von Petit angeführten Fällen übereinstimmende Beobachtung mitgetheilt. Man wird also jedenfalls eine zu ausgedehnte Ablösung des Frenulum vermeiden müssen.

Anderweitige Festheftungen der Zunge werden in ähnlicher Weise mit der Scheere gelöst. Schmale Stränge und brückenartige Pseudomembranen werden einfach durchschnitten. Bestehen sie aber in grösserer Ausdehnung, so ist es besser sie vollständig auszuschneiden; man fasst sie mit einer Pincette und schneidet sie zuerst von der Zunge und dann von ihrem anderen Anheftungspunkte am Zahnfleisch oder an der Wange mit der Scheere ab. Sind diese Adhäsionen zahlreich, so wird die Operation sehr schwierig, die Blutung störend, und es kann, namentlich wenn man gegen die untere Fläche der Zunge vorzudringen hat, trotz aller Vorsicht die Anwendung des Glüheisens erforderlich werden. Manchmal besteht die angeborene Festheftung der Zunge blos in der Verschmelzung ihres Epitheliums mit demjenigen der Nachbar-

dicker, trockner und rissiger wird ihr Epithelium, desto abschreckender ihr Aussehen. Allmälig zieht der heraushängende Theil der Zunge durch sein Gewicht das Gaumensegel, das Zungenbein und somit auch den Kehlkopf und den Pharynx nach Vorn, woraus eine beträchtliche Behinderung der Schlingbewegungen erwächst. Der Speichel läuft fortwährend aus dem Munde hervor und die Luft hat freien Zutritt zur Mund- und Schlundhöhle; hieraus erklärt sich die Trockenheit des Mundes und Schlundes und der fortwährende Durst. Bei angeborener Hypertrophie der Zunge wird der Durchbruch der Vorderzähne gestört; sie erhalten eine fehlerhafte Richtung nach Vorn, üben aber ihrerseits wieder einen Druck auf die Zunge aus, durch welchen die Anschwellung gesteigert wird. Ist die Hypertrophie erst später entstanden, so wird die Zunge gleichsam von den Zähnen gequetscht, dadurch entstehen Zerreissungen und Verschwärungen, aus denen oft beträchtliche Blutverluste stattfinden. Weiterhin werden aber die Zähne selbst cariös, oder fallen aus. Auch die Kieferknochen erfahren bei der steigenden Anschwellung der Zunge eine Krümmung, der Unterkiefer wird stark abwärts gedrängt, die Unterlippe weit ausgedehnt und umgeklappt. Endlich bei der höchsten Ausbildung des Uebels entstehen tiefe, jauchende Geschwüre und zwischen ihnen verhärtete Hügel, so dass jede Aehnlichkeit mit einer normalen Zunge verschwindet.

Eine Verwechslung dieses Zustandes mit der durch acute Glossitis bedingten Anschwellung der Zunge ist, wenn man die Anamnese berücksichtigt, ebenso wenig möglich als diejenige mit einem durch Entwicklung circumscripter Geschwülste im Zungengewebe bedingten Prolapsus. Man spricht auch von einem Vorfall der Zunge bei Erwachsenen, durch Lähmung der dieselbe zurückziehenden Muskeln. Auch hiermit würde, wenn ein solcher Zustand überhaupt vorkommt, eine Verwechslung nicht möglich sein.

Die Prognose der höheren Grade dieses Uebels ist, wie sich aus der Beschreibung selbst ergiebt, ungünstig. Wird aber die angeborene Hypertrophie gleich nach der Geburt richtig behandelt, so lässt sich ihrer weiteren Entwicklung vorbeugen. Man muss dem Kinde eine Amme mit recht langen und dicken Brustwarzen verschaffen, oder ihm einen Saugepropf geben, aus welchem die Milch schnell ausfliesst, so dass das Kind genöthigt ist, die Zunge schnell zum Behuf des Schlingens nach Hinten zu ziehen. In der Zwischenzeit muss man die Kieferränder durch einen Verband gegen einander pressen, um das Heraustreten der Zunge zu verhüten. Ausserdem soll das Aufstreuen von Pfeffer oder Alaunpulver sich nützlich erweisen. Führen aber diese Mittel nicht zum Ziel, oder sind sie versäumt worden, so wird man von adstringirenden Umschlägen und Scarificationen schwerlich mehr Erfolg zu erwarten haben. Dagegen hat sich nach den vorliegenden Erfahrungen das Ausschneiden eines entsprechend grossen Keils aus der Zunge hülfreich erwiesen. Vielleicht wäre, bevor man zu dieser nicht unbedeutenden Operation schreitet, noch der Versuch zu machen, ob die Durchschneidung der Genioglossi die Zurückziehung der Zunge zur Folge hat. |Jedoch wird man dadurch, wenn auch eine Zurückziehung, doch schwerlich eine Rückbildung des hypertrophischen Organs erzielen können.|

|Bei der Ausschneidung eines keilförmigen Stücks aus der Zunge verfährt man in folgender Weise. — Ein Gehülfe fixirt den Kopf, ein anderer ergreift die Zungenspitze mit einer Hakenzange und zieht die Zunge möglichst stark hervor. Der Operateur stösst in der Gegend, wo das hintere Ende des auszuschneidenden Keils sich befinden soll, zwei gerade Nadeln, in welche die beiden Enden eines etwa 1 Elle langen starken Fadens eingefädelt sind, durch die ganze Dicke der Zunge von Unten nach Oben. Zwischen den Nadeln, welche neben einander eingestossen werden, muss mindestens 1 Zoll Zwischenraum sein. Nachdem die Nadeln an der oberen Seite der Zunge herausgezogen sind, ergreift ein Gehülfe die Fadenenden in der Art, dass er mit der rechten Hand das eine derselben und zugleich den entsprechenden Theil der unter dem Kinn des Kranken hinabhängenden grossen Schlinge, welche der Faden bildet, und mit der anderen Hand das andere nebst der anderen Schlingenhälfte festhält, so dass er die Zunge mit den gespannten Theilen des Fadens genau fixiren kann. Die Hakenzange ist inzwischen dem Operateur übergeben, der sie mit der linken Hand fasst, während seine Rechte mit zwei kräftigen Scheerenschnitten (oder Messerzügen) den Keil in der beabsichtigten Grösse ausschneidet, wobei genau darauf zu achten ist, dass die Spitze des Keils zwischen die beiden Stichpunkte, und somit in den Bereich des eingeführten Fadens zu liegen komme. Sofort werden nun die Fadenenden so stark angezogen, dass die Mitte des Fadens sich an die untere Fläche der Zunge legt, und hierauf auf dem Rücken der Zunge als erste Naht zusammengeknüpft. Die Fadenenden werden nicht abgeschnitten, sondern als Handhabe benutzt, um die Zunge für das Anlegen der übrigen Nähte, die sämmtlich aus dicken Fäden bestehen und durch die ganze Dicke der Zunge geführt werden müssen, ganz in seiner Gewalt zu haben.|

[Dies gegen die sonst gefährliche Blutung sicher stellende Verfahren ist im Wesentlichen das von Dieffenbach angegebene; nur empfiehlt Dieffenbach ausschliesslich den Gebrauch des Messers, indem er die Scheere, wegen der Dicke und Zähheit des Theils, für nicht passend hält. Mit einer starken Scheere (wie sie Lüer als Hasenschartscheere anfertigt), lässt sich aber selbst eine dicke Zunge mit grösster Leichtigkeit scharf und rein durchschneiden. — Fürchtet man, trotz des vorgängigen Einlegens der hintersten Sutur, eine bedeutende Blutung, so kann man die Zunge mit einer gefensterten Zange fassen, und während mit dieser comprimirt wird, erst alle Nähte anlegen. — Auf die Nähte am vordersten Theil der Zungenspitze muss besondere Sorgfalt verwandt werden, um eine ganz glatte Vereinigung zu bewirken. In der Regel werden die Suturen erst nach dem dritten Tage entfernt, da man hier andere Vereinigungsmittel nicht benutzen kann und es besser ist, dass einige Stichkanäle in Eiterung gerathen, als dass die Vereinigung ausbleibt. Vielleicht wäre es in dieser Beziehung zweckmässig, die Nähte dicht gedrängt, aber in der Art anzulegen, dass zwischen je zwei fest angezogenen Suturen eine nur locker die gefasste Zungensubstanz umschliessende eingeschaltet wird, so dass man bei steigender Entzündungsgeschwulst jene schon in den ersten Tagen entfernen, diese aber längere Zeit liegen lassen kann.]

Die Durchschneidung der Genioglossi, zuerst von Philipps zur Heilung des Stotterns [1]) empfohlen, wird entweder von der Mundhöhle aus mit Messer oder Scheere, nachdem man die Insertion des Muskels am Unterkiefer durch Einschneiden der Schleimhaut blossgelegt hat, oder aber von der Unterkinngegend aus, nach Durchstechung der Haut, mit einem stumpfspitzigen Tenotom ausgeführt, während man durch den in den Mund eingeführten Zeigefinger ein zu weites Vordringen des Messers verhütet. Nach den Angaben von Bonnet, der dies letztere Verfahren empfiehlt, schiebt man das Tenotom am besten in der Mittellinie hinter dem Unterkiefer hinauf und trennt beide Muskeln, indem man die Schneide zuerst nach der einen und dann nach der andern Seite hin wendet.

[1]) [Da alle zum Behuf der Heilung des Stotterns unternommenen Operationen trotz der glänzenden Erfolge, welche Dieffenbach Anfangs mit dieser von ihm erfundenen Operation erzielte, sich schliesslich als wenig oder gar nicht wirksam, zum grössten Theil aber als gefährlich erwiesen haben, da ferner ein vorübergehender Erfolg ebenso wie durch Operationen an der Zunge auch durch andere schmerzhafte Operationen an den verschiedensten Körpertheilen erreicht worden ist, so glaube ich auf eine Darstellung der Stotteroperationen und des Stotterns selbst hier nicht weiter eingehen zu dürfen.]

Zweites Capitel.

Wunden und fremde Körper.

Zufällige Verletzungen der Zunge werden am Häufigsten durch die Zähne bei einem Schlag oder Fall, der den Unterkiefer trifft, oder bei convulsivischen Bewegungen des letzteren veranlasst. Ferner können Fischgräten und scharfe Knochenstückchen, namentlich beim Verspeisen von kleinem Geflügel, in die Zunge eingebohrt werden, auch Insectenstiche und Schussverletzungen kommen an ihr vor; endlich sind die absichtlichen Verletzungen bei Operationen hier zu erwähnen. Wenn die Verletzung nur den Zungenrücken betrifft und oberflächlich ist, so findet keine bedeutende Blutung statt, und man kann die Wunde sich selbst überlassen. Bei grosser Unebenheit der Wundränder lässt sich die Heilung durch Abtragung derselben mit der Scheere und Anlegung der Naht beschleunigen. Hierdurch kann namentlich bei Schussverletzungen viel Zeit gewonnen und der sonst bei allen solchen Verletzungen sehr beträchtlichen Entzündungsgeschwulst vorgebeugt werden. Um letztere zu verhüten oder doch zu vermindern, macht man neben der Wunde tiefe Scarificationen. Bei beträchtlicher Blutung sucht man durch die Umstechung oder die in der vorstehend beschriebenen Weise angelegte Naht, in leichteren Fällen auch wol durch die Anwendung einer stetigen Compression zwischen den Branchen einer Schieberpincette, endlich auch durch Aufstreuen styptischer Pulver oder die Application des Glüheisens Hülfe zu schaffen. |Letzteres ist jedoch bei Blutungen aus der Zunge schwer anzuwenden, da es sich in dem um die Zunge herum angehäuften Blute zu schnell abkühlt.| Zur Unterbindung der *Art. lingualis* oder gar der Carotis dürfte man durch eine zufällige Verletzung der Zunge kaum jemals veranlasst werden.

Verbrennungen der Zunge sowie der ganzen Mundhöhle kommen häufig vor, meist sind sie jedoch nur oberflächlich; dringen sie tiefer ein, so erheischt die nachfolgende Entzündung die im nächsten Capitel anzugebende Behandlung. Den Verbrennungen ähnlich, meist aber tiefer greifend, sind die Verletzungen durch zufällig oder absichtlich genossene Aetzmittel (Trinken von concentrirter Lauge, Scheidewasser, Schwefelsäure). Kaum jemals wird man in solchen Fällen früh genug kommen, um durch neutralisirende Antidota noch irgend etwas nutzen zu können. Bei der weiteren Behandlung sind gewöhnlich die gleichzeitigen Verletzungen des Schlundes und des Kehlkopfes von viel grösserer Wichtigkeit.

Verhältnissmässig selten bleiben fremde Körper in der Zunge stecken. Jedoch hat man bei Kieferbrüchen Knochensplitter, auch Bombenstücke und Kugeln in ihr angetroffen und letztere zuweilen ohne Schaden längere Zeit darin verweilen sehen. [Ihre Entfernung ist in der Regel leicht.]

Einen der merkwürdigsten Fälle der Art erzählt Boyer. Ein Soldat kam in die Pariser Charité, um sich wegen einer harten Geschwulst in der Zunge, durch welche deren Bewegungen gehindert wurden, behandeln zu lassen. Man entdeckte einen kleinen Fistelgang auf der Höhe der Geschwulst, durch welchen man mit einer Sonde die in der Tiefe steckende Kugel deutlich fühlen konnte. Durch einen Einschnitt wurde letztere entfernt; die Heilung erfolgte schnell.

Drittes Capitel.

Entzündung und Verschwärung.

Die Zungenentzündung, Glossitis, ist entweder die Folge eines Allgemeinleidens oder einer Verletzung. Namentlich wird bei höheren Graden der Mercurialvergiftung und bei heftigem Verlaufe der Pocken nicht selten Glossitis beobachtet.

Trincavellius erzählt von zwei Frauen, deren eine nach ausgebreiteter Einreibung der grauen Quecksilbersalbe, die andere in Folge der Pocken in hohem Grade an Zungenentzündung litten, so dass man zum Aderlass aus der *Vena ranina* und zur Anwendung von Blutegeln schreiten musste. S. Louis in den *Mémoires de l'Acad. de chir.* T. V.

Auch im Verlauf typhöser Fieber wird Glossitis beobachtet. Die Verletzungen, welche Zungenentzündung zur Folge haben, sind im vorigen Capitel bereits erwähnt. Besonders gefährlich sind in dieser Beziehung alle vergifteten Wunden.

Mehrere, weit verbreitete Erzählungen, deren eine bei Paré, *Oeuvres complètes*, Paris 1841 T. III. p. 321 zu finden ist, schildern das Hautsecret der Kröten als die Veranlassung heftiger Glossitis. Ein Bauer zog sich den höchsten Grad dieses Uebels zu, indem er in Folge einer Wette eine lebende Kröte verspeiste (Beobachtung von Dupont). Zwei Männer starben nach dem Berichte Paré's an Glossitis in Folge des Genusses von Wein, in welchem sie Salbei gethan hatten, der mit dem Geifer einer Kröte besudelt war [??]

Die Erscheinungen der Glossitis sind wesentlich verschieden, je nachdem sie nur die Schleimhaut oder die eigentliche Substanz der Zunge betrifft, und die tiefe Zungenentzündung ist wiederum wesentlich verschieden, je nachdem sie das ganze Organ oder nur einen Theil ergreift.

Die oberflächliche Zungenentzündung wird oft durch Missbrauch des Quecksilbers veranlasst, oder besteht gleichzeitig mit einer Entzündung des Schlundes oder der Gastrointestinalschleimhaut. Sie verläuft langsam, aber hinterlässt selten üble Folgen. Die tiefe Glossitis dagegen verläuft sehr schnell und nimmt ihren Ausgang oft in Gangrän oder Eiterung; sie kann durch Erstickung oder durch Pyämie zum Tode führen. Stets veranlasst sie Beschwerden beim Kauen, Sprechen und Schlingen; auch Speichelfluss findet dabei in der Regel statt. Natürlich leidet durch alle diese Störungen auch die Verdauung. Die wichtigste Erscheinung dieser tiefen Glossitis ist die starke Anschwellung der Zunge; sie drängt sich zwischen den Kiefern hervor, füllt den Pharynx zum Theil aus, schiebt die Epiglottis abwärts, hindert somit den Eintritt der Luft und veranlasst zugleich Cerebralcongestionen. Der Kranke geht, wenn keine entsprechende Hülfe geleistet wird, durch Erstickung oder Apoplexie zu Grunde.

Die Gefahr ist noch grösser, wenn die Veranlassung der Glossitis zugleich anderweitige verderbliche Folgen hat, wie dies bei vergifteten Wunden, namentlich bei einer Verunreinigung mit Milzbrand- oder Rotzcontagium der Fall ist. In solchen Fällen sieht man gewöhnlich die angeschwollene Zunge in grosser Ausdehnung brandig werden. Dies ist häufig auch der Fall bei den im Verlaufe des Typhus und der Pocken auftretenden Zungenentzündungen. In solchen Fällen kommt zu der Erstickungsgefahr noch diejenige der Gangrän und namentlich der Gangrän im Munde, von wo aus die Jauche unwiederbringlich in den Magen gelangt und von da aus ein Allgemeinleiden veranlasst oder das schon bestehende steigert. Endlich ist ein Substanzverlust an der Zunge, eine Festheftung des übrig gebliebenen Theils an den Nachbargebilden und somit Störung ihrer Function auch in den glücklichsten Fällen zu befürchten.

Bei jeder tiefen Glossitis beginnt man die Behandlung mit Blutentleerungen. Viele empfehlen zuerst einen Aderlass, namentlich an der *Vena jugularis*; es dürfte jedoch zweckmässiger sein, wenn es irgend möglich ist der Zunge beizukommen, gleich zu Anfang ein paar tiefe Einschnitte in die Zunge selbst zu machen. Um diese zweckmässig auszuführen, entfernt man die Kiefer möglichst stark von einander und legt Korkpfröpfe oder Holzkeile zwischen die Zahnreihen. Die linke Hand ergreift die mit einer kleinen Compresse bedeckte Zunge und zieht sie hervor. Mit der rechten stösst man ein kleines Bistouri etwa $^1/_2$ Zoll tief möglichst nahe der Zungenwurzel ein und incidirt den ganzen Zungenrücken gerade nach Vorn bis zur Spitze auf der einen Seite; derselbe Schnitt wird sogleich auf der anderen Seite wiederholt. Die hierdurch bewirkte Blutung ist sehr beträchtlich; bei einfachen und reinen Entzündungen sinkt die Geschwulst sogleich und es erfolgt Zertheilung unter der Anwendung erweichender Mundwässer. |Ausspülen mit lauwarmem Wasser reicht hin.|

De la Malle (*Acad. de chir. T. V. p.* 1735) hat diese Incisionen in die Praxis eingeführt. Jedoch waren sie früheren Autoren nicht unbekannt. Vgl. Job a Meekren, *Observationes med.-chirurg. cap.* XXII. *obs.* 43. *De tumore gravi linguae vicinarum.*

Ableitungen auf den Darmkanal mögen, wenn der Kranke überhaupt schlucken kann, von Nutzen sein und in Verbindung mit topischen Blutentziehungen am Halse leichtere Zungenentzündungen zur Zertheilung bringen können.

|Auch eine partielle Glossitis kann unter heftigen Schmerzen und Schlingbeschwerden zu einer bedeutenden Anschwellung der Zunge Veranlassung geben. Gelingt es nicht durch frühzeitige Incision, welche oft schwierig auszuführen ist, Zertheilung herbeizuführen, so bildet sich ein Abscess, dessen plötzlicher Aufbruch durch Erguss des Eiters in den Larynx zur Erstickung führen kann. Man muss deshalb, wenn die Incision Anfangs versäumt oder nicht gelungen ist, jedenfalls den Abscess so früh als möglich mit dem Messer öffnen.|

Bei Gangrän der Zunge sind die brandigen Theile so früh als möglich zu entfernen, der üble Einfluss der Brandjauche aber durch reinigende und desinficirende Einspritzungen zu verhüten. In diesem Sinne ist auch die innere Behandlung einzuleiten, sofern der Kranke überhaupt im Stande ist Etwas zu schlucken.

Geschwüre auf dem Rücken und am Rande der Zunge entstehen, wie schon Hippocrates und Celsus sehr gut gewusst haben, häufig in Folge der immer wiederkehrenden Reizung und Verletzung durch Zahnspitzen. Leider wird dies einfache ätiologische Verhältniss noch oft übersehen und statt der sicher zum Ziele führenden Beseitigung des schadhaften Zahns eine eingreifende Behandlung gegen die vermeintlich zu Grunde liegende Dyskrasie angeordnet.

Uebrigens kommen sehr häufig scorbutische, aphthöse, mercurielle, endlich auch sowol primäre als secundäre syphilitische Geschwüre an der Zunge vor. Letztere sind durch ihren langsamen Verlauf und ihre grosse Hartnäckigkeit vor allen anderen ausgezeichnet. Gewöhnlich treten sie mit scharf abgeschnittenen Rändern und aschgrauem Geschwürsgrunde auf. Seltener findet man als Ausdruck eines syphilitischen Allgemeinleidens kleine harte Hügel, zwischen denen rissige Vertiefungen verlaufen, ohne dass Eiterung dabei besteht. Eine solche chronische Schwellung kommt nur in der Mitte der Zunge vor, nicht an den Rändern.

Bei allen Zungengeschwüren erweist sich das sorgfältige Reinhalten nützlich. Auch das Betupfen mit Salzsäure und Höllenstein wird empfohlen. Jedoch scheint es die Heilung nicht wesentlich zu befördern. Bei allen dyskrasischen Geschwüren ist natürlich eine entsprechende innere Behandlung erforderlich.

Viertes Capitel.

Neubildungen.

Fast alle Pseudoplasmen sind im Gewebe der Zunge gefunden worden [1]). Besonders häufig und wichtig aber sind die Gefässgeschwülste und der Krebs der Zunge.

Gefässgeschwülste an der Zunge haben meist den Charakter der Teleangiectasien; zuweilen sind sie überwiegend venöser Natur. |Gestielte Teleangiectasien kommen namentlich in der Gegend des Frenulum, entweder an ihm selbst oder an der unteren Fläche der Zungenspitze haftend, vor.| Bei sorgfältiger Untersuchung wird ein Zweifel über die Natur dieser Geschwülste nicht stattfinden können. Die Gefahr einer bedeutenden Blutung lässt die Anwendung der Ligatur bei allen gestielten Geschwülsten der Art räthlich erscheinen.

|Am Frenulum der Kinder führt man die Unterbindung am bequemsten in der Weise aus, dass man eine Nadel mit doppeltem Faden hinter der Geschwulst durch das Frenulum stösst und die Fadenenden dann, nachdem die Schlinge am Oehr der Nadel durchschnitten ist, oberhalb und unterhalb der Geschwulst zusammenschnürt.|

Sollte die Exstirpation einer nicht gestielten Gefässgeschwulst an der Zunge durch das fortschreitende Wachsthum derselben nöthig gemacht werden, so schneidet man, wo möglich, keilförmige Stücke mit Berücksichtigung aller in Betreff der Blutung oben angegebenen

[1]) Portal erzählt von Tuberkeln, die er in der hypertrophischen Zunge einer scrophulösen Frau fand. *Cours d'anatomie médicale*. Paris 1804 T. IV.

Cautelen aus der ganzen Dicke der Zunge aus und erzielt durch die sorgfältig angelegten Nähte die erste Vereinigung. Wo dies nicht möglich ist, müsste man die Ligatur auszuführen suchen. Das sicherste Mittel gewährt die *Ligatura candens*, wie sie bei den Nasenpolypen beschrieben wurde.

Es scheint, dass manche Erkrankungen der Zunge als Gefässgeschwülste beschrieben worden sind, ohne diesen Namen wirklich zu verdienen. Einen zweifelhaften Fall der Art, welcher eine gewisse Berühmtheit erlangt hat, beschreibt Brown. Ein junges Mädchen hatte an der Seite der Zunge eine Geschwulst mit allen Charakteren des erectilen Gewebes, welche in kurzer Zeit grosse Fortschritte gemacht und bereits die Grösse einer Erdbeere erreicht hatte. Aus nicht alle angegebenen Gründen hielt Brown, bevor er eine Operation unternehmen wollte, den innern Gebrauch des Calomel für erforderlich. Nach mehrtägiger Anwendung entstand Salivation mit beträchtlicher Anschwellung der Zunge. Nachdem diese Zufälle wieder beseitigt waren, konnte man auch von der Geschwulst nichts mehr entdecken. Es bleibt natürlich die Frage offen, ob hier während der Salivation durch die Entzündung Verschluss der die Geschwulst zusammensetzenden Gefässe bewirkt wurde, oder ob die Geschwulst überhaupt anderweitiger Natur gewesen ist. Vgl. Olivier *Dictionnaire de médecine en 30 vol.* und *Archiv. général. de médecine 2e Série*, t.

Der Krebs der Zunge ist häufig. Er tritt unter verschiedenen Formen auf. Am Häufigsten beginnt er an der Spitze oder an den Rändern der Zunge und ergreift Anfangs die oberflächlichen Schichten, gleichsam die Rinde dieses Organs. Bei dieser Art des Auftretens hat man es in der Regel mit einem Epithelialcarcinom zu thun. Zuweilen erhebt sich dasselbe auch als ein breitgestieltes Gewächs über die Oberfläche. In anderen, viel seltneren Fällen tritt die Krebsgeschwulst mitten im Gewebe der Zunge auf und steigt erst allmälig zur Oberfläche empor und weiterhin über diese hinaus. Die letztere Art der Entwicklung lässt auf Scirrhus oder Markschwamm schliessen.

Das Epithelialcarcinom der Zunge stellt alsbald ein ausgebreitetes, rissiges Geschwür mit jauchigem Secrete dar. Die übrigen Krebsformen dagegen, welche aus der Tiefe der Zunge hervorwachsen, durchbrechen die Oberfläche erst nach längerem Bestehen. Immer aber gehen auch sie endlich in Verjauchung über.

Bei allen Formen des Zungenkrebses sind die Schmerzen in der Regel sehr heftig. Bald nach dem Aufbruch treten häufige Blutungen auf. Hierdurch, sowie durch die Behinderung des Kauens und Schlingens, endlich auch durch die Beimischung der Jauche zu den genossenen Speisen übt der Zungenkrebs sehr frühzeitig einen nachtheiligen Einfluss auf das Allgemeinbefinden aus. Widersteht der Kranke hinreichend lange, so verbreitet sich das Carcinom, welcher Art es auch angehören möge, gegen den Boden der Mund-

Diese Operation, so wie die eigentliche Amputation der Zunge, d. h. das quere Abschneiden des grössten Theils dieses Organs, erfordert, um vor der gewaltigen Blutung aus den Aesten der Lingualis sicher zu sein, entweder die vorgängige Unterbindung dieser Arterie in ihrer Continuität oder die vorgängige Anlegung einer starken Ligatur an dem zurückzulassenden Zungenstumpfe, oder endlich den Gebrauch der galvanokaustischen Instrumente.

Die Schwierigkeiten, welche die Unterbindung der *Art. lingualis* darbieten kann, so wie das zu ihrer Aufsuchung einzuschlagende Verfahren, wurden bereits Bd. II. p. 196 geschildert. Die Unterbindung der einen Lingualis stellt überdies wegen der zahlreichen Anastomosen nicht ganz sicher.

Deshalb hat man in der Mehrzahl der Fälle der Ligatur der Zunge selbst den Vorzug gegeben. Die Schwierigkeiten, welche die Abschnürung des hinteren Theils der Zunge darbietet, haben zur Aufstellung zahlreicher Operationsverfahren, welche jedoch im Wesentlichen alle darauf hinaus laufen, dass man durch den gesunden Theil der Zunge in der Mittellinie einen oder zwei Fäden hindurchführt, mit denen dann die eine oder beide Seitenhälften durch Anlegung eines Schlingenschnürers (vgl. Bd. I. p. 402) strangulirt werden, — Veranlassung gegeben.

Verfahren von Mayor für die Entfernung der einen Zungenhälfte. Die Zunge wird mit einem scharfen Haken stark hervorgezogen, in der Mittellinie mit einem geraden Bistouri gespalten, die krebsige Hälfte mit einer Ligatur (natürlich im Gesunden) umfasst und mittelst des Mayor'schen Schlingenschnürers (Bd. I. p. 402) zusammengeschnürt.

Verfahren von J. Cloquet, gleichfalls für die Ligatur der einen Zungenhälfte, aber in einem Falle, wo der Krebs sich zu weit nach Hinten erstreckte, als dass die Ligatur vom Munde aus noch hätte angelegt werden können. Cloquet machte einen Einschnitt in der Mittellinie des Halses über dem Zungenbein und stiess von diesem aus eine krumme gestielte Nadel durch die Zungenwurzel, so dass die Spitze derselben dicht vor der Epiglottis den Zungenrücken durchbohrte und von da durch Senkung des Stiels in der Mundhöhle weiter nach Vorn bis zwischen die Zahnreihen geschoben werden konnte. Nun wurden zwei starke Fäden in das nahe der Spitze befindliche Oehr eingefädelt, die Nadel zurückgezogen, die Fadenenden aus ihr entfernt, so dass sie aus der Halswunde hervorhingen, die Nadel sofort wieder von derselben Wunde aus durch den Boden der Mundhöhle zur Seite der

Zunge emporgestossen und nun die noch im Munde befindlichen Fadenenden in das Oehr der Nadel eingefädelt, um sie gleichfalls zur Halswunde herauszuführen, wo sie in einem Schlingenschnürer befestigt wurden. Mit der einen Ligatur wurde die Basis der Zunge quer zusammengeschnürt. Der zweite Faden wurde benutzt, um die Zunge in der Richtung von Hinten nach Vorn zusammenzuschnüren, nachdem der grössere Theil der Zunge in der Mittellinie gespalten war [1]).

Verfahren von Mirault, eine Modification des von Cloquet befolgten. Die vom Halse aus eingestossene Nadel wird durch die ganze Dicke der Zunge hindurch und in der Mundhöhle hervorgezogen, dann zur Seite der Zunge wieder eingestossen und aus der Halswunde wieder hervorgezogen. Die Fadenenden werden von der Halswunde aus zusammengeschnürt.

Mirault war bei seiner Operation nicht blos glücklicher als Cloquet, sondern fast zu glücklich, um durch seine Beobachtung volles Vertrauen einzuflössen. Es handelte sich um einen ulcerirten schwammigen Krebs in der ganzen Breite der Zunge bei einem jungen Mädchen. Mirault unterband zuerst die linke, und als der Faden am 9ten Tage abgefallen war, auch die rechte Hälfte der Zunge. Wunderbarer Weise wurde der vor den Ligaturen liegende Theil der Zunge nicht brandig; vielmehr vereinigten sich die von den Fäden durchschnittenen Weichtheile wieder und dennoch heilte der Krebs. Gewiss müssen hier ernstliche Bedenken gegen die wirklich krebsige Natur des Uebels aufsteigen. *Mémoires de l'Académ. royale de médecine.* Paris 1835. T. IV. p. 35.

Verfahren von Vidal. Eine gestielte gerade Nadel, deren Oehr sich in der Nähe der Spitze befindet (Bd. I. p. 400), wird, während die Zunge aus dem Munde stark hervorgezogen ist, über dem Zungenbein eingestossen, so dass sie hinter der Grenze der Erkrankung auf dem Zungenrücken zum Vorschein kommt. Ein starker Faden ist in der Art durch das Oehr gezogen, dass seine beiden gleich langen Enden aus der Halswunde heraushängen, sein Mittelstück aber im Oehr der Nadel über dem Zungenrücken erscheint und leicht mit einer Pincette gefasst werden kann. Der Operateur zieht, während er die Nadel mit der einen Hand hält, mit der andern das eine Fadenende zunächst in die Mundhöhle hinein und dann aus dieser hervor. Die Nadel wird nun mit dem anderen Fadenende durch den Wundkanal bis unter die Zunge zurückgezogen, dann aber zum zweiten Mal, und zwar jetzt an der

[1]) Vidal war bei der von Cloquet in dieser Weise ausgeführten Operation gegenwärtig. Der Kranke starb am dritten Tage, wie Vidal glaubt, unter Erscheinungen, die von einer Vergiftung durch die während des Schlafes verschluckte Jauche veranlasst waren.

äusseren *Seite der Zunge*, emporgestossen, so dass sie zwischen dem *Arcus glossopalatinus* und der Zunge zum Vorschein kommt. Nun *wird* auch das andere Fadenende aus dem Oehr hervorgezogen, so dass beide Fadenenden frei aus der Mundhöhle heraushängen und die Nadel gleichfalls frei aus der Halswunde herausgezogen werden kann. Die beiden Fadenenden werden dann auf dem Zungenrücken zusammengeknotet oder mit einem Schlingenschnürer zusammengeschnürt.

Wenn der Krebs die ganze Breite der Zunge einnimmt, so unterbindet man beide Seitenhälften unmittelbar hinter einander. Man fädelt dann einen schwarzen und einen weissen Faden in der oben beschriebenen Weise in das Oehr der Nadel, sticht diese an der eben bezeichneten Stelle des Halses so ein, dass sie in der Mitte der Zungenwurzel im Munde zum Vorschein kommt. Mit einer gewöhnlichen Pincette zieht man demnächst ein weisses und ein schwarzes Fadenende hervor, so dass sie frei aus dem Munde heraushängen, während die beiden anderen Fadenenden nahe der Halswunde von einem Gehülfen gehalten werden. Jetzt wird die Nadel zur einen Seite der Zunge geführt und wieder in die Mundhöhle hineingestossen und daselbst zunächst der schwarze Faden hervorgezogen. Dann führt man die Nadel auf der anderen Seite der Zunge hervor, um hier auch den weissen Faden auszufädeln, so dass die Zunge nunmehr zur Hälfte von einem schwarzen, zur Hälfte von einem weissen Faden umfasst ist. Die Nadel wird sogleich durch die Halswunde entfernt und die Zusammenschnürung in der oben beschriebenen Weise vorgenommen.

[Die Anwendung der galvanokaustischen Drahtschlinge statt der gewöhnlichen Ligatur überhebt uns der Unannehmlichkeiten, welche aus der Zurücklassung eines wenn auch noch so kleinen strangulirten Stücks der Zunge hervorgehen müssen. Steht der galvanokaustische Apparat nicht zu Gebote, so muss man die abgebundene Zunge jedenfalls dicht vor der Ligatur abschneiden.]

Anhang.

Ranula. Froschgeschwulst, Fröschleingeschwulst.

[Aehnlich, wie unter dem Namen Epulis die am Kieferrande auftretenden Neubildungen, hat man unter dem Namen Ranula die unter der Zunge zu den Seiten des Frenulum vorkommenden Geschwülste zusammengefasst. Die grosse Mehrzahl der hier auftretenden Pseudoplasmen sind Cysten und zwar in der Regel Cysten mit einem eigenthümlichen gallertigen oder schleimigen, weingelben Inhalte und sehr dünnen Wandungen. Auf diese Cystengeschwülste unter der Zunge ist dann auch der Name Ranula im engeren Sinne bezogen worden, während von allen erfahrenen Wundärzten zugestanden wird, dass auch andere Pseudoplasmen, namentlich gewöhnliche Balggeschwülste mit breiigem Inhalt an derselben Stelle vorkommen.]

Die Erscheinungen der Ranula sind folgende. Unter dem vorderen Theil der Zunge, zu den Seiten des Frenulum, findet sich eine etwas abgeplattete Geschwulst von rundlichem oder ovalem Umfange, welche bläulich schimmert (d. h. hell durchscheinend ist), und deutlich fluctuirt. So lange die Ranula klein ist, macht sie keine Beschwerden; aber sie wächst stetig weiter und hindert dann bei bedeutenderer Grösse die Bewegungen der Zunge, welche nach Verlauf von 2 bis 3 Monaten schon gänzlich von ihr verdrängt sein kann; die Geschwulst wird nunmehr beim Sprechen und Kauen sehr hinderlich. In seltenen Fällen setzt die Ranula ihr Wachsthum so weit fort, dass sie die am Unterkiefer sich inserirenden Muskeln verdrängt und endlich unter der Haut des Halses als eine fluctuirende Geschwulst, deren Zusammenhang mit der im Mund befindlichen sich leicht nachweisen lässt, zum Vorschein kommt. Endlich bei dem höchsten Grade ihrer Entwicklung verdrängt sie die Zähne und bedingt Caries des Unterkiefers. Alsdann können auch Erstickungszufälle durch sie veranlasst werden. Zuweilen aber platzt die Ranula auf einer gewissen Stufe ihrer Entwicklung von selbst oder in Folge unbedeutender Insultation. Hierdurch wird sie aber nicht beseitigt; die Anfüllung der zurückbleibenden Cyste erfolgt vielmehr mit grosser Schnelligkeit. Dies Platzen mit nachfolgender abermaliger Anfüllung kann sich oft wiederholen. Die Cyste selbst wird bei längerem Bestehen, namentlich, wenn sie schon mehrmals geplatzt ist, bedeutend verdickt, so dass sie an einzelnen Stellen knorpelig erscheint, während sie auf früheren Stadien äusserst dünn war. Unter denselben Verhältnissen verändert sich auch der Inhalt; er wird trübe, eitrig, flockig.

Die Diagnose einer Ranula von mässiger Grösse kann niemals Schwierigkeiten darbieten, sobald man nur die Besichtigung der Mundhöhle nicht vernachlässigt. Bei hohem Grade der Entwicklung könnte es zweifelhaft bleiben, ob man es mit einer Ranula oder mit einer vom Hals ausgehenden Cyste zu thun habe.

[Ueber das Wesen und den Sitz der Ranula sind schon von alter Zeit her verschiedene Ansichten aufgestellt worden, die sich im Wesentlichen auf folgende zurückführen lassen.

1) Die Geschwulst besteht in einer Ausdehnung des Wharton'schen Ganges durch angehäuften Speichel, während die Mundöffnung des Speichelganges verschlossen ist. Für diese, bereits von Diemerbroek (1664), vielleicht auch schon früher aufgestellte

Ansicht, spricht eigentlich nur die Localität, in welcher die Geschwulst auftritt; gegen dieselbe aber ist geltend zu machen, dass die chemische Untersuchung des Inhaltes nicht die mindeste Uebereinstimmung mit Speichel erkennen lässt. Ueberdies konnte man in mehreren Fällen, trotz Bestehens einer Ranula, in den Ausführungsgang der Unterzungen- und Unterkieferdrüse eine feine Sonde einführen.

2) Die Ranula besteht in einer ganz neugebildeten Cyste (mit colloidem Inhalt), analog den anderen, nur seltner an dieser Stelle vorkommenden Balggeschwülsten mit epithelialem Inhalt; vielleicht ist sie nur ein Entwicklungsstadium dieser selbst.

3) Die Ranula sowol als andere an dieser Stelle auftretende Balggeschwülste sind Entartungen der am Boden der Mundhöhle zahlreich gelegenen Schleimdrüsen.

4) Die Ranula ist eine wassersüchtige Anschwellung des unter der Zunge an der äusseren Seite jedes *M. genioglossus* gelegenen Schleimbeutels, welchen Fleischmann zuerst beschrieben hat. Diese letztere Ansicht hat in neuerer Zeit die meisten Anhänger gefunden. Die von Schuh dagegen erhobenen Einwendungen, „dass der Balg nothwendig dick sein müsse, wenn es sich um Wassersucht eines Schleimbeutels handle, und dass Ranula auch ausserhalb der Genioglossi vorkomme, wo kein Schleimbeutel liege“, sind nicht ganz schlagend. Einerseits wird die Wand der Ranula zuweilen verdickt gefunden, andrerseits ist Verdickung des Balges kein nothwendiges Requisit für *Hydrops bursae mucosae*. Die Lage ausserhalb der Genioglossi ist kein Einwurf, indem gerade dort jene Schleimbeutel liegen. Dagegen glaube ich als einen Grund gegen die Deutung der Ranula als *Hydrops bursae mucosae* die Beschaffenheit des Inhaltes, der, so viel ich sah, colloider Natur, und durch Zähigkeit und gallertartige Beschaffenheit von dem Inhalte hydropischer Schleimbeutel auch bei oberflächlicher Betrachtung sehr verschieden ist, wenigstens für manche Fälle hervorheben zu müssen.

Somit dürfte der eigentliche Sitz und das Wesen der Fröschleingeschwulst noch immer nicht ganz genau erwiesen sein. Wahrscheinlich entsteht sie nicht immer in derselben Art, so dass in dem einen Falle diese, in dem anderen Fall jene Ansicht die richtige sein mag.|

|Sehr ausführliche Untersuchungen über die Froschgeschwulst hat Dr. Alb. Haller in Dorpat geliefert (Deutsche Klinik 1851 No. 21 — 28). Daselbst ist auch die gesammte ältere und neuere Literatur ausführlich und sorgfältig an-

gegeben. Vgl. ausserdem: „Pathologie und Therapie der Pseudoplasmen" v. Schuh, p. 206 u. ff.]

[Ueber die beste Behandlung der Ranula ist man gleichfalls nicht ganz einig. Alle Autoren stimmen dahin überein, dass die Heilung schwierig ist, indem nach der blossen Eröffnung, der partiellen Excision, selbst nach dem Einlegen fremder Körper und der Anwendung von Aetzmitteln Recidive folgen können. Die grösste Sicherheit gewährt gewiss das Verfahren von Schuh, welches in der Exstirpation der ganzen vorher entleerten Cyste besteht. Dies dürfte jedoch bei der geringen Dicke des Balges in der Regel sehr schwierig sein. Die Excision eines möglichst grossen Stückes der Cystenwand, so wie der sie bedeckenden Schleimhaut, nebst nachfolgender Cauterisation der ganzen Höhle mit einem Höllensteingriffel oder dem *Filum candens* wird voraussichtlich zu demselben Resultate führen.] Ragt die Geschwulst unter dem Unterkiefer hervor, so muss sie von hier aus geöffnet, zugleich aber auch in der Mundhöhle aufgeschnitten, und um wirkliche Obliteration herbeizuführen, mit einem Haarseil durchzogen werden.

Nach Vidal's Angaben ist die Exstirpation der Ranula bereits von Mercurialis und Diemerbroek empfohlen worden.

Das Einlegen fremder Körper, in der Idee, dadurch den Wharton-schen Gang offen zu erhalten, ist namentlich von Dupuytren empfohlen worden. Er legte ein kleines Instrument von der Gestalt eines Hemdenknopfes ein.

Die Cauterisation der Ranula soll schon von Hippocrates angewandt sein. Paré, Petit, Desault haben sie empfohlen.

Um die nach der blossen Incision schnell erfolgende Wiedervereinigung zu verhüten, empfiehlt Jobert folgendes, von ihm Batrakosioplastik getauftes, Verfahren. Aus der die Ranula bedeckenden Schleimhaut wird ohne Verletzung des Balges (!) ein elliptischer Lappen ausgeschnitten, indem man sie mit 2 Pincetten aufhebt. Nun wird der Balg der Länge nach gespalten, nach Aussen umgeschlagen und durch Nähte am Rande der Schleimhautwunde befestigt. [Joubert beabsichtigt gerade umgekehrt die Schleimhaut nach Innen umzuklappen. Zu diesem Behuf spaltet er die Geschwulst durch einen Kreuzschnitt und heftet die Spitze jedes der hierdurch entstehenden vier Lappen an der inneren Fläche seiner Basis fest. — Ueber anderweitige sogenannte Operationsmethoden vgl. Haller l. c. Daselbst finden sich auch ausführliche Erörterungen über den Namen „Ranula", „*Grenouillette*" etc.]

Neunte Abtheilung.

Krankheiten des knöchernen Gaumens, des Gaumensegels und der Mandeln.

Anatomische Uebersicht.

Der knöcherne Gaumen und das Gaumensegel stellen zusammen ein Gewölbe dar, welches die Mundhöhle von der Nasenhöhle und dem oberen Theile des Schlundkopfes trennt. Der vordere Theil desselben, der knöcherne Gaumen, das Gaumengewölbe im engeren Sinne, ist fest und unbeweglich, der hintere Theil, das Gaumensegel, weich und beweglich. Das knöcherne Gerüst des Gaumens wird von den Gaumenfortsätzen des Oberkiefers und dem horizontalen Theil der Gaumenbeine gebildet. Die Mundschleimhaut, welche die untere Fläche dieser zugleich den Boden der Nasenhöhle bildenden Knochenwand überzieht, zeigt in der Mittellinie eine Naht, die auch am Gaumensegel angedeutet ist und nach Vorn mit einem Höckerchen endet, welches dicht hinter dem Alveolarrande liegt. Zu den Seiten dieser Raphe befinden sich quer gestellte Furchen. Die Schleimhaut ist hier blasser und dicker als an irgend einem anderen Theile der Mundhöhle. Ein derbes Bindegewebe verbindet sie mit dem Knochen. In diesem Bindegewebe und zum Theil auch in kleinen Vertiefungen des Knochens eingebettet liegen zahlreiche stark entwickelte Schleimdrüsen. In der Nähe des Alveolarrandes verläuft an jeder Seite von Hinten nach Vorn die *Art. palatina descendens,* welche am hinteren Ende des knöchernen Gaumens dicht an seinem äusseren Umfange aus dem *Canalis pterygopalatinus* durch das *Foramen palatinum posterius* hervortritt. Die Venen folgen demselben Verlaufe; die Lymphgefässe wenden sich schliesslich zu den submaxillaren Lymphdrüsen. Die *Nervi palatini* sind Zweige des 2ten Astes des Trigeminus.

Das Gaumensegel hängt von dem hinteren Rande des harten Gaumens in schräger Richtung nach Hinten und Unten. Sein unterer oder hinterer Rand ist frei; in der Mitte desselben hängt das Zäpfchen (Uvula, *la luette*) herab. Zu jeder Seite entspringen von diesem Rande die beiden Gaumenbögen, zwischen denen sich ein mit seiner Spitze nach Oben gerichtetes Dreieck befindet, in welchem die Mandeln eingebettet sind. Der vordere Gaumenbogen geht in die Basis der Zunge über, *Arcus glossopalatinus,* der hintere in die Wand des Pharynx, *Arcus pharyngopalatinus.* Die innere Fläche der Mandeln überragt in der Regel nur wenig oder gar nicht die Gaumenbögen. Entsprechend der grossen Anzahl von Schleimbälgen, aus denen jede Mandel besteht, zeigt ihre der Mundhöhle zugewandte Oberfläche eine grosse Menge von Vertiefungen oder Oeffnungen. Hängt an diesen Unebenheiten etwas Schleim fest, so kann man sie bei unzureichender Uebung für Ulcerationen halten. Die äussere Fläche der Mandeln liegt dem ***Constrictor pharyngis superior*** dicht an. Dieser Muskel trennt sie von der ***Carotis interna***, welche ihr durch eine zufällige Biegung zuweilen noch näher rückt. Dicht unter dem ***Angulus mandibulae*** kann man die Weichtheile leicht bis zu der Mandel hin eindrücken, daher auch auf diese Weise ihre Empfindlichkeit beim Beginn einer Entzündung prüfen und eine stärkere Anschwellung bei geschlossenem Munde fühlen. Das Gaumensegel besitzt eine Art von fibrösem Scelet; wesentlich wird es aber von den durch eine glatte, weiche Schleimhaut überzogenen fünf Muskelpaaren gebildet, welche von verschiedenen Seiten her in dasselbe eintreten und ihm die mannigfaltigsten Bewegungen ertheilen. Der ***Azygos uvulae*** (***Palato-staphylinus***) und ***Petro-salpingo-staphylinus*** (***Peristaphylinus internus***) ziehen es empor, der ***Sphenosalpingo-staphylinus*** (***Peristaphylinus externus***) bewirkt die seitliche Spannung, der ***Glosso-palatinus*** und der ***Pharyngopalatinus***, in den gleichnamigen Bögen gelegen, ziehen das Gaumensegel abwärts, ersterer wendet es zugleich nach Vorn gegen die Zunge, letzterer nach Hinten gegen den Schlund. Die Arterien sind theils Aeste der ***Palatina ascendens*** und ***descendens***, theils der ***Aa. pharyngeae***. Dieselben Gefässe versorgen auch die Mandeln. Ausser den ***Rami palatini*** des ***Trigeminus*** erhält das Gaumensegel auch Zweige des ***Nerv. glossopharyngeus*** und des ***Facialis***, weshalb es bei Lähmung des ***Facialis*** zuweilen schief nach der entgegengesetzten Seite steht.

Der ganze weiche Gaumen und der grösste Theil des knöchernen entwickelt sich beim Foetus aus zwei seitlichen Hälften (vgl. Hasenscharte).

Erstes Capitel.

Missbildungen und Formfehler.

Die bedeutendste und häufigste ursprüngliche Missbildung des Gaumens ist die angeborene Spaltung desselben, welche, sofern sie sich blos auf das Gaumensegel bezieht, Gaumenspalte schlechtweg, sofern sie aber den knöchernen Gaumen betrifft, auch Wolfsrachen genannt wird, wie dies bei der Beschreibung der Hasenscharte, p. 238 u. ff., bereits erwähnt wurde. Die Spaltbildungen am Gaumen sind weniger häufig, als die Hasenscharte. Zwischen beiderlei Missbildungen bestehen zahlreiche Analogien, sowol in Bezug auf die Entstehung, als in Betreff der Behandlung. Die Gaumenspalte ist weniger entstellend als die Hasenscharte, da sie in der Tiefe des Mundes verborgen wird, aber sie beeinträchtigt viel mehr als jene, wichtige Functionen.

Die Spaltung des Gaumens zeigt verschiedene Grade, die man zweckmässig auf 3 wesentlich verschiedene zurückführen kann: 1) Spaltung des Zäpfchens, *Uvula bifida*; 2) Spaltung des ganzen Gaumensegels, 3) gleichzeitige Spaltung des Gaumensegels und des knöchernen Gaumens.

Die blosse Spaltung des Zäpfchens macht gar keine Beschwerden oder bedingt höchstens unbedeutende Schwierigkeiten beim Sprechen und Schlingen.

Bei dem zweiten Grade, der eigentlichen **Gaumenspalte**, dagegen sind die Störungen so bedeutend, dass sie schon in den ersten Tagen des Lebens zur Entdeckung des Uebels führen. Das Kind vermag gar nicht oder doch nur höchst unvollkommen zu saugen, die Milch kann nur verschluckt werden, wenn sie ohne Zuthun des Kindes bis auf den hinteren Theil der Zunge kommt. Ueberdies muss das Kind in aufrechter Stellung oder doch mit erhobenem Kopfe gehalten werden, um ihm das Schlucken möglich zu machen, da sonst die Flüssigkeit in den oberen Theil des Schlundes und von da in die Nase eindringt. |Zuweilen erregen die hinten hinabhängenden Hälften der Uvula, indem sie in die Glottis hinein fallen, heftigen krampfhaften Husten, bis zu Erstickungszufällen, sobald man das Kind in die Rückenlage bringt, wie ich dies einmal beobachtet habe. Man ist dann genöthigt, den Kopf des Kindes fortdauernd hoch zu legen.| — Dieselben Schwierigkeiten bestehen in den ersten Lebensjahren weiter fort. Nur bei grosser Sorgfalt gelingt es, den daraus entspringenden Nachtheilen vorzubeugen und die Ernährung gehörig zu leiten. Auch in späteren Jahren ist es den mit der Gaumenspalte Behafteten unmöglich, die Mundhöhle gegen den Schlundkopf, oder den unteren Theil des Schlundkopfes gegen die Nase abzusperren. Sie sind daher ausser Stande zu blasen oder zu saugen, daher auch unfähig, ein Blasinstrument zu spielen, aus einer Quelle zu trinken u. dgl. m.; oft kommt ihnen selbst nach langjähriger Uebung die genossene Flüssigkeit zum Theil aus der Nase hervor. Solche Kinder lernen schwer sprechen und behalten stets den sogenannten Nasalton der Stimme.

|Manche Consonanten lernen sie schwer oder gar nicht aussprechen; jedoch sind dies keineswegs immer die sogenannten Gaumenlaute. Ein von mir genau beobachtetes jetzt sechsjähriges Kind, welches mit einer Gaumenspalte behaftet ist, spricht statt b und p immer g und k. Alle übrigen Consonanten werden richtig gesprochen.|

Lässt man den Mund öffnen und drückt die Zunge mit einem Spatel ein wenig abwärts, so kann die Diagnose mit einem Blick gestellt werden. Die beiden Gaumenhälften weichen in der Weise auseinander, dass sie einen dreieckten Raum mit aufwärts gewandter Spitze zwischen sich lassen. Dieser Raum erscheint im Moment der Inspiration so gross, dass man glauben könnte, es bestehe ein Substanzverlust. Weitere Beobachtung lehrt, dass dies nicht der Fall ist; denn im Augenblick der Exspiration, also bei Erschlaffung der Muskeln des Gaumensegels, rücken die beiden

segels; die Uvula hängt dann tief hinab und die oberen Muskeln des Gaumensegels haben keinen Einfluss auf sie und auf die von ihr zu beiden Seiten ausgehenden mehr oder weniger breiten Brücken, durch welche sie mit den Gaumenbögen im Zusammenhange steht.|

Alle diese Missbildungen und Formfehler sind nur auf operativem Wege heilbar. Man nennt die Operation Gaumennaht, Staphyloraphie, wenn es sich blos um die Vereinigung einer angeborenen Gaumenspalte handelt; dagegen Palatoplastik, Staphyloplastik etc., wenn ein Substanzverlust ausgeglichen werden soll; jedoch gehen beide in einander über.

Alle Operationen, am knöchernen, wie am weichen Gaumen sind der Localität wegen schwierig. Wir beginnen mit der einfachsten unter ihnen, der Staphyloraphie.

a. Gaumennaht, Staphyloraphie.

Graefe hat diese Operation 1817 zuerst ausgeführt, indem er die Ränder der Spalte durch Bestreichen mit einem Aetzmittel wund machte und demnächst durch die Naht vereinigte. Ohne Kenntniss von dieser Operation zu haben, unternahm Roux mit glücklichem Erfolge die Vereinigung des gespaltenen Gaumensegels 1819 an einem jungen englischen Arzte, Stephenson, nach einer viel vollkommneren Methode.

Zur Schlichtung des zwischen den deutschen und französischen Chirurgen entstandenen Prioritätsstreites ist es nicht unerheblich, dass Robert 1766 in seinem *Traité sur différents objets de médecine* ausdrücklich folgenden Fall beschreibt. „Ein Kind hatte einen gespaltenen Gaumen vom Gaumensegel an bis zu den Schneidezähnen. Ein sehr geschickter Zahnarzt, Le Monnier, versuchte mit gutem Erfolge die Spaltenränder zu vereinigen, indem er zuerst mehrere Nähte anlegte und die Ränder dann mit dem Messer anfrischte. Vgl. Velpeau, *médecine opératoire*, Paris 1839 T. III. p. 572."

|Die etwas sonderbare Art, in welcher Roux seine erste Operation des gespaltenen Gaumens als das Resultat einer plötzlich über ihn gekommenen göttlichen Inspiration schildert, sowie manche andere hierher gehörige Einzelheiten finden sich entsprechend gewürdigt in den Anmerkungen, mit welchen Dieffenbach seine deutsche Uebersetzung des *Mémoire sur la staphyloraphie* von P. J. Roux (Berlin 1826) begleitet hat.|

Nächst der Schwierigkeit, welche die Ausführung einer Operation in der Tiefe des Mundes bedingt, kommen die Beweglichkeit des Gaumensegels, die Beängstigung, welche für den Patienten aus dem fortdauernden Offenhalten des Mundes entsteht, endlich die geringe Dicke der zu vereinigenden Theile als Hindernisse bei der Gaumennaht in Betracht. Man wird deshalb bei Kindern kaum jemals einen Erfolg zu erwarten haben, wenn sie nicht durch frühzeitige geistige Entwicklung ausgezeichnet sind und selbst dringend den Wunsch haben, von den aus der Gaumenspalte hervorgehenden

Hälften so nahe zusammen, dass sie sich fast vollkommen berühren. Jede Reizung des Gaumensegels und seiner nächsten Umgebungen bewirkt sofort wieder ein weites Klaffen der Spalte.

Ist mit dem Gaumensegel zugleich auch der knöcherne Gaumen gespalten, so hängen die Ränder des ersteren parallel mit einander herab und berühren sich selbst bei vollständiger Ruhe gar nicht oder sehr unvollkommen. Die Spalte im Gaumengewölbe selbst wird leicht entdeckt. Erstreckt sie sich bis zum Alveolarrande, so weicht sie hier von der Mittellinie ab, indem sie nach der einen oder nach beiden Seiten, der Gränze zwischen dem Ober- und Zwischenkiefer folgt. Im letzteren Falle communicirt durch die Spalte die Mundhöhle mit beiden Nasenhöhlen (doppelter Wolfsrachen). Die bei Spaltung des weichen Gaumens bestehenden Beschwerden und Störungen finden sich bei Ausdehnung der Missbildung auf den harten Gaumen in noch höherem Maasse. Namentlich ist bei solchen Kindern die Ernährung äusserst schwierig und bei Erwachsenen die Sprache schwer verständlich.

Den angeborenen Spaltungen des Gaumensegels analog finden sich auch erworbene Spaltungen und noch häufiger Substanzdefecte des Gaumens. Eine einfache verticale Spaltung des Gaumensegels kann zurückbleiben, wenn zum Behuf der Exstirpation von Schlundpolypen das Gaumensegel absichtlich durchschnitten wurde und die beabsichtigte Vereinigung durch *prima intentio* nicht gelang. Höchst selten dürften zufällige Verletzungen zu einer solchen Spaltung führen. Dagegen können nach Schusswunden, wie sie namentlich bei Selbstmordsversuchen vorkommen, Löcher im harten und weichen Gaumen zurückbleiben. Noch häufiger entstehen dieselben durch Ulceration und Necrose, wie diese sehr häufig auf Grund der syphilitischen, seltner der scrophulösen Dyskrasie gerade in dieser Gegend beobachtet werden. Auf solche Weise können durch Necrose des Gaumenfortsatzes des Oberkiefers und der Gaumenbeine Substanzdefecte der verschiedensten Grösse entstehen, welche dieselben, ja oft noch grössere Beschwerden erregen, als die gewöhnlich nicht so weit klaffende angeborne Spaltung. Entweder zugleich mit der Perforation des knöchernen Gaumens, oder auch unabhängig davon, wird durch Verschwärung das Gaumensegel oft in bedeutender Ausdehnung zerstört. Der Substanzdefect kann so gross sein, dass nur ein paar schmale, straff gespannte, bandartige Streifen vom hinteren Rande der Gaumenbeine zum Schlunde und zur Zunge hinabsteigen. In anderen Fällen besteht eine rundliche oder ovale Oeffnung in der Mitte des Gaumen-

Leiden befreit zu werden. Der Patient darf in den ersten Tagen nach der Operation weder essen noch trinken, ja überhaupt nicht einmal schlucken. Viele empfehlen deshalb den Winter als die passende Jahreszeit für die Operation, weil der Operirte dann weniger von Durst gequält werde. Fürchtet man die üblen Folgen einer längeren Entziehung aller Nahrungsmittel, so muss man den Patienten vorher an die Einführung der Schlundsonde durch die Nase gewöhnen, um auf diesem Wege wenigstens Flüssigkeiten in den Magen bringen zu können. Viele Wundärzte halten es auch für zweckmässig, das Gaumensegel durch häufige Berührung mit Instrumenten schon lange Zeit vorher auf die zu unternehmende Operation vorzubereiten und dasselbe gleichsam abzuhärten. Solche Manipulationen sind jedoch den meisten Patienten so ekelhaft, dass sie ihren Zweck durchaus verfehlen (Dieffenbach).

Die Operation selbst zerfällt in zwei Acte: die Anfrischung und die Anlegung der Nähte.

Die Anfrischung mittelst der Aetzmittel, obgleich von Gräfe mit glücklichem Erfolge geübt und von Dupuytren auf Grund einiger nicht ganz zuverlässiger Beobachtungen empfohlen, ist heut zu Tage als unsicher gänzlich verlassen. [Gräfe hat den Gebrauch der Aetzmittel später selbst unterlassen und dem Messer den Vorzug gegeben.] Dupuytren hat sich nach dem Zeugnisse Vidal's oft dahin geäussert, dass er mit dem Höllensteingriffel die Gaumenspalte heile. Häufig wiederholte Cauterisationen, mit denen man im oberen Winkel der Spalte beginnen und allmälig weiter abwärts steigen sollte, wurden von ihm für zureichend gehalten. Dass eine Vereinigung auf diese Weise durchaus unmöglich ist, bedarf jetzt keines besonderen Nachweises mehr.

Fig. 32.

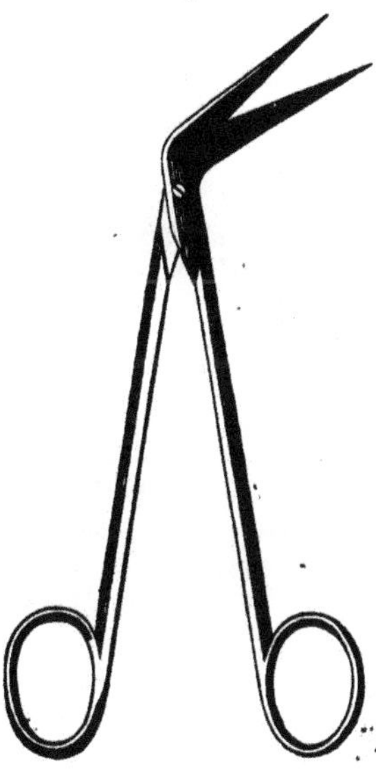

Die Anfrischung mit der Scheere wurde von Roux empfohlen. Er hat dazu besondere, fast unter rechtem Winkel am Schloss knieförmig gebogene Scheeren, Fig. 32, nach Analogie der Richterschen Hasenschartscheeren, angegeben, deren Handhabung jedoch bei Weitem nicht die Bequemlichkeit gewährt, welche sie dem Unerfahrenen auf den ersten Blick zu versprechen scheinen. Jedoch hat er selbst nicht die ganze Anfrischung damit vollzogen, sondern blos einen Einschnitt in das untere Ende der Spaltränder gemacht, dann aber mit einem geknöpften Bistouri, während der abzutragende Saum mit einer Kornzange gespannt ward, die Abtragung des Saumes auf jeder Seite vollendet Fig. 33.

Fig. 33.

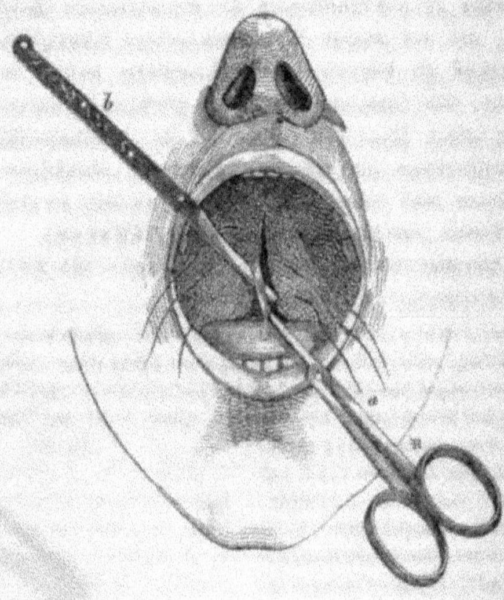

[Roux legte zuerst die Nähte an, liess sie aber offen, schob den mittleren Theil derselben weit in den Pharynx zurück und frischte dann die Spaltränder an, um demnächst erst die Vereinigung und Zusammenknotung der Fäden vorzunehmen. Er glaubte hierdurch die Anlegung der Nähte zu erleichtern, da er sie ausführte, bevor durch die Anfrischung eine Blutung veranlasst war. Die nach der Anfrischung eintretende Blutung ist aber nicht bedeutend und ihre Stillung muss jedenfalls abgewartet werden, bevor man zur Vereinigung schreitet. Somit fällt der von Roux behauptete Vortheil ganz fort. Dagegen wird durch sein Verfahren die Anfrischung beträchtlich erschwert, da man bei jedem Schnitt Gefahr läuft, die bereits angelegten Suturen zu durchschneiden.]

Einfacher und sicherer geschieht die Anfrischung, indem man den abzutragenden Rand an seinem unteren Ende mit einem scharfen Häkchen oder einer gekrümmten Hakenpincette Fig. 34. fasst, hinreichend spannt, ihn mit einem schmalen spitzen Messer dicht oberhalb der gefassten Stelle durchbohrt und dann mit sägenden Zügen in der Breite eines halben Strohhalms abträgt. Nachdem man diesen Schnitt gerade aufwärts bis über den oberen

Winkel der Spalte hinaus geführt hat, wendet man das Messer und durchschneidet den untersten Theil des Randes gleichfalls. Ebenso verfährt man demnächst auf der anderen Seite, jedoch führt man den Schnitt aufwärts nicht bis in den ersten hinein, sondern lässt eine kleine Brücke zwischen beiden stehen, die, erst nachdem man den unteren Theil des Randes ganz durchschnitten hat, getrennt wird, während der Haken (oder die Pincette) die beiden nur noch an jener Brücke hängenden Streifen fixirt. Letzteres ist nothwendig, um das Hinabfallen der abgetragenen Stücke in den Schlund oder gar in den Kehlkopf zu verhüten.

Fig. 34.

Ein gewöhnliches Staarmesser ist zum Behuf dieser Anfrischung sehr geeignet. Ist dasselbe zweischneidig, wie das Wenzel'sche, so braucht man es nicht für den zweiten Theil der Anfrischung umzudrehen. Ob man das Messer nahe dem unteren Rande (Dieffenbach) oder in der Mitte der Höhe des Spaltenrandes (Vidal) zuerst einstösst, dürfte gleichgültig sein.

Fig. 35.

Nachdem die Anfrischung vollendet ist, lässt man den Patienten mit eiskaltem Wasser behutsam und ohne gurgelnde Bewegung den Mund ausspülen, um die unbedeutende Blutung vollständig zu stillen und schreitet, wenn diese gänzlich aufgehört hat, zur Anlegung der Nähte, dem schwierigeren Operationsact, für welchen zahlreiche Verfahren und Instrumente ersonnen worden sind. Man führt die Nadeln entweder von Hinten nach Vorn durch das Gaumensegel, um die freien Enden dann sogleich an der vorderen Fläche des Gaumensegels zusammenknoten zu können, oder man durchbohrt das Gaumensegel in umgekehrter Richtung, in welchem Falle ein besonderer Mechanismus erforderlich ist, um die freien Enden des Fadens doch schliesslich an die vordere Seite zu bringen. Gewöhnliche Heftnadeln kann man in solcher Tiefe mit den Fingern nicht handhaben. Man muss sie daher mittelst eines Nadelhalters führen oder gestielte Nadeln anwenden.

Die gebräuchlichsten Nadelhalter sind die von Roux und von Dieffenbach. Der Nadelhalter von Roux (Fig. 35, in halber Grösse) ist ein den Uhrmachern wohlbekanntes Instrument, dessen Branchen durch einen Schieber *a* geschlossen werden, so dass sie die zugehörige, starke, halbkreisförmig gebogene Nadel (Fig. 36) festhalten, beim Zurückziehen des Schiebers aber loslassen. Während der Spaltrand mit der Pincette fixirt wird, durchbohrt man ihn mit der Nadel vom Pharynx aus, ergreift die Spitze der Nadel mit einer Kornzange und öffnet den Nadelhalter, während man die Nadel selbst und somit das in ihr befindliche Fadenende mit der Kornzange durch das Gaumensegel hindurch und aus der Mundhöhle hervorzieht. Jedes Fadenende ist in eine besondere Nadel eingefädelt, so dass sich an jedem Faden zwei Nadeln befinden.

Fig. 36.

Der Nadelhalter von Dieffenbach stellt eine an der Spitze rechtwinklig umgebogene Kornzange dar, welche, sobald man sie vollkommen geschlossen hat, durch eine einspringende Feder (ähnlich wie die Gräfe'sche Arterienpincette) geschlossen erhalten wird. In dem rechtwinklig umgebogenen Ende befindet sich ein mit den Branchen der Zange parallel verlaufender Kanal zur Aufnahme der kurzen geraden Nadeln, mittelst deren Dieffenbach einen in ihr hinteres Ende eingeschraubten Bleidraht zum Behuf der Naht anlegte. Lässt man diese Nadeln mit einem Oehr versehen, so können in derselben Weise auch gewöhnliche Fäden als Nähte angewandt werden. Die Befreiung der Nadel aus dem Nadelhalter geschieht durch einen Druck auf den Knopf der schliessenden Feder. Die frei gewordene Nadel wird dann, wie beim Gebrauche des Roux'schen Instrumentes, mit der Kornzange hervorgezogen. Lutter hat dies Instrument dahin modificirt, dass er an einem Schieber (Schlitten), genau in der Richtung der Nadel einen federnden Ring angebracht hat, welcher, wenn man ihn gegen die in der Zange gefasste Nadel andrückt, sich zunächst öffnet und über den schneidenden Theil der Nadel hinweggleitet, um gleich darauf den halsförmig eingezogenen hinteren Theil der Nadel zu umfassen, so dass man, nachdem die Zange geöffnet ist, die von dem Ringe sicher umfasste Nadel sofort mittels des Schiebers hervorziehen kann (Fig. 37 u. 38, $^1/_4$, die Nadel $^1/_2$ der wirkl. Grösse).

Fig. 37. Fig. 38.

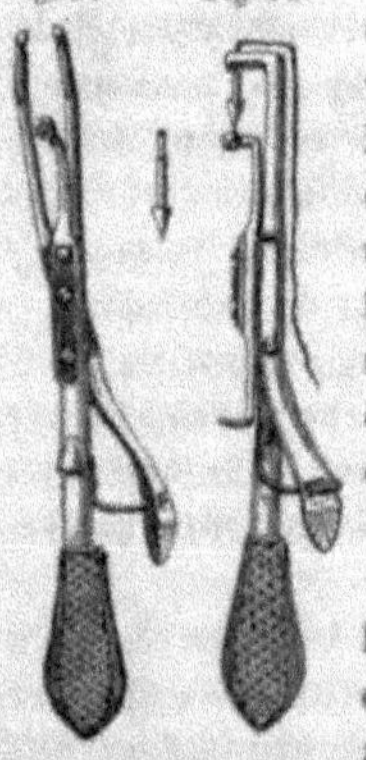

Gestielte Nadeln in Form eines scharfen Hakens, an welchem sich dicht hinter der Spitze ein Oehr befindet, sind namentlich von Smith zur Anlegung der Nähte benutzt worden. Nachdem man das vorher mit der Hakenpincette fixirte Gaumensegel von Hinten nach Vorn durchbohrt hat, zieht man den Faden aus dem Oehr mit der Pincette hervor und verfährt auf der anderen Seite demnächst ebenso. Man kann mit einer solchen gestielten Nadel das Gaumensegel auch in der Richtung von Vorn nach Hinten durchbohren. Das Hervorziehen des Fadens aus dem Oehr der Nadel kann aber, da Nadel und Faden mit Schleim und Blut bedeckt sind, selbst dem Geübten Schwierigkeiten machen. In dieser Beziehung gewährt die von Foraystier angegebene Nadel (Fig. 39, in halber Grösse) grosse Vortheile. Dieselbe besteht aus: 1) einem Stiel von biegsamem Eisen, welchem man eine beliebige Krümmung durch den Druck der Finger geben kann; [die Instrumentenmacher liefern statt eines Stiels gewöhnlich 3 mit verschiedener Krümmung]; 2) einem Handgriff *a*, in welchem der Stiel durch eine Druckschraube *c* in der Art befestigt werden kann, dass sein hinteres Ende *b* mehr oder weniger hervorragt und das ganze Instrument somit je nach der Tiefe der Mundhöhle eine verschiedene Länge erhält; 3) einer kleinen auf das vordere Stielende genau passenden Nadel, wie dies Fig. 40 in natürlicher Grösse zeigt. Das Instrument wird wie eine gestielte Nadel gehandhabt, mit dem Unterschiede, dass man nach Durchbohrung des Gaumensegels nicht den Faden aus dem Oehr hervorzieht, sondern die kleine Nadel mit der Kornzange fasst und herauszieht, während der Stiel hinter dem Gaumensegel hervorgezogen wird, um auf's Neue mit einer Nadel bewaffnet zu werden.

Fig. 39.

Fig. 40.

Höchst sinnreich und leicht zu handhaben ist das Instrument von Depierris: Fig. 41, nach der Blandin'schen Modification, in

Fig. 41. Fig. 42.

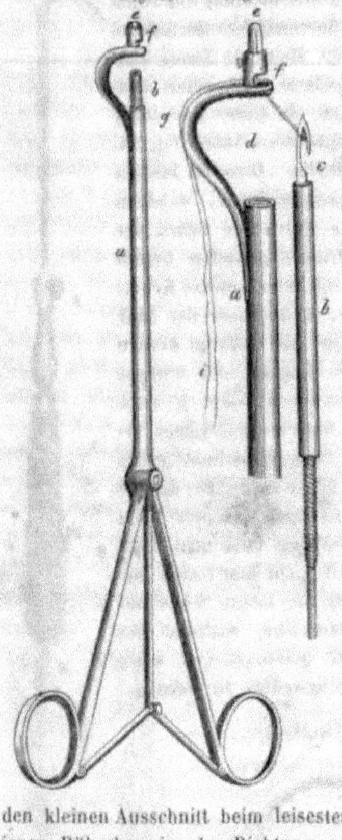

halber Grösse. Fig. 42 ist das vordere Ende des Instruments in natürlicher Grösse abgebildet, jedoch so, dass die innere der beiden Canülen, aus denen das Instrument besteht, welche in Fig. 41 bei *b* ein wenig aus der äusseren Canüle hervorragt, herausgezogen und neben die äussere Canüle gelegt ist. Mit letzterer steht durch einen an seiner convexen Seite mit einer Rinne versehenen Bügel ein den Canülen entsprechender Ansatz *ef* in Verbindung. Dieser Ansatz besteht aus einem kurzen Cylinder, an welchem sich bei *f* ein kleiner Ausschnitt befindet, und einem in diesen beweglich eingefügten, blind endigenden Röhrchen von der Gestalt eines Fingerhuts. Schiebt man dies letztere gegen den Griff hin, so ist der kleine Ausschnitt bei *f* ausgefüllt und ein darüber hingespannter Faden wird durch das Röhrchen getragen, während er in den kleinen Ausschnitt beim leisesten Zuge hinabsinkt, sobald man jenes Röhrchen in der Richtung nach *e* fortschiebt. Dies Fortschieben erfolgt nun beim Gebrauche des Instrumentes durch den aus der innern Canüle *b* hervortretenden Nadelhaken *c*; die vorher bei *f* aufgelegte Fadenschlinge fällt somit, wenn durch das Zusammendrücken der mit Ringen versehenen Branchen des Instrumentes zunächst die innere Canüle *b* gegen den Ansatz *ef* hervorgedrängt, dann aber durch weiteren Druck der Nadelhaken *c* aus ihr hervorgetreten ist, in den Fig. 42 genau mit *c* bezeichneten Ausschnitt des letzteren, und wird, indem dieser durch die Wirkung einer, in der Figur weiter unten angedeuteten, Feder beim Nachlasse des Drucks auf die Branchen zurückweicht, bis in die Canüle *a*, mithin durch den ganzen Raum *d* hindurch zurückgezogen. Beim Gebrauche des Instrumentes kommt der Rand der Gaumenspalte in den Ausschnitt *d* zu liegen, so dass die hintere Fläche desselben auf dem Ansatz *ef* gleichsam ruht. Beim Zusammendrücken der Branchen durchbohrt der Nadelhaken das Gaumensegel in der Richtung von Vorn nach Hinten und zieht beim Nachlasse des Druckes die vorher bei *f* aufgelegte, durch die Rinne des Bügels bei *g* gegen den Operateur hin verlaufende Fadenschlinge *i*, welche mit der linken Hand gespannt erhalten wird, in der Richtung von Hinten nach Vorn hindurch. Demnächst wird das ganze Instrument aus der Mundhöhle hervorgezogen, die Fadenschlinge aus dem Nadelhaken frei gemacht und das eine Fadenende durch den Wundkanal im Gaumensegel hindurch und zur Mundhöhle herausgeführt. Das zurückbleibende Fadenende, welches hinter dem Gaumensegel und dann durch die Gaumenspalte nach Vorn verläuft, wird demnächst zum zweiten Mal in Gestalt einer Schlinge bei *fg* auf das Instrument aufgelegt und mit demselben an der anderen Hälfte des Gaumensegels ganz ebenso verfahren, um beide Spaltenränder in gleicher Höhe mit demselben Faden zu durchbohren. Es leuchtet ein, dass man sehr langer Fäden bedarf, mindestens von der vierfachen Länge des Instrumentes. Die Anlegung der Naht in der eben beschriebenen Weise erfordert kaum den zehnten Theil der Zeit als die Beschreibung.

Vidal macht den Vorschlag, seine *Serres fines* für die Gaumennaht zu benutzen. Die Anlegung derselben würde, wie er selbst zugesteht, nicht ganz leicht sein, und jedenfalls noch ein besonderes Instrument, *Porte-serres-fines*, erforderlich machen. Ausserdem müsste jede der kleinen Klammern mit einem besonderen Faden versehen sein, um ihr Hinabfallen in den Schlund zu verhüten, wenn sie zufällig, was also doch möglich wäre, sich ablösen sollten. [Ich zweifle, dass eine Vereinigung auf diese Weise gelingen wird.]

[Das Schliessen der Nähte geschieht am Besten erst nachdem man sie alle angelegt hat, da sonst das Zusammenknoten des einen Fadens die Anlegung des anderen hindern würde. Für das Anlegen sowol als für das Schliessen ist die Reihenfolge von Oben nach Unten die zweckmässigste. Das Material, welches zu den Nähten verwandt wird, bedingt wesentliche Verschiedenheiten. Die Mehrzahl der Wundärzte hat gewöhnliche, gut gewichste Seidenfäden von hinreichender Stärke angewandt. Diese werden dann, wie andere Nähte, mit den Fingern mässig fest geknotet. Dieffenbach dagegen empfiehlt, auf Grund sehr zahlreicher Erfahrungen, die Anwendung dünner Bleidrähte. Man muss sich vorher vergewissern, dass der Bleidraht frisch gezogen, ganz biegsam und an keiner Stelle brüchig ist. Dann kann man ihn mit einer Kornzange, welche jedoch keine scharfen Zähne besitzen darf, sehr leicht, bis zu der gewünschten Annäherung der Wundränder aneinander, zusammendrehen und die überflüssigen Enden mit einer Cooper'schen Scheere oder einer Drahtzange kurz abschneiden. Dieffenbach hebt als einen besonderen Vorzug hervor, dass man die mit Bleidraht angelegten Nähte leicht durch weiteres Zusammendrehen nachträglich fester schliessen und durch Aufdrehen lösen könne. Dennoch hat die Drahtnaht keine allgemeine Verbreitung gefunden, und ich muss nach eigenen Erfahrungen die gewöhnlichen Fäden für das leichter zu handhabende Material erklären. Bevor man die Nähte schliesst, werden die Wundränder mit einem an einer Pincette oder dgl. befestigten Schwämmchen sorgfältig von Schleim und Blutgerinnseln gereinigt. Es ist genau darauf zu achten, dass die Ränder sich weder nach Vorn noch nach Hinten umklappen, sondern dass wirklich die angefrischten Säume aneinander liegen. Um diese Lage zu sichern, muss man eine verhältnissmässig grosse Anzahl von Nähten, — bei Spaltung des ganzen Gaumensegels mindestens vier, — anlegen. Dies ist um so mehr erforderlich, als andere Vereinigungsmittel am Gaumensegel gar nicht anzubringen sind. Aus diesem Grunde muss man auch die Nähte mindestens volle drei Tage lang liegen lassen, selbst auf die Gefahr hin, dass einzelne derselben Gangrän der von ihnen umfassten Parthie des Gaumensegels veranlassen. Die Entfernung geschieht dann, indem man mit einer langen Pincette den auf der einen Stichöffnung liegenden Knoten fasst und die Nahtschlinge unmittelbar vor dem anderen Stichkanale mit einer Cooper'schen Scheere durchschneidet, demnächst aber mit grosser Vorsicht, namentlich wenn Bleidraht angewandt ist, die Naht gerade nach Vorn auszieht.|

|Unmittelbar nach Vollendung der eigentlichen Naht erscheint das Gaumensegel nur mässig gespannt; aber es findet dennoch bald eine bedeutende Zerrung der Wundränder durch die Zusammenziehung der Gaumenmuskeln statt, deren Bewegungen, auch wenn der Patient auf's Sorgfältigste jede Schlingbewegung vermeidet, dennoch eintreten. Die nachfolgende Anschwellung vermehrt den Grad der Spannung und bei vollständigen Gaumenspalten schneiden die Nähte alsdann durch, so dass die Vereinigung ganz oder doch zum Theil ausbleibt. Zur Sicherung des Erfolges sind daher die von Dieffenbach angegebenen Seitenincisionen in allen Fällen

auszuführen, wo nicht geradezu Ueberfluss an Substanz oder nur ganz unbedeutende Spaltung der unteren Hälfte des Gaumensegels besteht. Zur Ausführung der Seitenschnitte durchsticht man zuerst die eine und dann die andere Hälfte des Gaumensegels mit einem schmalen spitzen Messer, $^1/_2$ Zoll von seinem unteren Rande und ebenso weit von der nunmehr vereinigten Spalte entfernt, und durchschneidet jede Hälfte des Gaumensegels mit sägenden Zügen gerade aufwärts bis an den Rand des knöchernen Gaumens. Die Schnitte klaffen sogleich in Gestalt ovaler Oeffnungen; das kurz vorher noch gespannte Gaumensegel „hängt wie eine nasse Gardine welk herab“ (Dieffenbach), und sowol Flüssigkeiten als Luft können nunmehr frei von der Mundhöhle in die Schlundhöhle eintreten. Die Blutung aus den Seitenschnitten ist in der Regel beträchtlich, aber nicht gefährlich. Die Seitenöffnungen schliessen sich immer von selbst durch Granulationen, deren zuweilen üppiger Wucherung man durch Betupfen mit Höllenstein begegnen muss. Statt dieser einfach und sicher wirkenden Seitenschnitte ist von Fergusson u. A. die Durchschneidung der oberen und seitlichen Gaumenmuskeln empfohlen worden. Dieselbe ist jedoch viel schwieriger auszuführen und viel weniger wirksam, da sie im günstigsten Falle doch nur den Muskelzug, nicht aber die im ganzen Gaumensegel stattfindende Spannung beseitigt.|

|Dass der Patient während der Operation aufrecht sitzen muss, das Gesicht dem Fenster zugewandt, mit weit geöffnetem Munde, dessen Offenbleiben man nöthigenfalls durch ein Paar zwischen die Zähne geschobene Korkstücke sichert, versteht sich wol von selbst. Aber auch nach der Operation muss er den Kopf stark vornüber gebeugt halten oder auf der Seite liegen, um den Speichel aus dem Munde abfliessen zu lassen. Von Zeit zu Zeit wird der Mund mit Wasser vorsichtig ausgespült, bei heftigem Durst lässt man kleine Stückchen Eis in demselben zergehen.|

|Erscheint die Spalte nach Entfernung der Nähte (am 4ten bis 6ten Tage) geschlossen, so kann man des Gelingens der Operation sicher sein; vermeidet der Operirte dann noch einige Tage zu sprechen und feste Speisen zu verschlucken, so bleibt die Gaumenspalte auch dauernd geschlossen. Wenn an einzelnen Stellen die Vereinigung mangelhaft ist, so kann man durch Betupfen mit Cantharidentinctur an denselben eine lebhaftere Granulationsbildung anzuregen suchen, um auf diesem Wege nachträglich Verschluss zu erzielen. Bleiben grössere Lücken übrig, so wiederholt man später an diesen Stellen die Anfrischung und die Naht. Erfolgt gar keine Vereinigung, so

kann man die ganze Operation nach längerer Zeit [nach Ablauf eines Jahres, Dieffenbach) noch einmal ausführen. In manchen Fällen hat erst die dritte oder vierte Operation zum Ziele geführt.]

b) Operation des Wolfsrachens.

Die angeborene Spaltung des knöchernen Gaumens wird nicht selten schon in den ersten Jahren beträchtlich enger, zuweilen erfolgt vollständiger Verschluss, wie dies namentlich nach frühzeitiger Operation der gleichzeitig bestehenden Hasenscharte beobachtet worden ist (vgl. p. 243). Vielleicht kann durch Bepinseln mit Cantharidentinktur und häufig wiederholtes Zusammendrücken der beiden Oberkieferhälften eine solche Heilung begünstigt werden. Die Operation des Wolfsrachens kann bei Kindern um so weniger ausgeführt werden, als dabei, ausser den bei der Gaumenspalte bereits aufgeführten und hier gleichfalls zu berücksichtigenden Verhältnissen, auch noch die sehr beträchtliche Blutung in Betracht kommt.

[Das Verfahren bei der Operation ist verschieden, je nachdem man die bestehende Lücke entweder bloss durch eine Verschiebung der Schleimhaut des weichen Gaumens zu decken oder aber eine wirklich knöcherne Vereinigung zu bewirken beabsichtigt. Letzteres Verfahren gewährt eine grössere Sicherheit und einen vollständigeren Erfolg, ist aber bei Weitem eingreifender. Dieffenbach[1] hatte bereits in Vorschlag gebracht, die beiden Seiten des knöchernen Gaumens in paralleler Richtung mit dem Alveolarfortsatz, 3—4 Linien von diesem entfernt, der ganzen Länge nach, von Hinten nach Vorn mit einer feinen Stichsäge zu durchsägen, nachdem der Schleimhautüberzug vorher durchschnitten und an den Seiten zurückgeschoben worden, — demnächst die Spaltränder des harten und weichen Gaumens anzufrischen und die beweglich gemachten Hälften des knöchernen Gaumens mit Golddraht zusammenzuziehen, das Gaumensegel aber mit der von ihm angegebenen Bleidrahtnaht zu vereinigen. Sowol die theoretischen Betrachtungen, als auch die Versuche an Thieren, welche Dieffenbach (l. c.) anführt, berechtigten zu der Erwartung, dass auf diese Weise der Verschluss der ganzen Gaumenspalte gelingen und die Ausfüllung der durch das Einsägen des knöchernen Gaumens entstehenden Lücken in ähnlicher Weise wie bei den Seiteneinschnitten am Gaumensegel durch Granulationen erfolgen werde. Dieffenbach

[1]) In seiner Uebersetzung von Roux's Staphyloraphie, Berlin 1826 p. 55.

selbst scheint aber eine solche Operation am Menschen niemals ausgeführt zu haben. In etwas abweichender Weise haben später Wutzer und Bühring [1]) dieselbe in die Praxis eingeführt. Bühring wandte statt der Säge ein spitzes meisselartiges Messer an, welches mit einiger Gewalt durch das knöcherne Gaumengewölbe vom Munde aus hindurchgestossen wird. Die hierdurch entstehenden Lücken werden durch kleine Holzkeile aus einander getrieben und hierdurch, sowie durch einen von einer Lücke zur andern mit einer starken Nadel herumgeführten Draht, welcher in der Mundhöhle zusammengedreht wird, bewirkt man die Annäherung der Spaltränder. Die Blutung bei dieser Operation ist sehr bedeutend. Das Blut stürzt gleichzeitig aus Mund und Nase hervor, die Anwendung des Chloroforms ist, wegen der Gefahr des Hinablaufens des Blutes in den Kehlkopf, unzulässig. — Ich würde, da es mir gelungen ist, mit dem galvanokaustischen Apparate den Alveolarrand in grosser Ausdehnung ohne Blutung zu durchschneiden, denselben auch zur „unblutigen" Durchschneidung des Gaumengewölbes anwenden.|

|Nach den in neuerer Zeit durch die Verschiebung der Knochen erzielten Resultaten wird man sich auf einen Verschluss durch die Schleimhaut allein, sei es durch eine plastische Operation im engeren Sinne, oder durch blosse Herbeiziehung aus der Nachbarschaft nicht beschränken. Die Versuche, auf diesem Wege den Verschluss zu erzielen, sind in sehr verschiedener Weise, grösstentheils aber mit unglücklichem Erfolge ausgeführt worden. Die blosse Cauterisation oder die blosse Anfrischung ist nur bei ganz unbedeutendem Klaffen von Nutzen. Die Cauterisation muss jedenfalls mehrmals wiederholt werden, wenn sie einen Erfolg haben soll. Es leuchtet ein, dass nach unvollständigem Gelingen der Knochennaht die Cauterisation auch zur Erregung von Granulationsbildung in Anwendung gezogen werden kann.|

c) Operation erworbener Gaumendefecte. — Palatoplastik.

Bei Weitem schwieriger als der Verschluss angeborener Spaltungen des Gaumens ist derjenige erworbener Oeffnungen

[1]) Vgl. die Inauguraldissertation von Dr. Lamberts, Bonn 1834; Bühring's Aufsatz in v. Walther und Ammon's Journal für Chirurgie Bd. IX. p. 329. Wutzer, Ueber Heilung der angeborenen Spalte des weichen und harten Gaumens. Deutsche Klinik 1850 p. 260. Bühring, Beitrag zum organischen Wiederersatz der Defecte des harten Gaumens mittelst Knochensubstanz. Deutsche Klinik 1850 p. 473.

desselben. |Auch hier reicht nur bei ganz kleinen und frischen Substanzverlusten die Cauterisation mit *Argent. nitric.* oder Erregung von Entzündung durch Betupfen mit *Tinct. cantharid.* (Dieffenbach) hin, um eine zum Verschluss hinreichende Granulationsbildung herbeizuführen. Bei grösseren Oeffnungen sind operative Eingriffe, nach Analogie der so eben beschriebenen, erforderlich. Bei Löchern im Gaumensegel geschieht die Anfrischung stets mit möglichster Schonung der kostbaren Substanz desselben. Die Nähte müssen mit einer feinen gestielten Nadel angelegt werden, da für andere Instrumente kein Raum vorhanden ist. Um die Spannung zu verhüten, werden grosse Seitenschnitte gemacht.|

|Bei grossen Lücken im Gaumensegel, wie sie namentlich nach syphilitischen Geschwören häufig zurückbleiben, reichen die Dieffenbach'schen Seitenschnitte nicht aus, um die Vereinigung bewirken zu können. Es muss vielmehr zu einer wirklich plastischen Operation in ausgedehntem Maasstabe geschritten werden, deren Schwierigkeiten durch die ungünstige Lage des Operationsfeldes und die geringe Dicke der verwendbaren Substanz bedeutend gesteigert werden.| Sédillot in Strassburg hat mehrere Fälle der Art mit glücklichem Erfolge operirt und darüber Mittheilungen gemacht, welche als Anhaltspunkte für ähnliche Fälle dienen können. Bei einem Kranken hatte das Loch im Gaumensegel die Grösse eines 1 Francstück, also beinahe 1'' Durchmesser. Das Zäpfchen stand zu beiden Seiten nur noch durch einen schmalen Strang mit dem Gaumensegel in Verbindung. Nach verschiedenen vergeblichen Versuchen, das Zäpfchen zur Ausfüllung der bestehenden Lücke zu benutzen, entfernte Sédillot dasselbe ganz und verwandelte durch Anfrischung die bestehende Oeffnung in eine dreieckte Wunde, welche zu vereinigen auf den ersten Blick unmöglich schien. Sédillot löste hierauf beide Gaumenbögen, sowol von der Zunge, als vom Schlunde ab, trennte die seitliche Anheftung des Gaumensegels in der Gegend, wo der Oberkiefer mit dem Gaumenbein und dem *Process. pterygoides* zusammenstösst, und erreichte dadurch eine solche Beweglichkeit, dass die Vereinigung, obwol mit einiger Spannung, gelang. Es wurden zuerst zwei Nähte, am dritten Tage nach der Operation aber noch eine dritte Naht zwischen den beiden ersten, welche ein wenig eingeschnitten hatten, angelegt. Die Entfernung der Nähte geschah am 6ten und 7ten Tage. Die Vereinigung der Wunde war vollkommen. Die seitlichen Einschnitte heilten ohne besondere Zufälle, das Gaumensegel behielt eine mehr viereckige Gestalt, war weniger beweglich und lag höher als im normalen Zustande. Dennoch erfolgte die Verbesserung der vorher kaum verständlichen Sprache innerhalb drei Wochen so vollständig, dass der Patient mit heller Stimme und ohne Nasalton sprechen konnte. Die Getränke, welche gleich nach der Operation in die Nase eingedrungen waren, wurden späterhin ohne Schwierigkeit verschluckt. Für andere Fälle hat Sédillot eine Ablösung der Seitentheile des Gaumensegels, jedoch ohne Durchschneidung seines hinteren Schleimhautüberzuges, welcher gleichzeitig die vordere Wand des Schlundes bildet, (und mithin ohne Eröffnung dieses letzteren) vorgeschlagen. Er führt das Messer vom unteren Rande des Gaumensegels an der äusseren Grenze desselben bis zum Kieferrande aufwarts, durchschneidet die Schleimhaut nebst ihrer dicken Drüsenschicht und gelangt so zu der aponeurotischen Ausbreitung des *Tensor palati mollis*, den man dicht unter

dem *Hamulus pterygoides* durchschneidet. Weiter nach Aussen wird auch der *Levator palati mollis* durchschnitten. Das Gaumensegel stellt nun die vordere Hälfte eines Ringes dar, dessen innerer Rand durch den in ihm bestehenden Defect gebildet wird. Die beiden Hälften aber werden durch die Wirkung des *Constrictor pharyngis superior* einander genähert, und sollte die Spannung in der Richtung von Oben nach Unten noch zu bedeutend sein, so würde man durch Ablösung der hinteren Gaumenbögen eine vollständige Schlaffheit und Beweglichkeit herbeiführen können.

Bonfils in Nancy versuchte ein Loch im Gaumensegel durch Verschiebung eines aus der Schleimhaut des harten Gaumens abgelösten Lappens auszufüllen. Der Erfolg war höchst unvollkommen.

Löcher im harten Gaumen können nur durch die oben beschriebene Knochennaht (nach Bühring) zum Verschluss gebracht werden. Die seitliche Absprengung muss in verhältnissmässig grosser Ausdehnung geschehen und bei allen grösseren Defecten ist nur von einer wiederholten Operation Erfolg zu erwarten. Endlich kann man sich bei grossen runden Oeffnungen oft von einer operativen Behandlung überhaupt keinen Erfolg versprechen. Dann lässt man den Patienten eine Gaumenplatte tragen, die an den hinteren Backzähnen befestigt wird und in die Oeffnung nicht hineinragt. Man giebt in solchen Fällen zunächst noch nicht alle Hoffnung auf, betupft die Ränder täglich mit Cantharidentinctur, wodurch Dieffenbach Löcher, in die man einen Finger stecken konnte, nach Jahr und Tag zum Verschluss gebracht zu haben versichert. Sollte dies nun auch nicht immer gelingen, so wäre doch bei sehr grossen Oeffnungen eine Verkleinerung in dem Grade möglich, dass späterhin noch eine Operation unternommen werden kann. Nur wenn der Patient sich zu einer solchen durchaus nicht verstehen will, oder wenn die Grösse der Oeffnung jede Hoffnung auf Erfolg abschneidet, wird man zu den in der Oeffnung selbst zu befestigenden und daher einer weiteren Verengerung derselben hinderlichen Obturatoren seine Zuflucht nehmen. Dieselben können aus vulcanisirtem Gummi so leicht dargestellt werden, dass die complicirten Mechanismen, deren man sich früher zu diesem Behuf bediente, ihren Werth fast ganz verloren haben. Unter letzteren ist der von Charrière angegebene Apparat als besonders sinnreich hervorzuheben.

Die Fig. 43 dargestellte Oeffnung im knöchernen Gaumen, [welche übe… den Versuch eines operativen Verschlusses recht wohl zuliesse] soll den Fig. 45 u. …

Fig. 43.

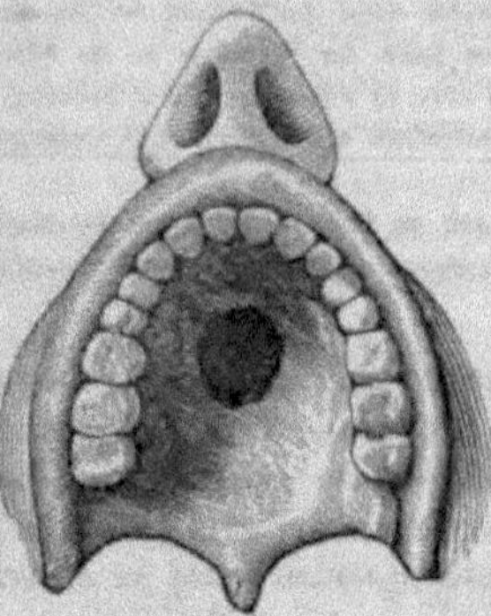

Fig. 45. Fig. 46.

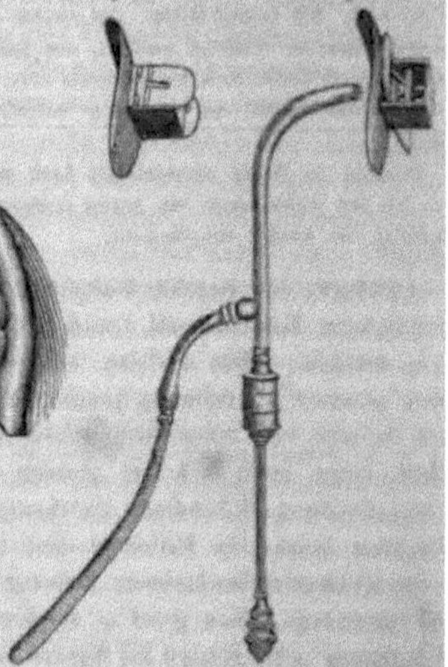

Fig. 44.

von der Seite und Fig. 44 von der unteren Mundhöhlenfläche aus dargestel… Obturator aufnehmen. In der Mitte der an ihm befindlichen Gaumenplatte Fig… befindet sich eine etwas hervorspringende Achse wie am Schlüsselloch der … Durch eine Drehung derselben werden die Fig. 45 aufwärts gerichteten Flügel … Obturators abwärts bewegt, Fig. 46, so dass demnächst das Gaumengewölbe … zwischen der Gaumenplatte und diesen Flügeln befindet und der Obturator … weder auf- noch abwärts sich bewegen kann. Das Fig. 46 u. 47 dargestellte …

Fig. 47.

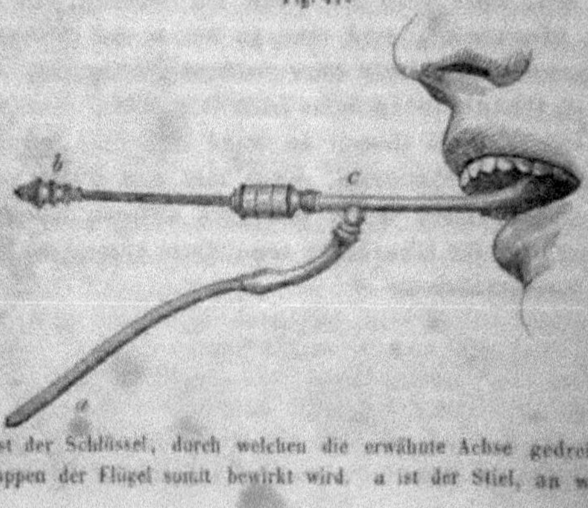

strument ist der Schlüssel, durch welchen die erwähnte Achse gedreht und … Herunterklappen der Flügel somit bewirkt wird. a ist der Stiel, an welchem …

Die Fig. 43 dargestellte Oeffnung im knöchernen Gaumen, [welche übrigens den Versuch eines operativen Verschlusses recht wohl zuliesse] soll den Fig. 45 u. 46

Fig. 43.

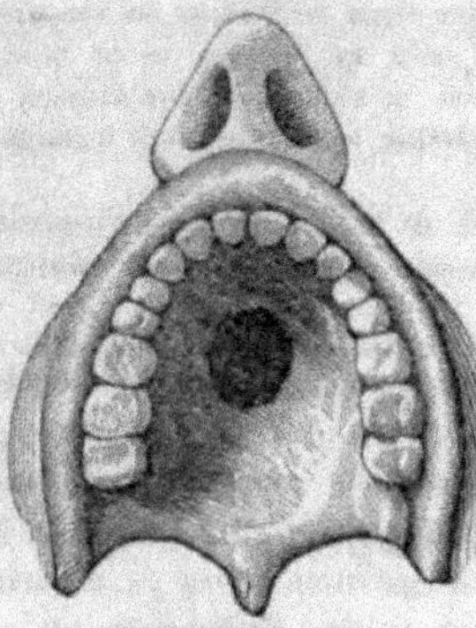

Fig. 45. Fig. 46.

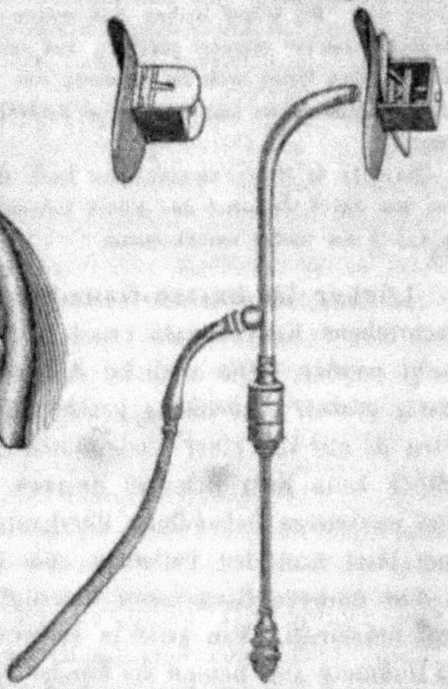

Fig. 44.

von der Seite und Fig. 44 von der unteren Mundhöhlenfläche aus dargestellten Obturator aufnehmen. In der Mitte der an ihm befindlichen Gaumenplatte Fig. 44 befindet sich eine etwas hervorspringende Achse wie am Schlüsselloch der Uhr. Durch eine Drehung derselben werden die Fig. 45 aufwärts gerichteten Flügel des Obturators abwärts bewegt, Fig. 46, so dass demnächst das Gaumengewölbe sich zwischen der Gaumenplatte und diesen Flügeln befindet und der Obturator mithin weder auf- noch abwärts sich bewegen kann. Das Fig. 46 u. 47 dargestellte In-

Fig. 47.

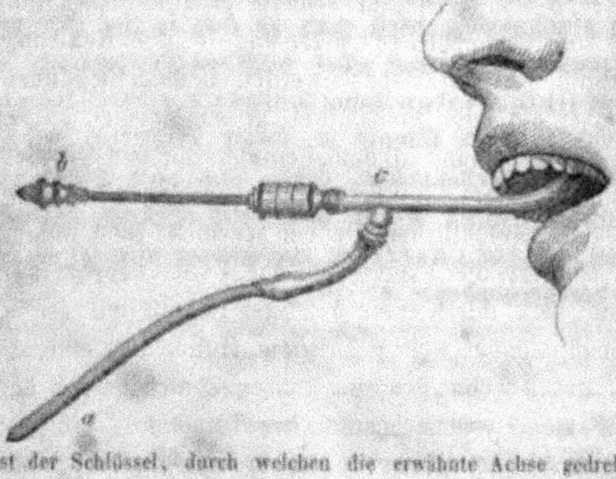

strument ist der Schlüssel, durch welchen die erwähnte Achse gedreht und das Herunterklappen der Flügel somit bewirkt wird. *a* ist der Stiel, an welchem das

Instrument fest gehalten wird; die gekrümmte Röhre *c* enthält einen in dem convexen Theile derselben vielfach gebrochenen und daher trotz der Biegung drehbaren Stab; daher kann, wenn dieser Schlüssel auf das Schlüsselloch des Obturators aufgesetzt wird, der Kranke selbst durch eine einfache Drehung an dem Knöpfchen *b* die Flügel des Obturators auf- oder abwärts klappen und ihn somit selbst einsetzen und entfernen.

In neuester Zeit hat man auch das Gaumensegel durch ein passend gestaltetes und an einer Gaumenplatte oder einem Obturator befestigtes Stück vulcanisirtes Gummi zu ersetzen gesucht.

Vidal erwähnt eines amerikanischen Arztes aus seiner Bekanntschaft, der sich einer solchen Vorrichtung, die nach seinen eigenen Angaben verfertigt wurde, mit dem besten Erfolge für seine Sprache bedienen soll.

Zweites Capitel.

Entzündung, Hypertrophie, Geschwüre.

a) Am Gaumensegel.

Isolirte Entzündungen des Gaumensegels kommen, ausser nach Verletzungen oder Anätzungen, kaum jemals vor. Ihre Behandlung fällt mit derjenigen der Angina, als deren Theil sie auftreten, zusammen. Nur der durch wiederholte Entzündungen bedingten Vergrösserung des Zäpfchens (*Hypertrophia uvulae*) und des bei acuten Entzündungen zuweilen auftretenden Oedems desselben müssen wir hier Erwähnung thun. Die Uvula kann in solchen Fällen die Grösse einer Haselnuss erreichen. Sie hängt dann auf dem Rücken der Zunge und veranlasst fortdauernd das Bedürfniss zu schlucken und Schleim auszuspeien. Bei bedeutender Länge soll das Zäpfchen sogar bis in den Kehlkopf hineinragen und somit Respirationsbeschwerden bedingen können. Das von Boyer empfohlene Volksmittel gegen solche Schwellungen des Zäpfchens, bestehend in dem Betupfen mit fein gepulvertem Pfeffer, ist wenig wirksam. Mehr erreicht man durch Betupfen mit Höllenstein. Bei beträchtlichem Oedem scarificirt man mit einem kleinen feinen Messer, die hypertrophische Uvula aber verkürzt man hinreichend stark durch einen kräftigen Schnitt mit der Scheere, während man sie bei weit geöffnetem Munde mit einer Hakenpincette fixirt. Das Abschneiden des ganzen Zäpfchens hat keineswegs die üblen Folgen, welche man früher fürchtete. Ein solcher Mensch wird weder stumm, noch gerathen ihm die verschluckten Speisen in die Nase u. dgl. m. Die alten Autoren betrachteten die Ver-

und wenn nur ein Eiterheerd bestand, der sich vollständig entleert hat, so schrumpft die Mandel zu einem abnorm kleinen Volumen zusammen. Wenn aber mehrere Abscesse in derselben Tonsille bestehen, so erfolgt der Aufbruch oft sehr ungleichmässig. In solchen Fällen bleibt in der Regel eine Vergrösserung und eine beträchtliche Neigung zu Recidiven zurück.

Die Behandlung der Mandelentzündung muss im Allgemeinen antiphlogistisch sein. In den heftigsten Fällen schickt man einen Aderlass voraus und lässt dann zu jeder Seite des Halses Blutegel setzen. Durch zahlreiche Blutegel kann man den Aderlass überflüssig machen. Bei gastrischer Complication giebt man gleich Anfangs ein Brechmittel. Durch dasselbe wird auch in solchen Fällen, wo gastrische Störungen dazu nicht auffordern, die Dauer und die Intensität der Krankheit beträchtlich abgekürzt. Bei schwächlichen und blutarmen Subjecten kann durch das Brechmittel jede Blutentziehung umgangen werden. Demnächst dient das nachträgliche Betupfen der entzündeten Mandel mit Höllenstein wesentlich zur Abkürzung des Krankheitsprocesses. Kataplasmen oder Wasserumschläge um den Hals gelegt, sowie häufiges Ausspülen des Mundes mit lauwarmem Wasser lindern die Beschwerden und beschleunigen den in heftigen Fällen selten zu vermeidenden Ausgang in Eiterung. Sobald man einen Abscess der Mandeln erkannt hat, öffnet man ihn, indem man ein gerades Bistouri in der Richtung von Vorn nach Hinten, etwa 3—6‴ tief, in die am meisten hervorragende Stelle einstösst. Um Nebenverletzungen zu verhüten, umwickelt man die Klinge bis auf die angegebene Länge mit einem Pflaster- oder Leinewandstreifen. Dadurch macht man ein besonderes Instrument für diese Operation entbehrlich. Sollte nur eine Mandel entzündet und diese trotz ihrer Schwellung sehr beweglich sein, so fasst man sie zum Behuf des Einstichs mit einem Haken oder einer Hakenpincette.

In den schlimmsten Fällen, namentlich bei grosser Athemnoth, schneidet man von den angeschwollenen Mandeln in der sogleich zu beschreibenden Weise ein hinreichend grosses Stück ab. Die hierauf folgende Blutentleerung begünstigt die Rückbildung der Entzündung in dem zurückbleibenden Stück der Mandeln.

2) Die Hypertrophie der Mandeln ist häufig. Gewöhnlich sieht man wiederholte acute Entzündungen als ihre Ursachen an. Jedoch dürfte dies nicht immer richtig sein. In manchen Fällen geht wahrscheinlich die Hypertrophie der Entzündung voraus; so namentlich bei scrophulösen Kindern, bei denen sie gleichzeitig mit

Aufwulstung der Lippen und Nasenflügel und Schwellung der Lymphdrüsen des Halses auftritt. In solchen Fällen bedingt das grössere Volumen der Mandeln eine Behinderung der Schlingbewegungen und exponirt die leidenden Organe selbst viel stärker dem Einfluss äusserer Schädlichkeiten. Die hypertrophischen Mandeln werden gleichsam fremde Körper und als solche wirken sie Entzündung erregend auf ihre Umgebungen. Deshalb ist, selbst wenn die Beschwerden, welche sie bedingen, nicht bedeutend sind, ihre Entfernung auf operativem Wege zu empfehlen. Dies ist um so mehr der Fall, wenn das Schlingen und die Sprache durch die Anwesenheit dieser Geschwülste leiden oder der Patient dadurch genöthigt wird mit offenem Munde laut schnarchend zu schlafen.

Vidal erzählt, dass ein Kranker auf seiner Abtheilung, der von seiner Mandelhypertrophie nicht besonders zu leiden hatte, durch seine Stubengenossen genöthigt wurde, die hypertrophischen Mandeln exstirpiren zu lassen, weil das durch dieselben bedingte Schnarchen die anderen allnächtlich im Schlaf störte.

Dupuytren hatte beobachtet, dass Kinder mit hypertrophischen Mandeln allmälig eine Missstaltung des Thorax bekämen, indem derselbe sich im hinteren Umfange abrunde, nach Vorn verengere und zu den Seiten abflache (*Pectus carinatum*). Er erklärte dies aus der stärkeren Anstrengung der Inspirationsmuskeln zur Ueberwindung der durch die angeschwollenen Mandeln bedingten Behinderung des Lufteintritts. Bei genauer Beobachtung der Respirationsbewegungen an solchen Individuen lässt sich jedoch eine besonders angestrengte Thätigkeit der Inspirationsmuskeln durchaus nicht wahrnehmen. Vidal glaubt daher jene Missstaltung vielmehr von einer unvollständigen Ausdehnung ableiten zu können. |Vielleicht aber haben beide Uebel, die Mandelhypertrophie und die fehlerhafte Form des Thorax ihren gemeinsamen Grund in der Scrophulosis und der aus ihr entspringenden Tuberculose.|

Die Abtragung der hypertrophischen Mandeln ist eine sehr einfache und jetzt vollkommen geregelte Operation. Sie zerfällt in 3 Acte: 1) den Mund öffnen und die Zunge abwärts drücken, 2) die Mandel fassen, 3) den hervorragenden Theil abschneiden.

Um den Mund offen zu halten und die Zunge hinabzudrücken, hat man zahlreiche Instrumente erfunden, welche alle durch einen Spatel oder Löffelstiel überflüssig gemacht werden. Nur bei sehr ungelehrigen Kranken bedarf man eines Stückes Kork, um den Mund offen zu halten. Hat man die Mandel aber erst einmal gefasst, so hält der Patient den Mund von selbst offen, und man bedarf in der Regel auch keines Spatels mehr, um die Zunge abwärts zu drücken. |Deshalb ist die Dieffenbach'sche Taktik zu empfehlen, nach welcher man den Kranken gleichsam überfällt, indem man in dem günstigen Momente der weiten Eröffnung des Mundes mit Haken und Messer schnell eindringt und die Operation „im Fluge" vollzieht. Nach Dieffenbach's Erfahrungen wären alle Zwangsmittel fortzulassen.|

Zum Fassen der Mandel sind ein Doppelhaken (Fig. 48 in halber Grösse) oder eine Muzeux'sche Hakenzange mit seitlich gerichteten Haken die passendsten Instrumente. Ein einfacher scharfer Haken reisst zu leicht aus, namentlich wenn das Gewebe der Mandel brüchig und von mehreren Abscesshöhlen durchsetzt ist. Zum Gelingen der Operation ist es aber durchaus erforderlich, dass man die Mandel sicher fasst und hervorzieht.

Fig. 48.

Das Abschneiden geschieht am besten mit einem langen, schmalen, geknöpften Messer. Das gewöhnliche Pott'sche Bistouri kann dazu benutzt werden, indem man zur grösseren Sicherheit die hintere Hälfte der Klinge mit einem Pflasterstreifen umwickelt. Sehr bequem ist das von Blandin zu diesem Behuf angegebene Bistouri (Fig. 49 in natürlicher Grösse), an welchem nur die vordere Hälfte der Klinge schneidend ist.

Fig. 49.

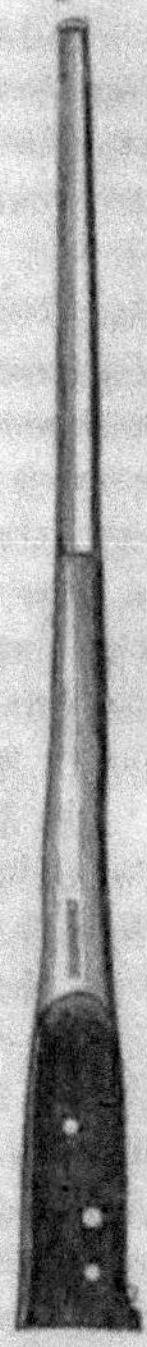

Soll man den Schnitt von Oben nach Unten oder von Unten nach Oben führen? Louis machte darauf aufmerksam, dass, wenn man das Messer in ersterer Richtung führt und den Schnitt nicht mit einem Zuge vollendet, der abgelöste Lappen auf die Stimmritze fallen und Erstickung bedingen könne. Seitdem ist der Schnitt von Unten nach Oben bevorzugt worden. Er ist in der That der bequemere und nur höchst selten wird man Schwierigkeiten finden, wenn man, nach gehöriger Hervorziehung der Mandel, das Messer zwischen der Zunge und der Hakenzange einsetzt und es schnell mit sägenden Zügen in der Richtung gegen die Basis des Zäpfchens hin durch die Mandel hindurchführt.

Aus Besorgniss vor der Verletzung des Gaumensegels durch die Führung des Schnitts von Unten nach Oben, gaben Richter, Marjolin und Boyer den Rath, die Mandel zuerst von Unten nach Oben einzuschneiden, und dann in der Richtung von Oben nach Unten abzutragen. Dies dürfte nur bei ganz ungewöhnlich grossen Tonsillen von ausserordentlicher Härte zweckmässig sein.

Vidal wurde ein Mal in einem solchen Fall, in dem er das Messer von Unten nach Oben führte, durch einen ungewöhnlich starken Widerstand aufgehalten, den er bei umgekehrter Schnittrichtung sofort überwinden konnte.

Sollte, — was höchst selten geschehen wird, — ein Stück der angeschnittenen Mandel in die Oeffnung des Kehlkopfs hinabfallen, so müsste man schnell mit den Fingern in den Rachen fahren, es ergreifen und herausreissen.

Sobald der Schnitt beendet ist, wird das abgetragene Stück mit der Hakenzange (oder dem Haken) und zugleich auch das Messer aus der Mundhöhle entfernt, auch das Korkstück zwischen den Zähnen hinweggenommen, wenn man es überhaupt angewandt hat; man lässt den Kranken ausspucken und den Mund mit kaltem Wasser ausspülen. Sollen beide Mandeln entfernt werden, so gewährt man dem Kranken in der Zwischenzeit wenigstens einige Ruhe.

Bei der Excision der linken Mandel führt man das Messer mit der rechten, für die Abtragung der rechten mit der linken Hand. [Wem dies unbequem scheint, der kann auch in letzterem Falle das Messer mit der rechten Hand führen, wenn er sich hinter den Kranken stellt und die linke Hand zur Führung der Zange um den Kopf des Kranken an der linken Seite des Kopfes herumführt.]

Manche, namentlich nicht hinreichend geübte Operateure, bevorzugen den Gebrauch einer auf die Fläche gekrümmten Scheere für das Abtragen der Mandeln. Dieselbe gewährt keine Vortheile; die vollständige Durchschneidung einer beträchtlich geschwollenen Mandel wird nur mit einer besonders starken Scheere gelingen. Wer sich die hinreichende Sicherheit in der Führung des Messers nicht zutraut, thut daher besser, eins der complicirten Tonsillotome zu benutzen, unter denen das von Fahnestock erfundene (in der von Velpeau angegebenen Modification) sich namentlich zur Anwendung bei ängstlichen und widerspänstigen Kranken empfiehlt.

Dies Instrument, auch **Kiotom** genannt (Fig. 50 u. 51), besteht aus einer, auf einem hölzernen Handgriff befestigten Röhre, an deren Ende sich ein elliptischer Ring befindet, welcher hinreichend gross ist, um die hypertrophische Mandel zu umfassen. In dieser Röhre bewegt sich ein Stab, dessen vorderes Ende gleichfalls einen elliptischen, aber an seinem inneren Umfange schneidenden Ring trägt,

Fig. 50.

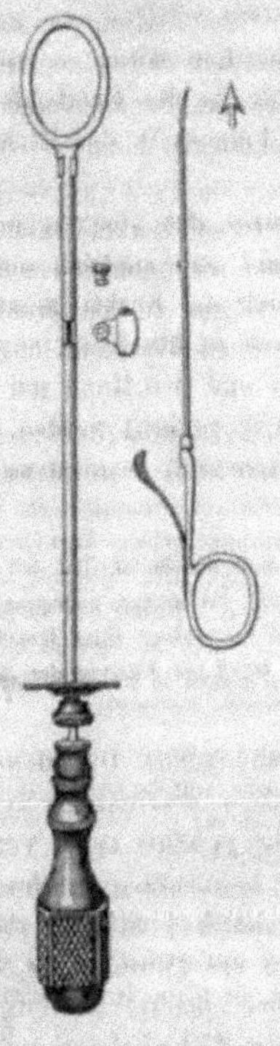

Fig. 51.

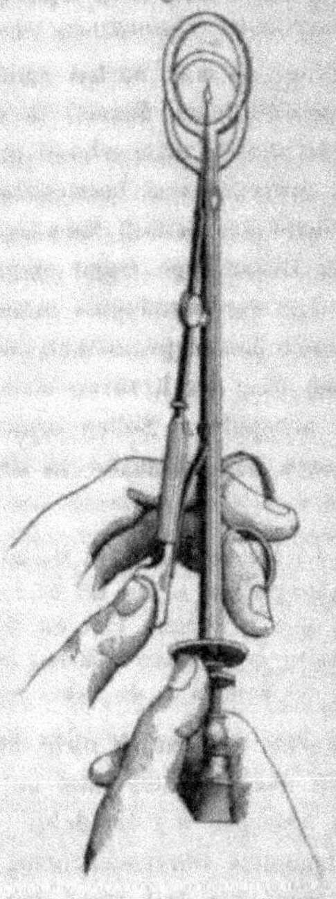

welcher in dem ersteren versteckt liegt und durch einen Zug nach Hinten zwischen den ihn umfassenden beiden Platten des ersten Ringes hervortritt. Dieser Moment ist Fig. 51 abgebildet. Zugleich sieht man hier die Vorrichtung, durch welche die Mandel, nachdem der geschlossene Ring über sie gestülpt ist, hervorgezogen werden soll. Dies ist ein kleiner Spiess, der durch den Druck des Daumens der linken Hand zuerst vorwärts in die Mandel hineingestossen, dann aber durch eine Hebelbewegung von dem Ringe in der Art entfernt wird, dass die aufgespiesste Mandel möglichst stark hervortreten muss und folglich beim Zurückziehen des schneidenden Ringes möglichst tief abgeschnitten wird. Fig. 50 zeigt die Einrichtung des Spiesses in seinen einzelnen Theilen; man kann der Spitze desselben statt einer harpunenförmigen auch eine gabelförmige Gestalt geben.

Die Blutung nach der Abtragung der Mandeln ist selten beträchtlich. Der Patient braucht nur eine Zeit lang kaltes Wasser oder Eisstückchen in den Mund zu nehmen. Bei stärkerer Blutung empfiehlt Chassaignac Eisstückchen mit einer Hakenzange direct gegen die Mandel anzudrücken. Monod behauptet, dass die Blutung sogleich aufhöre, wenn der Kranke den Mund weit geöffnet halte. In übleren Fällen müsste zur Compression der Mandel gegen den Kieferwinkel oder zur Cauterisation geschritten werden. Jedoch wird bei Beachtung der oben gegebenen Vorschriften eine lebensgefährliche Blutung niemals entstehen können. Will man dagegen die ganze Mandel wirklich exstirpiren, so geräth man in die nächste Nähe der *Carotis interna*, deren Verletzung, selbst wenn man sofort die *Carotis communis* unterbinden könnte, die grösste Lebensgefahr herbeiführen muss, da die grossen Anastomosen an der *Basis cranii* eine schnelle Wiederkehr der Blutung befürchten lassen.

Tenon, Burns, Barclay und Béclard haben tödtliche Blutungen nach Mandelexstirpationen beobachtet. Letzterer sah in Angers fast unter seinen Augen einen Menschen verbluten, dem ein herumziehender Charlatan eine Mandel mit einem spitzen Bistouri hatte exstirpiren wollen. Eine furchtbare Blutung hatte den Operateur schnell in die Flucht gejagt. Die Verletzung der *Carotis interna* wurde durch die Section nachgewiesen. Champion wurde wegen einer heftigen Blutung zu einer Frau gerufen, der man die Mandeln blos hatte scarificiren wollen; er fand sie bereits todt, so dass auch in diesem Falle eine Carotidenverletzung vorausgesetzt werden muss.

Dass aber auch aus den durchschnittenen Arterien einer hypertrophischen Mandel ohne Verletzung der Carotis eine sehr beunruhigende Blutung erfolgen kann, lehrt die nachstehende Beobachtung von Vidal. Ein junger Mann wünschte von seinen hypertrophischen Mandeln befreit zu sein, da sie ihm durch ihr ausserordentliches Volumen grosse Beschwerden und alljährlich wenigstens zwei Anginen veranlassten. Er hatte den Wunsch in Vidal's Wohnung operirt zu werden, damit seine ängstliche Mutter nichts davon erfahre. Die Dicke der Zunge, die beträchtliche Tiefe der Mundhöhle und die Härte der Tonsillen machten die Operation schwierig. Jedoch fuhr der Operirte gleich darauf nach Hause und erst eine Stunde danach entstand eine Blutung, die sich fort und fort steigerte, und sowol durch die Menge, als durch die hellrothe Farbe des Blutes grosse Besorgnisse erregte. Der Operateur musste vor der in Thränen schwimmenden Mutter und dem bereits herbeigerufenen Hausarzte erscheinen und konnte innerlich deren Befürchtungen nur theilen. Jedoch gelang es, durch stetige Anwendung des Eises und vollkommene Ruhe der Blutung Herr zu werden. Sie kehrte, nachdem man das Eis fortgelassen hatte, innerhalb der nächsten 24 Stunden noch zwei Mal wieder, wurde jedoch abermals und endlich auch dauerhaft durch die Anwendung des Eises beseitigt. [Aehnliches hat Dieffenbach ein Mal erlebt.]

In der Regel ist die Abtragung der Mandeln fast ganz schmerzlos. Jedoch beobachtete Vidal ein Mal bei einer jungen Dame mehrere Stunden lang heftige

Schmerzen in den Ohren danach, die durch das Andrücken erwärmter Tücher gegen das äussere Ohr gelindert wurden und gegen Abend ganz verschwanden.

Die Abtragung der Mandeln, welche bereits Celsus gelehrt hat (*hamulo excipere et scalpello excidere*) ist jetzt namentlich seit den Arbeiten von Moscati, Caqué, Muzeux und Louis eine allgemein verbreitete und als nützlich anerkannte Operation, neben welcher das Abbinden und Cauterisiren der Mandeln keiner Erwähnung mehr bedürfen. Jedoch haben sich einige Stimmen auch gegen die Abtragung der Mandeln erhoben. Der eifrigste Gegner dieser Operation ist Harvey (*Dublin medical press* 1849). Nach seiner Ansicht verkleinern sich die hypertrophischen Mandeln allmälig von selbst; ihre Anschwellung stört das Gehör nicht, da sie niemals den Eingang zur *Tuba Eustachii* verstopfen. Nach der Abtragung der Mandeln dagegen soll das Gehör zuweilen leiden, auch die Stimme soll eine unangenehme Veränderung erfahren, die Schleimdrüsen des Pharynx sollen hypertrophisch werden, und der Operirte soll fortdauernd an Durst, Hitze im Schlunde und einer hartnäckigen Neigung zu Schlingbewegungen, endlich auch an einer Störung des Allgemeinbefindens leiden. Alle diese Angaben sind übertrieben. Es ist vielmehr wunderbar, mit welcher Leichtigkeit die in Rede stehende Operation gewöhnlich ertragen wird. Jedoch kommen Fälle vor, in denen kurze Zeit nach der Operation Störungen in der Function des Gaumensegels und des Pharynx bestehen; dieselben sind jedoch selten und niemals dauernd. Eine Verkleinerung der hypertrophischen Mandeln kann immer nur relativ sein, indem sie zuweilen bei Kindern eine sehr bedeutende Grösse erreichen, dann aber bei fortschreitendem Wachsthume des Körpers nicht weiter mitwachsen.

3) Verschwärungen an den Mandeln werden häufiger angenommen, als sie wirklich bestehen. Nicht selten halten nämlich Anfänger die normalen oder durch Entzündung ein wenig aufgewulsteten Oeffnungen der Schleimdrüsen, aus welchen die Mandeln bestehen, für Geschwüre, und erregen durch eine vollkommen unmotivirte Cauterisation heftige Entzündung der Mandeln und ihrer Umgebungen. Nicht selten sind syphilitische Geschwüre an den Mandeln und in ihrer Umgebung sehr oberflächlich. Die Schleimhaut erscheint blos rauh, wie dies nach syphilitischer Infection auch an der Eichel und am *Orificium uteri* vorkommen kann. Das eigentliche Geschwür aber hat hier, wie überall, scharf abgeschnittene Ränder und einen grauen, speckigen Grund. Nächst der stets erforderlichen inneren Behandlung bedarf man gerade bei den Geschwüren der Mandeln stets noch einer örtlichen Behandlung, um die Vernarbung herbeizuführen. Man bedient sich zu diesem Behuf der Cauterisation mit einem gut befestigten Höllensteingriffel oder trägt mit einem Pinsel concentrirte Säuren, auch wol Antimonbutter auf. Die Anwendung des Glüheisens möchte nicht zu empfehlen sein, da man bei derselben eine zu weite Verbreitung der Entzündung zu fürchten hat. Nach jeder Cauterisation ist sorgfältiges Ausspülen des Mundes und Schlundes erforderlich.

Drittes Capitel.

N e u b i l d u n g e n.

a) Am Gaumen.

Am Zäpfchen kommen lupöse Wucherungen, gewöhnlich zugleich mit Lupus der Nase, nicht selten vor. Ihre Behandlung fällt mit der des Lupus überhaupt zusammen. Auch Krebsgeschwülste sind am Zäpfchen beobachtet. Die operative Entfernung hat, wenn das Carcinom auf die Uvula allein sich beschränkt, keine Schwierigkeiten. Bei grösserer Ausbreitung ist die Exstirpation, wie schon Fabricius Hildanus bemerkt, immer erfolglos und überdies gefährlich.

Die Geschwülste am Gaumengewölbe treten hauptsächlich in zweierlei Form auf. Die einen sind hart, blass, glatt und oft gestielt, wachsen zu einer sehr bedeutenden Grösse und können dadurch höchst lästig werden, endlich auch in Folge des Druckes, dem sie ausgesetzt sind, ulceriren. |Dies sind offenbar Sarcome und Fibroide, in einzelnen Fällen von so bedeutendem Gefässreichthum, dass sie cavernösen Geschwülsten ähnlich werden. Auch ächte Teleangiectasien und cavernöse Geschwülste kommen am Gaumengewölbe vor.| Alle diese Geschwülste sind häufig gestielt, so dass sie eine Art von Polypen darstellen und leicht mit der Scheere entfernt werden können. Sitzen sie mit breiter Basis auf, so muss man sie mit dem Bistouri abtragen, dem Manche zu diesem Behuf eine besonders gewölbte Klinge gegeben haben.

Boyer liess für einen Fall sogar ein besonderes Messer mit einer der Wölbung des Gaumengewölbes, welche durch einen Abdruck genau bestimmt war, entsprechenden Krümmung anfertigen.

|Wo man im Voraus eine Blutung zu befürchten hat, kann man bei gestielten Geschwülsten zur Ligatur mit nachheriger Abtragung seine Zuflucht nehmen, oder nach dem Abschneiden das *Ferrum candens* anwenden. Am Sichersten und Schnellsten führt die Anwendung der Galvanokaustik zum Ziele, deren Ausführung bei den Nasenpolypen bereits erwähnt ist und bei den Schlundpolypen weiter erörtert werden soll.|

Als Beleg für die diagnostischen und operativen Schwierigkeiten, welche eine gefässreiche Geschwulst des knöchernen Gaumens darbieten kann, erzählt Vidal nachstehenden Fall. Ein 44jähriger Holzhändler, der niemals syphilitisch gewesen dessen Mutter aber am Krebs gestorben war, wurde 1831 nach bedeutenden Anstrengungen von Blutbrechen befallen, gegen welches reichliche und oft wiederholte Blutentziehungen nebst einer andauernd strengen Diät zur Anwendung kam. Ein Jahr darauf bemerkte er eine haselnussgrosse Geschwulst in der Mitte des Gaumengewölbes, an welchem sie mit breiter Basis unbeweglich festsass, und auf deren Oberfläche grosse Venen zu sehen waren. Fast jeden Monat entleerte sich etwa ein Theelöffel Blut aus einer kleinen Schrunde der Geschwulst. Drei Monat später machte ein Arzt einen Einschnitt in die Geschwulst, durch welchen ein halbes Weinglass voll Blut entleert wurde. Hierauf wuchs die Geschwulst beträchtlicher. Ein abermaliger Einschnitt hatte genau denselben Erfolg. Weder Schmerzen noch Pulsationen wurden in der Geschwulst empfunden. Dagegen stellten sich Schmerzen in den Backzähnen der rechten Seite ein, gegen welche die Geschwulst sich so stark entwickelte, dass sie den ganzen Alveolarrand etwas nach Aussen drängte. Sie griff auch auf das Gaumensegel über und erhielt schliesslich die Gestalt eines Kartenherzes, dessen Spitze gegen die Schneidezähne und dessen Basis gegen das Zäpfchen gerichtet lag. Die rechte Hälfte ist stärker entwickelt, in der Mitte befindet sich eine ovale Verschwärungsfläche von der Grösse einer Fingerspitze. Die Consistenz ist etwas beträchtlicher als diejenige einer gewöhnlichen Balggeschwulst, Fluctuation ist nicht zu entdecken. Nur schwierig kann der Finger zwischen der Zunge und der Geschwulst bis zur Grenze der letzteren nach Hinten eingeführt werden. Das Kauen und Schlingen ist erschwert, die Stimme rauh, die Sprache behindert. Die Nasenhöhlen sind vollkommen frei; das Allgemeinbefinden ist vortrefflich. In der chirurgischen Gesellschaft wurde diese Geschwulst allgemein für eine fibröse und ihre Abtragung für nicht besonders schwierig erklärt. Vidal unternahm letztere am 7. Januar 1841. Beim Eindringen des Messers in die Basis der Geschwulst sprudelte ein mächtiger Blutstrom hervor, so dass Vidal, um keine Zeit zu verlieren, sofort den am Gaumengewölbe sitzenden Theil der Geschwulst mit den Fingern herausriss und nur die am Gaumensegel haltende Parthie mit dem Messer abtrug. Inzwischen war die Blutung sehr bedeutend. Zum Glück standen Glüheisen in Bereitschaft, durch deren ausgedehnte Anwendung die Stillung der Blutung und die Zerstörung des noch zurückgebliebenen Theiles der Geschwulst gelang. Die Vernarbung erfolgte schnell. Der verdrängte Kieferrand nahm seine normale Richtung wieder an und die ganze Mundhöhle erscheint jetzt, 8 Jahre nach der Operation, in jeder Beziehung normal. Das Gewebe, aus dem die Geschwulst bestand, war demjenigen einer roth hepatisirten Lunge ähnlich und ungemein gefässreich. Vidal glaubte die Geschwulst deshalb als eine erectile betrachten zu dürfen. Die Mitglieder der chirurgischen Gesellschaft dagegen glaubten nunmehr einen Markschwamm vor sich zu haben. (Eine genaue mikroskopische Untersuchung fehlt.)

Als eine zweite Gruppe der Gaumengeschwülste müssen wir diejenigen bezeichnen, welche mit höckriger Oberfläche, mehr oder weniger hohem Grade von Schmerzhaftigkeit und grosser Neigung zu Blutungen auftreten und auffallend schnell wachsen. Diese sind stets mit grosser Wahrscheinlichkeit für carcinomatös zu halten. Sie sind niemals gestielt. Ihre Entfernung muss (wenn überhaupt) möglichst früh vorgenommen werden, da sie bei grösserer Ausdehnung fast unüberwindliche Schwierigkeiten darbietet. In der

Regel bedarf man, zur Stillung der Blutung und zur Sicherung der Entfernung alles Kranken, der Cauterisation mit dem Glüheisen.

|Nach solchen Exstirpationen ist, selbst wenn der knöcherne Gaumen als gesund zurückgelassen werden konnte, doch häufig eine nachträgliche Necrose desselben, und somit die Bildung eines Gaumendefects, zu befürchten.|

b) An den Mandeln.

Eigentliche Neubildungen in den Mandeln sind höchst selten, wenn man nicht die Hypertrophie hierher ziehen will. Diese Thatsache hat eine allgemeine Wichtigkeit, insofern sie der Ansicht derjenigen, welche der Entzündung bei der Entstehung der Neubildungen eine grosse Rolle zutheilen, durchaus entgegensteht, da ja Entzündungen der Mandeln sehr häufig sind.

1) Steine in den Mandeln nennt man Concretionen von meist bröckliger, zuweilen aber auch wirklich steinigter Consistenz, welche durch Eindickung des Secretes in den Mandeln, namentlich aus dem darin enthaltenen phosphorsauren und kohlensauren Kalk, ihren Ursprung nehmen. Nicht selten sind sie von käsiger Consistenz und erleiden während ihres Aufenthaltes in den erweiterten Ausführungsgängen eine solche Zersetzung, dass sie einen üblen Geruch aus dem Munde bedingen. Zuweilen fallen sie in den Pharynx und werden dann hervorgeräuspert oder verschluckt. Sie erscheinen in den Mandeln als weisse Flecke, deren Consistenz mit der Sonde leicht entdeckt wird und lassen sich mit einer Kornzange ausziehen. Bei Manchen entstehen sie nach der Entfernung bald wieder, gewöhnlich unter dem Einfluss einer chronischen Angina, zumal bei Leuten, die viel laut sprechen oder singen müssen. Wenn viele Concretionen der Art gleichzeitig vorhanden sind, so nimmt man, statt die einzelnen zu extrahiren, die Abtragung der Mandeln in der oben beschriebenen Weise vor. Gerade in solchen Fällen finden sich nicht selten Schwierigkeiten beim Durchschneiden der Drüse.

2) Blasenwürmer kommen in den Mandeln vor, jedoch selten, und ohne dass es möglich wäre, die eigentliche Natur der Geschwulst vor der Exstirpation zu erkennen.

Vidal beobachtete in der Dupuytren'schen Klinik einen solchen Fall, in welchem die Erkrankung für eine einfache Hypertrophie gehalten wurde. Dupuytren bemerkte, indem er die Abtragung vornahm, dass beim Einschneiden wasserhelle Flüssigkeit ausfloss, und dass in dem abgetragenen Stück sich die Hälfte einer Cyste vorfand. Die andere Hälfte der Cystenwand wurde leicht aus dem zurückgelassenen Theil der Tonsille hervorgezogen und die Diagnose somit aufgehellt. |Dass es wirklich ein Blasenwurm und nicht eine einfache Cyste war, geht aus diesen Angaben freilich mit Bestimmtheit nicht hervor.] Die Kranke bekam Ge-sichtsrose und nachher Nierenschmerzen, aus welchen **Dupuytren** auf die Anwesen-heit einer gleichen Cyste in den Nieren schloss. Später bestätigte die Section die Diagnose, und der „praktische Tact" **Dupuytren's** wurde nicht wenig bewundert. Vgl. **Vidal**, *Essai historique sur Dupuytren*.

3) Der **Krebs der Mandeln** ist äusserst selten. Die meisten Schriftsteller erwähnen ihn gar nicht. Die genauer beschriebenen Fälle sind von den Beobachtern selbst sämmtlich als **Markschwamm** gedeutet worden. [Mikroskopische Untersuchungen darüber fehlen.]

Die **totale Exstirpation** einer krebsigen Mandel ist allerdings möglich; aber wegen der grossen Nähe der *Carotis interna*[*]) namentlich bei krebsiger Entartung, welche eine Verwachsung des erkrankten Organs mit den Nachbartheilen voraussetzen lässt, immer als höchst gefährlich zu betrachten (vgl. p. 369). Die blosse Abtragung eines Theils der Mandeln kann ebenso wenig, als die in Betreff der Tiefe ihrer Wirkung gar nicht zu berechnende Cauterisation und die ganz unzureichende Ligatur einen Nutzen gewähren.

Masson de Waren (*Gaz. méd.* 1827, aus dem *American Journ. of medical Scienc.*) hat die Exstirpation einer krebsigen Mandel bei einer 65jährigen Frau ausgeführt. Zur Stillung der bedeutenden Blutung wandte er mit Glück das Glüheisen an. Jedoch geht aus seiner Beschreibung nicht bestimmt hervor, ob er die ganze Drüse exstirpirt hat. **Velpeau** exstirpirte die linke Mandel bei einem 68jährigen Landmanne, obgleich die Krebsgeschwulst, bereits verjauchend und oft blutend, fast den ganzen Schlund ausfüllte und Erstickung herbeizuführen drohte. Zunächst wurde die *Carotis communis* blossgelegt und mit einer Sicherheitsschlinge umgeben, demnächst die Geschwulst mit einem doppelten Haken gegen die Mittellinie hervorgezogen, und, nach vorgängiger Spaltung des Gaumensegels, in der Richtung von Unten und Innen nach Oben und Aussen abgetragen. Die Blutung war gering, und **Velpeau** schritt daher sogleich zur Exstirpation einer infiltrirten Lymphdrüse, die dicht am Pharynx sass, durch eine unter der *Regio parotidea* gelegte Hautwunde. Am nächsten Tage wurde die Sicherheitsschlinge entfernt. Die Wunde begann bereits zu vernarben, als Diarrhoe und pyämische Erscheinungen auftraten, unter denen am 17ten Tage der Tod erfolgte. — Die Section erwies die **Velpeau's** Angaben, dass weder innerhalb noch ausserhalb des Pharynx etwas von dem Carcinom zurückgelassen war, und dass alle grossen Gefässe unverletzt geblieben. Als wesentliche Todesursache soll sich eine Entzündung des Beckens ergeben haben. [War dies wirklich Krebs der Mandel? Wie kam es, dass derselbe **hinter dem Gaumensegel**, im **Pharynx** seinen Sitz hatte? Handelte es sich nicht vielleicht um ein Sarcom der Lymphdrüsen dieser Gegend, welches in den Pharynx hinein gewachsen war. Eine Geschwulst der Art, welche ich später genau untersuchen konnte, hatte ein Kranker, der, als an Hypertrophie der Mandel leidend, von einem anderen Arzte zum Behuf der Abtragung zu mir geschickt wurde. Vgl. Bd. II. p. 31.]

[*]) [Dass die *Carotis interna*, nach den Untersuchungen von **Linhart** (Zeitschr. der Wiener Aerzte 1848), nicht gerade nach Aussen, sondern weiter nach hinten von der Mandel liegt, macht die Gefahr nicht viel geringer.]

Zehnte Abtheilung.

Krankheiten des Schlundkopfes.

Anatomische Vorbemerkungen.

|Der Schlundkopf kann mit gleichem Rechte zum Halse, wie zum Kopfe gerechnet werden. Auch seine Erkrankungen schliessen sich theils an diejenigen des Mundes und Gaumensegels, theils an diejenigen der Speiseröhre und des Halses überhaupt an. Er bildet gleichsam den Vorhof für den Verdauungs- und Athmungskanal.| Die trichterförmig gestaltete, nach Oben erweiterte, jedoch nur nach Vorn weit offene Höhle des Pharynx communicirt in letzterer Richtung durch den, mittelst des Gaumensegels absperrbaren *Isthmus faucium* mit der Mundhöhle, weiter oben in derselben Richtung durch die Choanen mit den Nasenhöhlen, nach Aussen und Oben durch die *Tuba Eustachii* in der beim Ohr beschriebenen Weise mit der Trommelhöhle jeder Seite. Nach Unten setzt sich der Pharynx, allmälig enger werdend, in die Speiseröhre weiter fort. Eine plötzliche Verengerung in der Nähe des 5ten Halswirbels bezeichnet die Grenze zwischen Schlundkopf und Oesophagus. Der untere Theil des Pharynx besitzt nach Vorn eine Oeffnung, die in den Kehlkopf führt. Weiter abwärts bildet die hintere Wand des Kehlkopfes zugleich die vordere Wand des Schlundkopfes. Der übrige Theil des Pharynx entbehrt einer vorderen Wand gänzlich |wenn man nicht den hinteren Rand der Gaumenbeine und das von diesem herabhängende Gaumensegel als eine solche ansehen will|. Oben ist der Pharynx an der *Basis cranii* befestigt; das *Os basilare* bildet sein Dach. Der obere Theil ist unbeweglich und bildet eine fortdauernd offenstehende Höhle, in welche von den Choanen her Luft eintritt, und welche nur dem Respirationsprocesse dient; der mittlere Theil wird sowol beim Athmen als beim Schlingen in Anspruch genommen; das unterste Stück endlich ist nur beim Schlingen betheiligt. |Bei weit geöffnetem Munde und abwärts gedrückter Zungenwurzel kann man, namentlich im Augenblick einer tiefen Inspiration, wo das Gaumensegel stark gehoben wird, einen grossen Theil sowol der hinteren Wand als auch der Seitenwände des Schlundkopfes übersehen und mit dem schnell einzuführenden Finger auch betasten. Mit letzterem lassen sich auch die hinter dem Schlundkopf liegenden Wirbelkörper fühlen.| Von grosser Bedeutung sind die Nachbartheile der Seitenwände des Pharynx. Diesen liegen nämlich nahe an: die *Carotis interna*, die *Vena jugularis interna*, der *Nervus vagus*, nebst dem *Accessorius*, der *Glossopharyngeus*, der *Hypoglossus*, also die wichtigsten Gefässe und Nerven des Halses. Dieselben liegen in einem auf dem Querschnitt dreieckten Raume, der nach Unten weiter, nach Oben enger wird. Hier

bildet seine äussere Begrenzung der *Pterygoideus internus*, seine innere die Pharynxwand selbst. Etwas weiter abwärts liegen dicht am Pharynx eine Anzahl Lymphdrüsen und die *A. carotis externa* mit ihren Aesten.

Der Schlundkopf ist wesentlich ein muskulöses Organ, aber seine Muskeln sind Innen (Vorn) von einer dicken Schleimhaut, Aussen (Hinten) von einer derben fibrösen Schicht bekleidet, welche letztere nach Unten mit dem tiefen Blatt der *Fascia colli*, nach Oben mit der *Fascia buccopharyngea* zusammenhängt. Die Muskeln des Pharynx sind jederseits 5: der *Constrictor superior*, *medius* und *inferior*, der *Stylopharyngeus* und der *Pharyngopalatinus*. Die Constrictores beider Seiten stossen in der Mittellinie zusammen und vereinigen sich durch eine fibröse Raphe. Sie liegen in der Art dachziegelförmig über einander, dass der untere Rand des nächst oberen im Innern des Pharynx den oberen Rand des nächst unteren deckt. Ihre Fasern verlaufen quer oder schräg aufsteigend. Sie entspringen, von Unten nach Oben aufsteigend, von dem Ring- und Schildknorpel, vom Zungenbein, vom Unter- und Oberkiefer, von der zwischen diesen beiden Knochen ausgespannten *Fascia buccopharyngea*, von dem *Processus pterygoideus* und dem Felsenbeine. Der *Stylopharyngeus* entspringt vom Griffelfortsatz des Felsenbeins und breitet sich mit seinen Fasern dicht unter der Schleimhaut des Schlundkopfes aus, indem er zwischen dem *Constrictor medius* und *superior* hindurchgeht. Der *Pharyngopalatinus* liegt in dem gleichnamigen hinteren Gaumenbogen, gleichfalls dicht unter der Schleimhaut des Schlundes, und heftet sich am hinteren Rande des Schildknorpels an. Diese Muskeln vermögen den Pharynx im Ganzen zu verengern und zu erheben. Die Schleimhaut des Schlundkopfes steht mit derjenigen der Nasen- und Mundhöhle, sowie der Trommelhöhle und des Kehlkopfs, im Zusammenhange. Im oberen Theile des Pharynx ist sie fest angeheftet an das Periost der *Basis cranii*, weiter abwärts wird sie mit den Muskeln durch ein lockeres Bindegewebe verbunden, so dass sie einen hohen Grad von Verschieblichkeit besitzt. Eine grosse Menge von Schleimdrüsen liegen in ihr eingebettet. Die Arterien des Schlundkopfs sind Aeste der *Pharyngea ascendens* und *descendens*, der *Pterygopalatina* und der *Thyreoidea superior*. Die Venen bilden dicht um den Pharynx ansehnliche Plexus, welche in die *Vena jugularis interna* und *thyreoidea superior* münden. Seine Lymphgefässe ergiessen sich in die längs der *Vena jugularis* gelagerten Lymphdrüsen. Auch die Nerven bilden zu den Seiten des Pharynx besondere Plexus, an deren Bildung der *Ramus pharyngeus N. vagi*, der *Glossopharyngeus* und auch ein kleiner Zweig des *Trigeminus* sich betheiligen. Die Sensibilität des Pharynx scheint wesentlich vom *Glossopharyngeus*, die Bewegung seiner Muskeln vom Einflusse des *Vagus* abhängig zu sein.

Erstes Capitel.

Verletzungen des Schlundkopfs.

1) Wunden des Schlundkopfs werden entweder in der Richtung von Aussen nach Innen mit gleichzeitiger Verletzung der äussern Haut, oder aber von Innen nach Aussen, d. h. von der Mundhöhle aus beigebracht. Beiderlei Arten von Wunden werden

verhältnissmässig häufig bei Selbstmordversuchen beobachtet. Die Verletzung des Pharynx an sich ist hierbei niemals das Gefährliche. Vielmehr kommt bei den von Aussen her beigebrachten Wunden, namentlich den Schnitt- und Stichwunden, die Verletzung der grossen Gefässe und bei den durch die Mundhöhle beigebrachten Schusswunden die Verletzung des Gehirns und des Rückenmarkes wesentlich in Betracht. Gewöhnlich kommen letztere durch eine in der Mundhöhle selbst abgefeuerte Pistole zu Stande [1]. Ausser der Wirkung der Kugel selbst veranlasst in solchen Fällen die plötzliche Explosion des Pulvers, die mit einer gewaltigen Gasentwicklung verknüpft ist, mannigfaltige Nebenverletzungen, namentlich Zerreissungen der Lippen, des Gaumensegels und Fracturen des Unterkiefers. Solche Nebenverletzungen sind desto wahrscheinlicher, je vollständiger der Verletzte im Augenblick des Abdrückens den Mund geschlossen hielt. Dupuytren behauptet, dass sie sich vorzugsweise dann finden, wenn der Verwundete die Zähne auf dem Pistolenlauf fest zusammengebissen habe. In der Regel ist die ganze Mund- und Schlundhöhle von dem unvollständig verbrannten Pulver geschwärzt, an vielen Stellen mit schwärzlichen Brandschorfen überzogen. Die Lippen sind mehrfach zerrissen und zerspalten, oft bis weit in die Wangen hinein; die Zunge, das Gaumensegel gleichfalls zerrissen, das Gaumengewölbe durchbohrt. Der grossen Mannigfaltigkeit der in einem solchen Falle möglichen Verletzungen entsprechend, findet man auch eine grosse Verschiedenheit der primären und consecutiven Zufälle, welche auf die Verletzung folgen. Bald dringt die Kugel durch die Schädelbasis tief in das Gehirn ein, und der Tod erfolgt auf der Stelle; bald durchbohrt sie die Halswirbel und veranlasst durch Zerreissung des Rückenmarks gleichfalls augenblicklich den Tod. In anderen Fällen zerschmettert sie bei seitlicher Abweichung die Querfortsätze der Halswirbel und zerreisst die *Art. vertebralis*, wodurch meist tödliche Blutungen veranlasst werden, oder sie bleibt, wenn sie mit geringer Kraft eindringt, in dem spongiösen Gewebe eines Halswirbels stecken. Bei mehr verticaler Richtung des Laufs verletzt die Kugel zuweilen blos die Gesichtsknochen und lässt den Pharynx und den Schädel ganz unberührt; der Schusskanal geht dann durch den knöchernen Gaumen und durchdringt mit mehr

[1] [Die genauere Schilderung der durch eine in der Mundhöhle abgefeuerte Schusswaffe veranlassten Verletzungen, welche zugleich als eine Ergänzung zu der Lehre von den Wunden der Lippen, des Gaumensegels etc. zu betrachten ist, habe ich aus Nélaton's *Pathologie chirurgicale*, Paris, 1847 T. II. p. 694 entlehnt.]

oder weniger Splitterung den Oberkiefer, den Vomer, die Muscheln, die Nasenbeine u. s. f. Die Kugel bleibt in solchen Fällen entweder mitten in den zerschmetterten Knochen, namentlich in einem Sinus stecken, oder sie setzt ihren Weg durch die Weichtheile des Gesichts fort und bedingt hier schreckliche Verstümmelungen. Ausser der *Art. vertebralis* können von der Kugel auch die *Carotis interna*, die *Lingualis*, die *Maxillaris interna* zerrissen werden. Die Verletzung dieser Gefässe führt zu schnell tödtlicher Blutung, wenn nicht alsbald Hülfe geschafft wird. In der Regel muss man sofort die *Carotis communis* unterbinden; denn gewöhnlich ist es unmöglich, die Quelle der Blutung genau zu bestimmen, und man könnte leicht in die Lage kommen, eine ganz unnütze Operation zu machen, wenn man die Ligatur an einer anderen Stelle versuchen wollte. Meist bleibt kaum soviel Zeit, um durch Unterbindung der *Carotis communis* dem Verblutungstode vorzubeugen. Durch den Widerstand der die Mund- und Schlundhöhle umgrenzenden Knochen erleidet die Kugel oft höchst merkwürdige Ablenkungen.

Es sind Fälle bekannt, in denen die Kugel an der *Basis cranii* zurückprallte, in den Schlundkopf fiel, verschluckt wurde und mit dem Stuhlgang abging. [Ein solcher Fall wurde in einem mir bekannten Lazareth vor wenigen Jahren beobachtet.] Dupuytren fand eine Kugel, die durch zwei fracturirte Zähne abgelenkt und gar nicht weiter in die Mundhöhle eingedrungen, sondern, am Jochfortsatz zum zweiten Mal abgleitend, in die Schläfengrube gelangt war.

Wenn die Kugel weder in die Schädelhöhle noch in die Wirbelsäule eingedrungen ist, auch ein grösseres Gefäss nicht verletzt hat, so heilen diese Wunden verhältnissmässig leicht, aber mit Zurücklassung meist beträchtlicher Difformitäten. Die Entzündung pflegt nur von geringer Heftigkeit zu sein und vom 5ten oder 6ten Tage an abzunehmen. Der bei bedeutenden Blutungen erforderlichen Unterbindung der Carotis wurde bereits gedacht. Zur Stillung der Blutung aus dem durchbohrten Gaumengewölbe kann man sich der Tamponnade der Nasenhöhle bedienen, indem man ein Bourdonnet in das von der Kugel gemachte Loch selbst einzieht. Im Uebrigen muss die Behandlung im Anfang antiphlogistisch sein und späterhin auf Vermeidung von Difformitäten Bedacht nehmen. [Zu diesem Behuf kann es erforderlich sein, schon in den ersten Tagen Anfrischungen und plastische Operationen im Gesicht vorzunehmen.] Um die Abstossung der Brandschorfe in der Mundhöhle zu befördern, wendet man häufige Ausspritzungen mit verdünntem Chlorwasser an. Bei heftiger Entzündung ist das Verschlingen, selbst flüssiger Nahrungsmittel unmöglich. Alsdann muss man den Kranken mittelst der Schlundsonde ernähren.

Bei Verletzungen des Pharynx von Aussen finden sich, abgesehen von den in der Regel bestehenden Verletzungen grosser Gefäss- und Nervenstämme, stets Schlingbeschwerden, häufig auch Husten und Erbrechen [welche vielleicht auf Rechnung einer Verletzung oder Quetschung des Vagus zu setzen sind]. Die verschluckten sowol als die erbrochenen Substanzen und die Luft dringen durch die äussere Wunde hervor. In solchen Fällen muss der Kranke ausschliesslich mittelst der Schlundsonde ernährt werden. Hat die Wunde (wie dies bei den meisten hierher gehörigen Selbstmordversuchen, welche mit schneidenden Instrumenten gemacht werden, der Fall ist) eine für *prima intentio* geeignete Beschaffenheit, so legt man sofort die Naht an und lässt den Kopf vorn über gebeugt halten, um dadurch die Wundränder einander mehr zu nähern, da solche Wunden fast immer an der vorderen Seite des Halses sich befinden.

II. Fremde Körper gerathen in den Schlundkopf fast ausschliesslich mit den genossenen Speisen. Gewöhnlich sind es Knochenstückchen, Fischgräten u. dgl. Grössere Gegenstände, wie Löffel, Gabeln, Münzen u. dgl. werden seltner und nur in Folge einer entweder im Wahnsinn oder in kindlicher Spielerei stattgehabten absichtlichen Einbringung angetroffen. Jedoch bleiben fremde Körper im Pharynx überhaupt nur dann stecken, wenn sie entweder sehr voluminös [1]) oder so spitzig sind, dass sie in die Pharynxwände eingebohrt und darin festgehalten werden. Andere fremde Körper werden vermöge der Zusammenziehungen des Pharynx entweder sofort in den Oesophagus getrieben oder durch die Mundhöhle wieder herausbefördert.

Die Erscheinungen, welche ein fremder Körper im Pharynx hervorruft, lassen sich leicht auffassen. Sie stimmen wesentlich mit denjenigen überein, die durch Anschwellung der Mandeln herbeigeführt werden (vgl. p. 364 u. f.), namentlich also Behinderung und Schmerz beim Schlingen. Wenn der fremde Körper sehr gross ist und namentlich den unteren Theil des Pharynx ausfüllt, so ist Erstickung zu fürchten. Alsdann kann, wenn die Entfernung mit den Fingern oder mit einer Kornzange bei tief niedergedrückter Zunge nicht sofort gelingt, die Laryngotomie erforderlich werden (s. Kehlkopf). Ist der fremde Körper spitzig und bohrt sich in die Wandungen des Schlundes tief ein, so kann er zur Abscessbildung

[1]) Bard fand bei einem Wahnsinnigen als Ursache des Erstickungstodes einen im oberen Theile des Pharynx steckenden, durch Schleim und Speichel stark aufgequollenen Schwamm.

führen. Fremde Körper der Art sind aber fast immer leicht zu entdecken und meist auch ebenso leicht mit der Kornzange zu fassen und zu entfernen. Es versteht sich von selbst, dass in allen Fällen die Entfernung so früh als möglich vorzunehmen ist.

Zweites Capitel.

Entzündung und Eiterung.

Die Entzündung des Pharynx wird als eine besondere Art von Angina (*Angina pharyngea, s. gutturalis*) beschrieben. |Sie kann auf denselben Veranlassungen, wie andere Anginen, beruhen; häufig aber verdankt sie ihre Entstehung einer Verbrennung durch siedendes Getränk, noch häufiger einer Anätzung durch concentrirte Säuren oder Alkalien. Werden diese zufällig genossen, so ist gewöhnlich der untere Theil des Pharynx frei geblieben, indem die ätzende Substanz durch willkürliche und unwillkürliche Bewegungen der Schlundmuskeln sofort wieder herausgeschleudert und hierbei gewöhnlich zugleich durch die Choanen in die Nasenhöhle eingetrieben wird. Wurde bei dem Genuss dieser ätzenden Substanzen eine Vergiftung beabsichtigt, so gelangen sie in der Regel tiefer hinab. Jedoch können auch unabsichtlich verschluckte Aetzmittel ihre Wirkung bis in den Magen hinab erstrecken.| Wenn die Entzündung im oberen Theile des Pharynx ihren Sitz hat, so ist das Schlingen mehr schmerzhaft, als schwierig; die Schleimhaut kann während des ganzen Verlaufs der Krankheit trocken bleiben und Auswurf daher gänzlich fehlen; der fortdauernde und durch jede Schlingbewegung vermehrte Schmerz hat seinen Sitz hoch oberhalb des Schildknorpels; der Timbre der Stimme ist gewöhnlich verändert, oft besteht auch Husten, wobei der Auswurf jedenfalls wegen der Trockenheit der Schleimhaut schwierig erfolgt; man sieht zuweilen hellgrau gefärbte Fetzen von Schleim, die man irriger Weise auch für syphilitische Geschwüre gehalten hat, auf der Schleimhaut des Schlundes aufsitzen. Bei Entzündung des unteren Theils des Pharynx bestehen immer Schmerz und Schlingbeschwerden zugleich; der Schmerz wird gerade in der Höhe des Schildknorpels empfunden; beim Versuch zu schlingen wird der Speiseballen in der Höhe des Larynx festgehalten.

Die Unterscheidung einer Pharyngitis von einer Oesophagitis ist nicht schwierig. Bei letzterer hat der Schmerz seinen Sitz zwischen dem Ringknorpel und dem 9ten Rückenwirbel; der Kranke empfindet eine bedeutendere Hitze in der Tiefe des Halses und klagt über eine Empfindung von Brand, wenn er zu schlingen versucht; die verschluckten Speisen werden in der Regel, mit vielem Schleim gemischt, wieder herausgewürgt, während sie bei der Pharyngitis, sofern überhaupt Schlingbeschwerden bestehen, sofort wieder herausgewürgt werden. Husten oder Veränderungen der Stimme kommen bei einer auf den Oesophagus beschränkten Entzündung niemals vor [1]).

Abscesse des Pharynx sind meist **Retropharyngeal-Abscesse**, d. h. sie nehmen ihren Ursprung im äusseren Umfange und somit am Häufigsten hinter dem Pharynx selbst. Hier entspringen sie zuweilen aus einer Phlegmone in der unmittelbaren Nachbarschaft des Pharynx, häufiger aus einer Entzündung und Verschwärung der nahe gelegenen Knochen, namentlich der oberen Halswirbel, des *Os basilare*, des Schläfenbeins. Natürlich haben diese schliesslich im Pharynx zum Vorschein kommenden Congestions-Abscesse eine ganz andere und viel üblere Bedeutung als diejenigen, welche in Folge von Verbrennungen, Aetzungen, fremden Körpern u. dgl. in den Wandungen des Schlundkopfs selbst entstanden sind. Jedoch ist auch bei diesen die Prognose mit grosser Vorsicht zu stellen. Am Schlechtesten aber sind die Aussichten für die Erhaltung des Kranken, wenn der Ausgangspunkt der Eiterung in den Wirbeln oder an der Schädelbasis liegt [2]). Die Diagnose eines Pharynxabscesses selbst macht keine Schwierigkeiten, da die aus der Localität leicht zu erklärenden Beschwerden alsbald die Aufmerksamkeit auf den Sitz des Uebels hinlenken und der zufühlende Finger den Abscess an der Fluctuation leicht erkennt. Selten erreicht derselbe eine bedeutende Grösse. Der Aufbruch erfolgt gewöhnlich im Schlundkopf selbst, selten nach Aussen mit Durchbrechung der Haut. Man hat aber den spontanen Aufbruch niemals abzuwarten, vielmehr, sobald man den Abscess constatirt hat, denselben zu öffnen und zu entleeren, wobei man das für die Abscesse der Mandeln vorgechriebene Verfahren befolgen muss.

Einen besonders grossen Pharynx-Abscess beobachtete Priou in Nantes (*Acad. de méd.* 1830). Ein 36jähriger Mann bekam, nachdem er ein Erysipelas gehabt hatte, Anschwellung des Halses mit grosser Athemnoth. Der tief in den Pharynx

[1]) Vgl. über diese diagnostischen Verhältnisse Vidal, *Diagnostic différentiel des diverses espèces d'angines.* — Valleix, *Guide du médecin praticien*, 2e éd. Paris 1850. T. I. p. 94 u. ff.

[2]) In letzterer Beziehung kann die Diagnose erst bei den Krankheiten der Wirbelsäule erläutert werden.

eingeführte Finger liess Fluctuation erkennen. Ein Einstich mit der Lanzette [!] wurde durch die Bewegungen der Zunge vereitelt. Am anderen Tage gelang die Eröffnung mit einem zweckmässigen Instrumente (Pharyngotom), und es entleerte sich durch Mund und Nase etwa $^{1}/_{2}$ Schoppen guten Eiters. Tags darauf wurde durch eine neue Punction abermals viel Eiter, der aber dies Mal missfarbig und übelriechend war, entleert. Die Punction wurde noch drei Mal wiederholt, und am 25sten Tage war die Heilung vollendet.

Eine ausführliche Abhandlung über die Abscesse des Pharynx von Rodrigues findet sich im *Journ. des Connaissances médicales, Octobre* 1845. [Daselbst sind als Abscesse der vorderen Wand des Pharynx die Eiteransammlungen zwischen dem Kehlkopf und der Schleimhaut des Schlundes aufgeführt, auf welche wir bei den Krankheiten des Kehlkopfes näher eingehen werden.]

Drittes Capitel.

Neubildungen im Pharynx.

Die Mehrzahl der im Schlundkopf auftretenden Pseudoplasmen wird unter dem Namen der Pharynxpolypen zusammengefasst. Im engeren Sinne sollte man hierunter nur gestielte Geschwülste verstehen; solche kommen aber verhältnissmässig selten im Pharynx vor, wenn sie nicht (als Nasenrachenpolypen) in der Nasenhöhle oder doch am Rande der Choanen wurzeln und von da aus in die Höhle des Schlundkopfs hinabhängen, vgl. p. 208.

Der Sprachgebrauch hat aber von Alters her die Benennung Schlundpolyp oder Rachenpolyp für alle diejenigen Geschwülste des Pharynx sanctionirt, die eine erhebliche Grösse erreicht haben und nicht von vorn herein als Krebsgeschwülste erkannt wurden. Somit sind es namentlich die Fibroide und Sarcome des Schlundes, welche unter diesem Namen bei älteren Autoren beschrieben werden.

Wenn der sogenannte Polyp sich im oberen Theile des Pharynx befindet, so sind die Beschwerden, welche durch ihn erregt werden, dieselben, mag er in der Rachenhöhle selbst wurzeln oder aus der Nasenhöhle sich in den Schlundkopf hinabgesenkt haben. Wir finden also 1) Veränderung der Stimme, 2) Erschwerung der Respiration, die grösstentheils mit offenem Munde geschehen muss, 3) Behinderung des Schlingens, welche entweder davon abhängt, dass die Geschwulst auf das Gaumensegel drückt und somit den Durchtritt der Speisen durch den *Isthmus faucium* erschwert, oder dadurch, dass die Grösse der Geschwulst den Pharynx hindert, den Speiseballen gehörig zu umfassen, wodurch dann zugleich (wegen der Unmöglichkeit, den oberen Theil des Pharynx durch die Wirkung der *Mm. pharyngopalatini* abzusperren) das Zurücktreten, namentlich flüssiger Substanzen in die Nasenhöhle veranlasst wird. Die Untersuchung bei weit geöffnetem Munde lässt eine Verdrängung des Gaumensegels nach Vorn und Unten erkennen, zuweilen auch den Polypen selbst sehen (wenn er weit hinabragt); der eingeführte Finger kann die Geschwulst hinter dem Gaumensegel fühlen und muss auch sofort bemüht sein ihre Wurzel, d. h. ihre Anheftungsstelle genau zu erkennen, um dem Patienten die Qual einer öfteren Untersuchung zu ersparen. |Hat die Geschwulst in der Nähe des *Orificium pharyngeum tubae* ihren Ursprung oder comprimirt sie dasselbe, so entsteht Ohrensausen und Schwerhörigkeit auf dieser Seite.| Ist die Geschwulst sehr gross und ragt mithin weit hinab, so erreichen die Athembeschwerden eine gefährliche Höhe, zumal wenn sie endlich gar den Eingang zum Kehlkopf versperrt; überdiess quält Brechneigung und wiederholtes Erbrechen den Kranken, die Zunge wird nach Vorn verdrängt, bis zum Hervorhängen aus dem Munde und das Verschlingen selbst flüssiger Nahrungsmittel wird endlich ganz unmöglich.

Hat die Geschwulst dagegen ihren Ursprung im unteren Theile des Pharynx, so kann sie nur unter besonderen Verhältnissen gesehen werden, wenn sie nämlich durch angestrengtes Husten, Würgen und Erbrechen in die Mundhöhle hinaufgedrängt und geschleudert ist. Vorzugsweise stark sind die Schling- und Athembeschwerden bei tiefem Sitze der Geschwulst. Die Diagnose lässt sich mit Sicherheit nur dann stellen, wenn der Polyp dem Finger zugängig oder durch Brechbewegungen in die Höhe gedrängt ist.

Die Störungen des Allgemeinbefindens sind alsbald bedeutend. Der Hungertod und die Erstickungsgefahr bedrohen den Kranken in gleichem Maasse. Eine Heilung ohne Zuthun der Kunst ist höchst selten und nur dadurch möglich, dass bei heftigem Erbrechen der Stiel des Polypen abreisst. Der von Vimont beobachtete Fall der Art steht ganz vereinzelt da. Noch viel ungünstiger gestalten sich die Verhältnisse, wenn die Geschwulst krebsiger Natur ist. Sowol Epithelialkrebs als Markschwamm sind im Pharynx beobachtet worden; ersterer hauptsächlich in Gestalt blumenkohlartiger Auswüchse, letzterer in Form grosser unregelmässiger Geschwülste, beide mit entschiedener Neigung zu Blutungen und frühzeitiger Verjauchung. Ausserdem können stärkere Schmerzen und

Anschwellung der benachbarten Lymphdrüsen als charakteristische Symptome für eine carcinomatöse Geschwulst hier wie überall angesehen werden. Jedoch wird ohne Hülfe des Mikroskops die Diagnose oft lange Zeit schwanken können. Nach Vidal's Erfahrungen sind nicht blos Verwechslungen mit fibrösen Geschwülsten, sondern auch mit secundär syphilitischen Verhärtungen (Narbenbildungen) auf der hinteren Wand des Pharynx vorgekommen. Letztere erscheinen glatt, hart und glänzend und können durch Anschwellung der Nachbartheile zu gefahrdrohenden Symptomen Veranlassung geben. Jodkalium führt in kurzer Zeit Besserung herbei.

Für die Behandlung der sogenannten Pharynxpolypen hat man vergeblich die verschiedenartigsten inneren Mittel in Gebrauch gezogen. Zum Behuf der operativen Entfernung sind alle die schon bei den Nasenpolypen aufgeführten Methoden in Gebrauch gezogen worden; jedoch bieten alle wegen der grösseren Schwierigkeit der Localität weniger sichere Aussichten auf Erfolg dar. Dies gilt namentlich für die mit breiter Basis aufsitzenden Geschwülste. Diese lassen sich nur höchst selten mit dem Messer oder der Scheere abtragen; schon die Resection eines Stücks bietet grosse Schwierigkeiten dar und zieht in der Regel grosse Blutungen nach sich. Das Ausreissen solcher Geschwülste wäre noch unvorsichtiger wegen der voraussichtlich stattfindenden Nebenverletzungen, die, je nach der Insertion der Geschwulst, bald die Wand des Pharynx, bald den Kehlkopf, bald das Periost der Schädelbasis mit Zerreissung bedrohen würden. Die Zerstörung mit Aetzmitteln ist verwerflich, weil man die Einwirkung derselben in einer so grossen Tiefe nicht auf den Sitz der Geschwulst genau beschränken kann. Das Glüheisen lässt sich ohne gleichzeitige Verbrennung der Mund- oder Nasenhöhle gar nicht und auch, wenn man diese unbeachtet lassen wollte, doch nicht in wirklich glühendem Zustande anwenden. (Dagegen dürfte es gelingen, mit Hülfe der Galvanokaustik die Mehrzahl der nicht gestielten Pharynxgeschwülste zu zerstören. Der von Middeldorpf angegebene Kuppelbrenner ist das hierzu geeignete Instrument. An diesem ist das eigentlich Wirksame ein kuppelförmig zusammengebogener dünner Streifen von Platinblech, dessen beide Enden in ähnlicher Weise, wie dies weiter unten für den galvanokaustischen Schlingenträger beschrieben werden wird, mit den Leitungsdrähten einer galvanischen Batterie in Verbindung gesetzt werden. Das Instrument wird kalt eingeführt und erst, nachdem man es bis an die zu zerstörende Masse geführt hat, durch

Schliessen der Batterie plötzlich glühend gemacht. Nach beendeter Zerstörung wird die Batterie geöffnet und das alsdann sofort erkaltende Instrument ohne alle Gefährdung der Mund- oder Nasenhöhle wieder herausgezogen.|

Um die Exstirpation grosser, breit aufsitzender, namentlich an der *Basis cranii* oder an den Wirbelkörpern inserirender Geschwülste möglich zu machen, hat man nicht blos das Gaumensegel gespalten (Dieffenbach), einen Theil des knöchernen Gaumens abgesprengt (Nélaton), sondern auch einen ganzen Oberkiefer exstirpirt (Flaubert, Robert, Michaux). Die erstgedachten Voroperationen sind nicht besonders gefährlich, aber auch nicht sehr hülfreich; die totale Resection eines Oberkiefers aber als das Vorspiel einer an sich gefährlichen und in ihren Erfolgen nicht einmal ganz zuverlässigen Operation ausführen zu wollen, muss mindestens bedenklich erscheinen. Auch die sorgfältigste Exstirpation eines weitverbreiteten Sarcoms im Pharynx wird aber den Patienten vor Recidiven nicht immer sicher stellen.

|Geringere Schwierigkeiten bietet die Behandlung der gestielten Pharynxgeschwülste (der eigentlichen Polypen). Diese kann man, wenn sie nicht allzuhoch oder allzutief inseriren, mit einem, bald durch die Nasenhöhle, bald durch die Mundhöhle einzuführenden Pottschen Bistouri, an welchem man die Schneide zum grösseren Theile mit Heftpflaster umwickelt oder stumpf gemacht hat, durch sägeförmige Züge abtragen, indem man das Messer durch den in den Pharynx eingeführten Finger der linken Hand leitet und die Geschwulst mittelst einer Hakenzange von einem Gehülfen hervorziehen lässt. Um der zuweilen heftigen Blutung vorzubeugen, hat man die für die Nasenrachenpolypen bereits beschriebene Combination des Abbindens mit dem Abschneiden auch hier angewandt. Aber die Ligatur ist meist viel schwieriger und oft gar nicht anzubringen, namentlich, wenn der Polyp an der Schädelbasis inserirt. Das Abschneiden nach der Unterbindung ist oft noch schwieriger und kann die eben angelegte Ligatur gefährden. Den günstigsten Erfolg gewährt, wenn eine Ligatur sich überhaupt anlegen lässt, die galvanokaustische Schneideschlinge, deren Anlegung allerdings dieselbe Gewandtheit erfordert, wie die jeder anderen Ligatur, deren weitere Handhabung aber beim Gebrauch des Middeldorpfschen Schlingenträgers auch weniger Geübten gelingen wird.|

Fig. 53.

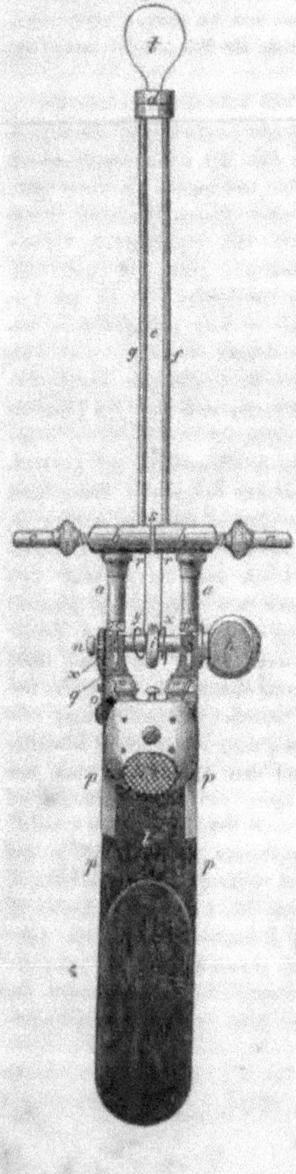

[Der **Middeldorpf'sche Schlingenträger** (Fig. 58), dessen ich bei den Nasenpolypen grade noch Erwähnung thun konnte, soll hier, nachdem ich dies Instrument in mehreren Fällen mit dem besten Erfolge angewandt habe, genau beschrieben werden. Vor Allem ist das Princip festzuhalten, dass der Platindraht ($^1/_3$ bis 1 Millimeter dick) durch gut leitende, eng gebohrte Röhren verlaufen muss, welche ihrerseits erst von einander sicher isolirt sind. Der Draht glüht alsdann nur so weit, als er frei hervorragt, und somit einen grösseren Stromwiderstand darbietet. Der **Schlingenträger** selbst besteht aus dem Handgriff, den Säulen, den Ligaturröhren, der Welle und dem Schieber. An dem **Handgriff**, *l*, sind die Säulen, *aa*, bei *pppp* festgeschraubt. Jede Säule trägt ein walzenförmiges Capital *bb*, in welche Capitäle die Ligaturröhren *fg* von Oben eingefügt und die Seitenzapfen *ee*, welche zum Ansatz der Leitungsdrähte (von der galvanischen Batterie her) dienen, eingeschraubt werden. Bei *s* befindet sich ein Zwischenraum zwischen den beiden Capitälen. In diesen passt das zungenförmige Ende der Elfenbeinkrücke, *sed*, in deren Seitenrinnen bei *fg* die Ligaturröhren liegen, deren obere Enden den Knopf der Krücke bei *d* durchbohren. Jede der Ligaturröhren enthält ein Ende des bei *t* die Geschwulst umfassenden Platindrahtes; diese Drahtenden treten bei *rr* aus den Röhren hervor, um bei *xy* in den Löchern der **Schnürwelle** *hin* befestigt zu werden. An der Schnürwelle befindet sich bei *h* ein Handgriff (Wirbelkopf), bei *n* ein Sperrad, in welches ein kleiner Zapfen *o* durch den Druck einer innen angebrachten Spiralfeder in der Art eingreift, dass die Welle in jeder Stellung sofort fixirt werden kann. Der Vorsprung *i* an der Welle verhindert eine Verwirrung der Drähte. Die Schnürwelle wird in ihrem Lager durch den Schieber *k* festgehalten, nach dessen Zurückziehung sie ganz herausgehoben werden kann, was das Einführen der Drahtenden in ihre Löcher erleichtert. Die Fortsätze des Schiebers, *mm*, greifen unter dem Druck einer Feder bei *AB* mit kleinen Spitzen in entsprechende Ausschnitte ein und sind in ihrer Lage und Bewegung überdies dadurch gesichert, dass jeder Fortsatz einen Schlitz, *α*, besitzt, der an einer Schraube, *q*, hin- und hergleitet.

Die Ligaturröhren müssen, je nach der Localität, in welcher operirt werden soll, bald grade, bald gekrümmt, und von verschiedener Länge und Dicke sein. Bei der dünnsten und kürzesten wird die Isolation derselben von einander und Befestigung an einander, statt durch die Elfenbeinkrücke, mittelst Umwicklung mit Seidenband und Bestreichen mit Collodium bewirkt. Das übrige Instrument bleibt für alle mögliche Anwendungen der Schneideschlinge unverändert.|

Die Behandlung des Pharynxkrebses ist in operativer Beziehung von derjenigen breit gestielter Sarcome nicht verschieden, aber Operationen sind bei diesem Uebel überhaupt nur selten zulässig, wegen der schnell stattfindenden localen Verbreitung und der eben so schnell fortschreitenden allgemeinen Infection, welche wahrscheinlich durch die fortdauernd auf geradem Wege in den Magen gelangende Jauche wesentlich vermittelt oder doch gesteigert wird.

Ist eine Operation unzulässig, so muss man bei allen Pharynxgeschwülsten den Hungertod durch die Ernährung mittelst der Schlundsonde und die Erstickung durch künstliche Eröffnung der Luftröhre (Laryngotomie) zu verhindern suchen. Zur Stillung der oft auftretenden Blutungen wählt man die kräftigsten Styptica, welche bald als Einspritzungen, bald als Mundwässer angewandt werden, häufig unzureichend sind und der Wiederkehr der Blutung niemals vorbeugen. Bei krebsigen Geschwülsten giebt man zur Linderung der Schmerzen narkotische Gurgelwässer, denen man vorzugsweise Opium und Bleiessig zusetzt. Letzterer mag auch durch seine desinficirende Wirkung einigen Nutzen gewähren.

Eilfte Abtheilung.

Krankheiten der Parotis und ihres Ausführungsganges.

Anatomischer Ueberblick.

Die Ohrspeicheldrüse, ***Glandula parotis***, füllt den Raum zwischen dem ***Meatus auditorius externus***, dem ***Processus mastoides*** und dem Ast des Unterkiefers aus. Sie ist ausser von der Haut noch von der ***Fascia superficialis***, einem Theil des ***Platysma myoides*** und einer besonderen festen fibrösen Umhüllung (***Fascia masseterico-parotidea***) bedeckt. Ihre Form ist sehr unregelmässig, ihre vordere Fläche umfasst den Unterkieferast, ihr oberes Ende grenzt an das Kiefergelenk, den Gehörgang und den ***Processus mastoides***, ihre hintere Fläche entspricht dem vorderen Rande des ***Sternocleidomastoides*** und ihr unteres Ende reicht bis unter den Winkel des Unterkiefers hinab. In der Tiefe, d. h. nach Innen, erstreckt sich die Parotis bis zum ***Process. styloides*** und zu den von ihm entspringenden Muskeln. Durch die Substanz der Drüse verlaufen die ***Carotis externa*** mit ihren beiden Endästen, der ***Temporalis*** und der ***Maxillaris interna***, ferner die ***Art. transversa faciei***, die ***Aa. auriculares anteriores*** und ***posterior***; die ***Vena temporalis*** und der Verbindungsast zwischen der ***Ven. jugularis interna*** und ***externa***; der zum Antlitz gehende Theil des ***Nervus facialis***, der ***Ramus auricularis*** des ***Plexus cervicalis***, der ***Ram. auriculo-temporalis*** des ***Nerv. maxillaris inferior***. Auf der Parotis, d. h. an ihrer äusseren Seite, liegen zahlreiche Lymphdrüsen, welche sich auch in ihrer übrigen Umgebung vorfinden.

Der Ausführungsgang der Parotis, ***Ductus Stenonianus***, verläuft 3 — 5''' unterhalb des Jochbogens, begleitet von der ***Art. transversa faciei*** und Aesten des ***Nerv. facialis***, gerade nach Vorn, der äusseren Fläche des Masseter dicht anliegend. Am vorderen Rande dieses Muskels wendet er sich nach Innen durch das Fettgewebe der Wange zum ***M. buccinator***, durchbohrt diesen in der Richtung von Aussen nach Innen, um sich, nachdem er noch wenige Linien weit zwischen dem Muskel und der Mundschleimhaut verlaufen ist, endlich an der Stelle, welche der Grenze zwischen dem ersten und zweiten grossen Backzahn des Oberkiefers entspricht, in die Mundhöhle zu öffnen. An der Stelle, wo er den Buccinator durchbohrt, ist sein Kaliber beträchtlich verengert.

Erstes Capitel.

Entzündung der Ohrspeicheldrüse.

Die Entzündungen der Parotis sind, mit Ausnahme der Fälle von directer Verwundung, stets von einer allgemeinen Erkrankung abhängig oder doch mit ihr im innigsten Zusammenhange. |Abgesehen von der durch Hydrargyrosis bedingten entzündlichen Schwellung der Parotis, auf welche wir hier nicht eingehen|, unterscheidet man zwei Arten von Parotitis (Parotiditis).

1. Ziegenpeter, Mumps, Bauerwetzel. *Parotitis benigna s. catarrhalis, oreillon.*

In Folge einer Erkältung, namentlich bei feuchter Witterung, entsteht bei Kindern, seltner im Jünglingsalter, meist epidemisch, Anschwellung der Parotis, mit vorhergehendem oder (viel seltener) erst gleichzeitig auftretendem Fieber. Die Geschwulst erscheint mehr ödematös als prall, erstreckt sich vom äusseren Ohr zu den Seitentheilen des Halses hinab und giebt dem Gesicht eine höchst charakteristische Breite, wenn beide Parotiden ergriffen sind. Die bedeckende Haut wird brennend heiss, behält aber ihre natürliche Farbe oder erscheint doch nur schwach rosa gefärbt und glänzend. Die Schmerzen steigen mit Zunahme der Geschwulst und werden durch Bewegung des Unterkiefers vermehrt. Erstreckt sich die Entzündung zugleich auch auf die Submaxillar- und Sublingualdrüsen und auf die Mandeln, so können die Schmerzen, das Fieber, die Schling- und Athembeschwerden, eine gefährliche Höhe erreichen. In der Regel endet die Krankheit in Zertheilung, selten in Eiterung.

Fast alle Autoren sprechen von einer Metastase der catarrhalischen Parotitis, bei männlichen Individuen nach den Hoden, bei weiblichen nach den Brüsten, den *Labia majora* und *minora* oder den Ovarien.

So lehrt Boyer z. B.: „Bei einseitiger Parotitis wird das Geschlechtsorgan der entsprechenden Seite ergriffen, bei beiderseitiger springt die Krankheit auf beide über. Die Metastase kann auch zurückspringen, zuerst von der Parotis zum Hoden, dann vom Hoden wieder zur Parotis. Die Ernährung des durch die Metastase befallenen Genitalorgans leidet, namentlich werden die Hoden häufig atrophisch“.

Diese Metastasenlehre, welche seit Hippokrates von Buch zu Buch fortgeschleppt worden ist, wird durch zuverlässige Beobach-

eingeführte Finger liess Fluctuation erkennen. Ein Einstich mit der Lanz[illegible] wurde durch die Bewegungen der Zunge vereitelt. Am anderen Tage gelang [illegible] öffnung mit einem zweckmässigen Instrumente (Pharyngotom), und es entlee[illegible] durch Mund und Nase etwa ½ Schoppen guten Eiters. Tags darauf wurde [illegible] eine neue Punction abermals viel Eiter, der aber dies Mal missfarbig [illegible] riechend war, entleert. Die Punction wurde noch drei Mal wiederholt, [illegible] 25sten Tage war die Heilung vollendet.

Eine ausführliche Abhandlung über die Abscesse des Pharynx von Bel[illegible] findet sich im *Journ. des Connaissances médicales, Octobre* 1845. [Da[illegible] als Abscesse der vorderen Wand des Pharynx die Eiteransammlungen zwisch[illegible] Kehlkopf und der Schleimhaut des Schlundes aufgeführt, auf welche wir [illegible] Krankheiten des Kehlkopfes näher eingehen werden.]

Drittes Capitel.

Neubildungen im Pharynx.

Die Mehrzahl der im Schlundkopf auftretenden Pseud[illegible] wird unter dem Namen der Pharynxpolypen zusammengef[illegible] engeren Sinne sollte man hierunter nur gestielte Geschwül[illegible] stehen; solche kommen aber verhältnissmässig selten im Ph[illegible] vor, wenn sie nicht (als Nasenrachenpolypen) in der Nas[illegible] oder doch am Rande der Choanen wurzeln und von da aus [illegible] Höhle des Schlundkopfs hinabhängen, vgl. p. 208.

Der Sprachgebrauch hat aber von Alters her die Be[illegible] Schlundpolyp oder Rachenpolyp für alle diejenigen Geschwül[illegible] Pharynx sanctionirt, die eine erhebliche Grösse erreicht hab[illegible] nicht von vorn herein als Krebsgeschwülste erkannt wurde[illegible] mit sind es namentlich die Fibroide und Sarcome des Schl[illegible] welche unter diesem Namen bei älteren Autoren beschrieben w[illegible]

Wenn der sogenannte Polyp sich im oberen Theil[illegible] Pharynx befindet, so sind die Beschwerden, welche durch [illegible] regt werden, dieselben, mag er in der Rachenhöhle selbst [illegible] oder aus der Nasenhöhle sich in den Schlundkopf hinab[illegible] haben. Wir finden also 1) Veränderung der Stimme, 2) Er[illegible] rung der Respiration, die grösstentheils mit offenem Mund[illegible] schehen muss, 3) Behinderung des Schlingens, welche ent[illegible] davon abhängt, dass die Geschwulst auf das Gaumensegel [illegible] und somit den Durchtritt der Speisen durch den *Isthmus fa*[illegible] erschwert, oder dadurch, dass die Grösse der Geschwulst de[illegible]

symptomatischen Parotideengeschwülsten nicht einig, ob man ihre Zertheilung oder ihre Eiterung befördern soll. Die letztere wird von Einigen gefürchtet, weil sie den ganzen Krankheitszustand verschlimmere, von Anderen gewünscht, aus Besorgniss vor Metastase. Jedenfalls lehrt die Erfahrung, dass die Aussichten für den Kranken besser sind, wenn Eiterung eintritt. Auch bei den kritischen Parotiden hat man, wenn Zertheilung erfolgte, eine weniger schnelle und eine weniger vollständige Heilung der typhösen Erkrankung beobachtet, als wenn Eiterung eintrat.

Sobald Fluctuation gefühlt wird, muss man dem Eiter mit dem Bistouri Ausfluss verschaffen. Ist die Anschwellung so bedeutend, dass Schling- und Athembeschwerden sich zu einem bedenklichen Grade steigern; so muss man auch, bevor Fluctuation entdeckt werden kann, einen Einschnitt machen, um Entspannung der durch die Fascien eingeklemmten Entzündungsgeschwulst zu bewirken.

Vidal beobachtete im *Hôtel-Dieu* zu Marseille bei einem Matrosen, welcher einen dem gelben Fieber sehr nahe stehenden Typhus hatte, einen höchst heilsamen Erfolg von der Anwendung frühzeitiger Einschnitte. In Folge der beträchtlichen Blutung schwanden die Hirnsymptome gänzlich. Die Anwendung des glühenden Eisens war erforderlich, um die Blutung zu stillen. Es bildete sich ein tiefer Schorf, dessen Abstossung von reichlicher Eiterung begleitet war, welche, nach Vidal, gleichfalls für die Herbeiführung der Genesung von Wichtigkeit war.

Zweites Capitel.

Wunden, fremde Körper, Fisteln.

I. Die Wunden der Parotis und ihres Ausführungsganges haben deshalb eine grosse Bedeutung, weil sie leicht die Bildung einer Fistel oder einer hässlichen Narbe zur Folge haben können. Bei tiefen Wunden der Parotis selbst kommt ausserdem die Verletzung der sie durchsetzenden grossen Arterien und Nerven in Betracht. Eine Verwundung der grossen Aeste der Carotis oder dieser selbst kann Verblutung, diejenige der Aeste des Facialis Lähmung der entsprechenden Gesichtshälfte zur Folge haben. Alle diese üblen Zufälle sind mehr zu fürchten, wenn die Wunde tief und der Substanzverlust bedeutend ist. Je weniger Aussicht auf *prima intentio* besteht, desto wahrscheinlicher ist bei Verletzungen des Speichelganges die Bildung einer Fistel, daher vorzüglich bei gerissenen und gequetschten Wunden. Bei Verletzung der Parotis selbst gilt dies nicht in derselben Weise. Hier haben im Gegentheil Verletzungen, welche zur Bildung eines Brandschorfs führen, selten die Entstehung einer Fistel zur Folge, indem die in der Umgegend auftretende Entzündung zugleich Verschluss der kleinen Drüsenkanäle bedingt. Zuweilen kommt auf diese Weise auch Verschluss des verletzten *Canalis Stenonianus* zu Stande.

Dupuytren beobachtete während der Julirevolution 1830 einen Verwundeten, dem die Wange von einer Kugel durchbohrt und der *Ductus Stenonianus* dadurch geöffnet war. Der Kanal obliterirte und man bemerkte dennoch keine aus der Zurückhaltung des Speichels abzuleitenden Erscheinungen, namentlich keine Anschwellung der Parotis. *Traité des blessures par armes de guerre T. II.* In höchst seltenen Fällen hat man auch Hiebwunden der Art ohne Fistelbildung heilen sehen. Paré, *Oeuvres complètes, ed.* Malgaigne. Paris 1840.

Zuweilen vereinigen sich die beiden Enden des Ganges nicht und es bildet sich zwischen ihnen ein Receptaculum für den Speichel, aus welchem derselbe durch einen von Aussen angewandten Druck in die Mundhöhle entleert wird. *Bulletin de la Faculté de méd.* 1811 No. 3.

Uebrigens wird, wie bereits Boyer bemerkt hat, der Speichelgang seltner verletzt, als man gewöhnlich glaubt. So lange eine Wunde noch blutet, ist es ungemein schwer zu entscheiden, ob der *Ductus Stenonianus* mitgetroffen ist oder nicht.

Bei allen Verletzungen der Parotis und ihres Ausführungsganges muss man erste Vereinigung zu erzielen suchen. Bei Wunden der Parotis selbst reichen die gewöhnlichen Vereinigungsmittel in Verbindung mit einem leichten Druck aus, um Fistelbildung zu verhüten. Wenn dagegen der Stenonsche Gang geöffnet ist, so muss man die Hautwunde möglichst sorgfältig zu vereinigen suchen, die Schleimhautwunde dagegen durch Einführung eines Charpiebäuschchens, welches mit einem durch den oberen Wundwinkel der äusseren Haut hindurchzuführenden Faden befestigt wird, offen erhalten, sofern aber die Schleimhaut unversehrt geblieben ist, dieselbe absichtlich durchschneiden. Bei gerissenen und gequetschten Wunden, namentlich solchen mit Substanzverlust, können sofort plastische Operationen erforderlich werden.

II. Als fremde Körper im Stenonschen Gange beschreibt man die Concretionen, welche in ihm selbst aus Niederschlägen der Speichelsalze entstehen. Diese sogenannten Speichelsteine, welche im Allgemeinen sehr selten sind, kommen auch ausserhalb des *Canalis Stenonianus* vor, indem sie sich zuweilen nach einer Durchlöcherung des Kanals im benachbarten Zellgewebe aus dem ergossenen Speichel bilden. In der Regel haben diese Speichelsteine ein geringes Volumen. Es gehört schon zu den seltenen Ausnahmen, wenn Bégin eines Steins aus dem Stenonschen Gange erwähnt, der die Grösse einer kleinen Nuss hatte.

Um diese fremden Körper zu entfernen, incidirt man immer von der Mundschleimhaut aus. Auf diese Weise vermeidet man die Narbe im Gesicht und verhütet zugleich die Entstehung einer Speichelfistel. Jedoch muss man hiervon eine Ausnahme machen, wenn die Haut schon sehr verdünnt, geröthet oder gar ulcerirt ist. In solchen Fällen, welche jedoch nur bei Vernachlässigung oder unzweckmässiger Behandlung vorkommen, hat man immer Fistelbildung zu fürchten. [Sehr selten dringen wirkliche fremde Körper aus der Mundhöhle in den Speichelgang ein. Auch diese müssten nach Innen ausgezogen werden. Gewöhnlich entdeckt man sie aber erst, wenn bereits Fistelbildung erfolgt ist. (S. p. 396).]

III. Unter Speichelfisteln schlechtweg versteht man die an der Parotis und ihrem Ausführungsgange vorkommenden Fisteln, da an den übrigen Speicheldrüsen Fistelbildungen zu den grössten Seltenheiten gehören.

a) Fisteln der Parotis entstehen nach Verletzungen oder Entzündungen dieser Drüse, welche ihren Ausgang in Gangrän oder Suppuration genommen haben; auch durch Verschwärungen, welche von Aussen her bis zur Tiefe der Parotis fortschreiten. Die Fistel unterscheidet sich von anderen Geschwüren dieser Gegend durch den Ausfluss einer zähen, durchsichtigen Flüssigkeit, deren Menge durch Sprechen und durch Kaubewegungen vermehrt wird. Durch ihre Lage unterscheidet sich die Fistel von einer Speichelgangfistel. Jedoch darf man nicht vergessen, dass auch weit nach Vorn liegende Fisteln zur Parotis führen können, theils weil der Abscess, der sie veranlasst hat, sich vielleicht weit von seiner Ursprungsstelle öffnete, theils weil das vordere Ende der Drüse sich nicht selten als ein langer schmaler Fortsatz weiter nach Vorn erstreckt, als man erwartet. Solche Parotisfisteln mögen zuweilen für Speichelgangfisteln gehalten und ihre Heilung mag als wunderbar leichte Heilung von Fisteln des *Ductus Stenonianus* beschrieben worden sein. Alle Parotidenfisteln sind unschädlich, da sie zu wenig Speichel liefern, als dass der Verdauungsprocess dadurch gestört werden könnte. Aber sie sind unangenehm, weil, namentlich beim Sprechen und Kauen, fortdauernd Speicheltröpfchen hervorquellen. — Bei der Behandlung beabsichtigt man Obliteration der Kanälchen, aus welchen der Speichel ausläuft. Zuweilen erfolgt diese durch Narben-Zusammenziehung, ohne Zuthun der Kunst; in der Regel aber bedarf es der Hülfe der letzteren, entweder durch Cauterisation oder durch Compression. Die Cauterisation ist von den ältesten Zeiten her angewandt worden, früher meist mit Hülfe des Glüheisens; heut zu Tage bedient man sich in der Regel eines zugespitzten Höllensteingriffels, dessen Wirkung gewöhnlich hinreichend stark ist. Die Compression reicht oft allein zur Heilung hin. In anderen Fällen dient sie zur Unterstützung der Cauterisation. Besonderer Maschinen bedarf man dazu nicht. Dicke Lagen Charpie oder Feuerschwamm, einige Heftpflasterstreifen und eine Halfterbinde reichen vollständig dazu aus. Die Anfrischung der Wunde und die Vereinigung durch die Naht könnte versucht werden. Dagegen wird Niemand glauben wollen, dass der Vorschlag gemacht wurde, wegen einer Speichelfistel die Parotis selbst zu exstirpiren!

b) Speichelgangfisteln. Die Fisteln des *Canalis Stenonianus* sind bei weitem häufiger als diejenigen der Parotis. Gewöhnlich entstehen sie in Folge einer Hieb- oder Schnittwunde. Aber auch Speichelsteine und Verschwärungen in der Gegend des Kanals können Veranlassung dazu geben. Zuweilen sieht man wiederholt Abscesse an der Wange entstehen, aus denen Anfangs blos Eiter, später aber auch Speichel ausfliesst. Als Veranlassung solcher Abscessbildungen wird manchmal ein cariöser Zahn angesehen, oft aber fehlt ein solcher, und die Speichelfistel könnte somit als eine spontan entstandene angesehen werden. Als die eigentlich zu Grunde liegende Krankheit hat man in solchen Fällen wol die Entzündung des *Canalis Stenonianus* anzusehen, die wahrscheinlich in der Mehrzahl der Fälle auf der Anwesenheit kleiner, unbemerkt bleibender fremder Körper beruht. Dahin gehören nicht blos die früher bereits erwähnten Concretionen, sondern auch Fischgräten, Knochenstückchen, die beim Kauen in die Wange eingedrungen sind, hervorragende Zahnspitzen, welche die Oeffnung des Kanals reizen u. dgl. m.

A. Dubois beobachtete einen recidivirenden Abscess der Wange, der bei seinem dritten Aufbruch neben dem Eiter auch Speichel austreten liess. Die von der Mundhöhle aus in den *Canalis Stenonianus* eingeführte Sonde traf in der Gegend der Fistelöffnung auf einen festen Widerstand; es ergab sich, dass hier eine Fischgräte festsass, nach deren Ausziehen die Fistel schnell heilte. Vgl. Boyer, *Maladies chirurgicales T. VI. p.* 285.

Vidal sah in der Chomel'schen Klinik 1840 einen Schwindsüchtigen, dessen Speichelgangfistel auf Erweichung von Tuberkeln beruhen sollte. Die in der Nähe der Mundöffnung des Ganges stehenden Zähne waren cariös und besassen so stark hervorragende Spitzen, dass die Verschwärung des Ganges von der durch diese bedingten fortdauernden Reizung sehr wohl abgeleitet werden konnte.

Die Diagnose der Speichelgangfisteln stützt sich vor Allem auf den Ausfluss des Speichels, der in diesen Fällen auch ohne chemische Untersuchung erkannt werden kann. Die Möglichkeit der Verwechslung mit einer Fistel der Parotis wurde bereits erörtert. Boyer führt zur Unterscheidung folgende Merkmale an. Bei einer Speichelgangfistel fliesst eine grosse Menge Speichel aus, die Lage der Fistel entspricht der Lage des Ganges, die von der Mundhöhle aus eingeführte Sonde dringt aus der Fistelöffnung hervor.

Die **Heilung** der Speichelgangfisteln ist schwierig und erfordert, je nach der Lage und Grösse der Fisteln, sowie auch nach der Veranlassung derselben, verschiedene Verfahrungsweisen, deren Zahl jedoch von den einzelnen Autoren über Gebühr vermehrt worden ist. Dieselben lassen sich auf 4 Methoden zurückführen: 1) Wiederherstellung des Speichelganges in seinen normalen Verhältnissen, 2) Herstellung eines neuen Kanals oder doch einer neuen Oeffnung, um den Speichel direct in die Mundhöhle zu leiten, 3) Obliteration des *Ductus Stenonianus*, 4) Künstliche Atrophie der Parotis.

1. **Wiederherstellung des *Ductus Stenonianus*.** Bei weit geöffnetem Munde wird die Wangenschleimhaut etwas nach Aussen gewandt, so dass man die Oeffnung des Speichelganges sieht. Die in dieselbe eingeführte Oehr-Sonde dringt aus der Fistel hervor. Mit ihrer Hülfe zieht man einen Faden durch diesen Theil des Kanals, dessen Enden, das eine aus der Mundhöhle, das andere aus der Fistel hervorhängend, auf der Wange zusammengeknotet werden. Tags darauf befestigt man an dem aus der Fistel hervorhängenden Ende ein kleines Setaceum und führt dies in den vor der Fistel gelegenen Theil des Ganges ein. Dasselbe wird täglich gewechselt und jedesmal um einige Fäden verstärkt, bis man eine hinreichende Erweiterung dieses Theils des Speichelganges erreicht hat. Alsdann legt man das Setaceum in der Weise ein, dass es nur den innersten Theil des Kanals ausfüllt und durch seine Capillarität den Abfluss des Speichels befördert. Alsdann soll die Vernarbung der Fistel von selbst erfolgen. Fände man bei der Einführung der Sonde von der Mundhöhle aus Schwierigkeiten, so soll man den umgekehrten Weg einschlagen, und im Fall die Fistelöffnung dazu nicht hinreichend gross ist, dieselbe durch Cauterisation erweitern. Dies ganze Verfahren ist wegen seiner Schwierigkeit und Unsicherheit fast ganz verlassen. Wahrscheinlich hat in den Fällen, wo es zur Heilung führte, die nebenbei angewandte Cauterisation das Beste gethan. Diese allein nämlich kann auch ohne Beihülfe einer operativen Erweiterung des Ganges in solchen Fällen, wo nur ein kleiner Theil des Umfanges des Speichelganges getrennt ist, in derselben Weise, wie bei den Fisteln der Parotis angegeben wurde, zur Heilung führen. Jedoch mögen manche dieser Fisteln, wie schon angedeutet, wirklich **Drüsenfisteln** gewesen sein.

2. Herstellung eines neuen Speichelganges[1] [richtiger: **einer neuen Mundöffnung desselben**].

Das jetzt gebräuchliche Verfahren ist das von Deguise mit der von Béclard angegebenen Modification. Nach Deguise durchbohrt man von der Fistel aus die Wange an zwei Punkten, führt durch diese Oeffnungen einen Bleidraht, dessen Enden in die Mundhöhle hineinragen; die Fistelöffnung wird angefrischt und zusammengeheftet. Sobald der Speichel durch die beiden Oeffnungen frei in die Mundhöhle abfliesst und die Fistelöffnung geheilt ist, entfernt man den Bleidraht[2]. Nach Béclard dreht man die Drathenden in der Mundhöhle fest zusammen, so dass die von ihnen umfasste Substanz brandig wird und somit statt zweier kleiner Oeffnungen eine grosse Oeffnung entsteht, welche sicher offen bleibt. [Die galvanokaustische Schlinge in derselben Weise angewandt, wie es Deguise für den Bleidraht angegeben hat, bewirkt die Herstellung des neuen Ganges augenblicklich und mit voller Sicherheit.]

3. Obliteration des *Ductus Stenonianus*. Maisonneuve behauptet dieselbe erreicht zu haben, indem er zwischen der Parotis und der Fistel einen hinreichend starken Druck ausübte, um dem Speichel den Weg zu versperren. Es handelte sich um eine noch ganz frische, durch einen Säbelhieb entstandene Fistel. Die Heilung derselben erfolgte in 20 Tagen, wahrscheinlich ist aber in diesem Falle eine Obliteration gar nicht zu Stande gekommen, sondern die Compression des Speichelganges hat nur, indem sie den Zutritt des Speichels zu der Fistel hemmte, die Heilung derselben begünstigt. Dasselbe lässt sich durch eine gut angelegte Naht in ähnlichen Fällen erreichen. Die Unterbindung des Speichelgangs zwischen der Fistel und der Parotis hat Viborg vorgeschlagen und durch Experimente an Thieren die Wirksamkeit dieses Verfahrens erwiesen. Beim Menschen ist es noch nicht versucht worden. Auf die Obliteration des Ganges soll Atrophie der Drüse folgen, so dass hiernach die Viborg'schen Versuche zu den unter 4. aufzuführenden Verfahren gehörten. Nach den Erfahrungen von Louis ist aber schon nach einer

[1]) De Roy lehrte zuerst, die äussere Fistel durch eine innere zu heilen, indem er von der ersteren aus die ganze Dicke der Wange mit einem glühenden Eisenstabe durchbohrte. Duphoenix wandte statt dessen das Bistouri an, mit welchem er die Wange in schräger Richtung durchbohrte, legte in diese Wunde bis zum Niveau des Speichelganges eine Canüle ein, um den Abfluss des Speichels nach Innen zu sichern, und vereinigte die Wunde der äusseren Haut (die angefrischte Fistel) durch die Naht. Monnerot durchbohrte die Wange mit einem Schusterpfriemen und legte statt der Canüle eine Mesche ein.

[2]) Zum Einführen des Drahts bediente sich Deguise eines Troicarts. Mit diesem wurde die Wange durchbohrt und der Draht nach Zurückziehung des Stilets durch die Canüle eingeführt. Ausserdem hat man verschiedene besondere Nadeln zu diesem Zweck erfunden und statt des Bleidrahts andere Metalldrähte und Fäden angewandt. Statt beide Drahtenden in den Mund zu führen, schob Percy das eine in den äusseren Theil des Speichelganges.

Compression des Ganges eine Entzündung der Parotis zu fürchten, deren Ausgang sich nicht immer wird vorher bestimmen lassen.

4. Atrophie der Parotis herbeizuführen, hat man durch Anwendung der Compression auf die Drüse selbst versucht. Desault giebt an, dass es ihm gelungen sei, auf diese Weise eine Speichelgangfistel zu heilen. Aber schon Boyer zweifelt sehr an der Beweiskraft dieser Beobachtung. Die Compression der Parotis ist so schwer auszuführen und so schmerzhaft, dass schwerlich durch dieselbe jemals mehr als eine vorübergehende Verminderung der Secretion der Parotis wird erreicht werden können.

Im Ganzen wird man der Herstellung eines neuen Speichelganges den Vorzug vor den anderen Methoden einräumen müssen. Jedoch können auch diese hülfreich sein, so namentlich die Naht bei frischen Fisteln (Wunden), die Cauterisation bei älteren, selbst die Compression, als Beihülfe, um den Zutritt des Speichels zu der in der Heilung begriffenen Wunde für einige Zeit zu verhindern.

Drittes Capitel.

Neubildungen.

Pseudoplasmen der Parotis sind selten; dasselbe gilt von den Speicheldrüsen überhaupt. Häufig dagegen entarten die Umgebungen der Parotis, namentlich die ihr dicht anliegenden Lymphdrüsen; auch Gefässgeschwülste kommen in dieser Gegend nicht ganz selten vor, ohne irgend einen Zusammenhang mit der Drüse selbst zu haben. Besonders häufig simuliren tuberculöse oder krebsige Lymphdrüsen eine Geschwulst der Parotis [seltner Fibroide, welche, von der fibrösen Hülle der Drüse ausgehend, während sie nach Aussen eine Hervorragung bilden, zugleich das Gewebe der Drüse selbst verdrängen können [1])].

In seltenen Fällen beobachtet man eine Hypertrophie der Parotis, die jedoch, theils wegen ihrer Seltenheit, theils wegen der Schwierigkeit der Diagnose gewöhnlich gar nicht erwähnt wird.

Boyer führt zwei hierher gehörige Beobachtungen auf, die eine rührt von Tenon her, welcher sie 1760 der *Acad. des Sciences* vorlegte, die andere von Sabatier.

I. Ein 1jähriges Kind hatte auf der linken Wange eine Geschwulst von der Grösse einer Faust, welche sich vom Ohr bis zu dem Lippenwinkel erstreckte.

[1]) [Ich kenne nur einen Fall der Art, in welchem mir die Exstirpation ohne Verletzung der Parotis (wenigstens ohne dass eine Speichelfistel entstand) vor 3 Jahren gelungen ist. Der Operirte befindet sich durchaus wohl.]

Dieselbe war vom ersten Lebenstage an allmälig gewachsen, fühlte sich [illegible] wie aus Drüsenkörnern zusammengesetzt an, war beweglich und nicht [illegible] Es schienen in ihr grosse Gefässe zu verlaufen, die an einzelnen Ste[illegible] übrigens nicht gerötheten Haut Schlingen und Wirbel darstellten. [illegible] Kind an einer mit der Geschwulst nicht zusammenhängenden Krankh[illegible] war, fand Tenon bei genauer anatomischer Untersuchung, dass die [illegible] von der vergrösserten Parotis selbst gebildet wurde. Ihre grossen Arter[illegible] theils direct aus der Carotis, theils aus der *Maxillaris externa*.

II. Sabatier hat 2 Fälle von „Wucherung (*Exuberance*)“ der P[illegible] wie er es nennt, beobachtet, aber nur einen beschrieben. Die Geschwu[illegible] sich vom Jochbogen bis 6 Ctm. unterhalb des Winkels der Mandib[illegible] Ohrläppchen, welches sie emporhob, bis über den vorderen Rand des [illegible] hinaus. Ihre Gestalt war unregelmässig, indem sie an einzelnen Ste[illegible] hervorragte als an anderen. Jedoch überragte sie im Allgemeinen das [illegible] gesunden Parotis um 5—6 Ctm. Der übrigens wohl aussehende 60jährige [illegible] versicherte, dass die Geschwulst erst seit 4 Monaten entstanden sei, anfang[illegible] sam, dann aber schnell zugenommen habe, und weder spontan noch bei [illegible] rührung schmerzhaft sei. An der Basis der Geschwulst war eine Einsch[illegible] so dass sie einigermassen gestielt und beweglich erschien. Die Grösse [illegible] schnelle Wachsthum der Geschwulst einerseits, sowie die gute Constit[illegible] Kranken und eine traurige Erfahrung, die Sabatier bei einer ähnlichen [illegible] rirten Geschwulst gemacht hatte, veranlassten Sabatier, die Unterbindu[illegible] vorheriger Bloslegung mittelst eines Kreuzschnittes, vorzunehmen. Die Basis [illegible] von Vorn nach Hinten mit einer langen Nadel durchbohrt, in welcher ein [illegible] Faden befestigt war, so dass mit jedem die Hälfte der Geschwulst umschnürt [illegible] konnte. Die Heilung erfolgte in kurzer Zeit und war von Bestand.

Der erste Fall könnte vielleicht auch als eine in der Drüse entwickelte [illegible] Geschwulst gedeutet werden, der letztere scheint, obgleich eine genaue [illegible] Untersuchung nicht mitgetheilt ist, wirklich als Hypertrophie, aber wahr[illegible] blos eines einzelnen Lappens der Parotis, aufgefasst werden zu müssen.

Von den gutartigen Geschwülsten kommt das Encho[illegible] verhältnissmässig häufig vor. Dasselbe hat vorzugsweise seinen [illegible] im untersten Theile der Drüse, welcher alsdann stark vergr[illegible] ist und die ihn bedeckende *Fascia parotideo-masseterica* so [illegible] ausdehnt, dass nach Spaltung derselben die enchondromatösen P[illegible] tien der Drüse sich fast von selbst hervordrängen [1]). In solch[illegible] Fällen ist dann die Diagnose und die Exstirpation, welche [illegible] nur auf den erkrankten Theil der Drüse zu erstrecken braucht, [illegible] schwierig.

Der Krebs der Parotis ist bald Faserkrebs, bald Markschwa[illegible] bald Epithelialkrebs.

Den Scirrhus halten die französischen Autoren für die häufigste Form [illegible] Krebses. Fälle von Markschwamm erzählt Busch l. c. Ein Epithelialcarcinom [illegible] Recidiv eines Nasenkrebses, wurde von mir exstirpirt. Vgl. die Dissertation [illegible] Lütkemüller, *Rhinoplastices exempla duo*. Greifswald 1854.

[1]) Vgl. Busch, Chirurgische Beobachtungen, p. 56.

[Die geringe Beweglichkeit der unter der Fascie gleichsam eingeklemmten Geschwulst ist das wichtigste Merkmal, um den Krebs der Parotis von einer gleichen Entartung der immer oberflächlich gelegenen und daher beweglichen Lymphdrüsen zu unterscheiden. Wie die Parotis selbst, so sitzt auch das in ihr entwickelte Pseudoplasma zwischen dem *Ramus mandibulae* und dem *Processus mastoides* gleichsam eingekeilt fest.]

Bei bedeutenderem Wachsthum erstreckt sich der Krebs der Parotis vorzugsweise weiter nach Hinten, erhebt das Ohrläppchen und entfaltet dasselbe gleichsam: Fig. 54. Weiterhin comprimirt die Geschwulst den Gehörgang und verwächst mit ihm. Die Bewegungen des Unterkiefers werden immer mehr behindert und nach und nach übt die Geschwulst auf den Pharynx einen Druck aus. Man kann sie mit dem tief in den Mund eingeführten Finger zuweilen deutlich fühlen. Schon frühzeitig macht sich der Druck, welchen die anschwellende Parotis auf die durch sie hindurchtretenden Nervenäste ausübt, geltend. Namentlich gilt dies vom Facialis, dessen zum Antlitz tretende Aeste alsbald zur Leitung unfähig werden, woraus nothwendig eine mehr oder weniger ausgebreitete Lähmung der Gesichtsmuskeln der kranken Seite entsteht. — Trotz der genauesten Untersuchung wird es bei grossen Carcinomen oft ebenso unmöglich sein, die Grenze ihrer Verbreitung nach Innen als ihren Ausgangspunkt zu bestimmen. Ein ursprünglich in den benachbarten Lymphdrüsen entstandenes Pseudoplasma kann allmälig auf die Parotis übergreifen und eine mit ihr untrennbar zusammenhängende Geschwulst darstellen.

Fig. 54.

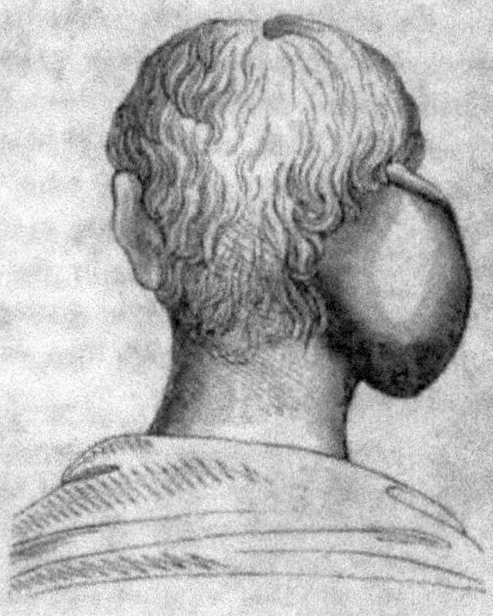

[Bei den gutartigen Geschwülsten der Parotis ist, wie bereits angedeutet wurde, stets eine partielle Résection mit Zurücklassung des gesunden Theils der Drüse nicht blos zulässig, sondern durchaus erforderlich, da man durch eine totale Exstirpation den Kranken unnöthiger Weise einer grossen Gefahr und unheilbaren Uebelständen für den ganzen Rest seines Lebens aussetzen würde. Die

Exstirpation der ganzen Drüse ist nämlich ohne Verletzung der *Carotis externa*, der *Vena facialis* und des *Nerv. facialis* unmöglich. Daher die Gefahr einer gewaltigen Blutung aus der *Carotis externa* selbst und ihren vorher zu durchschneidenden Aesten, ferner die Gefahr einer tief gegen den Hals vordringenden, langdauernden Eiterung, endlich die bestimmt vorauszusehende Lähmung der Gesichtshälfte, welche nicht blos entstellt, sondern auch durch den von ihr abhängigen unwillkürlichen Speichelausfluss und die Erschwerung des Kauens die Ernährung stört und wegen der Unmöglichkeit die Augenlider zu schliessen, dem Auge gefährlich wird. Der Blutung kann man bei hinreichender Geschicklichkeit und Unterstützung durch gewandte Gehülfen wohl Herr werden. Jedes durchschnittene Gefäss muss sogleich gefasst und in der Wunde selbst unterbunden werden. Die übrigen Gefahren aber lassen sich nicht abwenden. Deshalb aber die Exstirpation der Parotis überhaupt verwerfen oder gar behaupten zu wollen, die Parotis sei niemals vollständig exstirpirt worden und es habe sich in den angeführten Fällen nur um eine Ausschälung benachbarter Lymphdrüsen oder um eine partielle Exstirpation der Drüse gehandelt, — das muss nach den vorliegenden Thatsachen für irrig erklärt werden.|

A. Bérard hat bereits in einer *Thèse de concours* die hierher gehörigen Fälle gesammelt und gesichtet. Es giebt darunter allerdings: 1) solche, die wegen mangelhafter Beschreibung keine Beweiskraft haben; 2) solche, in denen der Operateur hinter dem *Ramus mandibulae* nur wenig oder gar nicht in die Tiefe gedrungen ist; 3) solche, wo ausdrücklich beschrieben wurde, dass nur ein Theil der Drüse entfernt worden; 4) Beschreibungen, aus denen mit Wahrscheinlichkeit hervorgeht, dass die ganze Parotis entfernt wurde; endlich aber auch 5) Beobachtungen, in denen gar kein Zweifel darüber bleibt, dass wirklich die ganze Parotis entfernt worden ist. Zu diesen letzteren gehören namentlich die Fälle von Smith, Lisfranc, Béclard, Gensoul, |denen ich aus neuester Zeit nur noch die (von Busch l. c. angeführten) Operationen B. Langenbeck's und meine eigene hinzufügen will.|

Um behaupten zu können, dass man die ganze Parotis exstirpirt habe, muss man sich nicht begnügen, nach Beendigung der Operation eine bedeutende Höhle zwischen dem *Processus mastoides* und dem Ast des Unterkiefers nebst Blosslegung der *Mm. masseter*, *sternocleidomastoides* u. *pterygoides internus* nachzuweisen, sondern man muss auch den *Processus styloides* und die von ihm ausgehenden Muskeln, die *Carotis interna* und die *Vena jugularis interna* blossgelegt haben. Bei Erwägung dieser Grenzen des Operationsfeldes werden dem Anfänger zugleich die Schwierigkeiten einer solchen Exstirpation vor die Augen treten. Dieselben werden durch die festen Verwachsungen, welche zwischen der krebsigen Parthie der Parotis und ihren Umgebungen bestehen, noch wesentlich erhöht.

Um der gefährlichen Blutung vorzubeugen, haben mehrere Wundärzte vor dem Beginne der eigentlichen Operation die *Art. carotis* unterbunden, oder doch blossgelegt und mit einem Faden umgeben, um diesen augenblicklich zusammenziehen zu können, wenn während der Exstirpation eine bedeutende Blutung entstünde. Es verhält sich hier, wie bei der Exarticulation des Unterkiefers: die Unterbindung der Carotis an sich ist gefährlich und sie stellt wegen der zahlreichen Anastomosen vor einer Blutung aus den durchschnittenen Arterienästen nicht ganz sicher. Man wird daher nur, wenn man zuverlässiger Gehülfen entbehrt, zu der vorläufigen Bloslegung seine Zuflucht nehmen dürfen.

Die Zahl, Ausdehnung und Richtung der Hautschnitte wird durch die Grösse und Gestalt der Geschwulst bedingt. Dieselbe muss in ihrem ganzen Umfange blossgelegt werden, bevor man weiter in die Tiefe vordringt. Die meisten Autoren rathen, den oberen Theil der Drüse zuerst auszulösen, und dann theils mit dem Messer und der Scheere, theils mit dem Scalpellstiel weiter nach Hinten und Unten in die Tiefe zu dringen, so dass man erst gegen Ende der Operation zwischen Unterkiefer und Gehörgang in die Gegend der Carotis vordringt. |Auf diese Weise werden aber viele Arterienzweige durchschnitten, deren Stämme später noch einmal zur Durchschneidung und Unterbindung kommen. Es dürfte daher zweckmässiger sein, den geraden Weg zur *Carotis externa* vom unteren und hinteren Rande der Drüse aus einzuschlagen, indem man diesen emporhebt, und, erforderlichen Falles, stückweise entfernt, bis man zu der Eintrittsstelle der Carotis in die Geschwulst gelangt. Nachdem an dieser Stelle die Unterbindung der Carotis ausgeführt ist, kann die übrige Exstirpation ohne bedeutende Blutung vollendet werden.| Wer die Verletzung der *Art. carotis externa* ganz vermeiden will, wird auch immer ein Stück der Drüse zurücklassen und daher bei krebsiger Entartung derselben ein Recidiv erwarten müssen. Die Zerstörung mit dem Glüheisen sowol als die Ligatur der zurückgebliebenen Krebsmassen hat sich als unzureichend erwiesen. |Auch die Anwendung der Galvanokaustik wird in diesen Fällen voraussichtlich zur Stillung der Blutung aus einem so bedeutenden Gefäss, wie die *Carotis externa*, nicht hinreichen, während sie durch Verhütung der Blutung aus den kleineren Arterien auch bei dieser Operation von Nutzen sein würde.

Um sich ihrer bedienen zu können, würde man den von Middeldorpf angegebenen Galvanokauter oder ein ähnliches Instrument anzuwenden haben.]

Die Unterbindung der ganzen Parotis ist aus Furcht vor der bei der Exstirpation zu erwartenden Blutung bereits von Roonhuysen in Gebrauch gezogen worden. Er zog durch die ganze Geschwulst eine doppelte Ligatur und unterband sie in zwei Hälften. Mayor empfiehlt die Geschwulst blosszulegen und demnächst mit mehrfachen Ligaturen zu durchbohren und zusammenzuschnüren. Begreiflicher Weise können durch solche Verfahren immer nur Geschwülste, die auf der Parotis liegen oder die nur einen Theil der Parotis betreffen, wirklich entfernt werden.

Nach der Exstirpation der Parotis kann eine Vereinigung *per primam* niemals erreicht werden. Wird man gleich stets so viel Haut als möglich zu erhalten suchen, um eine allzu breite Narbe zu verhüten, so muss man doch von Anfang an die ganze Wunde mit Charpie füllen und von Grund auf durch Granulationsbildung zur Heilung zu führen suchen. Versucht man eine oberflächliche Vereinigung *per primam*, so hat dies die Bildung von Sinuositäten und Fistelgängen zur Folge.

Anhang.

Krankheiten der Unterkiefer- und Unterzungen-Drüse.

[Wenn man die Ranula nicht hierher rechnen will (vgl. p. 340), so sind Krankheiten der Unterkiefer- und Unterzungen-Drüsen, sowie der Ausführungsgänge derselben als äusserst selten zu betrachten. Vor Verletzungen sind sie durch ihre Lage geschützt, wirkliche Neubildungen, zumal Krebs, scheinen primär gar nicht in ihnen vorzukommen; Entzündungen derselben sind in der Regel secundär oder erhalten doch erst durch ihre Verbreitung auf die Nachbargebilde eine grössere Bedeutung; fremde Körper endlich und Concretionen, ähnlich denen, welche bei den Krankheiten der Parotis beschrieben wurden, gehören unter die grössten Seltenheiten.]

Verletzungen der Unterkieferdrüse oder ihres Ausführungsganges können die Entwicklung kleiner Speichelfisteln bedingen, welche aber nach den Erfahrungen von Boyer unter Anwendung der Compression in kurzer Zeit heilen und jedenfalls der Cauterisation weichen würden.

Die fremden Körper in den Ausführungsgängen der kleineren Speicheldrüsen erregen Zufälle, welche, bis man die eigentliche Veranlassung entdeckt hat, ganz unerklärlich erscheinen. Man beobachtet eine Reizung und Entzündung im Munde, welche tausend verschiedenen Ursachen zugeschrieben und mit den verschiedensten Mitteln vergeblich bekämpft werden. Entdeckt man endlich den fremden Körper, so hat dessen Ausziehung in der Regel gar keine Schwierigkeiten und die Entzündung verschwindet sofort. Zuweilen wird der fremde Körper ohne Zuthun der Kunst ausgestossen, und entweder ausgespuckt oder auch verschluckt. Alsdann schreibt man ganz unverdienter Weise dem Mittel, welches zufällig zuletzt angewandt wurde, die gute Wirkung zu. Man untersuche also bei jeder hartnäckigen Entzündung im Munde auch die Gegend des Wharton-schen Ganges sorgfältig.

In den seltenen Fällen, wo es erforderlich werden sollte, die *Glandula submaxillaris* zu exstirpiren, wird es von ihrer vorzugsweisen Entwicklung gegen den Hals oder gegen die Mundhöhle hin abhängen, ob man sie von der einen oder von der anderen Seite angreifen soll. Bei der Exstirpation vom Halse her muss der Patient den Mund geschlossen und den Kopf hintenüber gebeugt halten. Nach Durchschneidung der Haut in einer durch die Grösse und Gestalt der Geschwulst bedingten Ausdehnung und Richtung trifft man auf die *Art. maxillaris externa*, welche man zwischen zwei Ligaturen durchschneidet. Die Fascie wird gespalten und man dringt unter und hinter der Basis des Unterkiefers mit kurzen Zügen gegen den unteren und vorderen Rand der Drüse vor. *Art.* und *Nerv. lingualis*, welche dicht an der Drüse verlaufen, müssen sorgfältig geschont werden. — Um die Drüse vom Munde aus zu entfernen, müsste man sie, nach Spaltung der Schleimhaut, mit einer Hakenzange hervorziehen und mittelst der Cooper'schen Scheere, dicht an der Drüse schneidend, aus ihren Verbindungen lösen. Die Verletzung der *Art.* und des *Nerv. lingualis* können hierbei recht wohl vermieden werden.

Zwölfte Abtheilung.

Krankheiten des Halses im Allgemeinen[1]).

Topographischer Ueberblick.

Der Hals enthält, als Verbindungsglied zwischen Kopf und Brust, alle die wichtigen Organe, welche vom Kopf zum Thorax und zum Unterleibe hinabsteigen. Es sind dies vorzugsweise Hohlorgane, Kanäle, in denen die für die Erhaltung des Lebens erforderlichen Flüssigkeiten sich bewegen, namentlich der Kehlkopf, die Luftröhre, die Speiseröhre in der Mittellinie und nach Vorn, die grossen Gefässe und Nerven zu den Seiten, der Wirbelkanal mit dem in ihm enthaltenen Rückenmarke nach Hinten. Alle diese Organe sind auf einen engen Raum zusammengedrückt. Hieraus erklärt sich die grosse Gefährlichkeit jeder tieferen Wunde am Halse, sowie jeder nur irgend bedeutenden Geschwulst in dieser Gegend. Man theilt den Hals in 3 Regionen: die vordere, die seitliche, die hintere.

1. Vordere Region. Der Kehlkopf und die Schilddrüse, namentlich wenn sie stark entwickelt ist, bilden in der Mitte des Halses einen deutlichen Vorsprung, unter welchem sich, dicht über dem Sternum, die *Fossa jugularis* befindet. Die Schichten in dieser Gegend sind in nachstehender Reihenfolge übereinander gelagert: *a*) Die Haut ist dünn, schlaff, und folgt den Bewegungen des *Platysma myoides* mit welchem sie innig verbunden ist. Man muss dies bei Incisionen berücksichtigen, weil man leicht durch Spannung das Verhältniss der Haut zu den tiefer liegenden Theilen ändert, und somit an einer andern als der beabsichtigten Stelle in die Tiefe dringt. *b*) Das Fettgewebe unter der Haut ist oft von beträchtlicher Dicke und zu Entzündungen geneigt. *c*) Die *Fascia superficialis* ist sehr dünn und zerfällt, von der Mittellinie ab, nach beiden Seiten hin in zwei Blätter, welche das *Platysma myoides* zwischen sich fassen. An der äusseren Grenze dieser Region verlaufen die *Venae jugulares anteriores*. *d*) Erst unter dem Hautmuskel liegt die eigentliche Halsfascie, welche in der Mittellinie einfach ist, nach den Seiten hin aber sich in zahlreiche Blätter spaltet, welche die einzelnen Muskeln, Gefässe und

[1]) Die Krankheiten der wichtigsten Organe des Halses, namentlich des Kehlkopfs, der Luftröhre, der Speiseröhre und der Schilddrüse, werden in besonderen Abtheilungen beschrieben; hier handelt es sich um die Halsgegend im Allgemeinen.

Nerven, sowie die grösseren Organe, namentlich die Schilddrüse, die Luftröhre und den Oesophagus umfassen. Nach den Untersuchungen von Velpeau wendet sich diese Fascie, nachdem sie hinter dem Pharynx hinaufgestiegen ist, zu den *Mm. Recti capitis antici* und *Longus colli*, überzieht diese und befestigt sich dann zu den beiden Seiten an den *Processus transversi*, steigt vor dem *Scalenus anticus* hinab und vereinigt sich einerseits mit ihrem äusseren Blatt hinter dem *Sternocleidomastoides*, während sie andrerseits in die Fascie der *Regio supraclavicularis* übergeht. Es leuchtet ein, dass diese zahlreichen fibrösen Hüllen von grosser Bedeutung bei den Erkrankungen der einzelnen Organe des Halses sein müssen. Entzündung und Eiterung folgen ihrem Laufe abwärts zur Brust und werden durch sie eingeklemmt. Jedoch muss man hieraus nicht die Behauptung ableiten, dass alle Eiterungen unter den tiefen Blättern der *Fascia colli* nothwendig zu Senkungen nach der Brusthöhle Veranlassung geben müssten, was mit der Beobachtung durchaus im Widerspruch stehen würde. *e*) In der Mittellinie liegt zunächst unter der *Fascia colli* die *Bursa mucosa thyreoidea*, deren Anschwellung zuweilen einen Kropf simulirt; etwas mehr zur Seite die *Mm. sternohyoides* und *sternothyreoides* nebst dem von der Seite heraufretenden *Omohyoides*, weiter oben der *Thyreohyoides* und der *Cricothyreoides*, demnächst der Larynx nebst der sich an ihn anschliessenden Luftröhre, und zu seinen Seiten, zum Theil vor ihm, die Schilddrüse; endlich am meisten nach Hinten der Schlundkopf und weiter abwärts die Speiseröhre.

2. Seitengegend, *Regio lateralis*. Hier liegen die grossen Gefässe, namentlich die Carotis und weiter unten die *Subclavia*, deren Lage, Bd. II. p. 183 u. ff. bereits erläutert ist; ferner die grossen Nerven des Halses: hinten der *Plexus cervicalis* und weiter abwärts der *Plexus brachialis*, weiter nach Vorn, dicht hinter der Carotis, der *Nerv. vagus* und der *Sympathicus*. Die grossen Gefässe und Nerven liegen in ungefähr dreieckten Räumen, welche wesentlich durch Muskelbäuche begrenzt sind. Diese Muskelvorsprünge gewähren zugleich einigen Schutz gegen Verletzung jener tiefer liegenden wichtigen Organe. Zahlreiche Lymphdrüsen sind in dieser Gegend angehäuft. Sie erstrecken sich bis zu einer bedeutenden Tiefe gegen den Pharynx und gegen die Speiseröhre hin.

3. Hintere Halsgegend, Nacken. Von den oberflächlichsten Schichten, also von Hinten anfangend, finden wir hier eine derbe, nicht auffallend bewegliche Haut, die nach Oben hin in die behaarte Kopfhaut übergeht, ohne dass eine bestimmte Grenze angegeben werden könnte, da sich der Haarwuchs bei verschiedenen Subjecten verschieden weit abwärts erstreckt. Unter der Haut liegt ein sehr derber Panniculus. Das oberflächliche Blatt der Nackenfascie lässt sich von dem darunter liegenden *M. trapezius* nicht trennen; in der Mittellinie verwächst es mit dem die *Processus spinosi* der Halswirbel verbindenden *Ligamentum nuchae*. Die erste Muskelschicht bilden der *Trapezius s. Cucullaris* und der *Sternocleidomastoides*, dessen oberstes Ende von Vorn her in die Nackengegend übergreift. Ein fibröses Blatt trennt hiervon die zweite Schicht, welche durch den *Splenius* gebildet wird. Dann folgt abermals eine fibröse Schicht, unter welcher sich der *Complexus* und *Biventer* befinden, und in welcher zuweilen einiges Fettgewebe und unwichtige Nervenästchen eingestreut sind. Unter dem *Complexus* liegt eine bedeutendere Fettschicht, in deren Dicke Nerven, Arterien und Lymphdrüsen eingewebt sind. Hierher gehört die *Art. occipitalis*, die *Transversa cervicis*, die *Cervicalis profunda*, welche letztere von der *Subclavia* her zwischen den Querfortsätzen der beiden letzten Halswirbel nach Hinten tritt und demnächst in schräger Richtung aufwärts

steigt. Die bedeutenderen Nerven dieser Gegend sind: der hintere Ast des Auricularis, der *Suboccipitalis* und der *Occipitalis magnus*. Die Lymphgefässe wenden sich zu den in der Achselhöhle gelegenen Lymphdrüsen. Die vierte Muskelschicht bilden die beiden *Recti postici* und die *Obliqui capitis*. — Die aus der Subclavia entspringende *A. vertebralis* verläuft in dem Kanal der Querfortsätze der Halswirbel von dem sechsten derselben aufwärts, tritt dann zwischen Atlas und Hinterhaupt hervor und begiebt sich mit einer Windung durch das Foramen magnum in die Schädelhöhle. [Aus ihrem oberen Ende entspringt, bevor sie in den Schädel tritt, ein starker anastomotischer Ast zur *Art. occipitalis*. In seltenen Fällen verläuft sie zum grösseren Theil vor den Querfortsätzen der Halswirbel.] Alle Theile dieser Gegend bilden zahlreiche dicht gedrängt liegende Schichten, in denen die Muskeln bei Weitem vorwiegen. Die fibrösen Scheidewände, von denen dieselben umschlossen werden, sind der wesentliche Grund für die fast immer stattfindende Einklemmung der in dieser Region sich entwickelnden Entzündungsgeschwülste und für den bei diesen Erkrankungen auftretenden hohen Grad von Schmerzhaftigkeit. Aus letzterem lässt sich wol auch erklären, dass man bei verhältnissmässig unbedeutenden Verletzungen der Nackenmuskeln Tetanus entstehen sah, wie dies Blandin [illegible] nach zu tiefer Anlegung eines Haarseils beobachtet hat.

Erstes Capitel.

Missbildungen und Formfehler.

Missbildungen und Formfehler des Halses haben in der Regel eine Schiefstellung des Kopfes zur Folge, sowie letztere immer eine Missstaltung des Halses zu bedingen pflegt. Jedoch muss in beiden Fällen die Missstaltung veraltet und ziemlich bedeutend sein. Der Kopf kann, vermöge der grossen Beweglichkeit seiner Gelenkverbindung mit der Wirbelsäule, sich dem üblen Einfluss einer Verkrümmung des Halstheils derselben entziehen. Dies hat jedoch seine Grenzen und noch weniger vermag der Halstheil der Wirbelsäule dem Drucke, welchen der schiefgestellte Kopf nach der einen Seite hin ausübt, bei langer Dauer zu entgehen. Die Wirbelkörper und die Bandscheiben zwischen denselben verdünnen sich unter dem anhaltenden Drucke, und der ganze Bänderapparat, sowie die tiefen Muskeln des Halses, erfahren eine Reihe von Veränderungen, welche durch Einwirkungen auf die oberflächlichen Muskelschichten nicht immer wieder beseitigt werden können.

Die Verkrümmungen des Halses finden am Häufigsten nach der Seite hin statt, seltner nach Vorn oder nach Hinten. Je kommt beides, theils für sich, theils auch mit seitlicher Schiefstellung, häufig auch combinirt mit einer Rotation des Halstheils der Wirbelsäule vor. Die Ursachen der Verkrümmungen des Halses und der Schiefstellung des Kopfes sind bei der Betrachtung der Formfehler im Allgemeinen, Bd. I. p. 372 u. f., bereits erläutert worden. Ihre primäre Wirkung bezieht sich entweder auf die activen oder auf die passiven Bewegungsorgane. Die Prognose ist im letzteren Falle bei Weitem ungünstiger, da eine primäre Verkrümmung irgend eines Theils der Wirbelsäule gewöhnlich ein entzündliches Leiden der Wirbelkörper und eine nur mit Lebensgefahr zu trennende Verschmelzung derselben voraussetzen lässt.

Torticollis, *Caput obstipum.*

Als schiefen Kopf, *Torticollis, Caput obstipum*, bezeichnet man eine Difformität, deren Ursache am Halse zu suchen ist, deren Wirkung aber den Kopf betrifft. Der Kopf steht nämlich nach der einen oder der anderen Schulter hingeneigt, gleichzeitig aber in der Weise rotirt, dass das Gesicht nach der entgegengesetzten Seite sieht (Fig. 55). Der Hals erscheint auf der Seite, welcher das Ge-

Fig. 55.

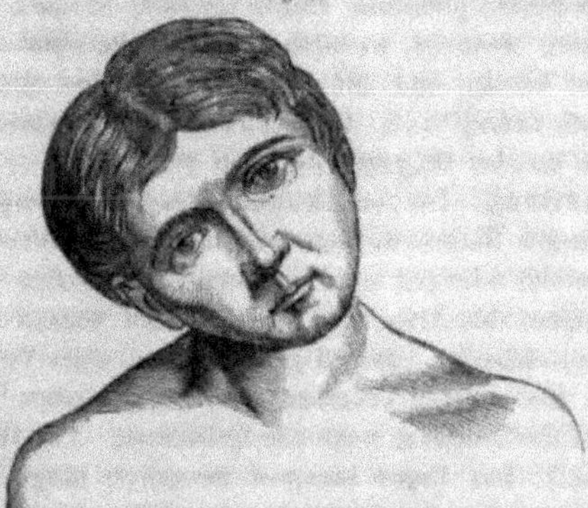

sicht zugewandt ist, und auf welcher das Ohr höher steht, länger und breiter als auf der andern Seite, wie sich dies bei der Betrachtung sowol von Vorn (Fig. 55 Torticollis der rechten Seite bei einem Knaben), als auch von Hinten (Fig. 56 Torticollis der linken Seite) deutlich zeigt. Auf der Seite, welcher das Gesicht

Fig. 56.

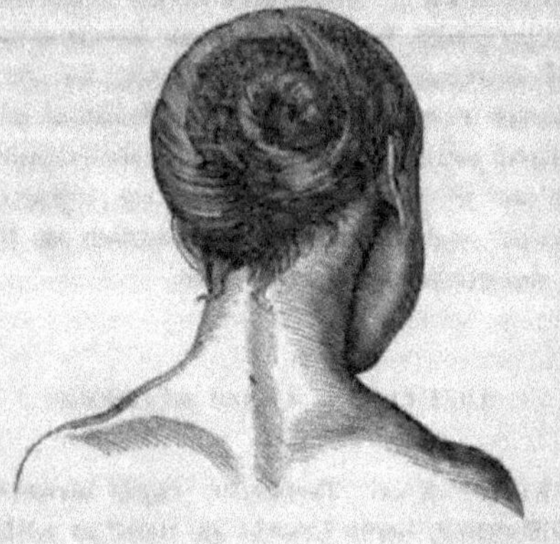

zugewandt steht, ist ferner die Haut gespannt und die Muskeln springen nur wenig hervor; auf derjenigen dagegen, nach welcher der Kopf geneigt ist, sind die Muskelvorsprünge, namentlich die Sternalportion des Kopfnickers, sehr deutlich zu erkennen. Der Hals scheint kaum zu existiren und die entsprechende Gesichtshälfte ist verkürzt, gleichsam eingeschrumpft, so dass das Antlitz unsymmetrisch erscheint, wodurch, in Verbindung mit der Schiefstellung des Mundes und der Augen, eine höchst eigenthümliche Physiognomie bedingt wird. Die Difformität des Gesichtes entwickelt sich jedoch erst bei längerem Bestehen des Uebels.

Eintheilung. Die Schiefstellung des Kopfs hängt entweder von einer durch Narben bedingten Festheftung der Haut oder von Muskelcontractur oder von einer primären Verkrümmung der Wirbelsäule ab. Diese drei Arten von Torticollis sind wesentlich von einander zu unterscheiden. Jedoch gesellt sich zu einer Verkrümmung des Halses aus anderen Ursachen nachträglich immer Muskelverkürzung auf der concaven Seite der Krümmung. (Vgl. Krankheiten der Muskeln.) Das *Caput obstipum musculare* hängt fast immer von einer Contractur des *Sternocleidomastoides*, häufig nur seiner Sternalportion, höchst selten seiner Clavicularportion allein ab.

Die Aetiologie führt uns sehr häufig bis auf fötale Zustände zurück. Ob aber das Fortbestehen einer Fötalkrümmung oder eine Contractur in Folge von Krämpfen die Veranlassung zum *Caput obstipum* beim Fötus gewesen seien, lässt sich wol niemals entscheiden. Dass eine fehlerhafte Lage des Embryo die Ursache des Torticollis sein könne, ist wenig wahrscheinlich, obgleich Stromeyer und Dieffenbach diese Ansicht vertheidigt haben. In Betreff des *Torticollis muscularis acquisitus* müssen wir auf die bei der Muskelcontractur im Allgemeinen Bd. II. p. 862 gemachten Angaben verweisen. In Verhältniss zu anderen Contracturen häufig kommen krampfhafte und andauernde Verkürzungen am *Sternocleidomastoides* vor. Oft sind sie sogenannte rheumatische Contracturen, d. h. sie sind in Folge einer plötzlichen Erkältung entstanden und gehen bei einer gelind antiphlogistischen Behandlung, namentlich nach Anwendung von Blasenpflastern, wieder vorüber. Fleury hat sogar einen intermittirenden Torticollis beobachtet. Die Aetiologie und die besonderen Verhältnisse des auf Verkrümmung der Wirbelsäule beruhenden Torticollis wird bei den Krankheiten der Wirbelsäule erläutert werden. Ueber die Hautverkürzung durch Narben und die daraus entspringenden Difformitäten wurde bereits Bd. I. p. 420 das Wesentliche bemerkt.

Diagnose. In allen Fällen ist es von der grössten Wichtigkeit, sich nicht blos mit dem bei der oberflächlichsten Betrachtung leicht möglichen Erkennen des Torticollis zu begnügen, vielmehr diesen durchaus symptomatischen Namen eben nur als Bezeichnung einer Symptomengruppe anzusehen, welche durch eine genauere Untersuchung aufgelöst werden muss. Eine genaue Anamnese und eine sorgfältige Untersuchung des Halstheils der Wirbelsäule wird vor Irrthümern sicher stellen. Beruht die Schiefstellung des Kopfs auf einer Erkrankung der Wirbel, so wird man einen oder mehrere Dornfortsätze hervorragend, und wenn das Uebel noch nicht ganz abgelaufen ist, beim Druck schmerzhaft finden. Während die Finger auf den Dornfortsätzen liegen, lässt man den Kranken möglichst ausgiebige Bewegungen mit dem Kopfe vornehmen oder letzterem durch einen Gehülfen passive Bewegungen ertheilen, um zu untersuchen, ob und welche Bewegungen der Wirbel dabei stattfinden.

Boyer gab den Rath, man solle den Kopf so viel als möglich mit den Händen in die normale Stellung zurückzuführen suchen; gelinge dies, so beruhe die Schiefstellung auf einer Paralyse der Muskeln derjenigen Seite, auf welcher der Hals verlängert erscheint, im entgegengesetzten Falle aber handle es sich um Contractur der Muskeln der verkürzten Seite. Diese Angaben sind irrig. Bei jedem *Torticollis muscularis*, mag er ursprünglich aus Paralyse oder Contractur hervorgegangen sein, wird es unmöglich, die Difformität durch den Zug oder Druck der Hände zu beseitigen, sobald sie längere Zeit bestanden hat.

Behandlung. [Gegen den aus Erkrankung der Wirbelsäule hervorgegangenen schiefen Hals darf nur höchst selten und immer erst, wenn die Entzündung der Wirbel ganz aufgehört hat, eine Behandlung eingeleitet werden. In der Regel muss man die ganze Therapie auf die Abwendung der aus der Erkrankung der Wirbel hervorgehenden Lebensgefahr richten. Wird die Difformität durch Narben bedingt, so kann nur durch subcutane Ablösung oder Excision derselben in einer solchen Richtung und Ausdehnung, dass dadurch einer abermaligen Verkürzung vorgebeugt wird, Hülfe geleistet werden.] Bei dem *Caput obstipum*, welches auf Muskelverkürzung beruht, kann man in frischen Fällen den Versuch machen, durch antiphlogistische und derivirende Behandlung, namentlich durch Blasenpflaster, erweichende Umschläge und Salben die Heilung zu erreichen. Auch durch die allmälige Dehnung des Muskels in der Chloroformnarkose oder die ungemein zeitraubende Graderichtung durch orthopädische Apparate kann man in leichteren Fällen zum Ziele gelangen. Viel schneller und sicherer aber erreicht man einen vollständigen Erfolg mittelst Durchschneidung des in Contractur befindlichen Muskels, gewöhnlich also des *Sternocleidomastoides*.

Die Durchschneidung des *M. sternocleidomastoides* ist schon vor langer Zeit, obgleich nicht häufig, als eine subcutane Operation ausgeführt worden, so namentlich von Dupuytren, den man gewöhnlich, obgleich nicht mit Recht, für den Autor dieses Verfahrens hält. Heut zu Tage folgt Niemand mehr den Vorschriften von Tulpius oder Sartorius, welche den Muskel bald durch eine quere, bald durch eine verticale Incision zu entblössen und dann zu durchschneiden lehrten, sondern man bedient sich allgemein der subcutanen Methode, die in ihren Grundzügen Bd. I. p. 104 u. ff. dargestellt worden ist. Das Verfahren ist verschieden, je nachdem man sich eines Tenotoms mit stechender Spitze (nach Dieffenbach), oder des französischen Tenotoms mit abgestumpfter Spitze bedient; ferner je nachdem man die Durchschneidung in der Richtung von Innen nach Aussen oder von Aussen nach Innen vornimmt.

1. Durchschneidung von Innen nach Aussen. [*a*) Verfahren nach Dieffenbach, mit dem spitzen sichelförmigen Tenotom. Der Patient befindet sich, nach Bequemlichkeit, in sitzender oder liegender Stellung. Ein Gehülfe fixirt mit beiden Händen den

Kopf, ein anderer, namentlich bei Kindern und unzuverlässigen Personen, die Hände und den Rumpf. Während der erste Gehülfe den Kopf des Patienten nach der Seite des verkürzten Muskels neigt und diesen also möglichst erschlafft, umfasst der Operateur mit Daumen und Mittelfinger der linken Hand die zu durchschneidende Portion des Muskels nahe über der Clavicula (oder der *Articulatio sternoclavicularis*) in der Art, dass er die Haut von beiden Seiten her hinter den Muskel zu schieben sucht; neben dem Daumen sticht er sodann das flachgeführte (spitze, sichelförmige) Tenotom (Bd. I. Fig. 61) dicht hinter dem Muskel ein, bis er mit dem Mittelfinger die Messerspitze fühlt, ohne jedoch die Haut auf der anderen Seite zu durchbohren. Daumen und Zeigefinger lassen nun die hinter dem Muskel eingestülpte Haut los, die Schneide des Tenotoms wird nach Vorn (also gegen den Muskel) gewandt, der Gehülfe wendet den Kopf möglichst stark nach der entgegengesetzten Seite, so dass der verkürzte Muskel straff gespannt wird; in demselben Augenblick durchschneidet der Operateur den Muskel, indem er das Tenotom mit einer hebelförmigen Bewegung aus der Wunde zurückzieht. Ein durch die Resonanz des Thorax sehr verstärktes lautes Krachen (vor welchem Unerfahrene erschrecken) bezeichnet den Moment der vollständigen Durchschneidung. Der Klinge des Tenotoms folgt der Daumen des Operateurs, indem er das in die Wunde sich ergiessende Blut herausdrückt und einer weiteren Ansammlung desselben vorbeugt. Sofort wird ein weicher Charpiebausch auf die Operationsstelle gelegt und mit Heftpflaster oder Collodium befestigt; der Kopf aber durch eine Halsbinde, welcher man durch ein eingelegtes Stück Pappe die nöthige Festigkeit ertheilt, in der Weise befestigt, dass er in der früheren fehlerhaften Stellung verharrt. In dieser Stellung lässt man ihn drei Tage. Dann ist die kleine Stichwunde in der Regel vollständig verheilt und man beginnt nun allmälig die sich bildende Narbe auszudehnen, indem man die Halsbinde auf der Seite der Verkürzung steifer und fester macht als auf der entgegengesetzten. Durch diesen höchst einfachen Verband gelangt man oft in wenigen Tagen, spätestens aber in einigen Wochen, zur vollständigen Heilung der Difformität. Sind beide Portionen des *Sternocleidomastoides* von Contractur befallen, so beschleunigt es die Heilung sehr wesentlich, wenn man auch beide in einer Sitzung durchschneidet.|

b) Das Verfahren von Bouvier unterscheidet sich von dem Dieffenbach'schen blos dadurch, dass man den Einstich mit einem lanzenförmigen Messer oder einer Lanzette ausführt, alsdann ein Tenotom mit stumpfer Spitze hinter den Muskel schiebt und mit diesem die Durchschneidung verrichtet (Fig. 57).

Fig. 57.

2. Durchschneidung von Aussen nach Innen. Der Wundarzt erhebt die Haut in der Richtung des zu durchschneidenden Muskelbauchs mit beiden Händen in eine Falte; nachdem er den mit der rechten Hand gefassten Theil derselben einem Gehülfen übergeben hat, durchsticht er die Basis derselben an der einen Seite mit einer Lanzette, etwa 6 Linien oberhalb des Brustbeins. Sofort führt er das stumpfspitzige Tenotom in diese Wunde ein, während die Gehülfen den Muskel etwas erschlaffen. Die Schneide des Instruments wird gegen den Muskel gewendet und dieser nunmehr angespannt, und, indem man das Messer mit einiger Hebung des Stiels wieder auszieht, durchschnitten. Der verminderte Widerstand und das laute Krachen lassen leicht erkennen, dass die Durchschneidung vollständig gelungen sei, so dass man nicht in Gefahr geräth, die tiefer liegenden Theile zu verletzen. —

Für die Durchschneidung der Clavicularportion muss man den Einstich 1—1½ Zoll weiter nach Aussen machen. Diese räumliche Bestimmung ist jedoch überflüssig, da man den zu durchschneidenden Muskel als einen deutlichen Strang fühlt.

Die Zufälle nach der Durchschneidung eines oder beider Köpfe des *Sternocleidomastoides* sind in der Regel höchst unbedeutend. Die gleich nach der Operation mittelst Charpie und Heftpflaster bedeckte und leicht comprimirte Wunde heilt in der Regel innerhalb 24 Stunden. Höchst selten folgt Eiterung. Der meist sehr unbedeutende Bluterguss unter der Haut wird ohne weitere Kunsthülfe in 2 bis 3 Tagen resorbirt. |Jedoch ist es nach den Erfahrungen von Dieffenbach zweckmässig, den Operirten, abgesehen von der weiter unten zu erwähnenden orthopädischen Nachbehandlung, sorgfältig zu überwachen. Namentlich muss bei bedeutendem Bluterguss ein gehörig comprimirender Verband angewendet werden. Bildet sich eine heisse, schmerzhafte Entzündungsgeschwulst, so sind kalte Umschläge und Blutegel angezeigt. Kommt es zur Eiterung, so incidirt man von der Stichwunde aus. Jedenfalls muss der durchschnittene Muskel auf die Gefahr hin, dass er sich abermals verkürze, in ganz erschlaffter Lage erhalten werden, so lange in seiner Umgegend Entzündung besteht. Ruhige Lage im Bett wird solchen Zufällen am Besten vorbeugen und zu ihrer Beseitigung wesentlich beitragen.| Höchst selten, und nur in Folge einer besonderen Prädisposition, kommen Krampfzufälle oder Delirien vor, wie solche von Fleury bei einem jungen Mädchen beobachtet worden sind.

Während die Durchschneidung des *Sternocleidomastoides* eine häufige Operation ist, kommt diejenige irgend eines andern Halsmuskels bei der Behandlung des *Caput obstipum* höchst selten vor. So ist z. B. der vordere Theil des *Cucullaris* von Stromeyer durchschnitten worden, als sich bei einem jungen Mädchen die Durchschneidung der beiden Köpfe des *Sternocleidomastoides* zur Hebung des *Caput obstipum* unzureichend erwies. Nach den allgemeinen und so eben für den Kopfnicker besonders aufgestellten Regeln der subcutanen Schnitte wird man bei solchen Operationen auf bedeutende Schwierigkeiten nicht stossen.

Auch der Hautmuskel des Halses (*Platysma myoides*) kann Sitz der Contractur beim *Caput obstipum* werden. Bei der grossen Ausbreitung, welche er, von der Schulter und dem Thorax schräg aufsteigend, bis zum Mundwinkel besitzt, könnte er allerdings durch seine Contractur eine bedeutende Difformität herbeiführen. Unterlippe und Mundwinkel können abwärts gezogen und selbst die Mandibula in der Art nach Unten gezerrt werden, dass ein dauerndes Offenstehen des Mundes und weiterhin eine Schrägstellung des Kopfes die Folge wäre. Gooch hat eine solche Difformität beobachtet und durch quere Spaltung des gespannten Muskels geheilt. Vidal m[illegible] es habe sich vielleicht in diesem und in ähnlichen Fällen we[illegible] um eine Muskelcontractur, als vielmehr um Entwicklung von Narben unter der Haut gehandelt. (In solchen Fällen würde die Ablösung der bestehenden Narbenstränge mit einem durch eine Hautfalte eingestochenen schmalen Messer zu empfehlen sein; die einzige unangenehme Nebenverletzung, welche hierbei stattfinden könnte, wäre diejenige der *Vena jugularis*, welche sich aber bei einiger Aufmerksamkeit immer wird vermeiden lassen.) [Eine unzweifelhafte Verkürzung des *Platysma myoides* ist aber von Dieffenbach[1]) beobachtet worden, und zwar auf beiden Seiten zugleich bei einem 10jährigen Knaben. Der vordere Theil der Halshaut hatte ein verschrumpftes Aussehn, „wie die Haut einer alten magern Frau von 80 Jahren." Das Kinn stand dem Brustbein mehr als natürlich genähert, konnte jedoch von dem Knaben ohne Mühe stark in die Höhe gehoben werden, worauf die Falten der Halshaut sämmtlich verschwanden. Aus letzterer Angabe geht klar hervor, dass es sich nicht um eine Verkürzung durch Narben gehandelt haben kann. Die Heilung gelang durch subcutane Durchschneidung des Platysma mittelst eines sehr schmalen Messers.]

Wie nach jeder Tenotomie, so ist auch nach der Durchschneidung der verkürzten Halsmuskeln eine **orthopädische Nachbehandlung** erforderlich, um den Kopf für die Dauer gerade zu stellen. In den meisten Fällen ersetzt eine steife Halsbinde (vgl. p. 413) alle complicirteren Apparate vollständig. Die Bildung der Sehnennarbe ist am dritten Tage nach der Operation stets so weit fortgeschritten, dass man die allmälige Dehnung derselben ohne Gefahr beginnen kann; diese aber führt sicherer zum Ziele als die plötzliche Geradstreckung, bei welcher die Wiedervereinigung der durchschnittenen Sehne ausbleiben könnte. Sinnreich, aber überflüssig, ist die von Charrière angegebene Einrichtung einer solchen Halsbinde, bei welcher durch einen besonderen Mechanismus mittelst eines Schlüssels die Höhe des steifen Theils beliebig abgeändert werden kann. Das Einlegen verschieden hoher Pappstücke leistet dasselbe.

Unter den complicirten Verbänden ist nur die sogenannte Minerva von Delacroix zu erwähnen, welche von Bouvier[2]) zweckmässig modificirt worden ist. Dieser Apparat besteht wesentlich aus 3 Stücken: dem Gürtel, der Krone und der Stange. Der starke Gürtel ist genau um das Becken befestigt und dient dem ganzen Apparat als Stütze. Die Krone umfasst den Kopf genau. Sie besteht aus einem messingenen Ringe, der vorn durch einen Riemen ergänzt und mittelst desselben zusammengeschnallt wird. Ein quer über den Scheitel laufender Riemen hindert

[1]) Dieffenbach, Durchschneidung der Muskeln und Sehnen, p. 37.

[2]) *Bull. de l'Acad. de médecine, Paris* 1840. *T. IV. p.* 578.

das Hinabgleiten und ein über das Kinn verlaufender das Hinaufgleiten des Stirnbandes. Die Stange, der eigentlich wirksame Theil des Apparates, verbindet die beiden erstgenannten Theile. Sie besitzt 3 Gelenke: das erste, am unteren Theile gelegen, wird durch eine Schraube ohne Ende bewegt. Vermittelst desselben hat man die Seitenbewegungen des Kopfes in seiner Gewalt; das zweite, in der Mitte gelegen, beherrscht die Beuge- und Streckbewegung des Kopfes; das dritte, welches dicht an der Krone liegt, vermag Rotationsbewegungen am Kopfe zu bewirken. Durch Verschiebung in einer Coulisse kann die Stange verlängert und verkürzt werden, so dass man dadurch den Kopf in die Höhe schieben, den Hals gleichsam verlängern oder einen solchen Zug auch ganz nachlassen kann. Ein besonderes Charniergelenk giebt dem Kranken die Freiheit den Kopf hintenüber zu bewegen, ohne die Bewegung nach Vorn zu gestatten.

|Angeborene Halsfistel, *Fistula colli congenita.*|

|Die Entstehung der angeborenen Halsfisteln lässt sich, wie bereits Bd. I. p. 344 erläutert ist, aus einer Bildungshemmung erklären. Sie sind höchst selten, scheinen zuweilen erblich zu sein, und wurden in manchen Fällen erst zur Zeit der Pubertät bemerkt, indem alsdann die Absonderung ihrer Wandungen sich vermehrte.

Symptome. An der Seite des Halses, entweder zwischen den beiden Köpfen des *Sternocleidomastoides* oder am inneren Rande desselben, seltner in der Mittellinie, nur 1—1½ Zoll vom Schlüsselbein oder vom Brustbein entfernt, findet sich eine sehr enge Oeffnung, in welche oft selbst die feinsten Sonden nicht eingeführt werden können. Die Haut in der Umgebung ist zuweilen etwas geröthet und aufgewulstet, meist aber nur leicht eingezogen. In verschiedener Menge fliesst aus der Oeffnung bald eine helle klebrige Flüssigkeit, bald Eiter; letzterer gewöhnlich reichlicher. Die Oeffnung kann sich zeitweise schliessen, so dass die Flüssigkeit erst bei seitlichem Druck entleert wird. In solchen Fällen findet sich bisweilen eine sackförmige Erweiterung nahe der Oeffnung. Gewöhnlich vermochte man die Sonde nur eine kurze Strecke weit einzuführen; in anderen Fällen liess sich durch die Haut ein härtlicher Strang fühlen, der einen gegen die Luftröhre oder gegen den Schlundkopf hin verlaufenden Kanal enthielt. Die letztere Richtung ist die häufigere. Selten gelingt es, eine Sonde durch den Fistelgang bis in den Schlundkopf einzuführen. Ebenso selten treten Speisereste durch den Fistelgang nach Aussen. Gewöhnlich lässt sich die Communication nur durch Einspritzungen, bei den Trachealfisteln auch durch das Ausblasen von Luft bei geschlossener Mund- und Nasenöffnung nachweisen. In manchen Fällen bewegte sich die Fistelöffnung mit dem Kehlkopf zugleich, in anderen wird sie beim Kauen und Sprechen sternförmig eingezogen.

Der Sitz der angeborenen Halsfisteln ist am Häufigsten auf der rechten Seite. Sie kommen aber auch auf beiden Seiten des Halses in symmetrischer Anordnung vor. Ascherson sah einmal 3 Oeffnungen über einander. Unter den von ihm beobachteten 11 Fällen kamen 8 beim weiblichen Geschlecht vor. Trachealfisteln sind nur bei Weibern beobachtet worden. Ihre Oeffnung liegt höher oben am Halse und mehr in der Mittellinie, während die Pharyngealfisteln lang gestreckt in schräger Richtung am Halse aufsteigen.

Interessant ist, dass nach Ascherson's Beobachtungen die meisten Menschen am äusseren Rande der Sternalportion des Kopfnickers die Andeutung einer früheren Oeffnung besitzen, bald in Gestalt einer kleinen weisslichen Vertiefung oder auch nur eines narbenähnlichen Streifens, bald unter der Form eines röthlichen oder bräunlichen runden Flecks.

Heilungsversuche haben sich bei den angeborenen Halsfisteln nicht blos als erfolglos, sondern auch als gefährlich erwiesen. Nach der Anwendung von reizenden und ätzenden Einspritzungen sah man heftige Schmerzen und Schlingbeschwerden wegen Anschwellung und Entzündung des Oesophagus eintreten. Dzondi hat sogar nach solchen Versuchen den Tod folgen sehen. Wenn daher auch die Heilung einer solchen Fistel einmal gelungen sein mag, so sind doch, bei der Geringfügigkeit der durch sie veranlassten Beschwerden, alle Versuche der Art zu verwerfen.

Vgl. Dzondi, *De fistulis tracheae congenitis. Halae*, 1829; und Ascherson, *De fistulis colli congenitis. Dissertatio. Berolini* 1832.

Zweites Capitel.

Halswunden im Allgemeinen.

Die oberflächlichsten und einfachsten Halswunden können bedenkliche Folgen nach sich ziehen. Noch viel mehr gilt dies von den tieferen Wunden, welche grösstentheils den Charakter der penetrirenden haben, indem durch sie die grossen am Halse liegenden Gefässe und Canäle, auch wol die Mund- oder Brusthöhle geöffnet werden. Diese penetrirenden Halswunden sind bedenklich, entweder weil Etwas aus den genannten Canälen ausfliesst, oder weil Etwas in dieselben eindringt. Das Ausströmen des Blutes aus einer Wunde der grossen Halsgefässe führt schnell zum Tode. Das Einfliessen des Bluts in die Luftwege bedingt Asphyxie; das Eindringen von Luft in die grossen Halsvenen kann die Veranlassung eines plötzlichen Todes werden und die Aufnahme von Eiter in dieselben Venen Pyämie zur Folge haben. Die Mehrzahl der grossen Halsvenen ist durch fibröses Gewebe an den Nachbartheilen in der Weise befestigt, dass sie nach ihrer Durchschneidung klaffen, wodurch das Eindringen von Eiter und Luft begünstigt wird. Die Verletzungen der unteren Hälfte der vorderen Halsgegend sind die gefährlichsten. Dort liegen die Carotiden noch näher aneinander, vor der Luftröhre finden sich die *Aa. thyroideae* und zahlreiche grosse Venen, welche direct zu den Jugularstämmen hinabsteigen. Die Blutung ist daher bedeutend, die Compression fast unmöglich, die Ligatur schwierig, selbst wenn ärztliche Hülfe sogleich bei der Hand wäre. Ist die Luftröhre geöffnet, so dringt das Blut sogleich in die Bronchien und bedingt Asphyxie. Eine nachfolgende Entzündung der Luftröhre setzt sich alsbald gegen die Lungen hin fort. Traumatische Entzündung des Zellgewebes gefährdet den vorderen Mittelfellraum. Jedoch sind tief eindringende Wunden der Nackengegend, wenn das Rückenmark dabei verletzt worden ist, noch bei Weitem gefährlicher. Hier ist die Gefahr desto grösser, je höher oben die Verletzung ihren Sitz hat. Namentlich ist es von entscheidender Wichtigkeit, ob das Rückenmark oberhalb oder unterhalb des Ursprungs des Zwerchfellsnerven getroffen ist. Im ersteren Falle erfolgt der Tod fast augenblicklich. Eine dicke Stecknadel, zwischen dem Hinterhaupt und dem ersten Halswirbel eingestossen, reicht zur Tödtung eines Kindes hin. Dagegen sind Verletzungen des oberen Theils der vorderen Halsgegend von verhältnissmässig geringerer Bedeutung. Die Wunde muss sehr tief sein, wenn sie sofort den Tod veranlassen soll. Der Vorsprung des Schildknorpels schwächt die Wirkung des verletzenden Instruments und weiterhin werden die Carotiden noch durch die *Mm. sternocleidomastoidei* geschützt. Die Wunden oberhalb des Kehlkopfs dringen in den Pharynx ein und wurden in dieser Beziehung bereits oben, p. 381, besprochen.

Alle Halswunden erheischen schnelle Hülfe. Dieselbe bezieht sich meist auf die Stillung der Blutung (vgl. Bd. II. p. 136 u. ff. und p. 185 u. ff.). Ueber die Behandlung der Wunden der Luftröhre, des Kehlkopfs, des Oesophagus u. s. w. wird in den nächsten Absc[illegible] [illegible]handelt.

Drittes Capitel.

Entzündungen am Halse.

Die Mehrzahl der Entzündungen am Halse nimmt vom Antlitz oder von der Mundhöhle aus ihren Anfang. Die Anschwellung des Halses ist namentlich bei oberflächlichen Entzündungen bedeutend, und gewinnt schnell eine grosse Ausdehnung. Die Entzündungsgeschwulst selbst ist immer von einem ödematösen Ringe umgeben. So namentlich bei einer *Pustula maligna* des Halses. Weniger stark ist die Schwellung, wenn die Entzündung in den tiefer gelegenen Theilen des Halses oder im Nacken ihren Sitz hat. Hier kommt es dagegen gewöhnlich, wegen der starken Fascien, zu einer bedeutenden Einklemmung der Entzündungsgeschwulst, und deshalb, wenn keine Incision gemacht wird, zu grosser Zerstörung.

Die Abscesse am Halse sind wesentlich verschieden, je nachdem sie unterhalb oder oberhalb der Halsfascie liegen, je nachdem sie ferner an Ort und Stelle entstanden oder Senkungsabscesse sind. Je grösser ein Halsabscess ist und je tiefer er liegt, desto bedenklicher ist seine Prognose. Die Gefahr der Eitersenkungen wurde bereits in der anatomischen Uebersicht erwähnt. Die Diagnose dieser tiefen Halsabscesse ist oft schwierig; die Fluctuation wird durch die festen aponeurotischen Schichten verdeckt. Und doch liegt hier Alles an einer frühzeitigen Diagnose, weil die frühzeitige Eröffnung des Abscesses mit dem Bistouri dringend erforderlich ist. Diese Operation selbst kann schwierig und in ungeübten Händen gefährlich werden. Man darf niemals in die Tiefe des Halses geradezu einstechen, sondern muss die einzelnen Schichten, mit steter Berücksichtigung der anatomischen Verhältnisse, eine nach der andern durchschneiden.

Entzündung der Lymphdrüsen am Halse. Die Lymphdrüsen des Halses sind häufig entzündlichen Anschwellungen unterworfen, namentlich in der *Regio submaxillaris, subauricularis* und *supraclavicularis*. Die Krankheit verläuft sehr viel häufiger chronisch als acut. Meistentheils ist die Entzündung dyskrasischen Ursprungs. Daraus erklärt sich auch, weshalb selten einzelne Lymphdrüsen, vielmehr in der Regel ganze Pakete und Ketten derselben ergriffen werden. Nicht selten drängen sich die erkrankten Drüsen in der Art fest zusammen, dass sie den Anschein gewähren, als sei nur eine einzige Drüse, diese aber zu einer ganz enormen Grösse angeschwollen. Bei Weitem am Häufigsten liegt das Scrophelleiden dieser Entzündung zu Grunde, namentlich wenn die Drüsen der vorderen Halsseite ergriffen sind. Bei constitutioneller Syphilis fehlt als ein charakteristisches Symptom niemals die Anschwellung der Lymphdrüsen in der oberen Nackengegend. |Nicht ganz selten schwellen die Lymphdrüsen zu den Seiten des Halses bei sonst gesunden Kindern in Folge einer Erkältung an.| Oft ist ihre Anschwellung ferner nur die Folge irgend einer anderen Erkrankung des Halses, des Kopfes oder auch der Brust. |Wir haben hierauf bereits im Vorhergehenden, namentlich beim Lippenkrebs, aufmerksam gemacht. — Auf den Zusammenhang zwischen Entzündung und Tuberculose der Lymphdrüsen wurde bereits Bd. I. p. 535 und Bd. II. p. 315 hingewiesen.|

|Die Behandlung weicht von der bei der *Lymphadenitis* angegebenen im Allgemeinen nicht ab, Bd. II. p. 314. Dort wurde auch bereits bemerkt, dass die Grösse der Geschwulst durch Compression der Trachea Erstickungsgefahr bedingen und die Tracheotomie erforderlich machen kann. Die Exstirpation tuberculöser Halsdrüsen haben wir bei der Exstirpation der Lymphdrüsen überhaupt Bd. II. p. 319 erläutert. Solche Operationen sind nur, wenn die Drüsen ganz oberflächlich liegen, leicht und ungefährlich; sobald man hinter den Rand des *Sternocleidomastoides* vordringen muss, ist vollständige Vertrautheit mit den anatomischen Verhältnissen erforderlich, um einerseits Verletzungen der grossen Gefässe zu vermeiden und andererseits durch das Spritzen unbedeutender Arterienäste nicht irre geführt zu werden.|

Ueber entzündliche Anschwellung (Tuberculose) der Lymphdrüsen des Halses und deren Exstirpation: vgl. Hippolyte Larrey, *Sur l'adénite cervicale et sur l'exstirpation des tumeurs ganglionnaires du cou* (*Bull. de l'Acad. de méd.* 1850. *T.* XV. *p.* 619).

Viertes Capitel.

Neubildungen am Halse.

I. Balggeschwülste (Cysten).

Wenn wir auch von den zahlreichen *cystischen Entartungen* der Schilddrüse hier absehen, welche später besonders besprochen werden sollen, so sind die Balggeschwülste und Cysten des Halses doch immer noch als sehr häufige Krankheiten anzusehen.

1) Gewöhnliche Atherome kommen namentlich in der obern Halsgegend, nahe dem Kinn, häufig vor. Ihre Diagnose und Behandlung bietet keine Schwierigkeiten dar. Im Genick dringen sie zuweilen zwischen die Mukelschichten ein, so dass ihre Exstirpation schwieriger und zuweilen gefährlich wird.

2) Cysten mit wässrigem, oft durchscheinenden Inhalte kommen sowol als angeborene, als auch als erworbene Krankheiten vor.

A. Die angeborenen Halscysten sind namentlich von Hawkins [1]) |und von Wernher [2])| als *Hygroma cysticum congenitum colli* beschrieben worden.

Hawkins beobachtete diese Erkrankung an drei Kindern, von denen das eine 8 Monat, das zweite 1 Jahr, das dritte 3 Jahr alt war. Die Structur dieser angeborenen Cystenhygrome haben wir bereits Bd. I. p. 462 erörtert. Ihre locale Bedeutung wird sich aus einer genaueren Analyse der dritten Beobachtung von Hawkins ergeben, welcher eine genaue anatomische Untersuchung beigefügt ist. Das 3 Monat alte Kind litt fortwährend an Erstickungszufällen, so dass es oft in grosser Athemnoth aus dem Schlafe plötzlich emporfuhr. Die Geschwulst sass auf der rechten Seite des Halses und liess an ihrer Oberfläche mehrere Cysten deutlich erkennen. Die übrige Geschwulst war weich, zugleich aber auch elastisch, ähnlich wie eine Teleangiectasie. Sobald das Kind schrie, wurde dieser Theil der Geschwulst gespannt und sprang deutlich hervor. Unter der Schleimhaut des Mundes sah man mehrere varicöse Venen verlaufen. Das Kind starb wenige Tage, nachdem es Hawkins besichtigt hatte, durch Erstickung. Nach Ablösung der Haut erschien die Geschwulst von der Grösse zweier Orangen, indem sie durch eine dem Sehnen des *Digastricus* entsprechende Furche in zwei Hälften getheilt war. Sie war aus mehreren Hunderten von Cysten zusammengesetzt, von der Grösse einer Erbse bis zu derjenigen einer Nuss, welche alle von einer dünnen dem Peritonäum ähnlichen Membran eng umschlossen wurden, welche nur an einzelnen Stellen durch eine dichtere Faserlage verstärkt war. Die einzelnen Cysten waren so dicht aneinander gedrängt und ihre Wandungen so dünn, dass es nur mit grosser Schwierigkeit gelang, einzelne zu isoliren, ohne die anderen zu zerschneiden. Viele enthielten eine ganz helle durchscheinende Flüssigkeit, andere einen röthlich gefärbten Inhalt bis zu dem dunklen Roth des venösen Blutes, jedoch ohne Gerinnsel. Die Weichheit des einen Theils der Geschwulst rührte von einer geringeren Anfüllung eines Theils der Cysten her. Andere waren dagegen so strotzend gefüllt, dass sie sich wie feste Geschwülste anfühlten. Sarcomatöses oder fibröses Gewebe war aber in diesem Falle in die Geschwulst nicht eingewebt. Einige Lymphdrüsen waren von ihr gleichsam eingeschlossen und ein Theil der Parotis war durch den gegen das Ohr hinragenden Theil der Geschwulst zu einer dicken Decke ausgedehnt. Die *Glandula submaxillaris* war nach Aussen verdrängt, so dass sie frei unter der Haut lag. Alle an der Basis des Unterkiefers liegenden Gefässe und Nerven waren ...

[1]) Caesar Hawkins, *On a peculiar form of congenital tumour of the* ... *London medico-chirurgical transactions.* 1839.

[2]) |A. Wernher, die angeborenen Cysten-Hygrome etc. Giessen 1843.|

den Cysten gleichsam umstrickt. Gegen die Tiefe hin erstreckte sich die Geschwulst bis zur Wirbelsäule, wo die Kette der Cysten hinter dem Pharynx und Oesophagus einerseits bis zur Schädelbasis aufwärts, andererseits bis zum 6ten Halswirbel abwärts sich erstreckte. Längs des ganzen Halses waren die Carotis, die *Vena jugularis* und der *Nerv. vagus* von Cysten umgeben und durch dieselben sogar von einander gedrängt. In den Gefässscheiden selbst hatten sich kleine Cysten entwickelt, nirgend aber standen sie mit dem Oesophagus oder Pharynx in Verbindung. Die Schleimhaut der Glottis erschien leicht verdickt. Andere Veränderungen waren am Kehlkopf nicht wahrzunehmen.

In Betreff der Diagnose dieser Cystenhygrome haben wir, nach Hawkins, die fluctuirenden und durchscheinenden kugeligen Hervorragungen als charakteristisch hervorzuheben. Uebrigens könnte eine Verwechslung mit angeschwollenen Lymphdrüsen, mit Markschwamm, mit erectilen Geschwülsten, selbst mit Lipom, vorkommen, je nachdem die hervorragenden Cysten mehr oder weniger strotzend mit Flüssigkeit gefüllt sind. Die Untersuchung von der Mundhöhle aus wird in keinem Falle zu vernachlässigen sein.

|Cystenhygrome, welche nur den obersten Theil des Halses einnahmen und unter der Zunge hervorragten, sind auch als „Ranula" beschrieben worden.|

|Die Behandlung hat es in vielen Fällen mit der Erfüllung einer *Indicatio vitalis* zu thun. Die Erstickung muss abgewandt werden. Dies geschieht durch Anstechen einer oder mehrerer der am stärksten hervorragenden Cysten. Sofern hierdurch (ausnahmsweise) die Respiration nicht hinreichend frei gemacht werden könnte, müsste man sich zur Tracheotomie entschliessen.| Der *Indicatio morbi* würde man am Vollständigsten genügen durch Exstirpation des ganzen Cystencomplexes. Dieselbe ist zwar versucht, aber nicht gelungen und wird wahrscheinlich niemals gelingen, da die nach Analogie der bisher beobachteten Fälle vorauszusetzende grosse Ausbreitung der Cysten in die Tiefe ihr stets unübersteigliche Hindernisse entgegenstellen dürfte.

Arnott machte den Versuch der Exstirpation bei einer solchen Geschwulst, deren Lage hinter dem *Sternomastoides* günstig für die Operation erschien. Anfangs wurde eine Cyste geöffnet und diese Punction wiederholt, als das Kind 1 Monat alt war. Als das Kind 5 Monat alt war, machte Arnott eine Incision in der Voraussetzung, dass der grössere Theil der Geschwulst solide sei. Es fand sich aber eine grosse Menge kleiner Cysten, die er zwar bis hinter die Carotis und bis hinter den Pharynx verfolgte, aber doch nicht ganz ausrotten konnte. Der tiefste Theil der Geschwulst wurde mit einer Ligatur umfasst. Diese war aber nach 3 Wochen noch nicht abgefallen und das Kind litt während dieser Zeit an häufigen Anfällen von Erysipelas.

Auch die Anwendung von jodhaltigen Einspritzungen nach der Punction, um adhäsive Entzündung und dadurch Verschluss herbeizuführen, wird wegen der grossen Anzahl der Cysten und der Unmöglichkeit die tiefer liegenden zu punctiren, keinen Erfolg haben, [wol aber zu gefährlicher Entzündung führen können].

Hawkins und Wernher empfehlen daher vor Allem 1) einfache Punction der hervorragenden Cysten, welche von Zeit zu Zeit wiederholt werden soll. Ragt die Cyste in die Mundhöhle hinein, so sticht man sie von hier aus an, da die Wunden in der Mundhöhle besonders leicht heilen und eine entstellende Narbe jedenfalls nicht zurücklassen. Hawkins erwähnt ferner: 2) Compression der Cyste nach Entleerung des Inhalts. Dieselbe kann aber immer nur schwierig und nur an bestimmten Stellen, so namentlich vor dem Ohr und zur Seite des Halses (in den meisten Fällen aber gar nicht) ausgeführt werden. 3) Einreibungen, durch welche die Resorption befördert werden soll. Unter diesen empfiehlt Hawkins besonders das *Unguentum Kalii jodati*, ferner starke Jod-Jodkaliumlösungen, welche mit einer weichen Bürste eingerieben werden sollen, Umschläge und Waschungen mit Kampherspiritus, mit Essig und Rothwein, in welchen Salmiak aufgelöst ist, Bepinselungen mit Jodtinctur, von welcher letzteren er das Meiste erwartet. Jedoch bekennt Hawkins selbst, dass alle diese Mittel höchst langsam wirken und dass er einen vollständigen Erfolg niemals beobachtet hat.

[Stärkere Eingriffe, welcher Art sie auch seien, werden bei Neugeborenen, sofern nicht Erstickung droht, stets zu vermeiden sein. Dies ist um so mehr festzuhalten, als Beobachtungen vorliegen, aus denen hervorgeht, dass auch ohne Zuthun der Kunst, durch successiven Aufbruch der Cysten, Heilung erfolgen kann; — natürlich nur bei mässiger Grösse und mehr oberflächlichem Sitz [1])].

[Seltner als an der vorderen Seite des Halses kommen Cystenhygrome am Nacken vor, wo ihre Diagnose leichter ist und die durch sie bedingten Beschwerden und Gefahren geringer sein würden, wenn nicht immer zugleich anderweitige Missbildungen beständen, welche die Lebensfähigkeit auszuschliessen und regelmässig eine zu frühe Geburt zu bedingen scheinen.]

B. Eine andere Art von Cysten am Halse, welche erst nach der Geburt, gewöhnlich erst nach Vollendung des Wachsthums, entstehen, sind von Maunoir [2]) unter dem Namen der *Hydrocele colli* beschrieben worden. Dieselben scheinen aus blutigen oder

[1]) [Vgl. Wernher, l. c. p. 3 u. f. und p. 44.]

[2]) Vgl. Maunoir, *Mémoires sur les amputations, l'hydrocèle du cou etc. Genève* 1825.

serösen Ergüssen, welche eingekapselt werden und demnächst beständig weiter wachsen, hervorzugehen. Die Ansicht, dass sie mit der Schilddrüse zusammenhängen, ist durch Maunoir widerlegt worden. Sie beginnen als kleine, fast unmerkliche Geschwülste, meist auf der linken Seite des Halses, und erreichen schliesslich eine so bedeutende Grösse, dass sie den grössten Theil des Halses einnehmen und durch Compression der Luftröhre die Respiration behindern. Der Cysteninhalt ist bald wasserhell, bald röthlich oder chocoladenfarben, zuweilen auch grünlich, mit beigemischten und oben aufschwimmenden, glimmerähnlichen Blättchen [Cholestearin]. Die Anwesenheit von Albumin lässt sich durch die bei der Erhitzung der Flüssigkeit eintretende Gerinnung leicht nachweisen. Begreiflicher Weise sind diese Cysten nur dann durchsichtig oder durchscheinend, wenn ihr Inhalt wasserhell ist. Fluctuation lässt sich in ihnen leicht nachweisen, sobald sie nur einige Grösse erreicht haben. Eine vorübergehende Entleerung durch die Punction gelingt leicht und ohne Gefahr, führt aber zu keiner radicalen Heilung. Die Exstirpation scheint niemals versucht worden zu sein, obgleich sie nach vorgängiger Punction, wenn die Cysten nicht allzu tief liegen, besondere Gefahren nicht haben dürfte. Am Häufigsten ist das Haarseil mit gutem Erfolge angewandt worden.

Als Beispiel kann ein von O'Beirne, *Dublin journal*, 1834 no. 16 u. *Archiv. de méd. 2. Série T. II.* beobachteter Fall dienen. Eine 60jährige Frau trug an ihrem Halse eine Geschwulst von bedeutender Grösse, welche sie erst seit 13 Jahren bemerkt hatte und welche seit jener Zeit von dem Volumen einer Erbse an stetig fortgewachsen war, namentlich aber in den zwei letzten Monaten ungemein zugenommen hatte. Sie erstreckte sich vom Schlüsselbein bis zum Buccinator, war von pyramidaler Gestalt, deutlich fluctuirend, ohne eine Spur von Pulsation, von normaler Haut bedeckt und zeigte sich beim Athmen oder Schlucken nur wenig hinderlich. Man legte den oberen Theil der Cyste bloss und entleerte durch die Punction eine Menge brauner Flüssigkeit. Eine Oehrsonde wurde darauf bis zum untersten Theile der Geschwulst eingeführt, hier eine Gegenöffnung angelegt und ein Haarseil hindurchgezogen. Eine tiefe, unmittelbar auf der Carotis liegende Cyste wurde unberührt gelassen. Die Schilddrüse war ganz normal. Die Kranke wurde durch das Haarseil vollständig geheilt, kehrte aber später mit einer anderen Cystengeschwulst am Halse zurück, welche 1 Zoll oberhalb des Schlüsselbeins derselben Seite lag und gleichfalls durch das Haarseil geheilt wurde.

C. Als eine dritte Art von Cysten am Halse sind diejenigen zu bezeichnen, welche aus einer abnormen Entwicklung der vor dem Schildknorpel gelegenen *Bursa mucosa thyreoidea* hervorgehen. Auf diese bezieht sich offenbar die nachstehende Beschreibung Boyer's: „Zuweilen entsteht zwischen dem Zungenbeine und dem Schildknorpel, vor der sie verbindenden Membran,

Pulsationen entdecken, wenn es nicht wirklich ein Aneurysma ist. |Ebenso wenig wird man bei dieser seitlichen Verschiebung das für ein Aneurysma charakteristische sausende und pfeifende Geräusch wahrnehmen können, welches entstehen könnte, wenn man auf die gegen die Carotis angedrängte Geschwulst das Stethoskop aufsetzte. Wegen der grossen Gefahr, welche mit der (unbeabsichtigten) Eröffnung eines Aneurysma am Halse verbunden ist, wird gerade hier die allergenaueste Untersuchung dringend zu empfehlen sein.|

III. Fibroide und Sarcome.

|Fibröse und sarcomatöse Geschwülste treten zuweilen in bedeutender Grösse am Halse auf. Sie wachsen meist aus der Tiefe hervor und nehmen zuweilen selbst von den Halswirbeln oder doch von deren Periost ihren Ursprung. Zahlreiche und bedeutende Aeste dringen aus den benachbarten grossen Gefässstämmen in sie ein. Muskeln und andere Organe werden durch sie in grosser Ausdehnung verdrängt; selten greifen sie in das Muskelgewebe ein, noch seltner nehmen sie in ihm ihren Ursprung. Die Behandlung kann nur in der Exstirpation bestehen; diese aber ist, wegen der Tiefe, in welcher und wegen der Festigkeit, mit welcher solche Fasergeschwülste zu wurzeln pflegen, nicht selten schwierig.|

|Das sogenannte scrophulöse Sarcom der Lymphdrüsen kommt relativ häufig am Halse vor. Wir haben dasselbe, grade mit Bezug auf einen hierher gehörigen Fall, Bd. II. p. 316 bereits besprochen.|

IV. Lipome.

|Fettgeschwülste kommen gleichfalls häufig am Halse vor, haben gewöhnlich einen oberflächlichen Sitz und dringen nur selten zwischen die Muskeln ein, so dass ihre Exstirpation trotz der bedeutenden Grösse, welche sie bei längerem Bestehen erreichen, in der Regel keine besonderen Schwierigkeiten oder Gefahren bedingt.|

V. Krebsgeschwülste.

Alle Arten von Krebs sind häufig am Halse beobachtet worden, und zwar bald als primäre, bald als secundäre Erkrankungen; letztere, welche vorzugsweise in den Lymphdrüsen des Halses ihren Sitz haben, wurden bereits beim Lippen- und Zungenkrebs erwähnt. Primäre Krebse am Halse sind selten und treten meist in der Form des Markschwamms auf.

|In einem auf der Greifswalder Klinik beobachteten Falle sah ich durch einen schnell verjauchenden Markschwamm auf der linken Seite des Halses alle Weichtheile bis zur Carotis und bis zur *Subclavia* hin zerstört werden, so dass diese beiden grossen Gefässe (die Carotis in einer Ausdehnung von 2 Zoll), nur von *einer* dünnen Schicht krebsiger Granulationen bedeckt, pulsirend im Geschwürsgrunde Monate lang gesehen werden konnten, bis wiederholte Blutungen aus der *Subclavia* den Tod herbeiführten.|

|Exstirpation der Geschwülste am Hals.|

|Obgleich Malgaigne [1]) sich dahin erklärt, „dass für die Exstirpation der am Halse, wie an anderen Gegenden des Körpers sich entwickelnden Geschwülste besondere Vorschriften nicht erforderlich seien", haben andere Autoren, mit Recht, darauf aufmerksam gemacht, dass ausser der genauesten Kenntniss der Topographie des Halses auch die Bekanntschaft mit den in dieser Beziehung von anderen Wundärzten bisher gemachten Erfahrungen von wesentlichem Nutzen für den jungen Operateur ist. Hierbei handelt es sich um: 1) die Lagerung des Kranken, 2) die Richtung der Einschnitte, 3) das Verfahren bei der Ausschälung der Geschwulst in der Tiefe, 4) die Stillung der Blutung und 5) die Art des Verbandes.

1) Bei allen grösseren Operationen am Halse liege der Kranke möglichst horizontal; wenn auf der vorderen Seite des Halses operirt werden soll, mit hintenüber gebeugtem Kopf, indem der Hals durch ein in's Genick gelegtes Rollkissen emporgewölbt *wird; bei* Operationen im Nacken in der Seitenlage. Für die Ausschälung mancher Geschwülste der letzteren Gegend ist es bequemer, wenn der Patient auf einem Stuhle gleichsam reitend sitzt und der Kopf durch einen Gehülfen vornüber gebeugt gehalten wird.

2) Die Richtung der Einschnitte soll nach der Ansicht von Dieffenbach [2]) immer longitudinal, dem Laufe des *Sternocleidomastoides* ungefähr entsprechend, sein. Reicht eine Incision nicht aus, um die Geschwulst von allen Seiten her zugängig zu machen, so empfiehlt Dieffenbach zwei Längsincisionen, welche einander parallel am vorderen und hinteren Umfange der Geschwulst verlaufen. Dies gilt namentlich für solche Geschwülste, die zwischen den Muskeln in die Tiefe dringen, so dass sie sich von der vorderen Oberfläche des Halses zwischen der Muskulatur quer hindurch bis unter die Haut des Nackens erstrecken.

[1]) |*Médecine opératoire éd. V. p. 453.*|

[2]) |Operative Chirurgie Bd. II. p. 321.|

Auf diese Weise gelang es Dieffenbach „nicht bloss die Operation sehr zu erleichtern und die Gefahr von Nebenverletzungen sehr zu vermindern, sondern auch die Heilung in unglaublicher Weise zu beschleunigen.“ Nach der Exstirpation eines Lipoms, welches Dieffenbach als ein indurirtes bezeichnet, von 4 Pfd. Gewicht, schlossen sich die Wunden durch erste Vereinigung und der übrige Theil vernarbte in einigen Wochen.

Trotz der grossen Erfahrungen Dieffenbach's auf dem Gebiete der Exstirpation von Geschwülsten, wird man seiner Lehre, dass bei allen diesen Operationen am Halse immer nur verticale Längsschnitte zu machen seien, unmöglich beistimmen können. Es giebt viele Fälle, in denen bei Weitem mehr Platz gewonnen und die Exstirpation ungemein erleichtert wird, wenn man quere Incisionen macht oder diese mit Längsincisionen combinirt. Es gelingt durch dieselben eine klare Uebersicht über die tiefer liegenden Theile zu gewinnen und nicht im Dunkeln bloss unter der Leitung des Fingers schneiden zu müssen, was Dieffenbach als die Regel angiebt.

3) Bei der Ausschälung der tiefer liegenden Theile der Geschwulst muss nämlich, gerade wegen der grossen Gefahr einer zufälligen Gefässverletzung, der Operateur die zu durchschneidenden Theile möglichst genau zu sehen suchen; nur im äussersten Nothfalle darf er sich auf die Diagnose mittelst der Fingerspitzen verlassen. Zu diesem Behuf ist einerseits hinreichende Entblössung (theils durch entsprechende Incisionen, andrerseits die Anwendung von Muskelhaken) erforderlich, theils durch die Zerstücklung der Geschwulst, wenn sie durch ihre Grösse den Einblick in die Tiefe erschwert. Nur bei den deutlich eingekapselten Drüsengeschwülsten ist es zulässig, die Geschwulst stark hervorzuziehen. Bei diesen ist sogar ein wirkliches Herausreissen derselben aus ihrer Kapsel statthaft. Wollte man bei Geschwülsten, die nicht in dieser Weise abgekapselt sind, sondern mit den umgebenden Theilen innig zusammenhängen, zu demselben Mittel greifen, so könnte man leicht grössere Gefäss- oder Nervenstämme, knieförmig umgeknickt, mit der Geschwulst zugleich hervorziehen und unabsichtlich durchschneiden. Hierbei entsteht nicht bloss die Gefahr einer arteriellen Blutung, sondern auch diejenige des Lufteintritts in die Venen.

Gerade die Besorgniss vor diesem üblen Zufall hat Dupuytren bewogen, die vorläufige Zerlegung grosser Geschwülste am Halse oder die successive Ausschälung derselben als allgemeine Methode zu empfehlen.

Wo man bei der Exstirpation der grossen Halsgeschwülste auf Stränge stösst, welche, in der Richtung der Geschwulst hin verlaufend, den Verdacht erregen, als seien sie Gefässe oder enthielten solche, ist es zweckmässig, dieselben vor der Durchschneidung wenigstens an der von der Geschwulst abgewandten Seite zu unterbinden. Es ist bei Weitem besser, die Operation hierdurch etwas zu verlängern, als durch einen unerwarteten Blutstrom später unterbrochen zu werden. Ob man übrigens mehr mit der Cooperschen Scheere oder dem Scalpell in der Tiefe die Trennung vornehmen will, hängt wol wesentlich von der individuellen Uebung ab. Wer aber durch den Gebrauch der Scheere Nebenverletzungen sicherer zu vermeiden glaubt, ist sehr im Irrthum; was zwischen die Branchen der Scheere kommt, wird sicher durchschnitten. Eher dürfte an besonders gefährlichen Stellen das Abbinden derjenigen Theile der Geschwulst, welche am Tiefsten sitzen und in welche man zahlreiche grössere Gefässe eintreten sieht, zu empfehlen sein.

4) Die Stillung der Blutung muss, wie eben angedeutet wurde, wo möglich schon während der Operation bewirkt werden. Bei hinreichender Uebung und guter Assistenz hält man sich aber mit den kleineren Gefässen nicht auf, sondern lässt sie durch die Gehülfen nur vorläufig comprimiren. Nach Beendigung der Operation muss man sich dann aber die Mühe nicht verdriessen lassen, sie wieder aufzusuchen und einzeln zu unterbinden. Nur auf diese Weise ist man vor Nachblutungen sicher, welche sonst in bedenklicher Fülle eintreten können und dann mindestens den Heilungsprocess wesentlich stören. Gelingt die Unterbindung nicht, so kann man zur Stillung der Blutung grössere Wundhöhlen mit Charpie ausfüllen, die nöthigenfalls mit einer styptischen Flüssigkeit (*Liquor ferri chlorati*) getränkt ist, kleinere aber von Aussen her comprimiren.

5) Uebrigens aber sucht man bei dem Verbande so viel als möglich auf die erste Vereinigung hinzuwirken, jedoch nicht so, dass man etwa die Haut über einer grossen Wundhöhle zusammennähte, wodurch nur zu Eitersenkungen Veranlassung gegeben und später doch eine schmerzhafte Wiedereröffnung nothwendig gemacht werden würde. Kann man nicht erwarten, dass die Vereinigung auch in der Tiefe der Wunde grösstentheils durch erste Vereinigung erfolgen werde, so ist es besser, von Vorn herein mit Charpie zu verbinden und Anfangs kalte, später lauwarme Umschläge anzuwenden. Die Granulationen wachsen in der Regel schnell auf und die Ausfüllung solcher Wunden erfolgt selbst nach der Ausschälung grösserer Geschwülste gewöhnlich in einigen Wochen.|

Dreizehnte Abtheilung.

Krankheiten des Kehlkopfes und der Luftröhre.

Anatomischer Ueberblick.

Der Kehlkopf, Larynx, *Caput asperae arteriae*, stellt am oberen Ende der Luftröhre eine aus mehreren beweglich miteinander verbundenen Knorpeln zusammengesetzte Kapsel dar, welche in der Mittellinie des Halses liegend, nach Oben mit dem Pharynx, nach Unten mit der Luftröhre communicirt. Er ist nach allen Seiten hin beweglich: aufwärts und abwärts durch die Bewegungen der Zungenbeinmuskeln, so zwar, dass er bei jeder Schlingbewegung emporgezogen wird; in den übrigen Richtungen wird er nicht durch Muskeln bewegt, wol aber durch äussere Einwirkungen verschoben. Diese Beweglichkeit und Verschiebbarkeit des Kehlkopfs muss den Wundarzt bei jeder an ihm vorzunehmenden Operation veranlassen, vor Allem für gehörige Fixation desselben zu sorgen. In der Mittellinie liegt vor dem Kehlkopf nur die Haut, etwas lockeres Zellgewebe und die *Fascia colli*. Weiter nach Aussen wird er überdies noch vom *M. sternohyoides* und vom Platysma bedeckt. Noch weiter zur Seite und tiefer neben ihm liegen die Carotiden, die *Vena jugularis interna*, der *Vagus* und der *Sympathicus*, deren relative Lage Bd. II. p. 184 erläutert ist. Wir wiederholen hier nur, dass man neben dem Larynx in die Tiefe dringend direct zur Carotis gelangt. Ueber die einzelnen Theile des Kehlkopfs ist in chirurgischer Beziehung namentlich Folgendes hervorzuheben. Die elastische *Membrana hyothyreoidea* ist von der Epiglottis durch einen fetthaltigen dreieckten Raum getrennt, in welchem eine Drüse liegt. Gegen den Pharynx hin ist sie nur von der Schleimhaut überzogen. Der vordere Theil dieser Membran wird von einem kleinen Arterienast und von dem auf diesem Wege in den Kehlkopf eintretenden *Nervus laryngeus superior* durchbohrt. Vor ihr liegen die zum Zungenbein aufsteigenden Muskeln, ferner die Fascia, das Platysma und die Haut; ihre Höhe beträgt beim Erwachsenen etwa 15 Linien. Der vorzugsweise beim Manne stark hervorspringende Schildknorpel ist etwa 1 Zoll hoch. Er wendet schräg nach beiden Seiten hin seine, vorn in einen vorspringenden Winkel zusammenstossende Flächen. Etwa 2 Linien unterhalb des an seinem oberen Rande in der Mittellinie befindlichen Ausschnitts heftet sich das vordere Ende der Stimmbänder fest. Von dem Ringknorpel ist äusserlich nur der vordere schmale Theil zu sehen und zu fühlen. Führt man den Finger sehr tief über die Epiglottis hinweg in den Rachen ein, so kann man mit der Fingerspitze die auf dem hinteren höheren Theile des Ringknorpels befestigten Giessbeckenknorpel erreichen. Die für die Stimmbildung so wichtigen Bewegungen dieser kleinen Knorpel, an denen die hinteren Enden der Stimmbänder befestigt sind, werden durch die von ihnen zum Ringknorpel abwärts (*crico-arytaenoidei*), zum Schildknorpel nach Vorn (*thyreo-arytaenoidei*) und von einem Giessbeckenknorpel zum anderen (*arytaenoideus proprius*) verlaufenden Muskeln bedingt. Von den Seitentheilen des Ringknorpels steigen die *Mm. crico-thyreoidei* zum Schildknorpel aufwärts, die stärksten Spanner der Stimmbänder. In der Höhe des Ringknorpels geht der Pharynx in den Oesophagus über; in derselben Gegend dringt ferner der *Nerv. recurrens* in den Kehlkopf ein. Die höchst elastische *Membrana crico-thyreoidea* (*Lig. conoides*) ist 3—4 Linien hoch und 3—5 Linien breit; vor ihr liegt kein Organ von Bedeutung. Ausnahmsweise kann die *Arteria crico-thyreoidea* einen grossen Ast zur Schilddrüse senden, welcher über diese Membran verläuft und daher verletzt werden müsste, wenn man ohne Weiteres einen queren Einschnitt in die Membran machen wollte.

Erstes Capitel.

Verletzungen.

a) Wunden.

Wunden des Kehlkopfs und der Luftröhre beobachtet man fast immer mit gleichzeitiger Trennung der bedeckenden Haut*). Die gewöhnlichen Erscheinungen derselben sind daher: 1) Austritt von Luft aus der Wunde, 2) eine meist reichliche Blutung nach Aussen; in vielen Fällen: 3) Bluterguss in die Luftwege und in Folge davon Husten, Athemnoth und selbst Erstickung. In Folge der Athemnoth entsteht Ueberfüllung der Venen und daher auch eine beträchtliche venöse Blutung. — Die Gestalt, Richtung und Tiefe der Wunde, sowie die Stelle der Verletzung, bedingen wesentliche Unterschiede und können zu besonderen Zufällen Veranlassung geben.

Wenn ein stechendes Instrument von Aussen her den Kehlkopf trifft, so entsteht fast immer Emphysem, weil wegen der alsbald eintretenden Verschiebung die innere und die äussere Wunde einander nicht entsprechen. Ist die Wunde des Kehlkopfs hierbei klein, so erreicht das Emphysem nur eine geringe Ausdehnung und verschwindet bald wieder ohne besonderes Zuthun der Kunst. Ist dagegen die Oeffnung im Kehlkopf gross, so entsteht ausgebreitetes Emphysem, welches sich auch auf den ganzen Körper erstrecken

*) [Auf die von Innen, d. h. vom Luftrohre aus, beigebrachten Wunden ist bei den „fremden Körpern" zurückzukommen.]

und lebensgefährlich werden kann (Vgl. Bd. II. p. 65 u. f.). So namentlich nach Verletzungen durch Säbelspitzen, Bayonnette u. dgl. m. In solchen Fällen wird es erforderlich, die äussere Wunde zu erweitern und der Luft Austritt zu verschaffen. Die schnelle Erweiterung der Wunde ist auch erforderlich, wenn bei übrigens unbedeutenden Stichwunden ein grösseres Gefäss verletzt und Blut in die Luftwege eingeströmt ist. Alsdann muss man zunächst durch kräftiges Saugen an der Wunde das eingedrungene Blut wieder zu entleeren und so die dringendste Erstickungsgefahr abzuwenden suchen (Roux), demnächst aber in der erweiterten Wunde das blutende Gefäss durch die Unterbindung schliessen.

Die Schnittwunden am Kehlkopf und an der Luftröhre verlaufen bald der Länge nach, bald quer, bald schräg; in letztgedachter Richtung namentlich dann, wenn die Wunde von einem Selbstmordsversuch herrührt, da bei diesem das Instrument niemals in vollkommen querer Richtung geführt wird. Die Längswunden lassen sich leicht und mit hinreichender Genauigkeit durch Heftpflasterstreifen vereinigen. Die quer und schräg verlaufenden Wunden geben in der Regel zu verhältnissmässig übleren Zufällen Veranlassung, welche jedoch, je nach der Höhe, in welcher die Continuitätstrennung erfolgt ist, verschieden sind. Hat die Verletzung zwischen dem Zungenbein und dem Schildknorpel Statt gefunden, so bleibt die Stimmritze unberührt, die Stimmbildung ist daher auch möglich, jedoch behindert. Der Pharynx wird durch eine solche Wunde geöffnet, die genossenen Speisen dringen aus ihr hervor. Ist dagegen der Kehlkopf selbst getroffen, und sind die Stimmbänder verletzt oder ist die Luftröhre geöffnet, so ist die Stimmbildung ganz unmöglich, so lange die Wunde offen ist.

Als eine Ausnahme ist der von Reynaud beobachtete Fall (*Journal hebdom. univ. T. III.*) zu betrachten. Ein Sträfling hatte sich den Kehlkopf unterhalb der Stimmbänder gänzlich durchschnitten. Der obere Theil des Larynx war verschlossen, der untere communicirte mit dem Schlundkopf und die Halshaut war mit der vorderen Wand dieses letzteren verwachsen. Nichts desto weniger konnte der Verletzte noch sprechen. [Hier liegt gewiss ein Beobachtungsfehler vor, wahrscheinlich in Betreff der Richtung des Schnittes.]

Wegen des Widerstandes der Kehlkopfsknorpel und wegen des unwillkürlichen Zurückzuckens der Hand bei einem Selbstmordsversuch, haben die meisten Verletzungen der Art keine grosse Ausdehnung und keine bedeutende Tiefe. Jedoch hat man in einzelnen Fällen solche Unglückliche mit einer wahren Wuth in ihren Hals einschneiden sehen, so dass mit einem Zuge sogar Luftröhre und

Oesophagus zugleich getrennt wurden [1]). Ist die Luftröhre vollständig durchschnitten, so zieht sich das untere Ende zuweilen in der Weise zurück, dass es sowol mit dem oberen Stück, als auch mit der äusseren Wunde ganz ausser Zusammenhang tritt, die Luft, wahrscheinlich auch noch durch die schnell sich bildenden Blutgerinnsel gehindert, gar nicht in das untere Ende der Luftröhre, und somit auch nicht in die Lungen gelangt und daher Erstickung eintritt. Zuweilen bringen die von der Selbstmordswuth Ergriffenen sich mehrfache Wunden im Kehlkopfe bei, indem sie das Messer wiederholt einstossen und in der Wunde herumdrehen, so dass einzelne Knorpelstücke ganz abgelöst in den Weichtheilen hängen. Die Schussverletzungen am Kehlkopf haben mit den letztgedachten Wunden einige Aehnlichkeit, sind aber fast immer mit einer schnell steigenden Anschwellung complicirt, welche zuweilen Erstickung bedingt.

Behandlung. Bei Querwunden von geringer Ausdehnung lässt man den Kopf nach gehöriger Stillung der Blutung vornüber beugen und erhält ihn durch einen Verband (eine hinten steife Halsbinde), sowie durch gehörige Lagerung im Bett, in dieser Stellung. Ist die Wunde dagegen sehr gross, so entstehen beträchtliche Schwierigkeiten. Beugt man den Kopf stark vornüber, so krämpen sich die Wundränder nach Innen um, wodurch die zur Vereinigung durchaus ungeeigneten Epidermisflächen in gegenseitige Berührung treten; beugt man andererseits den Kopf nicht genug vornüber, so klafft die Wunde, und die Vereinigung ist deshalb unmöglich. Eine klaffende Wunde der Luftwege bedingt aber nicht bloss einen sehr langsamen Heilungsprocess, sondern überdies die Gefahr einer Entzündung des Kehlkopfs, der Trachea und der Bronchien. In solchen Fällen schreite man daher zur Vereinigung der Wunde durch die Naht. Die Nahtfäden werden nicht durch den Kehlkopf oder die Luftröhre geführt, sondern nur durch die sie bedeckenden Weichtheile. Das früher gefürchtete Emphysem tritt bei gleichzeitiger Anwendung eines geeigneten Compressivverbandes in der Regel nicht ein und könnte nöthigenfalls durch Entfernung eines Theils der Nähte beseitigt werden. Die Blutung muss vollständig aufgehört haben, bevor man die Naht anlegt, da sonst Ansammlung des Blutes und danach Eiterung unter der vereinigten Haut erfolgen würde. Mit diesen Vorsichtsmassregeln angewandt, dürfte die Naht solcher Wunden, obgleich sie gerade in neuerer

[1]) Dieffenbach hat einen solchen Fall beobachtet, in welchem merkwürdiger Weise die Carotiden unversehrt geblieben waren.

Zeit noch von vielen Seiten gemissbilligt wurde [1]), keinesweges ganz zu verwerfen sein [2]).|

Ist die Wunde eine unregelmässige gequetschte und sind Knorpelstücke abgelöst, so führt die Naht (deren Anlegung alsdann überdies schwieriger ist) selten zur ersten Vereinigung. Man könnte durch Glätten der Wundränder mit dem Messer und der Scheere günstigere Verhältnisse herbeizuführen suchen. In allen Fällen muss auch neben der Anlegung der Naht die gehörige Lagerung des Kopfes wohl beachtet werden [3]). Ein kühlendes Verhalten und eine antiphlogistische Behandlung sind zur Verhütung und zur Bekämpfung der Entzündung erforderlich. |Nach Selbstmordsversuchen hat man Wiederholungen derselben durch psychischen Einfluss und durch äussere Zwangsmittel vorzubeugen. Digitalis und Opium haben sich zur Beruhigung der Kranken in solchen Fällen nützlich gezeigt.| Diese beiden Mittel, namentlich das Opium, hat man energisch anzuwenden, wenn der Verletzte vom *Delirium tremens* befallen wird.

|*b*) Brüche des Zungenbeins und der Kehlkopfsknorpel [4]).

|Brüche des Zungenbeins und der Kehlkopfknorpel sind sehr selten und wurden fast ausschliesslich in Folge directer Gewalt beobachtet [5]); namentlich bei Erhängten, Erwürgten und bei Schussverletzungen. Vor anderen zufälligen gewaltsamen Einwirkungen sind Kehlkopf und Zungenbein durch ihre grosse Beweglichkeit [6]) und durch die über ihnen vorspringende Mandibula geschützt [7]).

[1]) |Vgl. Wernher's Handbuch II. p. 239.|

[2]) |Vgl. mein Referat in Canstatts Jahresbericht pro 1852 und 1854. Bd. IV.|

[3]) |Um den Eiterabfluss nach Aussen zu sichern, hat Burggraeve (*Gaz. méd.* 1852. No. 14) vorgeschlagen, den Verletzten fortdauernd auf dem Bauch liegen zu lassen, was schwerlich ausführbar sein dürfte. Die Seitenlage und die Bedeckung der Wunde mit einem feuchten Schwamm sind zu gedachtem Zweck gewiss ausreichend.|

[4]) |Von Vidal nicht erwähnt.|

[5]) |Ollivier (d'Angers) beschreibt (im *Dictionnaire des Sc. méd. en XXX. Vol. Art. os hyoid.*) einen Fall von Bruch des Zungenbeins durch Muskelzug. Eine 65jahrige Frau fiel hintenüber; indem sie namentlich den Kopf stark hintenüber beugte, hörte sie ein deutliches Krachen zur linken Seite des Halses; es fand sich eine Fractur des linken grossen Zungenbeinhornes.|

[6]) |Plenk hat Fractur des Schild- und Ringknorpels in Folge eines Falles mit dem Halse auf den Rand eines Eimers beobachtet. S. Malgaigne, *Traité des Fractures etc. T. I. p.* 409.|

[7]) |Das Zungenbein kann aber des durch den Unterkiefer ihm gewährten Schutzes beraubt werden, wenn beide zugleich brechen. Einen Fall der Art, welcher

Das Zungenbein ist fast ausschliesslich im Bereich der grossen Hörner oder an deren Verbindungsstelle mit dem Körper des Knochens fracturirt gefunden worden. Die Symptome dieses Bruchs sind nach Malgaigne [1]) folgende: Der Verletzte hört ein krachendes Geräusch im Augenblick der Verletzung, empfindet sehr heftigen Schmerz, der bei jeder Bewegung des Knochens, namentlich also bei Bewegungen der Zunge (beim Versuch zu schlucken oder zu sprechen) gesteigert wird. Es ist leicht zu begreifen, dass einzelne Verletzte diesen Schmerz beschreiben, als stecke ihnen eine grosse Fischgräte in der Kehle. Sehr schnell entsteht eine von Aussen wahrnehmbare, bedeutende Geschwulst, meist auch Ecchymose an der Stelle des Bruchs.

In dem von Lalesque beschriebenen Falle (*Journ hebdomad.* März 1833) wich die Zunge bei einer Fractur des grossen Hornes der linken Seite nach rechts ab. In dem von Dieffenbach (Medic. Vereinszeitg. 1833) beobachteten Falle war die Stimme rauh und blieb es lange Zeit.

Ob Crepitation gehört werden kann, oder ob man die Verschiebung der Bruchstücke bald äusserlich, bald mit dem in die Rachenhöhle eingeführten Finger zu fühlen vermag, hängt von Zufälligkeiten ab. Bleiben die Bruchstücke mit ihren rauhen Enden in Berührung untereinander, so wird man durch Bewegungen derselben Crepitation veranlassen (so bei Dieffenbach). Ist das abgebrochene Horn stark nach Hinten und Innen verschoben, so vernimmt man keine Crepitation, kann dagegen das abgebrochene Knochenstück im Schlunde mit dem Finger entdecken. So Lalesque (*Journ. hebd.* März 1833) und Auberge (*Rev. méd.* Juli 1835). Die spitzen Bruchenden des fracturirten Zungenbeinhorns scheinen die Schleimhaut des Schlundes durchbohren zu können. In dieser Weise deutet wenigstens Malgaigne die Angaben von Lalesque und Auberge, dass sie Knochensplitter im Schlunde gefühlt hätten.

Die Gefahren des Zungenbeinbruchs beruhen bloss auf der nachfolgenden, zuweilen zur Eiterung und schliesslich zur Necrose des Bruchstücks führenden Entzündung. Gegen diese muss daher auch vor Allem die Behandlung gerichtet sein. Man darf nöthigen Falls selbst einen Aderlass nicht scheuen. Das sicherste Antiphlogisticum aber ist die Ruhe der verletzten Theile, zu deren Herbeiführung, sofern Verschiebung besteht, vor Allem die Reduction erforderlich ist, demnächst die Vermeidung der Sprech- und Schling-

durch Erstickung schnell tödtlich endete, hat Marcinkowski, Medic. Vereinszeitg. 1833, beschrieben.]

[1]) *Traité des fractures et des lux. T. I. p.* 405.

bewegungen, — soweit dies möglich ist. Besteht keine Verschiebung, so reichen einige Blutegel und milde Diät hin. Die Reduction ist bei bedeutender Dislocation des abgebrochenen Hornes zuweilen schwierig. Man führt den Finger tief in den Rachen ein und drückt mit ihm das Horn in der Richtung nach Aussen und Vorn, bis es die gehörige Stellung wieder einnimmt, während man mit der andern Hand von Aussen das übrige Zungenbein festhält. Zum Behuf der Retention liess Lalesque den Kopf etwas hintenüber gebeugt halten und führte eine Schlundsonde ein, die er 20 Tage lang liegen liess. Malgaigne empfiehlt im Gegentheil, um die Spannung der Zungenbeinmuskeln zu vermindern, die vornüber gebeugte Lage des Kopfs. Jedenfalls muss der Kopf ruhig liegen. Gegen das Einlegen des Schlundrohrs führt Wernher wol mit Recht an, dass die Schlundmuskeln durch dasselbe nur noch mehr gereizt werden; es muss hinzugefügt werden, dass eine mechanische Einwirkung auf das dislocirte Bruchstück durch dasselbe schwerlich stattfindet. Natürlich wird man aber ein Schlundrohr, und zwar ein möglich starkes, einführen und liegen lassen müssen, wenn das abgebrochene Horn sich immer wieder verschiebt und das Schlingen unmöglich oder doch allzu beschwerlich macht. Der Kranke muss dann durch das Rohr ernährt werden.

Brüche der Kehlkopfsknorpel sind namentlich bei älteren Leuten, bei welchen die Knorpel zum Theil verknöchert sind, beobachtet worden [1]). Bei Erhängten scheint vorzugsweise der Ringknorpel, bei Erwürgten der Schildknorpel zu brechen, was aus der Gestalt beider leicht zu erklären ist. Nach der Einwirkung sehr grosser Gewalt, hat man auch den Ringknorpel von der Luftröhre ganz abgerissen und zugleich zerbrochen gefunden [2]).

Symptome: Erstickungszufälle, welche namentlich von Bluterguss in die Luftröhre, vielleicht auch von Stimmritzenkrampf abhängig sind, Schmerz, Geschwülste; Beweglichkeit der Bruchstücke, welche sich wahrscheinlich immer constatiren lässt. In der Regel folgt sogleich röchelndes Athmen, Bluthusten, Erstickungsnoth, selbst wirkliche Erstickung.

In einzelnen Fällen fehlten üble Zufälle fast ganz; so in dem von Marjolin beobachteten (*Cours de pathologie chirurgicale p.* 396), wo es sich freilich auch nur um einen verticalen Bruch des Schildknorpels handelte, den eine Frau einer anderen im Streit durch kräftiges Fassen der Gurgel beigebracht hatte.

[1]) Morgagni, *De sedibus et causis morborum per anatomen indagatis Ep. XIX. obs.* 13. 14. 16.

[2]) Vgl. Morgagni *l. c. obs.* 14, u. Cazauvieilh, *Du suicide etc.* 1840 p. 221.

Je nach der Dringlichkeit der Zufälle wird man sich auf eine antiphlogistische Behandlung beschränken können, oder die Einrichtung des Bruchs (vielleicht auch nur zunächst die Möglichkeit des Athmens) durch Eröffnung der Luftwege mittelst der Laryngotomie erzielen müssen. Nachträgliche Eiterung und Verschwärung im Kehlkopf bleibt immer zu fürchten und kann noch spät den Ausgang in Tod herbeiführen.|

Zweites Capitel.

Fremde Körper in den Luftwegen.

Der gewöhnlichste Weg, auf welchem fremde Körper in die Luftröhre gelangen, ist der durch die Stimmritze. Im Augenblick der Inspiration erweitert sich diese und die Inspirationsbewegung selbst bewirkt, in derselben Weise, wie sie das Einströmen der Luft in die Lungen veranlasst, auch den Eintritt eines in der Mund-, Nasen- oder Rachenhöhle befindlichen fremden Körpers. Bei Weitem seltner dringen fremde Körper durch eine zufällige Oeffnung der Luftwege in dieselben ein; so namentlich bei Verletzungen und bei Ulcerationen.

Im weiteren Sinne des Wortes kann man als fremde Körper in den Luftwegen auch die Tuberkelmassen bezeichnen, welche, wenn sie durch Hustenbewegungen aus der Lunge aufwärts geschleudert sind, zuweilen im oberen Theil der Luftwege, namentlich im Kehlkopf, stecken bleiben, sowie endlich die im Kehlkopf und der Luftröhre selbst entstandenen, mehr oder weniger fest angehefteten Neubildungen (polypöse Geschwülste und croupöse Pseudomembranen) und die sehr seltenen kalkigen Concretionen im Larynx.

Die Bedeutung des fremden Körpers ist eine sehr verschiedene, je nachdem er von Aussen in die übrigens gesunden Luftwege eingedrungen, oder in ihnen entstanden ist. Im ersteren Falle ist die Erkrankung eine wesentlich mechanische und mit der Entfernung des fremden Körpers ist auch die Bedingung zur Heilung erfüllt. Handelt es sich dagegen um eine in den Luftwegen entstandene Fremdbildung, so hat die Entfernung auf die Heilung der Krankheit, bei welcher das mechanische Moment eine untergeordnete Rolle spielt, nur einen indirecten Einfluss. |Dabei darf aber nicht übersehen werden, dass ein fremder Körper dieser Art ebenso gut, wie ein von Aussen gekommener, Erstickungsgefahr bedingen und schleunige Entfernung erheischen kann.|

1. Flüssige fremde Körper: Blut, Eiter, erweichte Tuberkelmasse, Wasser und andere flüssige Nahrungsmittel. Blut in den Luftwegen rührt bald von einer Verwundung (zuweilen bloss Erschütterung) der Lunge, oder einer sogenannten spontanen Gefässzerreissung in diesen Organen, wie sie namentlich bei Tuberkulösen häufig vorkommt, oder von dem Platzen eines mit den Bronchien oder der Luftröhre (seltner mit dem Lungengewebe selbst) verwachsenen Aneurysma her; oder es ist bei einer Verwundung am Halse (Vgl. Cap. I.) von Aussen her in die Luftwege eingeströmt, vielleicht auch bei einer Blutung in der Nasen-, Mund- oder Rachenhöhle durch die Stimmritze hinabgeflossen. Die Quellen des Eiters können sein: eine Vomica in den Lungen, ein Leberabscess der nach vorgängiger Verwachsung der Leber, des Zwerchfells und der Lunge schliesslich in letztere durchgebrochen ist, ferner eine eiternde Wunde oder ein Abscess, welche mit dem Kehlkopf oder der Luftröhre communiciren, endlich Verschwärung dieser letzteren selbst, namentlich des Kehlkopfs [1]).

Erweichte Tuberkelmasse rührt in der Regel aus den Lungen her, seltner aus dem Kehlkopf, zuweilen aus den Bronchien, indem tuberkulöse Bronchialdrüsen mit den Wandungen der Bronchien verwachsen und die in jenen entstandene Tuberkelmasse letztere durchbricht. Der *Liquor amnii* kann beim ersten Athemzuge des Kindes in den Kehlkopf dringen. Der Inhalt einer Ranula |oder eines Abscesses der Tonsillen| kann bei plötzlichem Aufbruch während des Schlafes in den Kehlkopf einströmen. Wasser und andere Getränke gerathen häufig beim sogenannten Verschlucken in die Luftwege. Selten wird ihr Eintritt durch eine Continuitätstrennung, welche die Speise- und die Luftröhre zugleich betroffen hat, veranlasst [2]).

Geringe Mengen von Flüssigkeit werden aus den Luftwegen leicht durch Hustenbewegungen heraus geschleudert, zum Theil auch resorbirt, so dass sie jedenfalls keine üblen Zufälle veranlassen. So ist nichts häufiger und nichts weniger gefährlich, als

[1]) Vidal beobachtete einen Abscess am *Ligamentum ary-epiglotticum*, welcher sich in den Kehlkopf entleert und dadurch Erstickung herbeigeführt hatte.

[2]) Sehr auffallend ist es, dass eine Oeffnung an der Luftröhre das Eindringen von Getränken und selbst von Speisen begünstigt. Man hat dies wiederholt nach künstlicher Eröffnung der Luftröhre (Tracheotomie) beobachtet. (Vidal bereits 1841.)

das Eindringen einer kleinen Menge der verschluckten Getränke in den Kehlkopf. Ganz anders verhält es sich, wenn eine grosse Menge von Flüssigkeit in die Luftwege geräth. Abgesehen von den besonders gefährlichen Complicationen, welche daraus hervorgehen, wenn es sich um ein geplatztes Aneurysma oder um eine geborstene Vomica handelt, bedingen Flüssigkeitsmengen, welche der Luft den Zutritt zu den Lungen mehr oder weniger versperren, sofort Erstickungszufälle von verschiedener Heftigkeit. Erfolgt durch die Menge der Flüssigkeit nicht sogleich der Tod, so kann man entweder aus grösserer Entfernung, oder doch beim Anlegen des Ohrs ein grossblasiges Rasselgeräusch wahrnehmen.

Die Behandlung hat zwei Aufgaben zu erfüllen: 1) das weitere Eindringen der Flüssigkeit zu verhüten, und 2) die bereits ergossene Masse wieder zu entfernen. Die erste dieser Aufgaben kann hier nicht ausführlich erläutert werden; darauf ist bei der Therapie der in der Umgegend des Kehlkopfs sich bildenden Abscesse, bei der Behandlung der Lungenschwindsucht u. s. f. Rücksicht zu nehmen. Die Herausbeförderung der in den Kehlkopf ergossenen Flüssigkeiten erfolgt gewöhnlich von selbst. Man kann sie durch künstliches Erregen von Husten begünstigen. Sind grosse Massen von Flüssigkeit in die Trachea und in die Bronchien eingedrungen und ihre Herausbeförderung gelingt nicht durch Erregung von Husten und Erbrechen, so muss man den Kehlkopf oder die Luftröhre öffnen (Bronchotomie), um die Entfernung auf mechanischem Wege durch Saugen mit dem Munde, oder mit einer Pumpe (Spritze) zu bewirken.

2. Feste fremde Körper[1]). Die Zahl der festen fremden Körper, welche man in den Luftwegen gefunden hat, ist wahrhaft unglaublich: Bohnen, Erbsen, Kirschkerne, Pflaumenkerne, Kieselsteine, Knöpfe, alle Arten von Münzen, Glasperlen, kleine Kugeln von Gyps, von Blei und anderen Metallen, Knochenstückchen, Stücke von Nüssen und Kastanien, Charpie- und Wattenpfröpfe, Pillen, Zuckerstücke, |Zähne aus dem Munde des Patienten selbst[2])|, Speisen, bald unvollständig gekaut, bald aus dem Magen durch Erbrechen wieder heraufbefördert, Fliegen, Spulwürmer, selbst den

[1]) |Wenn man von „fremden Körpern“ schlechthin spricht, so versteht man darunter die festen. — Eine ausführliche Abhandlung über die fremden Körper in den Luftwegen hat Jobert geliefert: *Union médicale* 1851 Mai u. Juni. Vgl. Canstatt's Jahresbericht 1852 Bd. IV. p. 28.|

[2]) |Vgl. den in der Dissertation v. Kapesser (Giessen 1853) beschriebenen Fall. Canstatt's Jahresbericht 1854 Bd. IV. p. 48.|

Kiefer einer Makrele. Die Art des Eindringens, die Verschiedenheiten der Form, der Festigkeit und die Veränderungen, welche diese Körper während ihres Aufenthaltes in den Luftwegen erleiden, sind besonders zu erläutern.

Art des Eindringens. In der Regel dringen alle diese fremden Körper durch die Stimmritze in die Luftwege ein, seltner durch eine Wunde; ebenso selten kommen sie aus der Lunge in den Kehlkopf hinauf, wie dies namentlich bei verkalkten Tuberkeln beobachtet worden ist. Pravaz hat Concretionen beobachtet, die im Larynx selbst entstanden waren. Auch necrotische Stücke der Kehlkopfsknorpel sind hierher zu rechnen.

Wenn man mit geöffnetem Munde einen durch die Luft geschleuderten Körper auffangen will; so beugt man den Kopf hintenüber und bringt auf diese Weise die Richtungslinie der Mundhöhle, welche eigentlich von Vorn nach Hinten verläuft, in die Richtungslinie des Kehlkopfs, welche vertical verläuft. Macht man zugleich eine kräftige Inspiration, wodurch die Stimmritze weit geöffnet wird, so kann ein in die Mundhöhle geworfener Körper, wenn er nicht zu gross und doch hinreichend schwer ist, geradezu in den Kehlkopf hineinfallen. Auf diese Weise gelangen beim Spielen der Kinder fremde Körper nicht ganz selten in die Luftwege. Auch bei Erwachsenen, welche Taschenspielerstückchen ohne hinreichende Geschicklichkeit versuchen, hat man auf diese Weise Münzen und ähnliche Dinge in den Kehlkopf gerathen sehen. Beim Erbrechen kann der Mageninhalt in den Kehlkopf eindringen, wenn der Mund fest geschlossen wird.

So erging es z. B. einem Krankenwärter in der Pariser Charité, welcher, als er nach übermässigem Weingenuss eben im Erbrechen begriffen war, von Corvisart überrascht wurde. Er schloss schnell den Mund, um die Beweise seiner Magenüberladung zu verbergen; aber die Speisereste drangen in den Kehlkopf und der Unglückliche erstickte sogleich.

Ein heftiger Schreck, ein Hustenanfall, plötzliches Lachen oder Niesen im Augenblick der Deglutition, können denselben Erfolg haben.

|Namentlich scheint bei Kindern das Lachen häufig zum Eindringen fremder Körper in den Larynx Veranlassung zu geben. Natürlich wird der fremde Körper weder beim Lachen, noch beim Niesen durch die explosive Exspirationsbewegung selbst, welche man mit diesen Namen bezeichnet, sondern durch die derselben nothwendig vorausgehende tiefe und plötzliche Inspiration in die Luftwege eingetrieben oder hineingeschleudert.|

In ähnlicher Weise gelangen bei Lähmung des Pharynx die Speisen zum Theil in den Kehlkopf. Hierher gehört auch das bereits erwähnte Eindringen verschluckter Substanzen nach Ausführung der Tracheotomie.

In Bezug auf die Gestalt der fremden Körper ist Folgendes zu bemerken. Viele sind kugelig oder kugelähnlich und zugleich sehr fest; diese haben, namentlich wenn sie klein sind, eine entschiedene Neigung ihren Ort zu verändern, sie fallen leicht in die Bronchien hinab und können sich auch in den Morgagnischen Ventrikeln verstecken (s. unten). Scheibenförmige Körper, namentlich Münzen, bewegen sich gleichfalls, werden jedoch in der Regel wegen ihres grösseren Durchmessers alsbald eingeklemmt, so dass sie nicht weiter hinabsinken, sondern sich nur noch um ihre Achse drehen können. Je nachdem dann ihre Stellung eine solche ist, dass sie der Luft den Zutritt zur Lunge ganz absperren, oder aber dieselbe neben sich vorbeilassen, bedingen sie mehr oder weniger Erstickungsgefahr. Bei Anwesenheit eines beweglichen fremden Körpers beobachtet man, wegen der verschiedenen Wirkung, die er, je nach seiner Stellung, ausübt, vorzugsweise jene intermittirenden Erstickungszufälle, auf die wir später noch zurückkommen werden. Eckige und spitzige Körper (Stücke von Knochen, Fischgräten, Nadeln) dringen in der Regel sofort in die Wandungen des Kehlkopfs oder der Luftröhre ein, heften sich somit fest und erleiden keine weiteren Ortsveränderungen. Die durch sie veranlassten Beschwerden zeigen daher auch keine Intermissionen; ihre Anwesenheit kann aber durch die Ulceration des Theils der Kehlkopfs- oder Luftröhrenwand, in welchem der fremde Körper sich festgeheftet hat, zu einer Reihe eigenthümlicher Zufälle Veranlassung geben (s. unten).

Veränderungen. Diese beiden ersten Gruppen der fremden Körper erfahren während ihres Aufenthalts in den Luftwegen keine bemerkenswerthen Veränderungen. Auf andere dagegen übt das in den Luftwegen abgesonderte Secret einen Einfluss aus, indem sie darin entweder zerfliessen, oder aufquellen. Ersteres ist bei Stückchen Zucker und bei Pillen möglich, und gewährt, wenn es geschieht, unzweifelhaft einen bedeutenden Vortheil, indem der fremde Körper dadurch aus der Reihe der festen nach und nach in diejenige der flüssigen übergeht. Unter den aufquellenden Körpern sind namentlich die Bohnen zu nennen, deren Volumen dadurch in höchst gefährlicher Weise gesteigert werden kann. Brüchige Körper, namentlich Glasperlen, bieten bei der Extraction wegen der Gefahr des Zerbrechens besondere Schwierigkeiten dar. Lebende Körper werden eine verschiedene Bedeutung haben, je nachdem sie sofort sterben, oder noch weitere Thätigkeiten in den Luftwegen entwickeln. In ersterem Falle wirken sie einfach mechanisch, in letzterem können sie auch noch anderen Schaden zufügen, indem sie die Schleimhaut der Luftwege verwunden, oder gar, wie dies von einem Blutegel berichtet wird, durch Blutsaugen ihren Körper bis zu einem solchen Volumen schwellen, dass Erstickung dadurch bedingt wird.

Die Erscheinungen, welche durch die Anwesenheit fremder Körper in den Luftwegen bedingt werden, sind im Allgemeinen folgende. Der Tod kann unmittelbar nach dem Eindringen des fremden Körpers erfolgen, indem entweder durch das Volumen desselben, oder durch den von ihm unterhaltenen *Spasmus glottidis* Erstickung bewirkt wird. So z. B. in der p. 441 erwähnten Beobachtung von Corvisart. In anderen Fällen wird der fremde Körper unmittelbar nach seinem Eindringen wieder hinaus geschleudert (z. B. durch dasselbe Lachen, welches ihn hineinbrachte), ohne irgend eine weitere Störung zu veranlassen. Man hat bemerkt, dass dies um so leichter geschieht, je tiefer gegen die Bronchien hin der fremde Körper eingedrungen ist. Dies ist aus der grösseren Empfindlichkeit der Bronchialschleimhaut zu erklären, welche in dieser Beziehung der Kehlkopfsschleimhaut ähnlich ist, während die Luftröhren-Schleimhaut eine sehr geringe Empfindlichkeit besitzt (Erichsen).

In der Mehrzahl der Fälle bleibt der fremde Körper in den Luftwegen zurück, ohne sogleich den Tod zur Folge zu haben. Der Kranke leidet dann mehr oder weniger an Erstickungszufällen mit heftigem convulsivischen Husten und rauher oder ganz unterdrückter Stimme. Grosse Angst und oft ein plötzlicher Schauder befällt den Leidenden. Er empfindet einen deutlichen Schmerz im Verlauf der Luftwege, zuweilen ausschliesslich, oder doch vorzugsweise an der Stelle, an welcher der fremde Körper sitzt. Schaumige und blutige Sputa werden, vorzugsweise wenn der fremde Körper rauh und spitzig ist, ausgeworfen. Zuweilen treten Schlingbeschwerden auf, in anderen Fällen findet sich ein Hinderniss beim Erbrechen. Auf die schrecklichsten Erstickungszufälle folgt dann oft die vollständigste Ruhe, oder doch ein Nachlass der Erscheinungen, in der Art, dass nur eine geringe Behinderung der Respiration, ein pfeifendes Rasseln und ein unbedeutender Schmerz zurückbleibt. Nach einer Intermission von verschiedener Dauer tritt ein neuer Anfall von Erstickungsnoth auf, zuweilen ohne alle nachweisbare Veranlassung, zuweilen durch eine plötzliche Bewegung, durch Husten oder Lachen hervorgerufen. Der Kranke wird dann von convulsivischen Bewegungen ergriffen, das Gesicht blauroth, die Venen des Halses und der Stirn geschwollen, die Augen injicirt, hervorgetrieben, von Thränen überfliessend. Bei jeder Exspirationsbewegung wird die Luftröhre stärker hervorgetrieben, endlich erkalten die Extremitäten, der Kranke verliert das Bewusstsein und oft stirbt er in einem solchen Anfall schon bei der ersten Wiederkehr [1]). Uebersteht er ihn glücklich, so hat er doch alsbald einen neuen fort und fort zu gewärtigen, mit schliesslichem Ausgang in Erstickung, wenn nicht ausnahmsweise noch ein solcher späterer Anfall den fremden Körper ganz, oder zertrümmert, oder zum Theil vielleicht aufgelöst durch die Stimmritze hinaus schleudert. Zuweilen entsteht bei gewaltigen und fruchtlosen Anstrengungen eine Compression der Luft in den Lungen, durch welche die Lungenzellen und die kleinsten Bronchialäste ausgedehnt und schliesslich zersprengt werden. Auf diese Weise kommt es zur Bildung zunächst von Lungenemphysem und später von Zellgewebsemphysem, indem die Luft in die Mittelfellräume und von da weiter zum Halse und zum ganzen Körper, in der Bd. II. p. 65 ff. beschriebenen Weise sich im Bindegewebe weiter verbreitet; oder es entsteht Pneumothorax, wenn über den platzenden Lungenbläschen zugleich auch die Pleura zerrissen wird.

Diese Anfälle, Remissionen und Intermissionen, lassen sich einerseits aus der verschiedenen Weite, Gestalt und Empfindlichkeit der einzelnen Abschnitte der Luftwege, andrerseits aus den bereits erläuterten Verschiedenheiten der Gestalt, der Richtung und des Sitzes der fremden Körper erklären. So muss z. B. ein fremder Körper, der in der Stimmritze festsitzt, wegen der geringen Weite und der grossen Empfindlichkeit derselben, welche sofort reflectorischen Verschluss des etwa noch offenen Theils bewirkt, mit grosser Wahrscheinlichkeit schnell zur Erstickung führen. Ein kleiner Körper kann sich in den Morgagnischen Ventrikeln verstecken, dort lange Zeit verweilen und erst spät (selbst nach 14 Tagen!) Erstickung herbeiführen.

[Sehr lehrreich ist in dieser Hinsicht der von Poulet (*Revue médicale* 1851, v. 31. Mai, Canstatt's Jahresbericht 1852. Bd. IV. p. 29) beobachtete Fall. Einem 2jährigen Kinde gerieth ein Kirschkern in den Larynx. Alle bedenklichen Zufälle

[1]) [Einen Fall der Art beschreibt z. B. Allan Burns in seinen Bemerkungen über die chirurgische Anatomie des Kopfes und des Halses (deutsch v. Dohlhoff; Halle 1821 p. 359 u. 360), woselbst auch die Citate einer grossen Anzahl solcher Beobachtungen angegeben sind.]

verschwanden nach Ausführung der Laryngo-Tracheotomie, und man hielt das Kind für gerettet, obgleich der Kern nicht entdeckt werden konnte; es wurde vermuthet, er sei durch einen Hustenanfall in den Pharynx geschleudert worden. Das Kind befand sich in den nächsten 14 Tagen durchaus wohl, die Luftröhrenwunde war geschlossen; da treten auf einmal die heftigsten Erstickungszufälle ein. Man wiederholt die Operation; die Respiration begann wieder; die genaueste Untersuchung der Trachea und des Larynx von der Wunde und der Mundhöhle aus liess keinen fremden Körper entdecken. Das Kind starb aber unter Erscheinungen der Erstickung. Bei der Section wurde erst ganz zuletzt, als man von der Wunde aus den Larynx aufschnitt, der Kirschkern entdeckt. Er hatte im rechten *Ventriculus Morgagni*, in einer kleinen, durch Ulceration entstandenen Höhle gesessen.|

Die Luftröhre ist weniger empfindlich und zugleich geräumiger, als die Stimmritze; deshalb sind die in ihr befindlichen fremden Körper weniger gefährlich. Fällt der Körper in einen Bronchus, so bleibt die Function der anderen Lunge jedenfalls unbehindert und die Zufälle sind daher weniger schlimm.

|In der Regel fallen fremde Körper in den rechten Bronchus, weil dieser weiter ist, in etwas mehr verticaler Richtung von der Luftröhre abgeht, und weil die rechte Lunge, wegen des tiefern Hinabsteigens des Zwerchfells auf dieser Seite, stärker aspirirt, als die linke. Vgl. u. A. Hyrtl's topographische Anatomie, 3. Buch, am Schluss.|

Somit kann ein beweglicher Körper auf- und absteigend im Luftrohre, bald mehr, bald weniger heftige Erscheinungen hervorrufen. Münzen und ähnliche scheibenförmige Körper können ohne Ortsveränderung durch blosse Drehung in der bereits beschriebenen Weise den Zutritt der Luft bald mehr bald weniger absperren und somit besonders leicht intermittirende Erscheinungen bedingen.

Die Diagnose der Anwesenheit eines fremden Körpers in den Luftwegen ist, trotz der Berücksichtigung aller bereits erörterten Verhältnisse, oft schwierig, und es sind in dieser Beziehung eine grosse Anzahl von Irrthümern bereits verzeichnet worden. Befindet sich der fremde Körper im oberen Theile des Kehlkopfs, so kann man ihn mittelst des vom Munde aus eingeführten Fingers erkennen.

Dupuytren entdeckte auf diese Weise eine im oberen Theile des Kehlkopfs festsitzende Fischgräte und vermochte dieselbe sofort mit einer gewöhnlichen Kornzange auszuziehen, woraus deutlich hervorgeht, dass dieselbe eben nicht tief gesessen haben kann. Vgl. *Journal hebdomadaire T. VII.* p. 46 ff.

Ist der fremde Körper durch eine Wunde eingedrungen, so ist die Diagnose noch leichter, namentlich wenn ein Theil des fremden Körpers aussen hervorragt. Zuweilen dringt auch ein vom Schlunde aus in den Kehlkopf gelangter fremder Körper, wenn er hinreichend spitz ist, durch die Wandungen desselben und durch die Haut hindurch, so dass er äusserlich sichtbar oder doch fühlbar wird.

La Martinière wurde durch einen kleinen rothen Fleck, welcher wie ein Flohstich aussah, auf die Anwesenheit einer in den Kehlkopf eingedrungenen Nadel geleitet, die er durch einen kleinen, an dieser Stelle gemachten Einschnitt auch sogleich auszuziehen vermochte.

Zuweilen bezeichnet der Kranke ganz genau die Stelle, an welcher der fremde Körper sitzt, indem er daselbst einen andauernden Schmerz empfindet. Dieser Schmerz aber fehlt äusserst selten, namentlich dann, wenn andere Störungen sich nicht finden.

Das Respirationsgeräusch bietet immer wenigstens einige Veränderungen dar, welche bald mit der an den Hals gelegten Hand, bald aber, und meistentheils sicherer, mit dem an den Hals und die Brust angelegten Ohr wahrgenommen werden.

Dupuytren beschreibt ein eigenthümliches Klappern, welches er bei einem 8jährigen Mädchen hörte, die eine Bohne in der Luftröhre hatte. *Journ. hebdom. T. VII. p.* 45.

Namera hörte ein Geräusch, als würde ein kleiner Stein hin und her geworfen. *Dublin. hospit. reports. Vol. V. p.* 592.

Boyer entdeckte bei einem 5jährigen Kinde, in dessen Luftröhre sich eine Glasperle befand, zur Zeit einer vollständigen Intermission aller Krankheitserscheinungen, mit der auf die vordere Fläche des Halses aufgelegten Hand ein leichtes Geräusch, wie wenn ein fremder Körper durch die Respirationsbewegungen hin und her geschleudert würde. *Journ. hebd. T. II p.* 902. (Vgl. Bd. I. Prolegomena p. 17.)

[Sitzt der fremde Körper in einem Bronchus und ist hinreichend gross, um denselben mehr oder weniger zu versperren; so hört man in der freien Lunge verstärktes vesiculäres Athemgeräusch (Jobert), auf der Seite des Hindernisses aber, je nach dem Grade der Sperrung des Bronchus und der Beweglichkeit des fremden Körpers, pfeifende, klappende, später aber, wo durch die von ihm bewirkte Reizung vermehrte Exsudation eintritt, rasselnde Geräusche; zugleich ergiebt die Percussion einen weniger vollen Schall (Dämpfung). Vgl. Kapesser l. c.]

Von grösster Bedeutung wäre in einem jeden einzelnen Falle ein Referat über die Art und Weise, wie der fremde Körper in die Luftwege gelangt ist, und welche Erscheinungen er dort zunächst hervorgerufen hat. Oft ist aber ein solches Referat gar nicht zu erhalten, in anderen Fällen ist es nur mit der grössten Vorsicht zu benutzen, da es sich meistentheils nur um Kinder handelt, die entweder aus Unachtsamkeit, oder aus Vergesslichkeit, oft auch aus Furcht vor Strafe ganz unrichtige Angaben machen. Kann man über die Grösse des wahrscheinlich in die Luftwege gelangten Körpers Auskunft erhalten, so ist dies von besonderem

Werthe. Lässt sich feststellen, dass es sich um einen Gegenstand von beträchtlichem Volumen handelte, dessen Durchmesser denjenigen der Stimmritze entschieden übertrifft, so wird man trotz der bestehenden Erstickungszufälle doch nicht anzunehmen haben, dass der betreffende Körper sich in den Luftwegen befinde; er steckt wahrscheinlich im Oesophagus und comprimirt von da aus die Luftröhre. War dagegen der Körper, um den es sich handelt, von geringer Grösse, so werden wir mit grosser Wahrscheinlichkeit ihn in den Luftwegen zu suchen haben; denn vom Pharynx oder von der Speiseröhre aus würde ein fremder Körper von geringem Volumen, auch wenn er durch seine rauhe Oberfläche oder spitze Gestalt dort festgehalten sein sollte, doch keine Erstickungszufälle hervorrufen. Bildet der fremde Körper eine wahrnehmbare Geschwulst am Halse, so sitzt er voraussichtlich in der Speiseröhre. Jedenfalls muss man durch tiefes Einführen des Fingers in den Pharynx, so wie durch Einbringen einer Schlundsonde in zweifelhaften Fällen die Diagnose zu sichern suchen. Eine häufige Quelle von Irrthümern ist die bereits angedeutete Intermission der Erscheinungen. Es ist schwer zu glauben, dass ein Kind mit einem fremden Körper im Kehlkopfe sich heiter umherbewegen und seinen Spielen hingeben könne, ohne durch irgend ein Symptom die grosse Gefahr, in der es schwebt, kund zu geben.

Weitere Folgen. Wenn der fremde Körper nicht sofort nach seinem Eindringen (namentlich beim Lachen oder Niesen) wieder hinaus geschleudert wurde, so wird durch ihn: 1) häufig sogleich oder doch in kurzer Zeit der **Erstickungstod** herbeigeführt, wie dies bereits p. 443 u. f. geschildert worden ist.

Die Bedeutung, welche in dieser Beziehung der Ort, an welchem der fremde Körper verweilt, ferner die Lage oder Stellung, die Grösse und das Aufquellen desselben haben, wurde oben (p. 442) erläutert.

Der fremde Körper kann aber 2) den Erstickungstod allmälig herbeiführen, indem er den Durchtritt der Luft nicht gänzlich, aber doch so beträchtlich hindert, dass die zur Unterhaltung des Respirationsprocesses erforderliche Luftmenge nicht zu den Lungen gelangen kann. 3) Wenn der fremde Körper auch weder in der einen, noch in der anderen Art Erstickung bedingt; so wird er doch [illegible] durch die von ihm erregte und unterhaltene Entzün[illegible]ch. Eine chronische Entzündung mit dem Ausgang[illegible]on, Zerstörung der Kehlkopfs- und Luftröhrenknorpel, [illegible]n der fremde Körper in Berührung kommt, sind die späteren Folgen. Ein glücklicher Ausgang kann dann noch nach erfolgter Perforation (namentlich der Luftröhre) zu Stande kommen, wenn sich am Halse ein Abscess um den fremden Körper bildet, welcher nach Aussen aufbricht und durch welchen der fremde Körper dann auch schliesslich nach Aussen entleert werden kann [1]). Dieselben pathologischen Veränderungen können auch an den Bronchien stattfinden, natürlich mit einem viel weniger günstigen Ausgange, da ja hier der Eiter nicht nach Aussen, sondern in die Brusthöhle entleert wird. War der fremde Körper bis in die Lungen vorgedrungen, so bildet sich um ihn eine Vomica; er kann möglicher Weise noch später mit dem Eiter ausgehustet [2]), |in höchst seltenen Fällen auch durch die Brustwand (nach vorgängiger Verwachsung der Lunge mit der Costalpleura) ausgestossen [3])| werden, in der Regel aber geht der Kranke unter den Erscheinungen der Lungenschwindsucht zu Grunde. |Dieser übele Ausgang ist, selbst wenn der fremde Körper von Eiter umhüllt noch nachträglich ausgehustet wurde, wegen der bereits eingeleiteten krankhaften Veränderungen der Lunge, immer noch zu befürchten.|

[1]) |Auf diesem Wege kann der fremde Körper aber auch ein grösseres Gefäss perforiren. — Einzig in seiner Art ist der von Rokitansky (Pathol. Anatomie Bd. II. p. 42) beschriebene Fall, in welchem die Perforation ohne vorgängige Eiterung erfolgte. Ein Knabe aspirirte, indem er an einem Blaserohre saugte, den darin befindlichen Bolzen, mit der Puschel voraus, bis in den linken Bronchus. Beim Husten wurde der Bolzen, mit der Spitze nach oben gerichtet, gegen die Luftröhrenwand so gewaltig empor getrieben, dass nicht blos diese selbst, sondern zugleich auch der *Truncus anonymus* durchbohrt und hierdurch eine tödtliche Blutung aus den Luftwegen bewirkt wurde.|

[2]) |Beneys (Canstatt's Jahresbericht 1853. Bd. IV. p. 53) beobachtete, dass eine kleine Pistolenkugel, welche ein an Bronchitis leidender junger Mann zum Zeitvertreib im Munde gehabt und bei einem plötzlichen Hustenanfall, während er schlief, in den *Bronchus dexter* inspirirt hatte, nachdem sie länger als 40 Tage daselbst verweilt, ohne weiteres Zuthun der Kunst mit etwa 3 Löffel voll Eiter unter heftigen, Erstickung drohenden Hustenanfällen wieder heraus befördert wurde. Der Kranke hatte anfangs die Kugel deutlich in der Brust gefühlt und war von einer grossen Angst befallen worden. Später beruhigte er sich etwas, litt aber an fortwährendem Husten, so dass er gar nicht schlafen konnte, den Appetit verlor und schnell abmagerte. Das Aushusten der Kugel erfolgte, während der Kranke mit stark über den Bettrand vorgebeugtem Oberkörper lag. Die Genesung war in 8 Wochen vollendet.|

[3]) |Zwei Fälle der Art s. in meinem Referat pro 1853 Canstatt's Jahresbericht Bd. IV. In beiden handelte es sich um relativ biegsame Körper (Kornähre und Strohhalm) die nach mehreren Wochen (mit glücklichem Ausgange) die Thoraxwand perforirten.|

4) In sehr seltenen Fällen endlich bleiben fremde Körper in den Luftwegen Monate oder selbst Jahre lang, ohne üble Zufälle zu veranlassen.

Ein Hühnersteiss soll, nach den Angaben von Sue, 17 Jahre lang in dieser Weise in den Luftwegen verweilt haben.

Die **Prognose** bei fremden Körpern in den Luftwegen ist, wie sich aus der vorhergehenden Darstellung von selbst ergiebt, im Allgemeinen sehr bedenklich. Abgesehen von den schon angeführten Differenzen in der Wirkung verschiedener Körper in den verschiedenen Abschnitten der Luftwege, haben wir besonders hervorzuheben, dass die Prognose bei Kindern wegen der grösseren Enge und Empfindlichkeit ihrer Luftwege verhältnissmässig immer übler ist, indem alle angeführten Zufälle sich bei ihnen viel schneller und stürmischer entwickeln.

Behandlung. Sobald man von der Anwesenheit eines fremden Körpers in den Luftwegen überzeugt ist, muss man ihn heraus zu schaffen suchen. Das Erregen von Husten, Niesen und Erbrechen — [namentlich in liegender Stellung, mit stark vornüber gebeugtem Oberkörper] — hat in einzelnen Fällen zum Ziele geführt; im Allgemeinen aber sind die auf solche Weise erzielten Erfolge nachtheilig gewesen, indem sie andere Wundärzte zu einer allzulangen Verzögerung der operativen Entfernung veranlasst haben. Während man die Operation noch aufschieben zu können glaubte, ist mancher Kranke gestorben, oder hat doch durch nachträgliche Verschiebungen des fremden Körpers und hinzutretende Entzündung eine solche Verschlimmerung seines Zustandes erfahren, dass die später vorgenommene Operation den gewünschten Erfolg nicht mehr haben konnte. Besonders haben die wiederholt erwähnten Intermissionen aller Krankheitserscheinungen zum Aufschieben der Operation Veranlassung gegeben. Man glaubte oft, der fremde Körper sei zufällig wieder ausgehustet worden [1]). Diese Ansicht gewinnt an Wahrscheinlichkeit, wenn der Kranke grosse Schleimmassen durch Husten und Würgen herausbefördert hat. Der Arzt sollte sich aber nur dann für überzeugt halten, wenn der angeblich ausgehustete fremde Körper wirklich in jenen Schleimmassen entdeckt werden kann. So lange ein fixer Schmerz fortbesteht und so lange namentlich ein klappendes Geräusch in den Luftwegen wahrgenommen werden kann, muss man die Anwesenheit des fremden Körpers für erwiesen halten und bei der ersten Andeutung eines abermaligen Erstickungszufalles zur operativen Entfernung bereit sein.

[1]) [Vgl. den p. 444 und 445 erzählten Fall.]

[Diese aber ist, abgesehen von den höchst seltenen Fällen, wo der fremde Körper ganz oben im Kehlkopf sitzt und vom Munde her gefasst werden kann, nur durch künstliche Eröffnung der Luftwege möglich (s. Bronchotomie). Sobald diese ausgeführt ist, erfolgt die Ausstossung des fremden Körpers durch die Kehlkopfs- oder Luftröhren-Wunde in der Regel ohne weiteres Zuthun der Kunst, wenn auch nicht immer sogleich [1]). Eine mechanische Begünstigung des Austritts kann nach der Eröffnung der Luftwege durch Vornüberbeugen des Kopfes bei horizontaler Körperlage, selbst durch Aufhängen an den Füssen versucht werden. Nur im äussersten Nothfall ist das Eingehen mit Zangen oder Pincetten zu empfehlen, durch welches stets eine sehr heftige neue Reizung zu der schon bestehenden hinzugefügt und der fremde Körper doch nur selten gefasst wird. Sitzt der fremde Körper im Kehlkopfe fest (was nach der Eröffnung der Luftröhre bestimmt erkannt werden kann), so muss man ihn mittelst einer von der Luftröhrenwunde aus hinauf geschobenen Sonde in die Höhe (in den Pharynx) zu stossen suchen, wenn dies aber nicht gelingt, den Kehlkopf selbst öffnen. Vgl. Cap. VII.]

Drittes Capitel.

Entzündungen.

Die Entzündungen des Kehlkopfs und der Luftröhre bilden ein Grenzgebiet, auf welchem die innere Therapie und die Chirurgie sich begegnen. Da diese Krankheitszustände aber in allen Lehrbüchern, welche die innere Medicin abhandeln, ausführlich geschildert werden, so sollen hier nur die differentielle Diagnose und der chirurgische Theil der Therapie besprochen werden.

I. Laryngitis und Tracheïtis.

Bei Laryngitis ist die Stimme rauh, scharf, pfeifend oder anderweitig verändert, die Athemnoth bedeutend, die Angst des Patienten deutlich ausgeprägt. Bei Tracheïtis wird die Stimme gar nicht oder

[1]) [Dupuytren (*Leçons orales T. III. p.* 496) erzählt, dass in einem von ihm operirten Falle die in der Luftröhre steckende Bohne, welche er zu extrahiren sich vergeblich bemüht hatte, am 3ten Tage in dem Verbande gefunden wurde. Aehnliches hat Pelletan mit einem Kirschkern, Blandin mit einer Nadel erlebt.]

doch nur zeitweise verändert, dann nämlich, wenn das von der Tracheal-Schleimhaut gelieferte Secret sich im Larynx anhäuft; nachdem der Kranke dasselbe ausgehustet hat, wird die Stimme in der Regel wieder ganz frei. Der Husten ist jedenfalls, bei Laryngitis sowol als bei Tracheïtis, häufig und schmerzhaft; er tritt mit dem durch die Veränderung der Stimme bedingten eigenthümlichen Timbre auf. Der Auswurf ist im Allgemeinen schleimig, bei Entzündung des Kehlkopfs in der Regel mehr eitrig. Die Inspiration ist bei Laryngitis schwieriger, bei Tracheïtis dagegen schmerzhafter. In beiden Krankheiten vernimmt man bei der Auscultation Schleimrasseln, und zwar um so stärker, je reichlicher und dünner das Secret (Schleimhaut-Exsudat) ist. Wenn die Weite des Kehlkopfs (namentlich der Stimmritze) durch Aufwulstung der Schleimhaut oder Auflagerungen und Auswüchse in irgend erheblichem Grade vermindert ist, so hört man beim Auscultiren des Kehlkopfs selbst ein brausendes oder pfeifendes Geräusch während der Inspiration, in den Lungen aber findet man das vesiculäre Athmen auffallend schwach oder gar nicht vernehmbar, während die Percussion keine Veränderungen des normalen Schalles erkennen lässt. Dies erklärt sich aus der Verminderung der in die Lungen eindringenden Luftmenge, welche der Verengerung des Kehlkopfs (oder der Luftröhre) proportional ist. — Der Entzündungsschmerz wird bei Laryngitis entschieden im Kehlkopf selbst empfunden und durch Druck auf denselben gesteigert; bei Tracheïtis hat er seinen Sitz tiefer und erstreckt sich hinter dem Sternum hinab. Bei ersterer wird der Schmerz durch jeden Versuch zu sprechen oder zu schlingen gesteigert, während bei der Tracheïtis tieferes Einathmen grössere Schmerzen erregt. Das Gefühl von Hitze an der erkrankten Stelle wird bei beiden Erkrankungen gleichmässig empfunden.

Die anatomische Untersuchung lehrt, dass in beiden Fällen die Schleimhaut stark geröthet, bei Laryngitis auch beträchtlich geschwollen und häufig an einzelnen Stellen ulcerirt ist.

|Manche Verschiedenheiten in den Angaben erklären sich, wenn man den Sitz der Entzündung im einzelnen Falle recht genau ins Auge fasst. Fixer Schmerz dicht über dem Kehlkopf, erschwertes Schlingen, Eindringen der Getränke in die Choanen deuten auf Entzündung im oberen Umfange des Kehlkopfs; Schmerz in der Gegend des Schildknorpels, rauhe Stimme, Schmerz beim Sprechen lassen auf Veränderungen der Stimmbänder und ihrer nächsten Umgebungen schliessen; tiefe Zerstörungen derselben müssen vorausgesetzt werden, wenn bei vollständiger Stimmlosigkeit und Schmerzen

in der Kehlkopfsgegend zugleich hektisches Fieber und andere Erscheinungen der Phthisis auftreten.]

II. Croup [1]) und Oedema glottidis.

Croup tritt gewöhnlich epidemisch auf und kann unter Umständen sogar contagiös werden. In der Regel beginnt die croupöse Exsudation in den Fauces; sie kann auch auf diese beschränkt bleiben.

Das croupöse Exsudat zeigt sich in der Regel zuerst auf den Mandeln, im Schlunde und am Gaumensegel in Gestalt gelbweisser, speckiger Auflagerungen, welche sich gewöhnlich mit grosser Schnelligkeit weiter ausbreiten und oft über alle die genannten Theile zugleich erstrecken. In manchen Fällen tritt die Exsudation auf allen, oder doch den meisten Schleimhäuten des Körpers zugleich auf. Selbst diejenigen Stellen der Haut, welche von dünner Epidermis bedeckt sind, namentlich die Lippen, die Ohrmuscheln, die Nasenflügel werden oft gleichzeitig von ähnlichem Exsudat bedeckt. Die in der Umgegend der einzelnen Auflagerungen frei bleibende Schleimhaut erscheint dunkel, missfarbig oder blass und immer etwas geschwollen. Gelingt es, einzelne Exsudatlappen abzulösen, so erblickt man eine grosse Menge kleiner blutender Stellen; denn das Exsudat sitzt nicht bloss auf der Schleimhaut fest, sondern greift zugleich in der Art in dieselbe ein, dass es nur unter gleichzeitiger Gefässzerreissung abgelöst werden kann. Aus dem Munde des Kranken strömt ein widerlicher Geruch, welchen Bretonneau mit demjenigen eines cariösen Zahnes verglich. Die Lymphdrüsen der Submaxillargegend sind angeschwollen, die Augen thränen, das Gesicht ist aufgetrieben, das Schlingen erschwert, der Husten häufig, aber nicht characteristisch. Die acuten Exantheme des kindlichen Alters sind häufig von einer solchen croupösen Angina begleitet. Ebenso wie diese Hautausschläge kommt aber auch die croupöse Angina zuweilen in späterem Lebensalter vor, so namentlich bei heruntergekommenen Frauen. Auch unter den Kindern werden die schlecht genährten am häufigsten befallen. Zuweilen findet man bereits die membranösen Auflagerungen im ganzen

[1]) [Für die französischen Aerzte sind „*Angina membranacea*" und „Croup" nicht gleichbedeutend, wie dies bei uns, sowol in Betreff des lateinischen, als auch des deutschen Namens „häutige Bräune" der Fall ist. *Angina (pseudo)-membranacea* heisst bei ihnen die Krankheit, wenn die Exsudation (Diphtheritis) noch auf die Fauces beschränkt ist, Croup, wenn sie sich in den Kehlkopf oder auch noch weiter in die Luftwege hinab erstreckt.]

Schlunde, während der Kranke nur über etwas Hitze im Halse und über Schlingbeschwerden klagt und den Kopf etwas schief hält; — Grund genug, um namentlich bei Kindern, sobald sie über irgend ein Leiden im Halse klagen, die genaueste Untersuchung des Schlundes und der Mandeln vorzunehmen. In der Regel deutet der ganze Habitus des Kranken auf ein tiefes Leiden. Von dieser diphtheritischen Angina, welche als Vorläufer des eigentlichen Croup auftritt, muss man die käsigen und teigigen Exsudationen, welche sich mit dem Finger oder mit dem Löffelstiel leicht wegwischen lassen und die namentlich beim Scharlachfieber sehr häufig vorkommen, wohl unterscheiden. Auch die gangränöse Angina, welche in vieler Beziehung mit der croupösen übereinstimmt und wahrscheinlich auch aus einem diphtheritischen Exsudat hervorgeht, unterscheidet sich durch folgende Charactere: die weiss-grauen Flecke, welche im Schlunde, und namentlich auf den Tonsillen erscheinen, werden schnell dunkel und endlich ganz schwarz; die ganze Mandel kann auf solche Weise zerstört werden. An anderen Stellen entsteht nach dem Abfallen des Schorfes ein sehr langsam vernarbender Substanzverlust, der namentlich wenn die umgebende Schleimhaut blass bleibt, gewöhnlich gar nicht vernarbt. Endlich darf man mit der croupösen Angina nicht die zuweilen stattfindende Ausbreitung acuter Exantheme auf die Fauces verwechseln. In solchen Fällen findet man auf der Schleimhaut die für das Exanthem auf der äusseren Haut characteristischen Erscheinungen mit geringen Modificationen, bei den Blattern also die characteristischen Pusteln, beim Scharlach die gleichmässige feurige Röthe, bei den Masern eine viel weniger intensive Röthung mit einzelnen unregelmässigen Flecken.

Der eigentliche Croup, die croupöse Entzündung der Luftwege kann mit *Oedema glottidis*, |ferner mit Stimmritzenkrampf,| weniger leicht mit Stickhusten oder gar mit einfachem Catarrh des Kehlkopfes verwechselt werden.

Der Croup ergreift vorzugsweise Kinder, während *Oedema glottidis* in allen Lebensaltern vorkommt; jener ist zuweilen epidemisch, dieses niemals. Beim Oedem der Glottis ist vorzugsweise die Inspiration erschwert und erfolgt mit einem meist pfeifenden Geräusche; die Exspiration dagegen ist frei. Beim Croup sind beide Respirationsbewegungen gleichmässig erschwert, die Stimme hat einen eigenthümlichen Klang, der sich auch beim Husten deutlich kundgibt und den man bald mit dem Bellen eines heiseren Hundes, bald mit dem Schreien eines jungen Hahnes verglichen hat; in einer weiter fortgeschrittenen Periode der Krankheit findet sich Stimmlosigkeit; beim Auscultiren hört man im Kehlkopfe Rasselgeräusche, die je nach der Consistenz seines Inhaltes verschieden sind. Wenn sich die croupösen Auflagerungen (Pseudomembran) bereits zum Theil abgelöst haben, so hört man ein Klappen, welches bald mit der Inspiration, bald mit der Exspiration auftritt, je nachdem sich die Pseudomembran am oberen oder am unteren Umfange gelöst hat. Stimmlosigkeit kommt beim *Oedema glottidis* auch vor, die übrigen eigenthümlichen Veränderungen der Stimme, so wie die angeführten auscultatorischen Erscheinungen werden aber nicht wahrgenommen. Die Sputa sind beim Croup entweder zähflüssig, oder zuweilen eiterig mit beigemischten Eiweissflocken, später wirft der Kranke gar Nichts oder aber Stücke der Pseudomembran aus. Der Croupkranke fühlt im Kehlkopfe einen zusammen schnürenden Schmerz, beim *Oedema glottidis* dagegen hat er namentlich während einer Schlingbewegung die Empfindung von der Gegenwart eines beweglichen fremden Körpers im Kehlkopf, der sich bald vor die Oeffnung der Stimmritze legen, bald auch durch die Exspiration zur Seite geschoben werden kann. Ein entscheidendes Symptom liefert beim *Oedema glottidis* die Untersuchung mit dem in den Schlund eingeführten Finger. Man fühlt hinter der Epiglottis im ganzen oberen Umfange des Kehlkopfes einen deutlichen Wulst, dagegen fehlt in dieser Krankheit jede Auflagerung auf den Mandeln, dem Gaumensegel und im Schlunde, welche ihrerseits beim Croup nur höchst selten vermisst werden dürfte. Bei der Section findet man als Grund des *Oedema glottidis* gewöhnlich kleine Eiterheerde im Umfange der Stimmbänder und hinter der *Membrana hyotyreoidea* oder Nekrose der Kehlkopfsknorpel und Bänder. Beim Croup dagegen lässt sich die den Kehlkopf, oft auch die Luftröhre, zuweilen auch die Bronchien bis in ihre feinsten Verästelungen ausfüllende Exsudatmasse bald in festem, bald in lockerem Zusammenhange mit der gerötheten Schleimhaut als wesentliches Krankheitsproduct nachweisen[1]).

[1]) [Die grosse Verwirrung, welche in der Lehre vom Croup herrscht, ist wesentlich dadurch bedingt, dass man, von einer ontologischen Auffassung ausgehend, unter Croup bald mehr, bald weniger alle diejenigen Erkrankungen versteht, welche mit Heiserkeit, bellendem Husten und Athemnoth, namentlich im kindlichen Alter, auftreten. Die Ausscheidung des *Laryngismus stridulus* aus dieser Gruppe dürfte in der nächsten Zeit immer vollständiger gelingen, so dass die Bezeichnung Croup auf entzündliche und exsudative Prozesse im Kehlkopf, welche mit den oben gedachten Symptomen auftreten, beschränkt bliebe. Die französischen Aerzte gehen in der Scheidung am Weitesten, indem sie

Ein Aneurysma des *Arcus aortae* oder des *Truncus anonymus* kann die Luftröhre in der Weise comprimiren, dass Erstickungszufälle und eine pfeifende Respiration auftreten, die zur Annahme des Bestehens von *Oedema glottidis* Veranlassung geben können. Nahmhafte Wundärzte haben unter solchen Verhältnissen auf Grund einer irrthümlichen Diagnose die Tracheotomie ausgeführt. Man wird einen solchen Missgriff durch sorgfältige Untersuchung des Thorax stets vermeiden können. Das pfeifende oder sägende Geräusch des Aneurysma, oft auch eine stärkere Hervorwölbung der Thoraxwand und eine fühlbare Pulsation an dieser Stelle werden die Diagnose sicher stellen. Ueberdies ist der Gang der Krankheit zu beobachten und die ganze Reihe von Symptomen nicht zu übersehen, welche aus der Compression hervorgehen, die das Aneurysma in der Regel zugleich auf den Oesophagus, die Lunge, so wie auf die benachbarten Gefässe und Nerven ausübt.

|Am Häufigsten wird mit dem Croup der Stimmritzenkrampf, *Laryngismus stridulus*, verwechselt[1]). Für manche Aerzte, welche jedes Kind, das von bellendem Husten und Athemnoth befallen wird, als an Croup leidend bezeichnen, und desshalb auch zahlreiche Heilungen von Croup aufzuweisen haben, besteht der Unterschied, auf welchen wir hier aufmerksam machen, überhaupt nicht. In der That ist derselbe aber sehr wesentlich. Der Stimmritzenkrampf erscheint plötzlich, nachdem gar keine, oder unbedeutende Vorboten (ein paar Tage Catarrh) vorausgegangen sind. Das Kind erwacht (gewöhnlich vor Mitternacht) mit grosser Angst, Athemnoth und bellendem oder krähendem Husten. Ein solcher Anfall, wie er beim Croup erst nach mehrtägigem Verlauf der Krankheit vorkommt, geht in einer halben, höchstens einer

alle die Fälle, in denen röhrenförmige Pseudomembranen, oder solide Exsudatpfröpfe nicht gefunden werden, als „Pseudocroup" bezeichnen. Es gibt aber unzweifelhafte Fälle von Entzündung des Kehlkopfs und der Luftröhre mit derber Infiltration der Schleimhaut und der Muskeln ohne Entwickelung von Pseudomembranen, welche mit allen Erscheinungen des wahren Croup, mit einziger Ausnahme des diphtheritischen Belags im Schlunde, auftreten und gerade so wie der pseudomembranöse Croup zum Tode führen. Anderer Seits kommen dicke Pseudomembranen im Kehlkopf ausnahmsweise auch ohne jenen diphtheritischen Schlundbelag vor. Die Diagnose der Anwesenheit von Pseudomembranen in den Luftwegen kann also in einzelnen Fällen zweifelhaft bleiben und es dürfte gerechtfertigt sein, jene Entzündungsformen vorläufig noch mit unter der Benennung „Croup" zu begreifen.|

1) |Vgl. den Aufsatz von Carl Weber in Darmstadt über Croup und Tracheotomie in der Zeitschrift für rationelle Medicin 1852 p. 8.|

ganzen Stunde so vollständig vorüber, dass das Kind wieder ganz wohl erscheint; aber er kehrt wieder, bald in kürzerer, bald in längerer Frist, immer aber in der Art, dass die späteren Anfälle gelinder sind, als die ersten. In sehr seltenen Fällen dauert der Stimmritzenkrampf mit kurzen Intermissionen einen ganzen Tag an. Die meisten Kinder, welche davon befallen werden, hatten vorher schon ein Gehirnleiden, namentlich Hydrocephalus, wenn auch in geringem Grade und vielleicht nur durch verzögerten Fontanellen-Schluss angedeutet. Der Croup dagegen schleicht langsam heran und hat schon festen Fuss gefasst, wenn es zu Husten und Athemnoth kommt. Störung des Allgemeinbefindens, Appetitmangel, bleiche Gesichtsfarbe, Heiserkeit oder doch belegte Stimme gehen immer voraus, diphtheritische Auflagerungen im Rachen und auf den Mandeln fast immer. Gewöhnlich schwellen auch die Lymphdrüsen des Halses sympathisch an und werden schmerzhaft. Zuweilen gehen Fieberbewegungen voraus; selten besteht bedeutendes Fieber, oft findet sich ein ganz langsamer Puls. Der Croup macht keine vollständigen Remissionen, wenn auch die Heftigkeit der Symptome wechselt; Laryngismus macht sogar Intermissionen. Beim Croup bleibt die Stimme heiser, ja die Heiserkeit steigert sich allmälig bis zur vollkommenen Stimmlosigkeit, wenn auch der Husten nachlässt, oder endlich ganz fehlt; beim Laryngismus dagegen wird sie, trotz des bellenden Hustens und der scheinbar drohenden Erstickungsgefahr allmälig wieder heller und endlich ganz klar.]

[Die Therapie des Croup hat die Aufgabe, wo möglich die Exsudation zu beschränken, die schon gebildeten Pseudomembranen zu zerstören oder zu entfernen, und sofern diese im Larynx (sei es mechanisch oder durch Verbreitung der Exsudation auf die zu den Seiten der Stimmritze gelegenen Muskeln) der Luft den Zutritt zu den Lungen versperren, auf künstlichem Wege den Zutritt zu verschaffen. Zur Beschränkung der Exsudation werden von vielen Seiten Brech- und Abführmittel, so wie Blutentziehungen empfohlen. Brechmittel können einen Nutzen haben, wenn es gelingt, durch sie einen Theil der in den Luftwegen steckenden Pseudomembranen hinauszuschleudern, was jedoch sehr selten ist. Blutentziehungen aber haben sich beim wirklichen Croup viel eher schädlich als nützlich erwiesen; denn die Erfahrensten auf diesem Gebiete stimmen darin überein, dass man Alles zu vermeiden habe, was die Kräfte des Kindes herunterbringt; desshalb möchte auch das Calomel, von dessen anti-exsudativer Wirkung sich viele Vieles versprechen, nur in kleinen und niemals in purgirenden Dosen zu reichen sein. Vielleicht beruht die auch von mir mehrmals erprobte Wirksamkeit der Plummerschen Pulver gerade darauf, dass sie das Quecksilber in milder Form zur Wirkung bringen. Die wichtigste Aufgabe bleibt es aber, in der ersten Zeit der Krankheit die bereits vorhandenen Pseudomembranen im Schlunde und auf den Mandeln durch nachdrückliche Anwendung des Höllensteingriffels zu zerstören. Sobald aber die Heiserkeit in Stimmlosigkeit überzugehen anfängt und die Blässe des Gesichts, wegen der bis zur Erstickung gesteigerten Athemnoth, namentlich an den Lippen, einer bläulichen Farbe weicht, ist von keinem anderen Mittel Heil zu erwarten, als von der künstlichen Eröffnung der Luftwege durch die Tracheotomie. Steigt der croupöse Prozess in die Lungen hinab (wie dies leider im nördlichen Deutschland und an den englischen Küsten fast allgemein zu sein scheint), so wird das Leben durch die Operation nicht gerettet; aber der Tod erfolgt wenigstens in milderer Form, nicht mit den Schrecken einer wirklichen Strangulation. Beschränkt sich dagegen die Erkrankung auf Schlund, Kehlkopf und Luftröhre, so ist mit der Tracheotomie auch Alles gewonnen. Das Kind respirirt durch die künstliche Oeffnung, bis der natürliche Weg — durch die allmälig erfolgende Abstossung des Exsudats (der Pseudomembranen), welche durch die innere Behandlung (namentlich eine kräftige Ernährung) und durch die Anwendung des Höllensteins begünstigt werden kann — wieder frei geworden ist.|

|Somit können wir dem von C. Weber gemachten Vergleiche nur beipflichten: das croupkranke Kind befindet sich in der Lage eines Erhängten; Beide können vielleicht an einer unheilbaren Lungenentzündung leiden, sicher aber sind sie dem Tode verfallen durch die Absperrung des Halstheils ihrer Luftwege; bei dem Erhängten muss zuerst der Strick durchschnitten werden, dann lässt sich seine Pneumonie vielleicht noch heilen, dem Croupkranken muss die Luftröhre geöffnet werden, dann kann möglicher Weise auch bei ihm noch Genesung erfolgen.

Vgl. den Aufsatz von Trousseau über Tracheotomie im letzten Stadium des Croup, *Archiv. général. de médecine, Paris* 1855; Behrend und Hildebrandt, Journal für Kinderkrankheiten 1855, Juli, August.|

|Beim *Oedema glottidis* hat die Therapie gleichfalls vor Allem die Aufgabe, den Erstickungstod zu verhüten, was auch bei diesem Leiden, wenn es nicht bloss in ganz geringfügigem Grade besteht, nur durch künstliche Eröffnung der Luftwege möglich ist. Jedoch ist hierbei vielleicht nicht blos durch die eigentliche Bronchotomie, sondern durch den von Vidal zuerst angegeben, von den Meisten aber nach Malgaigne benannten, Schnitt oberhalb des Kehlkopfs (*Bronchotomie sus-laryngienne*) Hülfe zu schaffen. (Vgl. Capitel VII).|

Viertes Capitel.

Caries und Nekrose des Kehlkopfs und der Luftröhre.

Unter dem gemeinsamen Namen „Kehlkopfsschwindsucht, *Phthisis laryngea*," ist eine Reihe von Krankheitserscheinungen zusammengefasst worden, die zwar alle darin übereinstimmen, dass sie eine Zerstörung im Kehlkopf voraussetzen lassen, übrigens aber auf sehr verschiedenartigen Krankheitsprozessen beruhen können, auf welche näher einzugehen der inneren Medizin überlassen werden muss [1]. Wir haben hier aus dieser Reihe nur die Caries und die Nekrose, welche theils unmittelbar, theils in ihren weiteren Folgen chirurgische Hülfe nothwendig machen können, näher zu betrachten.

I. Caries.

Caries der Kehlkopfsknorpel ist sehr viel seltener, als man gewöhnlich glaubt, weil man sie häufig mit der Nekrose verwechselt.

Häufiger, als die Kehlkopfsknorpel fand Trousseau die Knorpelringe der Luftröhre cariös, am Ringknorpel beobachtete er niemals Caries, nur einmal am Schildknorpel, dreimal an den Giessbeckenknorpeln, einmal an der Epiglottis (*Mémoires de l'Académie royale de médecine t. VI.*)

Der cariöse Knorpel ist ungemein gefässreich, aufgelockert und an seiner Oberfläche gleichsam zottig; die Ausbreitung des cariösen Prozesses ist höchst verschieden, bald oberflächlich, bald tief, bald auf eine kleine Stelle beschränkt, aber mit dem Ausgang in vollständige Durchlöcherung des ergriffenen Knorpels, bald auf den ganzen Knorpel, z. B. die ganze Epiglottis, ausgedehnt, so dass diese vollständig verschwindet. Die den Knorpel bedeckenden Weichtheile betheiligen sich stets bei der Erkrankung; namentlich wird die bedeckende Haut nicht selten gleichfalls von Verschwärung ergriffen, röthet sich, wird verdünnt und endlich durchbrochen.

Auf diese Weise entsteht eine wahre Luftfistel, worauf wir im nächsten Capitel zurückkommen werden. Ein Fall der Art ist z. B. beschrieben in Andral's *Clinique médicale T. II. p.* 204.

Häufiger aber hängt Caries der Kehlkopfs- und Luftröhren-Knorpel mit Verschwärung der sie bedeckenden Schleimhaut zu-

[1]) Vgl. *Traité de la phthisie laryngée et des maladies de la voix, par* Mr. Trousseau, in: *Mémoires de l'Académie royale de médecine*, Paris 1836, t. VI. und Trousseau *Traité pratique de la phthisie laryngée*. Paris 1837, in 8.

sammen, und zwar gewöhnlich in der Art, dass die Verschwärung der Schleimhaut der Erkrankung des Knorpels vorausgeht. Jedenfalls aber sind die Erscheinungen der Schleimhautulcerationen und des Oedems in der Umgebung des Geschwürs die wesentlichen. Darauf beruhen denn auch die plötzlichen, heftigen Erstickungszufälle, denen solche Kranke unterworfen sind, und gegen welche, wenn nicht durch zahlreiche grosse Vesicatore [1]) und anderweitige Ableitungen (Purganzen, Junod's Schröpfstiefel) Besserung herbeigeführt werden kann, nur die Eröffnung der Trachea oder des Kehlkopfs Hülfe zu leisten vermag.

II. Nekrose.

Die Kehlkopfsknorpel können im höheren Alter, in ähnlicher Weise, wie die Rippenknorpel, verknöchern und dann von der gewöhnlichen Knochennekrose befallen werden. In Folge mancher Erkrankungen, namentlich der bedeckenden Schleimhaut und des Perichondriums, verknöchern sie gleichfalls, so namentlich nach *Perichondritis laryngea*, welche jedoch ihrer Seits auch zur Eiterung führen kann, ohne vorher Verknöcherung des Knorpels bedingt zu haben. Der seiner Ernährungsquellen beraubte, von Eiter umspülte Knorpel wird dann gleichfalls nekrotisch. Trousseau fand bei mehr, als der Hälfte der an *Phthisis laryngea* Gestorbenen, welche er zu untersuchen Gelegenheit hatte, Nekrose der Kehlkopfsknorpel. Nach seinen Untersuchungen [2]) liegt der nekrotische Knorpel immer vollständig blos, an seiner äusseren Seite von Eiter umspült und nach Innen mit der Höhle des Kehlkopfs durch einen Fistelgang in Communication. Die eingeführte Sonde lässt, wenn bereits ein äusserer Fistelgang besteht, mit Leichtigkeit den nekrotischen Knorpel erkennen. Die Trennung desselben von den umliegenden Theilen erfolgt mit grosser Schnelligkeit, mit Ausnahme der Lösung von dem zurückbleibenden Theile des Knorpels; hier ist, wie bei der Trennung nekrotischer Knochenstücke ein langsamer Eliminationsprozess erforderlich, welcher oft zur Erschöpfung, oder zu anderweitig tödtlichen Zerstörungen Veranlassung gibt.

[1]) Vidal erzählt drei Fälle, in denen andere Aerzte die Bronchotomie für nothwendig gehalten hatten, in welchen es ihm aber doch gelang theils durch grosse spanische Fliegen, welche auf den Hals, auf die Schenkel und die Waden gelegt wurden, allein, theils durch eine Verbindung derselben mit Brech- und Abführmitteln die dringende Lebensgefahr zu beseitigen.

[2]) *Traité pratique de la Phthisie laryngée*. Paris 1837, in 8.

Nekrose der Kehlkopfsknorpel, ohne vorhergehende Verknöcherung kommt nur in typhösen Fiebern vor. Sédillot hat einen Fall der Art im *Bulletin de l'Académie royale de médecine*, Paris 1836, T. I. p. 243, beschrieben. Die bei *Phthisis laryngea* stattfindende Nekrose der Kehlkopfsknorpel erfolgt immer erst, nachdem sie verknöchert sind, wenn der Verlauf der Krankheit nicht etwa ein überaus schneller gewesen ist.

Das nekrotische Knorpel- (oder Knochen-) Stück nimmt seinen Weg entweder nach Aussen durch die Haut, oder nach Innen gegen die Schleimhaut. Im letzteren Falle geräth es in die Höhle des Kehlkopfs und veranlasst daselbst als fremder Körper alle die üblen Zufälle, die im ersten Capitel dieser Abtheilung ausführlich beschrieben sind. Ein solcher Sequester kann einen sehr bedeutenden Umfang erreichen.

Nach Jos. Frank wäre sogar der ganze Ringknorpel einmal ausgestossen worden. Die betreffende Stelle in seiner *Praxis medica T. VI. p.* 199 heisst wörtlich: *Aeger Hunteri per plures menses sanguinem et pus rejiciebat, ac pro phthisico habitus fuit; convaluit rejecta cartilagine cricoidea.*

Wenn man vorher durch einen Fistelgang mit der Sonde oder mit dem Finger einen Sequester entdecken konnte, so müsste man beim Eintreten von Erstickungszufällen die Ausziehung des Sequesters (mit oder ohne Erweiterung des Fistelganges) zu bewirken suchen und nöthigenfalls zur Bronchotomie schreiten, um die Entfernung des nekrotischen Knorpelstücks sicher bewirken zu können. Letztere Operation wird auch gerechtfertigt sein, wenn bei einem schon lange Zeit unter den Erscheinungen der Kehlkopfsschwindsucht leidenden Kranken plötzlich heftige Erstickungszufälle auftreten.

[Die von anderen Autoren als Pharynxabscesse beschriebenen Eiteransammlungen im Umfange der hinteren Kehlkopfswand hängen mit der Nekrose der Kehlkopfsknorpel genau zusammen, indem diese ihnen entweder vorausgeht, oder folgt. Wer bei den Sectionen Typhuskranker die nöthige Aufmerksamkeit darauf verwendet, wird nicht selten Gelegenheit haben, Eiterungen im Umfange des Kehlkopfs zu beobachten.]

Als Beispiele können die 3 von Rodrigues im *Journal des connaissances médico-chirurgicales*, Oct. 1845, beschriebenen Fälle dienen.

1. Ein 35jähriger Mann wird, während er wegen einer Kniegelenksentzündung in Behandlung ist, von typhösem Fieber befallen, die Stimme wird rauh und erlischt zeitweise ganz, Schlingen wird beschwerlich und gelingt dem Kranken nur, wenn er mit vornüber gebeugtem Körper aufsitzt. Bei der Section fand man die Schleimhaut des Kehlkopfs und des Pharynx geröthet, die vordere Pharynxwand etwas nach Hinten gedrängt, fluctuirend und zwischen ihr und dem Kehlkopf rothbraunen, schlechten Eiter.

II. Ein Schuster, der von einem sogenannten adynamischen Fieber genesen war, erkrankte wenige Tage nach seiner Entlassung unter Respirationsbeschwerden, starkem, häufigem Husten mit rauher, oft erlöschender Stimme, der Empfindung eines auf- und absteigenden fremden Körpers, erschwertem Schlingen, mühsamer Inspiration und starb wenige Tage darauf unter Orthopnoe, mit lividem Antlitz und einer bis zur Wuth gesteigerten Angst. Man fand einen Abscess zwischen Kehlkopf und Pharynx, der sich von den Giessbeckenknorpeln bis zum Ringknorpel herab erstreckte.

III. Ein Student, welcher so eben vom Typhus genesen war, erkrankte auf's Neue, nachdem er bei regnichtem Wetter ausgegangen war. Seine Stimme wurde rauh, das Schlingen erschwert, die Respiration behindert und schmerzhaft und alsbald steigerten sich die Erstickungszufälle in der Art, dass Béclard die Tracheotomie ausführte. Der Tod wurde jedoch dadurch nicht abgewendet und bei der Section fand man eine eitrige Infiltration der vorderen Pharynxwand.

Fünftes Capitel.

Luftfisteln,

Fistulae laryngeae et tracheales.

Sehr ausgedehnte oder stark gequetschte Wunden, so wie auch Wunden mit Substanzverlust können eine Fistel hinterlassen, wenn die Vereinigung nicht vollständig gelingt. Zur Fistelbildung führen ferner, wie bereits bemerkt, Caries und Nekrose der Kehlkopfsknorpel. |Solche Fisteln entstehen fast ausschliesslich am Kehlkopf, weil hier die mechanischen Verhältnisse der Heilung eiternder Wunden ungünstig sind, was an der Luftröhre nicht der Fall ist. Sie haben gewöhnlich gar keinen, oder doch einen nur sehr kurzen Fistelgang; sie gehören daher zu Roser's sogen. lippenförmigen Fisteln, indem die Schleimhaut der Luftwege direct mit der äusseren Haut in Verbindung getreten ist. In dieser Beziehung unterscheiden sich die erworbenen Luftfisteln wesentlich von den angebornen Trachealfisteln (Vgl. p. 417 u. f.), bei denen immer ein langgestreckter, enger Fistelgang besteht. Hieraus entspringt ein so grosser Unterschied zwischen diesen beiden Arten von Luftfisteln, dass sie kaum in irgend einer Beziehung als ähnliche Krankheitszustände betrachtet werden können.|

Durch das Bestehen einer Luftfistel erleidet die Stimme stets bedeutende Veränderungen. Befindet sich die Fistel unterhalb der Stimmritze und besitzt eine ansehnliche Grösse; so entsteht vollständige Aphonie. Ueberdies tritt aber bei längerem Bestehen eine Verengerung der Stimmritze ein, indem die Luft, durch die abnorme Oeffnung am Halse hindurchtretend, nur zum geringen Theil ihren Weg durch die Stimmritze nimmt und diese sich der geringeren Quantität Luft, welcher sie den Durchtritt zu gestatten hat, allmälig adaptirt.

Als besonders bemerkenswerth werden in dieser Beziehung erwähnt: 1) der Fall, welchen Reynaud beschrieben hat und in welchem, nach vollständiger Durchschneidung der Luftröhre, nicht blos Verengerung, sondern vollständige Obliteration der Stimmritze eingetreten sein soll. Vgl. p. 433. 2) die von Bégin im *Dictionnaire de médecine et de chirurgie pratiques*, unter *Fistules*, *T. VIII*, *p. 178*, erwähnte Beobachtung von Bullard, wo nach einer Luftröhrenwunde, welche einem Erwachsenen zum Behuf der Behandlung des Croups beigebracht wurde, eine solche Verengerung des Kehlkopfs erfolgte, dass man, um Erstickungszufällen vorzubeugen, die künstliche Oeffnung offen lassen musste. [War in diesem Falle aber nicht vielleicht die vorausgegangene Entzündung der Grund der Verengerung der Stimmritze?]

Jedenfalls ist bei Luftfisteln immer zu bedenken, dass Verengerung der Stimmritze bestehen könnte. Man wird sich hiervon genau zu überzeugen haben, bevor man irgend etwas gegen eine Luftfistel unternimmt. Denn Verengerung der Stimmritze, so wie Verengerung des ganzen Luftrohres überhaupt, haben, indem sie eine unzureichende Menge von Luft in die Lunge einströmen lassen, immer eine unvollständige Respiration, und somit allmälige Erstickung zur Folge. [Zeigt sich, dass bei mechanischem Verschluss einer Luftfistel die Respiration beschwerlich oder unvollständig von Statten geht, so hat man anzunehmen, dass bereits Verengerung der Stimmritze erfolgt sei. Alsdann kann man versuchen, durch Uebung die Stimmritze wieder zu erweitern, indem man die Luftfistel zeitweise geschlossen hält und den Kranken recht tief und kräftig durch den Kehlkopf inspiriren lässt. Führen diese Versuche zu keinem Resultat, so muss man auf den Verschluss der Luftfistel Verzicht leisten. Anderen Falls aber kann man den organischen Verschluss der Fistel herbeizuführen suchen.] Bei frischen Luftfisteln, und überhaupt bei allen denen, welche nicht mit Verengerung der Stimmritze complicirt sind, schreitet man sogleich zum Verschluss auf operativem Wege, indem man die Ränder anfrischt und zusammenheftet oder cauterisirt und durch sorgfältige Compression den abermaligen Durchtritt der Luft zu verhüten sucht. Dies lässt sich jedoch nur bei sehr kleinen Fisteln ausführen; bei grösseren Defecten ist eine plastische Operation, Bronchoplastik, erforderlich, welche, je nach der Grösse und dem Sitz der Fistel verschieden schwierig ist. Die Vereinigung der oberhalb des Kehlkopfs gelegenen Fisteln gelingt vermittelst Hautverschiebung in der Regel sehr leicht. Schwieriger ist dies bei den unterhalb des Kehlkopfs oder an diesem selbst gelegenen, für welche die Transplantation eines breitgestielten Lappens mehrmals erforderlich geworden ist. Der Lappen wird aus der benachbarten Haut ausgeschnitten, die Fistelränder werden vorsichtig angefrischt, so dass kein Blut in die Luftwege fliessen kann, und man näht den zusammengefalteten oder zusammengerollten Lappen in der Art in der Fistelöffnung fest, dass er dieselbe wie ein Pfropf verschliesst. Die Anwendung einer umschlungenen Naht ist hierzu in der Regel nützlich.

Sechstes Capitel.

Neubildungen im Kehlkopfe und in der Luftröhre.

Manche unter den im Kehlkopfe vorkommenden Neubildungen geben zu den Erscheinungen der Kehlkopfsschwindsucht Veranlassung, so namentlich Krebse. In der Mehrzahl der Fälle aber nehmen die im Kehlkopfe sitzenden Neubildungen eine gestielte Gestalt an und werden desshalb als Polypen bezeichnet.

Beobachtungen von Kehlkopfspolypen liegen vor von Lientaud, Reynard, Trousseau, Gérardin, Andral und mehreren anderen Chirurgen. Von den Polypen, welche Lieutaud erwähnt, war der eine sehr fest und einer Traube ähnlich, deren Stiel an der vorderen Luftröhrenwand festsass; der andere war mit mehreren Wurzeln an der Schleimhautauskleidung des Ringknorpels befestigt und in letzteren gleichsam eingeklemmt. *Histoire de l'Académie des sciences, année* 1784, p. 72. Reynard beschreibt kleinere fleischichte Körperchen, die eine gelbliche, dem Glaskörper des Auges nicht unähnliche Substanz enthielten; sie wurden von einer Dame ausgehustet, welche seit 4 Jahren an Stimmlosigkeit und heftigen Erstickungsanfällen gelitten hatte. Nachdem sie ausgehustet waren, kehrte die Stimme mit ihrem gewöhnlichen Klange zurück. *Journal de médecine de Leroux T.* 31. *p.* 136. In der Beobachtung von Andral handelte es sich um weissliche, höckerige Auswüchse, welche mit breiter Basis auf der Schleimhaut der oberen Kehlkopfsöffnung aufsassen und grosse Aehnlichkeit mit Blumenkohlköpfen darboten [also wahrscheinlich als Epithelialkrebs zu deuten sind]. *Précis d'anatomie pathologique T. II. p.* 472. Einen ähnlichen Fall hat Ferrus in der *Académie de médecine* gezeigt. Trousseau fand eine Geschwulst, welche zwischen dem Ring- und Schildknorpel nach Hinten und Aussen auf der linken Seite hervorragte, zugleich aber auch im Kehlkopf einen bedeutenden Vorsprung bildete. Sie hatte die Consistenz des Specks und eine grau-weisse Farbe; der linke Morgagni'sche Ventrikel war mit stinkender Jauche gefüllt und die linke Hälfte des Schildknorpels zum Theil cariös. Die Beobachtung von Gérardin bezieht sich auf eine ehemals in Paris sehr bekannte Persönlichkeit, einen alten Boten der Deputirtenkammer. Man fand beim Spalten des Kehlkopfs eine weisse, rauhe Geschwulst von der Grösse eines Haferkorns, etwa 2 Linien lang, welche mit kurzem Stiel in dem rechten Morgagni'schen Ventrikel festsass.

[Middeldorpf hat eine Reihe von 64 Fällen gestielter Kehlkopfsgeschwülste gesammelt und eine eigne Beobachtung hinzugefügt (die Galvanokaustik, Breslau 1854 p. 176—230). Die gesammte Literatur und das Wesentliche aus den Angaben der einzelnen Beobachter ist von ihm so vollständig mit eingehender Kritik dargestellt, dass dies Capitel des Buchs zugleich als eine kleine Monographie über Kehlkopfspolypen betrachtet werden kann. Unter diesen 64 Fällen ist der Epithelialkrebs am Häufigsten (25), dann folgt das Sarcom (13), dann der Schleimpolyp (6); anderweitige Geschwülste kamen nur vereinzelt vor und sind zum Theil zweifelhafter Natur.]

Die Erscheinungen und Zufälle, welche durch Kehlkopfspolypen hervorgerufen werden, sind in mancher Beziehung den durch fremde Körper veranlassten ähnlich. So handelte es sich z. B. in der ersten Beobachtung von Lieutaud um ein 12jähriges Kind, welches plötzlich starb, nachdem es an grosser Athemnoth gelitten hatte. In der zweiten Beobachtung versicherte der Kranke einen festen Körper in der Luftröhre zu fühlen, den er nicht aushusten konnte, und er starb plötzlich, indem er sich aus dem Bett herausbeugte, um ein auf die Erde gefallenes Buch aufzuheben. Erfolgt, was freilich selten ist, die Ausstossung des ganzen Polypen durch Husten (Rénard), so bietet sich auch noch die Aehnlichkeit mit den fremden Körpern dar, dass sofort die Respiration und die Stimme zu ihren normalen Verhältnissen zurückkehren. Aber der Verlauf der Krankheit ist ein ganz anderer bei Kehlkopfs-Polypen, als bei der Anwesenheit fremder Körper. Lange bevor Erstickungszufälle, oder überhaupt bedenkliche Erscheinungen auftreten, findet sich Heiserkeit, die sich ganz allmälig bis zur Aphonie steigert; ferner Husten, der allmälig immer häufiger, quälender und heftiger wird und durch welchen zuweilen kleine Stücke der Geschwulst herausgeschleudert werden. [Bei genauer Untersuchung mittelst der Auscultation entdeckt man, wenn die Geschwulst in der Höhle des Kehlkopfs sitzt, ein klappendes Geräusch. Je nachdem sie oberhalb oder unterhalb der Stimmritze inserirt ist, kann bald bei einer tiefen Inspiration, bald bei heftiger Exspiration (Husten), durch Einklemmung der Geschwulst zwischen den Stimmbändern, plötzliche Suffocation zu Stande kommen [1].]

[1] [Hier ist der Beobachtung Middeldorpfs (l. c. p. 208) zu gedenken, dass auch die Epiglottis, wenn sie hinreichend schlaff ist, durch eine tiefe, heftige Inspiration in die Stimmritze hineingezogen und daselbst unter suffocatorischen Erscheinungen eingeklemmt werden kann. Die Reposition gelang Middeldorpf mittelst des hakenförmig eingesetzten Zeigefingers.]

|Kehlkopfs-Polypen können aber auch tief im Schlunde bei niedergedrückter Zunge hinter oder zur Seite des Kehldeckels sichtbar und der Fingerspitze erreichbar werden, wenn sie oberhalb der Stimmbänder inserirt und durch die obere Apertur des Kehlkopfs aufwärts gewachsen sind (Laryngo-Pharyngeal-Polypen). Auch diese werden aber nicht blos durch die je nach der Dicke ihres Stiels verschieden starke Beengung des Kehlkopf-Eingangs, sondern auch durch die beim Schlingen, tiefem Inspiriren und dergl. eintretende Dislocation ihres Körpers plötzliche Erstickungsgefahr bedingen, ausserdem aber die übrigen Erscheinungen der Kehlkopfs-Polypen, wenngleich im Verhältniss zu ihrer Grösse in verhältnissmässig geringer Heftigkeit veranlassen.|

|Die Behandlung kann nur in einer Operation bestehen. Dieselbe muss auf verschiedenem Wege unternommen werden, je nachdem der Polyp im oberen Umfange oder in der Tiefe des Kehlkopfs festsitzt, d. h. je nachdem man ihn vom Munde aus sehen und fühlen kann, oder nicht. Im ersteren Falle kann man den Weg durch den Mund auch benutzen, um der Wurzel des Polypen beizukommen. Zuweilen gelingt es vielleicht, ihn mit einer Zange auszureissen oder abzuquetschen. Die Ligatur würde sicherer wirken, ist aber unzulässig, weil der unterbundene Polyp anschwellen und somit Erstickung bedingen würde. Die *Ligatura candens,* von Middeldorpf einmal mit glücklichem Erfolge angewandt, leistet hier unstreitig mehr, als alle anderen operativen Eingriffe.|

|Middeldorpf hat seine Operation, l. c. p. 222, mit allen Einzelheiten beschrieben. Der Polyp recidivirte zwar, aber *en miniature,* so dass er durch Betupfen mit Höllenstein zerstört werden konnte. Sollte er auch abermals recidiviren, so würde dies der in dieser Region unschätzbaren *Ligatura candens* ihren Vorzug vor den übrigen Methoden doch nicht schmälern, denn Recidive werden durch letztere mindestens ebensowenig verhütet.

Die Anlegung der Drahtschlinge um die Wurzel eines Laryngo-Pharyngeal-Polypen erfordert bedeutende Geschicklichkeit, da sie ausschliesslich mit den vorgeschobenen Fingern geschehen muss, nachdem die Schlinge selbst bereits in der p. 388 abgebildeten Weise in den Schlingenträger eingefädelt ist. Sobald man den Stiel des Polypen mit der Drahtschlinge genau umschnürt hat und die Verbindung mit der Batterie hergestellt ist, lässt man diese schliessen, setzt aber die Abschnürung bis aufs Aeusserste fort (wobei der Draht voraussichtlich zersprengt wird), um der vollständigen Trennung sicher zu sein. Der abgelöste Polyp wird dann schnell mit den Fingern herausbefördert.|

|Der zweite Weg zu den Polypen der oberen Kehlkopfs-Apertur ist der durch eine quere Incision zwischen Zungenbein

und Kehlkopf zu eröffnende (vgl. das folgende Capitel). Auf diese Weise gelangt man in den Schlundkopf, zunächst zum Kehldeckel, vermag aber hinter demselben auch den ganzen Kehlkopfs-Eingang zu übersehen, so dass man die Ausrottung des Polypen mit Scheere und Pincette vornehmen könnte. Vielleicht wäre dieser Weg auch für die Anlegung der galvano-caustischen Schlinge, wenn diese vom Munde her nicht gelingt, zu benutzen.]

[Sitzt der Polyp dagegen in der Tiefe des Kehlkopfs, so ist es unmöglich, seine Entfernung ohne Eröffnung des Kehlkopfes selbst vorzunehmen. Um dies bewirken zu können, muss man zuerst die Luftröhre öffnen und eine Canüle einlegen, damit der Kranke auf diesem künstlichen Wege sicher athmen kann, worauf man dann in einer zweiten Sitzung (etwa nach 1—2 Tagen) zur Spaltung des Kehlkopfs und zur eigentlichen Ausrottung des Polypen schreitet (Ehrmann) [1].]

[Bei der grossen Schwierigkeit der Diagnose wird es aber oft erforderlich werden, eine Palliativ-Operation zu machen, d. h. dem Kranken durch Eröffnung der Luftröhre zu einer freien Respiration zu verhelfen. Dies darf, sobald Erstickungsgefahr eintritt, niemals unterlassen werden.]

Siebentes Capitel.

Eröffnung der Luftwege, *Bronchotomie.*

Die kunstgemässe Eröffnung der Luftwege am Halse wird im Allgemeinen Bronchotomie, auch wol Kehlschnitt genannt; im Besonderen aber bezeichnet man die Operation, wenn der Kehlkopf geöffnet wird, als Laryngotomie, wenn dagegen die Luftröhre geöffnet wird, als Tracheotomie.

Hippokrates rieth eine Röhre in die Luftröhre einzuführen, um der Erstickungsgefahr zu begegnen. Asklepiades trat diesem Verfahren entgegen und ist als der Erfinder der Bronchotomie zu betrachten. Caelius Aurelianus und Aretaeus verspotteten sein Verfahren als falsch und verwegen. Antyllus brachte dasselbe wieder zu Ehren; er durchschnitt, nach der Beschreibung des Paul von Aegina, mit einem Zuge Haut und Luftröhre (den 3. und 4. Luftröhrenring) und hielt durch Haken die Wunde offen. Bei den Arabern sind die Meinungen über diese Operation getheilt.

Wilhelm von Saliceto verrichtete sie mehrere Male; auch Andere empfahlen sie bei der *Angina suffocatoria*, Roland, Professor zu Bologna, hat sie bei einem Larynxabscess ausgeführt. Antonius Musa Brassavola führte die Operation

[1] Vgl. Ehrmann, *histoire des polypes du larynx. Strasbourg* 1850.

zuerst mit Glück bei der *Angina membranacea* aus. Ambroise Paré öffnete nach dem Eintritt der höchsten Erstickungsgefahr bei der *Angina inflammatoria* die Trachea durch einen queren Einschnitt und warnt vor einer Verletzung der Knorpelringe, obgleich schon die Araber sowol, wie auch Wilhelm von Saliceto die Vernarbung von Trachealwunden am Menschen und experimentell an Thieren (*Abulcasem. Chirurg. l. 2. p. 227*) nachgewiesen hatten. Zur Entfernung fremder Körper aus der Trachea wurde die Bronchotomie bis dahin noch nicht angewandt.

Fabricius ab Aquapendente sucht die Operation theoretisch zu rechtfertigen und giebt sowol genauere Indicationen, als auch genaue Regeln für das Operationsverfahren an: „man solle nicht operiren, wenn die Krankheit oder die Materie nach den Lungen hinabgestiegen sei"; er empfiehlt statt der Haken des Antyllus eine gerade silberne Röhre einzulegen, die um den Hals befestigt wird. Selbst hat er, nach seinem eignen Geständniss, die Operation nicht ausgeführt. — Sanctorius bediente sich eines Troikarts.

Im Anfange des 17. Jahrhunderts verrichtete Habicot am Hôtel-Dieu zu Paris die Operation zur Entfernung fremder Körper aus der Trachea mit Glück. Im Beginn des 18. Jahrhunderts waren Erfolge von vielen Seiten her bekannt geworden, die longitudinelle Incision mehr in Aufnahme gekommen, sogar das Einlegen doppelter, concentrischer und gekrümmter Röhrchen schon angerathen worden. — Dennoch war die Furcht vor dieser Operation noch sehr verbreitet; man scheute im Fall eines unglücklichen Ausganges den Vorwurf der Tödtung.

Später trugen besonders Louis und van Swieten zur weiteren Entwickelung und zu einer grösseren Aufnahme dieser Operation bei. Ersterer sagte schon: „*Opérez le plus tôt possible!*" — Die Operation ist nach ihm das alleinige Hilfsmittel, „wenn man sie beim Beginn der Krankheit ausführt, um eben der Lungenentzündung (*engorgement*) vorzubeugen."

Von da an wurden zahlreiche Arbeiten über die Tracheotomie geliefert, bis die Arbeit Bretonneau's diese Operation unzertrennlich mit der croupösen Entzündung des Larynx und der Trachea verband, und die Bemühungen Trousseau's der Operation mehr Eingang verschafften.

Indicationen für diese Operation können folgende Zustände geben:

1. Wunden, und zwar vor allen Schusswunden am Halse, auf die immer schnell eine beträchtliche Anschwellung erfolgt, theils durch Bluterguss, theils durch entzündliches Exsudat. Quetschwunden des Larynx mit Bruch der Knorpel und Depression der Bruchstücke nach der Larynx-Höhle erfordern die Bronchotomie sowol zur Beseitigung der Erstickungsgefahr, als auch behufs der Reposition oder Entfernung der Bruchstücke.

2. Fremde Körper, die sich im Kehlkopfe oder der Trachea befinden, oder auch vom Oesophagus her die Trachea beengen. Hier feiert die Bronchotomie ihre schönsten Triumphe. Tritt der fremde, von Aussen eingedrungene Körper nicht sofort mit den ersten nach der Operation auftretenden Hustenstössen aus der Wunde heraus, dann soll man nur durch einen einfachen Ver-

band die Wunde leicht schliessen, da oft erst in den nächsten Tagen der fremde Körper im Verbande oder in der Wunde vorgefunden wird. (Vgl. p. 450).

3. Unter den entzündlichen Anschwellungen am Halse möchten höchstens die nach Schusswunden (1) und bei vergifteten Wunden auftretenden (Viperngift, Milzbrand-Carbunkel) die Bronchotomie indiciren, während gegen heftige *Angina tonsillaris*, Anschwellung der Zunge und andere bedeutende Entzündungen der Halsgegend örtliche (Incisionen) und allgemeine Antiphlogose ausreichen möchten.

4. Beim Croup, sobald Erstickungsgefahr eintritt (blaue Lippen, Aphonie, Einziehen der Herzgrube). Vgl. das dritte Capitel.

5. Gegen das *Oedema glottidis* wird auf rationellere Weise die Laryngotomie, als die höchst schwierige Scarification der ödematösen Theile selbst angewandt. Deshalb erfordern auch

6. Caries und Nekrose der Larynxknorpel, die Ulcerationsprozesse der Larynxschleimhaut, wegen des meist gleichzeitigen Oedems, bisweilen die Eröffnung der Luftwege, theils um Erstickung zu vermeiden, theils um die kranken Parthien topisch behandeln, endlich um Sequester entfernen zu können.

7. Die verschiedensten Geschwülste in- und ausserhalb der Luftwege, sobald sie den Luftzutritt hemmen, machen die Tracheotomie unentbehrlich (sogenannte Polypen des Larynx, Krankheiten der Thyreoidea, Sarcom der Lymphdrüsen des Halses, Krebs dieser Organe, Aneurysmen).

8. Bei Ertrunkenen und Erhängten, wo es sich um eine rasche Herstellung oder Beförderung der Respiration handelt, wird die Tracheotomie immer noch bessere Dienste leisten, als das mühsame und unsichere Einführen von Sonden und Röhren durch Mund oder Nase in den Kehlkopf und die Trachea (S. Cooper).

Die Aufgaben, welche durch die Bronchotomie erfüllt werden, sind im Wesentlichen folgende: 1) Der Luft Zutritt zur Lunge zu verschaffen; 2) fremde Körper aus den Luftwegen fortzuschaffen; 3) für die Heilung gewisser Krankheiten der Luftwege günstigere Verhältnisse herbeizuführen; 4) eine örtliche Einwirkung auf die kranken Theile möglich zu machen.

Das Operationsverfahren bei der Bronchotomie ist nicht bloss von der Stelle abhängig, an welcher die Eröffnung der Luftwege vorgenommen wird (Tracheotomie, Laryngo-Tracheotomie, Laryngotomie, *Bronchotomia supralaryngea*), sondern auch, je nach der Art, in welcher die Eröffnung Statt findet, verschieden. Man kann mit einem Stoss den Troicart bis in die Luftröhre einführen.

Dies haben namentlich Beckers, Bauchot, Sanctorius und in neuerer Zeit Collineau empfohlen. Man hat sich bald krummer, bald gerader runder oder abgeplatteter Troicarts bedient. Fig. 58 ist der von Bauchot angegebene platte Troicart abgebildet, welcher in der Mittellinie in der Art eingestossen werden soll, dass der eine Rand nach Oben, der andere Rand nach Unten gerichtet ist. |Der von Richter angegebene Troicart, welcher in Deutschland unter dem Namen des Richter'schen Bronchotoms bekannt ist, unterscheidet sich hiervon wesentlich. Derselbe ist auch abgeplattet, aber zugleich gebogen und wird in der Art eingestossen, dass seine eine Fläche nach Oben, die andere nach Unten sieht.|

Fig. 58.

Die Anwendung eines Troicarts bei der Bronchotomie bietet den Vortheil dar, dass die Ausführung der Operation leicht ist und dass sogleich die Canüle in der Wunde sich befindet, somit die Respiration gesichert und das Eindringen von Blut in die Luftwege verhütet ist. Der wesentlichste Vorwurf aber, welcher die Eröffnung mit dem Troicart trifft, ist, dass die Oeffnung immer zu klein ausfällt. Soll die Bronchotomie wirklich von Nutzen sein, so muss eine Oeffnung angelegt werden von der Weite der Stimmritze im Augenblick der Inspiration. Dies lässt sich mit einem Troicart nicht erreichen. Ueberdies wird das Einstossen des Troicarts schwierig, wenn viel Fett, oder eine Schwellung durch Oedem oder Emphysem am Halse besteht. Vermag man die Luftröhre (denn auf diese ist die Anwendung des Troicarts fast ausschliesslich berechnet) nicht zuverlässig zu fixiren, so kann man sie beim Einstechen ganz verfehlen, oder ihre hintere Wand verletzen. Ferner entstehen bei den Schlingbewegungen, durch welche der Kehlkopf auf- und abwärts bewegt wird, nothwendig Zerrungen der die Canüle umgebenden Weichtheile, Verschiebung der Canüle und dadurch bedenkliche Störungen. Man hat den Gebrauch des Troicarts daher heut zu Tage fast ganz aufgegeben und bedient sich lieber des umständlicheren, aber bei Weitem sichereren Verfahrens der vorherigen Blosslegung des zu eröffnenden Theils der Luftwege. Hierbei sind im Allgemeinen die für die Blosslegung der grossen Gefässstämme (Bd. II. p. 152) gegebenen Vorschriften massgebend. Der Hautschnitt muss |stets grösser sein als die beabsichtigte Oeffnung im Luftrohre, in der Regel| $1\frac{1}{2}$—2 Zoll lang und genau vertical (nur beim Einschneiden oberhalb des Kehlkopfs transversal) in der Mittellinie verlaufen. In derselben Richtung wird die Fascie durchschnitten und nachdem die Muskeln zur Seite auseinander gedrängt, die Blutung aus den verletzten Gefässen aber sorgfältig gestillt ist (nöthigenfalls durch Unterbindung), öffnet man den Kehlkopf, oder die Luftröhre mit einem spitzen Bistouri sogleich hinreichend weit, um eine der Weite der Stimmritze entsprechende Lücke (15 Mm., etwas über $^1/_2$ Zoll) zu erhalten, welche nöthigenfalls auch vermittelst eines geknöpften Messers, oder mit einer Scheere erweitert werden kann. Je höher oben, d. h. je näher am Zungenbein man den Einschnitt macht, desto leichter ist die Operation, je näher dem Brustbein, desto schwieriger. Man hat nämlich, je weiter unten man operirt, desto mehr Gefässe zu vermeiden und eine desto heftigere Blutung aus denen zu befürchten, welche man gar nicht vermeiden kann. Die Luftröhre ist von einem Venennetz umstrickt, dessen Durchschneidung bei einem gesunden Menschen eine höchst geringe Blutung veranlasst, welches aber eine grosse Masse Blut liefert, wenn diese Gefässe in Folge einer Behinderung der Respiration stark angeschwollen sind. Man kann bei gehöriger Vorsicht recht wohl die vorderen Schilddrüsen-Venen vermeiden und zur Seite schieben, [ebenso die *Art. thyreoidea ima*, wenn sie ausnahmsweise vorhanden sein sollte; auch dem *Truncus anonymus* und der *Carotis sinistra*, wenn sie anomaler Weise schräg vor der Luftröhre verlaufen sollte, wird das vorsichtig geführte Messer ausweichen; aber nichts desto weniger wird man fast bei jeder Bronchotomie, wegen der Zurückstauung des venösen Blutes mit einer sehr störenden Blutung zu kämpfen haben.] Dupuytrens Rath, man müsse den Kranken tief Athem zu holen auffordern, ist im Prinzip ganz richtig, aber gerade in denjenigen Fällen, in welchen man zur Bronchotomie greift, kann der Kranke nicht tief inspiriren. Man muss [theils durch die Unterbindung der Gefässöffnungen, welche man gerade ohne vieles Suchen erkennen kann, theils durch das für die spätere Heilung der Wunde nicht nachtheilige Betupfen der blutenden Wundränder mit irgend einem Stypticum, welches gerade zur Hand ist (z. B. *Arg. nitricum, Cupr. sulphur.* und dgl. mehr), die Blutung zu stillen suchen und] dann eine grosse, sofort weit offen zu haltende Incision in das Luftrohr machen. [Sobald der Kranke durch diese Oeffnung gehörig inspiriren kann, hört die venöse Blutung von selbst auf.] Sollte in diesem kritischen Momente Blut in die Luftwege gerathen, so muss man dasselbe, nach dem Vorgange von Roux, sofort aussaugen, was namentlich, nachdem man eine Canüle von hinreichender Weite in die Oeffnung geschoben hat, sehr leicht und vollständig gelingt. |Wäre der galvano kaustische Apparat gerade zur Hand, so würde die Eröffnung der Luftwege mittelst desselben vor der Blutung ganz sicher stellen und daher eine grössere Schnelligkeit der Ausführung der Operation gestatten. Die allerdings zu erwartende Nekrose der Wundränder dürfte, namentlich bei der Tracheotomie nicht von grossem Belang sein.| Récamier hat, um das Einfliessen von Blut in die Luftwege bei der Bronchotomie zu verhüten, den Vorschlag gemacht, die beiden Akte der Operation durch einen längeren Zeitraum von einander zu trennen: zuerst Blosslegung der Luftröhre und dann, nachdem die Blutung ganz aufgehört hat, also etwa am folgenden Tage, Eröffnung des Luftrohrs. Dieser gute Rath bedarf keiner weiteren Kritik, da die Bronchotomie sich im Vorstehenden bereits als eine fast immer höchst dringliche Operation erwiesen hat, bei welcher man oft kaum Minuten lang, niemals aber bis zum folgenden Tage wird warten können.

|Nächst der Blutung werden bei dem Einschnitt in die Wand des Luftrohrs, die, namentlich bei grosser Athemnoth, mit krampfhafter Schnelligkeit erfolgenden auf- und absteigenden Bewegungen desselben oft hinderlich. Man sucht die Fixation durch einen Seitendruck mit der linken Hand zu erreichen und macht den Einstich unmittelbar nach einer heftigen Bewegung.| Zur grösseren Sicherheit kann man einen scharfen Haken in den Kehlkopf oder in die Luftröhre einsetzen.

Macht man die Bronchotomie wegen eines fremden Körpers und die Ausstossung desselben gelingt sogleich nach Eröffnung der Luftwege, so ist damit auch die ganze Operation beendet und man hat nur einen einfachen, deckenden Verband anzulegen. Aber der fremde Körper tritt nicht immer von selbst hervor, namentlich nicht immer gleich nach der Eröffnung des Luftrohrs. Da muss man unter Umständen die Wunde erweitern, oder doch möglichst weit offen halten, oder mittelst einer kleinen gebogenen Kornzange die Ausziehung zu bewirken suchen.

|Wir haben bereits bei den fremden Körpern, p. 450, auf die hier zu beachtenden Verhältnisse Rücksicht genommen und namentlich darauf aufmerksam gemacht, dass es, wenn die Erstickung drohenden Erscheinungen nach der Ausführung der Bronchotomie aufhören, besser ist, die Ausstossung des fremden Körpers abzuwarten, als mit einer Zange in die Luftwege vorzudringen; andererseits ist die Extraction mit der Zange gerechtfertigt, sobald die Erstickungszufälle fortdauern oder wiederkehren.| Vidal erwähnt eines Falles, in welchem Erstickung eintrat, bevor eine geeignete Zange herbeigeschafft werden konnte; es handelte sich um ein Kind, dem eine Bohne dicht über der Theilungsstelle der Luftröhre festsass.

Sehr oft ist das Fassen des fremden Körpers mit Zange oder Pincette schwierig, auch wol unmöglich, namentlich wenn derselbe im Kehlkopf sitzt. Unter solchen Verhältnissen bediente sich Rigal de Gailliac eines eigenthümlichen Verfahrens. Er führte nämlich von der eröffneten Luftröhre aus eine gekrümmte Sonde, über welche ein elastischer Katheter gezogen war, in den Kehlkopf hinauf und schob dann den elastischen Katheter, während die Sonde fixirt wurde, noch stärker empor; auf diese Weise gelang es, den fremden Körper in die Mundhöhle zu schleudern. [In diesem Falle drängten Erstickungszufälle nicht zur mechanischen Entfernung des fremden Körpers, da der Kranke durch die Trachealwunde frei inspiriren konnte. Unter diesen Umständen wird man einen ähnlichen Versuch zwar machen können; aber es wäre nicht gerechtfertigt, wenn man um jeden Preis die Herausbeförderung des fremden Körpers sogleich erzwingen wollte.]

Die Wunde, welche man durch die Operation in der vordern Wand der Luftwege angelegt hat, offen zu erhalten, ist aber nicht blos bei fremden Körpern, deren Entfernung nicht sogleich gelingt, sondern namentlich auch bei den Erkrankungen des Kehlkopfs und seiner Umgebungen, eine mit der Operation selbst im innigsten Zusammenhange stehende Aufgabe. So namentlich beim Croup, beim *Oedema glottidis*, bei Nekrose der Kehlkopfsknorpel. In allen diesen Fällen muss der Kranke durch die künstliche Oeffnung frei athmen können, so lange auf dem natürlichen Wege ein Hinderniss besteht. Das gebräuchlichste Mittel zu diesem Zweck sind silberne Canülen von hinreichender Grösse und einer passenden Biegung, an deren äusserem Ende Vorrichtungen angebracht sein müssen, um sie mittelst eines um den Nacken des Kranken geführten Bandes sicher zu befestigen.

Die Nothwendigkeit, weite Canülen anzuwenden, deren Oeffnung der Glottis entspricht (15 Mm.), ist namentlich von Bretonneau nachgewiesen worden. Für manche Fälle reicht eine einfache Canüle (wie sie Fig. 59 c. von vorne gesehen,

Fig. 59.

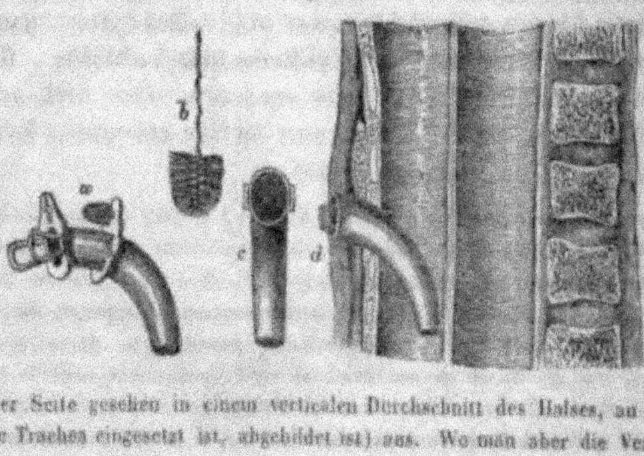

d. von der Seite gesehen in einem verticalen Durchschnitt des Halses, an welchem sie in die Trachea eingesetzt ist, abgebildet ist) aus. Wo man aber die Verstopfung des Röhrchens durch Schleim, Pseudomembranen oder dergl. zu befürchten hat, ist es von grossem Vortheil, doppelte Canülen, wie eine solche Fig. 59 *a.* abgebildet ist, zu besitzen. Diese Doppelröhren, welche man gewöhnlich nach Trousseau benennt, der sie allerdings in die Praxis eingeführt hat, sind zuerst von Borgellat construirt worden. Die eine Röhre steckt in der anderen; erstere welche Fig. 59 *a*, ein wenig hervorgezogen ist, kann entfernt werden, um sie mit dem kleinen Flaschenräumer *b*, auszuputzen, während die andere ruhig liegen bleibt und somit für den Kranken gar keine Beschwerden und für den Arzt keine Schwierigkeit bei dem Reinigen des Rohres entsteht. Die Befestigung nach dem Einlegen der ersten Röhre in die zweite geschieht durch Drehung des flachen Knöpfchens, welches an der die vordere Oeffnung der äusseren Röhre umgebenden Scheibe angebracht ist und durch eine entsprechende Spalte des zweiten Röhrchens gerade bei *a* hindurchtritt. Borgellat hat eine solche Doppelcanüle ein ganzes Jahr lang in der Luftröhre eines 10jährigen Kindes liegen lassen; vgl. die Concoursschrift von *Lenoir, de la Bronchotomie, Paris,* 1841.

Weniger bequem sind gerade oder winkelig gebogene Canülen. Eine siebförmige Durchbohrung, statt der weiten Oeffnung an dem einen Ende, bietet keine besonderen Vortheile dar, da man den Staub und andere fremde Körper viel einfacher durch ein Stück Gaze (Stramin) oder dergl. abhalten kann. Vor Allem kommt es aber darauf an, den Kranken durch eine recht grosse Oeffnung frei athmen zu lassen und dies wird nur durch die weit offen stehenden Canülen vollständig erreicht.

Die Mehrzahl der für den Gebrauch bei der Bronchotomie bestimmten Röhrchen lassen die Luft eben so leicht aus-, als eintreten. Dadurch wird es dem Kranken unmöglich, die Luft, wie dies für gewisse Anstrengungen erforderlich ist, in den Lungen vorübergehend zurückzuhalten. Bérard hat bereits Canülen mit einem Ventil construiren lassen, welche diesem Uebelstande abhelfen sollten. Dieselben sind in neuerer Zeit von Macquet vervollkommnet worden, vgl. Fig. 60. An der vorderen Oeffnung einer gewöhnlichen Canüle, *a*, wird durch Drehung des Knöpfchen, *c*, eine Platte (*b*, von vorn gesehen, *d*, von der Seite gesehen), befestigt, die in der Mitte eine durch ein Klappen-Ventil verschliessbare Oeffnung besitzt, deren Lumen etwas geringer ist, als dasjenige der Canüle. Bei der Inspiration weicht das Klappen-Ventil in die Höhle der Canüle zurück und die Luft kann frei einströmen. Bei der Exspiration dagegen verschliesst das Klappen-Ventil die vordere Oeffnung und die Luft ist genöthigt, ihren Ausweg durch die bei *e* angebrachten Löcher, und somit durch den Kehlkopf zu nehmen. Auf diese Weise wird der Patient in den Stand gesetzt, Töne hervorzubringen und grössere Anstrengungen, bei denen eine vorübergehende Absperrung der Luft in den Lungen erforderlich ist, vorzunehmen. Solche Ventil-Canülen werden jedoch bei Pferden viel häufiger An-

Fig. 60.

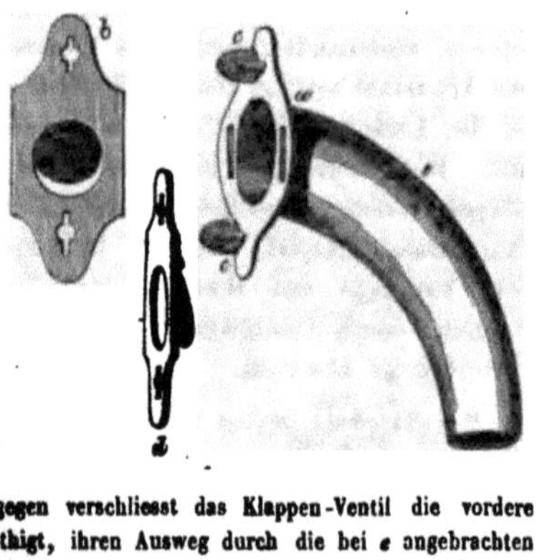

wendung finden können, als bei Menschen. Mit einer gewöhnlichen Canüle würde das Pferd, auch wenn die Functionen seiner Stimmritze einigermassen wieder hergestellt wären, zu irgend welcher Anstrengung ganz unfähig sein, was bei Benutzung des Ventils nicht der Fall ist. Am Menschen wird die Bronchotomie fast ausschliesslich in der Absicht unternommen, der Luft eine recht weite, freie Oeffnung zu machen und durch diese fremde Körper und Pseudomembranen herauszubefördern; dabei ist natürlich Alles, was die Bewegung der Luft hindern könnte, schädlich. Bei manchen chronischen Erkrankungen des Kehlkopfs jedoch könnte es erforderlich werden, die Luftröhre lange Zeit offen zu erhalten; alsdann würde eine mit den Ventil versehene Canüle nützlich sein. — |Operirt man wegen eines im Kehlkopfe sitzenden Hindernisses, so ist es nützlich, eine Canüle anzuwenden, deren convexe Seite siebförmig durchlöchert, oder mit einer ovalen Oeffnung in der Gegend, welche dem Lumen des Kehlkopfs entspricht, versehen ist. Der ovalen Oeffnung macht man zum Vorwurf, dass die Schleimhaut, oder gar die Wundlippen sich in dieselbe hineinlegen sollen, was jedoch nicht begründet sein dürfte. Eine solche Oeffnung dient, um die Beschaffenheit des Kehlkopfs zu erforschen. Hält man die äussere Oeffnung mit dem Finger zu, und der Kranke vermag ohne Schwierigkeit ein- und auszuathmen, so kann man die Canüle definitiv entfernen, worüber sonst schwer ein Urtheil zu gewinnen ist, wenn man nicht die oft missliche provisorische Entfernung vornehmen will. Die grösste Sicherheit gewährt auch hier eine doppelte Canüle, deren äusseres Rohr an der convexen Seite durchbohrt ist.|

Wenn man keine Canüle vorräthig hat, so muss man im Nothfalle ein Stück Katheterrohr, eine schräg zugeschnittene Federpose, oder dergl. mehr benutzen, oder federnde Doppelhaken (umgekehrte *Serres fines*) in die Luftröhrenwunde einsetzen, oder dieselbe mittelst kleiner Häkchen (krummgebogener Stecknadeln), welche durch ein um den Nacken geschlungenes Band mit einander verbunden werden, auseinanderziehen. Das Einsetzen von Haken und federnden Apparaten bedingt aber mindestens eine ebenso grosse Reizung, als das Einlegen einer Canüle und gewährt nicht dieselbe Sicherheit. Die Canüle aber bleibt ihrer Seits auch immer ein fremder Körper, welcher Entzündung erregt, oder die schon bestehende Entzündung steigert. Mehrere Chirurgen rathen desshalb, nach dem Vorgange von Marshal-Hall[1]), eine hinreichend grosse Oeffnung durch Ausschneiden eines Theils der vorderen Wand der Luftröhre zu bewirken. |So namentlich Dieffenbach.|

Marshal-Hall empfahl zu diesem Behuf, nach Eröffnung der Trachea ein Stück Kork in dieselbe einzuschieben und dann mit einem Locheisen ein dem Lumen der Luftröhre entsprechendes Stück auszuschneiden. |Viel einfacher und sicherer geschieht dies, indem man entweder die Ränder der Luftröhren-Wunde mit einer Hakenpincette fasst und mittelst des Messers oder der Scheere in hinreicher Breite abträgt, oder zwei parallele Incisionen der vorderen Luftröhrenwand an ihren Enden durch zwei quere Schnitte verbindet (Dieffenbach). Die Ver-

[1]) Vgl. Marshal-Hall *The Lancet*, Juni 1849.

narbung einer solchen Wunde mit Substanzverlust hat keine besonders grossen Schwierigkeiten; aber dies Verfahren wird dem Einführen einer hinreichend weiten Canüle dennoch nachstehen, weil die Anschwellung der Weichtheile, ja sogar ihre blosse Elasticität, der Luft den Zutritt wesentlich beengen würde.|

Nachdem wir im Vorstehenden die bei der Bronchotomie im Allgemeinen in Betracht kommenden Verhältnisse genauer erläutert haben, brauchen die durch die verschiedene Localität der Eröffnung bedingten einzelnen Methoden nur kurz geschildert zu werden.

I. Eröffnung der Luftwege unterhalb des Kehlkopfs, Tracheotomie,

die älteste und am Häufigsten angewandte Methode. Der Kranke liegt auf dem Rücken mit hintenüber gebeugtem Kopf, so dass die vordere Fläche des Halses möglichst stark gewölbt ist. Ein Schnitt von 1½ Zoll Länge trennt die Haut und die Fascie genau in der Mittellinie, vom Ringknorpel beginnend gegen das Sternum hin. Die *Mm. sterno-hyoidei* werden, unter Vermeidung der mittleren Schilddrüsenvene, mit dem Messer voneinander getrennt und durch stumpfe Haken voneinander gezogen. Jedes stark blutende Gefäss, gleichgültig ob Vene oder Arterie, wird sofort unterbunden. Bei Erwachsenen kann die Durchschneidung des Mittelstücks der Schilddrüse erforderlich werden; dann stillt man die Blutung durch Umstechung. Zwischen den *Sterno-hyoidei* erscheint die Luftröhre; sie muss wie eine zu unterbindende Arterie an der vorderen Fläche blossgelegt werden. Erst wenn man diese, und namentlich ihre Knorpelringe ganz entblösst sieht und fühlt, darf man sie öffnen. Dies geschieht mit einem spitzen Messer, welches man mit gehöriger Schnelligkeit, aber nicht allzutief, etwa am 4. oder 5. Luftröhrenringe einstösst, um sofort eine hinreichend grosse Oeffnung zu gewinnen, indem man das Messer bis an den Ringknorpel aufwärts schiebt[1]. |Die Luft dringt sogleich zischend ein und aus; aber es folgt, selbst wenn gar kein Blut in die Luftröhre einfliesst, eine gewaltige Aufregung des Kranken, mit stürmischen Bewegungen des Kehlkopfs und der Luftröhre. Während man bis dahin langsam und bedächtig operiren kann und muss, ist jetzt für die letzten Akte möglichste Schnelligkeit wünschenswerth. Mit der

[1]) |Man soll nicht abwärts schneiden, weil dabei das ausgleitende Messer eins der grossen Gefässe treffen könnte, was bei der Schnittführung aufwärts nicht zu besorgen ist.|

Fig. 61. Fig. 62. Fig. 63.

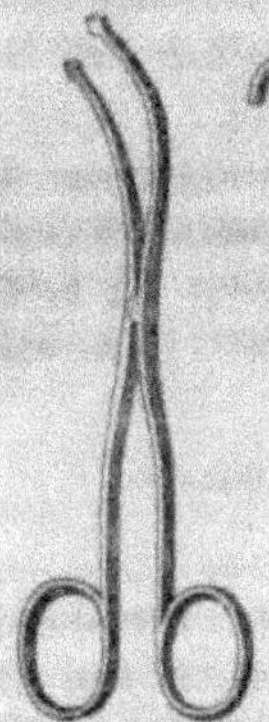

Trousseau'schen Zange, Fig. 61, oder sofern diese nicht zur Hand ist, mit zwei krummen Haken (nach Bretonneau Fig. 63), die man auch aus Draht improvisiren kann (Fig. 62) bewirkt man ein möglichst starkes Klaffen der Luftröhrenwunde, um sofort die Canüle einzuführen.

Wird die Operation zur Entfernung eines fremden Körpers gemacht und derselbe vielleicht sofort aus der Luftröhre ausgestossen, so bedarf es nicht des Einlegens einer Canüle, wie schon oben bemerkt.

Die Trousseau'sche Zange unterscheidet sich von der gewöhnlichen Kornzange dadurch, dass ihre Spitzen sich von einander entfernen, wenn man die Ringe einander nähert und dass diese Spitzen ferner an ihrer Aussenseite mit einem Absatz versehen sind, der das Hinausgleiten aus der Luftröhre verhindert.

[Diese Zange kann mit einer Hand bequem eingeführt und geöffnet werden, wodurch die Luftröhrenwunde hinreichend auseinander weicht, um mit der andern Hand die Canüle in sie einschieben zu können. Weniger leicht gelingt dies durch das Einsetzen von zwei stumpfen Haken, wobei man dann wenigstens einer helfenden Hand bedarf. Der Augenblick der Einführung der Canüle ist aber, wenn die Blutung noch auch nur ein wenig fortdauert, so kritisch, dass man Alles thun muss, um unnöthige Schwierigkeiten zu vermeiden.]

[Garel hat ein Instrument angegeben, welches den scharfen Haken, das Messer und die Trousseau'sche Zange in sich vereinigen soll. Man denke sich eine stark federnde Pincette, deren Branchen aber durch einen Schieber, wie an der Amussat'schen Torsionspincette, in genauer Berührung gehalten werden können. Das vordere Ende beider Branchen ist hakenförmig umgebogen und obgleich knopfförmig, doch scharf und spitzig. Etwas weiter gegen den Griff werden die Branchen dünner, messerartig scharf, und die eine weicht etwas gegen die andere zurück. Stösst man die hakenförmige Spitze in die Luftröhre ein bis zu dem messerartig gestalteten Theile und dilatirt mit diesem die Luftröhre, so braucht man nachher nur den Schieber zurückzuziehen, um durch die federnde Kraft der Branchen, deren Ausgleiten durch die knopfförmige Gestalt ihres umgebogenen Endes verhindert ist, sogleich ein hinreichendes Klaffen der Luftröhrenwunde zu bewirken. Das Instrument ist sehr sinnreich; jedoch schien mir seine Anwendung am Lebenden schwieriger zu sein, als die Handhabung des Messers und der Trousseau'schen Zange. Viel bequemer ist es, wenn man dasselbe nach dem Princip der Charrière'schen Pincette construiren lässt, sodass die Branchen durch eigne Federkraft an einander liegen und durch Druck von einander entfernt werden.]

[Chassaignac will die Luftröhre auf einer, durch die Haut eingestossenen, spitzen krummen Hohlsonde spalten. *Société de Chirurgie* 1853. Juli.]

II. Eröffnung des Kehlkopfs, Laryngotomie.

a) Verfahren von Desault. Längsschnitt durch die Haut vom Zungenbein bis zum Ringknorpel. Blosslegung der *Membrana cricothyreoidea* durch Abtragung des mit der Pincette erhobenen Bindegewebes. Mit dem Nagel des linken Zeigefingers drängt man die *Arteria cricothyreoidea* abwärts und schützt sie vor Verletzungen. Indem man gegen den Nagel des Zeigefingers den Rücken eines spitzen Bistouris vertical ansetzt, durchbohrt man die *Membrana cricothyreoidea* genau in der Mittellinie und spaltet sie bis zum Rande des Schildknorpels. Dann wird das spitze Bistouri mit einem geknöpften oder mit einer Scheere vertauscht und der Schildknorpel sofort genau in der Mittellinie von Unten nach Oben gespalten. Genau der Mittellinie zu folgen ist höchst wichtig, weil man sonst die Stimmbänder verletzt, zugleich ist es aber unglücklicher Weise höchst schwierig jene Verletzung vollständig und sicher zu vermeiden.

b) Verfahren von Vicq d'Azyr. Man soll blos die *Membrana cricothyreoidea* (*Ligamentum conoïdes*) spalten, |am Besten noch quer, oder mit einem Kreuzschnitt.| Jedenfalls schafft dieser Schnitt nicht Platz genug, um einen fremden Körper herausschaffen zu können; selbst um den Respirationsprozess bei einer Versperrung der Stimmritze auf die Dauer zu unterhalten ist er unzureichend.

c) Verfahren von Boyer (Laryngo-Tracheotomie). Hautschnitt vom unteren Rande des Schildknorpels in der Mittellinie anderthalb Zoll abwärts. Die *Membrana cricothyreoidea* wird blossgelegt, die gleichnamige Arterie aufwärts geschoben und durch den Nagel des Zeigefingers gesichert, an welchem zugleich das spitze Bistouri mit der Schneide abwärts gerichtet in die *Membrana thyreoidea* eindringt. Das Messer wird aber sogleich in sägenden Zügen weiter abwärts geführt, so dass nicht bloss der Ringknorpel, sondern auch die 3 bis 4 oberen Luftröhrenringe möglichst genau in der Mittellinie durchschnitten werden.

III. Eröffnung der Luftwege oberhalb des Kehlkopfs,

|eigentlich Eröffnung des Schlundkopfs|, *Procédé sus-laryngien* nach Vidal, |*Laryngotomie sous-hyoidienne* nach Malgaigne|.

|Zwischen dem Zungenbein und dem Schildknorpel ist eine fibröse Membran von ungefähr 18—20 Mm. Höhe ausgespannt, welche nach Innen (Hinten) blos

von der Schleimhaut bedeckt ist, die von der Zunge zur Epiglottis übergeht. Die sogenannten *Ligamenta glosso-epiglottica* sind Fortsätze dieser *Membrana hyothyreoidea*. Zwischen ihr und der Haut liegt, ausser dem Unterhaut-Bindegewebe und der *Fascia superficialis*, in der Mittellinie nur der bereits oben erwähnte Schleimbeutel, zu den Seiten das *Platysma myoides* und tiefer die am Zungenbein von Unten her inserirenden Muskeln. Die *Art. laryngea superior* nebst ihrer Vene und der gleichnamige Nerv verlaufen am oberen Rande des Schildknorpels und senken sich überdies so weit hinten bereits in die Tiefe des Kehlkopfs ein, dass sie bei der Ausführung der Operation gar nicht in Betracht kommen.]

[Am unteren Rande des Zungenbeins und parallel mit demselben, also in querer Richtung, durchschneidet man die Haut, das Platysma und die innere Hälfte der *Musculi sterno-hyoidei*, endlich die *Membrana hyo-thyreoidea*. Die Schleimhaut wird nunmehr bei jeder Exspiration in der Wunde hervorgetrieben, so dass man sie leicht fassen und gleichfalls in querer Richtung durchschneiden kann. Hierauf wird der Kehldeckel sichtbar, den man mit einem scharfen Haken vornüber beugt, wodurch sogleich der Kehlkopfs-Eingang dem Auge und den etwa erforderlichen Instrumenten zugängig wird.]

[Ueber die Geschichte dieses Operations-Verfahrens, welches vorstehend nach den genauen Angaben von Malgaigne beschrieben ist, bemerkt Vidal Folgendes:]

„Als ich im Jahre 1826 nach Paris kam, beobachtete ich in der medicinischen Abtheilung der Charité, welche unter Cayol stand, einen Kranken, welcher mit den Erscheinungen des *Oedema glottidis* starb. Bei der Section fand ich, dass hinter der *Membrana hyo-thyreoidea* in der Dicke der *Ligamenta ary-epiglottica* und unter dem Kehldeckel eine Eiteransammlung bestand, welche sich in den Larynx eröffnet und den Kranken erstickt hatte. Auf Grund dieser Beobachtung und einer ähnlichen (welche Bourmann in der *Clinique des Hôpitaux* veröffentlicht hatte) erklärte ich, dass das *Oedema glottidis* von einer Entzündung des submucösen Bindegewebes, namentlich an der Basis des Kehldeckels, abhängig sei, indem diese Entzündung sich analog einem Panaritium im Zustande der Einklemmung befinde und demnach schnell Oedem der umliegenden Theile zur Folge habe. Ich proponirte und demonstrirte damals in den Hörsälen der Charité folgendes Operations-Verfahren: die *Membrana hyo-thyreoidea* hart am unteren Rande des Zungenbeins in querer Richtung einzuschneiden; hierauf, mit einer Sonde, dem etwa im submucösen Bindegewebe befindlichen Eiter Platz zu schaffen. Wenn aber die Zufälle trotzdem fortbeständen, so rieth ich, auch die Schleimhaut zu durchschneiden und die Wunde somit zu einer penetrirenden zu machen, um die Stimmritze selbst blosszulegen und auf sie je nach Bedürfniss örtlich einzuwirken. Hätte man, nach Durchscheidung der *Membrana hyo-thyreoidea* auch einmal keine Eiterung gefunden, so würde die Incision dennoch durch Aufhebung der Spannung und durch die örtliche Blutentleerung nützlich gewesen sein und der Erstickungsgefahr vorgebeugt haben. Eine solche nicht penetrirende Incision war jeden Falls als eine einfache und an sich nicht schädliche Wunde zu betrachten. An die Möglichkeit, mit Hülfe dieses Verfahrens fremde Körper [und Geschwülste] aus dem

Kehlkopfe zu entfernen, habe ich damals nicht gedacht. Ich erzählte Velpeau, welcher zu jener Zeit an der ersten Ausgabe seiner *Médecine opératoire* arbeitete, von meinem neuen Verfahren, versäumte aber, ihm eine Beschreibung desselben, welche er für sein Buch zu haben wünschte, zu liefern. Velpeau erwähnte dasselbe daher nur kurz und nach den flüchtigen Erinnerungen eines Gesprächs. Daraus sind Irrthümer entstanden, auf welche hier näher einzugehen nicht der Ort ist."

Vergleich der verschiedenen Operations-Verfahren zur Eröffnung der Luftwege.

Der Einschnitt zwischen Zungenbein und Kehlkopf ist nicht blos leicht auszuführen, sondern auch weniger gefährlich als die übrigen Verfahren, da weder eine Blutung noch eine Verletzung des Kehlkopfs oder der Luftröhre dabei zu fürchten ist. Aber in der Mehrzahl der Fälle ist dies Verfahren zur Entfernung fremder Körper, mehr noch beim Croup unzureichend. |Sein Werth für die Beseitigung von Geschwülsten und bei der Behandlung des *Oedema glottidis* wurde oben bereits hervorgehoben|. Vielleicht könnte man beim Croup durch eine solche Wunde eine gekrümmte Röhre in den Kehlkopf einführen und auf diese Weise sowol der Luft den Zutritt als den Pseudomembranen den Austritt möglich machen? — ? —

|Hat man zwischen der Laryngotomie und Tracheotomie zu wählen, so wird man bei Kindern sich fast immer für die letztere zu entscheiden haben, weil die Eröffnung des Kehlkopfs bei grösserer Schwierigkeit und Gefahr keinen besonderen Nutzen verspricht. Nur wenn die Entfernung eines fremden Körpers aus dem Kehlkopfe selbst durch die Tracheotomie nicht gelingt, wird man schliesslich das Desault'sche Verfahren (Spaltung des Schildknorpels) ausführen müssen (Vgl. p. 477). Bei Erwachsenen dagegen kann, wenn das Hinderniss im oberen Theile des Kehlkopfs sitzt, die Laryngotomie auch angewandt werden, um der Luft überhaupt Zutritt zu den Lungen zu verschaffen; denn bei ihnen ist die Laryngotomie leichter, als die Tracheotomie auszuführen. Jedoch wird man, sobald die Oeffnung für einige Zeit offen gehalten und namentlich eine Canüle eingelegt werden soll, mit der blossen Spaltung des *Ligamentum conoïdes* (nach Vicq d'Azyr) nicht auskommen, vielmehr den Ringknorpel spalten und die Incision einiger Luftröhren-Ringe hinzufügen müssen (Boyer's Laryngo-Tracheotomie).

nderes bedeutendes Organ verletzt hat; es handelt sich nothiger Weise hierbei immer um tief eindringende Wunden des s oder des Thorax. Je nach der Richtung und Gestalt des zenden Körpers finden sich bald der Kehlkopf oder die Luft-, bald die Carotiden, die Jugularvenen oder die grossen Halsn, bald endlich auch die Wirbelsäule und oft mehrere der nten Organe zugleich mit dem Oesophagus verletzt. Noch er als am Halse ist an dem Brusttheil der Speiseröhre die vendigkeit von Nebenverletzungen, welche an sich tödtlich nüssen, bei Verwundungen der Speiseröhre selbst zu begreifen. ehen aber auch von diesen Nebenverletzungen, ist jede Contstrennung am Brusttheil des Oesophagus als eine höchst gehe Verletzung zu betrachten. Sie bedingt sofort den Ausdes verschluckten Speichels sowie der Nahrungsmittel und nke in das *Cavum mediastini posticum*, wodurch Entzündung Nekrose des umliegenden Bindegewebes in weiter Ausdehnung lasst wird.

Die Erscheinungen sind bei Verletzung des Halstheils peiseröhre: Schmerz beim Schlingen, Austritt der genossenen igkeiten aus der Wunde; bei Verletzung des Brusttheils: hef Schmerz sobald die verschluckten Substanzen mit der vern Stelle in Berührung kommen, Empfindung von Kälte im ıx, — sobald dieselben durch die Wunde in die Brusthöhle igelangen, Oppression und Athemnoth wie bei pleuritischem lat, Erscheinungen heftiger Entzündung im Thorax (wenn der ıicht früher eintritt, als diese sich entwickelt haben), |zuweiuch bei genauer physikalischer Untersuchung das täuschendste eines pleuritischen Exsudates, wenn die genossenen Flüssig-ı, nach Durchbrechung des Mediastinum, direkt in das *Cavum ae* eingeströmt sind.| In manchen Fällen treten aus der ren Wunde auch bei Verletzung des Brusttheils der Speise- Getränke und Nahrungsmittel hervor, wodurch die Diagnose ganz unzweifelhaft wird. Uebrigens können die durch die ıverletzungen bedingten Erscheinungen die Diagnose in hohem : erschweren.

Die Prognose ist nur bei Längswunden der Speiseröhre, e ohne Verletzung der wichtigen Nachbarorgane bestehen, ig. Solche Wunden kommen aber nur in Folge einer absichtı Eröffnung der Speiseröhre durch die Hand des Wundarztes eobachtung (Vgl. Oesophagotomie, Cap. II.). Bei den zufälligen tzungen entsteht, abgesehen von der gleichzeitigen Blutung,

bringenden Nahrungsmittel in den Magen zu sichern und das Ausfliessen derselben sowie auch des Speichels aus der Wunde zu verhüten. Deshalb muss eine solche Schlundsonde auch nicht zeitweise eingeführt werden, sondern wenn es irgend ertragen wird, dauernd liegen bleiben, wozu gewöhnlich ihre Einführung durch die Nasenhöhle erforderlich wird (Vgl. das dritte Capitel). Von einigen Seiten ist bei den Längswunden die Naht empfohlen worden (namentlich von Jobert). Die von Felix an Thieren gemachten Versuche sprechen aber nicht zu Gunsten derselben. Die Heilung erfolgte unter sonst gleichen Umständen schneller ohne als mit Hülfe der Naht. So dürfte denn bei Längswunden von ihr abzusehen und die Vereinigung der äussern Wunde durch Heftpflasterstreifen nebst gestreckter Lage des Halses (nach der Empfehlung von Velpeau) als das zweckmässigste Verfahren zu betrachten sein, — wenn überhaupt der, wahrscheinlich immer erfolglose Versuch einer Heilung *per primam* gemacht werden soll. Bei unvollständigen queren Trennungen wird dagegen die Naht allgemeiner empfohlen, namentlich schon von Benjamin Bell.

Jobert empfiehlt für die Anlegung der Nähte am Oesophagus ein ähnliches Verfahren, wie es bei der Darmnaht angewandt wird. Die Wundränder des Oesophagus werden nach innen umgeklappt, so dass die ihn äusserlich überziehenden Bindegewebsschichten mit einander in Berührung gebracht werden, die Fäden werden aber beim Knoten derselben so fest angezogen, dass sie sofort den grössten Theil der von ihnen umfassten Gewebe durchschneiden und eigentlich nur in den äussern fibrösen Schichten haften. Ohne eine so starke Zusammenschnürung würde man auf die Lösung und Ausstossung der Fäden lange Zeit warten müssen und die Vernarbung der Wunde dadurch wesentlich beeinträchtigt sehen.

|Bei vollkommener querer Trennung würde, wenn überhaupt noch von ärztlicher Hülfe die Rede sein kann, sofort zur Naht in der von Jobert angegebenen Weise und demnächst zur Einführung eines dünnen Schlundrohres zu schreiten sein. Jedoch darf man nicht vergessen, dass durch das eingelegte Schlundrohr wohl flüssige Nahrungsmittel in den Magen gebracht werden können, ohne die Stelle der Verletzung zu gefährden, dass dagegen der Speichel immer neben dem Schlundrohr hinabgeschluckt werden wird, sofern dieses nicht den oberen Theil des Oesophagus so vollständig ausfüllt, dass nichts hindurchdringen kann und der Speichel somit genöthigt wird, durch den Mund seinen Ausweg zu nehmen.|

B. Zerreissungen der Speiseröhre kommen entweder durch einen in ihr befindlichen fremden Körper zu Stande oder durch eine übermässige Anstrengung beim Erbrechen. Die erstgedachte Entstehungsweise ist ungemein viel häufiger als die letztere. Namentlich erfolgt die Zerreissung nicht selten durch das ungeschickte und gewaltsame Einführen der Schlundsonde oder anderer Instrumente, durch welche Erweiterung der Speiseröhre erzielt werden soll.

Zerreissungen durch übermässige Anstrengung beim Erbrechen sind so selten, dass jeder einzelne Fall eine besondere Berühmtheit erlangt hat (Boerhave, Desault, Bouillaud, Guersant).

Hierher gehört vor Allem die von Boyer ausführlich mitgetheilte Beobachtung Boerhave's. Der Baron von Vassenaer, Grossadmiral der holländischen Republik, ein Mann von kräftigem Körper aber an der Gicht leidend, hatte sich angewöhnt ein Brechmittel aus Ipecacuanha und einem *Infus. Cardui benedicti* zu nehmen, sobald er, in Folge einer Ueberladung des Magens, ein lästiges Gefühl im Unterleibe hatte, — was ziemlich häufig der Fall war. Da er sich bei dieser Methode sehr wohl befand, so blieb er dabei, trotz aller ärztlichen Gegenvorstellungen. Eines Abends, wenige Stunden nach einem sehr reichlichen Mahle, verzögerte sich die Wirkung seines gewöhnlichen Brechmittels ein wenig lange. Er trank deshalb eine grosse Menge davon und machte ausserordentliche Anstrengungen zum Brechen. Plötzlich empfand er einen heftigen Schmerz und klagte über das Gefühl einer Zerreissung oder Verschiebung im obern Theile des Magens, über eine Lageveränderung der Brusteingeweide und das Gefühl des herannahenden Todes. Während er sonst die heftigsten Gichtanfälle mit grosser Geduld ertragen hatte, schrie er jetzt und wälzte sich auf der Erde umher. Die Blässe des Gesichts und der Extremitäten, der kalte Schweiss und der kleine zusammengezogene Puls liessen die Bedeutung seiner Leiden erkennen. Er vermochte nicht zu liegen, sondern nur vorn über gebeugt, durch mehre Männer unterstützt, zu sitzen. Sein Hausarzt verschrieb ihm beruhigende Tränke und Umschläge, nachdem er vorher durch den Genuss von Olivenöl und bitterem Bier seinen Zustand noch verschlimmert hatte. Weiterhin wurden, auf Boerhave's Rath, auch noch Blutentziehungen und Klystiere angewandt, in der Idee, dass ein krampfhafter Verschluss der Cardia die Veranlassung jener Zufälle sei. Dies erschien um so wahrscheinlicher, weil die *Regio epigastrica* immer mehr anschwoll und der Kranke, obgleich er so viel getrunken hatte, doch nur wenige Tropfen sehr gesättigten Urins entleerte. Nach zehnstündigen furchtbaren Leiden erlag der Kranke. Bei der von Boerhave selbst gemachten Section, fand man die Därme und den Magen von einer grossen Masse Luft ausgedehnt und in letzterem nur einen sehr kleinen Theil der von dem Kranken verschluckten Flüssigkeiten. Die Blase war ganz leer und so stark zusammengezogen, dass sie einen soliden Körper darstellte. Aus der Brusthöhle entwich beim ersten Einstich mit Gewalt und unter pfeifendem Geräusch eine grosse Menge Luft. Die Lungen waren zusammengesunken, entfärbt und schwammen in einer Flüssigkeit, die der im Magen gefundenen ähnlich war. Man sammelte aus beiden Pleurahöhlen 104 Unzen Flüssigkeit auf. In der linken Pleurahöhle erblickte man drei Finger breit oberhalb des Zwerchfells eine Geschwulst von etwa 3″ Durchmesser, welche aus lockerem gleichsam aufgeblasenem Zellgewebe bestand und einen Spalt von etwa 1½″ Länge und 3‴ Breite zeigte. In der Tiefe dieses aufgebla-

*

ten Zellgewebes fand sich der vollkommen quer getrennte Oesophagus, dessen beide Enden sich aufwärts und abwärts zurückgezogen hatten.

Die genauesten Untersuchungen liessen auch nicht die geringste Andeutung einer Verschwärung in der Speiseröhre entdecken. Boerhave schloss mit allem Recht, dass wenn ein solcher Fall wieder vorkommen sollte, man aus den oben aufgeführten Erscheinungen ihn schon am Lebenden zu erkennen im Stande sein würde, fügte aber ebenso richtig hinzu, dass es durchaus unmöglich sein würde Hülfe zu leisten. In den anderen bisher bekannt gewordenen Fällen von Zerreissung der Speiseröhre in Folge heftiger Anstrengungen beim Erbrechen hat man immer nur eine Zerreissung von geringer Ausdehnung an der einen oder anderen Seite dieses Canals gefunden, durch welche jedoch die im Magen enthaltenen, so wie die von dem Kranken verschluckten Flüssigkeiten in das entsprechende *Cavum pleurae* eingeströmt waren. Nach den sorgfältigen Untersuchungen von Mondière (*Arch. de médec.* 1833, *deuxième série Tom. II. p.* 523), wurde die Zerreissung der Speiseröhre in zweien der vorliegenden Beobachtungen (Guersant und Bouillaud) durch eine vorausgegangene Erweichung ihrer Wandungen begünstigt, so dass sie eigentlich nicht als eine rein mechanische Verletzung betrachtet werden könnte.

C. |Verbrennungen der Speiseröhre finden bei dem zufälligen oder absichtlichen Verschlucken von siedenden oder ätzenden Flüssigkeiten (Lauge, concentrirte Schwefelsäure) nicht ganz selten statt[1]). Wäre es möglich in diesen Fällen sogleich neutralisirende Flüssigkeiten (bei Lauge etwa Essig, bei Säuren Seifwasser, Lösungen von kohlensaurem Natron, Magnesia in Wasser oder Milch aufgeschwemmt) in reichlicher Menge einzuschütten, so könnte dadurch vielleicht einem Theil der üblen Folgen vorgebeugt werden[2]). Gewöhnlich aber hat man nur diese letzteren, und leider häufig vergebens, zu bekämpfen. Unter diesen erheischt die Entzündung zunächst die grösste Aufmerksamkeit. Vor Allem hat man auf den Zustand des Kehlkopfs zu achten, da höchst wahrscheinlich die obere Apertur desselben gleichfalls verbrannt oder angeätzt ist. Reichliche topische Blutentziehungen können in solchen

[1]) |Schwefelsäure (Vitriolöl) wird vorzugsweise häufig von Dienstmädchen und Wäscherinnen, welche sich vergiften wollen, verschluckt. Seltner dürfte es sein, dass sie von einem Kinde aus Unvorsichtigkeit genossen wird, noch seltner, dass eine Mutter ihrem Kinde in Folge einer unglücklichen Verwechselung zweier Flaschen statt eines Löffels Ricinusöl einen Löffel Vitriolöl eingiebt, was ich selbst einmal beobachtet habe.|

[2]) |Trockene Magnesia einzuschütten, ist höchst gefährlich, da dieselbe wegen ihres geringen specifischen Gewichts mit der Luft in die Lungen fortgerissen wird so dass sie durch Verstopfung der kleinern Bronchien und der Lungenbläschen sofort Erstickung bedingen und somit in einem an sich vielleicht nicht tödtlichen Falle den Tod herbeiführen kann. Eine hierher gehörige Beobachtung theilt Hyrtl in seiner topographischen Anatomie mit.|

Fällen von Nutzen sein. Steigert sich aber die Athemnoth zu bedeutender Höhe, so muss, wie beim *Oedema glottidis*, zur Bronchotomie geschritten werden. Demnächst muss man einer Verengerung des Oesophagus vorzubeugen suchen, da diese, in Folge der Narbenverkürzung, zu erwarten steht. Dabei ist aber nicht zu übersehen, dass die Verbrennung, namentlich durch Schwefelsäure, häufig an einzelnen Stellen tiefe Verschwärungen zur Folge hat, welche die ganze Dicke der Speiseröhrenwand durchdringen und somit zu demselben Resultat wie eine Zerreissung des Oesophagus führen können. Wenn daher auch zur Verhütung von Stricturen das frühzeitige Einführen der Schlundsonde mit Recht angerathen wird, so ist dabei doch nicht minder die grösste Vorsicht zu empfehlen, weil die Perforation dadurch leicht begünstigt oder geradezu bewirkt werden könnte[1]).|

Zweites Capitel.

Fremde Körper.

|Die in der Speiseröhre vorkommenden fremden Körper bieten in Bezug auf ihre Grösse, ihre Gestalt, ihre Consistenz und ihr chemisches Verhalten grosse Verschiedenheiten dar.| Am häufigsten sind es Nahrungsmittel, die in zu grosser Menge auf einmal und ohne in hinreichender Menge zerkaut zu sein, verschlungen wurden; so z. B. Brotrinden, Fleischstücke, Kartoffeln, Früchte oder deren Kerne. In anderen Fällen handelt es sich um Dinge, die zufällig, entweder allein, oder indem sie den Speisen beigemischt waren, verschluckt wurden; so z. B. Fisch-Gräten, Knochenstücke oder auch einzelne ganze Knochen, Nadeln, Steine, Holzstückchen, falsche Zähne oder gar ganze künstliche Gebisse; ferner (vgl. p. 491) Löffel, Gabeln, Schlüssel, Messer, Münzen und dergleichen mehr. Die zuletzt aufgeführten Gegenstände werden zuweilen absichtlich, entweder in einem Anfall von Wahnsinn, oder aus Spielerei, wohl auch von Gauklern verschluckt. In manchen Fällen gerathen Münzen und ähnliche Gegenstände beim Spielen der Kinder in die Speiseröhre, wie dies bereits bei den „fremden Körpern in den Luftwegen" angedeutet ist.

[1]) |Die mit den Anätzungen des Mundes, Schlundes und der Speiseröhre, namentlich wenn das Verschlingen der ätzenden Substanz absichtlich geschah, häufig zugleich vorkommenden Corrosionen des Magens bleiben hier natürlich unberücksichtigt.|

Bégin (*Journ. universel et hebdomadaire Tom. XI. Observ.* 1 *et* 2) entfernte die nebenstehend (Figur 64 und 65) abgebildeten Knochenstücke durch die Oesophagotomie aus der Speiseröhre zweier Soldaten, von denen diese keineswegs geringfügigen Stückchen wunderbarer Weise in der Suppe verschluckt worden waren. |Einen unversehrten Gänsewirbel habe ich aus der Speiseröhre einer Frau entfernt.|

Fig. 64.

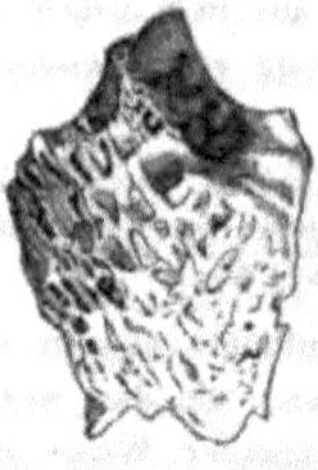

Fig. 65.

Auch lebende Thiere kommen als fremde Körper in der Speiseröhre nicht ganz selten vor. |Abgesehen von den meist fabelhaften Erzählungen über das Verschlucken von Fröschen,| gehören hierher die Beobachtungen von Spulwürmern, welche, im Darmcanal aufwärts wandernd, in den Magen und von da in die Speiseröhre gelangt waren.

Vgl. Laparade *Compt. rendus des travaux de la Société de médec. de Lyon* 1821 *p.* 62. Es handelte sich um einen Maurer, der plötzlich gestorben war, und bei dem man in der Höhe der Schilddrüse ein grosses Knäuel Spulwürmer in der Speiseröhre vorfand.

Von besonders üblen Folgen ist die Anwesenheit von Blutegeln in der Speiseröhre, da dieselben nicht bloss durch die Grösse ihres Körpers, sondern auch durch die Blutung, welche sie veranlassen, nachtheilig werden.

Larrey erzählt in seinem Bericht über den ägyptischen Feldzug, dass die von Hitze erschöpften französischen Soldaten sich oft am Rande schmutziger Lachen auf die Erde werfen, um ihren Durst zu löschen, und dabei mehrmals mit dem Wasser zugleich Blutegel verschluckten.

Von Belang ist ferner die Art der Festheftung der fremden Körper in der Speiseröhre. Die meisten werden nur durch die krampfhaften Zusammenziehungen der Speiseröhre selbst festgehalten und sind also gleichsam eingeklemmt. Manche aber dringen mit ihren Spitzen und Zacken bald in die Schleimhaut, bald noch weiter, sogar bis zur vollständigen Durchbohrung in die Wandung der Speiseröhre ein. Hieraus erwachsen in Bezug auf die üblen Zufälle und den Ausgang, sowie auch in therapeutischer Beziehung wesentliche Verschiedenheiten.

Mechanismus des Eindringens der fremden Körper. In seltenen Fällen bleiben Gegenstände, welche aus dem Magen beim Erbrechen emporsteigen, in der Speiseröhre stecken; jedoch gehören hierher wahrscheinlich die Fälle von Spulwürmern im Oesophagus, da schwer zu begreifen ist, wie dieselben durch **selbstständige** Bewegungen aus dem Magen durch die Cardia empordringen sollten, zumal wenn sie in einem Knäuel liegend angetroffen werden.

[Houllier (*Acad. de chirurg. Tom. I. p.* 456) hat einen Fall beschrieben, in welchem ein Stück Ochsenlunge durch Erbrechen in die Speiseröhre emporgetrieben und daselbst eingeklemmt war.]

Die von der Mundhöhle aus in die Speiseröhre gelangenden fremden Körper werden, wie dies namentlich von Bégin genauer untersucht ist, in folgender Weise abwärts getrieben. Nachdem der Bissen über die Zungenwurzel nach hinten gelangt ist, werden Kehlkopf und Schlundkopf durch die Zusammenziehung der Hebemuskeln des letztern emporgezogen, so dass der Schlundkopf über den abwärts gedrängten Bissen gleichsam hinweggleitet und der letztere gelangt somit in den obern Theil der Speiseröhre. Ist der verschluckte Körper lang und spitz und dringt er in querer oder schräger Richtung in die Speiseröhre ein, so heftet seine Spitze sich sogleich in den Wandungen dieses Canals fest. Häufig bleibt er dann schon im Pharynx oder am Gaumensegel stecken. Dies gilt namentlich für Nadeln und Fischgräten. Grössere Körper, welche nicht mit allzuscharfen Hervorragungen versehen, oder aber in schleimige und weiche Substanzen eingehüllt sind, dringen ohne Berührung der Pharynxwände und somit auch ohne dass der Patient etwas davon merkt, in die Speiseröhre ein. Hier werden sie aber sogleich von den Wandungen dieses Canals umfasst; die etwa vorhandenen Rauhigkeiten reizen die Schleimhaut oder dringen in dieselbe ein. Die Muskelfasern des Oesophagus umschnüren ihn immer fester und die alsbald hinzutretenden convulsivischen Schling- und Brechbewegungen tragen nur dazu bei, diese Einklemmung zu steigern. Hat ein fremder Körper aber einmal den Weg bis zur Höhe der *Incisura jugularis sterni* glücklich zurückgelegt, so gleitet er leicht auch weiter abwärts, [weil die Schleimhaut hier bei weitem weniger empfindlich und die reflectorischen Zusammenziehungen des Canals daher weniger energisch sind], vielleicht auch weil von da ab weder die Luftröhre, noch der obere Rand des Sternum sich der Ausdehnung widersetzen. Die Stelle, an welcher die Speiseröhre durch das Zwerchfell tritt, bedingt einen abermaligen Aufenthalt. Endlich kann der fremde Körper auch an der Cardia, kurz vor seinem Eintritt in den Magen, noch einmal sitzen bleiben. Somit finden sich die Stellen, an denen fremde

Körper in der Speiseröhre vorzugsweise festgehalten werden, am oberen und unteren Ende derselben.

Symptome. Wir haben deren primäre und secundäre zu unterscheiden, je nachdem sie sogleich nach dem Eindringen des fremden Körpers, oder aber erst mehr oder weniger lange Zeit nachher auftreten.

1. Primäre Symptome. Sobald ein Gegenstand in der Speiseröhre festsitzt, wird der Kranke von andauerndem oder auch intermittirendem Schmerze mit dem Gefühl einer Behinderung oder Zusammenschnürung im obersten Theile der Speiseröhre befallen, mag der fremde Körper nun wirklich hier oben oder viel tiefer unten seinen Sitz haben. Alsbald macht der Patient heftige Anstrengungen, um durch Erbrechen, oft auch zugleich durch Husten, den verschluckten Gegenstand wieder heraus zu befördern. In Folge davon schwillt das Gesicht roth an, die Augen thränen, der Ausdruck der Angst und des Schreckens prägt sich in den Zügen aus, die Respiration wird mehr oder weniger behindert und das Schlucken unmöglich. Ist der fremde Körper klein und eckig, so ist zuweilen ein lokaler Schmerz das einzige Symptom. Zuweilen aber werden selbst kleinere Gegenstände durch krampfhafte Umschnürung seitens des Oesophagus in der Art festgehalten, dass sie selbst nicht hinabgleiten können und neben ihnen auch nicht einmal Flüssigkeiten vorüber gelassen werden. Wird aber irgend ein Körper von beträchtlichem Volumen, wie z. B. ein ganzes Ei oder eine Kastanie (wenn auch ohne ihre Schale), in dem oberen Theile der Speiseröhre eingekeilt, so kann die Folge davon augenblickliche Erstickung sein. Diesen übelsten Zufall hat man namentlich bei alten Leuten häufig beobachtet, welche durch den Mangel der Zähne am Kauen gehindert, ganze Stücke Fleisch oder ähnliche Nahrungsmittel zu verschlingen versuchten. Die Einkeilung der fremden Körper kommt bei ihnen um so leichter zu Stande, wenn sich früher, in Folge von Apoplexieen oder anderweitigen Erkrankungen des Gehirns eine Lähmung der Kau- und Schlingwerkzeuge entwickelt hatte. Gegenstände mit scharfen Kanten und Spitzen veranlassen durch Zerreissung der Schleimhaut eine oft nicht unbedeutende Blutung, die selbst tödtlich werden kann, und einen heftigen Schmerz an der Stelle der Verletzung, der weiter fortbesteht, wenn auch der fremde Körper weiter hinabgerückt oder wieder herausbefördert worden ist. In solchen Fällen muss man sich vor Täuschung hüten und nicht auf die blosse Angabe des Kranken, dass er etwas im Halse habe und es noch deutlich fühle,

gefährliche oder doch überflüssige Operationen unternehmen. Alle diese primären Zufälle treten mit um so grösserer Heftigkeit auf, je näher dem obern Ende des Oesophagus der fremde Körper seinen Sitz hat. Befindet er sich in der *Pars thoracica*, so bedingt er gewöhnlich nur einige Schlingbeschwerden und eine unangenehme Empfindung von Erweiterung oder Zerrung der Speiseröhre, welche, wenn er weiter hinabsteigt, von dem Patienten oft in der Art geschildert wird, als könne er deutlich fühlen, wie der verschluckte Gegenstand seinen Weg vor der Wirbelsäule abwärts nehme. In dem Augenblicke des Eindringens in die Cardia steigern sich die Schmerzen nochmals bedeutend; sobald der fremde Körper aber glücklich in den Magen hinabgelangt ist, folgt eine unbeschreibliche Erleichterung und ein Gefühl von grosser Behaglichkeit. Die primären Zufälle hören aber nicht blos dann auf, wenn der fremde Körper die Cardia passirt, oder durch den Mund wieder hinaus befördert ist, sondern sie lassen nach einiger Zeit immer nach, selbst wenn er an seiner Stelle geblieben ist.]

2. Secundäre Zufälle. Wenn der fremde Körper einige Zeit in der Speiseröhre verweilt, so entsteht in seiner Umgebung stets Entzündung, welche, wenn er alsbald wieder entfernt wird, sich schnell zertheilt, wenn er aber längere Zeit festsitzt, in der Regel in Verschwärung übergeht. [Alsdann kann der von Eiter umspülte Gegenstand (welcher zuweilen den Oesophagus zu einer Art von Divertikel ausbuchtet) noch glücklich durch heftigen Husten und Erbrechen nach oben, oder durch krampfhafte Schlingbewegungen in den Magen hinab befördert werden. Bei weitem häufiger aber erfolgt eine solche Lösung, trotz der reichlichsten Eiterung, nicht und der Unglückliche geht vielmehr unter den Erscheinungen des hektischen Fiebers zu Grunde. Bevor man die Auscultation zur Diagnose der Lungenkrankheiten anzuwenden verstand, sind wiederholt Fälle vorgekommen, in denen Kranke, welchen ein von Eiter umspülter fremder Körper in der Speiseröhre steckte und welche unter Erbrechen und Auswurf von Eiter, dem zuweilen auch Blut beigemischt war, dahinsiechten, für lungenkrank gehalten wurden. Zuweilen durchbricht die Eiterung in der Umgegend des fremden Körpers die Wandung der Speiseröhre, so dass in der Nachbarschaft derselben beträchtliche Eiter-Ansammlungen entstehen. Der fremde Körper kann auf diesem Wege aus der Speiseröhre hinaus befördert werden; aber in der Umgebung dieser Eiterheerde werden die Weichtheile des Halses bald von Entzündung, später von Verschwärung ergriffen. Der Aufbruch ist zuweilen

an der Seite des Halses unter Bildung einer Halsfistel erfolgt; in anderen Fällen hat eine Senkung nach der Brusthöhle statt gefunden, so dass man schliesslich das *Cavum pleurae* von Eiter und verschluckten Nahrungsmitteln erfüllt fand.|

|Verhältnissmässig selten und fast ausschliesslich an spitzen und dünnen fremden Körpern, namentlich an Nadeln, hat man den wunderbaren Vorgang des sogenannten Wanderns beobachtet. Dieselben gelangen, ohne gefährliche Zufälle zu erregen, zuweilen bis in die Extremitäten und kommen nach langer Zeit durch die Haut daselbst zum Vorschein. Etwas häufiger gelingt es ihnen durch kleine Abscesse am Halse ohne weiteren Schaden hervorzubrechen.|

|Als Beispiele dienen zwei Fälle aus neuester Zeit, von denen der zweite in seiner Art einzig sein dürfte.

I. Richard Gorst, *On foreign bodies in the oesophagus.* (*Lancet* 1850, *April p.* 405). Ein 24 Jahr altes Mädchen hatte mehrere Nadeln verschluckt. Einige davon wurden bei der Untersuchung durch Erbrechen entleert, eine kam am dritten Tage aus einem Abscess am Halse, noch eine aus einem zweiten Abscess ebendaselbst am 4. Tage zum Vorschein. Am 5. Tage wurden mit Blut und Eiter wieder zwei Nadeln ausgebrochen; am 8. Tage entleerte ein dritter Abscess am Halse abermals zwei. An den folgenden Tagen wurden durch Erbrechen nach und nach 8 Nadeln entleert und auf die Darreichung eines Abführmittels gingen endlich noch allmählig 11 Nadeln mit den Faeces ab. Demnächst vollkommene Genesung.

II. Le Tellier, *Fourchette avalée, retrouvée plus tard dans la cuisse.* (*Journal des connaiss. méd. chirurg. Février* 1853). Eine Frau, welche in Folge einer Geisteskrankheit auf die wunderbarsten Weisen sich umzubringen strebte, hatte schon mehrmals Gabeln zu verschlucken gesucht. Man fand dieselben im Schlunde steckend, die Zinken nach oben gewandt und in den knöchernen Gaumen eingekeilt. Die Entfernung derselben war zweimal mit grosser Mühe ausgeführt worden. Etwa 5 Jahr vor ihrem Tode klagte sie über Beschwerden, die als Ischias gedeutet und vergeblich behandelt wurden. Im Laufe mehrerer Jahre entwickelte sich allmälig eine Anschwellung des linken Oberschenkels in der Umgegend des Trochanter, gleichzeitig mit beträchtlichem Sinken der Kräfte. Die Kranke, welche jetzt von ihrer Geistesstörung ganz geheilt war, erklärte, dass sie glaube, es stecke in der Geschwulst eine von ihr verschluckte Gabel, denn es sei ihr vor 5 Jahren gelungen, eine solche zu verschlingen. Nachdem man noch 1 Monat lang cataplasmirt hatte, kamen ein paar abgelöste Zinken einer eisernen Gabel zum Vorschein. Nach 8 Tagen wurde ein Einschnitt gestattet und nun etwa das untere Drittel der eisernen Gabel, woran noch zwei und eine halbe Zinke waren, hervorgezogen. Das übrige Stück, der Stiel nämlich, war nicht zu finden. Die Kranke erlag nach 8 Tagen der erschöpfenden Eiterung.|

|Von mehreren Autoren wird der Krebs der Speiseröhre als eine weitere Folge des längern Verweilens fremder Körper in ihr erwähnt. Wahrscheinlich war in solchen Fällen das schon beste-

hende Carcinom die Veranlassung zur Festheftung des verschluckten Gegenstandes (s. d. folg. Cap.).|

|In manchen Fällen entsteht nach längerem Verweilen des fremden Körpers eine bedenkliche Blutung. Die in der Umgegend einer jeden Verschwärung auftretende Entzündung führt nämlich zu einer festen Verwachsung zwischen der Speiseröhre und den benachbarten Organen, so namentlich auch den grossen Gefässen. Macht die Verschwärung weitere Fortschritte, so wird dadurch schliesslich das angeheftete Gefässrohr geöffnet. Man hat tödtliche Blutungen aus der Aorta, der Carotis, der *Subclavia dextra*, der *Vena cava superior* und selbst aus der Azygos auf solche Weise entstehen sehen. Höchst selten erfolgt Verschwärung und Durchbruch an der hintern Wand des Pharynx, so dass durch Ausbreitung dieses Prozesses Caries der Wirbelkörper entsteht [1]).|

|Ein Beispiel von Durchbruch nach vorn, so dass eine Communicationsfistel zwischen der Luft- und Speiseröhre entstand, durch welche der fremde Körper alsdann in die Luftröhr fiel, ist von Dupuytren beobachtet werden; Fälle der Art dürften aber äusserst selten sein.|

Im Allgemeinen sind alle hier zu berücksichtigenden Verhältnisse bereits Bd. I. p. 332 erörtert.

Die Diagnose eines fremden Körpers in der Speiseröhre kann sehr schwierig sein. Alle subjectiven Symptome täuschen. Man muss daher mit der grössten Sorgfalt die Untersuchung des Pharynx, bei weit geöffnetem Munde, sowohl mit den Augen, als mit dem tief eingeführten Finger und, wenn dieser nicht zureicht, mit der Schlundsonde vornehmen. Die elastische Schlundsonde wird zu diesem Behuf, nachdem sie mit Fett bestrichen, vorsichtig bei niedergedrückter Zunge, während der Kranke sitzt und ein Gehülfe seinen Kopf fixirt, durch die Mundhöhle in den *Pharynx* und an dessen hinterer Wand abwärts in die Speiseröhre eingeführt. Trifft man auf einen Widerstand, so zieht man die Sonde etwas zurück und schiebt sie dann mit einer leicht drehenden Bewegung wieder vorwärts. Kann man bei wiederholten Versuchen der Art die Sonde nicht weiter schieben, so ist man berechtigt, die Anwesenheit eines fremden Körpers anzunehmen. |Natürlich muss die Anamnese ergeben haben, dass keine Strictur des Oesophagus besteht|. Neben dieser inneren Untersuchung ist die sorg-

[1]) |Vgl. Nélaton *Elémens de Pathologie chirurg. T. III. Paris* 1854, *p.* 401.|

fältige Betastung des Halses nicht zu vernachlässigen. Zuweilen ist durch diese allein die Diagnose sicher gestellt worden.

Die Prognose ergiebt sich aus dem Vorstehenden von selbst. Im Allgemeinen ist sie immer bedenklich, denn, sich selbst überlassen, führt der im Oesophagus steckende fremde Körper mit grosser Wahrscheinlichkeit zum Tode oder doch zu sehr üblen Zufällen.

Bégin (*Journ. univers. hebdomad. de médec.* Paris 1833) konnte „ohne grossen Aufwand von Gelehrsamkeit, 20 durch fremde Körper, welche im Oesophagus stecken geblieben waren, veranlasste Todesfälle in der französischen Armee nachweisen, ohne einen einzigen Fall zu entdecken, in welchem ohne Hülfe der Kunst Heilung erfolgt wäre."

Die Behandlung muss daher möglichst früh und energisch eingeleitet werden. Ein zögerndes, exspectatives Verfahren lässt sich in keiner Weise rechtfertigen. |Je später mechanische Hülfe geleistet wird, desto schwieriger ist sie.|

Wir besitzen dreierlei Methoden, um fremde Körper aus der Speiseröhre zu entfernen:

I. Ausziehung vom Munde aus, analog der Ausstossung durch Erbrechen.

II. Hinabstossen in den Magen, nach Analogie einer angestrengten Schlingbewegung.

III. Ausziehung aus einer zu diesem Behufe angelegten Wunde, in deren Tiefe der Oesophagus geöffnet wird, Oesophagotomie, analog der in seltenen Fällen beobachteten Ausstossung des fremden Körpers nach vorgängiger Verschwärung.

I. Ausziehung durch den Mund. Dieselbe gelingt leicht mit den gewöhnlichen Zangen, sogar mit den Fingern, wenn der fremde Körper mit diesen noch gefühlt oder gar gesehen werden kann. Anderen Falls aber wird sie oft sehr schwierig oder ganz unmöglich, namentlich wenn die Entzündung bereits heftig ist und die Einklemmung dadurch einen hohen Grad erreicht hat.

Die Behauptung von Gensoul (*Gazette méd. Tom. I, p.* 191), dass man jeden fremden Körper auf diesem Wege aus der Speiseröhre entfernen könne, ist nicht als allgemein gültig anzuerkennen.

Zur Unterstützung der Extraction hat man Brechmittel gegeben und sofern der Kranke sie nicht verschlucken konnte, in Klystieren oder selbst als Infusion in die Venen angewandt. Der Nutzen der Brechmittel, von denen Einige behaupten, dass sie ohne weitere mechanische Beihülfe die Ausstossung des fremden Körpers bewirken könnten, ist aber sehr zweifelhaft und in Fällen, wo der fremde Körper durch die entzündliche Anschwellung bedeutend eingeklemmt ist, können sie höchst gefährlich werden, wenn derselbe Zacken und Spitzen besitzt, welche alsdann nur um desto tiefer in die Wände der Speiseröhre eindringen[1]).

Man kann zwei verschiedene Verfahren der Ausziehung durch den Mund anwenden.

a) Der fremde Körper wird mit einem **zangenartigen** Instrumente gefasst und emporgezogen. Hierzu dienen die gekrümm-

[1]) [Fälle, in denen die Ausziehung spitzer Haken durch besondere sinnreiche Verfahren möglich wurde, führt u. A. Nélaton (l. c. p. 404) an.

I. Eine Frau war während eines sehr heissen Tages tief eingeschlafen und athmete mit weit offnem Munde, als ihr Enkel, der mit seiner Angel vom Fischen zurückkam, auf den unbegreiflichen Gedanken gerieth, ihr den Angelhaken in den Mund zu stecken. Die Frau erwachte sogleich, schloss den Mund und verschluckte den Angelhaken, welcher einige Zoll tief in den Oesophagus hinabglitt, daselbst aber sogleich Schmerzen erregte. Vergeblich versuchten die Verwandten ihn auszuziehen. Dem Dr. Antony Leroy gelang die Entfernung durch folgendes sinnreiche Verfahren. Er schnitt die an dem Haken befestigte Angelschnur in einer Länge von etwa zwei Fuss ab, durchbohrte eine gewöhnliche Flintenkugel, zog die Schnur durch dieselbe und liess die Kugel nun auf der Schnur bis zu dem Angelhaken hinabgleiten. Demnächst zog er die Schnur durch ein ausgehöhltes Schilfrohr, schob auch dies in den Hals bis es auf die Kugel auftraf und drängte, während er die Schnur festhielt und somit das Rohr, die Kugel und den Angelhaken zu einem Stücke verband, den letzteren mittelst des Rohres abwärts. Der in die Wandungen der Speiseröhre bereits eingedrungene Haken wurde auf diese Weise wieder frei gemacht und konnte nebst der Kugel und dem Rohr ohne Schwierigkeit ausgezogen werden (*Journ. des connaissanc. médico-chirurg.* aus *The Medical examiner* 1847, *Tom. II, p.* 119).

II. Zwei Kinder von 4 und 5 Jahren spielen am Ufer des Canals zu Boom; der ältere Knabe schlägt vor, „Fischen" zu spielen und übernimmt selbst die Rolle des Fisches. Er fasst auch alsbald den Angelhaken und verschlingt ihn. Der kleine Fischer zieht an der Schnur und der Haken bohrt sich sogleich ziemlich tief in die Speiseröhre ein. Nun schreit der Fisch, aber die Extraction gelingt dem hierauf herbeieilenden Vater nicht. Der hinzugerufene Wundarzt lässt zunächst einen Angelhaken von der Grösse des verschluckten herbeischaffen, sucht dann eine Bleikugel aus, welche den Durchmesser desselben um das Doppelte übertrifft, durchbohrt diese, schmiert sie gehörig mit Fett und lässt sie dann auf der Schnur abwärts gleiten. Das Gewicht der Kugel reichte hin, um den Haken wieder frei zu machen und die Ausziehung gelang leicht und schmerzlos (Beobachtung von Baud in Loewen, *Revue médico-chirurg. Tom. III, p.* 44 aus den *Annal. de la société d'Anvers*). Aehnlich verfuhr schon Brite, *American med. recorder* 1823. July. Vgl. Chelius Chirurgie. Bd. II. p. 119.]

[Für die Extration kleiner spitzer Körper (Gräten etc.) empfiehlt Dieffenbach einen krausen Federbart in Eiweiss getaucht, der in der Speiseröhre mehrmals umgedreht wird.]

ten Polypenzangen, die zur Ausziehung fremder Körper aus der Harnröhre und aus der Blase erfundenen Instrumente, deren Branchen aus einer Röhre hervortreten und sich, beim Zurückziehen in die Röhre, schliessen; auch die gewöhnlichen Steinzertrümmerungs-Instrumente lassen sich dazu anwenden. Immer muss es hierbei die Absicht sein, die Speiseröhre (soweit es ohne Gefahr der Zerreissung derselben geschehen kann) möglichst stark zu erweitern an der Stelle, wo der fremde Körper sitzt, während man diesen zu fassen sucht.

Um dies leicht und sicher ausführen zu können, hat Gensoul (l. c.) vorgeschlagen, statt eines Instrumentes zwei anzuwenden, indem er mit einer Zange (*Acantholabolon*) die Speiseröhre erweitert, mit der anderen (Kranichschnabel genannt) den fremden Körper (in dem Gensoul'schen Falle ein Knochenstück) ergreift. Die Extraction gelang Gensoul auf diese Weise leicht, nachdem alle anderen Mittel vergebens angewandt worden waren.

b) Eine andere Reihe von Instrumenten ist darauf berechnet, den fremden Körper durch einen von unten nach oben wirkenden Druck, nach Art eines Hakens oder einer Schlinge, hinauszubefördern. Die Anwendung dieser Instrumente ist oft schwierig und selbst gefährlich. Man muss nämlich mit ihnen immer erst an dem fremden Körper vorüber, um demnächst von unten her auf ihn einwirken zu können. Dies ist, wenn die entzündliche Schwellung einen hohen Grad erreicht hat, gar nicht, oder doch nur mit Gefahr der Perforation des Oesophagus möglich. Hat man aber auch diesen ersten Theil der Operation glücklich vollendet, so macht das Fassen des fremden Körpers beim Zurückziehen des Instrumentes abermals Schwierigkeiten. Man hat daher sehr mannigfaltige und zum Theil complicirte Instrumente zu diesem Behufe erfunden. Hierher gehören die Schlingen von weichem Silberdraht, welche Petit angegeben hat, ein Stück Pressschwamm an einem Fischbeinstabe (sicher!) befestigt, welches in trocknem Zustande an dem fremden Körper vorübergeführt und, wenn es vollkommen aufgequollen ist, zurückgezogen wird, so dass es, wie ein Stempel in einer Spritze, in der Speiseröhre aufwärts gleitend, den fremden Körper vor sich herschiebt. Statt des Schwammes hat man auch Säckchen von Goldschlägerhaut empfohlen, welche man leer neben dem fremden Körper vorbeischieben und sodann mit einer daran befestigten elastischen Röhre aufblasen soll. Auch nach Art eines Regenschirmes sind Instrumente construirt worden.

[Noch kürzlich wurde von England aus ein neues Instrument gepriesen, welches gleichfalls auf die Theorie des Regenschirmes zurückläuft. Ein Bündel Schweinsborsten ist nämlich an diesem Instrumente einerseits mit einer starken elastischen Röhre, andrerseits aber mit einem durch dies Rohr sowie mitten durch das Borstenbündel verlaufenden Fischbeinstabe, an dessen Ende zur Deckung der Spitze sich ein kleines Stückchen Schwamm befindet, fest verbunden. Führt man das Instrument, indem man es an dem knopfförmigen Ende des Fischbeinstabes lasst, in die Speiseröhre ein, so liegen die Schweinsborsten dem Stabe glatt an; schiebt man nunmehr aber das elastische Rohr an dem Stabe abwärts, so spreitzen sie sich zu einer gewölbten Scheibe auseinander, welche Alles, was über ihr nicht allzu fest sitzt, beim Zurückziehen des Instrumentes empordrängen wird. — Alle diese Instrumente sind aber viel mehr hübsch anzusehen, als wahrhaft nützlich.]

[Lässt sich ein fremder Körper nicht mit zangenförmigen Instrumenten fassen und herausziehen, so wird dies auch mit den Apparaten, welche vorstehend aufgeführt wurden, nicht gelingen; es sei denn, dass es sich um einen scheibenförmigen Körper namentlich eine Münze handelt, welcher man wegen ihres tiefen Sitzes mit zangenförmigen Instrumenten nicht gut beikommen kann. In solchen Fällen ist der sogleich zu beschreibende Münzenfänger, welchen von Graefe d. Ä. angegeben hat, von Nutzen.]

Fig. 66.

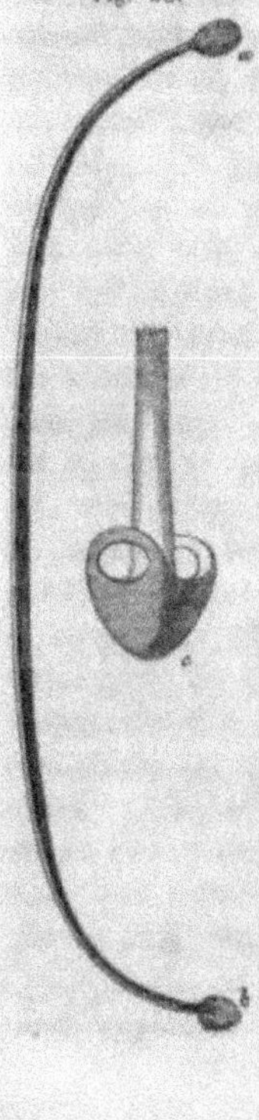

Das gebräuchlichste Instrument dieser Gattung, welches für die Bedürfnisse eines praktischen Arztes in der That auch ausreicht, ist Fig. 66 abgebildet (in $^1/_4$ der natürlichen Grösse). An einem langen Fischbeinstabe, dessen Enden umgebogen sind, befindet sich einerseits bei *a* ein sicher befestigter kleiner Schwamm, mit dem man die Speiseröhre sondiren und fremde Körper nöthigenfalls auch in den Magen hinabstossen kann; bei *b* dagegen ist an dem anderen Ende ein kleines platt gedrücktes silbernes Körbchen angebracht (Münzenfänger, nach von Graefe, bei c in natürlicher Grösse abgebildet), welches verhältnissmässig leicht neben dem fremden Körper hinabgeschoben werden kann und beim Zurückziehen, namentlich wenn man dabei rotirt, voraussichtlich alles, was über ihm im Oesophagus steckt, auffängt und emporschiebt. Sollte der Münzenfänger selbst hierbei eingeklemmt werden oder sich an den geschwollenen Wandungen des Oesophagus festhaken, so könnte man das Herausziehen des Instrumentes durch eine mit der Gensoul'chen Pincette zu bewirkende Erweiterung der Speiseröhre erleichtern.

II. Hinabstossen in den Magen. [Wenn der fremde Körper nicht auf dem Wege, auf welchem er eingedrungen ist, wieder ausgezogen werden kann, und der Wundarzt aus dem Referat des Kranken oder seiner Umgebungen die Ueberzeugung gewinnt, dass derselbe weder im Magen Schaden anrichten, noch auch durch Rauhigkeiten oder Zacken Zerreissungen der Speiseröhre veranlassen kann; so ist es das Beste ihn sofort in den Magen hinabzustossen. Zuweilen soll dies gelungen sein, indem man dem Patienten den Rücken mit der flachen Hand klopfte oder ihn zum Lachen brachte.| Ist das Verschlucken von Flüssigkeiten noch möglich, so gelangt man nicht selten zum Ziele, indem man den Patienten eine grosse Menge Wasser auf einmal trinken lässt. In manchen Fällen hat auch das Verschlucken grosser Mengen weicher Nahrungsmittel (Grützbrei, Kartoffelbrei, Sauerkraut, Feigen, Pflaumenmuss u. dergl.) einen günstigen Erfolg gehabt. Jedoch ist dies oft ganz unausführbar und erheischt stets Vorsicht. Boyer hat bereits mit Recht bemerkt, dass solche Substanzen, wenn der fremde Körper sehr fest sitzt, weit entfernt ihn abwärts zu befördern, sich vielmehr über ihm anhäufen würden und somit neue Beschwerden und neue Gefahr veranlassen müssten. Erfährt man, dass es sich um einen auflöslichen Körper handelt, so lässt man kleine Mengen Wasser häufig hinabschlucken, um auf diese Weise wenigstens eine theilweise Lösung zu bewirken, wobei natürlich vorausgesetzt wird, dass der fremde Körper und seine Lösung keine giftigen Eigenschaften besitzen. Wenn ein fremder Körper, welcher im Halstheile der Speiseröhre festsitzt, durch einen leichten Druck zerquetscht werden kann, so darf man (nach dem Vorgange von Dupuytren) diese Zerquetschung mit den zu beiden Seiten des Halses angelegten Fingern ausführen, bevor man ihn hinabstösst.

Das Hinabstossen selbst geschieht mit einem Fischbeinstab, an dessen Ende ein Schwamm befestigt ist (Fig. 66) oder mit einer dicken elastischen Schlundsonde, immer vorsichtig und allmälig, so dass man bei heftigen Schmerzen den angewandten Druck sogleich vermindert.

Häufig bleibt nach der Ausziehung sowol, als nach dem Hinabstossen des fremden Körpers eine heftige Entzündung oder Verschwärung in der Speiseröhre zurück, gegen welche milde schleimige Getränke und eine, längere Zeit hindurch fortzusetzende Vermeidung aller festen Nahrungsmittel zu empfehlen sind. Dabei ist nicht zu vergessen, dass recht wohl eine Zerreissung der Speiseröhre erfolgt sein kann.|

III. Oesophagotomie. |Wenn ein fremder Körper im Oesophagus bedenkliche Zufälle veranlasst, wenn er ferner durch den Mund nicht ausgezogen werden kann und in den Magen enweder nicht hinabgestossen werden kann oder nicht hinabgestossen werden darf (wegen seiner giftigen oder anderweitig schädlichen Beschaffenheit); so ist die Oesophagotomie angezeigt. Die grossen Schwierigkeiten und Gefahren dieser Operation dürfen von ihrer Ausführung nicht abhalten, wo uns die oben geschilderten primären Zufälle oder die sicher zu erwartenden secundären Folgen der Anwesenheit des fremden Körpers nöthigen, dies letzte Hülfsmittel zu ergreifen.| Erst in neuester Zeit hat man das bei dieser Operation zu beobachtende Verfahren richtig erkannt. Bell, Boyer, Richerand folgten noch den höchst unvollkommenen Angaben von Guattani und selbst Chopart und Desault wollten nur dann einschneiden, wenn der fremde Körper einen deutlichen Vorsprung bildete. Vacca Berlinghieri suchte den oft fehlenden Vorsprung dadurch zu ersetzen, dass er ein besonderes Instrument (Ektropoesophage Fig. 67 $\frac{1}{2}$ der natürl. Grösse) in die Speiseröhre einführte, eine Art Catheter, an welchem das dem Schnabel zunächst gelegene Drittheil gespalten ist und einen federnden Draht heraustreten lässt. An der Stelle, an welcher der Draht sich hervorwölbt, wird der Oesophagus stark ausgedehnt, wodurch seine Auffindung und Spaltung erleichtert werden soll[1]).

Fig. 67.

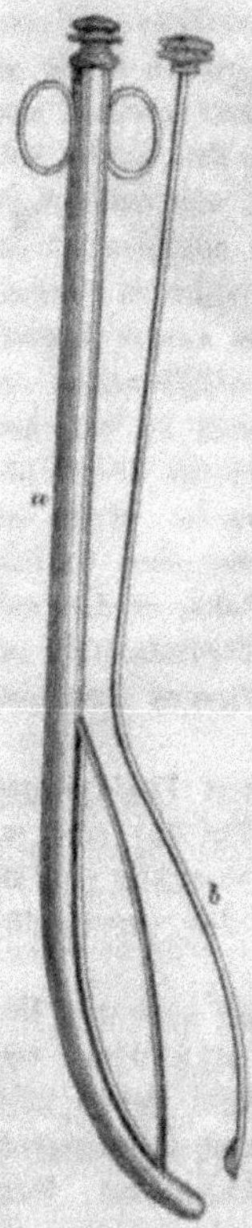

|Begreiflicher Weise wird mit solchen Instrumenten, sowie mit den zu demselben Zwecke angewandten gewöhnlichen Cathetern und Steinsonden immer nur der oberhalb des fremden Körpers gelegene Theil der Speiseröhre hervorgewölbt werden können, somit ist die Erleichterung nicht so gross als man wohl glaubt,| und die anatomischen Kenntnisse, ohne welche Niemand die Oesophagotomie unternehmen sollte, sind allein ausreichend, um die Speiseröhre auffinden und eröffnen zu können. Die Operation wird bis auf ihre letzten Acte gerade so ver-

[1]) |An den mir bekannt gewordenen Exemplaren des Ektropoesophage ist die Einrichtung so, dass das knopfförmige Ende des federnden Drahtes beim Zurückziehen desselben plötzlich hervorspringt und eine bedeutende Ausdehnung des Oesophagus bewirkt.|

richtet, als wollte man die *Arteria carotis communis* auf der linken Seite des Halses unterbinden; denn die Oesophagotomie wird, wenn der fremde Körper nicht etwa auffallend stark nach rechts prominirt, immer auf der linken Seite ausgeführt, weil der Oesophagus am Halse mehr nach dieser Seite hin gelegen ist. Der Operateur steht auf der linken Seite des Patienten, um den fremden Körper bequem in der Richtung nach oben mit der rechten Hand ausziehen zu können. Der Hautschnitt wird etwas grösser

Fig. 68.

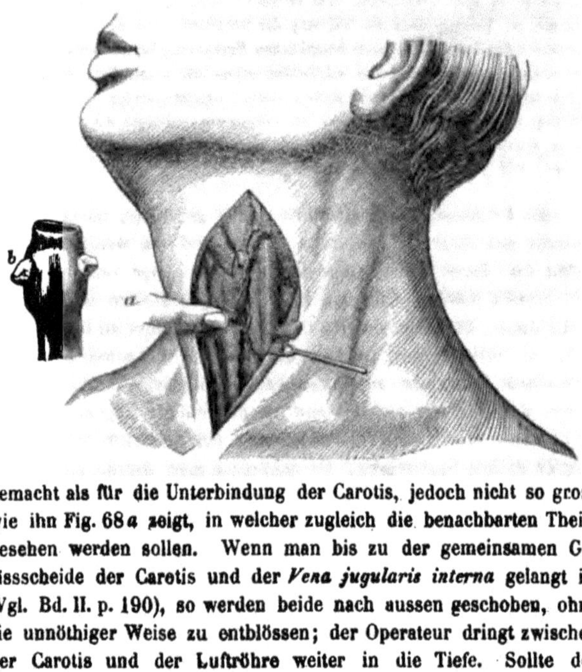

gemacht als für die Unterbindung der Carotis, jedoch nicht so gross wie ihn Fig. 68*a* zeigt, in welcher zugleich die benachbarten Theile gesehen werden sollen. Wenn man bis zu der gemeinsamen Gefässscheide der Carotis und der *Vena jugularis interna* gelangt ist (Vgl. Bd. II. p. 190), so werden beide nach aussen geschoben, ohne sie unnöthiger Weise zu entblössen; der Operateur dringt zwischen der Carotis und der Luftröhre weiter in die Tiefe. Sollte der *M. omo-hyoideus* hinderlich sein, so wird man ihn nach dem Vorgange von Bégin durchschneiden, wie dies auf Fig. 68 dargestellt ist. Zwischen Luftröhre und Carotis erscheint dann, indem die Wunde mit stumpfen Haken weit offen gehalten wird, der an seiner Consistenz und an den selten längere Zeit ausbleibenden Schlingbewegungen leicht erkenntliche Oesophagus. Hinter und neben ihm fühlt man die Wirbelsäule.

[Nélaton schlägt als ein leichteres Verfahren folgendes vor. Incision in der Mittellinie wie für die Tracheotomie, aber länger. Dann werden die beiden *Mm. sterno-hyoidei* in derselben Ausdehnung von einander getrennt und mit stumpfen Haken auseinander gezogen, nöthigenfalls quer eingeschnitten. Das Mittelstück der Schilddrüse wird blosgelegt, zwei Fäden mit einer Nadel unter demselben hindurch geführt, worauf man es zwischen diesen durchschneidet. Der linke Lappen der Schilddrüse wird mit einem stumpfen Instrument (Scalpellstiel) von der Luftröhre abgelöst. Hinter ihm liegt im Grunde der Wunde die Speiseröhre, welche nun auf die gewöhnliche Weise geöffnet wird. Auf diese Weise bleiben Carotis und *Vena jugularis* ganz unberührt, ebenso die *Arteria thyreoidea inferior* und man folgt während der ganzen Operation, als sicherem Wegweiser, fortdauernd der Luftröhre. Dagegen dürfte aber nicht ausser Acht zu lassen sein, dass die ausgedehnte Entblössung der Luftröhre und die Ablösung der Schilddrüse mit einem stumpfen Instrument wahrscheinlich zu einer bedenklichen Entzündung Veranlassung geben und dass überdies jene Ablösung der Schilddrüse schon bei einiger Vergrösserung derselben auf grosse Schwierigkeiten stossen muss. Letztere werden allerdings auch bestehen, wenn man von der Seite her zur Speiseröhre vordringen will und genöthigt ist, in gleicher Höhe mit einer hypertrophischen Schilddrüse die Eröffnung vorzunehmen, was jedoch sehr selten der Fall sein dürfte.]

Die Eröffnung der Speiseröhre selbst geschieht, nachdem man dieselbe mit einer Hakenpincette gefasst und ein wenig hervorgezogen hat, durch einen Längsschnitt, dessen Länge von der Grösse des fremden Körpers abhängig ist. [Anfänger können irre werden, wenn ihnen, nachdem sie den Oesophagus geöffnet zu haben glauben, die dicke weisse Schleimhaut, welche bekanntlich mit der Muskelhaut nur lose zusammenhängt, entgegen quillt; dieselbe weicht dem Messer, zumal wenn es mit einiger Zaghaftigkeit geführt wird, leicht aus.] Befindet sich ein sehr grosser fremder Körper in der Speiseröhre, so schneidet man gerade auf diesem ein. Hat er (wie dies Fig. 68 *b*. durch ein spitzes Knochenstück geschehen ist) den Oesophagus bereits durchbohrt, so dilatirt man von der bestehenden Oeffnung aus. Jedenfalls ist es wünschenswerth, dass man die Oeffnung hinreichend gross mache, um mit dem Finger eingehen und sich von der Beschaffenheit des Inneren der Speiseröhre bestimmt überzeugen zu können. War die ursprünglich angelegte Oeffnung zu klein, so ist es der Vorsicht angemessen, die Erweiterung mit einem geknöpften Bistouri oder einer vorn abgerundeten Scheere vorzunehmen. Da man in der Regel in dem Raume zwischen der oberen und der unteren Schilddrüsenarterie die Eröffnung vorzunehmen hat, so ist es in zweifelhaften Fällen sicherer nach oben als nach unten zu dilatiren, weil man eine etwa stattfindende Gefässverletzung leichter im Gebiet der oberen als in demjenigen der unteren Schilddrüsenpulsader zu beseitigen vermag. Alle blutenden Gefässe müssen übrigens sogleich unterbunden werden. Die Ausziehung des fremden Körpers durch die Wunde geschieht mit gewöhnlichen starken Polypen- oder Kornzangen. Hierbei kann eine gekrümmte Zange von Nutzen sein. Beim Verbande beabsichtigt man durchaus nicht eine Vereinigung durch *prima intentio.* Eine gefensterte, mit Oel getränkte Compresse wird tief in die Wunde eingeschoben, ein wenig Charpie darauf gelegt, und in der Art befestigt, dass allen Flüssigkeiten der Ausweg durch die Wunde vollkommen freisteht. Um den Kranken zu ernähren, muss man die Schlundsonde zu Hülfe nehmen, deren Einführung keine besonderen Schwierigkeiten darbieten wird, da man, sobald ihr Schnabel in den Oesophagus eingedrungen ist, mit dem in die Wunde eingeführten Finger nachhelfen kann. Schlimmsten Falles kann man die Sonde von der Halswunde aus in den Magen schieben. Hat die Vernarbung erst begonnen, so könnte das Einführen der Sonde allerdings nachtheilig werden, jedoch wird es in jedem einzelnen Falle auf den Versuch ankommen, ob dem Operirten leichter mit als ohne dieselbe Speisen beigebracht werden können.

Sitzt ein fremder Körper von solcher Grösse, dass er durch Compression der Luftwege unmittelbar Erstickungsgefahr bedingt, in der Art fest, dass er nicht sogleich entfernt werden kann, so wird man, um dem drohenden Tode vorzubeugen, zunächst unterhalb der comprimirten Stelle der Luftwege die Tracheotomie ausführen müssen. Dann gewinnt man Zeit, um mit der erforderlichen Ruhe und Vorsicht das Ausziehen oder Hinabstossen des fremden Körpers zu versuchen oder nöthigenfalls durch die Oesophagotomie radicale Hülfe zu schaffen.

Habicot (*Question chirurgicale, dans laquelle il est démontré que le chirurgien doit assurément pratiquer la bronchotomie.* Paris 1620, citirt bei Boyer *Maladies chirurgicales quatrième édition Tom. VII. p.* 102 und Nélaton *l. c. p.* 408) hatte Gelegenheit wegen eines fremden Körpers in der Speiseröhre die Tracheotomie auszuführen. Ein Bauerjunge hatte gehört, dass Gold zu verschlucken, nicht schädlich sei. Als er eines Tages in Paris für seine Waaren einige Goldstücke gelöst hatte, packte er sie daher in ein Stück Leinewand und verschluckte dies Paquet, um die Goldstücke vor Räubern sicher zu stellen. Es blieb ihm aber im Halse stecken, sein Gesicht schwoll dunkel bis zur Unkenntlichkeit an und es war zu befürchten, dass er ersticke. Habicot machte mit dem günstigsten Erfolge die Tracheotomie und stiess den werthvollen Bissen nacher in den Magen hinab, von wo er den Weg bis zum Ende des Darmcanals in acht bis zehn Tagen zurücklegte und in mehreren Sitzungen entleert wurde. „So hatte er denn,“ schliesst Habicot, „weder sein Gold noch sein Leben verloren, Dank der Eröffnung der Luftröhre, welche übrigens schnell zuheilte.“

Drittes Capitel.

Verengerung der Speiseröhre.

Strictura s. Stenosis oesophagi.

Verengerungen des Oesophagus hängen gewöhnlich von einer Erkrankung dieses Canals selbst ab, seltner von krankhaften Veränderungen der benachbarten Organe am Halse und in der Brusthöhle. [Dahin gehören die von den Lymphdrüsen ausgehenden Geschwülste (namentlich Sarkome), Kropfgeschwülste, Aneurysmen der Carotis und der Aorta, endlich jene berühmte Varietät der *Arteria subclavia dextra*, welche bereits Bd. II. p. 198 erwähnt worden ist. Die von einer solchen Arterien-Varietät abhängigen Schlingbeschwerden, welche als *Dysphagia lusoria* bezeichnet werden, entwickeln sich erst zur Zeit der Pubertät und treten bei Aufregung des Gefässsystems in verstärktem Maasse auf. In dem Augenblick, wo ein Bissen hinabgleitet, hat man dabei Aussetzen des Radialpulses beobachtet.]

[Hier sind auch die seltenen Fälle von Erweiterungen oder Divertikelbildung an der Speiseröhre zu erwähnen. Wir werden weiter unten sehen, dass oberhalb einer organisch verengten Stelle des Oesophagus sich allmälig immer eine beträchtliche Erweiterung entwickelt, es giebt aber auch Erweiterungen der Speiseröhre, welche selbstständig entstehen; ihre Folge aber ist Compression des Oesophagus, sobald das Divertikel sich mit Speisen füllt, was bei jeder Mahlzeit nothwendig geschehen muss. Dasselbe wirkt dann wie jede andere in der Tiefe des Halses auf den Oesophagus drückende Geschwulst, bedingt solcher Gestalt Schlingbeschwerden und hindert bei bedeutender Entwicklung das Schlingen gänzlich. In einigen Fällen waren solche Divertikel durch eine Ausstülpung der Schleimhaut des Oesophagus zwischen den auseinandergedrängten Fasern der *Tunica muscularis* entstanden, indem von aussen her um die Schleimhaut-Ausstülpung ein fibröser Sack sich entwickelt hatte. In anderen Fällen aber nehmen alle Häute des Oesophagus an der Bildung eines solchen Diverticulum, wenigstens scheinbar, Antheil. Relativ häufig ist ein zurückgebliebener fremder Körper die Veranlassung zur Divertikelbildung. Characteristisch für solche Divertikel ist, ausser den Schlingbeschwerden, das, längere Zeit, oft mehrere Stunden nach der Mahlzeit eintretende Regurgitiren der ganz unveränderten Nahrungsmittel, welches in manchen Fällen durch Aufwärts-Streichen und Drücken am Halse befördert werden konnte.

Unter den übrigen Veränderungen, welche sich auf den Oesophagus selbst beziehen, kann man entzündliche Prozesse, Krampfzufälle und organisirte Neubildungen als Ursachen der Stenose unterscheiden. Hierauf beruht die Eintheilung in entzündliche, spastische und organische Verengerungen. Jedoch muss vorausbemerkt werden, dass die Entzündung des Oesophagus bei einiger Heftigkeit und Tiefe stets eine organische Veränderung, nämlich die Bildung einer verkürzten festen Narbe hinterlässt, dass ferner entzündliche Prozesse gewöhnlich krampfhafte Verengerungen in ihrem Gefolge haben und dass diese letzteren endlich auch bei dem Bestehen organisirter Neubildungen in der Speiseröhre niemals fehlen. Entzündungen des Oesophagus, welche zu einer dauernden Stenose führen, sind nur höchst selten sogenannte spontane, d. h. aus inneren Ursachen entstandene. Zuweilen bedingt die Vernarbung nach einer Verwundung der Speiseröhre oder nach längerer Anwesenheit eines fremden Körpers eine locale Verengerung. Bei weitem am häufigsten aber entsteht die Strictur des Oesophagus in Folge einer Anätzung seiner Schleimhaut durch die bereits oben (p. 485) erwähnten, bald zufällig, bald absichtlich verschluckten kaustischen Substanzen.

Krampfhafte Verengerungen der Speiseröhre sieht man, unabhängig von Veränderungen in dem Gewebe derselben, bei reizbaren nervösen Personen auftreten, gewöhnlich im Zusammenhang mit anderen Störungen im Bereiche des Nervensystems; so namentlich bei hypochondrischen und hysterischen Individuen, im Verlaufe der Wuthkrankheit u. dgl. m. Kaltes Getränk, zornige Erregung, auch anderweitige Gemüthsbewegungen, die Anwesenheit von Würmern im Darmcanal und besonders im Magen, sind als Ursachen dieser spastischen Strictur aufgeführt worden. Characteristisch ist für dieselbe, dass die Verengerung nicht dauernd ist, sondern zeitweise gar nicht besteht und dann plötzlich beim Genuss bald dieses bald jenes Nahrungsmittels, bald nach kaltem bald nach warmem Getränk auftritt. Stellt sich die krampfhafte Zusammenschnürung im oberen Theile der Speiseröhre ein, so werden die genossenen Substanzen sogleich wieder ausgebrochen; findet sie tiefer unten Statt, so erfolgt das Erbrechen erst später, wenn der Patient das Schlingen bereits beendet zu haben glaubt. Gewöhnlich aber kann gleich darauf und jedenfalls einige Zeit nachher die Schlundsonde mit Leichtigkeit durch den ganzen Verlauf der Speiseröhre hindurchgeschoben werden. Die Untersuchung mit der Schlundsonde allein entscheidet darüber, ob eine vorübergehende krampfhafte oder eine dauernde Verengerung besteht.

Von einigen Seiten wird der Syphilis ein besonderer Antheil an der Entstehung der Speiseröhren-Verengerungen zugeschrieben. Diese Ansicht stützt sich aber nur darauf, dass die Heilung in manchen Fällen durch Quecksilberpräparate gelungen ist, was keineswegs für beweisend gehalten werden kann.

Höchst selten kommen angeborne Verengerungen des Oesophagus vor.

Die anatomische Untersuchung der (organisch) verengten Stelle ergiebt folgendes.

1. In manchen Fällen finden sich bloss in dem unter der Schleimhaut liegenden Bindegewebe Veränderungen. Erstere ist zwar zuweilen roth, angeschwollen, aber das unterliegende Bindegewebe ist auffallend derb, speckig und stellt einen höchst elastischen Ring dar, durch dessen immer weiter fortschreitende Verdickung die Speiseröhre bis auf ein sehr geringes Caliber verengt sein kann. Bei grosser Entwicklung dieses submucösen Narbengewebes kann die Muskelhaut ganz verdrängt und atrophirt werden. In einzelnen Fällen hat man diese ringförmige Schicht als knorpelig und sogar als knöchern beschrieben.

2. In anderen Fällen bildet die Narbensubstanz die innere Wand des Oesophagus, indem die Schleimhaut, in Folge einer vorausgegangenen Verletzung, zerstört worden ist. Bald findet sich in solchen Fällen ein vollständiger Narbenring, bald ist die Zerstörung und demnach auch die Narbenbildung nur auf eine Seite beschränkt gewesen und die unversehrt gebliebene Schleimhaut wird dann gegen die Narbenstelle in Gestalt einer oder mehrerer Klappen und Falten herangezogen. Diese klappenförmigen Vorsprünge können aber einen beinahe vollständigen Verschluss bedingen, obgleich die Narbe auf eine ganz kleine Stelle beschränkt ist.

3. Die Verengerung kann, nach der Beschreibung von Albers, auf einer wirklichen Hypertrophie der Muskelhaut beruhen, deren innere Schichten mächtig verdickt, hart, und dem Gewebe des Scirrhus an Consistenz gleich sind.

Die genauere Untersuchung mit dem Microscop lehrte Albers, dass diese Stellen aus Muskelfasern gebildet seien; jedoch ist, da das untere Ende des Oesophagus fast nur glatte Muskelfasern besitzt, die Diagnose schwierig und es dürfte daher fraglich bleiben, ob man diese Form der Stenose besonders zu unterscheiden habe.

4. Unter den Neubildungen im engeren Sinne findet sich fast ausschliesslich das Carcinom als Ursache der Verengerungen

der Speiseröhre. Alle seine verschiedenen Arten können auch hier vorkommen, so namentlich: der Scirrhus, welcher sich unter der Schleimhaut entwickelt und diese in das Rohr des Oesophagus zuweilen bis zu vollständigem Verschlusse hervordrängen kann, bevor noch Aufbruch erfolgt ist; sehr häufig das leicht blutende, mit blumenkohl-ähnlichen oder moosartigen Auswüchsen von der Schleimhaut selbst emporwuchernde Epithelialcarcinom u. s. f.

Der Sitz der Verengerung findet sich am häufigsten im obersten Theile der Speiseröhre, demnächst im untersten, nahe der Cardia (hier namentlich die von Albers beschriebene Hypertrophie der Muskelhaut), am seltensten im mittlern Theile. Der Grad der Verengerung und die Länge der verengerten Stelle bieten die grössten Verschiedenheiten dar. Am häufigsten findet sich die sub 1. (p. 504) beschriebene ringförmige Verengerung und zwar nur auf eine geringe Strecke von 4—6 Cm. beschränkt. In einigen Fällen dagegen, namentlich nach absichtlichem Verschlucken starker Säuren, hat man die ganze Länge des Oesophagus durch unregelmässige Narben verengt gesehen. — Zuweilen zeigt sich an der einen Stelle schon narbige Zusammenziehung, während an der andern noch Ulceration und selbst Abscessbildung zwischen den Häuten der Speiseröhre gefunden wird.

Von grosser Bedeutung sind die Veränderungen oberhalb und unterhalb der Strictur. Sobald letztere einen etwas bedeutenderen Grad erreicht hat, wird der dicht darüber gelegene Theil des Oesophagus durch die, an dieser Stelle angehäuften und stockenden Nahrungsmittel immer mehr erweitert, so dass sich schliesslich eine, bald aufwärts, bald abwärts ausgestülpte Tasche entwickelt, die eine Art von Kropf darstellt, in welchem durch den beigemengten Speichel sogar ein Theil der Verdauung eingeleitet werden kann. Unterhalb der Strictur befindet sich der Oesophagus im stark zusammengezogenen Zustande, so dass seine Wandungen sich gleichmässig berühren, ohne jedoch den eingeführten Körpern ein grösseres Hinderniss entgegenzusetzen.

Die Enge der Strictur kann einen so hohen Grad erreichen, dass man nur eine dünne Sonde oder endlich nur gar eine Schweinsborste hindurchbringen kann. In manchen Fällen hat man vollständigen Verschluss durch einen in der Strictur eingeklemmten fremden Körper beobachtet.

Die fortdauernde Reizung der verengten Stelle, bei dem Bestreben Nahrungsmittel durch sie hindurchzuzwängen, bedingt immer einen entzündlichen Zustand der Schleimhaut, — soweit sie noch vorhanden ist. Dieselbe erscheint daher geröthet, blutet leicht und geht oft (auch bei Stricturen, denen kein carcinomatöses Gewebe zu Grunde liegt) in Verschwärung über. Dadurch kann eine weit greifende Zerstörung, die Bildung kleiner Senkungs-Abscesse in den Wandungen des Oesophagus und endlich die Perforation desselben herbeigeführt werden. Es sind Fälle bekannt, in denen auf solche Weise eine Communication mit der Luftröhre, mit der Aorta, mit der Pleurahöhle, sogar mit der Lunge, ferner mit dem Zellgewebe des Halses oder der hintern Mittelfell-Höhle entstanden waren.

[Einen Durchbruch der ulcerirten Strictur in das *Cavum pleurae* habe ich selbst bei dem pag. 485 erwähnten Knaben beobachtet. Die Pleurahöhle war mit den zuletzt genossenen Getränken strotzend erfüllt, der Tod erfolgte unter pleuritischen Schmerzen und furchtbarer Athemnoth bei schnell sinkender Temperatur des Körpers in wenigen Stunden.]

Symptome: Schlingbeschwerden (Dysphagia), namentlich beim Verschlucken fester Substanzen, leiten zuerst die Aufmerksamkeit des Kranken auf dies Uebel; gewöhnlich besteht das Gefühl, als würden die Speisen bereits im Pharynx aufgehalten, wenn die Verengerung auch bei weitem tiefer unten ihren Sitz hat. Sobald die Verengerung einen höhern Grad erreicht hat, werden die verschluckten Substanzen, wenn der Sitz des Uebels im obersten Theile der Speiseröhre ist, sofort unter Husten- und Brechbewegungen, mit vielem Schleim gemischt, wieder herausgeschleudert. Sitzt die Verengerung tiefer unten, so tritt zuweilen allerdings auch sogleich nach dem Genuss Erbrechen ein; gewöhnlich aber verweilen die Nahrungsmittel in dem unempfindlichen mittleren Theile der Speiseröhre lange Zeit, dehnen ihn in der schon beschriebenen Weise sackförmig aus, werden dort mit Hülfe des Speichels und Speiseröhrenschleims gewisser Massen (namentlich die Amylacea) vorverdaut, dann durch unvollständige Brechbewegungen in die Mundhöhle zurückgeführt, oft abermals gekaut und in dem nun mehr flüssigen und besser verkleinerten Zustande endlich durch die Strictur hindurchbefördert. So gewinnt der Verdauungsprocess dieser Unglücklichen Aehnlichkeit mit demjenigen der Wiederkäuer und dieser Vorgang hat mehr Recht auf die Benennung *Ruminatio humana* als jene selten vorkommende Anomalie, bei welcher mit einer gewissen Regelmässigkeit, trotz vollkommen normaler Beschaffenheit der Speiseröhre und des Magens, der Mageninhalt in die Mundhöhle regurgitirt.

Das Erbrechen und Regurgitiren der über der Strictur angehäuften Substanzen erfolgt bald mit grosser Leichtigkeit, bald unter so stürmischen Erscheinungen, dass man Erstickung befürchten muss. Wenn Nahrungsmittel, namentlich Getränke, die Strictur passiren, so hat man häufig ein eigenthümliches gurrendes Geräusch wahrgenommen. Sitzt die Strictur am Halse, so kann der Kranke durch einen mit den Fingern von beiden Seiten her oberhalb derselben ausgeübten Druck den Durchgang der genossenen Substanzen befördern. Gewöhnlich steigern sich die Schlingbeschwerden fort und fort; nur selten giebt es einen längeren Stillstand, noch seltner eine Besserung ohne Zuthun der Kunst. Eine solche Besserung ist nie von Dauer und kann nur durch Verschwärung und dadurch bedingte Ablösung der verengten Substanz zu Stande kommen; deshalb dürfte sie bei dem leicht zerfallenden Epithelial-Carcinom noch am häufigsten beobachtet werden. Grosse Verschiedenheiten zeigt der Schmerz: bald fehlt er ganz, namentlich im Anfange der Krankheit, bald ist er heftig und erstreckt sich längs der ganzen Wirbelsäule, bald ist er wechselnd und auf einzelne Stellen, namentlich auf die *Regio epigastrica* beschränkt. Bei längerem Bestehen der Strictur entwickeln sich immer Störungen des Allgemeinbefindens, welche bei den gewöhnlichen fibrösen Stricturen ausschliesslich von der Behinderung der Nahrungszufuhr abhängig sind. Bei den durch Carcinome herbeigeführten Stenosen kommen die von dem Krebs selbst abhängigen Störungen in der bei dem Krebse des Pharynx p. 389 angegebenen Weise ausserdem in Betracht.

Diagnose. Sobald die aufgeführten Symptome beobachtet werden, muss man eine genaue Untersuchung des Halses mit den Fingern und die Untersuchung der Speiseröhre mittelst der Schlundsonde vornehmen. Um nicht blos die Anwesenheit und den Sitz der Strictur, sondern auch den Grad der Verengerung kennen zu lernen, wendet man Fischbein-Sonden an, deren Spitze einen kugel- oder olivenförmigen Knopf trägt. Je nachdem man Knöpfe von verschiedenem Durchmesser anwendet, kann man die Strictur bald passiren, bald nicht und daraus ihren Durchmesser erschliessen. Die grössere Leichtigkeit, mit welcher die Sonde weiter geschoben werden kann, nachdem der Knopf durch die verengte Stelle hindurchgegangen ist, lässt sogar einen Schluss auf die Länge derselben zu. Wenn die Anamnese gänzlich fehlt, so könnte ein fremder Körper im Oesophagus vielleicht eine Strictur simuliren. Die Schlundsonde liefert hier, wie in allen ähnlichen Fällen die Entscheidung. Bei der aus Paralyse des Pharynx entspringenden Dysphagie weichen die Erscheinungen, selbst bei oberflächlicher

Betrachtung, schon darin ab, dass kleine Körper und Flüssigkeiten viel schwieriger als grosse Gegenstände verschluckt werden können. Haben sich die Schlingbeschwerden in der oben geschilderten Weise nach einer Anätzung oder anderweitigen Verwundung der Speiseröhre entwickelt, so hat man es höchst wahrscheinlich mit einer Narbenstrictur zu thun; sind sie dagegen, namentlich bei älteren Leuten allmälig und ohne nachweisbare Veranlassung, gleichzeitig mit schnell fortschreitender Abmagerung oder anderweitigen Störungen des Allgemeinbefindens, enstanden, so ist es wahrscheinlicher, dass sie von einem Carcinom der Speiseröhre abhängen. Blutungen und die Beimischung blutiger jauchiger Flüssigkeiten zu den erbrochenen Massen lassen eine krebsige Natur vermuthen. Werden kleine Stückchen der blumenkohlartigen Auswüchse durch Erbrechen herausbefördert, so liefert das Microscop sichere Entscheidung.

Behandlung. Wenn eine frische Entzündung der Speiseröhre die Entstehung einer Strictur befürchten lässt oder letztere auch schon begonnen hat, so soll durch die Anwendung antiphlogistischer Mittel (Blutegel am Hals, Quecksilber- und Jodsalben, Fontanellen, auch innerliche Behandlung mit Jod- und Quecksilberpräparaten) der weitern Entwickelung des Uebels vorgebeugt werden können. Nach den an andern Theilen gemachten Erfahrungen über die Unwirksamkeit solcher Mittel gegen die gewaltige Macht der Narbenverkürzung werden wir in allen den Fällen, wo überhaupt eine Strictur in Folge von Entzündung zu befürchten wäre, wol nur geringes Vertrauen auf diese übrigens gewiss nicht schädliche medicinische Behandlung setzen dürfen. In der Regel aber muss man chirurgische Mittel in Gebrauch ziehen. Die allmälige Erweiterung, die Cauterisation, die Oesophagotomie und endlich sogar die Anlegung einer Magenfistel sind zu diesem Behufe angewandt worden.

I. Allmälige Erweiterung der Speiseröhre mit Hülfe der Schlundsonden.

Die Einführung einer Sonde oder eines elastischen Rohres in den Oesophagus (*Catheterismus oesophagi*) geschieht nicht blos zum Behuf der Erweiterung dieses Canales, sondern häufig auch, wie bereits im Obigen erläutert worden ist, in der Absicht, die Speiseröhre zu sondiren, in vielen Fällen um durch das eingeführte Rohr Nahrungsmittel in den Magen gelangen zu lassen. Man kann diese Instrumente entweder durch die Mund- oder durch die Nasenhöhle einführen. Wenn der Patient mit oder ohne Beihülfe den Mund hinreichend weit öffnet, so ist das Einführen der Sonde durch denselben leichter und bequemer, als das Einführen durch die Nase. Der Patient sitzt niedrig, den Kopf hintenüber fixirt. Man drückt die Zunge mit dem linken Zeigefinger möglichst tief abwärts und gleitet mit der Sonde an diesem Finger sogleich bis zur hintern Pharynxwand, an welcher das Instrument dann weiter abwärts geschoben wird. Wie bei jedem Einführen eines Catheters in einen Canal, so ist auch beim Sondiren der Speiseröhre die grösste Vorsicht und das Vermeiden alles gewaltsamen Vorwärtsschiebens zu empfehlen.

Vor dem Eindringen in den Kehlkopf schützt die Beachtung der Vorsicht, dass man an der hintern Wand des Pharynx abwärts gleiten soll.

Jedoch scheint dieser Missgriff zuweilen vorgekommen zu sein. Es wird erzählt, dass manche Patienten längere Zeit durch das in den Kehlkopf eingeführte Schlundrohr geathmet haben sollen. Viel weniger glaublich ist die Angabe von Desault, dass sogar Einspritzungen von Fleischbrühe, die auf diesem Wege gemacht worden, ertragen sein sollen. Vielmehr ist zu erwarten, dass sogleich beim Eindringen der Sonde in den Kehlkopf heftiger Husten und Erstickungsnoth eintreten werden.

Bei Anwendung roher Gewalt könnte eine Perforation der Speiseröhre durch die Schlundsonde bewirkt werden, wovon C. Bell ein Beispiel anführt.

Zuweilen ist die Einführung der Sonde durch den Mund sehr schwierig, namentlich bei reizbaren Personen, welche Uebelkeit, Erbrechen, Husten selbst Erstickungsnoth bekommen und in die grösste Aufregung gerathen, sobald man nur die Pharynxwand berührt. |Gelingt es mit grosser Schnelligkeit, das Instrument vorwärts zu schieben, so kann man alle diese Hindernisse oft überwinden|; in anderen Fällen muss man durch häufige Berührung des Pharynx |und Bepinseln mit adstringirenden Substanzen| die Empfindlichkeit desselben zu vermindern suchen. Kommt man damit nicht zum Ziele oder ist der Fall dringlich, so muss man sich zur Einführung der Schlundsonde durch die Nasenhöhle bequemen. Diese wird ferner erforderlich, wenn der Patient den Mund nicht öffnen kann, da man zu dem früher empfohlenen grausamen und unsichern Mittel, einige Zähne auszuziehen oder auszubrechen, nur im äussersten Nothfalle seine Zuflucht nehmen wird[1]). Der Kopf des Kranken muss für diese Einfüh-

[1]) |Roser empfiehlt für solche Fälle, wo der Mund des Patienten zwar noch geöffnet, aber nur mit Schwierigkeiten offen erhalten werden kann, einen hölzernen Ring mit zwei Handhaben, welche in die Gegend der Backzähne

rung noch stärker nach hinten übergebeugt werden, als bei der Einführung durch den Mund. Der Weg durch die Nase muss mit grösster Schnelligkeit zurückgelegt werden. Die Spitze der Sonde berührt nun die hintere Pharynxwand. [Um sie abwärts zu leiten soll man die Finger hinter dem Gaumensegel emporführen, dazu müsste aber vor allem der Weg durch die Mundhöhle offen sein und wo dies der Fall wäre, würde man für diagnostische Zwecke gewiss lieber das Schlundrohr selbst auf diesem Wege einführen. Man muss sich daher durch einen in das elastische Schlundrohr eingeführten krummen Draht zu helfen suchen, den man aber, sobald die Spitze der Sonde die Richtung abwärts angenommen hat, wieder ausziehen muss, da sonst gerade durch diese Krümmung die Sonde vielmehr in den Kehlkopf als in die Speiseröhre geleitet werden würde. In besonders schwierigen Fällen wird man sich der weiter unten angegebenen Verfahren von Baillarger oder von Blanche bedienen, zu deren Ausführung freilich besondere Instrumente erforderlich sind.]

[Zum Behufe der Erweiterung einer Strictur sowol, als auch um längere Zeit hindurch einen Patienten durch die Schlundsonde zu ernähren, kann es wünschenswerth sein, dieselbe andauernd in der Speiseröhre liegen zu lassen. Alsdann aber ist es nothwendig, entweder von vorn herein die Einführung durch die Nase vorzunehmen, oder wie dies bereits Boyer empfohlen hat, ihr aus dem Mund hervorhängendes Ende (welches dann aber nicht trichterförmig gestaltet sein darf) durch die Nase nach aussen zu leiten. Hierzu bedient man sich dann des bei der Tamponade der Nase (p. 195) für die Einführung des hintern Tampons beschriebenen Verfahrens. Handelt es sich um Erweiterung der Speiseröhre, so ist es zweckmässig dem Kranken die Beschwerden, welche mit dem Liegenbleiben des Schlundrohres verknüpft sind, zu ersparen, indem man sich des Verfahrens von Switzer bedient. Man führt nämlich einen lang gestreckt eiförmigen Dilatator aus Elfenbein von entsprechender Dicke mit Hülfe eines darauf passenden Fischbeinstabes bis in die Strictur ein und zieht dann den Fischbeinstab wieder zurück, indem man einen langen festen Seidenfaden, der in dem Dilatator genau befestigt ist und durch seine Umschlingung um den Fischbeinstab zugleich die Verbindung zwischen diesen beiden Stücken gesichert hat, allein zurücklässt und zur grössern Bequemlichkeit natürlich in der erwähnten Weise durch

liegen kommen, nach Art eines Pferdegebisses einzulegen, um dann durch die Oeffnung des Ringes das Schlundrohr einzuführen.]

ein Nasenloch herausleitet. Jedoch kann auch mit dieser Verbesserung die permanente Dilatation nie ohne grosse Beschwerden angewandt werden. Die allmälige Erweiterung geschieht mit einem starken elastischen Catheter (Schlundrohr), einer Bougie oder einer Fischbeinsonde. An dem knopfförmigen Ende der letzteren wird, nach Trousseau, ein mit Eiweiss getränkter Schwamm, von etwas grösserem Durchmesser als derjenige der Strictur, sicher befestigt und demnächst in die verengte Stelle mit drehender Bewegung eingeschoben. Dies Eindrängen der Sonde wird mehrmals schnell hintereinander in einer Sitzung wiederholt. Solcher Sitzungen aber müssen täglich wenigstens zwei stattfinden, bis man die normale Weite erreicht hat; dann gestattet man längere Intervallen, unterlässt jedoch die Einführung der Sonde auch späterhin nicht ganz, weil die Verengerung sonst schnell zurückkehrt.|

|Vidal schlägt vor, die Erweiterungssonden so einzurichten, dass ihre Spitze sich nach der Einführung in die Strictur durch einen besonderen Mechanismus auseinander drängen lässt. Ein solcher ist bereits von Fletcher ersonnen und empfohlen worden, in der Absicht die Strictur plötzlich und gewaltsam zu erweitern. Dies Instrument besitzt an seiner Spitze eine kleine Stahlkugel, welche leicht durch die Strictur passirt; dann aber kann sie durch einen besonderen Mechanismus emporgezogen werden, so dass sie sich zwischen die bis dahin dicht aneinander liegenden drei Branchen des Instrumentes eindrängt und diese mächtig auseinander presst. Die Gefahr eines solchen Unternehmens leuchtet von selbst ein; auch ist dasselbe an lebenden Menschen noch nicht versucht worden.|

Die radicale Heilung einer *Strictura oesophagi* kann durch Dilatation nur dann gelingen, wenn dieselbe mehr von Schleimhautfalten als von derbem Narbengewebe abhängig ist. Palliative Hülfe aber kann dadurch in allen Fällen, selbst wenn eine Krebsgeschwulst die Veranlassung der Strictur ist, geleistet werden.|

Besondere Erwähnung verdient hier noch die Einführung der Schlundsonde zur zwangsweisen Ernährung von Irren. Bei diesen kann nur der Weg durch die Nasenhöhle eingeschlagen werden. Der Kranke muss von Gehülfen sicher gehalten, aber nicht festgebunden werden, da während der Operation eine Veränderung seiner Stellung erforderlich sein kann. Niemals darf er sich in der Rückenlage befinden[1]).

Wenn die Einführung in der oben angegebenen Weise leicht von Statten gegangen ist und der Kranke keine Angst, keine

[1]) Blanche theilt einen Fall mit, in welchem der Kranke erstickte, weil man ihm in horizontaler Lage Nahrungsmittel durch das Schlundrohr beibrachte, indem diese, aus der Speiseröhre wieder aufsteigend, in die Luftwege gelangten.

Athemnoth, keinen Husten bekommt, so kann man ziemlich sicher sein, nicht in den Kehlkopf, sondern in die Speiseröhre das Rohr eingeführt zu haben. Jedoch ist es der Vorsicht angemessen, den Kranken sprechen zu lassen oder wenn er dies nicht thut, einige Tropfen Wasser durch das Rohr einzuspritzen, welche, wenn sie in den Kehlkopf gelangten, sofort Husten erregen würden. Hat man die Gewissheit erlangt, in die Speiseröhre gedrungen zu sein, so schiebt man das Rohr dreist weiter. Man sollte sich niemals begnügen, dasselbe blos in den oberen Theil der Speiseröhre eingebracht zu haben, sondern es möglichst tief einschieben, um dadurch dem Wiederaufsteigen der eingeführten Nahrungsmittel vorzubeugen. Die zur Ernährung des Kranken bestimmten Flüssigkeiten (vor allem Fleischbrühe und Milch) müssen schon vorher in grosse Spritzen gefüllt sein, die in das äussere Ende des Schlundrohres genau passen. Das Einspritzen geschieht ganz langsam, um einer plötzlichen Ueberfüllung, die zum Aufstossen und Erbrechen führen würde, vorzubeugen. Treten diese letzteren Zufälle mit grosser Heftigkeit und zugleich mit Athemnoth auf, so muss man das Rohr schnell wieder entfernen. Anderen Falles aber versucht man, ob der Kranke sich nicht an seine Anwesenheit gewöhnt und unterstützt nur seinen Kopf in vornübergebeugter Stellung, um ihm das Erbrechen zu erleichtern. Das Ausziehen des Rohres muss gleichfalls vorsichtig geschehen, indem man sein äusseres Ende allmälig immer mehr abwärts wendet und die Oeffnung desselben mit dem Daumen verschlossen hält, damit nicht von den im Rohr noch enthaltenen Flüssigkeiten beim Passiren des Schlundkopfes etwas in den Kehlkopf tröpfeln könne.

Besondere Instrumente und Verfahren zum Behufe der künstlichen Ernährung bei widerstrebenden Irren haben Baillarger und Blanche (der Jüngere) angegeben. Es wurde bereits bemerkt, dass man sich derselben auch bei anderen Kranken, bei denen der *Catheterismus oesophagi* in der gewöhnlichen Weise nicht gelingt, mit Vortheil wird bedienen können.

Verfahren von Baillarger. Statt des gewöhnlichen Schlundrohrs wird ein 40 Ctm. langer dünnwandiger höchst biegsamer elastischer Schlauch angewandt, an dessen äusserem Ende sich ein Metallring befindet, an welchem eine vermittelst einer Schraube zu verschliessende Klammer angebracht ist. 8 Ctm. vom trichterförmigen Ende des Rohres entfernt, befindet sich ein weisser Kreis, ein zweiter ist 13 Ctm. vom anderen Ende des Schlauches angebracht. Die Oeffnungen (Augen) befinden sich 2 Ctm. vom unteren Ende, in einiger Entfernung von einander. Dies Rohr wird mit 2 Leitungsstäben versehen; der eine ist ein dünner biegsamer Draht etwas länger als das Rohr und an seinem äusseren Ende mit einem Ring versehen, der zweite ist ein Fischbeinstab, gleichfalls länger als das Rohr und an seinem äusseren Ende umgebogen. Dieses umgebogene Ende wird in der oben erwähnten

Klammer befestigt. Zum Behuf der Einführung wird das Ende der Sonde umgebogen, der Fischbeinstab strebt das Instrument auf die gerade Richtung zurückzuführen, der Draht aber (welcher deshalb das Uebergewicht über den Fischbeinstab haben muss) behält die ihm ertheilte Krümmung. Sobald man durch die Nase hindurch mit dem Schnabel des Instrumentes zur hintern Pharynxwand gelangt ist, erhebt man das äussere Ende, um das Hinabgleiten in den Pharynx zu begünstigen, und schiebt es so lange abwärts, bis der erste weisse Kreis an der Nasenöffnung angelangt ist. Jetzt wird die Sonde angehalten und der gekrümmte Draht herausgezogen. Sofort richtet der Fischbeinstab das im Schlund befindliche Stück gerade und drängt es gegen die hintere Pharynxwand, so dass nunmehr das weitere Vordringen in die Speiseröhre gesichert ist. Nur sehr selten biegt sich beim weiteren Fortschieben des Instrumentes der Fischbeinstab, so dass die Spitze sich gegen die Zungenwurzel anstemmt. Eine leichte Rotation und das Vornüberbeugen des Kopfes reichen aus, um in solchen Fällen die weitere Einführung zu sichern. Sobald diese vollständig gelungen ist, löst man den Fischbeinstab aus seiner Klammer und zieht ihn zurück, worauf dann das Einspritzen der Nahrungsmittel in der oben beschriebenen Weise geschehen kann.

Verfahren von Blanche. Statt des doppelten Leitungsstabes von Baillarger soll ein einfacher aber gegliederter, von etwa 44 Cm. Länge und 4 Mllm. Dicke angewandt werden. Derselbe besteht aus 31 Gliedern und einem mit diesen verbundenen Rohr, welches das vordere (obere) Drittheil des Instrumentes ausmacht. Die Glieder sind so miteinander verbunden, dass sie nur nach der einen Seite hin sich gegeneinander biegen. Man kann deshalb nach der einen Seite hin mit Leichtigkeit einen stark gewölbten Bogen damit bilden, nach der anderen Seite hin aber die gerade Linie niemals überschreiten. In dem Canale des Instrumentes, welcher sich durch alle Glieder, mit Ausnahme des letzten, fortsetzt, befindet sich eine lange Uhrfeder, die an einen festen Stab gelöthet ist, dessen Länge diejenige des nicht gegliederten Rohres um 1 Cm. überragt. Am vorderen Ende des Rohres befinden sich 2 seitliche Ringe, an denen das Instrument gehalten wird. Zum Behufe der Einführung schiebt man zunächst den gegliederten Leitungsstab in das Schlundrohr, dann aber die Uhrfeder in das Leitungsrohr, wodurch dies in seinem gegliederten Theile gekrümmt wird. Ist man aber in den untern Theil des Pharynx gelangt, so zieht man die Feder allmälig zurück, worauf der Leitungsstab das Schlundrohr gegen die hintere Wand des Pharynx drängt und dadurch das Anstossen gegen die Zungenwurzel und das Eindringen in den Kehlkopf verhütet.

II. Die Kauterisation.

Die Kauterisation ist bei Verengerungen der Speiseröhre in der Hoffnung angewandt worden, dadurch eine vollständige Beseitigung des Hindernisses schneller und dauernder als durch mechanische Erweiterungsmittel zu bewirken.

Paletta hat bereits 1789 Versuche der Art gemacht, später ist sie namentlich von Everard Home, Andrew und Charles Bell angewandt worden, in Frankreich von Mondière, welcher letztere namentlich hervorgehoben hat, dass diese Behandlungsweise niemals schädlich und dass sie, wenn die Dilatation ihren Dienst versagt, das einzige Mittel sei, um einem sicheren Tode vorzubeugen.

Jedenfalls erheischt die Kauterisation grosse Vorsicht. Man wird sich nur fester und nicht leicht zerfliessender Aetzmittel, namentlich also des Höllensteins, bedienen müssen. Zu diesem Behufe wird vor Allem der Sitz der Verengerung sehr genau bestimmt und eine passende Sonde ausgewählt, deren Spitze in die verengte Stelle einzudringen vermag. In einer Nische dieser Spitze wird dann mit Klebewachs ein der Länge der Strictur entsprechendes Stückchen Höllenstein befestigt und das so bewaffnete Instrument demnächst eingeführt, um anfangs leichtere, später stärkere Aetzungen durch langsames Umdrehen des Rohres vorzunehmen. Um bei dem Hinabführen der mit Höllenstein bewaffneten Sonde die Berührung des Aetzmittels mit den gesunden Theilen der Schleimhaut des Oesophagus zu verhüten, müsste man, nach Analogie der zu ähnlichem Zweck in der Harnröhre angewandten Instrumente, die Aetzsonde in einem unten offnen Rohre verborgen bis zur Strictur einführen und sie dann erst aus der Oeffnung des letztern hervortreten lassen. Der durch die Aetzung bedingte Schmerz bot grosse Verschiedenheiten dar, wahrscheinlich nicht blos nach der Individualität des Operirten, sondern auch je nach dem Sitze der Stenose. Zuweilen sah man eine so heftige Reaction folgen, dass der Kranke nach der Operation fieberte. Es leuchtet von selbst ein, dass bei Krebs der Speiseröhre mit der Aetzung nicht mehr auszurichten sein wird, als mit der mechanischen Dilatation.

Weniger schwer zu handhaben und wirksamer als die Anwendung des Höllensteins wäre voraussichtlich die Zerstörung der an der Stelle der Strictur prominirenden Gewebe durch die Galvanokaustik. Eine der Länge und Weite der Strictur ungefähr entsprechende Schlinge von Platindraht, an zwei langen von einander isolirten Kupferdrähten befestigt, müsste in einem unten offnen Schlundrohre bis zur Strictur eingeführt und dann in dieselbe vorgeschoben werden. In demselben Augenblick wäre die Batterie zu schliessen und das Instrument ein- bis zweimal um seine Achse zu drehen, wodurch voraussichtlich eine so bedeutende Zerstörung bewirkt werden würde, als durch zahllos wiederholte Anwendungen des Höllensteins. Dass auch hierbei die grösste, auf sorgfältige Untersuchung zu gründende, Vorsicht zu empfehlen sein wird, leuchtet von selbst ein. — Es liegt kein Grund vor, weshalb man nicht auch bei krebsigen Stricturen die Leiden des Kranken durch solche Operationen für einige Zeit sollte zu mindern suchen. An eine Radical-Heilung des Krebses auf diesem Wege wird wol Niemand denken; sie könnte höchstens einmal zufällig gelingen. Damit erledigt sich auch die Frage Vidal's: „Wer würde es wagen, einen Oesophaguskrebs ganz fortbrennen zu wollen?"

Fast alle Wundärzte, welche die Kauterisation angewandt haben, rathen die allmälige Erweiterung mit ihr zu combiniren. Dies darf jedoch nicht früher geschehen, als bis man mit einiger Wahrscheinlichkeit erwarten kann, dass der Brandschorf sich gelöst habe.

III. Oesophagotomie *).

In der Mehrzahl der bekannt gewordenen Fälle wollte man eine äussere Speiseröhrenfistel unterhalb der verengten Stelle anlegen, um durch dieselbe ein Schlundrohr einführen und auf solche Weise den Kranken ernähren zu können. Es handelt sich also nur um eine palliative Hülfe; dazu aber kann freilich die an sich nicht gefahrlose Operation von Nutzen sein. Noch viel seltner ist der Versuch gemacht worden, die Radicalheilung der Strictur mit Hülfe der Oesophagotomie zu bewerkstelligen. Zu diesem Behufe hat man die Speiseröhre entweder an der Stelle der Strictur selbst (Watson), oder oberhalb derselben geöffnet (Lavacherie) und in ersterem Falle ab- und aufwärts täglich Schlundsonden eingeführt, im zweiten eine bequemere und sichere Einwirkung der durch die Oesophagusfistel eingeführten Dilatations-Instrumente zu erreichen gehofft. Bei der geringen Anzahl von Beobachtungen der Art, welche bis jetzt vorliegen, lässt sich ein bestimmtes Urtheil nicht fällen. Es leuchtet ein, dass die Methode der Incision an der Stelle der Strictur selbst, sowie auch die Oesophagotomie unterhalb der Strictur nur in solchen Fällen werde Anwendung finden können, wo die Verengerung noch am Halse sitzt; die Incision oberhalb der Strictur dagegen, welche freilich eine unmittelbare Erleichterung für den Kranken nicht herbeiführt, wird auch dann noch ausführbar sein, wenn der Brusttheil des Oesophagus Sitz des Uebels ist.

*) Die Oesophagotomie soll zuerst von Stoffel (nach der Angabe von Morgagni: *De sedibus et causis morborum per anatomen indagatis, Liber III. epistola XXVIII. Observatio* 16) empfohlen worden sein. Zum erstenmale ausgeführt wurde sie von Taranguet an einer Nonne, die noch sechzehn Monat nachher lebte; später u. A. von Monnod an einem Kranken, der noch drei Monat am Leben erhalten wurde.

IV. Gastrotomie.

Die Eröffnung des Magens, um bei Unwegsamkeit der Speiseröhre Nahrungsmittel direct in denselben zu bringen, somit also die Anlegung einer Magenfistel, ist bereits von Watson, Egelberg u. A., lange Zeit bevor man durch die physiologischen Untersuchungen von Blondlot u. A. (Vgl. meinen Aufsatz in Roser's und Wunderlich's Archiv 1848) die leichte Ausführbarkeit dieser Operation an Thieren kennen gelernt hatte, in Vorschlag gebracht worden. Die Gastrotomie zum Behuf der Entfernung fremder Körper aus dem Magen war noch früher bekannt.

Zur Ernährung eines an Stenose des Oesophagus leidenden Menschen wurde sie zum erstenmale von Sédillot in Strassburg im Jahre 1849 (*Comptes rendus de l'acad. des sciences.* Paris 1849) zweite Hälfte ausgeführt. Er machte einen Kreuzschnitt nahe unter dem *Processus xiphoideus*, suchte mittelst des Netzes den Magen hervorzuziehen, was jedoch anfangs nicht gelang, indem zuerst blos der Dickdarm hervortrat; der herausgezogene Magen wurde dann angestochen und in die Wunde eine zweiklappige Canüle eingesetzt, um dadurch den Magen gegen die Bauchwand angedrückt zu erhalten. Der Magen zog sich aber zurück und nahm das Instrument mit, worauf der Kranke dann nach 21 Stunden starb. — 4 Jahre später machte es Sédillot anders; er schnitt dicht unter den falschen Rippen, 2 Querfinger breit von der Mittellinie nach links, ein, zog den Magen mit dem Finger und einer Pincette heraus und nähte die Serosa und Muscularis des Magens mit 6 Stichen an der äussern Haut fest. Die Oeffnung des Magens sollte erst vorgenommen werden, wenn Verwachsung eingetreten wäre. Aber nach 2 Stunden schlüpfte der Magen unter heftigem Husten wieder zurück, er musste abermals mit einer Pincette herausgeholt werden und das hervorgezogene Stück wurde nun nach Beseitigung der Nahtfäden in einer durch einen Schieber schliessbaren (Assalinischen) Zange eingeklemmt, um Gangrän desselben nebst gleichzeitiger Verwachsung mit den benachbarten Bauchdecken zu bewirken. Beides gelang innerhalb 5 Tagen. Es wurden ernährende Einspritzungen gemacht, aber der Kranke erlag schon nach 10 Tagen einer Peritonitis.

Mit Recht bemerkt Nélaton hierzu, dass der Magen fest und sicher befestigt werden muss, durch starke Nähte, die durch die ganze Dicke der Bauchwand und durch sämmtliche Häute des Magens hindurchzuführen wären. Sédillot hätte sich diesen guten Rath schon vor seiner ersten Operation aus den zahlreichen Versuchen der Art an Thieren, die zu jener Zeit bereits gemacht worden waren, entnehmen können. Mit Berücksichtigung dieser letzteren und ohne Kenntniss von den misslungenen Versuchen Sédillot's, hat Fenger in Kopenhagen (Virchow's Archiv Bd. VI. p. 350—384) die Gastrotomie gleichfalls ausgeführt. Sein Verfahren war folgendes. Incision von der Spitze des Brustbeines schräg nach unten und links, längs des Randes der Rippenknorpel, bis an den äussern Rand des geraden Bauchmuskels, durch die Haut, das vordere Blatt der Muskelscheide, den Rectus selbst und das hintere Blatt seiner Scheide. Die durchschnittne *Arteria epigastrica superior* wird unterbunden, das Bauchfell in der gedachten Ausdehnung blosgelegt und, nach Stillung der Blutung, links von dem durchschimmernden linken Leberlappen in der Richtung des Hautschnittes soweit geöffnet, um den linken Zeige- und Mittelfinger hindurch zu lassen. Letztere glitten an der Wölbung des Zwerchfells hinauf, mussten einen Theil des Netzes zur Seite schieben, trafen dann die Milz und gelangten von dieser zum Magen, dessen vordere Wand gefasst und in die Wunde gezogen wurde. Zwei Fäden, jeder in zwei Nadeln eingefädelt, wurden durch die hervorgezogene Falte der Magenwand hindurch geführt, die innere Hälfte der Wunde aber, während der Magen an diesen Fäden gehalten wurde, mittelst einer hindurch gestochenen goldenen Nadel (*Sutura circumvoluta*) einander genähert. Die an den durch die Magenwand geführten Fäden befindlichen Nadeln wurden benutzt, um sofort mit je zwei von ihnen beide Wundränder zu durchbohren. Demnächst aber wurde die Falte der Magenwand in ihrer Mitte geöffnet, das Mittelstück der beiden Fäden, aus der Magenhöhle herausgezogen, in ihrer Mitte durchschnitten, so dass nun die eine Hälfte der Magenwunde an den oberen, die andern an den untern Wundrand mittelst je 2 Suturen befestigt werden konnte. Endlich wurde die Umsäumung der Hautwunde mit der Magenschleimhaut durch acht Nähte ausgeführt. Der Tod erfolgte 58 Stunden nach der Operation, nachdem mehrmals Haferschleim und Milch mit gutem Erfolge in den Magen eingeflösst war, ohne besondere Zufälle, unter allmäligem Sinken der Kräfte. Die Section wies nach, dass die Entzündung des Bauchfells auf die nächste Umgebung der Operationsstelle beschränkt war und man kann Fenger nur beistimmen, wenn er meint, dass der schon bestehende Inanitions-Zustand wesentlich am Tode des Kranken Schuld gewesen sei.

In diesem Falle war die sofort vorgenommene Eröffnung des Magens gerade wegen des drohenden Hungertodes gewiss indicirt. Uebrigens aber würde die Operation sicherer in zwei verschiedenen Zeiten auszuführen sein. Der erste Act umfasst dann das Hervorziehen und Festheften eines Theils der Magenwand an den Bauchdecken, der zweite die Eröffnung des Magens, sofern man es nicht vorzieht, diese durch Umschnürung eines Theiles der Magenwand auf dem Wege der Gangrän herbeizuführen. Die Eröffnung des Magens dürfte nicht früher vorgenommen werden, als seine Verwachsung mit der Bauchwand vollkommen sicher ist. Trotz des ungünstigen Erfolges der bisher unternommenen Operationen der Art, wird man über dieselbe doch nicht ganz im Allgemeinen den Stab brechen dürfen. Der erträgliche Zustand, in welchem sich Menschen mit zufällig entstandenen Magenfisteln, nach den genauesten Beobachtungen, befunden haben, berechtigt zu der Hoffnung, dass dies auch nach der Gastrotomie der Fall sein könne. Jedoch darf nicht übersehen werden, dass jene auf natürlichem Wege mit Speichel gemischte Nahrung genossen habe, diese aber durch die Fistel ernährt werden müssten. Ein Hund, an dem ich eine Magenfistel und später einen Verschluss des Halstheils der Speiseröhre angelegt hatte, konnte, trotz reichlicher Fütterung per fistulam, doch nur ein Jahr am Leben erhalten werden. Die Verbesserung des Operations-Verfahrens lässt hoffen, dass die Lebensgefahr der Operation selbst sich vermindern werde; natürlich wird man aber zu einem so lebensgefährlichen Mittel doch nicht eher greifen dürfen, als bis die minder eingreifenden sich unzureichend erwiesen haben. Wäre z. B. die Wahl zwischen der künstlichen Ernährung durch eine Oesophagusfistel oder durch eine Magenfistel, so wird man erstere bevorzugen. Soll man auch bei Krebs des Oesophagus die Gastrotomie machen, um die qualvollen Tage des Kranken möglicherweise noch zu verlängern? Man könnte fast verleitet sein, in solchen Fällen gerade durch die Wahrscheinlichkeit eines ungünstigen Ausganges sich für die Operation bestimmen zu lassen, wenn solche Motive überhaupt zulässig wären.

Lässt sich bei einer Strictur des Oesophagus weder durch Dilatation noch auch durch Kauterisation etwas ausrichten und will der Arzt oder der Kranke sich weder zur Oesophagotomie, noch auch zur Gastrotomie entschliessen, so bleibt zur Linderung der Qualen des fortdauernden Hungerns und Durstens nur der traurige Nothbehelf der ernährenden Klystiere und Bäder. Natürlich dürfen in den Klystieren nur solche Nahrungsmittel beigebracht werden, welche vollkommen auflöslich sind und direct in das Blut übergehen können, namentlich Fleischbrühe, Wein, Eigelb in Wasser gelöst u. dgl. m. Diese Flüssigkeiten müssen, um als bleibende Klystiere zu wirken, stets in geringer Quantität in den Mastdarm gespritzt werden, zu Anfang höchstens 3 Unzen, allmälig mehr. Von einer wirklichen Ernährung auf diesem Wege kann aber auf die Dauer gar nicht die Rede sein.

Viertes Capitel.

Neubildungen.

[Zu den Neubildungen in der Speiseröhre gehören unzweifelhaft die bereits im vorigen Capitel aufgeführten Geschwülste, welche Stricturen dieses Canals bedingen. Dort ist auch erwähnt, was über dieselben in diagnostischer und therapeutischer Beziehung zu sagen ist. Es treten aber, wie im Pharynx und am Eingange des Kehlkopfs, so auch weiter abwärts, in der Speiseröhre zuweilen gestielte Geschwülste (in der Regel Fibroide) auf, welche als Speiseröhrenpolypen bezeichnet und besonders beschrieben worden sind. Die Beschwerden, welche durch sie veranlasst werden, können anfangs den Verdacht einer Strictur erregen. Sitzt der Polyp tief, so könnte nur eine genaue Untersuchung mittelst des Schlundrohres und in manchen Fällen nicht einmal diese eine bestimmte Diagnose liefern. Bisher hat man aber die Insertion der Speiseröhrenpolypen fast immer nur in der Gegend des Ringknorpels oder dicht darunter gefunden und sie von dieser Stelle aus, mehr oder weniger lang gestielt, in den Oesophagus hinabhängen gesehen. Dadurch wird die Diagnose leichter, denn der wachsende Polyp erregt durch Berührung der im obersten Theile sehr empfindlichen Speiseröhrenschleimhaut alsbald Brechreiz und wird dann unter Husten und Würgen in die Mundhöhle hinaufgeschleudert, so dass der Patient ihn daselbst fühlen und der Arzt sehen kann. Während dieser Dislocation entsteht aber durch Compression der Glottis beträchtliche, selbst lebensgefährliche Athemnoth und der Patient sucht daher „den Fleischklumpen" sobald als möglich wieder hinabzuwürgen. In zweifelhaften Fällen wäre, wenn nicht von selbst Erbrechen eintritt, ein kräftiges Emeticum als diagnostisches Hülfsmittel zu benutzen.|

|In therapeutischer Beziehung können wir auf die bei den Pharynx- und Kehlkopfspolypen gemachten Angaben verweisen. Es wird Niemand einfallen, den hervorgewürgten Polypen so lange in der Mundhöhle, etwa mit einer Zange, festzuhalten, bis die Unterbindung der Wurzel gelungen wäre; wohl aber kann man die Anwesenheit desselben im Munde benutzen, um schnell eine Drahtschlinge über ihn zu werfen und diese dann, während er wieder verschluckt wird, bis zum Stiel hinaufgleiten lassen und demnächst zusammendrehen. Zweckmässig dürfte es sein, zugleich eine Fadenschlinge durch den Körper des Polypen zu ziehen, um ihn, wenn der Patient sich nach dem Zusammendrehen der Drahtschlinge erholt hat, wieder heraufholen und dann nahe der Stelle der Umschnürung den Stiel durchschneiden zu können. So wird der Patient der jedenfalls lästigen und wahrscheinlich gefährlichen Schwellung und Fäulniss des Polypen in seiner Speiseröhre überhoben. Dasselbe Resultat liefert noch schneller und glänzender die Galvanocaustik [1]). — Die Tracheotomie als eine vorbereitende Operation, um der Erstickung während des Actes der Unterbindung vorzubeugen, kann bei unseren jetzigen Kenntnissen und Hülfsmitteln nicht mehr in Frage kommen, obgleich sie früher allerdings zu dem gedachten Zwecke ausgeführt worden ist.|

[1]) |Vgl. p. 387 und Middeldorpf's „Galvanocaustik" p. 230—235.|

Fünfzehnte Abtheilung.

Krankheiten der Schilddrüse.

Anatomische Vorbemerkungen.

Die Schilddrüse hat die Form eines Halbmondes, dessen Concavität nach oben gewendet ist. Die beiden Seiten-Hörner oder Lappen sind vereinigt durch einen Isthmus, der mancherlei Verschiedenheiten darbietet. Derselbe kann fehlen oder nur wenig entwickelt sein, er kann gleiche Länge haben mit den Seiten-Lappen, oder auch einen besonderen (dritten) mittleren Lappen darstellen; alsdann sind die Luftröhre und ein Theil des Kehlkopfes bedeckt durch die Schilddrüse, die man in einem solchen Falle durchschneiden müsste, um die Laryngotomie zu machen. Meist bedeckt der Isthmus nur die ersten Luftröhren-Ringe; nach vorn ist er selbst bedeckt durch die Muskeln der *Regio subhyoidea*. Die Seitenlappen sind nach vorn convex und liegen hier unmittelbar unter den Muskeln, namentlich unter dem *Sterno-hyoides*, der bei jeder Schwellung der Schilddrüse in die Breite ausgedehnt und verdünnt wird. Die hintere Fläche der Schilddrüsenlappen ist ausgehöhlt und liegt den Seitentheilen der Luftröhre, ein wenig auch dem untern Theile des Kehlkopfs und des Schlundkopfs, sowie dem obersten Stücke des Oesophagus ziemlich genau an. Hieraus erklärt sich, wie bei Schwellungen der Schilddrüse sowol das Schlingen, als die Respiration bedeutend behindert sein können. Der äussere Rand der Seitenlappen berührt die Carotis und erstreckt sich zuweilen bis zur *Vena jugularis interna*. Ansehnliche Gefässe treten in die Schilddrüse ein und aus ihr hervor, gewöhnlich 4, zuweilen 5 Arterien. Ihnen entsprechend verlaufen auch Venen; ein grosser Theil des Venenblutes der Schilddrüse aber nimmt seinen Weg zum Herzen durch die bei der Ausführung der Tracheotomie oft hinderliche, starke, oft auch zu einem Plexus verästelte *Vena thyreoidea inferior media*, welche fast genau in der Mittellinie, unmittelbar vor der Luftröhre abwärtssteigt. Mit ihr verläuft die selten vorhandene, bei der Tracheotomie bereits erwähnte, unpaarige *Art. thyreoid. ima*, welche bald aus der Aorta, bald aus dem *Truncus anonymus* ihren Ursprung nimmt. Die übrigen constanten Pulsadern der Schilddrüse sind paarig, die oberen entspringen aus der Carotis und verlaufen geschlängelt in schräger Richtung etwas absteigend zum oberen Rande der Drüse, die unteren kommen aus der Subclavia und steigen zur Seite des Oesophagus schräg aufwärts, um in den unteren Rand einzudringen (Vgl. Fig. 68). Dieser grosse Gefässreichthum der Schilddrüse

r befestigt. Zum Behuf der Einführung wird das Ende der Sonde umge-
der Fischbeinstab strebt das Instrument auf die gerade Richtung zurück-
i. der Draht aber (welcher deshalb das Uebergewicht über den Fischbein-
ben muss) behält die ihm ertheilte Krümmung. Sobald man durch die
ndurch mit dem Schnabel des Instrumentes zur hintern Pharynxwand ge-
l, erhebt man das äussere Ende, um das Hinabgleiten in den Pharynx zu
gen, und schiebt es so lange abwärts, bis der erste weisse Kreis an der
'nung angelangt ist. Jetzt wird die Sonde angehalten und der gekrümmte
erausgezogen. Sofort richtet der Fischbeinstab das im Schlund befindliche
erade und drängt es gegen die hintere Pharynxwand, so dass nunmehr das
Vordringen in die Speiseröhre gesichert ist. Nur sehr selten biegt sich
iteren Fortschieben des Instrumentes der Fischbeinstab, so dass die Spitze
en die Zungenwurzel anstemmt. Eine leichte Rotation und das Vornüber-
des Kopfes reichen aus, um in solchen Fällen die weitere Einführung zu
Sobald diese vollständig gelungen ist, löst man den Fischbeinstab aus
lammer und zieht ihn zurück, worauf dann das Einspritzen der Nahrungs-
i der oben beschriebenen Weise geschehen kann.

rfahren von Blanche. Statt des doppelten Leitungsstabes von Bail-
soll ein einfacher aber gegliederter, von etwa 44 Cm. Länge und 4 Mllm.
ngewandt werden. Derselbe besteht aus 31 Gliedern und einem mit diesen
enen Rohr, welches das vordere (obere) Drittheil des Instrumentes aus-
Die Glieder sind so miteinander verbunden, dass sie nur nach der einen
i sich gegeneinander biegen. Man kann deshalb nach der einen Seite hin mit
keit einen stark gewölbten Bogen damit bilden, nach der anderen Seite
r die gerade Linie niemals überschreiten. In dem Canale des Instru-
welcher sich durch alle Glieder, mit Ausnahme des letzten, fortsetzt, be-
ich eine lange Uhrfeder, die an einen festen Stab gelöthet ist, dessen
iejenige des nicht gegliederten Rohres um 1 Cm. überragt. Am vorderen
s Rohres befinden sich 2 seitliche Ringe, an denen das Instrument gehal-
l. Zum Behufe der Einführung schiebt man zunächst den gegliederten
stab in das Schlundrohr, dann aber die Uhrfeder in das Leitungsrohr, wo-
ies in seinem gegliederten Theile gekrümmt wird. Ist man aber in den
Theil des Pharynx gelangt, so zieht man die Feder allmälig zurück, worauf
ungsstab das Schlundrohr gegen die hintere Wand des Pharynx drängt und
das Anstossen gegen die Zungenwurzel und das Eindringen in den Kehl-
hütet.

II. Die Kauterisation.

ie Kauterisation ist bei Verengerungen der Speiseröhre in
ffnung angewandt worden, dadurch eine vollständige Besei-
des Hindernisses schneller und dauernder als durch mecha-
Erweiterungsmittel zu bewirken.

letta hat bereits 1789 Versuche der Art gemacht, später ist sie nament-
Everard Home, Andrew und Charles Bell angewandt worden, in
ch von Mondière, welcher letztere namentlich hervorgehoben hat, dass
handlungsweise niemals schädlich und dass sie, wenn die Dilatation ihren
ersagt, das einzige Mittel sei, um einem sicheren Tode vorzubeugen.

Jedenfalls erheischt die Kauterisation grosse Vorsic wird sich nur fester und nicht leicht zerfliessender Aetz namentlich also des Höllensteins, bedienen müssen. Zu Behufe wird vor Allem der Sitz der Verengerung sehr ge stimmt und eine passende Sonde ausgewählt, deren Spitz verengte Stelle einzudringen vermag. In einer Nische diese wird dann mit Klebewachs ein der Länge der Strictur ents des Stückchen Höllenstein befestigt und das so bewaffnete ment demnächst eingeführt, um anfangs leichtere, später Aetzungen durch langsames Umdrehen des Rohres vorzun Um bei dem Hinabführen der mit Höllenstein bewaffnete die Berührung des Aetzmittels mit den gesunden Thei Schleimhaut des Oesophagus zu verhüten, müsste man, na logie der zu ähnlichem Zweck in der Harnröhre angewa strumente, die Aetzsonde in einem unten offnen Rohre bis zur Strictur einführen und sie dann erst aus der des letztern hervortreten lassen. Der durch die Aetzung Schmerz bot grosse Verschiedenheiten dar, wahrscheinl blos nach der Individualität des Operirten, sondern auch dem Sitze der Stenose. Zuweilen sah man eine so hef action folgen, dass der Kranke nach der Operation fieber leuchtet von selbst ein, dass bei Krebs der Speiseröhre Aetzung nicht mehr auszurichten sein wird, als mit der sehen Dilatation.

Weniger schwer zu handhaben und wirksamer wendung des Höllensteins wäre voraussichtlich die Zers an der Stelle der Strictur prominirenden Gewebe durch vanokaustik. Eine der Länge und Weite der Strictur entsprechende Schlinge von Platindraht, an zwei langen ander isolirten Kupferdrähten befestigt, müsste in einem offnen Schlundrohre bis zur Strictur eingeführt und dann selbe vorgeschoben werden. In demselben Augenblick wä Batterie zu schliessen und das Instrument ein- bis zweim seine Achse zu drehen, wodurch voraussichtlich eine so tende Zerstörung bewirkt werden würde, als durch zahllos holte Anwendungen des Höllensteins. Dass auch hierbei die auf sorgfältige Untersuchung zu gründende, Vorsicht zu em sein wird, leuchtet von selbst ein. — Es liegt kein Grund vor halb man nicht auch bei krebsigen Stricturen die Leiden des ken durch solche Operationen für einige Zeit sollte zu suchen. An eine Radical-Heilung des Krebses auf diesem wol Niemand denken; sie könnte höchstens einmal zufällig ...gen. Damit erledigt sich auch die Frage Vidal's: „Wer ...le es wagen, einen Oesophaguskrebs ganz fortbrennen zu ...en?"

Fast alle Wundärzte, welche die Kauterisation angewandt haben, ...en die allmälige Erweiterung mit ihr zu combiniren. Dies darf ...ch nicht früher geschehen, als bis man mit einiger Wahr-...inlichkeit erwarten kann, dass der Brandschorf sich gelöst ...e.

III. Oesophagotomie [1].

In der Mehrzahl der bekannt gewordenen Fälle wollte man ...äussere Speiseröhrenfistel unterhalb der verengten Stelle an-...n, um durch dieselbe ein Schlundrohr einführen und auf solche ...e den Kranken ernähren zu können. Es handelt sich also ...um eine palliative Hülfe; dazu aber kann freilich die an ...nicht gefahrlose Operation von Nutzen sein. Noch viel selt-...ist der Versuch gemacht worden, die Radicalheilung der ...tur mit Hülfe der Oesophagotomie zu bewerkstelligen. Zu ...em Behufe hat man die Speiseröhre entweder an der Stelle ...Strictur selbst (Watson), oder oberhalb derselben geöffnet ...acherie) und in ersterem Falle ab- und aufwärts täglich ...undsonden eingeführt, im zweiten eine bequemere und sichere ...irkung der durch die Oesophagusfistel eingeführten Dilatations-...umente zu erreichen gehofft. Bei der geringen Anzahl von ...achtungen der Art, welche bis jetzt vorliegen, lässt sich ein ...mmtes Urtheil nicht fällen. Es leuchtet ein, dass die Methode ...Incision an der Stelle der Strictur selbst, sowie auch die ...phagotomie unterhalb der Strictur nur in solchen Fällen werde ...endung finden können, wo die Verengerung noch am Halse ...; die Incision oberhalb der Strictur dagegen, welche freilich ...unmittelbare Erleichterung für den Kranken nicht herbeiführt, ...auch dann noch ausführbar sein, wenn der Brustheil des ...phagus Sitz des Uebels ist.

[1] Die Oesophagotomie soll zuerst von Stoffel (nach der Angabe von Morgagni: *De sedibus et causis morborum per anatomen indagatis, Liber III. Epistola XXVIII. Observatio 16*) empfohlen worden sein. Zum erstenmale ausgeführt wurde sie von Taranget an einer Nonne, die noch sechzehn Monat nachher lebte; später u. A. von Monod an einem Kranken, der noch drei Monat am Leben erhalten wurde.

IV. Gastrotomie.

Die Eröffnung des Magens, um bei Unwegsamkeit der Speiseröhre N[illegible] mittel direct in denselben zu bringen, somit also die Anlegung einer [illegible] fistel, ist bereits von Watson, Egelberg u. A., lange Zeit bevor [illegible] die physiologischen Untersuchungen von Blondlot u. A. (Vgl. meinen [illegible] Roser's und Wunderlich's Archiv 1848) die leichte Ausführbar[illegible] Operation an Thieren kennen gelernt hatte, in Vorschlag gebracht [illegible] Gastrotomie zum Behuf der Entfernung fremder Körper aus dem Magen [illegible] früher bekannt.

Zur Ernährung eines an Stenose des Oesophagus leidenden Mensch[illegible] sie zum erstenmale von Sédillot in Strassburg im Jahre 1849 (*Compte[s rendus] de l'acad. des sciences.* Paris 1849) zweite Hälfte ausgeführt. Er [illegible] Kreuzschnitt nahe unter dem *Processus xiphoideus*, suchte mittelst [illegible] den Magen hervorzuziehen, was jedoch anfangs nicht gelang, indem [illegible] der Dickdarm hervortrat; der herausgezogene Magen wurde dann an[illegible] in die Wunde eine zweiklappige Canüle eingesetzt, um dadurch den [illegible] die Bauchwand angedrückt zu erhalten. Der Magen zog sich aber [illegible] nahm das Instrument mit, worauf der Kranke dann nach 21 Stunden [illegible] 4 Jahre später machte es Sédillot anders; er schnitt dicht unter [illegible] Rippen, 2 Querfinger breit von der Mittellinie nach links, ein, zog den [illegible] dem Finger und einer Pincette heraus und nähte die Serosa und Musc[illegible] Magens mit 6 Stichen an der äussern Haut fest. Die Oeffnung des Magens [illegible] erst vorgenommen werden, wenn Verwachsung eingetreten wäre. Aber [illegible] schlüpfte der Magen unter heftigem Husten wieder zurück, er musste [illegible] mit einer Pincette herausgeholt werden und das hervorgezogene Stück [illegible] nach Beseitigung der Nahtfäden in einer durch einen Schieber schliessbar[en] [illegible]linischen) Zange eingeklemmt, um Gangrän desselben nebst gleich[zeitiger Ver]wachsung mit den benachbarten Bauchdecken zu bewirken. Beides [illegible] halb 5 Tagen. Es wurden ernährende Einspritzungen gemacht, aber [illegible] erlag schon nach 10 Tagen einer Peritonitis.

Mit Recht bemerkt Nélaton hierzu, dass der Magen fest und [illegible] festigt werden muss, durch starke Nähte, die durch die ganze Dicke der [Bauch]wand und durch sämmtliche Häute des Magens hindurchzuführen wären. [illegible] hätte sich diesen guten Rath schon vor seiner ersten Operation aus den [zahl]reichen Versuchen der Art an Thieren, die zu jener Zeit bereits gemacht [illegible] waren, entnehmen können. Mit Berücksichtigung dieser letzteren und [illegible] niss von den misslungenen Versuchen Sédillot's, hat Fenger in Kopenh[agen] (Virchow's Archiv Bd. VI. p. 350—384) die Gastrotomie gleichfalls ausge[führt]. Sein Verfahren war folgendes. Incision von der Spitze des Brustbeines schräg [nach] unten und links, längs des Randes der Rippenknorpel, bis an den äussern [Rand] des geraden Bauchmuskels, durch die Haut, das vordere Blatt der Muskelsch[eide], den Rectus selbst und das hintere Blatt seiner Scheide. Die durchschnittene *A. epigastrica superior* wird unterbunden, das Bauchfell in der gedachten [Aus]nung blosgelegt und, nach Stillung der Blutung, links von dem durchschimmernden linken Leberlappen in der Richtung des Hautschnittes soweit geöffnet, [um] linken Zeige- und Mittelfinger hindurch zu lassen. Letztere glitten an der des Zwerchfells hinauf, mussten einen Theil des Netzes zur Seite schieben, n dann die Milz und gelangten von dieser zum Magen, dessen vordere Wand st und in die Wunde gezogen wurde. Zwei Fäden, jeder in zwei Nadeln eintelt, wurden durch die hervorgezogene Falte der Magenwand hindurch geführt, innere Hälfte der Wunde aber, während der Magen an diesen Fäden gehalten le, mittelst einer hindurch gestochenen goldenen Nadel (*Sutura circumvoluta*) oder genähert. Die an den durch die Magenwand geführten Fäden befindlichen eln wurden benutzt, um sofort mit je zwei von ihnen beide Wundränder zu hbohren. Demnächst aber wurde die Falte der Magenwand in ihrer Mitte get, das Mittelstück der beiden Fäden, aus der Magenhöhle herausgezogen, in Mitte durchschnitten, so dass nun die eine Hälfte der Magenwunde an den en, die andern an den untern Wundrand mittelst je 2 Suturen befestigt werkonnte. Endlich wurde die Umsäumung der Hautwunde mit der Magenschleimdurch acht Nähte ausgeführt. Der Tod erfolgte 58 Stunden nach der Operanachdem mehrmals Haferschleim und Milch mit gutem Erfolge in den Magen flösst war, ohne besondere Zufälle, unter allmäligem Sinken der Kräfte. Die on wies nach, dass die Entzündung des Bauchfells auf die nächste Umgebung perationsstelle beschränkt war und man kann Fenger nur beistimmen, wenn eint, dass der schon bestehende Inanitions-Zustand wesentlich am Tode des ken Schuld gewesen sei.

In diesem Falle war die sofort vorgenommene Eröffnung des Magens gerade n des drohenden Hungertodes gewiss indicirt. Uebrigens aber würde die Opeen sicherer in zwei verschiedenen Zeiten auszuführen sein. Der erste Act umdann das Hervorziehen und Festheften eines Theils der Magenwand an den ndecken, der zweite die Eröffnung des Magens, sofern man es nicht vorzieht, durch Umschnürung eines Theiles der Magenwand auf dem Wege der Gangrän zuführen. Die Eröffnung des Magens dürfte nicht früher vorgenommen werals seine Verwachsung mit der Bauchwand vollkommen sicher ist. Trotz des nstigen Erfolges der bisher unternommenen Operationen der Art, wird man dieselbe doch nicht ganz im Allgemeinen den Stab brechen dürfen. Der erche Zustand, in welchem sich Menschen mit zufällig entstandenen Magenn, nach den genauesten Beobachtungen, befunden haben, berechtigt zu der ung, dass dies auch nach der Gastrotomie der Fall sein könne. Jedoch darf übersehen werden, dass jene auf natürlichem Wege mit Speichel gemischte ung genossen habe, diese aber durch die Fistel ernährt werden müssten. Ein , an dem ich eine Magenfistel und später einen Verschluss des Halstheils der Speire angelegt hatte, konnte, trotz reichlicher Fütterung per fistulam, doch nur ahr am Leben erhalten werden. Die Verbesserung des Operations-Verfahrens hoffen, dass die Lebensgefahr der Operation selbst sich vermindern werde; lich wird man aber zu einem so lebensgefährlichen Mittel doch nicht eher greifen n, als bis die minder eingreifenden sich unzureichend erwiesen haben. Wäre die Wahl zwischen der künstlichen Ernährung durch eine Oesophagusfistel durch eine Magenfistel, so wird man erstere bevorzugen. Soll man auch bei n des Oesophagus die Gastrotomie machen, um die qualvollen Tage des Kranmöglicherweise noch zu verlängern? Man könnte fast verleitet sein, in solchen n gerade durch die Wahrscheinlichkeit eines ungünstigen Ausganges sich für peration bestimmen zu lassen, wenn solche Motive überhaupt zulässig wären.

rung noch stärker nach hinten übergebeugt werden, als be. Einführung durch den Mund. Der Weg durch die Nase mit grösster Schnelligkeit zurückgelegt werden. Die Spitze Sonde berührt nun die hintere Pharynxwand. |Um sie ab zu leiten soll man die Finger hinter dem Gaumensegel führen, dazu müsste aber vor allem der Weg durch die höhle offen sein und wo dies der Fall wäre, würde diagnostische Zwecke gewiss lieber das Schlundrohr selbst diesem Wege einführen. Man muss sich daher durch ein das elastische Schlundrohr eingeführten krummen Draht suchen, den man aber, sobald die Spitze der Sonde die Rich abwärts angenommen hat, wieder ausziehen muss, da sonst durch diese Krümmung die Sonde vielmehr in den Kehlk in die Speiseröhre geleitet werden würde. In besonders rigen Fällen wird man sich der weiter unten angegeben fahren von Baillarger oder von Blanche bedienen, zu Ausführung freilich besondere Instrumente erforderlich sind

|Zum Behufe der Erweiterung einer Strictur sowol, als um längere Zeit hindurch einen Patienten durch die Schlund zu ernähren, kann es wünschenswerth sein, dieselbe andauern der Speiseröhre liegen zu lassen. Alsdann aber ist es nothw entweder von vorn herein die Einführung durch die Nase nehmen, oder wie dies bereits Boyer empfohlen hat, dem Mund hervorhängendes Ende (welches dann aber nicht terförmig gestaltet sein darf) durch die Nase nach aussen Hierzu bedient man sich dann des bei der Tamponade (p. 195) für die Einführung des hintern Tampons beschri Verfahrens. Handelt es sich um Erweiterung der Speiseröhr ist es zweckmässig dem Kranken die Beschwerden, welche dem Liegenbleiben des Schlundrohres verknüpft sind, zu erspar indem man sich des Verfahrens von Switzer bedient. Man fü nämlich einen lang gestreckt eiförmigen Dilatator aus Elfenb von entsprechender Dicke mit Hülfe eines darauf passenden Fi beinstabes bis in die Strictur ein und zieht dann den Fischbe stab wieder zurück, indem man einen langen festen Seidenf der in dem Dilatator genau befestigt ist und durch seine Umsch gung um den Fischbeinstab zugleich die Verbindung zwis diesen beiden Stücken gesichert hat, allein zurücklässt und grössern Bequemlichkeit natürlich in der erwähnten Weise

liegen kommen, nach Art eines Pferdegebisses einzulegen, um dann d Oeffnung des Ringes das Schlundrohr einzuführen.|

Fünfzehnte Abtheilung.

Krankheiten der Schilddrü

Anatomische Vorbemerkungen.

Die Schilddrüse hat die Form eines Halbmondes, dessen Concav
gewendet ist. Die beiden Seiten-Hörner oder Lappen sind verei
Isthmus, der mancherlei Verschiedenheiten darbietet. Derselbe k
nur wenig entwickelt sein, er kann gleiche Länge haben mit den
oder auch einen besonderen (dritten) mittleren Lappen darstellen
die Luftröhre und ein Theil des Kehlkopfes bedeckt durch die S
man in einem solchen Falle durchschneiden müsste, um die Laryngot
Meist bedeckt der Isthmus nur die ersten Luftröhren-Ringe; nach w
bedeckt durch die Muskeln der *Regio subhyoidea*. Die Seitenlap
vorn convex und liegen hier unmittelbar unter den Muskeln, nament
Sterno-hyoides, der bei jeder Schwellung der Schilddrüse in die B
und verdünnt wird. Die hintere Fläche der Schilddrüsenlappen ist
liegt den Seitentheilen der Luftröhre, ein wenig auch dem untern T
kopfs und des Schlundkopfs, sowie dem obersten Stücke des Oesop
genau an. Hieraus erklärt sich, wie bei Schwellungen der Schild
Schlingen, als die Respiration bedeutend behindert sein können. Der
der Seitenlappen berührt die Carotis und erstreckt sich zuweilen bis
gularis interna. Ansehnliche Gefässe treten in die Schilddrüse ei
hervor, gewöhnlich 4, zuweilen 5 Arterien. Ihnen entsprechend w

darf nicht ausser Acht gelassen werden, wenn es sich um irgend eine an ihr vorzunehmende Operation handelt.

Das Gewebe der Schilddrüse ist derb, hefenfarbig, röthlich-gelblich. Betrachtet man einen Durchschnitt mit blossem Auge, so glaubt man kleine Drüsenläppchen (*Granula*, *acini*) wahrzunehmen. |Bei weiterer Zerlegung und mikroskopischer Untersuchung dieser Drüsenkörnchen findet sich, dass es von Zellgewebe umhüllt. Haufen sehr kleiner Bläschen sind. Letztere sind, analog den Endbläschen der secernirenden Drüsen, von einer homogenen, structurlosen Membran gebildet und haben einen aus Kernen und farbloser Flüssigkeit bestehenden Inhalt. Die feinsten Gefässe vertheilen sich in dem Bindegewebe zwischen diesen Haufen von Bläschen. Der Durchmesser der letztern beträgt durchschnittlich $\frac{1}{40}$ bis $\frac{1}{10}$ Linie. Jedoch ist ihre Grösse mannigfachen Schwankungen unterworfen. Die Kerne dagegen, welche wesentlich in einer dichten Schicht, wie ein Epithelium, an der innern Wand der Bläschen gelagert sind, haben die Grösse gewöhnlicher Zellenkerne, verhalten sich in jeder Beziehung wie solche, sind namentlich in Essigsäure unlöslich und lassen bei Einwirkung derselben die dunkleren Kernkörperchen deutlich erkennen. Nach Förster kommt aber auch in normal erscheinenden Schilddrüsen sehr häufig Colloidbildung in einzelnen Bläschen und fettige Degeneration in grösseren Theilen der Schilddrüse vor.|

Erstes Capitel.

Verletzungen der Schilddrüse.

Die Wunden der Schilddrüse bieten ein besonderes Interesse dar wegen der heftigen Blutung, die sich aus dem grossen Gefässreichthum dieses Organs leicht erklärt [1]). Dieselbe ist zuweilen sehr schwer zu stillen, weil die zahlreichen und weiten Anastomosen der Schilddrüsen-Arterien immer wieder dem Blute die Bahn eröffnen, wenn man auch den Arterienstamm, in dessen Gebiete die Blutung zu liegen scheint, unterbunden hat [2]). Zeigt sich solcher Gestalt die indirecte Unterbindung hier vollständig unzureichend, so ist die directe Methode (die Unterbindung der blutenden Gefässe in der Wunde selbst) ihrerseits gewöhnlich nicht vollkommen ausführbar, weil das Blut aus einer grossen Menge kleiner Aeste zu gleicher Zeit hervorsprudelt. Dennoch ist sie als das sicherste Mittel zu betrachten, denn die Compression ist wegen der Behinderung der Respiration unausführbar und die Cauterisation wegen der nachfolgenden Entzündung gefährlich. Man muss also das blutende Gefäss, wenn man es irgend fassen kann,

[1]) Bei vergrösserten Schilddrüsen (Kropf) und Erweiterung ihrer Gefässe ist die Blutung natürlich noch viel gewaltiger.

[2]) Dass die Unterbindung der Carotis bei solchen Blutungen nicht wirksam sein kann, leuchtet von selbst ein.

isolirt unterbinden oder, wenn die Torsion leichter erscheint, torquiren. Demnächst aber kann die Blutung aus den kleineren Gefässen allerdings durch eine Art von Compression gehemmt werden, nämlich durch genau angelegte (namentlich umschlungene) Nähte. Bei venösen Blutungen versäume man nicht, den Kranken tief und frei einathmen zu lassen und ihm jedes Anhalten des Athems, lautes Schreien u. dgl. zu verbieten. Nützlich wird jedenfalls, neben den übrigen erwähnten Mitteln, auch die Anwendung der Kälte sein.

Zweites Capitel.

Entzündung der Schilddrüse, *Thyreoideitis.*

Die Entzündung der Schilddrüse ist eine höchst seltne Krankheit, wenn man nicht die in der Umgebung von pathologischen Neubildungen in der Schilddrüse auftretenden exsudativen Processe hierher ziehen will.

Symptome. An der vorderen Seite des Halses entwickelt sich, der Lage und Gestalt der Schilddrüse entsprechend und schnell steigend, eine rothe, heisse Anschwellung, welche sich demnächst auch auf die benachbarten Gewebe erstrecken und somit dem Halse eine unförmliche Gestalt geben kann. Der Schmerz ist in der Regel dumpf und tiefsitzend, wird aber in manchen Fällen durch die Berührung aufs Aeusserste gesteigert und erstreckt sich zuweilen, gleichsam ausstrahlend, bis zu den Schultern und dem Nacken. Athem- und Schlingbeschwerden stellen sich ein und werden schon durch einen leichten Druck bedeutend gesteigert. Die Stimme ist verändert, zuweilen besteht Husten. In manchen Fällen wurde auch heftiges Klopfen der Halsarterien und beträchtliche Schwellung der Halsvenen beobachtet. Das Fieber ist heftig, mit Kopfschmerz, Schlaflosigkeit und Aufregung verbunden.

Der Verlauf ist gewöhnlich sehr schnell. Als Ausgänge werden die Zertheilung, dauernde Anschwellung, Eiterung und Brand aufgeführt. Die Zertheilung erfolgt nur bei einer zweckmässigen Behandlung, Eiterung ist selten; der in der Tiefe gebildete Abscess kann in die Luftröhre oder in den Oesophagus durchbrechen oder sich in's Mediastinum senken; noch seltner ist Gangrän. Nach Entleerung des Eiters schrumpft die entzündete Schilddrüse zu einem Narbenknoten zusammen. Zuweilen erfährt auch der gesund gebliebene Lappen, bei einseitiger Erkrankung dieselbe Veränderung [1]).|

Als Ursache der Thyreoideïtis wird vorzugsweise eine plötzliche Erkältung angeführt. In manchen Fällen war eine vorausgegangene Quetschung nachweisbar. Durch eine solche entstehen dann auch im Gewebe der Drüse Haemorrhagien, welche vielleicht auch für die Entwicklung von Neubildungen einige Bedeutung haben. In erkrankten Schilddrüsen sucht der Wundarzt nicht selten absichtlich Entzündung zu erregen, welche sich aber wider seinen Willen auf das ganze Organ verbreiten kann. |In erkrankten Schilddrüsen kommt abscedirende Entzündung auch nicht ganz selten von selbst zu Stande, namentlich von den Wandungen grosser Cysten ausgehend.|

|Abscesse der Schilddrüse sind aber relativ häufiger ohne vorausgegangne Entzündungs-Erscheinungen, in Folge von Typhus und Pyämie, namentlich bei Puerperal-Pyämie (Rokitansky).|

Die Behandlung wird nach den allgemeinen Grundsätzen der Antiphlogose zu leiten sein. Abscesse müssen jedenfalls früh geöffnet werden, um einer Senkung nach der Tiefe vorzubeugen.

Drittes Capitel.

Geschwülste der Schilddrüse. Kropf (Struma).

|Vorübergehend beobachtet man eine Anschwellung der ganzen Schilddrüse zur Zeit der Pubertätsentwicklung, namentlich beim weiblichen Geschlecht, bei Menstruationsstörungen, während der Schwangerschaft; ausserdem schwillt die Drüse vorübergehend oder andauernd an durch solche Veranlassungen, welche die Entleerung der *Vena cava descendens* oder des rechten Herzens behindern. Die Drüse wird dadurch blutreicher, dunkler gefärbt und weicher (Rokitansky).

Dauernde Vergrösserungen der Schilddrüse werden mit dem gemeinsamen Namen Kropf, *Struma*, bezeichnet. Gewöhnlich sind dies wirkliche Hypertrophien der Drüsensubstanz, welche aber in der Regel sehr bald verschiedene Umwandlungen erfahren, deren häufigste die Colloidbildung ist (s. Anatomische Vorbemerkungen).

Der sogenannte lymphatische Kropf (*Struma lymphatica*) ist wesentlich eine solche Hypertrophie mit Colloidbildung in den

[1]) |Hasse, Pathol. Anat. p. 531.|

Drüsenbläschen; aber es nehmen auch das Stroma und die Blutgefässe an dem Wachsthum Antheil. Bald erkrankt in dieser Art die ganze Drüse gleichmässig, bald nur ein einzelner Lappen derselben. Der vergrösserte Lappen wächst zu einer rundlichen, von einer dichteren Bindegewebshülle umgebenen, von der übrigen Drüse sich gleichsam abschnürenden Geschwulst heran. Eine solche einfache Hypertrophie liegt gewiss jenen meist endemischen, zuweilen angebornen Kröpfen zu Grunde, die einer Seits Schwankungen in der Zu- und Abnahme zeigen, andrer Seits auch durch gewisse Medicamente verkleinert werden können. Gleichzeitig mit dieser Hypertrophie findet sich fast immer auch eine Vergrösserung und Vermehrung der kleineren, zuweilen auch der grösseren Gefässe, so dass variköse und aneurysmatische Erweiterungen derselben entstehen. Man bezeichnete deshalb solche Kröpfe, wo dieser Befund zunächst in die Augen sprang, als Gefässkropf (Ecker d. Ä.) und diejenigen Fälle, in welchen die *Arteriae* und *Venae thyreoideae* in auffallender Weise erweitert waren, als *Struma aneurysmatica s. vasculosa* (v. Walther). Da aber sowol im ersten wie im zweiten Fall die Veränderungen der Gefässe nicht die Vergrösserung der Drüse ausmachen, und auch bei anderen Kropfformen vorkommen, so müssen diese Bezeichnungen als unwesentlich aufgegeben werden.

Geringe Grade einer colloiden Umwandlung [1]) des zelligen Thyreoidealparenchyms mussten wir bereits als einen fast normalen Befund betrachten. Die Drüsenblasen sind mit einer durchsichtigen gelbröthlichen, gelblichen, bräunlichen, grünlichen, bald mehr honigartigen, gummi- oder leimähnlichen, bald (wenn die Colloidmasse, trockener, fester ist) mit einer, gekochten Sagokörnern ähnlichen Masse angefüllt, die auf dem Durchschnitt das Aussehn einer durchscheinenden Wachsmasse (Förster) oder eine speckähnliche Beschaffenheit „mit einem eigenthümlichen wächserntеigigen Anfühlen" (Rokitansky) hat. Die Drüse ist dabei gewöhnlich blass, anämisch; das Volumen der Drüse oft noch wenig oder gar nicht vermehrt.

Es gehört kaum hierher, die speciell mikroskopischen Anschauungen über die primäre Entwickelung des Colloids, über seine Umwandlungen und über die Bedeutung der weiterhin im Kropf vorkommenden Cysten auseinanderzusetzen. Im Wesentlichen ist die colloide Masse ein Product der Metamorphose des Zelleninhalts der Drüsenblasen; die vergrösserten colloiden Zellen platzen, fliessen zusammen, bis die ganze Drüsenblase mit jener Masse ausgefüllt ist. Ausserdem soll

[1]) [Honigartige Degeneration der Schilddrüse, Hasse l. c. p. 523.]

aber auch noch eine freie und eine endogene Vermehrung von Zellen und Kernen, selbst in schon gebildeten Colloidblasen (Förster) Statt haben, die selbst wiederum colloid sich umwandeln, und dadurch besonders zu der Massenzunahme der Drüse beitragen.

Die colloide Umwandlung befällt entweder die ganze Drüse oder nur einzelne Stellen, und ist entweder mit Hypertrophie des Stroma und seiner Gefässe verbunden, oder es tritt auch das letztere gegen die Colloidmasse zurück. Die gleichmässig colloid entartete Drüse wird zu einer Faust- bis Mannskopf-grossen Geschwulst, deren Oberfläche gleichmässig und nur durch seichte Einschnitte in Lappen getheilt ist. Die vergrösserten Drüsenblasen erscheinen als kleinere oder grössere, mit Colloidmasse gefüllte Cysten, von einem gefässreichen Stroma umgeben. Die Gefässe und das Bindegewebe nehmen an dem Wachsthum der sich vergrössernden Drüse Theil, werden grösser und zahlreicher; die *Arteriae* und *Venae thyreoideae* können die Dicke der Carotis erreichen. — Feste Colloidmasse lässt sich aus den erweiterten Drüsenblasen leicht herausheben. Die seltneren Fälle, in denen das Stroma (das Bindegewebe, welches die Drüsenblasen umgiebt) im Wachsthum die Colloidmasse überwiegt, werden als Faserkropf (Albers) erwähnt.

Sind nur einzelne Abschnitte der Schilddrüse erkrankt, vielleicht nur eine einzige Drüsenblase, so erscheint entweder eine isolirte runde Geschwulst oder es treten mehrere knollige bucklige Erhebungen hervor, während das übrige Drüsenparenchym gleichzeitig durch Druck atrophirt oder in geringem Grade colloid erkrankt. Auch in diesem Falle kann die Hypertrophie des Stromas deutlich hervortreten oder auch fehlen, stets aber verdickt sich das Bindegewebe, welches nach der, durch den fortdauernden Druck der sich vergrössernden Knollen bewirkten Verödung des Drüsenparenchyms zurückbleibt (Förster [1]).

In der gleichmässig colloiden Schilddrüse sowol, wie in der partiell erkrankten (*Struma gangliosa*, Albers; knollige gelappte Vergrösserung, Rokitansky) kommt es häufig zur Bildung cystenartiger Räume, welche aus dem Zusammenfluss der benachbarten colloiden Drüsenblasen entstehen: Balgkropf, *Struma cystica*. Dieser Vorgang lässt sich bald nur mikroskopisch, bald auch mit blossem Auge verfolgen. Durchschnitte der erkrankten Drüse bekommen dadurch ein höchst verschiedenes Ansehn, je nach der Anzahl der communicirenden Cysten und der Grösse der Communicationsöffnungen. Während dieses Vorgangs wird der colloide Inhalt stets

[1]) Spec. pathol. Anatomie p. 238.

mehr flüssig; Fettkügelchen und Cholestearinkrystalle sind in ihm suspendirt. Von hier an sind aber die weiteren Veränderungen des Inhalts sowol wie der umgebenden Bindegewebs-Kapsel so verschiedenartig, dass sich eine bestimmte Reihenfolge der Vorgänge nicht angeben lässt. Die Cystenkapsel degenerirt selbst fettig, incrustirt sich an der Innenseite mit Cholestearinmassen, verkreidet, entzündet sich und wird nach der Höhle oder nach der Umgebung durch Eiterung perforirt; andrerseits treten zu der flüssigen, mit Fettkrystallen etc. gemischten Flüssigkeit Blutergüsse hinzu aus den erweiterten degenerirenden Gefässwandungen der Kapsel; der Inhalt wird bräunlich oder schwärzlich gefärbt, trübe; auch werden bisweilen „den Faserstoff in grossen klumpigen Massen absetzende Exsudate [1])“ innerhalb des Balges angetroffen, die ebenso wie die Wandungen des Balges die Metamorphosen der Verkreidung und Verknöcherung durchmachen. „Nicht selten obliterirt hierbei der Balg völlig, indem er um das Exsudat herum zusammenschrumpft, und man findet dann derbe, mehr weniger umfängliche, höckerige, knorplig-knöcherne, kreidige Concremente in der Drüse eingewebt [2])“. Manche Cystenwandungen sind an der Innenfläche mit Epithelien oder papillären in die Cystenhöhle hineinragenden Wucherungen bedeckt. Schuh [3]) sah einen dünnen Balg mit federspuldicken innen vorspringenden Venen dicht besetzt.

Alte Kröpfe bieten alle diese geschilderten pathologischen Zustände combinirt dar.

Schon bei der Erwähnung der *Struma aneurysmatica* wäre der Ort gewesen, eine eigenthümliche Art der Schilddrüsenanschwellung zu erwähnen, welche in Verbindung mit Herzkrankheiten und Exophthalmos auftritt. Da es jedoch unbestimmt ist, ob nicht auch in diesen Kröpfen die colloide Neubildung die Hauptursache der Anschwellung ist, so erwähnen wir diese Thyreoidea-Erkrankung nur nachträglich und verweisen auf eine ausführlichere Abhandlung von Dr. Henoch: Klinische Wahrnehmungen und Beobachtungen, herausgegeben von Dr. Moritz Heinrich Romberg 1851 p. 178—200.

Krebsige Entartungen der Schilddrüse kommen, selbst nach Rokitansky's Erfahrungen, äusserst selten vor, — fast nie die tuberculöse. Auch wird die Schilddrüse höchst selten secundär selbst von den Nachbargeweben her von Krebs befallen. Gewöhnlich erkrankt nur eine Hälfte der Drüse carcinomatös, seltener die ganze Drüse, immer aber widersteht die Bindegewebskapsel lange

[1]) Rokitansky, Spec. path. Anat. Bd. II. S. 151.
[2]) Ibid.
[3]) Pathol. u. Therapie der Pseudoplasmen p. 233.

dem von innen herandrängenden Krebse; wird sie durchbrochen, so gewinnen die hervorwuchernden Massen schnell ein auffallend grosses Volumen „so dass sich in einzelnen Fällen die Krebsgeschwulst vom Unterkiefer bis zum Sternum erstreckt [1])". Bedeutende Gefässerweiterungen wurden fast immer beim Carcinom der Thyreoidea beobachtet. Vor Allem muss aber hervorgehoben werden, dass die benachbarten Organe, Luftröhre und Speiseröhre, Arterien, Venen und Nerven sowol constanter als auch früher durch den wachsenden Schilddrüsenkrebs comprimirt oder perforirt werden, als durch gewöhnliche Kropfgeschwülste. Lebert sah eine tödtliche Blutung aus der Carotis. Zerstörungen der Nachbarorgane sind besonders dem Markschwamm der Thyreoidea eigen, der relativ häufigeren Krebsform.

Die Erkrankten gehören dem höheren Alter und häufiger dem weiblichen Geschlechte an; Lebert giebt die mittlere Dauer der Erkrankung bis zum Tode auf 6½ Monat an. — Schuh [2]) beobachtete ferner „dass bei Leuten, die viele Jahre, oder von ihrer Kindheit her, einen lymphatischen Kropf hatten, sich manchmal in ihm und aus ihm ein Markschwamm entwickelt, so dass beide in einer Masse neben einander bestehen. Die vor der Umwandlung vorhandenen Cysten können sich neben dem Markschwamm zu einem enormen Umfange heranbilden." Auch Lebert erwähnt das häufigere Vorkommen des Schilddrüsenkrebses da, wo Kropf endemisch ist [3]).

Schilddrüsenkrebs hat eine auffallend geringe Neigung zur Verallgemeinerung, was einerseits in der schnellen Tödtlichkeit, andrerseits in dem geringen Zusammenhange mit den Nachbarorganen seine Ursache haben mag.

Echinococcusblasen wurden ebenfalls innerhalb der Schilddrüse sowol wie zwischen ihrer Kapsel und dem Drüsenparenchym beobachtet; auch sah man Perforation des Larynx und der Trachea und Entleerung der Echinococcen in dieselben.

Diagnose der Schilddrüsengeschwülste. a) Von anderen Geschwülsten am Halse. Alle Vergrösserungen der Schilddrüse bedingen, abgesehen von der Missstaltung des Halses, allmälig Compression der grossen Venen und späterhin, nament-

[1]) Förster l. c. p. 241 und Köhler, die Krebs- und Scheinkrebs-Krankheiten p. 643.

[2]) l. c. p. 235.

[3]) [In Greifswald, wo bei Eingeborenen der Kropf fast gar nicht vorkommt, habe ich auch erst ein Mal Krebs (*Fungus*) der Schilddrüse gesehen.]

lich wenn ihr Wachsthum sich nach hinten und abwärts [1]) erstreckt, auch des Vagus, der Luftröhre und der Speiseröhre. Die *Arteria carotis* wird durch den Kropf gewöhnlich zur Seite geschoben. Ist die eine Seite der Kropfgeschwulst stärker entwickelt oder beschränkt sie sich auf den einen Lappen der Schilddrüse, so werden Luftröhre und Kehlkopf weithin verdrängt, so dass sie bis nahe an das Ohrläppchen rücken können [2]). Die oberflächlichen Halsmuskeln, namentlich die *Sterno-hyoidei*, später bei bedeutender Zunahme der Geschwulst, auch beide oder doch der eine Kopfnicker werden gewaltig ausgedehnt, platt gedrückt, endlich in scheinbar membranöse Gebilde umgewandelt. Alle diese Erscheinungen könnten zwar auch durch andre Geschwülste veranlasst werden; berücksichtigt man aber die örtlichen Verhältnisse und namentlich die den anderweitigen Cysten des Halses zukommenden Eigenthümlichkeiten, welche wir p. 421—426 geschildert haben, so wird eine Verwechselung doch nur in solchen Fällen zu erwarten sein, wo es sich um eine grosse, die vordere Seite des Halses mehr oder weniger vollständig einnehmende Geschwulst handelt. Da bei jeder Schlingbewegung der Kehlkopf und mit ihm also auch die Schilddrüse aufwärts bewegt wird, so gehört es zur Vervollständigung der Diagnose, dass man den Kranken schlucken lässt, während man die fragliche Geschwulst mit den Fingern umfasst. Von Belang ist ferner die Anamnese, durch welche namentlich der Ausgangspunkt der Geschwulst festgestellt werden muss.

b) Unterscheidung der Schilddrüsengeschwülste von einander. So leicht die Diagnose des Kropfes im Allgemeinen ist, so schwierig wird oft die Bestimmung der grade vorliegenden Form der Entartung. Das aufgebrochne Carcinom und grosse fluctuirende Cysten sind allerdings leicht zu erkennen; ob aber überhaupt Cysten vorhanden seien oder nicht, ob eine beginnende Schwellung gutartiger oder bösartiger Natur sei, darüber ist oft schwer Gewissheit zu erlangen. In ersterer Beziehung ist der Gebrauch des Probetroicarts zu empfehlen und zugleich zu bemerken, dass nicht selten, nachdem man eine Schilddrüsencyste mit demselben entleert hat, nach der in ihr enthaltenen, bald wässrigen, bald schleimigen Flüssigkeit noch eine grosse Menge hell-

[1]) [In dieser Beziehung sind von besonderer Bedeutung die seltenen, bis in's *Cavum mediastini* hinabreichenden, sogenannten „substernalen Kröpfe“, von denen Bardeleben (Jenaische Annalen 1850) und Förster (Pathol. Anat. Bd. II. p. 239 u. 240) ausgezeichnete Beispiele erzählen.]

[2]) [Vgl. Schuh, Pathol. und Therapie der Pseudoplasmen p. 233.]

rothen Blutes ausfliesst, — wahrscheinlich weil die Gefässe der Cystenwand, welche vorher unter einem sehr grossen Druck standen, alsdann von diesem Drucke ganz befreit sind (Nélaton). Das Carcinom zeichnet sich im Allgemeinen durch eine im Verhältniss zur Grösse der Geschwulst, sehr bedeutende Heftigkeit aller Symptome, namentlich der Schmerzen aus.

Aetiologie. Wir sehen hier von dem Carcinom, dessen Ursachen durchaus unbekannt sind, ganz ab. Leider sind wir auch in Betreff der übrigen Schilddrüsengeschwülste, also des Kropfes im engeren Sinne nicht ganz im Klaren. Der Einfluss des weiblichen Geschlechts auf die Entwickelung des Kropfes wurde bereits hervorgehoben. Die Erblichkeit ist namentlich durch Foderé erwiesen worden.

Die meisten Untersuchungen hat das endemische Auftreten des Kropfes veranlasst. Die Gegenden, in welchen dies Uebel vorzugsweise endemisch herrscht, sind: die Schweiz und die benachbarten Gebirgsthäler des südlichen Deutschlands, Piemonts und der Lombardei, die Pyrenäen, Asturien, einzelne Theile Englands, Ostindien, die Cordilleren, endlich auch Sibirien. Nach der Ansicht früherer Forscher sollte der Genuss des Schnee- und Gletscherwassers die Ursache des endemischen Kropfes sein. Mit Recht hat Saussure bereits hiegegen bemerkt, dass die Bewohner der Gebirgshöhe vom Kropf frei bleiben, obgleich sie dasselbe Wasser trinken. Boussingault schuldigt eine Desoxygenation des Wassers an, welche theils in Folge der hohen Lage eines Erdstrichs, theils durch Berührung des Wassers mit Körpern, welche den Sauerstoff begierig aufnehmen, bewirkt werden soll (so namentlich: Eisen, organische Substanzen, wie abgefallene Blätter, faules Holz und dergl. mehr).

Nach den Untersuchungen von Cleland, wäre der Kalkgehalt des Wassers als die Quelle des Kropfes anzusehen, nach sehr ausgedehnten Forschungen von Grange dagegen, der Gehalt an Magnesia, der einen so grossen Einfluss ausüben soll, dass man nach Belieben durch den fortgesetzten Genuss des magnesia-haltigen Wassers die Kropfbildung soll bewirken können. Chatin endlich glaubt in dem Mangel von Brom und Jod in dem Trinkwasser der Kropfgegenden den Grund für die Entstehung der fraglichen Geschwülste entdeckt zu haben.

Angenommen wird endlich auch, obwol ohne zureichenden Grund, dass die sporadischen Fälle von Kropf durch heftige Anstrengungen, forcirte Exspirationen, namentlich Schreien, Singen,

Erbrechen, Pressen bei der Geburt, Hintenüberbeugen des Kopfes und dergl. mehr entstehen können.

Die Behandlung des Kropfes muss je nach der Art des Uebels eine verschiedene sein.

Beim **Carcinom** würde nur die vollständige Exstirpation der Schilddrüse von Erfolg sein können. Dieselbe ist aber niemals zu empfehlen, da schon die Exstirpation einer normalen Schilddrüse wegen der zahlreichen Gefässe und der innigen Verwachsung des Organs mit den benachbarten Theilen höchst schwierig und gefährlich ist, die Schwierigkeiten sich aber bis zur Unmöglichkeit und die Gefahr bis zur sicheren Aussicht auf tödtlichen Ausgang steigern muss, wenn durch die Entwickelung des Carcinoms neue Verwachsungen eingetreten sind und der Gefässreichthum sich gesteigert hat. Ebensowenig Erfolg wird von dem Versuch der Unterbindung oder der Cauterisation einer carcinomatösen Schilddrüse zu erwarten sein.

Gegen den **Kropf** im engeren Sinne, namentlich gegen die einfache Hypertrophie, den sogenannten **lymphatischen Kropf** sind die Jodpräparate, innerlich und äusserlich angewandt, mit Recht als die wirksamsten Mittel anerkannt[1]). Befindet sich der Kranke an einem Orte, wo der Kropf endemisch ist, so wird es gerathen sein, ihn aus dieser Gegend zu entfernen. Sofern man von Anstrengungen und namentlich angestrengten Exspirationsbewegungen einen Einfluss auf die Entstehung des Kropfes anzunehmen geneigt ist, wird man auch die Vermeidung dieser aetiologischen Momente anzurathen haben. Gegen sehr gefässreiche Kröpfe (vasculösen oder aneurysmatischen Kropf) sind mit Erfolg

[1]) Die früher als Kropfmittel berühmte *Spongia marina tosta* wirkt nur durch ihren Jodgehalt und wird zweckmässig durch Jodkalium ersetzt, dessen Wirkung durch die gleichzeitige Anwendung von Jodsalben wesentlich unterstützt wird. Gerühmt wird ferner das *Ol. jecor. Aselli* innerlich in grossen Gaben und auch äusserlich 3 Theile mit 2 Theilen *Liq. Ammon. caustic.* verseift. Die Aufzählung einer Menge traditioneller Mittel und Formeln aus der Reihe der Alkalien, Eisen-, Quecksilber-, Antimon- und Zinkpräparate wäre überflüssig. Ebenso zahlreich sind die äusserlich angewandten zertheilenden und ableitenden Salben und Pflaster. Bei der Anwendung aller Kropfmittel, namentlich aber des Jod und seiner Präparate vergesse man niemals, dass sie nicht auf die Schilddrüse allein, sondern auf den ganzen Organismus wirken, dass namentlich durch längeren Jodgebrauch nicht blos die Schilddrüse atrophisch wird, sondern auch die Fettbildung und die Entwickelung der Brustdrüse gehemmt oder letztere gar atrophisch gemacht wird. Es muss also immer wohl erwogen werden, ob die Uebelstände, welche der Kropf veranlasst, die gedachten Uebel aufwiegen.

allgemeine und örtliche Blutentziehungen, ruhige Lage, die Kälte und innerlich Digitalis angewandt worden. Reichte diese Behandlung nicht aus, so hat man, nach dem Vorgange von Lange, Carlisle und Ph. v. Walther, die Unterbindung der oberen Schilddrüsenpulsadern oder gar der Carotis, jedoch ohne dauernden Erfolg, angewandt.

Der Fall, welchen Carlisle beschrieben hat (vgl. *Gazette médicale deuxième série Tom. VI. pag.* 657) enthält manches Wunderbare. Die ganze Kropfgeschwulst soll in 10 Tagen nach der Unterbindung der beiden oberen Schilddrüsenarterien, welche dicht unter der Haut zu fühlen und sehr leicht blosszulegen waren, brandig geworden und die Heilung der zurückbleibenden grossen Höhle in wenigen Tagen erfolgt sein. Aehnliches ist von spätern Autoren nicht beobachtet worden. Auch ist so wenig einzusehen, weshalb Gangrän der Schilddrüse auf die Unterbindung der *Arteriae thyreoideae superiores* folgen sollte, dass vielmehr im Gegentheil das weitere Fortbestehen der Geschwulst auf Grund der Blutzufuhr durch die unteren Schilddrüsenpulsadern, vielleicht auch noch die *Arteria thyreoidea ima* und durch die zahlreicheren kleineren Anastomosen mit anderen benachbarten Gefässen erwartet werden muss. Noch viel weniger als bei einem vasculösen Kropf lässt sich bei anderen Schilddrüsengeschwülsten von solchen Unterbindungen erwarten.

[Nach Bach (*Mém. de l'Acad. de méd. T. XIX p.* 338 u. f.), hat Lange (1787) die Ligatur der *Art. thyreoid.* vorgeschlagen und Blizard sie zuerst ausgeführt.]

[Beim Balgkropf liefern, namentlich wenn es sich um eine oder mehrere grosse Cysten handelt, die Incisionen das beste Resultat. Man macht (nach vorgängiger Blosslegung) entweder eine grosse, die ganze Länge der vorderen Cystenwand treffende Incision, oder mehrere kleinere an verschiedenen Stellen. Im letzteren Falle öffnet man zuerst den am meisten fluctuirenden oder prominirenden Punkt, entleert die Cyste und gelangt von dieser zu einer andern oder macht auch eine Contra-Apertur. Durch diese vielfachen Incisionen kann man ohne grosse Gefahr und je nach dem Kräftezustand des Kranken in kürzerer oder längerer Zeit selbst sehr voluminöse Balgkröpfe mit flüssigem, breiigem oder gallertigem Inhalt entleeren und durch Eiterung zur Obliteration bringen. — Zur Stillung der nach der Spaltung des Sackes oft auftretenden Blutung dient die Tamponade mit Charpie und styptischen Pulvern, die Umstechung oder die umschlungene Naht. Bisweilen reicht der durch die Operation hervorgerufene Reiz hin, um eine Verwachsung der Wände hervorzubringen; bisweilen ist er auch so heftig, dass allgemeine Blutentleerungen und örtlich Cataplasmen zu seiner Milderung nothwendig sind; in den meisten Fällen aber muss man, um die Entzündung zu steigern und die Wunden offen zu erhalten, zum Einlegen von Charpiebäuschen oder Haarseilen, auch zu Einspritzungen seine Zuflucht nehmen.

Letztere sind namentlich bei langdauernder Absonderung übelriechenden Eiters erforderlich. — Bei kleineren Cysten steht die Gefahr der Incision in keinem Verhältniss zu dem voraussichtlichen Resultat. Es ist deshalb zweckmässig, sie erst gehörig hervorwachsen zu lassen, bevor man incidirt (Beck, Stromeyer).]

Das Haarseil wurde, auch ohne vorhergehende Blosslegung der Geschwulst, sowol beim cystischen, als bei den übrigen Kropfformen angewendet. Die dadurch hervorgerufene Eiterung hat vermittelst der nachfolgenden Narbenverkürzung bisweilen die hypertrophische Schilddrüse verkleinert, sogar vollständige Heilung zur Folge gehabt. Um den cystischen Kropf zu heilen, müssen gewöhnlich mehrere Haarseile in verschiedenen Richtungen angelegt werden. Sehr häufig aber wurden hiernach heftige Entzündungen über das Gebiet der Thyreoidea hinaus, Eitersenkungen nach dem Thorax hin, auch Blutungen und selbst tödtlicher Ausgang durch Pyämie beobachtet.

Die Compression kann unmöglich von Erfolg sein, wenn nicht dadurch die Erscheinungen des behinderten Luftzutritts noch verschlimmert werden sollen.

Die Kauterisation wird zu einem höchst gefährlichen Eingriff, wenn sie einen grösseren Theil der Drüse betrifft wegen der consecutiven Entzündungsgeschwulst und besonders wegen der späteren profusen Eiterung mit den Gefahren der Senkung und der Pyämie. Auch kaustische und reizende Injectionen (Jodtinktur) sind nicht blos von unzureichender Wirkung beim Balgkropf, wenn nicht Incision vorherging, sondern auch in hohem Grade gefährlich.

[Die Exstirpation ist, wie für das Carcinom der Schilddrüse, so auch für den gewöhnlichen Kropf empfohlen und mehrmals ausgeführt worden. Die Gefahren derselben sind aber so gross, dass man sie in neuerer Zeit mit Recht ganz aufgegeben hat. Dagegen wird von Mayor und neuerdings von Bach (l. c.) das Abbinden der Kropfgeschwulst, welches schon von Paul v. Aegina geübt wurde, als eine allgemeinere und vorzugsweise anzuwendende Methode empfohlen. Das Anlegen der Ligatur um die den Nachbartheilen breit aufsitzende Basis der Geschwulst ist aber immer höchst schwierig und das von Mayor empfohlene Durchstechen der Basis, um mehrere Ligaturen anzulegen und das Abgleiten zu verhüten (vgl. Bd. I. p. 399 u. f.), bedingt die Gefahr bedeutender Gefässverletzungen. — Bedient man sich, statt der gewöhnlichen Ligatur, des Platindrahtes und verwandelt diesen durch Verbindung mit der galvanischen Batterie in ein *Filum candens*, so dürfte hiermit mehr geleistet werden, als von der Exstirpation und dem Abbinden überhaupt erwartet werden kann, — natürlich auch nicht ohne Gefahr der nachfolgenden Entzündung. — Die gewöhnliche Ligatur soll (nach Bach) nur ganz allmälig, im Verlaufe von 24—30 Stunden bis zur vollständigen Strangulation der Geschwulst zusammengeschnürt werden.]

Sechzehnte Abtheilung.

Krankheiten der Brustdrüse.

Uebersicht der anatomischen Verhältnisse.

Das Volumen der *Mamma muliebris*, auf welche hier zunächst allein Rücksicht genommen wird, ist zwar zahlreichen, wesentlich durch die Dicke des sie umgebenden Fettgewebes bedingten, Schwankungen unterworfen, jedoch lassen sich folgende Maasse als durchschnittlich richtig betrachten: Vertical-Durchmesser an der Basis 11—12 Ctm., Querdurchmesser an derselben Stelle 12—13 Ctm., Durchmesser von vorn nach hinten (Höhe) 9—10 Ctm. Die bedeckende Haut ist überall dünn, mit Ausnahme des Warzenhofes weiss, in dessen Bereich aber bräunlich und zwar dunkler bei solchen Frauen, die geboren haben (bei den Negerinnen rosaroth). Hier ist sie auch in concentrische Falten gelegt, welche nach aussen in kleine Höckerchen endigen, nach innen sich unregelmässig in die Unebenheiten der Warze selbst fortsetzen. Die Warze ist in der Regel cylindrisch, zuweilen conisch gestaltet, an der Spitze abgerundet, von verschiedener Länge und Dicke, namentlich bei Frauen, welche gesäugt haben, von bedeutenderer Länge (durchschnittlich 10—15 Mllm.); sie ist fettlos, dagegen erectil, analog der *Tunica dartos*. An der äussern Grenze des Warzenhofes finden sich zahlreiche Hauttalgdrüsen. Die Brustdrüse selbst ist von reichlichem Fettgewebe umgeben und an ihrer hinteren, leicht concaven Fläche (Basis) durch lockeres Bindegewebe an den *M. pectoralis major* angeheftet, dessen unteren Rand sie häufig etwas überragt. Die fibröse Hülle, welche das Drüsengewebe unmittelbar umschliesst, setzt sich weiterhin in die *Fascia superficialis* fort. Ausser der Zeit der Lactation ist das Drüsengewebe derb, elastisch, bläulich weiss, und erscheint auf dem Durchschnitt fast homogen. Während der Lactation wird es blassroth und zeigt deutlich Lappen, Läppchen und Milchcanäle. Die Lappen sind deutlich von einander durch fibröse Scheidewände getrennt. Sie haben eine sehr verschiedene Grösse, so dass ihr Durchmesser von 2—6 Ctm. schwanken kann. Ihre Zahl schwankt gleichfalls zwischen 15 bis 20.

Jedem Lappen entspricht ein besonderer Ausführgang, der, ohne mit demjenigen eines anderen Lappens zusammenzufliessen, für sich die Warze durchbohrt, so dass sich auf deren Spitze 15—20 kleine Oeffnungen vorfinden. Jeder Lappen ist aus einer grossen, aber gleichfalls schwankenden Anzahl von abgeplattet

Läppchen zusammengesetzt. Jedes Läppchen aber besteht wiederum aus einer Menge von Drüsenbläschen, die auf den letzten Verästelungen der Milchcanäle nach Art kleiner Säckchen aufsitzend, das in ihnen aus dem sie umspinnenden Gefässnetze abgesonderte Secret (Colostrum, Milch) ergiessen.

Fig. 69 zwei mit Wachs gefüllte Milchgänge nebst ihren Verästelungen (*r*) und Drüsenbläschen (*t.t*). Bei *m* ist die Warze vertical nach ihrer Längenachse gespalten, so dass man ein grosses Bündel von Milchcanälen sieht, von denen die beiden an dem Präparat weiter verfolgten bei *s* die constant vorhandenen Anschwellungen (Sinus) kurz vor ihrem Eintritt in die Warze zeigen. — Fig. 70 ein

Fig. 69.

Fig. 70.

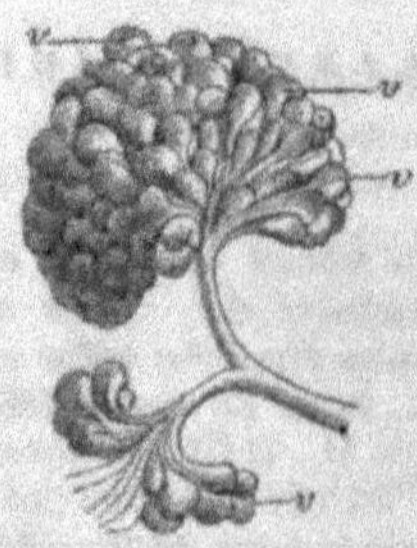

stark vergrössertes Läppchen der Brustdrüse und ein zur Hälfte erhaltenes, an welchem letzteren man die weiterlaufenden Verästelungen angedeutet sieht. — *v.v.* Drüsenbläschen. — Fig. 71 sieht man (auf einem Durchschnitt) die unregel-

Fig. 71.

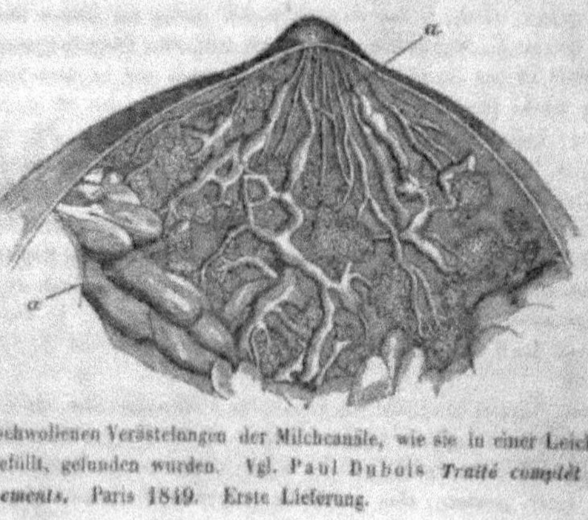

mässig angeschwollenen Verästelungen der Milchcanäle, wie sie in einer Leiche, noch mit Milch gefüllt, gefunden wurden. Vgl. Paul Dubois *Traité complèt de l'art des accouchements.* Paris 1849. Erste Lieferung.

Die Arterien der Mamma kommen 1) aus der *Mammaria interna* (*Rami perforantes*), 2) aus der *Mammaria externa*, 3) aus den mittleren *Arterias intercostales*, 4) aus der *Thoracica longa*. Die Venen verlaufen in einer oberflächlichen und einer tiefen Schicht. Die Lymphgefässe sind sehr zahlreich und verlaufen zum Theil mit den Aesten der *Vena mammaria interna* zu den Lymphdrüsen des *Cavum mediastini anticum*, zum grösseren Theil aber längs des äusseren Randes des *Pectoralis major* zu den Lymphdrüsen der Achselhöhle. [Die Nerven, welche jedoch wesentlich zu der die Mamma bedeckenden Haut verlaufen, stammen von den *Nervi supraclaviculares* und *intercostales II—IV.*]

Erstes Capitel.

Missbildungen und Formfehler.

Höchst selten fehlen beide oder auch nur eine Brustdrüse; wahrscheinlich hat man auch in diesen Fällen noch den Mangel der Warze mit dem Fehlen der ganzen Brustdrüse verwechselt. Weniger selten kommen überzählige Brustdrüsen vor, meist sind es deren drei; die dritte kleinere liegt dann gewöhnlich in der Mittellinie und nimmt an der Lactation kaum einigen Antheil. Seltner liegt die dritte Mamma unter einer der anderen; dann erreicht sie auch ein gleiches Volumen wie jene und giebt bei eintretender Lactation auch Milch.

Robert in Marseille, *Journ. général. de médec. Tom. I. pag.* 57 u. *l'art de prévenir le cancer.* Marseille 1812, erzählt von einer am Schenkel liegenden Brustdrüse bei einer Frau, deren 30 Monat altes Söhnchen an derselben stehend zu saugen pflegte. Auch von Brustdrüsen auf dem Rücken erzählen die *Ephemerides naturae curiosorum*.

Wenn es vier sind, so liegen die überzähligen symmetrisch unter den normalen Brustdrüsen oder auch in der Achselhöhle. Sind es fünf, so haben zunächst vier die oben angegebene Lage, die fünfte aber lag einmal in der Mittellinie 5 Zoll oberhalb des Nabels, ein anderes Mal auf dem Rücken.

Merkwürdiger Weise hat man aber auch einen *Error loci* in der Art beobachtet, dass die beiden einzig vorhandenen Brustdrüsen auf dem Rücken lagen und diese wunderbare Anomalie war in der ganzen Familie erblich. Die Mehrzahl dieser Anomalien werden erst zur Zeit der Pubertät oder mit dem Beginne der Lactation bekannt. Von grosser Bedeutung wird dagegen oft schon früher ein allzuübermässiges Gewicht und Volumen der Mamma. Man hat deren von 64 Pfund beobachtet (Vgl. Hypertrophie).

So selten die Anomalien der ganzen Mamma sind, so häufig finden sich Formfehler der Brustwarze. Bald ist sie zu lang, bald zu kurz, zu dick, zu klein in allen Richtungen; sie kann doppelt sein oder ganz fehlen. Im letzteren Falle findet sich an ihrer Stelle eine nabelförmige Vertiefung, in welcher die Milchcanäle sich öffnen. Gegen alle diese Formfehler der Warze, welche beim Säugen sehr hinderlich werden und anderweitige Erkrankungen der Mamma bedingen können, vermag die Kunst gar nichts oder doch nur sehr wenig, indem sie bei zu kurzen Warzen durch Aufsetzen von Schröpfköpfen, erwärmten Flaschen oder anderweitigen Saugapparaten die Warze, wenigstens zeitweise, hervorzuziehen und zu verlängern sich bemüht.

Zweites Capitel.

Verletzungen.

Wunden der Brustdrüse, ausser der Zeit der Lactation, heilen sehr schnell, wenn nicht durch die Art der Verwundung ein weniger günstiger Verlauf bedingt wird. Wird sie während der Lactation verwundet, so kann, namentlich wenn dabei ein grösserer Milchgang geöffnet worden ist, eine Brustdrüsen- oder Milchfistel zurückbleiben. Von grosser Bedeutung sind Quetschungen der Brustdrüse, mögen sie zur Zeit des Säugens oder ausser derselben stattfinden. Sind sie nur oberflächlich und bewirken blos einen Bluterguss in dem Fettpolster über der Drüse, so erscheinen alsbald die bläulich hindurchschimmernden Sugillations-Flecke, welche weiterhin die bekannten Farbe-Veränderungen erleiden; es erfolgt Resorption des Ergusses und nur bei ganz unzweckmässiger Behandlung Eiterung. Hat sich die Quetschung aber auf die Drüse selbst erstreckt, so entstehen Blutergüsse in dem zwischen die Lappen derselben eindringenden Zellgewebe, oft selbst zwischen den einzelnen Läppchen mit gänzlicher Zerstörung der Drüsenbläschen. In seltenen Fällen erstreckt sich die Wirkung eines quetschenden Körpers auch auf das hinter der Mamma gelegene Zellgewebe. Bei solchen tiefen Quetschungen werden die Sugillationen erst nach mehreren Tagen sichtbar; in dem zuletzt erwähnten Falle treten sie namentlich im Umfange der Mamma deutlicher hervor. Ausser der Gefahr der Eiterung hat man bei allen die Drüse selbst treffenden Quetschungen die Möglichkeit zu beachten, dass um das ergossene Blut sich eine späterhin selbstständig weiterwachsende Cyste entwickeln kann. Nach der Ansicht vieler Autoren wären auch andere Entartungen der Mamma häufig von vorausgegangenen Blutergüssen in Folge einer erlittenen Quetschung abzuleiten. Jedenfalls erheischen alle Contusionen der Mamma eine sorgfältige Behandlung: die Anwendung von Blutegeln, kalten Umschlägen, Ableitungen auf den Darmcanal und namentlich einen sorgfältig angelegten Compressiv-Verband.

Nicht ganz selten entstehen, ohne vorausgegangene Einwirkung einer äussern Gewalt, zur Zeit der Menstruation oder doch zu der Zeit, wo diese sich einstellen sollte, Blutergüsse im Gewebe der Mamma, welche in der Regel ohne Zuthun der Kunst wieder resorbirt worden und nur sehr selten Schmerzen veranlassen.

Fremde Körper (Nadeln, Kugeln, Splitter, Charpieballen, welche nach einer Operation in der Wunde vergessen sind) können oft lange in der Mamma verweilen, ohne üble Zufälle zu veranlassen. In manchen Fällen unterhalten sie eine chronische Eiterung (so namentlich Charpie), in anderen werden sie eingekapselt und geben zu der Entstehung von Geschwülsten Veranlassung, deren Diagnose erst aufgehellt wird, wenn man von dem Eindringen des fremden Körpers Kenntniss bekommt, oder ihn zufällig extrahirt.

Vidal erwähnt einen in Paris berühmt gewordenen Fall, der eine junge Schauspielerin betraf. Die ausgezeichnetesten Aerzte hatten eine Reihe von diagnostischen Irrthümern an der durch die Anwesenheit einer Nähnadel veranlassten Geschwulst begangen, als letztere endlich zum Vorschein kam; über die Art ihres Eindringens ist nichts bekannt geworden.

Zu den fremden Körpern in der Brustdrüse können auch die in ihr höchst selten vorkommenden Concretionen gerechnet werden, Deposita von eingedickter Milch, deren flüssige Bestandtheile allmälig resorbirt wurden. Häufiger als beim Menschen sind solche sogenannte Steine bei Thieren beobachtet worden. Gewöhnlich veranlassen sie hier wie dort gar keine Beschwerden; sollten aber solche auftreten, so würde man sie, wie andere fremde Körper, durch eine hinreichend grosse und tiefe Incision zu entfernen haben.

Drittes Capitel.

Entzündung. *Mastitis.*

Die Entzündungen der Brustdrüse haben ihren Sitz 1) in dem Fettgewebe, welches die Drüse umgiebt, 2) in der Drüse selbst, oder 3) in dem hinter (unter) der Drüse gelegenen Zellgewebe. Die Entzündungen der Drüse selbst aber zerfallen wiederum wesentlich in diejenigen, welche sich auf die Warze allein, oder doch nur auf die Warze und den Warzenhof erstrecken, und in diejenigen, welche das eigentliche Drüsengewebe ergreifen.

I. Entzündungen der Warze und des Warzenhofes.

Die Entzündungen der Warze und des Warzenhofes sind so häufig der Ausgangspunkt für die Entzündung der Milchdrüse, dass es zweckmässig ist dieselben hier zuerst zu betrachten. Es handelt sich hier immer um säugende Frauen; bei andern kommen Entzündungen der Warze niemals vor. Dieselben beginnen in der Regel als sogenannte Schrunden d. h. als seichte in der Regel quer gegen die Achse der Warze verlaufende, anfangs höchst oberflächliche Excoriationen. Am häufigsten entwickeln sich diese in der ersten Zeit des Säugens bei jungen Frauen mit zarter Haut und hellem Teint. Zu häufig wiederholtes Anlegen des Kindes, mangelhafte Reinlichkeit und eine zu geringe Grösse der Warze begünstigen die Entstehung der Schrunden; (jedoch sieht man sie auch ohne diese Veranlassungen häufig genug entstehen). Ihr Sitz ist vorzugsweise die Grenze zwischen der Warze und dem Warzenhofe, seltner der vordere Theil der Warze, noch seltner der Warzenhof allein. Sehr schnell gewinnen diese Schrunden eine bedeutende Tiefe, namentlich wenn der Säugling sehr gierig ist; dann bluten sie auch, besonders während des Saugens sehr reichlich; ihre immerhin sehr grosse Schmerzhaftigkeit steigert sich bis zum Unerträglichen, so dass selbst standhafte Frauen, namentlich im Beginne des Saugens, laut schreien und in fieberhafter Angst dem Augenblick entgegensehen, wo das Kind wieder die Brust verlangen wird. Weiterhin werden diese Schrunden so tief, dass sie die Warze ganz von der übrigen Brust zu trennen scheinen und erstere in der That nur noch durch die Milchgänge und einige Gefäss- und Nervenäste mit dem übrigen Körper im Zusammenhang steht. In der Regel folgt auf die zu einem höheren Grade entwickelten Schrunden späterhin auch Entzündung der Drüse selbst. So gefährdet dies Uebel in doppelter Weise das Säugegeschäft und das Wohlbefinden der Wöchnerin. Man hat dasselbe daher von alten Zeiten her zu verhüten gesucht. Waschungen und locale Bäder mit Salzwasser, Rothwein, verdünntem Branntwein, Tanninlösungen und anderweitigen Adstringentien sind in grosser Mannigfaltigkeit empfohlen worden. Aber — selbst wenn man sie viele Monate vor der Niederkunft sorgfältig Tag für Tag anwenden lässt, sind sie nicht im Stande das Entstehen der Schrunden in allen Fällen zu verhüten. Wir wären sonst auch schwerlich so ungemein reich an volksthümlichen und Geheim-Mitteln, sowie an mehr oder weniger kunstreichen ärztlichen Recepten zur Bekämpfung dieses lästigen Uebels. Dieselben dürften einer verdienten Vergessenheit zu überliefern sein, da sie grossen Theils ganz unwirksam, zum Theil sogar schädlich und endlich alle entbehrlich sind, indem die Anwendung einer starken Höllensteinlösung (10 Gr. auf ℥j) oder das Betupfen mit dem Höllensteingriffel (täglich zwei- bis dreimal) bei weitem mehr leistet.

Schädlich sind alle diejenigen Waschwasser, Umschläge und Salben, welche lösliche Metallsalze enthalten, so also namentlich: Sublimat, schwefelsaures Zink, essigsaures, äpfelsaures, salpetersaures Blei (welche letzteren den wesentlichen Bestandtheil mehrerer kostbarer Geheimmittel ausmachen). Alle Bleipräparate dürften überhaupt zu vermeiden sein, ebenso taugen alle Salben nicht, da sie einerseits auf die feuchten Schrunden kaum irgend eine Wirkung als die unangenehme der mechanischen Berührung ausüben können, andrerseits aber dem Kinde das Saugen widerwärtig machen. Wunderbar ist der Credit, in welchem Boraxlösungen (4 Thle. Borax auf 15 Thle. Weingeist und 90 Thle. Wasser) noch immer stehen; noch wunderbarer das Mittelding von Salbe und Kleister, welches Hufeland angegeben hat, und welches Chelius noch in seiner neuesten Auflage als das wirksamste „Sälbchen" empfiehlt, nämlich: *Gummi arabicum* 2 Drachmen, Peruvian. Balsam 1 Drachme, Mandelöl $1\frac{1}{2}$ Drachmen, Rosenwasser 1 Unze (Journal der praktischen Heilkunde Bd. 14).

Machen aber die Schrunden bei sorgfältigem Reinhalten und regelmässiger Anwendung des Höllensteins innerhalb der nächsten 3—4 Tage nicht entschiedene Fortschritte zur Besserung und leidet die Wöchnerin bei dem jedesmaligen Anlegen des Kindes irgend erhebliche Schmerzen, so ist es bei weitem besser, die mit Schrunden behaftete Brust weiterhin gar nicht mehr zum Säugen zu benutzen, als erst die, bei weiterer Fortsetzung desselben mit grösster Wahrscheinlichkeit zu erwartende Entzündung des Drüsengewebes selbst sich entwickeln zu lassen.

II. Entzündung des Drüsengewebes.

Entzündungen des Drüsengewebes selbst kommen fast ausschliesslich bei Wöchnerinnen, vorzüglich wenn sie säugen, seltner schon bei Schwangeren, ungemein selten aber ohne irgend eine Beziehung zu den Genital-Functionen vor[1]).

[1]) Bemerkenswerth scheint mir in dieser Beziehung ein vor 4 Jahren in der Greifswalder Klinik beobachteter Fall von Mastitis bei einem Mädchen, welches 4 Wochen vorher einen Schlag auf die Mamma bekommen hatte. Sie war

Man rechnet zu den Entzündungen der Brustdrüse, nicht ganz mit Recht, die bei Säugenden zuweilen plötzlich auftretenden Schwellungen der Mamma, welche so allgemein bekannt sind, dass sich allerwärts populäre Namen dafür finden[1]). Hier handelt es sich um eine wirkliche *Retentio lactis*, welche in Folge einer plötzlichen Erkältung, einer Gemüthsbewegung, bei zu stürmischer Absonderung der Milch (Einschiessen oder Einschuss, *Montée de lait*), nach zu heftigem Saugen des Kindes — nicht selten entsteht. Die Drüse schwillt an, wird hart, uneben, höckerig (Milchknoten). Die Farbe der Haut aber ist unverändert, zuweilen ist sie sogar blässer als auf der anderen Seite. Heftige Schmerzen und zuweilen auch Fieberbewegungen stellen sich ein. Diese Schwellung kann ohne alle üblen Folgen vorübergehen, aber auch Veranlassung einer wirklichen Entzündung werden. Handelt es sich nur um eine Mamma, so ist es zweckmässig, dieselbe dem Kinde erst zu reichen, nachdem die andere leer gezogen ist, damit es nicht zu stürmisch sauge, oder sie vorsichtig mit einer Milchpumpe (erwärmten Flasche) zu entleeren.

In manchen Gegenden beschäftigen sich alte Weiber mit dem Aussaugen solcher Brüste und mögen dazu, namentlich sofern sie zahnlos sind, ganz geeignet sein. Uebrigens aber dürfte der Vorschlag, das Aussaugen durch einen Erwachsenen oder einen jungen Hund oder ein Kätzchen besorgen zu lassen, nicht leicht zur Ausführung kommen, obgleich in vielen Büchern mit einer gewissen Feierlichkeit davon geredet wird.

Das Auflegen von Watte, auch das Einreiben mit indifferentem Fett, eine leichte Compression, vor Allem aber eine sorgfältige Unterstützung der Mamma durch ein aus jedem Tuch leicht herzustellendes *Suspensorium mammae* dienen zur Verhütung des Uebergangs in Entzündung.

Dass dieser Uebergang aber häufig genug stattfindet, ist hinreichend bekannt und könnte überdies aus der grossen Zahl von Mitteln erschlossen werden, die zum Behuf der Zertheilung des „Einschusses“ empfohlen sind. Dahin gehören z. B. das *Liniment* von Banque, bestehend aus *Aqua amygdalarum amararum* zwei und eine halbe Unze, *Extractum Belladonnae* zwei Scrupel, Aether ein und eine viertel Unze; ferner das von Velpeau: *Vitella ovorum duorum, Liq. Ammon. caust.* vier Scrupel, *Camphor. trit.* 1 Unze und 2 Drachmen. A. Cooper empfiehlt das Anstreichen von *Linimentum volatile camphoratum*.

damals menstruirt gewesen, hatte keine besonders üblen Folgen von dem Schlage verspürt, wurde aber beim Eintritt der nächsten Menstruation von einer acuten und heftigen *Mastitis glandularis*, für welche irgend ein andrer Grund nicht nachzuweisen war, befallen.]

[1]) In Frankreich *„poil“*.

Nimmt aber unter der angegebenen Behandlung die Schwellung und Schmerzhaftigkeit nicht ab, sondern vielleicht sogar zu; so muss eine entzündungswidrige Behandlung eingeleitet werden. Die eigentliche Entzündung der Milchdrüse hat ihren Sitz in den Milchcanälchen und in den Drüsenbläschen. Schmerz und Schwellung zeigen sich vorzugsweise an einzelnen Stellen der Drüse; der Schmerz ist dumpf, drückend, hier und da lancinirend, aber nicht brennend und stechend, wie bei oberflächlichen Entzündungen. Gewöhnlich bilden sich in der Umgegend des Warzenhofes einzelne, namentlich für den zufühlenden Finger deutliche Höcker aus, die sich allmälig auch stärker röthen. In weiterem Verlaufe greift diese ursprünglich vom Drüsengewebe ausgehende Entzündung auch auf das interlobuläre Bindegewebe und später auf das subcutane Fettgewebe über; sie kann sogar auch das hinter der Brustdrüse gelegene Bindegewebe schliesslich mit ergreifen. Der Verlauf dieser Entzündung ist, obwohl das Fieber dabei Anfangs sehr heftig, doch selten schnell; in der Regel kommt es nicht vor dem achten oder zehnten Tage zur Eiterung, aber selbst im günstigsten Falle ist die Dauer der Krankheit auf 3—6 Wochen zu veranschlagen. Der Ausgang in Eiterung ist der gewöhnliche, häufig bleiben aber auch Verhärtungen, permanente Milchknoten zurück. Der Ausgang in Zertheilung ist höchst selten, derjenige in Gangrän nur bei ganz unzweckmässiger Behandlung möglich. Von vorneherein entsteht die Frage, ob das Kind an der entzündeten Brust noch ferner saugen dürfe. Diese Frage kann nicht ganz allgemein verneint werden. — Stürmisches Saugen steigert die Entzündung und die Aufnahme einer grossen Menge der bereits mit Entzündungsprodukten vermischten Milch ist für das Kind schädlich. Es dürfte daher besser sein, einige Tage lang das Kind nicht an die kranke Brust zu legen, sondern den Inhalt der Milchcanäle mit erwärmten Flaschen oder Milchpumpen vorsichtig abzusaugen. Weicht die Entzündung dann der sogleich einzuleitenden antiphlogistischen Behandlung, so kann man später das Saugen des Kindes allmälig und vorsichtig zulassen. Jedoch kann dieser Mittelweg nur bei wenig ausgedehnten Entzündungen eingeschlagen werden. Ist die Krankheit auf einen grösseren Theil der Mamma verbreitet oder bestehen gar zugleich beträchtliche Schrunden (was nur allzuoft der Fall ist), so liegt es im Interesse der Mutter wie des Kindes, die Lactation wenigstens in dieser Brustdrüse gänzlich zu unterbrechen. Häufig ist man aber genöthigt, das Kind gar nicht mehr anlegen zu lassen, obgleich nur e i n e Mamma entzündet ist.

Beim Anlegen an die gesunde Brust nämlich entsteht Congestion zur kranken, oft mit grossen Schmerzen und erneuter Steigerung aller Entzündungserscheinungen. Von der Entscheidung über die Frage, ob weiter gesäugt werden soll, oder nicht, hängt auch der übrige Theil der Behandlung wesentlich ab. Entscheidet man sich sogleich für die Unterbrechung der Lactation, so kann man auch im Uebrigen entschieden eingreifen. Dürftige Ernährung mit dünnen Wassersuppen, kräftige Purganzen und eine, am besten durch einen Kleisterverband auszuübende, gleichmässige Compression (nach Kiwisch) können dann vollständige Zertheilung herbeiführen oder doch das Gebiet der Eiterung sehr beschränken. Kann oder will man in solchen Fällen den Druckverband nicht anwenden, so steht auch dem Anlegen zahlreicher Blutegel nichts entgegen, durch welche man gleichfalls, wenn auch nicht Zertheilung, doch Beschränkung der Eiterung zu erzielen vermag. Soll aber die gesund gebliebene Mamma noch weiter zum Säugen benutzt werden, so darf man weder Blutentziehungen noch Abführmittel, kaum eine schmalere Diät verordnen und auch die Anwendung eines Druckverbandes wird mindestens sehr schwierig. In solchen Fällen thut man dann am besten, die Frau, je nach ihrem Appetit, Nahrungsmittel in zureichender Menge nehmen zu lassen und den Ausgang in Eiterung durch die fortgesetzte Anwendung von Cataplasmen geradezu zu befördern. Durch diese wird auch die Schmerzhaftigkeit in der Regel am besten gemindert, zu deren Bekämpfung übrigens, namentlich bei kräftigen Personen, auch in diesem Falle einige Blutegel angewandt werden dürften.

Geht die Entzündung der Brustdrüse in Eiterung über, so kommt es in der Regel zur Bildung mehrerer Abscesse, deren Velpeau z. B. bis zu 33 an einer Mamma beobachtet hat. Ihre Zahl ist abhängig von derjenigen der von der Entzündung ergriffenen Drüsenläppchen.

Diejenigen Schriftsteller, welche statt einer Geschichte der Puerperalkrankheiten einen Roman geschrieben haben, behaupten, dass Abscesse der Mamma viel häufiger bei solchen Frauen vorkämen, die nicht säugten. Diese Angabe ist grundfalsch. Endzündungen und Abscesse der Mamma sind in solchen Fällen, wo man die Lactation von vorn herein unterdrückt hat, äusserst selten. Dies ergiebt sich in Betreff der Abscesse schon aus der unbestrittenen Thatsache, dass dieselben innerhalb der ersten 10 Tage des Wochenbettes fast niemals vorkommen, während bei einer Wöchnerin, die ihr Kind gar nicht angelegt hat, die Brustdrüsen innerhalb 10 Tagen bereits zum Zustande vollständiger Unthätigkeit zurückgekehrt sind.

Die Drüsenabscesse erscheinen in der Regel hinter der Warze oder in ihrer Umgebung. Dieser Sitz, die gleichzeitige Anwesenheit von Schmerzen an mehreren Stellen in der Tiefe der Brust seit 6—10 Tagen, lassen in einer selbst unbedeutenden Anschwellung bereits den Abscess vermuthen. Verdünnt sich dann die Haut, wird bläulich und fühlt man Fluctuation, so hört jeder Zweifel auf. Oft dauert es 10—14 Tage, bis der Abscess sich vollständig entwickelt hat. Hat die Entzündung aber vom Drüsengewebe aus auf das umgebende Bindegewebe übergegriffen, so ist der Verlauf stets viel schneller. Sobald dieser Ausgang der Entzündung in Eiterung vorliegt, kann von einer weiteren Fortsetzung des Säugens mit der erkrankten Brust nicht mehr die Rede sein. Man würde dadurch neue Entzündungs- und Eiterungsheerde anfachen und dem Kinde durch die nicht zu vermeidende Beimengung von Eiter zu der wahrscheinlich auch schon anderweitig veränderten Milch geradezu schaden. Will man eine möglichst schnelle Heilung herbeiführen und lässt sich ein zweckmässiger Ersatz für die Muttermilch dem Kinde verschaffen, so ist auch in diesem Stadium noch die gänzliche Unterbrechung des Säugens zu empfehlen. Andernfalls muss man darauf gefasst sein, bis zur vollständigen Heilung Wochen und Monate unter fortwährendem Cataplasmiren hingehen zu sehen. Ueber die Zweckmässigkeit der lauwarmen Breiumschläge sind alle einig; dagegen wird in Frage gestellt, ob überhaupt und zu welcher Zeit die künstliche Eröffnung des Abscesses vorgenommen werden soll. Wie bei allen Drüsenabscessen, so ist auch hier eine frühzeitige Eröffnung nicht vortheilhaft; andererseits aber ist es nicht zu billigen, wenn man den spontanen Aufbruch stets abwarten wollte. Man spart durch den kleinen oft kaum schmerzhaften Einstich der Kranken eine lange Reihe qualvoller Tage und schlafloser Nächte und verlängert die Zeit der Heilung keineswegs, wie dies von einigen Autoren behauptet ist. Ihre Rechnung wäre richtig, wenn man die Dauer der Heilung vom Augenblicke des Aufbruchs an rechnen wollte; dies ist aber offenbar eine Täuschung, da es der Kranken keinen Vortheil gewährt, wenn der Verschluss des Abscesses nach dem spontanen Aufbruch etwas früher erfolgt, da sie ja vorher desto länger mit vielen Schmerzen auf den Aufbruch hat warten müssen. In manchen Fällen bringt es sogar directen Schaden, wenn man den spontanen Aufbruch erwarten will, indem sich Eitersenkungen im Bindegewebe entwickeln, die bei rechtzeitiger Eröffnung vermieden worden wären.

Besonders zu erwähnen sind die Abscesse des Warzenhofes, welche deutliche Hervorragungen darstellen, die in der Regel die Grösse einer Nuss nicht überschreiten. Die Haut darüber,

Phlegmone diffusa, bald als *Phlegmone circumscripta*, bald mit acutem, bald mit chronischem Verlaufe auftritt. In manchen Fällen entsteht diese Phlegmone in Folge einer Quetschung, Verbrennung, oder anderweitigen Reizung der äussern Haut, namentlich auch nach Anwendung eines Vesicans oder im Verlauf eines Erysipels und dergl. mehr. In anderen Fällen wird das gesammte Fettpolster der Mamma, wie auf einen Schlag, ohne irgend eine nachweisbare Veranlassung (spontan) von Phlegmone befallen. Für diese beiden Categorieen ist es ohne besondere Bedeutung, ob die Mamma functionirt oder nicht; sie finden sich daher ebensogut bei andern Frauen wie bei Wöchnerinnen. Die Entzündung kann aber auch von der Drüse selbst ihren Ausgang nehmen, indem zu einer schon bestehenden Drüsenentzündung die Phlegmone des umgebenden Bindegewebes sich hinzugesellt. Solche Fälle werden ausschliesslich während der Lactation beobachtet werden. Endlich sind noch diejenigen chronisch verlaufenden Fälle zu erwähnen, wo eine von der Brustdrüse ausgehende Neubildung in ihrer Umgebung Entzündung erregt.

Die Anschwellung ist in der Regel das erste und auffallendste Symptom. Die Brust erscheint in ihrer ganzen Ausdehnung oder nach der einen Seite hin aufgetrieben, so dass die Warze in einer Vertiefung liegt (eingezogen ist). Die übrigen Erscheinungen sind die der Phlegmone, wie wir sie Band II. pag. 49—60 beschrieben haben. Bei der Behandlung hat man zunächst auf die Aetiologie Rücksicht zu nehmen; dadurch kann es gelingen, eine weitere Ausbreitung der Entzündung zu verhüten, — aber den regelmässigen Ausgang in Eiterung wird man bei der acuten Form doch niemals abwenden können. Blutentziehungen und Cataplasmen dienen dazu, die Heftigkeit der Entzündung und namentlich auch der Schmerzen zu mindern und eine Verbreitung nach der Tiefe zu verhüten. Sobald Fluctuation entdeckt werden kann (was am häufigsten nach Unten und Aussen geschieht), wird eine tiefe Incision gemacht, aus welcher oft unbegreiflich grosse Massen von Eiter entleert werden. Findet aus der ersten Incision keine vollständige Entleerung des Eiters ohne Anwendung eines stärkeren Druckes Statt, so sind Gegenöffnungen in verschieden grosser Anzahl je nach der Ausbreitung des Eiterheerdes anzulegen. In der Regel findet sich nur ein und meist ein grösserer Eiterheerd; jedoch ist es nicht so ganz selten, deren auch mehrere vollständig von einander gesonderte anzutreffen. Sich selbst überlassen, durchbrechen solche Abscesse gegen den zehnten Tag die Haut, indem sie die Gewebe in ihrer

Umgegend nach Aussen und nach Innen hin zerstören. Auf solche Weise kann secundär die Drüse mit ergriffen werden. Zur Pyämie geben selbst die ausgebreitetsten Phlegmonen der Mamma, auch bei grosser Vernachlässigung nur sehr selten Veranlassung. Eitersenkungen finden gleichfalls verhältnissmässig selten Statt. Jedoch sind sie gegen die Achselhöhle hin, ferner zur *Regio hypochondriaca* und *epigastrica* vielfach beobachtet worden. Bleibt eine am Rande der Brustdrüse sitzende Phlegmone sich selbst überlassen, so kann der Eiter auch in das hinter der Drüse liegende Bindegewebe seinen Weg nehmen, wodurch die Krankheit jedenfalls eine höhere Gefährlichkeit bekommt. So lange die Phlegmone der Brust keine allzugrosse Ausdehnung gewonnen und die Brustdrüse nicht mit ergriffen hat, wird das Unterbrechen der Lactation nicht erforderlich, es sei denn, dass die Schwäche oder die Reizbarkeit der Kranken dazu nöthigen.

IV. Entzündung des Bindegewebes hinter der Brustdrüse. Phlegmone profunda mammae. Phlegmone sub mamma.

Entzündungen des Bindegewebes, durch welches die Brustdrüse am *Pectoralis major* befestigt ist, können ihren Ursprung in dreifach verschiedener Weise nehmen. Die Krankheit geht bald von der Brustdrüse aus, indem die Drüse entweder selbst entzündet oder von einer Neubildung befallen ist; oder die Entzündungen kommen vom Thorax her, woselbst ihnen bald eine Vomica, bald ein pleuritisches Exsudat, bald Caries oder Necrose der Rippen zu Grunde liegt; endlich aber kann in seltnen Fällen Entzündung und Eiterung oder vielleicht auch Eiterbildung ohne Vorausgehen einer wirklichen Entzündung, ohne nachweisbare Veranlassung, namentlich bei sehr geschwächten Subjecten entstehen. Es wird auch angegeben, dass ein Schlag oder eine anderweite Quetschung die Drüse und das oberflächliche Bindegewebe unversehrt lassen, in der Tiefe aber (hinter der Drüse) als Entzündungs-Ursache wirken könne; was jedoch schwer zu begreifen ist.

Diese tiefe Phlegmone beginnt mit einer bedeutenden Anschwellung, durch welche in ganz characteristischer Weise die an sich unveränderte Brustdrüse nach Vorn geschoben wird; versucht man es sie in der Richtung nach Hinten zu comprimiren, so scheint sie gleichsam auf einem Schwamm zu ruhen. Die Haut ist gespannt, glatt, heiss, auch wol etwas geröthet und immer von geschwollenen Venen durchzogen. Die Schmerzen sitzen tief, sind drückend, bohrend und werden durch Druck auf die Mamma nur wenig vermehrt. Niemals aber fehlt eine Störung des Gesammtbefindens, welche sich deutlich als Entzündungsfieber ausspricht. Der Verlauf ist sehr schnell. In 48 Stunden kann die Brust schon das Dreifache ihres ursprünglichen Volumens erlangt haben. In der Regel erfolgt schon vor dem fünften Tage der Uebergang in Eiterung, seltener in Gangrän, noch seltener in Verhärtung.

Behandlung: Reichliche Mengen von Blutegeln rings um die Mamma, daneben Ableitungen auf den Darmcanal durch antiphlogistische Purganzen. Die Compression dürfte kaum jemals anzuwenden sein; von Cataplasmen und ähnlichen topischen Mitteln wird sich wegen des tiefen Sitzes der Entzündung wenig Hülfe erwarten lassen.

In der Regel bildet sich ein grosser Abscess hinter der Mamma, welche dann gleichsam auf einer mit Flüssigkeit gefüllten Blase zu sitzen scheint. Die Diagnose eines solchen tiefen Abscesses kann nur dann schwierig sein, wenn er sich langsam, als chronischer (kalter) Abscess entwickelt hat. In solchen Fällen sind grobe Irrthümer begangen worden; man hat sogar die Mamma exstirpirt, indem man ein Carcinom vor sich zu haben glaubte. Man berücksichtige daher sorgfältig alle anamnestischen Momente, fühle genau und sorgfältig nach der in der Tiefe zu entdeckenden Fluctuation und greife in zweifelhaften Fällen zum Probetroicart, bevor man etwas Entscheidendes unternimmt. Hat man den Verlauf der vorausgehenden Entzündung beobachten können, so wird (wie wol überhaupt in allen acut entstandenen Fällen) ein Zweifel nicht so leicht bestehen können. Alsdann muss die Eröffnung möglichst frühzeitig an dem abhängigsten Punkte oder an der am deutlichsten hervorragenden und fluctuirenden Stelle geschehen. Der Einstich muss parallel der Thoraxwand und hinreichend tief gemacht werden. Die Entleerung erfolgt bei Beachtung dieser Vorschriften gewöhnlich schnell und vollständig und die Heilung auf dem Wege der Granulation bedarf keiner weiteren Beihülfe. Durch diese frühzeitige Incision wird auch der Weiterverbreitung der Entzündung und Eiterung auf die Brustdrüse am sichersten vorgebeugt. Ist diese aber bereits erfolgt, so gesellen sich zu der gleichmässigen grossen Geschwulst mehrere kleinere höckerige Unebenheiten, die eine oberflächlichere Fluctuation sehr bald erkennen lassen. In solchen Fällen kann der grosse Abscess hinter der Mamma übersehen werden, indem man aus den in der Drüse selbst bestehenden Abscessen alle Krankheitserscheinungen erklären zu können

35*

glaubt. Oeffnet man aber auch einen dieser Drüsenabscesse, weiterhin mehrere und schliesslich alle fluctuirenden Stellen an der Oberfläche der Mamma, so erzielt man dadurch die Entleerung des hinter der Drüse liegenden Eiterheerdes dennoch nicht, wenn er auch mit jenen kleinen Abscessen in directer Communication steht. Die Elasticität der Drüse, die Schwellung der Umgebungen, die Verschiebung sind einem freien Abflusse hinderlich. Durch das Einlegen von Charpie, oder besser noch (nach dem Rathe von J. Cloquet) durch das Einbringen eines elastischen Katheters, welcher durch einen der Drüsenabscesse bis in die hinter der Drüse befindliche Eiterhöhle eingeschoben werden muss, kann man allmälig mit vieler Mühe und nach sehr langer Zeit die Entleerung bewirken. Schneller gelangt man zum Ziele, wenn man eine grosse Incision am Rande der Drüse bis in den hinter ihr liegenden Abscess hinzufügt, oder endlich dem von Hey und Velpeau gegebenen, allerdings grausam scheinenden Rathe folgt, eine Incision durch die ganze Dicke der Brustdrüse, wo möglich in der Richtung der dieselbe durchsetzenden Abscesse zu machen. — Die Unterbrechung der Lactation wird nur erforderlich, wenn die Entzündung oder gar die Eiterung auf die Brustdrüse selbst übergegriffen hat, oder wenn das Allgemeinbefinden in hohem Grade durch die tiefe Entzündung und Eiterung gestört wird.

Anhang.

Milchfisteln, Brustdrüsenfisteln.

Sobald durch Eiterung, mag dieselbe von der Brustdrüse selbst ausgehen oder nicht, Milchgänge geöffnet oder Drüsenläppchen zerstört sind, fliesst mit dem Eiter zugleich auch Milch aus, — vorausgesetzt, dass die Drüse in Thätigkeit war. Bleiben solche Milch entleerende Abscesse lange Zeit offen, was bei diesen aber keineswegs häufiger als bei anderen Abscessen der Brustdrüse der Fall ist, nehmen sie (was namentlich nach vorausgegangenen Eitersenkungen häufig ist) einen lang gestreckten Verlauf an; so hat man denselben den Namen: Milchfistel, Brustdrüsenfistel, *Fistula mammae*, ertheilt. Erkennt man diese Benennung als richtig an, so lässt sich allerdings behaupten, dass Milchfisteln häufig seien. Die Mehrzahl derselben aber wird durch dieselbe Behandlung, welche jene Abscesse, wenn auch keine Milch aus ihnen ausflösse, erheischen würden, in verhältnissmässig kurzer Zeit geheilt (Unterstützung der Mamma, sorgfältiges Cataplasmiren; Gegenöffnungen, wenn der Eiter keinen gehörigen Abfluss hat; leichter Compressivverband). Wenn aber auch nach dem Erlöschen des Eiterungsprocesses die Auskleidung eines Milchganges mit der äusseren Haut an der Stelle der ehemaligen Abscessöffnung verwächst, oder ein enger mit Schleimhaut-ähnlichem Gewebe überzogener Gang permanent bleibt; so handelt es sich um eine Milchfistel im engeren Sinne. Eine solche kann möglicher Weise auch nach einer Verletzung einer mit Milch gefüllten Drüse oder durch Platzen eines strotzenden Milchcanales entstehen, was jedoch sehr selten sein dürfte. Die Heilung solcher Milchfisteln ist allerdings schwieriger als diejenige der oben beschriebenen fistulösen Abscesse, aber doch wieder leichter als die Heilung irgend einer anderen Drüsenfistel. Dies erklärt sich einfach aus dem Umstande, dass die Mamma nicht fortdauernd, sondern nur während einer gewissen Zeit secernirt. Hört ihre Secretion auf oder unterbricht man sie absichtlich, so heilt auch die Milchfistel entweder ganz von selbst, oder unter einer leichten Compression und Betupfen von Höllenstein. Durch letztere Mittel gelingt es zuweilen, selbst ohne das Säugen zu unterbrechen, die Heilung solcher Fisteln zu bewirken. In hartnäckigen Fällen, namentlich wenn ein langer enger Fistelgang besteht, muss man diesen spalten, oder mit einem sehr dünnen Stückchen Höllenstein in seiner ganzen Ausdehnung berühren. |Das Cauterisiren mit einem glühenden Draht würde voraussichtlich noch schneller zum Ziele führen.|

Viertes Capitel.

Neuralgie der Brustdrüse.

Mastodynia neuralgica.

Neuralgien der Brustdrüse kommen ohne irgend welche Veränderung ihres Volumens oder ihres Gewebes vor. Es giebt aber auch eigenthümliche Geschwülste der Mamma, welche, ohne irgend wie entzündlichen Ursprungs zu sein, mit so heftigen und weit verbreiteten Schmerzen auftreten, dass man auch ihnen den neuralgischen Character zuschreiben muss.

A. Cooper hat letztere, als „*irritable tumour of the breast*", beschrieben, nachdem er sie in vielen Fällen bei Individuen vom 16ten bis über das 30ste Jahr hinaus beobachtet hatte. Vgl. A. Cooper, *Illustrations of the diseases of the breast*. London 1829. P. I.

Die Schwellung der Drüse ist oft kaum merklich, aber schon die blosse Berührung der leidenden Mamma ruft Schmerzanfälle hervor, welche stundenlang dauern und sich bis in die Achselhöhle, zur Schulter, zur innern Seite des Armes, zu den Fingern, ja selbst bis auf die ganze Körperseite ausdehnen, so dass die Kranken ausser Stande sind, auf dieser Seite liegend zu schlafen, und in manchen Fällen, während sie ruhig im Bett liegen, schon durch das blosse Gewicht der Brustdrüse unerträgliche Schmerzen leiden. Zuweilen haben sie das Gefühl, als würde die Brust in schnellem Wechsel plötzlich kalt und heiss übergossen, dann wieder fahren, electrischen Schlägen ähnlich, stechende Schmerzen durch die Brust und die benachbarten Organe, so dass Cooper mit Recht dieses Leiden mit dem *Tic douloureux* (Neuralgie des Trigeminus) vergleicht. Heftige Anfälle werden nicht selten von Erbrechen begleitet oder enden damit. Bei dem Herannahen der Menstruation pflegen die Anfälle an Zahl und Intensität sich zu steigern, während derselben aber zuweilen sich zu beruhigen. In manchen Fällen beschränkt sich das Leiden auf einen kleinen Theil der einen Mamma; in anderen werden beide Brustdrüsen ergriffen. Trotz einer ganz unbestimmten, oft Jahre langen Dauer, hat dies Leiden doch keine nachweisbaren Veränderungen im Gewebe der Brustdrüse zur Folge. Dagegen sah man dasselbe oft combinirt mit Störungen und Unregelmässigkeiten der Menstruation, in einzelnen Fällen auch (Vidal) mit syphilitischen Leiden. Es leuchtet ein, dass es in jeder Beziehung von der grössten Wichtigkeit ist, diese Neuralgieen der Mamma von den schmerzhaften Krebs-Geschwülsten, welche so häufig in derselben ihren Sitz aufschlagen, in der Theorie sowol, als in der Praxis zu unterscheiden. Leider sind in dieser Beziehung nicht ganz selten Missgriffe begangen worden. Man hat sich durch die heftigen Schmerzen bestimmen lassen, eine durch kaum deutliche Härten oder höckerige Beschaffenheit eines Theils ihres Gewebes ausgezeichnete Brustdrüse für krebskrank zu erklären und auf Grund dieser Diagnose zu exstirpiren. — Häufig verliert sich die Neuralgie der Mamma von selbst, namentlich wenn die Menstruation regelmässig auftritt.

Auf die Herstellung dieser letzteren ist daher auch von therapeutischer Seite das meiste Gewicht gelegt worden. Daher: ableitende Fussbäder, Blutegel und Schröpfköpfe an den Oberschenkel, Blutegel an die *Portio vaginalis uteri*, warme Uterusdouche und die Anwendung innerlicher Emmenagoga, namentlich Eisen. Auch in der Umgegend der leidenden Mamma hat man mit Erfolg Blutegel gesetzt. |Jedoch wird vor ihrer häufigen Anwendung gewarnt, weil sie die Schwäche und Reizbarkeit der Patientin steigern|. Ausserdem aber kommen narcotische Pflaster und Umschläge (Chloroform) und die innerliche Anwendung schmerzstillender Mittel in Betracht (Vgl. die Therapie der Neuralgie im Allgemeinen). In dem mit allgemeiner Syphilis complicirten Falle von *Neuralgia mammae* wurde von Vidal durch Anwendung des *Kalium jodatum* die Heilung beider Uebel bewirkt.

Fünftes Capitel.

Geschwülste der Brustdrüse.

|Die Mehrzahl der verschiedenen Arten von organisirten Neubildungen kommt so häufig in der Brustdrüse vor, dass bei einer Beschreibung derselben fast Alles wiederholt werden könnte, was über die Geschwülste überhaupt zu sagen war (Vgl. den vierten Abschnitt des ersten Buches. Bd. I. pag. 382 u. flg.). Der Grund für die grosse Häufigkeit solcher Gebilde in der Mamma ist wahrscheinlich in ihrer unregelmässigen, oft unterbrochenen oder gar nicht zur Entwickelung gekommenen Funktion zu suchen, vielleicht auch zum Theil in ihrer exponirten Lage.|

1. Hypertrophie der Brustdrüse.

Die Hypertrophie kann eine oder beide Brustdrüsen befallen und sich bald auf das eine, bald auf das andere histologische Element der Drüse beziehen.

1) Hypertrophie des Drüsengewebes |vgl. *Cystosarcoma mammae* (pag. 554)|. Nach den Angaben von A. Cooper entwickelt sich diese Hypertrophie der Mamma vorzugsweise zwischen dem 30sten und 35sten Jahre bei alternden Jungfrauen und tritt ohne Schmerz und ohne irgend eine anderweitige functionelle Störung auf. Zuweilen macht das Wachsthum der Drüse so schnelle Fortschritte, dass die Brüste eines 15jährigen Mädchens bis auf den Bauch oder diejenigen eines etwas älteren Individuums gar bis auf die Kniee hinabhängen. Bei dieser übermässigen Entwickelung büsst die Mamma ihre halbkugelige Gestalt ein und wird mehr birnförmig, indem sie durch ihr Gewicht die Haut an ihrer Basis zu einer Art von Stiel in die Länge zieht. Nur bei ganz jugendlichen und kräftigen Personen vermag die Haut diesem Zuge Widerstand zu leisten, so dass die rundliche Gestalt der Brust er-

halten bleibt. Mit dem übermässigen Wachsthum zugleich treten Menstrualstörungen auf, welche sich zuweilen bis zur vollständigen *Suppressio mensium* steigern können. Gleichzeitig wird die Stimme rauh, namentlich zur Zeit, wo das Wachsthum der Brüste mächtige Fortschritte macht. Höchst selten beschränkt sich diese Hypertrophie auf die eine Brustdrüse, noch seltener folgt auf sie eine bösartige Degeneration. Zuweilen ist das übrige Wohlbefinden bei dieser Drüsenwucherung gar nicht gestört, in anderen Fällen aber, namentlich wenn die Hypertrophie einen bedeutenden Grad erreicht hat, leidet die Ernährung des übrigen Körpers. Die Behandlung hat bis jetzt wenig ausgerichtet.

|Calomel oder *Tart. stibiat. in refr. dosi*, häufige Abführmittel, Emmenagoga, zertheilende und adstringirende Umschläge und Einreibungen.|

Mehr wäre vielleicht vom Jod und einer fortgesetzten Compression zu erwarten. Velpeau empfiehlt dringend die Verheirathung des betreffenden Individuums, die sich freilich nicht so leicht verschreiben lässt.

Hypertrophie des Fettgewebes der Mamma, in einem störenden oder gar bedenklichen Grade, ist selten. Erstreckt sie sich auf den gesammten *Panniculus adiposus* über der Mamma, so vermag die Chirurgie kaum irgend eine Hülfe zu leisten und angreifende innere Mittel zu reichen, dürfte mindestens unvorsichtig sein. Ist dagegen die Fettanhäufung auf einzelne Stellen beschränkt, so verhalten sich Diagnose und Therapie ganz wie bei dem Lipom anderer Körpertheile.

|Besonders hervorzuheben aber ist, dass auch hinter der Mamma Lipome vorkommen, welche die Brustdrüse, analog den in derselben Gegend beobachteten Abscessen (vgl. pag. 546), vor sich herdrängen und gleichsam abheben. Die Exstirpation derselben gelingt, nach Dieffenbach, indem man die Brustdrüse mit einem am untern Rande geführten halbkreisförmigen Schnitte ablöst und, nachdem das Lipom ausgeschält ist, wieder anheilen lässt.|

Hypertrophie des Bindegewebes der Brustdrüse, sogen. chronische Geschwülste der Mamma. Diese relativ häufig vorkommende Form der Hypertrophie ist ganz besonders zu beachten, da sie zur Entstehung von Geschwülsten die Veranlassung geben kann, welche in vielen Beziehungen dem Scirrhus ähnlich sind, und häufig Verwechselungen bedingt hat. Nach einer Entzündung der Mamma, namentlich wenn sie abscedirt hat, bleibt nicht selten eine verhärtete und etwas verdickte Stelle zurück, welche aus der Umwandlung des zurückgebliebenen Exsudats in Narbengewebe sich leicht erklärt. Zuweilen aber entwickeln sich solche harte Stellen auf Grund einer schleichenden Exsudation, die so geringfügige Empfindungen veranlasst, dass die Patientin sie gar nicht beachtet. Hat sich nun eine Härte mit einiger Anschwellung nicht in grösserer Ausdehnung, sondern auf einen kleinen Punkt beschränkt |vielleicht sogar mit Atrophie des eigentlichen Drüsengewebes|, in Folge eines solchen Prozesses an der Mamma ausgebildet; so ist die Verwechselung mit einem Scirrhus sehr leicht möglich, ja die Unterscheidung in manchen Fällen vielleicht sogar zeitweise unmöglich. Man hebt als Unterscheidungsmerkmal vorzüglich hervor, dass bei der in Rede stehenden Form der partiellen Hypertrophie das Allgemeinbefinden durchaus nicht gestört sei. Ganz dasselbe beobachtet man aber häufig nicht bloss bei beginnendem, sondern auch bei bereits weit fortgeschrittenem Krebs (Vgl. Bd. I. p. 525 u. f.). Diese Hypertrophie kommt vorzugsweise bei jungen Frauen vor. Die Haut über ihr ist beweglich und wenn sie nicht eine sehr grosse Ausdehnung erlangt hat, so lässt sie sich auch von der Brustdrüse ein wenig abheben. Ihre Consistenz ist etwas weniger fest als diejenige des Scirrhus, sie ist endlich deutlich gelappt und diese Lappung besteht auch bei stärkerer Entwickelung weiter fort. Gewöhnlich bleibt eine solche Hypertrophie sehr lange Zeit in unveränderter Grösse bestehen, zuweilen verschwindet sie sogar von selbst wieder, in der Regel ist sie ganz schmerzlos und nur höchst ausnahmsweise hat man stechende oder ziehende Schmerzen darin beobachtet. Hat die Anschwellung sich in Folge eines Abscesses oder doch einer deutlich ausgesprochenen Entzündung entwickelt, so ist die Diagnose leicht und unzweifelhaft. — Solche harte glatte Geschwülste, die wie eine Kapsel die Drüse gleichsam umschliessen, haben manchen gegen den Krebs empfohlenen Mitteln zu grossem Ruf verholfen. Sie sind in der That heilbar, recidiviren niemals, mag man sie durch eine Operation beseitigt oder durch pharmaceutische Mittel ihre Resorption erzielt haben. Alles was über die Heilung des Krebses durch Anwendung von Blutegeln, zertheilenden Salben, Compression und dergl. mehr berichtet wird, ist auf diese durchaus gutartigen Hypertrophieen zu beziehen. Dieselben lassen sich in der That durch die genannten Mittel, wenngleich oft erst nach längerer Anwendung beseitigen. Eine gehörige Regelung der Diät und der Menstrual-Functionen ist dabei von grosser Bedeutung. Operationen werden für die hartnäckigsten Fälle zu reserviren sein, da von einer Verzögerung der Heilung ein besonderer Schaden nicht zu erwarten ist. Nur wenn die Patientin in Betreff der Geschwulst grosse Besorgnisse hegt, durch die Versicherungen des Arztes nicht beruhigt wird, und die Geschwulst eine circumscripte ist, dürfte es zweckmässig sein, die Exstirpation derselben, welche niemals besondere Schwierigkeiten darbietet, sofort vorzunehmen.

II. Cystosarcoma mammae.

[An die Hypertrophie der Brustdrüse schliesst sich sehr nahe diejenige Entartung an, welche wesentlich auf einer Erweiterung der Milchcanäle, namentlich der *Sinus lactei* mit gleichzeitiger Entwicklung polypenähnlicher Wucherungen in ihrem Innern beruht und gewöhnlich nur auf einzelne Theile der Mamma, seltener auf die ganze Drüse sich erstreckt, zuweilen auch beide Brüste befällt. Der verschiedene Grad der Entwicklung dieser Entartung der Milchcanäle und die Verschiedenheit des theoretischen Standpunctes der Untersucher haben diesen Geschwülsten verschiedene Namen verschafft. Nach dem im Wesentlichen mit den früheren Untersuchungen Reinhards (Deutsche Klinik 1850 p. 121) übereinstimmenden Arbeiten von Meckel (Illust. Medic. Zeitung 1852 p. 111 u. f.), gehören hierher die Geschwülste, welche J. Müller als *Cystosarcoma phyllodes*, Chelius als *Carcinoma hydatides*, Birkett als varicöse Erweiterung der Milchgänge beschrieben haben, nebst einer Anzahl derjenigen, welche A. Cooper als chronische Geschwulst, Lebert als Hypertrophie der Brust, und Wernher als Cirrhose der Mamma [1]) bezeichnen. In allen diesen Fällen handelt es sich, neben einer Hypertrophie des interlobulären Bindegewebes, um wahre Wucherung der inneren Oberfläche der Milchcanäle und es hängt von dem Grade dieser letzteren im Verhältniss zu der im Milchgange angehäuften Flüssigkeit ab, ob die Geschwulst als Hy-

[1]) [Als *Cirrhosis mammae* (analog der bekannten *Cirrhosis hepatis*) oder schmerzhafte Atrophie der Brustdrüse beschreibt Wernher (Zeitschrift für rationelle Medicin 1855, p. 26) eine bald allgemeine, bald nur circumscripte Hypertrophie des Bindegewebes in der Brustdrüse mit gleichzeitigem und vorwiegendem Schwinden des eigentlichen Drüsengewebes, dessen Endbläschen ganz zu Grunde gehen und von dem oft nur noch die grösseren Milchcanäle und ein aus elastischen Fasern bestehendes Gerüst der kleineren Gänge übrig bleibt. Diese Veränderungen in dem Gewebe der Drüse scheinen von einer vorausgegangenen Entzündung abhängig zu sein; sie erfolgen unter Schmerzen, weshalb die Verwechselung mit Krebs leichter möglich ist, als bei anderen Formen der Hypertrophie (s. die vorhergehenden Seiten).]

pertrophie (Sarkom) oder als Cystosarkom bezeichnet werden soll. Dass aber beide Zustände innig mit einander zusammenhängen und mannigfaltig in einander übergehen, konnte Meckel an solchen Brustdrüsen nachweisen, welche verschiedene Entwicklungsstufen desselben Processes darboten. Der Beginn der Entartung scheint in den Wandungen der Milchcanäle selbst Statt zu finden, so dass diese verdickt werden, demnächst nach Innen, und wenn durch Punction eine künstliche Oeffnung angelegt wird, auch nach Aussen papillöse Wucherungen ausschicken. Nach der Ansicht von Meckel wären alle Fälle sogenannter Hypertrophie der Milchdrüse aus diesem Process abzuleiten. — Für die Diagnose, welche auch hier namentlich die Unterscheidung von Krebs im Auge haben muss, sind die bereits oben angegebenen Charactere von Wichtigkeit, namentlich die gelappte Gestalt der Geschwulst, die Tendenz zum Wachsthum gegen die Oberfläche hin, das Abheben von der übrigen Brustdrüse und die glatte scharfe Begrenzung gegen die umgebenden Theile. Natürlich bleiben solche Geschwülste auch stets beweglich auf dem Brustmuskel und führen niemals zur Schwellung der Achseldrüsen. Letzteres Symptom so wie die Schmerzen können aber, wie schon erwähnt, auch beim Krebs, namentlich im Beginn des Uebels fehlen. Das Wachsthum des Cystosarkoms wird gewöhnlich von Menstrualstörungen begleitet und hält nicht selten einen vierwöchentlichen Typus inne. Dabei treten denn zuweilen Entzündungserscheinungen (auch Erysipelas) mit lancinirenden Schmerzen in der sonst schmerzlosen Geschwulst auf. Eine erfolgreiche Behandlung wird voraussichtlich immer nur in der Exstirpation der erkrankten Theile, bei sehr grosser Ausdehnung aber der ganzen Mamma bestehen können. Da solche Geschwülste voraussichtlich, wenn auch in längeren Intervallen immer weiter wachsen, so ist die frühzeitige Entfernung, bei welcher dann eine relativ geringere Verwundung erforderlich wird, zu empfehlen.| —

Es unterliegt keinem Zweifel, dass ausser den dem Cystosarkom eigenthümlichen Cysten auch noch andere [1]) in der Brustdrüse vorkommen können, so namentlich auch Echinococcusblasen, alte chronische Abscesse mit eingedicktem Inhalt (butterhaltige Cysten), welche auch als scrophulöse oder gar als Tuberkeln der Mamma beschrieben sind. Daher kommt es auch, dass man tuberculöse Geschwülste der Mamma als gutartig bezeichnet hat. |Wahre Tuberkeln aber sind in der Mamma bisher nicht

[1]) |Eine übersichtliche Darstellung der verschiedenen Entstehungsweisen der Cysten in der Brustdrüse giebt Foerster (specielle pathol. Anatomie p. 342 u. flg.).|

gefunden worden. Die Beobachtung von Gerdy, welche Vidal aufführt, ist durchaus nicht beweisend.]

III. Knorpel- und Knochen-Geschwülste.

Das Enchondrom ist in der Mamma höchst selten beobachtet worden. Seine Diagnose würde, nach den im allgemeinen Theil gemachten Angaben, festzustellen sein.

A. Cooper exstirpirte eine solche Knorpelgeschwulst 14 Jahre nach ihrem Erscheinen und fand bei der anatomischen Untersuchung, dass sie grösstentheils aus Knorpel bestand, wie er sich in noch nicht verknöcherten Knochen vorfindet, während an einzelnen Stellen Verknöcherung eingetreten war. Diese Geschwulst war aber der Sitz heftiger Schmerzen, welche während der Menstruation jedesmals beträchtlich gesteigert wurden; auch empfand die Kranke in der die Geschwulst bedeckenden Haut eine sehr unangenehme Hitze, so dass sie fortdauernd kalte Compressen darauf legte. [Diese Symptome gehören sonst nicht zu denen des Enchondroms und könnten den Fall wohl zweifelhaft machen.]

Knöcherne Geschwülste der Mamma können durch Verknöcherung von Enchondromen entstehen, vielleicht kommt aber auch ein Theil der als Knochengeschwülste beschriebenen Neubildung auf Rechnung der Krebse mit verknöchertem Gerüst; sogar verkalkte Cystenwandungen haben zu der Benennung „Knochengeschwulst" Veranlassung gegeben.

IV. Krebs.

Unter allen Geschwülsten der Brustdrüse ist der Krebs am häufigsten und in keinem Organe ist er andrerseits häufiger, als gerade in der Brustdrüse. Die beiden Formen, unter denen diese Neubildung gewöhnlich in der Brustdrüse auftritt, sind der Scirrhus und der Markschwamm, welche hier gerade alle die characteristischen Eigenschaften, welche im ersten Bande (p. 503—510 u. 519—527) geschildert worden sind, am deutlichsten zeigen, dennoch aber auch hier nicht immer scharf von einander getrennt, sondern häufig mit einander combinirt oder in einander übergehend auftreten.

[In ganz vereinzelten Fällen sah man (Paget) an der Brustdrüse Geschwülste, welche ihrer Structur und chemischen Zusammensetzung nach Fibroide waren, den Verlauf eines Krebses nahmen, namentlich ulcerirten und nach der Exstirpation sowol an Ort und Stelle, als auch in der Lunge (mit der Structur der Fibroide) recidivirten [1]). — Höchst selten kommt der Epithelialkrebs an der Warze und am Warzenhofe vor.|

Die Diagnose des Brustkrebses stützt sich zwar wesentlich auf die über die Diagnose des Krebses im Allgemeinen gemachten Angaben. Jedoch sollen einige der wesentlichsten Puncte hier eine besondere Erläuterung finden, namentlich 1) die characteristischen Schmerzen, 2) die Anschwellung der Achseldrüsen, 3) die grosse Häufigkeit, 4) die Recidive, 5) die Erblichkeit.

1) Die characteristischen, sogenannt. lancinirenden Schmerzen fehlen beim Brustkrebs nicht ganz selten, namentlich wenn er von Anfang an in der Form des Fungus auftritt. Andererseits kommen, obgleich selten, gutartige Geschwülste vor, in denen heftige Schmerzen empfunden werden. Jedoch ist man berechtigt, jede Geschwulst der Brustdrüse, deren Gutartigkeit nicht anderweitig bestimmt erwiesen ist, für krebsig zu halten, wenn lancinirende Schmerzen in ihr empfunden werden.

2) Die Anschwellung der Achseldrüsen ist eins der constantesten Symptome des Brustkrebses. Selten finden sich, zumal bei etwas vorgerücktem Carcinom gar keine Drüsenanschwellungen. Zuweilen findet man die Achselhöhle frei, dagegen die Lymphdrüsen der Supra-clavicular-Gegend angeschwollen. Häufig genug schwellen die Achseldrüsen aber an, ohne dass ein Carcinom der Mamma, ja sogar, ohne dass überhaupt eine Geschwulst der Mamma besteht. In solchen Fällen werden aber diagnostische Zweifel niemals aufsteigen können, weil die Erklärung für die Schwellung der Lymphdrüsen in den anderweitig bestehenden Krankheitszuständen der Mamma selbst (Mastitis) oder des Thorax und der obern Extremität leicht gefunden wird. Lässt sich eine solche aber nicht finden, und besteht in der Mamma eine Geschwulst zweifelhafter Natur, so weisen die angeschwollenen Achseldrüsen entschieden darauf hin, dass diese krebsig sei.

3) Die überwiegende Häufigkeit des Krebses in der Brustdrüse erweckt bei jeder zweifelhaften Geschwulst in diesem Organe das Vorurtheil, es sei Krebs. Lässt sich nicht beweisen, dass die Geschwulst kein Krebs sei, so ist man auf Grund dieser Wahrscheinlichkeitsrechnung berechtigt sie für krebsig zu erklären.

4) Das Recidiv der Geschwulst nach operativer Entfernung derselben, sei es an Ort und Stelle oder in einem anderen Organe (den Lymphdrüsen der Achselhöhle, im Uterus u. s. f.), klärt die krebsige Natur einer zweifelhaften Geschwulst auf.

[1]) |Vgl. die Note 2, zu p. 587 des II. Bandes.|

Tritt das Recidiv an der ursprünglichen Stelle des Uebels hervor, so sucht man es häufig aus der nicht hinreichend sorgfältig vorgenommenen Exstirpation zu erklären. [Es unterliegt keinem Zweifel, dass in der Umgegend grosser Carcinome häufig genug microscopische Krebsknötchen (im benachbarten Bindegewebe) bereits bestehen, deren Diagnose nur an ausgeschnittenen Stücken mit Hülfe des Microscopes möglich ist. Soweit kann das Gerede, ein Krebs sei recidivirt, weil er nicht gründlich genug exstirpirt worden sei, wirklich einen Grund, wenngleich einen microscopischen haben. Aber die Fälle, wo ein, wenn auch noch so unerfahrener, Operateur geradezu ein Stück der Geschwulst bei einer Exstirpation der Brustdrüse zurücklassen sollte, sind gewiss unerhört selten. Man wird daher mit Recht gerade nach der Exstirpation der verhältnissmässig so leicht auszuschälenden Brustdrüse auch das locale Recidiv als einen Beweis für die krebsige Natur der Geschwulst zu betrachten haben.]

[Uebrigens wird man einer solchen Beweisführung nach der Exstirpation einer Geschwulst selten bedürfen, da alsdann die Diagnose durch die anatomische Untersuchung festgestellt werden kann (Vgl. Band I. p. 395). Von gleichem Werth mit dem Recidiv ist für die Diagnose das Auftreten von Geschwülsten in anderen Organen (sogen. secundäre Krebse). Eine Neubildung, welche sich in beiden Brüsten zugleich entwickelt, ist immer mit grösster Wahrscheinlichkeit als gutartig zu deuten. Findet sich aber neben einer Brustdrüsengeschwulst eine verdächtige Erkrankung des Uterus oder ein zweifelhafter Knochentumor, so steigert sich die Wahrscheinlichkeit der krebsigen Natur bedeutend.]

5) Erblichkeit. Sind in der Familie der Leidenden, namentlich bei den Eltern oder Grosseltern (genau erweislich) Fälle von Krebs vorgekommen; so wird dadurch die krebsige Natur einer zweifelhaften Geschwulst der Brustdrüse höchst wahrscheinlich. [Jedoch fehlt es bisher an einem Nachweis, dass ein solches erbliches Verhalten auch zwischen dem Epithelialkrebs (z. B. der Lippe) oder dem Colloid-Krebs (z. B. des Mastdarms) einerseits, und dem gewöhnlichen Scirrhus oder Fungus der Mamma andrerseits statthabe, und die meisten Brustkrebse sieht man bei Frauen nichtkrebsiger Abkunft.]

Zur weiteren Erläuterung der Diagnose fassen wir hier die Bemerkungen von Bérard über diejenigen Geschwülste, welche mit dem Krebs der Brustdrüse verwechselt werden können, im Auszuge folgen (Vgl. die Abhandlung von Aug. Bérard *Diagnostic différentiel des tumeurs des mamelles. Thèse de concours* 1842).

1) Zur Zeit der Menstruation, namentlich wenn eine Störung derselben eintritt, schwillt nicht selten die eine Brust etwas stärker an, als die andere und wird schmerzhaft. Zuweilen entwickelt sich auch einige Härte, die durch oft wiederholte Untersuchung zunimmt; sich selbst überlassen, verschwindet sie aber in den nächsten Wochen und kehrt keineswegs zur Zeit der nächsten Menstruation immer wieder; jedenfalls ist sie nicht bleibend und wächst nicht stetig weiter. Ein

herumziehender Operateur soll durch sein Krebsgeschrei die Mehrzahl der Frauen von Besançon dahin gebracht haben, dass sie Krebsknoten in ihren Brüsten entdeckten, welche unzweifelhaft in der eben angegebenen Weise zu deuten sind. Bei Gichtischen entstehen nicht ganz selten harte Knoten in der Brustdrüse, welche mit einer Schwellung oder Schmerzhaftigkeit der Gelenke alternirend auftreten und verschwinden.

2) Die sogenannte irritable Geschwulst Cooper's (vgl. p. 549) könnte wegen der damit verknüpften Schmerzen zur Annahme eines Scirrhus verleiten. Solche Geschwülste bleiben aber Jahre lang stationär, treten gewöhnlich an mehreren Stellen der Brust zugleich auf, finden sich bei jugendlichen Individuen und bei übrigens ungestörtem Wohlbefinden und sind, wenn auch noch so schmerzhaft, doch niemals von Schwellung der Achseldrüsen begleitet.

3) Die Hypertrophie der Brustdrüse (vgl. p. 552) tritt bei jugendlichen Individuen auf, ist deutlich gelappt, lässt sich nicht bloss unter der Haut verschieben, sondern auch von der übrigen Drüse abheben, macht zuweilen Rückschritte in ihrer Entwickelung und kann sogar gänzlich verschwinden.

4) [Die im *Cystosarcoma mammae* oft vorwiegend entwickelten Cysten, ebenso wie die isolirt auftretenden, werden überdies, wenn sie der Oberfläche nahe genug liegen, an der Fluctuation erkannt werden. Letztere findet sich auch im Cystocarcinom, aber wenn die Cysten eines Krebses sich zu bedeutender Grösse entwickelt haben, dann fehlen auch die übrigen characteristischen Symptome des Krebses niemals.] Das Gewebe des Markschwamms kann auch, ohne Hohlräume zu enthalten, ein täuschendes Gefühl der Fluctuation gewähren. Dies wird aber an der Mamma nur dann möglich sein, wenn ein einzelner Fungusknoten sehr oberflächlich liegt, oder wenn die ganze Brustdrüse eine grosse Fungusmasse darstellt. In beiden Fällen wird die Diagnose aber auch anderweitig schon gesichert sein.

5) Die Veränderungen, welche die Mamma im höheren Alter erfährt, indem sie einschrumpft, hart und höckerig wird, könnten zur Annahme eines Krebses verleiten, wenn man sich bei der Untersuchung der einen Brustdrüse begnügte. Findet man beide in gleicher Weise verändert, so ist die Sache damit erledigt, denn gleichzeitige und gleichmässige Entwickelung von Krebsknoten in beiden Brustdrüsen ist unerhört. Schwierigkeiten könnten entstehen, wenn durch einen Bildungsfehler oder in Folge einer früheren Operation die eine Mamma fehlte. Aber auch dann würde die Gleichmässigkeit der Härte und ihre Verbreitung auf alle Lappen der Drüse die senile Atrophie erkennen lassen, während beim Krebs nur einzelne Theile des Organs hart, höckerig und geschwollen sind.

6) Narben in der Tiefe der Mamma, welche nach einer acuten Entzündung und Eiterung zurückgeblieben sind, oder Verhärtungen, die durch eine chronische Entzündung veranlasst werden, könnten möglicher Weise täuschen. Hier ist eine genaue Anamnese von grosser Wichtigkeit. Fehlen deutliche Entzündungserscheinungen (bei chronischem Verlauf), so ist eine Verwechselung mit Krebs möglich. Wahrscheinlich gehören hierher die Fälle, in denen man durch Blutentziehungen, zertheilende Salben und Compression den Krebs geheilt zu haben glaubt. Gerade der Erfolg einer solchen Behandlung liefert den Beweis, dass es sich nicht um Krebs handelte.

7) Die berühmtesten Irrthümer werden in Betreff der chronischen Abscesse erzählt. Indem man sie für Krebsgeschwülste hielt, hat man sogar die-

Brustdrüse exstirpirt. Genaue Untersuchung der Entstehungsgeschichte und sorgfältige Erforschung einer, vielleicht nur ganz tief fühlbaren, Fluctuation müssen die Diagnose sichern. Bleibt dann noch ein Zweifel, so hat man eine Probe-Punction zu machen. Fälle der Art, in denen erst der Probe-Troicart die Entscheidung geliefert hat, sind in grösserer Menge bekannt und die Betheiligten waren keineswegs Anfänger. So wollten Marjolin und Laugier schon zur Amputation der Mamma schreiten, als der letztere in der Tiefe Fluctuation zu entdecken glaubte; der Probe-Troicart liess einen eingekapselten Abscess entdecken, der durch Incision geheilt wurde. Aehnlich erging es Johnson.

Prognose und Behandlung der Geschwülste der Brustdrüse.

Geschwülste, welche mit Flüssigkeit gefüllt sind, sind niemals bösartig, feste Geschwülste dagegen gewöhnlich. Deutliche Fluctuation in der ganzen Ausdehnung der Geschwulst lässt somit eine gute Prognose stellen. Unter den festen, harten Geschwülsten sind aber viele wieder entschieden gutartig: die Hypertrophieen mit Einschluss des Cystosarcoms, das Enchondrom.

Die Behandlung kann nur bei den gutartigen Geschwülsten auf einen sicheren Erfolg rechnen. Gegen diese erweisen sich alle die gegen den Brustkrebs empfohlenen Mittel in der That oft wirksam; so namentlich topische Blutentziehungen, zertheilende Salben, Jod, Cicuta, Arsenik. Aber man kommt selbst bei den gutartigsten Geschwülsten der Brust mit diesen pharmaceutischen Mitteln nicht immer aus, und gegen den Krebs sind sie ganz machtlos. Zuweilen gewinnt es den Anschein, als würde selbst eine entschieden krebsige Geschwulst unter Anwendung der Hungercur, des Arseniks, des Jod, Brom etc. wirklich rückgängig. Dies beruht aber, abgesehen von den falschen Diagnosen, doch nur auf einer Täuschung: das Fettgewebe schwindet unter der eingeleiteten Behandlung und dadurch erscheint der Krebsknoten kleiner. [Setzt man aber den Gebrauch stark eingreifender schwächender Mittel oder eine sogenannte Hungercur längere Zeit fort, so schadet man dem Kranken, statt ihm zu nützen. Mit dem Sinken der Kräfte schreitet das Wachsthum des Krebses nur desto rüstiger fort.]

Die chirurgischen Mittel sind: I. Die andauernde Compression; II. Die Zerstörung oder Entfernung entweder a) der Geschwulst allein oder b) der ganzen Brust.

Die Compression, in neuerer Zeit, namentlich von Récamier und Lisfranc auch zur Heilung des Krebses empfohlen, kann hier wie an anderen Körpertheilen die Resorption in infiltrirten Theilen, namentlich also die Heilung von Härten, welche nach Entzündungen zurückgeblieben sind, vielleicht auch diejenige der Drüsenhypertrophie begünstigen; gegen den Krebs aber vermag sie durchaus nichts.

Velpeau (*Diction. de médec. en 30 Volumes. Article: Mamelle*) sagt hierüber folgendes: „Nach meinen anderweitigen Erfahrungen über die Wirkung der methodischen Compression wäre ich sehr geneigt gewesen, dies Hülfsmittel auch zur Behandlung des Krebses in Anwendung zu ziehen, zu welchem Behufe es früher schon Young (*New mode of pression* Lond. 1818), im Widerspruch mit den von C. Bell vertretenen Wundärzten des Middlesex-Hospital empfohlen hatte, und welches in neuerer Zeit Récamier (*Recherch. sur le traitement du cancer*) aus der Vergessenheit wieder hervorzuziehen sich bemüht; aber die zahlreichen Versuche, die ich damit gemacht habe, konnten die von Seiten der Theorie schon hinreichend begründete Ueberzeugung nur verstärken, dass die Compression bei Krebsgeschwülsten eher schädlich als nützlich ist."

Die locale Zerstörung oder Entfernung führt bei gutartigen Geschwülsten sicher zum Ziele, während beim Krebs auch die radicalste mit Messer und Feuer die Möglichkeit des Recidivs nicht ausschliesst. Gutartige Geschwülste der Brust können sogar, wenn sie sich nicht auf einen allzu grossen Theil des Organs erstrecken, mit Schonung der übrigen Drüse exstirpirt werden. Cysten hat man wiederholt auch durch blosse Spaltung mit nachfolgendem Einlegen von Charpie, durch Injection von Jodtinctur und ähnlichen Reizmitteln zum Verschluss gebracht. Jedoch führt die Exstirpation auch bei diesen sicherer und mindestens ebenso schnell zum Ziele.

Beim Krebs der Brustdrüse aber tritt uns vor Allem die bereits im Allgemeinen, Bd. I. p. 485 u. 491, erörterte Frage entgegen: soll überhaupt operirt werden, oder nicht?

Es giebt Fälle, in denen operirt werden muss. Wenn aus einem aufgebrochenen Carcinom Blutungen bis zu lebensgefährlicher Erschöpfung eintreten, so giebt es kein anderes Mittel, sie sicher zu stillen, als die Exstirpation der Mamma. Man hat in solchen Fällen oft die Freude, solche Patienten noch für eine Reihe von Jahren zum vollen Wohlbefinden und in ihre alte Thätigkeit zurückkehren zu sehen, während sie ohne die Operation höchstens noch Wochen zu leben gehabt hätten. In der grossen Mehrzahl der Fälle aber liegt eine solche dringliche Indication nicht vor; es sind dann bei der Abwägung des Für und Wider die bereits Bd. I. p. 491 u. 492 aufgestellten Gesichtspunkte maassgebend.

In Betreff der grösseren Wahrscheinlichkeit eines baldigen Recidivs und somit der besseren oder schlechteren Prognose, welche man der zu unternehmenden Operation stellen kann, sind folgende Verhältnisse von Wichtigkeit. Ist die Kranke jung, die Menstruation regelmässig, die Entwickelung des Krebses von einer äusseren Veranlassung abzuleiten (?), in der Familie der Kranken der Krebs nicht erblich, die Grösse der Geschwulst nicht übermässig [wobei nicht zu vergessen, dass Krebsgeschwülste in der Regel nicht sehr gross sind], die Geschwulst ferner in der Tiefe nicht fest geheftet, keine Schwellung der Achseldrüsen, das Fettgewebe in der Umgebung der Brust nicht übermässig entwickelt; so sind die Aussichten günstig. Aber keineswegs lässt sich auf diesem schwankenden Gebiete behaupten, dass unter den vorgenannten Bedingungen das Recidiv gänzlich oder auch nur lange Zeit ausbleiben müsse, und ebenso irrig wäre es zu glauben, dass unter den gegentheiligen Verhältnissen die Operation niemals einen günstigen Erfolg haben könnte. Es soll deshalb hier auf die einzelnen Bedingungen noch näher eingegangen werden. Eine Frau, mit einer alten grossen Krebsgeschwulst in der Mamma, welche sich den klimakterischen Jahren nähert und bereits an Menstrualstörungen leidet, sollte man nicht operiren, namentlich nicht, wenn ausser der Brust auch die Achseldrüsen schon ergriffen sind und erstere ulcerirt ist. Jede dieser Bedingungen für sich genommen, schliesst die Operation nicht aus, ebensowenig wie die steinharte Beschaffenheit, die Abflachung der Mamma, die Einziehung der Brustwarze, die Erblichkeit des Uebels. Sehr bedeutende Anschwellung der Achseldrüsen, so dass ihre Exstirpation die grossen Gefässe gefährden würde, ist für Viele ein Grund die Operation nicht zu unternehmen; aber in manchem Falle musste man mit dem Messer bis dicht an's Schultergelenk vordringen und die Axillargefässe blosslegen, um alle erkrankten Drüsen zu entfernen, und doch liess das Recidiv vier Jahre und länger auf sich warten. Einige Chirurgen sind sogar der Ansicht, dass man die geschwollenen Lymphdrüsen nicht immer für krebskrank zu halten, sondern die Resorption des in ihnen abgelagerten indifferenten Blastems zu erwarten habe, wenn nur die Krebsgeschwulst selbst entfernt werde.

[Fälle, in denen dies geschah, hat namentlich Schuh aufgeführt. Sie dürften im Ganzen sehr selten sein. Unter 50 Carcinomen der Mamma habe ich nur einmal eine solche Beobachtung machen können, in welcher es sich übrigens nicht um die Achseldrüsen (die mit der Mamma zugleich exstirpirt worden), sondern um einige haselnussgrosse Lymphdrüsen der *Regio supraclavicularis* handelte.]

Wenn der Krebs bereits aufgebrochen ist, so halten dies Viele für einen Grund nicht zu operiren. Andere haben auch in solchen Fällen noch einen glücklichen Erfolg d. h. jahrelanges Ausbleiben der Recidive beobachtet.

Ein solcher Fall wird schon von L e c a t erwähnt. Derselbe ist desto beweisender, weil der Krebs sich gleichzeitig bis zu den Rippen erstreckte. [Aehnliche Beobachtungen haben sich in neuerer Zeit mehrfach wiederholt und gerade bei aufgebrochenem Krebs kann, wie oben erwähnt wurde, eine dringende Indication zum Operiren durch die Blutung gegeben werden.]

Als einen Grund gegen die Operation betrachtet man ferner das gleichzeitige Bestehen mehrerer Krebsgeschwülste an demselben Individuum. Hier sind nicht die Anschwellungen der regionären Lymphdrüsen gemeint, von denen bereits oben die Rede war, sondern die in verschiedenen, nicht durch die Lymphgefässe mit einander in Verbindung gesetzten Organen, gleichzeitig auftretenden Krebsgeschwülste. Unzweifelhaft ist unter solchen Verhältnissen die Prognose viel schlechter, als wenn blos e i n e Geschwulst besteht.

Jedoch liegen Beobachtungen vor, in denen beide Brüste zugleich mit günstigem Erfolge exstirpirt wurden (F o u b e r t), [wobei aber der Mangel eines genauen anatomischen Nachweises die Vermuthung zulässt, dass nur eine Mamma oder vielleicht keine von beiden carcinomatös war, denn gleichzeitiges Carcinom beider Brustdrüsen ist, wie bereits erwähnt wurde, etwas unerhört Seltenes.]

Festheftungen der Geschwulst, sei es an der Haut oder an den unterliegenden Muskeln, machen die Prognose stets beträchtlich ungünstiger.

Namentlich steigt die sonst kaum in Anschlag zu bringende Gefährlichkeit der Operation, wenn die Ausbreitung des Krebses in der Tiefe bis zu den Rippen vorzudringen oder gar diese mit zu entfernen nöthigte.

[Die Mortalität nach der *Exstirpatio mammae* ist höchstens auf 1 zu 6 anzuschlagen. Bringt man die Fälle in Rechnung, wo die Mamma a l l e i n (ohne Achseldrüsen und ohne Stücke des *Pectoralis major*) entfernt wurde, so muss ein Todesfall geradezu als Seltenheit betrachtet werden. D i e ü b e l e n Z u f ä l l e, welche den Tod zur Folge haben könnten, sind: *Pleuritis*, *Phlegmone diffusa*, *Erysipelas ambulans*, *Lymphangitis*, *Pyaemie*, acute Krebsablagerung in inneren Organen. Manche Pleuritis mag auf Rechnung der acuten Krebsablagerung in den Lungen kommen.]

Im Allgemeinen müssen wir immer wieder darauf zurückkommen: das Recidiv ist die Regel, dauernde Heilung oder auch nur Heilung auf 5—10 Jahre sind Ausnahmen. Bei der Frage über das Recidiv des Brustkrebses müssen natürlich alle diejenigen

Fälle ausgeschieden werden, in denen nicht die ganze Mamma entfernt worden ist, oder in denen man geschwollene Achseldrüsen, in der Hoffnung sie seien nicht krebsig, zurückgelassen hat. In solchen Fällen handelt es sich nicht um ein Recidiv, sondern um eine weitere Entwicklung der bereits bestehenden Local-Erkrankung. Aber auch mit Ausschluss dieser Fälle bleibt die Zahl der Recidive noch immer nicht viel geringer als die Zahl der Operationen. Man hat auf statistischem Wege das Verhältniss der Recidive festzustellen gesucht; dadurch sind, wie das oft geschieht, ganz entgegengesetzte Resultate von verschiedenen Beobachtern erlangt worden.

So behauptet Monro, dass von 60 Patienten, die er operirte, nur 4 Recidive dargeboten haben sollen, während Mac Farlane 30 von ihm selbst und 85 von befreundeten Aerzten ausgeführte Operationen zusammenstellt, unter denen keine einzige dauernde Heilung bewirkte. [Velpeau führt in seinem grossen Werke über die Krankheiten der Brustdrüse (*Traité des maladies du sein.* Paris 1854) 185 Fälle auf, in welchen er operirte, und darunter 7, in denen nach Verlauf von 5 bis 20 Jahren noch kein Recidiv aufgetreten war. Mit Recht macht aber Velpeau darauf aufmerksam, dass man die meisten Operirten aus dem Gesicht verliert, und dass in Betreff derjenigen, von welchen man später nichts mehr erfährt, ebensowenig behauptet werden darf, sie seien dem Recidiv verfallen, als, sie seien radikal geheilt worden. — Ich habe unter 23 Kranken, welche in Greifswald von mir operirt worden sind, sechzehn nicht aus dem Gesicht verloren, darunter zwei, bei denen das Recidiv nun schon beinahe 5 Jahr auf sich warten lässt.]

Von manchen Seiten ist behauptet worden, dass die nach Exstirpation der Mamma auftretenden Krebsrecidive im Allgemeinen einen schnelleren Verlauf hätten und somit auch schneller zum Tode führten, als das ursprüngliche Uebel es gethan haben würde, wenn man nicht operirt hätte. Diese Ansicht hat grosse Autoritäten dahin geführt, überhaupt jeden operativen Eingriff beim Krebs zu verwerfen.

Das lehrte schon Hippokrates, dann Celsus, Galen, und fast jedes Jahrhundert hat bedeutende Repräsentanten für diese Ansicht aufzuweisen; unter den Neueren wollen wir nur Boyer erwähnen, der (nebenbei gesagt) trotz dieser von ihm mündlich und schriftlich vertheidigten Lehre sehr häufig krebskranke Brüste operirt hat.

Die Resultate sind in dieser Beziehung offenbar verschieden, je nachdem man wegen eines Markschwamms oder wegen eines Scirrhus operirt hat. Im ersteren Falle treten die Recidive häufig schon auf, bevor noch die Operationswunde vernarbt ist. Im zweiten dauert es in der Regel längere Zeit; es zeigt sich sogar eine Verschiedenheit je nach dem Entwicklungsstadium, auf dem der Scirrhus sich befand; das Recidiv folgt später nach Exstirpation eines erst seit Kurzem bestehenden Krebsknotens, früher dagegen, wenn bereits Erweichung eingetreten war. Somit ist es wahrscheinlich, dass die Recidive ungefähr nach ebenso langer Zeit auftreten, als erforderlich gewesen wäre, um auch ohne Intercurrenz der Operation secundäre Krebse zur Entwicklung kommen zu lassen. Endlich zeigt sich auch in Bezug auf die Localität des Recidivs eine gewisse Differenz, je nachdem die Mamma scirrhös oder fungös entartet war. Nach der Operation eines Scirrhus kehrt das Uebel am häufigsten an derselben Stelle, d. h. also in der Narbe wieder. Nach der Entfernung einer fungösen Brust dagegen sind die Recidive häufiger in der Achselhöhle, in der andern Brust [1]) oder in inneren Organen.

Das locale Recidiv ist begreiflicher Weise desto mehr zu fürchten, je weniger sorgfältig und je weniger ausgiebig die Schnitte geführt worden sind. |Uebrigens aber sind alle die oben gemachten Bemerkungen über die Differenzen der Recidive bei Scirrhus und bei Fungus um so weniger streng aufzufassen, als bekanntlich diese beiden Arten des Krebses vielfach in einander übergehen, so dass nicht blos auf den Scirrhus ganz gewöhnlich Fungus als Recidiv (namentlich in den Achseldrüsen) folgt, sondern auch zum ursprünglichen Scirrhus sich häufig Fungusknoten hinzugesellen und in manchen Fällen von Brustkrebs endlich sich gar nicht entscheiden lässt, ob die Geschwulst mehr auf den Namen Scirrhus oder mehr auf die Bezeichnung Fungus Anspruch habe (Vgl. Bd. I. p. 506).|

Verfahren bei der Exstirpation der Brustdrüse.

|Die sichelförmigen Messer und Klemmen, mit denen man früher die Brustdrüse amputirte, und die zum Festhalten des abzuschneidenden Organs angegebenen Gabeln sind längst einer verdienten Vergessenheit verfallen. Man sucht die Amputation der Brustdrüse in der Weise, wie sie früher verrichtet wurde, überhaupt zu vermeiden. Statt ihrer wird die Exstirpation ausgeführt, welche sich von jener dadurch unterscheidet, dass man möglichst viel Haut zu schonen sucht, während man bei der Amputation die erkrankte Brust sammt der sie bedeckenden Haut mit ein oder zwei grossen Zügen an ihrer Basis abtrug.|

[1]) [Recidive in der andern Brust habe ich unter meinen 23 Fällen nicht gesehen. Velpeau führt unter 185 Fällen 3 auf.|

Soll man die Kranke sitzen oder liegen lassen? |Ganz abgesehen davon, dass für die Anwendung des Chloroforms die liegende Stellung vorzuziehen ist, muss diese auch, wegen der grösseren Bequemlichkeit, welche sie für die Kranke, wie für den Operateur darbietet, bevorzugt werden.|

|Dupuytren soll stets die sitzende Stellung der Kranken gewünscht haben, damit seine Zuhörer besser sehen könnten; ich würde zu demselben Behuf, abgesehen von allen anderen Rücksichten, gerade der liegenden Stellung den Vorzug geben.|

Der Arm der kranken Seite wird emporgehoben und fixirt, die Haut theils durch die linke Hand des Operateurs, theils durch einen Gehülfen gespannt, welcher letztere zugleich mit der Compression der während der Operation spritzenden Gefässe beauftragt wird. Die Richtung der beiden Schnitte, mit denen man die Warze umgeht, ist schräg, ungefähr der Richtung des unteren Randes des *Pectoralis major* entsprechend. Der eine Wundwinkel ist also nach Innen und Unten gerichtet, der andere gegen die Achselhöhle hin, so dass man von diesem letzteren aus die Wunde durch einen einfachen Schnitt leicht erweitern kann, um geschwollene Achseldrüsen zu entfernen. Liegen letztere jedoch in einiger Entfernung von der Mamma, so ist es besser, ihre Exstirpation von einem oder mehreren besonderen Einschnitten aus vorzunehmen. Die Grösse des Ovals, welches von den beiden elliptischen Hautschnitten eingeschlossen wird, und somit die Grösse des zu entfernenden Hautstücks, ist einerseits abhängig von der Ausdehnung der Erkrankung resp. der Verwachsungen mit der Haut selbst, andererseits von der Grösse der Geschwulst. Bei aufgebrochenen Carcinomen ist man genöthigt, ein sehr grosses Stück der bedeckenden Haut zu entfernen, wenn man auch noch so sehr wünscht, wenigstens einen Theil davon erhalten zu können, um die Möglichkeit der ersten Vereinigung herbeizuführen; bei sehr grossen Geschwülsten dagegen muss man ein Stück Haut absichtlich fortschneiden, um eine genaue Vereinigung bewirken und die Entwickelung von Eitertaschen verhüten zu können. Die beiden Incisionen können dreist bis durch den *Panniculus adiposus* mit einem Zuge geführt werden, die untere zuerst, da man durch das ausströmende Blut gestört werden würde, wenn man sie erst nach der oberen machen wollte.

|Diese Vorschrift hat jedoch, wenn man die Kranke liegen lässt, eine geringere Bedeutung. Ebensowenig ist an der Regel festzuhalten, dass man die Schnitte immer von der Achselhöhle aus beginnen solle; bei der Exstirpation der linken Mamma würde dies für die Meisten sehr unbequem sein.|

Wurden die elliptischen Hautschnitte nahe an der Grenze der Mamma geführt, so kann man dieselbe gleich darauf mit einer Hakenzange hervorziehen und demnächst mit grossen Zügen vom *Pectoralis major* ablösen. Lässt sich dagegen ein grösseres Hautstück schonen und wurden daher die beiden Incisionen näher aneinander gerückt, so muss man zunächst die zu erhaltende Haut über der Brustdrüse sorgfältig nebst dem ihr anhängenden Fettgewebe ablösen, wobei man die Mamma nach der entgegengesetzten Seite ziehen lässt, die Haut aber selbst mit den Fingern oder mit einer (nicht quetschenden) Hakenpincette spannt und emporhebt. Ist auf diese Weise der Rand der Drüse rings herum frei geworden, so geschieht dann die Ablösung der Mamma selbst in der vorhin bezeichneten Weise. Dieser Theil der Operation bietet zuweilen, wenn das Carcinom an der hintern Fläche der Mamma begrenzt ist, weiter keine Schwierigkeiten dar, als die provisorische Stillung der aus den durchschnittenen Arterien stattfindenden Blutung, welche entweder durch die Finger des Gehülfen oder durch das Aufsetzen von *Serres fines* (oder Arterienpincetten) geschieht. Wenn ein geübter Gehülfe fehlt oder die Blutung mit allzugrosser Heftigkeit auftritt, mag es gestattet sein, die Operation selbst zu unterbrechen und erst die Unterbindung des blutenden Gefässes vorzunehmen. Hat der Krebs sich aber über die Brustdrüse hinaus nach hinten entwickelt, so kann die Ablösung oder vielmehr Ausschälung der erkrankten Gewebe aus dem Gesunden zu den allerschwierigsten Aufgaben gehören. Alsdann handelt es sich um eine dem Messer gleichsam Schritt für Schritt vorausgehende und andrerseits seine Thätigkeit auch wieder controlirende minutiöse Diagnose. Nicht blos die beim Zufühlen mit dem Zeigefinger an ihrer härteren Consistenz leicht zu erkennenden grössern Krebsmassen und Krebsknoten müssen sorgfältig umgrenzt und ausgeschält werden, sondern auch die kleinen oft kaum die Grösse einer Erbse erreichenden Knötchen, die im Bindegewebe und zwischen den Muskelfasern zerstreut und gleichsam eingesprengt angetroffen werden. In solchen Fällen wünschte man dann oft mit der einen Hand das Messer und mit der anderen das Microscop handhaben zu können, um für die Ausdehnung der Operation eine sichere diagnostische Basis zu gewinnen. Kleinere und grössere Stücke des *Pectoralis major* kann man unbedenklich ausschneiden, ja man hat keinen Anstand genommen, den ganzen Muskel fortzuschneiden und die Rippen nicht allein blosszulegen und abzuschaben, sondern sogar in grosser Ausdehnung wegzunehmen, um das Carcinom radical zu entfernen. Richerand hat dies radicale Verfahren soweit ausgedehnt, dass er einmal das Herz blosslegte. Ein besonnener Operateur wird in Fällen, welche die Nothwendigkeit einer so weit greifenden Operation voraussehen lassen, namentlich also in allen den Fällen, wo die carcinomatöse Mamma den Rippen unbeweglich fest aufgelöthet ist, gewiss mit Recht jedes operativen Eingriffs sich enthalten. Im Gegensatz zu dem hier gerügten Uebermass wäre es aber gleichfalls verwerflich, wenn man beim Carcinom der Mamma sich jemals mit dem Ausschneiden eines Theils der Drüse begnügen wollte.

Nach Beendigung der Operation werden alle vorher comprimirten oder noch blutenden Gefässe sorgfältig unterbunden. Wenn die Hautränder sich ohne Zerrung aneinander legen lassen, so hat man stets die Vereinigung durch *Prima intentio* zu versuchen. Gewöhnlich gelingt sie nicht in der ganzen Ausdehnung, aber doch in einem grossen Theile der Wunde. Das bequemste Vereinigungsmittel sind hier, wenn der der Haut adhärirende Panniculus nicht allzudick ist, die *Serres fines.* Allerdings kommt man aber mit Nähten und Heftpflasterstreifen ebenso gut aus und kann sich bei Patienten, welche voraussichtlich recht ruhig liegen werden, sogar mit letzteren begnügen, nur müssen sie dann recht lang sein und vom Rücken her quer gegen die Wunde angelegt werden. Immer muss man, um die bei Bewegungen des Arms eintretenden Zerrungen der Wunde zu verhüten, die entsprechende obere Extremität in halbgebeugter Stellung mittelst eines grossen Tuches (Mitella) am Rumpfe befestigen, so dass der Vorderarm und die Hand quer über die Herzgrube zu liegen kommen. Die Patienten selbst merken recht wohl, wenn es Zeit ist, dem Arme wieder einige Bewegungen zu gestatten.

War der Hautverlust zu bedeutend, um die Wundränder ohne Zerrung zu vereinigen, so kann man entweder durch eine plastische Operation die Lücke auszufüllen suchen, oder von vorn herein den gewöhnlichen Verband eiternder Wunden anwenden. Von der Transplantation eines breit gestielten Lappens oder der Hautverschiebung (Vgl. Bd. I. p. 354) erwarten Manche sogar einen besonders günstigen Einfluss auf die Verhütung des Recidivs. Dies ist jedoch ein ungegründeter Glaube; vielmehr beschränkt sich der Nutzen dieser weiteren operativen Eingriffe auf die Verhütung einer allzu langwierigen Eiterung. Auch dieser Zweck aber wird bei weitem nicht immer erreicht und man macht deshalb heut zu Tage nur noch selten von plastischen Operationen nach der *Exstirpatio mammae* Gebrauch.

|Die **Exstirpation der Achseldrüsen** schliesst sich so häufig an die Exstirpation der carcinomatösen Mamma an, dass wir hier schon, vorgreifend, das Wesentlichste darüber bemerken müssen. Die Incision geschieht in der Richtung des Randes des *Pectoralis major* und je nach dem Sitze der Geschwulst bald mehr in der Nähe dieses Muskels, bald in der Nähe des *Latissimus dorsi*. Der Arm wird während der ganzen Operation durch einen zuverlässigen Gehülfen stark erhoben gehalten, wobei einerseits für sicheres Fixiren zu sorgen ist, andrerseits aber die Entstehung einer Luxation zu verhüten ist. Man incidirt zunächst gerade auf die zu entfernenden Geschwülste, spaltet die sie bedeckende Fascie in grosser Ausdehnung, löst die Verbindungen zwischen ihnen und dem Thorax zuerst und schält sie, während mit einer Hakenzange die Hervorziehung besorgt wird, allmälig immer weiter aus dem sie umgebenden Bindegewebe heraus. Das Vordri[illegible] von der Seite des Thorax her ist sicherer; auf der S[illegible] liegen die grossen Gefässe. Bei dem Ausschälen [illegible] quete werden die Aeste der *Arteria thoracica lon*[illegible] dieses Gefäss selbst unwiderbringlich durchschnitten. [illegible] den Adern werden sogleich hervorgezogen und [illegible] kennt man eine Arterie vor ihrer Durchschneidung (was [illegible] einiger Uebung gewöhnlich gelingt), so umsticht man sie vorher oder fasst sie mit einer Arterienpincette, um gleich nach der Durchschneidung die Unterbindung ausführen zu können.|

|Die tiefer liegenden Geschwülste lassen sich in der Regel schneller mit einer Hohlscheere, als mit dem Messer herausschälen. Dringt man bis in die nächste Nähe der Axillargefässe vor, so muss die Verletzung der Vene mindestens ebenso sorgfältig als diejenige der *Arteria axillaris* vermieden werden. Um nicht durch eine unangenehme Blutung aus kurzen, unmittelbar aus der Axillaris entspringenden Aesten überrascht zu werden, thut man wohl, sobald man bis zur angegebenen Tiefe vorgedrungen ist, die zu den angeschwollenen Drüsen tretenden Gefässe, wenn auch *en masse*, zu unterbinden und die Drüsen selbst vor der Ligatur abzuschneiden. In dieser Tiefe ist denn auch der Gebrauch der Fingernägel oder anderweitiger stumpfer Instrumente, mit denen man die Drüsen mehr herausreisst als herausschält, vollkommen gerechtfertigt. Die Unregelmässigkeit der nach der Exstirpation der carcinomatösen Achseldrüsen zurückbleibenden Wunden gestattet nur selten

die erste Vereinigung. Es gewährt keinen Vortheil Nähte anzulegen. Man füllt vielmehr die Achselhöhle, aber nicht die Wunde, mit loser Charpie, legt den Arm mit Hülfe einer Mitella dicht an den Leib und lässt späterhin die gewöhnliche Behandlung der eiternden Wunden folgen. Die Heilung erfolgt fast immer mit überraschender Schnelligkeit, jedoch entwickelt sich in manchen Fällen eine auf den Oberarm übergreifende Phlegmone, eine sogenannte Eitersenkung nach dem Arm, zu deren Beseitigung eine oder mehrere Incisionen an der inneren, vorderen oder hinteren Fläche des Armes erforderlich werden. Sehr selten sieht man solche Phlegmonen folgen, wenn blos die Mamma exstirpirt ist. Ueber heftige Schmerzen im ganzen Arm klagen aber fast alle Patientinnen nach der *Exstirpatio mammae*, wenn auch die Achselhöhle ganz unberührt blieb.]

Verfahren bei der Exstirpation von Geschwülsten aus der Brustdrüse. Partielle Exstirpation.

Nur entschieden gutartige Geschwülste dürfen, wie bereits bemerkt, mit Zurücklassung eines Theils der Brustdrüse exstirpirt werden. Die Richtung und Art der Schnitte wird hierbei wesentlich durch die Grösse, den Sitz und die Beschaffenheit der Geschwulst bestimmt. Die nach einer solchen partiellen Exstirpation zurückbleibende Wundhöhle ist in der Regel für die Heilung durch *Prima intentio* nicht günstig gestaltet. Es ist deshalb, mit Ausnahme weniger Fälle, ihre Füllung mit Charpie zu empfehlen. Dadurch wird zugleich die Blutung aus den zwar kleinen, aber gewöhnlich zahlreichen Gefässen gestillt. Man wechselt den Verband erst, wenn er durch Eiterung gelöst ist, und wiederholt ihn dann in derselben Weise. Dabei ist sorgfältig darauf zu achten, dass keine alte Charpie in der Tiefe der Wunde zurückbleibt, wodurch sonst noch nachträglicher Wiederaufbruch, viele Wochen nach scheinbarer Heilung der Wunde, veranlasst wird.

Kauterisation der Brustdrüsengeschwülste.

[Zu allen Zeiten wiederholt sich die Erfahrung, dass die unsinnigsten und grausamsten Mittel, wenn sie von einzelnen Aerzten mit wirklichem oder simulirtem Selbstvertrauen nur laut genug angepriesen werden, sich für einige Zeit den Beifall eines grossen Theils des Publicums erwerben. So ist es auch mit der Kauterisation der Mamma ergangen. Im Mittelalter wandte man sie aus Furcht vor der Blutung an. Heutzutage hat man sich von einem herumziehenden Heilkünstler aufbinden lassen, dass die Qualität des Aetzmittels (Chlorbrom etc.) einen besonderen Einfluss auf die Verhütung des Recidivs ausübe. Ein stichhaltiger Grund hierfür konnte nicht angegeben werden und die Erfahrung unbefangener Beobachter hat gelehrt, dass die Recidive nach der Zerstörung der Momma durch Aetzmittel in derselben Weise eintreten, wie nach der Exstirpation. Weshalb also ein mit den furchtbarsten tagelang fortdauernden Schmerzen verknüpftes Verfahren anwenden, wenn man dasselbe Resultat mit dem Messer während eines sanften Chloroformrausches in kurzer Zeit zu erreichen vermag? Es scheint mir für ein zum Unterricht bestimmtes Buch nicht angemessen auf die *cause célèbre* contra Landolfi et Consorten weiter einzugehen; die „deutsche Klinik" 1854 u. 1855 hat diese Sache zur Genüge abgethan und in wenigen Jahren wird davon nichts mehr im Gedächtniss zurückgeblieben sein, als eine gewisse Bewunderung der Kühnheit des unblutigen Krebszerstörers.|

Anhang.

Krankheiten der Brustdrüse beim Manne und bei neugeborenen Kindern.

Bei Männern finden sich deutlich entwickelte Brustdrüsen zwar selten (Gynaekomastes), aber sie kommen doch jedem Wundarzte von Zeit zu Zeit zur Beobachtung.

Bédor (*Gazette médicale* 1836 No. 44) hat darauf aufmerksam gemacht, dass solche Individuen zum Militärdienst untauglich sind, weil sie den Druck der enganliegenden Kleidung und der gekreuzten Ledergurte (wo diese noch üblich sind) nicht zu ertragen vermögen. Bédor behauptet auch, dass die Gynäkomastie immer mit Impotenz verknüpft sei. Fenoglio *Journal médic. de Turin* 1842 hat bei einem Rekruten, der mit deutlich entwickelten Brüsten behaftet war, einen rudimentären Penis, ein gespaltenes Scrotum, atrophische Testikel und fast vollständigen Mangel des Geschlechtstriebes beobachtet. Vidal sah in Folge allgemeiner Syphilis die ganze Organisation eines Mannes so verändert werden, dass er einem Weibe ähnlich wurde. Die Genitalien atrophirten, die Körperform rundete sich ab, und die Brüste entwickelten sich. |In zwei von mir beobachteten Fällen deutlicher Gynäkomastie waren die Genitalien vollständig entwickelt und es konnte an dem Zeugungsvermögen der beiden Individuen nicht gezweifelt werden. Hier darf ich auch die von Schlossberger und mir an einem milchenden Bocke gemachte Beobachtung erwähnen. Derselbe hatte stattliche Euter, aber ebenso stattliche Hoden, mächtige Hörner und einen normalen Penis, erzeugte auch alljährlich eine zahlreiche Nachkommenschaft, gab aber ausser der Brunstzeit reichlich die von Schlossberger (Liebig's und Wöhler's Annalen 1844) analysirte Milch; während der Brunstzeit cessirte die Lactation. Bekanntlich sind übrigens Milchdrüsen bei männlichen Thieren sehr viel häufiger als bei Männern.|

Noch seltener als die Anwesenheit von Brustdrüsen beim Manne ist ihre Erkrankung. Die Hypertrophie ist einige Male beobachtet worden. Sie betrifft aber gewöhnlich nicht die Drüse selbst, sondern das umgebende Fettgewebe.

So verhielt es sich auch in dem von Petréquin (*Anatomie médico-chirurgicale p.* 231) mitgetheilten Falle, welchen er in Pavia an einem grossen starken Mann von 45 Jahren beobachtete. Seine Brüste hingen wie lange Glaskolben herab und eine hatte eine Länge von 15—18" erreicht. Man durchschnitt den Stiel dieser Geschwulst und überzeugte sich, dass nur der Panniculus, nicht aber die Drüse hypertrophisch war.

Entzündungen der Brustdrüse bei männlichen Individuen kommen vorzugsweise häufig bei Neugebornen vor. Die kleinen Brüste füllen sich wirklich mit Milch und es entstehen ganz dieselben krankhaften Veränderungen, namentlich auch Abscessbildungen, wie bei säugenden Frauen. Bestreichen mit Oel und lauwarme Cataplasmen befördern die gewöhnlich circumscripte Eiterung, der man am besten den Weg mit der Lancette bahnt. Auch neugeborne Mädchen können von einer solchen Mastitis befallen werden, doch soll dies seltner vorkommen.

In der Zeit vom zehnten bis funfzehnten Jahre, zuweilen auch später, entwickeln sich nicht ganz selten, auch wenn die Brustdrüse nur in ihrem rudimentairen Zustande besteht, acute oder chronische Entzündungen derselben, letztere jedoch häufiger. Die Brustdrüse wird hart, uneben, schmerzhaft, namentlich bei tiefem Druck. Der Patient fürchtet vom Krebs befallen zu sein; theilt der Arzt diese Befürchtung, so bildet er sich später ein, durch Jodsalbe oder anderweitige zertheilende Mittel einen Scirrhus geheilt zu haben.

Vidal erwähnt ausdrücklich, dass er unter der grossen Zahl von Syphilitischen, welche in seiner Abtheilung behandelt werden, häufig junge, blonde, magere Subjecte gefunden hat, welche an solchen chronischen Entzündungen der Brustdrüse litten; die Behandlung mit Quecksilber erwies sich gegen dieselben durchaus unwirksam, die Jodpräparate dagegen wirkten günstig.

Der Krebs der männlichen Brustdrüse ist fast immer Scirrhus. Die Exstirpation bietet hier vorzüglich gute Aussichten dar. Recidive sind überhaupt selten und namentlich sehr selten in inneren Organen.

Velpeau hat den Krebs der männlichen Brustdrüse fünfmal beobachtet und nur einmal eine verdächtige Geschwulst in der Achselhöhle gefunden. Vidal hat einen Scirrhus der Art exstirpirt und gleichfalls schnelle Heilung beobachtet.

Cysten sind in der männlichen Brustdrüse ebenfalls beobachtet worden, jedoch höchst selten. Diagnose und Therapie werden von den für die weibliche Brustdrüse gemachten Angaben nicht abweichen.

Velpeau beobachtete eine Cyste der Art von der Grösse eines Kindskopfes. Sie war schmerzlos, ohne bekannte Ursache im Laufe eines Jahres entstanden und sass an der äussern Seite der rechten Brustdrüse eines 15jährigen Bauern. Die Wandungen waren dünn, von varicösen Venen bedeckt, die Consistenz war aber sehr bedeutend, das Licht schien hindurch, wie durch eine Hydrocele. Durch eine Punction wurden 6 Unzen gelblicher Flüssigkeit entleert. Dann wurde verdünnte Jodtinctur eingespritzt und diese Einspritzung nach 6 Tagen wiederholt. Nach 3 Wochen war die Heilung vollendet.

Siebzehnte Abtheilung.

Krankheiten des Thorax.

Topographische Uebersicht.

Der Thorax, der Grösse nach die zweite der grossen Eingeweidehöhlen des Körpers, unter dem Hals, über dem Bauch und zwischen den oberen Gliedmaassen gelegen, umschliesst die wesentlichsten Organe der Respiration und des Kreislaufes; die oberen Gliedmaassen sind an ihm befestigt und haben an ihm ihren Stützpunkt.

1. Wandungen des Thorax. Die vordere Wand des Thorax wird von der *Regio sternalis*, die hintere von der *Regio dorsalis*, die seitlichen von der *Regio costalis* gebildet; die untere Wand bildet das Zwerchfell; nach oben geht der Thorax, ohne eine vollkommen scharfe Abgrenzung, welche nur am Skelett durch die erste Rippe deutlich gegeben wird, in den Hals über. Die Wandungen des Thorax haben zwei Flächen, eine innere und eine äussere. Die äussere Fläche wird an der vorderen Seite nach oben durch die Schlüsselbeine begrenzt, weiter abwärts folgen die Brüste (oder doch die Brustwarzen), durch eine breite Furche von einander getrennt, die sich nach unten in die Herzgrube verliert. An der hinteren Fläche bemerken wir in der Mitte eine Rinne, in welcher von oben nach unten aneinander gereiht, die Vorsprünge der Dornfortsätze der Wirbel gesehen oder doch gefühlt werden können. Zu den Seiten bilden aber die Schulterblätter, weiter abwärts die Rippenwinkel, Vorsprünge, welche die erwähnte Rinne tiefer erscheinen lassen. Bei seitlicher Betrachtung und erhobenem Arm sieht man die Wandungen des Thorax in diejenigen der Achselhöhle gleichsam übergehen. Der *Pectoralis major* an der vorderen, der *Latissimus dorsi* und *Teres major* an der hinteren Seite begrenzen die Achselhöhle, indem sie vom Thorax zum Oberarm sich fortsetzen. Die innere Wand der Achselhöhle wird von dem oberen Theile der Seitenwand des Thorax gebildet. Die innere Oberfläche der Thoraxwände hat eine geringere Ausdehnung. Die vordere Fläche entspricht dem Herzen, dem *Mediastinum anticum* und der vorderen Fläche (Rande) der Lungen. Hinten findet sich da, wo äusserlich eine Rinne besteht, ein Vorsprung, gebildet durch die übereinanderliegenden Wirbelkörper, zu deren Seiten die durch die Biegung der Rippen bedingten Aushöhlungen von dem hintern Theile der Lungen eingenommen werden. Die obere Apertur des Thorax stellt einen Ring dar, durch welchen die Luftröhre, der Oesophagus, die Carotiden und die *Art. subclaviae*, sowie die begleitenden

Venen, zahlreiche Lymphgefässe, namentlich auch der ***Ductus thoracicus*** und von Nerven der Vagus, der Recurrens (wenigstens der linken Seite) der Phrenicus und der Grenzstrang des Sympathicus hindurchtreten. Die Wandungen des Thorax sind Vorn und Unten gegen den Bauch hin, so wie auch an den Stellen, welche der Achselhöhle entsprechen, dünner als in ihrer übrigen Ausdehnung. Hinten und namentlich Hinten und Aussen (in der Schulterblattgegend) besitzen sie die grösste Dicke. Die einzelnen Schichten, von denen die Thoraxwände gebildet werden, sind, in der Richtung von Aussen nach Innen folgende. Die Haut, dick und derb auf dem Sternum, dünner und dehnbarer zu den Seiten. Darunter eine Schicht dichten Bindegewebes, ohne viel Fett im mittleren Theile; lockeres, dehnbares von zahlreichen Gefässen und Nerven durchzogenes Bindegewebe zu den Seiten. In diesem Gewebe sind die Brustdrüsen eingebettet. An der untern Grenze des Thorax finden wir Vorn die Anheftungen der ***Recti abdominis***, und der sie bedeckenden Aponeurose. Weiter aufwärts folgt der ***Pectoralis major***, endlich ganz Oben der Ursprung des ***Sternocleidomastoideus***. Im ***Pectoralis major*** selbst und hinter ihm finden sich die Verästelungen der ***Arteriae thoracicae*** und der ***Rami perforantes***, dann folgt in der Mitte das Sternum mit den Rippenknorpeln, weiter zur Seite die Rippen selbst, zwischen ihnen die ***Musculi intercostales***. Fast an der Grenze des vorderen Umfanges der Thoraxwand steigt hinter dem ***Pectoralis major*** der ***Pectoralis minor*** zum ***Processus coracoideus*** empor. Hinter den Rippen und den Zwischenrippenmuskeln folgt eine Schicht Bindegewebe, in welcher, dicht hinter den Rippenknorpeln, die ***Arteria mammaria*** abwärts steigt. Vom Brustbein zu den Rippenknorpeln ausstrahlend, findet sich in der Mitte der vorderen Wand hinter dem Sternum der ***Musculus triangularis***. Endlich folgt die Pleura. An der hinteren Wand des Thorax ist die Haut in der Mittellinie festgeheftet an den unterliegenden Theilen, zu den Seiten liegt unter ihr viel Fett; die starken Muskeln dieser Gegend sind gruppen- oder schichtweise durch aponeurotische Blätter von einander gesondert. Ueber den grössten Theil der hintern Thoraxwand breitet sich der Trapezius aus, darunter folgen die Rhomboidei und die tieferen Rückenmuskeln, auf welche wir bei der Wirbelsäule zurückkommen werden, dann die Wirbel mit ihrem Bänderapparat und zu den Seiten derselben die hinteren Enden der Rippen, zwischen denen die ***Musculi intercostales (externi)*** und am unteren Rande jeder Rippe der Nervus und die ***Vasa intercostalia*** verlaufen. Die Seitenwände bieten die geringste Stärke dar, namentlich nach Unten. Unter der Haut liegt hier reichliches Fettgewebe, dann folgt eine Fascie, die nach Unten mit der oberflächlichen Bauchfascie zusammenhängt, von da auf den ***Serratus anticus major*** übergeht, andererseits aber die hintere Seite des ***Pectoralis major*** und die vordere des ***Latissimus dorsi***, auch den Trapezius, den Rhomboideus und mehrere Zacken des ***Obliquus abdominus*** überkleidet. Darunter folgen dann die ***Musculi intercostales*** mit den gleichnamigen Gefässen und Nerven, die Rippen und die Pleura. Von besonderer Bedeutung für den Wundarzt sind die in der Thoraxwand sich verästelnden Gefässe. Die ***A. mammaria int.*** entspringt aus der Subclavia, gegenüber der ***Art. vertebralis***, dringt hinter dem Knorpel der ersten Rippe, einige Linien nach Aussen von der ***Articulatio sternoclavicularis***, in den Thorax und verläuft, indem sie allmälig durch Abgabe ihrer Aeste an Grösse verliert, bis zum sechsten Intercostalraum. Sie ist von der übrigen Brusthöhle durch die Pleura und den ***Musculus triangularis***, dessen Fasern sie zuweilen durchbohrt, getrennt, berührt die, ihren Verlauf fast rechtwinklig kreuzenden Rippenknorpel und ist von den

Mm. intercostales interni nur durch eine sehr dünne Schicht Bindegewebe getrennt. In den ersten sechs Intercostalräumen liegt sie nahe dem Rande des Sternum, gewöhnlich nur einige Linien, selten mehr als einen halben Zoll von demselben entfernt. Die *A. intercost. prima* ist anfangs, indem sie aus der Subclavia entspringt, sehr in der Tiefe gelegen, am Halse der ersten Rippe wendet sie sich abwärts, um den ersten und zweiten, selten auch den dritten Intercostalraum zu versorgen. Die übrigen *Art. intercostales* entspringen aus der Aorta nahezu rechtwinklig. Diejenigen der rechten Seite haben, wegen der Lage der Aorta zur linken Seite der Wirbelsäule, einen etwas weiteren Weg. Jede *A. intercost.* liegt in der Rinne, welche sich, mehr oder weniger deutlich ausgeprägt, am unteren Rande jeder Rippe vorfindet, etwa bis zur Hälfte der Rippenlänge, alsdann verlässt sie den untern Rand der Rippe, um sich in dem Intercostalraum zu verästeln, behält aber doch wesentlich den Lauf nach vorn bei, so dass einer ihrer stärksten Aeste mit dem nach Hinten laufenden Intercostalast der *A. mammaria interna* anastomosirt.

2) Die **Brusthöhle** hat eine veränderliche Gestalt und Grösse wegen der Hebung ihrer Wandungen beim Inspiriren und der Senkung beim Exspiriren und der entsprechenden sehr ausgiebigen ab- und aufwärts steigenden Bewegungen des Zwerchfells. Im Ganzen stellt die Brusthöhle einen mit der abgestumpften Spitze nach Oben gerichteten Kegel dar, der von Vorn nach Hinten abgeflacht und dessen Längsachse von Oben und Hinten nach Vorn und Unten gerichtet ist. Die hintere Wand, welche überdies viel länger ist als die vordere, weicht von dieser Richtung ab. Sollte man eine verticale Linie von der Mitte einer vom Schwertknorpel rechtwinklig zur Wirbelsäule gezogenen Linie aufwärts ziehen, so würde man nicht zur Mitte des Halses, sondern zum oberen Rande des Sternum gelangen. Der grösste Theil der Brusthöhle ist von den Lungen erfüllt, auf welche die Pleura von der Brustwand her in Gestalt der Mittelfelle (Mediastina) übergeht. Die beiden Pleuren berühren sich hinter der vorderen Fläche des Brustbeins nicht, obgleich sie kurz vor ihrem Uebertritt auf den Herzbeutel nahe aneinander rücken. Sie werden durch den Herzbeutel stark auseinander gedrängt, umschliessen denselben gleichsam und gehen von seiner hinteren Fläche, die grossen Gefässe und die Bronchien begleitend, auf die Lungen über. Hinter den durch die ein- und austretenden Gefässe, mit Einschluss der Bronchien und Nerven, gebildeten Lungenwurzeln treten die Pleuren vor dem Oesophagus nochmals nahe aneinander, um alsdann, auseinander weichend, jede für sich zu den Seiten der Wirbelsäule zu verlaufen. Hieraus ergeben sich drei zwischen den Brustfellsäcken gelegene Räume, einer dicht hinter dem Sternum, *Mediastinum anticum* (*Cavum mediastini antici*), der zweite zwischen den Wirbelkörpern und den Lungenwurzeln *Cavum mediastini postici*, der dritte endlich, der Zwischenraum zwischen den beiden Mediastinen wird wesentlich vom Herzbeutel ausgefüllt. Der vordere Mittelfellraum stellt auf seinem horizontalen Durchschnitt ein Dreieck dar, dessen Basis der hinteren Fläche des Brustbeins entspricht. Nach Oben und nach Unten ist er weiter und das ihn ausfüllende Bindegewebe setzt sich nach Oben zum Halse, bei Kindern die Thymus, bei Erwachsenen deren Ueberreste einschliessend, nach Unten in das subperitoneale Bindegewebe fort, durch eine kleine Oeffnung zwischen den vordern Anheftungen des Zwerchfells. So können Eitersenkungen vom Halse nicht blos in den Mittelfellraum, sondern auch weiter abwärts bis zur Bauchwand stattfinden. Der untere Theil des vorderen Mittelfellraumes dehnt sich weit[illegible] links als nach rechts

aus, so dass man links vom Sternum geradezu in den Herzbeutel einstechen kann. Auch der hintere Mittelfellraum hat auf dem Querdurchschnitt eine dreieckige Gestalt, mit nach Hinten gerichteter Basis, er ist weiter und länger als der vordere, da er sich auf die ganze Länge des Brusttheils der Wirbelsäule erstreckt. In ihm liegen, von Vorn nach Hinten aufgezählt: der Oesophagus, umgeben von den Stämmen und Aesten der *Nervi vagi;* die Aorta, in dem oberen Theile des Thorax zur linken Seite der Speiseröhre, im unteren Theile hinter ihr, beinahe in der Mittellinie; die Anfänge der *A. intercostales;* die zur rechten Seite der Wirbelsäule aufsteigende *Vena azygos* und die von links in der untern Hälfte zu ihr hinübergehende Hemiazygos; der *Ductus thoracicus* neben der Aorta gewöhnlich zur linken Seite in der Mitte des Thorax, aber weiter Unten, hinter ihr oder auch zwischen ihr und der Azygos; zahlreiche Lymphdrüsen in lockerem Bindegewebe eingehüllt und durch Lymphgefässe, theils mit den Lungen, theils mit den übrigen benachbarten Organen, endlich auch mit den Lymphdrüsen des Halses und des Bauches in directem Zusammenhange, liegen im *Cavum mediastini posticum* zerstreut. Der Grenzstrang des Sympathicus liegt eigentlich nicht im *Cavum mediastini posticum,* sondern sammt seinen zum Unterleibe hinabsteigenden Aesten (Splanchnici), vielmehr zwischen der Pleura und der übrigen Thoraxwand, nach Aussen vom hinteren Mittelfellraum, fast genau auf den Köpfchen der Rippen, jedoch dringt von seinen Aesten, namentlich der *Splanchnicus major* in den hinteren Mittelfellraum ein. Zwischen die beiden Mittelfellräume gleichsam eingeschoben, liegt das Herz mit seinen grossen Gefässen in einer besonderen Abtheilung, indem die Pleurablätter, namentlich gegen die Mitte der Thoraxhöhle hin, sich vor dem Herzbeutel dicht aneinander legen. Jedoch kann man diese ganze Abtheilung auch als einen Theil des vorderen Mediastinum betrachten. Hier liegt die *Vena cava superior* und über ihr die beiden grossen *Venae anonymae*, das Anfangsstück des Aortenbogens, der *Truncus anonymus*, die *Carotis sinistra* und die *Subclavia sinistra*, der Stamm und die Aeste der *Arteria pulmonalis.* Nach unten ist der Herzbeutel an der *Pars tendinea diaphragmatis* befestigt und lässt hier die *Vena cava inferior* eintreten. Die *Nervi phrenici* durchlaufen diesen Raum in seiner ganzen Länge, indem sie vor der Lungenwurzel zwischen Pleura und Pericardium hinabsteigen. Die rechte Pleurahöhle ist weniger hoch, weil auf dieser Seite das Zwerchfell höher steht, die linke weniger weit, weil das Herz ihren Raum beengt. Hieraus ergiebt sich, dass eine Querwunde in einer Höhe bereits in die linke Pleurahöhle eindringen wird, in welcher sie auf der rechten Seite noch das Peritoneum geöffnet hätte, dass ferner durch eine Wunde, welche das Brustbein durchdringt, die rechte Pleura verletzt werden kann, während die linke unversehrt bleibt. Bei der Exspiration berühren sich Zwerchfell und Rippenwand in einiger Ausdehnung, auf der rechten Seite sogar bis zur Höhe der sechsten Rippe, während bei der Inspiration das Zwerchfell bis zu einer von den unteren Rändern der falschen Rippen bis zum ersten Lendenwirbel hin gelegten Ebene hinabsteigen kann. Hieraus ergiebt sich, dass dieselbe Verletzung in dem einen Fall zur Eröffnung der Pleurahöhle, im anderen zur Eröffnung der Peritonealhöhle, im dritten endlich zu einer beide Cavitäten gleichzeitig öffnenden und mit einander in Verbindung setzenden Wunde die Veranlassung geben kann. Eine Wunde, welche in horizontaler Richtung unterhalb der siebenten Rippe eindringt, kann das Herz nicht treffen; zwischen dieser und der vierten Rippe wird auf der linken Seite des Sternum durch ein horizontal eindringendes Instrument das Herz verletzt werden. Durch den dritten Intercostalraum vertical eindringend, trifft man die Aortenwurzel, die *Arteria pulmonalis* und die *Vena cava superior*. Durch den zweiten Intercostalraum eindringend, verletzt ein Instrument in derselben Richtung den Aortenbogen oder die aus ihm entspringenden Aeste. Ein Wundcanal, welcher unter der siebenten Rippe in horizontaler Richtung eindringt, wird voraussichtlich nicht zu einem Organe des Thorax, sondern zu einem Baucheingeweide führen. Es versteht sich von selbst, dass alle diese Angaben sich nur auf die Verhältnisse des normalen Thorax beziehen. Haben sich in ihm Geschwülste oder flüssige Ergüsse entwickelt, oder ist er durch Verbiegungen der Wirbelsäule und der Rippen (Vgl. Krankheiten der Wirbelsäule) difform geworden; so können dadurch die Lageverhältnisse der einzelnen Organe auf's Aeusserste abgeändert werden.

Erstes Capitel.

Verletzungen des Thorax im Allgemeinen.

Wenn durch eine Verletzung eine Pleurahöhle |oder ein Mittelfellraum, kurz die Höhle des Thorax| geöffnet worden ist, so nennt man dieselbe eine penetrirende Brustwunde, im entgegengesetzten Falle wird die Wunde als nicht penetrirend bezeichnet.

|Viele Autoren fassen den Begriff penetrirende Brustwunde so auf, dass nur Wunden, welche die Pleurahöhle geöffnet haben, in diese Categorie gerechnet werden sollen; dies führt zwar zu Inconsequenzen, ist aber durch den Sprachgebrauch in der Art sanctionirt, dass man ganz allgemein unter einer penetrirenden Brustwunde schlechtweg eine in das *Cavum pleurae* penetrirende versteht.|

Die grösste Bedeutung für die Prognose und für die Therapie hat immer die Unterscheidung, ob die Wunde sich auf eins der in der Brusthöhle gelegenen Organe erstreckt, oder diese unversehrt gelassen hat. Die Verletzung innerer Organe kann aber bei Quetschungen sehr bedeutend sein, während äusserlich nur geringe Spuren derselben wahrzunehmen sind. Wir unterscheiden demnach: I. Oberflächliche Brustwunden, II. Quetschungen des Thorax, III. Penetrirende Brustwunden.

I. Oberflächliche (nicht penetrirende) Brustwunden.

Oberflächliche Brustwunden, welche mit scharfen Instrumenten beigebracht sind, haben keine grössere Bedeutung, als ähnliche Wunden anderer Körpergegenden; nur in der Nähe des Schlüsselbeines und der Achselhöhle bedingen sie bei etwas tieferem Eindringen die Gefahr der Verletzung der daselbst gelegenen grossen Gefässe und Nerven. Stichwunden bieten auch am Thorax, wie an anderen Theilen die Gefahren des Erysipels, der eingeklemmten

Entzündung in der Tiefe der Wunde und der Nervenzufälle dar. Letztere sind bei Stichwunden des Thorax auffallend häufig beobachtet worden, was höchst wahrscheinlich davon herrührt, dass diese Beobachtungen sich auf Wunden beziehen, die im Duell erhalten wurden. Solche Nervenzufälle, welche, wenn auch nicht gerade auf Angst, doch auf einem Seelenzustande, der mit der Angst eine gewisse Verwandtschaft hat, beruhen, mögen denn wol auch durch die mysteriösen Besprechungen und das mit diesen verbundene Aussaugen der Wunde mit Erfolg behandelt worden sein.

Flintenkugeln, welche nicht mit voller Kraft auf die Brustwand aufschlagen, können, den Rippen und den Rippenknorpeln folgend, von vorn bis zur Wirbelsäule unter der Haut um den Thorax herumlaufen, um an den *Processus spinosi* schliesslich liegen zu bleiben. Bei Unkenntniss dieses Verhaltens könnte man glauben, dass eine solche Kugel den Thorax von vorn nach hinten durchbohrt hätte, worüber freilich die physicalische Untersuchung in der weiter unten zu erläuternden Weise sofort Aufschluss geben würde.

Die Behandlung der nicht penetrirenden Brustwunden weicht übrigens, abgesehen von der bei Quetschung der inneren Organe einzuleitenden besonderen Therapie, in keiner Weise von derjenigen anderer Wunden ab.

II. Quetschungen des Thorax.

Quetschende Körper können Erschütterungen und wahre Quetschungen der im Thorax gelegenen Organe veranlassen, ohne dass die Wände des Thorax irgendwo durchbrochen sind, ja selbst ohne dass Anfangs Spuren von Contusion äusserlich wahrnehmbar sind. Man hat wahre Zerschmetterungen der Brust, Splitterbrüche der Rippen, Zermalmungen der im Thorax gelegenen Organe, ohne irgend eine Verletzung der Haut, ja sogar Zerreissungen, so wie ausgebreitete Blutergüsse in den Lungen, ohne Brüche der Rippen beobachtet.

[Nélaton (*Elémens de patholog. chirurgicale Tom. III. p.* 493) sah auf eine Quetschung des Thorax den Tod fast augenblicklich folgen, obgleich eine Verletzung der inneren Organe durch die Section nicht nachgewiesen werden konnte.]

[Zerreissungen der Lunge ohne Rippenbruch und überhaupt ohne Continuitätstrennung der Brustwände sind zwar vielfach bezweifelt worden, aber in der That durch mehrere zuverlässige Beobachtungen, welche Nélaton l. c. aufführt, ausser Zweifel gesetzt. Bei der grossen Seltenheit dieser Fälle scheint es mir gerechtfertigt, einen kürzlich in meiner Nähe beobachteten, welchen mir Herr Dr.

Pohl, der die gerichtliche Section ausführte, mitgetheilt hat, vollständig zu erzählen.|

|Ein Knabe von 11 Jahren wird Anfang December 1855 von einem sehr schnell fahrenden unbeladenen Wagen auf gefrorenem unebenem Wege überfahren; er kriecht kaum einen Schritt weit aus dem Wagengeleis heraus und ist todt, Blut stürzt ihm aus Mund und Nase. Section 30 Stunden *post mortem*. Aeusserlich ist an der vorderen und hinteren Fläche des Thorax keine Verletzung zu bemerken. Beim Einschneiden der beiden Pleuren strömt mit starkem Geräusch Luft zischend hervor; die Lungen sind etwas zusammengesunken, an ihrer unebenen Oberfläche blauroth marmorirt. Die heller gefärbten, mehr hervorragenden Stellen zeigen vesiculäres Emphysem, die blaurothen sind eingesunken, blutreicher, ohne Extravasate; ausserdem sind unter der Lungenpleura, oft genau der Begrenzungslinie zwischen den einzelnen Lungenläppchen folgend, stecknadelkopf- bis erbsengrosse Luftblasen zerstreut. Kein Coagulum auf der Rissfläche, zunächst derselben geringe blutige Suffusion. Im linken Thoraxraum an 8—10 Unzen, im rechten an 6 Unzen dunklen dickflüssigen Blutes. Die oberen Lappen beider Lungen sind durch ihre ganze Dicke mit einer ziemlich glatten Rissfläche getrennt. Die Rissflächen liegen an einander, lassen sich aber mehrere Zoll weit auseinander klaffen, obgleich noch hie und da Reste der Lungenpleura und in der Tiefe einzelne Gefässe zwischen ihnen brückenartig herübergespannt sind. Die Rissflächen reichen bis zum Hilus und erstrecken sich von hier aus noch zollweit in den hinteren Umfang der benachbarten Lappen hinein. Linkerseits ist ein Bronchus zweiter Ordnung, hart hinter seiner Abgangsstelle, quer durchgerissen bis auf einen lappenförmigen, ein Stück Knorpel enthaltenden Rest. Links geht der Riss von Aussen nach Innen, den Lappen gleichsam in eine vordere und hintere Hälfte theilend, rechts trennt die Rissfläche das vordere Dritttheil vom seitlichen. Vom Hilus erstrecken sich dunkelschwarze Blutunterlaufungen, beiderseits unter der Pleura hin, seitlich bis zu den *Proc. transversi*, nach Oben bis in die Halsgegend, nach Unten bis zu den Zwerchfells-Insertionen. — Rechterseits sind die vierte, fünfte, sechste Rippe an der vorderen Fläche ihres Winkels nur eingeknickt, die hintere Cortikalschicht daselbst nicht getrennt. Die Pleura ist unversehrt. — Herzkammern und Vorkammern stark contrahirt, ganz leer. Trachea, Rachen und Mundhöhle sind mit flüssigem Blut angefüllt, der Magen durch eine höchst reichliche Mahlzeit von Grütze stark ausgedehnt; in ihm sowie in dem übrigen Darm enorme Gasansammlung, die sich sofort nach dem Tode eingestellt haben soll. Das rechte *Lig. coron. hepat.* von der Leberoberfläche mit Substanzverlust der letzteren abgerissen. Ungefähr eine Unze Blut in dem Raum zwischen rechter Niere und unterer Leberoberfläche. — Urinblase stark contrahirt, leer.|

|Ich schliesse hier einen anderen, von mir in der Greifswalder Klinik beobachteten Fall an, in welchem zwar Rippenfracturen bestanden, die Pleura aber unversehrt geblieben war. Die Verletzung war durch Einquetschen des Thorax zwischen dem Wagen, auf welchem der 19jährige junge Mensch sass, und dem zu hoch von ihm angeschlagenen Thorwegsgewölbe entstanden. Auf der linken Seite war die dritte bis elfte, auf der rechten die fünfte bis neunte Rippe fracturirt, aber die Pleura unversehrt geblieben. Beide Lungen waren gequetscht; rechts entwickelte sich circumscripte Pneumonie mit pleuritischem Exsudat, links nahm die Lungenentzündung ihren Ausgang in Verschwärung (ausgehend von dem Blutergusse, vielleicht auch von einer vorzugsweise gequetschten Parthie in ihrem Ge-

webe). Es erfolgte nachträgliche Perforation der Lunge und eitriger Erguss in die Pleurahöhle, so dass bei der Section der exquisiteste Pyopneumothorax neben einer dicken pleuritischen Exsudatschwarte gefunden wurde. Der Tod erfolgte erst am 21. Tage nach der Verletzung.]

[Alle solche Beobachtungen sind vorzugsweise an jugendlichen Subjecten gemacht worden; bei ihnen allein besitzen die Rippen noch einen solchen Grad von Biegsamkeit, dass eine Quetschung der Lunge auch ohne Fractur der Rippen möglich wäre. Gosselin hat die Entstehungsgeschichte dieser Lungenzerreissungen in den *Mémoires de la societé de chirurgie Tom. I. p.* 201 (Vgl. Nélaton l. c. p. 494) ausführlich erörtert. Die Zerreissung findet sich entweder an der Stelle, an welcher die äussere Gewalt eingewirkt hat, oder entfernt davon. Der Thorax wird in hohem Grade zusammengedrückt, die Lunge aber weicht diesem Druck aus, denn sie ist ja im höchsten Grade comprimirbar. Es muss also noch ein zweites Agens mit im Spiele sein, welches der äusseren Gewalt Widerstand leistet, ihr die Lunge gleichsam entgegendrängt. Dies ist, nach Gosselin, ein krampfhafter Verschluss der Glottis im Augenblicke der Verletzung, wodurch die Lunge strotzend mit Luft gefüllt erhalten wird. Leistet die Lunge an der Stelle, wo die äussere Gewalt auf die Brustwand einwirkt, Widerstand, so wird die Luft an einer anderen Stelle das Lungengewebe im höchsten Grade ausdehnen und zerreissen können. Letzteres bezeichnet Gosselin als indirecte Zerreissung. Neben dem *Deus ex machina*, welchen in der Gosselin'schen Erklärung der *Spasmus glottidis* spielen muss, dürften wohl auch mechanische Verhältnisse von Bedeutung sein. Geht das Rad über den oberen Theil des Thorax oder wird dieser in anderer Weise zusammengequetscht, so kann die Luft nicht entweichen, mag nun die Stimmritze krampfhaft geschlossen werden oder nicht. Jedenfalls aber muss die Lunge mit Luft gefüllt sein, wenn eine solche Zerreissung zu Stande kommen soll; es lässt sich daher behaupten, dass sie nur im Moment der Inspiration möglich ist.

[Die Zerreissung der Lunge erstreckt sich entweder bis auf das Visceralblatt der Pleura, oder findet blos innerhalb des Lungengewebes Statt, ohne Trennung an der Lungen-Oberfläche. Im erstern Falle tritt sogleich Luft und Blut aus der Lunge in die Pleurahöhle ein. Es entsteht also Haemopneumothorax und die Lunge fällt zusammen. War zugleich (wie namentlich bei Rippenbrüchen) die *Pleura costalis* zerrissen, so sind die günstigsten Bedingungen für die Entstehung des Emphysems gegeben. Vergl. Band II. p. 65 u. f. Die Verhältnisse gestalten sich übrigens weiterhin ganz analog, wie bei einer penetrirenden Brustwunde mit Lungenverletzung, bei der durch die Hand des Arztes die äussere Wunde geschlossen worden ist (Vgl. p. 585 u. f.). Im zweiten Falle dagegen, wenn an der Oberfläche der Lunge eine Continuitätstrennung nicht besteht, erfolgt kein Zusammensinken der Lunge, sondern Bluterguss in ihrem eigenen Gewebe, haemorrhagischer Infarct und weiterhin Entzündung und Eiterung in der Lunge. Perforation der Lunge und somit die Bildung von Pneumothorax oder von Pyopneumothorax kann aber nachträglich folgen. (S. oben.)]

|Am häufigsten sah man solche Zerreissungen innerer Organe des Thorax in Folge des Anschlagens halbmatter Kanonenkugeln entstehen. Demnächst sind Quetschungen durch überfahrende Wagen oder zwischen einem Wagen und einer Wand am häufigsten als Veranlassungen beobachtet worden.|

Diese Verletzungen der inneren Organe der Brust, bei unversehrter Haut, dürfen niemals, auch wenn nur durch das Gefühl der Oppression die Erscheinungen einer beginnenden Pneumonie oder Pleuritis sich geltend machen, unbeachtet bleiben. Sobald der Kranke sich von der Ohnmacht oder dem Ohnmacht ähnlichen Zustande, in welchen er unmittelbar nach einer solchen Verletzung immer verfällt, nur einigermaassen erholt hat, muss man kräftige Blutentziehungen anordnen und dieselben in verhältnissmässig kurzer Zeit, ähnlich wie bei der Behandlung der Lungenwunden, wiederholen. Zuweilen führen die durch solche Quetschungen bedingten Blutergüsse zwar nicht zum Tode, aber zu langwierigen chronischen Erkrankungen, indem eitrige Ergüsse an die Stelle der blutigen treten und somit, ohne dass pleuritische Erscheinungen sonst nachweisbar wären, Empyem sich entwickelt.

III. Penetrirende Brustwunden.

Unzweifelhaft ist der allgemeine Grundsatz richtig, dass man kein Mittel unterlassen sollte, um eine sichere Diagnose zu erhalten, um zur vollen Wahrheit zu gelangen; wenn aber die hiezu erforderlichen Mittel mehr Uebles anrichten würden, als die Entdeckung des wahren Sachverhaltes Vortheil bringen könnte, so muss man sich mit einer nur halb gesicherten Diagnose zu begnügen verstehen. So unterliegt es keinem Zweifel, dass es von grosser Bedeutung ist, bestimmt zu wissen, ob eine Brustwunde penetrirt oder nicht, aber man darf dazu nicht die ehemals gebräuchlichen Mittel anwenden: die lange Brustsonde, die Einspritzungen und die angestrengten Respirationsbewegungen. Diese Mittel sind nicht blos gefährlich, sondern auch unzuverlässig. Der schräge Verlauf eines engen Wundcanales kann die Untersuchung mit der Sonde schwierig oder ganz erfolglos machen, und die Sonde kann auf ihrem Wege ein Blutgerinnsel zerstören oder verschieben, welches an Ort und Stelle vom grössten Nutzen war, indem es eine Arterienöffnung verstopfte oder der Luft den Zutritt in die Pleurahöhle versperrte. Eine exploratorische Einspritzung kann in das Bindegewebe der Thoraxwand eindringen, während man sich einbildet, sie sei in die Pleura gelangt; spritzt man aber wirklich irgend welche Flüssigkeit in die Pleurahöhle ein, so wird dies unzweifelhaft eine Entzündung dieser Membran erregen oder, wenn eine solche schon besteht, sie steigern. Die Anstrengungen, welche der Kranke machen soll, um zu athmen, während man ihm Mund und Nase fest zuhält, sind weit entfernt, immer Blut aus einer penetrirenden Brustwunde hervorzutreiben, wie man früher geglaubt hat; oft sind sie selbst bei einfachen Wunden, ganz unmöglich. Sie haben überdies den Nachtheil, dass sie eine im Thorax schon bestehende Entzündung noch steigern. Man muss daher in der directen Untersuchung bei penetrirenden Brustwunden enthaltsam sein und aus den Functionsstörungen, sowie aus den Resultaten der Auscultation und Percussion die Diagnose, soweit als für die Therapie nöthig, zu sichern wissen. In der That ist aber nur ein sehr geringer Grad von Genauigkeit erforderlich, um das Richtige zu treffen. Jede Verletzung der innerhalb des Thorax gelegenen Organe, namentlich aber jede Eröffnung der Pleurahöhle, führt so beträchtliche Störungen im Bereich der Respirations- und Circulations-Organe herbei, dass man schon aus diesen selbst, ohne das Ohr anzulegen, auf die Art der Verletzung mit Wahrscheinlichkeit zu schliessen vermag. Sobald aber bei einer Brustwunde auch nur die Wahrscheinlichkeit besteht, dass sie penetrirend sei, muss sie wie eine penetrirende behandelt werden. Höchst selten bestehen penetrirende Brustwunden ohne irgend eine Complication.

[Die blosse Eröffnung des *Cavum mediastini* würde wohl einige Entzündung nach sich ziehen, aber ohne besondere Gefahr sein; die Eröffnung des Herzbeutels müsste Pericarditis und wahrscheinlich von vorn herein Bluterguss in's Pericardium zur Folge haben. Eröffnung eines Pleurasackes aber bedingt sofort Zusammensinken der Lunge, indem die Luft in den Pleurasack eindringt und somit dem von der Luftröhre aus wirkenden Luftdruck, durch welchen die Lunge doch allein ausgedehnt werden kann, das Gleichgewicht hält.]

[Der auf diese Weise entstandene *Pneumothorax traumaticus* ist durch Auscultation und Percussion sofort leicht zu erkennen. Der Verletzte, auf die eine Lunge angewiesen, kann sein Athembedürfniss nicht befriedigen, leidet daher an Dyspnoë und vermag auf der gesunden Seite nicht zu liegen, ohne in Erstickungsgefahr zu gerathen, weil das Herz alsdann die einzige noch functionirende Lunge comprimirt. Sobald die Wunde in der Brustwand, wenn auch nur mechanisch, geschlossen ist, wird die im Pleura-Raum eingesperrte Luft allmälig resorbirt und in demselben Grade gewinnt auch die Lunge wieder ihre Anfüllung mit Luft vom Bronchus her. Natürlich bleibt Entzündung und pleuritisches Exsudat dabei nicht ganz aus und leicht kann durch feste Adhäsion die Ausdehnungsfähigkeit der Lunge in hohem Grade beeinträchtigt werden. Die Therapie wird also darauf gerichtet sein müssen, die Wunde sorgfältig hermetisch zu schliessen, demnächst aber der Blutüberfüllung in der anderen Lunge und der Pleuritis auf der verletzten Seite vorzubeugen, — durch einen oder mehrere Aderlässe, kalte Umschläge u. s. f.|

Eine sogenannte einfache penetrirende Brustwunde ist aber, abgesehen von den Fällen, wo sie durch die Hand des Wundarztes angelegt wurde (s. Cap. VII) im Bereich der Pleurasäcke vielleicht noch niemals beobachtet worden; denn die *Pleura pulmonalis* und somit die Lunge liegt der *Pleura costalis* unmittelbar und genau an, so dass es vollkommen unbegreiflich erscheint, wie letztere verletzt werden soll, ohne dass erstere gleichfalls getroffen wäre. Somit haben wir das Bestehen von Complicationen als die Regel zu betrachten. Ausser der bereits berührten Verletzung der Lunge aber können Verletzungen der in der Brustwand selbst verlaufenden Gefässe, Verwundungen des Herzens und der innerhalb des Thorax gelegenen grossen Gefässstämme, Vorfall der Lunge, fremde Körper, endlich die auch bei der einfachsten penetrirenden Pleurawunde niemals ganz fehlenden Ergüsse in die Pleurahöhle, als Complicationen in Betracht kommen. Wir werden auf diese in den folgenden Capiteln näher eingehen.

Zweites Capitel.

Lungenwunden.

In der Mehrzahl der Fälle wird durch penetrirende Brustwunden die Lunge verletzt. Bald wird sie von dem verletzenden Körper selbst getroffen, bald von einem Rippensplitter oder anderweitigen fremden Körpern |bald in der oben (p. 580) geschilderten Weise zersprengt.| Die wesentlichen Erscheinungen der Lungenverletzung sind: Bluthusten, Blutung aus der äusseren Wunde, Erguss von Blut und Luft in die Pleurahöhle, Emphysem, Lungenentzündung. Bestehen alle diese zugleich, so ist die Lungenverletzung unzweifelhaft, aber oft fehlen mehrere derselben und manche sind nicht deutlich ausgesprochen, ohne dass deshalb an der Lungenwunde zu zweifeln wäre.

Der Bluthusten erfolgt gleich nach der Verletzung; das ausgeworfene Blut ist hellroth und schaumig, seine Menge im Verhältniss zur Ausdehnung der Lungenwunde. Der Bluthusten kann aber auch ganz fehlen, wenn die Lungenwunde klein und oberflächlich ist. In solchen Fällen hört er wenigstens bald auf, namentlich wenn die äussere Wunde gross ist und die Lunge sogleich durch die in die Pleurahöhle eindringende Luft vollständig comprimirt wird.

Blutung aus der äussern Wunde findet in Folge einer Lungenverletzung nur dann Statt, wenn erstere eine bedeutende Ausdehnung hat. Enge Wunden werden alsbald durch Gerinnsel verstopft, so dass sich das Blut dann in der Thoraxhöhle ansammelt. Soll die Blutung aus der äusseren Wunde semiotischen Werth haben, so muss gleichzeitig Bluthusten stattfinden, denn sie kann sonst ebensowohl von einer Verletzung der in der Thoraxwand verlaufenden Gefässe (Mammaria und Intercostalis) oder gar von einer Verletzung der grossen Gefässstämme in der Brust abzuleiten sein. Die so eben aufgeführten anderweitigen Verletzungen können auch und müssen Bluterguss in die Pleurahöhle veranlassen, so dass dieses Symptom allein, zu dessen Feststellung die Anwendung der Auscultation und Percussion gehört, nicht direct auf eine Lungenwunde schliessen lässt. Wenn die Lunge mit der Brustwand durch pleuritische Adhäsionen innig verwachsen ist, so kann eine Lungenwunde bestehen, ohne dass Bluterguss in die Pleurahöhle erfolgt. Das Blut läuft dann aus den verletzten Gefässen des Lungengewebes direct durch die äussere Wunde ab.

[Die Ansammlung von Luft in der Thoraxhöhle ist für Lungenwunden nicht characteristisch, da bei jeder durch die Pleura penetrirenden Brustwunde Luft von aussen durch die Wunde selbst in die Pleurahöhle eindringt. Bei Lungenwunden aber kommt eine zweite Quelle für die austretende Luft hinzu, da die Luft auch aus den verletzten Aesten und Aestchen der Bronchien hervorströmt. Deshalb erfolgt auch der Collapsus und die Compression der Lunge voraussichtlich schneller und vollständiger, wenn sie selbst verletzt ist, als wenn es sich um den seltenen Fall einer penetrirenden Brustwunde ohne Lungenverletzung handelt. Niemals kann hierbei blos Luftansammlung (Pneumothorax) bestehen, der untere, respect. hintere, Theil der Pleurahöhle muss immer von Blut erfüllt sein (also Hämopneumothorax).]

Das Emphysem ist ein häufiger und gewöhnlich characteristischer Begleiter der Lungenverletzungen, jedoch kommt es auch ohne solche zuweilen bei Brustwunden vor. Wenn nämlich die Wunde in der Art schräg eindringt, dass sie die äussere Luft zwar eindringen lässt, ihrem Austritt aber ein Hinderniss darbietet, so wird diese in das benachbarte Bindegewebe eingedrängt. Solche Fälle müssen aber, wenn sie überhaupt jemals beobachtet worden sind, doch ungemein selten sein. — Unter folgenden Verhältnissen wird das Emphysem bei Lungenwunden fehlen: 1) Bei sehr grosser Ausdehnung der äusseren Wunde, so dass die Luft frei aus- und eintreten kann, 2) bei grossem Bluterguss, welcher sowol das Eindringen der Luft in die Pleurahöhle, als namentlich auch die Infiltration der Luft hindert, 3) bei sehr geringer Ausdehnung der Lungenwunde, so dass die Blutgerinnsel und die alsbald eintretende entzündliche Schwellung den Austritt der Luft aus der Lunge unmöglich machen. Die günstigsten Bedingungen für die Ausbildung des Emphysem sind: beträchtliche Enge und schräger oder gewundener Verlauf der Wunde in der Brustwand, neben einer verhältnissmässig bedeutenden Ausdehnung der Lungenverletzung. Unter solchen Verhältnissen erfüllt die aus der Lunge austretende Luft, während letztere collabirt, die Pleurahöhle sofort, comprimirt die Lunge gänzlich und dringt mit grosser Gewalt in das subcutane Bindegewebe der Brustwand, wo sie eine umschriebene Geschwulst von elastischer Consistenz und characteristischer Crepitation darstellt. Weiterhin aber dehnt sie sich über eine ganze Körperhälfte, ja selbst über den ganzen Körper aus, so dass nur diejenigen Theile, an denen die Haut durch feste fibröse Stränge gegen die unterliegenden Organe befestigt erhalten wird, von der gewaltigen Anschwellung verschont bleiben. Vgl. Band II. p. 65 ff.

Die Lungenentzündung, welche auf Verletzungen dieses Organs folgt, steht an Intensität und Gefahr in geradem Verhältniss mit der Grösse der Wunde. Gewöhnlich ist sie nicht lebensgefährlich, oft kommt es dabei zur Abscessbildung, namentlich wenn ein fremder Körper in der Wunde zurückgeblieben ist.

Verlauf. Prognose. Verletzungen der Lunge sind unzweifelhaft gefährlich; aber ihre Gefahr ist geringer und ihre Prognose somit günstiger als diejenige der Wunden andrer Eingeweide. So sind namentlich Verletzungen des Herzens, des Gehirns oder irgend eines Unterleibs-Organes, unter sonst gleichen Verhältnissen, gefährlicher als eine Lungenwunde. Die Blutung ist unter allen üblen Zufällen am meisten zu fürchten, mag sie als Bluthusten, als

Hämothorax, oder als Blutung nach Aussen auftreten. Sie ist desto bedeutender, je grösser die verletzten Gefässe sind, mithin je näher an der Lungenwurzel die Verletzung stattgefunden hat. Ist nur der peripherische Theil der Lunge verletzt, so hört der Blutbusten bald auf, da die verletzte Lunge alsbald nicht mehr unter dem Einfluss der Athembewegungen steht, sondern collabirt, und die Blutung in die Pleurahöhle kann auch keinen bedeutenden Grad erreichen, wenn die Wunde sich alsbald schliesst oder geschlossen wird, indem die Luft, welche den oberen Theil der Pleurahöhle einnimmt, wenn sie auch durch das andrängende Blut comprimirt wird, doch schliesslich Widerstand leistet und somit nur eine theilweise Füllung der Pleurahöhle mit Blut gestattet. Dieser Bluterguss (Hämothorax) wird mit überraschender Schnelligkeit resorbirt, wenn nicht fremde Körper oder anderweitige üble Einflüsse Entzündung und Eiterbildung veranlassen. Aber selbst bei eiternden Lungenwunden darf man die Hoffnung auf einen günstigen Ausgang nicht fallen lassen. Das Emphysem hat nur dann eine üble prognostische Bedeutung, wenn es sich auf einen grossen Theil des Körpers verbreitet.

Behandlung. Die Wunde in der Thoraxwand muss sogleich möglichst genau geschlossen werden, damit weder Blut noch Luft heraustreten können und durch die Entwicklung des Hämopneumothorax die Blutung aus der Lunge gestillt wird. Der Kranke muss ruhig auf dem Rücken oder auf der verletzten Seite liegen, nur kühlende Flüssigkeiten geniessen und durch relativ starke, je nach der Individualität und mit Berücksichtigung des etwa schon stattgehabten Blutverlustes abzumessende Aderlässe, wenn auch nicht gerade zur *minima vita* gebracht, so doch in Bezug auf die Kraft seines Kreislaufes entschieden geschwächt werden. Natürlich wird man nicht hoffen können durch Aderlässe, mögen sie noch so stark und noch so häufig sein, dem Kranken die Beängstigungen ganz zu nehmen, welche davon abhängig sind, dass eine seiner Lungen ganz ausser Function gesetzt ist. Aber man begünstigt durch die in der ersten Zeit nach der Verletzung gemachten Venäsectionen die Resorption des ergossenen Blutes und beugt einer ferneren Blutung in die Pleurahöhle und einer allzuheftigen Entzündung vor. Wenn bei grosser Athemnoth die Percussion ergiebt, dass die durch den Bluterguss comprimirte Luft in der Pleurahöhle das Mediastinum nach der anderen Seite gedrängt hat und dadurch also auch die Function der unverletzten Lunge beeinträchtigt, so kann man durch den Probetroicart einen Theil der Luft entleeren, wobei die im siebenten Capitel zu erörternden Vorsichtsmaassregeln nöthig sind. Namentlich muss eine Ventilvorrichtung am Troicart angebracht sein, welche zwar Luft aus-, aber keine einströmen lässt. Ueberdies darf eine solche Punction nicht früher gemacht werden, als bis man sicher ist, dass die Blutung gestillt sei; also erst nach 3—5 Tagen.|

Befindet sich ein fremder Körper in der Brustwunde, in der Pleurahöhle oder in der Lunge selbst, so wird es immer höchst wünschenswerth sein, ihn baldigst zu entfernen. Die Ausziehung ist jedoch nur dann statthaft, wenn sie nicht mit grösseren Gefahren verknüpft ist, als die Zurücklassung des fremden Körpers. (Vgl. Sechstes Capitel).

Das Emphysem erheischt nur, wenn es sehr bedeutend ist, eine besondere Rücksicht. Niemals wird man sich entschliessen, wenn es als Complication zu einer gewöhnlichen Lungenwunde hinzutritt, seinetwegen die äusserlich schon geschlossene oder doch verklebte Wunde wieder zu öffnen oder gar zu dilatiren. Scarificationen der emphysematösen Theile mit nachfolgender Compression reichen in solchen Fällen aus, um die Beschwerden zu mildern und die Heilung zu beschleunigen.

Drittes Capitel.

Verletzung der in der Thoraxwand verlaufenden Arterien.

Die Verletzung eines der grösseren in der Thoraxwand sich verästelnden Gefässe (*A. mammaria interna* und *A. intercostalis*) ist so selten, dass man behaupten kann, es gebe viel mehr Vorschläge zur Stillung der aus ihnen herrührenden Blutungen, als zuverlässige Beobachtungen ihrer Verletzung. Wird eine der genannten Arterien |subcutan (bei Rippenbrüchen) oder| in der Tiefe einer engen schräg verlaufenden Wunde verletzt und zugleich die Pleurahöhle (wie dies wohl unvermeidlich sein dürfte) geöffnet, so läuft das Blut nicht nach Aussen, sondern in die Pleurahöhle und es entwickelt sich mit grosser Schnelligkeit Hämothorax. Besteht eine grössere äussere Wunde, so läuft das Blut in beträchtlicher Menge nach Aussen.

Um die Diagnose zu sichern, soll man, wenn eine Verletzung der *A. intercostal.* vermuthet wird, ein rinnenförmig gebogenes Kartenblatt unter die entsprechende Rippe schieben: fliesse das Blut unter demselben fort, so käme es aus dem Inneren der Brusthöhle, liefe es aber durch die gedachte Rinne ab, so rührte es aus der *A. intercostalis* her. Um diesen vielgerühmten Versuch zu machen, müsste man es mit einer ziemlich grossen Wunde zu thun haben oder dieselbe (was anderweitig wohl unzulässig sein wird) erst hinreichend dilatiren. Alsdann wird man aber durch den eingeführten Finger mehr erfahren, als durch das schwierige Experiment mit dem Kartenblatt.

Gewinnt man nicht die sichere Ueberzeugung, dass das Blut aus einer der Arterien der Thoraxwand komme, so ist es am besten, die Wunde, wie eine einfach penetrirende zu behandeln d. h. genau zu schliessen, kalte Umschläge zu machen und, je nach der Beschaffenheit des Pulses, Aderlässe. Wenn dagegen über die Quelle der Blutung kein Zweifel ist, so muss man, wenn es sich irgend ausführen lässt, durch Compression oder Unterbindung des blutenden Gefässes, der weiteren Blutung vorbeugen.

Zum Behuf der Compression sind eine grosse Anzahl besonderer Instrumente erfunden worden, deren Erwähnung um so überflüssiger erscheinen muss, als sie dem Arzte gerade in dem Augenblick, wo er sie braucht, doch schwerlich jemals zur Hand sein dürften. Ueberdies werden sie alle durch das bereits von Desault angegebene Compressionsverfahren ersetzt. Man schiebt ein viereckiges Stück Leinewand mit seiner Mitte in die Brustwunde ein, so dass es einen in die Brusthöhle hineinragenden Sack darstellt; durch die äussere Oeffnung dieses Sackes stopft man nun Charpie oder ein Stück Schwamm ein und zieht darauf an den vier Ecken der Leinewand, wodurch der im Thorax befindliche, mit Charpie gefüllte Sack gegen die Wundränder von innen her angepresst wird und somit das in der Wunde verletzte Gefäss comprimirt. Sobald man bemerkt, dass die Compression hinreichend stark ist, befestigt man die Ecken der eingeführten Leinewand mit Heftpflasterstreifen (Collodium), um dadurch die dauernde Compression zu sichern. Statt des mit Charpie zu füllenden Sackes kann man auch einen dicken Charpiebausch in die Wunde stopfen. Immerhin aber bleibt die Compression in solchen Fällen ein unsicheres Mittel und die Gefahr der Wunde wird durch das Einstopfen eines fremden Körpers in dieselbe, da er jedenfalls die Entzündung der Pleura steigern muss, beträchtlich erhöht. Ueberdies muss man unter solchen Verhältnissen die Hoffnung auf *prima intentio* von vornherein ganz aufgeben. Bei weitem besser ist es daher, wo möglich, zur Unterbindung zu greifen.

Unterbindung der *A. mammaria interna.* Ein Einschnitt von 2" Länge wird zur Seite des Brustbeins und von dessen Rande anfangend, schräg von Oben und Innen nach Aussen und

Unten geführt. In dieser Richtung wird die Haut, der Panniculus, der *Pectoralis major* durchschnitten, demnächst auch die aponeurotische Schicht getrennt, welche in dieser Gegend an der Stelle der Muskelfasern des *Intercostalis externus* sich findet. Endlich trennt man auch die Fasern des *Intercostal. internus* vorsichtig, indem man sie mit 2 Pinçetten erhebt und nach Oben und Unten auseinanderzieht und findet die *Art. mammar. interna* dicht hinter ihm, begleitet von zwei Venen, wenige Linien vom Rande des Brustbeins entfernt, von der Pleura noch durch die Muskelbündel des *Triangularis sterni* getrennt. Die Unterbindung selbst macht alsdann keine Schwierigkeiten mehr. Die Bloslegung aber, welche in den ersten 3 Intercostalräumen gleichfalls bei einiger Uebung leicht gelingt, ist im vierten Intercostalraume bereits schwierig und im fünften und sechsten fast ganz unausführbar. [Dies von Goyrand (*Lancette française*, 1834, 30 *Septembre*) angegebene Verfahren ist offenbar auf die indirecte Ligatur berechnet. Man soll die Arterie oberhalb der verletzten Stelle, also ihren centralen Theil unterbinden. Es würde daher kein besonderer Vorwurf sein, dass die Ausführung dieses Verfahrens fast nur auf die ersten 3 Intercostalräume beschränkt ist. Aber, um vollkommen sicher gegen die Blutung zu sein, würde hier, wie überall die directe Unterbindung empfohlen werden müssen, für welche die Erweiterung der Wunde, nöthigenfalls auf Kosten des Rippenknorpels, erforderlich sein würde.]

Unterbindung der *A. intercostalis.* Um sie zu finden, folgt man dem unteren Rande der Rippe, indem man alle bedeckenden Weichtheile, zuletzt auch die Fasern des Intercostalis sorgfältig ablöst. Im hinteren Drittheil der Rippen liegt das Gefäss gewöhnlich so tief in der Furche des Rippenrandes, dass es schwer zu finden und noch schwerer mit einem hakenförmigen Instrumente (zumal ohne Zerrung des gleichnamigen Nerven) zu umgehen sein wird. In dieser Region kann aber eine Verletzung der *A. intercostalis*, aus demselben Grunde, ohne gleichzeitige Continuitätstrennung der Rippe nicht vorkommen. Man wird daher noch weniger als bei Verletzungen der Mammaria verleitet sein können, die indirecte Unterbindung zu bevorzugen, sondern auch hier das blutende Gefäss in der, schlimmsten Falles dilatirten, Wunde zu fassen suchen.

Viertes Capitel.

Herzwunden.

Nicht blos im Volke, sondern auch bei vielen Aerzten hält sich noch die poetische Anschauung von der unabwendbaren Lebensgefahr der Herzwunden. Man hielt sie früher für augenblicklich und absolut tödtlich. Die Herzwunden sind aber nicht alle absolut tödtlich. Dies gilt zunächst für diejenigen, welche zwar in die Herzsubstanz eindringen, aber keine der Herzhöhlen und keins der Kranzgefässe des Herzens verletzt haben. Aber auch diejenigen, welche in eine der Herzhöhlen, namentlich in einen Ventrikel eindringen, tödten nicht immer.

Erfahrungen der Art sind von Jägern häufig an Thieren gemacht worden, in deren Herzsubstanz sie nicht blos bis in die Ventrikel eindringende Narben, sondern auch in diesen Höhlen selbst liegende Kugeln vorfanden. Latour beschreibt eine Beobachtung der Art, die an einem Soldaten gemacht wurde, der sechs Jahr vor seinem Tode durch eine Flintenkugel verwundet war. Diese Wunde war vollständig geheilt. Die Kugel lag eingekapselt im rechten Ventrikel, nahe der Spitze, zum Theil vom Endocardium bedeckt und gegen die Scheidewand der Ventrikel angedrängt. Latour, *Histoire philosophique et médicale des causes essentielles et prochaines des hémorrhagies* Tom. I. p. 75. Plater berichtet von einem Schweine, in dessen Herzen man ein Stück von einem Stocke vorfand.

[Hier ist auch der Möglichkeit zu gedenken, dass eine Flintenkugel ins Herz gelangen kann, ohne dass eine Herzwunde besteht. Blumhardt hat im Correspondenzblatt der Würtembergischen Aerzte 1851, einen solchen Fall beschrieben. Die Kugel war, wie genau erwiesen wurde, aus dem linken Aste der Lungenarterie, in welchem der Schusscanal endete, in das Herz gefallen.]

Je enger der Wundcanal ist, desto weniger gross die Lebensgefahr; daher sind namentlich Stichwunden, welche mit Pfriemen, sehr schmalen Messern und ähnlichen Instrumenten beigebracht werden, unverhältnissmässig weniger gefährlich, — die Gefahr verschwindet ganz, wenn die Verletzung mit einer dünnen Nadel (einer sogenannten Acupunctur-Nadel) geschieht.

Dies lehren unter andern die Versuche von Searle, welcher die Cholera mit Hülfe der Acupunctur des Herzens behandeln wollte.

Uebrigens sind unter fast gleichen Verhältnissen die Verletzungen desto gefährlicher, je dünner die Wandungen der Herzhöhle sind, in welche die Wunde penetrirt. Dies erklärt sich aus der grösseren Leichtigkeit, mit welcher in einem engen und langen Wundcanale, dessen Wandungen sich überdies ungleichmässig verschieben, eine dauerhafte Verstopfung durch Blutgerinnsel zu Stande kommen kann. So stehen denn auf der Scala der Lebensgefahr die Wunden der Vorhöfe obenan, und die Wunden der rechten Herzkammer höher als die der linken.

[Nélaton giebt l. c. p. 471 auf Grund genauer Vergleichung der vorliegenden Beobachtungen an, dass die Wunden der Herzkammern schneller zum Tode führen, als diejenigen der Vorhöfe.]

Die Herzwunden sind aber auch, selbst wenn sie eine bedeutende Grösse haben und vollständig penetriren, doch nicht immer sofort tödtlich.

Paré erzählt, dass ein im Duell Verletzter noch 200 Schritt lief, obgleich die Wunde im Herzen gross genug war, um den Finger einzuführen. Aehnliche Fälle haben Saviart, Rhodius, Durande, Tulpius beobachtet und Sanson gesammelt (*Des plaies du coeur, Paris* 1827). Eine der merkwürdigsten Beobachtungen der Art ist die von Ferrus (Breschet, *Repertoire d'anatomie et de physiologie Paris* 1826. *Tom. II p.* 402). Der Verletzte lebte 20 Tage lang mit einem Stilet im Herzen, welches das Herz von einer Seite zur andern durchstochen hatte. [Neuere Beobachtungen von Herzwunden, welche erst nach längerer Zeit den Tod zur Folge hatten, finden sich in Canstatt's Jahresbericht Jahrgang 1852 Band IV p. 25 u. 26.]

Dupuytren hat vorzugsweise darauf aufmerksam gemacht, dass auch die Richtung der Wunde im Verhältniss zur Anordnung der Muskelfasern der Ventrikel und der Umstand, ob das verletzende Instrument längere Zeit in der Wunde verweilt hat oder sogleich wieder ausgezogen ist, für die Frage nach der Lebensgefahr überhaupt und namentlich nach der unmittelbaren Lebensgefahr von Bedeutung ist. Natürlich kann es sich immer nur um Wunden von geringer Ausdehnung (höchstens einige Linien breit) handeln; alle grösseren führen sofort, entweder durch Blutung nach Aussen oder durch strotzende Füllung des Herzbeutels und dadurch bedingte Behinderung der Herzbewegung den Tod herbei. Auf letzterem Wege kann auch eine ungemein enge Stichwunde, welche einen Vorhof oder ein Kranzgefäss getroffen hat, tödtlich werden, ohne die geringste Blutung nach Aussen. Erfolgt ein solcher Bluterguss sehr schnell z. B. aus einer bereits glücklich vernarbten Wunde bei unzweckmässigem Verhalten, so findet man den Herzbeutel strotzend gefüllt mit halbflüssigem, halbgeronnenem Blute; der Tod ist dann ganz plötzlich[1]). Strömt aber das Blut allmälig in den Herzbeutel, so wird es durch die noch fortdauernden, obwol krampfhaften und unregelmässigen Bewegungen des Herzens in ähnlicher Weise, wie man es zur Darstellung des Faserstoffs absichtlich thut, geschlagen, so dass der Faserstoff sich wirklich

[1]) [So z. B. in dem Falle von Trugien, *London medic. Gazette* 1850, p. 42; Canstatt's Jahresbericht 1851 Bd. IV. pag. 26.]

in Gestalt von Fasern und Häuten abscheidet und, dem Herzen adhaerirend, ein *Cor villosum* darstellt, welches zur Annahme einer vorausgegangenen Pericarditis veranlassen kann.

Die Diagnose der Herzwunden ist nicht immer ganz leicht. Jedoch lassen meist die Lage und Richtung der Wunde, die Art der Verletzung, die grosse Angst, die häufigen Ohnmachten, der kleine und unregelmässige Puls, die Athemnoth, der Schmerz hinter dem Sternum oder in der Herzgrube, die Blässe des Verletzten und der ihn überlaufende kalte Schweiss einen ziemlich sicheren Schluss zu. [Die Auscultation und Percussion der Herzgegend dient zur Vervollständigung der Diagnose, namentlich wenn aus der äusseren Wunde kein oder wenig Blut ausfliesst. Der Bluterguss in's Pericardium wird sich durch ausgebreitete Herzdämpfung, Verdeckung der normalen Herztöne und durch Geräusche, welche von den Bewegungen der Gerinnsel erzeugt werden, bemerklich machen. Jedoch liegen in dieser Beziehung noch nicht hinreichend genaue Untersuchungen vor.]

Bei der Behandlung der Herzwunden ist die erste Aufgabe, die äussere Wunde so genau als möglich zu schliessen. Demnächst macht man einen starken Aderlass, um die Kraft des Blutstromes zu schwächen und wiederholt diese Blutentziehung, je nach Bedürfniss, mehrmals. Der Kranke muss vollkommen ruhig liegen, weder sprechen, noch feste Speisen geniessen, auch Flüssigkeiten nur in geringer Menge und stets kühl (Eisstückchen). Auf die Herzgegend macht man kalte Umschläge. Gelingt es mit Hülfe dieser Behandlung, den Kranken die ersten Tage hinzuhalten, so muss man durch den Nachlass der Beängstigung und der übrigen subjectiven Symptome sich in keiner Weise bestimmen lassen, ihm auch nur die allergeringsten Anstrengungen zu gestatten. Er muss wochenlang ruhig liegen, bei schmaler Kost unter sorgfältiger Aufsicht und Pflege, damit nicht durch eine plötzlich gesteigerte Herzthätigkeit die frische Narbe wieder zerstört oder das glücklich verstopfende Gerinnsel fortgespült werde. Vielleicht dürften für diesen spätern Abschnitt der Behandlung auch die innerlichen Mittel, welche schwächend oder doch verlangsamend auf die Herzthätigkeit wirken (Digitalis, Veratrin) einigen Nutzen gewähren. Jedenfalls darf man erst nach mehren Monaten dem Verletzten die Rückkehr zu voller Thätigkeit gestatten und muss selbst dann noch die Vermeidung aller Excesse dringend empfehlen [1].

[1] Vgl. über die Behandlung der Herzwunden: Dupuytren, *Blessures par armes de guerre, Tom. II.*

|Die Frage, ob das verletzende Instrument, wenn es noch in der Wunde steckt und gefasst werden kann, sogleich oder erst später, vielleicht auch garnicht auszuziehen sei, ist noch nicht untersucht worden. Ferrus erzählt einen Fall, in dem das Leben noch 23 Tage fortdauerte, obgleich eine spitze Feile, die bis in den linken Ventrikel eingestossen war, nicht ausgezogen wurde. Das späte Ausziehen könnte jedoch nur dadurch gerechtfertigt werden, dass man sich der Hoffnung hingiebt, es werden die in der Umgegend des fremden Körpers sich festsetzenden Gerinnsel gleichsam eine Decke über ihm bilden; andrerseits ist zu erwägen, dass die nachfolgende Entzündung an sich gefährlich ist und, indem sie die Wandungen des Wundcanals rings um den eingedrungenen Körper starr macht, die Verschiebung dieser Wandungen, durch welche nach der Ausziehung der Verschluss der Wunde begünstigt werden würde, unmöglich macht. So dürfte denn die frühzeitige Ausziehung, welche von Laien gewiss immer instinctiv geübt werden wird, auch vom ärztlichen Standpunkte zu empfehlen sein, obgleich sich erwarten lässt, dass Blutung, vielleicht auch der Tod, darauf augenblicklich folgen werden.|

Eröffnung des Herzbeutels. Paracentesis pericardii.

Die Paracentese des Herzbeutels ist höchst selten ausgeführt worden und noch seltener wirklich indicirt. |Obgleich die Diagnose eines Ergusses in den Herzbeutel heut zu Tage mit ziemlicher Sicherheit gestellt werden kann [1]), obgleich ferner eine Verletzung des Herzens bei gehöriger Vorsicht nicht zu erwarten und nach der Operation eine gefährliche Entzündung nicht zu befürchten ist; so wird man die Paracentese des Herzbeutels doch nur dann unternehmen dürfen, wenn ein Erguss in demselben, welcher auf andere Weise nicht entfernt werden kann, dem Leben unmittelbar Gefahr droht. Die Hülfe wird meist nur eine palliative sein können, da die Ergüsse im Herzbeutel (mit Ausnahme der blutigen und eitrigen) auf allgemeinen Erkrankungen beruhen.|

Zweierlei Methoden sind zu unterscheiden.

1. Punction durch einen Intercostalraum.

Senac stiess den Troicart am linken Sternalrande zwischen der fünften und sechsten Rippe ein. |Diese Stelle dürfte in der Regel die geeignetste sein.|

Desault incidirte mit dem Bistouri zwischen der sechsten und siebenten Rippe (links), nach Aussen von der *Mammaria interna*, drang mit dem Finger ein, fand eine von Flüssigkeit ausgedehnte Tasche, welche er für den Herzbeutel hielt, und öffnete diese. Nach einigen Tagen lehrte die Section, dass er eine Cyste geöffnet hatte, hinter welcher erst der Herzbeutel lag.

Larrey punctirte in dem Raume zwischen dem Knorpel der siebenten Rippe und dem Schwertknopel (gleichfalls links) und hoffte auf diesem Wege die Pleura, das Bauchfell, das Zwerchfell und die *Art. mammaria* zu vermeiden.

[1]) |Jedoch hat selbst ein Skoda sich in der Art täuschen können, dass er ein mit *Hydrops pericardii* zugleich bestehendes Carcinom des *Mediastinum anticum* übersah. (Medic. Jahrb. d. Oestr. St. Bd. 24).|

[Nélaton bemerkt aber mit Recht, dass ein ansehnlicher Ast der letzteren leicht getroffen werden kann und dass man keineswegs sicher ist, auf diesem Wege in den Herzbeutel zu gelangen.]

2. Trepanation des Brustbeins.

Schon Riolan hatte vorgeschlagen die linke Hälfte des Sternum dicht über dem Schwertfortsatz zu trepaniren, um bequem den Herzbeutel öffnen zu können. Skielderup hat dies Verfahren aufs Neue empfohlen und Laënnec stimmte ihm bei. Nach vorsichtiger Entfernung des austrepanirten Knochenstücks fühlt man mit dem Finger vorsichtig zu, lässt den Kranken sich vornüberbeugen und sticht an der deutlich fluctuirenden Stelle das Bistouri ein. — [Jedenfalls macht man auf diese Weise eine unnöthig grosse Verwundung.]

[Der Vorschlag von Richerand, nach der Punction irritirende Einspritzungen in den Herzbeutel zu machen, bedarf wohl nur einer historischen Erwähnung.]

Fünftes Capitel.

Lungenvorfall und Lungenbruch.

Prolapsus pulmonis, Hernia pulmonis.

Man begreift von Seiten vieler Wundärzte, [obgleich mit Unrecht,] unter dem Namen Lungenhernie (Pneumocele) nicht blos diejenigen Fälle, wo ein Theil der Lunge bei unversehrter Haut sich zwischen den Rippen nach vorgängiger Zerreissung der Intercostalmuskeln oder auch nach einem Rippenbruch hervorgedrängt hat und somit eine Geschwulst unter der Haut darstellt, — sondern auch den Vorfall eines Theiles der Lunge aus einer penetrirenden Brustwunde.

[Die Entstehung des Lungenvorfalls erscheint auf den ersten Blick schwer zu erklären, da die Lunge, wie wir bereits gesehen haben, unmittelbar nach der Eröffnung der Pleurahöhle zusammensinkt und nach physicalischen Gesetzen zusammensinken muss, wenn sie nicht durch Adhäsionen festgehalten wird; ist aber letzteres der Fall, so kann sie wiederum nicht vorfallen. Man glaubte den Vorfall erklären zu können, indem man annahm, die Lunge werde bei der Exspiration vermittelst der in die Pleurahöhle eingedrungenen Luft herausgeschleudert. Dies ist, da die Lunge durch die im *Cavum pleurae* befindliche Luft geradezu comprimirt wird, schwer einzusehen, auch spricht dagegen, dass man den vorgefallenen Theil der Lunge nicht schlaff und luftleer, sondern von Luft ausgedehnt gefunden hat. Malgaigne giebt hierfür folgende sinnreiche Erklärung: der Verletzte athmet krampfhaft, bei der Exspiration ist seine Stimmritze, durch welche ohnehin ein relativ geringeres Quantum Luft hindurchgeht, in hohem Grade verengt. Die mächtig wirkende

Bauchpresse treibt daher einen Theil der Luft aus der unverletzten Lunge gegen die Seite der Verletzung hinüber, einzelne bronchiale Verzweigungen werden gefüllt und gerade diese drängen sich, während der Thoraxraum nach allen Richtungen verengt wird, aus der Wunde hervor. Wenn diese Erklärung richtig ist, so wird der Vorfall der Lunge unmöglich sein, sobald beide Pleurahöhlen geöffnet sind, oder eine grosse Oeffnung in der Luftröhre angelegt ist. Malgaigne führt als Stütze seiner Theorie an, dass der Lungenvorfall sofort zurücktrete, sobald der Kranke frei ausathme. Der *Prolapsus pulmonis* ist immer nur bei grossen Wunden in der Gegend des unteren Randes der Lungenflügel, namentlich bei Schusswunden mit Substanzverlust beobachtet worden. Gewöhnlich wird die vorgefallene Parthie bei der Inspiration zurückgezogen und bei der Exspiration wieder hervorgetrieben. Der seltenste unter diesen seltenen Fällen ist, wenn das vorgefallene Lungenstück in der Wunde liegen bleibt und eingeklemmt wird. Alsdann verdunstet die Feuchtigkeit auf der Oberfläche, so dass jede Aehnlichkeit mit einem Stück Lunge verschwindet und Verwechselungen mit einem Stück Holz und dergleichen mehr begangen werden können. Der vorgefallene Theil der Lunge ist äusserst wenig empfindlich, zufällige Verwundungen und absichtliches Abbinden haben stattgefunden, ohne dass daraus ein wesentlicher Nachtheil erwachsen wäre. Es leuchtet von selbst ein, dass die Behandlung, wenn der Fall noch frisch ist, in dem Zurückbringen des vorgefallenen Lungenstücks bestehen muss. Geht er von selbst zeitweise zurück, so hat man nur im Augenblick des Zurücktretens die Wunde genau zu schliessen. Trockenheit der Lungenoberfläche darf auch bei etwas älteren Fällen noch nicht von der Reposition abhalten. Ist dagegen das vorgefallene Stück eingeklemmt und bereits brandig, so legt man an der Basis eine Ligatur an und schneidet den hervorragenden Theil ab.|

Der eigentliche Lungenbruch, Pneumocele, *Hernia pulmonis*, entsteht am häufigsten nach beträchtlichen Substanzverlusten der Thoraxwand, wenn die Hautwunde längst geheilt, der Hämopneumothorax resorbirt und die Lunge wieder zu ihrer alten Ausdehnungsfähigkeit und normalen Function zurückgekehrt ist. Alsdann ist leicht einzusehen, wie bei einer angestrengten plötzlichen Exspiration (Husten, Drängen u. s. w.) ein Theil der Lunge gegen die lückenhafte oder doch weniger widerstandsfähige Stelle der Brustwand angedrängt und endlich hervorgepresst werden kann; so namentlich nach einem grossen Substanzverlust einer oder mehrerer Rippen, nach Schusswunden und dergleichen mehr. Seltner, jedoch auch in einer ziemlich grossen Anzahl von Fällen, hat man die Entstehung einer *Hernia pulmonis* ohne vorausgegangene Verletzung der Brustwand, ausschliesslich durch die Kraft der Bauchpresse beobachtet. Dabei wäre möglich, dass die schwachen Intercostalmuskeln vor der Lunge hergedrängt würden und somit die Bedeckung der Bruchgeschwulst nicht blos aus der äusseren Haut und der Pleura, sondern auch aus jener Muskelschicht bestände. Hierzu müsste aber ein hoher Grad von Atrophie und Dehnbarkeit der Intercostalmuskeln vorausgesetzt werden. Es ist viel wahrscheinlicher, dass an der Stelle der Lungenhernie die Intercostalmuskeln, wenn auch anfangs nur in sehr geringer Ausdehnung, durchbrochen und auseinandergedrängt werden, analog dem Vorgang bei der Entstehung der Unterleibshernien. In der Mehrzahl solcher Fälle hat man überdies nachweisen können, dass Quetschungen der Brustwand vorausgegangen waren, die vielleicht schon eine unbemerkt gebliebene Continuitätstrennung der Intercostalmuskeln veranlasst hatten.

Die Lungenhernie stellt eine, in der Regel nicht sehr umfangreiche Geschwulst dar, welche sich weich anfühlt, leicht zusammengedrückt werden kann, wobei man eine Art von Crepitation hört, sich auch leicht reponiren lässt und durch den einfachsten Verband zurückgehalten werden kann. [Bei der Exspiration wird die Geschwulst grösser, bei der Inspiration kleiner.]

[Das Zusammensinken der Geschwulst während der Inspiration erklärt sich leicht, wenn man bedenkt, dass, während der Thorax erweitert wird, durch die von Aussen drückende Luft alles was überhaupt in ihn zurückgedrängt werden kann, ebensogut zurückgedrängt wird, als die Luft durch denselben Druck in die Luftröhre und die Lunge eindringt. Ist die Hernie daher überhaupt noch beweglich, so wird sie auch bei der Inspiration gänzlich in die Brusthöhle zurücktreten; ist die Lunge in der Oeffnung der Thoraxwand festgeheftet, so wird sie dennoch wenigstens zusammensinken, und bei der Exspiration, namentlich wenn diese stossweise wie beim Husten erfolgt, am stärksten anschwellen.]

[Vermag der Patient den Athem einige Augenblicke anzuhalten, so verschwindet die Geschwulst fast gänzlich und man kann mit dem Finger, indem man sie zurückdrängt, die Oeffnung in der Thoraxwand unter der unversehrten Haut fühlen. Das Geräusch, welches man beim Eindringen der Luft in den vorliegenden Theil der Lunge hört, soll dem crepitirenden Rasseln ähnlich und von dem gewöhnlichen Respirationsgeräusch durch seine grössere Stärke und Deutlichkeit unterschieden sein.]

Bei Berücksichtigung dieser Symptome wird es nicht leicht möglich sein, eine Lungenhernie mit einer anderen Geschwulst, etwa mit einem Lipom oder einem kalten Abscess, zu verwechseln.

Cruveilhier (*Anat. pathologique du corps humain. Livraison XXI.*) macht darauf aufmerksam, dass eine Verwechselung mit einem abgekapselten Empyem, welches die Intercostalmuskeln bereits durchbrochen hat, statt haben kann. Auch in diesen Fällen wölbt sich in der That die Geschwulst stärker hervor, wenn kräftig exspirirt wird und tritt bei der Inspiration zurück; aber die Fluctuation ist alsdann immer deutlich und die Auscultation vervollständigt die Diagnose. Ueberdies hilft die Anamnese. Bei der Hernie ist fast immer eine Verwundung oder Quetschung vorausgegangen, beim Empyem dagegen eine langwierige Entzündung.

Als ein Beispiel von *Hernia pulmonis*, welche sich durch ungewöhnliche Grösse der Geschwulst auszeichnet, führen wir die von Thilaye gemachte, später von Cruveilhier durch die Section vervollständigte Beobachtung an. Einem jungen Manne wurden, während er zwischen einer Wagendeichsel und einem Baumast gequetscht wurde, die dritte und vierte wahre Rippe der rechten Seite zermalmt. Er genas zwar, behielt aber an dieser Stelle hinter dem *Pectoralis major* eine Lücke in der Brustwand, durch welche namentlich beim Husten die Lunge in der Art hervortrat, dass sie den *Pectoralis major* stark hervorzuwölben schien. Diese Hernie hinderte den Mann keineswegs an schwerer Arbeit. Er starb erst im 77sten Jahre an der Cholera. Der Thorax wurde durch Cruveilhier untersucht und es konnte zunächst die am Lebenden gemachte Beobachtung bestätigt werden, dass eine grosse Lücke (Querdurchmesser 4", Verticaldurchmesser 2") zwischen der dritten und vierten Rippe, nahe dem Sternum bestand, deren glatten knöchernen Rand man überall mit dem Finger verfolgen konnte. Bei der Section fand man unter der Haut eine Schicht Fettgewebe, demnächst aber sogleich eine halbdurchsichtige an ihrer inneren Fläche glatte, seröse Tasche, einen wahren Bruchsack, in welchem das scheinbar normale Lungenstück enthalten war. Der *Pectoralis major* und *minor* fehlten im ganzen Umfange der Geschwulst, der Bruchsack ging unmittelbar in die *Pleura costalis* über, die Lunge aber war im Umfange desselben durch pleuritische Adhäsionen festgeheftet. Es musste zweifelhaft gelassen werden, ob dieser Bruchsack wirklich blos von der ausgedehnten Pleura gebildet oder als Neubildung einer serösen Membran zu betrachten sei. Jedoch möchte schwer zu begreifen sein, wie eine Verletzung, die

Fig. 72 und 73.

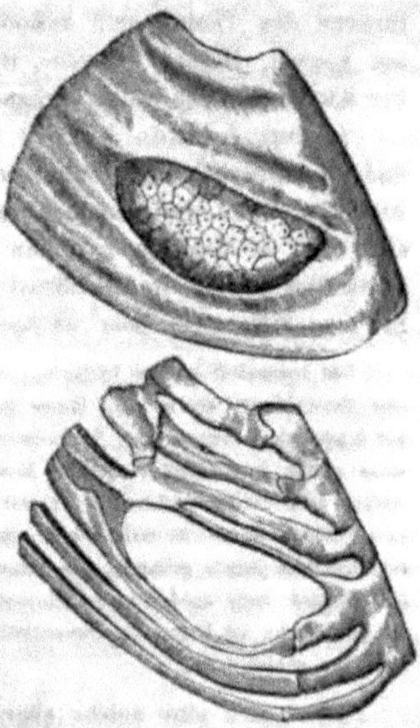

2 Rippen zertrümmerte, die Pleura gänzlich unversehrt lassen sollte. Eine Exfoliation hatte, nach den am Lebenden gemachten Beobachtungen, an den fracturirten Rippen nicht stattgefunden. Bei der Section fand sich als untere Begrenzung der Bruchpforte die sehr verdünnte und mit ihrer hinteren concaven Fläche aufwärts gewandte vierte Rippe, welche weiter nach Hinten und Aussen durch festes fibröses Narbengewebe, welches mit den Intercostalmuskeln zusammenhing, mit der dritten Rippe verbunden war. Die obere Begrenzung bildete ein schmaler Knochenstreif, wahrscheinlich neugebildet, welcher von der dritten Rippe schräg zum Knorpel der vierten hinabstieg. Die Spuren der früheren Verletzung waren überdies auch an der zweiten und dritten Rippe deutlich.

Sechstes Capitel.

Fremde Körper im Thorax.

Die fremden Körper, welche vom Munde aus in die Luftwege und in die Speiseröhre gerathen, sind bereits bei den Krankheiten der Luftröhre und der Speiseröhre erläutert worden; hier handelt es sich um die durch die Brustwand direct eingedrungenen fremden Körper. Dieselben bieten zunächst einen wesentlichen Unterschied dar, je nachdem sie in der Brustwand festsitzen oder im Inneren des Thorax sich befinden. Gewöhnlich handelt es sich um Kugeln, Messer-, Degen-, Bajonett- und Lanzenspitzen, Theile der Kleidung, auch wohl Verbandstücke.

I. Der fremde Körper sitzt in der Brustwand fest und ist äusserlich noch zu sehen und zu fühlen. Die Ausziehung ist leicht, wenn der fremde Körper blos in den Weichtheilen festsitzt. Ist er dagegen in einen Knochen eingetrieben, so ist die Extraction in der Regel höchst schwierig. Zu ihrer Ausführung hat man viele mehr oder weniger sinnreiche Verfahren angegeben.

Viel bewundert ist das Verfahren, welches von Gérard ausgeführt sein soll, eine Messerklinge, die in einer Rippe festsass und im Niveau der äusseren Fläche der Rippe abgebrochen war, herauszudrücken, indem er durch einen Intercostalraum seinen mit einem Fingerhut bewaffneten Zeigefinger einschob. Abgesehen davon, dass dieses Verfahren auch das Bestehen einer grossen Wunde im Intercostalraume voraussetzt, welche erst anzulegen wol niemand empfehlen wird, dürfte es schwerlich jemals gelingen, den Finger mit der gedachten Bewaffnung glücklich hinein- und auch wieder zurückzubringen. Der Vorschlag von Percy mit Hülfe von Klebwachs die Extraction vorzunehmen, dürfte weit hinter der Anwendung eines Magneten zurückstehen.

Lässt sich eine solche abgebrochene Klinge nicht fassen (wobei möglichst starke Zangen anzuwenden sind), so muss man entweder, wie am Schädel, das Knochenstück, in welchem die Klinge festsitzt, mit derselben zugleich entfernen, d. h. trepaniren oder reseciren, oder aber die Ausziehung bis zur Zeit der Eiterung verschieben. Dies temporisirende Verfahren wird durch eine gewisse Zahl von Beobachtungen, in denen es günstigen Erfolg hatte, gestützt. Die Mehrzahl der Fälle aber, in welchen man mit der Extraction zögerte, verlief unglücklich.

Bei der Section eines Sträflings in Rochefort fand man in der Brusthöhle die Spitze eines Stichdegens, welche die Lunge durchbohrt hatte und einerseits in einer Rippe, andererseits in einem Wirbelkörper festsass, im mittlern Theile aber, wo sie in der Lunge steckte, von kalkigen Concretionen umgeben war. Die Verletzung hatte 15 Jahre vorher stattgefunden und nichts hatte darauf hingewiesen, dass ein fremder Körper zurückgeblieben sei.

Einem Officier der pariser Nationalgarde wurde 1836 in die hintere Seite der linken Thoraxhälfte in der Richtung gegen die rechte Brustwarze ein Ladestock, der im Flintenlauf geblieben war, eingetrieben. Er ragte 5" heraus, so dass man ermessen konnte, er müsse bis zur vorderen Brustwand eingedrungen sein. Gleich nach der Verletzung traten keine besonderen Zufälle auf. Der Kranke hatte wenig Schmerz und Velpeau glaubte daher die Eiterung abwarten zu müssen, um dann die Extraction mittelst eines von Charrière zu construirenden Instrumentes leichter und mit geringerer Besorgniss einer Blutung vornehmen zu können. Aber das sinnreiche Instrument kam nicht zur Anwendung; der Kranke starb am vierten Tage. Bei der Section zeigte sich, dass der Ladestock durch einen Wirbelkörper eingedrungen, dann nahe an der *Vena cava inferior* unter der Basis des Herzens durch die Lunge gedrungen und auf der rechten Seite in der vorderen Brustwand stecken geblieben war. Die Extraction gelang auch am Cadaver nur mit vieler Mühe. Velpeau (*Nouveaux Elemens de médecine opératoire. Paris* 1839) räth in ähnlichen Fällen die Extraction sogleich vorzunehmen.

Percy zog ein 7" langes dicht an der Haut abgebrochenes Stück einer Stossdegenklinge, welche an der Cauda des *Pectoral. major* eingedrungen und durch die Lunge bis in den Körper des vierten Brustwirbels eingestossen war, mit grosser Schwierigkeit und, wie er selbst sagt, zu spät aus. Der Kranke starb bald darauf. (Percy, *Manuel de chirurgie d'armée p.* 123.)

|Die Resection einer Rippe zum Behuf der Extraction eines fremden Körpers muss in möglichst geringem Umfange und namentlich mit Schonung der Pleura geschehen. Man versucht zuerst mit einem starken, spitzen Messer oder Meissel die Knochensubstanz in der nächsten Umgebung des fremden Körpers herauszuschneiden. Auf solche Weise gelingt es, namentlich bei eingekeilten Kugeln, wenigstens von der einen Seite soviel Raum zu gewinnen, um einen Hebel unterschieben und sie damit heraus heben zu können. Auch bei abgebrochenen Klingen wird dadurch oft eine hinreichende Lockerung erreicht werden können und zugleich für das Fassen mit einer Zange Platz geschafft.|

II. Der fremde Körper befindet sich ganz innerhalb der Brusthöhle. In solchen Fällen kann man zuweilen mit dem in die Thoraxhöhle durch die Wunde eingeführten Finger oder mit einem Katheter den eingedrungenen Körper, namentlich eine Kugel fühlen. Solche Untersuchungen dürfen aber nicht zu weit getrieben werden, da sie grössere Gefahren als die Anwesenheit des fremden Körpers selbst herbeiführen können.

Die Zufälle sind verschieden, je nachdem der fremde Körper in das *Cavum mediastini* oder in die Pleurahöhle eingedrungen ist, und in letzterem Falle wieder, je nachdem er in der Pleurahöhle frei beweglich liegt oder in der Lunge festsitzt.

a. Fremde Körper im *Cavum mediastini*. Entzündung des im Mittelfellraume gelegenen Zellgewebes und darauf folgende Bildung eines sogenannten substernalen Abscesses, ferner Entzündung und Eiterung des Pericardiums sind die hier zu fürchtenden Zufälle. Fast immer handelt es sich um Flintenkugeln oder ähnliche Geschosse. Man findet die Kleidungsstücke durchbohrt, eine Wunde in der Gegend des Mediastinum, Schmerz in der Wunde selbst und hinter dem Sternum. In Betreff der Diagnose, ob die Kugel noch in der Tiefe stecke oder vielleicht wieder herausgefallen sei, vgl. Bd. I. pag. 293. Die Ausziehung ohne Erweiterung der Wunde ist unmöglich. Den Verletzten auf den Bauch zu legen, nutzt gar nichts. Man muss also die Wunde durch Trepanation des Sternum oder mit Hülfe einer Resectionszange (Vgl. Bd. II. pag. 559.) hinreichend erweitern, um mit dem Finger und unter dessen Leitung mit einer Kornzange eindringen und die Kugel fassen zu können.

b. Fremde Körper in der Pleurahöhle und in der Lunge. Wenn ein fremder Körper in die Pleurahöhle, aber nicht in die Lunge eingedrungen ist, so folgt er der Schwere und nimmt im untersten Theile des *Cavum pleurae* seinen Platz. Bestehen aber die so häufigen pleuritischen Adhäsionen zwischen Lunge und Rippenfell, so wird der fremde Körper, wenn er nicht in die Lunge eindringt, durch diese Adhäsionen aufgehalten und selbst ganz nahe an der Wunde liegen bleiben können. In allen diesen Fällen handelt es sich abermals fast ausschliesslich um Kugeln. Eine solche kann dann auch auf der rechten Seite eindringen und entweder durch die rechte Lunge oder durch das *Cavum mediastini* in das linke *Cavum pleurae* gelangen und daselbst matt hinabfallen. Abgesehen von den Zufällen, welche die Verletzung an sich bedingt, veranlasst der fremde Körper Pleuritis mit wahrscheinlich eitrigem Exsudat. Es wäre somit sehr wünschenswerth, die Extraction möglichst bald auszuführen. Dies ist aber voraussichtlich nur in dem Falle möglich, wo die Kugel durch alte Adhäsionen in der Nähe der Wunde zurückgehalten worden ist. Anderenfalls würde man nur aufs Gerathewohl einschneiden können und dadurch in der grossen Mehrzahl der Fälle den Zustand des Patienten sicher verschlimmern, die Kugel aber doch nicht heraus bekommen. Somit ist man in der Regel genöthigt, sie ganz sich selbst zu überlassen und die weitere Behandlung je nach den auftretenden Zufällen einzurichten. Man räth auch den Kranken auf die Seite zu legen, damit die Kugel sich der Eintrittsöffnung wieder nähere, dabei wird aber vorausgesetzt, dass diese Oeffnung bei der Seitenlage gerade die tiefste Stelle einnehme, was verhältnissmässig selten der Fall ist. Wird späterhin die Eiterung im Thorax bedeutend und gefährlich, so muss man in einem der tieferen Intercostalräume incidiren, weil Hoffnung ist, dort die Kugel zu treffen.

Bei einem Soldaten, welchem eine Kugel im oberen Theil der rechten Thoraxhälfte eingedrungen war, führte Larrey, da die Eiterung immer zunahm, einen elastischen Katheter durch die offene Wunde ein und entdeckte die Kugel im tiefsten Theile der Pleurahöhle, schnitt dort ein und konnte, nachdem 3 Becken voll Eiter entleert waren, die Kugel mit einer Polypenzange fassen und ausziehen. In einem anderen Falle war die Kugel zwischen der achten und neunten Rippe eingedrungen. Nach 5 Tagen schien der Verletzte dem Tode nahe zu sein. Die Wunde wurde, parallel der unteren Rippe, dilatirt und sogleich entleerten sich mehrere Stücke Tuch mit einem Strome von Blutserum und Gerinnseln. Die Wunde schloss sich, aber alsbald erfolgte Aufbruch des inzwischen entwickelten Empyems unter den falschen Rippen. Nach einiger Zeit entdeckte Larrey mit einem durch die übrig gebliebene Fistelöffnung eingeführten Katheter die Kugel im unteren Theile der Pleurahöhle. Die Oeffnung wurde erweitert; um eine Polypenzange einführen zu können, musste ein Theil der Rippe mit dem Linsenmesser abgetragen werden; dann aber gelang die Extraction. Mehrmals sah Larrey auch Kugeln, die im Thorax zurückgeblieben waren, sich in einem Intercostalraume hervordrängen, so dass sie unter die oberflächlichen Brustmuskeln zu liegen kamen.

In mehreren Fällen blieben auch Flintenkugeln frei und beweglich, ohne üble Zufälle im Thorax liegen.

Fälle der Art hat namentlich Percy gesammelt. Auch hier zeigt sich der Unterschied zwischen Kugeln und anderen fremden Körpern, namentlich Stücken der Kleidung. Letztere wirken stets bei weitem verderblicher. Paulet untersuchte den Körper eines Trompeters, der in der Schlacht bei Jemappes einen Schuss in die rechte Brusthälfte bekommen hatte. Die Kugel hatte einen 4" langen Canal gebohrt und war durch denselben wieder ausgetreten. Der Verletzte konnte schon nach 2 Monaten zu seinem Regimente zurückkehren, aber ein trockner Husten nöthigte ihn nach 10 Monaten in das Lazareth zu gehen, wo er starb. Paulet fand neben einem vereiterten Lungenstück einen kleinen Lappen Tuch, etwa 1" lang, den die Kugel vor sich hergetrieben hatte. Leveillé, *Nouvelle doctrine chirurgic. Tom III.*

Allerdings sind aber auch Fälle genug beobachtet worden, in denen die in der Lunge oder der Pleurahöhle befindliche Kugel tödtliche Eiterung zur Folge hatte. Einen solchen Fall hat z. B. Broussais untersucht und beschrieben. Endlich giebt es aber Beispiele, welche zeigen, wie fremde Körper aus dem Thorax in fast unbegreiflicher Weise ohne Zuthun der Kunst sogar durch die Lunge hindurch ihren Weg nehmen können.

Pigray sah einen Soldaten, der 3 oder 4 Monate, nachdem er von einer penetrirenden Schusswunde des Thorax geheilt war, ein 3" langes Stück von einer seiner Rippen aushustete, ohne weitere üble Zufälle zu erfahren. Jacob Gay berichtete an Fabricius Hildanus über einen seiner Freunde, der im Duell einen Degenstich nahe der rechten Achselhöhle erhalten hatte. Nach der Heilung bestanden grosse Respirationsbeschwerden mit fortdauerndem Husten und stinkenden Auswurfe. Der Kranke bemerkte, dass 2 Charpiebäusche, die man in die Wunde gesteckt hatte, bei der Wiederholung des Verbandes nicht gefunden worden waren, weil man versäumt hatte, sie an einem Faden zu befestigen. 3 Monat später wurden unter heftigem Husten die beiden Charpiebäusche nebst vielem Eiter ausgeworfen und 1 Jahr darauf entstand unter der schon vernarbten Stelle der Verletzung eine äusserliche Entzündungsgeschwulst, welche abscedirte, viel Eiter lieferte und für lange Zeit einen fistulösen Gang hinterliess, der übrigens das Wohlbefinden des Patienten nicht störte. Aehnliche Beobachtungen sind nach Schussverletzungen öfters gemacht worden.

Natürlich wird man einen solchen Vorgang aber doch nicht als Regel ansehen können und häufig genug werden selbst kleine Körper, wenn sie in die Lunge eindringen, zu tödtlicher Eiterung führen.

Dies zeigt z. B. der, auch anderweitig merkwürdige Fall von Kerandras. Eine bisher gesunde Frau, welche eine Nadelbüchse in der Hand hatte, erhielt einen Fusstritt, durch den die geöffnete Büchse gegen ihre Brust geschleudert wurde. Eine grosse Zahl der Nähnadeln drang tief ein und wenige konnten sogleich wieder ausgezogen werden. Die Mehrzahl blieb im *Panniculus adiposus* versteckt und kam nach mehr oder weniger langer Wanderung an allen möglichen Stellen der Körperoberfläche zum Vorschein. Man glaubte die Frau schon für geheilt ansehen zu können, als sie unter den Erscheinungen der Lungenschwindsucht erkrankte und starb. Bei der Section fand man eine Nähnadel, von einem Eiterheerde umgeben, als Ursache der Lungenerkrankung.

Siebentes Capitel.

Von den Ergüssen in der Pleurahöhle und ihrer Entfernung durch die Paracentese.

Man hat früher von vielen Seiten alle in der Pleurahöhle vorkommenden Ergüsse, da sie vorzugsweise häufig eitriger Natur sind, als „Eiterbrust, Empyema" zusammengefasst und daher auch die operative Eröffnung der Pleurahöhle (Paracentese des Thorax) schlechtweg als „Operation des Empyems“ oder seitens der französischen Wundärzte sogar blos als „Empyème“ bezeichnet.

Die Ergüsse in der Pleurahöhle bieten aber wesentliche Verschiedenheiten dar, je nach ihrer Beschaffenheit, ihrer Menge und der ihrer Entstehung zu Grunde liegenden Verletzung oder Erkrankung.

A. Beschaffenheit des Ergusses: Blut, Luft, Exsudationsproducte, namentlich Serum oder Eiter.

1. Blutiger Erguss, Hämothorax. Obgleich die Anwesenheit von Blut in der Pleurahöhle als Entzündungsreiz nur in geringem Grade auftritt, hat sie doch üble Zufälle zur Folge, weil der Bluterguss in der Regel plötzlich auftritt und daher eine schnell-steigende und deshalb gefährliche Compression der Lunge bedingt. Ueberdies wird das ergossene Blut dem Kreislauf entzogen; es tritt daher in dem ganzen Körper eine relative Blutleere ein. Die Veranlassung des Hämothorax ist fast immer eine Verletzung. Dadurch wird die Diagnose leichter, die Prognose besser. Da die Pleura und die Lunge voraussichtlich gesund sind, steht vollständige Resorption des Blutergusses zu erwarten und sollte diese nicht erfolgen, so sind die Aussichten für eine operative Entfernung möglichst günstig. Die Symptome eines Blutergusses in der Brusthöhle sind: kurze beängstigte Respiration; grosse Unruhe und Athemnoth, die durch aufrechte und vornübergebeugte Stellung noch am meisten gemildert wird; Unmöglichkeit auf der gesunden Seite zu liegen; Erleichterung, wenn der Patient mit gegen den Leib angezogenen Schenkeln im Bett sitzt; unbehagliches Gefühl von Schwere im unteren Theile des Thorax, Empfindung von Druck auf das Zwerchfell, zuweilen auch heftige Schmerzen an den Insertionspuncten dieses Muskels. Bei plötzlichem Wechsel der Lage oder absichtlicher Erschütterung des Thorax empfindet der Patient (zuweilen auch die an den Thorax angelegte Hand des Wundarztes) die Bewegung einer Flüssigkeit. Die Seite des Thorax, in welcher der Erguss sich befindet, erscheint ausgeweitet, die Intercostalräume vergrössert, die *Regio hypochondriaca* derselben Seite ragt etwas hervor. Zuweilen treten nach einigen Tagen in der Gegend des Winkels der falschen Rippen blaurothe Sugillationen auf, welche von Valentin und einigen anderen früher als ein pathognomonisches Zeichen des Hämothorax mit Unrecht betrachtet wurden. Soweit die Pleurahöhle von Blut erfüllt ist, giebt sie bei der Percussion einen leeren (matten) Ton, in frischen Fällen giebt, je nachdem die Lage des Verletzten geändert wird, bald dieser bald

jener (und natürlich immer der abhängigste) Theil die Dämpfung deutlich zu erkennen. Auch bei der sorgfältigsten Auscultation ist in dem von Blut erfüllten Theile des Thorax, da die Lunge aufwärts verdrängt wird, kein Respirationsgeräusch zu hören. Der Puls des Verletzten ist klein, zusammengezogen, frequent, die Haut blass, kalt, und wenn der Bluterguss bedeutend ist oder mit grosser Schnelligkeit erfolgt, ist sie mit kaltem Schweiss, namentlich am Gesicht und am Halse bedeckt; die Kräfte des Patienten schwinden dann sichtlich. Die Quelle der Blutung können, wie wir bereits gesehen haben, entweder die Gefässe der Lungensubstanz oder diejenigen der Thoraxwand oder endlich die grossen Gefässstämme in der Umgegend des Herzens sein. Im letzteren Falle ist von einer Therapie keine Rede. Die Behandlung der Blutung aus den übrigen Quellen fällt mit derjenigen der penetrirenden Brustwunden zusammen. Das Aufhören der Blutung wird aus der Rückkehr der Körperwärme, der grösseren Kraft und Regelmässigkeit des Pulses und dem Nachlassen der krampfhaften und Ohnmacht ähnlichen Zufälle mit grosser Wahrscheinlichkeit erschlossen, namentlich wenn diese Reactionserscheinungen einige Zeit nach der Verletzung (etwa 8—10 Stunden nachher) auftreten.

Führt der Bluterguss nicht durch seine Masse oder durch die davon abhängige Compression der Lunge zum Tode und *ist er* nicht mit Pneumothorax complicirt, so entstehen weiterhin nur geringe pleuritische Erscheinungen und die Resorption erfolgt unter allmäliger Entfaltung der comprimirten Lunge. Leider ist aber die Complication mit Pneumothorax die Regel, da, wie wir bereits oben gesehen haben, Lungenwunden die häufigste Quelle der Blutung in die Pleurahöhle sind. Der nachtheilige Einfluss der mit dem Blute zugleich in der Pleurahöhle eingesperrten Luft auf das ergossene Blut und auf die Pleura selbst macht sich sehr häufig geltend: ersteres wird zersetzt, letztere entzündet, das Resultat beider Processe ist eine Verjauchung, welche bald durch Pyaemie, bald unter den Erscheinungen des hectischen Fiebers den Tod herbeiführt. Seltner wird der Bluterguss in solchen Fällen durch zufällig bestehende alte oder auch durch frisch gebildete Adhäsionen eingekapselt; alsdann kann die Resorption gleichfalls erfolgen. Zuweilen tritt aber auch in diesem Falle Zersetzung ein, in deren Gefolge entweder die Lunge oder die Thoraxwand auf dem Wege der Verschwärung durchbohrt und das Blut auf diese Weise entleert werden kann.

2. Lufteintritt in die Pleurahöhle, Pneumothorax,

jener (und natürlich immer der abhängigste) Theil die Dämpfung deutlich zu erkennen. Auch bei der sorgfältigsten Auscultation ist in dem von Blut erfüllten Theile des Thorax, da die Lunge aufwärts verdrängt wird, kein Respirationsgeräusch zu hören. Der Puls des Verletzten ist klein, zusammengezogen, frequent, die Haut blass, kalt, und wenn der Bluterguss bedeutend ist oder mit grosser Schnelligkeit erfolgt, ist sie mit kaltem Schweiss, namentlich am Gesicht und am Halse bedeckt; die Kräfte des Patienten schwinden dann sichtlich. Die Quelle der Blutung können, wie wir bereits gesehen haben, entweder die Gefässe der Lungensubstanz oder diejenigen der Thoraxwand oder endlich die grossen Gefässstämme in der Umgegend des Herzens sein. Im letzteren Falle ist von einer Therapie keine Rede. Die Behandlung der Blutung aus den übrigen Quellen fällt mit derjenigen der penetrirenden Brustwunden zusammen. Das Aufhören der Blutung wird aus der Rückkehr der Körperwärme, der grösseren Kraft und Regelmässigkeit des Pulses und dem Nachlassen der krampfhaften und Ohnmacht ähnlichen Zufälle mit grosser Wahrscheinlichkeit erschlossen, namentlich wenn diese Reactionserscheinungen einige Zeit nach der Verletzung (etwa 8—10 Stunden nachher) auftreten.

Führt der Bluterguss nicht durch seine Masse oder durch die davon abhängige Compression der Lunge zum Tode und ist er nicht mit Pneumothorax complicirt, so entstehen weiterhin nur geringe pleuritische Erscheinungen und die Resorption erfolgt unter allmäliger Entfaltung der comprimirten Lunge. Leider ist aber die Complication mit Pneumothorax die Regel, da, wie wir bereits oben gesehen haben, Lungenwunden die häufigste Quelle der Blutung in die Pleurahöhle sind. Der nachtheilige Einfluss der mit dem Blute zugleich in der Pleurahöhle eingesperrten Luft auf das ergossene Blut und auf die Pleura selbst macht sich sehr häufig geltend: ersteres wird zersetzt, letztere entzündet, das Resultat beider Processe ist eine Verjauchung, welche bald durch Pyaemie, bald unter den Erscheinungen des hectischen Fiebers den Tod herbeiführt. Seltner wird der Bluterguss in solchen Fällen durch zufällig bestehende alte oder auch durch frisch gebildete Adhäsionen eingekapselt; alsdann kann die Resorption gleichfalls erfolgen. Zuweilen tritt aber auch in diesem Falle Zersetzung ein, in deren Gefolge entweder die Lunge oder die Thoraxwand auf dem Wege der Verschwärung durchbohrt und das Blut auf diese Weise entleert werden kann.

2. Lufteintritt in die Pleurahöhle, Pneumothorax.

ist, wir wir bereits gesehen haben, die Folge jeder penetrirenden Brustwunde; die Luft dringt entweder blos von Aussen ein, oder sie strömt auch aus der Lunge hervor, wenn diese verletzt ist. Bei unverletzter Thoraxwand kann nur Continuitätstrennung der Lunge oder eines Bronchus, in sehr seltenen Fällen der Luftröhre selbst die Ursache sein. Ebensogut wie durch eigentliche Verwundung kann aber auch durch Krankheitsprocesse (Verschwärung) die Lunge, an einer gewöhnlich nur sehr kleinen Stelle, zerstört und somit ohne jegliche äussere Verletzung Pneumothorax bedingt sein. In den Fällen der letzteren Art ist der Pneumothorax etwas durchaus Secundäres. Die **Diagnose** des Pneumothorax ergiebt sich bei klaffenden penetrirenden Wunden von selbst; sie hat aber auch in allen anderen Fällen keine Schwierigkeit, da der tympanitische Ton, welcher in dem von Luft erfüllten Theile des Thorax bei der Percussion vernommen wird, neben dem gleichzeitigen Mangel des Respirationsgeräusches auch für den Ungeübtesten beweisend ist. Besteht (wie gewöhnlich nach einer Verletzung) mit dem Pneumothorax zugleich Bluterguss (Hämopneumothorax), so findet man gänzliches Fehlen des Respirationsgeräusches, Dämpfung in den unteren, tympanitischen Schall in den oben liegenden Theilen der betreffenden Thoraxhälfte. Schüttelt man den Kranken während der Auscultation, so hört man das Anschlagen der Flüssigkeit mit metallischem Wiederhall.

Der üble Einfluss, welchen die Luft auf den zugleich bestehenden Bluterguss ausübt, wurde bereits geschildert. Im Uebrigen besteht die Gefahr des Pneumothorax zunächst in der Compression der Lunge. Daher sind auch die Erscheinungen der Athemnoth, die Angst, und die Kreislaufsstörungen den beim Hämothorax auftretenden durchaus ähnlich; nur entwickeln sie sich hier mit viel grösserer Schnelligkeit, gleichsam auf einen Schlag; sie sind verhältnissmässig stärker ausgeprägt, wenn der Pneumothorax ohne äusserliche Eröffnung der Pleurahöhle entsteht, weil alsdann auch die andere Seite durch die in dem einen Pleurasack angehäufte Luft comprimit wird. Dagegen fehlen natürlich in dem Krankheitsbilde des Pneumothorax alle die auf Blutverlust beruhenden Erscheinungen, welche beim Hämothorax aufgeführt werden. Dieselben treten schon in milderem Grade auf, wenn Blut und Luft sich bei unversehrter Thoraxwand oder schnell und sicher geschlossener penetrirender Wunde in den Raum der Pleurahöhle gleichsam zu theilen haben. Der Druck der Luft wirkt in diesem Falle als Blutstillungsmittel.

der Pleura auf; gewöhnlich ist er von einem durch Erkrankung der Nieren, des Herzens, der Leber bedingten Allgemeinleiden abhängig. Traumatischer Hydrothorax kommt gar nicht vor; somit ist seine Erwähnung hier überhaupt nur dadurch motivirt, dass man zur Entleerung der serösen Flüssigkeit sowie anderer Ergüsse eine chirurgische Operation, die Paracentese des Thorax, zu Hülfe genommen hat. Das Exsudat, welches eine acute Pleuritis liefert, enthält, obwohl oft zum grossen Theile dünnflüssig, doch immer Eiterkörperchen beigemischt, so dass es genauer zum Empyem als zum Hydrothorax gezählt wird.

B. Masse des Ergusses. Gewöhnlich findet sich ein Erguss nur in einer Pleurahöhle, zuweilen nur in einem Theile derselben, selten in beiden. Die Menge kann von wenigen Tropfen bis zur vollständigen Erfüllung des *Cavum pleurae* variiren. Sie ist in prognostischer Bedeutung oft ebenso wichtig, sogar noch wichtiger, als die Beschaffenheit des Ergusses, weil die Verminderung der Respirationsgrösse mit ihr gleichen Schritt hält. Füllung beider Pleurahöhlen, selbst mit der gutartigsten und am leichtesten zu resorbirenden Flüssigkeit, bedingt unfehlbar den Tod, da sie die Respiration sofort aufhebt. Häufig wird die Menge des Ergusses durch alte, zuweilen auch durch frische Adhäsionen beschränkt. Die Diagnose der Menge des Ergusses ergiebt sich aus den beim Hämothorax und beim Pneumothorax gemachten Angaben.

C. Die Aetiologie des Ergusses hat in Bezug auf den weiteren Verlauf und auf die einzuleitende Behandlung einen sehr grossen Einfluss. Wurde der Erguss durch eine mechanische Verletzung herbeigeführt, so sind vor Allem die primären Zufälle zu fürchten, obgleich auch aus der nachträglichen Zersetzung des Blutes grosse Gefahr entstehen kann. Sind dagegen Entzündungen oder Entartungen die Ursache des Ergusses, so treten seine üblen Folgen in der Regel erst allmälig auf. Jedoch lässt sich auch hier als Ausnahme die schnelle Wirkung eines durch Ulceration der Lunge bedingten Pneumothorax aufführen. Chirurgische Hülfe ist gegen die Ergüsse der letzteren Categorie sehr viel weniger wirksam, als gegen die traumatischen, da sie zur Beseitigung der, jenen zu Grunde liegenden Erkrankungen, nichts beizutragen vermag.

Paracentese des Thorax, Operation des Empyem.

Die operative Eröffnung des Thorax ist von den ältesten Zeiten bis auf unsere Tage in vielfachem Wechsel bald in hohem

Ansehen, bald in vollständigem Misscredit gewesen. In dieser Beziehung hat sie das Schicksal der Trepanation getheilt, aber die neuesten Untersuchungen und Erfahrungen haben ihr eine bei weitem sichere Stellung und einen grösseren Wirkungskreis angewiesen als dem Trepan, in dessen Beschränkung die grössten Autoritäten der heutigen Chirurgie fast wetteifern.

Davis (*Encyclographie médicale*) zählte unter zehn Operationen des Empyems 2 Heilungen, Ray 4 unter 6 (*Archiv. de médecine* 8ième *série Tom XII*). Trousseau, Schuh und Andere haben mit günstigem Erfolge auch in acuten Fällen das Exsudat durch die Paracentese entleert. Andererseits versichern freilich Velpeau und Bégin, dass sie, dieser in vier und jener in zwölf Fällen nur unglückliche Erfolge beobachtet haben.

Im Allgemeinen vereinigen sich die Ansichten dahin, dass man die Paracentese vornehmen solle, wenn sich die innere Behandlung und die Anwendung von Ableitungen auf die äussere Haut nutzlos erweist, die Menge des Ergusses vielmehr zunimmt. Nur muss man sicher sein, dass (bei Bluterguss) die verwundeten Gefässe bereits verschlossen sind, wozu im Allgemeinen zwei bis drei Tage ausreichen, und dass die Lunge nicht bereits in unheilbarer Weise, namentlich tuberculös, erkrankt ist. Schiebt man die Operation zu lange auf, so hat man zu gewärtigen, dass die Lunge, von Pseudomembranen umschlossen, ihre Ausdehnungsfähigkeit eingebüsst hat, dass somit der Zweck der Operation gar nicht oder doch nur unvollständig erreicht werden kann.

Die Eröffnung der Brusthöhle, um Flüssigkeiten zu entleeren, ist bereits von Hippokrates ausgeführt worden. Er operirte sowol mit dem Messer als auch mit dem Glüheisen, gab aber ersterem den Vorzug und entleerte den Eiter nur ganz allmälig. Er empfahl frühzeitig zu operiren, injicirte auch nach der Operation Oel oder Wein, welche Flüssigkeiten nach Verlauf von etwa 12 Stunden wieder entleert wurden. Celsus scheint das Empyem mit den Abscessen der Thoraxwand verwechselt zu haben. Die arabischen Aerzte empfahlen die Anwendung des Glüheisens, um die Brustwand zu perforiren. Manche, wie Paul von Aegina, beabsichtigten nur einen Brandschorf zu bilden, ohne die Pleurahöhle zu öffnen. Die Chirurgie des sechzehnten Jahrhunderts war der Operation des Empyems günstig; Fabricius ab Aquapendente namentlich empfahl dieselbe auf Grund anatomischer Untersuchungen ebenso eifrig als die Laryngotomie. Er rieth die Eröffnung zwischen der fünften und sechsten Rippe vorzunehmen.

An welcher Stelle soll man die Paracentese vornehmen? Wenn das Extravasat oder Exsudat abgekapselt ist, so muss natürlich der Theil, in welchem es sich befindet, auch geöffnet werden und die Wahl des Ortes der Operation ist daher wesentlich beschränkt. Wenn sich der Erguss dagegen frei in der Pleurahöhle befindet, so wählt man den abhängigsten Punkt, vermeidet aber diejenigen Stellen, wo man grössere Arterien oder das Zwerchfell verletzen könnte oder aber dicke Muskelschichten durchschneiden müsste. Hierauf gründet sich der Rath von Sabatier, Boyer, Pelletan, dass man auf der linken Seite zwischen der achten und neunten, auf der rechten zwischen der siebenten und achten Rippe die Eröffnung vornehmen soll. Wenn man dieser Regel folgt, so vermeidet man sicher das Zwerchfell, das auf der rechten Seite ein wenig höher steht als links. Ist der Erguss nachweisbar in grosser Menge im unteren Theile des Thorax angesammelt und hat das Zwerchfell abwärts gedrängt, so kann man auch zwischen der vorletzten und drittletzten Rippe auf der linken Seite und zwischen der drittletzten und viertletzten auf der rechten Seite die Eröffnung vornehmen. Chopart und Desault empfehlen die Operation in diesen tieferliegenden Intercostalräumen als überhaupt zweckmässiger. Dies dürfte nicht gerechtfertigt sein, da allerdings Fälle vorkommen könnten, dass der Operateur, indem er den Troicart durch den drittletzten Intercostalraum der rechten Seite einstösst, das Zwerchfell perforirt und in die Leber eindringt, wie dies Vidal einmal in Marseille beobachtet hat. — Da der Kranke sich nach der Operation doch vorzugsweise in liegender Stellung befinden wird, so läuft die Flüssigkeit durch die Oeffnung in einem höheren Intercostalraum auch ganz ebenso gut ab. Um die Arterien der Thoraxwand und die dicken Muskelschichten zu vermeiden, legt man die Oeffnung an der Grenze zwischen dem hinteren und dem mittleren Drittheil des Umfanges der betreffenden Thoraxhälfte an, und wählt für das Einstossen eines Troikarts oder eines Messers immer die Nähe des oberen Rippenrandes. Ein dickes Fettpolster oder Oedem könnte das Erkennen und Zählen der Rippen schwierig, selbst unmöglich machen. Wenn der Kranke seine Hand auf's Sternum legt und den Oberarm gerade herabhängen lässt, so soll die Spitze des Ellenbogens sich an der für die Paracentese geeigneten Stelle befinden. Sicherer dürfte es sein, wenn man sechs Finger breit unter dem unteren Winkel der Scapula einstösst. Noch besser ist es, sich vorher von der Grenze zwischen Bauch- und Brusthöhle durch Percussion und Palpation so genau als möglich zu überzeugen und rechts 3 Zoll, links 2 Zoll oberhalb dieser Grenze einzudringen. [In allen zweifelhaften Fällen ist zu empfehlen, dass man durch eine Incision zuerst diejenige Rippe bloslege, an deren oberem Rande man eindringen will und dann die Operation mit dem Troicart fortsetze.]

Die Paracentese des Thorax kann durch Punction mit dem Troicart, durch den Schnitt, oder durch Kauterisation ausgeführt werden.

1. Paracentese mit dem Troicart. *Punctio thoracis.*

Die Punction der Brusthöhle kann mit einem gewöhnlichen Troicart ausgeführt werden, den man durch einen Zwischenrippenraum einstösst, je nach Bedürfniss mit einem Pfropf verschliesst und, wenn die Flüssigkeit nach und nach entleert werden soll, auch in der Wunde andauernd stecken lässt. Das Zurücklassen des Troicarts ist jedoch immer misslich, weil er alsbald in der Punctionsöffnung nicht vollkommen festgehalten wird, so dass Eiter nicht bloss nebenbei ausfliesst, sondern sich auch zwischen die Weichtheile infiltriren kann. Um diesem Uebelstande abzuhelfen, hat Reybard empfohlen den Troicart durch eine Rippe einzustossen. Alsdann sitzt er allerdings fest; aber die Verletzung der Rippe ist nicht gleichgültig, vielmehr der Vortheil des Festsitzens der Canüle nicht gross genug, um die mit der voraussichtlichen Erkrankung der Rippe verknüpfte Gefahr aufzuwiegen. Es ist, wenn wiederholte Entleerungen erforderlich sind, besser, wiederholte Punctionen vorzunehmen.

So lange als die Elasticität der Thoraxwände ausreicht, um den Eiter durch die Canüle auszutreiben, fliesst dieser im kräftigen Strahle; alsbald aber beginnt der Ausfluss zu stocken und es entsteht die Gefahr, dass bei weiteren Respirationsbewegungen Luft durch die Canüle in den Thorax eindringe, da der Druck der Luft begreiflicherweise bei jeder Inspirationsbewegung ebenso gut auf die Oeffnung der Canüle, als auf die Oeffnung des Bronchus der durch den Erguss zusammengedrückten Lunge wirken muss. Um dem jedenfalls schädlichen Eindringen von Luft in die Pleurahöhle vorzubeugen, sind verschiedene Vorrichtungen am Troicart angebracht worden. Die einfachste ist die von Reybard angegebene. Man befestigt an der Canüle des Troicarts ein nasses und vollkommen zusammengedrücktes Stück Darm, ein Rohr aus Goldschlägerhaut, Gummi oder dergl., kurz einen leicht comprimirbaren Schlauch, der zwar das Austreten von Flüssigkeiten gestattet, aber, sobald der Druck der Luft das Uebergewicht über den Andrang der Flüssigkeit, welche von innen her ausströmt, gewinnt, zusammensinkt und die Oeffnung der Canüle ventilartig verschliesst. Etwas complicirter ist der Troicart von Schuh. Seine Canüle ist mit einem starken Handgriff versehen und kann in der Nähe des äusseren Endes durch einen Hahn geschlossen werden. Diese Absperrung wird gleich nach dem Ausziehen des Stilets vorgenommen, so dass man nunmehr den sogenannten Trogapparat mit vollkommener Ruhe an der Canüle befestigen kann. Der sogenannte Trog ist ein kleiner Kasten, der nahe an seinem Boden eine Oeffnung besitzt, welche genau auf die Oeffnung der Canüle passt, mehrere Linien oberhalb des Niveaus der Canülenöffnung aber mit einem kleinen Abzugsrohr versehen ist, so dass seine Entleerung durch letzteres immer erst beginnt, wenn er von der Canüle her weit über das Niveau ihrer Oeffnung gefüllt ist. Auf diese Weise wird also nur eine sehr geringe Menge Flüssigkeit aus dem Thorax in den Trog entleert zu sein brauchen, um den Lufteintritt in die Canüle zu verhüten. Ueberdies aber ist vor der auf die Canüle passenden Oeffnung in dem Trog noch ein Stückchen Leder als Ventil angebracht, welches von vorn herein der Luft den Zutritt zur Canüle absperrt. Bei Anwendung eines dieser Apparate hat man den doppelten Vortheil, *dass man vor dem Lufteintritt sicher ist, und dass der Patient nicht blos durch die Elasticität seiner Thoraxwände, sondern auch durch seine Respirationsbewegungen auf den Ausfluss der Füssigkeit hinwirkt.* Beim Inspiriren tritt nämlich, wenn seine Lunge überhaupt noch ausdehnungsfähig ist, durch die Luftröhre Luft in die Lunge ein, in demselben Maasse, als durch die Entleerung von Flüssigkeit Raum gewonnen ist, da vermöge des Ventils an der Oeffnung der Canüle die Thoraxwand in physicalischer Beziehung sich wie eine vollkommen geschlossene verhält. Beim Exspiriren bedarf es nur eines geringen willkürlichen Zurückhaltens der Luft in der Lunge, um ein neues Quantum Flüssigkeit durch die Canüle hinauszubefördern. In der Regel treten hierbei wiederholte Hustenanfälle ein, zuweilen auch heftige Schmerzen, welche offenbar von der Ausdehnung der Lunge und der dabei unumgänglich stattfindenden Zerrung ihres eigenen Gewebes, so wie der Pleura (durch Vermittelung der Adhäsionen) abzuleiten sind, man hat somit Grund anzunehmen, dass der Erfolg der Operation gerade in solchen Fällen, wo die Kranken von Husten und Schmerzen während und gleich nach ihrer Ausführung zu leiden haben, wenigstens in Betreff der Wiederentfaltung der Lunge, ein günstiger sein werde. Es bedarf kaum der Erwähnung, dass durch jeden Hustenstoss gleichfalls die Entleerung der Flüssigkeit gefördert wird. Man sucht dieselbe ferner durch Compression des Unterleibes und der Thoraxwände selbst zu begünstigen, jedoch ist dies Hülfsmittel, wenn die Lunge sich überhaupt noch auszudehnen vermag, von untergeordnetem Werthe.

Verfahren nach Trousseau. Man macht am unteren Rande der achten Rippe mit der Lancette einen Einstich durch die Haut von hinreichender Grösse, um den Troicart ohne Schwierigkeit durchführen zu können. Ein Gehülfe zieht nunmehr die Haut so stark aufwärts, dass die Wunde dem siebenten Intercostalraum entspricht. Nunmehr setzt der Operateur seinen linken Zeigefinger auf den oberen Rand der achten Rippe und fixirt zugleich die kleine Wunde in der Nähe dieses Rippenrandes. Die rechte Hand aber stösst den Troicart durch die Wunde hart am Rippenrande mit Leichtigkeit bis in die Pleura ein. Demnächst wird das Stilet zurückgezogen. Bedient man sich des Troicarts von Reybard, so geschieht das Ausziehen des Stilets mit grosser Vorsicht, um den bereits vorher an dem äusseren Ende der Canüle befestigten und somit den Stiel umgebenden Schlauch nicht zu zerreissen. Operirt man mit einem durch einen Hahn schliessbaren Troicart, so muss ein Gehülfe, während der Operateur das Stilet auszieht, den Hahn fassen und, genau der Spitze des Stilets folgend, durch eine halbe Drehung schliessen.

Der Hauptvorzug der Thoracentese mittelst des Troicarts besteht in der dadurch allein möglichen Ausschliessung des Lufteintrittes und der dadurch wiederum ermöglichten Wiederentfaltung der Lunge.

Man hat der Punction mit dem Troicart den Vorwurf gemacht, dass die Lunge durch die Canüle verletzt und dadurch Pneumonie oder gar ausgedehnte Zerreissung des Lungengewebes bedingt werden könnte. Dies wäre immer nur bei ungewöhnlich schneller Entfaltung der Lunge, wie sie nur höchst selten vorkommen kann, möglich, und auch in solchen Fällen zu vermeiden, wenn man die Canüle während des Ausfliessens der Flüssigkeit allmälig etwas zurückzieht, bis man, nach der bekannten Länge derselben, berechnen kann, dass sie nur um einige Linien, die innere Fläche der Thoraxwand überragt. Wollte man die Vorsicht noch weiter treiben, so könnte man auch eine sogenannte „Docke“ einlegen, d. h. ein in die Canüle genau passendes Rohr, dessen Ende etwas über die innere Oeffnung der Canüle hinausragt und wie die Spitze eines Catheters eingerichtet, also an der Spitze geschlossen und nur mit seitlichen Oeffnungen (Augen) versehen ist. In der Mehrzahl der Fälle wird man an solche Vorsichtsmaassregeln aber gar nicht zu denken brauchen, weil die Masse des Ergusses zu bedeutend ist und die Ausdehnung der Lunge nur ganz allmälig erfolgt.

Nachdem die Entleerung der Pleurahöhle in hinreichendem Grade, namentlich bis zum Eintritt stärkerer Schmerzen in der Lunge, erfolgt ist, oder trotz kräftiger Respirationsbewegungen und anderweitiger mechanischer Verengerung des Thorax keine Flüssigkeit mehr ausfliesst, wartet man noch einige Zeit, lässt den Kranken vollkommen sich beruhigen und zieht dann mit einem plötzlichen Ruck die Canüle aus. Die vorher verschobene Haut nimmt ihre alte Stelle ein und zieht sich also wie ein Vorhang über die innere Wunde, welche nunmehr der Hautwunde nicht entspricht; dadurch wird die Gefahr eines nachträglichen Lufteintritts ausgeschlossen. Es ist zweckmässig, im Augenblicke des Ausziehens die Canüle sicher (mit dem Finger) geschlossen zu halten.

Statt der Elasticität der Brustwand und der Ausdehnung der Lunge zu vertrauen, haben Guérin und Stanzky besondere Verfahren angegeben, um die Flüssigkeit aus der Pleurahöhle auszupumpen. Guérin empfiehlt dazu seine bereits Bd. I. p. 108 erwähnte Spritze, die an der Canüle der Troicarts durch eine laufende Schraube befestigt wird. Stanzky setzt mit der Canüle durch Vermittelung eines Gummirohres einen Schröpfkopf in Verbindung. Es leuchtet ein, dass der Druck der Luft durch Vermittelung der Lunge auf den in der Pleurahöhle befindlichen Erguss, zu deren Entleerung hinreichen wird, wenn die Lunge sich überhaupt ausdehnen kann. Kann sie dies nicht, so wird die Herstellung eines luftverdünnten Raumes, in dem nicht von ihr erfüllten Theil der Pleurahöhle, eine bedenkliche Hyperämie oder gar Zerreissung in ihrem Gewebe bedingen. Somit ist ein besonderer Vortheil von dem Auspumpen des Thorax nicht zu erwarten, wohl aber ein Nachtheil zu befürchten.

II. Paracentese durch den Schnitt.

Die Incision wird zwei bis zwei und einen halben Zoll lang in querer Richtung, dem oberen Rande der Rippe entsprechend, gemacht. Man trennt nach einander: die Haut, das Unterhautbindegewebe, die Aponeurosen, auch wohl Muskelfasern des Serratus, endlich die Intercostalmuskeln, bei deren Durchschneidung Vorsicht empfohlen wird, um der *Arteria intercostalis* auszuweichen, welche aber, wie wir oben schon gesehen haben, in ihrer Rinne am unteren Rippenrande, nicht so leicht getroffen wird. Dagegen ist es zweckmässig, die Pleura nicht unversehends zu eröffnen, sondern vorher mit dem Finger sich noch einmal von der Fluctuation zu überzeugen.

Es ist bei der jetzigen Ausbildung der Percussion zwar schwer anzunehmen, dass ein Arzt, in dem Glauben einen Erguss in der Pleurahöhle vor sich zu haben, auf lufthaltiges Lungengewebe einschneiden sollte. Dagegen könnte allerdings eine derbe Infiltration der Lunge mit einer Neubildung (Krebs) zu einem Irrthum veranlassen, den man alsdann vor der Eröffnung der Pleura noch berichtigen könnte. Gewiss sind solche Fälle aber unerhört selten, denn gerade bei krebsiger Infiltration der Lunge ist ein Erguss in der Pleurahöhle der gewöhnliche Begleiter. Wie wenig aber erfahrene Practiker in Bezug auf die Eröffnung der Pleurahöhle scrupulös sind, zeigt am deutlichsten Velpeau, der das Bistouri ohne Weiteres durch den Intercostalraum einstösst und die Oeffnung beim Zurückziehen erweitert.

Der Mechanismus der Entleerung des Ergusses aus der durch den Schnitt eröffneten Pleurahöhle ist leicht einzusehen. Zunächst wird durch die Elasticität der Brustwände und das Hinaufsteigen des Zwerchfells eine gewisse Quantität Flüssigkeit ausgetrieben; bei der nächsten Inspiration tritt Luft durch die Operationswunde in die Pleurahöhle, bei der Exspiration wird wieder Flüssigkeit ausgetrieben, abermals tritt Luft ein, u. s. f. Der Kranke vertauscht also, glücklichsten Falles, seinen Hämo- oder Pyothorax mit einem Pneumothorax, höchst wahrscheinlich aber, da die Entleerung des flüssigen Inhaltes der Pleurahöhle kaum jemals vollständig gelingen dürfte, mit einem Hämo- oder Pyo-Pneumothorax, so dass sein Zustand voraussichtlich gradezu verschlechtert wird. Namentlich steht eine Wiederausdehnung der Lunge in unmittelbarer Folge der Operation durchaus nicht zu erwarten. Somit könnte die Eröffnung der Pleura durch den Schnitt nur in solchen Fällen gerechtfertigt erscheinen, wo man vollkommen überzeugt ist, einen abgekapselten Erguss vor sich zu haben und bereits erfahren hat, dass die Entleerung durch den Troicart, wegen der Consistenz des Inhaltes, nicht gelingt. Solche Fälle dürften aber sehr selten sein. Nach Ausführung der Paracentese durch den Schnitt hat man die Oeffnung mit einem Charpiebausch verstopft, der täglich gewechselt wurde, um neue Quantitäten Eiter abzulassen und zur Reinigung der Eiterhöhle und der alsbald wünschenswerthen Verbesserung des Eiters allerhand reinigende und reizende Einspritzungen empfohlen.

III. Die Eröffnung der Pleurahöhle durch Kauterien ist in alter Zeit, namentlich von Galen, auch von Arabern und selbst noch von Ambroise Paré vielfach geübt worden, wird aber in neuerer Zeit nur noch von sehr Wenigen empfohlen. Die Pleurahöhle mit einem Glüheisen oder einem Aetzmittel geradezu zu öffnen, hat vor der Incision durchaus keine Vorzüge und mehrere von selbst einleuchtende Nachtheile. Vidal empfiehlt deshalb (für chronische Fälle) die allmälige Eröffnung mittelst eines Aetzmittels (*Empyème en plusieurs temps*), um auf diese Weise den spontanen Aufbruch möglichst genau nachzuahmen. Zuerst soll eine Incision bis durch den *Intercostalis externus* gemacht werden; die Wunde wird dann in Eiterung gesetzt, demnächst ein kleines Stückchen Aetzkali eingelegt, welches einen Brandschorf erzeugt, bei dessen allmäliger Lösung zuerst ein Durchschwitzen und Aussickern, endlich ein langsames Ausströmen des Inhaltes der Pleurahöhle erfolgt. Nöthigenfalls soll die Application des Aetzmittels wiederholt werden. Vidal meint, dass die Lunge auf diese Weise Zeit gewinne sich allmälig auszudehnen und dass die äussere Luft weniger leicht eindringen könne. |Wesshalb aber? — Offenbar gewährt diese Methode vor der sorgfältig ausgeführten Punction keinen Vortheil, ist hingegen eingreifender und unsicherer.| Dass man nur bis auf die Pleura einschneiden und dann das Durchschwitzen der Flüssigkeit abwarten solle, hatte schon Mercator gelehrt.

Achtes Capitel.

Abscesse des Thorax.

(Caries der Rippen und des Brustbeins.)

Die Thoraxabscesse sind wesentlich verschieden, je nachdem sie in der Thoraxwand, also am Thorax, oder innerhalb desselben auftreten. |Im ersten Falle hängen sie häufig mit Caries der Rippen, im zweiten mit Caries des Brustbeins zusammen.|

I. Aeussere Thorax-Abscesse.

Die Abscesse in den Wandungen des Thorax sind häufig Senkungsabscesse (Vgl. Bd. II. p. 545 und 546). Am häufigsten liegt denselben Caries der Rippen oder des Brustbeins zu Grunde, seltener kommt der Eiter weiter her, aus dem Innern des Thorax, oder von einem cariösen Wirbel, der Rippe folgend, oder vom Halse, von der Achselhöhle her, sogar aus der Bauchhöhle. Die in den Wandungen des Thorax selbst, an der Stelle, an welcher sie auftreten, entwickelten Abscesse, entstehen in Folge von Quetschungen, Wunden, phlegmonösem Erysipelas; zuweilen sind sie von Caries der dicht darunter liegenden Knochen abhängig. Bei manchen ist eine bestimmte Aetiologie gar nicht nachzuweisen; man nennt sie kritische oder kalte Abscesse. Wahrscheinlich sind auch diese in der Regel auf Rippencaries zurückzuführen.

|Das phlegmonöse Erysipel (*Phlegmone diffusa*) der Brustwandungen tritt gewöhnlich an den Seitentheilen derselben auf und kann Anfangs mit Pleuritis verwechselt werden. Unter Frostschauern und Fieber entwickeln sich heftige Schmerzen (die durch Berührung vermehrt werden), das Athmen wird erschwert, auf der gesunden Seite zu liegen unmöglich, weil mit der kranken Brusthälfte nur unter grossen Schmerzen geathmet werden kann, während das Liegen auf der kranken Seite, der Schmerzen wegen, gleichfalls vermieden wird. Späterhin wird durch die Anschwellung und die Röthung der Haut die Diagnose gesichert. Auscultation und Percussion sind der grossen Schmerzhaftigkeit wegen nicht anwendbar; erstere überdies, wegen der Beschränkung der Athembewegungen, unsicher.

Die Behandlung muss, wie bei jeder *Phlegmone diffusa*, in hinreichend grossen und tiefen Einschnitten bestehen. Nur auf diesem Wege kann grösserer Gefahr vorgebeugt werden.|

Die Erscheinungen der äusseren Thoraxabscesse sind nur dann eigenthümlich, wenn der Eiter sich unter den Muskeln angesammelt hat, diese gleichsam unterminirt und bis zu den Rippen oder den Intercostalräumen vordringt. Heftige, weit verbreitete Entzündungen treten auf, wenn der Eiter durch Senkung in diese Region gelangt, das Periost entzündet sich, löst sich ab, die Rippen erkranken und die üble Wirkung kann sich bis auf die Pleura erstrecken. In allen Fällen aber, wo man in solcher Tiefe einen kalten Abscess anzunehmen geneigt ist und von dessen Einwirkung die Erkrankung der Rippen und der Pleura ableitet, sollte man erwägen, dass der umgekehrte Vorgang der wahrscheinlichere und entschieden der häufigere ist, dass nämlich alle jene Erscheinungen von Entzündung und Caries der Rippe abhängig sind. Obgleich in solchen Fällen die Pleura in unmittelbare Berührung mit dem Eiter kommt, erfolgt doch nur höchst selten Perforation derselben. Sie wird vielmehr durch die Entzündung bedeutend verdickt und dadurch widerstandsfähiger, |so dass sie durch den Eiter sogar nach Innen verdrängt werden kann[1]).| Viel häufiger erfolgt in umgekehrter Richtung Perforation durch ein pleuritisches Exsudat. Dasselbe ergiesst sich dann in das umgebende Bindegewebe und drängt alsbald die Haut zu einer fluctuirenden Geschwulst empor, welche sich entzündet und aufbricht. In ähnlicher Weise kann auch (obgleich höchst selten) der Inhalt einer Lungencaverne nach Aussen gelangen. Die tuberculöse Lunge ist an der Stelle der

[1]) |Auf diesen Vorgang macht namentlich Nélaton (l. c. pag. 500) aufmerksam. Der von der cariösen Rippe gelieferte Eiter verbreitet sich, in einem solchen (freilich seltenen) Falle, im subpleuralen Bindegewebe, löst die Verbindung zwischen Pleura und Rippen und drängt erstere soweit von der Brustwand ab, dass eine merkliche Compression der Lunge entsteht, — Alles bevor der Aufbruch nach Aussen erfolgt ist. Ist der Abscess aber offen, so bemerkt man an der tiefen, inneren Wand desselben (der verdickten Pleura), den Athemzügen entsprechend, Bewegungen: bei der Inspiration wird sie nach Innen, bei der Exspiration nach Aussen getrieben. So dringt denn auch die äussere Luft bei der Inspiration in die Abscesshöhle ein und wird bei der Exspiration wieder ausgetrieben. Auf diesem Stadium ist die Diagnose nicht schwierig, obgleich es immer noch unmöglich sein kann, die Ausdehnung der Eiterhöhle zu bestimmen. Vor dem Aufbruch ist eine sichere Diagnose gar nicht zu stellen.|

|Sehr selten erfolgt bei Rippencaries Zerstörung der *Art. intercostalis* mit nachfolgendem Hämothorax oder Aneurysmabildung.|

Caverne mit der Costalpleura verwachsen, die Ulceration greift also von der Caverne sogleich auf die Thoraxwand über und der Eiter ergiesst sich direct nach Aussen. Thoraxabscesse, welche auf diese Weise entstanden sind, werden voraussichtlich (wenn die Caverne überhaupt noch mit einem Bronchus communicirt) durch ihren Luftgehalt ausgezeichnet sein, bei der Percussion einen vollen Schall und bei der Auscultation ein rasselndes und gurgelndes Geräusch vernehmen lassen.

[In therapeutischer Beziehung haben wir hier nur die Rippencaries besonders zu besprechen, da die Behandlung der übrigen äusseren Thoraxabscesse durchaus nach den allgemeinen Regeln einzuleiten ist. Bei geringer Ausdehnung der Caries genügt es für gehörigen Abfluss des Eiters zu sorgen und die etwa bestehende Dyskrasie (in der Regel Scrophulosis bei jugendlichen Subjekten) durch innere Mittel zu bekämpfen. Lässt aber, trotz der Anlegung geeigneter Gegenöffnungen, die Eiterung nicht nach und ergiebt die Untersuchung mit der Sonde oder dem Finger eine grosse Verbreitung des cariösen Processes; so muss man, um der Pyämie vorzubeugen, das kranke Rippenstück ganz zu entfernen suchen. In manchen Fällen ist dies durch Abschaben (Ruginatio) oder durch vorsichtige Anwendung des Glüheisens möglich; dringt aber die cariöse Zerstörung bereits durch den grössten Theil der Dicke der Rippe, so ist die Resection derselben indicirt.

Die Resection der Rippen ist bereits von Galen ausgeführt worden, im Ganzen aber doch als eine seltene und gefährliche Operation zu betrachten. Die Ausführung derselben ist leichter, als man es nach Versuchen an der Leiche glauben sollte, weil in den Fällen von Rippencaries die Pleura verdickt und bereits von den erkrankten Rippen weit abgedrängt ist. Aber diese Ablösung der Pleura durch den Eiter erfolgt nach der Operation in noch grösserem Maasse und es gelingt deshalb oft nicht, die Pyämie, zu deren Verhütung resecirt wurde, wirklich zu verhüten. Die Operation selbst wird in folgender Weise ausgeführt. Durch eine grosse Incision, parallel der kranken Rippe, wird diese, weit über die Grenzen des cariösen Theils hinaus blossgelegt, die Intercostalmuskeln werden vorsichtig (nöthigenfalls auf der untergeschobenen Hohlsonde) abgeschnitten, die Pleura mit einem Scalpellstiel von der Rippe, sofern sie noch adhärirt, gelöst und zurückgeschoben und die Rippe endlich jenseit und diesseit des erkrankten Stücks mit einer kleinen Stichsäge, einer Kettensäge oder einer Knochenzange (Rippenscheere der Anatomen) durchschnitten, worauf das umschnittene Stück sofort aus der Wunde entfernt werden kann. Die Heilung erfolgt durch Granulationen, welche zwischen den Enden der resecirten Rippe oft vollständig verknöchern und somit zu einem Ersatz des verloren gegangenen Stückes führen.]

II. Innere Thorax-Abscesse.

Wir haben es hier ausschliesslich mit den Eiteransammlungen im vorderen Mittelfellraum zu thun, da die Abscesse der Lunge und die sogenannten Abscesse der Pleurahöhle (abgecapselte eitrige pleuritische Exsudate) zur inneren Medicin gerechnet werden.

Abscesse im *Cavum mediastini anticum*, sog. substernale Abscesse haben, wie die unter I. erwähnten äusseren Abscesse, häufig ihre Quelle an entfernten Theilen, am Hals, oder im Unterleibe. In anderen Fällen hängen sie von Erkrankung oder Verletzung des Sternum ab. Am häufigsten ist eine Quetschung, Fractur oder Wunde, seltener eine dyskrasische Entzündung des Brustbeins die Ursache. Ausnahmsweise soll auch eine ganz selbstständige Entzündung und Eiterung im *Cavum mediastini* vorkommen.

Einen pyämischen Abscess im vorderen Mittelfellraum beschrieb Vidal, *Annales de la chirurgie. Paris* 1845. *T. VI. pag.* 11.

Gewöhnlich folgt auf eine stattgehabte Verletzung die Entzündung im Mittelfellraum (wenn sie überhaupt eintritt) sehr bald und entwickelt sich bis zur Abscessbildung stetig weiter. Der Verletzte klagt an der getroffenen Stelle über einen tiefsitzenden Schmerz, welcher allmälig immer heftiger wird und immer tiefer zu dringen scheint. Fieber, unregelmässiges Frösteln, Athembeschwerden stellen sich ein und die äusseren Bedeckungen des Brustbeins schwellen in ähnlicher Weise, wie nach Kopfverletzungen diejenigen des Schädels (vgl. pag. 73.), teigig an.

Zuweilen zeigen die Abscesse des Mediastinum noch eine andere Analogie mit den im Schädel vorkommenden Eiteransammlungen, indem sie sich erst lange Zeit nach der Verletzung entwickeln. Hier wie dort handelt es sich um die schleichende Entstehung einer Knochenentzündung, welche sich auf die benachbarten Gewebe weiter fortsetzt und Eiterung veranlasst. [Vielleicht erleidet aber auch, bei Einwirkung grosser Gewalt, das Bindegewebe im *Cavum mediastini* eine Zerreissung oder Quetschung, analog der Lungenzerreissung bei unversehrten Rippen.] Als Beispiel, eine Beobachtung von J. L. Petit. Ein Reiter erhielt einen Flintenschuss auf's Brustbein, durch welchen der Knochen entblösst wurde; er konnte jedoch sogleich auf's Schlachtfeld zurückkehren. Am fünften Tage entstanden an der verletzten Stelle Röthe, Hitze, Geschwulst, tiefer Schmerz und Athembeschwerde. Es war eine sehr energische Behandlung nöthig, um den Kranken zu retten.

Wenn ein Abscess im *Cavum mediastini* die Folge von Caries des Brustbeins ist, so geht immer ein oberflächlicher Abscess an der vorderen Fläche des Brustbeins vorher, welcher sich sehr langsam entwickelt und erst nach längerem Bestehen mit einer gewöhnlich sehr kleinen Oeffnung aufbricht.

Der Aufbruch des substernalen Abscesses erfolgt, ganz unabhängig von der Art seiner Entstehung, bald durch eine Lücke des Brustbeins [1]), bald oberhalb des Manubrium, bald in der Umgegend des *Processus xiphoides*, bald endlich durch den Intercostalraum. Höchst selten, und natürlich mit tödtlichem Ausgange, hat man Durchbruch in die Pleurahöhle beobachtet. (la Martinière).

In der Regel entwickelt sich an der Aufbruchsstelle vorher eine circumscripte Geschwulst, deren Spitze sich demnächst öffnet, worauf dann eine ausserordentlich grosse Menge Eiter längere Zeit hindurch und gewöhnlich mit Schwierigkeit entleert wird. Je tiefer unten die Aufbruchsstelle liegt, desto leichter ist der Ausfluss; aber die Abscesswandungen können, da sie zum Theil von dem Knochen, welcher entweder primär oder doch secundär erkrankt ist, gebildet werden, schwer zum Verschluss kommen. Der stagnirende Eiter wirkt alsbald nachtheilig auf das Pericardium und die Pleura und muss, wenn auch nicht immer grade Ulceration, doch Entzündung dieser Häute bewirken. Auch die *Art. mammaria* kann durch Ulceration geöffnet und dadurch eine gefährliche Blutung veranlasst werden.

In diagnostischer Beziehung zerfallen diese Abscesse in zwei Varietäten, je nachdem sie mit einem äusseren Abscesse complicirt sind, oder nicht. In der Regel ist Ersteres der Fall. Der äussere Abscess ist dann entweder schon aufgebrochen, oder er stellt noch eine fluctuirende Geschwulst dar und wird alsbald künstlich geöffnet. Die grosse Eitermenge, welche bei jedem Verbande entleert wird, die Tiefe, bis zu welcher man mit der Sonde eindringen kann, der langwierige Verlauf, der vorausgegangene fixe Schmerz hinter dem Brustbeine, die Störungen des Allgemeinbefindens sichern die Diagnose. Hat man den Kranken von Anfang an beobachtet, so kann man die Diagnose selbst vor der Oeffnung des äusseren Abscesses stellen. Im zweiten Falle aber, wenn ein äusserer Abscess noch gar nicht besteht, ist man, namentlich wenn auch keine Verletzung des Brustbeins vorausgegangen ist, auf blosse Vermuthungen (sogen. rationelle Zeichen) angewiesen, —

[1]) [So z. B. in dem Fall von Bastide (Nélaton l. c. p. 498). Ein Dragoner war, in Folge eines Sturzes auf der Treppe, von einem sog. bösartigen Fieber befallen worden. Am 30. Tage der Krankheit entstand eine fluctuirende Geschwulst auf dem *Manubrium sterni*. Nach der Eröffnung floss viel blutiger, stinkender Eiter aus, der zwischen Manubrium und *Corpus sterni* hervorquoll. Der Verbindungsknorpel an dieser Stelle war zerstört, das Brustbein selbst cariös.]

und doch wäre es grade in diesen Fällen äusserst wünschenswerth. dem Eiter möglichst früh Abfluss zu verschaffen.

Die vollständige Entleerung des Eiters muss aber in allen Fällen durch die einzuleitende Behandlung erstrebt werden. Der äussere Abscess also wird geöffnet, die etwa schon bestehende Oeffnung desselben vergrössert, die Oeffnung im Brustbein mit der Knochenzange, dem Linsenmesser, nöthigenfalls auch mit dem Trepan (ganz wie am Schädel) erweitert. Ist das Brustbein cariös, so werden die kranken Theile am Besten sofort ganz excidirt, indem man zuerst die Rippenknorpel nahe dem Brustbein durchschneidet und dann dieses durchsägt.

Galen hat bereits ein cariöses Stück des Sternum ausgeschnitten; aber trotz der Empfehlung des Realdus Columbus und der guten Erfolge von Purmann, kam die Operation doch erst spät in Aufnahme. Paré fragte mit Recht, woher man denn wissen wolle, dass der Eiter wirklich nur im Mediastinum enthalten sei. Erst nachdem J. L. Petit und la Martinière die Diagnose gesichert hatten, gewann man Vertrauen zur Trepanation und dann auch zur Resection des Brustbeins.

Neuntes Capitel.

Neubildungen. Thoraxgeschwülste.

Der grösste Theil der am Thorax auftretenden Neubildungen gehört der Brustdrüse an und ist deshalb in der XVI. Abtheilung, Cap. V. besprochen worden. |Die übrigen Thoraxgeschwülste haben wir in solche zu unterscheiden, welche in den Brustwandungen selbst entstehen, und solche, die aus dem *Cavum mediastini* hervorwachsen.|

|Die Diagnose der zur ersten Gruppe gehörigen Thoraxgeschwülste bietet keine grösseren Schwierigkeiten dar, als die Diagnose der Geschwülste überhaupt. Es ist also nur zu erwähnen, dass nicht bloss Lipome, Sarkome, Krebse (ohne von der Mamma auszugehen) an der Brustwand vorkommen, sondern auch Aneurysmen der Intercostal-Arterie [1]) und der Mammaria.|

|Krebsgeschwülste der Brustwand können ebensowohl von den Knochen als von den Weichtheilen ausgehen.| Hierher gehört eine der berühmtesten Operationsgeschichten aus der Praxis von Richerand. Wir geben sie nach der Erzählung von Marjolin. Ein Militairarzt in Nemours, Namens Michelleau, hatte seit 3 Jahren eine bereits zweimal vergeblich mit dem Messer und mit Aetzmitteln behandelte Krebsgeschwulst am Thorax. Als er nach Paris kam, hatte dieselbe eine ungeheure Grösse erreicht und Richerand unternahm, unter der Assistenz von

[1]) |Einen merkwürdigen Fall der Art hat H. Schuster in seiner Abhandl. über Thoraxgeschwülste, Erlangen 1851, beschrieben.|

Dupuytren, die Resection der Rippen, welche der ursprüngliche Sitz des Uebels zu sein schienen. Durch einen grossen Kreuzschnitt wurde die sechste Rippe der linken Seite blosgelegt; sie war in einer Ausdehnung von 4 Zoll aufgetrieben und rauh. Das kranke Stück wurde, nach Ablösung der Intercostalmuskeln, mit einer kleinen Säge ausgeschnitten. Die Ablösung von der Pleura gelang leicht, weil diese stark verdickt war. In derselben Art wurde ein Stück der siebenten Rippe entfernt, aber hinter dieser erschien die Pleura selbst krebsig; so dass Richerand ein grosses Stück derselben mit entfernte. Sofort stürzte [was als ein besonderes Ereigniss erwähnt wird!] die Luft in die Pleurahöhle, comprimirte die linke Lunge und drängte das Herz hervor, welches nunmehr, blos von dem Herzbeutel bedeckt, in der Wunde pulsirte. Die grosse Angst und Oppression, welche hierdurch hervorgerufen wurden, wichen, nachdem man die Wunde mit einer grossen, in Oel getränkten Compresse bedeckt und durch einen mässig festen Verband deren Lage gesichert hatte. — Der Erfolg dieser Operation war zunächst möglichst günstig. Die Athemnoth war zwar in den ersten 12 Stunden so gross, dass der Operirte die ganze Nacht sitzend zubrachte, dann liess sie aber allmälig nach und als man den Verband nach 4 vollen Tagen zum ersten Mal wechselte, hatte Herzbeutel und Lunge bereits Verwachsungen mit dem Umkreise der Wunde eingegangen. Vom 6. zum 10. Tage lief viel Flüssigkeit aus der Wunde, am 18. Tage aber war die Verwachsung schon so weit gediehen, dass keine Luft mehr in den Thorax eindringen konnte. Die Vernarbung ging regelmässig von Statten, der Operirte verliess aber Paris, bevor sie vollendet war [und — man weiss nicht, wie es ihm weiter ergangen!] Percy nannte diese Operation in seinem Referat an die entzückte Academie „eine glänzende Eroberung, auf welche die französische Chirurgie stolz sein könne"; heutzutage erblickt man darin nur ein zwar kühnes, aber höchst unvorsichtiges Unternehmen.

[Unter den Geschwülsten des vorderen Mittelfellraumes haben wir die bereits p. 528. berücksichtigten sogenannten substernalen Kröpfe und die Aneurysmen des Aortenbogens hier blos zu erwähnen. Verhältnissmässig häufig kommen (nach Nélaton) Krebsgeschwülste (Markschwamm) in dieser Gegend vor, bald von den Weichtheilen des Mediastinum, bald vom Sternum ausgehend, bald als primäre, bald als secundäre Krebse. Dieselben bleiben natürlich nur kurze Zeit auf den Mittelfellraum beschränkt, wachsen vielmehr von da allseitig weiter, namentlich gegen das Brustbein, welches schliesslich perforirt wird, so dass die Geschwulst sich dann unter der Haut weiter ausbreitet, diese durchbricht und unter den Erscheinungen eines Schwammgewächses weiter wuchert. In anderen Fällen wächst der Krebs vorzugsweise nach hinten und nach den Seiten, comprimirt die grossen Venenstämme und verbreitet sich auf Herzbeutel und Pleura. Das Oedem des Halses, des Kopfes, der oberen Extremitäten (oder, wenn die Geschwulst nur nach der einen Seite hin wächst, der entsprechenden Seite des Halses etc.) ist eine charakteristische Erscheinung, welche aus der Compression der grossen Venenstämme sich leicht erklärt. In einzelnen Fällen wurden die grossen Venen, während die Arterien (*Aorta*, *A. pulmonalis*) in der Geschwulst gleichsam eingebettet lagen, und gar nicht oder doch nur wenig comprimirt wurden, durch den weiterwachsenden Krebs zerstört und die Neubildung verbreitete sich innerhalb der Vene selbst, aufwärts zum Halse und abwärts bis in den rechten Vorhof des Herzens. Immer sind die Geschwülste höchst gefässreich; überdies enthalten sie, nach Durchbrechung einzelner Venen, Höhlen, die mit Blut gefüllt sind. So kann man sich erklären, dass sie zuweilen mit Aneurysmen des Aortenbogens verwechselt werden konnten. Sie unterscheiden sich aber durch den sehr schnellen Verlauf, das Fehlen von Blasegeräuschen und die Anwesenheit des bereits erwähnten Oedems. Der Radialpuls ist bei diesen Mediastinal-Krebsen klein, sei es wegen des auf das Herz ausgeübten Drucks, oder wegen Compression der Aorta, oder wegen der Festheftung der Aortenwände in der Geschwulst, wodurch diese unfähig werden auf die Blutbewegung durch ihre Elasticität einzuwirken. Die Herztöne sind verdeckt. Bei einiger Grösse der Geschwulst ist die Dyspnoe bedeutend, wegen der Beengung des Thoraxraumes, vielleicht auch wegen Compression der Bronchi und der Lungenarterie. Dass die Diagnose dieser Geschwülste, namentlich Anfangs, schwierig und die Therapie unmöglich sei, bedarf keiner weiteren Erläuterung.|

|Ganz vereinzelt sind Fälle von sog. Drüsenhypertrophie (Sarkom der Lymphdrüsen), Colloidgeschwülsten und Cysten mit epidermidalem Inhalt (auch Haare, Zähne, Knochenstücke enthaltend) im vorderen Mittelfellraum beobachtet worden. Vgl. über die Geschwülste dieser Gegend Nélaton l. c. p. 504—508, woselbst auch die literarischen Nachweise zu finden sind.|

Dupuytren, die Resection der Rippen, welche der
zu sein schienen. Durch einen grossen Kreuzsch
linken Seite blossgelegt; sie war in einer Aus
rauh. Das kranke Stück wurde, nach Ab
kleinen Säge ausgeschnitten. Die Ab
stark verdickt war. In derselben
fernt, aber hinter dieser erschie
ein grosses Stück derselben
Ereigniss erwähnt wird!]
und drängte das Herz h
in der Wunde pulsirt
vorgerufen wurden
getränkten Comp
gesichert hatte
Die Athemno
die ganze N
den Verba
Lunge b
6. zum
Verw
drin
lie
w

Achtzehnte Abtheilung.

Krankheiten der Bauchhöhle und des in ihr enthaltenen Theils der Verdauungsorgane (mit Ausschluss der Hernien).

Die Krankheiten des Unterleibes bieten nicht blos im Allgemeinen, sondern auch in speciell chirurgischer Beziehung eine so grosse Mannigfaltigkeit dar, dass wir sie nicht in einer Abtheilung vereinigt betrachten können, sondern einer Seits eine besondere Krankheitsgruppe, die Eingeweidebrüche (Hernien), in eine eigene Abtheilung verweisen und anderer Seits auch den Krankheiten einzelner Organe, namentlich des Mastdarms, der Harn- und Geschlechtsorgane, besondere Abtheilungen widmen müssen. Somit sind hier nur zu schildern: die Verletzungen und fremden Körper, namentlich soweit sie die Verdauungsorgane und deren Anhänge betreffen, und die entzündlichen und exsudativen Processe, welche an den Bauchdecken und in der Bauchhöhle vorkommen, sofern sie überhaupt in das Gebiet der Chirurgie gehören.]

Anatomische Uebersicht.

1) Wandungen der Bauchhöhle. Die hintere Bauchwand bietet die grösste Festigkeit dar; in der Mittellinie wird sie durch die Lendenwirbel und das Kreuzbein gebildet, zu den Seiten durch die Querfortsätze der Lendenwirbel und wenn wir uns den Augenblick einer vollständigen Exspiration denken, auch durch die unteren falschen Rippen, ferner durch den *Quadratus lumborum*, den *Longissimus dorsi* und *Sacrolumbaris*. An dieser hinteren Wand sind die Falten des Bauchfells befestigt, an welchen die Baucheingeweide hängen. Die obere Wand der Bauchhöhle bildet ausschliesslich das Zwerchfell. Die untere Wand ist der Boden der Beckenhöhle; sie ist von geringem Flächeninhalt, aber sehr stark, verhältnissmässig die stärkste. Die Beckenfascie, die Damm-Muskeln, die Perinealfascie sind die wesentlichsten Theile derselben. Sie liegt hinter der verticalen Axe der Bauchhöhle, so dass sie genauer als „hintere untere Wand" bezeichnet werden müsste. Die vorderen und die seitlichen Wände gehen in einander über; sie werden gemeinsam auch als Bauchwand schlechtweg bezeichnet. Die einander in ihrem Verlauf kreuzenden schrägen, so wie der quere und gerade Bauchmuskel setzen sie

ammen. — Viele der in der Bauchhöhle gelegenen Organe schicken Fortsätze Aussen: so namentlich Oesophagus, Mastdarm, Vagina. Gefässe treten in die öhle ein, andere aus; Nerven gehen aus ihr zu den unteren Extremitäten; hlreiche und zum Theil grosse Oeffnungen in ihren Wandungen. Die d (Zwerchfell) lässt die Aorta durch den *Hiatus aorticus*, die Speise- das *Foramen oesophageum*, die *Vena cava* durch das *Foramen qua-* m treten. In der unteren Wand befindet sich die Oeffnung des Rectum, rethra, beim Weibe auch der Vagina. Die hintere Wand bietet, mit Aus- nahme der Austrittsstellen der grossen Nerven und Adern, keine Oeffnungen dar. In der vorderen Wand dagegen haben wir zu bemerken: a) nahe ihrer unteren Grenze, zu beiden Seiten dicht über dem *Tuberculum pubis*, den Leistencanal für den Samenstrang beim Manne, das *Lig. uteri teres* beim Weibe. b) die gleichfalls paarige, fast in gleicher Höhe, aber weiter nach Aussen gelegene Schenkellücke, für den Durchtritt der *Vasa femoralia*. c) in der Mitte der vorderen Bauchwand den unpaarigen Nabelring, beim Foetus für den Durchtritt der *Vasa umbilicalia* zur Placenta [(ursprünglich zur Allantois mit dem Urachus), sowie des *Ductus vitello-intestinalis* und der ihn begleitenden *Vasa omphalo-meseraica*] bestimmt, — beim Erwachsenen verschlossen.

Unter den Gefässen der Bauchwand verdienen zwei besondere Berücksichtigung: die *Art. mammaria interna* und die *Art. epigastrica*. Von der Mammaria gehören aber nur die Endäste hierher, von denen der eine (innere) hinter dem *Musc. rect. abdom.* hinabsteigt und in der Dicke dieses Muskels mit den Endästen der *A. epigastrica* anastomosirt (daher auch *Epigastrica superior* genannt), der andere aber, *A. musculo-phrenica*, schräg nach Aussen verlaufend zwischen den Bauchmuskeln und zum Zwerchfell sich verästelt. Die Epigastrica entspringt aus der *Iliaca externa* an der inneren Seite des hinteren Leistenringes und steigt am äusseren Rande des geraden Bauchmuskels gegen den Nabel aufwärts. Am Anfange ihres Laufes bildet sie die äussere Seite eines Dreiecks, dessen beide andere Seiten von dem Rande des Rectus und dem *Ramus horizontalis ossis pubis* dargestellt werden. Zuerst liegt sie zwischen dem Bauchfell und der *Fascia transversalis*, weiter aufwärts oberflächlicher als die Fascia. Etwa 3½ Zoll vom *os pubis* entfernt tritt sie hinter den Rectus, schickt zahlreiche Aeste in diesen hinein und sendet andere gegen die Oberfläche der Bauchdecken, theils nach Aussen, theils durch den Rectus hindurch. Sie anastomosirt mit allen anderen Arterien der Bauchdecken.

2) Bauchhöhle. Der bei weitem grösseste Theil der Bauchhöhle ist vom Bauchfell [*]) ausgekleidet. Zwischen der Bauchwand und dem Bauchfell findet sich eine Schicht Bindegewebe, welche an einzelnen Stellen straff und dünn, an anderen nachgiebig und dick ist; letzteres namentlich im Umfange der Oeffnungen, welche wir oben aufgeführt haben, wo das die ein- und austretenden Theile umfassende Bindegewebe mit dem subperitonealen zusammenhängt. Die Mittellinie einer durch die Bauchhöhle gelegten Verticalebene bildet eine nach Vorn convexe Curve. Der abhängigste Punkt der Bauchhöhle liegt, bei aufrechter Körperstellung (wenn wir vorläufig vom kleinen Becken absehen, nach Vorn und Unten. Dahin werden

*) [Peritonaeum oder Peritoneum. Letztere Schreibart dürfte ebenso berechtigt sein, als erstere, denn es heisst ebenso gut περιτόνειον (auch περιτόνιον), als περιτόναιον. So auch Peritonitis statt Peritonaeitis.]

die Eingeweide durch ihr Gewicht gezogen und durch die Bauchpresse (gemeinsame Zusammenziehung des Zwerchfells und der Bauchmuskeln) gedrängt, und gerade in dieser Gegend sind die Bauchdecken wesentlich aus aponeurotischen Gebilden zusammengesetzt, welche weniger als Muskelfleisch Widerstand leisten. Die Beweglichkeit der in der Bauchhöhle gelegenen Theile ist aber sehr verschieden gross. |Der Grad der Beweglichkeit eines Baucheingeweides hängt von der Art seiner Befestigung Seitens des Peritoneum ab. Diejenigen Organe, welche von demselben ohne Faltenbildung straff überspannt werden und somit von der einen Seite her eines Peritonealüberzuges gänzlich entbehren, sind nur höchst unbedeutender oder gar keiner Ortsveränderungen fähig, so namentlich die Nieren nebst den Nebennieren, das Pankreas, der grösste Theil des Duodenum, das ganze ***Colon ascendens*** und das ***Colon descendens*** bis zum Anfange der ***Flexura sigmoidea***. Auch die Harnblase ist hierher zu rechnen, da sie nur an ihrem hinteren Umfange vom Bauchfell bekleidet ist; sie bietet aber vermöge ihrer wechselnden Füllung eine eigenthümliche Art von Bewegung dar, indem sie bei Vermehrung ihres Inhalts wesentlich in der Richtung nach Oben, weniger zu den Seiten hin ausgedehnt wird, was man gewöhnlich als „Emporsteigen der Blase" bezeichnet. Einen bei Weitem höheren aber immer noch nicht vollkommenen Grad von Beweglichkeit besitzen diejenigen Organe, welche allseitig oder doch zum grössten Theil vom Bauchfell bekleidet, aber nur durch Vermittlung kurzer Falten desselben, fast unmittelbar an der Bauchwand befestigt sind und ausserdem durch ihren Zusammenhang mit straff angehefteten Organen (der erstgenannten Gruppe) an ausgiebigeren Bewegungen gehindert werden. So verhalten sich, in aufsteigender Scala der Beweglichkeit geordnet, die Leber, der Blinddarm (welcher in der Regel ganz vom Bauchfell bekleidet ist, vgl. Coecalhernien), der Uterus, die Eileiter und Eierstöcke, der Magen mit dem Anfange des Duodenum und die Milz, welche letztere den Uebergang zu den frei beweglichen sog. flottirenden Organen macht. Zu dieser dritten Gruppe gehören alle diejenigen Eingeweide, welche nicht blos allseitig vom Bauchfell bekleidet, sondern auch vermittelst langer Duplicaturen desselben an der Bauchwand befestigt sind: die ***Flexura sigmoidea***, das ***Colon transversum***, der Dünndarm, das grosse Netz. Nur die Organe der ersteren (unbeweglichen) Gruppe können, da ihre eine Seite des Peritonealüberzuges entbehrt, ohne Eröffnung der Peritonealhöhle verletzt werden; unter denen der zweiten Gruppe möglicher Weise ein Mal der dem Zwerchfell zugewandte stumpfe Rand der Leber.|

3. Topographisches Verhältniss der Bauchwände zum Inhalt der Bauchhöhle. Die ***Regio epigastrica*** erstreckt sich von der oberen Grenze des Unterleibes bis zu einer quer durch die Spitze der letzten Rippe gezogenen Linie, die ***Regio mesogastrica*** von da bis zu einer quer von einer ***Spina ilei ant. superior*** zur anderen gezogenen Linie, die ***Regio hypogastrica*** umfasst den Raum von dieser letzten Linie bis zur unteren Grenze des Bauches. Man zerlegt jede dieser drei Regionen in drei Unterabtheilungen durch zwei vertical gezogene Linien, deren jede in der Mitte des durch die Knorpel der falschen Rippen dargestellten Randes beginnt und zur Mitte der Schenkelbeuge abwärts läuft. So erhält man drei seitliche paarige und drei mittlere unpaarige Regionen. Letztere führen die oben angegebenen Namen der Hauptregionen im engeren Sinne. Die ***Regio mesogastrica propr. s. d.*** heisst auch ***Regio umbilicalis***, da in ihrer Mitte der Nabel liegt. Die seitlichen Regionen aber heissen, von oben nach unten gezählt: ***Regio hypochondriaca***, ***Regio lumbalis*** (die Weichen), ***Regio (s. Fossa) iliaca***.

a) In der *Regio hypochondriaca dextra* füllt den ganzen Raum zwischen der Wölbung des Zwerchfells und dem Rippenrande die Leber aus, unter ihr liegt der oberste Theil des *Colon ascendens*, die *Flexura coli dextra* und das *Colon transversum*, weiter nach hinten ein grosser Theil der rechten Niere nebst den zugehörigen Gefässen und Nerven. Ein wenig weiter nach links und beträchtlich mehr nach vorn folgt die Gallenblase, deren Grund ungefähr der Mitte des Knorpels der zweiten falschen Rippe entspricht, dann der obere und rechte Theil des kleinen Netzes, dessen Lamellen das Endstück der Pfortader, die beiden Aeste der Leberarterie, das Anfangsstück des *Ductus choledochus* und den *Plexus hepaticus* umfassen. Unter dem rechten Rande des kleinen Netzes findet sich das *Foramen Winslowii*, die Oeffnung des gleichnamigen Sackes. Noch tiefer endlich liegt hier die *Pars transversa superior* und ein Theil der *Pars descendens duodeni*, den Kopf des Pancreas umfassend, in manchen Fällen auch der Pylorus nebst der *Arteria gastroëpiploica dextra*.

b) In der *Regio hypochondriaca sinistra* nimmt den grössten Raum die Milz ein, zuweilen überragt, häufiger blos berührt von dem linken Rande der Leber, nach Vorn sich anlehnend an die *Flexura coli sinistra*, welche unterhalb der Milz durch eine Falte des Bauchfells (*Ligamentum pleurocolicum*) an die seitliche Bauchwand befestigt ist. An die Milz schliesst sich weiter nach rechts die *Art. lienalis*, aus welcher hier die *Art. gastroëpiploica sinistra* entspringt und von welcher, eingeschlossen von den Lamellen des *Ligamentum gastrolienale* zum Fundus des Magens die *Vasa brevia* (zunächst die *Art. breves*) verlaufen. Alle diese Arterien sind von den gleichnamigen Pfortaderästen begleitet. Der Fundus des Magens selbst ragt mehr oder weniger stark in das linke Hypochondrium hinein. Hinter ihm liegt, der Milz dicht an, die Cauda des Pancreas, an dessen oberem Rande die *Art. lienalis* verläuft. Noch weiter nach hinten findet sich endlich der obere Theil der linken Niere nebst der entsprechenden Nebenniere und die oberen Verästelungen der Nierengefässe und -Nerven dieser Seite.

c) Die in der *Regio epigastrica stricte sic dicta* gelegenen Theile sind keineswegs alle für das Gefühl zugängig; der Schwertfortsatz, die *Ligamenta costo-xiphoidea* und die benachbarten Rippenknorpel bilden hier ein schützendes Dach, hinter welchem ein Theil der Leber, welcher dem Mittelstück des Magens anliegt, weiter nach links das Endstück der Speiseröhre, umsponnen von den zum Magen tretenden Zweigen des Vagus, ferner die Cardia, der grösste Theil des kleinen Netzes, welches hier die *Art. coronar. dextr.* und *sinistra*, so wie die entsprechenden Nervengeflechte umschliesst und den *Lobulus Spigelii* verdeckt, — sich befinden. Uebt man auf den oberen Theil der *Regio epigastrica* (die sogenannte Herzgrube) einen Druck aus, so trifft dieser viel weniger den Magen, dessen Empfindlichkeit man dadurch erforschen will, als vielmehr das Mittelstück des *Colon transversum*, einen Theil des Anfangsstückes des *Omentum majus*, in welchem hier die *Vasa gastroëpiploica* liegen, und bei sehr tiefen Eindrücken das Mittelstück des Pancreas, unter dem sogleich das untere Querstück des Duodenum folgt. Das *Mesocolon transversum* bildet hier die Scheidewand der *Regio epigastrica* und der *umbilicalis*; zwischen seinen Lamellen verlaufen die anastomotischen Bögen der *Vasa colica*. Ganz im Hintergrunde der *Reg. epigastr.* liegt in der Mittellinie die Aorta, zwischen den inneren Zwerchfellsschenkeln, hinter deren Kreuzung, hindurchtretend; aus ihr entspringen sogleich die *Art. diaphragmaticae*, demnächst die *Coeliaca* (*Tripus Halleri*), die *Mesenterica superior*, seitlich die *Renales*.

d) In der *Regio umbilicalis* finden wir, nach Entfernung der Bauchdecken, zunächst das grosse Netz, hinter ihm die Windungen des Dünndarms, namentlich das Jejunum. Hinter diesen liegt das Mesenterium, zwischen dessen Lamellen die *Vasa mesenterica*, die Chylusgefässe und Mesenteriallymphdrüsen, so wie die zum Dünndarm verlaufenden Nerven eingeschlossen sind. Tiefer liegt, etwas nach links die Aorta, mehr rechts die *Vena cava ascendens*, beide dicht vor der Wirbelsäule verlaufend.

e) Die *Regio lumbalis dextra* enthält den grösseren unteren Theil der rechten Niere und das Anfangsstück des Ureter, des *Colon ascendens* und einige Windungen des Dünndarms; die *Regio lumbalis sinistra* enthält die entsprechenden Theile, nur mit dem Unterschiede, dass sich hier das *Colon descendens* befindet.

f) In der *Regio hypogastrica* liegen vorzugsweise die Windungen des Dünndarms von dem unteren Ende des grossen Netzes bedeckt, weiter nach hinten der Mastdarm und die zu ihm verlaufenden Gefässe und Nerven (Aeste der *Art.* und *Ven. mesenterica sinistra*). An den seitlichen Grenzen dieser Region verlaufen die Harnleiter. Vorn und unten liegt, dicht hinter den Schoossbeinen und ihrer Symphyse, die Harnblase. Zwischen ihr und dem nahe an der Kreuzbein-Aushöhlung liegenden Mastdarme, befindet sich ein ansehnlicher Raum, welchen beim Manne blos Darmwindungen ausfüllen, während im weiblichen Körper hier die inneren Genitalien liegen. (Wir haben auf die Lagerungsverhältnisse dieser Gegend in späteren Abschnitten zurückzukommen.)

g) In der *Regio (Fossa) iliaca dextra* finden wir das Coecum und das von ihm aufwärts steigende *Colon ascendens*, nebst den zugehörigen Gefässen, davor aber mehr oder weniger Dünndarmwindungen. Die gleichnamige Region der linken Seite dagegen enthält das sehr bewegliche *S. romanum* nebst dem zugehörigen Theil des *Mesocolon descendens* und den darin verlaufenden *Vasa mesenterica infer.*, das Anfangsstück des Mastdarmes und Dünndarmwindungen.

Alle vorstehenden Angaben beziehen sich auf die gewöhnlichen Verhältnisse des erwachsenen Körpers. Abgesehen von den zahlreichen Varietäten des *Situs viscerum abdominis* bedingt aber das kindliche Alter bemerkenswerthe Abweichungen. Beim Kinde sind alle Baucheingeweide der Untersuchung viel leichter zugänglich; sie liegen weder so tief im Becken, noch so weit von den Rippen überragt, als beim Erwachsenen. Dies gilt namentlich in Betreff des Magens und der Harnblase. Für diese beiden Organe erwächst überdies eine grosse Verschiedenheit der Lage aus dem Zustande der Anfüllung oder der Leerheit. Der gefüllte Magen wendet seine grosse Curvatur nach vorn, die volle Blase erhebt sich über den *Ramus horizont. oss. pubis* u. s. f. Dies Alles muss Seitens des Wundarztes wohl beachtet werden.

Erstes Capitel.

Bauchwunden[1]).

Die Bauchwunden werden, analog den Brustwunden, in oberflächliche und penetrirende eingetheilt. Als penetrirend bezeichnet

[1]) [Wir betrachten hier die Bauchwunden im engeren Sinne des Wortes, mit Ausschluss der subcutanen Quetschungen und Zerreissungen, von denen das zweite Capitel handelt.]

man gewöhnlich diejenigen, welche die Höhle des Bauchfells geöffnet haben. Da aber auch hier, wie am Thorax, nicht die Eröffnung des serösen Sackes allein, sondern gewöhnlich in ebenso hohem Grade die Verletzung eines der in der Bauchhöhle gelegenen Eingeweide (welche beim *Colon ascendens*, bei den Nieren, der Harnblase auch ohne Verletzung des Bauchfells möglich ist) der Wunde einen gefährlicheren Charakter giebt; so muss man auch unter den Bauchwunden alle diejenigen als penetrirende bezeichnen, welche entweder die Höhle des Bauchfells geöffnet oder ein Baucheingeweide verletzt haben. Dabei soll aber gleich im Voraus bemerkt werden, dass die Mehrzahl der penetrirenden Bauchwunden solche sind, durch welche die Bauchfellhöhle geöffnet wurde, so dass der gewöhnliche Sprachgebrauch seine Berechtigung (a potiori) hat.

I. Oberflächliche (nicht penetrirende) Bauchwunden.

Wunden, welche durch die Bauchdecken nicht vollständig hindurchdringen, haben, wenn sie nicht sehr gross oder sehr zahlreich sind, keine besondere Gefahr und erheischen keine eigenthümliche Therapie. Auf oberflächliche Stichwunden hat man jedoch manchmal Nervenzufälle folgen sehen, die ein bedeutendes Mitleiden der Baucheingeweide annehmen liessen (Boyer). In manchen Fällen mag die Verletzung eines Nervenastes, in anderen die Furcht, der Schreck, die Angst u. dgl. |vielleicht auch eine Quetschung oder Erschütterung der Eingeweide| die Schuld getragen haben. Nächst der psychischen Behandlung ist in diesen Fällen die Anwendung des Opium angezeigt. Reicht dies nicht aus, so verordnet man warme Bäder und erweichende Umschläge. |Höchst selten, nämlich nur wenn die Epigastrica oder der innere Endast der Mammaria verletzt ist, erheischt die Blutung bei oberflächlichen Bauchwunden eine besondere Beachtung. Reichen die, nach den allgemeinen Regeln, anzuwendenden Vereinigungsmittel nicht auch zur Stillung der Blutung aus, so hat man die verletzten Gefässe in der Wunde zu unterbinden.| Bei sehr schrägem Verlauf des Wundcanals folgt nicht selten eine tiefe diffuse Phlegmone, welche frühzeitige Erweiterung der Wunde oder Incisionen der bereits entwickelten Entzündungsgeschwulst erforderlich macht. Die Entzündung kann in solchen Fällen auch auf das Bauchfell übergreifen und somit eine acute Peritonitis entstehen, deren Gefahren bedeutend sind und zu deren Bekämpfung eine kräftige Antiphlogose erforderlich wird.

[Harald Schwartz (Beiträge zur Lehre von den Schusswunden. Gesammelt in den Feldzügen der Jahre 1848, 49 und 50. Schleswig 1854.) fand nicht penetrirende Schusswunden am Bauch verhältnissmässig selten, und nicht von besonders gefährlichen Zufällen begleitet. Bei sehr nahem Vorüberstreifen der Kugel am Peritoneum, ohne Verletzung desselben, hat Schwartz zwar circumscripte adhäsive Peritonitis, niemals aber eine Verbreitung der Entzündung auf das ganze Bauchfell gesehen.]

Nach der Heilung solcher schräg verlaufenden Stich- und Schusswunden, sowie nach grossen Wunden der Bauchdecken überhaupt bleibt die betreffende Stelle oft weniger widerstandsfähig, so dass unter der fortdauernden Wirkung der Bauchpresse Eingeweide an dieser Stelle bis unter die Haut hervorgedrängt werden können (vgl. Hernien).

II. Penetrirende Bauchwunden.

Die Mittel, welche früher angewandt wurden, um die Diagnose einer penetrirenden Bauchwunde direct zu stellen (Bauchsonde, Einspritzungen etc.), sind nicht blos unzuverlässig, sondern vor Allem höchst gefährlich, ausserdem fast immer ganz überflüssig. Man hat sich derselben daher in ganz ähnlicher Weise wie bei den Brustwunden zu enthalten. Selbst die Untersuchung mit dem in die Wunde eingeführten Finger kann so gefährlich werden, dass es bei Weitem besser ist, dieselbe ganz zu unterlassen, wenn nichts weiter dadurch erforscht werden soll, als ob die Wunde penetrirt oder nicht. Die Diagnose wird natürlich nur dann zweifelhaft sein können, wenn kein Eingeweide aus der Wunde prolabirt und auch keins verletzt worden ist; denn in letzterem Falle treten (wie wir sogleich sehen werden) alsbald so characteristische Erscheinungen auf, dass kein Zweifel bestehen kann. Solche sogenannte „einfach penetrirende Bauchwunden" sind aber ebenso selten als einfach penetrirende Brustwunden (Vgl. p. 583).

A. Einfach penetrirende Bauchwunden (ohne Vorfall und ohne Verletzung von Eingeweiden).

[Als allgemeines Zeichen einer penetrirenden Bauchwunde werden aufgeführt: kleiner zusammengezogener Puls, blasses Gesicht, kalte Extremitäten, Schluchzen, Erbrechen. Diese können aber sämmtlich auch bei oberflächlichen Wunden der Bauchdecken vorkommen.] Bei Schnitt-, Hieb- und Schusswunden ist es in der Regel möglich, sich durch Besichtigung von der Penetration zu überzeugen. Handelt es sich aber um langgestreckte Wundcanäle, so kann es ganz unmöglich werden zu entscheiden, ob die Peritonealhöhle geöffnet sei, oder nicht. In allen solchen zweifelhaften Fällen hat man immer das Schlimmere anzunehmen und die Wunde dem entsprechend als eine penetrirende zu behandeln.

Die Hauptaufgaben der Therapie sind in solchen Fällen: genaue Vereinigung der Wunde und Verhütung einer allgemeinen Peritonitis.

In ersterer Beziehung wird man nur selten mit dem Anlegen von Heftpflasterstreifen sich begnügen dürfen. Sie werden namentlich bei sehr schräg verlaufendem Wundcanale (bei Schuss- und Stichwunden) Anwendung finden, wo einer Seits die Aussicht auf erste Vereinigung in der ganzen Ausdehnung der Wunde gering ist, und andrerseits der Verschluss durch Heftpflasterstreifen, indem man mit diesen die Wände des Wundcanals gegen einander presst, sehr vollständig erreicht wird. Ueberall aber wo solche mechanische Verhältnisse nicht obwalten und überhaupt nur einige Aussicht auf erste Vereinigung vorhanden ist, legt man Nähte in hinreichend grosser Zahl an, um die Wunde vollkommen zu schliessen und unterstützt deren Wirkung durch Heftpflaster oder Collodium. Die gewöhnliche Knopfnaht ist für die Mehrzahl der Fälle die beste Bauchnaht. Bei sehr dicken Bauchdecken aber kann die Zapfennaht zur Unterstützung der Knopfnaht (etwa in der Art, dass immer zwischen zwei Zapfennähten eine Knopfnaht angelegt wird) sehr nützlich sein, weil es durch dieselbe vollständiger gelingt, die tieferen Schichten der Wunde in genauer Berührung zu erhalten. [Das Anlegen der Bauchnaht wird wesentlich erleichtert, wenn man jeden Faden in zwei Nadeln einfädelt und somit immer in der Richtung von Innen nach Aussen die Bauchwand durchsticht (Vgl. Bd. I. p. 120).] Soll man das Bauchfell beim Anlegen der Naht mitfassen, oder sorgfältig vermeiden? Die Mehrzahl der Autoren empfiehlt Letzteres; man soll die Nadel durch die ganze Dicke der Bauchdecken bis an das Bauchfell einstechen aber nicht dieses selbst, sondern nur das subseröse Bindegewebe mit der Nadel durchbohren. Es ist schwer zu glauben, dass die Durchstechung mit einer scharfen Nadel und das Einführen eines dünnen Fadens zur Verschlimmerung der schon bestehenden Bauchfellverletzung viel beitragen sollte; auch wird die Anwesenheit des Nahtfadens im subserösen Bindegewebe nicht weniger Entzündung erregen, als wäre das dünne Bauchfell gleichfalls von ihm durchbohrt. Jedoch liegt kein Grund vor, weshalb man nicht jener vorsichtigen Praxis der Schonung des Bauchfells auch ferner folgen sollte. Denn der Einwand, dass dadurch eine weniger sichere Vereinigung bewirkt und zur Entstehung einer Hernie Veranlassung gegeben werde, ist durchaus ungegründet. Das Bauchfell allein vermag, selbst wenn es ganz unverletzt geblieben wäre, dem Andringen der Eingeweide nicht Widerstand zu leisten. Die Vereinigung aber erfolgt ebenso vollständig, wenn das Bauchfell auch nicht mitgefasst ist. Hernien entwickeln sich im Gefolge von penetrirenden Bauchwunden nur dann, wenn die Vereinigung nicht vollständig durch *Prima intentio* zu Stande kam, und zwar desto wahrscheinlicher und schneller, je breiter die in den Bauchdecken gebildete (immer dehnbare) Narbensubstanz ist. Neben der dringenden Gefahr des fortdauernden Lufteintritts (durch welchen doch jedenfalls Entzündung erregt wird), muss also auch die Rücksicht auf die zu befürchtende Hernie zu einer möglichst sorgfältigen Anlegung der Bauchnaht auffordern.

|In der medicinischen Gesellschaft zu London wurde 1851 ein Mann vorgestellt, der vor 30 Jahren sich den Bauch von einer *Spina ilei anterior* zur anderen aufgeschlitzt hatte, als er auf einer Wallfischjagd beim Abschneiden des Specks mit seinem grossen Messer in der Hand gefallen war. Die Eingeweide waren hervorgestürzt und nebenbei hatte er sich den Penis amputirt. Man hatte damals sogleich die blutenden Arterien unterbunden, die Eingeweide zurückgebracht, die Bauchwunde genau zugenäht, in die Urethra einen Katheter eingebracht und 2 Monate liegen lassen. Eine Darmverletzung hatte nicht stattgefunden, jedoch hatte das Messer den Peritonealüberzug des Darmes gestreift. Die Blase war nicht verletzt worden, da sie der Verunglückte eben erst entleert hatte. In kaum 4 Monaten war der Mann geheilt und konnte auf dem Schiffe die leichtere Arbeit wieder verrichten. Charles Bell hatte damals schon die Prognose gestellt, er würde einen Bruch bekommen. Dies ist in Erfüllung gegangen, aber erst nach 30 Jahren. (*London Journ. of med.* 1851. *p.* 677).|

|Zur **Verhütung einer ausgebreiteten Bauchfell-Entzündung** ist, wie bereits bemerkt, der frühzeitige Verschluss der Wunde (die Verhinderung des Lufteintritts), natürlich auch die Verhinderung des Einströmens von Blut in die Bauchhöhle von sehr grosser Bedeutung. Demnächst ist es wünschenswerth für ruhige Lage des Darms zu sorgen, damit wenn eine Darmschlinge der Wunde dicht anliegt, die Verklebung derselben mit dem verletzten *Peritoneum parietale* sicher erfolgen könne, wodurch dann der Verschluss, auch wenn äusserlich die erste Vereinigung nicht erfolgte, doch schon gesichert wäre. Um den Darmcanal möglichst ruhig zu erhalten, lässt man den Kranken horizontal liegen, vermeidet alle Abführmittel und Klystiere, giebt vielmehr fort und fort Opium in mittleren Dosen.|

|Die peristaltischen Bewegungen dauern freilich auch bei ganz tief narkotisirten Thieren (z. B. bei Hunden nach Injection einer Drachme Opiumtinktur in die *Vena jugularis*) noch fort, wie man sich durch Vivisectionen leicht überzeugen kann; sie beginnen auch nicht etwa erst beim Zutritt der Luft, sondern man sieht sie durch das blosgelegte Bauchfell hindurch, — aber dennoch wird man das Opium bei allen penetrirenden Bauchwunden anzuwenden haben, da schon eine Verminderung der Darmbewegungen von Nutzen ist.|

|Treten die Erscheinungen der Peritonitis nichts desto weniger auf, so wird man sie wesentlich durch Aderlässe und warme Bäder zu bekämpfen haben, von Calomel aber nur in Verbindung mit starken Dosen Opium Gebrauch machen dürfen, da jede Erregung der Darmthätigkeit zu vermeiden ist.|

B. Penetrirende Bauchwunden mit Vorfall von Eingeweiden.

Die Diagnose dieser, namentlich bei grösseren Bauchwunden sehr gewöhnlichen Complication wird im Allgemeinen keine Schwierigkeiten machen. Jedoch ist es vorgekommen, dass man die sich hervordrängenden Flocken des *Panniculus adiposus* der Bauchdecken |oder auch des subperitonealen Fettes, welches namentlich in der *Regio epigastrica* sehr reichlich vorhanden ist,| für Netzstücke gehalten hat. Eine sorgfältige Untersuchung wird einen solchen Irrthum vermeiden lassen. Es leuchtet von selbst ein, dass man die vorgefallenen Eingeweide möglichst bald zurückbringen muss. |Gewöhnlich sind sie beschmutzt oder doch von Blutgerinnseln überzogen. Man muss sie deshalb vor der Reposition sorgfältig mit lauwarmem Wasser abwaschen. Das Zurückschieben selbst muss vorsichtig und ohne rohe Gewalt ausgeführt werden. Mit grosser Sorgfalt hat man sich vor Anlegung der Bauchnaht durch Zufühlen mit dem Finger zu überzeugen, ob auch wirklich Alles in die Bauchhöhle zurückgebracht ist, und auch während des Nähens darauf zu achten, dass nichts wieder vorfalle, da sonst leicht eine gefährliche Einklemmung eines Stückes Eingeweide in der zusammengenähten Wunde erfolgen kann.

Im Einzelnen ist das Verfahren bei der Reposition verschieden, je nach dem vorgefallenen Eingeweide und seiner Beschaffenheit. Die grösste Aufmerksamkeit erheischt der prolabirte Darm. Das vorgefallene Darmstück wird schon nach kurzer Zeit durch Ansammlung von Darminhalt (namentlich von Luft) beträchtlich aufgetrieben. Dadurch wird die Reposition oft in hohem Grade erschwert. Gelingt es nicht durch sanftes Streichen und Drücken (sogen. Walgern) den Inhalt fortzuschaffen, so muss man die bestehende Bauchwunde mit einem geknöpften Messer vorsichtig (am Besten in der Richtung nach oben, um den grösseren Aesten der Epigastrica auszuweichen) erweitern.|

|Einige Wundärzte empfehlen statt dessen das Anstechen des Darms (Vgl. Hernien) als ein ungefährliches Mittel. Dies dürfte aber wohl nur mit ganz kleinen Punctionen zur Entleerung von Luft versucht werden, da zu befürchten steht, dass aus einer grösseren Oeffnung auch nach der Reposition Darminhalt ausfliessen und alsdann in die Bauchhöhle gelangen könnte. Nadelstiche reichen aber selbst zur Entleerung von Luft nicht hin. Es dürfte daher zweckmässig sein, die Punction des Darms, wenn man sie überhaupt versuchen will, mit einem kleinen dünnen Probetroicart (wie er z. B. an dem Apparate von Pravaz, für die Injection von Chloreisen in Aneurysmen, sich befindet) auszuführen, um, bei möglichst geringfügiger Stichöffnung, eine möglichst vollständige Entleerung zu erreichen.|

|Wenn ein Darmstück bereits brandig oder doch dem Brande sehr nahe ist, so muss man dasselbe, nach Reposition des Uebrigen, mittelst einer oder mehrerer Fadenschlingen in der Wunde oder doch dicht an derselben befestigen, damit der Darminhalt, wenn Perforation erfolgt, sich nicht in die Bauchhöhle, sondern nach Aussen ergiesst und eine Darmfistel sich bilden kann.|

|Allzu kühn und überdies schwer ausführbar ist der Vorschlag, das brandige Stück des Darmrohrs in ganzer Ausdehnung auszuschneiden und die beiden Darmenden dann durch die Naht wieder zu vereinigen, so dass der Darm um das excidirte Stück kürzer würde. Wir werden hierauf bei den Darmwunden (pag. 641), auf die Schwierigkeiten der speciellen Diagnose aber, ob ein Darmstück unrettbar dem Brande verfallen sei oder nicht, bei der Brucheinklemmung in der XIX. Abtheilung zurückkommen.|

|Ist ein Stück Netz schon seit längerer Zeit vorgefallen, eingeklemmt, entzündet, dadurch angeschwollen oder gar brandig, so reponirt man es nicht, sondern näht die Wunde in der Art fest zu, dass neben dem Netzstück nicht noch irgend ein anderer Theil vorfallen kann. Das ausserhalb der Wunde liegende Netzstück überlässt man dann entweder der brandigen Abstossung (was ohne alle Gefahr geschehen kann), oder man schneidet es fort. Das Abschneiden führt zu einer schnelleren Heilung und kann selbst bei grossen Netzstücken, wenn die Bauchnaht vorher sorgfältig angelegt und besonders wenn das Netz mit ein Paar Stichen mitgefasst ist, um das Zurückgleiten sicher zu verhüten, ohne alles Bedenken geschehen. Sollten in der Schnittfläche Arterien spritzen, so hätte man sie sogleich zu unterbinden. Mit grosser Vorsicht aber muss bei jedem Netzvorfall, bevor man irgend einen Eingriff auf denselben unternimmt, untersucht werden, ob nicht etwa, vom Netz umhüllt oder hinter ihm versteckt, eine Darmschlinge gleichzeitig vorgefallen ist; wäre dies der Fall, so

würde natürlich alle Aufmerksamkeit, in der oben angegebenen Weise, auf den Darmvorfall zu richten sein. — Sehr viel seltener als Darm und Netz prolabirt die Milz. Ihre Reposition war wegen des schnellen und bedeutenden Anschwellens in der Regel sehr schwierig oder ganz unausführbar. In solchen Fällen hat man mit gutem Erfolge die prolabirte Milz abgeschnitten. Man unterbindet die im *Ligamentum gastrolienale* verlaufenden Gefässe so viel als möglich vor der Durchschneidung, verhütet durch einige Fadenschlingen, dass es nicht während des Abschneidens in die Bauchhöhle zurückgleiten könne und näht es dann, nach vollständiger Stillung der Blutung, vermittelst jener Fäden sofort in die Bauchwunde mit ein.|

C. Penetrirende Bauchwunden mit Verletzung von Eingeweiden [1]).

1. Darmwunden.

Unter allen Baucheingeweiden wird der, durch den grössten Theil der Unterleibshöhle sich erstreckende Darm bei Weitem am häufigsten von Verletzungen getroffen, und unter den einzelnen Theilen des Darms am häufigsten der Dünndarm, demnächst der Quergrimmdarm, der Blinddarm, der auf- und absteigende Theil des Dickdarms, am seltensten der Zwölffingerdarm [2]). Wenn der verwundete Theil des Darms prolabirt ist, so erkennt man die Wunde sogleich bei einiger Aufmerksamkeit, selbst wenn sie so klein ist, dass gar nichts herausfliesst. Besteht aber kein Prolapsus, so kann man das verletzte Darmstück, nur wenn die Bauchwunde sehr gross ist, vielleicht auch in der Bauchhöhle sehen, oder die Anwesenheit einer Darmwunde doch an dem Hervorquellen des Darm-Inhalts (Darm-Gas) erkennen. Häufig ist aber eine solche directe Diagnose unmöglich und man hat die Darmverletzung nur aus der Richtung der Wunde und aus den sogenannten allgemeinen Erscheinungen zu erschliessen. |Der Verletzte wird nämlich in Folge des Einfliessens von Darm-Inhalt in die Peritoneal-Höhle alsbald von heftigen Schmerzen (Koliken, „Krämpfen", in populärer Redeweise) im Unterleibe befallen, der Bauch wird aufgetrieben, die Percussion desselben liefert tympanitischen Schall, namentlich auch in der Lebergegend (wenn Darmgas sich zwischen Bauchdecken und Leber eingedrängt hat), alsbald folgt Erbrechen,

[1]) Wir berücksichtigen hier zunächst nur die Digestionsorgane und deren Anhänge (s. p. 624).

[2]) Die Verletzungen des Mastdarms bleiben hier unberücksichtigt. S. Abth. XX.

wodurch oft Blut entleert wird, selten blutiger Stuhlgang, ferner unlöschbarer Durst, Beängstigung, kleiner (frequenter) Puls, thoracische Respiration.|

|Die Darmwunden zeigen beträchtliche Verschiedenheiten, je nach dem verletzten Theil und je nach der Art der Verletzung. Unter sonst gleichen Verhältnissen sind die Zufälle desto stürmischer und die Gefahr desto grösser, je näher am Magen die Verletzung ihren Sitz hat. Die Verwundung eines nicht vom Bauchfell überzogenen Theils des Darms, namentlich der hinteren Wand des *Colon ascendens* und des oberen Theils des *Colon descendens*, bedingt nicht die oben erwähnten allgemeinen Erscheinungen, indem kein Darm-Inhalt in die Bauchfellhöhle gelangt. Hier folgt auch keine Peritonitis, welche bei allen übrigen Darmwunden (mit Verletzung des Bauchfells) schnell und gewöhnlich mit grosser Heftigkeit sich entwickelt. Solche Darmwunden ohne Verletzung des Peritoneums haben nur die Gefahr der durch den Austritt der Darmcontenta in das umgebende Bindegewebe hervorgerufenen Phlegmone mit Neigung zur Gangrän (Stercoral-Abscess); ausserdem kann allerdings, wenn die Wunde sehr gross und die Verhältnisse überhaupt ungünstig waren, eine Darmfistel zurückbleiben.|

|Als ein seltenes Beispiel von Verletzung der hinteren Wand des *Colon ascendens* ohne Oeffnung des *Cavum peritonei*, führe ich nachstehenden Fall auf, den ich 1850 in der Greifswalder Klinik zu behandeln hatte. Ein kräftiger Mann war in einer Scheune vom oberen Boden herab auf einen Leiterwagen in der Art gestürzt, dass er sich auf einem der Lünzstapen (spitze Seitenpfosten des Wagens) aufgespiesst hatte. Auf diesem schwebend wurde er von anderen Arbeitsleuten, die auf sein Geschrei herbeigeeilt waren, noch gefunden und mit Mühe abgehoben. Die spitze Stange war in der rechten Schenkelbeuge, nach Aussen von dem *Nervus cruralis*, dicht an der *Spina anterior inferior ilei* eingedrungen und hatte den Körper in schräger Richtung, von Unten und Vorn nach Oben und Hinten durchbohrt, in der Art, dass die Spitze etwa 1 Zoll unterhalb der rechten Niere aus dem Rücken des Kranken beträchtlich hervorragte. Es bestand also ein ansehnlicher Wundcanal mit einer hinteren oberen und einer vorderen unteren Oeffnung. Die Blutung war unbedeutend, die Schmerzhaftigkeit sehr gross, aber doch nicht weiter als über die linke *Regio iliaca* verbreitet. In der ersten Zeit nach der Verletzung drängten sich nur Fettklümpchen aus den Wunden hervor, irgend ein Ausfluss fand nicht statt. Vom dritten Tage an aber (und von da Wochen lang) ergoss sich, zuerst aus der vorderen, dann auch aus der hinteren Oeffnung Darmkoth. Erscheinungen einer Bauchfellentzündung traten nicht auf. Vor dem Transport des Verletzten in die Klinik waren ein Paar Aderlässe gemacht worden. Weiterhin war die Behandlung durchaus indifferent, nur musste Patient fortdauernd ruhig liegen. Die Heilung der Wunden erfolgte in 6 Wochen.|

|Fliesst aus einer Darmwunde der Darm-Inhalt in grosser

Menge in die Höhle des Bauchfells, so stirbt der Verletzte sehr schnell, oft schon in wenigen, selten später als nach 20 Stunden, mit furchtbaren Qualen und Schmerzen, unter fortdauernder Steigerung der oben geschilderten Symptome. Bei geringerer Menge des Koth-Ergusses wird in der Mehrzahl der Fälle der Tod durch eitrige Peritonitis herbeigeführt. Ausnahmsweise erfolgt aber ohne Zuthun der Kunst Heilung, selbst bei Wunden, die durch die ganze Bauchhöhle hindurchgegangen sind und mehrere Darmschlingen getroffen haben. Die Wundöffnungen werden alsdann durch Anlegung des verletzten Theils an die Bauchwand, oder an das Mesenterium, oder an eine andere Darmschlinge zunächst mechanisch, demnächst aber organisch verschlossen, indem schnell durch Vermittelung grosser Massen schnell gerinnenden Exsudates (der sogenannten „plastischen Lymphe" der älteren Autoren) Verwachsung, Anlöthung, Festheftung erfolgt. Dadurch wird dann einem weiteren Kotherguss vorgebeugt und die dringendste Gefahr abgewendet. Verwächst das verletzte Darmstück mit der Umgebung der Bauchwunde, so dauert der Abfluss des Darm-Inhalts durch die Bauchwunde in der Regel fort und es entwickelt sich auf diese Weise die einfachste Form eines sogenannten widernatürlichen Afters (besser: Darmfistel, Kothfistel). Selten legen sich zwei gleichzeitig verletzte Darmschlingen in der Art aneinander, dass die Wundöffnungen genau aufeinander passen. Alsdann fliesst der Inhalt der einen in die andere; an die Stelle des normalen Weges, der vielleicht erst noch durch viele andere Darmschlingen geführt hätte, tritt diese directe Communication, der Darmcanal wird dadurch functionell verkürzt. Mag die Heilung der Darmwunde aber auch noch so glücklich gelungen sein, die Verletzten haben späterhin doch immer an Koliken, Verdauungsbeschwerden u. dgl. mehr zu leiden und behalten wegen der in ihrer Bauchhöhle entwickelten Adhäsionen (Pseudoligamente, Stränge) eine gefährliche Prädisposition zu inneren Einklemmungen. Ein besonderer Uebelstand erwächst daraus, wenn gleichzeitig mit einem Darmstück die Harnblase verletzt wurde und zwischen beiden Verwachsung eingetreten ist. Alsdann fliesst der Darm-Inhalt in die Blase und demnächst mit Harn vermischt durch die Urethra ab. Solche Fälle sind höchst selten, da die besagte Doppelverletzung an sich schon zu den Seltenheiten gehört und viel häufiger der Tod als jene relative Heilung darauf folgt.

In Bezug auf die Art der Verletzung hat man, wie überall, so auch hier vornehmlich Hieb- und Schnittwunden, Stichwunden und Schusswunden zu unterscheiden. Die beiden letzteren Arten sind, wie sich leicht einsehen lässt, häufiger als die ersteren, und gefährlicher, weil der verletzte Darm in der Regel nicht prolabirt. Natürlich kommt es aber bei den Stichwunden sehr auf die Grösse des verletzenden Instrumentes an. Verletzungen mit einer Nadel, einem Pfriemen und anderen Instrumenten ähnlichen Calibers haben eine geringfügige Bedeutung, da so kleine Wunden des Darms sofort durch die hervor- und aufquellende Schleimhaut verstopft werden. Dagegen verhält sich eine Durchbohrung mit einer Lanze, einem spitzen Pfahl u. dgl. mehr ähnlich wie eine Schusswunde, ein Messerstich wie eine Schnittwunde. — Längswunden klaffen bei gleicher Grösse stärker als Querwunden (wegen der grösseren Stärke der Cirkelfasern der Darmmusculatur); den reichlichsten Erguss bedingen vollkommene quere Trennungen des Darmrohrs bis an oder in das Mesenterium, wobei dann auch eine heftigere Blutung zu erwarten steht und die Wiederherstellung der Continuität des Darmcanals ohne Hülfe der Kunst ganz unmöglich ist. Schusswunden des Darms sind als absolut tödtlich zu betrachten; gewöhnlich werden mehrere Darmstücke von der Kugel zerrissen und es erfolgt daher ein sehr bedeutender Kothergussl.

|Penetrirende Schusscanäle am Bauch haben bald eine, bald zwei Oeffnungen; die Kugel kann nämlich in den grossen drüsigen Organen oder zwischen den elastischen Darmschlingen stecken bleiben, oder mit den unversehrt gebliebenen Stücken der Kleidung herausgezogen sein. Sind zwei Oeffnungen vorhanden, so liegen sie in der Regel auf verschiedenen Seiten des Bauches; in den meisten Fällen läuft die Kugel erst eine Strecke zwischen den Muskeln der Bauchwand, ehe sie das Bauchfell durchbohrt, so dass kein Eingeweide vorfallen kann. (H. Schwartz, l. c. pag. 121).|

Behandlung. In den seltenen Fällen, wo die Verletzung einen nicht vom Bauchfell bekleideten Theil des Darms betrifft, darf die äussere Wunde niemals geschlossen werden, vielmehr hat man für freien Abfluss des Darmkoths durch erweichende Umschläge, Einspritzungen, nöthigen Falls auch durch Dilatation der äusseren Wunde zu sorgen. Letztere ist namentlich bei heftiger Phlegmone des umgebenden Bindegewebes, in Folge der Koth-Infiltration (sogenanntem Stercoral-Abscess) angezeigt. Vgl. Hernien.

Bei den gewöhnlichen Darmwunden aber, bei denen zugleich die Bauchfellhöhle geöffnet ist, hat man vor allem den Erguss des Darminhaltes in das *Cavum peritonei* zu verhindern, demnächst aber wie bei einer einfach penetrirenden

Bauchwunde (p. 631), nur wo möglich mit noch grösserer Strenge und Sorgfalt zu verfahren [1]).

Die erstere dieser Aufgaben ist oft gar nicht zu erfüllen, sofern dem verletzten Darmstück nämlich nicht direct beizukommen ist [2]). Alsdann muss man dem Kranken alles Essen und Trinken verbieten, den quälenden Durst durch die in den Mund genommenen Eisstückchen stillen lassen (ohne das Wasser zu verschlucken) und Opium (wenn es ausgebrochen wird, in Klystieren) fort und fort bis zur Narkose geben, um, wo möglich, jede Bewegung des Darms aufzuheben und dadurch den weiteren Austritt seines Inhalts zu verhindern.

Ist der verletzte Darmtheil dagegen prolabirt, oder doch in der Nähe der Bauchwunde zu sehen und zu fassen, so muss man dem Kotherguss auf mechanische Weise vorzubeugen sich bemühen. Hierzu können zwei Wege eingeschlagen werden: entweder die Darmwunde wird zugenäht (Darmnaht, *Enterorhaphe*), der Darm dann wieder reponirt und die Bauchwunde nach den oben gegebenen Vorschriften behandelt; oder man geht darauf aus einen widernatürlichen After absichtlich anzulegen (in diesem Falle also wirklich: *Anus artificialis*), indem man durch einen oder mehrere Fäden das verwundete Darmstück in der Nähe der Bauchwunde so befestigt, dass der Darm-Inhalt direct nach Aussen durch letztere abzufliessen genöthigt wird und in die Bauchhöhle nicht eindringen kann. Der letztere Weg ist ein grosser Umweg, da der absichtlich angelegte künstliche After voraussichtlich noch einer besonderen langwierigen Behandlung bedarf, um zur Heilung gebracht zu werden.

A. Darmnaht.

Um die Vereinigung einer Darmwunde zu erzielen, genügt es nicht, die Wundränder, wie bei Verletzungen der äusseren Haut, durch die angelegten Nähte miteinander in Berührung zu bringen;

[1]) Scarpa verwarf jeden mechanischen Eingriff bei Darmwunden und beschränkte sich nur auf die allgemeine Behandlung, indem er den Verschluss der Wunde von den schnell entstehenden peritonealen Exsudaten erwartete.

[2]) [Das verletzte und deshalb gewöhnlich für den Augenblick entleerte Darmstück bleibt häufig (Scarpa behauptete: immer) in der Nähe der Bauchwunde liegen. Deshalb ist es wohl zulässig, dass man es mit den vorsichtig eingeführten Fingern hervorzuziehen versuche, zweifelhaft dagegen ist es, ob eine Erweiterung der Bauchwunde zu diesem Behuf gestattet sein soll. Jedenfalls dürfte dieselbe nur, wenn man von der Möglichkeit das verletzte Darmstück hervorzuziehen überzeugt ist, und niemals in grosser Ausdehnung vorgenommen werden.]

sie sind zu dünn, um hinreichende Berührungsflächen darzubieten. Ebensowenig darf man die seröse Haut des Darms mit der Schleimhaut oder gar zwei Schleimhautflächen mit einander zu vereinigen suchen, da im ersteren Falle nur ausnahmsweise und im zweiten niemals Verwachsung zu erwarten ist. Vielmehr muss als allgemeines Princip für die Anlegung der Darmnaht aufgestellt werden, dass stets **die serösen Flächen**, welche sich durch eine grosse Neigung zur Verwachsung und zur Bildung eines haltbaren plastischen Exsudates auszeichnen, **mit einander in Berührung zu bringen** sind.

Jobert hat sich für alle Zeiten durch die Einführung dieses Princips einen wohlverdienten Ruhm begründet[1]). Alle übrigen Methoden der Darmnaht bieten jetzt fast nur noch historisches Interesse dar. Die Jobertsche Methode selbst aber muss, je nach der Art der Verletzung, in verschiedener Weise ausgeführt werden, und kann andererseits in Bezug auf die Art des Nähens oder der anderweitigen Vereinigungsmittel zahlreiche Modificationen erfahren, in denen sich der Erfindungsgeist der neueren Chirurgen sehr fruchtbar gezeigt hat.

Uebersicht der verschiedenen Darmnähte.

I. Vereinigung der serösen Flächen des Darms. Methode von Jobert; allgemein anwendbar.

a. Verfahren bei Längswunden und bei solchen schrägen und queren Wunden, welche die Continuität des Darmrohrs nicht vollständig getrennt haben.

1) Verfahren von Jobert. Die Ränder der vorher gehörig gereinigten Wunde werden mit der Nadel nach Innen (in das Darmrohr hinein) umgeklappt und demnächst durch dicht gedrängte Nähte zusammengeheftet. Man durchsticht jede Wundlefze mit der Nadel je zweimal: einmal in einiger Entfernung von dem durch das Umklappen gebildeten Rande, zum zweiten Mal an diesem Rande selbst. Die Nadel muss nicht blos die Serosa, sondern alle Darmhäute durchbohren. Nur auf diese Weise kann man erwarten, dass die Naht hinreichend festhält und später, wenn man sie sich selbst überlässt, nicht in die Bauchhöhle fällt, sondern in das Darmrohr. Die Fäden werden entweder, wie bei der gewöhnlichen Knopfnaht, geknotet und dicht am Knoten abgeschnitten oder, nach Analogie der von Ledran vorgeschlagenen Schlingnaht, blos zusammengedreht, durch den einen Winkel der Bauchwunde nach Aussen geführt und auf der Haut befestigt. Letzteres ist unsicher. Will man in einem Falle, wo man fürchtet, dass die Vereinigung der Darmwunde ausbleiben könnte, das Darmstück in der Nähe der äusseren Wunde befestigen, so ist es doch besser, die Fäden erst zu knoten und dann je ein Ende, wie bei der Arterien-Unterbindung durch die Bauchwunde herauszuleiten. Man kann sie alsdann am fünften Tage ohne Gefahr ausziehen. Wurden sie hart am Knoten

[1]) Jobert *sur les plaies du canal intestinal. Paris* 1827 und *Traité des maladies chirurgicales du canal intestinal. Paris* 1829. [Lembert hat sein, im Wesentlichsten mit der Jobertschen Methode übereinstimmendes Verfahren bereits 1826 publicirt (s. unten); dennoch wird Seitens der französischen Autoren Jobert als der Erfinder bezeichnet.]

abgeschnitten, so fallen sie später, indem eine feste Exsudatschicht sie alsbald überzieht, in das Darmrohr und werden durch dasselbe entleert.

[Lembert's (frühere) Angaben weichen in sofern ab, als er nur die Serosa durchstechen und die Mucosa namentlich ganz unberührt lassen will. Folgt man diesem Rathe, so muss man die Nahtfäden immer in der soeben angegebenen Weise durch die Bauchwunde hinausleiten.]

[Die Kürschnernaht (*Sutura pellionum*) war schon im Alterthum als Darmnaht angewandt worden, aber ohne Umstülpung der Wundränder. Dupuytren, Dieffenbach u. A. haben sie bei dem Jobertschen Verfahren mit gutem Erfolge angewandt. Damit sie sicher halte, muss man Anfang und Ende des Fadens, wie bei der Knopfnaht knoten.]

2) Verfahren von Nuncianti in Neapel (*Bulletin de l'Académie roy. de médecine. Paris* 1845 *T. X. p.* 1036. und 1846 *T. XII. p.* 517). Eine spiralförmig fortlaufende Naht mit einem Faden (Kürschnernaht) wird in der Weise angelegt, wie dies Jobert für die einzelnen Stiche vorschreibt. Wird nun an den beiden Enden des Fadens, welche am oberen und unteren Wundwinkel frei bleiben, gezogen, so klappen sich die Wundränder von selbst nach Innen um. Die Fadenenden werden durch die Bauchwunde nach Aussen geführt; zum Behuf der Entfernung wird das eine kurz abgeschnitten, an dem anderen ein gelinder Zug ausgeübt.

3) Verfahren von Gély, Steppnaht, *suture en piqué* (*Recherches sur l'emploi d'un nouveau procedé de suture contre les divisions de l'intestin. Paris* 1844). Ein stark gewichster Faden wird mit jedem Ende in eine Nadel eingefädelt. Von diesen wird zuerst die eine parallel der Wunde, etwas jenseit des einen Wundwinkels und 4—5 Millim. vom Wundrande entfernt, eingestochen und 4—5 Millim. weiterhin wieder ausgestochen. Ebenso verfährt man demnächst mit der zweiten Nadel. Dann werden die Fäden gekreuzt, so dass also auch die Nadeln je nach der entgegengesetzten Seite kommen, und mit beiden derselbe Stich wiederholt, wobei die rechte Nadel genau in dieselbe Oeffnung eingesetzt wird, aus welcher die linke so eben herausgezogen ist. Diese Stiche werden so oft wiederholt, als es die Länge der Wunde erforderlich macht. Demnächst aber werden

Fig. 74.

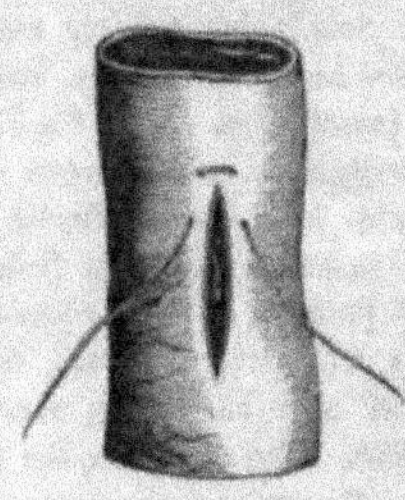

Fig. 75.

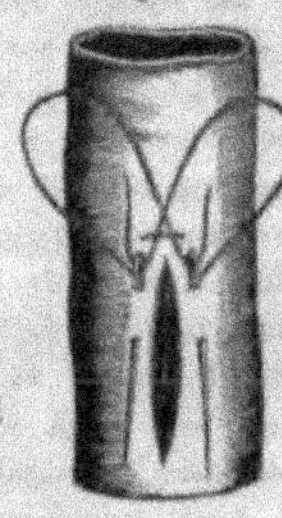

Fig. 76.

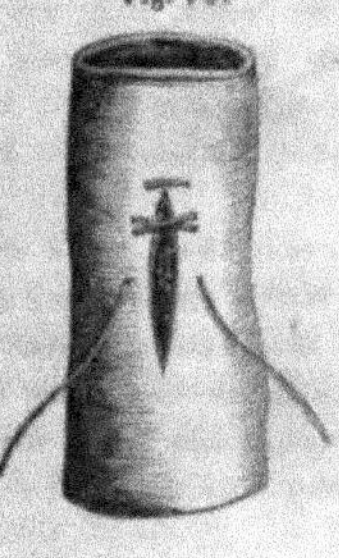

Fig. 77.

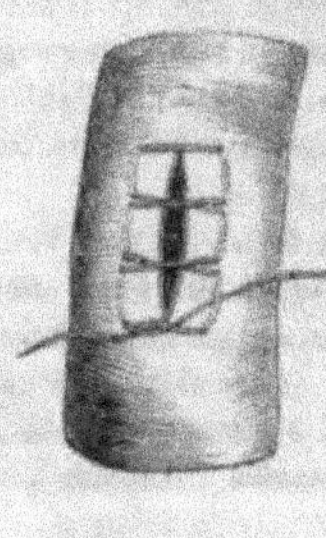

Fig. 78.

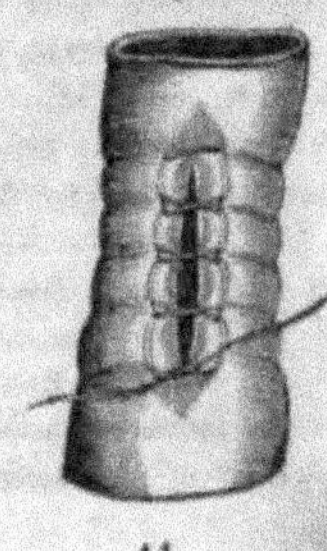

alle einzelnen auf diese Weise gebildeten Quernähte, während man die Wundränder einwärts drängt, der Reihe nach mit Pincetten so fest angezogen, dass kaum eine Spur von ihnen auf der Oberfläche des Darmes sichtbar bleibt. Endlich werden

Fig. 79.

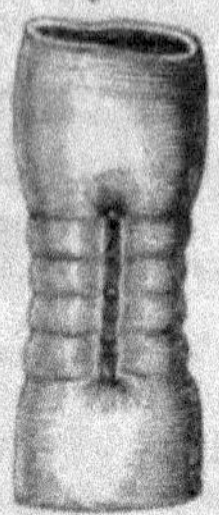

Fig. 80.

Fig. 81.

die übrig bleibenden Fadenenden fest zusammengeknotet und kurz abgeschnitten. Die Ausführung wird erleichtert, wenn man nach jeder Kreuzung die Fäden anzieht und knotet. Betrachtet man einen auf diese Weise genäheten Darm von Innen, so bemerkt man eine vorspringende Klappe, die von den umgestülpten und gegen einander gedrängten Wundrändern gebildet wird, zu ihren Seiten aber sieht man die Fäden, die auf jeder Seite einen zusammenhängenden Streifen zu bilden scheinen. (Fig. 81 zeigt die Naht von Innen gesehen, nachdem erst 3 Nahtstiche gemacht sind).

4) [Verfahren von Bouisson (*de la suture emplantée. Bulletin de l'Acad. de Méd.* 1851. *T. XVI. p.* 494). Parallel dem Wundrande, aber etwa 2 Millimeter von ihm entfernt, werden zu jeder Seite der Wunde eine oder mehrere Stecknadeln, an deren Köpfen feste Seidenfäden befestigt sind, in der Weise eingesteckt, dass sie abwechselnd von der Serosa zur Mucosa, und dann wieder von der Mucosa zur Serosa durchdringen (ungefähr so wie in Fig. 75 die Nähnadeln). Die Ein- und Ausstichspunkte der einen Nadel müssen denen der gegenüberliegenden entsprechen. Unter den auf der Serosa frei liegenden Theilen der Nadeln werden Fäden durchgeführt, durch deren Zusammenknotung die Nadeln, und folglich auch die Wundränder, in denen diese stecken, dicht an einander gezogen, und letztere genau so vereinigt werden, dass ihre serösen Flächen einander zugewandt sind. Das eine Ende dieser Fäden wird nahe am Knoten abgeschnitten, das andere zum untern Wundwinkel herausgeführt, während die an den Köpfen der Nadeln befestigten Fäden durch den oberen Wundwinkel herausgeleitet werden. Am dritten oder vierten Tage werden zuerst die letzteren und mit ihnen die Nadeln, dann aber auch die, nun frei gewordenen, vereinigenden Fäden ausgezogen. Der Verschluss soll dann vollkommen sicher sein, und es bleibt keine Spur des fremden Körpers in der Darmwunde zurück. Bei Querwunden müssen die Nadeln, der Gestalt des Darms entsprechend, gebogen werden.]

5) [Klammernaht, nach Bobrik (Med. Vereinszeit. 1850). Man schiebt durch die Wunde in das Darmrohr ein der Länge der Wunde entsprechend langes Stück Fensterblei oder eine anderweitige kleine Rinne aus biegsamen Metall (Silberblech), drängt die Wundränder (sie umklappend) in dieselbe ein und übt durch die Darmwandungen hindurch auf die Rinne einen so starken Druck aus, dass die Wundränder in ihr eingeklemmt werden. Letztere werden nekrotisch und die da-

durch frei gewordene Rinne geht *per anum* ab. Inzwischen aber ist die Wunde geheilt. (Bobrik war, als er dieses Verfahren ersann, mein Zuhörer; ich kann die Ausführbarkeit an Thieren bestätigen; der auf die Darmränder zum Behuf der Compression der Rinne auszuübende Druck hat keinen bemerkbaren Nachtheil). Statt der Rinne könnte man in derselben Weise eine oder mehrere *Serres fines* anwenden.]

b. Verfahren bei vollständiger querer Trennung des Darmrohrs.

1) Verfahren von Jobert (l. c.), Invagination des einen Darmstücks in das andere (wo möglich, des oberen in das untere). Man sucht zunächst das obere Darmstück zu erkennen, welches im Allgemeinen, da mehr daraus ausfliesst, weiter erscheint als das untere, aus welchem wegen der stärkeren Contraction der Muscularis die Schleimhaut mehr prominirt. Das Eingeben öliger Getränke und gefärbter Syrupe würde zur Diagnose, obschon es allgemein empfohlen wird, wohl nur bei Verletzung eines nahe an das Duodenum anstossenden Theils des Dünndarms benutzt werden können, weil zu lange Zeit vergeht, bis diese Substanzen tiefer hinabgelangen. Nachdem beide Darmstücke vorsichtig in der Länge mehrerer Linien vom Mesenterium abgelöst sind und die Blutung (nöthigen Falls durch temporäre Unterbindung) gestillt ist, wird das (vermeintlich) obere an zwei einander gegenüber liegenden Seiten mit einer Schlinge durchbohrt, an deren beiden Enden schon vorher Heftnadeln befestigt sind. Das andere Darmstück wird demnächst in

Fig. 82.

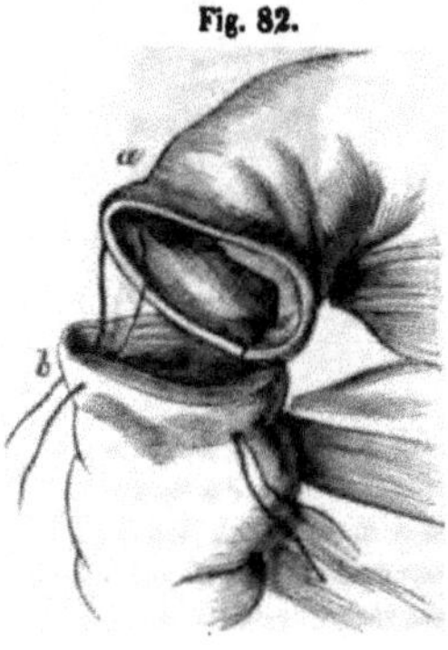

Fig. 83.

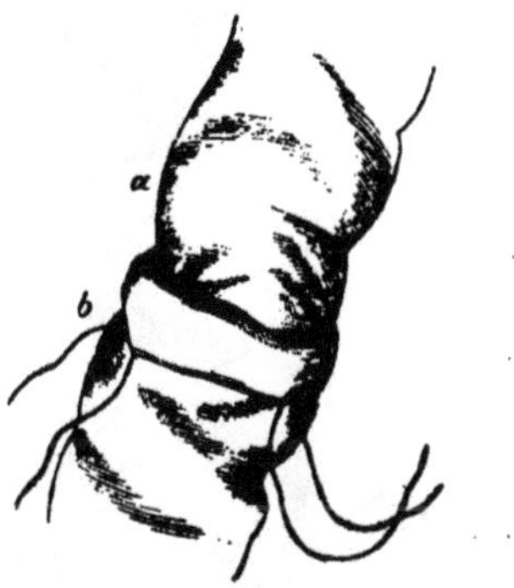

der Art umgestülpt, dass die Serosa des Wundrandes in das Innere des Darmrohrs kommt. Dies ist schwierig; man muss einen ruhigen Augenblick dazu abwarten, nöthigen Falls etwas Opiumlösung aufpinseln. (?) Sobald die Einstülpung gelungen ist, führt man den Zeigefinger in das untere Darmstück, um das Fortbestehen derselben zu sichern und den Nadeln sogleich als Leiter zu dienen, in welche die bereits im oberen Ende befestigten Schlingen eingefädelt sind. Diese Heftnadeln werden nun, je zwei auf jeder Seite durch die umgestülpten und daher gedoppelten Häute des unteren Darmstücks hindurchgestossen, so dass zwischen den zu einem Paar gehörigen einige Millimeter Zwischenraum bleibt. Die Darmstücke werden sanft einander genähert; ist dies möglichst vollständig geschehen, so wird der Finger ausgezogen und nunmehr die Invagination des oberen Darmstückes in das untere durch leichtes Ziehen an den Enden der Schlingen bewirkt. Ist diese vollkommen gelungen, so knotet man die Fäden (Schlingenenden) je zwei zusammen und kann nun sicher sein, dass nur seröse Flächen mit einander in Berührung gebracht sind. Der verletzte Darm wird alsdann in die Bauchhöhle zurückgebracht, die Fäden leitet man durch den unteren Winkel der Bauchwunde und befestigt sie in der Nähe derselben. Am fünften Tage ist ihre Lösung zu erwarten und die Narbe bereits hinreichend fest, um die Ausziehung der Fäden zu gestatten.

2) Verfahren von Lembert. (*Repertoire d'anatomie et de physiologie pathologique* 1826). Vereinigung der serösen Flächen ohne Invagination. Die Nadel wird drei Linien von dem Wundrande des einen Darmstückes entfernt ein und ohne die Schleimhaut durchbohrt zu haben, eine Linie vom Wundrande entfernt wieder ausgestochen. An dem anderen Darmstück sticht man sie an entsprechender Stelle, eine Linie vom Wundrande entfernt ein und nachdem sie abermals ohne die Schleimhaut zu verletzen zwei Linien in der Darmwand fortgeschoben ist, wieder aus. In derselben Weise werden rings herum zahlreiche Nähte angelegt.

Fig. 84.

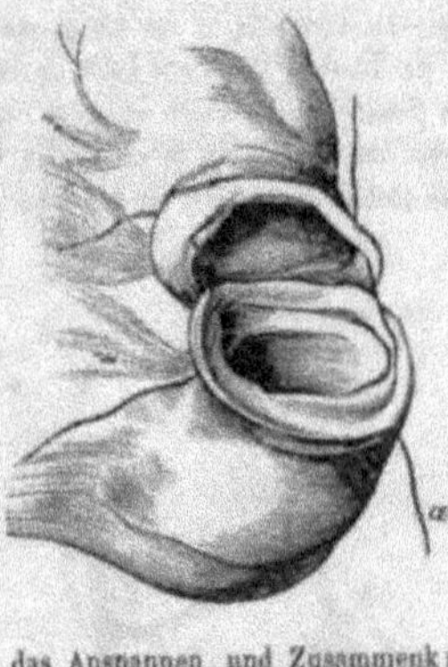

Fig. 85.

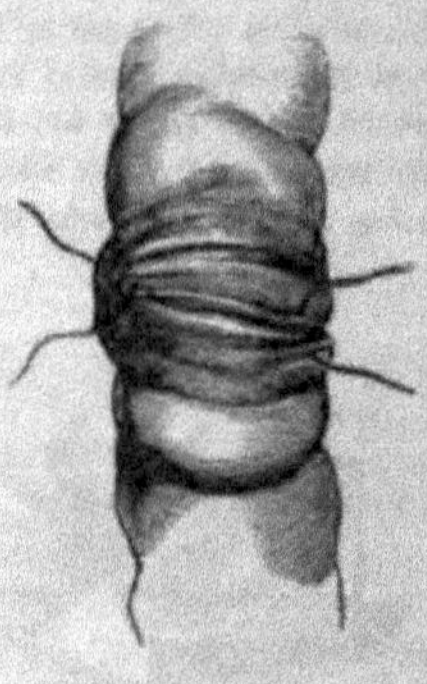

Durch das Anspannen und Zusammenknoten der Fäden soll der äusserste Wundrand sich ohne Weiteres nach Innen umklappen, so dass die Serosa des oberen Darmendes sich derjenigen des unteren zuwenden muss; allein dies geschieht nicht mit der wünschenswerthen Leichtigkeit und Vollständigkeit, weil beide Darmenden fortdauernd die Tendenz haben, ihre Schleimhautfläche auswärts zu wenden.

Gély und Malgaigne empfehlen auch in diesen Fällen die von Ersterem angegebene Steppnaht (pag. 641).

3) Verfahren von Denans. (*Recueil de la societé de méd. de Marseille* 1826). Hierzu bedarf man dreier besonderer Ringe (Cylinder) von Silber oder Zinn; zwei davon (a. a.) haben eine Höhe von 3 Linien und den Durchmesser des Darms, der dritte hat die doppelte Höhe, aber einen so viel geringeren Durchmesser, dass noch ein Zwischenraum bleibt, wenn man ihn in einen der beiden anderen einschiebt. In jedes Darmstück führt man einen der weiteren Ringe ein, klappt an jedem einen 2—3 Linien breiten Saum nach Innen um, so dass die Darmstücke nunmehr, wenn man sie gegen einander hält, die von der Serosa über

Fig. 86.

Fig. 87.

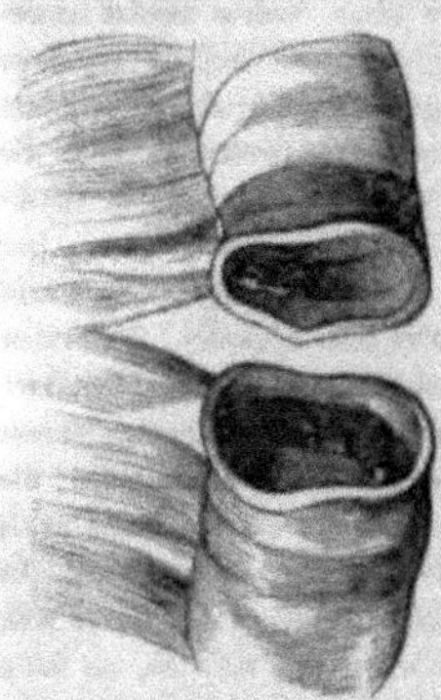

Fig. 88.

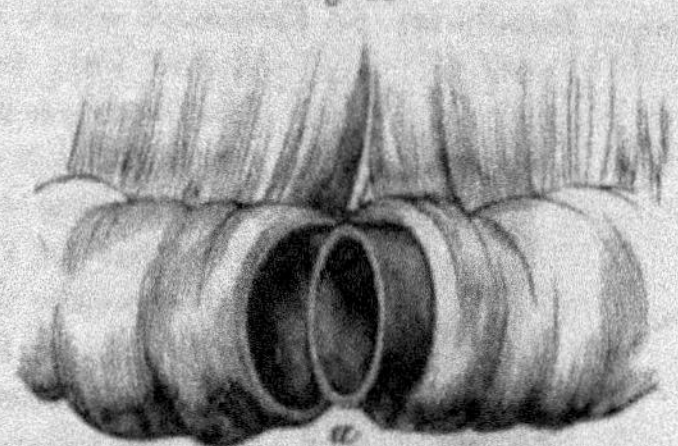

zogenen Wülste der Umklappungsstelle einander zuwenden. Demnächst aber schiebt man den dritten Ring zuerst in das eine (Fig. 88, bei a.) und dann in das andere Darmstück ein und drängt beide genau gegeneinander. Der umgeklappte Saum jeder der beiden Darmöffnungen ist somit zwischen je einem der weiteren Ringe einerseits und dem engeren Ringe andererseits eingeklemmt. Sind die Ringe genau gearbeitet, so lässt die Festigkeit der durch diesen Mechanismus erzielten Zusammenfügung kaum etwas zu wünschen übrig. Um aber ganz sicher zu gehen, wendet Denans noch eine Naht an, durch welche die drei Ringe zu einem Stück verbunden werden. Ein Faden wird mit seinen beiden Enden in zwei Heftnadeln eingefädelt. Die eine Nadel wird am Rande des einen Ringes in das Darmrohr eingestossen und in der jetzt von den Ringen offen erhaltenen Höhle des Darmes bis zum entgegengesetzten Rande des anderen Ringes weiter geschoben, woselbst die Nadel wieder durch die Darmwand nach Aussen geführt wird. Der Faden bildet nun eine, die drei Ringe und ein Stück der Darmwand umfassende Schlinge. Wollte man diese jetzt zusammenschnüren, so würde dies Stück der Darmwand dadurch nekrotisch gemacht werden. Um dies zu verhüten, muss man die Fäden in der Art unter die Darmwand zurückführen, dass nur die Ringe von ihnen umschnürt werden. Zu diesem Behuf sticht der Operateur zunächst die bisher benutzte Heftnadel durch dieselbe Stichöffnung, durch welche sie so eben hervorgezogen worden ist, wieder ein, führt sie aber sogleich zwischen dem Ringe und der Darmwand (nicht wieder innerhalb des Ringes) bis zu der Stelle, wo die beiden umgeklappten Darmränder gegen einander gepresst liegen; hier wird der entsprechende Darmrand mit der Nadel durchbohrt und diese herausgezogen. Denselben Weg macht nun zwischen dem anderen Ringe und der entsprechenden Darmwand die zweite Nadel (Fig. 89, bei a.) Die Schlinge umfasst nunmehr blos die drei Ringe und die absichtlich zwischen ihnen

Fig. 89.

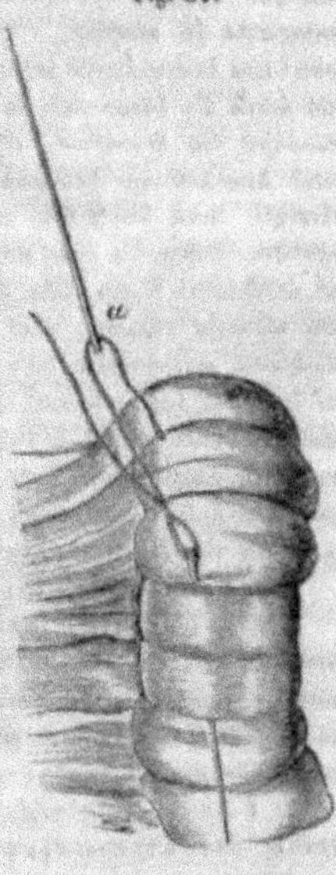

eingeklemmten, zur nekrotischen Abstossung bestimmten, umgeklappten Ränder der beiden Darmstücke; die Fadenenden werden da, wo beide Nadeln zuletzt ausgestochen sind, fest geknotet. Die Fig. 90 gegebene Zeichnung eines der Länge nach geführten Durchschnitts des auf diese Weise vereinigten Darmrohrs zeigt die Anordnung der drei Ringe, der umgeklappten Darmränder und des Fadens, der bei a. geknotet ist. Der Heilungsvorgang ist bei glücklichem Ausgange, wie man ihn bei Hunden beobachtet hat, folgender. Die beiden Darmenden werden durch plastisches Exsudat fest verklebt, die zwischen den Ringen eingeklemmten Säume aber werden brandig, die Ringe selbst somit frei; die gangränösen Theile sowol, als auch die Ringe nebst dem Faden werden demnächst *per anum* entleert. [Es leuchtet ein, dass sie beim Menschen auf dieser weiten Reise mehr Hindernisse treffen müssten, als beim Hunde, dessen Darm kürzer und viel musculöser ist, auch gar keine Haustra im Colon besitzt.]

Fig. 90.

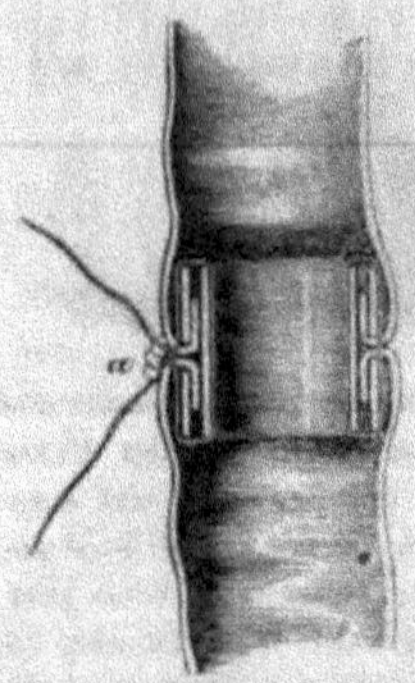

II. Vereinigung der serösen Fläche des Darms mit der Serosa der Bauchwand; nur bei Wunden von geringerer Ausdehnung, nicht bei vollkommen queren Trennungen anwendbar. (Vgl. pag. 647 unter B. I.).

Verfahren von Reybard. (*Sur le traitem. des anus artific., des plaies des intestins etc. Paris* 1827.). Eine dünne, glatte, ovale Holzplatte, 8—9 Linien breit, an Länge die bestehende Darmwunde etwas überragend, [bei Querwunden wohl der Wölbung des Darms entsprechend gewölbt, — auch durch ein Stück Guttapercha zu ersetzen,] — in deren Mitte sich zwei Löcher befinden, durch welche eine Fadenschlinge gezogen ist, welche an jedem Ende eine Heftnadel trägt, — wird durch die Darmwunde in das Darmrohr eingeschoben. Mit jeder Nadel wird demnächst ein Wundrand, etwa 3 Linien von der Wunde entfernt, durchbohrt. Durch Anziehen der Fadenschlinge werden die Wundränder gegen die Holzplatte befestigt. Dann födelt man aber beide Fadenenden, nach Entfernung der bisher benutzten Nadeln, in eine stärkere Heftnadel, führt diese in die Bauchwunde ein und durchbohrt in der Nähe derselben die Bauchwand. Das verwundete Darmstück wird nunmehr reponirt, aber unter Leitung der Finger, durch Spannen der die Bauchwand perforirenden Fäden genau gegen das *Peritoneum parietale* angezogen und in dieser Lage erhalten, indem man die Fäden über einer kleinen Rolle fest zusammenknotet. Nach 2 Tagen wurden (bei dem Versuche an Thieren) die Fäden durchschnitten und Tags darauf ging das Holzplättchen *per anum* ab, ohne dass üble Zufälle entstanden wären. (Reybard hat offenbar das sogen. „Verfahren der vier Meister benutzt).

III. Directe Vereinigung der Wundränder (wie bei Hautwunden).

1) Naht der (fabelhaften) vier Meister. (*Chirurg. venet.* 1520.). In das Darmrohr wird ein cylindrisch zusammengerolltes Kartenblatt oder ein Stück der Luftröhre einer Gans oder eines Kalbes geschoben und darüber die Darmwunde mit der Kürschnernaht oder mit Knopfnähten geheftet. Duverger hat diese Naht noch im vorigen Jahrhundert wieder empfohlen.

2) Directe Vereinigung der Wundränder nach vorgängiger Excision der hervorragenden Schleimhautwülste. Verfahren von

Moreau-Boutard (*Académie de médec. Paris* 1846.). Die wegen der stärkeren Zusammenziehung der Kreisfasern des Darmes prominirende Schleimhaut hindert nicht blos die unmittelbare Vereinigung der Wundränder, sondern erschwert auch das Umklappen (nach der Jobertschen Methode). Schneidet man sie fort, so erhält man zur unmittelbaren Vereinigung geeignete Wundflächen, die mit Knopfnähten zusammengeheftet werden sollen. Umständlich und unsicherer als die Vereinigung der serösen Flächen, [vielleicht aber in manchen Fällen damit zu combiniren.]

IV. Vereinigung der Serosa mit der Schleimhaut; nur bei vollständigen queren Trennungen versucht; Erfolg möglich, aber nicht sicher.

1) Gewöhnliche Naht; Verfahren von Ramdohr (Moebii, *Diss. obs. misc. Helmstaedt* 1730.). Man schiebt das obere Darmstück in das untere (Vgl. p. 643) und heftet sie mit einigen festen Nähten aneinander. Um die Invagination zu erleichtern, empfahl Louis d. Aeltere das Mesenterium etwas abzulösen, Watson einen Cylinder von Ichthyocolla, Bell ein Stück Talglicht einzuführen. Letzterer macht 2 Reihen von Nähten zur grösseren Sicherheit.

2) Umschnürung nach Art der Gefässunterbindung; Verfahren von Choisy (*Thèse de Paris* 1837. *No.* 322). Wenn man den unversehrten Darm eines lebenden Thieres mit einem Faden fest umschnürt, so dass das Darmrohr an dieser Stelle verschlossen wird, so verwachsen, nach den Versuchen von B. Travers, sehr bald die serösen Flächen im Umkreise der Ligatur durch ein festes Exsudat so innig, dass der Faden innerhalb des Darmrohrs zu liegen scheint. In der That werden die umschnürten Darmhäute alsbald nekrotisch, das rings umher aufgelagerte Exsudat verdichtet sich zu einer festen Narbe, die Ligatur liegt nun wirklich im Darmrohr und wird *per anum* entleert. [Aehnliches hatten Tiedemann und Gmelin am Gallengang erfahren.] Hierauf fussend legte Choisy um die über einem Stück Luftröhre invaginirten Darmstücke eine Ligatur, schnürte sie fest zusammen und schnitt die Enden kurz ab. Statt des Luftröhrenstücks nahm man später einen Korkpfropf; es gelang auch — bei Hunden.

Hieran schliesst sich ein vielfach (am Menschen) bewährtes Verfahren bei ganz kleinen Darmwunden, welches A. Cooper empfohlen hat. Man fasst den verletzten Theil mit der Pincette, erhebt ihn etwas und legt um den gefassten Hügel mit einem feinen Faden eine Ligatur, wie um eine blutende Arterie. Der Faden wird schnell von Exsudat überzogen und gelangt später in die Darmhöhle.

B. Anlegung einer Darmfistel.

In der Absicht den Darminhalt durch die Bauchwunde direct nach Aussen abzuleiten und seinen Erguss in die Bauchhöhle zu verhüten, hat man das verletzte Darmstück entweder selbst oder vermittelst des Gekröses durch Fadenschlingen in der äusseren Wunde zu befestigen gesucht. Danach ergeben sich zwei Methoden: 1) Anlegung von Darmschlingen, 2) Anlegung von Gekröschlingen.

I. Anlegung von Fadenschlingen am Darm selbst, Palfyn, Ledran. Die hierher gehörigen Verfahren sind auch als Darmnähte bezeichnet worden, und zwar nicht ganz mit Unrecht, da sie durch geringfügige Modificationen in Darmnähte (der älteren Art) umgewandelt werden können.

1) Verfahren von Palfyn (*Heelkonstige ontleeding vans menschen lichaam. Leyden* 1718.). Durch die Wundränder wird in der Mitte der Darmwunde

mittelst einer gewöhnlichen Heftnadel eine Fadenschlinge geführt und mit deren Hülfe der verletzte Darm nahe an oder in der Bauchwunde festgehalten, indem man die Fadenenden durch diese, nach der Reposition des Darms, herausleitet und in der Nähe derselben bis zur erfolgten Anlöthung des Darms mit Heftpflaster befestigt. Nach einigen Tagen wird die Fadenschlinge ausgezogen.

2) Verfahren von Ledran (*Traité des opérat. Paris* 1743.). Mehrere Fäden werden quer durch beide Wundlefzen gezogen, die Fadenenden jeder Seite zu einem Bündel vereinigt und zusammengedreht, so dass die Wundlefzen dadurch gefaltet und verkürzt werden; demnächst aber werden beide Bündel auch noch wieder zusammengedreht oder doch an einander gelegt (nach der Modification von Loeffler, gekreuzt), so dass mittelst derselben nicht blos der Darm an der Bauchwunde festgehalten, sondern die Darmwunde auch einiger Maassen, freilich in sehr unzweckmässiger Weise, geschlossen wird. Daher auch als „Schlingennaht" beschrieben. Ledran glaubte sogar durch dies Verfahren kleine Darmwunden ohne Verwachsung des Darms mit dem *Peritoneum parietale* heilen zu können.

II. Anlegung der Gekrösschlinge, nach de la Peyronie (*Mémoires de l'Académie de chir. T. III.* 1733.). Das Mesenterium des verletzten Darmstücks wird in dessen Nähe mit einer Heftnadel zuerst von Unten nach Oben und dann, in einer der Grösse der Darmwunde entsprechenden Entfernung, in entgegengesetzter Richtung durchstochen, der übrige Darm dann reponirt, das verletzte Stück aber, mittelst der angelegten Schlinge, welche in der Nähe festgeklebt wird, in der Bauchwunde zurückgehalten. Zugleich soll dadurch bei grossen Querwunden eine Annäherung der beiden Darmenden erzielt werden.

[Bei der Beurtheilung dieser verschiedenen Behandlungsweisen hat man einer Seits die Sicherheit, welche sie gegen den Erguss von Darm-Inhalt in die Bauchhöhle gewähren, und anderer Seits die Steigerung der Gefahr, welche aus der operativen Einwirkung auf den Darm erwächst, gegen einander abzuwägen. Es leuchtet ein, dass dem Kotherguss durch eine gut angelegte Darmnaht am sichersten vorgebeugt wird, dass hingegen eine einfache Gekrösschlinge eine geringere Verletzung zu der schon bestehenden hinzufügt, als irgend welche Darmnaht. Bei kleinen Darmwunden (bis etwa ½ Zoll Länge) reicht die Schlinge aus, um dem Kotherguss vorzubeugen; aber bei diesen sind auch nur wenige Nahtstiche erforderlich, durch welche die ohnehin zu erwartende Entzündung nicht mehr gesteigert wird, als durch die Schlinge; die Naht wird also zu bevorzugen sein, weil sie gradezu zum Ziele führt, nicht erst mit dem doch auch nicht ganz gefahrlosen Umwege des künstlichen Afters. Bei grossen Wunden ist die Schlinge sehr unsicher, nach vollständiger Trennung des Darmrohrs bleibt bei ihrer Anwendung vielleicht eine schwer und nur durch wiederholte operative Eingriffe heilbare Kothfistel zurück[1]);

[1]) Niemand kann heut zu Tage mehr daran denken, dem Verletzten absichtlich eine unheilbare Kothfistel anzulegen, wie dies Littre wollte, indem er das untere Darmstück zuband und nur das obere in der Bauchwunde befestigte.

die Naht anderer Seits vermag auch hier vor Kotherguss zu schützen, aber sie steigert die Gefahr der Entzündung, da zahlreiche Stiche und Fäden erforderlich sind. Im ersteren Falle stehen wir hülflos, wenn Kotherguss erfolgt; im zweiten vermögen wir gegen die (traumatische) Entzündung durch Blutentziehungen etwas auszurichten und haben nach Entfernung der fremden Körper (Fäden) auf eine spontane Zurückbildung derselben zu rechnen. Somit müssen wir auch bei grossen Darmwunden einer gut angelegten Naht den Vorzug einräumen; aber wir vergessen nicht, dass die Anlegung derselben schwierig, oft sehr schwierig ist, so dass es für einen Ungeübten im Fall der Noth doch gerathener sein kann, zur Schlinge seine Zuflucht zu nehmen. Von Belang ist ferner, ob die Verletzung frisch ist oder nicht. Im letzteren Falle ist von der Naht ganz abzustehen, wenn sich bereits Adhäsionen zwischen dem verletzten Darm und der Bauchwand entwickelt haben oder wenn die Darmwände, in Folge der Entzündung oder der bereits beginnenden Gangrän, so morsch sind, dass eine dauerhafte Vereinigung durch die Naht nicht mehr erwartet werden kann. Wenn man in einem solchen Falle über die Lebensfähigkeit eines verletzten Darms auch nur zweifelhaft ist, so muss man nach den für den prolabirten Darm unter gleichen Verhältnissen gegebenen Vorschriften (p. 634) verfahren.

Unter den einzelnen Darmnähten werden wir diejenige zu bevorzugen haben, welche den höchsten Grad von Sicherheit mit möglichst geringer Verwundung und Reizung verbindet. Somit wird also die Vereinigung seröser Flächen in ersterer Beziehung erstrebt, in Bezug auf das zweite Desiderat aber eine weitere Verwundung des Darms und die Zurücklassung fremder K[illegible] lichst beschränkt werden müssen. Wir werden daher [illegible] sinnreichen Ringen von Denans, noch den Bouisson'schen Nadeln das Wort reden, sondern möglichst dünne Heftfäden empfehlen. Die Kürschnernaht gewährt den Vortheil, dass die Wunde mit verhältnissmässig wenigen Stichen sicher geschlossen werden kann (wegen der schräg überlaufenden Stücke des Fadens), dass nur zwei Knoten zu machen sind und dass somit auch weniger prominirende Körper am Darm zurückbleiben. — Die sehr sinnreiche aber jedenfalls schwierigere und zeitraubende Steppnaht, welche Gély angegeben und Malgaigne vorzüglich empfohlen hat, dürfte vor der Kürschnernaht kaum einen Vorzug darbieten. Sollen die Nähte ausgezogen werden (Lembert) oder sich selbst überlassen bleiben (Jobert)? Wir sahen bereits, dass sie im ersteren Falle nur die Serosa, im zweiten aber die ganze Dicke der Darmwand durchbohren müssen, damit sie später sicher in die Darmhöhle gelangen. Für beide Verfahrungsweisen sprechen gewisse Gründe. Die oberflächlich geführten Stiche mögen eine weniger heftige Enteritis erregen und nach der Ausziehung der Fäden durch die Bauchwunde bleibt keine Spur eines fremden Körpers mehr zurück, somit auch keine Gefahr nachträglicher Abscessbildung am Darm. Dagegen sind bei diesem Verfahren die von der Bauchwunde zum Darm durch die Peritonealhöhle laufenden (und vor dem dritten Tage doch nicht zu entfernenden) Nahtfäden als ein nicht geringfügiger Entzündungsreiz zu betrachten. Die tiefer geführten Fäden halten sicherer, können kurz abgeschnitten werden, führen den oben angedeuteten Nachtheil nicht mit sich und haben, nach den zahlreichen Erfahrungen von Jobert, niemals Abscessbildung veranlasst. Somit dürfte das von Jobert empfohlene Verfahren auch in dieser Beziehung im Allgemeinen den Vorzug verdienen. — Bei grossen (namentlich das ganze Darmrohr trennenden) Querwunden gewährt die Jobert'sche Invagination die verhältnissmässig grösste Sicherheit bei Zurücklassung wenig beträchtlicher fremder Körper (der Nähte). Aber die bedeutende neue Verwundung, welche das (oft sogar mit bedeutender arterieller Blutung verknüpfte) Ablösen des Mesenteriums bedingt, ist wohl in Anschlag zu bringen und die Vereinigung daher, wenn es irgend möglich ist, ohne diese Ablösung durch zahlreiche Knopfnähte (Serosa gegen Serosa, nach Lembert) zu bewirken.]

[In den meisten Fällen, auch wenn die Naht aufs Vorzüglichste angelegt war, — vielleicht immer — setzen ausgebreitete Adhäsionen (in Folge der unvermeidlichen Peritonitis) das verletzte Darmstück bald mit anderen Darmtheilen oder anderen Eingeweiden, bald mit der Bauchwand in Verbindung, so dass es den Anschein gewinnt, als wäre der Verschluss der Darmwunden weniger der unmittelbaren Vereinigung als jenen plastischen Exsudaten zuzuschreiben. Darauf fussend hat man (Scarpa) eben die Darmnaht unterlassen zu können geglaubt, indem man übersah, dass nicht jene plastischen Exsudate, sondern Eiterung und Verjauchung das Resultat der Peritonitis gewesen wären, wenn das Eindringen des Darminhalts in die Bauchhöhle nicht auf mechanische Weise verhindert würde.]

[Die Nachbehandlung nach der Darmnaht hat die oben (p. 631) gegebenen Vorschriften zu befolgen. Abführmittel und Klystire sind in den ersten Tagen namentlich zu vermeiden. Der Darm muss Ruhe haben, wenn seine Wunde heilen soll. Oft bleibt später an der verletzten Stelle eine narbige Verengerung des Darms zurück. Deshalb muss der Verwundete auch lange Zeit nach der Heilung Diätfehler vermeiden und jede Verdauungsstörung sorgfältig beachten.

Ist es zur Bildung eines künstlichen Afters gekommen, so muss in der ersten Zeit alles verhütet werden, wodurch eine Lösung des an die Bauchwand angewachsenen Darms bewirkt werden könnte. Ueber die zur Heilung dieses Nachübels erforderliche Behandlung wird weiter unten besonders gehandelt werden.

II. Magenwunden.

Die starken Schwankungen, denen das Volumen des Magens, je nach dem Grade seiner Anfüllung unterworfen ist, und die Verschiedenheit der Richtung des verletzenden Instrumentes lassen die Grenzen, innerhalb welcher eine Verletzung denselben treffen muss, nicht mit Schärfe bestimmen. Ist der Magen ganz leer, so kann man seine Verwundung vermuthen, wenn ein Instrument oder eine Kugel in der Mitte zwischen Nabel und Schwertfortsatz oder noch näher an letzterem eingedrungen ist. Bei starker Füllung oder sehr schräger Richtung der Wunde kann er selbst noch von Verletzungen getroffen werden, die unterhalb des Nabels eingedrungen sind. Wenn die äussere Wunde so gross ist, dass man den Magen sehen kann, oder wenn das verletzte Stück des Magens vorgefallen ist, so kann ein diagnostischer Zweifel nicht wohl bestehen. In den meisten Fällen aber ist nur auf indirectem Wege die Diagnose möglich. Heftiger Schmerz in der Tiefe der *Regio epigastrica*, grosse Angst, Ohnmacht, Krämpfe, Convulsionen, Erbrechen von Speiseresten mit Blut gemischt gleich nach der Verletzung, auch blosses Blutbrechen (wenn der Magen leer war), später blutiger Stuhlgang, lassen mit Wahrscheinlichkeit auf Verletzung des Magens schliessen, wenn die äussere Wunde sich zwischen Schwertfortsatz und Nabel befindet.

Ist die Wunde klein (unter $^1/_4$ Zoll) und nicht etwa gerade eine grössere Arterie (eine der *Arteriae gastroepiploicae*) verletzt, so ergiesst sich (auch bei vollem Magen) in die Bauchhöhle weder Mageninhalt noch Blut, indem einer Seits das Hervorquellen der Magenschleimhaut, anderer Seits der Druck der, dem Magen genau anliegenden, Bauchwand die Wunde mechanisch verstopft. Unter solchen Verhältnissen erfolgt denn auch ohne Weiteres Heilung durch Anlöthung des Magens an die Bauchwand. Traf eine solche (Stich-) Wunde aber zufällig einen grösseren Arterienast, so entsteht ein beträchtlicher Bluterguss in die Peritonealhöhle, meist gleichzeitig Blutbrechen, selten äussere Blutung, da der verletzte Magen sich zusammenzieht, durch Entleerung der in ihm enthaltenen Luft auch zusammenfällt und somit die Magenwunde der

Bauchwunde nicht mehr entspricht.] Eine solche innere Blutung aus einer verletzten Magenarterie kann tödtlich werden, oder doch in Folge der Anwesenheit von Blutgerinnseln in der Peritonealhöhle zu Peritonitis Veranlassung geben. Das Einströmen von Magengas in die Bauchhöhle (wobei auch die Lebergegend [sofern nicht etwa alte Adhäsionen zwischen Leber und Zwerchfell bestehen] tympanitisch tönt), erregt heftige aber doch nicht immer tödtliche Entzündung. Bei grösseren Magenwunden dagegen fliesst der mit Blut gemischte Mageninhalt nicht blos aus der Bauchwunde ab, sondern ergiesst sich vorzugsweise in die Bauchhöhle, so dass, wie bei grösseren Darmwunden, sehr schnell der Tod folgt. Dies ist bei vollem Magen um so mehr zu fürchten. Tritt der Mageninhalt nur in ganz geringer Menge aus, so kann er durch die zwischen der Bauchwand und dem Magen schnell entwickelten Adhäsionen abgekapselt werden. Alsdann entwickelt sich ein, gewöhnlich durch die äussere Wunde, aufbrechender Abscess, welcher, je nach dem grösseren oder geringeren Umfange der Magenwunde, entweder eine Magenfistel hinterlässt oder vollständig heilt. [Bleiben Magen und Bauchwand von vorn herein in genauer Berührung, so dass der Inhalt des ersteren sich ganz oder doch fast ganz durch die Bauchwunde nach Aussen ergiessen kann, so ist die Aussicht auf Entstehung einer Magenfistel noch grösser. Eine solche bildet sich, indem die Schleimhaut des Magens gegen die äussere Haut durch Narbenverkürzung herangezogen wird und demnächst mit ihr verwächst. Die ungemein kurze Fistel wird also von der Magenschleimhaut selbst überkleidet und gehört somit in die Categorie der lippenförmigen Fisteln Roser's. Man hat die Entwickelung von Magenfisteln bis jetzt vorzugsweise nach Schusswunden beobachtet. Während die Prognose der Magenwunden sehr schlecht ist, gestaltet sich diejenige der vollständig ausgebildeten Fisteln sehr günstig. Zunächst machen sie nicht viel Beschwerde und stören die Verdauung gar nicht (Vgl. die in den Lehrbüchern der Physiologie ausführlich erörterten Versuche Beaumonts an dem St. Martin). Der Ausfluss des Mageninhalts kann durch einfache Verbände verhütet werden. Durch dauernde Compression, Anfrischung und Naht oder durch Cauterisation lassen sie sich endlich heilen. Hieraus ergiebt sich denn auch, dass, wenn die Magenwunde überhaupt nicht ganz klein ist, die Bildung einer Magenfistel als ein sehr erwünschter Ausgang zu betrachten ist. Uebrigens gelten auch hier die für die Darmwunden aufgestellten Grundsätze. Kann man der Magenwunde beikommen, so nähet man sie zu (Serosa gegen Serosa), am Besten wohl mit der Kürschnernaht, in der Art, dass man beide Fadenenden durch die Bauchwunde nach aussen führt und somit zugleich die Verklebung zwischen Magen und Bauchwand sichert. Gelingt dies nicht, so sucht man die verletzte Magenwand wenigstens in der Art an der Bauchwand zu befestigen, dass der Inhalt sich nach Aussen entleeren muss. So wird man namentlich bei Wunden mit bedeutendem Substanzverlust (Schussverletzungen) die Vereinigung der Wundränder der Magenwunde mit denen der Bauchwunde vorzunehmen haben, um die Fistelbildung zu sichern (Vgl. Gastrotomie, p. 516).|

|Vielleicht werden sich hierbei auch Apparate, wie man sie für die Magenfisteln der Thiere benutzt hat, bequem und wirksam zeigen (Vgl. den pag. 516 citirten Aufsatz in Roser und Wunderlich Archiv 1848.).|

Die allgemeine Behandlung (auf welche man sich beschränken muss, wenn man der Magenwunde nicht habhaft werden kann) stimmt ganz mit der bei den Darmwunden empfohlenen überein. Namentlich ist die absolute Diät — wenn möglich — noch mehr als bei Darmverletzungen zu empfehlen. Der Durst muss durch Eisstückchen, die man im Munde zergehen lässt, gemildert werden. Hier könnten auch Einspritzungen geringer Mengen Flüssigkeit in den Mastdarm (ernährende Klystire) gestattet werden. Ist die Verwachsung des Magens mit der Bauchwand einmal gesichert, so kann man dreist zunächst flüssige und bald auch consistente Nahrungsmittel gestatten.|

III. Wunden der Leber und Gallenblase.

1) Die Leber wird von Hieb- und Stichwunden seltener getroffen, als man ihrer bedeutenden Grösse nach erwarten sollte. Dies erklärt sich aus dem ihr durch das Rippendach gewährten Schutze. |Dagegen dringen Kugeln, gegen welche dieser Schutz nicht ausreicht, häufig in die Leber ein oder durchfurchen eine ihrer Flächen, oder gehen selbst durch sie hindurch, bald mit, bald ohne Verletzung des Zwerchfells, welches auch bei Stichwunden der Leber nicht ganz selten mitverletzt wird. Dringt der verwundende Körper schräg von unten her in die Leber ein, so müsste erst die ganze Leber durchbohrt werden, wenn auch das Zwerchfell verletzt werden sollte; die Wunde betrifft in solchen Fällen also nur den Unterleib. Dagegen muss sie zugleich eine penetrirende Brust- (wahrscheinlich auch Lungen-) Wunde sein, wenn der verletzende Körper schräg von oben oder im Momente

der Inspiration in horizontaler Richtung das von den falschen Rippen gebildete Dach durchbohrt (Vgl. p. 577).| Aus der Lage und Richtung der Wunde lässt sich meist mit grosser Wahrscheinlichkeit erkennen, ob die Leber verletzt sei oder nicht. Ausserdem sind aber folgende Symptome zu erwähnen: Ausfluss von dunklem Blut aus der Wunde, gewöhnlich mit gleichzeitigem Bluterguss in die Bauchhöhle, auffallende Störung des Allgemeinbefindens, Beklemmung, Angst, Schluchzen, Erbrechen, behinderte schmerzhafte Athembewegungen, Schmerzhaftigkeit im rechten Hypochondrium, die sich bei Wunden der convexen Seite bis zum Kehlkopf und zur Scapula, bei Verletzungen der concaven Fläche gegen den Schwertfortsatz hin verbreiten soll.

|Den als characteristisch für Verletzungen der convexen Fläche der Leber angegebenen, aber durchaus nicht constanten Schulterschmerz erklärte man ziemlich gezwungen aus der Anastomose des oberflächlichen Schulterblattsnerven mit dem Zwerchfellsnerven und dieses mit dem *Plexus coeliacus* und *hepaticus*.|

Weiterhin treten (sofern der Tod nicht früher erfolgt) die Erscheinungen der Hepatitis auf: Icterus, gewöhnlich mit Delirien, safrangelber oder brauner Harn, graue Excremente; dann auch Ausfliessen von gelblichem schleimigen Eiter aus der Wunde. |Hat eine Kugel die Leber (namentlich die convexe Fläche, wo weder Blut- noch Gallengefässe grösseren Kalibers getroffen werden) blos gestreift oder sind durch eine einfache Stichwunde bedeutendere Gefässe nicht verletzt worden, so kann die Mehrzahl der aufgeführten Symptome fehlen, eine Störung des Allgemeinbefindens fast ganz ausbleiben und der Ausfluss von Galle aus der Wunde das einzige charakteristische Zeichen abgeben. Alsdann ist auch unter einer gelind antiphlogistischen Behandlung Heilung zu erwarten. Bei allen bedeutenderen Verletzungen aber ist die Prognose sehr schlecht. Der Tod erfolgt meist schon in den ersten zwei Tagen.|

Behandlung. |Gegen den Blut- und Gallen-Erguss in die Bauchhöhle kann nichts gethan werden; die dadurch erregte Peritonitis wird antiphlogistisch behandelt, — meist vergeblich. Fremde Körper (Kugeln, Rippensplitter) müssen wo möglich entfernt werden; daher ist auch, wenn ihr Vorhandensein vermuthet wird (bei Schusswunden) das Sondiren der Wunde mit dem Finger nicht zu unterlassen. Tritt nach der Extraction eine gefährliche Blutung nach Aussen ein, so muss man vorsichtig tamponiren.|

2) Die Gallenblase kann sowol ohne, als mit gleichzeitiger Verletzung der Leber verwundet werden. Zuweilen ist die Gallen-

blase in Folge früherer circumscripter Entzündung zum Theil an die Bauchwand angelöthet und durch die umgebenden Pseudomembranen in diesem Theil wenigstens von der Peritonealhöhle abgekapselt. In solchen Fällen kann die Gallenblase durch eine Wunde geöffnet werden, ohne dass Gallenerguss in die Bauchhöhle und somit Peritonitis entstände. Verhalten sich aber die Gallenblase und ihre Umgebungen normal, so fliesst die Galle bei einer Verletzung derselben ebenso gut in die Bauchhöhle als nach Aussen und veranlasst eine auffallend schnell tödtende Peritonitis.

Dieselbe soll ausgezeichnet sein durch: relativ geringe Exsudation, weniger starke Brechneigung, bei weitem grössere Angst und Unruhe, als bei irgend einer anderen Art von Bauchfellentzündung, Einziehung des Leibes, Verstopfung und Harnverhaltung.

IV. Wunden der Milz und des Netzes

sind nur insofern gefährlich, als Gefässe verletzt und dadurch innere Blutungen veranlasst werden. Aus dem blutreichen schwammigen Parenchym der Milz findet eine solche bei jeder Verletzung statt |wird jedoch, namentlich bei Schusswunden nicht immer tödtlich.| Das Netz wird, nur wenn eins seiner grösseren Gefässe verwundet ist, eine beträchtliche Blutung liefern. |Netzwunden lassen sich nicht erkennen, wenn das Netz nicht etwa prolabirt ist. Alsdann wird, nächst der Torsion oder Unterbindung der Arterien, die für den Vorfall des Netzes angegebene Behandlung am Platze sein. Milzwunden können aus der Lage und Richtung vermuthet werden, haben sich aber sehr oft der Diagnose entzogen. Werden sie nicht durch Blutung tödtlich, so haben sie keine besondere Gefahr. Blutungen aus der prolabirten Milz können ihre Reposition unräthlich und das Abschneiden der Milz in der oben (p. 635) angegebenen Weise zweckmässig erscheinen lassen.|

V. Wunden des Zwerchfells.

|Bei den Brustwunden wurde bereits (p. 577) bemerkt, dass das Zwerchfell sowol vom Thorax her, als von der Bauchhöhle aus verletzt werden kann, ferner dass es von seiner in den Momenten der In- und Exspiration so wesentlich wechselnden Stellung abhängt, ob es durch quer eindringende Wunden in der Höhe der letzten Intercostalräume noch getroffen wird oder nicht. Die Erscheinungen der Zwerchfellsverletzung sind wegen ihrer Vermischung mit den durch die penetrirende Brust-Bauchwunde und die gleichzeitige Verletzung der Lunge, des Herzens, der Leber oder anderer Unterleibsorgane bedingten Zufällen sehr wenig klar. Das sardonische Lachen, welches man früher als charakteristisch

Thomas fand den Rectus bei unversehrtem Peritoneum mitten in seiner, gleichfalls unversehrt gebliebenen aponeurotischen Scheide zerrissen. Larrey erwähnt einer Zerreissung der breiten Bauchmuskeln dicht an der *Crista ilei*. Vgl. Larrey, *Clinique chirurgicale T. II. p.* 488 *Paris* 1840.

Zuweilen wird das Peritoneum allein **zerrissen**, jedoch nur unter ganz besonderen Verhältnissen, wenn es nämlich als Bruchsack (Vgl. die folgende Abtheilung) eine **Ausstülpung** bildet. In der Regel betrifft die Zerreissung alle **integrirenden** Theile der Bauchwand gleichmässig und Zerreissungen ohne **Hautwunde** sind schliesslich immer noch sehr viel seltener als **gerissene** Wunden.

Die sogenannten **activen Zerreissungen**, welche durch Muskelgewalt bewirkt werden, betreffen entweder die **Muskeln** selbst, oder die von ihnen ausgehenden aponeurotischen **Sehnen**. Unter allen Bauchmuskeln zerreisst auf diese Weise am häufigsten der Rectus. Die Veranlassung geben übermässige **Anstrengungen**, am häufigsten bei einer Geburt, wo die Entstehung der **Muskelruptur** durch die vorausgegangene Verdünnung und **Ausdehnung** der Bauchwand begünstigt wird. Genaue anatomische **Untersuchungen** darüber, ob unter solchen Verhältnissen leichter die **eigentliche** Muskelsubstanz, oder die Aponeurose zerreisse, liegen **nicht vor**; letzteres ist wahrscheinlicher. Unbedeutende Zerreissungen der Art mögen häufiger sein, als sich bestimmt nachweisen lässt. Sie veranlassen Schmerzen, welche als Krämpfe, **Hexenschoss** u. s. f. bezeichnet werden und nach einiger Zeit, **besonders** bei ruhigem Verhalten, von selbst aufhören. Später aber **entwickelt** sich an einer solchen Stelle nicht selten eine Hernie. **Höchst** selten dürfte dies unmittelbar nach einer solchen Verletzung **geschehen**, wenn auch die Kranken oft behaupten, der Bruch sei nach einer bestimmten Bewegung mit krachendem Geräusch hervorgetreten.

Beispiele. 1. Ein Mann mit etwas entwickeltem Bauche wollte beim Baden von einer bedeutenden Höhe, mit dem Kopf voran, in die See springen, schlug aber mit dem Bauch auf den Wasserspiegel auf. Man bemerkte sogleich, dass er ausser Stande war, sich über dem Wasser zu erhalten, indem er nur mit den Armen Schwimmbewegungen machte. Nachdem er glücklich an's Land geschafft war, fand man die Haut des Unterleibes roth, als wäre sie mit Ruthen gepeitscht, schmerzhaft, namentlich im unteren Theile. Die Schmerzen wurden durch jede Körperanstrengung gesteigert, schwanden aber bei ruhiger Lage gänzlich. Weder Erbrechen, noch blutiger Stuhlgang, noch Auftreibung des Bauches traten ein. Bei genauer Untersuchung der Bauchdecken, welche nicht besonders schmerzhaft war, liess sich keine Continuitätstrennung entdecken. Durch ruhige Lage mit gebeugten Schenkeln, Blutegel und warme Bäder wurde der Mann in einem Monat so weit hergestellt, dass er wieder seine gewohnten Geschäfte betreiben konnte. Aber allmälig entwickelte sich, etwas unterhalb des Nabels und mehr nach rechts, eine Geschwulst, welche bei aufrechter Stellung und nach der Mahlzeit sich vergrösserte, bei horizontaler Lage aber ganz verschwand: eine *Hernia ventralis*, zu deren Zurückhaltung das Tragen eines Bruchbandes erforderlich wurde.

II. Ein junger Ehemann vermochte, in Folge übermässigen Eifers in der Erfüllung seiner neuen Pflichten, am Tage nach der Hochzeit nur stark vornübergebeugt und mit Mühe zu gehen. Tiefe Inspiration und jede mit einer solchen verknüpfte Anstrengung, Niesen, Husten erregten ihm heftige Schmerzen einige Zoll unter dem Nabel. Lag er ruhig, oder ging vorsichtig in vornübergebeugter Haltung, so liessen die Schmerzen fast ganz nach. Ruhige horizontale Lage und einige Bäder reichten hin, um ihn in 14 Tagen von diesem Uebel zu befreien. Eine Hernie war nach Jahresfrist noch nicht entstanden.

|Die Behandlung muss nach den für die Therapie der Quetschungen im Allgemeinen gegebenen Regeln (Bd. I. p. 284) eingeleitet werden; namentlich sind zertheilende Umschläge und Blutegel, nebst vollkommen ruhiger Lage, zu empfehlen. Mit grosser Sorgfalt sind nachträgliche Abscesse zu beachten und frühzeitig zu eröffnen.|

II. Quetschungen und Zerreissungen der Baucheingeweide.

Bedeutende Quetschungen der Bauchwand sind, wie wir bereits bemerkt haben, in der Regel auch mit Quetschung der inneren Organe complicirt. Zuweilen führt letztere augenblicklich zum Tode, ohne dass man die Todesursache anatomisch nachweisen könnte, — durch Lähmung der Bauchganglien(?). In anderen Fällen findet man grosse ausgebreitete Ecchymosen in den Wänden des Magens und der Därme, wie dies bereits von Morgagni angegeben und von Velpeau, Jobert (l. c.) u. A. bestätigt worden ist. Erfolgt der Tod nicht sogleich, so tritt Blutbrechen und blutiger Stuhlgang ein, da ebenso, wie zwischen den Darmhäuten, auch Blut auf der freien Oberfläche der Darmschleimhaut extravasirt. |Mehr oder weniger heftige Entzündungserscheinungen folgen, gegen welche allgemeine und topische Blutentziehungen und die Darreichung von Opium, analog der Behandlung penetrirender Bauchwunden, zu empfehlen sind.|

Zerreissungen der Bauch-Eingeweide ohne äussere Wunde können, wie diejenigen der Bauchwände, passive oder active sein. Active Zerreissungen können nur an musculösen Organen vorkommen; am häufigsten sind sie noch am Uterus (während der Geburt) und am Magen (namentlich beim Erbrechen), äusserst selten am Darm beobachtet worden.

Eine active Darmzerreissung beschreibt Morand. In Folge gewaltiger Auftreibung durch Gas will sie Laennec beobachtet haben. Scarpa spricht von einer Zerreissung des Dickdarms in dem Augenblick, wo derselbe mit grosser Gewalt aus der Bauchhöhle hervorgepresst wurde, und glaubt dass harte Faecalmassen, welche hierbei gegen die Darmwand gedrängt wurden, die Zerreissung bewirkt hätten. — Ueber Zerreissung der Speiseröhre vgl. pag. 484.

Active Zerreissungen des Zwerchfells (ohne alle Einwirkung äusserer Gewalt) kommen in Folge von heftigen Anstrengungen beim Erbrechen oder beim Aufheben schwerer Lasten, sehr selten vor und bieten die bei den Zwerchfellswunden angeführten Erscheinungen, jedoch in grösserer Reinheit, dar, weil Nebenverletzungen in diesen Fällen nicht zu bestehen brauchen.

Passive Zerreissungen der Bauch-Eingeweide (und auch des Zwerchfells) sind bei weitem häufiger; sie entstehen durch einen Fall auf den Bauch, einen Stoss, Schlag, eine halbmatte Kanonenkugel, Ueberfahren mit einem schweren Wagen u. s. f. Unter gewissen Verhältnissen ist ihre Entstehung leichter, wenn nämlich entweder die Bauchwände weniger widerstandsfähig (dünn, schlaff) oder die Eingeweide durch physiologische oder pathologische Veränderungen zur Ruptur prädisponirt sind. So erfolgt namentlich eine Zerreissung der Harnblase ungleich viel häufiger im angefüllten Zustande. Eine vergrösserte Leber zerreisst leichter, als eine normale, die volle Gallenblase häufiger, als die leere, der mit Speise gefüllte Magen eher, als der eng zusammengezogene u. s. f. Jedoch kommen auch Zerreissungen der leeren Blase und selbst solcher Organe vor, die in der tiefsten Tiefe des Bauches sicher geschützt zu liegen scheinen, namentlich der Nieren und des Zwölffingerdarms. In Betreff der hohlen Organe kann man vollkommene und unvollkommene Zerreissungen unterscheiden, je nachdem die Höhle geöffnet worden ist, oder nicht[1]). Unvollkommene Zerreissungen des Darms, des Magens u. s. f. werden sich am Lebenden niemals diagnosticiren lassen, sondern stets dasselbe Krankheitsbild wie eine tiefe Quetschung liefern. Vollständige Zerreissungen dagegen bedingen sofort Austritt des In-

[1]) Jobert (*Maladies chirurg. du canal intest. Paris* 1829. *T. II.*) erzählt Beispiele dieser selteneren unvollkommenen Zerreissung des Darmcanals. I. Ein Mann, der am 9. Januar 1825 wegen eines Rippenbruches und einer starken Quetschung des Bauches in das Hospital St. Louis gebracht wurde, starb schon am folgenden Tage. Man fand am Darmcanal in grosser Ausdehnung Ecchymosen und eine Zerreissung der Längsfasern des Dickdarms. II. Ebenda starb ein Mann, wenige Monate später, in Folge einer grossen Wunde der *Regio*

haltes des Magens, Darms, der Gallen- oder Harnblase, gewöhnlich in die Bauchhöhle, sofern es sich fast immer um einen vom Bauchfell bekleideten Theil handelt. Zerreisst ein nicht vom Bauchfell überzogenes Stück des Darms oder der Blase, so erfolgt Erguss in das umgebende Zellgewebe, welcher Gangrän und demnächst die Bildung eines Stercoralabscesses oder einer Harn-Infiltration bedingt, worauf, wenngleich mit grossen Gefahren und Leiden, Heilung, meist unter Zurückbleiben einer Fistel, erfolgen kann. Die Erscheinungen stimmen jedenfalls mit denjenigen überein, welche wir bei den Darmwunden (p. 635 u. f.) beschrieben haben. Die günstigen Momente, welche durch den Vorfall des verletzten Darms bedingt werden können, fallen hier natürlich ganz fort. Der Inhalt des zerrissenen Organs kann nirgend nach Aussen treten. So entwickelt sich denn auch bei Zerreissung des vom Peritoneum bekleideten Darms mit grösster Schnelligkeit tympanitische Auftreibung im ganzen Umfange der Bauchhöhle. Der tödtliche Ausgang wird sich bei diesen inneren Zerreissungen nur äusserst selten abwenden lassen. Die Therapie muss in kräftigen Blutentziehungen und grossen Gaben Opium bestehen.

Wir entlehnen aus dem citirten Werke von Jobert folgendes lehrreiche Beispiel. Ein 22jähriger Mann wurde von einem Wagen in der Art überfahren, dass ihm das eine Rad über den Bauch ging. Er klagte über sehr geringe Schmerzen, der Leib wurde aber sogleich tympanitisch aufgetrieben. Mehrere Aderlässe, zahlreiche Blutegel und erweichende Cataplasmen brachten den Tympanites zum Verschwinden und der Verletzte ging bei fortgesetzter strenger Diät und schleimigem Getränk der Genesung entgegen, als er plötzlich in einem Anfall von Bluthusten (2 Monat nach der Verletzung) erlag. Mit Uebergehung der Lungenerkrankung ist aus dem Sectionsbefunde folgendes hervorzuheben. Ein Stück des Dünndarms war an die Bauchwand in der Gegend der letzten falschen Rippe festgelöthet und anderer Seits mit einem Theile des Netzes innig verwachsen. Im Inneren der betreffenden Darmschlinge fand sich eine Art Pfropf von der Seite her eingedrängt; eine genauere Untersuchung ergab, dass dies ein Stück Netz war, welches in die Rissöffnung des Darms sich eingedrängt, diese verstopft und dadurch die Heilung möglich gemacht hatte.

Quetschungen und Zerreissungen der Leber kommen nicht blos nach Einwirkung directer Gewalt vor, sondern auch

epigastrica, am vierten Tage nach der Verletzung. Neben einer Wunde der convexen Fläche der Leber fand sich eine Trennung der Serosa und Muscularis am vorderen Theile des *Colon transversum*, so dass die Schleimhaut an diesen Stellen herausgestülpt war. [Dies war aber wohl keine subcutane Zerreissung, sondern eine Verwundung durch Streifung, wie etwa in dem pag. 632 erzählten Falle.]

durch Gegenschlag, z. B. nach einem Fall auf den Kopf oder auf die Füsse.

Richerand hat Versuche hierüber an Leichen gemacht. Indem er sie von beträchtlicher Höhe hinabstürzen liess, gelang es, Zerreissungen der Leber zu veranlassen. Er wollte auf diese Weise die bei Kopfverletzungen vorkommenden Leberabscesse erklären, wobei er übersah, dass diese sich auch finden, wenn die Kopfverletzung gar nicht durch einen Sturz, sondern durch Hieb, Stich, Schuss, also ohne Erschütterung des übrigen Körpers entstanden ist. (Vgl. pag. 67 u. 68).

|Die Folgen einer solchen Verletzung der Leber sind sehr verschieden, je nachdem dieselbe blos im Inneren des Organs besteht, oder sich auf die Oberfläche sammt deren Bauchfellüberzuge erstreckt, verschieden ferner, je nachdem die convexe oder die concave Fläche zerrissen ist, endlich je nach der Ausdehnung des Risses. — Quetschungen ohne Zerreissung sind höchst selten anatomisch nachweisbar, da nicht der Bluterguss im Leberparenchym, sondern der daraus hervorgehende Leberabscess zum Tode führt. Leberabscesse entwickeln sich nach jeder bedeutenderen Quetschung, unter den Erscheinungen der Hepatitis, bald mit acutem, bald mit chronischem Verlaufe. Dabei ist zu bemerken, dass, vorzüglich im letzteren Falle, viele der als characteristisch betrachteten Symptome, — so namentlich die unregelmässig wiederkehrenden Frostanfälle, die ikterische Färbung der Haut und der Conjunctiva und selbst die Schmerzhaftigkeit der Lebergegend, — ganz fehlen können, während die von der gleichzeitigen Verletzung der Nachbarorgane (namentlich des Thorax) abhängigen Krankheits-Erscheinungen (welche häufig auch vor dem Aufbruch des Leberabscesses zum Tode führen) in den Vordergrund treten. In der Regel entwickeln sich die traumatischen Leberabscesse in multiloculärer Form, indem ein grösserer aus dem Zusammenflusse mehrerer kleiner Eiterheerde entsteht. Dass sie durch Resorption, mit Zurücklassung einer fibrösen oder verkreideten Narbe, verschwinden können, wird allerdings behauptet, jedoch bleibt zweifelhaft, ob es in solchen Fällen zur Abscessbildung nach dem Bluterguss gekommen war, oder ob dieser letztere nicht sofort in der angegebenen Weise resorbirt wurde. Jedenfalls ist — sofern der Tod nicht durch die anderen Verletzungen früher veranlasst wird — der Aufbruch des Abscesses der gewöhnliche Ausgang. Derselbe erfolgt am häufigsten, nach vorgängiger Verwachsung der Leber mit der Bauchwand, durch die letztere, jedoch oft an einer von der Lebergegend entfernten Stelle, indem in den Bauchdecken selbst Eitersenkung stattfindet. Seltener erfolgt Verwachsung zwischen der Leber und einer Darm-

schlinge und demnächst Perforation dieser letzteren durch den Leber-Eiter, noch seltner gelangt derselbe durch die Gallenwege in den Darm, nachdem Verwachsung mit dem Gallengange oder mit der Gallenblase stattgefunden hat. Alsdann wird unter Koliken durch den Stuhlgang, zuweilen auch durch Erbrechen, Eiter entleert. Schlägt der Abscess einen dieser Durchbruchswege ein, so ist, wenn die Kräfte ausreichen, Heilung möglich. Dagegen führen die höchst seltenen Fälle von Durchbruch in die Pleurahöhle, oder in die vorher verwachsene Lunge, in den Herzbeutel, in einen der Pfortaderäste, oder endlich in die Bauchfellhöhle ohne Ausnahme zum Tode.]

[Zerreissungen der Leber, welche die vom Bauchfell bekleidete Oberfläche derselben mit betreffen, tödten, wenn sie nicht ganz klein sind, sehr schnell, durch den Erguss von Blut und Galle in das *Cavum peritonei*. Dringt eine innere Zerreissung auch nur bis in die Nähe der Oberfläche vor, so kann beim Steigen der Entzündungsgeschwulst die Trennung durch die Oberfläche in den ersten Tagen vervollständigt werden, so dass der Tod dann plötzlich erfolgt.]

[Die Behandlung muss bei allen subcutanen Verletzungen der Leber, sofern sie überhaupt noch begonnen werden kann, Anfangs streng antiphlogistisch sein. Bildet sich ein Abscess, so hat man die Kräfte zu unterstützen, den Aufbruch durch die Bauchdecken mittelst Cataplasmen zu befördern, die künstliche Eröffnung aber nur dann vorzunehmen, wenn der Eiter wirklich schon in der Bauchwand ganz oberflächlich sitzt.]

Die frühzeitige Eröffnung des Leberabscesses ist immer als ein höchst gefährliches Unternehmen zu betrachten, da man, wenn auch auf Grund der vorhandenen Anschwellung und der vorausgegangenen Entzündungserscheinungen eine Verwachsung zwischen Leber und Bauchwand anzunehmen ist, doch nicht genau wissen kann, in welcher Ausdehnung und in welchem Grade von Festigkeit diese Adhäsionen bestehen. Für solche Fälle ist die allmälige künstliche Eröffnung (*en deux temps*) vorgeschlagen und versucht worden. [Die Gefahr eines Ergusses in die Bauchhöhle wird jedoch dadurch auch nicht ganz ausgeschlossen.]

a) Verfahren von Graves. Man durchschneidet die Bauchdecken über der bestehenden Geschwulst bis auf eine Schicht von 1—2 Linien Dicke und verbindet die Wunde mit Charpie, so dass Eiterung und, vor dem alsdann spontan erfolgenden Aufbruch, auch innigere Verwachsung des Bauchfells mit der Umgegend des Abscesses eintritt.

b) Verfahren von Bégin. Incision bis auf's Bauchfell, Verband mit Charpie; am dritten Tage, wo die Adhäsionen sicher bestehen sollen, Einstich mit dem Bistouri.

c) Verfahren von Récamier. Aetzkali wird in einem Pflasterkorbe aufgelegt, der Brandschorf nach einigen Tagen gespalten, die Aetzung wiederholt und so fort bis auf das Peritoneum. Dann soll man der Adhäsionen gewiss sein und dreist mit dem Messer oder Troicart punctiren können. Zur Nachbehandlung werden Injectionen empfohlen.

In gleicher Weise soll man auch zur Eröffnung der Gallenblase bei Gallensteinen, so wie zur Entleerung der Hydatidenbälge der Leber verfahren, — welche Operationen aber mindestens ebenso gefährlich sind.

Drittes Capitel.

Fremde Körper.

I. Fremde Körper, welche von Aussen kommen.

[Der Flintenkugeln, welche bei Schussverletzungen nicht selten, bald zwischen den Darmwandungen, bald in der Leber oder anderen Organen, selten gerade in der Höhle eines Darmstücks, stecken bleiben, wurde schon bei den penetrirenden Bauchwunden Erwähnung gethan. Ihre Anwesenheit verschlechtert die ohnehin traurige Prognose in der Regel noch mehr und ihre Ausziehung ist fast niemals möglich. Höchst selten wird eine in den Darmcanal eingedrungene Kugel mit dem Stuhlgang entleert.]

[Einen Fall der Art beobachtete Stromeyer nach der Schlacht bei Idstedt. Die Kugel ging am sechsten Tage *per anum* ab, war aber höchst wahrscheinlich auch nur in den vom Bauchfell nicht überzogenen Theil des *Colon descendens* eingedrungen. S. Stromeyer, Maximen der Kriegsheilkunst, Hannover 1855. Abth. II. pag. 634.]

Die übrigen fremden Körper aber, welche sich im Bereich der Verdauungsorgane vorfinden, sind fast immer durch die Speiseröhre hinein gelangt. Auf eine genauere Beschreibung aller der Gegenstände, welche durch den Oesophagus in den Magen gelangen können, brauchen wir hier nicht abermals einzugehen, da von ihnen Alles gilt, was über „die fremden Körper in der Speiseröhre" gesagt worden ist.

Viele derselben gehen, wenn sie einmal durch die Speiseröhre hinabgeglitten sind, auch durch den Magen und den ganzen Darmcanal, ohne das Leben zu gefährden, oft, selbst bei beträchtlicher Grösse und spitzer oder zackiger Form, ohne irgendwelche üble Zufälle zu veranlassen. Nicht blos kleine Münzen, Schrauben, Glasperlen, Schellen, sondern auch künstliche Augen, Siegelringe, Feuerstein und Feuerstahl, Hunderte von Nähnadeln [1]), nach einigen Angaben selbst Gabeln [2]) sind, nachdem sie den ganzen Darm

[1]) Bamberger, in Virchow's spec. Pathol. u. Therapie Bd. VI. 1. pag. 479.

[2]) Planque, *Bibliotheque de médecine T. III. p.* 560.

passirt hatten, auf natürlichem Wege entleert worden. Viele dieser Erzählungen, deren Habicot[1]) eine grosse Anzahl aus älterer Zeit gesammelt hat, klingen unglaublich, manche davon erhalten aber durch neuere und ganz unzweifelhafte Beobachtungen[2]) eine so vollständige Bestätigung, dass es nöthig erscheint, sich auf diesem Gebiete ebenso sehr vor Unglauben als vor Leichtgläubigkeit zu hüten.

In einer anderen Reihe von Fällen hat man die verschluckten Gegenstände durch die Bauchdecken, in der Schenkelbeuge, an der Hüfte, neben der Wirbelsäule, oder gar am Schenkel, nach langwierigen Eiterungen, zuweilen aber auch ohne bedeutende Beschwerde, zum Vorschein kommen sehen, worauf dann gar nicht selten vollständige Heilung erfolgte. Die hierher gehörigen Erzählungen aus früherer Zeit klingen gleichfalls zum Theil so fabelhaft, dass sie erst durch ähnliche Berichte zuverlässiger Beobachter der neueren Zeit Glaubwürdigkeit und Werth erhalten haben.

Dubois zog aus einem Abscess der Hüftbeingrube eine Messerklinge, die der Kranke vor langer Zeit verschluckt hatte. (*Bulletin de la faculté de médecine T. VII. p. 517.*) — Ein Misanthrop verschluckt einen Theelöffel; nach 9 Monaten entsteht eine Geschwulst in der *Regio epigastrica*, welche aufbricht und aus welcher der Löffel noch fast ganz unversehrt ausgezogen wird. (*Bulletin de thérapeutique T. XV. p. 320.*) — Hierher gehört auch die bereits bei den „fremden Körpern im Oesophagus" pag. 491 mitgetheilte Geschichte von der verschluckten Gabel. — An diese schliesst sich würdig folgende, freilich nicht ganz sicher verbürgte Beobachtung an. Ein 65jähriger, körperlich kräftiger, aber geistig gestörter Mann verschlang heimlich den Wetzstahl eines Fleischers. Erst nach 6 Monaten, während welcher er über Schmerzen nicht klagte, entstand im linken Hypochondrium ein Abscess, den man aufschnitt und aus welchem der Stahl, von wenig Eiter umspült, ausgezogen wurde. Die Heilung erfolgte in 8 Tagen. Mit gleich günstigem Ausgange verschluckte derselbe Mensch etwas später einen roh geschmiedeten Fuss von einem eisernen Kochtopf; dieser kam auch auf der linken Seite wieder heraus. Endlich gelang es dem Manne aber auch noch ein in einer Scheide steckendes Messer in den Magen zu bringen. Dies drang an der Seite der Lendenwirbel durch einen Abscess heraus, welcher, während der Mensch mit vornübergebeugtem Körper arbeitete, aufbrach. Eine lebende Kröte bei sich zu behalten, vermochte dieser Virtuos im Verschlingen jedoch nicht. Er wusste sie zwar bis in den Magen zu befördern; dort aber machte sie ihm so viel Qualen, dass er durch wiederholte Faustschläge auf die Magengegend Erbrechen hervorrief und das Thier wieder ausspie. — Diese Geschichte ist in Blégny's *Nouvelles découvertes* 1679 *p.* 188 erzählt. Leveillé, der sie aus diesem Journal entnimmt, fügt hinzu, dass diese Beobachtung zwar nicht die vor einer strengen Kritik wünschenswerthe Glaubwürdigkeit besitze, aber sich doch dadurch empfehle, dass sie von Blégny nach

[1]) Mitte des 16ten Jahrhunderts.

[2]) Dieffenbach in Rust's Handbuch der Chirurgie Bd. V. p. 298 und in seiner operativen Chirurgie.

der Erzählung seines Schwagers Joly aufgezeichnet sei, der die angegebenen Thatsachen selbst, ganz nahe bei Paris, in Saint-Leu-Taverny an dem Winzer Pierre Ivens beobachtet hatte. (Leveillé, *Nouvelle doctrine chirurgicale. Paris* 1812. *T. III.*)

Neben diesen glücklich verlaufenen Fällen darf man aber nicht die grosse Zahl derjenigen übersehen, wo früher oder später unter gewaltigen Leiden der Tod erfolgte. Die Gefahr beruht entweder auf der Grösse, oder auf der besonderen Beschaffenheit des fremden Körpers. In ersterer Beziehung kommt die Weite und Anordnung des Theils des Verdauungscanals, in welchem der fremde Körper stecken bleibt, wesentlich in Betracht. Die Weiterbewegung der fremden Körper wird vorzüglich an folgenden Stellen gehemmt: im Anfange des Duodenum, wegen der darauf folgenden straff angehefteten Umbiegungsstelle in die *Pars descendens*, ferner an der Blinddarmklappe, im Wurmfortsatz und an den Umbiegungsstellen des Dickdarms, endlich in den seltenen Divertikeln des Dünndarms und in solchen Darmstücken, welche in Bruchgeschwülsten liegen. Ein Körper, der zu gross ist, um in den Wurmfortsatz einzudringen, hat eine Aussicht mehr, ohne Hinderung den Darm zu passiren. So lässt sich auch nicht im Allgemeinen sagen, sehr grosse Gegenstände seien besonders gefährlich. Dieselben gehen, wenn sie den Pylorus einmal überwunden haben, entweder glatt durch den Darm hindurch, oder sie bleiben an einer der Umbiegungsstellen — also an der *Valvula coli* oder einer der Flexuren — stecken und bewirken daselbst, bevor Verschwärung in ihrer Umgegend entsteht, indem sie gerade durch ihre Grösse die Darmwand gegen die Bauchwand drängen, Verwachsung zwischen beiden, so dass ihnen der Weg nach Aussen ohne Eröffnung der Peritonealhöhle gebahnt wird. Bleiben sie im Magen stecken, so kann durch die fortdauernde Reizung zunächst die Verdauung gänzlich gestört, demnächst aber auch durch Druck ulceröse Perforation bedingt werden, hier gleichfalls mit der Möglichkeit der Genesung, wenn die Magenwand vorher an die Bauchwand angelöthet war. Dies kann gegen die rechte Seite hin nicht wohl geschehen. Hier dringt der fremde Körper, nach vorgängiger Verwachsung der Magenwand, in die Leber ein, wodurch natürlich nichts gebessert wird. Kleinere fremde Körper werden entweder durch Anhäufung vieler derselben gefährlich oder durch Einklemmung im Wurmfortsatz[1]), oder in einem Divertikel, worauf

[1]) [Dieser ungemein häufige Vorgang scheint zuerst von Heim d. J. beobachtet zu sein (Vgl. Dieffenbach l. c.). Die Perforation erfolgt in der Regel unter den Erscheinungen der sog. Perityphlitis.]

dann Perforation desselben und, wenn nicht vorher feste Verwachsung mit der Bauchwand eingetreten ist, Durchbruch in die Peritonealhöhle folgt. Spitzige und zackige Gegenstände sind im Allgemeinen gefährlicher, weil sie entweder ganz mechanisch die Wand des Magens oder Darms durchbohren können, oder doch leichter als glatte und rundliche Körper an beliebigen Stellen haften bleiben und dann durch ihre fortdauernde Anwesenheit Ulceration erregen. Anderer Seits erleichtert den scharfkantigen oder schlanken und spitzen Gegenständen ihre Gestalt das „Wandern“. Sie bedürfen nur sehr kleiner Perforations-Öffnungen, um nach Aussen oder in benachbarte Organe zu gelangen. Solche Körper sind es auch vorzüglich, die man aus dem Darm in die Blase hat gelangen sehen, bald vom Mastdarm aus direct, bald vom Dickdarm (vielleicht auch aus einer Dünndarmschlinge oder dem Duodenum) in die Ureteren und in diesen mit dem Harnstrome abwärts zur Blase.

Bei manchen der hierher gehörigen Erzählungen ergiebt eine scharfe Kritik, dass die betreffenden Gegenstände nur angeblich verschluckt, in der That aber durch die Harnröhre eingebracht waren.

Nächst der Gefahr der Perforation des Darms kommt bei sehr voluminösen oder massenhaft angehäuften, vielleicht auch durch Kalksalze und Darmsecret incrustirten und zusammengeballten kleinen Gegenständen die Möglichkeit einer mechanischen Verstopfung des Darms und der daraus hervorgehenden weiteren Erscheinungen (Ileus, vgl. Bruch-Einklemmung) in Betracht.

Beispiele der Art sind nicht ganz selten. So fand Bininger bei einem Manne, der schon seit 3 Jahren von furchtbaren Schmerzen im Unterleibe gefoltert wurde und nur flüssige Speisen geniessen konnte, das Colon übermässig ausgedehnt und gangränös, in Folge einer Anfüllung mit 3 Pfund Kirsch- und Pflaumenkernen nebst einigen bleiernen Kugeln, die der Kranke in der Hoffnung, sich dadurch Erleichterung zu verschaffen, verschluckt hatte. — In anderen Fällen hat man hartnäckigen ruhrartigen Durchfall gesehen, so einmal nach dem Verschlingen von 8 ungeschliffenen Diamanten, auch nach dem Verschlucken eines goldenen Siegelringes. (Léveillé l. c.).

Auch die chemische Beschaffenheit des verschluckten Körpers kann besondere Gefahren bedingen. Es leuchtet ein, dass ein verschlucktes Stück Höllenstein, Aetzkali, Arsenik in ganz anderer Weise als durch sein Volumen nachtheilig werden wird. Bei den gewöhnlich verschluckten metallenen Gegenständen (Münzen, Schrauben, Schellen) macht es aber keinen wesentlichen Unterschied, ob sie aus Kupfer, Messing, Silber oder Eisen bestehen, weil sie den Magen zu schnell verlassen, als dass schädliche

Salze aus ihnen durch die Einwirkung der Magensäure in irgend erheblicher Menge gebildet werden könnten.|

Jedoch erwähnt Léveillé (l. c.) einer Bleikolik mit tödtlichem Ausgange bei einem Mädchen, welches Bleikörner verschluckt hatte. |Da die Section fehlt, so können die Erscheinungen der angeblichen Bleikolik auch als Perityphlitis gedeutet werden.|

|Die Gefahren verschluckter Blutegel, deren wir schon p. 487 gedacht haben, sind, wenn sie in den Magen gelangen, natürlich noch grösser als in der Speiseröhre. — Was von anderen verschluckten Thieren erzählt wird, gehört wohl fast durchweg in das Reich der Fabeln.|

|Aus allen diesen Erläuterungen geht klar hervor, dass die Prognose immer sehr zweifelhaft sein muss, dass sie aber bei fremden Körpern von mittlerer Grösse und glatter Oberfläche relativ günstig ist.|

|Die Behandlung kann nur höchst selten auf die Herausbeförderung der fremden Körper durch die Speiseröhre ausgehen [1]. Nur bei giftigen (ätzenden) Substanzen und bei Blutegeln sind Brechmittel, — bei letzteren nach vorgängiger Tödtung durch Trinken von Salzwasser (welches bei den meisten Menschen schon Erbrechen bewirkt) — angezeigt. Ist ein Schlundrohr und eine darauf passende Spritze oder eine der eigen hierzu construirten Magenpumpen zur Hand, so kann man damit den Magen noch schneller entleeren, in Fällen, wo nicht geschluckt werden kann, auch füllen. Uebrigens behandle man dann die Vergiftung, je nach der Qualität des eingebrachten Körpers; in den meisten Fällen sind Milch und Eiweisslösungen, als die zunächst zu habenden Antidota, in grossen Massen schleunigst einzuschütten. Für alle übrigen fremden Körper aber sucht man eine möglichst vollständige mechanische Einhüllung herbeizuführen, dadurch ihre schädliche Einwirkung auf die Magen- und Darmwände während des Durchgangs zu verhüten und diesen letzteren zu befördern. Kindern, welche am häufigsten Gegenstand einer solchen Behandlung werden, bereitet man einen Festtag, indem man sie Milch und süsse Suppen, Grützbrei, zerriebene Kartoffeln, Brod mit reichlicher Butter u. dgl. m. in recht grossen Massen verzehren lässt. Bei dieser Therapie gehen fremde Körper, welche grösser als eine

[1]) Vidal stellt die Frage auf, ob man nicht versuchen sollte, feste fremde Körper aus dem Magen vermittelst Zangen, wie sie zur Steinzertrümmerung (vgl. Krankheiten der Harnblase) angewandt werden, durch den Oesophagus auszuziehen.

Erbse und kleiner als eine Wallnuss sind, höchst wahrscheinlich schon innerhalb 24 Stunden ohne Nachtheil ab. Reichliche Füllung des *Tractus alimentarius* mit indifferenten schleimigen und breiigen Substanzen muss aber auch bei grösseren fremden Körpern und auch bei Erwachsenen erstrebt werden. Abführmittel können in schwierigeren Fällen (bei sehr grossen oder spitzen Körpern) nur schaden; viel berechtigter wäre, wenn aus den im Unterleibe auftretenden Schmerzen auf drohende Perforation oder Einklemmung zu schliessen ist, die Anwendung des Opium, um einem zu stürmischen Andrängen der Darmwände gegen den fremden Körper, namentlich bevor noch Verwachsungen mit der Bauchwand eingetreten sind, zu begegnen. Nur wenn man bestimmt weiss, dass der fremde Körper eine glatte Oberfläche hat, dürften, wenn er nach drei Tagen noch nicht abgegangen ist, milde Abführmittel (namentlich Ricinusöl) zu geben sein. Entsteht heftige Entzündung, so sind Blutentziehungen erforderlich. Kommt es zu Abscessbildung in der Bauchwand, so wird cataplasmirt und der Aufbruch durch einen oberflächlichen Schnitt befördert. Wenn aber die Erscheinungen der Darm- oder Magen-Entzündung und Versperrung fort und fort andauern, wenn keine Hoffnung auf einen günstigen Ausgang sich zeigt, darf man dann nicht die Bauchhöhle und demnächst den Magen oder den Darm öffnen, um den fremden Körper auf directem Wege herauszubefördern? Operationen der Art sollen schon im Alterthume mit glücklichem Erfolge ausgeführt worden sein; wahrscheinlich hat es sich in diesen Fällen aber nur um Incision der Bauchwand, in welche der fremde Körper schon hineingedrängt war, gehandelt. Es liegen aber auch zuverlässige Berichte aus neuerer Zeit über glückliche Resultate solcher Operationen vor[1]). Vollkommen gerechtfertigt kann ein solcher Eingriff aber nur erscheinen, wenn der fremde Körper sich deutlich durch die Bauchdecken hindurch fühlen lässt. Dadurch wird denn auch die Stelle für die Incision bestimmt. Am dringlichsten wird die Operation erfordert, wenn durch die Anwesenheit eines fremden Körpers in einer Hernie Einklemmungs-Erscheinungen entstehen (Vgl. die folgende Abtheilung). Abgesehen von dem in letzterem Falle einzuschlagenden Verfahren, erheischt die Eröffnung des Darms oder des Magens immer die Durchschneidung der Bauchwand (**Laparotomie**). Hierbei sucht man den grösseren Gefässen

[1]) |Einen solchen erzählt z. B. Ph. v. **Walther** in seinem System der Chirurgie Bd. V. pag. 473. Er nennt den ihm bekannten Operateur **Keyrosch**; Andere schreiben: **Cayroche**.|

auszuweichen, die durchschnittenen unterbindet man vor Eröffnung des Bauchfells. Haben sich schon feste Adhäsionen zwischen dem zu eröffnenden Eingeweide und der Bauchwand gebildet, so ist dieser Act und damit auch die ganze Operation von geringerer Bedeutung, da die Bauchfellhöhle dann uneröffnet bleibt. Man muss aber stets darauf gerüstet sein, dass letztere geöffnet werden muss und daher Sorge tragen, dass in diesem Augenblicke durch die zu den Seiten der Incision angelegten Händen eines zuverlässigen Gehülfen dem Eintritt von Luft in und dem Austritt von Eingeweiden aus der Bauchhöhle vorgebeugt werde.|

Das weitere Verfahren bietet einige Verschiedenheit dar, je nachdem der Magen oder ein Darmstück geöffnet werden soll.

Im ersteren Falle heisst die Operation, wie wir bereits pag. 516 gesehen haben, **Gastrotomie**. Ihre Ausführung ist zu den hier in Rede stehenden Zwecken leichter, als beim Bestehen einer Speiseröhrenstrictur, weil hier die Möglichkeit besteht, den Magen durch Füllung mit indifferenten Flüssigkeiten der Bauchwand näher zu bringen. Im Uebrigen wird man, wenn durch den fremden Körper nicht eine Stelle deutlich hervorgetrieben wird, nur dem oben angegebenen Verfahren folgen können, die Stelle, welche eröffnet werden soll, aber stark aus der Bauchwunde hervorziehen, wenn man den Kranken vorher hat viel Flüssigkeiten trinken lassen, um deren Eintritt in die Peritonealhöhle sicher zu verhüten. (Walther räth zu grösserer Sicherheit die Flüssigkeiten in den Magen mit der Magenpumpe ein- und nach der Eröffnung wieder auszupumpen; — was jedenfalls sehr störend für den Kranken und wenig hülfreich sein möchte, da grade gleich nach der Eröffnung die Gefahr des Ergusses in die Bauchhöhle am meisten besteht).

|Nach Ausziehung des fremden Körpers näht man zuerst die Magenwunde in der oben (pag. 653) angegebenen Weise zusammen und legt demnächst die Bauchnaht an. Auch im Uebrigen ist die Behandlung einer Magenwunde erforderlich.|

Die Eröffnung des Darms, Enterotomie, würde zunächst eine mit den oben angegebenen Vorsichtsmaassregeln auszuführende Laparotomie an der Stelle, wo der fremde Körper hervorragt (sonst aber an der schmerzhaften Stelle? — wie Manche allzukühn rathen), erfordern. Die Incision müsste 3—4 Zoll lang sein; wo möglich wäre dabei die quere Durchschneidung der Muskeln zu vermeiden. Das Darmstück, in welchem der fremde Körper steckt, wird hervorgezogen und ausserhalb der Bauchhöhle hinreichend geöffnet, um denselben ohne Zerrung des Darms extrahiren zu können. Nach der Entfernung des fremden Körpers wird die Darmnaht angelegt und wie bei einer zufälligen Darmwunde verfahren.|

II. Fremde Körper, welche im Bauche entstanden sind.

Sowol in die Bauchfellhöhle, als auch in den Darmcanal können Gebilde, welche in anderen Unterleibsorganen entstanden sind, — allerdings selten — eindringen und daselbst als relativ fremde Körper Störungen veranlassen. Der Fötus kann in Fällen von *Graviditas extrauterina* in die Bauchhöhle gelangen. Harn- oder

Gallen-Steine können aus der Harnblase, den Ureteren, den Nieren, oder aber aus der Gallenblase und den Gallengängen durch Ulceration sich einen Weg entweder in die Bauchfellhöhle oder (häufiger) in den Darmcanal bahnen. In ersterem Falle folgt schnell auch ein Erguss der Flüssigkeit, in welcher jene Concretionen entstanden waren, und demnächst eine schnell tödtende Peritonitis; im zweiten dagegen können sie durch den Darm ausgeleert werden. Die dritte Möglichkeit, dass sie durch die Bauchwand nach Aussen gelangen können, ohne Eröffnung des Bauchfellsackes und ohne mit dem Darm in Berührung gekommen zu sein, soll hier nur beiläufig erwähnt werden. Der Vorgang bei dem Eintritt in den Darm ist aber derselbe wie bei der Ausstossung durch die Bauchwand. Es geht adhäsive Entzündung voraus, durch welche schützende Adhäsionen gebildet werden, in deren Mitte die Perforation durch Verschwärung erfolgt.

Die Krankheits-Erscheinungen werden in dem einen Falle mit denen einer inneren Zerreissung, in dem anderen mit den bei „fremden Körpern im Darm" auftretenden übereinstimmen. Die Behandlung wird auch nur diesen Erscheinungen entsprechend einzurichten sein. Die Frage über die Exstirpation eines *Foetus extrauterinus* müssen wir der Geburtshülfe überlassen.

Als fremde Körper in der Bauchhöhle werden auch gewisse Neubildungen bezeichnet, welche vom Bauchfell aus sich entwickeln und in mancher Beziehung Aehnlichkeit mit den Gelenkmäusen darbieten. Ein grosser Theil der für die Erklärung dieser letzteren aufgestellten Theorien ist auch auf die Peritonealkörper angewandt worden. So glaubte namentlich Béclard, dass sie ausserhalb der Peritonealhöhle entstünden, das Bauchfell vor sich herstülpten, bei weiterem Wachsthum gestielt und endlich vollkommen frei beweglich würden. Velpeau lässt sie aus Blutgerinnseln ihren Ursprung nehmen u. s. f. Welche Symptome von ihnen veranlasst werden, ist zur Zeit noch unbekannt; von einer Therapie ist also gar nicht die Rede.

Planque erzählt, man habe in der Bauchhöhle eines an einer anderweitigen Erkrankung verstorbenen Mannes einen ovalen, glatten, knorpelfesten Körper von 14 Millim. Länge, 10 Millim. Breite und 7 Millim. Dicke gefunden, in dessen Mitte ein erbsengrosses steinhartes Körperchen steckte. — Lebidois fand in einer Cyste unter der Milz ein weisses, eiförmiges Körperchen von der Grösse einer starken Nuss, fest, elastisch, glänzend, glatt, einem frischen Schenkelkopf ähnlich, vollkommen frei beweglich. Ein ganz gleicher Körper fand sich in demselben Cadaver zwischen Mastdarm und Blase in einer schlaffen Cyste. (*Archives génér. de méd. T. XVIII. p.* 578). Auch Velpeau fand in der Leiche einer Schwindsüchtigen einen kastaniengrossen, glatten, gelblichen Körper, vollkommen frei beweglich in der übrigens nichts Abnormes darbietenden Bauchhöhle, in der Gegend zwischen dem Blinddarm und der Wirbelsäule. Er liess sich mit den Fingern zerdrücken und schien nur aus geronnenem Fibrin zu bestehen. (*Dictionnaire en* 30 *Volumes, nouv. édition., Art. Abdomen*).

Viertes Capitel.

Abscesse und Ergüsse.

I. Abscesse in den Bauchdecken.

Oberflächliche Abscesse der Bauchdecken verhalten sich in jeder Beziehung wie die Abscesse anderer Gegenden. Diejenigen aber, welche zwischen den Bauchmuskeln oder in dem subperitonealen Bindegewebe entstehen, — tiefe Bauchdecken-Abscesse, — zeichnen sich durch grosse Schmerzhaftigkeit, heftiges Fieber und einen langwierigen Verlauf aus. Die phlegmonöse Geschwulst, welche ihnen vorausgeht, befindet sich von vornherein unter den Verhältnissen der Einklemmung, denn sie wird von allen Seiten her durch derbe, straffe Membranen umschlossen. Das Bauchfell, obwol an sich dünn, wird, sobald eine Entzündung in seiner Nähe sich entwickelt, sehr bald durch An- und Auflagerung plastischer Exsudate verdickt und verstärkt, der gesammte Druck der Bauchpresse widersetzt sich überdies der Entwicklung einer Geschwulst in der Richtung gegen die Bauchhöhle; so kommt es denn selbst bei subperitonealen Phlegmonen selten zu einer Prominenz in die Peritonealhöhle, noch seltner zum Durchbruch in dieser Richtung[1]). Die Schmerzhaftigkeit solcher Phlegmonen erklärt sich aber ferner aus dem grossen Nervenreichthum der Bauchdecken. Vermehrt wird der Schmerz durch jeden Druck und durch jede Spannung der Bauchmuskeln, somit auch durch Husten, Drängen bei der Harn- oder Stuhlentleerung, tiefe Athemzüge, den Versuch in liegender Stellung den Rumpf [oder auch nur den Kopf] zu erheben u. s. f. Die Entzündungsgeschwulst und selbst der ausgebildete Abscess zeigen niemals eine deutliche Zuspitzung, sondern behalten unter dem gleichmässigen Druck der sie umspannenden Aponeurosen eine mehr abgeplattete Gestalt. Fast ohne alle Ausnahme nehmen tiefe Phlegmonen der Bauchdecken, selbst bei energischer Antiphlose, ihren Ausgang in Eiterung. Der in den tiefen Abscessen der Bauchwand gebildete Eiter hat fast immer einen deutlichen Fäcal-Geruch, ohne dass deshalb das Bestehen einer Communication mit dem Darm angenommen werden dürfte. (Vgl. Bd. I. pag. 20). Die Nähe eines Darmstücks, namentlich eines Theils des Dickdarms genügt, um die übelriechenden Gase durch Diffusion bis in den Inhalt des Abscesses gelangen zu lassen. Nach der Ent-

[1]) Fabriz von Hilden und Lieutaud erwähnen Beispiele der Art, — natürlich mit tödtlichem Ausgange.

leerung werden solche Abscesse ganz gewöhnlich sinuös; die Härten in der Umgegend bestehen lange Zeit fort, die Abscesswandungen werden dadurch von einander entfernt gehalten und somit die Heilung sehr verzögert. — Die Behandlung wird, wie bereits bemerkt, weder durch Aderlässe und Blutegel, noch durch innere Mittel, dem Ausgange in Eiterung vorbeugen können, wenn die Phlegmone nicht ganz unbedeutend ist. |Daher möchte es besser sein die Kräfte des Kranken zu schonen, sich auf Blutegel (zur Linderung der Schmerzen) zu beschränken und die Eiterung durch Breiumschläge zu begünstigen. Hat sich die Geschwulst aber nur etwas erhoben und von den Umgebungen abgegrenzt, so muss man, ohne erst deutliche Fluctuation abzuwarten, in ihrer ganzen Ausdehnung incidiren. Dadurch wird nicht blos die Gefahr der Perforation des Bauchfells verhütet, sondern auch der Ausbildung schwer heilbarer Sinuositäten vorgebeugt und der ganze Verlauf abgekürzt.

II. Abscesse der Hüftbeingrube[1]).

|Die Mehrzahl der in der Hüftbeingrube vorkommenden Abscesse sind nicht dort entstanden, sondern durch Senkung dahin gelangt. Nirgend kommen Congestionsabscesse häufiger vor, als gerade hier. Dieselben nehmen ihren Ursprung am häufigsten von einem cariösen Lenden- oder Brustwirbel, seltener von einem der höher gelegenen, selten auch von einem nekrotischen Wirbel[2]), zuweilen von einer vereiterten Niere oder einer an der hinteren Bauchwand angelötheten und demnächst perforirten Darmschlinge. In anderen Fällen liegt die Quelle des Abscesses in einer Vereiterung der *Symphysis sacroiliaca* oder der *Ligamenta uteri lata* (bei Wöchnerinnen). Verhältnissmässig selten entsteht der Eiter in der *Fossa iliaca* selbst. Unter diesen autochthonen Abscessen aber verdanken viele ihre Entstehung einem vorausgegangenen Ergusse von Blut oder Darminhalt, namentlich aber einer Perforation des vorher mit der hinteren Peritonealwand verwachsenen Wurmfortsatzes oder einer durch Anhäufung von Koth und fremden Körpern bedingten Ent-

[1]) Die Abscesse der *Fossa iliaca* haben seit langer Zeit die Aufmerksamkeit der Aerzte auf sich gezogen. Danse, Dupuytren, Husson, Lebatard, Piotay, Ménière, Grisolle (*Archives de médecine. 3me Série. Paris* 1839. *T. IV. p.* 294) haben sich vorzugsweise mit ihnen beschäftigt.

[2]) |Grosse Abscesse beider Hüftbeingruben beobachtete ich bei einem Manne, dessen Section den zur Hälfte nekrotischen Körper des letzten Lendenwirbels als Quelle derselben erwies.|

zündung im Blinddarm, im Anfangsstück des *Colon ascendens* und in dem dessen hinterer Wand anliegenden Bindegewebe (sog. Perityphlitis); andere werden durch äussere Verwundungen oder eingedrungene fremde Körper veranlasst; noch andere sind die Folge einer Periostitis oder Ostitis an der inneren Fläche des Darmbeins; manche mögen wirklich auf einer *Phlegmone spontanea* des in der Hüftbeingrube liegenden Bindegewebes beruhen und in sehr seltenen Fällen kann wohl auch die, früher allzuhäufig als primäres Leiden angesehene, Entzündung des *Muscul. ileopsoas* (Psoitis) den Ausgangspunkt des Abscesses bilden. Dass aber dieser Muskel nicht blos, wenn der Eiter sich (bei Congestionsabscessen) in seiner Scheide abwärts senkt, sondern auch, wenn er hinter ihm in der Hüftbeingrube selbst sich entwickelt, von Entzündung und Vereiterung ergriffen werden muss (oft bis zur vollständigen Umwandlung in einen Eitersack), — leuchtet von selbst ein.|

In der Mehrzahl der Fälle lässt sich eine bestimmte Veranlassung gar nicht nachweisen. Diese Dunkelheit der Aetiologie, |die Unsicherheit der, je nach dem Ausgangspunkte des Abscesses, höchst verschiedenartigen Symptome| und der versteckte Verlauf im Beginne des Uebels veranlassen nicht selten diagnostische Irrthümer.

Diagnose. |Der wachsende Abscess drängt die Eingeweide aufwärts und zur Seite, selten (den Blinddarm) nach vorn; er selbst wölbt sich allmälig als eine nicht scharf umgrenzte Geschwulst oberhalb, später auch unterhalb des Fallopischen Bandes hervor. Der Grad der Schmerzhaftigkeit, der Sitz der Schmerzen, die functionellen Störungen sind von den oben erwähnten ätiologischen Verhältnissen abhängig. — Eine Verwechselung mit Abscess oder Phlegmone der Bauchdecken ist nur bei grösster Unaufmerksamkeit möglich.| —

Dislocationen der Milz, der Leber und der Niere, gewöhnlich mit gleichzeitiger krankhafter Anschwellung dieser Organe, sollen mit einem Hüftabscess verwechselt worden sein. Bei blosser Dislocation wird man sie an ihrer Gestalt durch Palpation und Percussion erkennen und überdiess an der Stelle, wo sie eigentlich liegen sollten, eine Lücke entdecken. Die Erkrankung der Niere aber macht sich durch characteristische Veränderungen des Harns geltend, welche nur bei vollständiger Absperrung des betreffenden Harnleiters ganz fehlen könnten. — Ein kranker Eierstock kann in der Hüftbeingrube eine schmerzhafte Geschwulst von verschiedener Grösse, meist aber von höckriger Gestalt und mehr oder weniger grosser Beweglichkeit darstellen. Die Möglichkeit eine solche Geschwulst durch äusseren Druck und durch eine dem Uterus ertheilte Bewegung zu dislociren, liefert den Beweis, dass es sich um keinen Hüftgrubenabscess handelt. — Circumscripte Peritonitis und abgecapseltes peritoneales Exsudat können zur Verwechselung führen. Jedoch beginnt die Hüftgrubenentzündung nur höchst selten mit dem bei acuter Peritonitis niemals fehlenden Schüttelfrost; der Schmerz ist bei letzterer heftig, stechend; Erbrechen oder doch Uebelkeit und Aufstossen, so wie heftiges Fieber gesellen sich hinzu. Tritt in Folge von Bauchfellentzündung eine circumscripte Eiterung auf, so ist die dadurch gebildete Geschwulst niemals prall und elastisch, sondern von Anfang an weich und oft deutlich fluctuirend. Auch bei einer von chronischer Peritonitis herrührenden Eiterung wird die Entstehung ohne Vorausgehen einer prallen Geschwulst und die übrige dieser Erkrankung zugehörige Symptomengruppe die Unterscheidung möglich machen[1]).

Bei einer Invagination des Dünndarms in den Dickdarm kann, wenn sie keine bedeutende Ausdehnung erreicht hat, in der rechten, bei vollständiger Einstülpung aber in der linken *Fossa iliaca* eine bedeutende Geschwulst entstehen. Findet sich dieselbe links, so bietet rechts die Coecal-Gegend eine Vertiefung dar, indem alsdann auch der Blinddarm mit in den Dickdarm eingestülpt ist. Jedenfalls bestehen zugleich die characteristischen Erscheinungen der inneren Einklemmung. Ausserdem aber unterscheidet sich die Geschwulst von einem Abscess der *Fossa iliaca* durch ihre längliche Gestalt und die plötzliche Entstehung. Am häufigsten sollen Kothgeschwülste (Anhäufungen von Fäcalmassen im Blinddarm oder in der *Flexura sigmoidea*) mit Hüftabscessen verwechselt worden sein. Dieselben stellen aber immer Geschwülste mit unregelmässig höckriger Oberfläche dar, gar nicht oder wenig schmerzhaft beim Druck, von wechselnder Grösse, zeitweise selbst ganz ver-

[1]) Grisolle (l. c.) erzählt 2 Fälle, in denen nach chronischer Peritonitis die mit einander verklebten und durch Pseudomembranen verbundenen Darmschlingen in der Gegend der *Fossa iliaca* ansehnliche Geschwülste darstellten. Dieselben waren aber unregelmässig höckrig, von schwankendem Percussionsschall, niemals jedoch ganz leer (matt); der ganze Unterleib erschien gespannt und hart und die Anamnese gestattete keinen Zweifel über die Annahme einer chronischen Peritonitis, welche durch die Section auch bestätigt wurde.

schwindend bei kräftigen Darmbewegungen oder nach Darreichung eines Abführmittels, zuweilen selbst nach einem andauernden Druck. Alsdann verschwindet auch der leere Percussionsschall. Ueberdies treten bei bedeutenden Kothanhäufungen die Erscheinungen des Ileus auf, welche den Hüftabscessen stets fremd bleiben. — Pseudoplasmen, welche in der *Fossa iliaca* emporwachsen (namentlich Enchondrome und Krebse des Darmbeins), können gleichfalls täuschen. In der Regel gehen ihnen lange, ehe eine Anschwellung erkennbar wird, grosse Schmerzen voraus und die Geschwulst selbst ist wieder an ihrer höckrigen Beschaffenheit zu unterscheiden[1]).

Ausgänge. Prognose. [Sich selbst überlassen kommen die autochthonen Abscesse der Hüftbeingruben verhältnissmässig selten zum Aufbruch nach Aussen. Dieser letztere aber erfolgt bald gradezu durch die Bauchdecken oberhalb des Fallopischen Bandes, bald durch den Leistencanal, bald durch die Schenkellücke, bald auch noch tiefer unten am Schenkel, bald endlich durch den Hüftausschnitt. Durchbricht der Eiter zuletzt ein *Labium majus*, so kann er entweder durch den Leistencanal oder durch die untere Beckenapertur dahin gelangt sein. Viel häufiger als der Aufbruch nach Aussen, ist der Durchbruch in ein inneres Organ. Ergiesst sich der Eiter in das *Colon ascendens*, so erfolgen, unter heftigen Kolikschmerzen, eitrige Durchfälle. Dies ist für die aus sog. Perityphlitis entstandenen Abscesse als der häufigere Ausgang anzusehen. Uebrigens aber ist auch Durchbruch in die Harnblase und in die Scheide beobachtet worden. Senkungsabscesse dieser Gegend folgen in der Regel dem Laufe des Ileopsoas auch weiter abwärts, so dass sie an der inneren oder vorderen Seite des Oberschenkels zum Vorschein kommen. Ist der Aufbruch geschehen, so folgt stets eine langwierige, oft (durch Pyaemie oder Brightsche Erkrankung) zum Tode führende Eiterung.]

Entzündungen und Abscesse der Hüftbeingrube müssen daher

[1]) Durand-Fardel (*Bulletin de la Société anatomique Juni* 1838. *No.* 4. *p.* 125) beobachtete in der Hüftgrube eine fluctuirende Geschwulst von der Grösse eines Kindskopfes. Schon 2 Jahre vor ihrem Auftreten bestanden Schmerzen und Schwierigkeiten bei Bewegung des entsprechenden Beines, dieses wurde allmälig kürzer und unter Verbreitung der Geschwulst auf die ganze Hüftgegend zuletzt ganz unbeweglich. Der charakteristische bleichgelbe Krebsteint blieb nicht aus und die Section bestätigte die auf Knochenkrebs gestellte Diagnose. Man fand einen vom Darmbein ausgegangenen grossen Theils erweichten Markschwamm.

immer als sehr bedenkliche Krankheiten angesehen werden [1]). Treten solche Abscesse im Wochenbett auf, so sind sie im Allgemeinen viel gefährlicher. Die Mortalität beträgt dann fast die Hälfte, während sie in anderen Fällen sich auf etwa ein Viertel beschränkt.

Behandlung. |Sehr allgemein werden im Beginne des Uebels Blutentziehungen, von den Einen locale, von den Anderen allgemeine, von Manchen (Vidal) auch die Combination beider empfohlen. Ebenso allgemein wird aber zugestanden, dass der Ausgang in Eiterung auch durch die kräftigsten Blutentziehungen, namentlich wenn sie nicht ganz im Anfange der Krankheit angewandt wurden, nur äusserst selten verhütet worden ist. Da nun aber die vorausgeschickten Aderlässe gewiss nichts dazu beitragen, dass die Eiterung günstiger und schneller verlaufe, vielmehr durch Schwächung des Kranken nachtheilig wirken müssen, so hat man sich, wenn es überhaupt zweckmässig erscheint Blut zu entziehen, durchweg auf Blutegel und deren Surrogate zu beschränken. Die oberflächliche Betrachtung des Uebels „Entzündung mit Tendenz zur Eiterung" reicht aber auch für die Therapie nicht aus. Sobald man überzeugt ist, es mit einem Senkungsabcesse zu thun zu haben, wird jede gegen die Entzündung in der Umgegend des sich hervordrängenden Abscesses gerichtete Behandlung als ein vergebliches Bemühen erscheinen müssen. Hier wird die Behandlung des Grundübels in den Vordergrund treten und erst wenn der Abscess offenbar seinen Aufbruch vorbereitet oder wenn durch seine Anwesenheit im grossen Becken den benachbarten Organen oder dem Bauchfell Gefahr droht, die Eröffnung mit dem Messer oder dem Troicart in Frage kommen. Hat dagegen die Krankheit in der Hüftbeingrube selbst ihren Ausgangspunkt, so ist es zweckmässig die Eröffnung frühzeitig vorzunehmen, da man in solchen Fällen auf die beim Senkungsabscess bestehende feste Abkapselung des Eiters nicht rechnen kann und somit die Gefahren des Durchbruchs in die Peritonealhöhle (mit schnell tödtlichem Ausgange) oder in den Dickdarm (worauf man früher nach dem Vorgange von Danse allgemein hoffte) oder in die Blase zu fürchten hat.| Die zweckmässigste Art der Eröffnung ist die Incision, welche in der Art wie für die Bloslegung der *Arteria iliaca externa*, oberhalb

[1]) Unter den 73 Fällen, welche Grisolle zusammenstellt, endeten 20 tödtlich und bei 11 andern musste man gleichfalls einen üblen Ausgang befürchten. |Natürlich ist bei den Senkungsabscessen, welche Grisolle nicht berücksichtigt, die Prognose des Grundübels von wesentlichem Belang.|

des Fallopischen Bandes ausgeführt wird. Bevor man einschneidet, muss man noch einmal sorgfältig percutiren, um vor einer Darmverletzung sicher zu sein, da namentlich rechts der Blinddarm durch den Eiter gegen die Bauchwand angedrängt sein könnte[1]). [Drängt der Eiter mehr gegen die Schenkellücke, so legt man diese blos, um ihm an dieser Stelle Ausgang zu verschaffen (Roser); wird das *Labium majus* zu einer fluctuirenden Geschwulst hervorgetrieben, so hat man dieses zu incidiren oder einen dünnen Troicart tief einzuschieben. Die Ernährung des Kranken muss, wie bei allen grossen Eiterungen, nach dem Aufbruch oder der Eröffnung unterstützt und gekräftigt werden.]

III. Ergüsse in der Bauchhöhle.

[Die traumatischen Ergüsse von Blut, Darminhalt, Galle haben schon in den beiden ersten Capiteln dieser Abtheilung berücksichtigt werden müssen. Blutergüsse können selbst aus kleinen Gefässen in grosser Masse erfolgen. Alsdann werden sie tödtlich durch Blutmangel. Geringere Mengen werden unter sonst günstigen Verhältnissen resorbirt, anderen Falls aber durch feste Exsudate eingekapselt. Weiterhin können sie dann noch die Quelle einer Abscessbildung (gewöhnlich, da sich das Blut zwischen den Darmwindungen abwärts senkt, in der Hüftbeingrube) werden oder nach der Ansicht von Velpeau u. A. die Grundlage einer bleibenden und später selbstständig weiter wachsenden Cyste abgeben. Darminhalt verschwindet niemals durch Resorption ohne bedeutende Exsudation zu veranlassen. Bei irgend beträchtlicher Menge erregt er heftige Peritonitis, oft den Tod, bevor sie zur Entwicklung gekommen ist. Geringere Mengen können abgekapselt werden, aber es folgt stets Abscessbildung nach. Galle wird nur in sehr kleiner Menge ertragen. Die verderblichen Wirkungen, welche ihr Erguss bei Leber- und Gallenblasenwunden zur Folge hat, wurden pag. 653 u. f. geschildert. Mit noch übleren Folgen tritt der Erguss von Harn auf, welcher fast ausschliesslich nach Zerreissung oder anderweitiger Verletzung des vom Bauchfell überzogenen Theils der Blase vorkommt (Vgl. Krankheiten der Harnblase). Alle

[1]) Bei Vernachlässigung dieser Vorsicht ist der Blinddarm in der That einmal angeschnitten worden. S. Dupuytren, *Leçons orales T. III. p.* 343. [In der zweiten Ausgabe der *Leçons orales* kann ich eine solche Angabe in dem betreffenden *Article XVI.* nicht finden.]

bisher erwähnten Flüssigkeiten können auch in Folge einer Verschwärung (am Häufigsten des Magens oder des Darms) erfolgen. Die Krankheits-Erscheinungen und -Ausgänge sind keine anderen, als die bei den „inneren Zerreissungen“ (Cap. II.) angegebenen; die genauere Erläuterung dieser Zustände wird aber der inneren Medicin zugetheilt. Wesentlich verschieden von diesen durch Eröffnung von Canälen und Secretionsbehältern bedingten Ergüssen sind die flüssigen Exsudate in der Bauchhöhle: die serösen und purulenten Ergüsse, deren Entstehungsgeschichte und Diagnose gleichfalls der inneren Pathologie anheimfällt.|

Häufig aber wird chirurgische Hülfe gefordert, um solche, namentlich seröse Ergüsse, Bauchwassersucht (Ascites) deren Resorption nicht bewirkt werden kann, zu entleeren, und dadurch, wenn auch nur für einige Zeit, und oft mehr zur Erleichterung als zur Heilung des Kranken, zu beseitigen. Bevor man zur Operation schreitet, hat man sich stets von der Anwesenheit der Flüssigkeit in der Bauchhöhle nochmals genau zu überzeugen.

Diese wird vorzugsweise an der Fluctuation erkannt. Zu deren Erforschung genügt es, bei beträchtlicher Menge des Ergusses, dass man die eine Hand flach an die eine Seite des Bauches anlegt und mit den Fingern der anderen Hand, wie beim Percutiren, gegen die Bauchwand auf der gegenüberliegenden Seite kurz anschlägt. Ist aber nur eine sehr geringe Menge von Flüssigkeit vorhanden, oder ist sie abgekapselt, so genügt dies Verfahren nicht. Alsdann muss man die eine Hand in der Gegend, wo man die Flüssigkeit vermuthet, auflegen und mit den Fingern der anderen Hand nahe dabei anschlagen. Nächst der Erforschung der Fluctuation ist aber die eigentliche Percussion niemals zu verabsäumen. Sie lehrt uns den Umfang des Ergusses und das, in Bezug auf die Wahl der Einstichsstelle höchst wichtige Lageverhältniss der benachbarten Darmschlingen kennen. Oft fühlt man an einer Stelle deutliche Fluctuation und doch liegt daselbst durch alte Adhäsionen befestigt, eine Dünndarmschlinge, die mit Hülfe der Percussion sicher entdeckt wird. Ist man über die Anwesenheit von Flüssigkeit im Klaren, so entsteht, wenn das kranke Individuum weiblichen Geschlechtes ist, oft die Frage, ob dieselbe in der Bauchfellhöhle oder in einem cystisch degenerirten Ovarium (Vgl. Bd. I. pag. 532 u. f.) ihren Sitz habe. Wir werden bei den Krankheiten des Ovarium genauer hierauf eingehen müssen; vorläufig nur die wesentlichsten diagnostischen Merkmale:

Ascites.	*Hydrops ovarii.*
1. Die Geschwulst beginnt von unten.	1. Die Geschwulst beginnt auf einer Seite.
2. Die Därme liegen oberhalb der fluctuirenden Geschwulst.	2. Die Därme liegen auch zu den Seiten der Geschwulst.
3. Die Geschwulst hat eine glatte Oberfläche.	3. Die Oberfläche ist uneben, höckrig, [wenn nicht etwa blos eine Cyste besteht.]
4. Entsteht nach oder mit nachweisbaren Erkrankungen wichtiger Organe (Leber, Herz, Nieren).	4. Entwickelt sich selbstständig, unter blos localen Beschwerden.
5. Keine Schiefstellung des Uterus.	5. Die *Portio vaginalis uteri* ist mehr nach einer Seite gewandt.
6. Gleichmässige, deutliche Fluctuation.	6. Fluctuation oft undeutlicher, Percussionsschall dagegen immer entschieden leer.

Nur bei gänzlicher Unkenntniss oder Vernachlässigung der Percussion könnte eine Verwechselung der Bauchwassersucht mit Tympanites vorkommen. Dagegen hat bedeutende Ausdehnung der Blase bei Harnverhaltung zuweilen die irrthümliche Annahme eines Ascites veranlasst. Schon die Gestalt der Geschwulst schützt davor, sicherer noch der Drang zum Uriniren, der durch Druck auf die Blasengegend veranlasst wird und das Verschwinden der ganzen Anschwellung, sobald man den Harn durch den Catheter entleert hat. Der *Uterus gravidus* lässt sich durch innere Untersuchung und durch Auscultation (Fötalherzschlag) von der Bauchwassersucht unterscheiden; erstere ist auch bei anderen, mit Anschwellung verbundenen Krankheiten des Uterus maassgebend (Hydrometra, Fibroide).

Bauchstich. Punctio s. Paracentesis abdominis.

Die Eröffnung der Bauchhöhle, um Flüssigkeit zu entleeren (*Paracentesis abdominis,* im weiteren Sinne des Wortes), geschieht nur höchst selten durch den Schnitt oder durch Einstechen mit dem Bistouri. Letzteres kann nur an solchen Stellen gestattet sein, wo man ganz sicher ist, dass weder irgend ein Eingeweide, noch der Bauchfellsack dadurch verletzt werden kann. Die Eröffnung durch Incision ist auf diejenigen Fälle zu beschränken, wo grosse ausserhalb des Bauchfells liegende oder von demselben früher abgecapselte Abscesse entleert werden sollen (Vgl. Abscesse der *Fossa iliaca*), oder aber wo die Unsicherheit der Diagnose zu einem allmäligen Vordringen bis an das Bauchfell, mittelst schichtweiser Durchschneidung der Bauchdecken auffordert.

In der Regel bedient man sich zur Entleerung von Flüssigkeiten aus der Bauchhöhle der **Punction mit dem Troicart**, wie sie Bd. I. pag. 107 u. f. beschrieben und ebenda durch Fig. 64 u. 65 erläutert ist. — Den **Einstichspunkt** wählt man entweder in der *Linea alba* unterhalb des Nabels, oder in der Mitte zwischen einer vom Nabel zur linken *Spina ant. sup. ilei* gezogenen Linie[1]). Letztere Stelle (ursprünglich von Monro angegeben) ist die in Frankreich bevorzugte, während die englischen Aerzte lieber in der weissen Linie punctiren. Es ist offenbar gleichgültig, welche Stelle man wählt, wenn nur 1) durch genaue Untersuchung vorher festgestellt ist, dass man daselbst Flüssigkeit und nicht etwa den Darm oder ein anderes Eingeweide trifft, und 2) die *Arteria epigastrica* vermieden wird. Da die Flüssigkeit, ihrer Schwere folgend, zunächst den unteren Theil des Bauches einnimmt, wird eine Punction oberhalb des Nabels nicht leicht in Frage kommen können. Ist die Bauchwassersucht mit Schwangerschaft oder mit einer die Unterbauchgegend ausfüllenden Geschwulst complicirt, so hat man den Einstichspunkt im linken Hypochondrium, nahe unter der drittletzten Rippe (Scarpa) oder an einer andern deutlich fluctuirenden Stelle der linken Bauchhälfte (Velpeau) gewählt, oder auch durch den Nabel[2]) punctirt (Ollivier). — Der Patient befindet sich während der Operation in liegender oder halbsitzender Stellung. — Der Bauch muss während und nach der Operation möglichst gleichmässig **comprimirt** werden, theils um den Abfluss zu befördern, theils um einer Blutüberfüllung vorzubeugen, welche sonst in den vom langgewohnten Drucke plötzlich befreiten Baucheingeweiden, auf Kosten der Blutzufuhr zu anderen Organen, leicht entstehen könnte. Die Compression des Bauches während der Operation kann durch die flach aufgelegten Hände eines Gehülfen geschehen; bequem ist es aber, von vornherein eine Leibbinde aus langen (nöthigen Falls zusammengenähten) Handtüchern anzulegen, die dann auch nach der Operation liegen bleibt. Das Mittelstück dieser Handtuchbinde legt man auf den Rücken; von da werden die beiden Enden nach vorn geführt, auf der Mitte des Leibes (ohne Falten) gekreuzt und dann zwei zu den Seiten stehenden Gehülfen

[1]) |Punctionen durch den Mastdarm oder die Vagina oder gar durch die Blase sind ganz zu verwerfen.|

[2]) |Man hüte sich durch den Nabel zu punctiren, wenn die Haut daselbst hervorgetrieben oder verdünnt ist. Die Wunde heilt alsdann schwer oder gar nicht und kann daher lebensgefährlich [illegible]

übergeben, mit der Weisung, an denselben einen gleichmässigen Zug auszuüben, ohne sie dabei zu falten oder strickartig zusammenzudrücken. Vielfach sind auch besonders gefertigte Leibbinden aus Parchent u. dgl. empfohlen worden, die durch Bänder oder Schnallen fest angezogen werden können, auch mit einem kleinen Fenster versehen sind, durch welches der Troicart eingestossen werden soll. Dieselben sind nicht blos überflüssig, sondern sogar weniger zweckmässig, weil sie immer nur entweder vor oder nach dem Ablassen der Flüssigkeit passen. — Das Einstossen des Troicarts geschieht mit einem plötzlichen kurzen Ruck. Ein Gehülfe steht bereit, um sogleich nach dem Ausziehen des Stilets die Flüssigkeit in einem Topf oder eine Schüssel aufzufangen, die er von Zeit zu Zeit in einen bereit zu haltenden Eimer ausleert. Das Ablaufen der Flüssigkeit gestattet man nur ganz allmälig, — zumal bei schwachen oder sehr empfindlichen Kranken —, je weniger zuverlässig die Compression des Bauches ausgeführt wird, desto langsamer und mit desto häufigeren Unterbrechungen, die durch das Aufsetzen der Fingerspitze auf die Oeffnung der Canüle bewirkt werden. Wird diese Vorsicht versäumt, so entsteht, in Folge relativen Blutmangels im Gehirn, Ohnmacht (Vgl. Bd. I. pag. 51). Das Einschieben einer „Docke" in die Canüle ist nicht blos um Flocken zu beseitigen, welche den Ausfluss hemmen, sondern auch um eine Verletzung von Darmschlingen durch die scharfen Ränder des vorderen Endes der Canüle zu verhüten, sehr nützlich. (Vgl. Paracentese des Thorax pag. 613). Man entleert niemals die gesammte in der Bauchhöhle enthaltene Flüssigkeit, in der Regel nur etwa zwei Drittel; bei Vernachlässigung dieser Vorsicht hat man nicht blos langdauernde Ohnmachten, sondern auch heftige Entzündung darauf folgen sehen. Nachdem die Canüle *lege artis* (Bd. I. pag. 108) ausgezogen ist, schliesst man entweder die Wunde durch ein Stückchen englisches Pflaster, über welches man nachher Collodium streicht, oder man legt einen Schwamm (Dieffenbach) darauf, welcher durch die bereits beschriebene Tücherbinde befestigt wird. Letzteres geschieht natürlich nur, wenn man ein nachträgliches Aussickern der Flüssigkeit wünscht, was jedoch nicht so oft der Fall sein dürfte, als Dieffenbach[1]) glaubt. Sollte sich der höchst seltene Fall einer Blutung aus der Wunde ereignen, so müsste man den kleinen Stichcanal mit einem Charpiepfropf oder einem Stückchen trocknen Schwamm verstopfen, so

[1]) [Operative Chirurgie Bd. II. pag. 420 u. 423.]

Neunzehnte Abtheilung.

Unterleibs-Brüche, *Herniae abdominales.*

|Als Bruch, genauer: Eingeweidebruch (im Gegensatz zum Knochenbruch), Hernie, — Hernia, seltener Ruptura, auch Cele[1]) — bezeichnen wir eine solche angeborne oder erworbene Lageveränderung eines Eingeweides, bei welcher dasselbe sich nicht in der Leibeshöhle, in welcher sein normaler Platz ist, befindet, von der äusseren Haut aber bedeckt bleibt. Bei dem Vorfall der Eingeweide, Prolapsus, findet hingegen, wie bereits in den vorhergehenden Abtheilungen erläutert wurde, eine solche Bedeckung nicht statt; die vorgefallenen Eingeweide sind vielmehr der Luft gradezu ausgesetzt.|

|Nirgend kommen Hernien so häufig vor, als am Bauche. Die Eingeweide verlassen die Bauchhöhle entweder durch eine normale, oder doch am normalen Körper präformirte, oder durch eine erst in Folge einer Verletzung entstandene Oeffnung. Ersteres ist viel häufiger der Fall.|

|Die Unterscheidung und Benennung der einzelnen Unterleibsbrüche (*Herniae abdominales*) geschieht einer Seits nach der Oeffnung, durch welche, oder der Gegend, in welcher die Eingeweide aus der Bauchhöhle hervorgetreten sind (Bruchpforte), anderer Seits nach dem in dem Bruche enthaltenen Eingeweide.

[1]) |Die Benennung Cele, κήλη, wird vorzugsweise in Zusammensetzungen gebraucht, und zwar nicht blos von Brüchen, sondern auch von bruchähnlichen Geschwülsten, z. B. Hydrocele, Wasseransammlung im Hodensack, Varicocele, Varicosität der Venen des Samenstranges.|

A. In ersterer Beziehung unterscheiden wir:

I. Brüche der Bauchwände oberhalb des Becken-Eingangs, — die bei Weitem häufigeren. Dahin gehören:

1) Der Leistenbruch, *Hernia inguinalis*, tritt durch den Leistencanal oder einen Theil desselben hervor;

2) Der Schenkelbruch, *Hernia femoralis s. cruralis*, durch die Schenkellücke, den sogen. Schenkelcanal;

3) Der Nabelbruch, *Hernia umbilicalis*, durch den Nabelring oder in dessen nächster Nähe, so dass die folgenden beiden Arten vielfach mit ihm verwechselt werden;

4) Der Bruch der weissen Linie, *Hernia lineae albae*, durch eine Oeffnung in der *Linea alba;*

5) Der Bauchbruch, *Hernia ventralis* (worunter also nicht die Unterleibsbrüche im Allgemeinen zu verstehen sind), durch eine (gewöhnlich von einer früheren Verletzung herrührende) Oeffnung der vorderen, seitlichen oder hinteren Bauchwand, welche keiner der vorstehend namentlich aufgeführten Stellen entspricht[1].

6) Der Zwerchfellbruch, *Hernia diaphragmatica*, tritt durch eine Oeffnung des Zwerchfells in die Brusthöhle.

II. Brüche am kleinen Becken.

a. bei beiden Geschlechtern.

1) Der Bruch des eirunden Loches, *Hernia foraminis ovalis s. obturatoria*, tritt durch die für den Durchgang der Gefässe und des Nerven bestimmte Oeffnung der *Membrana obturatoria;*

2) Der Hüftausschnittsbruch, *Hernia ischiadica*, durch die *Incisura ischiadica major;*

3) Der Dammbruch, *Hernia perinealis s. ischio-rectalis*, durch eine Spalte der Dammaponeurose;

4) Der Mastdarmbruch, *Hernia rectalis*, welcher durch Eindringen von Eingeweiden in einen nach Aussen umgestülpten Theil (Vorfall) des Mastdarms gebildet wird.

b. ausschliesslich im weiblichen Körper:

5) Der Scheidenbruch, *Hernia vaginalis*, entsteht durch

[1]) [Hätte nicht jede Abänderung der Nomenclatur die Gefahr, Verwirrung anzurichten und die Zahl der Namen zu vermehren, so möchte ich vorschlagen, die jetzt als Bauchbrüche zusammengefassten Hernien, je nach der Stelle der Bauchwand, an der sie hervortreten, als *Hernia lateralis, lumbalis, dorsalis* zu bezeichnen und den Namen „Bauchbruch“ entweder ganz fallen zu lassen, da er so oft verwechselt, von Einzelnen sogar, durch einen *lapsus calami*, mit „*H. abdominalis*“ übersetzt wird.]

Einlagerung von Eingeweiden in eine Ausstülpung der einen Scheidenwand in die Höhle der Scheide.

In dieser Uebersicht sind die einzelnen Arten nach der Häufigkeit geordnet, mit Ausnahme des Scheidenbruchs, dem die zweite Stelle unter den Beckenbrüchen gebührt, und des Zwerchfellsbruchs, der unter allen Brüchen der seltenste ist.

B. Je nach dem im Bruche liegenden (herniösen) Eingeweide, unterscheidet man vorzüglich: 1) Darmbruch, Enterocele, 2) Netzbruch, Epiplocele, 3) Darmnetzbruch, Enteroepiplocele, 4) Magenbruch, Gastrocele, 5) Blasenbruch, Cystocele, 6) Gebärmutterbruch, Hysterocele, 7) Eierstocksbruch, Oophorocele[1]).|

|In den einzelnen Capiteln dieser Abtheilung werden wir: I. die Unterleibsbrüche im Allgemeinen, ohne Berücksichtigung der Bruchpforte, aus welcher sie hervortreten, betrachten, dabei aber voraussetzen, dass das hervorgetretene Eingeweide (wie gewöhnlich) Dünndarm oder Netz sei; II. die Eigenthümlichkeiten erläutern, welche durch die Verschiedenheit der Bruchpforte bedingt werden; III. die Abweichungen darstellen, welche dadurch veranlasst werden, dass andere Organe als Dünndarm oder Netz in einem Bruche liegen.|

Erstes Capitel.

Von den Unterleibsbrüchen im Allgemeinen.

Die wesentlichen Theile eines Bruches sind: 1) der Bruchsack und 2) der Bruchinhalt.

1) Bruchsack. Von den aus der Bauchhöhle unter die äusseren Bedeckungen hervortretenden Eingeweiden her, vielleicht in manchen Fällen auch von ihnen unabhängig (s. unten), findet eine Ausstülpung des Bauchfells statt, welche demnächst sowol die Bruchpforte als auch die Höhle, in welcher die ausgetretenen Eingeweide fernerhin ihren Aufenthalt nehmen, in ähnlicher Weise auskleidet, wie das Bauchfell die Bauchhöhle. Diese Ausstülpung des Bauchfells heisst: Bruchsack, derjenige Theil desselben, welcher in der Bruchpforte liegt: Bruchsackhals (*collum, collet*). Diesem gegenüber befindet sich der Grund (*fundus, fond*) des

[1]) |Auch die übrigen Baucheingeweide mit Ausnahme des Pancreas und des Duodenum, können in Hernien vorkommen; jedoch höchst selten.|

Bruchsacks. Der mittlere, vorzugsweise ausgeweitete Theil heisst der Körper (*corpus, corps*) desselben. Die innere Fläche des Bruchsacks ist, wie die innere Fläche des übrigen Bauchfells, glatt und feucht, die äussere durch Bindegewebe, welches sich mit zunehmendem Alter des Bruches gewöhnlich in immer dichteren und zahlreicheren Schichten auflagert, mit den umgebenden Theilen verbunden. Die Bildung des Bruchsacks geschieht nicht blos durch Dehnung des die Bruchpforte überziehenden Theils des Bauchfells, sondern auch durch Herbeiziehung der benachbarten Parthien desselben, so dass dadurch Verschiebungen des Bauchfells und der durch dasselbe unmittelbar gegen die hintere Bauchwand angelötheten Eingeweide in grosser Ausdehnung erfolgen können. Die Dehnung und Verschiebung des Bauchfells, so wie die äusseren Einflüsse, denen es in seiner neuen Lage, als Bruchsack, ausgesetzt ist, bedingen wesentliche Veränderungen in seiner Ernährung. Namentlich wird die äussere Fläche desselben viel gefässreicher, zumal in der Gegend des Bruchsackhalses, wo Demeaux[1]) sogar ein musculöses oder doch der *Tunica Dartos* ähnliches Gewebe daran zu erkennen glaubte. Späterhin verdichtet sich diese Schicht am Bruchsackhalse zu derben, narbenähnlichen Geweben, wird gefässarm und verliert endlich ihre Dehnbarkeit gänzlich. Diese ganze Reihe von Veränderungen lässt sich als das Resultat chronischer Entzündung zusammenfassen. Diese zeigt sich auch in dem übrigen Bruchsacke, indem derselbe allmälig an Festigkeit und Dicke zunimmt. Jedoch bleiben Körper und Grund des Bruchsackes in der Regel dehnbar, so dass auch nach langem Bestehen der Hernie noch weitere Vergrösserungen möglich sind. In manchen Fällen sieht man den Bruchsack unter dem fortgesetzten Andrängen der Eingeweide, nachdem er mit den umgebenden Theilen verwachsen ist, fort und fort grösser, aber zugleich auch dünner werden, so dass er zuletzt mit den äusseren Bedeckungen ganz verschmilzt und selbst übersehen werden kann. Alsdann erkennt man durch die äusseren Bedeckungen der Bruchgeschwulst hindurch die Gestalt und selbst die Bewegungen der darin enthaltenen Darmschlingen. Die Wandungen des Bruchsacks können aber auch anderer Seits durch fortgesetzte Hypertrophie eine solche Dicke erreichen, dass man ohne besondere Schwierigkeit mehrere Schichten desselben mit dem Scalpel darstellen und von einander trennen kann. Zwischen diesen können selbst seröse Ergüsse und Form-

[1]) *Annales de la chirurgie. Paris* 1842 *T. V.*

liche Cysten, auch Fettmassen eingeschaltet sein. Ganz gewöhnlich besitzt der Bruchsack nicht an allen Stellen dieselbe Dicke und Festigkeit. Daher giebt er dem Andrängen der Eingeweide an einer Seite leichter nach, als an der anderen, erhält dadurch eine unregelmässige Gestalt und zuweilen auch mehrere Abtheilungen und Fächer. Durch äussere Gewalt kann er, namentlich an solchen schwächeren Stellen zersprengt werden, worauf dann die in ihm enthaltenen Eingeweide sämmtlich oder zum Theil in das umgebende Bindegewebe austreten.

Die Gestalt des **Bruchsackhalses** erfordert eine besondere Berücksichtigung. Im Allgemeinen entspricht dieselbe genau derjenigen der Bruchpforte. Das hervorgestülpte Stück des Bauchfells überzieht wie eine Tapete die Oeffnung, aus welcher die Eingeweide herausgetreten sind. Ist diese Oeffnung ein einfaches Loch, die Bruchpforte also ringförmig, so breitet sich das Bauchfell oberhalb und unterhalb dieser Stelle sofort aus. Stellt dagegen die Bruchpforte einen Canal dar, so bildet der Bruchsackhals gleichfalls ein mehr oder weniger langgestrecktes Rohr mit trichterförmigem Ein- und Ausgang. Das Mittelstück eines solchen langstreckigen Bruchsackhalses kann eine Erweiterung darbieten, eine Höhle oder Niesche, welche zwischen die Bauchmuskeln eindringt und in einzelnen Fällen eine solche Grösse erreichte, dass man die Eingeweide in die Bauchhöhle zurückgeschoben zu haben glaubte, während man sie nur in diese Seitenhöhle gestopft hatte.

Fig. 91.

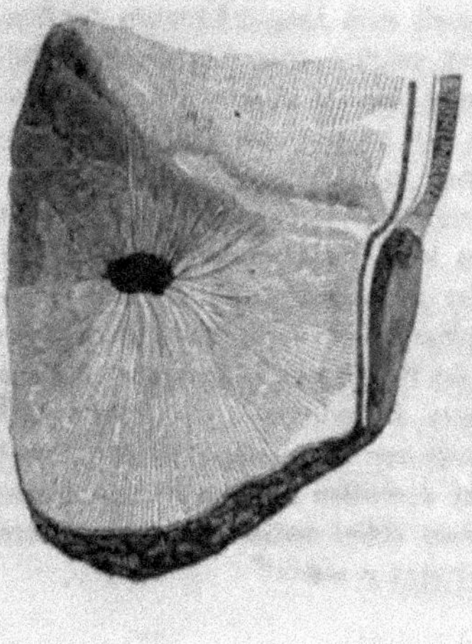

Besteht der Bruch erst seit Kurzem, so bemerkt man an der inneren (der Bauchhöhle zugewandten) Oeffnung des Bruchsackhalses eine concentrische Faltung des Bauchfells.

Fig. 91 ist die innere Oeffnung des Bruchsackhalses einer *Hernia obturatoria*, nach Demeaux *l. c. p.* 342.

Spaltet man den ganzen Bruchsack und breitet ihn dann aus, so verschwinden diese Falten. Bei längerem Bestehen des Bruches verschmelzen dieselben miteinander; die Oeffnung wird verengert, verliert ihre Dehnbarkeit und stellt einen, oft dünnen und scharf vorspringenden Rand dar. Wird der Bruch mittelst eines Bruchbandes zurückgehalten, so entwickeln sich diese Veränderungen in Folge des von demselben auf den Bruchsackhals ausgeübten Druckes viel schneller. Auch dieser Process ist von einer chronischen Entzündung abzuleiten. Dafür sprechen namentlich auch die matte Farbe des die Bruchpforte auskleidenden Theils des Bauchfells, die häufig vorkommende Pigmentirung desselben, so wie Rauhigkeiten, Vorsprünge, bandartige Narbenstränge und narbige Einziehung, welche Roustan[1]) als Stigmata beschrieben hat.

An manchen Bruchsäcken findet man mehrere Hälse, d. h. mehrere Einschnürungen (Stricturae), nicht blos in und an der Bruchpforte, sondern auch mitten am Körper des Bruchsackes, der alsdann die Gestalt einer Sanduhr (*hernie en forme de sablier*) oder einer Semmel annimmt.

Fig. 92 zeigt diese seltnere Anordnung des Bruchsacks in dem Femoral-Bruch eines Mannes. Relativ häufiger wird dieselbe in Inguinal-Brüchen, namentlich in angebornen, gefunden. Arnaud hat diese Gestalt des Bruchsacks bereits gekannt und richtig erklärt. Genauere Untersuchungen darüber verdanken wir Scarpa und Dupuytren.

Fig. 92

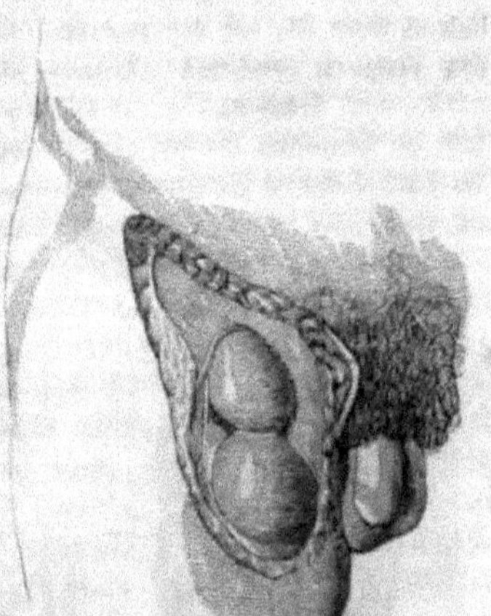

Diese mehrfachen Hälse oder Stricturen des Bruchsackes lassen sich in folgender Weise erklären. In einen bereits längere Zeit bestehenden Bruchsack werden auf's Neue Eingeweide hineingetrieben; er vermag sie weder sofort aufzunehmen, noch ihnen durch weitere Ausdehnung Platz zu gewähren, da er nicht mehr dehnbar ist. So wird denn der ganze Bruchsack mit seinem Inhalt vorwärts geschoben und ein neues Stück Bauchfell wird hervorgedrängt. Das bildet einen neuen, aber mit dem alten zusam-

[1]) *Journal de Chirurgie* 1843 *p.* 298.

menhängenden Bruchsack, dessen Grund der Hals des früheren ist. Was jetzt als Strictur in der Mitte des gesammten Bruchsackes erscheint, war ursprünglich der Hals des ersten Bruchsackes. Dieser Process kann sich mehrmals wiederholen; alsdann entsteht aus dem Sanduhr-Bruchsack der Rosenkranz-Bruchsack, indem mehrere Einschnürungen mit dazwischen liegenden Anschwellungen abwechseln. [Bei den Schenkelbrüchen werden wir eine andere Entstehungsweise der Stricturen zu erwähnen haben.] Wenn die Gewalt, welche die Verschiebung des Bruchsackes bedingt, den Hals desselben von der Bruchpforte nicht vollständig ablöst, so kann der zweite Bruchsack sich auch parallel mit dem ersten entwickeln. Beide werden dann von einer gemeinsamen Bindegewebshülle umfasst. Auch diese Anordnung findet man häufiger bei angebornen Leistenbrüchen, als bei anderen Brucharten. Gewöhnlich haben solche gedoppelte Bruchsäcke einen gemeinsamen Bruchsackhals. Zuweilen ist auch noch ein grosser Theil des Bruchsackkörpers beiden gemeinsam und die Trennung beginnt erst tiefer unten, so dass, namentlich wenn der eine Bruchsack beträchtlich grösser ist, als der andere, dieser letztere wie ein Auswuchs des ersteren erscheint. Manche dieser Fälle scheinen von Dupuytren mit Unrecht aus Zerreissung des Bruchsackes erklärt worden zu sein. Gewöhnlich ist die Oeffnung des jüngeren Bruchsackes weiter als die des älteren.

Fig. 93.

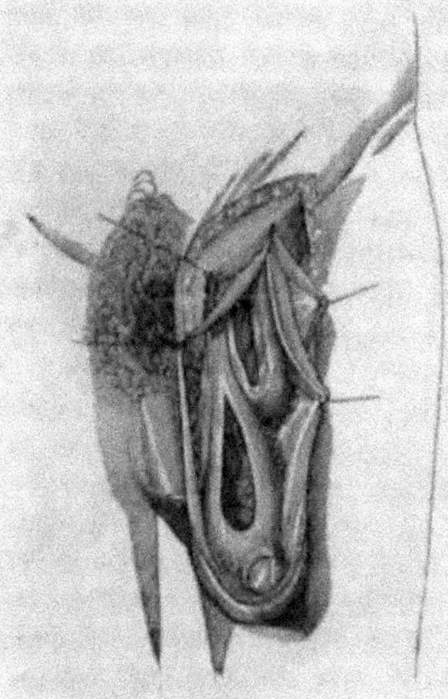

Beispiele von doppelten parallelen Bruchsäcken sind Fig. 93 und 94 abgebildet. In Fig. 93 ist der ältere Bruchsack eines Leistenbruches, welcher bis dicht an den Hoden hinabreichte, obliterirt. Die Eingeweide haben weiter nach Aussen einen zweiten kleineren Bruchsack hervorgedrängt. Derselbe ist in Fig. 93 entleert und geöffnet. Fig. 94 gleichfalls eine Leistenhernie mit zwei parallel liegenden Bruchsäcken, welche in ihrem oberen Theile communiciren und mit einer gemeinsamen Oeffnung in die Bauchhöhle münden. Beide Säcke sind in Fig. 94 geöffnet, durch die Communications-Oeffnung ist eine gebogene

Sonde hindurchgeführt. Der Hals des inneren (älteren) Bruchsackes ist deutlich verengert.

Fig. 94.

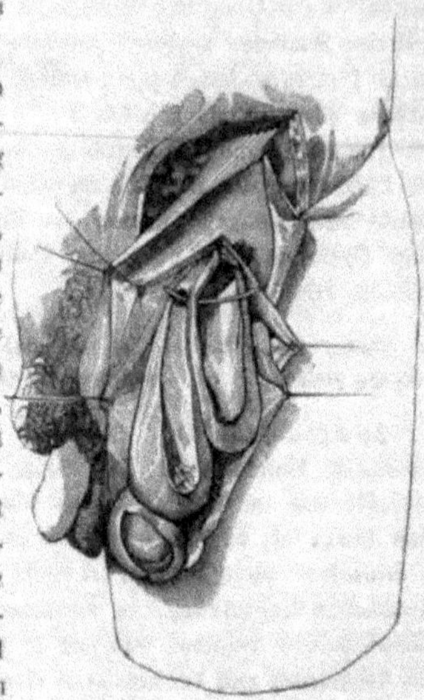

Die Verengerung des einen Bruchsackhalses kann in solchen Fällen zur Einklemmung der darin liegenden Eingeweide Veranlassung geben, während die in dem anderen Bruchsacke befindlichen Theile sich ohne alle Mühe in die Bauchhöhle zurückschieben lassen. In dem Bruchsacke, dessen Hals völlig obliterirt ist, kann sich Flüssigkeit ansammeln. Dadurch entsteht das Bild einer Wasseransammlung in der Höhle der *Tunica vaginalis propria* (gewöhnliche Form der Hydrocele) und es scheint daher ein Bruch neben einer Hydrocele zu bestehen. [Anderer Seits könnte eine wirkliche Hydrocele auch bei der anatomischen Untersuchung als obliterirter und nachträglich mit Flüssigkeit gefüllter Bruchsack gedeutet werden, wie dies z. B. bei Betrachtung von Fig. 93 erscheint.] Welche diagnostischen Schwierigkeiten aus diesen Varietäten des Bruchsackes entstehen können, ist leicht im Voraus einzusehen.

[In seltenen Fällen finden sich Brüche ohne Bruchsack. Die dislocirten Eingeweide liegen alsdann, je nach der Localität des Bruches, bald unmittelbar unter der Haut, bald noch von Fascien und anderen Schichten bedeckt. Der Bruchsack kann von Anfang an solchen Eingeweiden fehlen, welche eines Peritonealüberzuges zum Theil entbehren. Diese können die Bauchhöhle in der Art verlassen, dass sie hinter oder unter dem Peritoneum fortgleiten, ähnlich wie der Hode bei seinem normalen Descensus. Gewöhnlich ziehen sie aber, grade wie der hinabsteigende Hode, eine Ausstülpung des Bauchfelles hinter sich her, so dass solchen Brüchen der Bruchsack eigentlich nicht ganz fehlt, wenn auch nicht alle Brucheingeweide von ihm umschlossen sind. — Wir werden bei den Blinddarm-Brüchen hierauf näher eingehen müssen. — Manche Autoren sprechen auch vom ursprünglichen Fehlen des

Bruchsackes in solchen Fällen, wo Eingeweide in eine bereits präformirte Ausstülpung des Bauchfelles (namentlich in den offen gebliebenen *Processus vaginalis peritonei*) sich eingesenkt haben. Eine solche Peritoneal-Ausstülpung verhält sich aber in den wesentlichen Stücken durchaus als Bruchsack.]

[Dagegen kann der Bruchsack wirklich fehlen, obgleich er bei der Entstehung der Hernie vorhanden war, wenn er durch äussere Gewalt oder heftigen Andrang der Eingeweide zerrissen, oder bei einer Operation ganz oder zum Theil fortgeschnitten, oder durch Eiterung zerstört worden ist.]

[Hierher gehörige Beispiele hat namentlich Dieffenbach aus seiner reichen Erfahrung gesammelt. Vgl. dessen operative Chirurgie Bd. II. pag. 471 u. ff.]

2) Bruch-Inhalt. [In jedem Bruchsack findet sich etwas Flüssigkeit, Bruchwasser. Die Menge desselben kann äusserst geringfügig sein, so dass die innere Oberfläche des Bruchsackes nur eben feucht ist; in anderen Fällen sind mehrere Unzen Flüssigkeit in demselben enthalten. Es ist leicht einzusehen, dass der Zustand chronischer Entzündung, in welchem das ausgestülpte Stück des Bauchfells sich befindet, während er nach Aussen die Entwicklung von Adhäsionen und Verdickungen veranlasst, auf der inneren Oberfläche zu wässriger Exsudation führen muss. Man sieht auch die Menge des Bruchwassers desto mehr steigen, je häufiger wiederholt Reizungen des Bruchsackes vorkommen. Anderer Seits muss das Bruchwasser ganz fehlen, wenn, in Folge einer heftigeren Entzündung, zwischen dem Bruchinhalt und der inneren Fläche des Bruchsackes ausgedehnte Verwachsungen sich entwickelt haben. — Selten enthält der Bruchsack blos Flüssigkeit. Er kann in einem solchen Falle sich von der übrigen Peritonealhöhle ganz abschnüren und eine geschlossene Cyste darstellen.]

Den eigentlichen Bruch-Inhalt bilden die im Bruche liegenden Eingeweide. Alle Baucheingeweide mit Ausnahme des Duodenum und des Pancreas sind in Hernien gefunden worden, meist nur einzeln oder doch wenige zugleich, in seltenen Fällen fast alle zusammen. Wir nehmen hier, wie bereits bemerkt, zunächst nur auf Darm- und Netzbrüche Rücksicht.

Die Lage der ausgetretenen Eingeweide zu einander bleibt in der Regel dieselbe, welche in der Bauchhöhle stattfand; so liegt z. B. das Netz auch in einem Bruche vor den mit ihm zugleich hervorgetretenen Darmschlingen. Indem die Organe ihre Stelle verlassen und in fremdartige Verhältnisse versetzt werden, erleiden sie auch mannigfaltige Structurveränderungen. Bleibt der Bruch sich selbst überlassen, so senken sich gewöhnlich nach und nach immer mehr Darmschlingen in ihn hinein; diese drücken und reiben sich untereinander und gegen das vielleicht zugleich ausgetretene Netz, wodurch bald hier bald dort Circulationsstörungen veranlasst werden. Der im Bruch liegende Theil des Netzes kann durch die Bruchpforte, wenn sie nicht ganz aussergewöhnlich gross ist, nur in Gestalt eines Stranges hindurchtreten. Die Längsfaltung, welche dem Netz dabei ertheilt wird, verschwindet allmälig, so dass es sich nach einiger Zeit gar nicht mehr entfalten lässt und in eine gleichförmige derbe Masse umgewandelt wird. Der im Körper des Bruchsackes liegende Theil schwillt mit der Zeit stärker an und erhält, dem ihm gewährten grösseren Raum entsprechend, eine pilzähnliche Gestalt. In der Regel bleibt neben dem neugebildeten Bindegewebe das Fettgewebe in ihm vorherrschend. Zuweilen aber nimmt es ein durchaus fibröses Gefüge an, oder wird von zahlreichen kleineren, auch von einzelnen grösseren Cysten durchsetzt; endlich kann es auch krebsig entarten. In seltenen Fällen besitzt das im Bruch liegende Netzstück Spalten oder unregelmässige Lücken, wie sie manchmal auch innerhalb der Bauchhöhle am Netz vorkommen. Es ist daher zweifelhaft, ob dieselben wirklich durch Zerreissung entstanden sind. Jedenfalls sind sie von grosser practischer Wichtigkeit, weil Darmschlingen sich in ihnen einklemmen oder durch sie hindurch verschlingen können. Das Gekröse eines im Bruch liegenden Darms wird mit der Zeit beträchtlich verdickt, die Mesenterialdrüsen schwellen gleichfalls an und es kann auf diese Weise der Rücktritt des betreffenden Darmstücks in die Bauchhöhle unmöglich oder doch erschwert werden. (Pott). Auch die Wandungen des Darms werden häufig verdickt; zugleich wird seine Höhle verengt, seine Bewegung behindert, und seine Function somit mehr oder weniger stark gestört. Da, wie wir bereits bemerkt haben, der Bruchsack, auch ohne Zuthun äusserer Einflüsse, sich im Zustande chronischer Entzündung befindet, in der Regel aber überdies mannigfaltigen Insultationen ausgesetzt ist, so erklärt sich leicht die grosse Häufigkeit von Adhäsionen, Strängen, Pseudomembranen zwischen den Brucheingeweiden, welche bald diese untereinander, zuweilen sogar zu einem ganz unlösbaren Knäuel, bald einzelne derselben mit der Bruchsackwand verbinden, bald auch nur schräg und quer von einer Seite des Bruchsacks zur anderen ausgespannt sind. Dadurch werden stets beträchtliche Störungen in den Bewegungen des Darms herbeigeführt, oft wird die Reposition des Bruches unmöglich gemacht und zuweilen Einschnürung des Darms bedingt.

Allgemeine Statistik der Unterleibs-Brüche[1]). In Frankreich findet sich unter 20 Menschen je ein Bruchkranker. Auf vier Brüche beim männlichen Geschlecht kommt beim weiblichen Geschlecht erst einer. Während des ersten Lebensjahres ist durchschnittlich eins unter 21 Kindern mit einem Bruch behaftet. Späterhin vermindert sich ihre Zahl in der Art, dass im Alter von 13 Jahren unter 77 Kindern nur eins bruchkrank ist. Vom 13ten bis zum 20sten Jahre entstehen viele Hernien bei Knaben, und wenige bei Mädchen, — wahrscheinlich wegen der Verschiedenartigkeit der Spiele und körperlichen Uebungen. Im Alter von 20 bis 21 Jahren kommt auf 32 Männer durchschnittlich ein Bruch. Dies ergiebt sich namentlich aus den Recrutirungslisten. Vom 20sten bis zum 50sten Jahre steigt die Zahl der Hernien beim weiblichen Geschlecht wegen der durch wiederholte Schwangerschaften bedingten Schwächung der vorderen Bauchwand. Im 28sten Jahre findet sich der 21ste Theil der Bevölkerung bruchkrank, zwischen dem 30sten und 35sten Jahre der 17ste, vom 35sten bis zum 40sten Jahre der neunte, um das 50ste der sechste, zwischen 60 und 70 der vierte, vom 70sten bis 75sten Jahre der dritte Theil. In den späteren Jahren entwickeln sich keine Hernien mehr und die daran leidenden Individuen sterben zum grössten Theil früher, so dass zwischen dem 80 und 85 Jahre nur noch $^1/_{14}$, von 85 bis 86 nur $^1/_{23}$ und jenseit des 86sten Jahres nur noch $^1/_{24}$ übrig ist.

Die wohlhabende Schicht der Bevölkerung ist den Brüchen viel weniger unterworfen, als die ärmere arbeitende Klasse. Bei Handwerkern, welche stehend arbeiten, sind sie dreimal häufiger als bei solchen, welche ihre Arbeit sitzend verrichten. Bedeutende Körperlänge ist der Entstehung von Brüchen günstig; bei kleinen untersetzten Personen sind sie verhältnissmässig seltener. Die seitlichen Hernien sind häufiger rechts als links.

Unter 4,665 Brüchen fand die alte Gesellschaft der Bandagisten zu London (nach Knox, vgl. *Gazette médicale* 1836 *p.* 408).

	Rechts.	Links.
Leistenbrüche bei Männern . .	2,567	1,469
" bei Weibern . .	20	14

[1]) Malgaigne, *Recherches sur la fréquence des hernies, Annales d'hygiène et de médecine légale. Paris* 1830. *T. XXIV. p.* 5. u. folg.

Schenkelbrüche bei Männern . .	47	38
- bei Weibern . .	139	93.

Die neue Gesellschaft fand unter 2,837 Brüchen:

Leistenbrüche bei Männern . .	1,563	927
- bei Weibern . .	51	34
Schenkelbrüche bei Männern . .	19	11
- bei Weibern . .	139	93.

Die Richtigkeit dieser Verhältnisse wird von Allen, welche viele Hernien gesehen haben, so auch von Vidal, nach seinen Erfahrungen auf dem Centralbüreau der Pariser Armen-Kranken-Pflege, bestätigt.

J. Cloquet hat die grössere Häufigkeit der Hernien auf der rechten Seite zu erklären versucht. Bei jeder beträchtlichen Anstrengung des rechten Armes wird der Rumpf nach links gebeugt, in dieser Stellung aber treiben die Zusammenziehungen des Zwerchfells die Baucheingeweide gegen die Bruchpforten (Inguinalcanal und Schenkellücke) der rechten Seite. Dem entsprechend finden sich bei Individuen, welche „links" sind, auch mehr Hernien auf der linken, als auf der rechten Seite. Sehr häufig finden sich mehrere Brüche bei demselben Individuum, so namentlich doppelte Leisten- und Schenkelbrüche oder auch ein Inguinalbruch auf der einen und ein Femoralbruch auf der anderen Seite, seltener zwei verschiedenartige Brüche auf derselben Seite, z. B. *Hernia inguinalis* und *femoralis* oder *femoralis* und *obturatoria.* Noch seltener sind drei Brüche an einem Individuum. Goyrand operirte eine 55jährige Frau, Mutter mehrerer Kinder, welche einen Nabelbruch und zwei Schenkelbrüche hatte.

Aetiologie. Die prädisponirenden Ursachen der Hernien wirken entweder auf die Bauchwand oder auf die Eingeweide. In ersterer Beziehung wird vor Allem durch das Offenbleiben solcher fötaler Oeffnungen, welche im normalen Zustande schon zur Zeit der Geburt verschlossen sein sollten, die directeste Prädispositon für Hernien gegeben. In anderen Fällen sind diese Oeffnungen zwar nicht offen geblieben, aber doch entweder ursprünglich oder in Folge krankhafter Veränderungen nur schwach und unzureichend verschlossen, so dass sie bei einer geringen Vermehrung des Andranges der Eingeweide nachgeben. Dahin gehört einer Seits eine angeborene Schlaffheit des Körpers, namentlich des fibrösen Gewebes, anderer Seits die Erschlaffung der ganzen Bauchwand durch Wassersucht der Bauchhöhle, wiederholte Schwangerschaften, übermässige Fettleibigkeit, namentlich wenn diese plötzlich schwindet, so dass die von Fettklümpchen angefüllten Oeffnungen des dadurch bedingten Verschlusses entbehren. Eine allgemeine Erschlaffung des fibrösen Gewebes und daraus entspringende Prädisposition zu Hernien wurde früher (A. Cooper) aus übermässigem Genuss von Fett, Fischen, Milchspeisen, zu warmer Kleidung, warmen Bädern, Aufenthalt im warmen Klima u. dgl. mehr, ohne zureichende Begründung, abgeleitet. In Bezug auf die Eingeweide sind als prädisponirende Momente anzuführen Erschlaffung und Verlängerung der Bänder und Bauchfellfalten, durch welche sie befestigt sind, Vermehrung des Gewichtes und des Volumens der Eingeweide, so namentlich des Netzes durch Fettablagerung, des Darmcanals durch Ueberfüllung überhaupt und besonders durch Anfüllung mit blähenden Speisen. — [Vielfach lässt sich die Erblichkeit der Hernien nachweisen (nach Malgaigne wären sogar $^{1}/_{4}$ aller Leistenbrüche erblich). Dieselbe beruht auf einer Vererbung des ungenügenden Verschlusses der Fötalöffnungen oder der Schlaffheit der Bauchwand, (?) auch wohl einer zu grossen Länge des Gekröses und der übrigen Bauchfellfalten.]

Die Gelegenheits- (oder determinirenden) Ursachen wirken, indem sie die beweglichen Eingeweide mit grösserer Gewalt gegen die Bruchpforten andrängen. Dahin gehören im kindlichen Alter Schreien und Husten, später vorzüglich: Anstrengungen beim Aufheben einer Last, beim Tragen einer solchen, angestrengte Respirationsbewegungen, wie sie beim Ringen (namentlich in knieender Stellung) und beim Spielen von Blase-Instrumenten absichtlich, in vielen krankhaften Zuständen aber auch unabsichtlich vorgenommen werden, so beim Asthma, bei Bronchialkatarrh, beim Keuchhusten, ferner übermässige Thätigkeit der Bauchpresse beim Erbrechen oder um Harn und Koth zu entleeren, wenn diese Entleerungen erschwert sind, endlich plötzliche Erschütterungen des Unterleibes durch Stoss, Schlag oder dgl. m., wie namentlich auch beim Reiten, Tanzen, Springen, wo neben der Erschütterung oft angestrengte Inspirationen, bei gleichzeitig gespannten Bauchdecken, wesentlich mit wirken.

Entstehungsweise (Mechanismus). Sehr selten und wahrscheinlich immer nur bei Individuen, welche zur Entwicklung eines Bruches prädisponirt sind, entsteht, in Folge einer übermässigen Anstrengung oder einer gewaltigen Erschütterung des Unterleibes, plötzlich eine Hernie. Vielleicht war dieselbe auch in allen den Fällen, welche man gewöhnlich zum Beweis für die plötzliche Entstehung aufführt, doch schon in der Entwicklung begriffen. Jedenfalls ist die allmälige Entstehung der Hernien die Regel. Der früher allgemein angenommenen und noch jetzt vorherrschenden

Ansicht nach, werden die beweglichen und schon ihrer Schwere nach zumeist nach unten sinkenden Eingeweide durch die Wirkung der Bauchpresse und namentlich des Zwerchfells vorzugsweise gegen die weniger Widerstand leistenden Stellen der vorderen Bauchwand gedrängt. Ist hier bereits eine Lücke (Bruchpforte) vorhanden, so entweichen die zunächst liegenden Eingeweide sogleich durch dieselbe. Besteht noch ein (freilich unzureichender) Verschluss vor der Bruchpforte, so wird dieser verdrängt, seltener zerrissen. Das Bauchfell aber (*Peritoneum parietale*), welches über die Bruchpforte ausgespannt ist, wird von den andrängenden Eingeweiden hervorgetrieben, ausgestülpt, um demnächst den Bruchsack darzustellen (s. oben). Nach dieser Theorie ist also die Wirkung der Bauchpresse auf die Baucheingeweide das Primäre, die Ausstülpung des Bauchfells das Secundäre. Der Vorgang kann aber auch gerade umgekehrt statt finden und genaue Untersuchungen und Beobachtungen sprechen dafür, dass dies sehr häufig der Fall ist[1]). Es bildet sich zuerst ein Bruchsack und in diesen senken sich, natürlich immer unter der Einwirkung der Bauchpresse, Eingeweide hinein. Die primäre Entwicklung des Bruchsacks erfolgt unter Bildung eines sogenannten Fettbruchs (*Hernia adiposa*). Das subperitoneale Bindegewebe ist, namentlich bei wohlbeleibten Subjekten, reichlich von Fettklümpchen durchwebt. Einzelne derselben setzen ihr Wachsthum zuweilen durch eine benachbarte Lücke in den umgrenzenden Aponeurosen nach Aussen fort, wobei diese Lücke selbst durch das stetig wachsende und hinausquellende Fett allmälig vergrössert wird. Auf dem freien Felde, ausserhalb der straffen aponeurotischen Wand angelangt, breitet sich das bisher eingezwängte Fettklümpchen alsbald aus, zieht die ihm zugehörigen Theile hinter sich her und übt somit auch auf den Theil des Bauchfells, mit welchem es zusammenhängt, einen Zug aus. Bis dahin ist von einem herniösen Eingeweide noch gar keine Rede. Der einzige Theil, der seine Lage primär verändert hat, ist das Fettklümpchen; ihm folgt das trichterförmig hervorgezogene Bauchfell und so entsteht ein Bruchsack, vorläufig vielleicht blos von etwas Flüssigkeit erfüllt[2]). Alsbald aber müssen in diesen Bruchsack, unter der gleichmässigen Einwirkung der Bauchpresse,

[1]) [Nach Roser (Archiv f. physiolog. Heilkunde 1843.) wäre dies die gewöhnliche Entstehungsweise erworbener Brüche. Vgl. Streubel in Schmidt's Jahrbüchern Bd. 72 p. 89.]

[2]) [Kleine sog. leere Bruchsäcke der Art habe ich mehrmals in Leichen gesehen.]

auch Eingeweide eindringen, und damit ist die Bildung des Bruches vollendet.

Weitere Veränderungen. Jede Hernie, mag sie auch in noch so geringen Dimensionen entstanden sein, wächst, da durch die stetig fortwirkende Bauchpresse immer mehr Eingeweide durch den einmal geöffneten Weg hervorgepresst werden, stetig fort und erreicht, wenn man ihr nicht absichtlich Hindernisse entgegenstellt, zuletzt eine solche Grösse, dass sie der eigentliche Aufenthaltsort der Baucheingeweide wird, die aus ihrer ursprünglichen Heimath vertrieben werden. Anfangs bleiben die Brüche oft lange Zeit in der Dicke der Bauchwand versteckt, namentlich wenn sie durch einen schräg verlaufenden Canal hervortreten; man nennt sie dann unvollkommene (*Herniae incompletae*) im Gegensatz zu den eine deutlich wahrnehmbare Geschwulst darstellenden vollkommenen. Es leuchtet ein, dass diese Unterscheidung werthlos ist, wo es sich um Hernien handelt, die entweder gar nicht nach Aussen hervortreten (*Hernia diaphragmatica*), oder, nachdem sie die Bauchhöhle verlassen haben, von einer dicken Muskelschicht bedeckt bleiben (*Hernia obturatoria*).

[So lange die im Bruch liegenden Eingeweide bei ruhiger Lage des damit Behafteten in die Bauchhöhle zurücktreten, oder doch ohne weitere Schwierigkeit zurückgeschoben werden können, so dass dann nur der mit seinen Umgebungen verwachsene Bruchsack ausserhalb der Bauchhöhle zurückbleibt, — nennt man den Bruch beweglich, reponibel (*Hernia mobilis*). Häufig aber entwickeln sich räumliche Missverhältnisse, durch welche entweder die Zurückbringung des Bruches, jedoch ohne weitere Störungen, unmöglich gemacht wird (*Hernia immobilis*, irreponibler Bruch), oder zugleich Hemmungen in der Fortbewegung bald nur des Darminhaltes (sofern Darm vorliegt), bald auch des Blutes in den Gefässen des im Bruche liegenden Eingeweides veranlasst werden (*Hernia incarcerata, strangulata*, eingeklemmter Bruch). Ueberdies können die im Bruche liegenden Organe auch von anderen Erkrankungen, namentlich von Entzündung befallen werden, ohne eingeklemmt zu sein.

In den nachfolgenden Unterabtheilungen werden wir dem entsprechend zu erläutern haben: I. Die beweglichen Brüche; II. Die unbeweglichen, aber nicht eingeklemmten Brüche; III. Die Bruch-Entzündung; IV. Die Kothanhäufung im Bruch; V. Die Bruch-Einklemmung, an welche sich, als ein, bei mangelnder Kunsthülfe, relativ günstiger Ausgang derselben, VI. Die Kothfistel (*Anus praeternaturalis*) anschliesst.|

I. Bewegliche oder freie Brüche (*Herniae mobiles*).

Die Erscheinungen, welche ein, durch keine anderweitige Erkrankung complicirter beweglicher Bruch mit nicht allzu kleiner Bruchpforte darbietet, sind in der Regel so leicht aufzufassen, dass über die Diagnose kaum ein Zweifel sein kann. Man findet in der Gegend einer der oben angeführten sog. natürlichen (oder präformirten) Bruchpforten oder an der, gewöhnlich durch die vorhandene Narbe noch kenntlichen, Stelle einer früheren Verwundung eine schmerzlose Geschwulst ohne Farbenveränderung der sie bedeckenden Haut, welche bei aufrechter Stellung grösser und stärker gespannt wird, auch nach der Mahlzeit stärker hervortritt und durch Husten plötzlich mit einem deutlichen Ruck hervorgetrieben wird, in ruhiger horizontaler Lage aber kleiner wird, oder selbst ganz verschwindet. Durch einen gleichmässigen Druck vermag man sie, namentlich bei horizontaler Lage des Patienten, vollständig zu beseitigen; steht der Kranke aber auf, oder hustet, oder macht irgend eine andere Anstrengung, bei der die Bauchmuskeln oder das Zwerchfell betheiligt sind, so erscheint sie sofort wieder. Folgt man der Geschwulst, während man sie comprimirt mit dem Finger, so überzeugt man sich ganz direct, dass die Eingeweide in die Bauchhöhle zurückweichen, der Finger kann ihnen bis in die Oeffnung, aus welcher sie hervortraten, und oft selbst noch bis durch dieselbe hindurch folgen. Auf diese Weise kann dann zugleich der Sitz und die Beschaffenheit der Bruchsackpforte genau untersucht werden, indem man vor dem eingeschobenen Finger einen Theil der äusseren Haut in die Bruchpforte, wie einen Handschuhfinger einstülpt. Findet man bei dieser Untersuchung die Bruchpforte frei, fühlt man, wenn der Kranke Hustenbewegungen oder anderweitige Anstrengungen der Bauchpresse (bei kleinen Kindern Schreien) vornimmt, kein Eingeweide hervordringen, so kann man auch sicher sein, dass aus dieser Bruchpforte wenigstens keine Hernie hervorgetreten war.

Nächst der Diagnose des Bruches kommt aber die Diagnose des Bruch-Inhaltes wesentlich in Betracht. Hier handelt es sich vor Allem um die Frage: Darm oder Netz, oder beides?

1) Darmbruch, Enterocele. Voller (sonorer, lufthaltiger) Percussionsschall, glatte Oberfläche der Geschwulst, elastische Consistenz; die Geschwulst verschwindet unter einem mässigen Druck

fast plötzlich mit einem kullernden, gurrenden oder gluckenden Geräusch. Der Kranke leidet an Verdauungsstörungen (Blähungen, Kolikschmerzen, die gegen die Geschwulst hin ziehen), auch zuweilen an Uebelkeit, Aufstossen und selbst Erbrechen. Diese Erscheinungen zusammen genommen, lassen bestimmt auf einen Darmbruch schliessen, die subjectiven (namentlich Koliken, Uebelkeit, Erbrechen) kommen aber auch bei Netzbrüchen vor und von den objectiven können manche fehlen, obwol es sich um einen Darmbruch handelt. Der stark mit Chymus gefüllte Darm kann einen leeren Percussionsschall geben, eine höckrige, wenig elastische Geschwulst darstellen und ohne Geräusch zurückgehen, jedoch ist das sehr selten der Fall.

2) Netzbruch, Epiplocele. Entschieden leerer Percussionsschall, unebene, höckrige Gestalt der Geschwulst, welche sich weich, fast teigig anfühlt, nur allmälig durch länger fortgesetzten Druck zurückgebracht werden kann und beim Zurückgehen kein Geräusch hören lässt. Wenn der Netzbruch nicht von bedeutender Grösse ist, so veranlasst er gewöhnlich weder Verdauungsstörungen noch Uebelkeit u. dgl. m. Grosse Netzbrüche aber bedingen, wegen der durch die Dislocation des Netzes bedingten Zerrung des Magens, das Gefühl von Spannung im Unterleibe, welches den Kranken manchmal sogar am Gradegehen hindert, ferner häufige Uebelkeiten, Magenkrämpfe, Erbrechen und endlich einen solchen Grad von Störung der Magenverdauung, dass mancher Kranke marastisch zu Grunde geht[1]).

3) Darm-Netz-Bruch, Entero-epiplo-cele. Die Erscheinungen des Darmbruchs und des Netzbruchs finden sich nebeneinander, gewöhnlich deutlich erkennbar in der so eben angegebenen Weise. Namentlich also lässt sich ein elastischer sonorer Theil neben einem weicheren, mehr teigigen unterscheiden. Bei der Reposition geht der Darm zuerst zurück, das Netz langsamer und nur unter stetigem Druck. —

Wir haben bis jetzt einen frischen Bruch vorausgesetzt, dessen Bestandtheile noch keine wesentlichen Veränderungen erlitten haben. Ist der Bruchsack in Folge äusserer Insultationen bedeutend verdickt, so stellt er, auch wenn der gesammte Inhalt in die Bauchhöhle zurückgebracht ist, noch eine Geschwulst dar, welche zu der Annahme verleiten kann, es sei noch nicht Alles (namentlich Netz) reponirt. Die genaue Untersuchung der Bruchpforte ergiebt in einem solchen Falle, dass dieselbe frei ist. Auch überzeugt

[1]) Vgl. Pipelet, *Mémoires de l'Académie roy. de chirurgie.*

man sich, während der Finger gegen die Bruchpforte angelegt ist, durch Husten das Volumen des (vermeintlich) vorliegenden Theils (d. h. des Bruchsackes) nicht vermehrt wird. Hat sich in dem, den Bruchsack zunächst umgebenden und mit ihm verwachsenen Bindegewebe viel Fett entwickelt, so kann es schwierig werden zu entscheiden, ob dies nicht etwa ein Stück Netz sei. |Jedoch entstehen diese diagnostischen Schwierigkeiten eigentlich doch nur im Vergleich zu einer irreponibelen (angewachsenen) Netzhernie.| Besondere Schwierigkeiten kann ferner die Entwicklung von Cysten oder von Carcinomen in dem vorliegenden Netz machen, worauf wir unten zurückkommen werden.

|Jeder, wenn auch noch so kleine und noch so bewegliche Bruch ist eine störende, vielfach hinderliche und immer Gefahr drohende Krankheit. Die **Prognose** ist daher nur sehr bedingt günstig zu stellen. Eine radicale Beseitigung ist nur selten möglich, der Versuch dazu oft höchst gefährlich. Mag es nun auch richtig sein, dass eine bewegliche Hernie, bei richtiger Anwendung der palliativen Behandlung (durch ein gut passendes, die Bruchpforte sicher verschliessendes Bruchband) wenig Störungen und Beschwerden veranlasst; so muss anderer Seits doch auch zugestanden werden, dass diese während des ganzen Lebens fortzusetzende Behandlung schon an sich beschwerlich ist und dass durch höchst unbedeutende Versehen (ungenaues Anlegen des Bruchbandes) oder unberechenbare Zufälle (Springen der Feder des Bruchbandes) ihre Wirksamkeit gänzlich vereitelt werden kann.| Wird aber eine Hernie nicht fortdauernd und vollständig zurückgehalten oder gar gänzlich sich selbst überlassen, so steigern sich die oben angeführten Functionsstörungen, namentlich bei Darmbrüchen, in der Regel zu einem solchen Grade, dass die Ernährung des ganzen Körpers leidet und die Lebenszeit dadurch verkürzt w[illegible] Die grösste und oft höchst acute Gefahr bei allen Hernien be[illegible] in der Möglichkeit der Einklemmung. Alle diese Bedenk[illegible] in Betreff der Netzbrüche in geringerem Grade. Dagegen sind Ne[illegible]brüche schwieriger durch ein Bruchband zurückzuhalten. Sie dü[illegible]fen aber durchaus nicht vernachlässigt werden, weil durch den Austritt des Netzes auch dem Darm der Weg geöffnet wird; aus einem nicht gehörig zurückgehaltenen Netzbruch wird bald ein Darm-Netz-Bruch.

Behandlung. Die Behandlung der beweglichen Hernien ist entweder eine **palliative**, indem sie nur die Zurückhaltung derselben und damit Beseitigung der mit dem Heraustreten der Eingeweide verbundenen Störungen und Verhütung der möglichen übelen Zufälle beabsichtigt; oder sie hat die radicale Heilung zum Zweck — Radicalcur.

1. Palliative Behandlung.

Jede bewegliche Hernie muss zurückgebracht (Reductio, Repositio, Taxis) und zurückgehalten werden (Retentio, Contentio).

A. Um die Taxis einer Hernie zu verrichten, lässt man den Kranken eine solche Stellung einnehmen, in welcher die Bauchmuskeln möglichst erschlafft sind und die Bruchpforte höher liegt als die übrige Bauchhöhle; — immer also die Rückenlage mit erhöhtem Kopf und flectirten Hüft- und Kniegelenken; in schwierigeren Fällen lässt man auch die Schultern einer, und das Becken anderer Seits durch untergelegte Polster erhöhen, um die Wirbelsäule nach vorn zu beugen und die Bauchwand dadurch noch mehr zu erschlaffen. In einer solchen Lage ist die Einwirkung der Bauchmuskeln auf die Bruchpforte möglichst ausgeschlossen und durch das Gewicht des in der Bauchhöhle zurückgebliebenen Theils der Eingeweide wird, vermöge des Zuges an den in dieser Stellung relativ höher liegenden Theilen im Bruch, das Zurückgehen der letzteren begünstigt. Der Kranke liegt nahe dem rechten Bettrande; der Wundarzt steht auf seiner rechten Seite. Die Bruchgeschwulst wird mit einer oder mit beiden Händen umfasst und, unter gelindem Druck, im Ganzen etwas hin- und herbewegt, um in dem vorliegenden Darme den Inhalt gleichmässig zu vertheilen. Demnächst glättet man die ganze Geschwulst, indem man sie etwas in die Länge zu ziehen sucht, umfasst dann mit den Fingern der linken Hand ihren Hals unmittelbar an der Bruchpforte, damit die Eingeweide nicht seitlich ausweichen und an dem Rande der Bruchpforte kein Hinderniss finden; endlich wird mit der rechten Hand auf den Grund der Geschwulst und wo möglich auf ihrer ganzen Oberfläche ein gleichmässiger, andauernder und allmälig gesteigerter Druck in der Richtung ihrer Achse, d. h. gegen die Bruchpforte hin, ausgeübt. Auf diese Weise gelingt es, den Inhalt des Bruchsackes —, unter den, oben für die Darm- und Netzbrüche bereits angegebenen, characteristischen Erscheinungen, — wieder in die Bauchhöhle zurückzuschieben. Den Bruchsack selbst zu reponiren, beabsichtigt man niemals; möglich wäre es, dass man ihn unabsichtlich, bei sehr frischen Brüchen oder bei Anwendung grosser Gewalt, mit seinem Inhalte zugleich reponirt. (Vgl. Eingeklemmte Brüche).

Bei grossen alten Brüchen, welche längere Zeit hindurch ganz sich selbst überlassen gewesen sind, treten während der Reposition, obgleich sie vielleicht ohne besondere Schwierigkeit gelingt, zuweilen üble Zufälle ein, die sich aus der relativen Ueberfüllung der Bauchhöhle, welche, während die dislocirten Eingeweide im Bruchsack (gleichsam in einem Nebenbauche) lagen, in entsprechendem Maasse enger geworden ist, leicht erklären. Der Patient vermag dann nicht tief zu athmen, indem das Zwerchfell nicht gehörig abwärts steigen kann, er wird von Angst und einem schmerzhaften Gefühl von Spannung im Bauche befallen, der Kopf ist wegen Behinderung des Blutlaufs, eingenommen, auch Schwindel und Ohnmacht treten hinzu. In solchen Fällen, wo die Bruch-Eingeweide gleichsam ihr Heimathsrecht im Bauche verloren haben, darf man die Reposition und Retention nicht erzwingen, sondern muss sie durch fortdauernde ruhige Lage und Entleerung des Darms durch Purgirmittel nebst schmaler Kost allmälig möglich zu machen suchen, — was jedoch bei Weitem nicht immer gelingt.

Selten ist man, wegen übermässiger Grösse des Bruches, genöthigt, die Hände eines Gehülfen bei der Reposition mit in Anwendung zu setzen. Häufig dagegen bedarf es einer sorgfältigen Ausführung der oben angegebenen Technik gar nicht, indem die Hernie schon bei leichtem Druck oder durch die blosse Rückenlage zurückgeht. In den meisten Fällen erlernt der Patient selbst sehr bald die zur Reposition erforderlichen Kunstgriffe und verrichtet dieselben, weil er alle individuellen Verhältnisse seiner Hernie praktisch studirt hat, oft zweckmässiger und sicherer, als ein in dieser Beziehung nicht so geübter Arzt. — Nach vollendeter Taxis überzeugt man sich mit dem bis in oder, wenn dies nicht möglich ist, doch bis an die Bruchpforte eingeführten Finger, sowie durch genaues Befühlen des Bruchsackes, ob auch alle Eingeweide vollständig zurückgebracht sind. Dass ein dicker fetter Bruchsack für vorliegendes Netz gehalten werden kann, wurde schon oben bemerkt.

B. Bruchband. Um das Hervortreten des Bruches, nach vollzogener Taxis zu verhüten, muss man den Druck der Hand oder des Fingers, durch welche dieser Indication zunächst mit grosser Sicherheit entsprochen werden kann, vermittelst eines dauernden Verbandes zu ersetzen suchen. Ein solcher Verband heisst Bruchband (Bracherium). Dasselbe muss auf die Bruchpforte einen hinreichend starken Druck ausüben, um die Eingeweide in der Bauchhöhle zurückzuhalten, muss aber anderer Seits auch nicht so stark oder so hart drücken, dass Excoriationen oder gar eine tiefere Quetschung dadurch bedingt würden. Wo die übrigen Verhältnisse es irgend gestatten, verdient ein elastisches Bruchband (Fig. 95 [1]) vor allen übrigen Bandagen den Vorzug. Dasselbe

Fig. 95.

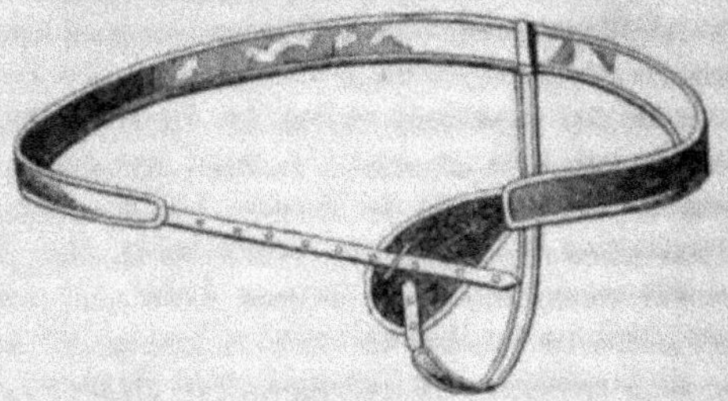

besteht aus einer Stahlfeder, welche kreisförmig oder in einer flachen Spirale aufgerollt ist und an ihrem einen Ende eine verschiedenartig gestaltete Metallplatte trägt, welche auf der concaven Seite der Feder dick gepolstert ist und somit eine Pelotte darstellt. Unter gewissen Umständen kann es zweckmässig sein, statt einer gepolsterten Pelotte eine solche von Holz oder von Elfenbein oder von Gummi, namentlich ein kleines Luftkissen aus Gummi, zu wählen. Letztere sind jedoch in Folge der oft unmerklich eintretenden Entleerung der Luft, von geringer Dauerhaftigkeit und Sicherheit. Die Vereinigungsstelle zwischen der Feder des Bruchbandes und der Pelotte heisst der Hals. Man ertheilt ihm, je nach dem Sitze der Bruchpforte eine verschiedene Krümmung und Richtung. Das ganze Bruchband ist mit Leder überzogen, an der concaven Seite, welche unmittelbar auf die Haut zu liegen kommt, auch noch gepolstert. Für manche Zwecke ist ein Ueberzug von Gummifirniss sehr nützlich, so namentlich für die Bruchbänder kleiner Kinder, welche sich häufig durchnässen und für solche Personen, die auch beim Baden und namentlich beim Schwimmen des Bruchbandes bedürfen. Der lederne Ueberzug des Bruchbandes geht über das Ende der Feder hinaus und erhält von da an den Namen: Ergänzungsriemen; sein Endstück wird mittelst eines Knopfes oder Hakens an der Pelotte befestigt und vervollständigt somit das Bruchband zu einem den Leib (resp. das Becken) vollständig umfassenden Gürtel. An den meisten Bruchbändern findet sich noch ein sog. Schenkelriemen (*sous-cuisse*), dessen hinteres Ende die Feder mit einer weiten Oese umfasst und auf ihr ver-

[1]) Figur 95 stellt ein elastisches Bruchband für einen Leistenbruch der linken Seite dar.

schoben werden kann, während das vordere Ende unter dem Ergänzungsriemen an der Pelotte befestigt wird. Der Schenkelriemen läuft zwischen den Schenkeln hindurch, so dass sein Mittelstück der einen oder anderen Seite des Dammes anliegt. Er hat den Zweck das Hinaufgleiten des Bruchbandes, namentlich der Pelotte, zu verhüten.

Ein solches elastisches Bruchband hat seinen Stützpunkt am Rücken, am Kreuzbein oder auch an der entgegengesetzten Beckenhälfte; von da umkreist die Feder den Leib an der hinteren Seite bis zur Bruchpforte, gegen welche durch die Spannkraft der Feder die Pelotte, der Richtung ihres Halses entsprechend, angedrückt wird. Die Stärke der Feder muss daher, je nach dem heftigeren oder geringeren Andrängen der Eingeweide verschieden sein. Auch die übrigen Theile des Bruchbandes erfahren, sowol nach der Art des Bruches, namentlich nach der Lage desselben, als auch nach der individuellen Beschaffenheit des Körpers des Patienten beträchtliche Modificationen.

In manchen Fällen gelingt die Zurückhaltung der Hernie leichter und mit geringerer Beschwerde für den Patienten, wenn die Feder, statt von hinten her den Rumpf zu umfassen, von vorn angelegt wird, so dass sie für einen Bruch der rechten Seite von der Bruchpforte zunächst vor der Bauchwand nach links und dann weiter um die linke Beckenhälfte nach hinten läuft, um auf dem Kreuzbein durch Vermittlung einer zweiten flacheren Pelotte ihren Stützpunkt zu nehmen. Für solche Bruchbänder bedarf es dann weder eines Ergänzungs-, noch eines Schenkelriemen. |Sie sind aber bei stark vorspringendem oder hängendem Bauche nicht anzuwenden.| Um bei Bewegungen des Körpers und des Bruchbandes die Lage der Pelotte auf der Bruchpforte möglichst sicher zu stellen, hat der Erfinder dieser sogenannten englischen Bruchbänder (der Bandagist Salmon) die Verbindung zwischen dem Hals des Bruchbandes und der Pelotte durch ein Nussgelenk hergestellt, so dass letztere bei jeder Richtung der Feder doch einen Druck gegen die Tiefe der Bruchpforte ausüben muss. Um ein Bruchband genau der, zuweilen, namentlich mit der Füllung des Bauches, wechselnden Stellung der Bruchpforte anzupassen, hat man stellbare Pelotten (Fig. 96, 97) erfunden, die um ihre Achse drehbar sind, so dass ihre Aussenfläche bald mehr bald weniger nach unten sieht, ausserdem aber auch gegen die Achse auf- und abwärts (vertical) bewegt werden können. Das Stellen geschieht bald mit einem besonderen Schlüssel, bald durch Druck auf eine besondere

Fig. 96.

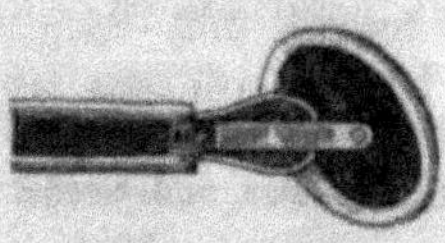

Fig. 97.

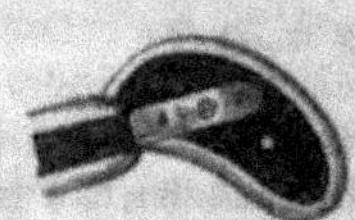

Feder. [Der Bandagist Goldschmidt in Berlin hat den Mechanismus dieser stellbaren Pelotten am meisten vervollkommnet.]

Bei beiderseitigen (doppelten) Leisten- und Schenkelbrüchen hat man früher an einer Feder zwei Pelotten befestigt, welche durch eine vorn quer über die Schossgegend verlaufende kurze Stange miteinander verbunden waren. Delaunoy[1]) suchte die Mangelhaftigkeit dieser Bruchbänder zu verbessern, indem er die Verbindungsstange in einer Coulisse stellbar machte und sie durch eine besondere Schraube befestigte. Solche Bruchbänder sind aber stets unsicher, weil sie niemals beide Bruchpforten gleichmässig compriminiren können. Dieser Anforderung entspricht das von Tipharie (1761) angegebene doppelte Bruchband, welches aus zwei einfachen Bruchbändern besteht, deren Federn nach hinten nur bis zur Wirbelsäule reichen, und daselbst durch eine Schnalle verbunden sind, oder zur grösseren Sicherheit noch eine Strecke weit eine auf der anderen liegen.

Fig. 98.

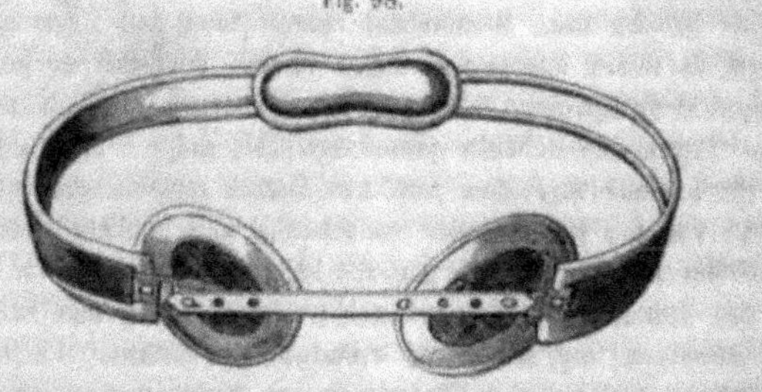

[Bruchbänder aus elastischem Gummi-Gewebe, oder aus Gummigarn gestrickt, sind für einzelne Fälle von grossem Nutzen (Vgl. Nabelbrüche), für die Mehrzahl der Hernien aber nicht anwendbar.]

[Bourjeaurd in London (Lancet 1852, Jan. u. März) hat den Bruchbändern aus Gummigewebe eine grössere Verbreitung zu geben gesucht. Das von ihm empfohlene Bruchband stellt eine Schwimmhose dar, die mit Tragbändern befestigt wird. Auf die Bruchpforte kommt als Pelotte ein kleines mit Leder überzogenes Luftkissen von Gummigewebe zu liegen, dessen Befestigung durch lederne Leib-

[1]) *Académie de chirurgie T. I. p. 697*; Ausgabe in 4°.

gurte, die über der Gummihose angebracht werden, vervollständigt wird. Somit wird nicht blos auf die Bruchpforte, sondern auch auf die ganze Bauchwand ein mässiger Druck ausgeübt.|

Bruchbänder, welche gar keine Elasticität besitzen, können nur sehr selten ihren Zweck erfüllen und werden jetzt wohl nur noch aus Noth angewandt.

Die gewöhnlichen elastischen Bruchbänder, wie man sie bei den Bandagisten vorräthig findet (Fig. 96 pag. 704) passen für sehr viele Hernien. |Um ein solches bei einem auswärtigen Bandagisten zu bestellen, ist es nur erforderlich von der Bruchpforte rings um den Leib (das Becken) bis zu derselben zurück Maass zu nehmen und dies nebst Angabe der Art und der Seite des Bruches, sowie der Grösse der Bruchpforte und der ungefähren Bestimmung der Gewalt, mit welcher der Bruch hervordringt, dem Bandagisten zu übersenden.| In manchen Fällen aber sind, wie bereits angedeutet wurde, besondere Biegungen der Feder oder Stellungen der Pelotte erforderlich. Alsdann nimmt man mit einem biegsamen Drahte genau Maass und giebt dadurch dem Bandagisten ein Modell für die Gestalt des Bruchbandes.

Um ein Bruchband anzulegen, lässt man den Kranken sich niederlegen, führt die Feder des Bruchbandes unter dem Rücken durch, bringt die Hernie zurück und legt sofort die Pelotte an die Bruchpforte. Demnächst spannt man den Ergänzungsriemen, so dass die gepolsterte Feder überall dem Körper genau anliegt und befestigt sein Ende auf der Pelotte; endlich schiebt man die Oese des Schenkelriemen etwa bis auf die Mitte zwischen der Wirbelsäule und dem vorderen Darmbeinstachel nach hinten und führt den Riemen selbst zwischen den Schenkeln nach vorn und befestigt ihn gleichfalls auf der Pelotte. |Man muss versucht werden, ob das Bruchband auch wirklich den Bruch zurückhält: in aufrechter und sitzender Stellung, beim Gähnen, Lachen, Husten, Drängen, beim Gehen, Treppensteigen, Aufsteigen auf einen Stuhl[1]).|

Sehr häufig findet sich bei längerem Gebrauche, dass ein ursprünglich passend befundenes Bruchband doch nicht ausreichend ist. Man sollte deshalb immer erst nach wiederholten Versuchen und längerer Beobachtung seine Erklärung darüber abgeben. Auch das beste Bruchband kann bei heftigem Husten |oder plötzlichem

[1]) |Es ist wohl nicht erforderlich, jeden Patienten auch noch auf ein harttrabendes Pferd zu setzen (wie Malgaigne, *Leçons sur les hernies*, *Union médicale* 1854 No. 14 u. f. will), es sei denn, dass er Reiter von Profession wäre.|

Niesen] den Bruch oft nicht zurückhalten. Für solche Zufälle ist die Unterstützung der Pelotte durch den Druck der Hand des Patienten erforderlich. Muss man, um eine Hernie zurückzuhalten, ein Bruchband mit sehr starker Feder wählen und der Patient ist nicht mit sehr derber Haut versehen, so ist es zweckmässig von Anfang an ein mit Zink- oder Bleisalbe bestrichenes Leinwandläppchen (nicht aber das Hemd), oder ein Stück Watte unter die Pelotte zu legen. In der ersten Zeit muss das Bruchband Tag und Nacht getragen werden. Späterhin, wenn die Neigung der Eingeweide zum Hervortreten sich etwas vermindert hat, darf es Nachts abgelegt werden, — ausgenommen natürlich, wenn der Kranke an Husten, Harnbeschwerden oder anderen Krankheiten leidet, durch welche plötzliche Anstrengungen der Bauchmuskeln und des Zwerchfells bedingt werden. Das unausgesetzte Tragen des Bruchbandes ist aber, abgesehen von der dadurch erzielten Verhütung übler Zufälle, namentlich jüngeren Individuen (unter 30 Jahren) noch um deshalb dringend zu empfehlen, weil bei ihnen dadurch allmälig auf eine durchaus gefahrlose Weise, eine radicale Heilung des Bruches herbeigeführt werden kann. (S. pag. 710).

2. Radical-Heilung.

Zur Radical-Heilung einer Hernie ist streng genommen erforderlich: 1) Verschluss des ganzen Bruchsackes oder doch des Bruchsackhalses, 2) Verschluss oder doch Verengerung der Bruchpforte, 3) Verkürzung der Bänder (Mesenterien), durch welche die Eingeweide in der Bauchhöhle befestigt sind und deren Verlängerung oder Erschlaffung ihren Eintritt in den Bruch begünstigt, und Verminderung des in ähnlicher Weise wirkenden Gewichtes der Eingeweide selbst. Bei alten Brüchen, welche gar nicht oder unvollkommen zurückgehalten worden sind, käme ausserdem 4) noch in Betracht, dass man die Bauchhöhle erst wieder an die Aufnahme der lange Zeit gar nicht in ihr enthalten gewesenen Eingeweide gewöhnt (S. pag. 703). Den letzteren beiden Anforderungen zu genügen, liegt fast immer ganz ausser der Macht des Arztes. Bessere Ernährung, Kräftigung des ganzen Körpers durch Leibesübungen [1]), kalte Bäder und Regelung der Stuhlentleerung mögen vielleicht den Andrang der Eingeweide gegen eine vorhandene Bruchpforte zu mindern im Stande sein, zur Radical-Heilung werden sie aber immer nur wenig beitragen. Die Thätigkeit der Wundärzte ist von jeher auf den Verschluss des Bruchsackes oder des Bruchsack-

[1]) [Unter den vielen Krankheiten, welche durch die schwedische Heilgymnastik geheilt werden sollen, wurden auch die Unterleibsbrüche aufgeführt!]

halses und Verengerung der Bruchpforte gerichtet gewesen. Die Mittel, deren man sich bedient hat, um dies Ziel zu erreichen, sind sehr zahlreich und sehr verschieden. Vor Allem müssen wir die allmälig und milde wirkende von den eigentlichen Operationen, welche alle mehr oder weniger lebensgefährlich sind, unterscheiden. In die erstere Reihe gehören: die ruhige Lage, die fortdauernde Compression und äusserlich anzuwendende Arzneimittel. Die zur zweiten Reihe gehörigen Operationen zerfallen in zwei verschiedene Gruppen: 1) Zerstörung des Sackes oder Verschluss seines Halses ohne Berücksichtigung der Bruchpforte. Dahin gehören die Kauterisation, die Incision, die Excision des Sackes, die Unterbindung, die goldene und die königliche Naht, die Castration, die Acupunctur (Bonnet), das Einlegen eines fremden Körpers (Belmas), das Einspritzen von Jodtinctur (Velpeau). 2) Neben der Zerstörung oder Obliteration des Bruchsackes auch Verengerung oder Verschluss der Bruchpforte. Dahin: die Scarificationen, das Einschieben des blossgelegten und zusammengeballten Bruchsackes (J. L. Petit), die Befestigung eines Netzstücks in der Bruchpforte (Stevens), das Einheilen eines Hautpfropfs in die Bruchpforte (Gerdy).

A. Ruhige Lage. Die meisten Hernien gehen bei ruhiger Rückenlage in die Bauchhöhle zurück. Wird diese Lage lange Zeit hindurch beibehalten, so kann sie bei jugendlichen Patienten, bei denen ohnehin eine Neigung zur Verwachsung der Bruchpforten besteht, diese begünstigen und wirklich zur radicalen Heilung führen. Fabricius Hildanus und Arnaud haben bei Personen, welche wegen anderer Krankheiten lange Zeit still liegen mussten, vollständigen Verschluss der bestehenden Bruchpforte zu Stande kommen sehen. Gewöhnlich aber wird die horizontale Lage nur zur Unterstützung der übrigen, zum Zwecke der radicalen Heilung angewandten Mittel empfohlen. Ravin sucht sie wirksamer zu machen, indem er den Kranken mit erhöhtem Becken liegen lässt und namentlich diejenige Seite des Beckens, auf welcher sich der Bruch befindet, höher lagert. Auf diese Weise will er die Heilung in 1 bis 2 Monaten herbeiführen; bei einer plötzlich entstandenen Hernie soll sie sogar in 26 Tagen gelungen sein. Jedenfalls sind solche Erfolge nur bei jugendlichen Personen und bei Hernien, welche erst seit Kurzem bestehen, möglich. Die Bruchpforte darf noch nicht stark ausgeweitet sein und die Eingeweide dürfen sich an die Lage im Bruchsack noch nicht gewöhnt haben. Als Unterstützungsmittel der übrigen Behandlungsweisen hat die ruhige Lage einen sehr hohen Werth und manche glänzende Heilung nach einer gefährlichen Operation ist wesentlich der dabei lange Zeit beobachteten horizontalen Lage zuzuschreiben.

B. Compression. Wenn man durch ein genau passendes Bruchband das Hervortreten der Eingeweide unausgesetzt verhindert und einen fortdauernden gleichmässigen Druck auf die Bruchpforte und den Bruchsackhals ausübt; so wird erstere allmälig verengert und letzterer, unter sonst günstigen Verhältnissen, namentlich also bei jugendlichen Subjekten verschlossen, indem die gegen einander gepressten serösen Flächen desselben miteinander verwachsen. Soll aber durch die Compression eine solche Wirkung ausgeübt werden, so muss das dazu angewandte Bruchband höchst genau passen und darf weder Tag noch Nacht abgelegt werden. Tritt die Hernie nur ein einziges Mal hervor, so muss man wieder ganz von Vorn anfangen und hat dann nicht blos die bereits verflossene Zeit gänzlich verloren, sondern auch weniger Aussicht auf vollständigen Erfolg. Die Pelotte des Bruchbandes darf niemals die Haut in die Bruchpforte hinein pressen, da sie sonst, statt einer Verengerung, ganz mechanisch eine Erweiterung derselben bewirken würde; sie muss vielmehr hinreichend gross sein, um auch noch auf die Ränder der Bruchpforte einen Druck auszuüben. Die Compression wirkt also in Betreff der Bruchpforte grade wie die ruhige Lage, durch Verhütung des Austretens der Eingeweide. Der zweite Theil ihrer Wirkung bezieht sich auf den Bruchsackhals in der oben angedeuteten Weise. In dieser Beziehung hat sie einen Vorzug vor der horizontalen Lage, welche auf den Bruchsackhals einen directen Einfluss nicht ausübt. Bei kleinen Kindern kann radicale Heilung durch eine gleichmässige fortdauernde Compression in manchen Fällen schon nach einigen Monaten, oft innerhalb eines Jahres erreicht werden. Jedoch sollte man auch bei ihnen die Behandlung lieber noch ein Jahr länger fortsetzen. Ueberhaupt darf man die angewandte Compression nicht plötzlich unterbrechen, wenn man glaubt, die Heilung sei gelungen; man lässt das Bruchband alsdann Anfangs blos bei Nacht ablegen und jede heftige Anstrengung noch lange Zeit vermeiden. Erst wenn sich beim Husten, Niesen und anderweitigen Anstrengungen gar keine Neigung zum Hervortreten von Eingeweiden mit dem zufühlenden Finger in der Bruchpforte entdecken lässt, darf die Heilung für ganz vollendet erklärt werden. Hierzu können, wenn der Patient bereits das zehnte Jahr überschritten hat, selbst wenn die Hernie sogleich nach ihrer Entstehung in Behandlung kommt, 10 bis 20 Jahre erforderlich sein. Wurde die Hernie eine Zeit lang gar nicht beachtet oder nur unvollständig zurückgehalten, so muss man auf eine relativ längere Dauer der Cur gefasst sein. Jenseit des 20sten Lebensjahres ist Radicalheilung einer bis dahin vernachlässigten oder auch frisch entstandenen Hernie durch Tragen eines Bruchbandes selten, nach dem 30sten Jahre gar nicht mehr zu erwarten.

C. Oertliche Arzneimittel. Zu allen Zeiten hat man gewisse tonische und adstringirende Arzneimittel als wirksam zur radicalen Heilung der Brüche gerühmt. Dahin gehören die verschiedenen Bruchpflaster, die Siegelerde, Säckchen mit gepulverter Eichenrinde gefüllt und mit Wein getränkt, die von Paré empfohlenen Umschläge von Gersten- und Bohnenmehl nebst Aloë, Mastix und *Bolus armena*, (vgl. Ambroise Paré, *Oeuvres compl. Édit.* Malgaigne *Paris* 1840. *Tom. I. pag.* 406), Umschläge von Rothwein nach der Vorschrift des Priors von Cabrière, der innerlich zugleich Chlorwasserstoffsäure verabreichte. Dahin gehören ferner die aus Opium, Galläpfeln, Cypressennüssen, der Asche des indischen Maronenbaums und kohlensaurem Ammoniak zusammengesetzten Pelotten, welche neuerlich Baumont gerühmt hat, so wie die gleichfalls aus Arzneistoffen zusammengesetzten Pelotten, welche Jalade-Lafond empfiehlt. In gleicher Absicht sind auch Vesicantien und oberflächliche Cauterisationen angewandt worden. Die Wirkung aller dieser Mittel beschränkt sich, wenn sie überhaupt in Anschlag zu bringen ist, doch nur auf die Haut; Veränderungen im Bruchsack oder in der Bruchpforte können dadurch niemals herbeigeführt werden. |Sie sind daher mit den Amuleten und Besprechungen, welche, wie gegen so viele andere Uebel, so auch gegen die Hernien vielfach in Anwendung gezogen worden sind (Vgl. Malgaigne l. c. pag. 64), ganz in dieselbe Reihe zu stellen.| Die Erfolge, welche man ihnen zuschreibt, kommen offenbar auf Rechnung der gleichzeitig angeordneten horizontalen Lage und der mit ihrer Anwendung verbundenen fortdauernden Compression des Bruchsackhalses.

D. Cauterisation. In früherer Zeit wurde häufig, nach vorgängiger Reposition der Hernie, das *Cauterium actuale* und *potentiale* angewandt, um an der Stelle des Bruchsackhalses einen bis zu dessen Tiefe eindringenden Schorf zu bilden. Man hoffte, dass die nachfolgende Demarcations-Entzündung den vollständigen und sicheren Verschluss des Bruchsackhalses herbeiführen werde. Um sicher zu gehen, brannte man möglichst tief, so dass bei Inguinalbrüchen selbst das Schoosabein blossgelegt und exfoliirt wurde, damit die am Knochen festsitzende Narbe desto festeren Widerstand gegen das spätere Andringen der Eingeweide leisten könnte. Namentlich die arabischen Aerzte hielten viel von diesem grausamen Verfahren, welches sich, trotz des Einspruches verständiger Chirurgen, noch bis in die neuere Zeit hinein erhielt, bis die französische Academie der Chirurgie (Siehe deren Abhandlungen Tom V. pag. 651) und namentlich Bordenave dasselbe als höchst gefährlich und unzuverlässig nachwiesen. [Wir werden sehen, dass man in neuester Zeit die Cauterisation mit anderen Verfahren zum Behuf der sogenannten Radicalcur combinirt hat.]

E. Incision. Man soll den Bruchsack nebst allen ihn bedeckenden Theilen der Länge nach spalten und in Eiterung versetzen. Dies Verfahren ist, obgleich weniger eingreifend als viele andere, doch nicht gefahrlos, wie dies namentlich J. L. Petit nachgewiesen hat. Auch stellt es vor Recidiven der Hernie nicht sicher.

F. Excision. Statt den Bruchsack blos zu spalten, hat man in verschiedener Weise Stücke aus demselben ausgeschnitten. Celsus beschreibt bereits ein Verfahren, welches zu seiner Zeit in Gebrauch gewesen sein soll: man sollte mittelst zweier Einschnitte ein myrthenblattförmig gestaltetes Stück aus den Bedeckungen des Bruches ausschneiden. Andere haben nach der Spaltung des Bruchsackes die Ränder dieser Incision mit der Scheere abgetragen; noch Andere endlich haben den Sack von den benachbarten Theilen getrennt und entweder in seiner ganzen Ausdehnung oder doch im Bereich des Halses exstirpirt. So z. B. Cooper nach der Operation einer eingeklemmten Femoralhernie, jedoch wie er selbst angiebt, ohne Erfolg. Ueberhaupt gewährt die Excision durchaus keine grössere Aussicht auf Radicalheilung als die Incision, ist überdies schmerzhafter, schwieriger und gefährlicher, somit also noch entschiedener zu verwerfen als jene.

G. Unterbindung. Die Unterbindung wurde früher bei allen Arten von Hernien versucht. Heut zu Tage geschieht dies ausschliesslich noch bei den Nabelhernien kleiner Kinder und auch bei diesen selten. Celsus führte diese Operation in der Art aus, dass er den Bruchsackhals sammt allen Bedeckungen in der Nähe der Bruchpforte mit einer Nadel durchbohrte, die mit zwei Fäden versehen war und hierauf nach beiden Seiten hin unterband, bald mit bald ohne vorgängige Durchschneidung der Haut. Wenn man die Unterbindung heut zu Tage überhaupt noch ausführt, so umgiebt man den Bruchsackhals mit einer einfachen Ligatur, entweder gleichzeitig mit der Haut oder nach vorgängiger Bloslegung.

Versuche der Art hat man namentlich nach der Operation eingeklemmter Hernien gemacht.

J. L. Petit beobachtete dabei einmal so heftige Schmerzen, dass man den Faden wieder durchschneiden musste. In einem anderen Falle folgte tödtliche Peritonitis. Ledran empfahl die Unterbindung noch sowol bei Schenkel-, als auch bei Inguinalbrüchen der Weiber.

Wie bei dem Abbinden von Geschwülsten, so hat man auch bei der Unterbindung des Bruchsackes die Zusammenschnürung des Fadens bald auf einmal, bald allmälig durch Schlingenschnürer ausgeführt. Das zusammengeschnürte Stück des Bruchsackes und seiner Bedeckungen wird necrotisch; durch die plastische Exsudation in der Umgegend und die nachfolgende Narbenbildung soll ein fester Verschluss herbeigeführt werden. Dies ist jedoch nur dann möglich, wenn die Bruchpforte sehr eng ist und Neigung hat, sich zu verengern. So namentlich bei Nabelhernien. (Siehe die specielle Beschreibung derselben).

Mit der Unterbindung stimmt im Wesentlichen überein die von Celsus geübte andauernde Compression zwischen zwei kleinen Brettchen, deren überragende Enden mit Fäden zusammengeschnürt wurden. Auch hierdurch sollte Gangrän an der comprimirten Stelle und auf diesem Wege dann die Bildung einer festen Narbe erzielt werden.

II. Acupunctur. Bonnet in Lyon hat Entzündung des Bruchsackhalses, durch welche er eine feste Obliteration erzielen wollte, dadurch zu erreichen gesucht, dass er denselben mit Stecknadeln durchbohrte, deren Enden mit halbkugelförmigen Korkstückchen versehen waren. Letztere wurden, nachdem die Nadeln eingestochen waren, gegen einander geschoben, so dass die Wände des Bruchsackes genau mit einander in Berührung kamen. Je nach der Beschaffenheit des einzelnen Falles, werden 3—6 Nadeln angewandt. Man lässt sie 6—12 Tage liegen. |Mit Unrecht nennt aber Bonnet dies Verfahren Acupunctur. Die Wirksamkeit desselben kann nur auf der genauen Berührung beruhen, in welche die Flächen des Bruchsackes durch diese modificirte *Sutura circumvoluta* versetzt werden.| Mayor hat dies Verfahren dahin modificirt, dass er statt der Nadeln mit den Korkscheiben die gewöhnliche umschlungene Naht anlegt. |Dies alles läuft aber immer wieder auf die Compression des Bruchsackhalses hinaus, wie sie Celsus bereits geübt hat, nur mit dem Unterschiede, dass die neueren Autoren es nicht bis zur Necrose der comprimirten Gewebe treiben wollten, sondern auf einen Verschluss durch adhäsive

Entzündung hofften.] Mayor hat selbst eingestanden, dass diese seine Hoffnungen gänzlich getäuscht wurden. Man wird daher weitere Versuche der Art unterlassen müssen, da sie keineswegs gefahrlos sind.

I. Einführung fremder Körper in den Bruchsack. Belmas schiebt vermittelst einer besonders construirten Nadel Streifen von getrocknetem Leim (Gélatine) in den Bruchsack ein. Letztere werden möglichst aus einandergespreitzt, um mit recht vielen Theilen des Bruchsackes in Berührung zu kommen und sollen demnächst, während sie eine hinreichende adhäsive Entzündung bewirken, resorbirt werden. Die Wirkung der Gélatinestäbchen wird als ganz sicher geschildert. [Das Sicherste bei dem ganzen Verfahren ist aber das genau passende Bruchband, welches zugleich angelegt wird, und auf dessen Rechnung wahrscheinlich auch die fünf vermeintlichen Heilungen zu setzen sind, welche Belmas unter den zehn von ihm operirten Fällen beobachtet hat [1]). Von dem Einlegen der Charpiebäusche und anderer fremder Körper nach vorgängiger Incision des Bruchsackes unterscheidet sich das Belmas'sche Verfahren wesentlich dadurch, dass es als subcutane Operation zwar adhäsive Entzündung, aber keine Eiterung herbeiführen will.]

[Moesner zieht durch den Bruchsackhals einen oder mehrere Fäden, lässt diese 2—3 Wochen darin, während der Kranke ruhig zu Bett liegt und die Bruchpforte comprimirt wird. Dann werden die Fäden ausgezogen und die Heilung erfolgt ohne bedeutende Eiterung, obgleich der Kranke von da ab wieder umhergehen kann, — freilich mit einem Bruchbande. Das Durchziehen des Fadens geschieht mittelst einer langen Nadel, die in einem vorn geknöpften Rohre steckt. Wie fast alle Versuche der Radicaloperation, so bezieht sich auch das Moesner'sche Verfahren ausschliesslich auf Leistenbrüche. Hier drängt man zuerst einen Theil der Scrotalhaut mit dem Finger in die Bruchpforte, wodurch natürlich auch ein Theil des Bruchsackes in den Bruchsackhals eingestülpt wird [2]). Die Stelle des einstülpenden Fingers nimmt darauf die erwähnte Röhre ein, mit welcher man das invaginirte Stück gegen die vordere Wand des Leistencanales drängt. Dann wird mit der schnell hervorgestossenen Nadel die invaginirte Haut, der Bruchsack, der Bruchsackhals und die vordere Wand des Leistencanales durchbohrt

[1]) [*Academ. des scienc.* Sitzung vom 2ten October 1837.]

[2]) [Zur Erläuterung des Einstülpens der Scrotalhaut und des Durchstossens der Nadel dienen die bei der „Invagination" gegebenen Abbildungen, pag. 719.]

und die Nadel vollständig durch die äussere Wunde hervorgezogen. Der Faden folgt, sein eines Ende wird vor der Wunde in der Bauchwand festgehalten, die Röhre mit welcher die Scrotalhaut invaginirt ist, wird zurückgezogen, das Scrotum fällt in seine natürliche Lage herab und aus seiner Wunde hängt das andere Fadenende heraus. Zur Sicherung der Lage des Fadens knotet man die beiden Enden in einem weiten Bogen zusammen.|

K. Einspritzen von Jodtinctur. Velpeau hat, auf Grund der Erfolge, welche er durch Injection von Jodtinctur bei der Hydrocele erzielt hatte, dasselbe Mittel in Vorschlag gebracht, um Verschluss des Bruchsackes zu bewirken. Es leuchtet von selbst ein, dass die höchst reizende Jodtinctur, selbst wenn man sie verdünnt anwendet oder wenn man sie auch durch eine Jod-Jodkali-Lösung ersetzt, mit der grössten Vorsicht eingespritzt werden muss, damit keine Spur Jod weder in die Peritonealhöhle, noch in das den Bruchsack umgebende Bindegewebe gelangen könne. Vor Allem muss also der Bruchsackhals durch ein Bruchband oder die Finger eines Gehülfen so sicher comprimirt werden, dass nichts in die Bauchhöhle eindringen kann. |Um sicher zu sein, dass die reizende Flüssigkeit nur in den Bruchsack und nicht in das umgebende Bindegewebe gelangt, kann man denselben entweder vorher durch eine Incision seiner Bedeckungen bloslegen (Jobert), oder den ganzen Bruchsack mit seinen Bedeckungen von einer Seite zur anderen mit dem Troicart durchbohren, demnächst aber die Canüle, während man den Bruchsack entfaltet, allmälig soweit zurückzuziehen, dass ihre Mündung in der Mitte des Sackes liegt (Maisonneuve), oder endlich einen Troicart mit gefensterter Canüle anwenden (Ricord), mit welchem der Bruchsack auch gänzlich durchbohrt wird, die Injection aber durch das in der Mitte der Canüle befindliche Fenster geschieht, während die Endöffnung mit dem Finger verschlossen wird [1]).|

Die Jodinjection soll adhäsive Entzündung und niemals Eiterung erregen. |Selbst wenn dies unzweifelhaft und Peritonitis dabei gar nicht zu befürchten wäre, so würde doch der definitive Erfolg nicht sicherer sein können, als bei dem auf andere Weise herbeigeführten Verschluss des Bruchsackes. Auf die Bruchpforte hat die Jodinjection gar keine Wirkung.|

L. Einheilen eines Hautpfropfes in die Bruchpforte. Plastische Operation. Radicaloperation durch Invagi-

[1]) |Vgl. Canstatt's Jahresbericht für 1854 Bd. IV. pag. 69 u. f., woselbst auch die Literatur angegeben ist.|

nation. Um den Verschluss der Bruchpforte durch das Einheilen eines organischen Pfropfes herbeizuführen, hat man sehr verschiedene Wege eingeschlagen. Garengeot gab den Rath, man solle den (weder geöffneten, noch auch blosgelegten) Bruchsack in seinen eigenen Hals und somit auch in die Bruchpforte hineinstopfen und mittelst eines Verbandes so lange daselbst festhalten, bis er, festgewachsen, einen die Pforte verstopfenden Pfropf bildet. Das Zurückschieben des Bruchsackes in der oben geschilderten Weise ist aber ganz unmöglich; somit kann von einem „Garengeot'schen Verfahren" eigentlich gar nicht die Rede sein. J. L. Petit führte denselben Gedanken in einer anderen Weise aus, in welcher er allerdings ausführbar ist. Er dilatirte nämlich in einem Falle von Brucheinklemmung die Bruchpforte, ohne den Bruchsack zu eröffnen, löste diesen von den umgebenden Theilen ab und stopfte ihn dann in die Bruchpforte, wo er einheilte und wirklich einen Pfropf darstellte, der jedoch dem Andrängen der Eingeweide einen viel zu geringen Widerstand entgegensetzte. Aehnliche Versuche sind von anderen Wundärzten wiederholt, aber immer ohne dauernden Erfolg gemacht worden. Namentlich hat Goyrand nach der Operation eingeklemmter Schenkelhernien mehrmals den Bruchsack in die Bruchpforte gestopft. Es gelang auf diese Weise, obgleich der Bruchsack geöffnet worden war, einen mit den Umgebungen schnell verwachsenden Pfropf zu bilden. Aber die Hernien entstanden alsbald aufs Neue, wie wenn gar kein Pfropf da gewesen wäre.

Stevens hat in derselben Absicht nach der Operation eingeklemmter Hernien das zusammengeballte Netz in der Bruchpforte befestigt. Denselben Versuch hat Vidal mehrmals gemacht. Der Erfolg war aber immer gleich ungünstig. Der Verschluss misslingt, weil der aus dem zusammengeballten Bruchsack oder aus einem Netzstück gebildete Pfropf wesentliche Veränderungen erleidet, wenn er in einer Narbe liegt. Das Fett wird resorbirt und der ganze Pfropf alsbald in schlaffes nachgiebiges Bindegewebe umgewandelt.

Die Bildung eines solchen organischen Pfropfes hat auch Belmas durch das von ihm zuerst angegebene, später aber von ihm selbst verlassene Verfahren beabsichtigt. Er wollte, ein in den Bruchsack eingeführtes Säckchen aus Goldschlägerhaut sich mit „plastischer Lymphe" (für welche es durchgängig sein sollte) füllen lassen und erwartete, dass es mit dieser sowol als mit den Umgebungen verwachsen und somit einen sicheren Verschluss darstellen würde.

Die Transplantation eines Hautlappens in die vorher blosgelegte Bruchpforte hat Jameson in Baltimore zuerst beschrieben und, sofern seine Angaben Glauben verdienen, auch mit vollständigem Erfolge ausgeführt. Freilich ist es bedenklich, dass bei der Operation Niemand ausser der Kammerjungfer der Kranken zugegen war. Es handelte sich um einen Schenkelbruch, der vor einiger Zeit eingeklemmt gewesen und nach der operativen Beseitigung der Einklemmung in der gewöhnlichen Weise wieder hervorgetreten war. Die Bruchpforte wurde blossgelegt, ein Hautlappen von 48 Millim. Länge und 18 Millim. Breite in der Nähe abgelöst, in die Bruchpforte mit seinem freien Ende eingestopft und daselbst durch die Naht befestigt. |Dieffenbach bemerkt dazu, dass man von plastischen Operationen kaum eine üblere Anwendung machen könne, als diese.|

Viel überlegter und mit bei weitem grösserer Aussicht auf Erfolg unternahm Gerdy die Einpflanzung eines Hautpfropfes in die Bruchpforte durch Einstülpung (Invagination) der Scrotalhaut, — denn das Verfahren war eigentlich nur auf Leistenbrüche bei Männern berechnet und ist auch bis auf die neueste Zeit fast gänzlich auf diese beschränkt geblieben. Die von Gerdy ursprünglich hierfür gegebenen Vorschriften sind folgende. Mit dem Zeigefinger oder dem kleinen Finger der linken Hand wird, nach vollständiger Reposition, die Haut in den Bruchcanal oder in die Bruchpforte eingeschoben, wobei sie ähnlich wie ein Handschuhfinger umgestülpt werden muss. Diesen Act nennt Gerdy die Invagination. Auf dem invaginirenden Finger schiebt man eine starke etwas gekrümmte Nadel in die Höhle des eingestülpten Hautkegels, drängt diesen mit der Fingerspitze nochmals möglichst hoch empor und durchbohrt dann mit der Nadel die eingestülpte Haut, den vor dieser her mit eingestülpten Bruchsack, den Bruchsackhals und die vordere Wand der Bruchpforte (des Leistencanales), in derselben Weise wie bei dem Moesner'schen Verfahren. Das eine Ende des in dem, nahe an der Spitze der Nadel befindlichen Oehr eingefädelten Fadens wird hervorgezogen, das andere führt man mit der zurückgezogenen Nadel ein Stück abwärts, um dann die Durchbohruug der genannten Theile zu wiederholen. Jetzt wird auch das zweite Fadenende hervorgezogen, die Nadel ganz entfernt und während der invaginirende Finger fortdauernd die invaginirte Haut möglichst stark gegen die vordere Wand des Inguinalcanales andrängt, knotet ein Gehülfe die beiden Fadenenden wie bei einer gewöhnlichen Knopfnaht zusammen. Je nach der Grösse der Bruchpforte und der davon abhängigen Grösse des invaginirten Hautkegels, sind statt dieser einen Naht auch mehrere erforderlich. In der Regel wurden 3—5 angelegt. Die Absicht ist nun, dass nicht blos die vom Bruchsack überzogene innere, jetzt relativ äussere Fläche mit dem die Bruchpforte auskleidenden Bruchsackhalse, sondern auch die einander zugewandten äusseren (Epidermidal-) Flächen des invaginirten Hautkegels mit einander verwachsen sollen, um einen soliden Pfropf darzustellen. Zu diesem Behufe setzt Gerdy die äussere Haut durch Bestreichen mit einer starken Ammoniakflüssigkeit in Entzündung und unterhält diese sowie die darauf folgende Eiterung mit den geeigneten Mitteln, um die Bildung einer recht festen Narbe zu erzielen. Der Kranke bleibt 14 Tage bis 4 Wochen im Bett und geniesst nur ganz leicht verdauliche Nahrungsmittel. Demnächst wird ihm ein Bruchband angelegt, welches erst nach längerer Zeit ganz fortgelassen werden darf. Wenn der zu verschliessende Canal zu eng war, um die Invagination mit dem Finger zu gestatten, so bediente sich Gerdy für die Ausführung dieses Operationsactes eines gerinnten Metallstabes, in dessen Rinne die Nadel vorgeschoben werden konnte.

|Das ursprüngliche Verfahren Gerdy's ist theils von ihm selbst, theils von Anderen vielfach abgeändert worden. Das Wesentliche bleibt immer die Invagination. Die späteren Abänderungen beziehen sich theils auf die Art der Befestigung der invaginirten Haut, für welche man möglichst grosse Berührungsflächen zu erzielen suchte, theils auf die gleichzeitige Erregung von Gangrän, um möglichst feste Vernarbung zu bewirken. In der ersteren Richtung haben sich besonders Wutzer und Rothmund, in der letzteren Valette und Max Langenbeck um die Verbesserung des Gerdy'schen Verfahrens bemüht.|

|Verfahren von Wutzer. Die invaginirte Haut wird mittelst eines hölzernen Cylinders, welcher den Raum zwischen ihren Epidermidalflächen möglichst genau ausfüllt, gegen die Wandungen des durch sie zu verschliessenden Canales allseitig angepresst. Dies sogenannte *Invaginatorium herniale* (Kelekleison) (Vgl. Fig. 99.) soll den invaginirenden Finger dauernd ersetzen. Zu diesem Behufe enthält es in einem engen, in der Nähe seiner Spitze nach vorn gekrümmten Canale eine stählerne elastische, an der Spitze flach gekrümmte Nadel (b d.). Beim Druck auf die an ihrem anderen Ende befindliche Handhabe (b) durchbohrt die Spitze der Nadel, wenn das Instrument im Leistencanale liegt, die vordere Wand desselben und tritt durch die Haut hervor. Diese Nadel bleibt liegen; nur

ihre Handhabe wird abgeschraubt. Um aber den Druck auf die invaginirten Theile zu verstärken und diese sicherer zu befestigen, wird eine, der Grösse des Invaginatoriums entsprechende Deckplatte (g) einerseits auf der Nadel andererseits an einer besonderen Gabel (c), welche sich am äusseren Ende des Instrumentes befindet, durch Schrauben (f. h. Fig. 99.) befestigt.

Fig. 98.

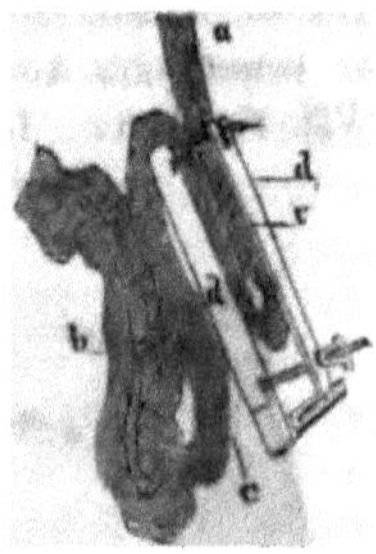

Fig. 98 zeigt einen Durchschnitt des Inguinalcanales und des Scrotums nachdem das Invaginatorium angelegt ist. a. Vordere Bruchwand. b. hintere Wand des Scrotum, in welchem Hoden und Samenstrang schwach angedeutet sind. c. eingestülpter Theil der vorderen Wand des Hodensackes, welcher nunmehr den Bruchsackhals ausfüllt. d. Invaginatorium, durch welches der eingestülpte Theil in seiner Lage erhalten wird.

Wie bei dem Gerdy'schen Verfahren die Suturen, so werden bei dem Wutzer'schen das Invaginatorium und die zugehörigen Theile entfernt, wenn man eine feste Verwachsung erzielt zu haben glaubt. Die Deckplatte wird mittelst der Schraube allmälig (etwa von 2 zu 2 Tagen) fester gegen die Bauchwand angepresst, je nachdem man eine stärkere Entzündung zu erregen wünscht. Um über den Grad derselben Aufschluss zu erhalten, wird die Deckplatte vorher etwas gelüftet.]

[Unter den vielfachen Modificationen des Wutzer'schen Invaginatoriums muss besonders die von Rothmund angegebene erwähnt werden, da Dieser bei weitem die grösste Zahl von Radicaloperationen durch Invagination ausgeführt und über dieselben ausführlich berichtet hat[1]). Derselbe wendet statt der stählernen Nadel, die bald verrostet, eine silberne (b) an, deren Stahlspitze abgeschraubt und durch ein Knöpfchen ersetzt oder einfach durch eine genau passende kleine Kapsel (d) gedeckt werden kann. Die Deck-

Fig. 99.

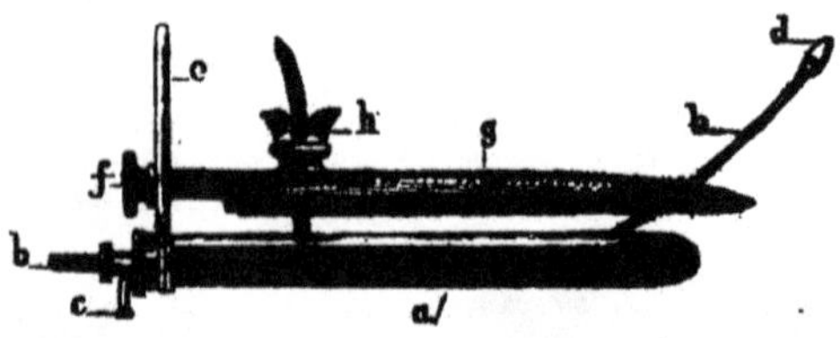

[1]) [Rothmund, Ueber die Radical-Operation beweglicher Leistenbrüche. Mit 8 Kupfertafeln. München 1853. — Fig. 98, 99, 100 sind daraus entlehnt.]

platte (g) ist viel flacher, so dass ihre Ränder fast gar nicht auf die Haut drücken. Das Zurückweichen der Nadel wird durch eine vorspringende Feder (c) verhindert. Das Invaginatorium (a) ist nicht cylindrisch, sondern mehr plattgedrückt und kann durch seitliche Ansätze um das Dreifache breiter gemacht werden, so dass es zur Ausfüllung selbst sehr grosser Bruchpforten resp. sehr weiter Leistencanäle ausreicht. In letzterem Falle kommen denn auch mehrere Nadeln (bis zu 3) in Anwendung, für deren Einführung die betreffenden Ansatzstücke die entsprechenden Canäle enthalten. (Vgl. Fig. 100). Das Operationsverfahren Rothmund's ist nun folgendes: Der Patient, welcher Tags vorher purgirt ist, liegt mit auseinander gespreizten Schenkeln; der Bruchinhalt und, wo möglich auch der ganze Bruchsack wird reponirt. Die Reposition des Bruchsackes ist von grösstem Einfluss für Erfolg und Gefahrlosigkeit der Operation [1]). Der Operateur invaginirt mit seinem Zeigefinger nun langsam die Scrotalhaut, überzeugt sich, dass zwischen ihr und der vorderen Wand des Leistencanals nichts, namentlich kein Theil des Bruchsackes gelegen ist und drängt die eingestülpte Scrotalhaut bis zum hinteren Leistenringe. Demnächst wird mit der anderen Hand das Invaginatorium

Fig. 100.

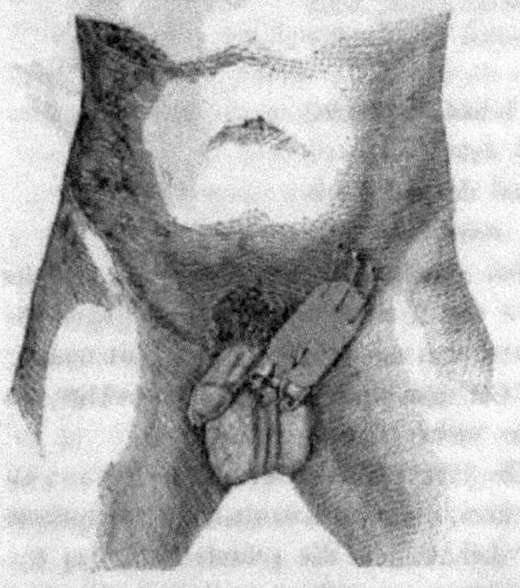

[1]) [Dieser Punct ist von grosser Wichtigkeit. Wird nämlich der Bruchsack nicht von unten an mit invaginirt, so muss die Scrotalhaut entweder zwischen der *Fascia transversalis* und den übrigen Bauchdecken emporgeschoben werden, oder man muss ein Stück des Bruchsackhalses mit hineinschieben. In beiden Fällen wird der Bruchsackhals so wenig verschlossen, dass hinter dem weiterhin zu bildenden Pfropfe sogleich wieder Eingeweide bequem austreten können; — es sei denn, dass eine sehr heftige Entzündung den Verschluss des benachbarten Bruchsackhalses bewirkt hätte. Eine solche Entzündung aber kann nie erwünscht sein, denn sie ist sehr gefährlich. Also der Bruchsack selbst muss invaginirt werden. Ist das möglich? Bei grösseren Hernien fast niemals; und doch wäre bei diesen gerade ein sicherer Erfolg der Radicaloperation am meisten zu wünschen. Vgl. Linhart, Operationslehre, p. 620.]

mit zurückgezogener Nadel vorsichtig und zwar hinter dem invaginirenden Finger, an dessen Dorsalseite eingeschoben. Das Invaginatorium wird mit Cantharidensalbe bestrichen, um schnelle Abstossung der Epidermis und Verwachsung der einander zugewandten Flächen des eingeschobenen Hautcylinders zu bewirken. Die Nadel wird sofort hervorgestossen (durch die vordere Hälfte des invaginirten Hautstückes und durch die Bauchdecken), der Spitzendecker aufgesetzt und die Deckplatte sehr mässig fest aufgeschraubt. Der Operirte muss mehrere Tage bei strenger Diät still liegen. Am 4—5ten Tage entsteht, nach vorgängiger Entzündung, Eiterung in den Stichcanälen, später fliesst auch Eiter und abgestossene Epidermis neben dem Invaginatorium hervor. Jetzt kann man das Instrument entfernen, natürlich sehr vorsichtig; die invaginirte Scrotalhaut sitzt nun bestimmt fest. Die Höhle des invaginirten Cylinders sucht Rothmund zur Verwachsung zu bringen. Dies erreicht er in 12—15 Tagen durch einen deckenden Ceratverband, über dem er eine Compresse mittelst der *Spica inguinalis* befestigt, während das Scrotum bei steter Rückenlage des Patienten durch ein Suspensorium stark emporgezogen wird. Das invaginirte Hautstück bleibt nun wirklich als ein harter Strang im Inguinalcanal liegen. — Zu starker Druck der Deckplatte erregt zuweilen oberflächlichen Brand, der zum Gelingen der Operation keineswegs erforderlich ist. — Der Kranke steht nach erfolgter Vernarbung auf und trägt noch bis 2 Monate lang ein leichtes Bruchband. Zu starker Druck des letzteren könnte Resorption des die Bruchpforte schliessenden Gewebes und dadurch Recidiv veranlassen.|

|Verfahren von Valette. Die eigentliche Invagination geschieht in der von Wutzer angegebenen Weise, obschon Valette das Invaginatorium für seine eigene Erfindung hält. Um dasselbe sicher in seiner Lage zu erhalten, ist ein höchst complicirter Verband hinzugefügt: ein breiter starker Beckengürtel mit Hosenträgern, Schenkelriemen u. s. f. Aber mit dem blossen Invaginiren ist es bei Valette nicht gethan. Die Bauchdecken sollen, um adhäsive Entzündung in der Tiefe des Inguinalcanales zu erregen, dem Laufe desselben entsprechend gründlich zuerst mit Wiener Aetzpaste, dann mit Chlorzink zu wiederholten Malen zerstört werden, bis man in der Tiefe das Invaginatorium selbst sieht. Von da ab wird dann nur die Granulationsbildung geleitet, durch welche nunmehr ein sicherer Verschluss erzielt werden soll.|

|Max Langenbeck bedient sich gleichfalls eines dem Wutzer'schen nachgebildeten Invaginatoriums. An demselben ist aber die

solide Deckplatte durch eine gebogene Feder befestigt, so dass beide Stücke zusammen eine Klammer darstellen, deren Arme durch eine starke Schraube fest gegeneinander gepresst werden können. Dies Pressen liegt nun auch in der Absicht des Autors. Das Instrument soll nicht blos die invaginirte Haut im Leistencanal festhalten, sondern zugleich durch die Stärke des Druckes Gangrän der zwischen seinen beiden Armen gelegenen Theile (Vgl. Fig. 98) herbeiführen.|

Mit Uebergehung der zahlreichen anderweitigen Modificationen des Invaginationsverfahrens soll nur noch die Krone aller Invaginationen, welche von Signoroni in Padua nicht blos geträumt, sondern wirklich ausgeführt worden ist, die *Introretroversio cornuta seu Chilissochisorhaphia*, Erwähnung finden. Der Operateur drängt mit dem Zeigefinger die Scrotalhaut durch den Leistencanal in die Bauchhöhle, dann wendet er die Spitze seines Fingers abwärts, um das Fallopische Band herum nach unten und vorn, durch den Schenkelcanal hindurch, so dass er die Haut in der Gegend der *Fovea ovalis fasciae latae* hügelförmig erhebt. Demnächst wird eine starke krumme Nadel an dem invaginirenden Finger auf demselben Wege vorgeschoben und durch den erwähnten Hügel hervorgestossen. Eine gerade Nadel wird quer durch diesen Hügel gestossen, so dass sie die Haut des Schenkels und die Spitze der invaginirten Scrotalhaut durchbohrt, wodurch vorläufig das Zurückweichen der invaginirten Haut verhindert werden soll. Demnächst aber wird die Schenkelhaut incidirt und der eingestülpte Hautkegel blosgelegt, auch scarificirt und durch einen die beiden Nadeln fest umschlingenden Faden nochmals nach Art einer *Sutura circumvoluta* befestigt. Die Höhle dieser hornförmig invaginirten Scrotalhaut wird mit Charpie ausgestopft, welche so lange erneuert wird, bis derselbe obliterirt ist. Die krumme Nadel wird am vierten, die gerade am siebenten Tage ausgezogen, die Nachbehandlung besteht in der „Beherrschung" der eintretenden Entzündung.

Werth der Radical-Operationen überhaupt und der einzelnen Methoden und Verfahren im Besonderen[1]). Aus der vorstehenden Uebersicht ergiebt sich, wie mannigfaltige Wege

[1]) [Mit grosser Klarheit und vollständiger Unparteilichkeit ist die Lehre von der Radicaloperation überhaupt und der Invagination insbesondere von Streubel auf Grund eigener Untersuchungen (unter denen besonders 2 Fälle, in welchen längere Zeit nach gelungener Invagination die Section gemacht werden konnte, von grossem Interesse sind), dargestellt worden. Er kommt schliesslich zu dem wohl überhaupt immer allgemeiner anerkannten Satze, dass die Radicaloperation selten einen vollkommenen, zuweilen einen günstigen, oft aber nur vorübergehenden, und oft gar keinen Erfolg habe. Bei den Verfahrungsweisen von Max Langenbeck und Valette sei vielleicht etwas mehr Aussicht auf Erfolg; jedoch fehle es noch an hinreichenden Erfahrungen. Ebenso sei noch in Zweifel zu ziehen, ob die beiden Operationsweisen so gefahrlos sind, wie die Erfinder glauben. (Ueber die Wirkung und den Werth der Invagination bei beweglichen Leistenbrüchen. Prager Vierteljahresschr. 1852. p. 85).|

eingeschlagen worden sind, um eine wirkliche Radicalheilung der Hernien zu erzielen. Man hat die Haut zu verdicken und hart zu machen gesucht, — sie gab dennoch nach; der Bruchsack sollte verschlossen werden, — er hat sich, selbst wenn dies gelang, aufs neue gebildet. Man hat auf die Bruchpforte einzuwirken gesucht, um sie zu verengern und hat dadurch eher das entgegengesetzte Resultat erzielt; man hat endlich die organische Plastik zu Hülfe genommen, um die Bruchpforte zu verschliessen, aber auch sie hat schwankende Resultate geliefert. Der Pfropf, durch welchen der Verschluss bewirkt werden sollte, war in dem einen Falle halb aus Goldschlägerhaut, halb aus plastischer Lymphe, in dem anderen aus dem zusammengeballten Bruchsacke, in noch anderen aus dem Netz, in der Mehrzahl der operirten Fälle endlich aus der eingestülpten Haut gebildet. Aber nichts hat bis jetzt die gewünschte Widerstandskraft auf die Dauer bewiesen, offenbar weil, wie wir früher bereits angedeutet haben, die Verhältnisse einer Hernie nicht so einfach sind, als sie sein müssten, wenn eine der aufgeführten Behandlungsweisen einen dauernden Erfolg haben sollte. Die Neigung der Eingeweide, welche einmal in einer Hernie gelegen haben, immer wieder hervorzutreten, ist nicht durch ein blos mechanisches Verhindern ihres Austrittes zu besiegen. Die Veränderungen, welche sie selbst, welche namentlich die sie befestigenden Bänder und Peritonealfalten erlitten haben, endlich die Veränderungen, welche die Peritonealhöhle dabei erfährt, sind bei keinem der bis jetzt angewandten Verfahren berücksichtigt worden und werden voraussichtlich der ärztlichen Einwirkung für immer entzogen sein.

|Bei dem Vergleich der einzelnen Methoden untereinander, haben wir erstens den Grad der Sicherheit, welchen sie gewähren, und zweitens die Grösse der Gefahr, welche sie mit sich führen, zu erwägen.| Die Spaltung und Ausschneidung des Bruchsackes, die Castration, die goldene Naht, die königliche Naht, die Cauterisation sind vollständig der Vergessenheit zu überliefern, da sie neben überwiegend grosser Gefahr durchaus keine Sicherheit gegen ein Recidiv der Hernie gewähren. Auch die Acupunctur, das Einlegen von Gallertcylindern und das Einspritzen von Jodtinctur sind, wenngleich nicht in ebenso hohem Grade gefährlich, doch keineswegs, selbst bei der sorgfältigsten Ausführung, gefahrlos und jedenfalls von höchst unsicherer Wirkung. |Das Einlegen von Fäden, wie es Moesner angegeben hat, ist nach den bisherigen Erfahrungen als wenig gefährlich zu betrachten. Um über die Sicherheit seiner Wirkung zu urtheilen, dazu liegt noch keine hin-

reichend grosse Anzahl von Erfahrungen vor. Die bisher gesammelten sprechen ebensosehr zu seinen Gunsten, als eine theoretische Betrachtung der Verhältnisse es unmöglich erscheinen lässt, dass auf diesem Wege eine dauernde Heilung erzielt werden sollte.| Das meiste Zutrauen erwecken diejenigen Methoden, welche den Verschluss der Bruchpforte durch einen organischen Pfropf zu bewirken suchen. Dabei muss man aber wieder unterscheiden, ob die Operation bei einer beweglichen Hernie ausgeführt oder nach vorheriger Bloslegung und Eröffnung des Bruchsackes bei einer eingeklemmten Hernie ursprünglich nur zur Beseitigung der Einklemmung unternommen und dann in der oben bezeichneten Weise weiter fortgesetzt wurde. Nur in letzterem Falle dürften Versuche mit Einstülpung des Bruchsackes oder Einheilen eines Netzstückes oder Transplantation eines Hautstückes (nach Jameson) zulässig erscheinen. Bei einer beweglichen Hernie dagegen hätte man sich zum Behuf der Bildung eines verschliessenden Pfropfes nur an die Invagination, namentlich nach den von Wutzer gemachten und von Rothmund weiter ausgeführten Angaben zu halten. |Die Resultate, welche Rothmund veröffentlicht hat, sind so zahlreich und so glänzend, dass manches theoretische und anatomische Bedenken vor ihnen schweigen muss. Andererseits bleibt immer noch die Frage, ob die Heilung nach 10 Jahren noch ebensogut als nach 5 und in anderen Fällen auch nur noch nach 5 Jahren von Bestand sein werde. Immerhin mag es aber auf diese Weise gelingen, bei Brüchen, welche sonst durch kein Bruchband dauernd zurückgehalten werden konnten, die Möglichkeit dazu herbeizuführen. Gerdy, Wutzer und Rothmund erklären nach ihren Erfahrungen die Invagination für eine wenig gefährliche Operation. Rothmund hat von 140 Operirten nur einen an Peritonitis verloren und auch diesen Todesfall glaubt er nicht auf Rechnung des operativen Eingriffes setzen zu dürfen. Nichts desto weniger muss auch der eifrigste Vertheidiger der Invagination zugeben, dass bei der beträchtlichen Verletzung des Bauchfells das Entstehen einer Peritonitis mindestens nicht unmöglich sei, und somit bleibt der Ausspruch von Lawrence wahr, dass ein Bruchkranker, der an Einklemmung des Bruches leidet, indem er sich der Operation unterwirft, sein Leben einsetzt, um dafür sein ernstlich bedrohtes Leben zu retten, während er bei der Radicaloperation seines beweglichen Bruches sich in Lebensgefahr begiebt, um von einem bei zweckmässigem Verhalten gewiss nicht lebensgefährlichen Uebel befreit zu werden. Vgl. Dieffenbach, operative Chirurgie Bd. II. p. 655.|

|Was die von Max Langenbeck und von Valette angegebenen Verfahren betrifft, so kann es wohl keinem Zweifel unterliegen, dass der höhere Grad von Sicherheit, welchen sie vielleicht gewähren, durch eine unverhältnissmässig viel grössere Lebensgefahr erkauft werden muss.|

|Somit werden als vollkommen ungefährliche Versuche der Radicalheilung immer nur die ruhige Lage und ein gut passendes Bruchband zu empfehlen sein, von denen freilich nur in der Jugend ein Erfolg zu erwarten ist.|

II. Unbewegliche (irreponible) Hernien.

Die Reposition der im Bruch liegenden Eingeweide kann unmöglich werden, ohne dass ein solches räumliches Missverhältniss zwischen ihnen und der Bruchpforte stattfindet, dass eine wesentliche Behinderung der Fortbewegung des Darminhaltes oder gar Störung des Blutlaufs daraus hervorgingen. Solche Hernien nennt man unbewegliche, irreponible, im Gegensatz zu den eingeklemmten Hernien, bei denen ein solches räumliches Missverhältniss stattfindet.

Die Ursache, weshalb die Eingeweide sich trotz relativ genügender Weite der Bruchpforte nicht zurückbringen lassen, können sehr verschiedene sein und sind an Lebenden nur selten mit voller Bestimmtheit zu erkennen. Wir haben bereits darauf aufmerksam gemacht, dass nach langem unbeachteten Bestehen einer Hernie die dislocirten Eingeweide gleichsam ihr Bürgerrecht in der Bauchhöhle verlieren. In solchen Fällen liegt also der Grund in einer relativen Verengerung der Bauchhöhle. In anderen Fällen tragen Veränderungen der Bruchеingeweide die Schuld. Die Wandungen des Darmes können in der Weise verdickt werden, dass die Zurückschiebung des betreffenden Theiles durch die Bruchpforte nicht gelingt, obgleich der Darminhalt durch den zu ihm hin und von ihm fortleitenden Theil des Darmcanals sich ungehindert durch die Bruchpforte hin- und herbewegen kann. Häufiger betreffen solche Veränderungen das Netz, welches oft durch Bindegewebsneubildung, übermässige Entwicklung von Fett, Cystenbildung oder carcinomatöse Entartung sich zu einer sehr bedeutenden Masse entwickelt. Ferner können feste Verwachsungen zwischen den Eingeweiden und dem Bruchsack in Folge früherer Entzündungen die Reposition unmöglich machen (*Hernia accreta*). Zuweilen besteht eine unlösbare Verbindung zwischen dem Eingeweide und dem Bruchsack von vorn herein, so namentlich, wenn ein Theil des *Colon ascendens* mit dem Coecum vorliegt. Vgl. Blinddarmbrüche. In anderen

Fällen macht die Gestalt des Bruchsackes, namentlich wenn er mehrere Stricturen oder doch grössere Ausbuchtungen besitzt, die Reposition unmöglich oder doch höchst schwierig.

Oft lässt sich ein Theil der Eingeweide zurückbringen, während ein anderer Theil irreponibel ist. [Hierauf muss sehr sorgfältig geachtet werden; häufig ist der Irrthum begangen worden, dass man glaubte, die Taxis sei gelungen, während sie nur theilweise erfolgt war. In dieser Beziehung ist auch an die Möglichkeit der Verwechselung von Netz und dickwandigem Bruchsack zu erinnern. Vgl. pag. 700.]

Die üblen Folgen, welche aus der Unbeweglichkeit einer Hernie hervorgehen müssen, lassen sich leicht voraussehen. Zunächst wird eine solche Hernie, da dem weiteren Vordringen der Eingeweide nichts entgegensteht, immer grösser, so dass schliesslich der grösste Theil der Baucheingeweide hervortritt.

A. Cooper machte in Gemeinschaft mit Cline die Section der Leiche des berühmten Geschichtsforschers Gibbon, welcher 30 Jahre lang eine grosse Scrotalhernie auf der linken Seite getragen hatte, ohne sich jemals um dieselbe zu bekümmern. Dieselbe hatte einen sehr weiten Bruchsackhals und enthielt den ganzen Darmcanal mit Ausnahme des Blinddarmes und des Zwölffingerdarmes, ausserdem auch das ganze Netz. Das Scrotum hing bis zu den Knieen hinab und durch die Bruchpforte konnte man die ganze Hand hindurchführen. [Eine ebenso grosse Scrotalhernie präsentirt in der Greifswalder Klinik von Zeit zu Zeit ein Kuhhirt, welcher, seit er einen grossen ledernen Tragbeutel mit Hosenträgern erhalten hat, sich trotz dieses Uebels sehr wohl zu befinden behauptet.]

Bei Scrotalhernien, welche eine so bedeutende Grösse am häufigsten erreichen, kommt noch die Unbequemlichkeit hinzu, dass die Haut des Penis mit zur Bedeckung des Bruches verwandt wird. Dadurch entfaltet sich das Praeputium zu einem langen Trichter, dessen weitere Oeffnung auf dem Scrotum liegt, so dass der Harn über dieses hinwegfliessen muss und dasselbe daher fortdauernd excoriirt. Alle die Beschwerden, welche ein beweglicher Bruch, wenn er durch kein Bruchband zurückgehalten wird, veranlasst (pag. 699 u. flg.), bestehen bei einer irreponiblen Hernie in verstärktem Maasse. Ist es ein Netzbruch, so stört die fortdauernde Zerrung, welcher der Magen ausgesetzt ist, die Verdauung und erregt Anfälle von lästigen Schmerzen (sogenannten Magenkrampf). Handelt es sich um einen Darmbruch, so leidet die ganze Verdauung, der Stuhlgang ist träge, manche Speisen, namentlich blähende, werden gar nicht ertragen und auch bei sorgfältig ausgewählter Diät wird der Kranke in den meisten Fällen häufig von Blähungen und Kolikschmerzen geplagt. Oft häufen sich Faecalmassen in solchen Hernien an, so dass die Erscheinungen einer sogenannten Kotheinklemmung auftreten. Dagegen ist die eigentliche Einklemmung gerade an solchen Hernien viel seltener beobachtet worden, als an denen, welche durch ein Bruchband zurückgehalten werden und diesem nur gelegentlich einmal entschlüpfen.

Unbewegliche Hernien sind äusseren Einwirkungen, namentlich zufälligen Stössen und Schlägen ausgesetzt, von denen die durch ein Bruchband zurückgehaltenen Eingeweide innerhalb des Bauches viel seltener getroffen werden.

A. Cooper hat Fälle der Art gesammelt, in denen der Stoss einer Deichsel, das Anlaufen gegen einen Prallstein, ein Fall auf einen vorspringenden Balken zur Zerreissung des in dem Bruche liegenden Darmes Veranlassung gab, wodurch in allen diesen Fällen der Tod herbeigeführt wurde.

Der andauernd in einem Bruche liegende Theil des Darmes büsst allmälig seine Beweglichkeit immer mehr ein. Wie andere in der Ausübung ihrer Function behinderte Muskeln, so werden auch die Muskeln des Darmes in solchen Fällen von fettiger Degeneration ergriffen und vermögen daher die Höhle des Darmes nur wenig oder gar nicht zu verengern und somit auch den Inhalt desselben nur höchst unvollständig auszutreiben [1]). Hieraus erklärt sich die Behinderung der Verdauung und namentlich auch der Stuhlentleerung, selbst wenn die Bruchpforte sehr weit ist und Verwachsungen des Darmes mit dem Bruchsacke nicht bestehen. Von besonderer Bedeutung sind aber diese Verhältnisse, wenn ein fremder Körper, namentlich ein spitziger und rauher Gegenstand (Fischgräten, Knochen von Geflügel, Nadeln) in ein Darmstück geräth, welches in einer irreponiblen Hernie liegt. Durch solche Gegenstände kann leicht Durchbohrung der im Bruche liegenden Darmschlinge veranlasst werden.

A. Cooper beobachtete Perforation eines im Bruche liegenden Darmstückes durch eine Stecknadel, welche 5 Wochen vorher verschluckt worden war, bei einem 13jährigen Kinde.

Die Prognose der unbeweglichen Hernien ist hiernach im Allgemeinen übel zu stellen und die Aufgabe, wo möglich ihre Reposition herbeizuführen, ergiebt sich ganz von selbst. |Jedoch darf nicht vergessen werden, dass bei vielen und namentlich bei recht

[1]) |Die Bauchpresse hat auf die Weiterbewegung des Inhaltes des im Bruche liegenden Darmtheiles nicht blos keinen befördernden, sondern einen behindernden Einfluss, indem sie den Rücktritt des Inhaltes der herniösen Darmschlinge in die innerhalb der Leibeshöhle liegende Fortsetzung des Darmes erschwert.|

grossen unbeweglichen Brüchen die geschilderten Beschwerden nur in geringem Grade bestehen.]

Behandlung. Um die Reposition bewirken zu können, hat man rationeller Weise die Repositionshindernisse zu beseitigen; aber wir haben bereits bemerken müssen, dass diese leider sehr oft nicht mit Bestimmtheit zu erkennen sind. Gegen viele derselben würde überdies nur eine gefährliche Operation Hülfe schaffen können. Liegen keine bestimmten Gründe dagegen vor, so ist man berechtigt anzunehmen, dass die Unmöglichkeit der Reposition durch das Volumen der im Bruch liegenden Theile bedingt ist. In dieser Voraussetzung verordnet man ruhige Rückenlage, dürftige Ernährung durch bloss flüssige Speisen, wiederholte Purganzen, kalte (oder adstringirende) Umschläge auf die möglichst hoch gelagerte Bruchgeschwulst[1]) und bei sehr kräftigen Subjecten oder beim Auftreten von Congestionen zum Kopf, welche durch das andauernde Liegen nicht selten veranlasst werden, auch Blutentziehungen. Durch diese Behandlung gelingt es ganz gewöhnlich, selbst grosse unbewegliche Hernien für die Taxis geeignet zu machen. Letztere wird erst nach einigen Tagen ganz milde versucht und dann täglich je nach der Empfindlichkeit des Kranken mit mehr oder weniger Nachdruck wieder versucht. Manchmal geht die Hernie auch von selbst zurück, wenn die angegebene Behandlung auch nur 8—14 Tage fortgesetzt wird. In anderen Fällen dagegen muss der Kranke 5—6 Wochen im Bett aushalten, bevor man zum Ziele gelangt.

Die angegebene Behandlung ist im Wesentlichen schon von Arnaud empfohlen worden; nur wollte er in allen Fällen Aderlässe und statt der kalten Umschläge sogenannte zertheilende Pflaster und Einreibungen von Quecksilbersalbe anwenden. Durch dasselbe Verfahren erreichte auch Hey glückliche Erfolge, einmal in 8 Tagen, gewöhnlich aber erst in 5—6 Wochen. Schon Fabricius Hildanus sah bei einem alten Manne eine seit 20 Jahren irreponible Hernie zurückgehen, als derselbe wegen einer anderen Krankheit 6 Monate im Bett liegen musste. Aehnliche Beobachtungen sind in neuerer Zeit wiederholt gemacht worden. [Von Malgaigne (*Entérocèle inguinal énorme irréductible; réduction complète obtenue en 17 jours. Revue médico-chirurgic., Septembre* 1851) wurde eine schon seit langer Zeit für irreductibel gehaltene *Hernia inguinalis* durch strenges Fasten, fordauerndes Purgiren, horizontale Lage, Umschläge von schwefelsaurem Zink und täglich wiederholte Versuche der Taxis nach 17tägiger Behandlung glücklich zurückgebracht und dann auch durch ein Bruchband ohne Beschwerden für den 45jährigen Kranken

[1]) [Eisumschläge sind, namentlich bei alten Leuten, bedenklich, da sie, um wirksam zu sein, doch lange Zeit hindurch angewandt werden müssten. Unter solchen Verhältnissen hat man Gangrän der den Bruch bedeckenden Haut darauf folgen sehen.]

zurückgehalten. Der äussere Umfang der Bruchgeschwulst war Anfangs wie der eines gewöhnlichen Mannshutes (59 Cent.).]

Natürlich wird diese schwächende Behandlung nicht jedem Alter und jeder Constitution zugemuthet werden können. Bevor man sie einleitet, wird man sich stets über die Constitution und das Befinden des Kranken unterrichten müssen. Viele Kranke werden überdies vorziehen, ihre Bruchgeschwulst zu behalten, als sich dieser beschwerlichen und langweiligen Cur zu unterwerfen. In solchen Fällen sucht man dann die Reduction oder doch eine Verminderung der Beschwerden durch andere Mittel zu erreichen. Ist es ein Netzbruch, so legt man ein Bruchband mit concaver Pelotte an, dessen Feder man allmälig verstärken lässt. Anfangs muss dieselbe sehr schwach sein, da durch zu starken Druck leicht eine gefährliche Entzündung erregt werden könnte. Weicht die Hernie ein wenig zurück, so vermindert man die Aushöhlung der Pelotte in entsprechendem Grade.

Um eine ausgehöhlte Pelotte von beträchtlicher Grösse und doch nicht zu bedeutendem Gewicht anzufertigen, lässt man einen der Grösse der Bruchgeschwulst entsprechenden Ring mit einem gewölbten Drahtgitter versehen und dieses an der concaven Seite weich polstern. An einer solchen Pelotte lässt sich dann die Tiefe der Höhlung leicht, je nach Bedürfniss, vermindern.

Wenn bei einem Darmnetzbruch der Darm reponirt werden kann, so führt man die Taxis sehr sorgfältig aus und legt dann ein passendes Bruchband mit schwacher Feder an, überwacht aber den Patienten sorgfältig, um das Bruchband beim ersten Auftreten von Einklemmungs-Erscheinungen sofort abzunehmen. — Bei irreponiblen Darmbrüchen ist die ausgehöhlte Pelotte, nur wenn sie sehr klein sind, anwendbar und auch bei diesen nur mit grosser Vorsicht. Liegen grosse Stücke des Darmes allein oder mit einem Theile des Netzes zugleich unbeweglich im Bruch, so muss man auf die Anwendung eines Bruchbandes ganz verzichten. Alsdann werden Tragbeutel in Gebrauch genommen, die je nach der Lage der Bruchpforte in verschiedener Weise befestigt werden müssen. Dieselben sollen der Bruchgeschwulst möglichst genau anliegen und einen gleichmässigen Druck auf dieselbe ausüben. Alsdann verhindern sie nicht blos eine weitere Vergrösserung der Hernie, sondern können auch zur Verminderung der Geschwulst etwas beitragen, indem unter dem fortdauernden allseitigen Druck wenigstens das im Netz abgelagerte Fett schwindet. So ist es denn auch wohl möglich, dass durch fortgesetzte und sorgfältig überwachte Anwendung eines Tragbeutels endlich die Reposition der Hernie möglich gemacht werden kann. In den meisten Fällen aber gelingt dies nicht.

Lässt sich bestimmt erkennen, dass strangförmige Adhäsionen, namentlich zwischen dem Netz und dem Bruchsack, oder, bei angeborenen Leistenbrüchen, zwischen dem Netz und dem Hoden bestehen, so kann man, wenn nicht etwa Aussicht vorhanden ist, Verwachsung der Bruchpforte durch Einheilen des Netzes bei fortdauerndem Tragen eines Bruchbandes zu bewirken, die Ablösung mit dem Messer versuchen (Schmucker). Jedoch ist diese Operation als sehr gefährlich zu betrachten. Sie muss, wenn man sie auch nicht (mit Pott) überhaupt verwerfen will, doch jedenfalls auf die seltenen Fälle beschränkt werden, wo ausgebreitete Verwachsungen nicht bestehen und die abzulösenden Stränge schon vor der Bloslegung genau erkannt werden können. Bei Ausführung einer solchen Operation wären die für die Operation eingeklemmter Brüche gültigen Vorschriften zu beachten.

III. Entzündung des Bruchsackes und der in ihm liegenden Eingeweide. (Bruchentzündung).

Die Entzündung des mit Eingeweiden gefüllten Bruchsackes ist nicht selten; namentlich wird sie bei Netzbrüchen häufig beobachtet und hat bei diesen zuweilen zu Verwechselung mit Brucheinklemmung Veranlassung gegeben. Die Häufigkeit der Adhäsionen zwischen dem Bruchsack und den Eingeweiden liefert schon allein den Beweis von der Häufigkeit dieser Entzündung.

Die Veranlassung dazu geben gewöhnlich äussere oft unbedeutende Insultationen. Es gehört keineswegs immer ein Stoss oder Schlag gegen die Bruchgeschwulst dazu, um eine solche Entzündung zu veranlassen. Oft reicht der von benachbarten Theilen oder von Kleidungsstücken, häufig auch von schlecht angelegten Bruchbändern, ausgeübte Druck zu ihrer Entstehung hin. [In manchen Fällen liegt die Veranlassung in Diätfehlern, heftigen Anstrengungen oder Erkältungen, namentlich bei nasskalter Witterung, welche stärkeres Anschwellen der im Bruch liegenden Eingeweide stets zu bedingen scheint (Malgaigne).]

Die Erscheinungen der Bruchentzündung sind verschieden, je nachdem Darm oder Netz vorliegt, je nachdem ferner die Entzündung sich auf den Bruchsack beschränkt oder aber als Phlegmone auch die umgebenden Theile ergreift, ferner je nach der Ausdehnung und der Intensität. Wenn die Entzündung sich auf den Bruchsack und die seröse Oberfläche der darin liegenden

Eingeweide beschränkt und nur in geringer Ausdehnung besteht, so geht sie oft ganz unbeachtet vorüber. Sie hat aber immer Adhäsionen und in der Regel auch, wenn Darm vorliegt, eine Verminderung oder selbst Zerstörung der Contractilität des Darmstückes durch das unter der Serosa gesetzte Exsudat zur Folge. Daraus gehen denn die bereits oben geschilderten Störungen in der Fortbewegung des Darminhaltes hervor. |Der Darm wird aber in Folge der entzündlichen Schwellung gewöhnlich sehr bald irreponibel.| Die Entzündung setzt sich oft schnell auf den in der Bauchhöhle liegenden Theil des Darms und auf das Peritoneum weiter fort[1]). Dann entwickeln sich alle Erscheinungen einer Darmentzündung, namentlich also: beträchtliche Schmerzen, Erbrechen und heftiges Fieber. Liegt zugleich Netz vor, so kann die entzündliche Schwellung desselben zu einer mechanischen Verstopfung der betreffenden Darmschlinge, ja sogar zur Einklemmung derselben, d. h. zur Compression ihrer Gefässe Veranlassung geben. Alsdann treten die Einklemmungs-Erscheinungen in diagnostischer und therapeutischer Beziehung in den Vordergrund. Liegt das Netz allein in einem entzündeten Bruche, so sind die Erscheinungen weniger stürmisch, obgleich die Entzündung sich auch bald in die Bauchhöhle weiter verbreitet. Die Unterscheidung von einer Einklemmung des Netzes kann sehr schwierig werden und Malgaigne's Behauptung, dass eingeklemmte Netzbrüche überhaupt nur entzündete seien, würde sich nicht widerlegen lassen, wenn nicht die Resultate der anatomischen Untersuchung und der, eine gleiche Einsicht gestattenden Operationen den Beweis lieferten, dass auch eine wahre Einklemmung des Netzes vorkommt (Vgl. Bruch-Einklemmung). — |In seltenen Fällen ist auch Entzündung eines leeren Bruchsacks mit Ausgang in Eiterung unter Einklemmungs-Erscheinungen beobachtet worden.|

Die Entscheidung, ob man den vorliegenden Krankheitszustand als Einklemmung oder als Bruch-Entzündung aufzufassen habe, kann auch bei Darmnetzbrüchen und selbst bei reinen Darmbrüchen einige Schwierigkeit haben; jedoch hilft hier die Erfahrung, dass Einklemmung bei Brüchen, welche sich selbst überlassen bleiben, eben so selten vorkommt, als heftige Entzündung bei solchen, die regelmässig durch ein Bruchband zurückgehalten wurden. Ueberdies steigern sich die Symptome der Bruchentzündung erst allmälig zu jener Höhe, auf welcher sie mit den Erscheinungen

[1]) |Seltener kommen Fälle vor, in denen die Entzündung umgekehrt von der Bauchhöhle aus- und auf den Bruch übergegangen ist. S. unten.|

der Einklemmung eine täuschende Aehnlichkeit gewinnen. (Vgl. Bruch-Einklemmung).

[Als Beispiel diene ein von Güntner, in der Prager Vierteljahrsschrift 1851. Bd. II. p. 53. beschriebener Fall. Es handelte sich um einen doppelten Leistenbruch mit Einklemmungs-Erscheinungen. Die eine Hernie liess sich ganz, die andere bis auf einen festen Strang, der sich später als angewachsenes Netz erwies, zurückbringen. Aber beide liessen sich nicht zurückhalten, weil der Unterleib tympanitisch aufgetrieben und für jede Berührung äusserst empfindlich war. Unter fortdauerndem Erbrechen, hartnäckiger Stuhlverstopfung und allmälig steigendem Collapsus erfolgte der Tod am dritten Tage. Man fand den ***Process. vermiformis*** ausgedehnt, dicht am Coecum durch ein steiniges Concrement verstopft, an seiner hinteren Wand ulcerirt und von Eiter umgeben; im Beckenraume einige Unzen Eiter.]

Die Prognose ist, je nach den oben angeführten Differenzen, bald günstig, bald sehr bedenklich. Eine heftige Entzündung des Bruchsackes mit gleichzeitiger Phlegmone der bedeckenden Theile ist eine höchst gefährliche Krankheit. Ihr Ausgang in Eiterung oder gar in Gangrän führt mindestens zur Bloslegung eines Theils der Brucheingeweide und, sofern der Darm vorliegt, zur Durchbohrung desselben durch Verschwärung (*Anus praeternaturalis*), häufiger aber zum Tode. [Nicht minder bedenklich ist jede Bruchentzündung, bei welcher die Krankheit sich auf die in der Bauchhöhle liegenden Eingeweide weiter verbreitet hat.] Dagegen hat eine leichte und wenig verbreitete Entzündung eine äusserst geringe Bedeutung; der einzige Uebelstand, welcher daraus hervorgeht, sind die Verwachsungen der Brucheingeweide untereinander und mit dem Bruchsack, wodurch die Hernie unbeweglich wird. Freilich können solche Adhäsionen später auch Veranlassung zu einer höchst lebensgefährlichen Einklemmung geben. Andererseits können aber diese leichteren Entzündungen des Bruchsackes auch nützlich werden, indem sie Verschluss oder doch Verengerung des Bruchsackhalses bewirken. Dazu ist aber erforderlich, dass die Hernie vorher reponirt worden ist. Alsdann kann der Arzt die Obliteration des Bruchsackhalses durch das Anlegen eines mässig starken Bruchbandes zu befördern suchen. Natürlich gewährt die auf diesem, gewiss sehr seltenen Wege erreichte Radicalcur voraussichtlich auch keine grössere Sicherheit als die durch eine Operation bewirkte.

Einen interessanten Fall der Art beschreibt Roustan, *Journ. de Chirurg.* 1843. *pag.* 327.

Behandlung. Wenn eine bisher bewegliche Hernie von Entzündung befallen wird, so muss man, sofern die Krankheit nicht etwa bereits in Gangrän übergegangen ist, stets die Reposition versuchen. Die Befürchtung von Malgaigne, dass die Entzündung sich alsdann auf das ganze Peritoneum ausbreiten werde, ist nicht gegründet. Vielmehr wird durch eine frühzeitige |der Schmerzhaftigkeit wegen am besten unter Chloroformnarcose auszuführende| Reposition die sonst zu befürchtende Einklemmung verhütet; denn die entzündeten Eingeweide können in der Bauchhöhle ungehindert sich ausdehnen, während ihre Anschwellung innerhalb des Bruchsackes alsbald ein räumliches Missverhältniss bewirken muss. Ginge aber auch diese erste und dringendste Gefahr glücklich vorüber, so würde die Bruchentzündung, falls man die Eingeweide nicht zurückbrächte, Verwachsungen zurücklassen, welche den Bruch für die Zukunft unbeweglich machen müssten. Bei grosser Heftigkeit der Schmerzen ist es gewiss zweckmässig, |nicht blos Chloroform zu Hülfe zu nehmen, sondern auch| reichliche Blutentziehungen und ein Bad vorausgehen zu lassen, bevor man die Taxis versucht. Ist letztere gelungen, so muss durch eine mässige Compression die Bruchpforte verschlossen und die Entzündung weiterhin durch Blutegel und kalte Umschläge bekämpft werden. Bilden sich Abscesse, so sind diese nach den allgemeinen Regeln zu behandeln. Einreibungen grosser Massen grauer Quecksilbersalbe werden von allen Seiten empfohlen; jedoch dürfte ihnen, da hier eine sehr schnelle Hülfe nothwendig ist, ein besonderes Zutrauen nicht zu schenken sein. Gelingt die Reposition nicht und besteht die Entzündung trotz der so eben empfohlenen Behandlung weiter fort, so fragt es sich, ob man die Erweiterung der Bruchpforte und des Bruchsackhalses wie bei einer eingeklemmten Hernie vornehmen soll oder nicht. |Liesse sich die reine Bruchentzündung auf diesem Stadium von derjenigen, welche mit Einklemmung complicirt ist, noch scharf unterscheiden, so würde man einfach sagen können: wenn blos Entzündung und nicht auch räumliches Missverhältniss besteht, so ist eine Operation durchaus zu verwerfen. Eine solche Unterscheidung ist aber ganz unmöglich. Man wird in Fällen, wo trotz der Blutentziehungen und der Anwendung von Kälte die Krankheitserscheinungen steigen, immer anzunehmen haben, dass es sich entweder von vorn herein um Einklemmung gehandelt oder dass in Folge der entzündlichen Schwellung Einklemmung sich hinzugesellt habe. Da bleibt also keine Wahl. Die Operation muss alsdann gerade wie bei einer eingeklemmten Hernie gemacht werden; nur wird man begreiflicher Weise, wenn irgend möglich, die Bloslegung der entzündeten Eingeweide, wegen des nachtheiligen Einflusses der Luft, zu vermeiden suchen und daher, wenn es die übrigen Verhältnisse gestatten, die Erweiterung der

Bruchpforte ohne Eröffnung des Bruchsackes vorziehen. Auf diese Verhältnisse werden wir bei den eingeklemmten Brüchen näher einzugehen haben.]

IV. Kothanhäufung im Bruch, *Obstructio herniae*, auch *Incarceratio stercoralis, engouement.*

Kothanhäufung kann begreiflicher Weise nur in Darmbrüchen vorkommen. Die Erscheinungen, welche durch die übermässige Füllung einer im Bruch liegenden Darmschlinge, namentlich mit consistenteren Substanzen veranlasst werden, haben in vieler Beziehung Aehnlichkeit mit den Erscheinungen der Einklemmung, daher auch der Name *Incarceratio stercoralis.* In älterer Zeit wurde dieser Zustand ganz mit der Einklemmung zusammen geworfen, weshalb viele Mittel einen Ruf als wirksam gegen die Brucheinklemmung erworben haben, während sie nur eine Kothanhäufung zu beseitigen im Stande sind. Covillard[1]) hat jedoch den Unterschied zwischen diesen beiden Krankheitszuständen bereits gefühlt. Auch Monro unterschied sie; die differentielle Diagnose wurde aber erst von Goursaud[2]) festgestellt.

Besonders häufig findet sich Kothanhäufung in grossen alten Hernien, daher auch vorzugsweise bei älteren Leuten. Aus den über die Veränderungen, welche der Darm bei längerem Liegen im Bruche erfährt, gemachten Angaben (pag. 727) erklärt sich, weshalb gerade nach längerem Bestehen der Hernie eine Stockung des Darminhaltes in dem seiner Contractilität beraubten Darme leicht zu Stande kommen kann. Jedoch kommt Kothanhäufung auch unter ganz entgegengesetzten Verhältnissen, namentlich also bei kleinen Kindern zuweilen vor.

Goyrand operirte wegen Kothanhäufung die Hernie eines erst 6 Monat alten Kindes. Es war ein Inguinalbruch, welcher bereits wenige Tage nach der Geburt bis in den Hodensack linkerseits hinabgetreten war. Ein Bruchband war nicht angelegt worden. Als Goyrand zu dem Kinde gerufen wurde, bestand bereits seit 8 Tagen Verstopfung. Häufiges Erbrechen war hinzugekommen und die Geschwulst war prall und hart wie ein Stein. Das Kind war sehr abgemagert und schwach, seine Stimme fast klanglos. Nach Blosslegung und Eröffnung des Bruchsackes ergab es sich, dass es keine *Hernia congenita* (Siehe weiter unten: Leistenbruch) war, dass die ganze *Flexura coli sigmoidea* darin lag, ausgedehnt von einer grossen Menge sehr consistenter Faecalmassen, sonst aber von normaler Beschaffenheit, gerade wie man es in der eröffneten Bauchhöhle findet, namentlich frei von aller Injectionsröthe. Erst nach Erweiterung der Bruchpforte konnte der

[1]) Vgl. *Le chirurgien opérateur ou Traité d'opérations de chirurgie* 1648.
[2]) *Academ. royale de chirurgie Tom. IV. pag.* 247. *edit. in* 4°.

Darminhalt allmälig durch Druck aus der vorliegenden Darmschlinge entfernt werden. Das Kind beförderte denselben durch einen reichlichen Stuhlgang auch sogleich weiter. Die entleerte Darmschlinge liess sich leicht zurückbringen, aber der Tod folgte 36 Stunden nachher unter heftigen Diarrhoeen.

Die Kothanhäufung kann durch die Anwesenheit fremder oder unverdaulicher Körper veranlasst werden; dahin gehören zusammengeballte Spulwürmer, grosse Massen dicht zusammengedrängter Kirschkerne, Ueberreste von Knochen, Sehnen, Hülsenfrüchten und dgl. mehr.

Volpi erzählt einen Fall der Art von einem Manne, der mit grosser Gier Krebse verschlungen hatte, deren Schalen sich in dem, im Bruch liegenden Darmstücke anhäuften. Wingler fand in dem Körper einer an Kothanhäufung gestorbenen Person grosse Mengen kleiner Hühnerknochen, von denen das im Bruch liegende Coecum angefüllt war. Gaillard fand in der Hernie eines 25jährigen Mannes, welche gleichfalls den Blinddarm enthielt, als Ursache der Kothanhäufung einen aus den kleinen Fusswurzelknochen des Schweins und Kirschkernen zusammengesetzten Ballen. Farçy (*Academ. des sciences* 1722.) behandelte einen Lastträger, der bereits 18 Jahr eine bewegliche Leistenhernie hatte; plötzlich wurde sie bedeutend grösser, hart, unbeweglich und es traten Einklemmungserscheinungen auf. Die Operation wurde erst gestattet, als schon Zeichen der Eiterung bestanden. Aus der geöffneten Geschwulst lief stinkender Eiter, und man konnte aus der nekrotischen Darmschlinge 16 kleine Knochen ausziehen, welche aus den am Tage vor dem Beginne der Kothanhäufung von dem Patienten verschluckten Hammelfüssen herrührten. Der Kranke kam mit einer Kothfistel davon, welche nach 33 Tagen auch heilte. Hévin berichtet, dass Petit die Durchbohrung des in einem sonst leicht zu reponirenden Bruche liegenden Darms durch einen kleinen Vogelknochen beobachtet habe.

Durch die Kothanhäufung wird der Bruch grösser, gespannt und schwerer, zunächst aber nicht oder doch wenig schmerzhaft, selbst beim Druck. Je nach der Beschaffenheit der im Darm angehäuften Substanzen fühlt sich die Geschwulst bald mehr teigig, bald auch entschieden hart an. Die Percussion liefert einen mehr leeren (matten), jedenfalls nicht tympanitischen Ton.

Sehr selten kommt, ohne dass Einklemmung des Darms bestände, Auftreibung desselben mit Luft vor (*Engouement gazeux*). Alsdann erscheint die Geschwulst sehr gespannt, auffallend leicht und tönt tympanitisch bei der Percussion; zugleich ist aber auch der ganze Bauch aufgetrieben und der Kranke leidet an Aufstossen und Kolikschmerzen. Eine solche tympanitische Auftreibung ist niemals als eine selbstständige Krankheit aufzufassen, sondern entweder von einer bereits längere Zeit bestehenden Einklemmung des Darms oder von einer anderweitigen Erkrankung desselben abzuleiten.

Die Haut über der Bruchgeschwulst behält ihre normale Farbe. Fieber stellt sich nicht ein, der Leib wird zwar allmälig aufgetrieben, da die Weiterbewegung des Darminhaltes behindert ist und eine Entleerung der Faeces gar nicht oder doch nur sehr unvollkommen, aus dem unterhalb der dislocirten Darmschlinge gelegenen Theile des Darms erfolgt; aber der Leib ist beim Druck nicht schmerzhaft. Erst nach längerer Dauer der Kothanhäufung entstehen Kolikschmerzen, Uebelkeit, Erbrechen. Zunächst werden nur die genossenen Speisen wieder ausgebrochen, weiterhin auch Darmschleim und Galle, endlich auch stinkende Massen, die man zuweilen wirklich als Faeces bezeichnen kann.

Die Dauer der Kothanhäufung überschreitet niemals 14 Tage; gewöhnlich findet schon bei weitem früher entweder Genesung unter reichlichen Entleerungen durch den Mastdarm oder aber Uebergang in Einklemmung Statt.

Die Prognose der Kothanhäufung ist immer bedenklich, vorzugsweise weil sie durch ihren Uebergang in Einklemmung lebensgefährlich wird, ausserdem aber auch, weil sie die Ernährung durch Störung der regelmässigen Darmthätigkeit wesentlich beeinträchtigt, was bei alten oder sehr geschwächten Subjekten gleichfalls lebensgefährlich werden kann.

Behandlung. Jeder Fall von Kothanhäufung muss sorgfältig beobachtet und behandelt werden. Zunächst muss man den Kranken ruhig liegen lassen und die Taxis versuchen. Dies ist auch bei unbeweglichen Hernien zu empfehlen, da es, wenn man auch den Darm nicht zurückzuschieben vermag, doch häufig gelingt, allmälig einen Theil seines Inhaltes weiter zu drängen. Gelingt die Taxis vollständig, so hört man ein Gurren oder Glucken und die Geschwulst verschwindet entweder gänzlich, oder kehrt doch, wenn der Bruch unbeweglich war, zu ihrem früheren Volumen zurück. Die Taxis ist in solchen Fällen, wenn sie nicht ganz roh ausgeführt wird, wenig schmerzhaft. Man kann sie längere Zeit hindurch mit einiger Kraft anwenden. Bei empfindlichen Kranken nimmt man sie während der Chloroformnarkose vor, welche überhaupt in allen Fällen, wo es dem Kranken oder dem Arzte wünschenswerth scheint, unbedenklich angewandt werden darf.

Selten dürfte es von Nutzen sein, den Druck auf die Bruchgeschwulst statt mit den Händen durch einen besonderen Verband aus elastischen Binden (*Spica taxis*, nach Baudens, vgl. Canstatt's Jahresbericht pro 1854 Bd. IV. pag. 71.) auszuüben.

Gelingt die Reposition nicht, so muss man Zusammenziehungen des Darmes und zwar vorzugsweise gerade des im Bruch liegenden Theiles desselben, zu erregen suchen. Unzweifelhaft hat diese Wirkung ziemlich häufig schon die Chloroformnarkose; demnächst aber ist die Anwendung der Kälte auf die Bruchgeschwulst, namentlich wenn es sich, wie in den meisten Fällen, um einen Scrotalbruch handelt, vorzugsweise zu empfehlen: Umschläge von kaltem Wasser, wirksamer von Eis, Uebergiessungen mit recht kaltem Wasser, mit Essig, mit Aether, dessen Verdunstung (freilich nur vorübergehend) Kälte erzeugt oder auch, wenn es durchaus medicamentöse Substanzen sein sollen, sogenannte adstringirende Umschläge von Rothwein, Alaunlösung, Bleiessig u. dgl. m. Zugleich sucht man auch durch Klystiere und Abführmittel die Weiterbewegung zu bewirken. Ausser den gewöhnlichen Klystieren aus Salzwasser, Chamillenthee, Seifwasser mit Zusatz von Oel, hat man auch Bittersalz- und Tabacksklystiere als vorzüglich wirksam empfohlen.

Letztere werden namentlich von Heister, Pott und A. Cooper gerühmt. Man bereitet sie aus einem warmem Aufguss von etwa einer Drachme Taback. |Die Qualität des Tabacks und die Gewöhnung des Patienten an das Tabackrauchen können aber auch eine grössere Dosis erforderlich machen.| Dass andrerseits auf diesem Wege auch Vergiftung durch Taback möglich ist, geht zur Genüge daraus hervor, dass der erfahrene A. Cooper die obige Dosis in zwei Portionen mit einem Zwischenraum einer vollen Stunde anzuwenden rieth, um vor üblen Zufällen sicher zu sein. In neuerer Zeit ist man von dem günstigen Vorurtheil für die Tabacksklystiere sehr zurückgekommen.

Die Klystiere von Tabacksrauch, von denen man sich in früherer Zeit viel versprach und für deren Application van Swieten u. A. besondere Apparate angegeben haben, bieten irgend welche Vortheile nicht dar.

Als Purganzen giebt man innerlich Ricinusöl esslöffelweise alle 1—2 Stunden oder Bittersalz zu 2—4 Drachmen *pro dosi*, bei Individuen, welche an habitueller Verstopfung leiden, auch Senna und Calomel mit Jalappe. |Hierbei darf nicht übersehen werden, dass alle diese Mittel, namentlich das sonst seiner milden und doch sichern Wirkung wegen zu bevorzugende Ricinusöl bei vielen Individuen stets Erbrechen erregen.|

Das grosse Lob, welches Legrand (*Acad. royale de chirurg.* Tom. IV. p. 265) dem Bittersalz bei der Behandlung der Brucheinklemmung ertheilt, bezieht sich offenbar nur auf die Kothanhäufung. Monro empfahl Calomel und Jalappe, Goursaud ein *Infusum Sennae*, nach vorgängiger Entleerung des Dickdarmes durch Klystiere und mehrmals wiederholten Versuchen der Taxis.

Eine Operation (wie bei der Einklemmung) kann durch die Kothanhäufung nur bei solchen Individuen erforderlich werden, welche durch die andauernde Störung der Nahrungszufuhr, der sie während der Dauer der Kothanhäufung ausgesetzt sind, in Lebensgefahr gerathen. Bei diesen muss man nicht allzulange warten, weil sie sonst, trotz einer glücklichen Beseitigung des Grundübels an Erschöpfung sterben.

Goursaud berichtet von einer 83jährigen Frau, die am 10ten Tage des Bestehens einer einfachen Kothanhäufung operirt wurde. Sie starb aus blosser Schwäche Tags darauf. In ähnliche Gefahr gerieth eine andere 84jährige Frau, welche Goursaud am 3ten Tage operirte; sie genas jedoch noch. *Academ. royale de chirurg.* Tom. IV. p. 253. Vgl. auch die oben angeführte Beobachtung von Goyrand.

Der Tod erfolgt in diesen Fällen unter den Erscheinungen einer Ohnmacht zuweilen unmittelbar nach der Beendigung der Operation. Dass die Operation selbst daran keine Schuld trägt, sondern nur ihre zu späte Ausführung, geht daraus hervor, dass man den Tod in derselben Weise eintreten sieht, wenn auch gar nicht operirt worden ist.

V. Brucheinklemmung. *Incarceratio, Strangulatio, Étranglement.*

Ein räumliches Missverhältniss zwischen der Bruchpforte und den Bruchеingeweiden oder eine anderweitige Behinderung der Fortbewegung des Darminhaltes und weiterhin des Blutstromes (der Säftebewegung) in den Darmhäuten bedingt im Allgemeinen den Zustand, welcher als Einklemmung bezeichnet wird. Bei Netzbrüchen kommt natürlich nur die Behinderung der Blutbewegung in Betracht. Die folgende Darstellung hat zunächst den eingeklemmten Darm im Auge.

Bezieht sich die Unterbrechung der Fortbewegung blos auf den Darminhalt, während die Säftebewegung in den Darmhäuten frei bleibt, so haben wir den Zustand, welcher im Vorhergehenden bereits ausführlicher als Kothanhäufung geschildert worden ist. Nach anderen Autoren wäre dies als der erste Grad der Einklemmung oder auch als Incarceratio schlechtweg zu bezeichnen, während die weiteren Grade des Uebels als Strangulatio zusammengefasst werden. |Andere — und diese haben die Autorität Richter's und Dieffenbach's für sich — unterscheiden: chronische und acute Einklemmung. Erstere umfasst den von uns als „Kothanhäufung" beschriebenen Zustand und einen Theil der „Bruch-Entzündungen", (namentlich Epiploitis). Die acute Form wird uns in diesem Capitel daher fast ausschliesslich beschäftigen.

Die Behinderung der Säftebewegung in dem Baucheingeweide betrifft 1) entweder blos die Venen, wodurch zunächst eine venöse Stase entsteht, oder 2) auch die Arterien, worauf dann weiterhin, wegen vollständiger Unterbrechung der Ernährung, Gangrän eintritt.

Beim ersten Grade der Einklemmung (im engeren Sinne des Wortes) findet sich in den eingeklemmten Theilen blos venöse Stase ohne weitere Texturveränderung. Zunächst sind alle Venen strotzend mit Blut gefüllt, demnächst erstreckt sich diese Stauung auch auf die Capillargefässe. Das in seiner Weiterbewegung gehemmte Blut transsudirt, wodurch die im Bruch liegenden Eingeweide anschwellen und zunächst serös, dann blutig infiltrirt werden. In gleicher Weise wird dann auch das Bruchwasser vermehrt, blutig gefärbt, indem namentlich von der serösen Oberfläche des Darmes eine bedeutende Transsudation stattfindet.

A. Cooper hat bemerkt, dass Bruchwasser sich gar nicht oder doch nur in sehr geringer Menge vorfindet: 1) bei eingeklemmten Netzbrüchen und 2) bei Darmbrüchen mit ausgebreiteten Adhäsionen, was sich eben daraus erklärt, dass in beiden Fällen eine seröse Oberfläche des Darmes entweder gar nicht oder doch nicht functionell im Bruchsack existirt.

Beim zweiten Grade ist die Entzündung vollständig. Es findet im eingeklemmten Stück vermehrter Zufluss des arteriellen und verminderter Abfluss des venösen Blutes Statt. Der Darm färbt sich braun, jedoch weniger dunkel als im vorhergehenden Grade. Die Wandungen desselben sind durch Infiltration ihrer Häute beträchtlich verdickt; die infiltrirten Flüssigkeiten aber sind: blutig gefärbtes Serum und wirkliches Blut, dessen Gerinnsel hie und da den serösen Ueberzug des Darmes etwas abheben, in einzelnen Fällen selbst zersprengen, so dass das Blutgerinnsel blossliegt. Manchmal hat man auch in der Dicke der Darmwandungen kleine Abscesse gefunden. Das Bruchwasser ist trübe röthlich, oft kaffeefarbig; gallertige Exsudate verkleben die Brucheingeweide untereinander oder überziehen doch ihre Oberfläche, stellen auch zuweilen Adhäsionen zwischen den Eingeweiden und dem Bruchsack dar (Scarpa). Die, Anfangs auf den Bruchsack und seinen Inhalt beschränkte, Entzündung verbreitet sich sehr bald weiter durch die Bruchpforte hindurch auf das übrige Peritoneum. Trotz der beträchtlichen Störungen, welche die Ernährung des Darmcanales auf diesem Stadium bereits erfahren hat, stellt sich der normale Zustand doch in verhältnissmässig kurzer Zeit wieder her, wenn die Einklemmung beseitigt wird.

Beim dritten Grade der Einklemmung sind die eingeklemmten Theile entweder bereits nekrotisch oder doch nahe daran es zu werden. Der Darm erscheint dunkel gefärbt, hat seine glatte Oberfläche und seine Resistenz eingebüsst, zerreisst beim blossen Druck mit dem Finger und zeigt oft an mehreren Stellen zugleich grünliche, aschgraue oder rothgraue Flecke. In manchen Fällen findet man seine Wandungen emphysematös. Ist es schon zur Perforation gekommen, so erscheint der Darm zusammengefallen, deshalb zuweilen unkenntlich. Die Brucheingeweide schwimmen in einer trüben, dunkelgefärbten, gewöhnlich blutigen Flüssigkeit, in welcher hier und da Fibringerinnsel suspendirt sind. Dies Bruchwasser, welches freilich mit Wasser nicht mehr die entfernteste Aehnlichkeit besitzt, ist höchst übelriechend, sobald Perforation eingetreten ist, kann aber einen Fäcalgeruch auch in solchen Fällen annehmen, wo eine mit Koth gefüllte Darmschlinge längere Zeit eingeklemmt war, ohne bereits perforirt zu sein. Der Bruchsack selbst endlich kann in grösserer Ausdehnung von Gangrän ergriffen werden. Alsdann schreitet dieser Process auch weiter nach aussen fort. Die Haut röthet sich und wird an einer oder mehreren Stellen brandig. Vorher entwickelt sich oft in dem serös infiltrirten Unterhautzellgewebe brandiges Emphysem.

Die beträchtlichsten Veränderungen erleidet der von der Zusammenschnürung unmittelbar betroffene Theil des Darms. An dieser Stelle treten sie auch zuerst auf. Die unmittelbarste Wirkung der Einklemmung ist die mechanische Verengerung des Darmrohrs. Wenn es auch zweifelhaft bleiben muss, ob jemals ein wirklicher, bleibender Verschluss an der Stelle der Einklemmung sich entwickeln kann, wie dies Ritsch beobachtet zu haben glaubt; so entstehen doch auf solche Weise, wenn die Einklemmung lange Zeit angedauert hat, bleibende Verengerungen. Schon nach 48 Stunden kann dieselbe von der Art sein, dass sie sich durch Aufblasen des todten Darmes nicht mehr beseitigen lässt. Zuweilen entsteht unter dem Einfluss der Einklemmung ein den Darm umkreisendes lineares Geschwür, welches sich bald nur auf einen Theil seiner Dicke erstreckt, bald auch alle Häute des Darms durchdringt. Sehr gewöhnlich ist es, dass die Serosa längere Zeit Widerstand leistet, als die übrigen Häute. Eine vollständige Continuitätstrennung des Darmrohres entsteht, wenn eine ganze Darmschlinge im Bruch liegt, häufiger an dem oberen als an dem unteren Darmende (Demeaux). Eine solche Trennung kann selbst bei schwacher Einklemmung in 13 Tagen zu Stande kommen (Goyrand). Ist der Darm durch Gangrän geöffnet worden, so haben sich gewöhnlich vorher schon feste Adhäsionen zwischen ihm und der Bruchpforte entwickelt, so dass sein Inhalt nicht in die Peritonealhöhle, sondern nur in den Bruchsack sich ergiesst.

Die von der Einklemmung abhängigen Störungen beschränken sich aber nicht auf den Bruch. Der oberhalb der eingeklemmten Darmschlinge liegende Theil des Darmcanales wird durch Flüssigkeiten und Darmgas beträchtlich ausgedehnt. Nicht blos die Entzündungsröthe, sondern auch die Exsudation auf der Oberfläche der Serosa erstrecken sich nach dieser Seite hin ansehnlich weit.

Die erweiterten Darmwindungen sind oft durch die Bauchwandungen hindurch zu erkennen, die übrigen Eingeweide werden durch sie verdeckt, denn die Ausdehnung steigert sich schon innerhalb 24 Stunden bis auf $\frac{1}{3}$ mehr, als der normale Umfang beträgt. Das untere Darmende hingegen ist verengt und zeigt in der Regel keine Spuren von Entzündung.

Das Netz leidet durch die Einklemmung viel weniger als der Darm. Die derbere Masse, welche es darbietet, und der grosse Fettreichthum widerstehen selbst einem stärkeren Druck lange Zeit. Dem entsprechend treten die von der Einklemmung abhängigen Veränderungen mit viel geringerer Intensität und viel später auf, als am Darm. Die venöse Stase und selbst die entzündliche Exsudation verändern das Ansehn des Netzes nur wenig. Die Entzündung verbreitet sich weniger häufig bis in die Bauchhöhle; Gangrän ist bei weitem seltner als am Darm, kann jedoch nicht blos an dem im Bruchsack liegenden Netze vorkommen, sondern sich auch von da zu dem übrigen noch in der Bauchhöhle liegenden Theile weiter fortsetzen (Pott). Abscesse kommen in Folge der Einklemmung gleichfalls am Netz vor. Im Allgemeinen ist die Einklemmung des Netzes viel seltner als die des Darmes. Malgaigne will sie ganz leugnen und die dafür angesehenen Fälle als „Bruch-Entzündung“ betrachten.

Die Wirkung der Einklemmung ist, wie sich aus dem Vorstehenden ergiebt, derjenigen analog, welche wir durch das Anlegen einer Ligatur erzielen. Der zusammenschnürende Theil ist bald die Bruchpforte, bald der Bruchsackhals, bald eine anderweitige Verengerung oder ein Spalt im Bruchsack, eine alte Adhäsion zwischen den Eingeweiden selbst oder zwischen ihnen und dem Bruchsacke, bald auch ein Spalt im Gekröse oder im Netz, bald endlich die, von den in relativ zu grosser Masse im Bruchsack angehäuften Eingeweiden, ausgeübte gegenseitige Compression. Am häufigsten ist die Einklemmung in der Bruchpforte oder im Bruchsackhals. Letztere findet sich vorzüglich bei Brüchen, welche vorher lange Zeit durch ein Bruchband zurückgehalten worden sind.

Saviard (*Observ. de chirurgie XIX. pag.* 99) scheint die Einklemmung im Bruchsackhalse zuerst beobachtet zu haben, — in der Leiche einer Frau, die durch einen anderen Wundarzt operirt worden war, welcher in dem Glauben, den Darm blossgelegt zu haben, den Bruchsack isolirt und die im Bruchsackhalse eingeklemmte Hernie ganz und gar in den Bauch zurückgeschoben hatte (*Réduction en masse*). Ledrand und Arnaud beobachteten mit grosser Sorgfalt 30 Jahr später die Einklemmung im Bruchsackhalse gleichfalls. Demnächst haben sich Pott, Scarpa, Dupuytren speciell damit beschäftigt. Nach des Letzteren Erfahrungen würde sich die Häufigkeit der Einklemmung im Bruchsackhalse zu derjenigen in einer Bruchpforte wie 4 : 2 verhalten. Nach A. Cooper wäre ihre Häufigkeit geringer. Er glaubt, dass man den Bruchsackhals oft irrthümlich als den einklemmenden Theil betrachtet hat, während die tieferen Theile der Bruchpforte (z. B. der hintere Leistenring) wesentlich wirksam waren. In neuester Zeit hat Malgaigne die Behauptung aufgestellt, es liege überhaupt keine Thatsache vor, aus welcher mit Sicherheit hervorgehe, dass die gewöhnlichen Bruchpforten, namentlich der Inguinalcanal und der Schenkelring, jemals die einklemmenden Theile gewesen seien. Diese Behauptung ist durch Laugier, Diday, Sédillot, Velpeau, Gosselin u. A. als irrig erwiesen worden.

Der einklemmende Bruchsack kann seiner Seits in der Bruchpforte frei beweglich sein, so dass er bei der Taxis zurückgeschoben wird, selbst bis über die Abdominalöffnung der Bruchpforte hinaus. Die Beweglichkeit des Bruchsackhalses kann so gross sein, dass selbst der ganze Bruchsack ohne Beseitigung der in seinem Halse bestehenden Einklemmung, mithin sammt allen in ihm enthaltenen Eingeweiden, durch die Taxis in die Bauchhöhle zurückgeschoben wird. Eine solche Dislocation des eingeklemmten Bruches nennt man *Réposition* oder *Réduction en masse*. Fälle der Art sind schon von Ledran, Dupuytren, Sanson, in neuerer Zeit aber namentlich von Pitha und von Luke genauer beobachtet und gesammelt worden [1]).

Bei der Einklemmung durch Stricturen des Bruchsackes sind die Verhältnisse im Wesentlichen dieselben. Findet die Strangulation in einer durch Zerreissung entstandenen Oeffnung des Bruchsackes Statt, so ist die *Réposition en masse* nicht möglich und die vorliegenden Eingeweide werden unmittelbar unter der Haut gefühlt. Oft hat es den Anschein, als würde die Einklemmung durch die Bruchpforte selbst bedingt und dennoch sind es nur feste Exsudatstränge oder Anlöthungen des Netzes, welche die Umschnürung eigentlich bewerkstelligen. Zuweilen kleidet das Netz den ganzen Bruchsack wie ein Polster aus und umschnürt doch mit festeren Strängen den Darm bis zur gangränösen Zerstörung. Das Netz kann hierbei entweder seinen membranösen Bau behalten oder auch hypertrophirt und verhärtet sein. Zwischen dem Darm und dem Netzbeutel, welcher den Bruchsack auskleidet, hat man in solchen Fällen reichliches Bruchwasser gefunden [2]).

Die Entstehung der Einklemmung ist am leichtesten zu

[1]) [Vgl. Prager Vierteljahrsschrift 1846, Band I.; ferner Canstatt's Jahresbericht pro 1851, Bd. IV. pag. 52 u. pro 1853 pag. 81 u. 87 und die Dissertation von Scriba, Giessen 1853.]

[2]) Vgl. Hewet *Medico-chirurg. Transactions tom. XXVII.*

verstehen, wenn man sich eine trichterförmig gestaltete Bruchpforte denkt, deren weiteres Ende gegen die Bauchhöhle gerichtet ist, während das engere in den Bruchsack führt. Hier wird den Eingeweiden offenbar das Hinaustreten leichter, als das Zurückgehen. Eine solche Anordnung der Bruchpforte und dem entsprechend auch des Bruchsackhalses findet sich aber nur bei Hernien, welche für gewöhnlich durch ein Bruchband zurückgehalten sind. Würde überhaupt kein Bruchband getragen, so kann die Einklemmung nur von einer Vermehrung des Volumens der ausgetretenen Eingeweide herrühren, welche ihrerseits wieder abhängig sein kann: 1) von dem Austreten einer relativ zu grossen Masse, 2) von der übermässigen Ausdehnung der vorliegenden Darmschlinge durch Darminhalt, 3) von einer entzündlichen Schwellung des im Bruch liegenden Netzes. In dem ersten dieser Fälle ist die Masse von Gekröse, welche der grösseren Länge des Darmstückes entsprechend, in der Bruchpforte liegen muss, von grosser Bedeutung; durch sie werden im Augenblick des Austrittes die der Bruchpforte entsprechenden beiden Stücke des Darms in der Art comprimirt, dass die Schleimhautflächen einander berühren. Durch die nächsten peristaltischen Bewegungen wird noch Flüssigkeit und Luft durch die obere Darmschlinge in den herniösen Darm eingetrieben; neue Massen drängen nach, aber der Rücktritt durch das in der Bruchpforte jetzt nur desto stärker comprimirte Darmstück ist unmöglich; je stärker die peristaltischen Bewegungen wirken, desto mehr steigert sich das räumliche Missverhältniss. Für die beiden anderen Fälle ergiebt sich die Erklärung von selbst. Die Schwellung des Darmes durch Anhäufung von Koth (*engouement*) muss schliesslich dieselben Wirkungen haben als die Schwellung des Netzes durch Entzündung.

Ein Bruch kann zu jeder Zeit seines Bestehens eingeklemmt werden, sogar im Augenblicke seiner Entstehung, so dass die Einklemmungserscheinungen überhaupt als die ersten Symptome der Hernie auftreten. Gerade in solchen Fällen hat die Einklemmung oft einen sehr schnellen Verlauf. Der einklemmende Theil ist dann voraussichtlich die Bruchpforte. Am Häufigsten beobachtet man Einklemmung an Brüchen, welche schon längere Zeit durch ein Bruchband zurückgehalten worden sind und diesem plötzlich einmal entschlüpfen. Der Sitz der Einklemmung ist dann häufig im Bruchsackhalse. Viel seltner findet sie sich bei alten grossen Hernien mit weiter Bruchpforte und bei Patienten, die niemals ein Bruchband getragen haben. Brüche, welche nur Netz enthalten, sind selten und fast nur in Folge der Entzündung dieses Netzstückes der Einklemmung ausgesetzt. Daher beobachtet man dieselbe an ihnen auch vorzugsweise nach äusseren Insultationen, wie nach einem Stoss auf dem Sattelknopf, in Folge des Druckes eines schlechten Bruchbandes u. dgl. m. (Pott). — Uebrigens kommen alle Veranlassungen der Hernien überhaupt auch als Veranlassungen der Einklemmung in Betracht; so namentlich bedeutende Anstrengungen, zumal wenn die Bauchpresse dabei besonders betheiligt ist, Schlag und Stoss auf den Bauch u. s. f. (vgl. pag. 696). Bei Kindern findet sich Einklemmung selten und gewöhnlich nicht besonders stark entwickelt; ebenso selten ist sie bei Greisen, wo sie meist erst in Folge andauernder Kothanhäufung entsteht. Im mittleren Lebensalter findet sie sich am häufigsten und am stärksten entwickelt.

Nach dem Vorgange von Richter nehmen manche Autoren auch eine Einklemmung durch krampfhafte Verengerung der Bruchpforte an. Den gewöhnlichen Bruchpforten kommt die Fähigkeit, sich selbstständig zu verengen, nicht zu, da sie aus fibrösen Geweben gebildet sind, welche keine Contractilität besitzen. Den Bauchmuskeln aber, in deren Sehnen die Bruchpforten sich befinden, hat man die Fähigkeit abgesprochen, durch Zusammenziehung ihrer Fasern eine Verengerung jener Oeffnungen zu veranlassen; man hat sogar behauptet, dass der anatomischen Anordnung nach, durch die Thätigkeit der Bauchmuskeln vielmehr eine Erweiterung der Bruchpforten bewirkt werden müsste. Dagegen hat Velpeau [mit Recht] eingewandt, dass die meisten Bruchpforten sich wie Schlitze verhalten, die durch Spannung der mit ihnen parallel liegenden Fasern verengert werden. In Betreff der durch den Leistencanal dargestellten Bruchpforten behauptet auch A. Cooper die Möglichkeit der Verengerung durch Zusammenziehung der Bauchmuskeln.

[Dass die meisten Bruchpforten, namentlich diejenigen der Leistenbrüche durch Zusammenziehung der Bauchmuskeln in der von Velpeau angegebenen Weise verengert werden, davon kann man sich an grösseren Leistenbrüchen sehr bestimmt überzeugen. Führt man z. B. in die Bruchpforte, während der Kranke ganz ausgestreckt und ruhig liegt, 4 Finger ein und lässt ihn dann den Versuch machen, sich ohne Hülfe der Arme aufzurichten (wodurch die Bauchmuskeln aufs Kräftigste gespannt werden), so wird man finden, dass nunmehr blos 3 Finger in der Bruchpforte Platz finden und dass die Ränder der Bruchpforte viel schärfer hervorspringen. — Eine andere Frage aber ist es, ob auf diese Weise Bruch-Einklemmung zu Stande kommen kann. Wäre dies der Fall, so müsste sie durch Erschlaffung der Bauchmuskeln (mittelst passender Lagerung, Chloroform etc.) auch wieder beseitigt werden können. Als einen der Factoren aber, die für den Mechanismus der Einklemmung von Wichtigkeit sind, wird man diese Wirkung der Bauchmuskeln auf die Bruchpforten immerhin anerkennen müssen.]

a) Darm-Einklemmung.

Symptome der Einklemmung. Beim ersten Grade wird die Bauchgeschwulst gespannt, prall, schmerzhaft bei der Berührung, die Reduction dem Patienten unmöglich. Härte und Schmerzhaftigkeit bestehen vorzugsweise an der Stelle der Einschnürung, in geringerem Grade in der übrigen Hernie. Oberhalb der einklemmenden Stelle findet sich keine Härte. Im Unterleibe hat der Patient ein Gefühl von Zusammenziehung, bald im oberen Theile der Bauchhöhle, bald um den Nabel herum. Von Zeit zu Zeit strahlen Kolikschmerzen von der Geschwulst gegen die Unterleibshöhle hin aus. Im Uebrigen ist der Bauch nicht besonders empfindlich. Alsbald stellt sich Aufstossen und demnächst auch Erbrechen der zuletzt genossenen Substanzen ein. Noch später werden Schleim und Galle oder endlich gar Faecalmassen ausgebrochen. Verstopfung besteht entweder von Anfang an oder doch nachdem die noch unterhalb der Einklemmungsstelle, namentlich im Dickdarm enthaltenen Substanzen ausgeleert worden sind. Der Kranke fühlt sich im hohen Grade beängstigt, wodurch seine Gesichtszüge auch einen eigenthümlichen Ausdruck erhalten. Der Puls ist wenig beschleunigt, härtlich, klein. Weiterhin wird der Leib aufgetrieben und zwar desto mehr, je tiefer unten die Einklemmung ihren Sitz hat. Darnach wechselt auch die Gestalt, welche der aufgetriebene Leib darbietet, wie dies vorzüglich Laugier hervorgehoben hat[1]). Wenn eine Schlinge eingeklemmt ist, welche dem untern Theile des Ileum angehört, so betrifft die Auftreibung nur den Dünndarm und erstreckt sich daher vorzugsweise auf den mittleren Theil des Bauches, die Seiten und die Gegend des *Colon transversum* bleiben frei. Gehört die Schlinge dem oberen Theile des Ileum oder dem Jejunum an, so hat die Auftreibung denselben Sitz, aber sie ist geringer. Ist ein Theil des Dickdarmes eingeklemmt, so wird nicht blos der gesammte Dünndarm von Darmgas aufgetrieben, sondern auch der oberhalb der Einklemmungsstelle gelegene Theil des Dickdarmes. Diese Angaben gelten nicht blos für Brucheinklemmungen, sondern auch für andere Verstopfungen des Darmrohrs, wie dies Goyrand bei einer krebsigen Verengerung des Dickdarms beobachtet hat. Die Dauer des ersten Grades der Einklemmung ist sehr verschie-

[1]) Sitzung der *Acad. des scienc.* vom 2. März 1840.

den, zuweilen beträgt sie nur einige Stunden, zuweilen mehrere Tage.

Beim zweiten Grade der Einklemmung tritt die Entzündung deutlich hervor. Der Bruchsack wird durch einen reichlicheren serösen Erguss, der vorzugsweise von der Oberfläche des eingeklemmten Darmes geliefert wird, ausgedehnt. Die Bruchgeschwulst ist daher noch stärker gespannt und noch härter, jedoch giebt es, wie wir gesehen haben, auch Brüche ohne Bruchwasser. In solchen kann, namentlich wenn es gelungen ist, das Darmgas durch wiederholt versuchte Taxis aus dem eingeklemmten Darme aufwärts oder abwärts zu entfernen, die Bruchgeschwulst gar nicht vergrössert, ja sogar etwas verringert sein. Die Schmerzhaftigkeit steigert sich in der Regel durch das Hinzutreten der Entzündung sehr bedeutend. Der Kranke hat jetzt in der ganzen Umgegend der Bruchpforte einen bestimmten Schmerz, der selbst durch leichte Berührung heftig gesteigert wird. Die Auftreibung des Bauches tritt noch stärker hervor, Uebelkeit und Erbrechen dauern fort, die Pulsfrequenz steigt, der Puls ist klein, zusammengezogen, der Ausdruck des Gesichtes ist entschieden verändert, sehr ängstlich, blass. Das Allgemeinbefinden ist im höchsten Grade gestört und der Kranke fühlt seine Kräfte wie gebrochen.

Im dritten Grade hören die bis dahin so heftig gesteigerten Einklemmungsschmerzen plötzlich auf. An die Stelle des Erbrechens tritt nur Aufstossen und Schluchzen. — Letzteres ist mit Unrecht für ein pathognomonisches Zeichen der Gangrän angesehen worden; es kommt auch bei dem zweiten Grade der Einklemmung vor. — Der Puls wird fadenförmig, intermittirend, die Temperatur der Haut sinkt unter die Norm, sie ist von kaltem Schweiss bedeckt, die Stimme erlischt, die Augen verlieren ihren Glanz und die Gesichtszüge werden verzogen. Alsbald bekommt die Geschwulst eine dunkelrothe Farbe, wird dann blauroth und lässt Crepitation erkennen. Die Haut ist nicht mehr verschieblich, Blasen bilden sich auf ihr, weiterhin Brandschorfe von verschiedener Ausdehnung. Der Kranke, welcher jetzt weniger leidet, glaubt sich auf dem Wege der Besserung zu befinden. Seine Hernie geht auch manchmal zurück, entweder ganz von selbst oder doch unter einem leichten Drucke. Daraus schöpft der Kranke neue Hoffnung, obgleich in der That der tödtliche Ausgang dadurch nur um so sicherer wird. Der Kranke bleibt, während all dieser Vorgänge, bei klarem Bewusstsein. Der häufigste Ausgang ist auf dieser Höhe der Krankheit der Tod, bald durch Erschöpfung der Kräfte, bald durch Kotherguss in die Bauchhöhle, bald auch durch die Heftigkeit der von der Bruchgeschwulst auf das übrige Peritoneum weiter verbreiteten Entzündung. Der Tod durch Erschöpfung und durch Perforation erfolgt oft ganz plötzlich.

A. Cooper sah einen Kranken in dem Augenblick sterben, wo er sich aufrichten wollte, einen andern, als er ein Glas zum Munde zu führen versuchte.

Wenn der Patient noch hinreichend kräftig ist und die gangränöse Darmschlinge, in Folge ihrer Anheftung an der Bruchpforte durch peritoneales Exsudat, nicht in die Bauchhöhle zurückgleitet, so treten weitere Veränderungen ein, die noch zur Heilung führen können. Die Einklemmungserscheinungen hören ganz auf, die Bruchgeschwulst verwandelt sich in einen brandigen Abscess, dessen Wandungen immer stärker emphysematös werden, bis endlich beim Aufbruch mit dem Eiter viel Darmgas und Darmkoth entleert wird. Die brandigen Theile der Haut, des Bruchsacks, des Darmes, des Netzes werden allmälig abgestossen. Die zurückbleibende Demarcationsfläche granulirt weiterhin und liefert guten Eiter. Sehr langsam schreitet die Verminderung der aus der Oeffnung des Darmes ausfliessenden Faecalmassen gleichfalls fort, bis diese zuletzt wieder ihren natürlichen Lauf nehmen und ein einfaches Geschwür zurückbleibt, welches dann in auffallend kurzer Zeit vernarbt. In anderen Fällen bleibt eine Kothfistel oder ein widernatürlicher After dauernd zurück. Wir werden im nächsten Capitel sowol auf diese Ausgänge als auch auf die eben angedeutete Naturheilung eines brandigen Bruches näher eingehen müssen.

b) Netz-Einklemmung.

Betrifft die Einklemmung blos einen Theil des Netzes, so sind die Zufälle viel weniger heftig. Weder die Schmerzen, noch das Erbrechen, noch das Sinken der Kräfte stellen sich in einem so hohen Grade ein. Kolikschmerzen und Verstopfung fehlen oft ganz oder es kann doch durch Klystiere und Abführmittel gehörige Stuhlausleerung bewirkt werden. Setzt sich die Epiploitis nicht auf den im Bauche gelegenen Theil des Netzes fort, so bleibt der Unterleib weich und wird nicht aufgetrieben. Die Entzündung kann in solchen Fällen durch die geeigneten Mittel rückgängig gemacht werden, oder es kommt doch nur zur Bildung eines Abscesses, der sich von einem gewöhnlichen phlegmonösen Abscess nicht wesentlich unterscheidet. Wird das eingeklemmte Netz brandig, so löst es sich alsbald unter den gewöhnlichen Erscheinungen der gangränösen Demarcation ab. Die bedeckende Haut erleidet dasselbe Schicksal und aus einer oder mehreren Oeffnungen ergiesst sich reichlicher Eiter, vermischt mit grauen Lappen und Fetzen, den Ueberresten des brandigen Netzstückes. Nach der Ausstossung derselben erfolgt dann die Heilung wie bei anderen Abscessen. Aber nicht alle eingeklemmten Netzbrüche nehmen einen so glücklichen Ausgang. Die Kräfte können auch schon vor der Abstossung erschöpft und dadurch der Tod herbeigeführt werden. In anderen Fällen sah man die Entzündung sich auf das ganze Netz und weiterhin auch auf das gesammte Peritoneum ausdehnen; in einigen wurde auch der innerhalb der Bauchhöhle liegende Theil des Netzes von Gangrän ergriffen (Pott). Endlich kann auch Pyaemie sich entwickeln. Vidal hat einen Fall der Art als Entzündung der Netzvenen beschrieben.

Die Dauer der Einklemmung ist sehr verschieden. In sehr seltenen glücklichen Fällen vermindern sich die Zufälle, nachdem sie einige Stunden oder selbst mehrere Tage in steigender Heftigkeit bestanden haben, und die Hernie geht von selbst zurück. Der Kranke hat dann reichliche Stuhlausleerungen und kehrt schnell zu vollem Wohlbefinden zurück.

[Fälle, in denen nach mehrtägiger wirklicher Einklemmung eine Hernie noch ganz von selbst zurückgegangen sein sollte, sind mir immer etwas zweifelhaft vorgekommen, bis ich im letzten Jahre einen solchen selbst bei einer Frau beobachtet habe, deren sehr entschieden eingeklemmte Schenkelhernie am 5. Tage von selbst zurückging.]

Jedenfalls ist dieser glückliche Ausgang selten, der Regel nach führt die sich selbst überlassene Einklemmung zum Brande. Wie schnell aber dieser eintreten werde, ist selbst bei sorgfältiger Erwägung aller individuellen Verhältnisse nicht genau zu bestimmen.

Richter fand schon nach 8stündiger Einklemmung Gangrän, Pott nach 24, Lawrence nach 12 Stunden. Bourgois fand bei einer an heftigem Erbrechen leidenden Frau des Morgens um 10 Uhr eine frisch eingeklemmte Schenkelhernie. Vidal operirte die Frau Nachmittags um 5, der Darm sah schwarz aus, war jedoch noch fest und wurde daher, nachdem die Bruchpforte durch mehrere Schnitte erweitert war, in den Bauch zurückgebracht. Bis zum 8. Tage ging alles gut, dann aber kam Darminhalt aus der Wunde hervor und es entstand eine Kothfistel, die nachträglich heilte. Hier hatten also 7 Stunden hingereicht, um die Gangrän einzuleiten. Es fehlt auch nicht an Beispielen, welche ganz im Gegentheil darthun, dass selbst nach mehreren Tagen noch keine Gangrän bestand. Einzig in seiner Art ist der von Steinbrenner *Gazette des hôpitaux* vom 11. Novemb. 1845 veröffentlichte Fall. Er operirte eine eingeklemmte Femoralhernie erst am 29. Tage und fand den Darm doch noch unversehrt. In der Regel gehen einige Tage darüber hin, bis die Gangrän sich entwickelt.

Diejenigen Umstände, welche für das Zustandekommen der

Einklemmung prädisponiren, beschleunigen auch die weitere Ausbildung der durch die Einklemmung bedingten Störungen. So ist namentlich der Verlauf schneller bei Erwachsenen, als bei Kindern und Greisen, schneller ferner bei enger Bruchpforte, so also namentlich, wenn die Hernie sich gleich bei ihrer Entstehung einklemmt oder wenn die Einklemmung beim plötzlichen Hervorschiessen eines seit langer Zeit durch ein Bruchband zurückgehaltenen Bruches entsteht. Der Verlauf ist schneller bei Darmbrüchen, namentlich wenn sie wenig oder gar kein Bruchwasser besitzen und wenn nicht zugleich auch Netz im Bruche liegt. Wollte man auf die Grösse besondere Rücksicht nehmen, so würde man gerade bei kleinen Darmbrüchen die schnellsten Fortschritte zu fürchten haben. Die Anwesenheit eines fremden Körpers beschleunigt den Uebergang in Gangrän sehr beträchtlich, indem sie den Druck von innen her verstärkt und gleichsam härter macht.

Nimmt die Brucheinklemmung einen tödtlichen Ausgang, so erfolgt der Tod nach A. Cooper in der Regel innerhalb 8 Tagen. Selten sah er Kranke der Art vor dem dritten Tage sterben. Robinson beobachtete tödtlichen Ausgang innerhalb 22 Stunden bei einer Frau mit eingeklemmter Femoralhernie, Goyrand nach 23 Stunden bei einem Scrotalbruch. |Unläugbar sterben Kranke an eingeklemmten Brüchen, zuweilen auch bevor Brand eingetreten ist, — durch Darmlähmung, durch verbreitete *Entero-Peritonitis*, — zuweilen unter Cholera-ähnlichen Erscheinungen.|

Die Diagnose eines eingeklemmten Bruches ist bei gehöriger Aufmerksamkeit fast immer leicht, jedoch giebt es einige Umstände, welche den Arzt in Verlegenheit bringen können. Es kann Darmeinklemmung innerhalb der Bauchhöhle (Ileus) bei einem Menschen bestehen, der zugleich mit einer schon seit langer Zeit unbeweglichen Hernie behaftet ist. Wer will da aussagen, ob nicht unter einer grossen Masse von Netz, an welcher Einklemmungserscheinungen nicht wahrzunehmen sind, tief versteckt eine kleine Darmschlinge in hohem Grade eingeklemmt liegt?

Goyrand hatte über eine 72jährige Frau zu consultiren, die mit aufgetriebenem, sehr schmerzhaftem Bauche, Verstopfung, häufigem Erbrechen, eingefallenem Gesicht, frequentem kleinen, sägeförmigen Puls, eine zwar unbewegliche, aber durchaus weiche und schmerzlose Nabelhernie darbot. Einige Aerzte hatten für die Operation dieser letzteren, als wäre sie eingeklemmt, ihre Stimme abgegeben, Goyrand ging hierauf nicht ein. Die Frau starb Tags darauf und man fand eine äusserst heftige Peritonitis, die durch das Platzen einer Eierstockscyste veranlasst worden war.

Besondere Schwierigkeiten können entstehen, wenn der Patient mehrere Hernien hat, von denen vielleicht nicht einmal genau bekannt ist, ob sie früher beweglich waren, oder wenn nur die eine der genaueren Untersuchung zugängig ist, wie z. B. bei gleichzeitigem Bestehen einer *Hernia inguinalis* neben einer *Hernia obturatoria.*

A. Cooper theilt einen hierher gehörigen Fall mit. Eine Frau hatte 2 Schenkelbrüche und einen Nabelbruch. Der letztere, so wie auch der linke Schenkelbruch waren unbeweglich. Der rechte Schenkelbruch dagegen war sehr empfindlich beim Druck. Man wusste nicht, auf welche Hernie man die Einklemmungserscheinungen beziehen und daher auch nicht, welche man operiren sollte. Am folgenden Tage sollte eine Consultation stattfinden, aber die Kranke starb in der Nacht. Bei der Section fand man in der Nabelhernie angewachsenes, vereitertes Netz, in dem linken Schenkelbruch eine entzündete Darmschlinge, in der rechten Schenkelbeuge eine angeschwollene und entzündete Lymphdrüse, welche auf einem leeren Bruchsack auflag. In der Bauchhöhle liess sich eine allgemeine acute Peritonitis nachweisen. Die Kranke hatte am heftigsten über Schmerzen in der rechten Schenkelbeuge geklagt und gewiss hätte man, wenn überhaupt, an dieser Stelle operirt. Den Tod hatte in diesem Fall offenbar die allgemeine Peritonitis herbeigeführt und es wäre daher jede Operation nutzlos gewesen. Cooper bemerkt mit Recht, dass von der Anamnese, wenn man sie hätte erhalten können, Aufklärung zu erwarten gewesen wäre. Der Schmerz in der Bauchhöhle, der bei der Brucheinklemmung erst später hinzukommt, musste hier von Anfang an bestanden haben.

Die Entzündung des Bruchsackes kann, selbst wenn er leer ist, mit Erscheinungen auftreten, welche denen der Einklemmung so täuschend ähnlich sind, dass selbst bedeutende Autoren sich in dieser Beziehung geirrt haben.

Sanson hat 1830 im Hôtel Dieu einen solchen Fall beobachtet. Er eröffnete den Bruchsack, worauf viel Eiter ausfloss; es lag aber weder Darm noch Netz noch überhaupt irgend ein Eingeweide in demselben. Die innere Fläche des Bruchsackes war glatt, glänzend, frei von Adhäsionen. Die Oeffnung, durch welche der Bruchsack noch mit der Bauchhöhle communicirte, war so eng, dass man Mühe hatte, die Spitze des kleinen Fingers hindurchzuzwängen. Gleich nach der Operation hörten die Erscheinungen, welche die Einklemmung simulirt hatten, vollständig auf. Vgl. Terrion, *Thèse inaugurale sur le diagnostic des tumeurs de l'aine. Paris* 1830. [In letzter Zeit hat Chassaignac mehrere Fälle der Art zusammengestellt (*Revue méd.-chirurg. de Paris.* Mai 1855), in denen Entzündung des leeren Bruchsacks mit Einklemmungs-Erscheinungen auftrat, welche durch Spaltung und Excision des Bruchsacks beseitigt wurden.]

Eine Hernie kann in Folge einer Darmentzündung oder eines anderweitigen krankhaften Zustandes, durch welchen eine beträchtliche Gasentwicklung im Darme bedingt wird, unbeweglich werden, ohne eingeklemmt zu sein; zuweilen werden in einem solchen Falle mehrere Darmschlingen nacheinander in den Bruchsack eingetrieben. Dadurch verschlimmert sich der Zustand des Patienten bis zu dem Auftreten von Einklemmungserscheinungen.

gen hier zusammengestellt, da Bruch-Operationen bei Kindern im Allgemeinen als sehr seltene Fälle betrachtet werden müssen.

Behandlung. Die Behandlung der Brucheinklemmung geht darauf aus, die im Bruch liegenden Eingeweide wieder in die Bauchhöhle zurückzubringen. Das natürlichste Mittel hierzu ist die Taxis, welche zu diesem Behufe ganz ebenso ausgeführt werden muss, wie dies bei den beweglichen Hernien bereits geschildert worden ist. Hier kommen aber mehrere Fragen in Betracht, welche dort unerörtert bleiben konnten. Unter welchen Umständen hat man Aussicht auf einen glücklichen Erfolg der Taxis? Unter welchen Umständen muss man sie ganz unterlassen? Wie weit darf man die Gewalt treiben, welche bei der Taxis anzuwenden ist? Wenn die Einklemmung noch frisch ist und die Bruchgeschwulst beim Druck keine besonders grosse Schmerzhaftigkeit zeigt, so kann man hoffen, dass die Taxis gelingen werde. Man muss sie nicht stürmisch, sondern durch einen gleichmässigen, lange andauernden Druck ausüben, — nach A. Cooper eine volle Viertelstunde, ja selbst eine halbe Stunde ohne Unterbrechung. Wenn die Geschwulst schmerzlos ist, so kann man die Taxis auch noch längere Zeit hindurch fortsetzen. Erregen die Manipulationen hingegen beträchtliche Schmerzen, so muss man sogleich davon abstehen. Die mit grosser Gewalt und stürmisch ausgeführte Taxis hat fast immer, namentlich aber unter den eben angegebenen Verhältnissen, einen üblen Erfolg. In der Regel wird der eingeklemmte Darm zersprengt oder es entstehen doch Blutungen in die Darmhöhle, in Folge der Gefässzerreissungen in der eingeklemmten Darmschlinge, die Entzündung wird durch den mechanischen Insult beträchtlich gesteigert und die Gangrän des, nach mannigfaltiger Quetschung endlich zurückgeschobenen Darmstückes steht zu befürchten. Die üblen Folgen der alsdann in der Bauchhöhle erfolgenden Perforation des Darmes sind bereits pag. 635 u. f. geschildert. Oft aber gelingt die Taxis in Fällen, wo ihre regelmässige Ausführung nicht zum Ziele führte, auch bei Anwendung der grössten und rohsten Gewalt gar nicht. Man schreitet dann zu spät und unter viel ungünstigeren Verhältnissen zur Operation. Denn das Eingeweide, welches man nach dem Gelingen der letzteren in die Bauchhöhle zurückbringt, ist dann immer ein bereits gequetschtes und daher für die Gangrän doppelt vorbereitetes. Man kann mit Recht behaupten, dass unter 10 unglücklichen Operationen eingeklemmter Brüche 9 durch zu langes Warten und zu heftig oder zu gewaltsam ausgeführte Taxisversuche verschuldet sind.

Schon Franco, J. L. Petit, Saviard, Pott, Desault haben eifrig gegen eine zu stürmische und zu lange fortgesetzte Taxis, wie sie von furchtsamen, messerscheuen und unzureichend geübten Chirurgen zu allen Zeiten gehandhabt worden ist, ihre Stimme erhoben, und heut zu Tage sind vollends alle erfahrenen Wundärzte über diesen Punkt einverstanden. Nur Amussat hat in neuester Zeit der Taxis für alle Fälle das Wort geredet und empfiehlt, sie gradweise verstärkt und mit voller Gewalt mehrere Stunden hindurch fortzusetzen. Da hierbei die Hand des Wundarztes bald erlahmen muss, so soll zunächst ein Gehülfe seine Hand auf diejenige des Wundarztes aufsetzen, weiterhin sollen sich sogar mehrere Personen ablösen. Amussat versichert, dass die Schmerzen, obgleich sie anfangs sehr heftig seien, bei weiterer Fortsetzung der Taxis ganz erträglich würden, was sich recht gut aus der allmälig eintretenden Empfindungslosigkeit stark gequetschter Theile erklärt. Amussat will auch die allgemein angenommenen Zeichen der Gangrän nicht gelten lassen, wenigstens trotz ihres Bestehens die Taxis ausführen. Zahlreiche glückliche Curen sind durch diese gewaltsame Taxis nach den Angaben ihres Autors vollführt worden, selbst nach 6tägiger Einklemmung, durch 3stündige Bemühungen. Heut zu Tage bedarf es aber kaum mehr einer ausführlichen Widerlegung dieser Angaben. Die Thatsachen haben zu laut gegen die Lehre Amussat's gesprochen und jeder erfahrene Wundarzt kann von Fällen erzählen, wo eine, vielleicht nicht einmal aus Princip, sondern nur zufällig etwas zu weit getriebene Taxis den Tod zur Folge hatte. Als Beispiel diene nur ein Fall, den Vidal 1838 in seiner Abtheilung beobachtete. Eine Frau mit eingeklemmtem Bruch wurde um 7 Uhr Morgens aufgenommen; um 9 Uhr sollte der klinische Besuch beginnen. Einer der Hausärzte, der damals für die gewaltsame Taxis schwärmte, versuchte sofort dieselbe in Anwendung zu bringen. Die Hernie ging wirklich zurück, aber die Frau starb schon nach 7 Stunden, denn der Darm war bei der Reposition zersprengt worden.

In der Absicht, einen gleichmässigen, andauernden Druck, namentlich in der Zwischenzeit zwischen den Taxisversuchen auf die Hernie auszuüben, haben mehrere Wundärzte vorgeschlagen, durch einen schweren Körper (ein Bügeleisen, eine Bleiplatte, eine mit Quecksilber gefüllte Blase) oder durch einen geeigneten Verband die Bruchgeschwulst zu comprimiren. Ersteres wird sich nur bei einer hierzu besonders geeigneten Lage der Bruchpforte ausführen lassen. Allgemeiner liesse sich die Compression durch einen Verband bewirken, wie dies Velpeau durch Anlegen eines dick gepolsterten Tragbeutels bei Leistenbrüchen mit glücklichem Erfolge gethan hat. |Hierher gehört auch die *Spica taxis* von Baudens[1]), welche wir schon bei der Kothanhäufung erwähnt haben.| Ueberhaupt dürfte diese ganze Reihe von Mitteln mehr dort, als bei der wirklichen Einklemmung Anwendung finden. Es wird immer nur eine Beihülfe zu der eigentlichen Taxis durch sie gewährt. Bei

[1]) |Baudens will die Anwendung der Kälte mit der Compression combiniren; vgl. pag. 759. Vidal hat die wenig physikalische Hoffnung, dass auch die mit Quecksilber gefüllte Blase durch ihre Kälte wirken würde, denn das Quecksilber habe bekanntlich eine sehr niedrige Temperatur.|

grosser Schmerzhaftigkeit kann gar keine Rede davon sein, und in dringenden Fällen muss man die kostbare Zeit nicht damit verlieren.

Eine grosse Ausbildung hat von vielen Seiten die besondere Lagerung des Patienten erhalten, durch welche man das Zurückgehen der Hernie zu begünstigen gedachte. Dieselbe wurde natürlich, je nach der Lage der Bruchpforte, verschieden gewählt. Die grösste Mannigfaltigkeit ist in Betreff der Leisten- und Schenkelbrüche entfaltet worden.

Aneaulme empfahl die Knie-Ellenbogen-Lage mit vornübergebeugtem Kopf. In dieser Stellung sollte die vordere Bauchwand erschlafft und das Zwerchfell der relativ tiefste Theil der Bauchhöhle geworden sein, so dass die Eingeweide durch ihr eigenes Gewicht gegen dasselbe hingezogen werden sollten. Winslow hielt diese Stellung noch für vortheilhaft, aber Ledran und Perron d. A. versuchten sie ohne Erfolg.

Fabricius ab Aqua pendente empfahl alles Ernstes, den Kranken an den Füssen und an den Händen aufzuhängen, den Kopf hintenüber und das Becken höher als den Thorax, alsdann aber den Schwebenden wiederholt tüchtig zu schütteln. Einfacher, aber nicht gerade angenehmer, ist das Verfahren Covillard's. Er lässt den Kranken blos an den Beinen aufhängen, nachdem er ihn 3—4 Stunden hat in warmem Oel baden lassen.

Sharp empfahl, den Kranken in anderer Weise aufzuhängen. Ein starker Gehülfe sollte ihn nämlich in der Art auf den Rücken nehmen, dass er die Unterschenkel über die Schultern zog, so dass die Kniekehlen des Kranken gerade auf den Schultern des Trägers ruhten. Auch dabei wurde geschüttelt. Louis d. A. will auf diese Weise zwei gute Erfolge erzielt haben. A. Cooper hingegen bemerkt mit Recht, dass eine solche Stellung sehr qualvoll für den Kranken sei und dass die Bauchmuskeln durch dieselbe gar nicht erschlafft würden. Auch hat er niemals einen Vortheil davon gesehen.

Ribes lagert den Kranken am Fussende des Bettes so, dass die Kniekehlen über den Schultern eines Gehülfen liegen, welcher zugleich die Beine des Patienten in der Knöchelgegend festhält, das Becken erhebt und ihm von Zeit zu Zeit Erschütterungen ertheilt, während der Wundarzt sich mit der eigentlichen Taxis beschäftigt. Auch hiermit sollen gute Erfolge erzielt worden sein.

[Die Krone aller dieser Erfindungen aber ist die Methode von Preiss, auch die fahrende Methode genannt. Der Kranke wird auf einen Schiebekarren gelegt, der Kopf natürlich nach unten, die Beine nach oben über den sogenannten Bock des Schiebkarrens herüberhängend, so dass die Füsse zu beiden Seiten des Rades schweben. Man wählt einen schlecht gepflasterten Hof zum Operationsplatz. Ein Gehülfe, welcher der ärztlichen Kunst fremd sein kann, fährt den mit der Taxis zu beglückenden Kranken auf dem Schiebkarren langsamen Schrittes hin und her, so dass dessen Rumpf kräftig erschüttert wird. Der Wundarzt aber geht rückwärts vor dem Karren einher in vornübergebeugter Haltung, um während dieser Erschütterungen die Taxis auszuüben. Vgl. Dieffenbach's Operative Chirurgie.]

[Von allen diesen Positionen werden besondere Erfolge gerühmt. Eine Wirksamkeit mögen sie haben, dass dem Kranken nämlich übel und weh, vielleicht auch ohnmächtig wird, und in einer solchen Anwandlung von Ohnmacht mag die Taxis allerdings leichter gelingen.|

A. Cooper hat darauf aufmerksam gemacht, dass bei heftigem Husten, in dem Augenblick, wo das Zwerchfell plötzlich hinabsteigt, eine schnell vorübergehende Erschlaffung der Bauchmuskeln eintritt. Er glaubt, dass diese plötzliche Erschlaffung für die Taxis förderlich sein kann und stützt sich dabei namentlich auf zwei Beobachtungen. In einer derselben stellte sich ein Hustenanfall plötzlich ein, während man mit der Taxis beschäftigt war und die Hernie liess sich augenblicklich zurückbringen. In der zweiten liess man absichtlich den Kranken husten, während man mit der Taxis beschäftigt war, und die Hernie trat während dieser Erschütterung gleichfalls zurück.

|Man hat ferner einen Zug am Mesenterium oder an den der Bruchpforte zunächst im Bauche liegenden Darmschlingen auszuüben gesucht, um die Eingeweide aus dem Bruchsack in die Bauchhöhle zurückzuziehen. Solchen Versuchen kann man nicht ohne Weiteres jede Wirksamkeit absprechen, denn die Elasticität des Mesenteriums spielt bei dem spontanen Zurückgehen der Brüche gewiss eine grosse Rolle (Roser) und Beobachtungen an Leichen haben gezeigt, dass Hernien, die durch äusseren Druck nicht zurückgebracht werden konnten, leicht zurückgingen, wenn man in der geöffneten Bauchhöhle an einer benachbarten Darmschlinge einen sehr geringen Zug ausübte. Aber ohne Eröffnung der Bauchhöhle ist ein solcher Zug mit Sicherheit nicht zu bewirken.|

|Man hat die Bauchdecken in eine Falte zu erheben und mit dieser zugleich Darmstücke zu fassen versucht (Heller und Grynfeldt). Bei einzelnen Bruchformen hat man den benachbarten Darmschlingen auch vom Mastdarm oder von der Vagina aus beizukommen gesucht (vgl. *Hernia obturatoria*).|

Ein eigenthümliches Mittel sollen die Russischen Bauern anwenden, um die Reduction eingeklemmter Leisten- und Schenkelbrüche zu bewirken. Ein grosser Topf wird in der Weise wie ein Schröpfkopf über einer entsprechend grossen Flamme erwärmt und demnächst auf den Bauch aufgesetzt, so dass die vordere Bauchwand und die Eingeweide durch den Druck der äusseren Luft in den Topf hineingetrieben werden. Dadurch soll auch die Zurückziehung oder Zurückdrängung der Brucheingeweide erfolgen. Andere wollen dieselbe günstige Wirkung von dem Aufsetzen zahlreicher grosser Schröpfköpfe auf die vordere Bauchwand gesehen haben. |Ich habe, da dieses Mittel zahlreicher Empfehlungen nicht entbehrt, an Personen, deren bewegliche Leistenbrüche in der Rückenlage nicht von selbst zurückgingen, vergeblich versucht, die Reduction in der eben gedachten Weise zu bewirken, während sie durch den Druck der Hand sehr leicht gelang. Noch weniger dürfte wohl bei eingeklemmten Hernien von diesem Hülfsmittel zu erwarten sein.|

Auf mannigfaltige Weise hat man durch Einwirkungen auf den ganzen Körper die Schwierigkeiten der Taxis zu überwinden gesucht. Die in dieser Absicht angewandten Mittel lassen sich in zwei Gruppen theilen. Die einen sollen Erschlaffung des ganzen Körpers und namentlich der Bauchwand herbeiführen; dahin gehören: der Aderlass, die Blutegel, das heisse Bad, warme Umschläge, narcotische Arzneimittel (namentlich Belladonna und Opium), Betäubung durch Einathmen von Chloroform. Durch andere Mittel hingegen will man kräftige Zusammenziehungen des Darmes erregen, durch welche die eingeklemmte Darmschlinge aus dem Bruchsack herausgezogen werden soll. In dieser Absicht hat man Abführmittel, reizende Klystiere, die Electricität und die Kälte angewandt.

Wenn der Aderlass etwas nutzen soll, so muss das Blut aus einer grossen Oeffnung in starkem Strahle fliessen, damit in kurzer Zeit viel entleert und der Kranke durch einen relativ geringen Blutverlust schnell in Ohnmacht oder doch in einen der Ohnmacht ähnlichen Zustand versetzt werde.

Goursaud empfahl schon diese Anwendung des Aderlasses. A. Cooper, Pott und andere Autoritäten lehren dasselbe. Gerade die Zeit der Ohnmacht ist die günstigste, um die Taxis auszuführen.

Ueberdies soll durch den Aderlass den weiteren Fortschritten der Entzündung vorgebeugt werden.

Von viel geringerer Bedeutung sind die örtlichen Blutentziehungen. Die an der Basis der Bruchgeschwulst angelegten Blutegel bewirken weder eine hinreichend starke, noch eine hinreichend schnelle Blutentziehung, um etwas nützen zu können. Niemals wird durch sie eine Erschlaffung der Bruchpforte oder eine Verminderung des Volumens einer eingeklemmten Darmschlinge bewirkt werden können. Die Erfolge, welche man durch sie erreicht haben will, betreffen Netzbrüche, welche wahrscheinlich nicht eingeklemmt, sondern entzündet waren.

Moullaud in Marseille empfahl die Blutegel an den After zu setzen, schickte aber einen reichlichen Aderlass voraus. Hierauf liess er dann ein heisses Bad folgen und wenn nach dieser Behandlung eine mit mässiger Kraft ausgeübte Taxis nicht zum Ziele führte, so schritt er sogleich zur Operation. Vidal hält es, als ein Schüler von Moullaud, für seine Pflicht, die auf diesem Wege erzielten Resultate als besonders günstig hervorzuheben.

Das heisse Bad bewirkt, namentlich wenn es gleich nach einem starken Aderlass angewandt wird, eine grosse Erschlaffung und oft selbst Ohnmacht. Der Bruch geht manchmal im Bade ganz von selbst zurück. In anderen Fällen gelingt die Taxis im Bade oder gleich nachdem der Patient wieder zu Bett gebracht ist. Offenbar handelt es sich aber nicht um eine Erschlaffung der Bauchwand, sondern um die durch temporäre Hyperämie der Haut und dem entsprechend relative Anämie des Gehirns herbeigeführte mehr oder weniger vollständige Ohnmacht. |Derselbe Effect lässt sich erreichen, wenn man den Junod'schen Schröpfstiefel anlegt und möglichst stark auspumpt.| Dagegen haben Halbbäder, wenn sie auch noch so heiss sind, gar keine Wirkung und warme Cataplasmen und Umschläge sind vollends von gar keiner Bedeutung. Mit so unbedeutenden Mitteln darf man, einer Brucheinklemmung gegenüber, die kostbare Zeit nicht verlieren.

Eines grossen Rufes erfreut sich bei vielen Aerzten die Belladonna. Man giebt entweder das *Extract. Bellad.* in starken Dosen innerlich (Chevalier, Reiche u. Andere), oder man lässt Klystiere aus einem *Decoct. Bellad.* oder auch *Hyoscyam.* bereiten (Hufeland, van Loth u. Andere). Man lässt Belladonna-Extract in die Bruchgeschwulst einreiben (Spezani, Poma), bedeckt dieselbe mit Cataplasmen, die aus Belladonnablättern dargestellt sind (St. Amand), ja man hat endlich auch durch das Einführen von Harnröhren-Bougies, die mit Belladonna-Extract bestrichen waren, eine gute Wirkung zu erreichen geglaubt (Riberi). Die Mehrzahl der Wundärzte ist von dem Glauben an die Wirksamkeit der Belladonna bei eingeklemmten Brüchen jedoch bereits wieder zurückgekommen.

Auch das Opium ist in ähnlicher Weise bald äusserlich, bald innerlich angewandt worden. Seine vorzüglichsten Lobredner sind David Bell und Bransby Cooper [1]). Beide haben es in sehr grossen Dosen gegeben und es scheint, dass nur unter der Bedingung, dass dies gewaltige Mittel eine gewiss nicht ungefährliche Betäubung bewirkte, die Reduction wesentlich erleichtert wurde.

|Am schnellsten und sichersten bewirkt den, durch die Mittel dieser Reihe zu erstrebenden Grad allgemeiner Erschlaffung, die Betäubung durch Chloroform-Inhalationen. In einzelnen Fällen mag der Aderlass schneller wirken. Aber eine Blutentziehung, wie sie zu diesem Behuf erforderlich ist, kann für die Gesundheit einen dauernden Nachtheil haben. Auch die Chloroform-Betäubung ist nicht ganz ohne Gefahr, aber die zahlreichen Erfahrungen der neueren Zeit lassen solche Gefahren immer leichter vermeiden und schwerlich wird sich aus den letzten Jahren ein Fall nachweisen lassen, in welchem der tödtliche Ausgang einer Brucheinklemmung der Anwendung des Chloroforms zur Last gelegt werden könnte. Die Taxis gelingt mit Hülfe des Chloroforms ungleich häufiger als bei Anwendung aller übrigen Hülfsmittel zusammengenommen. Nicht

[1]) |Vgl. mein Referat in Cânstatt's Jahresbericht pro 1852. pag. 81.|

immer geht die Hernie gerade in der tiefsten Betäubung, sondern zuweilen auch erst gegen das Ende derselben, unter leichtem Drucke, zurück, während der Patient recht tiefe Athemzüge macht. In manchen Fällen wird durch das Chloroform sofort Erbrechen hervorgerufen. Alsdann muss man von seiner weiteren Anwendung abstehen.

Unter den Mitteln, welche durch Erregung kräftigerer Zusammenziehungen des Darmes, von denen man eine Zurückziehung des eingeklemmten Theils erwartet, wirken sollen, haben die Abführmittel die grösste Verbreitung. Ganz gewöhnlich wendet der Patient, da die Verstopfung das erste ihm auffallende Symptom ist, Purgirmittel auch ohne ärztlichen Rath an. Man kann im Allgemeinen behaupten, dass sie selten nutzen und häufig schaden. Ihre häufige Empfehlung beruht wahrscheinlich auf einer Verwechselung der Kothanhäufung mit wirklicher Einklemmung; bei ersterer sind sie, wie wir bereits (pag. 737) angeführt haben, von entschiedenem Nutzen, bei letzterer sind sie desto mehr schädlich, je schneller die Einklemmung entstanden, je stärker die sie begleitenden entzündlichen Erscheinungen sind. Es kann wohl einmal gelingen das eingeklemmte Darmstück, durch Erregung stürmischer Bewegungen im ganzen Darmcanale, wieder aus dem einklemmenden Ringe zu befreien; häufiger aber wird ein solcher Impuls nachtheilig wirken, indem durch die vom oberen Darmstücke vorwärts getriebenen Flüssigkeiten entweder die eingeklemmte Schlinge selbst, oder das nächst obere Darmstück übermässig ausgedehnt wird. In den meisten Fällen kommen aber die gereichten Abführmittel gar nicht zur Wirkung, indem sie der Patient durch Erbrechen sogleich wieder entleert. Gerade der Umstand, dass die bei acuter Einklemmung nur allzu heftigen Brechbewegungen durchaus keinen günstigen Einfluss auf das Zurückgehen der Hernie ausüben, klärt uns darüber auf, wie wenig wir von der Erregung stürmischer Darmbewegungen zu erwarten haben. Will man aber dennoch auf diesem Wege zu wirken suchen, so ist die Anwendung von Klystieren mehr zu empfehlen, weil durch sie eine plötzliche Ueberfüllung des oberen Darmendes nicht bewirkt und das Erbrechen wenigstens nicht befördert wird.

In Betreff der Klystiere ist hier an die, bei der Kothanhäufung schon erwähnte Anwendung der Tabacksklystiere nochmals zu erinnern. Auch die narcotischen Eigenschaften des Tabacks sollen, ähnlich wie bei der inneren Anwendung des Opiums und der Belladonna in Betracht kommen. Unzweifelhaft lässt sich durch hinreichend starke Doses des Tabacks auch Narcose, d. h. ein der Ohnmacht ähnlicher Zustand, herbeiführen, in welchem die Reposition leichter gelingen mag; aber ein solcher Zustand ist gewiss nicht gefahrlos. Grant Wilson erwartet einen besonderen Erfolg von Salzklystieren, die er mittelst eines langen Schlundrohrs hoch hinauf in den Dickdarm eintreibt. Rivière will noch günstigere Erfolge erzielen, indem er auf demselben Wege den Darm möglichst stark voll Luft pumpt! Wood empfiehlt neuerdings dasselbe Mittel. Wallace preist die Klystiere von Eiswasser und O'Beirne will stark eingeklemmte Brüche reponirt haben, nachdem er die im Darmcanal enthaltenen Gase mittelst eines durch den After eingeführten langen Schlundrohrs entleert hatte. Man sieht, der Weg durch den Mastdarm ist auf die verschiedenartigste Weise ausgebeutet worden.

Die Anwendung der Kälte, namentlich die plötzliche Einwirkung derselben auf den Bruch, bedingt oft das Zurückgehen. Sehr bekannt ist die Erzählung von J. L. Petit [1]): in dem Augenblick, wo er bei einem jungen Manne die Operation eines eingeklemmten Scrotalbruches beginnen wollte, schüttete die Grossmutter desselben einen Eimer kalten Wassers über die Bruchgeschwulst, und die Eingeweide traten in die Bauchhöhle zurück. Noch wirksamer als das Uebergiessen mit kaltem Wasser ist das Auftröpfeln von Aether, welcher durch seine Verdunstung eine beträchtliche Kälte erzeugt. Um eine dauernde Einwirkung der Kälte zu erzielen, bedient man sich der kalten Irrigationen, in der bereits Theil I. pag. 81 geschilderten Weise. Endlich kann man zu diesem Behufe auch Eisumschläge oder Kältemischungen (aus Salmiak, Salpeter und Wasser) anwenden. |Theden [2]) hat diese bereits empfohlen, zugleich aber auf die Unzulänglichkeit derselben bei acuten Einklemmungen aufmerksam gemacht.|

Auch Goursaud glaubte, dass dadurch nur bei Kothanhäufung, nicht aber bei wirklicher Einklemmung Nutzen geschafft würde und hielt die Anwendung des Eises bei eingeklemmten Brüchen geradezu für gefährlich. Er glaubte nämlich, dass durch die Kälte das im Netz enthaltene Fett fest würde, so dass die Reposition des Darmes, wenn es sich um einen eingeklemmten Darmnetzbruch handelte, dann nur um desto schwieriger erfolgen müsste.

|In neuester Zeit hat Baudens [3]) die Eisumschläge ganz besonders lebhaft und vielfach empfohlen. Er hebt nicht blos; wie seine Vorgänger, hervor, dass durch die Kälte die Darmgase verdichtet werden sollen und dass der Schmerz besänftigt werde, sondern glaubt auch, die Entzündung damit gänzlich beherrschen und die Operation fast durchweg überflüssig machen zu können. Unzweifelhaft werden durch die Kälte Zusammenziehungen der organischen Muskelfasern, namentlich der *Tunica dartos*, vielleicht auch

[1]) J. L. Petit, *Maladies chirurg. Tom. II. pag.* 326.

[2]) |Neue Bemerkungen und Erfahrungen zur Bereicherung der Wundarzneikunst etc. Berlin u. Leipzig 1795. pag. 92 u. f.|

[3]) |Vgl. mein Referat in Canstatt's Jahresbericht pro 1854 pag. 71. Die französ. Zeitschriften von 1855 enthalten neue Empfehlungen.|

der Darmhäute, bewirkt werden können. Dass aber ohne Gefahr eine so intensive Abkühlung bis ins Darmrohr hinein bewirkt werden kann, dass eine Verdichtung der Gase eintritt, ist geradezu unmöglich. Es handelt sich hier bekanntlich nicht um die Verdichtung von Wasserdampf, sondern um diejenige von Kohlen- und Schwefelwasserstoff-Gas, auf deren Verdichtung selbst eine Temperatur von einigen Graden unter Null kaum einen merklichen Einfluss ausüben dürfte.|

Die Electricität ist zuerst von Leroy d'Etiolles bei eingeklemmten Brüchen angewandt worden. Er bediente sich der Electropunctur, indem er den einen Pol einer Batterie in Gestalt einer sehr dünnen Nadel tief in die Bruchgeschwulst einsenkte, während er den anderen auf eine beliebige Körperstelle aufsetzte. Unzweifelhaft würde es auf diese Weise gelingen, kräftige Zusammenziehungen in der eingeklemmten Darmschlinge zu erregen. Ob dieselben aber im Stande sein werden, das bestehende Hinderniss zu überwinden, muss vorläufig noch in Frage gestellt werden. Velpeau hat statt der Electropunctur das Aufsetzen der Pole auf die äussere Haut der Bruchgeschwulst empfohlen. Auch hierüber muss ein bestimmtes Urtheil suspendirt bleiben, bis zahlreichere Versuche mit den jetzt so wesentlich verbesserten Inductions-Apparaten angestellt sein werden. |Vorläufig halte ich ein solches Verfahren für unwirksam, da ich niemals im Stande war, bewegliche Hernien damit zu reponiren.|

Als ein verzweifeltes Hülfsmittel bei der Taxis haben wir endlich die Punction des eingeklemmten Darmes zu erwähnen. Unzweifelhaft würde das räumliche Missverhältniss zwischen dem eingeklemmten Darme und der einklemmenden Bruchpforte sofort gehoben werden können, wenn man den Inhalt der vorliegenden Darmschlinge vollständig nach aussen entleeren könnte. Dazu wäre aber, ganz abgesehen von den diagnostischen Schwierigkeiten, welche aus einer Umhüllung des Darmes mit einem Netzstück erwachsen müssten, die Punction des Darmes mit einem ziemlich starken Troicart erforderlich. Eine solche würde, sofern die Darmschlinge doch nachher reponirt werden soll, die Gefahren eines Kothergusses in die Bauchhöhle mit sich führen. Man hat sich daher mit recht kleinen Punctionen begnügen zu müssen geglaubt. Durch diese ist nun aber wiederum die Entleerung selbst des flüssigen Darminhaltes nur zum Theil möglich und sie sind dabei nicht einmal vollkommen gefahrlos, da es sich hierbei nicht um Stichwunden an einem gesunden, sondern an einem schon entzündeten Darm handelt. Kleine Einstiche mit einer Nadel haben gar keinen Nutzen, da sie durch Vorlagerung der Schleimhaut sogleich wieder verstopft werden.

|Long hat die Punction des Darmes als allgemein anwendbares Hülfsmittel der Taxis und Surrogat der Bruchoperation neuerdings empfohlen. Vgl. mein Referat in Canstatt's Jahresbericht pro 1855.|

Gelingt die Taxis nicht, so muss das räumliche Missverhältniss durch Erweiterung des einklemmenden Ringes mittelst des Messers beseitigt werden. Darüber sind alle Aerzte einverstanden; aber auf welche Weise diese Operation (Bruchoperation, *Kelotomia*) ausgeführt werden soll und zu welcher Zeit sie als dringend indicirt anzusehen sei, darüber giebt es verschiedene Ansichten. In Bezug auf die Art der Ausführung haben wir zu unterscheiden: die Operation mit, und diejenige ohne Eröffnung des Bruchsacks. Obgleich letztere Methode die ältere ist, war sie doch im Laufe der Zeiten so sehr in Vergessenheit gerathen, dass sie mit vieler Mühe erst hat wieder zu Ehren gebracht werden können. |Da wir der Ansicht sind, dass nicht die eine von beiden Methoden ausschliesslich, sondern je nach der Beschaffenheit des Falles, bald die eine, bald die andere in Anwendung zu ziehen ist, so werden wir erst bei und nach der Beschreibung des Operations-Verfahrens auf die in dieser Beziehung zu stellenden Indicationen zurückkommen können. Die Entscheidung über die Zeit der Operation lässt sich niemals auf Stunde und Minute treffen: selten wird man zu früh, häufig zu spät operiren (vgl. pag. 752). Man würde sich in allen Fällen noch viel mehr beeilen, wenn nicht nach der Operation eine wenigstens 14tägige Ruhe im Bett für die Heilung erforderlich wäre, während der Patient nach glücklich vollzogener Taxis sogleich wieder an die Arbeit gehen kann.|

|Ist die Einklemmung frisch und hat eine anderweitige Behandlung noch nicht stattgefunden, so versuche man in der oben angegebenen Weise die Taxis und zwar, sofern die Hernie für den Druck nicht besonders empfindlich ist, mit einer gewissen Beharrlichkeit. Gelingt die Reduction auf diese Weise nicht, so versuche man die Taxis noch einmal während der Chloroformnarkose. Gelingt sie auch in dieser nicht, so ist es am besten, sogleich während der Narcose die Operation auszuführen, sofern es sich um eine Darmeinklemmung handelt. Eine Hernie, welche sich, während der Kranke tief betäubt ist, nicht zurückbringen lässt, wird voraussichtlich auch durch Aderlässe, heisse Bäder, Tabacksklystiere und Abführmittel in einen zur Taxis geeigneten Zustand nicht ver-

setzt werden. Jedoch werden die genannten Hülfsmittel nicht blos von denjenigen Wundärzten, welche vor den Zeiten des Chloroforms schrieben (A. Cooper), sondern auch jetzt noch von Vidal dringend empfohlen. Dabei ist aber zu erwägen, dass Vidal nur von wenigen Fällen der Chloroformanwendung bei eingeklemmten Brüchen Kenntniss zu haben scheint, während in unseren Gegenden die Thatsache allgemein anerkannt wird, dass seit der Einführung des Chloroforms die Zahl der Bruchoperationen bedeutend abgenommen hat und die übrigen Hülfsmittel der Taxis kaum noch zur Sprache kommen.]

Diejenigen, welche mit besonderer Scheu an die Operation gehen, empfehlen ausserdem in den milderen Fällen Abführmittel, namentlich Ricinusöl in oft wiederholten kleinen Gaben, etwa zu einem Esslöffel, und Eisumschläge anzuwenden. Aber selbst in den scheinbar milde verlaufenden Fällen sollte man sich mit solchen Mitteln nicht lange aufhalten und jedenfalls vor Ablauf des dritten Tages die Operation vornehmen. Wartet man noch länger, so muss man selbst bei geringer Heftigkeit der Symptome auf Perforation des Darmes oder doch auf dauernde Verengerung an der Stelle der Einschnürung gefasst sein. Sind aber die Einklemmungserscheinungen heftig, namentlich die Bruchgeschwulst schmerzhaft, das Erbrechen häufig, so hat man gar keine Zeit zu verlieren. In solchen Fällen ist die Taxis ganz unanwendbar, auch der Aderlass und die übrigen Hülfsmittel sind von geringerer Bedeutung; — sobald der Bauch oberhalb der Hernie beim Druck empfindlich ist und Fieberbewegungen sich zeigen, ist es die allerhöchste Zeit zur Operation. Diese dringende Indication kann schon wenige Stunden nach dem Beginne der Einklemmung eintreten. Wird die Operation in solchen Fällen nicht sogleich gestattet, so muss man den Kranken sehr häufig wieder besuchen; eine Stunde Verzögerung kann unter diesen Verhältnissen tödtlich werden.

In den Krankenhäusern kommt man ganz gewöhnlich erst, wenn es zu spät ist, zur Operation. Bevor der Kranke dahin gebracht wird, sind erst alle Methoden der Taxis erschöpft worden und es sind dadurch Quetschungen des Darms und des Bruchsacks herbeigeführt worden, die den günstigen Erfolg der Operation vereiteln. Daraus erklärt sich die grosse Anzahl von Todesfällen nach Bruchoperationen in den Hospitälern. Daher auch die Vorschrift von Saviard und Desault, dass in ihren Kranken-Abtheilungen von den Assistenten gar keine Taxisversuche gemacht werden durften; sobald ein Kranker mit eingeklemmter Hernie ankam, wurde er operirt. Vidal empfiehlt die, von Moullaud aufgestellte Regel, dass man einen Kranken mit Brucheinklemmung nicht verlassen sollte, bevor der Bruch zurückgebracht ist und dass man zu diesem Behufe, wenn nach kräftigen Blutentziehungen und einem heissen Bade die Taxis nicht gelingt, sogleich operiren soll.

Oft genug kommt man aber zu dem Patienten erst, wenn eine partielle Peritonitis sich bereits entwickelt hat; dann muss man sogleich operiren. Haben sich bereits die Erscheinungen des Brandes entwickelt, so ist freilich von der Operation eine viel geringere Hülfe zu erwarten; man muss sie aber dennoch ausführen, da ohne dieselbe die Erhaltung des Lebens noch bei weitem unwahrscheinlicher ist.

Bei Netzbrüchen entsteht die Einklemmung gewöhnlich erst in Folge einer Entzündung des Netzes. Daher sind reichliche Blutentziehungen und Bäder durchaus zweckmässig. Eisumschläge könnten durch Verminderung der Blutüberfüllung und Anregung von Contraction in der bedeckenden Haut (namentlich der Dartos) nützlich werden. Tabacksklystiere vermögen nur durch die allgemeine Erschlaffung, welche sie herbeiführen, bei eingeklemmten Netzbrüchen einen Nutzen zu gewähren; Abführmittel aber werden kaum irgend einen Nutzen haben. Ist das Netz aber eingeklemmt worden, weil plötzlich eine sehr grosse Masse hervortrat, so kann die Taxis nachdrücklich ausgeübt werden. Geht das Netz in der einen oder anderen Weise nicht zurück, so muss man sich zur Operation entschliessen, um entweder die Reposition zu ermöglichen oder, sofern die Einklemmung in Folge der entzündlichen Schwellung entstanden ist, doch die Einklemmung wenigstens zu heben, durch welche sonst Gangrän des vorliegenden Netzstücks und allgemeine Peritonitis veranlasst werden würde. In solchen Fällen, wo zu einer Entzündung des Netzes erst Einklemmungs-Erscheinungen hinzugetreten sind, muss man die Reduction gar nicht versuchen; es ist sogar wünschenswerth, das in der Hernie liegende Netz nicht der Luft auszusetzen, sondern die einklemmende Bruchpforte wo möglich ohne Eröffnung des Bruchsackes zu dilatiren. Die Bloslegung des entzündeten Netzes wurde oft selbst tödtlich. — Entwickelt sich die Entzündung des Netzes weiter, so hat man die Bildung eines Abscesses zu erwarten und bedeckt daher die Bruchgeschwulst mit lauwarmen Cataplasmen. Sobald sich Fluctuation zeigt, wird der Abscess durch eine Incision geöffnet.

Verfahren beim Bruchschnitt.

Zwei grosse Namen knüpfen sich an die Erfindung des Bruchschnittes, Franco und Paré. Franco[1]) hat ihn erfunden, Paré[2])

[1]) *Traité des Hernies.* Lyon 1561.

[2]) *Oeuvres complètes d'Ambroise Paré. ed. Malgaigne* Paris 1840.

hat ihn weiter in die Praxis eingeführt. Die Erfindung dieser Operation war eine wirkliche Wohlthat. Unzählige Menschen verdanken ihr die Erhaltung des Lebens. Man hat in den ersten Monaten des Lebens und ebenso gut noch jenseit des hundertsten Lebensjahres glückliche Erfolge mit dem Bruchschnitt erreicht.

Morris operirte 1849 (vgl. *The Lancet*) ein 109 Jahr altes Mädchen und erlangte sogar unmittelbare Vereinigung der Wunde. [Fälle von Bruchoperationen bei kleinen Kindern sind pag. 751 zusammengestellt.]

Man hält den Bruchschnitt für eine schwierige Operation, und mancher Arzt wird gerade durch die Besorgniss vor diesen Schwierigkeiten bewogen, den Taxisversuchen eine ungebührliche Ausdehnung zu geben. Unerwartetes ereignet sich allerdings fast bei jeder Bruchoperation und J. L. Petit bekannte sogar, dass er vor dem Beginne einer solchen Operation ganz gewöhnlich noch nicht gewusst habe, in welcher Weise er sie eigentlich ausführen wolle. Aber wenn man mit den anatomischen Verhältnissen der Bruchpforten und mit der pathologischen Anatomie der Hernien vertraut ist, werden solche unerwartete Ereignisse viel weniger störend sein und den Operateur nicht hindern, die Operation ebenso regelrecht auszuführen, als wenn sich jene Zufälle überhaupt nicht ereignet hätten.

Die Operation zerfällt in 4 Acte: 1) Durchschneidung der Haut, 2) Bloslegung und Eröffnung des Bruchsacks, 3) Spaltung des einklemmenden Ringes, 4) Reposition der Eingeweide. Die Instrumente, deren man bedarf, sind ein convexes, ein spitzes und ein geknöpftes Bistouri, zwei Wundhaken, eine Hohlsonde, eine Scheere, zwei Pincetten. Die Operationsstelle wird nöthigenfalls vorher rasirt. Der Patient befindet sich in horizontaler Lage, in der Nähe des rechten Bettrandes, neben welchem der Operateur Platz nimmt, während ein Gehülfe auf der linken Seite bereit steht, um die Haut zu spannen, die Instrumente zuzureichen, nöthigenfalls auch Arterien zu unterbinden.

Einige Chirurgen, namentlich Pott und Cooper, ziehen es vor, den Kranken quer aufs Bett zu legen und sich zwischen die Beine des Patienten zu stellen.

Natürlich müssen auch Schwämme und Wasser und für den Verband: Charpie, Pflasterstreifen und ein Paar Binden oder Verbandtücher bereit sein.

Erster Act: Hautschnitt. Man incidirt entweder aus freier Hand, indem man mit der linken die Haut spannt, oder unter Erhebung einer Hautfalte. Das letztere Verfahren ist, sofern es sich ausführen lässt, namentlich in solchen Fällen zu bevorzugen, wo sich erwarten lässt, dass nur wenige und dünne Schichten zwischen den Brucheingeweiden liegen werden. In der Regel macht man nur einen einfachen geraden Einschnitt, entweder im grössten Durchmesser der Geschwulst oder parallel der Körperachse. Sehr selten und nur bei besonders grossen Bruchgeschwülsten kann es erforderlich sein einen X- oder T-Schnitt zu machen. Die meisten Wundärzte (namentlich Scarpa, Louis, Pott) empfehlen, die Incision noch über die Grenzen der Bruchgeschwulst hinaus zu machen und jedenfalls die Bruchpforte vollständig bloszulegen. In neuerer Zeit hat man, nach dem Vorgange von Cooper, den Einschnitt oft nur bis in die Nähe der Bruchpforte ausgedehnt, um diese nach vollendeter Operation mit unversehrter Haut bedecken zu können.

Zweiter Act: Bloslegung und Eröffnung des Bruchsacks. Von hier ab erfordert die Operation grosse Aufmerksamkeit. Man incidirt die verschiedenen Bindegewebsblätter in der Richtung des Hautschnitts, Schicht für Schicht. Sofern der Operateur ganz sicher ist, geschieht dies mit dem wie eine Schreibfeder gehaltenen Bistouri in geraden Zügen, sobald er aber eine Verletzung der tiefer gelegenen Theile befürchtet, auf der Hohlsonde, indem man zuerst mit der Pincette oder den Fingerspitzen eine kleine Falte erhebt, diese mit dem flach geführten Messer abträgt und die Zellgewebsschichten mit der Hohlsonde unterminirt (vgl. Bd. I. pag. 103 u. 106). Allzu kühn ist das Verfahren mit einer an ihrem Ende zugespitzten Hohlsonde, einer sogenannten *sonde à panaris*, mit welcher man leicht in eine nicht beabsichtigte Tiefe gerathen kann. Dagegen kann man auch mit grosser Sicherheit und Schnelligkeit in die Tiefe vordringen, indem man die zu durchschneidenden Theile mit zwei Pincetten in eine Falte erhebt, die eine Pincette sofort dem Gehülfen übergiebt, und dann zwischen beiden einschneidet. Die auf solche Weise auszuführende Bloslegung des Bruchsacks braucht nicht immer sogleich in der ganzen Ausdehnung desselben zu erfolgen; jedenfalls aber muss man den Bruchsack in der Nähe der Bruchpforte vollständig bloslegen.

Nachdem man zum Bruchsack gelangt ist, handelt es sich zunächst um die Entscheidung, ob derselbe geöffnet, oder die Reposition, nach vorgängiger Erweiterung der Bruchpforte ausserhalb des Bruchsackhalses, versucht werden soll. Sind Bruchsackhals und Bruchpforte innig mit einander verwachsen, so dass es nicht gelingt, eine Sonde oder den Knopf eines Bruchmessers dazwischen zu schieben, so wird man auf die Erweiterung der Bruchpforte ohne Spaltung des Bruchsacks verzichten müssen. Anderen Fa kann diese in der unten näher zu beschreibenden Weise vorgenommen werden, so dass dann hier sogleich der dritte Act der Operation sich anschliesst. Unzweifelhaft ist die Gefahr des Bruchschnittes ohne Eröffnung des Sackes in Bezug auf die zu erwartende Peritonitis geringer. Dagegen wird man Verwachsungen oder Verschlingungen der Eingeweide, welche im Bruchsack bestehen, bei einem solchen Verfahren nicht erkennen, auch über den Zustand des Darmes, namentlich also die etwa bestehende Gangrän desselben keinen Aufschluss erhalten. Letztere wird jedoch aus der Beschaffenheit der umgebenden Theile ziemlich genau erkannt werden können; Verschlingungen des Darmes sind sehr selten; somit dürfte wohl in solchen Fällen, wo die Einführung des Bruchmessers zwischen Bruchsackhals und Bruchpforte ausführbar ist, stets der Versuch zu empfehlen sein, durch diesen äusseren Bruchschnitt ohne Eröffnung des Sackes, die Reposition möglich zu machen. In Betreff der bei dem Repositionsversuche anzuwendenden Gewalt wird man sich aber, da man direct auf den Bruchsack einwirkt, in noch engeren Schranken halten müssen, als bei der gewöhnlichen Taxis ohne Bloslegung des Bruchsacks (s. unten).]

[Will oder muss man aber den Bruchsack eröffnen, so ist auf das genaue Erkennen desselben das grösste Gewicht zu legen.] Woran erkennt man, dass man den Bruchsack vor sich habe? In der Regel erscheint er als ein dünnes, aber doch derbes, seröses Blatt, durch welches hindurch man häufig die Farbe und Gestalt des vorliegenden Netz- oder Darmstückes und die dasselbe umspülende Flüssigkeit erkennen kann. Den bestimmt erkannten Bruchsack eröffne man dann in der p. 765 beschriebenen Weise, indem man mit der Pincette oder den Fingern eine Falte erhebt. Sofort fliesst aus der kleinen Oeffnung ein Theil des Bruchwassers. Man führt durch dieselbe demnächst eine Hohlsonde ein, die man unmittelbar an der inneren Fläche des Bruchsacks und mit sorgfältiger Vermeidung aller in demselben gelegenen Theile vorwärts schiebt. Nachdem man sich genau überzeugt hat, dass sich wirklich nur der Bruchsack auf der Hohlsonde befindet, spaltet man ihn auf derselben mit dem Messer oder einer Scheere in hinreichender Ausdehnung, um den Finger bequem einführen zu können. Auf diesem oder, wenn Raum genug vorhanden ist, auch auf zwei eingeführten Fingern erweitert man demnächst die Oeffnung im Bruchsack bis gegen die Bruchpforte hin, und wenn es darauf ankommt, eine genaue Einsicht in die relative Lage der Brucheingeweide zu gewinnen, auch in der entgegengesetzten Richtung bis zum blinden

Ende des Sackes. Hierbei haben die eingeführten Finger den Eingeweiden Schutz zu gewähren vor einer Verletzung durch das schneidende Instrument. Geschicklichkeit und Vorsicht sind bei der Ausführung dieses Theiles der Operation erforderlich. Hier muss man nur das Tuto, nicht das Cito im Auge haben. Die Eingeweide erscheinen nach der Eröffnung des Sackes in Gestalt einer gestielten Geschwulst, deren Stiel in der Bruchpforte festsitzt. Das Netz hat eine etwas dunklere Farbe als im normalen Zustande, ist zuweilen mit Ecchymosen besetzt; das mit ihm zugleich im Bruchsack liegende Darmstück wird von ihm bedeckt oder auch verdeckt. Die eingeklemmte Darmschlinge erscheint gewöhnlich glatt und gespannt, zuweilen von einer dünnen Schicht fibrinösen Exsudates bedeckt, welche ihr ein zottiges, sammtartiges Aussehn verleiht. Die Farbe des Darmes ist braunroth oder noch dunkler, selbst chokoladenbraun. Man sieht die Darmgefässe bogenförmig auf der convexen Seite der Darmschlinge anastomosiren und bemerkt an der entgegengesetzten Seite die Anheftung des Mesenteriums. Die braunrothe Farbe der Darmschlinge sticht sehr entschieden ab gegen hellere Farbe der umgebenden Theile, so dass es nur ein Ungeübten begegnen wird, den blosgelegten Darm zu verkennen. Wir haben bisher nur auf die gewöhnlichen einfachen Fälle Rücksicht genommen, aber es kommen mancherlei Abweichungen vor. Das Bruchwasser ist zuweilen nur in sehr geringer Menge vorhanden, oder fehlt gänzlich; im letzteren Falle sind die Eingeweide in unmittelbarer Berührung mit dem Bruchsacke und alsdann gewöhnlich in mehr oder weniger grösserer Ausdehnung mit demselben verwachsen (*Hernia sicca*). In alten Brüchen sind die den Bruchsack umgebenden Bindegewebsschichten zu membranösen Blättern verdichtet, so dass einzelne derselben für den Bruchsack gehalten werden können. Zuweilen findet sich in der Umgebung des Bruchsacks eine so grosse Menge Fett, dass man das Netz vor sich zu haben glaubt, obgleich der Bruchsack noch gar nicht geöffnet ist. Eine Cyste kann vor dem Bruchsack liegen, zuweilen auch aus einer Abschnürung desselben entstanden sein, vgl. pag. 691. In anderen Fällen liegt der Bruchsack unmittelbar unter der Haut und ist mit den Eingeweiden fest verklebt; alsdann kann schon bei den ersten Schnitten nicht blos der Bruchsack, sondern zugleich das eingeklemmte Darmstück unabsichtlich geöffnet werden. Fälle der Art haben sich nicht blos unter den Händen Ungeübter, sondern auch unter denen berühmter Wundärzte zugetragen, so z. B. Dupuytren, vgl. *Lancette française* Tom. I. pag. 66. No. 17.

Die Verdickung und Verdichtung des subcutanen Bindegewebes und die durch Fettanhäufung bedingte Aehnlichkeit mit dem Netz werden zu einem Irrthum nicht Veranlassung geben können, wenn man genau beachtet, dass diese Theile nicht nach allen Seiten hin isolirt werden können und dass weder die eigenthümliche Art der Zusammenfaltung, in der sich das Netz befindet, wenn es nicht etwa durch alte Adhäsionen fest verklebt ist, noch auch die braune Farbe und die eigenthümliche Gefässanordnung an ihnen sich zeigt, wie am Darm. Die Anwesenheit einer Cyste oder eines im Bruchsackhalse obliterirten und nunmehr mit Flüssigkeit gefüllten zweiten Bruchsackes könnte den Wundarzt zu der Ansicht verleiten, er habe sich getäuscht und es seien die Einklemmungs-Erscheinungen vielmehr von einer inneren Einklemmung abzuleiten. In solchen Fällen muss man daher die hintere Wand der Cyste besonders aufmerksam untersuchen. Liegt noch eine eingeklemmte Hernie hinter ihr, so findet man diese hintere Wand gleichmässig hervorgewölbt, prall, und kann oft selbst Fluctuation beim Druck auf dieselbe entdecken. In allen solchen Fällen muss man sie vorsichtig mit zwei Pincetten zu einer Falte erheben und zwischen diesen einschneiden, um demnächst mit allen oben angegebenen Vorsichtsmassregeln zum Bruchsack weiter vorzudringen.

Wenn das Darmstück durch ausgebreitete und feste Adhäsionen mit dem Bruchsack gerade an der Stelle zusammenhängt, wo die Eröffnung gemacht wird, so dürfte eine Verletzung des Darmes unvermeidlich sein. Man suche daher die Eröffnung des Bruchsacks stets an einer solchen Stelle zu machen, wo entweder Bruchwasser oder Netz dahinter entdeckt werden kann. Die Fälle, in denen dies ganz unmöglich wäre, sind selten. Wird aber der Darm in nicht allzu grosser Ausdehnung einfach und ohne Substanzverlust angeschnitten, so hat dies keine so üblen Folgen, als man von vorneherein glauben sollte. Gewöhnlich erfolgt sogar die Heilung ohne Bildung einer Kothfistel. Man hat in solchen Fällen beobachtet, dass der Darm zunächst seinen Inhalt durch die Schnittwunde entleert, sich dann stark verengert und allmälig sich ohne besondere Kunsthülfe in die Bauchhöhle zurückzieht. Natürlich wird man nicht daran denken, den verletzten Darm in die Bauchhöhle zurückzubringen, es sei denn, dass man die Wunde vorher sorgfältig durch eine Darmnaht geschlossen hätte. Will man dies nicht, so muss man das Darmstück ruhig im Bruchsack liegen lassen, bis die Heilung der Darmwunde erfolgt ist und, sofern irgend welche Neigung zur Zurückziehung vor dieser Zeit besteht, durch Anlegen einer Fadenschlinge diesem gefährlichen Ereignisse vorbeugen. Jedenfalls ist aber die Anlegung der Darmnaht der kürzere Weg zur Heilung und wenn auch Erfahrungen vorliegen, dass ohne dieselbe Heilung nach einer solchen Verletzung erfolgen kann, so müssen wir sie doch aus denselben Gründen wie bei anderen Darmwunden als das allgemein einzuschlagende Verfahren empfehlen.

Die Frau, bei welcher Dupuytren in Vidal's Gegenwart den Darm öffnete, war in 3 Wochen geheilt. Sanson und Dupuytren sahen eine Schnittwunde von 8 Ctm. Länge, welche ein anderer Wundarzt bei einer Bruchoperation dem Darm beigebracht hatte, gleichfalls in wenigen Wochen heilen. Vgl. *Dictionnaire de médecine et de chirurgie pratiques Articl. Hernie, Tom. IX. pag. 492 et suiv.*

Die vorstehenden Bemerkungen werden hinreichen, um zu zeigen, dass man nicht blos aus kindischer Furcht oder Anfänger-Aengstlichkeit bei der Eröffnung des Bruchsacks Vorsicht zu empfehlen hat. Somit ist auch das Verfahren von Louis, welches darin bestand, sogleich nach Durchschneidung der Haut eine spitze Hohlsonde an der Seite des unteren Theils der Bruchgeschwulst einzustossen, um auf dieser dann die Dilatation mit dem Messer vorzunehmen, durchaus zu verwerfen. Der einzige Vortheil, den dies Verfahren darbietet, dass nemlich der Operations-Act schneller vollendet wird, darf den beträchtlichen Gefahren gegenüber durchaus nicht in Anschlag gebracht werden, da die Blosslegung und Eröffnung des Bruchsacks nur in geringem Grade schmerzhaft ist. |Bei Anwendung des Chloroforms fällt auch die letzte Spur eines Grundes für ein solches Verfahren gänzlich fort|.

Nach Eröffnung des Sackes erscheinen die Bruch-Eingeweide grösser als vorher, weil sie bis dahin durch den sie umschliessenden Bruchsack allseitig zusammengedrückt waren. Man untersucht nunmehr mit der Fingerspitze den Zustand der Bruchpforte und des Bruchsackhalses, um zu erfahren, ob und in welcher Richtung hier die Erweiterung mit dem Messer vorzunehmen ist, denn in einzelnen Fällen hat man die Reposition gelingen sehen, nachdem die Lage der Brucheingeweide etwas verändert und namentlich die eingeklemmte Darmschlinge etwas weiter hervorgezogen war, ohne dass eine Erweiterung der Bruchpforte nöthig wurde.

Dritter Act: Erweiterung der Bruchpforte. Zur Ausführung dieses Operationsactes sind eine grosse Menge von Instrumenten erfunden worden, welche alle, bald durch ihre Gestalt, bald durch complicirte Mechanismen die Vermeidung einer zufälligen Verletzung des Darmes oder eines Gefässes dem Operateur erleichtern sollen. Unentbehrlich ist nur das von Pott zuerst angegebene und von A. Cooper späterhin etwas abgeänderte sogenannte Bruchmesser, Herniotom, d. h. ein schmales, schwach sichelförmig gekrümmtes Messer, an dessen Spitze sich ein, nach der Modification von Cooper etwas länglicher, plattgedrückter Knopf befindet. Cooper hat überdies, da man nur einen sehr kleinen Theil der Klinge wirklich zum Schneiden benutzt, auch nur diesen nach Art eines Messers schleifen, die übrige Klinge aber in einen plattgedrückten auf allen Seiten stumpfen Stiel umwandeln lassen (Fig. 101).

Fig. 101.

Das Pott'sche Messer lässt sich sehr leicht dem Cooper'schen ähnlich machen, indem man den nicht zu benutzenden Theil der Klinge mit einem Heftpflasterstreifen umwickelt. Alle übrigen Instrumente, sowohl die Flügelsonden (Hohlsonden mit flügelförmigen Seitenstücken), deren Flügel dem Darme zum Schutz dienen sollten, als auch die zahlreichen Bistouris cachés, welche in besonderen Scheiden stecken und aus diesen bei einem bestimmten Druck hervorspringen, haben sich als überflüssig, zum Theil sogar als schädlich erwiesen.

Flügelsonden sind namentlich von Méry und Rust, Bistouris cachés von Bienaise (das Frère Cosme'sche Lithotome caché im Kleinen) und von Ledran angegeben worden. Chomard empfiehlt ein geflügeltes Bistouri. Die zweckmässigste Construction besitzt unter den complicirten Bruchmessern das von Grzymala erfundene und von Robert in Paris lebhaft empfohlene Instrument. [Dies hat die Gestalt eines gewöhnlichen Pott'schen Messers und kann als solches auch, nach Entfernung der deckenden Scheide, benutzt werden. Beim Druck auf den Griff springt die Klinge ein wenig aus der Scheide hervor, so dass man sicher ist, immer nur sehr kleine Incisionen damit zu machen. Auch dieser sinnreiche Mechanismus dürfte nur in den Händen eines Geübten von Vortheil sein und dieser wird desselben wiederum nicht bedürfen. Ueberdies ist der Knopf an der Spitze viel zu dick.]

So weit es irgend möglich ist, bedient man sich zur Leitung des Bruchmessers stets des Zeigefingers der linken Hand, dessen Spitze man gegen den zu incidirenden Rand der Bruchpforte andrückt, während die Rückenseite den Eingeweiden zugewandt ist. Auf die Volarfläche der Fingerspitze legt man das Bruchmesser mit zur Seite gewandter Schneide flach auf und schiebt oder drängt zunächst den flachen Knopf desselben in die Bruchpforte, resp. den

Bruchsackhals, bis in die Nähe des schneidenden Theils hinein. Demnächst wendet man das Messer so, dass die Schneide gegen den einklemmenden Rand und der Rücken gegen die Volarfläche des leitenden Fingers gekehrt ist (Fig. 102), und trennt, indem man einen kleinen Theil der Schneide in die Bruchpforte einschiebt, mehr durch Druck, als durch Hin- und Herziehen des Messers, die einklemmenden Fasern. [Wer den Rath giebt, man solle die Fingerspitze in die Bruchpforte schieben und dann erst auf dieser das Herniotom einführen, muss entweder mit sehr weiten Bruchpforten oder mit ungemein schwacher Einklemmung zu thun gehabt haben, denn anderen Falls ist diese Vorschrift ganz unausführbar. Um in enge Bruchpforten das Herniotom sicher einzuführen, hat man sich der Hohlsonden und namentlich auch der Flügelsonden bedient. Dieselben beengen unnöthiger Weise den Raum und gewähren keine grössere Sicherheit, am wenigsten aber eine grössere Leichtigkeit der Ausführung].

Fig. 102.

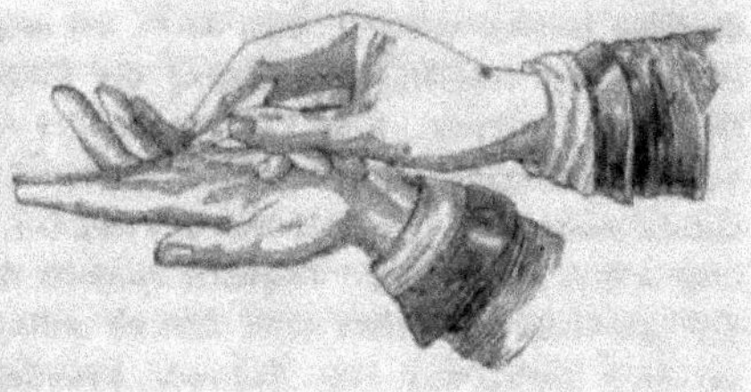

Fig. 103.

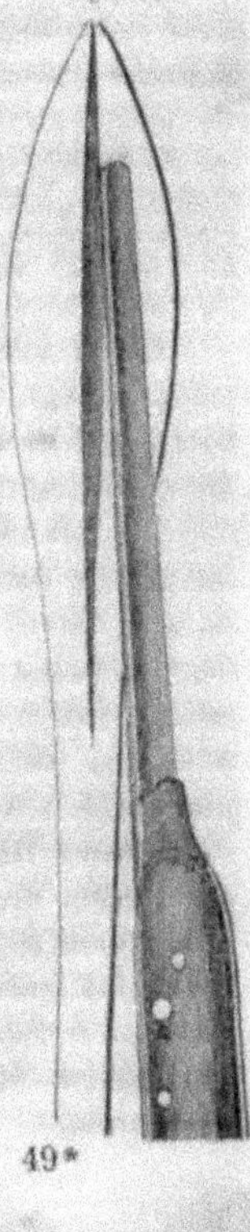

[Der von Vidal] empfohlene Spatel, Fig. 103, der, um ihn neben anderweitigem Gebrauch, auch beim Bruchschnitt benutzen zu können, in der Mitte eine Längsfurche besitzt, ist in der That nur eine Modification der Flügelsonden (allerdings eine Vereinfachung und Verbesserung). Sein Gebrauch, der

Fig. 104.

sich aus Fig. 104 von selbst ergiebt, dürfte kaum jemals vor der oben beschriebenen Anwendung des Fingers den Vorzug verdienen.]

So wie der Sitz der Einklemmung mannigfaltige Verschiedenheiten darbietet (vgl. p. 741 u. f.), muss auch der zur Hebung der Einklemmung zu machende Schnitt bald den Bruchsackhals und die Bruchpforte, bald nur den ersteren allein, bald auch Stricturen in der Mitte des Sackes oder festgeheftete Netzstränge treffen. — Im Wesentlichen aber wird das Verfahren hierbei immer dasselbe bleiben müssen: man sucht mit möglichst kleinen Schnitten und mit sorgfältiger Schonung der Eingeweide hinreichenden Raum zu gewinnen. Eine Erweiterung des einklemmenden Ringes um 4—6 Millimeter ist in der Regel genügend; grössere Einschnitte, wie sie namentlich von Pott und Garengeot gemacht wurden, sind sehr selten erforderlich. Obgleich dadurch die Reposition auch in den gewöhnlichen Fällen noch leichter gelingt, so vermeidet man sie doch gern, weil eine dauernde Erweiterung der Bruchpforte zurückbleibt und somit die Zurückhaltung der Hernie später noch schwieriger wird. Sitzt die Einklemmung aber an dem oberen Ende eines langen Canals, so kann es erforderlich werden, diesen in seiner ganzen Ausdehnung zu spalten.

Dupuytren, Sanson und mehrere Andere sahen sich z. B. genöthigt, die ganze vordere Wand des Leistencanals und selbst die Bauchwand noch über den Leistencanal hinaus bis zur Höhe der *Crista ilei* zu spalten. Vgl. Sanson in dem Art. „Hernie" des *Diction. de méd. et de chirurg. pratiq.* Tom. IX, p. 294.

Hat in solchen Fällen nur der Bruchsackhals die Einklemmung bedingt, so gelingt es zuweilen, ihn ohne Spaltung der Bauchwand so weit aus der Bruchpforte hervorzuziehen, dass man der einklemmenden Stelle mit dem Messer beikommen kann.

Die Richtung, in welcher die Bruchpforte einzuschneiden, hat man je nach der Localität verschieden zu bestimmen gesucht, da man überall die Verletzung wichtiger Theile, namentlich der in der Bauchwand verlaufenden Arterien und des Samenstranges vermeiden wollte. Am sichersten wird aber diese Absicht erreicht, wenn man statt eines Schnittes mehrere ganz kleine Einkerbungen macht, von 2 oder höchstens 3 Millimeter Tiefe, wie dies zwar von früheren Wundärzten schon gelegentlich ausgeführt, von Vidal aber 1828, in seiner *Thèse inaugurale*, als allgemein anzuwendende Methode empfohlen worden ist. Diese, nach verschiedenen Seiten hin gerichteten kleinen Einschnitte — „*Débridement multiple*" — treffen nirgend die in der Umgebung der Bruchpforten verlaufenden Arterien und gewähren überall eine hinreichende Erweiterung.

Die Fälle, in denen bei Anwendung ausgiebiger Schnitte lebensgefährliche innere Blutungen veranlasst wurden, sind leider nicht so ganz unerhört (s. unten). Andrerseits bleibt es aber doch richtig, dass die Furcht vor der Epigastrica bei weitem mehr Kranke zu Grunde gerichtet hat, als die Verletzung derselben (Dieffenbach), und heut zu Tage müsste uns ein Wundarzt vollständig lächerlich erscheinen, der aus Besorgniss vor einer Arterienverletzung die Herniotomie unterlassen wollte.

Da wir jetzt wissen, dass durch kleine unschädliche Schnitte die Erweiterung der Bruchpforte sicher gelingt, verdient der Vorschlag, durch das Einführen stumpfer Instrumente (Haken- oder zangenförmige Dilatatorien, wie sie von Arnaud, Leblanc, Kluge angegeben worden sind) denselben Zweck zu erreichen, kaum noch Erwähnung. In den meisten Fällen ist es ganz unmöglich, solche Instrumente zwischen dem einklemmenden Ringe und den Eingeweiden einzuführen, ohne die letzteren gewaltig zu quetschen. Die Erweiterung selbst aber gelingt entweder gar nicht, oder doch nur durch abermalige Quetschung und Zerreissung der Bruchpforte und ihrer Umgebungen.

Wenn alte Adhäsionen den ganzen Umfang des Darmes im Bruchsackhalse festheften, so wird es unmöglich das Bruchmesser dazwischen einzuführen. Alsdann soll man, nach dem Rathe von Arnaud, den Darm öffnen und von dessen Höhle aus die erforderlichen Schnitte führen, somit Darmrohr und Bruchsackhals zugleich einschneiden. Die hieraus hervorgehenden Uebelstände bedürfen keiner weiteren Schilderung. Besser ist es wohl in solchen Fällen die Trennung der einklemmenden Fasern in der Richtung von Aussen nach Innen mit vorsichtigen kleinen Messerzügen zu bewerkstelligen.

Vierter Act: Reduction. Sobald die Brucheingeweide blosgelegt sind, erforscht man mit dem Auge und dem Finger deren Beschaffenheit, um darüber zu entscheiden, ob sie in die Bauchhöhle zurückgebracht werden sollen, oder nicht. Zu letzterem Verfahren muss man sich entschliessen, wenn Gangrän besteht oder vorauszusehen ist. Die Rücksichten sind verschieden, je nachdem es sich um Darm oder Netz oder um beides handelt. In den Darmnetzbrüchen bedeckt und umhüllt das Netz ganz gewöhnlich die in der Tiefe liegende Darmschlinge. Man muss das in einem Bruche liegende Netzstück daher stets sorgfältig entfalten und emporheben, damit man eine, vielleicht nur kleine und versteckt liegende Darmschlinge nicht übersehe.

Das eingeklemmte Darmstück, welchem, wenn es mit einem Netzstück zusammenliegt, doch immer die erste und grössere Aufmerksamkeit zu widmen ist, wird zunächst ein wenig weiter hervorgezogen, um die Stelle, auf welche die Einklemmung direct gewirkt hat und an welcher daher Nekrose der Darmhäute am frühsten zu erwarten ist, genau zu besichtigen. Dies Hervorziehen der Darmschlinge gewährt überdies den Vortheil, dass ihr Inhalt sich auf einen grösseren Raum vertheilen kann, so dass die Darmschlinge nicht mehr so strotzend gefüllt und gespannt erscheint, als vorher. Ist die Einklemmung frisch, so verblasst hierauf auch die braun-rothe Farbe, welche der Darm zuerst zeigt, in merklichem Grade. Bestand die Einklemmung schon längere Zeit, so bleibt die dunkle Farbe, ohne dass deshalb die Reposition zu unterlassen wäre. Dagegen ist von derselben abzustehen, wenn das Darmstück nicht mehr in seiner ganzen Ausdehnung die normale Resistenz darbietet, wenn es ferner auch nur zum Theil emphysematös ist, wenn es an einzelnen Stellen graue oder hellrothe Flecke zeigt, wenn es an der Stelle der Einklemmung in hohem Grade verengt ist und auch nach Lösung derselben verengt bleibt, wenn es bereits tiefe Ulcerationen oder gar vollständigen Zerfall zeigt.

In zweifelhaften Fällen könnte man eine kleine oberflächliche Incision in die Serosa des Darmes machen, gerade an der Stelle, die am stärksten erkrankt zu sein scheint. Dringt aus dieser Schnittwunde ein Tröpfchen Blut hervor, so kann man darauf rechnen, dass der Kreislauf sich wieder herstellen und Gangrän somit nicht eintreten werde. Anderen Falls aber thut man gut, die Reposition zu unterlassen. In zweifelhaften Fällen reponirt man, lässt aber den übelsten Theil des Darmes dicht an oder in der erweiterten Bruchpforte liegen (wie bei einer Darmwunde vgl. p. 635 u. f.) um, wenn die Abstossung des Brandschorfes erfolgt, sicher zu sein, dass der Darminhalt seinen Weg nach Aussen nehmen wird.

Zum Behuf der Reduction giebt man dem Patienten eine für die Erschlaffung der Bauchmuskeln günstige Lage, reinigt die Oberfläche des Darmstücks vorsichtig mit einem feuchten Schwamm, wenn Blutgerinnsel oder fremde Substanzen ihr anhaften, und sucht seinen Inhalt durch mässigen Druck in den innerhalb der Bauchhöhle liegenden Theil des Darmes zurückzudrängen. Ist die Darmschlinge klein, so ergreift man sie mit drei Fingern und schiebt sie, unter allmälig gesteigertem Druck zurück, während der Zeigefinger der anderen Hand ihr bis in die Bauchhöhle hinein nachfolgt. Hat man dagegen eine sehr grosse Darmschlinge zurückzubringen, so fixirt man das eine Ende derselben in der Nähe der Bruchpforte mit der linken Hand, während man mit der rechten die Reposition von dem anderen Ende aus beginnt und die reponirten Stücke jedesmal mit dem Zeigefinger bis in die Bauchhöhle begleitet. Liegen die beiden Enden der Darmschlinge so, dass das eine sich vor dem anderen befindet, so beginnt man die Reposition immer an dem nach hinten gelegenen Stück, weil dieses leichter über die unverletzte hintere Wand des Bruchsackes fortgleitet. |Es ist nützlich, während der Reposition den geöffneten Bruchsack durch einen Gehülfen ausgespannt halten zu lassen, damit er keine hinderlichen Falten bilden könne|. Bei Darmnetzbrüchen muss man das Netz durch einen Gehülfen emporhalten lassen, um eine, die Reposition des Darmes störende Faltung und Einschiebung desselben zu verhüten.

Zuweilen stösst man bei der Reposition, trotz hinreichender Erweiterung der Bruchpforte, auf besondere Schwierigkeiten.

Adhäsionen, durch welche bald die einander zugewandten Flächen der Darmschlinge, bald Darm und Bruchsack, bald auch Netz und Darm mit einander verklebt werden, können die Reduction erschweren. Sind sie frisch, aus sogenannter plastischer Lymphe gebildet, so trennt man sie mit dem Finger oder mit dem Scalpellstiel und berücksichtigt sie weiter nicht. Ein gleiches Verfahren kann bei nicht allzu ausgebreiteten und wenig gefässreichen älteren Adhäsionen stattfinden. Bei grosser Ausbreitung und Festigkeit dagegen muss ein sorgfältiges Ablösen durch Präparation mit dem Messer stattfinden, wobei man die Schneide immer vom Darm abwendet und lieber Theile des Bruchsacks oder des Netzes an der Darmschlinge zurücklässt, als letztere der Gefahr einer Verletzung aussetzt. Hierbei kann man begreiflicher Weise auf ganz unbesiegbare Schwierigkeiten stossen.

Man wird natürlich die Ablösung so weit fortsetzen, als es irgend möglich ist; aber der Ausspruch von Pott, dass Adhäsionen, durch welche die Reposition ganz unmöglich gemacht würde, gar nicht vorkämen, und dass man unter keiner Bedingung die Darmschlinge ausserhalb der Bauchhöhle liegen lassen dürfe, lässt sich in dieser Allgemeinheit nicht festhalten.

Wenn die Lösung und somit die Reposition der Darmschlinge durchaus nicht gelingt, so lässt man sie in ihrer alten Lage und bedeckt sie mit einem in Oel getränkten Läppchen. War sie sehr klein, so sieht man sie zuweilen allmälig, in Folge der peristaltischen Bewegungen des übrigen Darmcanales und der Verkürzung des Mesenteriums, zurückweichen, — natürlich immer in ihrer abnormen Verbindung mit dem Bruchsack, welchen sie mit sich in die Bruchpforte hineinzieht. Bei weitem häufiger geht aber das vorliegende Darmstück gar nicht oder doch nur theilweise in die

Bauchhöhle zurück. Es entwickeln sich Adhäsionen zwischen der Oberfläche des Darmes und der bedeckenden Haut und da die Hautwunde in der Regel etwas klafft, bildet sich ein Theil der Narbe geradezu auf dem Darme.

Dieser Vorgang ist schon im vorigen Jahrhundert von Vacher an einer kopfgrossen Hernie beobachtet worden. Man sah später unter der Narbe sehr deutlich die mit einander fest verklebten Darmwindungen.

Ein solcher Heilungsvorgang lässt immer voraussetzen, dass die Bruchpforte hinreichend erweitert worden war, um den Darminhalt bequem in die vorliegende Darmschlinge ein und aus derselben wieder zurücktreten zu lassen, dass ferner die vorliegende Darmschlinge sich in einem vollkommen lebenskräftigen Zustande befand und dass die durch die Berührung mit der äusseren Luft erregte Entzündung keine grössere Ausdehnung gewonnen hat.

Wenn Verwachsungen zwischen den vorliegenden Darmwindungen selbst bestehen, so muss sorgfältig geprüft werden, ob dieselben von der Art sind, dass nach gelungener Reposition die Fortbewegung des Darminhaltes dadurch gestört werden würde. Ist dies der Fall, so muss man die Adhäsionen zu lösen suchen. Gelänge dies gar nicht oder nur mit so bedeutender Gefässverletzung, dass Gangrän eines Darmstückes dadurch bedingt werden könnte, so müsste man in ähnlicher Weise, wie bei einem bereits brandigen Bruch, entweder absichtlich einen künstlichen After anlegen, oder den allerdings kühnen Versuch wagen, das vorliegende Darmstück ganz auszuschneiden und die beiden Darmenden durch die Naht zu vereinigen.

[Einen merkwürdigen Fall, wonach Reposition der verwachsenen Darmschlinge der Tod unter Fortdauer der Einklemmungs-Erscheinungen bald erfolgte, weil die bestehenden Verwachsungen das Darmstück undurchgängig machten, hat Ulrich in der Zeitschrift der Wiener Aerzte 1855 beschrieben].

[In Fällen, wo die Reposition des Darmes nach ausgiebiger Erweiterung der Bruchpforte dennoch nicht gelingen wollte, weil der Darm zu bedeutend überfüllt war, ist von einzelnen Wundärzten (namentlich v. Ludwig, v. Gräfe, Dinkelacker) mit glücklichem Erfolge die Punction des Darmes mittelst einer Messer- oder Scheerenspitze ausgeführt worden[1]). Es ist aber schwer zu begreifen, wie die Ueberfüllung des vorliegenden Darmstückes ein Repositionshinderniss abgeben soll, nachdem die Bruchpforte hinreichend erweitert ist. Denn wenn letztere auch

[1]) [Vgl. mein Referat in Canstatt's Jahresbericht pro 1854 p. 71 und 72].

nicht das Zurücktreten der ganzen Darmschlinge gestattet, so wird sie doch die Entleerung des Darmstückes durch einen sanften Druck zulassen und der leere Darm wird dann auch durch eine nur wenig erweiterte Bruchpforte zurückzubringen sein. Wahrscheinlich war das Hinderniss der Reposition in solchen Fällen (vorübergehend) auch noch in anderen Verhältnissen begründet].

Schwierigkeiten bei der Reduction können auch durch Ueberfüllung der Bauchhöhle bedingt werden, mag dieselbe nun schon vorher in der bei den „irreponiblen Brüchen" geschilderten Weise bestanden haben, oder durch Auftreibung des Darmes entstanden sein. J. L. Petit operirte bei einem fettleibigen 30jährigen Manne eine grosse Hernie. Der Darm wurde blossgelegt, die Bruchpforte hinreichend erweitert; aber die Reduction gelang nicht, obgleich der Darm weder geschwollen, noch aufgetrieben war. Man liess das Darmstück daher in seiner Lage und bedeckte es nur mit erweichenden Umschlägen, welche fünf- oder sechsmal täglich gewechselt wurden. Schmale Kost und wiederholte Blutentziehungen verminderten nach und nach den Fettgehalt des Netzes und des Mesenteriums. Das Darmstück ging allmälig zurück und nach zwei Monaten war die Heilung vollendet. Die convexe Seite der Darmschlinge blieb in der Bruchpforte dicht unter der Narbe liegen. Der Kranke trug deshalb ein Bruchband mit ausgehöhlter Pelotte. Das Verfahren von Petit, in einem solchen Falle die Zurückziehung des Darmes abzuwarten und weder durch gewaltsame Taxis, noch gar durch Ausschneiden der vorliegenden Darmschlinge eine scheinbar bessere Kunsthülfe zu leisten, verdient unzweifelhaft volle Anerkennung. Man würde in ähnlichen Fällen immer wieder in derselben Weise zu handeln haben. Die Eingeweide gehen nicht in die Bauchhöhle zurück, weil dort kein Platz mehr für sie ist, „sie haben" (wie sich Louis, *Mém. de l'Acad. de chirurg.* Tom. IV, p. 316, bereits ausdrückte) „ihr Bürgerrecht in der Bauchhöhle verloren", und wollte man sie in diese zurückdrängen und daselbst einzwängen, so würden auf der Stelle die heftigsten Zufälle einer inneren Einklemmung, Uebelkeit, Erbrechen, unerträgliche Schmerzen, sich einstellen und den Arzt nöthigen, die zurückgebrachten Eingeweide wieder hervortreten zu lassen. Dabei kann es sich dann ereignen, dass es gar nicht gelingt sie wieder herauszubefördern, ohne eine neue Erweiterung der Bruchpforte hinzuzufügen[1]. Bei Anwendung bedeutender Gewalt auf

[1]) Vgl. J. L. Petit, *Traité des malad. chirurg.* p. 397 und 397.

die blossgelegte Darmschlinge kann überdies Zerreissung oder Zersprengung derselben vorkommen (A. Cooper). — Wenn man genöthigt ist, eine Darmschlinge ausserhalb der Bruchpforte liegen zu lassen, so muss man eine möglichst starke und vielseitige Erweiterung der Bruchpforte bewirken, da das Darmstück nachträglich immer noch anschwillt und daher, wenn dies nicht von vornherein berücksichtigt wird, leicht aufs Neue Einklemmung entstehen könnte.

Die Reduction der Brucheingeweide kann nach der Herniotomie auch durch grosse Auftreibung des in der Bauchhöhle liegenden Theils des Darmcanales erschwert oder unmöglich gemacht werden. Eine solche meteoristische Auftreibung ist niemals von der Einklemmung allein abhängig, sondern besteht, wie früher bereits gezeigt wurde, schon vor der Einklemmung und hat vielleicht ihrerseits die Einklemmung oder doch Einklemmungs-Erscheinungen veranlasst. In einem solchen Falle muss man gar nicht operiren oder wenigstens den Bruchsack nicht öffnen. Denn durch die erweiterte Bruchpforte werden nur immer mehr Eingeweide hervorgedrängt, mag man auch noch so sorgfältig durch Verbände diesem Hervordringen entgegenzuwirken suchen. Ueberdies bestehen die Einklemmungs-Erscheinungen, die wesentlich von einer relativen Enge der Bauchhöhle abhängen, trotz der Erweiterung der Bruchpforte, sobald man durch irgend welchen Druck das Austreten der Eingeweide zu verhüten sucht, mindestens in ebenso hohem Grade weiter fort.

In anderen Fällen liegt das Reductionshinderniss in einer zweiten Einklemmung, welche oberhalb der durch die Operation beseitigten ihren Sitz hat. Zuweilen bewirkt die obere oder hintere (d. h. der Bauchhöhle zugewandte) Oeffnung des Canales, durch welchen der Bruch hervorgetreten war, diese zweite Einklemmung, zuweilen auch der Bruchsackhals, der bei dem Versuche der Reposition über jene Oeffnung hinaus emporgeschoben ist. In letzterem Falle entsteht leicht eine Täuschung. Ist der oberhalb der vorderen Oeffnung des Bruchcanales liegende Theil des Bruchsackhalses ziemlich weit und enthält er ein ansehnliches Darmstück, so gelingt es nach Erweiterung der Bruchpforte leicht, das Darmstück, welches in der Fortsetzung des Bruchsackhalses lag, herauszuziehen. Der eingeführte Finger kann in dieser, bisher vom Darm angefüllten Höhle frei bewegt werden. Man glaubt mit ihm in die Bauchhöhle eingedrungen zu sein. Ist nun die vorliegende Darmschlinge von geringer Grösse, so kann man sie ohne grosse

Gewalt in den weiteren Theil des Bruchsackhalses, der dicht hinter der vorderen Oeffnung des Bruchcanales liegt, zurückstopfen. Wird der Irrthum nicht sogleich erkannt, so dauern die Einklemmungserscheinungen mit steigender Heftigkeit fort und der Ausgang ist voraussichtlich lethal. Gewöhnlich aber ist die Reduction in solchen Fällen sehr schwierig und wird, im Gegensatze zu dem gewöhnlichen Hergange, desto schwieriger, je mehr von dem vorgefallenen Darme man in die Bauchhöhle zurückgebracht zu haben glaubt. Hieraus erkennt man dann die eigenthümliche Sachlage. Der abermals in die Bruchpforte eingeführte Finger findet die scheinbar reponirten Theile im Bruchcanale selbst dicht zusammengedrängt. Dieselben können sogar eine äusserlich wahrnehmbare Geschwulst darstellen. Wird der Irrthum aufgeklärt, so ist die Indication sehr einfach. Man muss die in den Bruchcanal eingestopften Eingeweide wieder hervorziehen, den einklemmenden Ring am anderen Ende des Canales erweitern — und dann reponiren. Kann man das Bruchmesser nicht sicher mit dem Zeigefinger hinaufleiten, so muss man die vordere Wand des Bruchcanales spalten, um demnächst die erforderliche Incision der Strictur zu bewirken. Alle diese Verhältnisse sind fast ausschliesslich an Leistenbrüchen beobachtet worden, da nur diese einen längeren Canal darbieten.

Was ist zu thun, wenn der Darm bereits eine kleine Perforation erlitten hat? Wird die kleine Oeffnung durch die hervorgedrängte Schleimhaut ganz oder doch fast ganz verstopft, so reponirt man ohne Weiteres (Velpeau). Ist sie etwas grösser und fürchtet man, dass Darminhalt in die Bauchhöhle austreten könne, so verschliesst man sie in der von Cooper angegebenen Weise (vgl. pag. 647), oder bei noch beträchtlicherer Ausdehnung durch die Jobert'sche Darmnaht. Letztere ist namentlich auch anzuwenden, wenn der Operateur zufällig den Darm geöffnet hat. Immer aber wird es gut sein, dafür zu sorgen, dass das perforirte oder verletzte Darmstück in der Nähe der Bruchpforte liegen bleibt. Besteht aber eine grosse weite Oeffnung am Darm oder Gangrän in bedeutender Ausdehnung, so darf die Reposition ohne Weiteres niemals vorgenommen werden. Die Verhältnisse sind alsdann denjenigen analog, welche wir bei den grossen, die ganze Continuität des Darmrohres trennenden Wunden (pag. 635 u. f.) kennen gelernt haben. Dem entsprechend giebt es denn auch hier zwei Wege zur Heilung: entweder man lässt die brandige Darmschlinge, nach gehöriger Erweiterung der Bruchpforte, ausserhalb derselben liegen und erwartet, je nach der Ausdehnung der Gangrän, die Bildung einer Darmfistel oder eines *Anus praeternaturalis*, gegen welche dann später eine besondere Behandlung eingeleitet werden muss; oder man excidirt das brandige Darmstück gänzlich, vereinigt die beiden Darm-Enden durch die Naht und reponirt demnächst. Gewöhnlich wird der zuerst angegebene Weg eingeschlagen; jedoch wird dabei von manchen Seiten noch in Frage gestellt, ob die Bruchpforte überhaupt erweitert werden soll, wenn der Darm bereits brandig ist. Louis hielt dies nicht blos für unnütz, sondern auch für gefährlich, weil bei dem Einschneiden der Bruchpforte die sehr erwünschten Adhäsionen, welche sich zwischen dem Darm und der Bauchwand bereits gebildet haben, gelöst werden könnten. Travers und Lawrence haben dieselbe Ansicht geltend gemacht. Dagegen ist aber einzuwenden, dass die Ueberfüllung des oberen Darmendes alsdann nicht vollständig beseitigt werden kann. Denn das Einführen eines Katheters oder eines anderweitigen elastischen Rohres bewirkt die Entleerung nur sehr unvollkommen, kann auch zu einer Ablösung der bestehenden Adhäsionen Veranlassung geben und ist in manchen Fällen nur äusserst schwierig auszuführen. Besteht aber die Ueberfüllung des oberen Darmstückes weiter fort, so wird dadurch auch die Entzündung weiter unterhalten und es kann selbst zur inneren Perforation kommen. Die Erweiterung des einklemmenden Ringes ist also auch bei brandigen Brüchen zu empfehlen; nur muss sie in der Weise ausgeführt werden, dass die Lösung der bestehenden Adhäsionen verhütet wird. In dieser Absicht führte Dupuytren das Bruchmesser in das Darmrohr ein, wie es Arnaud bei dem Bestehen fester Adhäsionen zwischen Darm und Bruchsack empfohlen hatte (p. 772). Zweckmässiger ist das von A. Cooper empfohlene Verfahren, die Dilatation ausserhalb des Bruchsackhalses zu machen; natürlich ist dies aber in solchen Fällen unausführbar, wo die Einklemmung gerade vom Bruchsackhalse bewirkt wird.

Um eine schnellere Entleerung des Darminhaltes herbeizuführen, ist es zweckmässig, das brandige Darmstück in weiter Ausdehnung zu öffnen und die unzweifelhaft brandigen Theile der Darmwand geradezu zu excidiren. Dagegen ist die Exstirpation der ganzen Darmschlinge, sofern man nicht die Darmnaht anwenden will, ein überflüssiges und zuweilen, — da man dabei Adhäsionen lösen und Theile, deren Wiederherstellung noch möglich war, mit entfernen könnte, — sogar schädliches Unternehmen.

Jedenfalls muss man nach solchen Incisionen während der ersten 24 Stunden durch eine Fadenschlinge (La Peyronnie, Pott) das plötzliche Zurückweichen in die Bauchhöhle verhüten. Bestehen feste Verwachsungen zwischen Darm und Bruchsackhals, so ist dies nicht erforderlich, da alsdann die Zurückziehung nur ganz allmälig und unter gleichzeitiger Heilung des *Anus praeternaturalis* erfolgen kann. Jedenfalls aber lässt man den Kranken, bei dem ein brandiger Bruch operirt ist, jede Körperbewegung vermeiden, durch welche eine Zerrung des Darmes veranlasst werden könnte.

Das Verfahren von Littré, welcher nur das obere Darmende in der Bruchpforte zu befestigen rieth und so einen unheilbaren *Anus praeternaturalis* absichtlich anlegte, ist nur noch als eine Verirrung zu erwähnen.

Die Anwendung der Darmnaht bei brandigen Brüchen ist selten versucht und noch seltener gelungen. Die Aussichten auf Erfolg sind hier viel schlechter als bei Darmwunden. Zunächst muss ein mehr oder weniger grosses Stück des Darmrohres und ein entsprechender Theil des Mesenteriums ausgeschnitten werden, wodurch eine beträchtliche und schwer zu stillende Blutung veranlasst wird. Dann aber ist die Wahrscheinlichkeit der schnellen Vereinigung viel geringer, als bei einer Darmwunde von gleicher oder selbst noch bedeutenderer Ausdehnung, weil man nicht an einem übrigens gesunden, sondern an einem bereits heftig entzündeten Darme operirt.

Die in einer Hernie liegenden Theile des Netzes muss man, wenn sie gesund und nicht festgeheftet sind, in ähnlicher Weise, wie den Darm, jedoch, wenn Netz und Darm zugleich vorliegen, erst nach diesem zurückbringen. Man beginnt auch hier mit denjenigen Theilen des Netzes, welche der Bruchöffnung zunächst liegen. Das Zurückbringen gelingt beim Netze schwieriger als beim Darm, weil es weniger glatt, vielfach gefaltet und von unregelmässiger Gestalt zu sein pflegt, sich auch weniger comprimiren lässt und leichter zerreisst. Solche Zerreissungen aber sind sorgfältig zu vermeiden, weil durch sie, sowie durch Quetschungen, leicht eine bedenkliche Entzündung veranlasst werden könnte.

Die Reposition des Netzes wurde erst von Marechal eingeführt. Früher unterband man das Netz und schnitt es unter der Ligatur ab, mochte es krank oder gesund sein. Vgl. Verdier, *Mémoires de l'Académie de chirurgie* Tom. III. pag. 76.

Wenn das Netz mit dem Bruchsack durch einzelne Stränge verwachsen ist, so durchschneidet man diese und reponirt demnächst. Wenn es in grösserer Ausdehnung verwachsen ist, so kann man, sofern die Reposition des Darmes dadurch nicht gehindert wird, das ganze Netzstück im Bruchsack liegen lassen.

Pott und Cooper gaben noch den Rath, dass man in diesen Fällen die adhärirenden Theile abschneiden und das übrige Netzstück reponiren solle.

Ist das Netzstück angeschwollen, in eine kuglige oder cylindrische Masse umgewandelt, hat es also seine membranöse Beschaffenheit eingebüsst, ohne jedoch in seiner Structur übrigens wesentlich verändert zu sein; so kann man es reduciren, sofern dies ohne eine zu bedeutende Erweiterung der Bruchpforte möglich ist. Stellt es aber eine unförmige, grosse Masse dar, oder sind Cysten, sogenannte Hydatiden, oder eine anderweitige Neubildung in ihm entwickelt, enthält es endlich bedeutende Blutergüsse, oder ist es bereits gangränös geworden, so reducirt man nicht; namentlich im letzteren Falle würde darauf eine tödtliche Peritonitis folgen.

A. Cooper hat einmal beobachtet, dass ein grosser Brandschorf von dem in die Bauchhöhle zurückgebrachten Netze durch die Bruchpforte hindurch ausgestossen wurde. Am 16ten Tage nach der Operation war der Kranke dem Tode nahe. Tags darauf erschien ein Stück des brandigen Netzes in der Wunde. Allmälig wurde der ganze Brandschorf ausgestossen und in 7 Tagen erholte sich der Kranke vollkommen. Ein so glücklicher Ausgang dürfte sich aber kaum einmal unter hunderten wiederholen. Man darf sich daher durch dies eine Beispiel nicht verleiten lassen, die Reposition unter ähnlichen Verhältnissen zu versuchen.

Was soll aber mit dem Netz geschehen, wenn die Reduction unzulässig erscheint? Früher legte man um das ganze hervorgetretene Netzstück einen Faden und schnürte dasselbe ab. Einige Chirurgen legten, nach dem Vorgange von Fabricius ab Aquapendente, die Ligatur um den brandigen Theil des Netzes. Der Nutzen einer solchen Unterbindung ist schwer einzusehen. Die Unterbindung im Gesunden aber ist offenbar gefährlich. Man stellt auf solche Weise die kaum beseitigte Einschnürung wieder her und voraussichtlich muss eine heftige Entzündung nachfolgen.

Pouteau, Verdier, Pipelet, Pott beobachteten einen tödtlichen Ausgang nach solchen Unterbindungen. J. L. Petit und Dupont sahen die Einklemmungserscheinungen aufhören, sobald man die Ligatur wieder abgenommen hatte. Louis und Pipelet (*Mémoires de l'Académie de chirurgie*, Tom. III, p. 40) haben Versuche an Hunden angestellt, welche gleichfalls die Ligatur des Netzes als gefährlich erscheinen lassen. Wenn sie einen blossen Vorfall des Netzes bewirkten oder dasselbe auch mechanisch reizten und demnächst reponirten, so trat zwar eine Verwachsung des Netzes mit den Bauchdecken an der Stelle der Bauchwunde ein, aber das Netz blieb übrigens gesund. Wenn sie dagegen eine Ligatur am Netz anlegten, so fand sich stets ein Abscess oberhalb derselben. Moreau glaubte die Gefahren der Unterbindung zu vermindern, indem er dieselbe erst nach Ablauf der Entzündungserscheinungen anwandte und die Abschnürung sehr allmälig, im Laufe mehrerer Tage, ausführte. Hey und Scarpa bedienten sich ebenfalls dieser gradweisen Abschnürung, jedoch legte ersterer die Ligatur gleich nach der Operation an, letzterer erst dann, wenn das Netz mit Granulationen bedeckt war. Trotzdem hat die Ligatur wenig Nachahmer gefunden. Die alte Akademie der Chirurgie verwarf sie; Pott und Cooper wiesen sie unter allen Umständen zurück. Letzterer glaubt sogar, dass sie in den Fällen, wo sie ohne Nachtheil geblieben ist, nur um bereits brandige Theile des Netzes gelegt war. Velpeau (*Médecine opératoire 2e. édit.* Paris 1839 Tom. IV, pag. 110) jedoch legte zuweilen mehrere Ligaturen an und die meisten seiner Kranken genasen ohne irgend einen üblen Zufall. Auch Goyrand (*Presse médicale*), der die Ligatur für gewöhnlich verwirft, glaubte sie in einem Falle anwenden zu müssen, wo das Netz sich in einen cylindrischen daumendicken Fettstrang umgewandelt hatte, und der Kranke genas. Die Ligatur anzuwenden blos weil sie leicht anzulegen ist und Hämorrhagieen verhütet, erscheint durchaus nicht gerechtfertigt; eine Blutung zu verhüten giebt es ja, wenn auch schwierigere, doch bessere Mittel.

Pouteau, welcher einer der ersten war, die die Ligatur des Netzes verwarfen, empfahl dasselbe unversehrt in der Wunde liegen zu lassen; Pipelet befolgte dasselbe Verfahren und viele Wundärzte thun noch heut zu Tage dasselbe. Auch Vidal empfiehlt es, nach eigenen Erfahrungen, lässt jedoch nicht unerwähnt, dass in einem Falle Pyämie (wie er glaubt, durch Phlebitis des Netzes veranlasst) darauf gefolgt sei. Gewöhnlich verwächst das ausserhalb der Bruchpforte zurückgelassene Netz mit den Umgebungen bis auf den bereits der Gangrän verfallenen Theil. Letzterer wird allmälig abgestossen, das übrige Stück bedeckt sich mit Granulationen und ein Theil wird auch nachträglich noch in die Bauchhöhle zurückgezogen. Der in der Bruchpforte selbst zurückbleibende Stiel schrumpft nach und nach in der Art zusammen, dass auf einen Verschluss der Bruchpforte durch denselben gar nicht oder doch nur für kurze Zeit zu rechnen ist. Die Mehrzahl der Wundärzte empfiehlt, aus Besorgniss vor der in dem blossliegenden Netzstück voraussichtlich entstehenden Entzündung, das im Bruchsack liegende Netz ganz abzuschneiden, wenn es nicht zulässig oder nicht ausführbar ist dasselbe zu reduciren. Bei brandigem Netz ist dies Verfahren bereits seit langer Zeit angewandt worden und zwar in der Art, dass man den Schnitt durch das Brandige führte. Unter den Neueren empfahl dies namentlich Scarpa. Wollte man aber nach einer solchen Excision das übrige Netzstück in die Bauchhöhle zurückschieben, so würde man einen Brandschorf in dieselbe einführen und somit die heftigste Peritonitis veranlassen. Lässt man aber das übrige Netzstück ausserhalb der Bauchhöhle liegen, so ist der Vortheil, welcher aus der

Abtragung des Brandigen hervorgehen soll, nicht recht einzusehen, da die Abstossung doch voraussichtlich sehr schnell erfolgt.

Caqué in Rheims scheint der erste gewesen zu sein, der den Schnitt im Gesunden führte. Er operirte neunmal in dieser Weise, ohne irgend ein Gefäss zu unterbinden und ohne dass eine Nachblutung entstanden wäre. — In vielen Fällen aber, in denen die Unterbindung gleichfalls unterlassen wurde, hat man bedenkliche und zuweilen sogar tödtliche innere Blutungen beobachtet.

Das jetzt gewöhnliche Verfahren der Abtragung des Netzes ist von Pelletan und Boyer angegeben. Man entfaltet das Netz an der Stelle, wo es abgetragen werden soll, möglichst vollständig und durchschneidet es mit kleinen Scheerenschnitten von einem Rande zum anderen, indem man die blutenden Gefässe sogleich nach ihrer Durchschneidung unterbindet. Ist das Netz zu einem nicht zu entfaltenden Stiel oder Pfropf verwachsen, so schneidet man es mit einem Zuge ab und unterbindet demnächst die, alsdann gewöhnlich sehr spärlichen und sehr kleinen Gefässe. Zuweilen braucht man bei dieser Abtragung nicht ein einziges Gefäss zu unterbinden. Alsdann bringt man den Ueberrest des Netzes ohne Weiteres in die Bauchhöhle zurück. Sind aber Ligaturen angelegt, so müssen diese ausserhalb der Bauchhöhle bleiben und daselbst befestigt werden, damit sie das Peritoneum nicht reizen. Man lässt alsdann zweckmässig die Schnittfläche des Netzes in der Bruchpforte liegen. Die Torsion würde vielleicht in manchen dieser Fälle den Vorzug vor der Ligatur verdienen, wenn sie ebenso sicher wäre.

Abweichende Verfahren bei der Bruchoperation.

Franco, welcher zuerst die Operation eines eingeklemmten Bruches unternahm, legte den Bruchsack bloss, ohne ihn zu eröffnen, erweiterte auch die Bruchpforte nicht sogleich, sondern versuchte anfangs durch unmittelbaren Druck auf den Bruchsack die Eingeweide in die Bauchhöhle zurückzubringen; erst wenn dies nicht gelang, spaltete er den Bruchsack und die Bruchpforte. Im letzteren Falle also war sein Verfahren von dem jetzt üblichen nicht wesentlich verschieden. Ambroise Paré[1]) beschrieb und empfahl die Operation nach den Angaben von Franco. Ledran hielt die Operation ohne Eröffnung des Bruchsackes, namentlich bei frischen Hernien, für anwendbar; er erweiterte die

[1]) *Oeuvres complètes. Édit. Malgaigne.* Paris 1840. Tom. I, pag. 410.

Bruchpforte mit einem auf der Hohlsonde ausserhalb des Bruchsackes eingeführten Messer. Zu besonderem Ansehn gelangte diese Methode aber erst durch J. L. Petit, der sie für alle Fälle empfahl, sofern man nicht Gangrän oder Adhäsionen oder fremde Körper im Darmcanal zu vermuthen hätte. Das längere Bestehen der Hernie war für ihn keine Contraindication gegen die Operation ohne Eröffnung des Bruchsackes. Nach der Reduction der Hernie suchte er den Bruchsack von den umliegenden Theilen abzulösen und in die Bruchpforte zu stopfen, wo derselbe, nach seiner Ansicht, einen die Radicalheilung bewirkenden Pfropf darstellen sollte. Monro und A. Cooper haben die Bruchoperation ohne Eröffnung des Sackes gleichfalls günstig beurtheilt. Letzterer glaubt, dass man sich dieses Verfahrens in allen Fällen bedienen sollte, wo die Einklemmung noch nicht lange Zeit besteht und die übrigen Verhältnisse des Kranken wünschen lassen, dass die Reposition ohne operativen Eingriff gelingen möchte. Letzteres möchte freilich immer der Fall sein.

Bransby Cooper, Key, Bonnet, Diday, Luke, Danzel haben in neuerer Zeit der Herniotomie ohne Eröffnung des Bruchsackes vorzugsweise das Wort geredet. Bonnet operirte von 16 eingeklemmten Hernien 9 ohne Eröffnung des Bruchsackes, in den anderen 7 Fällen konnte dies Verfahren nicht angewandt werden, theils weil die Einklemmung im Bruchsackhalse ihren Sitz hatte, theils weil Verwachsungen zwischen dem Sack und den Eingeweiden bestanden, theils wegen grosser Fettleibigkeit der Kranken, welche die Erweiterung ausserhalb des Bruchsackhalses sehr schwierig machte. Von den 9 Kranken, bei denen der Bruchsack nicht eröffnet wurde, starben nur 2 und zwar nicht an Peritonitis. Von den 7 anderen starben 4.

[Nach der von Danzel aufgestellten Statistik, kamen unter 66 von Luke und Key verrichteten Operationen ohne Eröffnung des Bruchsackes nur 9 Todesfälle vor, während von 30 Operationen mit Eröffnung des Bruchsackes unter den Händen derselben Wundärzte 11 einen tödtlichen Ausgang nahmen. Eine Zusammenstellung von 517 Fällen von Operationen mit Eröffnung des Bruchsackes liefert sogar das Ergebniss, dass nur ein Drittel der Patienten durch die Operation am Leben erhalten wurde. (Vgl. Danzel, der Bruchschnitt ohne Eröffnung des Sackes, Jenaische Annalen Bd. II, p. 255 und 369, Canstatt's Jahresbericht pro 1851. Bd. IV, p. 48 u. f.). Freilich sind hier die 220 Fälle mit in Rechnung gestellt, welche Malgaigne in den Pariser Hospitälern gesammelt hat, bei denen bestimmt vorausgesetzt werden kann, dass die Operation fast immer zu spät verrichtet wurde.]

Begreiflicher Weise kann von diesem Verfahren niemals die Rede sein, wenn man auch nur den geringsten Verdacht hat, dass Gangrän oder Verwachsungen bestehen, oder wenn der Sitz der Einklemmung im Bruchsackhalse ist. Unläugbar ist der geringere

Grad der Gefahr, wenn der Bruchsack und somit das Bauchfell nicht verletzt wird. Eröffnet man den Bruchsack, so hat man es nicht blos sogleich mit einer penetrirenden Bauchwunde zu thun, sondern setzt auch die innere Fläche des Bruchsackes und die in ihm enthaltenen Eingeweide der unmittelbaren Einwirkung der Luft, der Finger und der Instrumente aus. Man hat daher, trotz des Widerspruches von Sharp und Louis, dies Verfahren, soweit es überhaupt anwendbar ist, für weniger gefährlich zu halten, als die Operation mit Eröffnung des Bruchsackes.

Cooper rieth, auch wenn er den Bruchsack öffnete, den oberen Theil desselben unversehrt zu erhalten und das Bruchmesser nur auf die Bruchpforte und die umgebenden fibrösen Theile, von denen die Einschnürung bewirkt sein könnte, einwirken zu lassen. „In der Mehrzahl der Fälle“, sagte er, „schnürt nicht der Bruchsackhals, sondern ein demselben äusserlich aufliegender Strang die Hernie ein und die Durchschneidung des letzteren reicht vollkommen aus, um die Einschnürung zu heben“. Sollte dies nicht der Fall sein, so räth allerdings auch Cooper die Spaltung des Bruchsackes weiter aufwärts fortzusetzen und den Bruchsackhals selbst zu erweitern. — Kann man das oberste Stück des Bruchsackhalses unversehrt erhalten, so gewährt dies den Vortheil, dass der unverletzte Theil eine Art von Klappe vor der Bruchpforte bildet, welche das Eindringen der Luft und anderer fremdartiger Substanzen in die Bauchhöhle verhütet. Ausserdem theilt dies Verfahren mit demjenigen von Franco den Vorzug, dass, im Falle beim Einschneiden der Bruchpforte eine Arterie verletzt wird, die Blutung nicht in die Bauchhöhle, sondern nach aussen erfolgt, und somit weniger gefährlich und leichter zu stillen ist. Natürlich kann auch von diesem Verfahren nicht die Rede sein, wenn der Bruchsackhals die Einklemmung bedingt oder wenn derselbe mit der Bruchpforte innig verwachsen ist.

Bei sehr grossen Hernien, welche oft schon seit langer Zeit unbeweglich sind, würde eine grosse Gefahr entstehen, wenn man den Bruchsack in ganzer Ausdehnung spalten wollte, da man, wenn nachher der bestehenden Verwachsungen wegen die Reposition der im Bruch liegenden Eingeweide doch nicht gelingt, genöthigt sein würde, dieselben vollkommen entblösst, ausserhalb der Bauchhöhle liegen zu lassen. In solchen Fällen muss man daher nur die Bruchpforte blosslegen und die Erweiterung derselben wo möglich ohne Eröffnung des Bruchsackes bewirken. Zeigt sich aber, dass die Einklemmung durch den Bruchsackhals bewirkt wird, so entblösst und spaltet man das der Bruchpforte zunächst liegende Stück des Bruchsackes, um dann die Durchschneidung des Bruchsackhalses in der oben beschriebenen Weise auszuführen. Demnächst wird derjenige Theil der Eingeweide, welcher beweglich ist, zurückgebracht. Die übrigen lässt man in ihrer alten Lage im Bruchsack zurück. Solche Hernien enthalten häufig den Blinddarm nebst einem Stück des *Colon ascendens* (Vgl. Blinddarmbrüche).

Kaum glaublich erscheint es, dass man daran gedacht haben sollte, eine so schwierige Operation wie die Herniotomie subcutan zu verrichten, also gerade unter Verhältnissen, wo man recht scharf zu sehen wünscht, sich der Hülfe des Gesichtssinnes gänzlich zu berauben. Jules Guérin (*Gaz. méd.* 1841 pag. 513) berichtet in der That über die von ihm subcutan ausgeführte Operation einer *Epiplocele congenita*. Bei aufmerksamem Lesen der Beschreibung ergeben sich zunächst Zweifel über die Nothwendigkeit der Herniotomie, denn die Hernie war zwar unbeweglich, aber es bestanden keine Einklemmungserscheinungen. Guérin will eine kleine Stichöffnung unter Erhebung einer Hautfalte in der Gegend der Bruchpforte anlegen, demnächst eine Hohlsonde durch diese zwischen die Bruchpforte und den Bruchsackhals einschieben und auf derselben die fibrösen Gebilde, von denen die Einklemmung abhängig ist, durchschneiden, um sodann die Reduction durch Druck auf die Bruchgeschwulst auszuführen. Der Bruchsackhals soll also unverletzt bleiben und es darf sich folglich immer nur um Fälle handeln, wo dieser an der Einklemmung keinen Theil hat. Guérin will in dem von ihm beschriebenen Falle drei Mal hintereinander das Tenotom eingeführt haben, bevor endlich die Reduction gelang. Die Operation dauerte ³/₄ Stunden und dennoch behauptet ihr Erfinder, dass dies Verfahren leicht auszuführen sei, keinerlei Gefahr mit sich führe und vor allen den üblen Zufällen sicher stelle, die nach den gewöhnlichen Bruchoperationen so oft den Tod zur Folge hätten. Die Gefahr, in welche bei dieser Operation im Dunkeln der Darmcanal nothwendig gerathen muss, ist so gross, dass Guérin keine Nachahmer gefunden hat und eine Erwähnung seines Vorschlages neben dem Zweck einer historischen Notiz nur noch denjenigen der Warnung haben kann.

Die schon in früherer Zeit gemachte Beobachtung, dass eingeklemmte Darmschlingen, welche sich selbst nach dem Tode noch durch einen äusseren Druck nicht zurückbringen lassen, leicht in die Bauchhöhle zurückgezogen werden können, wenn man nach Eröffnung der letzteren einen Zug an den benachbarten Darmstücken ausübt, hat, wie zu eigenthümlichen Vorschlägen für die Taxis (pag. 755), so auch zu der Erfindung einer besonderen Operation geführt. Rousset beschrieb eine Operation der Art, welche er von Maupas ausführen sah. Oberhalb der Bruchpforte wurde ein Schnitt durch die Bauchwand gemacht, demnächst führte der Operateur den Finger in die Bauchhöhle ein, um die Eingeweide zurückzuziehen. Diese Operation wurde zunächst von Pigray und anderthalb Jahrhunderte später von Cheselden empfohlen. Wollte die Reposition in dieser Weise nicht gelingen, so rieth Pigray den Bauchschnitt bis zu der einklemmenden Stelle und durch diese hindurch weiter fortzuführen. Cheselden zog es vor, alsdann von der Bruchpforte aus die Erweiterung vorzunehmen. Diese Operationsmethode hat zunächst den grossen Nachtheil, dass man eine grosse und ganz direct in den Bauch eindringende Wunde anlegen muss, welche mit Gewissheit Peritonitis erwarten lässt. Wäre nun gar ein Theil der Eingeweide brandig, so setzt man sich der Gefahr aus, Brandschorfe oder ein perforirtes Darmstück in die Bauchhöhle zu ziehen und jedenfalls würden die bei Gangrän des Darmes so überaus wichtigen Adhäsionen im Umfange der Bruchpforte zerstört werden.

Réduction en masse, Bruchverschiebung.

Nicht blos bei der Taxis (vgl. pag. 742), sondern auch bei der Bruchoperation hat man, unter dem Scheine einer gelungenen Reposition, eine Verschiebung des Bruchsackes mit seinem ganzen Inhalte beobachtet.

Zuerst hat Saviard (***Observations de chirurg.*** p. 90. ***19e observation***) die sogenannte ***Réduction en masse*** oder ***en bloc*** bei der Operation einer Schenkelhernie gesehen. Er glaubte den Darm schon blossgelegt zu haben, während er den Bruchsack noch gar nicht geöffnet hatte, und wurde auf diese Weise zur Reposition des ganzen gefüllten Bruchsackes verleitet. Später machte Ledran (***Observations de chirurg.*** Tom. II. p. 13) gleichfalls an einer Schenkelhernie eine solche Beobachtung. Louis (***Académie de chirurg.*** Tom. IV. p. 305) und Pott (***Oeuvres chirurgicales*** Tom. I. p. 357) leugneten die Möglichkeit einer ***Réduction en bloc*** und der erstere zweifelte sogar an der Richtigkeit der von Ledran gemachten Angaben. Heut zu Tage kann in dieser Beziehung kein Zweifel mehr bestehen. Schon Dupuytren und Sanson haben Beobachtungen der Art mit grösster Genauigkeit gemacht. James Luke (***Medico-chirurgical Transactions.*** London 1843. Tom. XXVI. p. 159) hat eine ausführliche Abhandlung darüber geliefert und in den letzten Jahren sind von allen Seiten her neue Beobachtungen über diesen Gegenstand veröffentlicht worden. [Vgl. die Citate auf p. 742].

Die *Réduction en bloc* kann nur dann zu Stande kommen, wenn die Hernie nicht von beträchtlicher Grösse ist, wenn ferner die Bruchpforte weit ist und der Bruchsack mit den ihn umgebenden Theilen gar nicht oder doch nicht fest verwachsen ist. Die Mehrzahl der Beobachtungen dieser Art bezieht sich auf Leistenbrüche. Wenn die Hernie auf diese Weise zurückgeschoben ist, so befindet sie sich ausserhalb des Bauchfelles zwischen diesem und der übrigen Bauchwand. Der Grund des Bruchsacks entspricht entweder dem inneren Umfange der Bruchpforte oder steht wohl auch unterhalb desselben gegen das Becken hin gerichtet. Sanson[1] sah in einem solchen Falle den Grund des Bruchsackes zwischen dem Schoossbein und der Blase. Gewöhnlich erfolgte diese *Réduction en bloc* nach einer von dem Patienten selbst ausgeübten gewaltsamen Taxis. So war es namentlich in den fünf von Luke be-

[1]) ***Dictionnaire de médec. et de chirurg. pratiques.*** Tom. IX. ***Art. Hernie.***

schriebenen Fällen. Die Einklemmung kann auch während des Versuches, eine bewegliche Hernie zu reponiren, erst mit der Verschiebung des Bruchsackes zugleich entstehen.

Die Diagnose bietet immer einige Schwierigkeiten dar, welche durch eine genaue Anamnese aufgehellt werden müssen. Erfährt man, dass der Kranke an einem eingeklemmten Bruche litt, dass der Bruch zwar zurückgegangen ist, dass die Einklemmungs-Erscheinungen aber mit unveränderter Heftigkeit fortbestehen, so muss man sogleich vermuthen, dass eine *Réduction en masse* stattgefunden habe. Wurde die Taxis von dem Wundarzte selbst ausgeführt, so muss dieser bemerkt haben, dass die ganze Geschwulst auf einmal und ohne gurrendes Geräusch zurückgegangen ist. Bei der Untersuchung der Bruchpforte findet man an der Stelle, wo die Hernie vorher gesessen hat, eine auffallende Vertiefung oder Leere. Nach einer gelungenen Taxis kann man, namentlich bei dem Leistenbruch, den Bruchsack immer noch deutlich fühlen und erkennen. Nach der *Réduction en bloc* fehlt er, die Bruchpforte erscheint daher ungewöhnlich weit. Ledran macht bereits die Angabe, „dass man bei seinem Kranken beinahe 4 Finger mit der die Bruchpforte bedeckenden Haut unter das Fallopische Band einschieben konnte“. Beim Husten und anderweitigen Anstrengungen tritt die *en bloc* reponirte Hernie gar nicht oder doch nicht sogleich wieder hervor. Oberhalb der Bruchpforte oder hinter derselben fühlt man eine schmerzhafte circumscripte Geschwulst; jedoch ist dies nicht immer der Fall, wie z. B. in der Beobachtung von Sanson, wo der Bruchsack sich in's Becken gesenkt hatte, und eine solche Geschwulst daher nicht zu entdecken war.

Wird ein Fall von *Réduction en masse* sich selbst überlassen, so endet er gewiss immer tödtlich. Man hat zwei Wege, um dem Uebel abzuhelfen. Nach dem Rathe von Dupuytren, lässt man den Kranken selbst die Bruchgeschwulst wieder hervorpressen, zu welchem Behufe er in eine aufrechte Stellung gebracht werden soll. Gelingt es die Hernie wieder herauszutreiben, so macht man demnächst die gewöhnliche Herniotomie. Häufiger gelingt es aber nicht; dann muss man den zweiten Weg wählen, den schon Ledran angedeutet hat, indem er sagt: „man mache da, wo der Bruch sass, einen Einschnitt, spalte die Bruchpforte und ziehe dann mit den Fingern oder mit Pincetten den Bruchsack wieder hervor, öffne denselben, spalte den Bruchsackhals und reponire demnächst die Eingeweide“. Dupuytren hat die Operation in dieser Weise ausgeführt. Genauere Vorschriften für dieselbe hat Luke gegeben. Danach besteht der erste Akt aus der **Blosslegung** und der genauen **Untersuchung der Bruchpforte** in Bezug auf die ge- gehabte Verschiebung des Bruchsackes. Entdeckt man den Bruch- sack und findet ihn in seiner ganzen Ausdehnung leer, so kann man auch überzeugt sein, dass die Reposition vollständig gelungen ist. Findet sich dagegen gar kein Bruchsack, die Bruchpforte aber beträchtlich erweitert, so hat man anzunehmen, dass die Brüche *en bloc* reponirt sei. Der in die Bruchpforte eingeführte Finger wird den prall angefüllten Bruchsack sofort entdecken. Der zweite Akt der Operation besteht in der **Erweiterung der Bruchpforte**, dem **Herabziehen des Bruchsackes** und der **Spaltung** des- ben in der bereits von **Ledran** angegebenen Weise. Sind die Ein- geweide blos in den tieferen Theil des Sackes hineingeschlüpft, während der Grund des Bruchsackes aussen liegen geblieben ist, so ist die Operation viel einfacher. Der Bruchsack wird dann ge- spalten, die Bruchpforte erweitert, sofort werden die Eingeweide wieder herabgezogen und die Operation demnächst wie in einem gewöhnlichen Falle weiter fortgesetzt.

Arterienverletzung.

Die **Verletzung einer Arterie** in der Nachbarschaft der Bruchpforte ist ein höchst seltener Zufall. Macht man statt eines grösseren Schnittes, in der oben angegebenen Weise mehrere kleine (*débridement multiple*), so ist es kaum denkbar, dass eine, wenn auch noch so nahe gelegene Arterie sollte getroffen werden. Hat man den Bruchsack nicht geöffnet, so ist man jedenfalls vor einer inneren Blutung sicher, welche sonst einer solchen Arterienver- letzung eine viel grössere Bedeutung giebt. Die Unterbindung des blutenden Gefässes und zwar dicht oberhalb und dicht unterhalb der verletzten Stelle ist hier, wie überall, das sicherste Mittel.

Cooper hat in dieser Weise die Epigastrica, **J. Spence** in neuester Zeit ... abnorm verlaufende Obturatoria unterbunden (Edinburg. medic. Journal 185...

Jedoch wird das verhältnissmässig kleine Gefäss in der Tiefe der Wunde, selbst wenn man sie erweitert und auseinander..., immer schwer zu erkennen und zu fassen sein. Gelingt die Unter- bindung nicht, so nimmt man seine Zuflucht zur Compression, welche am Besten durch eine Art von Tamponade, wie wir sie für die Stillung der Blutung aus der verletzten *Arteria interco...* (pag. 588) beschrieben haben, bewirkt wird.

Vidal sah dies Verfahren von **Boyer** zwei Mal mit glücklichem Erfolg aus- führen. **Hesselbach** hat ein eigenes Compressorium für die Blutung ...

Arteria epigastrica angegeben, welches aus 2 durch eine Schraube gegeneinander zu drängenden Armen besteht. Schwerlich wird man dasselbe sogleich zur Hand haben. — Eine Charrière'sche Pincette oder starke *Serres fines* würden sich in derselben Weise anwenden lassen].

Nachbehandlung nach der Herniotomie.

Der Zustand des Patienten ist nach der Bruchoperation keineswegs unbedenklich; er hat eine penetrirende Bauchwunde und eine gequetschte Darmschlinge. Man muss also auf Entzündung der Umgegend der Wunde, ferner des Peritoneums und endlich des Darmes gefasst sein. Ueberdies hat man zu verhüten, dass die Eingeweide aus der offnen und erweiterten Bruchpforte nicht wieder hervortreten. Hierzu ist aber die horizontale Lage, welche der Patient unter keiner Bedingung, auch nicht zum Behuf der Harn- oder Darm-Entleerung verlassen darf, gewöhnlich das zureichende Mittel; denn die Neigung der Eingeweide, wieder hervorzutreten, ist in der Regel gering. Der Verschluss der Wunde muss möglichst sorgfältig ausgeführt werden. Soll die Heilung derselben durch erste Vereinigung oder durch Granulationen bewirkt werden? Unzweifelhaft wäre die erste Vereinigung sehr erwünscht, sofern sie nur möglich und nicht mit anderweitigen Gefahren verknüpft wäre. Der Einwand, dass bei der Heilung *per primam* der Bruchsack offen bleibe und die Hernie daher alsbald wieder hervortreten müsse, hat keine Bedeutung, da auch nach der durch Eiterung bewirkten Heilung radicaler Verschluss der Bruchpforte nur äusserst selten zu Stande kommt. Ueberdies gelingt die erste Vereinigung nur sehr selten. Absichtlich zu vermeiden hat man sie in allen Fällen, wo die Wunde eine beträchtliche Tiefe besitzt und nach oberflächlicher Verwachsung der Haut daher eine Ansammlung von Eiter in der Bruchpforte und ihrer Umgebung zu erwarten wäre. Eine andere Frage ist es, ob man die Naht nach der Bruchoperation anwenden soll.

Franco und Ambroise Paré wandten die Naht ganz allgemein an; später gerieth sie in Vergessenheit und erst Delpech brachte sie in Frankreich wieder in Aufnahme. A. Cooper empfiehlt sie gleichfalls. Auch in neuester Zeit wird sie noch von manchen Chirurgen ganz allgemein angewendet.

Da man nur höchst selten die erste Vereinigung vollständig erreicht, so ist der Nutzen der Naht nicht recht einzusehen. Die Gefahr derselben aber ist unleugbar, wenn man auch, nach dem Rathe von Cooper, blos die Haut und nicht den Bruchsack durchsticht. Sehr leicht entstehen nämlich in der Tiefe unter der oberflächlich zusammengeheilten Haut Eiteransammlungen, durch welche eine weitere Verbreitung der Entzündung, namentlich auch eine Phlegmone der *Fossa iliaca* veranlasst werden kann.

Nélaton und Malgaigne haben in mehreren Fällen durch diese Complication Kranke verloren, die alle Aussicht auf Wiederherstellung darzubieten schienen. Ersterer beschuldigt die von ihm früher allgemein angewandte Naht als Veranlassung des Uebels und warnt jetzt ausdrücklich vor derselben.

Somit wäre im Allgemeinen das Bedecken der Wunde mit Charpie und, sofern dieselbe eine unregelmässige Höhle darstellt, auch das Ausfüllen dieser Höhle mit lockrer Charpie zu empfehlen. Das Einführen von dicken Bourdonnets ist gewiss ebenso schädlich als das Nähen. Ueber die Charpie legt man eine Compresse, dann einige Bäusche Watte und befestigt endlich den Verband durch ein Paar um den Leib oder auch zugleich um den Schenkel geschlungene Tücher. Hat man gerade ein passendes und nicht zu stark drückendes Bruchband zur Hand, so kann dieses auch zur Befestigung des Verbandes benutzt werden. Jedoch hüte man sich vor jedem stärkeren Drucke; dadurch werden heftige Schmerzen erregt und gar nichts gewonnen. Die Eingeweide haben nur höchst selten Neigung wieder hervorzutreten. Sollte dies der Fall sein, so müsste man allerdings durch einen festeren Verband dem entgegen zu wirken suchen.

Besonders erwünscht wäre die erste Vereinigung in solchen Fällen, wo man einen Theil der Eingeweide im Bruchsack zurücklassen musste, — natürlich unter der Voraussetzung, dass dieselben nicht bereits brandig oder dem Brande verfallen sind. Alsdann wird man eine genaue Zusammenfügung der Wundränder durch Heftpflasterstreifen, *Serres fines* oder die Naht um so eher unternehmen dürfen, als eine Wundhöhle in diesen Fällen nicht existirt, der Bruchsack vielmehr durch die Eingeweide ausgefüllt ist. Begreiflicher Weise darf in einem solchen Falle niemals irgendwelche Compression angewandt werden.

Wurde nicht zu spät operirt, so fühlt der Kranke sogleich nach der Operation sich ungemein erleichtert und wahrhaft erquickt; selten besteht das Erbrechen noch einige Zeit lang fort. Statt der früheren Schmerzhaftigkeit des ganzen Unterleibes, hat der Operirte jetzt nur brennende Empfindungen in der Wunde. Nach Verlauf von einigen Stunden, in manchen Fällen aber auch erst nach mehreren Tagen erfolgt Darmausleerung. Es ist keineswegs günstig, wenn diese unmittelbar nach der Operation erfolgt. Dagegen bedingt eine Verzögerung derselben keine üble Prognose, sofern nur die übrigen Einklemmungs-Erscheinungen nachlassen. Gewiss ist es wünschenswerth, den oberhalb der Einklemmungsstelle angehäuften Darminhalt in die weiter unten gelegenen Theile zu entleeren; aber in den meisten Fällen wird es besser sein, dass dies langsam geschehe, weil bei stürmischen Bewegungen in der Gegend der Einschnürung noch nachträglich Zerreissungen entstehen könnten. Wo man zu befürchten hat, dass durch die Einklemmung die Widerstandsfähigkeit der Darmhäute vermindert wäre, darf man daher auch in den ersten Tagen von Abführmitteln keinen Gebrauch machen. Vielmehr sucht man in solchen Fällen die Energie der peristaltischen Bewegungen während dieser Zeit durch Opium zu vermindern. Vom dritten Tage ab kann man aber unbedenklich Abführmittel, namentlich Ricinusöl und wenn dies seine Wirkung versagt, auch *Infus. Sennae comp.* und ähnliche anwenden. Konnte man sich bei der Operation selbst davon überzeugen, dass die Darmhäute noch in keiner Weise gelitten hatten, so können Klystiere oder Purganzen auch schon früher gegeben werden. Bei regelmässigem Verlauf ist der Patient nach 6 Tagen schon ganz ausser Gefahr. Es handelt sich dann nur noch um eine einfache eiternde Wunde, die nach 14, höchstens 25 Tagen vernarbt. Gegen Ende der zweiten Woche kann der Patient bereits das Bett verlassen und, wenn die Eingeweide bei aufrechter Stellung nicht allzu stark gegen die Bruchpforte andrängen, in der dritten Woche auch umhergehen. Natürlich muss die Bruchpforte durch ein mässig starkes Bruchband geschützt sein. Während der ersten Woche lasse man den Patienten nur Suppen und noch längere Zeit hindurch vorwiegend flüssige und leicht verdauliche Nahrungsmittel geniessen.

Ueble Zufälle und tödtlicher Ausgang nach der Operation sind fast immer von einer zu späten Ausführung derselben abhängig. Der allzu lange gequetschte Darm wird in der Bauchhöhle brandig, oder die Entzündung verbreitet sich von ihm auf das Peritoneum; oder das eingeklemmte Darmstück bleibt andauernd verengt (selbst bis zur vollständigen Obliteration, Ritsch) und gestattet daher dem oberhalb dieser Stelle angehäuften Darminhalte nicht, sich weiter zu bewegen, das übermässig ausgedehnte Darmstück wiederum hat seine Contractionsfähigkeit eingebüsst (Key). Unter allen diesen Verhältnissen dauern die Einklemmungs-Erscheinungen fort. Der Kranke hat namentlich auch ferner: Schmerzen, Erbrechen, Verstopfung, Auftreibung des Leibes. Es ist im einzelnen Falle gewiss oft schwer mit Bestimmtheit zu sagen, ob dieser oder jener

Zustand des Darmes und des Peritoneums die Fortdauer der Einklemmungs-Erscheinungen bedingt. Zunächst hat man immer in der bereits (pag. 333) angegebenen Weise sorgfältig zu erforschen, ob die Einklemmung selbst nicht etwa weiter besteht. Ueberzeugt man sich, dass dies nicht der Fall sei, oder kann ein Aufschluss in dieser Beziehung überhaupt nicht erhalten werden, so ist die Behandlung vorzugsweise nach dem Zustande, in welchem man bei der Operation den Darm gefunden hat, einzurichten. Stand Perforation zu befürchten, so sucht man durch Opium den peristaltischen Bewegungen entgegenzuwirken. Anderen Falls bekämpft man die Entzündung durch allgemeine und topische Blutentziehungen und giebt innerlich Calomel in mittleren Dosen, um dadurch Ausleerung zu bewirken und gleichzeitig der bestehenden Entzündung zu begegnen.

[Genauere Untersuchungen über die Veränderungen, welche der Bruch bei lange dauernder Einklemmung, auch nach gelungener Reposition darbietet, hat Morawek (*Revue méd.-chir.* November 1854) mitgetheilt. Der wesentliche Grund dieser Veränderungen ist, nach Morawek, die Entzündung der betreffenden Darmschlinge. Auf Grund dieser Entzündung entsteht, trotz der glücklichsten und sorgfältigsten Reposition, ein paralytischer Zustand, in Folge dessen die peristaltischen Bewegungen an dieser Stelle aufhören, das Darmstück mit Fäcalmasse gefüllt wird, seiner Schwere folgend, in das Becken hinabsinkt, so dass eine zum Tode führende Darmversperrung folgt. In anderen Fällen entsteht an der eingeklemmten Stelle eine Ulceration der Darmschleimhaut, diese wird abgestossen, in dem blossliegenden submucösen Gewebe entsteht narbige Zusammenziehung, je nach der Ausdehnung der Verschwärung in mehr oder weniger hohem Grade und dem entsprechend auch Verengerung des Darmkanals, die oft erst längere Zeit nachher sich in höchst bedenklicher Weise geltend macht. Eine weitere Folge der nach der Taxis fortbestehenden Entzündung kann die Bildung von Adhäsionen zwischen dem reponirten Darm und dem Bruchsackhalse sein, wodurch abermals Darmverengerung zu Stande kommen kann. Oder das Netz verwächst mit der Bruchpforte und kann als scharf gespannter Strang die Ursache einer innern Darmeinklemmung werden, wie Morawek zwei Mal beobachtete. Endlich kann auch das angewachsene Netz durch Narbengewebe verdickt und gleichzeitig verkürzt werden, woraus gleichfalls Darmversperrung entstehen kann].

Entzündung und Eiterung des Bruchsackes, dessen Ränder nach der Operation genau vereinigt worden waren, ist von Key in seinen Anmerkungen zu dem Werke Coopers beschrieben worden. 24 oder 48 Stunden nach der Operation wird die Gegend, wo die Hernie ihren Sitz hatte, schmerzhaft und schwillt an, die Einklemmungs-Erscheinungen erneuern sich; der Kranke fühlt, dass der Bruchsack gefüllt ist, und empfindet dieselbe Beängstigung wie bei der vorausgegangenen Einklemmung. Alle diese Erscheinungen sind aber von der Entzündung des Bruchsackes abhängig. Derselbe füllt sich mit Exsudat, welches allmälig zu Eiter umgewandelt wird. Wird der Zustand richtig erkannt, und der Bruchsack entleert, indem man ihn mit dem Bistouri, oder bei schwächerer Verklebung mit einer Sonde, wieder öffnet, so erfolgt unter Anwendung erweichender Kataplasmen sehr bald Heilung. Dagegen kann eine allgemeine Peritonitis die Folge sein, wenn man in der irrigen Voraussetzung, dass eine Darmschlinge vorgefallen sei, mit dem Finger durch die frisch verklebte Bruchpforte eingeht und somit dem Inhalte des Bruchsackes den Eintritt in die Bauchhöhle eröffnet. [Vgl. die pag. 222 angeführte Abhandlung von Chassaignac].

Als ein übler Zufall nach der Bruchoperation ist ferner die von Goyrand[1]) beschriebene Phlegmone des Netzes zu erwähnen. Bei dieser handelt es sich ursprünglich um eine Entzündung der zwischen den Duplicaturen des Bauchfells gelegenen Fett- und Bindegewebs-Schichten. Die Krankheit bleibt auf diesen ihren ursprünglichen Sitz aber nicht beschränkt, sondern sie greift auf das Bauchfell über, so dass sehr bald vielfache Verwachsungen des Netzes mit der Bauchwand und mit den übrigen Unterleibsorganen entstehen. Die Ausbreitung dieser Entzündung ist sehr verschieden. Bald ist sie nur eine Fortsetzung der bereits durch die Einklemmung eingeleiteten Erkrankung, bald die Folge des Druckes und der Reibung, denen das Netz bei der Taxis ausgesetzt war, bald endlich hängt sie ab von der Reizung, welcher ein ausserhalb der Bauchhöhle zurückgelassenes Netzstück unterliegt (Vgl. pag. 222). Die Phlegmone des Netzes bedingt eine so starke Schwellung dieses Organs, dass man sich durch die Palpation und durch die Percussion von der Anwesenheit einer Geschwulst im Unterleibe unterrichten kann. Die Schmerzhaftigkeit, selbst beim Druck, ist gering. Die Functionsstörungen, namentlich Verstopfung, Flatulenz, Kolik haben nichts Charakteristisches; sie erklären sich aus dem Druck, welcher von der Geschwulst auf den Darmcanal ausgeübt wird und aus der dadurch bedingten Behinderung der Bewegungen des letzteren. Der Verlauf der Phlegmone des Netzes ist gewöhnlich langsam; davon machen aber diejenigen Fälle eine Ausnahme, in denen eine heftige örtliche Reizung ihr zu Grunde liegt, wie z. B. eine fortdauernde Einklemmung, beträchtliche Quetschung oder Zerreissung. Der gewöhnlichste Aus-

[1]) *Gazette méd.* 1836 Tom. IV, p. 305.

gang ist die Eiterung. Liegt das entzündete Netz in einem Bruchsack, so erfolgt der Aufbruch des Abscesses nach Aussen. Liegt es dicht unter der dilatirten Bruchpforte, so kann der Eiter durch diese entleert werden. Liegt aber das kranke Netzstück in grösserer Entfernung von der Bruchpforte, so verkleben die Wandungen des in ihm gebildeten Abscesses einerseits mit Darmwindungen, andrerseits mit der vorderen Bauchwand. Wenn letztere dünn oder die Ausdehnung des Abscesses sehr beträchtlich ist, so kann man Fluctuation entdecken.

Goyrand erschloss die Anwesenheit eines Abscesses der Art in einem Falle aus der vollkommenen Leere des Percussionsschalles an einer Stelle, wo man bis dahin den vollen Darmton gehört hatte.

Der Eiter kann sich alsdann entweder durch die Bauchdecken einen Weg bahnen, oder sich in den Darm entleeren, oder endlich in die Bauchhöhle sich ergiessen. Im letzteren Falle ist der Ausgang immer tödtlich. Beim Aufbruch nach Aussen sind die Aussichten am günstigsten; dieser Ausgang ist aber voraussichtlich der seltenste.

Erguss eines Netzabscesses in den Darm mit glücklichem Ausgange beobachtete Goyrand (*Gazette méd.* Tom. IV, p. 315). Dagegen sah Arnaud eine Frau, welche 39 Tage vorher operirt worden war und die man schon für geheilt hielt, in Folge des Durchbruches eines Netzabscesses in die Bauchhöhle plötzlich sterben (Arnaud, *Traité des hernies.* Paris. 1749).

Die grosse Gefahr der Netzentzündung muss uns bei der Reposition des Netzes, in der bereits pag. 222 angegebenen Weise, vorsichtig machen. Die Behandlung der Netzentzündung besteht in oft wiederholten topischen, nöthigenfalls auch allgemeinen Blutentziehungen, Cataplasmen, Calomel, Einreibungen der grauen Salbe. Der Kranke muss äusserst ruhig liegen, um jede Zerrung des Netzes zu verhüten. Dies gilt vorzugsweise, wenn man die Bildung eines Abscesses zu befürchten hat, da das Platzen desselben, wie z. B. in dem Fall von Arnaud, durch unvorsichtige Bewegungen veranlasst werden kann. Sobald man den Abscess genau erkannt hat, ist es zweckmässig die Bauchdecken über ihm zu incidiren, um den Durchbruch nach Aussen zu befördern. Man schneidet vorsichtig ein und versucht endlich in der Mitte der am deutlichsten fluctuirenden Stelle den Abscess selbst zu öffnen.

VI. Kothfistel und widernatürlicher After. *Fistula stercoralis, Anus praeternaturalis.*

Eine Oeffnung, durch welche der Inhalt des mit den Bauchdecken an einer beliebigen Stelle verwachsenen Darmes direct nach Aussen entleert wird, heisst im Allgemeinen Kothfistel oder widernatürlicher After. Bei genauerer Anwendung dieser Namen, ertheilt man den ersteren solchen Fistelöffnungen, welche von geringem Durchmesser sind und nur einen Theil des Darminhaltes austreten lassen, während ein anderer Theil seinen Weg im Darmrohre weiter fortsetzen kann. Beim *Anus praeternaturalis*, im engeren Sinne des Wortes, muss zugleich eine solche Behinderung der Fortbewegung des Darminhaltes bestehen, dass der gesammte Darminhalt durch diese Fistel nach Aussen entleert wird. Beide Zustände gehen aber so mannigfaltig in einander über, dass eine scharfe Sonderung kaum möglich ist.

Die selten vorkommenden Communicationsfisteln zwischen dem Darmrohr und anderen Organen (Darmblasen- und Darmscheidenfisteln), welche fast immer ursprüngliche Missbildungen sind, werden bei den Krankheiten des Mastdarms Erwähnung finden; dort wird auch Gelegenheit sein von der absichtlichen Anlegung eines künstlichen Afters zu sprechen. Mit Unrecht ist der Name „künstlicher After", *Anus artificialis*, auch für den *Anus praeternaturalis* gebraucht worden.

Die Entstehungsgeschichte des widernatürlichen Afters führt uns vorzugsweise auf die brandigen Brüche zurück; bei weitem seltner war eine Darmwunde, ein aus dem Darm durch die Bauchwand hindurchbrechender fremder Körper oder eine anderweitige Perforation des Darmes die Ursache. Jedenfalls muss der Darm geöffnet und der Umfang dieser Oeffnung mit der Bauchwand verwachsen sein.

[In höchst seltenen Fällen findet sich eine angeborne Darmfistel am Nabel, in Folge einer Bildungshemmung. Der *Ductus vitello-intestinalis* kann nämlich offen bleiben und nach Abstossung der Nabelschnur somit eine zum Darm führende Fistel darstellen. Vgl. Band I. Abschnitt III.]

Die äussere Oeffnung der Darmfisteln ist in der Regel einfach (Fig. 105 *e*); zuweilen bestehen jedoch mehrere Oeffnungen in unbestimmter Entfernung von einander. Die Weite der Fistelöffnung und ihre Gestalt unterliegen zahlreichen Varietäten. Gewöhnlich ist sie rund und schwankt zwischen einer Weite von 2‴ bis 1″. Die Ränder sind dick, eingezogen und stehen in unmittelbarer Verbindung mit der Darmschleimhaut, welche durch Narbenverkürzung hervorgezogen ist. Zuweilen besteht ein langer Fistelgang; in anderen Fällen ist, — bei einfacher Fistelöffnung, — die Schleimhaut unmittelbar mit der äussern Haut verwachsen, so dass eine lippenförmige Fistel hergestellt wird. Die umgebende Haut ist strahlig gegen die Fistelöffnung gefaltet, in Folge der Narbenverkürzung. Mehrfache Oeffnungen kann eine Kothfistel nur besitzen, wenn eine ausserhalb der Bauchhöhle liegende Darmschlinge brandig geworden ist und der in der Tiefe gebildete Jaucheheerd die Haut an mehreren Stellen zugleich durchbrochen hat. In der Tiefe münden die mehrfachen Fistelgänge jedenfalls zusammen; die Muskeln und Aponeurosen zeigen immer nur eine Oeffnung. [Nicht ganz selten finden sich aber, in Folge von Eitersenkungen, lange Nebengänge (Fistulöse Geschwüre) unter den Aponeurosen und zwischen den Muskeln]. Da der widernatürliche After eines Schliessmuskels entbehrt, so besteht bei ihm immer Incontinenz. Der Darminhalt fliesst fortdauernd aus und durch seine Berührung wird die benachbarte Haut entzündet und excoriirt. Häufig besteht in dem widernatürlichen After ein Vorfall der Darmschleimhaut, indem sich ein Theil des zunächst liegenden Darmstückes, analog dem *Prolapsus ani*, umstülpt und durch die Fistelöffnung hervordrängt. Oeffnet man die Bauchhöhle, so findet man die perforirte Darmschlinge durch eine feste Peritonealnarbe an die Bauchwand angelöthet. In der Umgegend bestehen mehr oder weniger beträchtliche Adhäsionen zwischen Bauchwand und Darm. Die innigste Verwachsung findet sich, sofern die Kothfistel aus einer Brucheinklemmung hervorging, zwischen dem Bruchsackhalse und dem Darm, jedoch sind diese Festheftungen bei weitem nicht immer gleichmässig im ganzen Umfange entwickelt; sie können an der einen Seite sehr stark, an der anderen sehr schwach sein oder selbst ganz fehlen. Man unterscheidet das obere, vom Magen her kommende und das untere, gegen den Mastdarm hin verlaufende Darm-Ende (Fig. 105 *f.* u. *g*); beide stossen in der Gegend der Fistel in einem bald mehr flachen, bald spitzen Bogen zusammen. Ging in einem brandigen Bruch ein bedeutendes Darmstück verloren, so liegen sie fast parallel neben einander, wie die Läufe einer Doppelpistole. Befand sich nur ein sehr kleines Darmstück in einem brandigen Bruche, oder ist die Kothfistel in Folge einer Darmwunde entstanden, so dass die Continuität des Darmes einen sehr geringen oder gar keinen Verlust erlitten hat, so stossen die beiden Darm-Enden in einem weit offenen Bogen zusammen. Die Communication vom oberen zum unteren Darm-Ende ist natürlich desto schwieriger, je mehr beide einander parallel liegen.

[Einen Fall, in welchem die Fistelöffnung zu vier Darm-Enden führte, indem zwei Darmschlingen zugleich eingeklemmt und brandig geworden waren, hat Sédillot beobachtet und, nachdem längere Zeit nach der Heilung des *Anus praeternaturalis* der Patient an Cholera gestorben war, auch anatomisch beschrieben. *Académie des sciences* 1855. Vgl. mein Referat in Canstatt's Jahresbericht pro 1855].

Fig. 105, die Copie einer Figur aus Scarpa's grossem Werke über die Brüche, zeigt eine Dünndarmschlinge, an welcher sich ein *Anus praeternaturalis* befindet. Die übrigen Eingeweide sind entfernt. *aa* soll die Peritonealauskleidung der Darmbeingruben darstellen. *bb* die Stelle, wo der mit dem Darm verwachsene Bruchsackhals die trichterförmige Oeffnung, Trichter, *infundibulo* nach Scarpa,

Fig. 105.

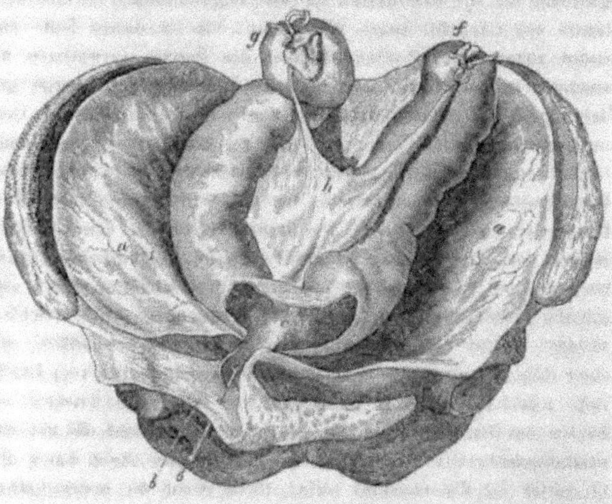

bilden hilft. Dieser Oeffnung gegenüber, bei *cc*, der klappenförmige Vorsprung auf der Mesenterialseite, an der Umbiegungsstelle zwischen den beiden Darm-Enden, Klappe, *promontorio*, nach Scarpa, *éperon*, nach Dupuytren. *cd*, eine durch den Fistelgang in die trichterförmige Oeffnung eingeschobene Sonde. *f.* oberes Darm-Ende, *g.* unteres Darm-Ende. *h.* Das zugehörige Mesenterium.

Je vollständiger der Darm-Inhalt durch die Fistelöffnung nach Aussen entleert wird, desto schneller verengt sich das untere Darmstück. Jedoch erfolgt nur höchst selten Obliteration desselben [1]. Der entgegengesetzte Vorgang findet sich am oberen Darm-Ende. Dasselbe wird erweitert, seine Wandungen hypertrophisch, so dass nach längerem Bestehen die beiden Darm-Enden gar nicht demselben Individuum, ja nicht einmal demselben Lebensalter anzugehören scheinen. Je mehr sie parallel liegen, desto stärker springt an der Umbiegungsstelle, auf der Seite, an welcher das Mesen-

[1]) Einen Fall der Art beschreibt Bégin im *Diction. de méd. et de chirurg. pratiques.*

terium sich anheftet, eine klappenförmige **Verlängerung** (Promontorium, Fig. 105 c) hervor. Sie befindet sich in der Regel gerade gegenüber der Fistelöffnung, jedoch mehr gegen das untere Darm-Ende geneigt, dessen Oeffnung durch sie verdeckt wird. Die Gestalt dieser Klappe ist meist halbmondförmig, der convexe Rand in das Darmrohr hineinragend. [Eine solche Klappe entsteht jedoch nur dann, wenn ein Stück aus der Continuität des Darmes verloren gegangen ist. Die Mesenterialseite einer eingeklemmten Darmschlinge leistet der Gangrän länger Widerstand, die an dieser Seite einander zugewandten Peritonealflächen des Darmes verwachsen mit einander und so bleibt zwischen der Mündung des oberen und derjenigen des unteren Darm-Endes ein in die gemeinsame Oeffnung hineinragender Vorsprung übrig, der allmälig die beschriebene Gestalt annimmt]. Die gemeinsame Oeffnung, in welcher beide Darm-Enden zusammenstossen, ist gleichfalls von verschiedener Länge, je nach der Grösse des Substanzverlustes, den der Darm erlitten hat. Sie hat den Namen Trichter, *infundibulum*, erhalten, weil sie vom Darmrohr aus gegen die Fistelöffnung hin sich allmälig immer mehr verengert. Die Wandungen dieses Trichters werden [sofern der *Anus praeternaturalis*, wie gewöhnlich, aus einer eingeklemmten Hernie entstanden ist] ursprünglich vom Bruchsack gebildet. Allmälig verlängert sich aber der Trichter auf Kosten des Darmrohres, indem das Promontorium und die mit ihm zusammenhängende Mesenterialseite des Darmes theils durch die Elasticität des Mesenteriums selbst, theils durch die peristaltischen Bewegungen immer weiter zurückgezogen werden. Während dieser Verlängerung wird der Trichter gleichzeitig enger. Durch diesen Vorgang der Verlängerung und gleichzeitigen Verengerung des Infundibulum kann nach und nach nicht blos der widernatürliche After auf den Zustand der Kothfistel zurückgeführt, sondern auch vollständige Heilung erzielt werden, wie dies Scarpa und später Dupuytren genau nachgewiesen haben. Verlängerung des Infundibulum und Zurückziehung des Promontorium müssen hierbei gleichen Schritt halten.

Am vollständigsten ausgebildet findet sich der Trichter in solchen Fällen, wo der *Anus praeternaturalis* aus einer eingeklemmten Inguinalhernie hervorgegangen ist.

Auf die Wichtigkeit des vom Mesenterium am Darm ausgeübten Zuges hat besonders Dupuytren aufmerksam gemacht, vielleicht mit etwas zu grossem Nachdruck, da die Darmbewegungen doch mindestens ebenso grossen Einfluss ausüben. Dupuytren stellt den Vorgang in der Weise dar, dass es sich um einen Kampf zwischen dem Mesenterialzuge und den Adhäsionen des Darmes handeln soll, in welchem letztere nachgeben müssten, weil das Mesenterium ihnen an Stärke überlegen sei. So sollten denn auch wirklich Zerreissungen dieser Adhäsionen und in Folge davon Kotherguss in die Bauchhöhle mit tödtlichem Ausgange, blos in Folge des vom Mesenterium ausgeübten Zuges vorgekommen sein. Dupuytren *Mém. de l'Acad. royale de médec.* Paris 1828. Tom. I. pag. 268.

Folgen. Der störende Einfluss, den jede Kothfistel auf den Zustand des ganzen Organismus ausüben muss, ist leicht einzusehen. Derselbe ist desto grösser, je vollständiger der Darminhalt durch die Fistelöffnung abfliesst und je näher dem Magen die Darmschlinge sich befindet, an welcher die Fistel ihren Sitz hat. Die Verdauung und die Chylification wird nicht blos dadurch gestört, dass ein Theil des Darmes ganz ausser Thätigkeit gesetzt ist, sondern auch durch die Festheftung des Darmes, welche bei jeder peristaltischen Bewegung eine Zerrung desselben veranlasst, die ihrer Seits wieder zu neuen und stürmischeren peristaltischen Bewegungen Veranlassung giebt. Die Nahrungsmittel werden daher nicht blos in geringerer Ausdehnung, sondern auch während kürzerer Zeit mit der Darmschleimhaut in Berührung gebracht. Somit ist also der widernatürliche After nicht blos ein ekelhaftes und lästiges Uebel, sondern beeinträchtigt auch wirklich die Ernährung in hohem Grade. Aber auch die einfachste und kleinste Kothfistel, bei welcher eine merkliche Verdauungsstörung nicht stattfindet, wird dem Kranken mit der Zeit so ekelhaft und unerträglich, dass er sich selbst einer lebensgefährlichen Operation gern unterwirft. Die sorgfältigsten Waschungen, Salben, Pflaster, die sinnreichsten Receptacula können nicht verhüten, dass der Kranke fortdauernd von Erythem, Ekzem, Furunkeln, linearen Geschwüren und ähnlichen schmerzhaften Hautkrankheiten in der Umgegend der Fistelöffnung geplagt wird und dass er einen, jedenfalls ihm selbst wahrnehmbaren und widerlichen Geruch verbreitet.

Complicationen. Der widernatürliche After kann mit Hernie, mit Umstülpung der Darm-Enden, mit Verstopfung seiner Eingangsöffnung (des sogenannten Trichters), mit Kothinfiltration und mit Kotherguss complicirt sein. [Häufig entwickelt sich neben einem aus Bruch-Einklemmung entstandenen *Anus praeternaturalis* eine neue Hernie, welche durch die nur leicht verklebte Bruchpf[illegible] bald zur Seite, bald auch grade zwischen den beiden Darm-[illegible] hervortritt. Im letzteren Falle liegt an der Stelle der Klapp[illegible] Bruch, welcher, wenn er nicht weit hervorgedrängt ist [illegible] genauer Untersuchung für die Klappe selbst gehalten we[illegible] Die Reposition solcher Hernien erfolgt leicht, [illegible] durch blosse Rückenlage. — Die Complication mit Bruch auch in anderer Weise bestehen. Es kann nämlich an eine ponibeln Hernie eine Kothfistel entstanden oder es kann eine durch dieselbe Veranlassung, welche die Kothfistel herbe ganz oder theilweise irreponibel geworden sein, so z. B. dur wundung des Darmes in einem nicht zurückgehaltnen bewe Bruche.]

Die Umstülpung und der davon abhängige Vorfall am häufigsten am oberen Ende statt. Wenn beide Darm vorgefallen sind, so ist der Prolapsus doch jedenfalls an dem stärker. Die Länge des Vorfalls kann bis zu 48 Centimet tragen. Zuweilen besteht nur ein auf Erschlaffung beru Vorfall der Schleimhaut, zuweilen aber auch wirklich stülpung sämmtlicher Darmhäute.

Hippokrates hat die Umstülpung der Darm-Enden beim *Anus praeter* bereits beschrieben. Fabricius Hildanus bildet ein solches prolabirte stück ab. Dasselbe hatte die Dicke eines Vorderarmes und eine Länge v als 32 Centimeter. Der *Anus praeternaturalis* war in diesem Falle au brandigen Leistenbruche der rechten Seite bei einem 20jährigen Manne den. — Die ausführlichste Abhandlung über diesen Gegenstand hat Sabat liefert. *Mém. de l'Acad. de médec.* Tom. V.

Die durch den Vorfall des Darmes gebildete Geschwu an ihrer Oberfläche von der Darmschleimhaut überkleidet. sieht die Kerkringi'schen Klappen und Falten und die schwollenen, gerötheten, zuweilen selbst blutenden, gewöhnlic von einer weissen Schleimschicht bedeckten Follikel. Gewö ist diese Geschwulst wenig schmerzhaft, bei längerer Einw der kalten Luft entstehen aber heftige Schmerzen. Die per schen Bewegungen des Darmes können an dem prolabirten deutlich wahrgenommen und durch Besprengen mit kaltem V angeregt werden. Aus dem oberen Darm-Ende fliesst Spe an der Spitze aus; das untere entleert nur Darmschleim. gefärbte Flüssigkeit, die man durch den Mund einnehmen kommt aus dem oberen, ein gefärbtes Klystier aus dem u Ende hervor. Letzteres ist jedoch nur dann möglich, wen widernatürliche After am Dickdarme oder doch nicht weit vo *Valvula coli* entfernt liegt. Die Umstülpung kann zu bel Zeiten während des Bestehens eines *Anus praeternaturalis* gen. Alles was einen Bruch hervortreibt, wie Husten, Erbr körperliche Anstrengungen, kann auch eine solche Darmumstü veranlassen. Mit der Reposition und der Retention verhält e gleichfalls wie bei den Hernien. Die horizontale Körperlage ist der Reposition günstig und kann sie sogar allein bewirken. Die verticale Stellung befördert den Prolapsus. Das hervorgestülpte Darmstück kann irreponibel werden, in Folge einer, die Durchmesser der Austrittsöffnung (Fistel) übersteigenden Schwellung, nach längerem Bestehen auch in Folge von Verwachsungen zwischen den einander zugewandten serösen Flächen des inneren (eingestülpten) und des äusseren (ausgestülpten) Darmstückes. Bei gesteigerter Schwellung kann das prolabirte Darmstück auch eingeklemmt werden.

Boyer läugnete die Möglichkeit der Einklemmung für das untere Darm-Ende und gab als Grund dafür an, dass dieses Darmstück an der Verdauung nicht mehr Theil nehme.

Verstopfung des Trichters entsteht, wenn die äussere Oeffnung sich zu schnell verengert, wie dies namentlich bei brandigen Leistenbrüchen beobachtet wird. |Alsdann häuft sich, bei der Schwierigkeit der Weiterbewegung durch das untere Darm-Ende, der Darminhalt im Trichter an, dehnt ihn über Gebühr aus und erregt dadurch eine heftige oft weit verbreitete Entzündung|. Auch bei hinreichender Weite der Fistelöffnung kann die Anhäufung von unverdauten Substanzen die Veranlassung dazu geben. Die Erscheinungen sind diejenigen einer Brucheinklemmung. Lässt sich die Ursache nicht beseitigen, so hat man einen tödtlichen Ausgang zu befürchten.

Stercoral-Abscesse entstehen, wenn der Darminhalt sich zwischen die Schichten der Bauchwand und namentlich in das lockere Bindegewebe eindrängt. Dies ist, sobald die Schleimhautauskleidung des Trichters vollständig mit der äusseren Haut verwachsen ist, nicht mehr möglich, sofern nicht durch äussere Gewalt eine Zerreissung erfolgt. Viel leichter kann sich diese Complication entwickeln, bevor die Verwachsung zwischen der Schleimhaut und der äusseren Haut hinreichend fest ist. Unter diesen Verhältnissen kann dann auch, wenn die Adhäsionen in der Tiefe sich lösen, ein Kothergus**s** in die Bauchhöhle erfolgen, so namentlich bei einer Verstopfung des Infundibulum oder der Fistelöffnung und gleichzeitiger Undurchgängigkeit des unteren Darm-Endes.

Die Diagnose des *Anus praeternaturalis* und der Kothfistel ist selten schwierig; der Sitz der Fistelöffnung in der Inguinalgegend, in der Schenkelbeuge, am Nabel, — sofern sie nach einer Brucheinklemmung zurückgeblieben ist — oder der Bericht über die vorausgegangene Darmverletzung, der Geruch und die Beschaffenheit der ausfliessenden Flüssigkeiten lassen gewöhnlich so [illegible] Zweifel über die Natur des Uebels, dass der Kranke und [illegible] Angehörigen schon selbst eine richtige Diagnose stellen. [illegible] ist nicht zu vergessen, dass ein in der Nähe des [illegible] oder der *Flexura sigmoidea* gebildeter Abscess höchst [illegible] den Eiter liefern kann, ganz wie er aus einer Kothfistel [illegible] fliessen pflegt. Eine genaue Beachtung der Anamnese (Vgl. [illegible] stehungsgeschichte) ist von grosser Wichtigkeit.

Die Prognose hängt von der Grösse des [illegible] welchen der Darm erlitten hat, von der Lagerung der [illegible] Darm-Enden, von der grösseren oder geringeren Entfernung [illegible] der Fistel und dem Magen [von der Länge des Fistelganges], [illegible] auch von den übrigen Gesundheitsverhältnissen des [illegible] Je grösser das Stück des Darmcanales ist, welches verloren [illegible] desto schwieriger ist der Uebergang des Darminhaltes aus [illegible] oberen in das untere Ende, desto schneller erfolgt daher [illegible] Verengerung des letzteren. Daher sind die Aussichten auf [illegible] bei den aus einfachen Darmwunden hervorgegangenen [illegible] bei weitem günstiger, als bei einem *Anus praeternaturalis*, [illegible] sich in Folge der Gangrän einer eingeklemmten [illegible] entwickelt hat. Sind die beiden Darm-Enden leicht [illegible] und lassen sich bestimmt erkennen, so ist die [illegible] der Heilung mit Hülfe des sogleich zu beschreibenden [illegible] verfahrens grösser, als im entgegengesetzten Falle. Von [illegible] Bedeutung ist die Stelle des Darmes, welche mit der [illegible] municirt. Je näher dem Magen, desto übler die [illegible] den ganzen Körper, durch die leicht ersichtliche [illegible] des Verdauungsprocesses. So kann denn eine Kothfistel am [illegible] sehr schnell, nach Vidal schon in 8 Tagen, durch [illegible] Tode führen, während ein Mensch mit einer Kothfistel am [illegible] darm 20 Jahr lang ohne bedeutendere Störungen seiner [illegible] leben kann. [Je länger der Fistelganz, desto leichter ist der [illegible] schluss; am schwierigsten daher bei lippenförmigen Fisteln.]

Die Behandlung sucht zunächst den *Anus [illegible]* auf die einfacheren Verhältnisse der Kothfistel zurückzuführen. [illegible] Angriffspunkt für die hierauf gerichteten Verfahren ist [illegible] Klappe (das Promontorium) gewesen. Diese soll beseitigt, [illegible] werden. Hat man hiermit das wesentliche mechanische [illegible] für den Uebergang des Darminhaltes in das untere Ende [illegible] so soll nun der Darminhalt den ihm freistehenden Weg auch [illegible] und sich zum grösseren Theile nicht mehr durch die [illegible] des Trichters, sondern durch das untere Darm-Ende weiter bewegen. Dies ist freilich nicht immer so leicht und in manchen Fällen gar nicht zu erwarten, namentlich wenn das untere Darm-Ende bereits in hohem Grade verengt ist; alsdann kommt die künstliche Erweiterung dieses unteren Darm-Endes als eine zweite Indication in Betracht. Ist es aber endlich gelungen, den *Anus praeternaturalis* in eine Kothfistel umzuwandeln, so bleibt der Verschluss der Fistelöffnung als dritte, oft schwer zu erfüllende Indication übrig.

Bestehen Complicationen, so müssen diese wo möglich beseitigt werden, bevor man irgend eine Operation zur Heilung des Uebels selbst unternimmt.

[Complicirende Hernien können nur mit der Kothfistel zugleich einer Behandlung unterworfen werden. Wir kommen hierauf weiter unten zurück.]

Mehrfache Fistelöffnungen werden durch Spaltung oder Ausschneiden von Hautstücken auf eine reducirt.

Die hervorgestülpten Darm-Enden müssen reponirt werden. Dies geschieht durch einen gleichmässigen, allmälig gesteigerten Druck vom Gipfel der Geschwulst gegen ihre Basis. Zu diesem Behuf umwickelt man das vorgefallene Darmstück mit einer in Oel getränkten Binde, die man an der Spitze fest und gegen die Basis hin immer lockerer anlegt. Demnächst comprimirt man mit den Händen und drängt das Darmstück, immer wieder von der Spitze der Geschwulst beginnend, allmälig in die Bauchhöhle zurück. Gelingt die Reposition nicht, so muss man genau erforschen, ob dies von relativer Enge der Oeffnung in der Bauchwand abhängt. Alsdann erweitert man diese durch mehrere kleine Einschnitte, die man von der Haut gegen das Bauchfell hin ausführt, mit sorgfältiger Schonung der Adhäsionen, welche zwischen dem letzteren und dem Darme sich entwickelt haben. Lässt sich das vorgefallene Darmstück, trotz hinreichender Weite der Oeffnung, nicht reponiren, so muss man Verwachsungen der einander zugewandten serösen Flächen annehmen. Andauernde und allmälig gesteigerte Compression kann in solchen Fällen vielleicht noch zum Ziele führen. Sollte dadurch auch Gangrän eines Theiles des Prolapsus herbeigeführt werden, so wäre dies nicht nachtheiliger als das Fortbestehen des ganzen Prolapsus. Wäre die Gewissheit zu erlangen, dass feste Verwachsungen zwischen dem invaginirten und dem umschliessenden Darmstücke bestehen, so könnte man den ganzen Prolapsus an der Bauchöffnung abschneiden. Diese Gewissheit lässt sich aber niemals erreichen.

Zurückschlüpfen in die Bauchhöhle vollkommen sicher zu sein und den Darm dann erst oberhalb dieser Nadeln. Nachher kann no menheftung der an einander grenzenden Schleimhautränder mit hinzugefügt werden. Immerhin wäre aber dieser Eingriff nicht ga

Ist die Oeffnung in der Bauchwand zu eng, um des Darm-Inhaltes frei zu gestatten, und die Fortbe unteren Darm-Ende hin durch die Klappe behindert, s durch Einlegen von Pressschwamm Erweiterung zu bew

Delpech räth das einzulegende Stück Pressschwamm mit l zu umwickeln, weil er fürchtet, dass die Granulationen sich in Schwammes eindrängen und dadurch seine Entfernung schmerzhaf machen könnten.

Gelingt die Erweiterung auf diesem Wege nicht, s wie bei der Einklemmung, durch zahlreiche kleine Ein zu schaffen suchen.

Beseitigung der Klappe. Man sucht entwede zurück und zur Seite zu schieben, wobei zugleich d Trichters erweitert d. h. die Mesenterialseite des D von der Fistelöffnung entfernt wird, oder man geh Zerstörung der Klappe aus.

Die Zurückdrängung ist namentlich von De und empfohlen worden, obgleich sie schon vor ihm Charpiebäusche (Zeltchen), jeder mit einem Faden verse in die Darm-Enden eingeführt. Zwischen beide sch demnächst einen pyramidal gestalteten Tampon, der au in der Richtung nach Hinten einen Druck ausübte.

zurückgedrängt werden, indem man das Ende des Stieles Aussen (an einem Bruchbande) befestigt. Die kleine Krücke wird, um einen zu harten Druck zu vermeiden, mit Leinewand oder Schwamm-stücken umwickelt.

Forget und später Colombe machten den Vorschlag, ein dickes elastisches Rohr mit seinem einen Ende in das obere, mit dem anderen in das untere Darmstück einzuschieben. Ein nach Aussen geleiteter Faden sollte einer möglichen Verschiebung des Rohres vorbeugen. Auf diese Weise sollte nicht blos die Fortbewegung des Darm-Inhaltes gesichert werden, sondern der durch das Rohr auf die Klappe ausgeübte Druck sollte auch zur definitiven Beseitigung derselben beitragen. Um diese guten Wirkungen zu erzielen, müsste man aber ein sehr dickes Rohr anwenden, dessen Einführung äusserst schwierig sein dürfte. Velpeau hat einen Versuch der Art gemacht: schon am dritten Tage erfolgte der Tod und bei der Section fand sich eine heftige Peritonitis, die durch eine Perforation des Darmes veranlasst war; das Rohr steckte gerade in der Oeffnung des perforirten Darmes! Velpeau selbst fügt hinzu: „mag man nun annehmen, dass es sich hier um Perforation in Folge der Einlegung des Rohres oder nur um ein zufälliges Zusammentreffen (?) gehandelt habe, jedenfalls spricht das Ergebniss dieser Behandlungsweise nicht zu ihren Gunsten". Vgl. Velpeau *Médecine opératoire*, Paris 1839, Tom. IV, p. 153.

Im Allgemeinen ist die Compression, welches Verfahren man auch anwenden mag, als ein für die schwierigen Fälle unzureichendes Mittel zu betrachten. Man erreicht wohl einige Zurückdrängung, aber niemals wirkliche Compression der Klappe. Diese Zurückdrängung kann den Vorgang der Naturheilung in der früher pag. 800 geschilderten Weise wesentlich befördern. Wo aber die Tendenz zur Zurückziehung der Mesenterialseite des Darmes nicht schon besteht, wird auch die Compression nur wenig leisten. Jeder stärkere Druck wird nicht blos schmerzhaft, sondern auch gefährlich, weil die Anheftungen des Darmes an der Bauchwand dadurch gelockert werden könnten.

Zerstörung der Klappe, Enterotomie. Um dem Darm-Inhalte den Weg zum unteren Darm-Ende zu öffnen, hat zuerst Schmalkalden (1798, in seiner Inaugural-Dissertation) die Durchbohrung der Klappe an ihrer Basis mit einer gekrümmten Nadel und die Anlegung einer in der Richtung zur Spitze die Klappe umfassenden Ligatur empfohlen. Die Ligatur bewirkt allmälig Gangrän in der bezeichneten Richtung, so dass die Klappe in zwei Hälften gespalten wird, die voraussichtlich auseinander- und zurückweichen werden. Physic soll auf diese Weise 1809 einen glücklichen Erfolg erzielt haben. Eine allgemeinere Verbreitung erhielt die Enterotomie aber erst durch Dupuytren. Derselbe wandte anfangs gleichfalls die Ligatur mit glücklichem Erfolge an, später suchte er, aus Besorgniss, dass man mit der Nadel die Darmwand durchbohren könnte, zuerst Verwachsungen zwischen den einander zugewandten serösen Flächen der Darm-Enden herbeizuführen, um demnächst die Klappe mit voller Sicherheit zerstören zu können.

Fig. 106.

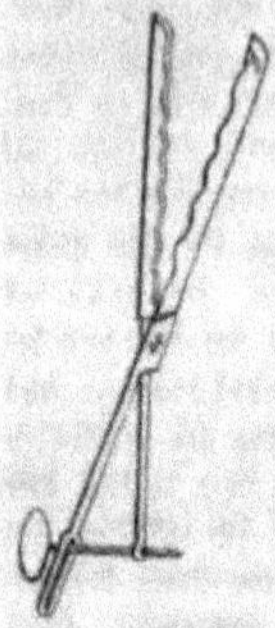

Zu diesem Behuf erfand er das zangenförmige Instrument, welches unter dem Namen Enterotom von Dupuytren (Fig. 106) jetzt allgemein bekannt ist. Das Enterotom hat, wie das Brenneisen der Friseure, einen rinnenförmig ausgehöhlten und einen fast cylindrischen Arm, beide in einer entsprechenden Weise flach und wellenförmig gezähnt. Die beiden Arme können von einander entfernt und wie an den geburtshülflichen Zangen durch ein Schloss vereinigt werden. Sie werden jede für sich eingeführt, dann im Schloss verbunden und endlich durch eine die äusseren Enden verbindende Schraube gegeneinander gepresst. Der auf diese Weise eingeklemmte Theil der Klappe wird necrotisch. In der Umgegend aber entwickeln sich neue und feste Adhäsionen, welche vor einem Durchbruch der Darmwand sicher stellen. Wendet man einen geringen und nur sehr allmälig gesteigerten Druck an, fasst man ferner nur die Klappe oder mit ihr doch nur die nächste Nachbarschaft derselben, so ist die Anwendung des Enterotoms wenig gefährlich, jedoch kann es als fremder Körper, selbst bei der mildesten Anwendung schon üble Zufälle veranlassen, und selbst die Einklemmung der Klappe allein kann zur Enteritis Veranlassung geben. Soll aber die Wirkung des Enterotoms sich über die Klappe hinaus erstrecken, so liegt es ausser der Berechnung, ob nicht statt der gewünschten adhäsiven Entzündung in der nächsten Umgegend eine allgemeine Peritonitis sich entwickeln werde. Auch wäre es möglich, dass man zwischen den einander zugewandten Darmflächen, deren Verwachsung gewünscht wird, ein Stück von einer anderen Darmschlinge, welches sich zufällig zwischen jene eingedrängt hat (Vgl. Complicationen), mitfasste und auf solche Weise eine Communicationsfistel zwischen zwei Darmschlingen oder gar Perforation in die Bauchhöhle bewirkte. — Das Instrument selbst ist als ein schwerer und voluminöser fremder Körper, den man in die Darmhöhle einführt, keineswegs gleichgültig, und die Einklemmung der Klappe kann, wenn dieselbe auch ganz isolirt gefasst worden ist, doch zuweilen die Erscheinungen einer Darm-Einklemmung hervorrufen.

Das Enterotom hat mehrfache Veränderungen erfahren, — eigentlich keine Verbesserungen.

Delpech liess die Spitzen in Gestalt von Nussschalen verdicken und beabsichtigte damit die Klappe, nicht wie Dupuytren von der Spitze zur Basis, sondern von der Basis zur Spitze zu durchschneiden. In dieser Modification aber lässt sich das Instrument nur mit grosser Schwierigkeit einführen, wenn die Fistelöffnung nicht ausnahmsweise sehr gross ist. Die Absicht aber, gerade in der nächsten Nähe des Bauchfells, an dem gefährlichsten Punkte, die Perforation beginnen zu lassen, kann gewiss nicht gebilligt werden.

Dieser letztere Vorwurf trifft auch das von Liotard angegebne Instrument, welches von Blandin empfohlen wurde. Dieses trägt an der Spitze der Zangenarme ein Paar Locheisen, zwischen denen die Klappe gefasst werden soll, so dass nach erfolgter Nekrose eine runde Oeffnung entsteht, durch welche der Darminhalt aus dem obern in das untere Darm-Ende gelangen kann. Um hierbei die Schwierigkeiten der Einführung zu überwinden, hat Charrière eine solche Construction angegeben, dass die Entfaltung der löffelförmigen Enden erst nach der Einführung des Instrumentes geschieht, wodurch die Anwendung, selbst bei enger

Fig. 107.

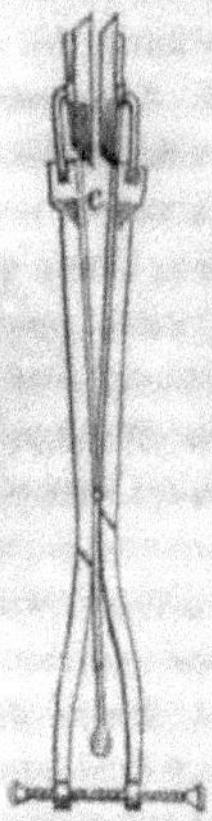

Fig. 108.

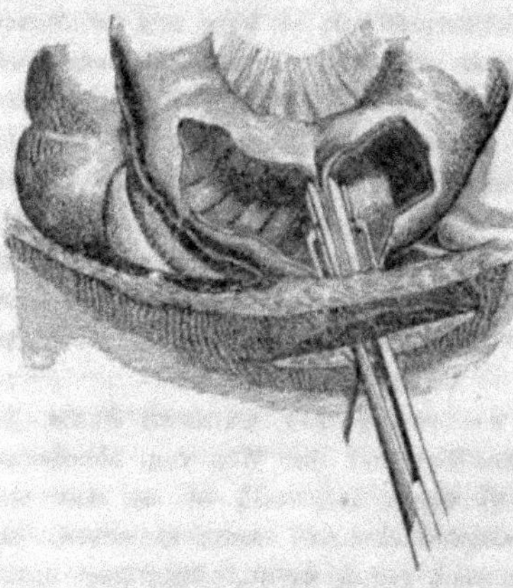

Fistelöffnung möglich werden soll. Vgl. Fig. 107 und 108, wo zugleich eine allgemeine Ansicht von der Anwendung und Wirkung des Enterotoms gegeben wird.

Reybard empfiehlt eine Art von Pincette, mit welcher die Klappe gefasst wird. Zwischen den Armen derselben springt eine kleine Klinge hervor, durch deren Zurückziehen man die Klappe in ihrer ganzen Länge durchschneidet. Die Pincette bleibt 48 Stunden liegen; bis dahin sollen hinreichend feste Adhäsionen sich gebildet haben.

Viel vorsichtiger empfiehlt Jobert zuerst 48 Stunden lang das Enterotom anzulegen, dann aber 1—2 Tage später die Durchschneidung der Klappe mit einer gewöhnlichen Scheere auszuführen.

Vidal schlägt vor, die Arme eines Enterotoms oder einer gewöhnlichen Kornzange mit Rinnen versehen zu lassen und diese mit geschmolzenem Höllenstein oder Wiener Aetzpaste genau zu füllen. Die Mortification würde auf solche Weise sicherer und schneller erfolgen, als durch blossen Druck, auch würden sich voraussichtlich schneller feste Adhäsionen entwickeln. [Jedoch leuchtet von selbst ein, dass auch hierbei die bei dem ursprünglichen Verfahren Dupuytren's in Betracht kommenden Gefahren nicht beseitigt sind.]

[Führen zu den beiden Darm-Enden zwei durch eine Hautbrücke von einander getrennte Fistelöffnungen, so muss das anzuwendende Enterotom in der Weise construirt werden, dass seine Arme mit bogenförmigen Ausbiegungen die Hautbrücke umfassen und somit vom Druck frei lassen.]

[Niemals schreite man zur Anlegung des Enterotoms, bevor nicht vollkommen sichere Verwachsungen zwischen Bauchwand und Darm zu erwarten sind und die Reizbarkeit des letztern hinreichend abgestumpft ist. Selten wird dies vor Ablauf des dritten Monats nach der Entstehung des *Anus praeternaturalis* der Fall sein.]

[Hat sich eine Hernie zwischen den beiden Darm-Enden hervorgedrängt, so kann von der Anwendung des Enterotoms niemals die Rede sein. Die fortgesetzte Anwendung der Desault-Dieffenbach'schen Krücke ist das einzige Mittel, welches wir dieser Complication entgegen setzen können [1]. — Das Hervordringen einer neuen Hernie neben dem *Anus praeternaturalis* hindert dagegen die Fortsetzung der, nach den übrigen Verhältnissen angemessen erscheinenden Behandlung nur wenig; man muss ihrer weiteren Ausbildung durch ein Bruchband entgegenwirken und mit diesem den für die Kothfistel erforderlichen Verband zu verbinden suchen.]

[Erweiterung des unteren Darm-Endes. Wenn die Klappe beseitigt und der Weg vom oberen zum unteren Darm-Ende somit wieder hergestellt ist, so lässt sich durch die Wahl der Nahrungsmittel direct darauf hinwirken, dass letzteres wieder möglichst stark gefüllt werde. Man lässt den Patienten vorzugsweise solche Speisen geniessen, welche reichliche Faeces liefern (Kartoffeln, Grütze, Brot), natürlich mit der nöthigen Rücksicht auf den Zustand seiner Verdauungskräfte. Durch einen geeigneten Verband wird inzwischen die Fistelöffnung versperrt. Dieselbe muss aber sogleich wieder geöffnet werden, wenn die oben angegebenen Erscheinungen der Ueberfüllung des Trichters eintreten. Diesel-

[1]) [Gerade für solche Fälle empfiehlt sich vorzugsweise die von Dieffenbach angegebene etwas dickere Krücke, deren Stiel in einer Bruchband-Pelotte befestigt wird und nach Belieben mehr oder weniger tief in das Darmrohr eingeschoben werden kann.]

ben sind um so mehr zu fürchten, je länger das untere Darm-Ende durch die Klappe abgesperrt war. Es ist daher sehr wichtig, schon bevor man an die Beseitigung der Klappe denken darf, auf anderem Wege die gehörige Weite des unteren Darmstücks wieder herzustellen oder zu erhalten. Hierzu dienen die zuerst von Dieffenbach angewandten Klystiere von Flüssigkeiten, welche Gas entwickeln. Man injicirt dieselben durch ein möglichst hoch in den Mastdarm eingeführtes Schlundrohr und lässt sie so lange als irgend möglich zurückhalten, damit die entwickelte Luft weit aufwärts in den Darm vordringe.|

|Dieffenbach bediente sich zu diesen Klystieren des Berliner Weissbieres, welches dem gedachten Zwecke vollkommen entspricht. Man kann dasselbe durch sogenannte Brausemischungen leicht ersetzen, indem man zuerst eine Lösung von doppelt kohlensaurem Natron und nachher eine gleiche Quantität aufgelöster Weinsteinsäure einspritzt.|

|Gelingt es, die Klappe so zur Seite zu schieben, dass man ohne alle Gewalt ein elastisches Rohr von der Fistelöffnung aus in das untere Darm-Ende einschieben kann, so dürfte es sehr wirksam sein, wenn man auch auf diesem Wege breiige Substanzen in dasselbe einführte.|

Verschluss der Fistelöffnung. Diese Aufgabe, welche bei einem wirklichen *Anus praeternaturalis* erst nach Lösung der bereits erörterten in Angriff genommen werden darf, ist in früherer Zeit irriger Weise in den Vordergrund gestellt worden. Gerade hierin unterscheiden sich von therapeutischer Seite Darmfistel und *Anus praeternaturalis:* bei ersterer geht man von Anfang an auf den Verschluss aus, bei letzterem erst, nachdem man ihn in eine Darmfistel umgewandelt hat.

|Gewöhnlich verengt sich die Fistelöffnung, sobald der Weg zum unteren Darm-Ende frei geworden ist, sehr schnell. In seltenen Fällen erfolgt die vollständige Heilung selbst ohne Zuthun der Kunst, indem der Darm fortfährt sich zurück zu ziehen, das Infundibulum dadurch zu einem engen Fistelgange wird und dieser nach vielen Monaten endlich auch verwächst. In solchen günstigen Fällen kann man, nach den Erfahrungen von Dieffenbach, die Heilung wesentlich befördern, indem man die ganze Lebensweise des Patienten einem plötzlichen Wechsel unterwirft. Wenn der Kranke bis dahin ruhig gelegen hat, so soll er nun aufstehen, umhergehen, fahren, reiten. Ist er dagegen mit seiner Fistel umhergegangen, so soll er für längere Zeit an's Bett gefesselt werden. Eben so wechselnd sei die Diät; für eine Reihe von Tagen wer-

den alle Nahrungsmittel bis auf Fleischbrühe und Eier gestrichen und gleichzeitig Opium gegeben, um eine recht dauernde Verstopfung herbei zu führen; dann aber giebt man Purganzen u. s. f. Diese diätetischen Maassregeln begünstigen jedenfalls die Heilung und dürfen daher auch bei solchen Fisteln, zu deren Verschluss operative Eingriffe nöthig erscheinen, nicht vernachlässigt werden.

Die blosse Zusammenheftung der angefrischten Fistelränder wird wegen der fast niemals fehlenden Callosität derselben nur höchst selten von Nutzen sein können.

In früherer Zeit glaubte man mit der blossen Anfrischung und Zusammenheftung der Fistelränder auskommen zu können. Lecat scheint zuerst die Naht empfohlen zu haben; er wollte sie 1739 ausführen, wurde aber durch Zufälligkeiten daran verhindert. Judey (*Arch. de médecine* Tom. I, pag. 291) war glücklicher, während Blandin's Versuch wiederum so schlecht ablief, dass er die Naht entfernen musste, um übleren Zufällen vorzubeugen. [Es wäre überflüssig, auf ältere Versuche und deren Resultate näher einzugehen, da die wesentlichen Fragen, ob eine Klappe und ob Verengerung des unteren Darm-Endes bestanden habe oder nicht, erst seit Scarpa zur Sprache gekommen sind.]

[Als wirksame Verfahren sind vorzugsweise die Kauterisation mit dem Glüheisen und die Transplantation eines benachbarten Hautstückes zu nennen.]

[Das Glüheisen muss wiederholt, nicht blos auf den Schleimhautüberzug der Fistelöffnung, sondern auch auf deren Umgebung im Umkreise mehrerer Linien kräftig angewandt werden. Während des Brennens schützt man das Darmrohr vor der Einwirkung der Hitze durch eingeführte Charpiebäusche. Nach Abstossung des Brandschorfes befördert man das Wachsthum der Granulationen durch Salbenverbände (*Unguentum Elemi, basilicum* etc.). Durch die Zusammenziehung der, rings um die Fistelöffnung entstehenden Narbensubstanz wird jene immer mehr verengt, bis die gegeneinander gepressten Granulationen in der Fistelöffnung selbst zuletzt völlig verwachsen.]

[Um diese circuläre Zusammenziehung zu befördern, hat Dieffenbach die Schnürnaht ersonnen. Dieselbe wirkt in ähnlicher Weise wie die Schnur, mit welcher man in früherer Zeit die Oeffnung der Tabacksbeutel zusammenzog. Man stösst eine starke krumme Nadel, in einiger Entfernung von der Fistelöffnung, tief durch die Haut ein und in gleicher Entfernung von der Fistel wieder aus. Nachdem man Nadel und Faden hervorgezogen hat, sticht man durch dieselbe (zweite) Oeffnung wieder ein und umgeht allmälig mit solchen Ein- und Ausstichen den ganzen Umfang der Fistel, so dass schliesslich die beiden Faden-Enden aus der ersten Einstichsöffnung, welche zugleich zum letzten Ausstich gedient hat, heraushängen, während der Faden selbst unter der Haut die Fistelöffnung umkreist. Demnächst werden die Enden straff angezogen und geknotet, wodurch die tieferen Gewebsschichten in ähnlicher Weise gegen die Fistelöffnung hin zusammengedrängt werden wie die oberflächlichen durch die Narben-Verkürzung. Die Schnürnaht muss wie die Kauterisation öfter wiederholt werden.|

|Als Methoden der Transplantation empfehlen sich vorzugsweise die von Dieffenbach angegebenen beiden: Vera bung einer Hautbrücke, und Ueberpflanzung ei stielten Lappens. Zu letzterer, welche nach den al Regeln der plastischen Operationen auszuführen ist, entschliesst man sich nur in solchen Fällen, wo die Haut in der Umgebung der Fistel sich gar nicht verschieben lässt. Anderen Falls gewährt die Bildung einer Hautbrücke mehr Aussicht auf Erfolg. Man frischt mit langen elliptischen Schnitten die Fistelränder an und führt mit der einen Anfrischungslinie parallel und in gleicher Länge, etwa doppelt so weit von ihr entfernt als die angefrischte Fistelöffnung klafft, einen dritten Schnitt durch die ganze Dicke der Haut, löst den hierdurch an seinen beiden langen Seiten umschnittenen Hautstreifen mit flachen Messerzügen von dem unterliegenden Bindegewebe ab, schiebt ihn über die Fistelöffnung und heftet endlich die beiden angefrischten Ränder der Fistelöffnung genau zusammen, so dass der verschobene Hautstreifen die Fistelöffnung gänzlich deckt und der Darm-Inhalt genöthigt wird, gleichsam um die Ecke, unter dem verschobnen Hautstreifen hervor seinen Weg zu nehmen. Die erste Vereinigung zwischen den zusammengehefteten Rändern wird fast nie vollständig erreicht. An dem anderen Rande wird sie gar nicht beabsichtigt, da hier vorläufig noch ein Ausweg für den Darm-Inhalt bleiben soll, dessen Verschluss durch Granulationen leichter erwartet werden kann, weil an dieser Stelle gesunde, bloss einfach verwundete Theile mit einander in Berührung kommen.|

|Roser empfiehlt, als eine Vereinfachung des Dieffenbach'schen Verfahrens: zwei parallele Einschnitte oberhalb und unterhalb der Fistelöffnung, in einiger Entfernung von ihr zu machen, die dadurch umschriebene Hautbrücke abzulösen, so dass die äussere Oeffnung der Fistel mit abgehoben wird, diese dann anzufrischen und zu heften, das Anheilen des nunmehr nicht perforirten Brücken-Lappens aber durch Granulation erfolgen zu lassen.|

Velpeau hat in einem Falle, den er in Gegenwart von Valentin Mott

1835 operirte, mit dem glücklichsten Erfolge zwei lange Seitenschnitte gemacht, nachdem er die Fistel selbst angefrischt und geheftet hatte. [Es leuchtet ein, dass dies, unter vielen anderen Verhältnissen vortreffliche Verfahren der seitlichen Incisionen hier nur in solchen Fällen von Nutzen sein kann, wo die umgebende Haut noch einen hohen Grad von Verschiebbarkeit besitzt.]

Der Wirkungskreis der plastischen Operationen ist bei der Behandlung der Kothfisteln überhaupt ein sehr beschränkter. Auf *prima intentio* darf man kaum jemals rechnen, weil sie durch den hervordringenden Darm-Inhalt gestört wird. Auf dem langwierigen Wege der Eiterung gelingt die Heilung aber, namentlich wenn ein längerer Fistelgang besteht, auch ohne Transplantation. Ueberdies ist nicht zu vergessen, dass die Mehrzahl der Kothfisteln — nach Dupuytren: 3 unter 4 — von selbst heilen, und dass die Kauterisation immer noch als ein weniger heftiger Eingriff zu betrachten ist als die Transplantation.]

[In einzelnen Fällen dürfte endlich folgendes, von Malgaigne (*Leçons cliniques sur les hernies*, *Union méd.* und *Gazette des hôpitaux* von 1854) empfohlene Verfahren, dessen sich auch Nélaton und Denonvilliers mit Vortheil bedient haben sollen, Anwendung finden können. Die Fistelränder werden mit Schonung des Darmes angefrischt. Die äusseren Adhäsionen des letzteren gelöst, während man eine Verletzung der inneren Adhäsionen, die zur Eröffnung der Peritonealhöhle führen würde, sorgfältig vermeidet. Die Ränder der Darmöffnung werden nach innen umgestülpt und durch die Jobert'sche Naht vereinigt. Die angefrischten Fistelränder endlich heftet man durch die umschlungene Naht zusammen, wobei, sofern bedeutender Substanzverlust besteht, eine plastische Operation zu Hülfe genommen werden muss. Die grossen Schwierigkeiten dieser Operation, namentlich der Unterscheidung der äusseren und innere Adhäsionen des Darmes leuchten von selbst ein. Ihr Vorzug würde in der Möglichkeit beruhen, die Oeffnung des Darmes sofort zu schliessen, wodurch dann weiter die Möglichkeit des Verschlusses der angefrischten Fistelöffnung *per primam* bedingt würde, da der nachtheilige Einfluss des Darminhaltes gänzlich ausgeschlossen wäre.]

[Behandlung des *Anus praeternaturalis* in einer Hernie. In den seltnen Fällen, wo an einem unbeweglichen Bruche eine Kothfistel besteht, kann man sich entweder einfach mit der Heilung dieser letzteren, nach den oben angegebenen Regeln, begnügen, oder, nach dem Vorgange von Dieffenbach, ein viel kühneres Verfahren einschlagen, um mit der Kothfistel zugleich die Hernie zu beseitigen. Zu diesem Behuf wird die Bruchpforte (der Leistencanal) blossgelegt, der Bruchsack geöffnet und der Darm, ohne seine Adhäsionen zu lösen, dicht vor der Bruchpforte abgeschnitten. Die beiden Darm-Enden werden, sofern sie nicht schon mit einander verwachsen sind, da wo sie ihre serösen Flächen gegeneinander wenden, zusammengeheftet. Die abgeschnittene Darmschlinge aber wird sammt dem die Fistelöffnung umgebenden Theile des Scrotum gänzlich entfernt. Die weitere Behandlung wäre dann namentlich mit Hülfe der Krücke und des Glüheisen wie bei einem gewöhnlichen *Anus praeternaturalis* einzuleiten.|

|In Fällen, wo wegen anderweitiger Krankheiten oder entschiedener Abneigung des Patienten gegen eine Operation, die Radicalheilung gar nicht versucht werden soll, muss man durch Receptacula, die mit einem Bruchband in Verbindung stehen, nach Kräften für Reinlichkeit sorgen, die Umgebungen der Fistel durch häufiges Bestreichen mit Fett vor der Einwirkung des Darm-Inhaltes schützen und dem Patienten die Vermeidung aller Anstrengungen und des Genusses schwer verdaulicher Speisen empfehlen.|

Zweites Capitel.

Von den Verschiedenheiten der Brüche, welche durch die Lage der Bruchpforten bedingt werden.

I. Leistenbruch. *Hernia inguinalis.*

Anatomie der Leistengegend.

Um die für das Studium der Leistenbrüche nöthigen anatomischen Kenntnisse zu recapituliren, haben wir die Verhältnisse der Bauchmuskeln zum Leistenkanal und zum Samenstrang sowie die Anordnung dieser Theile selbst in's Auge zu fassen.

Die Aponeurose des M. obliquus externus endet am unteren Rande der vorderen Bauchwand, wo sie, nach der gewöhnlichen Darstellung, das Fallopische oder Poupartsche Band bildet, in drei Theile. Der äussere Theil schlägt sich nach hinten um und geht in die Fascia iliaca über. Auf solche Weise wird die äussere Hälfte des zwischen der Schoosfuge und dem oberen vorderen Darmbeinstachel befindlichen Raumes (der sogenannten Schenkellücke) verschlossen. Der innere Theil dieser Aponeurose schlägt sich gleichfalls nach hinten und unten um; er bildet das Gimbernatsche Band, welches die innere Begrenzung der Schenkellücke darstellt und sich an der Crista pubis in grösserer Ausdehnung anheftet. Zwischen diesen beiden seitlichen Endtheilen befindet sich der mittlere, nicht umgeschlagene, welcher in das oberflächliche Blatt der Fascia lata übergeht.

Die in ihrer unteren Hälfte ziemlich derbe Fascia transversalis lässt sich in der Leistengegend als aus zwei Theilen bestehend auffassen. Der äussere Theil entspringt von der Stelle, wo die Aponeurose des Obliquus externus in die Fascia iliaca übergeht, steigt an der hinteren Fläche der vorderen Bauchwand aufwärts und bildet mit seinem nach Innen concaven Rande den äusseren Saum der hinteren Oeffnung des Leistenkanales. Der innere stärkere Theil der Fascia transversalis entspringt von der Crista pubis und der hinteren Fläche des Gimbernatschen Bandes, hängt lose mit dem hinteren Rande des Fallopischen Bandes zusammen und setzt sich unter diesem letzteren in die Gefässscheide der Vasa femoralia fort; aufwärts erstreckt er sich hinter dem Samenstrang und hinter der Aponeurose des Musculus transversus abdominis und bildet mit seinem nach Aussen gewandten concaven Rande den inneren Saum der hinteren Oeffnung des Leistenkanales. Diese beiden Theile der Fascia transversalis verschmelzen in einer sehr constanten Höhe mit einander, um dann die ganze hintere Fläche der vorderen Bauchwand zu überziehen. Je weiter aber die Fascia transversalis emporsteigt, desto mehr verliert sie an Dicke, so dass sie sehr bald nur eine dünne, nicht bestimmt abgegrenzte Bindegewebsschicht darstellt. Ein dünner Fortsatz dieser Fascie erstreckt sich in den Leistenkanal hinein und bildet daselbst die äussere Scheide des Samenstranges.

Fig. 109.

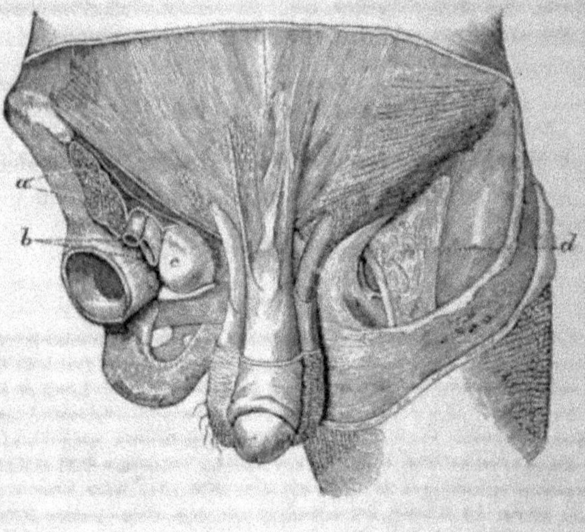

Fig. 109. Ansicht der Leistengegend von vorn. Haut und Panniculus sind überall entfernt, auf der rechten Seite des Beckens auch die übrigen Weichtheile. *a.* Musculus iliacus internus und Psoas quer durchschnitten. *b.* Arteria femoralis und an deren innerer Seite, Vena femoralis. *c.* Bruchsack einer Hernia femoralis. *d.* die sogenannte Fascia cribriformis nebst der an der inneren Seite des Schenkels aufsteigenden Vena saphena magna. Die Fascia superficialis ist am linken Schenkel nach unten zurückgeschlagen.

Der Samenstrang tritt durch die hintere (nach Anderen: obere oder innere) Oeffnung in den Leistenkanal ein und ruht während seines Verlaufs durch denselben auf dem inneren Theile der Aponeurose des Obliquus externus, gerade an der Stelle, wo dieselbe sich nach Hinten und Unten umschlägt, um das sogenannte Gimbernat'sche Band zu bilden. Die Verhältnisse des Samenstranges zu den übrigen Muskeln der vorderen Bauchwand sind folgende. Die unteren Bündel des Transversus entspringen an der Vereinigungsstelle des äusseren Theils der Aponeurosis obliqui externi mit der Fascia iliaca, zwischen der Spina ilei anterior superior und der hinteren Oeffnung des Leistencanales. Daselbst geht der untere Rand dieses Muskels über den Samenstrang hin, wendet sich dann nach Unten und Innen hinter den Samenstrang und endet in eine Sehnenhaut, die genau mit dem unteren inneren Theile der Fascia transversalis verschmilzt. Die unteren Bündel des Obliquus internus entspringen vor den ihnen entsprechenden Bündeln des Transversus in der Rinne des Fallopi'schen Bandes bis nahe an die Spina pubis. Zum grossen Theile verschmelzen sie mit denen des Transversus. Der untere Rand des Obliquus internus kreuzt den Samenstrang etwa 2 Centimeter unter der hinteren Oeffnung des Leistencanales. Einige seiner Fasern bilden ein besonderes Bündel, welches wie eine Fleischhaut an der äusseren Seite des Samenstranges abwärts steigt, [nach der gewöhnlichen Beschreibung] den Hoden schlingenartig umfasst und dann an der inneren Seite des Samenstranges wieder emporsteigt, um sich schliesslich an der hinteren Fläche des inneren Pfeilers des vorderen Leistenringes zu befestigen. Dieser Fortsatz des Obliquus externus, welchem sich auch einige Fasern des Transversus anschliessen, führt den Namen Cremaster; seine [selten deutliche] Ausbreitung an der Oberfläche des Samenstranges (resp. einer Leistenhernie) ist auch als Tunica erythroidea beschrieben worden.

Die mit der Fascia transversalis verschmelzende Aponeurose des Obliquus internus und Transversus inserirt schliesslich in der Linea alba und vor der Schoossfuge, indem sie hinter dem oberen inneren Theile des Leistencanales verläuft und in seiner grössten Ausdehnung dessen hintere Wand bildet (Bichat).

Der Leistencanal hat eine Länge von 36 Millimetern, eine schräge Richtung, beinah parallel dem Fallopi'schen Bande, also wesentlich schräg von Oben und Aussen nach Unten und Innen, zugleich aber auch von Hinten nach Vorn, da ja die ganze Dicke der Bauchwand von ihm durchbohrt wird. Seine hintere Wand wird gebildet von der Fascia transversalis und von der Aponeurose, in welche die unteren Muskelbündel des Obliquus internus und des Transversus übergehen. Die vordere Wand wird ausschliesslich von der Aponeurose des Obliquus externus dargestellt. Diese bildet auch die untere Wand, indem sich ihr innerer Theil gerade an dieser Stelle zur Bildung des Ligamentum Gimbernati umschlägt. Die obere Wand besteht aus Bündeln des Obliquus internus und des Transversus. Die in die Bauchhöhle führende hintere oder obere Oeffnung, der hintere oder obere Leistenring hat die Gestalt einer, mit ihrem grossen Durchmesser vertical gestellten Ellipse und wird von den hier auseinander weichenden beiden Portionen der Fascia transversalis begrenzt. [Manche Autoren nennen diese Oeffnung den „inneren" Leistenring. Dies kann leicht zu Irrthümern Veranlassung geben, da sogenannte „innere Leistenhernien" durch diese Oeffnung grade nicht hervortreten. Der hintere Leistenring liegt auch nicht an der inneren, sondern an der äusseren Seite der bei der Wahl der Benennungen hier vorzugsweise berücksichtigten Vasa epigastrica (Fig. 109 *c*), welche nahe an seinem inneren Rande emporsteigen. Er liegt endlich entschieden weiter nach Aussen (immer im anatomischen Sinne) als der vordere Leistenring, den Viele nichtsdestoweniger den äusseren nennen.]

Der hintere Leistenring liegt fast genau in der Mitte einer, von der Spina ilei anterior superior zur Spina pubis gezogenen Linie. Um seinen inneren Rand schlägt sich schräg abwärts und nach Hinten, die übrigen Theile des Samenstranges verlassend, — das Vas deferens. In entgegengesetzter Richtung senken sich Eingeweide, die als äussere Leistenhernien hervortreten sollen, in den Leistenring ein.

Die vordere oder untere Oeffnung, der vordere (nach Anderen Leistenring bildet ein schräg gestelltes Oval, dessen grosse Axe von Aussen nach Unten und Innen gerichtet ist. Die zu seiner Bildung weichenden Fasern des Obliquus externus stellen zwei Bündel dar, die Pfeiler des Leistenringes bezeichnet. Der obere innere dieser breit und inserirt, mit demjenigen der andern Seite sich kreuzend, an der Fläche der Schoossfuge. Der innere untere dagegen, schmal und dick, der Spina pubis und geht mit seinem hinteren unteren Theile in das Lig. Gimbernati über (Vgl. Fig. 109 rechts). Beide Pfeiler sind nach Oben und durch Faserbündel vereinigt, welche, von der Spina ilei anterior superior gend, nach Unten und Innen in einem nach Unten convexen Bogen schliesslich in die übrigen Sehnenfasern der Aponeurose des Obliquus übergehen. Der untere Rand des vorderen Leistenringes wird von keinem genannten Aponeurose, sondern von dem, an der inneren Seite der Spina gelegenen Theile des Os pubis gebildet.

Descensus testiculi. Der Leistencanal entsteht erst durch das steigen des Hodens, welches gewöhnlich im 7ten Monate des Fötallebens In den ersten Monaten liegen die Hoden an ihrer ursprünglichen dicht unter den Nieren, wo sich deshalb auch bleibend die Ursprungs- senkungsstellen ihrer Gefässe finden. In dieser ihrer Lage sind sie vom überzogen, mit Ausnahme ihres, nach hinten gewandten Hilus, durch welche Gefässe und Nerven, sowie der Ausführungsgang (das spätere Vas deferens und austreten. Von der Bauchwand steigt zu jedem Hoden ein Bündel des obliquus internus aufwärts (Gubernaculum Hunteri), in dessen Richtung durch dessen Zug der Hoden allmälig gegen die untere Grenze der vorderen wand hinabgezogen wird. Bei dieser Ortsveränderung zieht der Hoden stülpung des Bauchfells neben den in seinen Hilus eintretenden Theilen her. Diese stellt zunächst einen kleinen engen Blindsack dar, der später, der Hoden die Bauchwand (den Leistencanal) passirt hat, die Gestalt eines schuhfingers (im Kleinen) annimmt und den Namen Processus vaginalis peritonei erhält. [Sehr häufig macht man sich von diesen Ortsveränderungen eine falsche Vorstellung, indem man an den erwachsenen Körper denkt. Die fernung zwischen Niere und Leistencanal ist aber beim Fötus äusserst gering, nicht blos wegen der geringen Grösse des ganzen Körpers, sondern namentlich wegen der relativ geringeren Entwickelung des Becken-Endes beim Fötus.] 8ten Monate des Fötallebens an liegen die Hoden in der Regel im Scrotum. Canal des Processus vaginalis verwächst von der Bauchhöhle aus abwärts bleibt von ihm nichts übrig als die, den Hoden, nach Art anderer seröser umschliessende Tunica vaginalis propria testis und das am hinteren sichtbare Grübchen. Zuweilen bleibt aber der Processus vaginalis peritonei so dass die seröse Höhle, in welcher der Hoden liegt, direkt mit der höhle communicirt. Nicht ganz selten bleiben auch die Hoden, oder doch eine, in der Bauchhöhle zurück, oder verweilen längere Zeit, vielleicht für im Leistencanal oder nahe vor dem vorderen Leistenringe (Cryptorchismus).

Der den ganzen Leistencanal durchlaufende Funiculus spermaticus steht bekanntlich aus dem Vas deferens, der Arterie, den Venen, den flechten und den zahlreichen Lymphgefässen, welche in der Bauchhöhle alle gesondert verlaufen, in dem Canal aber durch eine, vom hinteren Umfange desselben entspringende Bindegewebshülle zusammengehalten werden. Eine zweite, jedoch unvollständige Hülle empfängt der vordere und seitliche Umfang des Samenstranges vom Cremaster, der sich jedoch erst unterhalb des vorderen Leistenringes an ihn anlegt. Vom Umfange, und namentlich vom äusseren Rande dieses letzteren, entspringt eine dritte, fibröse Hülle, welche sich jedoch weiter abwärts in eine lockere Bindegewebsschicht umwandelt.

Fig. 110.

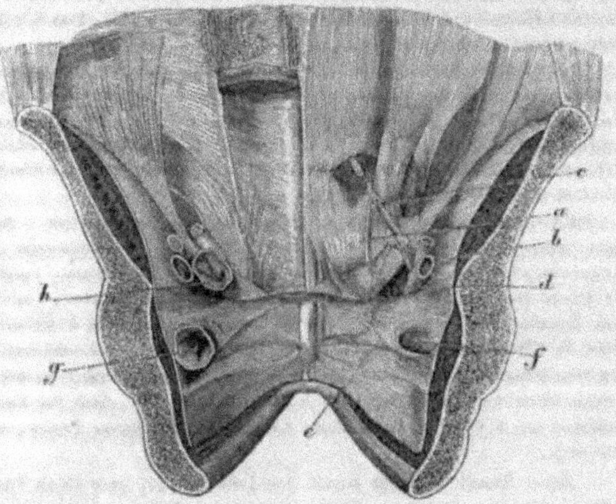

Fig. 110. Hintere (Peritoneal-) Seite der vorderen Bauchwand. Links ist der untere Theil der hinteren Wand der Scheide des Rectus und ein Stück dieses Muskels entfernt, sonst aber blos das Bauchfell fortgenommen, um die Verhältnisse der Fascia transversalis zu zeigen. Rechts ist diese auch entfernt. *a.* Musculus rectus abdominis, an dessen äusserem Rande sich unten die Fovea inguinalis interna befindet. *b.* Art. iliaca externa, aus welcher die Art. epigastrica, *c.* entspringt. Durch punktirte Linien ist, bei *e.* der Verlauf einer abnorm aus der Epigastrica entspringenden Art. obturatoria angedeutet. *d.* Der in der Schenkellücke neben den Gefässen frei bleibende Raum. *f.* Gefässlücke des Foramen obturatum. *g.* Bruchsack, der in der gleichnamigen Oeffnung der anderen Seite steckt. *h.* Femoralbruchsack der linken Seite, an dessen äusserer Seite die Vasa femoralia liegen; über diesen und etwas weiter nach Innen der, künstlich ausgestopfte, Inguinal-Canal.

Die Betrachtung der, vom Peritoneum überzogenen, hinteren Fläche der vorderen Bauchwand lässt in der Umgegend des Leistencanals drei kleine Gruben erkennen, die man als Foveae inguinales bezeichnet. Zumeist nach Aussen, der hinteren Oeffnung des Leistencanals entsprechend, dicht über dem Samenstrang, an der äusseren Seite der Vasa epigastrica, findet sich, als Ueberrest des ehemaligen Eingangs in den fötalen Processus vaginalis peritonei, eine kleine trichterförmige Vertiefung, die Fovea inguinalis externa. Näher der Mittellinie, etwa 24 Millimeter nach Innen von den Vasa epigastrica, wird das Peritoneum durch das aus der Obliteration der Nabelarterie hervorgegangene Lig. laterale vesicae etwas abgehoben. Zu beiden Seiten dieser Falte entsteht ein Grübchen; das eine zwischen ihr und den Vasa epigastrica, Fovea ing. media oder Hesselbach'sche Grube, (die gewöhnliche Austrittsstelle der Hernia inguinalis interna seu directa), die andre zwischen jenem Bande und dem Rande des graden Bauchmuskels, Fovea inguinalis interna. Durch letztere kann auch eine Hernie gegen den vorderen Leistenring hervortreten, deren Richtung schräg von Innen und Hinten nach Aussen und Vorn sein muss (Hernia inguinalis interna obliqua, nach Velpeau), wie dies Goyrand (Mémoires de l'Académie royale de médecine, Paris 1836, Tom. V, p. 32) zuerst nachgewiesen hat.

Die äusseren Bedeckungen der Leistengegend sind: die Haut und die gewöhnlich mit vielem Fett durchwebte Fascia superficialis, die am Fallopi'schen Bande straffer befestigt ist und von da aus einerseits auf den Schenkel übergeht, andererseits in die Tunica Dartos sich fortsetzt. In dem Fettgewebe verlaufen die Verästelungen der Arteria epigastrica externa und der Arteriae pudendae externae, sämmtlich Aeste der Femoralis.

Im weiblichen Körper ist der Leistencanal enger und um etwa 4 Millimeter länger als beim Manne. Durch ihn verläuft statt des Samenstranges das Ligamentum uteri teres, welches beim Fötus von einem, dem Processus vaginalis des Mannes analogen Fortsatz des Bauchfells, dem Nuck'schen Canal, begleitet wird. Derselbe ist bald röhrenförmig, bald flaschenförmig gestaltet, von verschiedener Weite, im Allgemeinen jedoch namentlich im Anfangs- und Endstück sehr eng, so dass man häufig kaum eine Sonde hindurchschieben kann, während in einzelnen seltenen Fällen der kleine Finger sich in ihn einführen lässt. Nach den Untersuchungen von J. Cloquet kann dieser Canal selbst bei älteren Frauen noch offen sein.

|Jeder Bruch, welcher durch den Leistencanal oder einen Theil desselben hervortritt, heisst Leistenbruch (*Hernia inguinalis, Bubonocele*).|

|Je nach der Richtung, in welcher der Bruch hervortritt, und namentlich auch je nach der Stelle, an welcher er in den Leistencanal eintritt, kann man verschiedene Arten von Leistenbrüchen unterscheiden, die jedoch bei längerem Bestehen einander alle so ähnlich werden, dass eine scharfe Unterscheidung am Lebenden oft gar nicht möglich ist. Allgemein anerkannt ist die Unterscheidung der äusseren und der inneren Leistenbrüche. Ausserdem sind als besondere Varietäten der schräge innere und der interstitielle Leistenbruch aufzuführen.|

I. Der äussere Leistenbruch, *Hernia inguinalis externa s. obliqua*, tritt durch die *Fovea inguinalis externa*, mithin an der äusseren Seite der *Vasa epigastrica*, in den hinteren Leistenring ein, folgt dem Laufe des Samenstranges durch die ganze Länge des Leistencanals, und tritt, bei weiterer Vergrösserung, aus dem orderen Leistenringe hervor, um sich endlich immer weiter dem amenstrange folgend, in den Hodensack hinab zu senken, wo er ann den Namen Hodensackbruch, *Hernia scrotalis, Oscheocele,* rhält. So lange die Hernie noch gar nicht oder nicht bedeutend us dem vorderen Leistenringe herausgetreten ist, stellt sie eine ingliche, wie man gewöhnlich sagt, birnförmige Geschwulst dar, er dickere Theil gegen das Scrotum, der dünnere gegen die hinere Oeffnung des Leistenkanals gerichtet. Der Samenstrang liegt inter dem Bruchsack und, so lange die Hernie noch klein ist, an er inneren Seite derselben. |Kann man, wie bei der Invagination vgl. pag. 717 u. f.), den Finger in die Bruchpforte einschieben, so berzeugt man sich, dass dieselbe eine dem Laufe des Leistenanals entsprechende schräge Richtung besitzt. Alle diese Charakere verschwinden bei alten grossen Hernien gänzlich, der Leistenanal wird zu einer einfachen runden Oeffnung ausgeweitet, welche rade von Hinten nach Vorn die Bauchwand durchbohrt. Die Gealt des Bruches ist nicht mehr birnförmig und der Samenstrang egt nicht an der inneren Seite, sondern hinter dem Bruchsack. crotalhernien sind in der Regel äussere Leistenhernien (vgl. *Hernia nguinalis directa*); jedoch lässt sich dies im einzelnen Falle nicht nit Bestimmtheit behaupten. Somit bleibt bei grossen Leistenernien nur das anatomische Unterscheidungsmerkmal übrig, dass ie *Vasa epigastrica* an der inneren Seite der Bruchpforte einer usseren, und an der äusseren Seite derjenigen einer inneren eistenhernie liegen.|

|Bei beweglichen Leistenbrüchen gelingt es zuweilen mit dem, unter Invagition eines Theils der Scrotalhaut, durch die Bruchpforte eingeführten Finger die ulsirende *Arteria epigastrica* zu entdecken. Bei eingeklemmten Brüchen kann ervon natürlich keine Rede sein; gerade bei diesen wäre aber die Unterscheidung n Werth, um der Vorschrift entsprechen zu können, dass der dilatirende Schnitt i der Operation des äusseren Leistenbruches in der Richtung nach Aussen, bei rjenigen des inneren, nach Innen gemacht werden soll, um die *Arteria epiastrica* sicher zu vermeiden (siehe unten).|

Gewöhnlich liegen Scrotalbrüche mit ihrem Grunde vor und ber dem Hoden. Jedoch lässt, beim Hervortreten aus dem voreren Leistenringe und beim weiteren Hinabtreten in das Scrotum, er äussere Leistenbruch den Samenstrang nicht immer hinter sich, ondern drängt sich zuweilen zwischen dessen einzelne Theile ein, o dass diese an verschiedenen Seiten des Bruchsacks, weit von inander entfernt, zu dem, alsdann meist an der vorderen Seite des nteren Theiles des Bruchsacks gelegenen Hoden hinabsteigen.

Gewöhnlich liegt dann das *Vas deferens* an der inneren, die *Vasa sperm*[atica] an der äusseren Seite; jedoch kann das *Vas deferens* auch an der vorderen, das Gefässbündel an der inneren Seite liegen, wie dies von Hey und [Astley] Shepperd in zwei Fällen beobachtet worden ist, wo das *Vas deferens* bei der Operation durchschnitten wurde. In einzelnen Fällen soll auch der ganze Samenstrang vor dem Bruchsack gelegen haben. Jedenfalls kommt die Auseinanderdrängung der einzelnen Theile des Samenstranges nicht blos, wie man früher annahm, bei alten grossen Hernien, sondern auch im kindlichen Alter vor, wie dies A. Cooper beobachtet hat.

Im **weiblichen** Körper, wo der Leistenkanal enger und länger ist, tritt der äussere Leistenbruch langsamer hervor und senkt sich seltener, als beim Manne in das Scrotum, in das *Labium majus*. (*Hernia labii majoris*). Da seine Hüllen hier nicht (wie beim Manne durch die Schichten des Samenstranges) verstärkt werden, so liegt der Bruch viel oberflächlicher, scheinbar dicht unter der Haut. Gewöhnlich erscheint die *Hernia labii* zweigetheilt, indem der straffere vordere Leistenring sie in eine obere, im Leistenkanal gelegene, und eine untere, das *Labium majus* ausfüllende Geschwulst theilt. Giebt der Leistenring nach, so dringt der Bruch, statt in die Schamlefze, vielmehr gegen den Oberschenkel vor, so dass der Schein einer Schenkelhernie entsteht. (Vgl. hierüber die diagnostischen Erläuterungen beim „Schenkelbruch“ und die daselbst gegebene Abbildung).

Der äussere Leistenbruch kann **erworben** oder **angeboren** sein. In Betreff des ersteren gilt Alles, was über die Entstehungsgeschichte der Brüche im Allgemeinen (pag. 696 u. f.) gesagt worden ist. Die vorwiegende Häufigkeit solcher Hernien erklärt sich einfach aus der Anwesenheit des Leistenkanales, der von dem, in seinem Volumen wechselnden Samenstrange nicht immer ganz ausgefüllt wird. Aeussere Leistenbrüche würden noch viel häufiger sein, wenn die schräge Richtung des Leistenkanals den andrängenden Eingeweiden nicht einen stärkeren Widerstand entgegen setzte, indem die dem Drucke derselben zunächst ausgesetzte hintere Wand gegen die vordere angepresst wird und somit den Kanal selbst klappenartig verschliesst. Häufig mag ein Theil dieser hinteren Wand bei der Entstehung einer äusseren Leistenhernie eine Continuitätstrennung erfahren.

Der **angeborne Leistenbruch** kann immer nur ein äusserer sein. Man könnte diese, zuerst von Pott und von Hunter beschriebene *Hernia congenita* sehr bezeichnend *Hernia processus vaginalis* nennen. Der *Processus vaginalis peritonei* bildet nämlich ihren Bruchsack, indem er ganz oder theilweise offen bleibt und

ler von Anfang an, mit dem Hoden zugleich, Eingeweide auf-
, oder solchen späterhin, bei beginnender Wirkung der Bauch-
, den Eintritt in seine Höhle gestattet. Angeboren ist bei
ı Bruche somit immer der zur Aufnahme der Eingeweide
eitete Bruchsack; dieselben können aber auch schon vor der
: im Bruchsack liegen, wenn sie zur Zeit des *Descensus*
li dem letzteren gefolgt sind. Zuweilen sind Verwachsungen
en dem Hoden und den, seiner ursprünglichen Bildungsstätte
ıst liegenden Darmschlingen der Grund, weshalb letztere so-
it in den *Processus vaginalis* hinabsteigen. Treten die Ein-
le erst später in den offen gebliebenen Scheidenfortsatz ein,
chieht dies auf einen Schlag, da der Bruchsack bereits vor-
3t und die Bruchpforte offen ist. Bei verspätetem *Descensus*
li oder dauerndem Offenbleiben des Scheidenfortsatzes kann
olche *Hernia processus vaginalis* auch noch in späteren
entstehen, wobei dann häufig sogleich nach dem Hervor-
Einklemmung in der relativ engen Eingangsöffnung vor-
: (Roux, Bérard, Velpeau). Der *Processus vaginalis* ver-
ch bei der *Hernia congenita* zum Samenstrang und zu den
enden Theilen ganz ebenso, wie bei anderen Hernien der Bruchsack, mit dem einzigen Unterschiede, dass er weiter in's Scrotum hinabsteigt und den Hoden mit einschliesst, der sich in diesem Falle in derselben Höhle und in unmittelbarer Berührung mit den Bruch-Eingeweiden befindet, welche überdies zuweilen von Anfang an (siehe oben) oder durch nachträgliche Entzündung mit ihm verwachsen sind. Nicht ganz selten besitzen angeborne Leistenbrüche einen **gedoppelten Bruchsack** (vgl. pag. 690), indem neben dem offen gebliebenen Scheidenfortsatze und zum Theil wohl auf dessen Kosten, ein zweiter Bruchsack sich entwickelt.

Fig. 111.

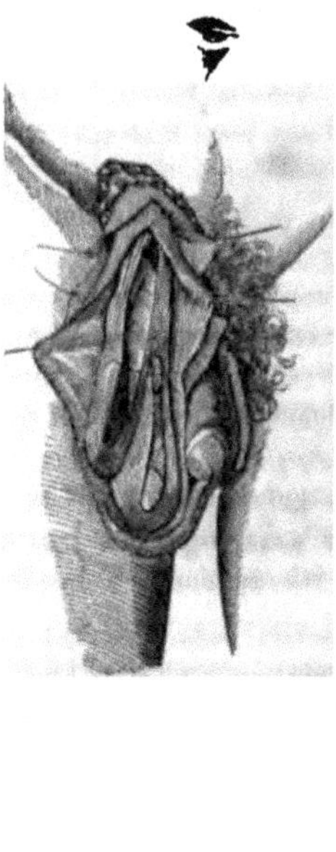

Fig. 111 ist die Abbildung eines solchen Falles. Der mehr nach Innen gelegene Bruchsack ist die offen gebliebene [illegible]nalis (*Processus vaginalis*). [illegible]

stem Theile man den Hoden angedeutet sieht. Der mehr nach ... Bruchsack ist der neu hinzugekommene, dessen Communication mit ... *Processus vaginalis* durch eine eingeführte dünne Sonde nachgewiesen ...

Bei weitem seltener ist die **Einschiebung** eines zweiten ... sackes in den offen gebliebenen **Scheidenfortsatz.** Dies ... möglich, wenn die Abdominalöffnung des letzteren sich ... theilweise geschlossen hatte, so dass der darüber hingespannte ... des Bauchfells in die noch bestehende Höhle desselben ... werden kann. Der innere Bruchsack ist in solchen Fällen ...

A. Cooper hat diese Art der *Hernia congenita* als *Encystica* ... beschrieben. Hunter operirte einen solchen Bruch bei einem erst ... Kinde. Vgl. *Journal universel des sciences médicales* Tom. XII, p. ...

In derselben Weise, wie in den offen gebliebenen Scheidenfortsatz, können sich bei **Weibern** Eingeweide in den offen gebliebenen Nuck'schen Kanal eindrängen. Angeborne Leisten... sind bei Mädchen keineswegs selten. Bleibt jener Kanal ... offen, so kann der Bruch sich auch viel später noch in ... Art entwickeln.

II. Der **innere Leistenbruch**, *Hernia inguinalis* ... *s. directa*, durchbricht die hintere Wand des Leistenkanals ... innern Seite der *Vasa epigastrica*, in der Gegend der *Fovea inguinalis* *media*, und tritt, grade aus nach Vorn dringend, durch den ... Leistenring hervor. Er stellt vor diesem eine halbkuglige ... schwulst dar, welche den inneren Pfeiler des Leistenringes ... gegen die Mittellinie hin verdrängt. Dieselbe lässt sich, sofern ... Bruch beweglich, durch einen grade von Vorn nach Hinten ... den Druck leicht reponiren. Der demnächst in die Bruch... eingeführte Finger dringt gleichfalls in grader Richtung ... Bauchhöhle ein. In seltenen Fällen kann man ihn in der ... umbiegen, dass man mit der Fingerspitze die *Arteria epigastrica* ... hinter dem äusseren Rande der Bruchpforte pulsiren fühlt. ... Samenstrang liegt hinter dem Bruchsack, etwas nach Aussen ... drängt. Der Bruch dringt in die Hüllen des Samenstranges ... ein, kann also auch namentlich niemals vom Cremaster bedeckt ... werden. Vor sich her drängt er gewöhnlich einen Theil der *Fascia* *transversalis*. Selten und nur bei ganz ungewöhnlicher Grösse ... senkt sich der innere Leistenbruch in's Scrotum.

Fig. 112 zeigt zwei blossgelegte Leistenbrüche: rechts einen noch nicht ... hervorgetretenen äusseren, [der seine Bruchpforte jedoch schon bedeutend ... geweitet hat], links einen inneren, directen, der trotz beträchtlicher Grösse ...

h nicht in's Scrotum hinabgestiegen ist. (Copie der von Bourgery in seinem *aité de l'anatomie etc.* gegebenen Abbildung, nach einem Präparate von meaux).

Fig. 112.

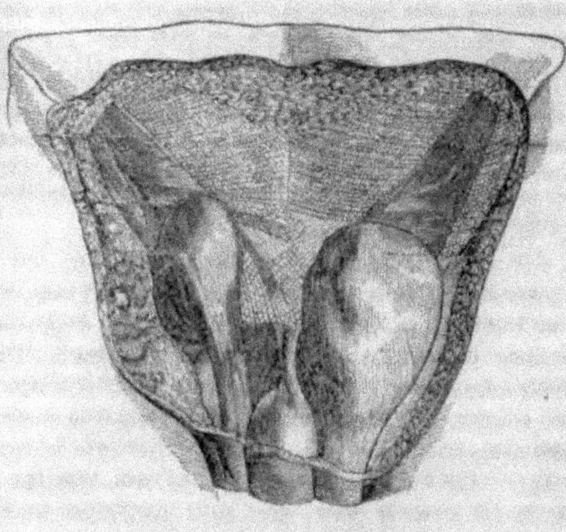

Die *Hernia inguinalis directa* ist, nach der Angabe A. Cooper's, zuerst von Cline 1777 beobachtet und beschrieben worden. Jedoch hatten schon Desault und Chopart bemerkt, dass die *Vasa epigastrica* bald auf der inneren, bald auf der äusseren Seite des Bruchsackhalses lägen, und dass im ersteren Falle der Samenstrang nach Hinten und Innen, im zweiten nach Aussen und Hinten vom Bruchsack gelegen sei. Genauere Untersuchungen über die Differenzen der äusseren und inneren Leistenbrüche hat namentlich Scarpa gemacht.

Innere Leistenbrüche sind seltener, als äussere, etwa in dem Verhältniss wie 2 zu 5, nach den Untersuchungen von J. Cloquet; nach Key wären sie noch seltener. [Eine bestimmte Entscheidung hierüber ist kaum möglich, da man, wie wir gesehen haben, bei grossen Inguinalhernien meist gar nicht erkennen kann, ob sie äussere oder innere sind.]

Die innere Leistenhernie scheint häufiger in Folge grosser Anstrengungen oder durch eine plötzlich einwirkende Gewalt zu entstehen, als andere Hernien. So soll sie namentlich bei Lastträgern häufig sein. A. Cooper hat sehr richtig darauf aufmerksam gemacht, dass bei Individuen, welche an Blasensteinen, an Verengerungen der Harnröhre oder überhaupt an Behinderung der Harnentleerung leiden, ganz gewöhnlich Leistenbrüche (am häufigsten innere) entstehen, — offenbar in Folge der immer fort wiederholten übermässigen Anstrengung der Bauchpresse.

III. Der schräge innere Leistenbruch, *Hernia inguinalis obliqua interna*, durchbricht die *Fascia transversalis* zwischen dem äusseren Rande des graden Bauchmuskels und der vom *Liga-*

mentum vesicae laterale (der obliterirten Nabelarterie) gebildeten Falte, also durch die *Fovea inguinalis interna*.

Diese seltene Varietät ist von A. Cooper in seinem Werke über die Hernien abgebildet worden. An dem betreffenden Präparate fanden sich auf jeder Seite drei Inguinalhernien, welche sämmtlich an der inneren Seite der *Vasa epigastrica* hervortraten. Eine auf jeder Seite tritt durch die *Fovea inguinalis interna* hervor, was von Cooper nicht weiter beachtet worden war. Goyrand hat die Varietät 1832 erst entdeckt (*Gazette des hôpitaux* T. V, p. 478) und später in seiner Abhandlung „über die interstitiellen Inguinalbrüche" (*Mémoires de l'Académie royale de médecine* T. V, p. 25) genauer erläutert. Velpeau (*Annales de chirurgie*. Paris 1841. T. I, p. 263) und Demeaux (Ebenda, p. 475) haben weitere Beobachtungen dieser Varietät veröffentlicht und die Nothwendigkeit ihrer Unterscheidung hervorgehoben.

In den meisten Stücken stimmt diese Varietät mit dem inneren directen Leistenbruch überein. Sie unterscheidet sich von ihm durch die Richtung, in welcher sie hervortritt, und durch das Verhältniss ihres Brucksackhalses zu den *Vasa epigastrica*. Während der gewöhnliche innere Leistenbruch grade nach Vorn tritt, verfolgt der schräge innere Leistenbruch die Richtung von Innen (von der Mittellinie) schräg nach Aussen, um zum vorderen Leistenring zu gelangen. Die *Vasa epigastrica* befinden sich auch bei dieser Varietät an der äusseren Seite, aber nicht unmittelbar am Bruchsackhals, sondern etwa 2 Centimeter davon entfernt. Die ehemalige *Arteria umbilicalis* (das *Ligamentum laterale vesicae*) steigt dicht neben dem Bruchsackhals empor. Dies ist jedoch in Bezug auf die Hernie von keiner praktischen Bedeutung, da es zu den unerhörtesten Seltenheiten gehört, dass die gedachte Arterie nicht obliteriren sollte.

IV. Interstitieller Leistenbruch, *Hernia inguinalis interstitialis*. [So lange ein äusserer Leistenbruch noch nicht aus dem Leistenkanale hervorgetreten ist, heisst er ein unvollkommener, *Hernia inguinalis incompleta* (vgl. pag. 698).] In einzelnen Fällen tritt der Bruch nicht durch den vorderen Leistenring, sondern durch einen Spalt in der vorderen Wand des Leistenkanals hervor und kann dann, obwol es ursprünglich ein äusserer Leistenbruch war, mit einem inneren, oder, wenn die Oeffnung in der vorderen Wand des Canales nahe oberhalb der Stelle liegt, an welcher Schenkelbrüche hervorzutreten pflegen und der Bruch sich gegen die Schenkelbeuge abwärts senkt, auch mit einem Schenkelbruch verwechselt werden.

J. L. Petit hat auf die Möglichkeit solcher Verwechselungen aufmerksam gemacht (*Oeuvres complètes* T. II, p. 249). Derselbe hat auch bereits die anatonische Untersuchung einer Hernie gemacht, die durch einen Spalt im äusseren Pfeiler des vorderen Leistenringes hervorgetreten war, sich daselbst eingeklemmt und die übelsten Zufälle veranlasst hatte.

Solche Brüche sind von keiner der Hüllen des Samenstranges bedeckt. Sobald sie eine bedeutende Grösse erreicht haben, wird es ganz unmöglich, sie von gewöhnlichen Leistenbrüchen zu unterscheiden. Wenn ihre Bruchpforte aber noch spaltenförmig ist und die Eingeweide sich reponiren lassen, so dass man den Finger in die Pforte einführen kann, so hat die Diagnose keine Schwierigkeiten. Man kann diese Varietät der äusseren Inguinalhernie zu den interstitiellen Brüchen rechnen; im engeren Sinne des Wortes aber bezeichnet man mit diesem Namen diejenigen Brüche, welche von dem Leistencanal aus zwischen die Schichten der Bauchwand eindringen. Eine nothwendige Bedingung für die Entstehung dieser interstitiellen Brüche ist relative Enge des vorderen Leistenringes oder Verstopfung desselben, z. B. durch den darin steckenden Hoden. Begünstigt werden sie überdies durch grössere Länge des Canals. Beides coincidirt am weiblichen Körper. In der That sind sie auch bei Weibern häufiger als bei Männern.

J. L. Petit hatte bereits Leistenbrüche gesehen, die unter [d. h. hinter] der Aponeurose des äusseren schrägen Bauchmuskels lagen. Seitdem haben fast alle bedeutenden Wundärzte Fälle der Art beobachtet und veröffentlicht. Die vollständigste und bedeutendste Arbeit über diesen Gegenstand hat Goyrand geliefert: *De la hernie inguino-interstitielle*, in den *Mémoires de l'Académie de médecine*. Paris 1836. T. V, p. 14. [In neuester Zeit sind namentlich von Robinson (*London Journal of medicine*. 1851. Mai) und von Schindler und Steudner (Deutsche Klinik 1851. No. 19) Fälle der Art gesammelt worden.]

Gewöhnlich dringt die interstitielle Inguinal-Hernie von der hinteren (oberen) Oeffnung des Leistencanales aus zunächst in diesen und von da dann zwischen die Schichten der Bauchwand ein. Sie kann aber auch die hintere Wand des Canales, bald von der mittleren, bald von der inneren *Fovea inguinalis* aus durchbrechen, wie dies Goyrand[1]) und Velpeau[2]) beobachtet haben.

Die Eintrittsstelle hat auf ihre Gestalt Einfluss, so lange sie noch klein ist, gerade in derselben Weise, wie dies für die äusseren

[1]) *Loco citato*, pag. 25. Goyrand hat namentlich auch eine *Hernia interstitialis obliqua interna* anatomisch zu untersuchen Gelegenheit gehabt. Die Richtung derselben war von Innen und Hinten nach Aussen und Vorn, so dass sie diejenige einer äusseren Leistenhernie rechtwinklig kreuzte.

[2]) *Annales de la chirurgie* T. I, pag. 258.

und inneren Leistenbrüche beschrieben wurde. Bei weiterem Wachsthum nimmt sie aber immer eine eiförmige Gestalt an, etwa von Vorn nach Hinten abgeplattet, mit dem grossen Durchmesser in der Richtung des Leistencanales, zuweilen von so beträchtlicher Grösse, dass die Geschwulst einer Seits bis nahe an die *Spina ilei anterior superior*, andrer Seits bis an den vorderen Leistenring reicht. Wenn die Aponeurose des *Obliquus externus* dick, der Panniculus reichlich entwickelt und die interstitielle Hernie noch klein ist, so bildet sie gar keine sichtbare Geschwulst. In horizontaler Lage oder bei einem leichten Druck tritt eine bewegliche *Hernia interstitialis* sogleich zurück.

Zuweilen geht von dem interstitiellen Bruch ein Fortsatz nach Vorn durch den Leistenring heraus (Key, Lawrence, Goyrand). In solchen Fällen kann man den aus dem Leistenring hervortretenden Theil (welcher sich ganz wie ein äusserer Leistenbruch verhält), auch als den wesentlichen und den zwischen die Aponeurosen eindringenden als einen seitlichen Fortsatz auffassen.

[Hier schliesst sich der von Linhart (Operationslehre, pag. 580) beobachtete merkwürdige Fall an, in welchem ein Bruch, der eine *Hernia inguinalis interna* zu sein schien, die *Arteria epigastrica* in der Weise mit hervorgestülpt hatte, dass sie auf der Mitte des Bruchsackes eine Einkerbung bildete.]

Wenn der interstitielle Leistenbruch (wie nicht selten) angeboren ist, so liegt der Hoden [sofern sein Descensus keine Störung erfahren hat] im unteren Theile der zugleich den Bruchsack bildenden *Tunica vaginalis propria* bloss. [In anderen Fällen bleibt er im vorderen Leistenringe liegen und giebt durch Versperrung desselben gerade Veranlassung, dass statt einer gewöhnlichen *Hernia congenita* ein interstitieller Bruch entsteht.]

Lucas operirte einen interstitiellen Bruch, dessen Sack innerhalb des *Processus vaginalis* lag, also eine interstitielle *Encysted-Hernia*. Der Hoden lag im Leistencanal und die Abdominal-Oeffnung des *Processus vaginalis* umschloss genau den Bruchsackhals. [Einen Fall, wo der Darm mit dem Hoden ursprünglich verwachsen, dieser aber im vorderen Leistenringe stecken geblieben war und der herabgezogene Darm sich nun zwischen die Bauchmuskeln eingedrängt hatte, beschreiben Schindler und Steudner (l. c.) nach anatomischer Untersuchung.]

Nach dieser Uebersicht der Varietäten des Leistenbruches betrachten wir nun seine allgemeinen Verhältnisse.

Zahl. Häufig bestehen mehrere Leistenbrüche bei demselben Menschen; namentlich ist es sehr gewöhnlich, dass sich auf jeder

Seite einer findet. Bald sind es dann zwei derselben Varietät, bald auch verschiedene. Vgl. Fig. 112 pag. 825.

Wir haben bereits erwähnt, dass Cooper sogar sechs Leistenbrüche an einem Individuum gefunden hat. Goyrand sah eine bewegliche Scrotalhernie auf derselben Seite mit einer eingeklemmten *Hernia interstitialis*.

Grösse. Gerade die Leistenbrüche zeigen die beträchtlichsten Schwankungen des Volumens und erreichen am häufigsten jene aussergewöhnliche Grösse, von der wir bereits pag. 726 Beispiele erwähnt haben. In solchen Fällen handelt es sich natürlich immer um Scrotalhernien.

Inhalt. Am häufigsten liegt ein Theil des Dünndarms und des Netzes in Leistenbrüchen, bei kleinen Kindern fast immer nur Darm, weil das Netz noch zu kurz ist, um bis in den Leistencanal hinabgleiten zu können. Häufig genug kommen auch Theile des Dickdarms nebst dem Blinddarm in Leistenbrüchen vor. Letzterer liegt zwar relativ häufiger in rechten Inguinalhernien, kann aber (wie schon Sandifort beobachtet hat) auch linker Seits vorkommen, wo jedoch von allen Theilen des Dickdarms am häufigsten die *Flexura sigmoidea* hervordringt. Lallemant fand die Hälfte des Magens in einem rechten Leistenbruch. Auch die Blase, die Eierstöcke, der Uterus können in Inguinal-Hernien vorkommen.

Fig. 113.

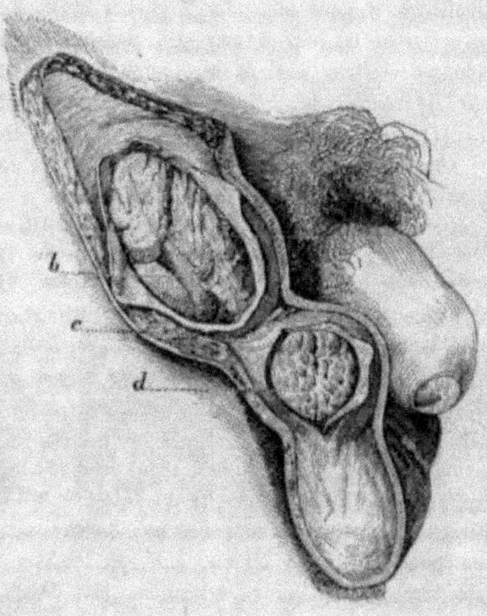

Fig. 113, aus Bourgery's *Traité de l'anatomie*, nach einem Präparate von Demeaux, stellt einen biloculären äusseren Leistenbruch dar, dessen beide Abtheilungen geöffnet sind. In der oberen Abtheilung *b*, liegt hinter dem zuerst in die Augen fallenden Netzstück auch eine Darmschlinge. In der unteren Abtheilung *d*, (unter der, bei *c* befindlichen Strictur) liegt blos Netz.

Fig. 114.

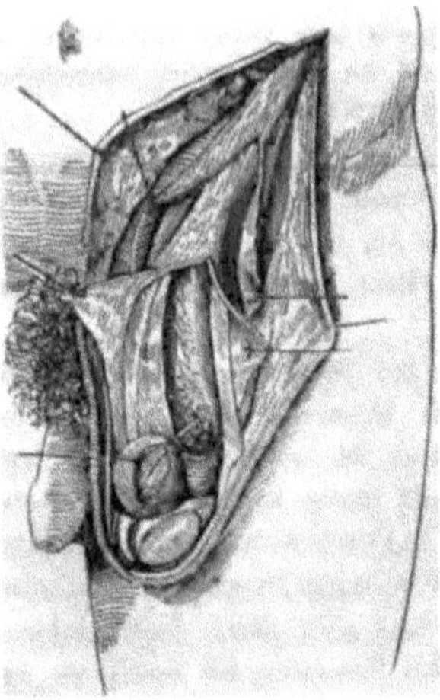

Fig. 114 zeigt an einem inneren Leistenbruche den seltenen Fall einer seitlichen Ausstülpung des Bruchsackes. Der kleinere Anhangssack liegt an der inneren Wand des grossen Bruchsackes. Beide enthalten nur Netz. Ihre Communication wird durch die eingeführte Sonde erwiesen. Der Hoden, dessen *Tunica vaginalis* absichtlich geöffnet ist, liegt unter dem Grunde des Anhang-sackes. [Es handelte sich also nicht um eine *Hernia congenita*.]

Spätere Veränderungen. Verdickungen des Bruchsackes, Stricturen desselben, doppelte Bruchsäcke und alle die anderen Veränderungen, welche an lange bestehenden Brüchen sich finden können (vgl. Fig. 113 u. 114), werden vorzugsweise an Leistenbrüchen beobachtet.

Als besondere, aus den mechanischen Verhältnissen leicht zu erklärende Folgen grosser und alter Leistenbrüche, namentlich bei mangelhafter oder ganz fehlender Zurückhaltung, kommen noch in Betracht: Varicosität der Venen des Samenstranges, chronische Entzündung desselben, auch Wassererguss in der Höhle der *Tunica vaginalis* (Hydrocele) und, bei *Hernia congenita*, Atrophie des Hodens.

Häufigkeit. Leistenbrüche sind unter allen Hernien die häufigsten, sowol auf einer als auf beiden Seiten, relativ häufiger rechts, häufiger bei Männern als bei Weibern.

In letzterer Beziehung sind jedoch die älteren Angaben unzuverlässig. So ist es z. B. offenbar irrig, wenn in den Londoner Berichten von 1836 und 37 unter 4070 Leistenbrüchen nur 34 bei Weibern aufgeführt werden. Vidal glaubt an Lebenden als bei anatomischen Untersuchungen mindestens ebensoviele Leistenbrüche bei älteren Frauen, als bei alten Männern beobachtet zu haben. [Nach Malgaigne's statistischen Untersuchungen, kommen bei Männern unter 17 Hernien 16 Leistenbrüche vor; bei Weibern sind sie, nach demselben, viermal seltener, aber doch noch häufiger als irgend eine andere Bruchart, womit die übrigen Angaben aus letzter Zeit fast alle übereinstimmen. So fand Danzel (herniolog. Studien, II. Heft, 1855) unter 134 Brüchen bei Männern 131 Leistenbrüche, unter 40 Brüchen bei Weibern 27 Leisten- und [illegible] Schenkelbrüche.]

Diagnose. Kleine Leistenbrüche, welche einen nur unbedeutenden Vorsprung bilden, sind oft leichter durch die Ansicht als durch die Finger zu erkennen. Man lässt den [illegible] ganz entkleidet, aufrecht stehen und betrachtet seine Leistengegend, während er hustet, im Profil. Solche Bruchanfänge (*pointes de hernie*) werden oft Jahre lang übersehen und die von ihnen abhängigen Beschwerden als Magenkrämpfe u. dgl. m. behandelt. Andrer Seits werden häufig genug kleine Leistenbrüche diagnosticirt und demnächst durch irgend ein Bruchband angeblich radical geheilt, wo gar keine Spur eines Bruches bestanden hat.

Grössere Leistenbrüche können, wenn sie gegen den Schenkel hinabsteigen, für Schenkelbrüche gehalten werden, worauf wir bei letzteren näher eingehen wollen.

Möglich wäre die Verwechselung eines Scrotalbruches mit einer Hydrocele. Diese entwickelt sich aber nicht in der Richtung von Oben nach Unten, sondern von Unten nach Oben und stets sehr langsam. Husten und ähnliche Respirationsbewegungen haben keinen Einfluss auf ihre Grösse. Durch horizontale Lage wird sie nicht kleiner; ebensowenig durch Repositions-Versuche. Die Geschwulst ist gleichmässig gespannt, in der Regel deutlich fluctuirend und meist halbdurchscheinend. Druck auf dieselbe ist nicht schmerzhaft. Der Hoden kann nicht deutlich gefühlt werden. Zwischen dem obersten Theile der von der Hydrocele dargestellten Geschwulst und dem vorderen Leistenringe kann man bestimmt einen Zwischenraum fühlen. Meist gelingt es auch mit der Fingerspitze so weit in den Leistenring einzudringen, dass man sich von dessen normaler Beschaffenheit überzeugen kann. Man fühlt, dass nur der Samenstrang in ihm liegt und dass beim Husten und Schreien nichts aus ihm hervordringt.

Fig. 115.

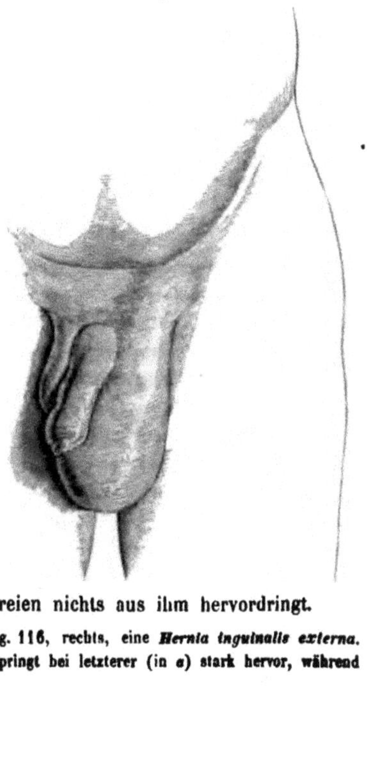

Fig. 115, eine Hydrocele; Fig. 116, rechts, eine *Hernia inguinalis externa.* Der obere Theil der Geschwulst springt bei letzterer (in *a*) stark hervor, während

er bei ersterer abgeflacht ist. — Fig. 116 zeigt drei durch flache Rinnen von ein-
ander geschiedene Geschwülste übereinander. Die oberste gehört noch dem Leisten-
canal selbst an und wird nach Unten durch die vom vorderen Leistenringe beste-

Fig. 116.

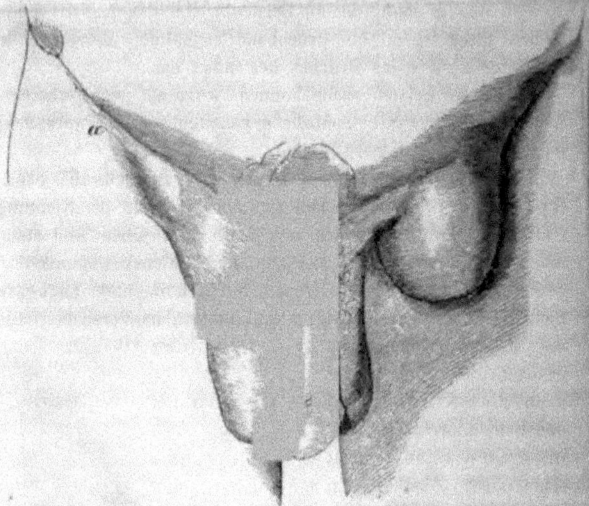

Einschnürung begrenzt; die mittlere, stärkere Geschwulst bildet der bereits in das
Scrotum hinabgestiegene Theil des Bruches; im untersten Theile endlich liegt der
Hoden. — Auf der linken Seite derselben Figur sieht man eine *Hernia femoralis*.

Man darf aber nicht vergessen, dass (wenn gleich selten)
auch eine Hydrocele sich bis in den Leistencanal hinauf erstrecken
kann (A. Cooper). Alsdann gewinnt sie das Ansehn eines Scro-
talbruchs und wird, wie dieser, durch die Wirkung der Bauch-
presse vergrössert. Dass der Hoden nicht deutlich gefühlt werden
kann, würde ebenso gut für eine *Hernia congenita* wie für eine
Hydrocele sprechen. Das Durchscheinen des Lichtes, die Fluctua-
tion [endlich auch der leere Percussionsschall] sind entscheidende
Symptome, [letzterer namentlich bei Kindern, wo Netz in den In-
guinalhernien nicht vorkommt; bei Erwachsenen wird eine Netz-
hernie, bei gleichfalls leerer Percussion, sich durch die bucklige
Gestalt der Geschwulst von der glatt gespannten Hydrocele unter-
scheiden.]

Grössere diagnostische Schwierigkeiten bereitet deshalb die
vielhöckrige *Hydrocele cystica funiculi spermatici*, wenn sie sich

s in den Leistencanal hinein erstreckt. In solchen Fällen ist
ne genaue Anamnese von grösster Bedeutung.

Ist endlich die *Tunica vaginalis testis* offen geblieben (Per-
tenz des *Processus vaginalis peritonei*), so wird eine in ihr ent-
ckelte Hydrocele darin einer beweglichen Hernie ähnlich sein,
ss sie bei horizontaler Lage in die Bauchhöhle zurückgeht, bei
rechter Stellung und beim Husten hervortritt. Solche Fälle
Hydrocele sind aber fast immer vollkommen durchscheinend
fluctuiren deutlich. Immer gesellt sich ihnen sehr bald eine,
ch den offenen Leistencanal hervortretende Hernie hinzu, wes-
es zweckmässig ist, von Anfang an so zu verfahren, als ob
Bruch bestünde.

Flüssigkeit, Darmschlinge und Hoden können alle drei zu-
ch, oder abwechselnd in einem Bruchsacke, d. h. in dem *Pro-
cus vaginalis peritonei*, vorliegen. Pott, A. Cooper und
puytren haben Fälle der Art beschrieben. Der Hoden kann
alich bei seinem Hinabsteigen am vorderen Leistenringe aufge-
ten werden, während ein Theil des *Processus vaginalis* neben
durch nachdrängende Flüssigkeit ausgestülpt und in den Ho-
sack hinabgedrängt wird. So entsteht also zunächst eine mit
Bauchhöhle communicirende Hydrocele vor [oder unter] dem
den. Alsbald aber drängen sich in den offenen *Processus vaginalis*
h Darmschlingen ein, die, je nach ihrer Füllung, bald auf der
ssigkeit schwimmen, bald tiefer in dieselbe hinabsinken. Im
teren Falle wird die Geschwulst für eine einfache Hydrocele
alten werden können. Im zweiten glaubt man vielleicht eine
rnie (mit viel Bruchwasser) vor sich zu haben. Endlich könnte
n auch, wenn die Hervorstülpung des *Processus vaginalis* noch
bedeutend ist, die Behinderung des *Descensus testiculi* als das
sentliche in's Auge fassen. Um jeden Irrthum zu vermeiden,
es zweckmässig, den Kranken zuerst in aufrechter Stellung
sten oder schreien zu lassen, um Alles, was hervortreten könnte,
klich hervorzutreiben. Dann lässt man ihn sich niederlegen:
leichter Druck reicht nun hin, um Fluctuation und Durchschei-
n der Geschwulst zu beseitigen; bei weiter fortgesetzter Taxis
ht die Darmschlinge mit gurrendem Geräusch zurück; nur der
den bleibt als eine rundliche, beim Druck empfindliche Ge-
wulst, im vorderen Leistenringe zurück.

Varicocele (Varicosität der Venen des Samenstranges) kann
ige Aehnlichkeit mit einer beweglichen *Epiplocele inguinalis*
bieten, indem beide in aufrechter Stellung und durch Wirkung

der Bauchpresse etwas grösser werden. A. Cooper räth zum Behuf der Unterscheidung die Geschwulst in die Bauchhöhle zurückzuschieben (bei der Varicocele, das darin angehäufte Blut) demnächst den Finger fest auf den Leistenring aufzulegen und den Kranken nun aufstehen und gehen zu lassen: eine Hernie wird alsdann nicht hervortreten können, eine Varicocele dagegen wird wegen der Compression des centralen Stückes der Venen nur desto stärker anschwellen. Einfacher ist es, nach vorgenommener Reposition den Kranken ruhig, warm zugedeckt liegen zu lassen: eine Varicocele schwillt in der Wärme stärker an, eine Hernie nicht.

Entzündliche Schwellung, Tuberkulose, Krebs des Hodens werden sich von einem Leistenbruch theils durch die jeder dieser Erkrankungen eigenthümlichen Erscheinungen, theils aber auch durch das allen Hodengeschwülsten gemeinsame Symptom unterscheiden, dass sich zwischen der Geschwulst und dem äusseren Leistenringe ein Zwischenraum findet, dass also der Leistencanal frei ist. Allerdings kommen, namentlich bei Entzündung des Nebenhodens (*Epidydimitis gonorrhoica*) und beim Krebs des Hodens, auch Schwellungen des Samenstranges bis in die Bauchhöhle hinein vor. Alsdann kann aber, wegen der übrigen Krankheits-Erscheinungen (wie wir in einer späteren Abtheilung sehen werden) der Gedanke an eine Hernie gar nicht aufkommen.

Prognose und Behandlung des beweglichen Leistenbruchs. Aussicht auf Radicalheilung gewähren alle Inguinalbrüche bei Kindern und die äusseren Inguinalbrüche solcher Individuen, welche das 20ste Jahr noch nicht erreicht haben, sofern nur durch ein genau passendes Bruchband für vollständige und dauernde Zurückhaltung der Hernie gesorgt wird. Bei Kindern kann man unter diesen Verhältnissen mit Bestimmtheit auf Radicalheilung rechnen. Sie erfolgt vorzugsweise in Folge der Verlängerung, welche der Leistencanal bei dem Wachsthume des Beckens erfährt und welche namentlich bei Mädchen zur Pubertätszeit mit grosser Schnelligkeit sich entwickelt. Hat sich der *Descensus testiculi* verzögert, so ist die Aussicht auf Heilung viel geringer, weil dadurch die gehörige Retention behindert und ein längeres Offenbleiben des Leistencanales in Aussicht gestellt wird.

Bei inneren Leistenbrüchen ist Radicalheilung fast niemals zu erwarten.

Behandlung der beweglichen Leistenbrüche. Möglichst frühzeitig muss, nach gehöriger Reposition, ein federndes

Bruchband angelegt werden. Bei Kindern unter sechs Monaten hat dies jedoch nicht blos Schwierigkeiten, sondern, wegen der grossen Empfindlichkeit der kindlichen Haut gegen Druck, auch Gefahren. Oft gelingt es erst nach Ablauf des ersten Lebensjahres, das Kind an das fortdauernde Tragen des Bruchbandes zu gewöhnen. Bis dahin sucht man durch ein eng anschliessendes elastisches Suspensorium (aus Wolle oder Gummigarn gestrickt) der Vergrösserung des Bruches vorzubeugen. Bruchbänder für kleine Kinder müssen weich gepolstert und wegen der sonst unvermeidlichen Durchnässung mit biegsamem Gummifirniss überzogen sein.

Schwierigkeiten bei der Anlegung des Bruchbandes bedingt zuweilen der im Leistencanal zurückgebliebene Hoden. Pott und Cooper rathen in solchen Fällen gar kein Bruchband anzulegen, aus Besorgniss den Descensus ganz zu hindern oder den Hoden einzuklemmen, und empfehlen den Descensus abzuwarten. In vielen Fällen würde man darauf aber ganz vergeblich warten: der Hoden ist durch Adhäsionen im Leistencanal befestigt und geht weder vor- noch rückwärts. Man wende daher zweckmässig ein Bruchband mit ausgehöhlter Pelotte an. Kann man aber den Hoden in die Bauchhöhle zurückschieben, so thut man dies und legt dann ein gewöhnliches Bruchband an (Boyer).

Noch vor Kurzem gab man dem Leistenbruchbande ganz allgemein eine solche Form, dass die Pelotte gerade auf den vorderen Leistenring drückte. Dies passt für den inneren Leistenbruch; wenn es sich aber um einen, noch nicht veralteten, äusseren Leistenbruch handelt, so bleibt den Eingeweiden der Eintritt in den Leistencanal ganz unverwehrt und dieser wird daher allmälig immer mehr ausgeweitet, so dass seitliche Ausstülpungen des Bruchsackes (Bruch mit mehreren Bruchsäcken oder auch interstitieller Bruch) zu erwarten sind. Ueberdies comprimirt ein fortdauernd auf den Leistenring drückendes Bruchband zugleich den Samenstrang gegen das darunter liegende Schoossbein und erregt dadurch heftigen Schmerz, demnächst auch Varicosität der Venen des Samenstranges und endlich Atrophie des Hoden. Die Pelotte muss, nach den jetzt allgemein anerkannten Vorschriften von A. Cooper, auf die ganze Ausdehnung des Leistencanales wirken, so dass sie die vordere und hintere Wand desselben in Berührung erhält. Somit wird die Pelotte etwa die in Fig. 117 angedeutete Gestalt haben und in der Mitte zwischen der *Symphysis ossium pubis* und der *Spina anterior*

Fig. 117.

superior ilei liegen müssen. Je mehr der Leistencanal eine gerade Richtung angenommen hat, desto weiter muss die Pelotte nach Innen geschoben werden. Niemals aber darf das Bruchband gegen das Schoossbein irgend einen Druck ausüben, obgleich manche Bandagisten ihm ganz absichtlich eine solche Lage geben.

Die meisten Methoden der Radical-Operation sind mit vorzüglicher Rücksicht auf die Leistenbrüche angegeben worden. Vgl. pag. 711 u. f.

Als ausschliesslich bei diesen anwendbar verdienen eine historische Erwähnung aber keine Anwendung: die Castration, die goldene Naht und die königliche Naht.

Bei der Castration wurden Bruchsack und Hoden zugleich abgeschnitten und von der Verwachsung des ersteren Radicalheilung erwartet. Das Widersinnige der gleichzeitigen Entfernung des Hodens leuchtete den Wundärzten schon frühzeitig ein. Dennoch hielt sich diese Methode unter den Händen männlicher und weiblicher Charlatans selbst bis in die neuere Zeit, so dass mit besonderen Edicten und strengen Strafen gegen ihre Ausführung eingeschritten werden musste.

Goldene Naht. Samenstrang und Bruchsackhals werden blossgelegt und nach Reposition der Eingeweide, mit einem Golddraht (später auch mit Blei- oder Seidenfaden) lose umschnürt. Es sollte keine Abschnürung des Samenstranges erfolgen, vielmehr wollte man durch die angelegte Schlinge, indem man die äusseren Bedeckungen darüber zusammenheftete, nur Obliteration des Bruchsackhalses erzielen. Natürlich trennte die Drahtschlinge durch Ulceration doch den Samenstrang vollständig und es folgte daher neben der vielleicht erreichten Obliteration des Bruchsackhalses sicher Atrophie des Hodens.

Königliche Naht. Der Bruchsack wird blossgelegt und in einer Ausdehnung von etwa 30 Centimetern vom Samenstrang getrennt, demnächst in dieser Strecke zusammengenäht und darunter abgeschnitten.

Unbeweglichkeit kommt an Leistenbrüchen relativ oft vor. Gerade an ihnen hat sich die Arnaud'sche Behandlung am meisten bewährt. Vgl. pag. 728.

Kothanhäufung findet sich in Leistenbrüchen sehr häufig; ihre Behandlung bietet keine Eigenthümlichkeiten dar.

Einklemmung kommt am gewöhnlichsten im hinteren Leistenringe oder im Bruchsackhalse (zuweilen selbst noch oberhalb des hinteren Ringes), oft aber auch im vorderen Leistenringe zu Stande; bei *Hernia congenita* fast immer im Halse des *Processus vaginalis*. Häufiger als in anderen Brüchen finden sich Stricturen und doppelte Bruchsäcke und dem entsprechend auch Einklemmungen bei vollkommen freier Durchgängigkeit des Bruchsackhalses und der Bruchpforte. Die Bruchverschiebung (vgl. pag. 742 u. 788) kommt fast allein bei Leistenbrüchen vor.

Die Diagnose eines eingeklemmten Leistenbruches ist, bei Berücksichtigung der über die Einklemmungs-Erscheinungen im Allgemeinen gemachten Angaben, fast immer leicht. Eine tiefe Phlegmone der Bauchdecken könnte wohl noch am Leichtesten zur Verwechselung Veranlassung geben. Bei einer solchen Phlegmone kann Verstopfung, Erbrechen, Fieber, Auftreibung des Bauches sich finden, wie bei einer eingeklemmten Hernie. Die Entzündungsgeschwulst in den Bauchdecken ist auch in gleicher Weise schmerzhaft; aber sie vergrössert sich allmälig, während der eingeklemmte Bruch sein Volumen nicht wesentlich ändert. Die übrigen Erscheinungen aber entwickeln sich bei einer Einklemmung schnell steigend, bei der Phlegmone allmälig. Sollte man irgend im Zweifel sein, so muss man möglichst früh operiren, da der Einschnitt bei der Phlegmone niemals schaden kann, oft sogar dringend erforderlich ist.

Behandlung des eingeklemmten Leistenbruches. Die Taxis muss, je nach der Richtung des Bruches, in verschiedener Richtung ausgeübt werden, so also namentlich bei dem inneren Leistenbruch gerade nach Hinten, beim äusseren zugleich etwas schräg nach Aussen und Oben. Die Anwendung der Kälte soll sich bei Leistenbrüchen am häufigsten hülfreich erwiesen haben. Die Operation bietet, je nach der Grösse, der Richtung der Hernie und dem Sitze der Einklemmung, Eigenthümlichkeiten dar. Bei kleinen Brüchen, welche noch nicht aus dem Leistencanale hervorgetreten sind, hat man die Einklemmung im hinteren Leistenringe oder doch in dessen Gegend zu suchen und muss daher sogleich die ganze Ausdehnung des Canales blosslegen und seine vordere Wand so weit als möglich auf der vorsichtig eingeführten Hohlsonde spalten. Alsdann ist der Bruchsack nur noch von einigen Fasern des *Obliquus internus* und von dem dünnen Ueberzuge bedeckt, welchen ihm die *Fascia transversalis* liefert, sofern sie von dem Bruch verdrängt und nicht zersprengt worden ist.

|Aehnlich muss das Verfahren bei einer *Hernia interstitialis* sein; nur bedarf man hier nicht der Spaltung des ganzen Leistencanals vom vorderen Ringe an, sondern incidirt auf der Höhe der Geschwulst die Aponeurose des *Obliquus externus*, um sofort gegen den Bruchsack weiter vorzudringen, wobei man die Muskelfasern des *Obliquus internus* und *Transversus* nöthigen Falls durchschneidet.|

Ist eine Hernie bereits aus dem Leistencanale hervorgetreten, so erhebt man die sie bedeckende Haut in eine Querfalte und durchschneidet diese in verticaler oder dem grössten Durchmesser

Cremaster (der an alten Hernien die *Tunica erythroi*
soll) und endlich die von der *Fascia transversali*
Schicht (*Tunica vaginalis communis*) zu durchschn
man zum Bruchsack käme. Man würde sich aber
wenn man immer diese Schichten und immer nur
Dieselben sind bald in dem Grade verdünnt, dass si
gewiesen werden können, bald wieder so verdickt,
Zahl derselben durch Spaltung der einzelnen Bin
bis zu einem Dutzend vermehren kann. Es ist dal
tiger, an den für die Blosslegung des Bruchsackes i
(pag. 765) gegebenen Vorschriften festzuhalten, als
angebliche Zahl der verschiedenen Schichten zu v
inneren (und natürlich auch bei schrägen inner
hernien kann von einer Bedeckung durch den Crem
die Rede sein. In gleicher Weise wird es sich bei
brüchen am weiblichen Körper verhalten.

Die Spaltung des Bruchsackes bietet nichts Be
|Bei grossen Leistenbrüchen muss man seine Eröffn
lich, vermeiden, oder doch nur einen kleinen Theil
des Bruchsackhalses spalten, um nicht die ganze M
liegenden Eingeweide dem schädlichen Einflusse der
setzen.| Hat der Bruchsack sich zwischen die Theil
stranges eingedrängt, so muss man diese zur Seite
die Hernie mit Hydrocele complicirt, so thut man g
Rathe von Sanson, sofort die *Tunica vaginalis* in
Länge zu spalten, damit die Hydrocele zugleich

nach genauer dahin gefasst wurde, **dass bei dem äusseren Leistenbruche nach Aussen, bei dem Inneren nach Innen** zu incidiren sei, weil man anderen Falls die *Arteria epigastrica* treffen würde, — muss noch heute als vollkommen richtig anerkannt werden. Aber in sehr vielen Fällen ist es, wie wir bereits sahen, ganz unmöglich, die Species der vorliegenden Leistenhernie genau zu erkennen. Deshalb ist die von Scarpa und Dupuytren herrührende Regel „in allen zweifelhaften Fällen gerade aufwärts zu schneiden", höchst wichtig. Macht man überdies nicht einen grossen, sondern mehrere kleine Einschnitte (pag. 772), so hat man eine Verletzung der *Art. epigastrica* nicht zu fürchten.

Dass wir die Möglichkeit derselben nicht überhaupt läugnen wollen, ergiebt sich aus der von uns oben gegebenen Darstellung. Ausserdem ist daran zu erinnern, dass der aus ihr entspringende *Ramus pubicus*, im Falle man bei einer *Hernia inguinalis externa* grade aufwärts schneidet, getroffen werden könnte. Derselbe ist jedoch nur selten so stark, dass eine Blutung aus ihm zu fürchten wäre.

Wenn man in einer *Hernia congenita* Verwachsungen zwischen den Bruch-Eingeweiden und dem Hoden findet, so sucht man dieselben wo möglich zu lösen und erstere dann zu reponiren. Wenn aber breite Flächen straff mit einander verwachsen sind, so kann von einer Ablösung keine Rede sein. Handelt es sich um Verwachsung des Netzes mit dem Hoden, so schneidet man ein Stück des ersteren nahe über dem Hoden ab und reponirt das übrige, nachdem man die etwa spritzenden Arterien der Schnittfläche unterbunden hat. Eine mit dem Hoden verwachsene Darmschlinge dagegen muss man, wenn sie sich nicht ohne Gefahr ablösen lässt, ausserhalb der Bruchpforte liegen lassen, nachdem man die einklemmende Stelle möglichst stark erweitert hat.

Musste man den Hodensack tief hinab spalten, so sucht man den Hoden selbst sogleich möglichst genau wieder zu bedecken, zu welchem Behuf einige *Serres fines* oder Nähte erforderlich sein können. Auf diese am Scrotum in weiter Entfernung von der Bruchpforte angelegten Nähte hat die in Betreff ihrer Anwendung nach Bruchoperationen (pag. 791) ausgesprochene Warnung natürlich keinen Bezug.

II. Schenkelbruch, *Hernia femoralis s. cruralis, Merocele.*

Anatomie.

Bei der Anatomie des Leistenbruchs wurde bereits erwähnt, dass die ältere Beschreibung des Fallopi'schen Bandes, wonach es einfach wie eine Saite den

communicirt, und durch welche namentlich die grossen Gefässe h
steigen, ist also viel kleiner als sie am sog. natürlichen Scelet e
nach Innen vom Gimbernat'schen Bande [1]), nach Unten vom S
Aussen von dem nach Hinten umgeschlagenen äusseren Drittel de
Obliquus externus, nach Oben endlich vom mittleren Drittel ders
begrenzt. Vom Umfange dieser Schenkellücke ausgehend, bildet
Gefässscheide der *Vasa femoralia* einen Trichter, der nach Ur
werdend, zuletzt die Schenkelgefässe umfasst. Die hintere Wan
auf dem Schoossbein und dem *Musc. pectineus* (welche von den
Fascia lata überzogen sind); vor der vorderen Wand steigt d
Blatt der *Fascia lata* abwärts, welches aber grade hier eine g
Fossa ovalis) besitzt, um die *Vena saphena magna* in die *Vena*
ten zu lassen. Der Theil der gemeinsamen Gefässscheide, welch
ovalis liegt, hat, wegen der zahlreichen kleinen Oeffnungen, we
Durchtritt von Lymph- und Blutgefässen besitzt, auch den Name
briformis erhalten. — Nur in diesem Sinne existirt ein Sch
aber in der von Scarpa angegebenen Weise (wie er von der Meh
bis auf die neuere Zeit angenommen worden ist). Danach sollte
formirter Kanal wie der Leistenkanal aus der Bauchhöhle zum
durch den sich gelegentlich auch eine Hernie hervordrängen kön
Kanal lässt sich immer erst, wenn ihn die hervorgetretene Her
nachweisen. Der von der gemeinsamen Gefässscheide umschlossen
Raum ist vielmehr von Bindegewebe erfüllt, welches gegen die Bauc

[1]) [In diesem, auch bei der „Anatomie der Leistengegend" festg
wird meines Erachtens, der Name „Gimbernat'sches Ba
scriptiven Anatomie jetzt allgemein gebraucht und in diesen
wohl auch beibehalten werden, ohne Verwirrung zu erzeugen.
seiner vortrefflichen Abhandlung „über die Schenkelhernie",
und „Operationslehre", Wien 1836, pag. 591) will den Name
wissen, weil das vermeintliche Gimbernat'sche Band nichts a

ter ist, so dass man seine dem Bauchfell zunächst gelegene Schicht als ein besonderes *Septum crurale* darstellen kann. In der Mitte der Gefässscheide liegt die *Vena femoralis*, an ihrer äusseren Seite die gleichnamige Arterie, an ihrer inneren Seite dagegen eine grössere Lymphdrüse, zuweilen zwei. In der Gegend der letzteren drängt sich die Schenkelhernie gewöhnlich in die Gefässscheide ein, um aus dieser dann entweder durch eine der schon vorhandenen, meist für den Durchtritt von kleinen Gefässen bestimmten Oeffnungen ihrer vorderen Wand, oder in seltneren Fällen wohl auch durch eine neu entstandene Spalte — in das die *Fovea ovalis* ausfüllende Bindegewebe und somit dicht unter die Haut zu treten.

Die *Art. epigastrica* entspringt an der äusseren Seite der Bruchpforte aus der *A. iliaca externa* und verläuft nebst den sie begleitenden Venen grade aufwärts, so dass sie also stets an der äusseren Seite des Bruchsackhalses liegen muss. Aus ihr entspringen aber regelmässig anastomotische Aestchen zur Verbindung mit der gleichnamigen Arterie der anderen Seite und mit der *Art. obturatoria*. Dies letztere Aestchen ist häufig ebenso stark als die aus der *A. hypogastrica* kommende eigentliche Obturatoria und in vielen Fällen fehlt letztere gänzlich, so dass die Obturatoria dann also allein aus der Epigastrica entspringt. |Ueber die Häufigkeit des abnormen Ursprungs der *Arteria obturatoria* sind die Angaben sehr verschieden. Nach Monro und Velpeau käme derselbe durchschnittlich unter 20 Körpern 1 Mal vor, dagegen fanden Asthley Cooper, Richard Quain, Cloquet, Hesselbach und namentlich auch Tiedemann, bei seinen zahlreichen und genauen Untersuchungen, das Verhältniss etwa wie 1 zu 3.| In manchen Fällen hat diese Varietät gar keine Bedeutung für die Operation einer *Hernia femoralis*. Wenn die Obturatoria nämlich dicht am Ursprunge der Epigastrica aus ihr abgeht, so wendet sie sich sofort hinter dem Schoossbein abwärts zum *Foramen obturatorium* und ist somit bei jeder Schnittführung vor Verletzung gesichert. Entspringt sie dagegen etwas höher aus der Epigastrica, so umkreist sie den Rand des Gimbernat'schen Bandes, um zu ihrem Bestimmungsorte zu gelangen und würde daher, wenn man bei einer Brucheinklemmung das Band einzuschneiden hätte, verletzt werden können. Jedoch müssen wir, der älteren Auffassung gegenüber, welche dieser Varietät sogar den Namen „*corona mortis*" ertheilt hat, bemerken: 1) dass die Einklemmung nicht durch das Gimbernat'sche Band bewirkt wird und 2) dass die Arterie, auch bei diesem anomalen Verlaufe, vom Rande des Bandes so weit entfernt bleibt, dass sie nur durch einen grossen Schnitt getroffen werden könnte. Zuweilen entspringt die *A. obturatoria* auch direct aus der *Iliaca externa* oder aus der Femoralis. In solchen Fällen entspringt zuweilen die Epigastrica aus der Obturatoria und verläuft dann ihrer Seits hinter dem Gimbernat'schen Bande aufwärts. Ein solcher Verlauf der anomalen Epigastrica ist neben dem normalen Verlauf einer normal entspringenden Epigastrica auf derselben Seite von Velpeau beobachtet worden. Auch anomale Venen können hinter dem Gimbernat'schen Bande verlaufen; jedoch hat man niemals irgend ein Gefäss in unmittelbarer Nähe des Randes beobachtet. Auch in der Umgebung der Austrittsstelle eines Schenkelbruches kommen kleinere Arterien vor (*Epigastrica externa, Pudendae externae*). Ueber ihre relative Lage zur Bruchpforte (der Einklemmungsstelle) lässt sich nichts Bestimmtes aussagen. Sie sind aber sämmtlich zu unbedeutend und liegen zu oberflächlich, als dass ihre Verletzung irgend eine Gefahr haben könnte. Die *Vena saphena* ist leicht zu erkennen und leicht zu vermeiden.

Schenkelbruch, *Hernia femoralis*, heisst ein Bruch, der durch die Schenkellücke, d. h. unter dem Fallopi'schen Bande in der Nachbarschaft der Schenkelgefässe, hervortritt. Man kann, nach Analogie der Leistenbrüche, verschiedene Arten der Schenkelbrüche aufstellen. Die eine derselben ist aber von überwiegender Häufigkeit.

Der gewöhnliche Schenkelbruch, *Hernia femoralis interna* der meisten Autoren, verlässt die Bauchhöhle an der inneren Seite der *Arteria epigastrica*, in der Gegend der *Fovea inguinalis media* (deshalb auch von Vidal als *Hernia femoralis media* bezeichnet) unterhalb des Fallopi'schen Bandes und dringt an der inneren Seite der *Vena femoralis* in den weiten Eingang der trichterförmigen *Vagina vasorum femoralium* ein, indem er das dieselbe ausfüllende Bindegewebe (auch den als *Septum crurale* beschriebenen Theil desselben) vor sich her nach Unten verdrängt. So lange der Bruch die Gefässscheide noch nicht durchbrochen hat, ist er als *Hernia femoralis incompleta* zu bezeichnen. Bis dahin hat er eine cylindrische oder conische Gestalt (die Basis nach Oben gerichtet), ist mit Bestimmtheit gar nicht zu erkennen und scheint der Einklemmung niemals unterworfen zu sein. Alsbald aber drängt sich der Bruch durch irgend eine präformirte oder zufällig entstandene Oeffnung der Gefässscheide in der Gegend der *Fovea ovalis* (durch die sogenannte *Fascia cribriformis*) hervor und wendet sich um deren oberen Rand nach Vorn und aufwärts, wo das lockere Bindegewebe der Schenkelbeuge ihm den geringsten Widerstand entgegensetzt. Von da ab ist es eine *Hernia completa*. Der aus der *Fovea ovalis* hervorragende Theil des Bruches ist rundlich oder eiförmig gestaltet. Der von der Oeffnung der Gefässscheide umfasste Theil des Bruchsackes stellt den Bruchsackhals dar. An dieser Stelle findet die stärkste Zerrung und deshalb auch alsbald die bedeutendste Verdickung und die innigste Verwachsung mit der Bruchpforte statt. Der Bruchsack (d. h. der aus der Gefässscheide hervorgetretene Theil desselben) liegt nunmehr vor dem *Musculus pectineus* und vor dem sogenannten Schenkelcanale (d. h. der Gefässscheide), oberhalb der Einsenkungsstelle der *Vena saphena magna* in die *Vena femoralis*, unter dem Fallopi'schen Bande, bedeckt und umgeben von einem bei Fettleibigen hier sehr stark entwickelten Fettgewebe, in welchem sich gewöhnlich mehrere Lymphdrüsen befinden. Untersucht man die Bedeckungen einer *Hernia femoralis completa* Schicht für Schicht, in der Richtung von der Haut gegen die Tiefe des Schenkels, so findet man: 1) Haut, 2) *Panniculus adiposus*, von dem Einige die *Fascia superficialis* noch trennen wollen, 3) die von der Hernie hervorgedrängten, zu einem derben aponeurotischen Blatte verdichteten Bindegewebsschichten, welche vorher die Gefässscheide ausgefüllt und verschlossen haben (namentlich also auch das sogenannte *Septum crurale*), — *Fascia propria herniae femoralis*, nach A. Cooper; 4) von dieser Fascie allseitig umschlossen, zuweilen noch durch fettreiches (subperitoneales) Bindegewebe von ihr getrennt, findet sich endlich der gewöhnlich sehr dünne Bruchsack.

Varietäten des gewöhnlichen Schenkelbruchs. 1) Der Bruch drängt die vordere Wand der Gefässscheide vor sich her, statt sie zu durchbrechen. Dieselbe verschmilzt dann alsbald mit der *Fascia propria*.

2) Statt durch die *Fovea ovalis* hervorzutreten, senkt sich der Bruch in der Gefässscheide, dem Laufe der Vene folgend, 6 Centimeter und noch weiter abwärts. (A. Cooper.) In einem solchen Falle muss die Reposition leicht und die Einklemmung sehr unwahrscheinlich sein, wegen der nach Oben gleichmässig zunehmenden Weite der Gefässscheide.

3) Der Bauch kann in der so eben beschriebenen Weise in der Gefässscheide abwärts steigen, aber doch durch die *Fovea ovalis* einen Fortsatz nach Vorn schikken, der sich ganz wie eine gewöhnliche Schenkelhernie verhält.

4) Statt einer Bruchgeschwulst können durch mehrere Oeffnungen der Gefässscheide auch mehrere (5, Hesselbach) hervortreten, indem der Bruchsack durch jede Oeffnung einen Fortsatz nach Vorn schickt.

5) Der Bruch hat die Gestalt einer Sanduhr, in Folge einer Einschnürung seines Körpers, die, nach Cooper, dadurch entstehen soll, dass er die *Fascia superficialis* durchbrochen hat. |Wahrscheinlicher ist, dass es sich hierbei um Fälle handelte, in denen die *Vagina vasorum femoralium* erst durchbrochen wurde, nachdem sie weit hervorgestülpt war, so dass die Einschnürung nicht von der äusserst dehnbaren *Fascia superficialis*, sondern von der Gefässscheide herrührt.|

6) Die Gefässscheide ist nicht nach Vorn und Innen, sondern nach Hinten und Innen von dem Bruchsacke durchbrochen worden und dieser hat sich durch die den *M. pectineus* bedeckende Fascie in diesen Muskel selbst eingesenkt. Eine solche Hernie ist auf beiden Seiten in der Leiche einer alten Frau einmal von Vidal beobachtet worden. Der Bruchsack war 2 Zoll lang, sehr dick, leer und in seiner unteren Hälfte obliterirt. Im Umfange der Abdominal-Oeffnung fand sich blaurothes subseröses Gewebe, wie an den Ovarien alter Frauen.

Seltene Arten des Schenkelbruchs. *a*) *Hernia femoralis externa* dringt an der äusseren Seite der *Vasa epigastrica* unter dem Fallopi'schen Bande hervor und in der Richtung der grossen Schenkelgefässe, an deren äusserer oder vorderer Seite abwärts. |Die hierher gehörigen Beobachtungen (von Arnaud, Cloquet, Hesselbach, Stanley, Demeaux u. A.) sind wenig zahlreich und ein Theil derselben unzuverlässig. Eigentlich kann nur die anatomische Untersuchung entscheiden, da eine gewöhnliche Schenkelhernie, indem sie sich beim Hervortreten aus der Gefässscheide nach Aussen wendet, den Schein eines äusseren Schenkelbruchs erregen kann.| Vgl. Demeaux, in *Annales de la chirurgie* Paris 1841. T. I. p. 475.

b) *Hernia femoralis obliqua* (*interna* nach Vidal) tritt an der äu-neren Seite des *Ligamentum laterale vesicae* (*Art. umbilicalis*), also der Fovea *inguinalis interna* entsprechend, unter das Fallopi'sche Band und in schräger Richtung abwärts und nach Aussen in die Gefässscheide. [In allen ihren Symptomen muss diese Hernie mit dem gewöhnlichen Schenkelbruch übereinstimmen; die Unterscheidung kann nur durch anatomische Untersuchung erfolgen und hat keinen praktischen Werth.] Beobachtungen von A. Cooper und v. Demeaux.

c) *Hernia ligamenti Gimbernati* drängt sich durch einen Spalt in dem Gimbernat'schen Bande hervor, so dass der Bruchsack sofort unter die *Fascia superficialis* tritt. Dieser Bruch liegt weiter nach Innen als gewöhnliche Schenkelbrüche und kann, da er einer *Fascia propria* entbehrt, leichter nach Innen und Oben treten (bei Frauen in das *Labium majus*), so dass er grosse Aehnlichkeit mit einer *Hernia inguinalis* gewinnt. Offenbar wird es ohne genaue anatomische Untersuchung nicht zu entscheiden sein, ob die Austrittsstelle wirklich im Gimbernat'schen Bande oder nur in dessen Nähe, in der Gefässscheide sich befindet, — aber auch ohne praktischen Werth. Die hierher gehörigen Beobachtungen sind von Laugier (*Bulletin chirurgical*, T. I. 1833), Cruveilhier (M. Laugier's Artikel Hernie im *Dictionn. de médec.*), Demeaux (*Annales de la chirurgie* 1841. T. I.), Nuhn (Chirurgisch-anatom. Atlas Hft. II.) gemacht worden.

Zahl. Schenkelbrüche kommen häufiger rechts, nicht selten auf beiden Seiten zugleich vor; häufig ist dann der eine gross, der andere sehr klein, so dass er leicht übersehen werden kann. Selten bestehen mehrere Schenkelhernien auf derselben Seite; jedoch bestanden die beiden von Demeaux beobachteten äusseren Schenkelbrüche gleichzeitig mit gewöhnlichen Schenkelbrüchen derselben Seite.

Bruch-Inhalt. Gewöhnlich enthält der Schenkelbruch eine Dünndarmschlinge, häufig mit dieser zugleich ein Stück Netz. Selten kommt letzteres allein darin vor; unter A. Cooper's zahlreichen Beobachtungen nur zwei Mal[1]). In Betreff der übrigen Eingeweide verhält es sich wie bei den Leistenbrüchen.

Die Häufigkeit der Schenkelhernien bei Weibern ist unzweifelhaft grösser, als bei Männern; noch viel seltener als bei letzteren sind sie bei Kindern. Bei Frauen steigt ihre Frequenz mit vorschreitendem Alter, namentlich auch nach wiederholten Geburten. A. Cooper erklärt diese Verhältnisse theils aus der grösseren Breite des weiblichen Beckens und somit auch der Schenkellücke, theils aus der bei älteren Frauen stattfindenden Abmagerung des Ileopsoas und der bei ihnen zu bemerkenden Schwäche der Fascien.

[1]) [Linhart fand in Schenkelbrüchen niemals blos Netz; dagegen habe ich, obwol meine Beobachtungen so sehr viel weniger zahlreich sind, als diejenigen Cooper's, doch schon eine (linke) Femoralhernie operirt, die blos Netz enthielt.]

Die räumlichen Verhältnisse des Beckens sind wohl auch der Grund für das seltene Vorkommen dieser Hernien bei Kindern.

A. Cooper hat überhaupt nur zwei Schenkelbrüche bei Kindern beobachtet, von denen das jüngste 7 Jahr alt war. Heyfelder sah bei einem zu früh geborenen Kinde schon in der sechsten Woche zwei Schenkelbrüche neben zwei Leistenhernien und einem Nabelbruch.

Symptome. Der Schenkelbruch bildet eine halbkugelige oder eiförmige Geschwulst in der Mitte der Schenkelbeuge, deren grösserer Durchmesser in der Regel der Richtung des Fallopischen Bandes entspricht. Die Geschwulst ist bei Männern in der Regel weniger scharf begrenzt als bei Frauen, weil bei letzteren weniger derbe Bindegewebsschichten sie überziehen.

Im Beginne ihrer Entwickelung und bevor sie aus der Gefässscheide hervorgetreten ist, kann die Hernie nur schwierig und mit voller Sicherheit kaum jemals erkannt werden. Hat man wegen der Beschwerden, über welche der Kranke klagt, Grund an eine Hernie und wegen des Gefühls von Druck oder Spannung in der Schenkelbeuge gerade an eine *Hernia femoralis* zu denken, so muss man eine sehr genaue Untersuchung dieser Gegend vornehmen, während der Kranke mit dem Kopf und der Brust hoch liegt, die Schenkel aber beugt und adducirt. Legt man in dieser Stellung den Zeigefinger auf die Gegend der *Fovea ovalis*, etwa einen halben Zoll von der pulsirenden *Arteria femoralis* nach Innen, so empfindet man, sobald der Patient hustet, einen Stoss; jedoch ist diese Empfindung einer Seits oft sehr undeutlich, wo das spätere Hervortreten des Bruches annehmen lässt, dass eine *Hernia incompleta* schon früher bestanden hat, und anderer Seits glaubt man ein solches Anstossen häufig genug bei der Untersuchung gesunder Menschen wahrzunehmen, bei denen selbst nach mehreren Jahren eine ausgebildete Hernie nicht entdeckt werden kann. Ist die *Hernia incompleta* etwas stärker entwickelt, so fühlt der Arzt und gewöhnlich auch der Kranke selbst eine nicht scharf begrenzte Geschwulst an der innern Seite der Schenkelgefässe, welche durch körperliche Anstrengungen und Husten etwas vermehrt wird und sich in ruhiger Lage wieder ein wenig vermindert. In Folge des Druckes, den die Bruchgeschwulst auf die *Vena femoralis*, die *Vena saphena* und auf die Lymphgefässstämme ausüben kann, sollen auch Varicositäten und Oedem der unteren Extremität beobachtet werden, aus deren Anwesenheit aber natürlich niemals ein Rückschluss auf das Bestehen einer Schenkelhernie gemacht werden darf.

Gewöhnlich bleibt die Femoralhernie lange sehr klein und erreicht auch nach vieljährigem Bestehen nur die Grösse eines Tauben- oder Hühnereies, selten diejenige einer Faust. Noch grössere Schenkelbrüche kommen so ungemein selten vor, dass selbst A. Cooper und Dieffenbach sie niemals gesehen haben. Jedoch sind einzelne Fälle beschrieben, in denen die Femoralhernie bis zur Mitte des Oberschenkels hinabhing.

Vorzugsweise in Schenkelhernien hat man eine so reichliche Entwickelung von Fettgewebe an der äusseren Seite des Bruchsackes beobachtet, dass derselbe dadurch dem Netz täuschend ähnlich wurde (*Degeneratio epiploïformis*). Quergetheilte Bruchsäcke kommen selten vor. |Ihre Entstehung dürfte bald in der pag. 689 u. f. angegebenen Weise, bald auch durch den pag. 840 unter 5) beschriebenen Mechanismus zu erklären sein.|

Femoral- und Inguinal-Hernie hat man während der Schwangerschaft verschwinden sehen, indem der sich ausdehnende Uterus das zur Bildung des Bruchsackes verwandte Stück des Bauchfelles für sich in Anspruch nimmt. Jedoch ist dies keineswegs immer der Fall, wie schon A. Cooper beobachtet hat.

Die Diagnose der Schenkelhernie kann mancherlei Schwierigkeiten darbieten. Vor Allem haben wir auf die Verwechselung von Leistenbruch und Schenkelbruch näher einzugehen.

Fig. 118.

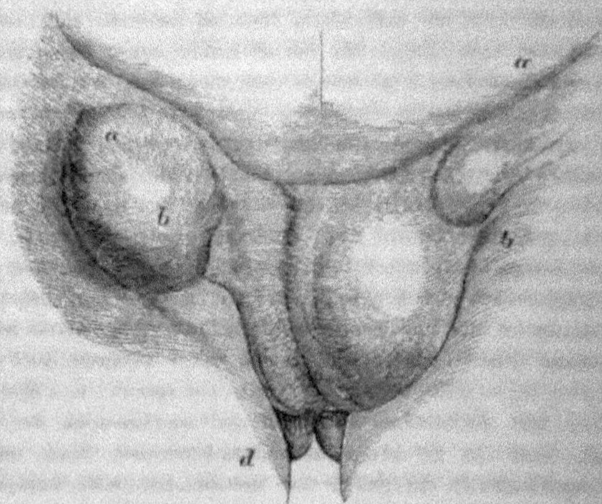

Gewöhnlich unterscheiden sich beide Hernien allerdings durch die oben (p. 821 u. und 845) angegebenen Merkmale, selbst schon durch das äussere Ansehen. So ist z. B. Fig. 118 rechts *ab* eine Femoralhernie, links *ab* das obere, noch in

Leistenkanal steckende Stück einer äusseren Inguinalhernie, welche schräg abwärts in der Richtung gegen *d.* in das *Labium majus* eingedrungen ist und die *Rima vulvae* nach rechts verschoben hat.

Ein Leistenbruch kann in die Schenkelbeuge hinabsteigen und einer Schenkelhernie ähnlich werden und umgekehrt. Die Feststellung der Diagnose ist namentlich bei eingeklemmten Brüchen von grösster Wichtigkeit. Maassgebend ist hierbei: 1) die Untersuchung der Lage des Bruchsackhalses im Verhältniss zum Fallopi'schen Bande und zum *Tuberculum* (*Spina*) *pubis*, 2) die Untersuchung der beiden fraglichen Bruchpforten. Findet man eine Bruchgeschwulst in der Schenkelbeuge, die man für einen Leistenbruch zu halten versucht ist, so wird man dieselbe doch für einen Schenkelbruch erklären müssen, wenn man sich durch directe Untersuchung überzeugt, dass der Leistencanal vollkommen frei ist, — und so umgekehrt. Liegt der Bruchsackhals entschieden unter dem Fallopi'schen Bande, so ist es ein Schenkelbruch; liegt er darüber, so handelt es sich um einen Leistenbruch. Das Fallopi'sche Band ist aber in solchen zweifelhaften Fällen oft schwach entwickelt oder verdrängt, so dass es nicht genau erkannt werden kann. Alsdann hat man vorzugsweise auf das *Tuberculum pubis* zu achten. Liegt dies nach Aussen vom Bruchsackhalse, so hat man einen Leistenbruch vor sich; fühlt man dasselbe an der inneren Seite des Bruches, so muss es sich um einen Schenkelbruch handeln. Aber bei grossen Hernien mit sehr erweiterter Bruchpforte könnte auch dies täuschen. Da müssen dann die bereits aufgeführten Merkmale sämmtlich berücksichtigt werden; namentlich darf man die alternirende Untersuchung der fraglichen Bruchpforten nicht verabsäumen. Diese ist bei Männern immer leichter auszuführen als bei Frauen, wo das reichlichere Fettpolster hindert, während beim Manne, mit Hülfe der Invagination eines Stückes der Scrotalhaut, in den Leistencanal der Finger bestimmt eingeführt werden kann (Vgl. pag. 821).

In der *Vagina vasorum femoralium* selbst und vor ihr im Panniculus liegen Lymphdrüsen (pag. 841), die durch eine Femoralhernie hervorgedrängt werden können, so dass es den Anschein gewinnt, als seien sie angeschwollen. Beim Druck auf dieselben entsteht Schmerz, weil man zugleich auf den Bruch drückt, ebenso bei Streckung des Oberschenkels, weil dadurch die *Fascia lata* gespannt und somit auch Compression des Bruches bewirkt wird. Aehnliche Erscheinungen werden aber auch durch eine entzündliche Schwellung der Drüsen veranlasst werden. Dabei können sogar manche Symptome auftreten, welche zu dem Krankheitsbilde der Einklemmung gehören, namentlich sympathisches Erbrechen. Andrerseits kann wieder die Entzündung des in einem Schenkelbruche liegenden Netzstückes für Drüsenentzündung gehalten werden. Endlich kann eine angeschwollene Lymphdrüse vor oder auf einer Schenkelhernie liegen und letztere kann wiederum beweglich, angewachsen oder eingeklemmt sein. Alle diese Verhältnisse müssen bei der Diagnose berücksichtigt werden. Liefert eine genaue Erwägung der Anamnese, in Verbindung mit der manuellen Untersuchung kein bestimmtes Resultat, so muss man immer annehmen, es sei eine Hernie vorhanden und, sofern Einklemmungs-Erscheinungen bestehen, sogleich zur Operation schreiten. Man lasse sich alsdann auch nicht irre machen, wenn man, nach erfolgter Blosslegung der Geschwulst, eine angeschwollene Drüse oder einen Drüsenabscess findet, sondern untersuche vorsichtig weiter, ob sich ein Bruchsack dahinter liegt, wie dies bereits wiederholt beobachtet worden ist. Sollte man die Operation in dem Gedanken an eine Hernie unternommen und späterhin doch nur eine entzündete Drüse gefunden haben, so erwächst daraus für den Kranken kein wesentlicher Nachtheil, während das Uebersehen der Hernie ihn in Lebensgefahr bringt.

|In ähnlicher Weise wie angeschwollene Lymphdrüsen, können auch Cysten, welche in dieser Gegend nicht ganz selten vorkommen, bald einen Schenkelbruch simuliren, bald einen wirklich bestehenden und sogar einen eingeklemmten verdecken. Die Mehrzahl dieser Cysten scheint aus abgeschnürten Theilen von Bruchsäcken zu entstehen. Somit macht die Anwesenheit einer Cyste, wenn anderweitige Bruchsymptome bestehen, das Vorhandensein der Hernie (hinter der Cyste) nur wahrscheinlicher.|

|Fettbrüche (vgl. pag. 697) kommen relativ häufig in der Schenkelbeuge vor. So wie sie einer Seits zur Entstehung von wirklichen Brüchen führen, so können sie anderer Seits auch eine wahre Hernie simuliren, namentlich wenn Einklemmungs-Erscheinungen (aus anderem Grunde) mit ihrer Anwesenheit zusammentreffen.|

Congestions-Abscesse, welche namentlich von cariösen Wirbeln ausgehend, nach dem Laufe des Psoas sich in die Schenkelbeuge hinabsenken, können eine Femoralhernie simuliren. Sie werden bei aufrechter Stellung und beim Husten grösser und können durch Druck in die Bauchhöhle zurückgeschoben werden. Aber sie fluctuiren deutlich, treten in der Rückenlage nicht von

:lbst zurück, vielmehr, wenn man sie reponirt hat, wieder hervor nd selbst in solchen Fällen, wo der Verlauf des Grundübels ganz ɪrsteckt gewesen ist, sind ihnen doch immer Schmerzen im ücken und anderweitige Störungen vorausgegangen, die mit einer ernie keinen Zusammenhang haben.

Ein grosser Varix der *Vena saphena magna*, an ihrer nsenkungsstelle in die *Vena femoralis*, kann einer beweglichen :henkelhernie ähnlich sein. In horizontaler Lage und durch 'uck verschwindet die Geschwulst. In aufrechter Stellung und ırch Wirkung der Bauchpresse tritt sie wieder hervor. Die grosse :ichtigkeit, mit der man durch den Druck eines Fingers die Repo- :ion auch in aufrechter Stellung bewirken kann, die bläuliche ler bräunliche Färbung der Geschwulst und die gleichzeitige An- əsenheit anderer Varicositäten im Bereich der *Vena saphena agna* müssen schon Verdacht erregen. Ganz entscheidend aber : die von Sanson angegebene Art der Untersuchung. Man ponirt die Geschwulst durch Druck von Unten nach Oben und mprimirt nun die scheinbare Bruchpforte mit dem Finger; als- nn wird ein Varix sofort wieder bis zu seiner früheren Grösse schwellen, eine Hernie dagegen gar nicht hervortreten und beim ısten und Drängen dem andrückenden Finger einen Stoss er- eilen. Bei der Reposition selbst würde man, wenn es eine ərnie wäre, wahrscheinlich immer ein gurrendes Geräusch wahr- hmen, da voraussichtlich ein Darmstück darin enthalten ist. In ıem Varix sollen die aufgelegten Finger beim Husten ein Schwir- n entdecken (Boinet). Sässe der Varix an der *Vena femoralis* lbst, so würde die Unterscheidung von einer beweglichen Schen- lhernie nicht mit Sicherheit möglich sein; sie wäre aber auch, . gegen beide Uebel nichts Wesentliches geschehen kann, von :iner praktischen Bedeutung.

J. L. Petit, A. Cooper und Boinet (*Gaz. méd.* 1836, pag. 829) haben rwechselungen von Varix und Schenkelhernien beobachtet. In dem Falle von :tit hatte die Geschwulst die Grösse eines Hühnereies; die Kranke trug nach m Rathe eines Charlatans ein Bruchband, welches sie sehr belästigte. Auch : Kranke, welche Boinet untersuchte, trug ein Bruchband, welches ihr aber ine Beschwerden machte.| Fälle der Art, in denen man einen Anfänger glauben ıchen kann, es handle sich um einen Schenkelbruch, während in der That ein rix vorliegt, finden sich in jeder Klinik häufig genug.|

Die Prognose des Schenkelbruchs ist insofern noch übler s diejenige des Leistenbruches, weil noch viel seltener als bei esem (eigentlich wohl niemals) Radical-Heilung erwartet werden kann, weil ferner Einklemmung noch häufiger und gewöhnlich m sehr acutem Verlaufe vorkommt. Unbeweglich werden Femoral hernien selten; auch Koth-Anhäufung kommt nicht oft in ihn vor, was sich aus ihrer gewöhnlich geringen Grösse leicht erklä

Behandlung des beweglichen Schenkelbruchs. D Reposition geschieht durch gleichmässige Compression der g umfassten Hernie, die man zugleich nach Hinten und dann n Oben zu drängen sucht. Das Bruchband muss einen stärker wärts gebogenen und weniger weit nach Innen reichenden haben als dasjenige für den Leistenbruch; seine Feder muss stärker gebogen und die Pelotte möglichst schmal sein, um Bewegungen des Schenkels möglichst wenig zu hindern und dieselben nicht zu stark verschoben zu werden. [Letzteres sich aber durch keine der bisher bekannt gewordenen Constru nen ganz verhüten. Ebensowenig vermögen wir durch uns Bruchbänder den Trichter der Gefässscheide (ohne unerträgl Druck auf die Vene) so zu comprimiren, dass keine Eingew in ihn eintreten könnten. So müssen wir denn schliesslich M gaigne beistimmen, „dass ein gutes Schenkelbruchband noch erfinden ist". — Somit kann von Radicalheilung durch ein Br band nie die Rede sein. Ebensowenig lässt sich dieselbe einer Operation erwarten.]

Die Einklemmung hat fast immer in der Oeffnung der fässscheide (*Fascia cribriformis*), durch welche die Hernie her getreten ist, ihren Sitz. Bald wird sie durch eine Verenge der *Fascia propria* im Umkreise des Bruchsackhalses, bald durch diesen letzteren selbst bedingt. Weiter aufwärts in trichterförmig erweiterten Oeffnung der Gefäss-Scheide, namen in dem Raume, zwischen dem Fallopi'schen und Gimbernat' schen Bande, wohin man früher (namentlich nach Scarpa's V gange) den Sitz der Einklemmung ganz allgemein verlegte, kom dieselbe fast niemals vor.

Die hier vorgetragene Lehre vom Sitze der Einklemmung, ist durch die reichen Erfahrungen Asthley Cooper's begründet und durch die genau von einander unabhängigen Untersuchungen von Velpeau (*Médecine opéra* von Goyrand (*Gaz. des Hôp.* 1834 Tom. VIII. pag. 50), von Demeaux fi und von Linhart (l. c.) auf das Bestimmteste als richtig erwiesen. Wen gegen eingewandt wird, dass die Einklemmung nur am Gimbernat'schen in der Art möglich sei, wie sie bei Femoralhernien gewöhnlich vorkomm. nämlich dass, dem scharfen Rande des Bandes entsprechend, lineare Gangrä Darm zu Stande komme, so muss hierauf erwidert werden, dass ganz die Veränderungen am Darm auch bei anderen Hernien, namentlich bei Einkl im Bruchsackhalse, vorkommen und dass sowol in der Gefässscheide als in der *Fascia propria* im Umkreise des Bruchsackhalses sich Faserstränge von ebenso grosser Festigkeit entwickeln können, als sie das *Ligamentum Gimbernati* besitzt. Wollten wir aber auch absehen von den widersprechenden Thatsachen und die Einklemmung am Gimbernat'schen Bande als die gewöhnliche anerkennen, so würde dieselbe doch immer schwer zu begreifen sein. Das Fallopi'sche Band soll von Oben drücken, das Gimbernat'sche von Innen, das Schoossbein von Unten; was leistet aber von Aussen her Widerstand? Die Vene? dann müsste venöse Stase im ganzen Bein das erste Symptom der Einklemmung sein.

Bei der Diagnose der Einklemmung hat man alle die Schwierigkeiten zu berücksichtigen, die bei der Diagnose der Femoralhernie überhaupt angegeben worden sind. Die Einklemmung ist in der Regel sehr heftig und sehr acut, eine längere Anwendung der Taxis daher gefährlich und fast immer unwirksam.

Asthley Cooper erklärt, dass er an sich selbst, wenn er an einer eingeklemmten Schenkelhernie litte, nur Tabacksclystiere versuchen, innerhalb der ersten 12 Stunden aber, wenn jene nicht zum Ziele führten, die Operation würde vornehmen lassen. |Dieffenbach fügt hinzu, dass er für seine Person nach höchstens 8 Stunden sich würde operiren lassen und zwar ohne Taback. Dagegen hat Linhart (l. c.) in neuster Zeit, auf Grund zahlreicher glücklicher Erfolge, die Taxis als für die Mehrzahl der eingeklemmten Schenkelbrüche ausreichend, empfohlen. Sein Verfahren ist folgendes: Der Kranke liegt auf dem Rücken, Schultern und Becken etwas erhöht, die Oberschenkel, besonders derjenige der kranken Seite stark gebeugt, aber nicht besonders stark adducirt, weil sonst, obgleich dabei der *Processus falciformis* und somit die innere Wand der Gefässscheide erschlafft, der wichtige Act des Umgreifens der Hernie sehr erschwert wird. Man drückt nun zuerst die Hernie mit ziemlicher Kraft nach einer Seite, gewöhnlich nach Aussen und Oben, dann in entgegengesetzter Richtung u. s. f. Hört man bei diesen Bewegungen ein Gurren, so kann man sicher sein, dass sie bei weiterem Hin- und Herschieben und Zusammendrücken sich anfänglich langsam verkleinern und zuletzt mit einem Geräusche in die Bauchhöhle zurückschlüpfen wird. Niemals muss von Vorn nach Hinten auf die Bruchgeschwulst gedrückt werden. Dies führt bei grösserer Gewalt zum Bersten des Darms oder zu einer Reposition en masse. Liegt ein Stück Netz vor, so gleitet es zuweilen mit dem Darm zurück; meistentheils aber ist es angewachsen und bleibt dann ohne weitere Beschwerden im Bruchsack liegen. Hat der Patient während der Operation bedeutende Schmerzen, so hält man etwas inne, darf jedoch die etwa schon verkleinerte Bruchgeschwulst nicht wieder frei lassen. Wenn nach 10 Minuten die Reposition nicht gelingt, so ist ein warmes Bad zu verordnen und dann aufs Neue zu beginnen. Wenn bei dreimal wiederholten Repositionsversuchen kein Gurren und Kleinwerden der Hernie bemerkt wird, so wäre auch für Linhart die Herniotomie indicirt. Ich habe in den letzten Jahren, unter Anwendung des Chloroforms, allerdings mehrmals eingeklemmte Schenkelhernien reponirt, bei denen ich, nach der Unwirksamkeit der ohne Chloroform versuchten Taxis zu urtheilen, sonst die Operation für nothwendig gehalten hätte; aber meine Ueberzeugung ist doch nach wie vor, dass man, wo eine mässige Gewalt (während der Chloroform-Narkose) unwirksam bleibt, sofort operiren sollte.|

Ausführung der Operation. Der Hautschnitt kann in den meisten Fällen einfach sein und wird am Besten unter Erheb… einer Hautfalte gemacht, um die Hernie selbst nicht zu verletzen. Nach Spaltung der *Fascia superficialis* erscheint sofort die deutlic… gestielte Bruchgeschwulst. Diese ist zunächst von der, dem Bruch-sack genau anliegenden *Fascia propria* überzogen. Ungeübte h… ten dieselbe oft für den Bruchsack, zumal wenn das an … äusseren Fläche des letzteren liegende Fett dem Netz ähnlich si… Eine solche Verwechselung kann sehr üble Folgen haben, in… der Wundarzt alsdann gar nicht zur wirklichen Einklemmungsst… gelangt und daher die Hernie entweder gar nicht oder sammt d… Bruchsack (*en bloc*) zurückbringt. Die *Fascia propria* muss … zuerst in ihrer ganzen Ausdehnung gespalten und zurückgeschob… werden. Alsdann gelangt man zum Bruchsack und vermag … die Bruchpforte genau zu erkennen. Jetzt hat man darüber … entscheiden, ob die Erweiterung der Bruchpforte ohne Eröffnu… des Sackes versucht werden soll. Dieselbe hat gerade bei klein… frischen Schenkelhernien häufig einen günstigen Erfolg geh… weil hier Einschnürungen innerhalb des Bruchsackes relativ sel… vorkommen. Jedoch muss man, wenn die Eingeweide ohne Erö… nung des Bruchsackes durch die dilatirte Bruchpforte zurück… gehen scheinen, sorgfältig verhüten, dass nicht der Bruchsack … zurückgeschoben werde.

Vielfach erörtert ist gerade bei der Schenkelhernie die Fra… nach der Richtung des Erweiterungsschnittes. Pott, … in vielen Fällen schon durch Blosslegung der Bruchgeschwulst … Reposition möglich machen wollte, empfahl das Messer auf d… Zeigefinger hinter den Rand des Fallopi'schen Bandes zu schieb… und dort einen kleinen Einschnitt zu machen. Dieser wesentl… nach Oben gerichtete Schnitt [durch den aber wahrscheinlich … Fallopi'sche Band niemals, sondern immer nur der scharfe ob… Rand der von der *Fascia cribriformis* und *propria* gebildeten Bruch-pforte getroffen worden ist], blieb der gebräuchliche, bis Gim-bernat das nach ihm benannte Band beschrieb und dessen Ein-schneidung empfahl. Er führte das Messer gegen den inner… Rand des Bandes und incidirte in der Richtung nach Unten … Innen (also parallel dem Leistencanal), um das Gimbernat'sch… Band vom Fallopi'schen abzulösen.

Scarpa, Boyer, Lawrence und eine grosse Anzahl ander… Wundärzte haben diese Schnittführung angenommen, sind jedoc… zum Theil darin von Gimbernat abgewichen, dass sie nicht paral…

dem Fallopi'schen Bande, sondern gerade nach Innen, parallel dem Schoossbein ihren Erweiterungsschnitt geführt haben.

Scarpa, welcher der ursprünglichen Vorschrift von Gimbernat treu geblieben ist, rühmt ausdrücklich, dass dabei die Verletzung des Samenstranges sicher vermieden werde und dass man auch, sofern man nur das Messer nicht zu tief einführe, vor einer Arterien-Verletzung (bei anomalem Verlauf der Obturatoria) sicher sei, weil der Rand des Bandes nicht grade nach Innen, sondern zugleich etwas nach Vorn und somit auch von der anomal verlaufenden Arterie abgewandt sei. [Hieraus ergiebt sich, dass Scarpa nicht blos die umgeschlagenen Fasern des Fallopi'schen Bandes als Gimbernat'sches Band betrachtet, sondern auch den nach Vorn von demselben hinabsteigenden Theil der *Vagina vasorum* dazu rechnet.]

A. Cooper verwarf das Gimbernat'sche Verfahren gänzlich. Er hält es für schwierig und gefährlich, mit dem Messer bis zu dem tief liegenden Bande vorzudringen und fürchtet, dass dabei eine hinreichende Erweiterung gar nicht gelingen oder eine Verletzung bald des Darmes, bald der *Arteria obturatoria* erfolgen werde. Er räth deshalb, nach Eröffnung des Bruchsackes diesen sammt der *Fascia propria* und der Gefässscheide bis nahe an das Fallopi'sche Band zu spalten. Sollte diese Erweiterung bei sehr grossen Brüchen nicht ausreichen, so will Cooper den Schnitt in den unteren Rand des Fallopi'schen Bandes weiter fortsetzen und bei Männern, um vor Verletzung des Samenstranges sicher zu sein, diesen vorher blosslegen und mit einem stumpfen Haken hervorziehen.

Dupuytren führte den Schnitt nach Oben und Aussen mit einem an der convexen Seite schneidenden Messer. Dasselbe Verfahren empfahlen auch Sanson und Goyrand. (*Gaz. des hôpitaux* 1834. T. VIII. p. 49.) Jedoch fügt Letzterer ausdrücklich hinzu, dass man den *Processus falciformis fasciae latae* und nicht das Fallopi'sche Band einschneiden soll.

Die neueren anatomischen Arbeiten und namentlich die Untersuchungen von Demeaux[1]) haben die Frage über die beste Richtung des Erweiterungsschnittes sehr vereinfacht. Da wir jetzt wissen, dass die Einklemmung nicht hoch oben in der Schenkellücke, sondern viel weiter unten, in der Oeffnung der Gefässscheide oder im Bruchsackhals, stattfindet; so werden wir weder gegen das Fallopi'sche, noch gegen das Gimbernat'sche Band unseren Schnitt richten, sondern einfach die wirkliche Bruchpforte (*Fascia cribriformis*) oder den Hals des Bruchsackes durch mehrere kleine Einkerbungen in der Richtung erweitern, in welcher sie unserem

[1]) *Annales de la chirurgie francaise.* Paris 1842. T. V. p. 342.

Messer am leichtesten zugänglich sind und nur die Gegend der grossen Schenkelgefässe und die *Vena saphena magna* vermeiden. Somit empfiehlt sich in der Regel am meisten die Richtung nach Oben und Innen.

|In welcher Weise das operative Verfahren abzuändern sein würde, wenn man den Sitz der Einklemmung höher oben gegen das Gimbernat'sche Band oder in diesem selbst fände, oder wenn eine *Hernia femor. externa* vorläge, ergiebt sich theils aus den obigen Vorschriften Scarpa's, theils aus der Erwägung der anatomischen Verhältnisse von selbst.|

|Wurde der Bruchsack gespalten, so können seine vor der Bruchpforte herabhängenden Hälften nach der Reposition der Eingeweide unbedenklich abgeschnitten werden.|

III. Nabelbruch, *Hernia umbilicalis.*

Anatomische Verhältnisse.

Während des Fötallebens steht die Bauchhöhle in der Mitte der *Linea alba* offen. Durch diese Oeffnung, den Bauchnabel, Nabelring, *Annulus umbilicalis,* treten die zur Ernährung des Fötus das Blut hin- und herführenden Gefässe in die Leibeshöhle ein. Die Nabelvene liegt im oberen Theile der Oeffnung und ist durch eine Scheidewand von den Nabelarterien und dem Urachus, welche im unteren Theile liegen, getrennt. Alle diese Canäle sind im Umfange des Nabelringes durch straffes Bindegewebe befestigt. In der Bauchhöhle angelangt, entfernen sie sich von einander: die Vene läuft nach Oben und Rechts, gegen die linke Längsfurche der Leber, die Arterien und der Urachus, erstere sich allmälig von einander entfernend an der hinteren Seite der vorderen Bauchwand abwärts zum Becken. Bei ihrem Verlauf in der Bauchhöhle liegen alle diese Theile in Falten des Bauchfelles, indem sie dasselbe etwas nach Innen drängen. Nach ihrem Austritt aus dem Nabelringe werden sie durch schleimiges Bindegewebe, die sogenannte Wharton'sche Sulze, vereinigt und durch eine Fortsetzung des Amnios umhüllt. In dieser Verbindung stellen sie den Nabelstrang, *Funiculus umbilicalis*, dar, der von der Haut des Bauches noch einige Millimeter weit überzogen wird. Bei genauerer Untersuchung lässt sich in dem Nabelstrange auch noch nach der Geburt der obliterirte Ueberrest des *Ductus vitello-intestinalis* nachweisen. Ursprünglich steht nämlich die Leibeshöhle weit offen in Verbindung mit der von dem Embryonalkörper sich allmälig abschnürenden Dotterblase. Während die Schichte der Nerven, Muskeln und Knochen in dem sich bildenden Körper (das sogenannte animale Blatt) über das Niveau der Dotterblase sich erhebt und der peripherische Theil sich als Amnios über den Körper wölbt, bleibt mit dem in der Leibeshöhle inzwischen entwickelten Darme die Dotterblase in offener Verbindung, welche fernerhin den Namen Nabelblase führt. Das Verbindungsstück zwischen Darmhöhle und Nabelblase obliterirt beim Menschen in der Regel sehr frühzeitig, so dass nur ein langer Strang übrig bleibt, der die ganz kleine Nabelblase an den mittleren Theil des Dünndarms anheftet. Zuweilen bleibt der dem Darm zunächst gelegene Theil des *Ductus vitello-intestinalis* offen, bald als ein dünnes langes Kanälchen, bald als ein kürzerer, etwa fingerdicker Blindsack, der späterhin ein sogenanntes ächtes Divertikel darstellt.| Der ursprünglich mit der Nabelblase eng verbundene Verdauungsschlauch entwickelt sich aber zum grossen Theil, bevor die Bauchwände (Visceralplatten) gegen einander gerückt sind, also ausserhalb der Bauchhöhle, |oder richtiger: bevor eine wirkliche Bauch h ö h l e besteht|. Erst allmälig ziehen sich |scheinbar| die Eingeweide in die Bauchhöhle zurück, |d. h. sie werden von den Bauchwänden seitlich überwachsen|. Bei diesem Vorgange können mancherlei Störungen Statt finden, von denen wir diejenige, bei welcher ein Theil der Eingeweide dauernd ausserhalb des Nabels liegen bleibt, besonders zu berücksichtigen haben werden. Nach der Geburt bildet sich in den Nabelgefässen ein Thrombus wie in unterbundenen Adern, durch den sie alsbald ganz verschlossen werden. Die Entwickelung des Thrombus in ihnen ist nicht schwer zu erklären, auch abgesehen von der gewöhnlich angewandten Unterbindung des Nabelstranges, wenn man bedenkt, dass bei der Lösung der Placenta die Verästelungen der Nabelarterie zerrissen und sofort durch Blutgerinnsel verstopft werden. Sind die Nabelarterien aber einmal verschlossen, so fehlt auch dem ganzen Nabelstrange die Blutzufuhr; er verfällt daher der trockenen Gangrän und wird bekanntlich zwischen dem 5ten und 8ten Tage abgestossen. Der Nabelring, welcher noch weit genug für den Durchgang des Venen- und Arterienblutes war, wird von nun an absolut enger durch die in ihm stattfindende Narbenverkürzung. Er wird aber überdies von Tage zu Tage relativ enger wegen des fortschreitenden Wachsthums des übrigen Körpers. Die Nabelnarbe (Stigma) erscheint später eingezogen, weil die Haut durch das Narbengewebe unmittelbar an die fibröse *Linea alba* festgeheftet ist, während in der übrigen Ausdehnung der Bauchwand zwischen der Haut und der Aponeurose sich reichliches Fettgewebe entwickelt. Wegen dieser innigen Verbindung zwischen dem fibrösen Saum des ehemaligen Nabelringes mit der äusseren Haut durch Vermittlung eines sehr festen Narbengewebes, besitzt der Nabel späterhin eine sehr geringe Dehnbarkeit und hat nur selten Neigung sich wieder zu öffnen.

Nabelbruch, *Hernia umbilicalis, Omphalocele, Exomphalos* nennen wir im Allgemeinen jede in der Nabelgegend vorkommende Hernie. Im engeren Sinne des Wortes sollen darunter aber nur solche Eingeweidebrüche verstanden werden, welche wirklich durch den Nabelring hervortreten. In ätiologischer sowol, als in practischer Beziehung haben wir drei Arten von Nabelbrüchen zu unterscheiden: [1]) A. Angeborne. B. Nabelbrüche der kleinen Kinder. C. Nabelbrüche der Erwachsenen.

A. Angeborner Nabelbruch, Nabelschnurbruch, *Hernia umbilicalis congenita, s. funiculi umbilicalis.*

Der angeborne Nabelbruch stellt eine Geschwulst von sehr verschiedener Grösse dar. Bald enthält er nur eine kleine Darmschlinge, bald neben dieser einen Theil der Leber, bald auch blos ein Leberstück, bald endlich den grössten Theil der Unterleibs-

[1]) Vidal hat in seiner Concursschrift eine ausführliche Darstellung aller hierher gehörigen Brucharten geliefert.

Eingeweide[1]). Die Gestalt der Bruchgeschwulst ist meist kegelförmig, die Basis gegen den Bauch, die Spitze gegen die Placenta gerichtet[2]). Der Bruchsack wird von einer Ausbuchtung des Bauchfells, analog dem *Processus vaginalis peritonei*, gebildet. An seiner Aussenfläche liegen die *Vena* und die *Arteriae umbilicales*, lose mit dem Bauchfell verbunden. Zwischen diesen Gefässen finden sich, der Grösse der Geschwulst entsprechend, verschieden grosse Zwischenräume. Nicht immer aber werden sie durch den Bruchsack in ihrer relativ normalen Lage von einander gedrängt, sondern häufig genug ganz unregelmässig verschoben, so dass z. B. beide Arterien auf einer Seite liegen[3]), oder so, dass der ganze Nabelstrang, statt eine Fortsetzung der Spitze der Bruchgeschwulst darzustellen, von der einen Seite ihrer Basis entspringt[4]).

An der Oberfläche der Geschwulst findet man eine nur sehr unvollständige Bedeckung durch die äussere Haut, die zuweilen auf eine blosse Epidermisschicht beschränkt ist, darunter hie und da etwas Wharton'sche Sulze und Bindegewebe, endlich den vom Bauchfell ganz direkt gebildeten Bruchsack. Seltener als die übrigen Bedeckungen fehlt auch dieser; alsdann handelt es sich aber nicht mehr um eine Hernie, sondern um Prolapsus.

Aetiologie. Die in der Bruchgeschwulst liegenden Eingeweide sind eigentlich nicht aus der Bauchhöhle hervorgetreten, sondern gar nicht in dieselbe eingetreten. Die Visceralplatten haben sich unvollständig oder gar nicht über ihnen geschlossen. (Vgl. pag. 855).

Man hat diesen Vorgang in zweierlei Weise zu erklären gesucht: 1) durch Annahme einer Bildungshemmung, 2) durch eine Erkrankung im engeren Sinne

[1]) Velpeau (*Anatom. chirurgic.* Tome II. pag. 21) sah bei einem übrigens wohlgebildeten Fötus alle der Bauchhöhle zugehörigen Verdauungsorgane ausserhalb derselben liegen. — Berthelot (*Gaz. des Hôp.* vom 14. Januar 1832) fand in einer angebornen Nabelhernie den Magen und den ganzen Darmkanal, mit Ausnahme des *Colon descendens* und des Rectum, überdies die Leber und die Milz. — Goyrand fand (nach einer schriftlichen Mittheilung an Vidal) bei einem Exomphalos in der ungemein kleinen Bauchhöhle nur noch: Duodenum, Rectum, Pancreas und Harnorgane.

[2]) [Thudichum hat einen solchen typischen Fall genau beschrieben und durch Abbildungen erläutert in seiner Abhandlung über Nabelschnurbrüche (Illustrirte med. Zeitung 1852. Vgl. Canstatt's Jahresber. Bd. IV. pag. 8...)

[3]) Scarpa hat in seiner Abhandlung über die Brüche hierauf aufmerksam gemacht und zugleich bemerkt, dass auch Fälle vorkommen, in denen nur eine Nabelarterie vorhanden ist.

[4]) [So z. B. in dem von Kraemer (Zeitschrift für rationelle Medicin, 1853) beschriebenen Falle.]

des Wortes. Zur Begründung der ersteren Erklärungsweise wird Folgendes angeführt. Bis zu einer gewissen Zeit ist der Embryo nothwendig mit einer Nabelhernie behaftet, da ein Theil des Darmkanals im Nabelstrange liegt. Erst nach dem dritten Monate tritt dieser in die Bauchhöhle zurück und von da ab erst verengert sich die Nabelöffnung. Wenn nun die Kraft (*Nisus formativus*), welche das Zurücktreten der Eingeweide bewirkt, zu schwach war, so verbleibt der Zustand dieser Uebergangsperiode für immer. Es trägt wenig zur Aufhellung bei, wenn man statt dessen sagt, das Wachsthum der Visceralplatten sei gehemmt worden. Das Wie? und Wodurch? bleibt immer dunkel. — Die zweite Erklärungsweise geht davon aus, dass eine partielle Peritonitis bestanden habe, die daraus hervorgegangenen Adhäsionen haben die Eingeweide im Nabelstrange (oder da wo er sich befinden sollte) festgeheftet, so dass ihnen das Zurücktreten in die Bauchhöhle unmöglich gemacht wird. Die thatsächliche Begründung dieser Lehre ist vorzugsweise aus den Beobachtungen von Scarpa und von Simpson geschöpft. *Archives gén. de méd.* 1839 Tom. VI. pag. 24. (Uebersetzung aus dem Englischen.) Peritonitis kommt in solchen Brüchen allerdings vor; aber es ist sehr fraglich, ob sie nicht erst in späterer Zeit hinzugetreten ist. Ueberdies findet man in der Mehrzahl der Fälle gar keine Spur einer solchen Entzündung. Scarpa selbst hat auch gar nicht daran gedacht, die von ihm gemachten Beobachtungen zu Gunsten einer solchen Theorie zu verwerthen; vielmehr sagt er: „die hauptsächlichste Ursache dieses Uebels ist die Langsamkeit oder Unvollständigkeit der Entwickelung der Bauchmuskeln neben relativ bedeutender Grösse der Unterleibseingeweide, namentlich der Leber." Auch Simpson sagt in der angeführten Abhandlung ausdrücklich: „es ist immerhin möglich, dass die Verwachsungen zwischen dem Bruchsack und den Eingeweiden, welche man nach der Geburt findet, die Folgen einer Peritonitis sind, die sich nach vollständiger Ausbildung der Ectopie erst hinzugesellt hat."

|Obgleich auf späteren Entwicklungsstadien nur eine Darmschlinge ausserhalb des Nabelringes liegt, so erklärt sich doch auch die Anwesenheit der Leber in Nabelschnurbrüchen, wenn man bedenkt, dass auch dieses Organ entsteht, bevor die Visceralplatten geschlossen sind. Liegt die Leber allein vor, so hat man wohl anzunehmen, dass der Darm sich zurückgezogen hat, was der ausserhalb der Bruchpforte weiter wachsenden und selbstständiger Bewegung entbehrenden Leber nicht möglich ist.|

Wenn es auch unzweifelhaft ist, dass die Eingeweide im normalen Entwickelungsgange nach dem dritten Monat innerhalb der Leibeshöhle ihren Platz nehmen, so besteht doch noch lange Zeit (nach Scarpa, noch im siebenten Monate) eine in den Nabelstrang hineinragende Ausstülpung des Bauchfelles, in welche während des Fötallebens durch stürmische Bewegungen des Embryo, oder durch eine relativ äussere Gewalt Eingeweide eingetrieben werden können. In manchen Fällen besitzt diese Ausstülpung eine abnorme Grösse und persistirt bis nach der Geburt. Alsdann stellt sie einen präformirten Bruchsack dar, in welchen, wenn er auch bis dahin leer geblieben ist, jedenfalls mit der ersten Thätigkeit der Bauchpresse Eingeweide eingedrängt werden müssen. Auf diese Weise schliesst sich dann die angeborne Nabelhernie an die in frühester Kindheit erworbene so genau an, dass eine scharfe Trennung kaum möglich ist.

Das von Scarpa beschriebene Diverticulum des Bauchfells am Nabel kann man in Embryonen von 6 – 7 Monaten sehr bestimmt nachweisen, wenn man an der Peritonealfläche der vorderen Bauchwand, genau der *Linea alba* folgend, mit dem Finger hinabfährt. Man sinkt dann in der Gegend des Nabels mit der Fingerspitze in eine kleine Grube ein, welche man durch einen Zug am Nabelstrange etwas vergrössern kann.

Diagnose. Hat der angeborne Nabelbruch eine beträchtliche Grösse, so ist bei einiger Aufmerksamkeit kaum irgend ein Irrthum möglich. Die Bedeckungen der Geschwulst sind so dünn, dass man durch das Gefühl selbst die darin liegenden Eingeweide erkennen, zuweilen sogar dieselben, namentlich die Leber, sehen kann. Nach einiger Zeit vertrocknet die oberflächliche Schicht der äusseren Bedeckungen nicht selten so, dass sie eine pergamentartige Beschaffenheit erhält, wodurch jedoch das Erkennen des Uebels selbst nicht erschwert wird. Bei kleinen Hernien dagegen, namentlich wenn sie in einem äusserlich normal beschaffnen Nabelstrange eingeschlossen liegen, sind in alter und neuerer Zeit zahlreiche Irrthümer begangen worden, zu deren Vermeidung den Hebeammen wie den Aerzten die genaue Untersuchung des Nabelstranges bei jedem Neugebornen zur Pflicht zu machen ist.

Ambroise Paré erzählt in seinem Capitel „*De la relaxation et exitus du nombril qui se fait aux enfans*" (*Oeuvres de* Paré, *édit.* Malgaigne, T. ! pag. 795) einen Fall der Art, in welchem ein Arzt, Namens Pierre de Laroque dem Kinde eines Herrn von Martigues eine Nabelhernie aufgeschnitten hatte, wofür ihm die Bedienten den Hals abschneiden wollten.

Sabatier erwähnt mehrere Fälle, in denen bei der Unterbindung der Nabelschnur zugleich die in ihr liegende Darmschlinge mit unterbunden worden ist. Dupuytren soll 6 oder 7 Fälle der Art gesehen haben. [Stanley berichtet über einen solchen Fall, der 1850 in York vorkam (*Cases of congenital umbilical hernia, Med. Times* 1852. July).]

Prognose. Die grosse Mehrzahl der mit Nabelschnurbrüchen Behafteten erreicht nicht die volle Reife der Entwickelung, sondern kommt zu früh, lebensunfähig, ganz gewöhnlich auch schon todt zur Welt. Häufig bestehen dabei auch andere Bildungsfehler, namentlich *Spina bifida*, unvollständige Entwickelung der Kopfknochen, Schwäche der Bauchmuskeln, übermässige Grösse der Unterleibs-Eingeweide, namentlich der Leber. Viele dieser Complicationen beeinträchtigen die Lebensfähigkeit in noch höherem Grade, als der Exomphalos selbst. |Kommt das Kind lebend zur Welt, so ist die Grösse der Hernie und die Art ihrer Bedeckung für die Prognose von grösster Bedeutung. Die wesentlichste Gefahr erwächst nämlich nach der Geburt aus dem Abstossungsprocess, welchem die Nabelschnur verfällt und durch welchen, wenn er sich bis auf den Bruchsack fortsetzt, entweder Blosslegung der Eingeweide oder doch Peritonitis im Bereich der Demarcationsebene bewirkt werden muss. Je grösser die Hernie, desto grösser ist im Allgemeinen die Wahrscheinlichkeit, dass diese üblen Folgen sich entwickeln werden. Je derber und je mehr wirklich von gefässreicher Haut gebildet die Bedeckungen der Geschwulst sind, desto grösser die Aussicht, dass sie bei der Abstossung der Nabelschnur nicht der Gangrän verfallen, somit auch die Aussicht auf Heilung. Letztere ist selbst bei grossen Hernien unter solchen Verhältnissen noch glücklich erzielt worden. Liegt nur eine einfache Darmschlinge in dem übrigens wohlgebildeten Funiculus beweglich vor, so lässt sich mit Bestimmtheit Heilung erwarten.| In solchen Fällen, wo das Uebel verkannt und die in der Nabelschnur liegende Darmschlinge mit unterbunden wurde, beobachtete man stets Einklemmungs-Erscheinungen, namentlich heftige Schmerzen und Erbrechen, bis der zusammengeschnürte Theil vollständig getrennt und somit ein *Anus praeternaturalis* gebildet war. Während dieses Vorganges stirbt voraussichtlich die Mehrzahl in Folge der Darm-Einklemmung. Ist es aber glücklich zur Bildung des *Anus praeternaturalis* gekommen, so lässt sich dessen Heilung mit vieler Wahrscheinlichkeit erwarten. Er wandelt sich ohne Zuthun der Kunst alsbald in eine Kothfistel um, deren Oeffnung sich auf einem in der Nabelgegend sitzenden pilzähnlichen Granulationswulst befindet und deren Verschluss durch die Cauterisation gewöhnlich bewirkt werden kann. Jedoch hat man auch beobachtet, dass dies Mittel unwirksam blieb, und Scarpa führt Fälle an, in denen der Bruch, unter Einklemmungs-Erscheinungen, sich wieder entwickelt hatte[1]). |Die Ursache davon ist wohl in erneutem Hervortreten der Darmstücke, vielleicht mit partieller Umstülpung, in Folge stärkerer Wirkung der Bauchpresse, bei gleichzeitigem Ausbleiben der gewöhnlich schnell eintretenden Verengerung des Nabelringes zu suchen.|

|Die Behandlung hat hier, wie bei allen Hernien, Reposi-

[1]) Vgl. Sabatier, *Méd. opérat.* T. III. p. 631, *édition de Messieurs* Bégin *et* Sanson.

tion und Retention zu bewirken. Gewöhnlich müssen beide, namentlich bei grossen Nabelschnurbrüchen Hand in Hand gehen, d. h. man kann die vorliegenden Eingeweide nur ganz allmälig durch eine gradweis verstärkte Compression zurückbringen, und diese wiederum lässt sich nur durch denselben Verband bewirken, der auch zur Retention dient. Einen solchen deckenden und sanft comprimirenden Verband aus langen Heftpflasterstreifen (*Emplastrum cerussae*, da das officinelle *Emplastrum adhaesivum* auf die Haut der Neugebornen zu stark reizend wirkt) muss man auch in den verzweifeltsten Fällen, in denen von Retention eigentlich gar nicht die Rede sein kann, weil in der Leibeshöhle kein Raum für die vorliegenden Eingeweide ist, — stets anwenden. Die Bedeckungen des Bruches nehmen unter demselben, zuweilen ganz über alles Erwarten, eine hautähnliche Beschaffenheit an und die eigentlichen Bauchdecken rücken bei weiterem Wachsthume des Kindes, dessen Gedeihen man durch die sorgfältigste Pflege zu fördern sucht, allmälig weiter zusammen. Ist der Bruchsack länglich und liegt wie ein Schlauch im Nabelstrange, so ist man leicht versucht, nach vorgängiger Reposition, die Unterbindung dicht am Nabel vorzunehmen, um auf diese Weise sofort Radicalheilung zu erzielen. Dies Verfahren leistet aber jedenfalls nicht mehr als die dauernde Compression und hat alle die Gefahren, welche bei seiner Anwendung auf gewöhnliche Nabelbrüche der Kinder zu befürchten sind (s. unten), in noch höherem Grade.|

Paré sagt allerdings, das Kind welches an „Erschlaffung des Nabels" leide, werde auch ohne sein Zuthun sterben. Dabei darf man aber nicht vergessen, dass er aufgefordert wurde „besagten Nabel zu öffnen." (*Oeuvres de* Paré l. c.)

Als Beispiele von Heilung durch Compression können die Fälle von Thelu (*Journ. de chirurg.* 1844 p. 187), von Thudichum (vgl. p. 856) und von Krämer (l. c.) dienen. — Die Geschwulst, welche Thelu behandelte, hatte einen Umfang von 24 Centimeter, war von einer dünnen durchsichtigen Haut bedeckt und schien den grössten Theil des Darmkanals zu enthalten. Thelu reponirte zuerst einen Theil durch sanften Druck mit dem Ballen der Hand und führte die vollständige Reduction durch einen gleichmässig comprimirenden Verband herbei. — |In dem Fall von Thudichum hatte die Geschwulst an ihrer Basis einen Umfang von 16 Centimetern, eine conische Gestalt und eine Höhe von 2½ Centimeter. Die Nabelschnur war auf der Mitte inserirt; die Bauchdecken endeten im Umfange der Geschwulst mit einem ringförmigen Wulste, der Bruch wurde beim Schreien des Kindes stärker hervorgetrieben, während die Bruchpforte sich dabei verengerte (vgl. p. 714). Thudichum legte circuläre Heftpflasterstreifen um den ganzen Leib, darüber Compressen und eine Cirkelbinde. Allmälig wurde die mit der Nabelschnur zusammen hängende Hülle der Geschwulst brandig, so dass sie am 5ten Tage sich an der Grenze der Cutis ablöste. Der Verband wurde in der früheren Weise nun auf das nur noch von einigen Sehnenfasern überzogene Bauchfell gelegt, welches alsbald zu granuliren anfing. Am 7ten Tage löste sich auch der Hautwulst im Umfange der Bruchpforte; die Vernarbung ging schnell vorwärts und am 37sten Tage bildete die strahlige Narbe über dem noch bestehenden Hügel bereits einen sicheren Verschluss, obgleich zwischen den graden Bauchmuskeln noch eine 2 Zoll breite Diastase bestand. — In dem ganz ähnlich behandelten Falle von Krämer erfolgte die Bildung einer festen Narbe in 65 Tagen.]

Fälle von gelungener Unterbindung werden von Jobert (*Traité des malad. chirurg. du canal intestinal* T. II. p. 430) und von Bérard (*Diction. d. médec.* T. XXII. p. 32) angeführt. In dem von Ersterem erwähnten Falle, begnügte sich der Operateur (Hamilton) nicht mit einer um die Basis des Nabelstranges angelegten Ligatur, sondern durchbohrte denselben auch noch mit ein Paar silbernen Nadeln, was Jobert bereits als eine überflüssige Zuthat zu der ohnehin schon eingreifenden Operation verwirft. — In dem zweiten Fall soll die Geschwulst 7 Zoll rhein. im Durchmesser gehabt und den grössten Theil der Baucheingeweide enthalten haben. Die Oberfläche sah aschgrau aus und roch faulig. Der behandelnde Arzt (Bal zu Tiel) begnügte sich eine Ligatur um den Sack zu legen, nachdem er die Eingeweide reponirt hatte. Wie Letzteres gelingen konnte, ist fast ebenso unbegreiflich als der schliesslich gute Erfolg.

B. Nabelbruch der Kinder, *Hernia umbilicalis infantum.*

Aetiologie. Viele Kinder werden mit einer Anlage zum Nabelbruch oder selbst mit einem bereits gebildeten Bruchsack im Nabelringe geboren (pag. 857); alsdann kann der Bruch schon in den ersten Tagen nach der Geburt hervortreten. Gewöhnlich bildet er sich aber zwischen dem zweiten und vierten Monate des Lebens aus. Zum vollständigen Verschluss des Nabelringes sind mindestens zwei Monate erforderlich. Die drei Nabelgefässe müssen sich zu diesem Behuf in feste ligamentöse Stränge umwandeln. An der Stelle, wo sie durch Verschwärung vom übrigen Nabelstrange getrennt wurden, muss sich ein erst allmälig schrumpfendes Narbengewebe entwickeln, welches die drei Stränge nach und nach immer näher gegen einander zieht. Der Saum des Nabelringes muss sich verdicken und mit den drei Gefässsträngen verschmelzen. Wenn nun dieser Tendenz zur concentrischen Verkürzung eine stärkere ausdehnende Kraft entgegenwirkt, so ist damit die Bedingung zur Bildung einer Nabelhernie gegeben. Jene ausdehnende Kraft aber ist der Andrang der Eingeweide, der seinerseits von der Wirkung der Bauchpresse abhängig ist. Jede stärkere Anstrengung der letzteren vermehrt die Aussicht auf Entwickelung eines Nabelbruchs. Daher wird in erster Reihe unter den Ursachen desselben das Schreien der Kinder aufgeführt.

„Schreiige Kinder leiden am Häufigsten daran", schrieb schon J. L. Petit (*Traité des maladies chirurg.* T. II. p. 253). Vielleicht lässt sich daraus auch erklären, dass Malgaigne bei seinen statistischen Untersuchungen (*Leçons clin. sur les hernies, recueillies par Mr.* Gelez p. 219 und neuerdings *Union méd.* 1854) die Nabelbrüche viel häufiger bei Knaben als bei Mädchen gefunden haben will, — was mit dem gewöhnlichen Volksglauben übereinstimmen würde. Knaben sollen nämlich mehr schreien als Mädchen. [Malgaigne hat aber überhaupt nur 25 Fälle aus den ersten sechs Lebensjahren gesammelt; daraus lassen sich keine statistischen Resultate ziehen.] Ueberdies ist Girard durch seine statistischen Untersuchungen (*Journ. d. Méd. par* Sédillot, T. XLI. p. 275) grade zu dem entgegengesetzten Resultat gelangt.

Nächst dem Schreien tragen unzweifelhaft Erbrechen und Husten zur Entstehung der Nabelbrüche wesentlich bei. Der Keuchhusten wurde in dieser Beziehung bereits von Bichat ausdrücklich hervorgehoben. Vielleicht hat auch die horizontale Lage, in welcher kleine Kinder sich gewöhnlich befinden [1]), und mehr noch die üble Gewohnheit der Wärterinnen, sie auf den Bauch liegend zu wiegen und zu schütteln, um sie dadurch zu beruhigen, einigen Einfluss [2]). Jedenfalls ist es richtig, dass die Quadrupeden bei Weitem häufiger an Nabelbrüchen als an Leisten- und Schenkelbrüchen leiden, obgleich die Bruchpforten der letzteren ebenso vorbereitet sind, als bei dem Menschen. — Schlecht angelegte Nabelbinden, welche den Bauch zusammenschnüren, statt die Nabelgegend zu schützen, begünstigen die Entstehung dieser Hernien gleichfalls.

Aber auch ohne besonders verstärkte Wirkung der Bauchpresse können Nabelbrüche entstehen, wenn der Verschluss des Nabelringes aus irgend einem Grunde sich verzögert. Die vorwiegende Häufigkeit der Nabelbrüche in manchen Familien, ja sogar bei ganzen Völkerschaften und Raçen weist hierauf hin. Auch die Beobachtung, dass Kinder mit einem dicken Nabelstrange und folglich relativ weitem Nabelringe häufiger an Nabelhernien leiden (Martin l. c.) ist hier zu erwähnen.

Nach den Erfahrungen von Lesiner auf Isle Bourbon und von Fortin in Louisiana sind die Neger im Allgemeinen, vorzugsweise aber einzelne Tribus derselben, die man daran sogar erkennen soll, zu Nabelbrüchen auffallend disponirt. — Beobachtungen von Nabelbrüchen bei mehreren oder allen Kindern desselben Elternpaares finden sich bei A. Cooper, auch bei Thudichum u. A. — Von Einfluss auf das längere Offenbleiben des Nabelringes müsste natürlich und

[1]) Sabatier, *Médecine opératoire. Edition de Mess.* Bégin *et* Sanson. T. III. p. 628.

[2]) Martin in dem *Journ. d. Méd. par* Sedillot T. XLI. p. 265.

das Offenbleiben der Nabelgefässe sein. An der Nabelvene findet sich dies zuweilen. J. L. Petit (T. II. p. 254) giebt ganz bestimmt an, dass er bei der Untersuchung des Nabels von einmonatlichen und noch jüngeren Kindern die Nabelarterien deutlich pulsirend gefühlt habe.

Die grosse Häufigkeit der Nabelbrüche bei Kindern lässt sich aus der Aetiologie leicht erklären. Bei welchem Kinde fehlen wohl Gelegenheitsursachen für ihre Entstehung gänzlich? Es bedarf also nur einer geringen Prädisposition des Nabels, um die Hernie entstehen zu lassen.

Symptome. Die Bruchgeschwulst hat gewöhnlich eine längliche, cylindrische oder conische Gestalt. Dieselbe bietet einige Verschiedenheit dar, je nachdem der Bruchsack in der Mitte des Nabels hervorgetreten ist und die drei Gefässstränge gleichmässig vor sich her gedrängt hat (*Hernia umbilicalis centralis*), oder aber nach der einen Seite hin sich herauswölbt und die obliterirten Gefässe nach der anderen hin schiebt (*Hernia umbilicalis lateralis*). Die Geschwulst erhebt sich, verlängert sich, richtet sich gleichsam auf, beim Schreien, Drängen, Husten. Sie verkleinert sich dagegen und sinkt gleichsam zusammen, wenn das Kind in der Rückenlage ruhig athmet, also namentlich im Schlaf. Gewöhnlich ist sie von geringer Grösse, wie eine Wallnuss, höchstens wie ein Hühnerei. Wird der Bruch sich selbst überlassen, so kann er mit der Zeit eine bedeutendere Grösse erreichen, worauf wir bei den Nabelbrüchen der Erwachsenen zurückkommen werden.

Die Bedeckungen der Bruchgeschwulst sind von geringer Dicke. Dieselben bestehen nämlich nur aus der Haut, einer schwachen Bindegewebsschicht, die oft ganz fehlt, und den gewöhnlich undeutlichen Ueberresten der Gefässstränge. Die Haut ist sehr dünn und blass; in ihr befindet sich die Narbe, welche von der Abstossung des Nabelstranges herrührt (*Stigma umbilici*), bald auf der Spitze der Geschwulst, — bei der *Hernia umbilicalis centralis*, bald zur Seite, — bei der *Hernia umbilicalis lateralis*. Der Bruchsack fehlt niemals, ist aber gewöhnlich dünn.

Den Inhalt des Bruches machen fast immer Theile des Dünndarmes und des Quergrimmdarmes aus. Selten finden sich andere Eingeweide darin. Jedoch darf man nicht vergessen, dass sogar die Blase oder deren fötale Fortsetzung, der Urachus, indem er abnormer Weise offen geblieben ist, in einer Nabelhernie liegen können.

Cabrol hat einen Fall beobachtet, in welchem, bei Verschluss der Urethra, die Blase und der Urachus ausgedehnt wurden und letzterer durch den Nabelring hervordrang.

Complicationen werden vorzugsweise durch Einlagerung zu grosser Massen von Eingeweiden, namentlich von Theilen der Leber, oder durch Verwachsungen der Eingeweide, bald unter einander, bald mit dem Bruchsack, in Folge partieller Peritonitis, bedingt. Auf solche Weise wird die Hernie unbeweglich. |Einklemmung der kindlichen Nabelhernie ist „eine ausserordentlich grosse Seltenheit" (Dieffenbach).|

Verwechselungen sind bei einiger Aufmerksamkeit gar nicht möglich. Zu erwähnen wäre allenfalls die kleine schwammige Geschwulst, die sich zuweilen auf dem noch nicht vollständig vernarbten Nabel erhebt (Vgl. pag. 859). Nach Cooper soll diese intensiv rothe, gestielte und gleichsam flottirende Geschwulst wirklich von einzelnen Aerzten für einen Nabelbruch gehalten worden sein.

|In zwei Fällen habe ich auf der Spitze dieser Geschwulst eine ganz kleine Oeffnung gefunden, aus welcher von Zeit zu Zeit, namentlich beim Schreien und Drängen des Kindes, ein dünnes, schwach alkalisches Secret entleert wurde. Wiederholte Kauterisationen mit Höllenstein hatten keinen wesentlichen Erfolg. Die Secretion versiegte aber noch vor Ablauf des ersten Lebensjahres und die Heilung der schwammigen Geschwulst folgte hierauf überraschend schnell. Ich glaube, dass es sich in diesen Fällen um Persistenz des *Ductus vitello-intestinalis* gehandelt hat, aus dessen Eröffnung, beim Abfall der Nabelschnur, jene winzige Darmfistel hervorging, in deren Umgegend die Granulationen so hartnäckig fort bestanden. Vielleicht hat es sich in anderen Fällen, in denen die fungöse Nabelgeschwulst lange dauerte, ebenso verhalten.|

In seltenen Fällen ist der Nabelbruch so klein, dass er gar keine Geschwulst darstellt. Guersant hat einen solchen Fall bei einem Knaben beobachtet, der über heftige Schmerzen in der Nabelgegend klagte. Obgleich durchaus keine Geschwulst zu entdecken war, wurden die Schmerzen doch durch einen, nach dem Rathe von J. Cloquet, der die Diagnose auf Nabelhernie stellte, angelegten Verband, beseitigt, |wodurch freilich noch nicht bewiesen ist, dass es wirklich ein Nabelbruch war.|

Die Prognose ist günstiger als bei irgend einer anderen Hernie. Schon Richter sagt, „dass er niemals einen Fall gesehen habe, der nicht durch seinen Verband geheilt worden wäre", und sein Verband ist (wie wir sehen werden) wenig wirksam. Die Radicalheilung erfolgt in der That sehr häufig ganz ohne Kunsthülfe. Jedoch darf man letztere niemals unterlassen, da der Verschluss des Nabelringes voraussichtlich desto fester wird, je früher er erfolgt. Dies ist von grosser Wichtigkeit, in Bezug auf die bei weniger festem Verschluss leicht möglichen Recidive in späteren Lebensjahren, welche namentlich beim weiblichen Geschlecht in Folge von Schwangerschaften zu erwarten sind.

Die oben angeführten Complicationen verringern natürlich die Aussicht auf Heilung und bedingen dieselben Gefahren, wie bei anderen irreponiblen Brüchen. Vgl. pag. 726.

Die Behandlung muss immer darauf ausgehen, radicale Heilung herbeizuführen. Man kann dieselbe, nach vorgängiger Reposition der Hernie, entweder durch andauernde Compression (permanente Retention), oder durch Zerstörung des Bruchsackes zu erreichen suchen. Wir werden auf eine vergleichende Beurtheilung beider Methoden zurückkommen, nachdem wir ihre Ausführung beschrieben haben.

A. Compression. Nach sorgfältiger, in der Rückenlage auszuführender Reposition der Hernie, setzt man den Daumen auf die Bruchpforte, schiebt schnell unter denselben ein, die Ränder derselben etwas überragendes glattes Stückchen Pappe oder Kork (als Pelotte) und befestigt dies mit langen, etwa 1 Zoll breiten, nach Art einer zweiköpfigen Binde um den ganzen Leib geführten Heftpflasterstreifen, die in hinreichender Zahl angelegt werden müssen, um die Pelotte genau zu bedecken und zu befestigen. Ueber diesen Verband schiebt man, zur Sicherung desselben, eine genau passende, aus Wolle gestrickte, ringförmige Binde.

Diese Binde muss recht elastisch sein und einen breiten Ring aus einem Stück darstellen, der von unten her über die Beine und dann über den Unterleib wie ein Strumpf übergestreift wird. Um ihr die gehörige Elasticität zu geben, muss sie, nach dem Kunstausdruck der Strickschule, streifig rechts und links gestrickt sein.

Unter dem Schutz einer solchen Binde bleibt der Heftpflasterverband mindestens acht Tage in seiner Lage. Sobald er sich löst, muss er sorgfältig erneuert werden und so fort bis zur vollständigen Heilung, die in zwei bis sechs Monaten erwartet werden kann.

Statt der gestrickten wollenen Binde kann man auch eine solche aus Gummi anwenden; jedoch haben diese keine besonderen Vorzüge und sind durch ihren penetranten Geruch unangenehm.

Die übrigen, sehr zahlreichen Nabelbruch-Verbände unterscheiden sich theils durch die Beschaffenheit der Pelotte, theils durch die Art der Befestigung. Was die Pelotte betrifft, so wurde derselben in früheren Zeiten ganz allgemein und auch jetzt noch von Vielen eine halbkugelförmige oder sogar zapfenförmige Gestalt gegeben, um die bedeckenden Theile in die Bruchpforte hineinzudrängen. So empfahl Platner eine Wachskugel, Richter eine halbe Muskatnuss, Sömmering eine Halbkugel aus Kork,

Malgaigne bediente sich früher einer zapfenförmigen Pelotte von Elfenbein, um Invagination der äusseren Bedeckungen zu bewirken |räth aber jetzt ganz davon ab.| Vidal empfiehlt eine ähnliche Pelotte aus Gummi. |Diese zapfenförmigen Pelotten können, wie selbst von ihren Empfehlern zugestanden wird, bei eintretender Verschiebung üble Zufälle veranlassen. Als ein Vorzug, welchen die zapfenförmigen und auch die convexen Pelotten (letztere jedoch in geringerem Grade) haben sollen, wird hervorgehoben, dass sie das Eintreten von Eingeweiden in den Nabelring vollständig verhindern, während bei Anwendung der flachen Pelotten nur das Hervortreten, nicht aber das Eintreten in den Nabelring verhindert wird. Der Gegeneinwurf liegt nahe, dass die Anwesenheit der Pelotte in der Bruchpforte der Verengerung derselben hinderlich sein müsse, worauf denn Seitens der Empfehler erwidert wird, dass ein verständiger Arzt dem Zapfen keine so bedeutende Dicke werde geben lassen, dass er die Bruchpforte ganz ausfüllte und dass er die Dicke desselben mit fortschreitender Heilung immer mehr werde vermindern lassen. Endlich werden die zahlreichen Heilungen, welche mit Hülfe der convexen Pelotten von der ältesten bis auf die neueste Zeit erzielt worden sind, zu ihren Gunsten angeführt. Dieselben sprechen aber in der That nur für die leichte Heilbarkeit der fraglichen Hernien und allenfalls noch für die gute Wirkung der Compression überhaupt; denn mit den ungenügenden Befestigungsmitteln, deren man sich gewöhnlich bedient hat, kann es gar nicht gelungen sein, das Hineinragen der Pelotte in den Nabelring auf die Dauer zu bewirken. — Gepolsterte elastische Pelotten, wie sie bei den Nabelbrüchen Erwachsener angewandt werden, bieten bei Kindern keine Vortheile dar.|

Von gar keinem Werth ist es, wenn man die Pelotte aus adstringirenden Substanzen (Galläpfel, Granatrinde) darstellen oder mit adstringirenden Flüssigkeiten tränken lässt. Vgl. p. 711.

In Betreff der Befestigungsmittel hat man sich früher auf Binden (oft sehr complicirte) beschränken zu können geglaubt. Bei weitem sicherer wirken Klebe-Pflaster, denen man früher eine schildförmige (Richter) oder Kreuz-Gestalt gab, während jetzt fast allgemein die Cirkeltouren als wirksamer anerkannt werden. Solche Pflasterverbände leisten bei kleinen Kindern entschieden mehr, als die für Halberwachsene (bei denen aber Nabelbrüche so äusserst selten sind) vielleicht zu bevorzugende Nabelbruchbänder, auf welche wir beim „Nabelbruch der Erwachsenen" näher eingehen werden.

[Die Befestigung der Pelotte durch Collodium, welche von mehreren Seiten empfohlen worden ist, hat sich mir nicht vortheilhaft erwiesen.]

B. Die Zerstörung des Bruchsackes sammt seinen Bedeckungen durch die Ligatur ist bereits von Celsus (lib. VII) so genau beschrieben worden, dass man nur seine Worte zu wiederholen braucht, um eine Darstellung dieser Methode zu liefern. „*Sinus vero umbilici tum vacuus a quibusdam duobus regulis exceptus est vehementerque eorum capitibus deligatis ibi emoritur* (Einklemmen zwischen zwei Brettchen, deren Enden zusammengebunden werden, vgl. pag. 712); *a quibusdam ad imum acu trajecta duo lina ducente, deinde utriusque lini duobus capitibus diversae partes adstrictae: quod in uva quoque oculi* (Staphylom) *fit; nam sic id quod supra vinculum est emoritur* (Unterbindung mit zwei durch die Mitte der Basis des Sackes geführten Fäden, die nach entgegengesetzten Seiten hin zusammengeknotet werden, — sogenannte *Ligature multiple* von Martin).

Unter den neueren Chirurgen haben namentlich Desault und seine Schüler die Ligatur bevorzugt. Das von Ersterem angegebene Verfahren wird von Bichat (in seiner Ausgabe der *Oeuvres chirurg. de* Desault T. II. p. 326) wie folgt beschrieben. „Das Kind liegt auf dem Rücken, die Schenkel ein wenig gebeugt, den Kopf gegen die Brust geneigt. Der Wundarzt reponirt die Eingeweide und schliesst die Bruchpforte mit der Fingerspitze, erhebt die nunmehr leere Bruchtasche und überzeugt sich, dass keine Eingeweide mehr darin sind. Ein Gehülfe legt alsdann einen starken gewichsten Zwirnfaden um die Basis der Geschwulst in mehrfachen Cirkeltouren, deren jede durch einen doppelten Knoten geschlossen wird. Sie werden nur so fest angezogen, dass sie einen unbedeutenden Schmerz erregen. Die unterbundene Geschwulst wird rings mit einem Charpiepolster umgeben, das durch Compressen und Binden befestigt wird. Am nächsten Tage zeigt sich Anschwellung, wie bei einem unterbundenen Polypen, aber kein Schmerz. Am zweiten oder dritten Tage sinken die unterbundenen Theile zusammen, so dass die Ligatur zu locker erscheint. Man legt darauf neue Fadentouren mit derselben Vorsicht wie früher, aber etwas fester an, wobei ein wenig mehr Schmerzen empfunden werden, weil sich schon Entzündung in der Umgegend eingestellt hat. Bald wird die Geschwulst missfarbig, sinkt ein und eine dritte Unterbindung hemmt nunmehr die Circulation gänzlich. Die Ablösung erfolgt zwischen dem 8ten und 10ten Tage. Das zurückbleibende kleine Geschwür heilt unter trockenem Charpieverbande sehr schnell und der Nabel ist von da ab hinreichend fest geschlossen, um dem Husten und der Wirkung der Bauchmuskeln vollständigen Widerstand leisten zu können. Während der ersten 2 oder 3 Monate ist es jedoch nützlich, eine Cirkelbinde tragen zu lassen, um das Andrängen der Eingeweide gegen die Narbe und somit eine Störung des, während dieser Zeit am Nabelringe stattfindenden Verengerungs-Processes zu verhüten." —

Martin (*Journ. de chirurg. et de médec. par* Sédillot, T. 51 p. 267) macht gegen das Desault'sche Verfahren folgende Einwürfe: „1) Die Ligatur kann nicht dicht genug am Nabelring angelegt werden. 2) Die Nothwendigk mehrere Ligaturen nach einander anzulegen, verzögert den Erfolg und vermehrt d Schmerzen. 3) Indem man den ganzen Sack an seiner Basis mit der Ligatur fasst und ihn dabei nothwendig faltet, ist man der Gefahr ausgesetzt ein St Netz [bei Kindern??] oder Darm mitzufassen." — Martin empfiehlt deshalb [bereits von Celsus angegebene] Unterbindung mit zwei Fäden, welche mit ein Nadel durch die Mitte der Basis der Geschwulst geführt, und dann nach entgegengesetzten Seiten geknotet werden, fügt aber der Sicherheit wegen eine dritte, ganze Basis umfassende Ligatur hinzu und beabsichtigt alle Fäden hinreichend anzuziehen, um sofort Gangrän zu bewirken. — Noch complicirter ist das Verfahren von Thierry (*Des diverses méthodes opératoires pour la cure radicale hernies*. Paris 1841), welcher die ganze Bruchtasche zuerst torquirt dann Nadel durch die Basis stösst und diese nach Art der umschlungenen Naht mit einem Faden umwickelt. Obgleich in dem von ihm beschriebenen Falle, bei einem ..jährigen Mädchen, Heilung erfolgte, darf man doch wohl sagen, dass eine übler wendung weder von der Torsion noch von der umschlungenen Naht kaum ge... werden kann.

Bei der Beurtheilung der zur Heilung der Nabelbrüche bei Kindern vorgeschlagenen Behandlungsweisen müssen wir vor Allem erwägen, dass Aussicht auf Heilung auch ohne operative Eingriffe vorhanden ist (vgl. Prognose). Somit werden wir letztere, so fern sie das Leben in Gefahr setzen könnten, ausschliessen müssen. Unläugbar trifft dies die Unterbindung und die Zerstörung des Bruchsackes überhaupt, denn die bei der brandigen Abstossung desselben auftretende Entzündung kann sich unter ungünstigen Verhältnissen auf das Bauchfell weiter fortsetzen. Die Compression verdient aber nicht blos ihrer Gefahrlosigkeit, sondern auch der grösseren Wirksamkeit wegen den Vorzug vor der Ligatur.

So haben sich denn auch schon seit längerer Zeit die bedeutendsten Autoritäten gegen die Unterbindung ausgesprochen. Paré erwähnt ihrer in einer Weise, wonach man glauben muss, dass er sie niemals selbst gemacht habe. Dionis verwarf sie als eine „grausame" Operation. Pott erklärte, dass nur ein Charlatan sich darauf einlassen könne. Sabatier bekämpfte sie in Frankreich, Scarpa in Italien. Andrerseits darf man sich aber nicht verhehlen, dass die Gefahren der Ligatur von ihren Gegnern übertrieben worden sind. Die zahlreichen Erfolge Desaults beweisen dies. Wäre die Ligatur wirksamer und sicherer, so würde man sie ihrer etwas grösseren Gefährlichkeit wegen gewiss nicht ganz allgemein verwerfen. Aber hier liegt grade der Wendepunkt der Frage. Ihr glänzendster Vertheidiger, Bichat, sagt selbst: „Die Sicherheit des Erfolges der Operation steht im ... dem Alter des Patienten im umgekehrten Verhältniss: bis zu 18 Monaten ist er unzweifelhaft, mit 4 Jahren schon schwierig, mit 9 Jahren unmöglich." So würde also die Unterbindung uns nur als ein Unterstützungsmittel der Naturheilung erscheinen und, nach Bichat's freilich zu eng gesteckten Grenzen, sogar weniger wirksam sein als die Compression, durch welche häufig genug Radicalheilungen noch jenseit des 10ten Jahres erreicht werden. Mag man die Ligatur auch noch so dicht gegen den Nabelring selbst hinschieben, der Bruchsackhals, welcher im Nabelringe selbst liegt, wird davon doch unberührt bleiben. Sein Verschluss wird immer nur von der fortschreitenden Verengerung des Nabelringes selbst abhängen. — Zu Gunsten der Unterbindung ist vorzugsweise der grosse Zeitverlust und die Kostspieligkeit der Compression hervorgehoben worden. „Ein Aufenthalt von wenigen Tagen in einem Hospital", sagt Bichat, „reicht hin, um sichere Heilung durch die Ligatur zu bewirken" — und doch fügt er wenige Seiten weiter hinzu, es sei nützlich, dass das Kind noch 2 bis 3 Monate eine Binde trage. Nun während dieser 2 bis 3 Monate gelingt die Heilung durch blosse Compression, ohne Aufenthalt im Hospital!

C. Nabelbruch der Erwachsenen, *Hernia umbilicalis adultorum.*

Die Nabelbrüche Erwachsener sollen, nach der gewöhnlichen Angabe, bald durch den Nabelring selbst, bald nur in dessen Nähe, durch einen beliebigen Punkt der *Linea alba*, hervortreten. Letztere, welche im engeren Sinne des Wortes gar nicht Nabelbrüche genannt werden könnten (*Hernia adumbilicalis* nach Gerdy), sollten, nach dem Ausspruche von J. L. Petit, den noch heut zu Tage Viele als richtig anerkennen, bei Weitem häufiger sein. Der feste Verschluss des Nabelringes bei Erwachsenen (pag. 855) wurde als Grund dafür angeführt. Merkwürdiger Weise hat sich aber weder Petit, noch Einer seiner Anhänger durch die Section von der Richtigkeit dieser Ansicht überzeugt. A. Cooper aber hat durch anatomische Untersuchungen gerade im Gegentheil erwiesen, dass die Hernie in der Regel durch den Nabelring selbst hervortritt und zugleich den wahrscheinlichen Grund des Irrthums seiner Vorgänger aufgedeckt. Die Bruchgeschwulst tritt nämlich selten grade in der Mitte des Nabels heraus, weil hier die drei Gefässstränge fest mit der Hautnarbe verwachsen sind, sondern wendet sich mehr nach der einen Seite hin und scheint daher neben dem Nabel hervorzutreten. Velpeau, Bérard, Malgaigne, Cruveilhier haben durch weitere anatomische Untersuchungen die Richtigkeit der Cooper'schen Lehre bestätigt. Deshalb darf man nun aber anderer Seits das Vorkommen der *Herniae ad umbilicum* nicht ganz leugnen wollen. Auch diese sind anatomisch erwiesen; man hat sogar eine neben dem Nabelringe austretende Hernie mit einer wirklichen Nabelhernie zugleich bestehen sehen. — Der obere Theil des Nabelringes ist derjenige, durch welchen die Nabelhernien bei Erwachsenen am häufigsten hervortreten (Sömmering).

Die Grösse der Bruchgeschwulst ist ungemein verschieden. Manche Nabelbrüche sind so klein, dass sie überhaupt gar keine

Geschwulst darstellen, sondern in der Tiefe der Bauchdecken versteckt bleiben und erst erkannt werden, wenn heftige Koliken, für welche sonst kein Grund vorliegt, durch Compression des Nabels beseitigt werden. Andrer Seits erreicht gerade diese Art der Nabelbrüche zuweilen eine ungeheure Grösse, so dass die Geschwulst bis auf die Schenkel hinabhängt und die Bruchpforte bis in's untere Dritttheil der *Linea alba* hinabzerrt. — Grosse Verschiedenheiten zeigt auch die Gestalt. Da die Geschwulst selten gerade durch die Mitte des Nabelrings hervortritt und die Nabelnarbe, auch wenn dies geschieht, doch selten gleichmässig nachgiebt, so ist sie nur selten rundlich (wie bei Kindern), sondern selbst bei centralem Sitz meist zwei- oder dreilappig und dem entsprechend dann auch im Innern zwei- oder dreifächrig (Scarpa). Häufiger noch tritt die Bruchgeschwulst seitlich zwischen der ehemaligen Vene (*Lig. hepat. teres*) und einem der Arterienstränge hervor, so dass die Nabelnarbe auf ihrer einen Seite liegt. Bei Fettleibigen ist der Bruch oft plattgedrückt und im Fett verborgen, bei Mageren häufiger birnförmig gestielt.

In Betreff des Inhaltes unterscheidet sich der Nabelbruch Erwachsener insofern wesentlich von den früher betrachteten Arten, als gewöhnlich Netz darin liegt. Dasselbe findet sich in der Regel dicht hinter dem Bruchsack, diesem unmittelbar anliegend, so dass es, wenn zugleich andere Eingeweide vorliegen, eine zweite Hülle für diese bildet. Zuweilen ist es strangförmig aufgerollt oder zusammengeballt, wie in Inguinalhernien. In Folge zu starker Ausdehnung oder aus anderen Veranlassungen kann es auch einen Spalt darbieten, durch welche Darmschlingen hervortreten, auch eingeklemmt werden können. Häufig finden sich partielle Verwachsungen zwischen Netz und Bruchsack. In den seltnen Fällen, wo das Netz in einem solchen Nabelbruch fehlt, liegt es, gleichsam aufgerollt, nach oben geschoben im Epigastrium, — gewöhnlich in Folge von Schwangerschaften oder Bauchwassersucht (P. Bérard) —, oder es ist durch die rechte Hälfte des *Colon transversum*, während dies in den Bruch eintrat, verdrängt worden. Bestand eine Nabelhernie von klein auf, so enthält sie ursprünglich nur Darm; aber das Netz drängt sich bei seiner fortschreitenden Entwickelung nachträglich hinein. Nächst dem Netz finden sich das *Colon transversum* und der Dünndarm am häufigsten. Auch die Leber (zum Theil), der Magen, das *Colon ascendens* zugleich mit dem Duodenum (Jobert) und endlich selbst der Uterus sind, obgleich äusserst selten, in Nabelbrüchen Erwachsener gefunden worden.

|Einen Fall, in welchem der *Uterus gravidus* den Inhalt eines Nabelbruches ausmachte, hat Kennedy beschrieben (Behrend's Repertorium 1834. IV. S. 395). Der Bruch entstand in der zweiten Schwangerschaft und vergrösserte sich bei der folgenden so bedeutend, dass der ganze Uterus in ihn eindrang. Kennedy sah die Frau am Ende ihrer zwölften Schwangerschaft und konnte sich genau davon überzeugen, dass der ganze Uterus im Bruche lag.|

Der Bruchsack enthält fast niemals Flüssigkeit; eine Ausnahme davon machen natürlich die nicht ganz seltenen Fälle, wo zugleich Ascites besteht. — Vielfach ist die Frage erörtet worden, ob diese Nabelbrüche überhaupt ein Bruchsack besitzen. Dieselbe ist entschieden zu bejahen; er ist aber überaus dünn, weil das Bauchfell in dieser Gegend sehr fest an die vordere Bauchwand angeheftet ist und daher nicht verschoben und herausgezerrt, sondern blos ausgedehnt werden kann. Bei einer centralen Nabelhernie lässt sich, nach längerem Bestehen, der Bruchsack nur noch als eine glatte seröse Fläche, aber nicht als gesonderte Membran darstellen. Er verschmilzt alsdann vollständig mit den zu einer papierdünnen Schicht ausgedehnten äusseren Bedeckungen (der Nabelnarbe), so dass die Eingeweide nur von einer einfachen Schicht bedeckt sind, welche Aussen die Beschaffenheit der Cutis, Innen diejenige einer serösen Haut besitzt. Aber auch in solchen Fällen lässt sich die Existenz des Bruchsackes in der nächsten Umgebung der Bruchpforte nachweisen. Seitlich (zwischen dem Rande des Nabelringes und den Gefässsträngen) hervortretende Brüche, sowie auch die *Herniae adumbilicales* besitzen immer einen deutlichen Bruchsack; wenn sie klein sind, lässt sich auch eine denselben überziehende, freilich sehr dünne, Fortsetzung der *Fascia transversalis* und eine von der *Fascia superficialis* gebildete Hülle daran nachweisen.

|Vidal legt besonderen Werth auf einen von ihm (unter sechs Cadavern drei Mal) gefundenen fibrösen Streifen, der als Fortsatz der *Fascia transversalis* unter dem *Ligam. teres hepat.* her, bis etwa 1 Centimeter oberhalb des oberen Randes des Nabelringes verläuft. Nach seiner Ansicht, könnten Eingeweide, die in einen Nabelbruch eintreten, durch diesen Bandstreifen eingeklemmt werden. Die Eingeweide könnten aber auch, nachdem sie unter dieser Brücke hindurchgegangen sind, aus dem Nabelring hervortreten und auf diese Weise einen, der *Hernia inguinalis externa* analogen, schrägen oder indirecten Nabelbruch darstellen, mit welchem ein gewöhnlicher, directer, zugleich bestehen könnte.

An der äusseren Fläche des Bruchsackes hängen zuweilen Fettklümpchen; zuweilen finden sich kleine leere Bruchsäcke, welche durch ein solches Fettklümpchen hervorgezerrt sind (*Herniae*

adiposae). Selten hat man an der inneren Fläche des Bruchsackes Fett gefunden.

Die Symptome sind zum grossen Theil dieselben, wie bei dem Nabelbruch der Kinder. Aber die Verdauungsstörungen sind hier viel auffallender, selbst wenn die Hernie vollkommen beweglich ist. Magenkrämpfe, Koliken, Aufstossen, Erbrechen, zumal nach dem Genuss blähender Speisen sind hier viel häufiger als bei Inguinal- oder Femoral-Hernien. Dies erklärt sich aus den Zerrungen, die durch Vermittelung des Netzes am Magen und direct auch am Colon ausgeübt werden, zum Theil auch aus der grösseren Schwierigkeit, diese Brüche vollständig zurückzuhalten. Der Bruch-Inhalt kann, wegen der geringen Dicke der Bedeckungen, leichter als bei anderen Hernien erkannt werden; zuweilen lässt sich der Dickdarm an seiner höckrigen Gestalt sogar mit dem Auge erkennen. Die ersten Anfänge einer Nabelhernie können aber, wie bei anderen Brüchen, lange verborgen bleiben. In manchen Fällen sieht man bei Frauen den Bruch während jeder Schwangerschaft deutlich hervortreten und nachher wieder verschwinden. Freilich entwickelt er bei jeder Wiederholung eine bedeutendere Grösse und wird zuletzt doch permanent.

Aetiologie. Wir haben bereits pag. 857 darauf hingewiesen, dass der Verschluss des Nabelringes oft unvollständig erfolgt und dass zuweilen ein kleiner Bruchsack von Geburt an besteht, der unter Umständen erst in einem späteren Lebensalter Eingeweide aufnimmt. Wurde bei der Heilung eines kindlichen Nabelbruches der vollständige Verschluss des Nabelringes nicht erreicht, so bleibt gleichfalls eine entschiedene Prädisposition für die Wiederentstehung zurück. Wie für die kindlichen Nabelhernien, so scheint auch für diejenigen der späteren Lebensjahre eine erbliche Anlage zu bestehen, welche wohl gleichfalls aus einer Neigung zu mangelhaftem Verschluss des Nabelringes zu erklären ist.

Vidal führt als Beispiel zwei ihm persönlich bekannte Schwestern an, die beide an Nabelbrüchen leiden, und davon eine zwei Töchter hat, die beide in ihrer ersten Schwangerschaft Nabelbrüche bekommen haben, welche nach und nach zu ungeheurer Grösse herangewachsen sind.

Verwundungen des Nabels und Abscesse, welche sich in ihm entwickelt oder durch ihn hindurch ihren Weg genommen haben, sind als seltene prädisponirende Momente zu erwähnen. Häufig dagegen mögen Nabelbrüche aus den bereits in mehrfacher Beziehung erwähnten Fettbrüchen entstehen. Unter den unmittelbaren Veranlassungen ist wiederholte Schwangerschaft obenan zu stellen.

Deshalb sind denn auch Nabelbrüche ungleich viel seltener bei Männern als bei Frauen.

Lawrence führt unter 71 Fällen nur 17 bei Männern, die Londoner Bruchbandgesellschaft unter 344 Fällen 314 bei Frauen an. — |Die Wirkung der Schwangerschaft erklärt sich einer Seits aus der Ausdehnung der Bauchwand, andrer Seits aus der Aufwärtsdrängung der Eingeweide. Vielleicht ist auch in Betracht zu ziehen, dass während derselben Fettklümpchen, durch welche kleine Lücken im Nabelringe ausgefüllt werden, durch Resorption schwinden und jene Stellen somit weniger widerstandsfähig werden |

Complicationen sind sehr häufig. Neben dem Nabelbruch bestehen nicht selten noch andere Brüche, indem dieselbe Ursache, von der die Erweiterung des Nabelringes abhängt, zugleich eine allgemeine Erschlaffung der vorderen Bauchwand bedingt hat. Alle Arten von Hernien können mit dem Nabelbruch zugleich vorkommen, namentlich auch solche, die in der Nähe des Nabels hervortreten, auch zwei Nabelhernien zugleich, entweder beide wirkliche Eingeweidebrüche oder neben einem solchen ein Fettbruch. |Bei höheren Graden von Erschlaffung der vorderen Bauchwand entwickelt sich mit dem Nabelbruch zugleich ein Hängebauch, wodurch die Beschwerden des ersteren bedeutend gesteigert und der Behandlung oft unübersteigliche Hindernisse in den Weg gelegt werden.|

Sehr häufig verwächst das Netz mit dem Bruchsack oder mit den übrigen Bruch-Eingeweiden, wodurch die Hernie unbeweglich wird und bei gewaltsamer Taxis eine *Reduction en bloc* erfolgen kann. Ebenso oft findet sich eine solche Verdickung des im Bruch liegenden Netzes, dass es die Gestalt einer Keule oder eines Pilzes annimmt und alsdann gleichfalls irreponibel wird. Durch solche Entartungen des Netzes können auch diagnostische Irrthümer veranlasst werden, indem man zu dem Glauben kommt, die Geschwulst wurzele in den Bauchdecken. Das in einem Nabelbruch liegende Darmstück ist mehr noch als in anderen Hernien äusseren Insultationen ausgesetzt. Auch Verengerungen und Verwachsungen desselben mit dem Netz sind beobachtet worden. Der Darm wird durch das vor ihm liegende Netz keinesweg immer ganz umhüllt, sondern befindet sich häufig in der Gegend der Bruchpforte in unmittelbarer Berührung mit dem Bruchsacke. Der Druck, welchem er an dieser Stelle ausgesetzt ist, bedingt allmälig eine Verengerung und diese hat, weil es sich besonders häufig um Vorlagerung eines Dickdarmstückes handelt, tympanitische Auftreibung des ganzen darüber gelegenen Theiles des Darmcanales zur Folge. Dadurch wird aber der Raum der Bauchhöhle noch mehr beengt und nicht blos die Reposition unmöglich, sondern das Hervortreten neuer Darm- oder Netzstücke veranlasst. Die Complication mit Schwangerschaft wurde bereits oben erwähnt.

Wegen der geringen Dicke des Bruchsackes sind Zerreissungen desselben relativ leicht möglich. Die Eingeweide treten durch den entstandenen Spalt alsdann unmittelbar unter die Haut des Bauches. Der Bruchsack kann aber auch, namentlich im Bereich seines Halses, verdickt sein, was auch hier als eine Veranlassung zur Einklemmung zu betrachten ist. Einklemmung ist übrigens in Nabelhernien seltener als Kothanhäufung, auch seltener als in Inguinal- und Femoralhernien. Am häufigsten wird die Einklemmung durch neugebildete Stränge oder angelöthete Netzstücke bedingt, — seltener durch die Enge des Bruchsackhalses oder der Bruchpforte. Acuter Verlauf der Einklemmung ist allerdings seltener, kann aber doch ebenso gut vorkommen, als bei anderen Brüchen, so dass man mit operativer Hülfe keinesweges länger warten darf, wie dies schon Boyer[1]) ausdrücklich hervorgehoben hat.

Wenn der Dickdarm eingeklemmt war, so soll sich, weil dieser lebenskräftiger sei, nach Velpeau u. A. weniger leicht ein *Anus praeternaturalis* entwickeln. Da unter allen Darmtheilen nun gerade das *Colon transversum* am häufigsten im Nabelbruch liegt, so erklärt man daraus die Seltenheit des *Anus praeternaturalis* am Nabel. Sicher aber ist, dass ein solcher, wenn er nach Einklemmung einer Umbilicalhernie (bei Erwachsenen) entstand, sehr viel schwieriger heilt, als in der Inguinalgegend. Dies erklärt sich aus der Unbeweglichkeit des Peritoneums der Nabelgegend, da zur Bildung des für die Heilung so wesentlichen Trichters (pag. 800) die Herbeiziehung des benachbarten *Peritoneum parietale* sehr wichtig ist.

Die Diagnose hat nur selten Schwierigkeiten. In Betreff der besonderen Verhältnisse einer vorliegenden Hernie bleibt es zuweilen zweifelhaft, ob man es mit einem doppelten Nabelbruch zu thun habe, oder nicht. Kann man durch Druck auf einen Theil der Geschwulst denselben leicht zurückbringen, während ein anderer Theil schwer oder gar nicht zurückgeht, so lässt sich vermuthen, dass zwei Bruchsäcke neben einander bestehen. Jedoch kann es sich in einem solchen Falle auch um einen einfachen Darmnetz-Bruch handeln, indem der Darm oft bei leichtem Druck

[1]) *Traité des malad. chirurg.* Paris 1831. T. VIII. pag. 521.

zurückgeht, während das Netz unbeweglich bleibt. — Verwechselungen einer Nabelhernie mit anderen Geschwülsten können vorkommen, insofern man einer Seits ein Lipom oder Fibroid der Bauchdecken für einen Bruch und anderer Seits unbewegliche Netzbrüche für solche Geschwülste ansieht. Hier giebt es sogar Uebergänge, indem die Fettbrüche, wie wir bereits bemerkt, einer Seits als Lipome, anderer Seits als Hernien aufzufassen sind. Auch mit einem (kalten) Abscess soll der Nabelbruch verwechselt werden können. Solche sind aber in der Nabelgegend sehr selten. Jedenfalls wird man in Fällen, wo in dieser Beziehung ein Zweifel bestehen sollte, sich jeden Eingriffs enthalten, wenn nicht etwa Einklemmungs-Erscheinungen dazu auffordern. — Bei Fettleibigen können kleine Nabelbrüche unentdeckt bleiben. Die Besichtigung im Profil und die Auscultation der Nabelgegend während kräftiger Respirationsbewegungen sind für schwierige Fälle zu empfehlen. Beim Auscultiren soll man, nach Vidal, auch an Netzbrüchen ein Reibegeräusch wahrnehmen. Am häufigsten bleiben beim weiblichen Geschlechte, wegen der grösseren Scheu vor genauer Untersuchung, kleine Nabelbrüche unbekannt, obgleich sie eine Menge von Leiden bedingen.

Marjolin fand 1839 bei einer Dame, die an Krebs des Uterus zu leiden glaubte und deshalb von Brüssel nach Paris gekommen war, als Grund aller ihrer Leiden eine kleine Nabelhernie. Sobald diese reponirt und durch ein Bruchband zurückgehalten war, verschwanden jene.

Prognose. Die Häufigkeit der Complication, die an Unmöglichkeit grenzende Schwierigkeit der Radicalheilung, die gleichfalls bedeutenden Schwierigkeiten einer vollständigen Retention, endlich die relativ grosse Gefährlichkeit der bei Einklemmung erforderlichen Operation lassen die Prognose bei den Nabelbrüchen Erwachsener im Allgemeinen traurig erscheinen. Gelingt auch die Retention, so bleiben in der Regel doch noch Störungen in der Function der Verdauungsorgane zurück, die nicht ohne Einfluss auf das gesammte Wohlbefinden sind.

Ganz unmöglich ist die Radicalheilung einer Nabelhernie auch bei Erwachsenen nicht. Es sind einige Fälle bekannt, in denen sie durch fortgesetztes Tragen eines Verbandes gelang. A. Cooper erzählt einen solchen und Vidal fügt einen ähnlichen hinzu. [In beiden Fällen litten die Patienten an Ascites; es ist daher leicht möglich, dass die Heilung der Nabelhernie wesentlich von der Resorption des Ergusses und der dadurch bedingten Verminderung der Spannung in den Bauchdecken abhing, ähnlich wie man auch nach Beendigung der Schwangerschaft Nabelhernien verschwinden sieht, die während derselben entstanden waren (p. 872).] — Cooper's Kranker war selbst Arzt und machte sich einen Verband aus kegelförmig gekneteter Heftpflastermasse, die durch ein anderes Stück Heftpflaster befestigt wurde. |Der Verband übte also keineswegs einen besonders starken Druck aus.|

Behandlung. Die Reposition auch der beweglichen Nabelhernie ist oft schwierig. Der Nabelring liegt in einem durchaus beweglichen, nirgend festen Widerstand leistenden Theile der Bauchwand, wird durch Spannung der Bauchmuskeln verengert und verschoben und bietet meist keine sehr grosse Oeffnung dar. Die Lagerung des Patienten mit erhöhten Schultern und Becken ist hier von besonderer Bedeutung. Die Bruchgeschwulst muss mit der einen Hand umfasst werden; in diese hinein, wie in einen Trichter, drängt man dann mit der anderen Hand die Eingeweide. Dabei ist immer die Richtung, welche die Bruchgeschwulst genommen hat, zu berücksichtigen, so dass man oft nicht gerade von Vorn nach Hinten, sondern zugleich von Unten nach Oben pressen muss.

Man kann die Nabelbrüche der Erwachsenen in Bezug auf Reduction und Retention in drei Arten theilen: 1) kleine bewegliche, 2) grosse bewegliche, 3) unbewegliche.

Für die erste Art ist ein sehr einfacher Verband, bestehend aus einer Pelotte und einer gewöhnlichen Bauchbinde, ausreichend. Da der Nabel bei Erwachsenen in einer Vertiefung liegt, so muss die Pelotte immer convex und bei Fettleibigen sogar conisch gestaltet sein. — Bei der zweiten Art ist die Retention bedeutend schwieriger und der erwähnte Verband daher niemals ausreichend. Hier muss man Bruchbänder anwenden, die entweder, nach Art der Leistenbruchbänder construirt, ihren Stützpunkt am Rücken haben und nur die Bruchpforte, den Leib aber nirgend comprimiren (Fig. 119), oder auf den ganzen Umfang der Bauchwand

Fig. 119.

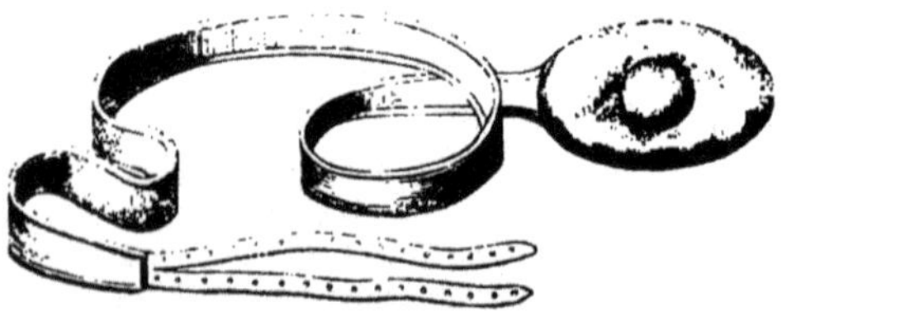

einen gleichmässigen, auf die Bruchpforte aber einen besonders starken Druck ausüben. Jedenfalls muss die Pelotte eines solchen Bruchbandes stark convex und in sich elastisch sein. Man verfertigt dieselbe aus zwei, durch eine Spiralfeder verbundenen Platten, von denen die der Bruchpforte zugewandte weich gepolstert, die andere an der Feder des Bruchbandes angenietet (Suret) oder an einer breiten elastischen Leibbinde befestigt wird. Auch kann eine gewöhnliche Pelotte durch eine Druckfeder mit dem übrigen Bruchbande verbunden werden (Hesselbach). Die Elasticität einer Bruchbandfeder oder eines elastischen Gürtels allein ist niemals hinreichend, um die Bruchpforte in allen verschiedenen Körperstellungen, namentlich beim Sitzen ebenso gut wie beim Stehen und Liegen, verschlossen zu halten. |Besteht mit der Nabelhernie zugleich ein Hängebauch, so erreicht man die Retention auch durch das vortrefflichste und in allen Richtungen federnde Bruchband doch nicht, ohne eine genaue anschliessende und den Bauch gehörig tragende Leibbinde hinzuzufügen. Am zweckmässigsten lässt man eine solche Binde genau nach der Gestalt des Unterleibes aus Gummigarn (mit Seide oder Baumwolle übersponnenen Gummifäden) stricken. Sie wird auf dem Rücken mittelst gut gepolsterter Riemen zusammengeschnallt oder nach Art eines Schnürleibes geschnürt. Bevor man sie anlegt, wird, nach Reposition der Hernie, die an einem breiten, der Gestalt des Bauches entsprechend gewölbten Schilde befindliche elastische Pelotte auf die Bruchpforte aufgesetzt. Dieselbe wird an der Leibbinde durch vier am Schilde befindliche Knöpfe befestigt, die man in die entsprechenden Maschen der darüber gelegten Binde einknöpft. Zur Sicherung ihrer Lage aber und namentlich zur Erzielung des für die Retention erforderliches Druckes dient ein breiter elastischer Gürtel, der vom Rücken her angelegt und an den hervorragenden vier Knöpfen des Schildes mit je zwei Riemen, in die er vorn endigt, befestigt wird.|

|Dieser von Goldschmidt in Berlin construirte Verband hat mir auch in den schwierigsten Fällen vortreffliche Dienste geleistet. Einige Patienten konnten den Gürtel später fortlassen.|

Vermag der Kranke wegen grosser Empfindlichkeit der Haut einen so starken Druck, wie er für die Retention seiner Hernie erforderlich ist, nicht zu ertragen — und dies ist gerade bei Hängebäuchen und bei Fettleibigen am häufigsten der Fall —, so muss man die Pelotte mit einem grossen Stück Heftpflaster befestigen (Cooper) |und darüber eine aus Wolle (vgl. pag. 865) oder aus Gummigarn gestrickte Binde tragen lassen.| Die Haut ist aber zuweilen gegen den Reiz, welchen ein gut klebendes Pflaster ausübt, ebenso empfindlich als gegen stärkeren Druck; dann muss man sich mit genau gearbeiteten Leibbinden allein zu helfen suchen (siehe oben).

Noch schwieriger wird die Behandlung bei den unbeweglichen Nabelbrüchen. Hier muss vor Allem jede Gewalt vermieden werden; denn die Ursachen der Unbeweglichkeit (Verwachsungen, Hypertrophie der Bruch-Eingeweide, relative Enge der Bauchhöhle) können durch Gewalt nicht überwunden werden. Vielmehr sind die schon von Arnaud aufgestellten Principien (vgl. pag. 728 u. 729) auch hier zu befolgen. Von grosser Wichtigkeit ist dabei die Gestalt der anzuwendenden Pelotte, welche Anfangs weit ausgehöhlt sein muss und allmälig immer mehr abgeflacht wird, je weitere Fortschritte die Reposition macht. Man thut gut, Anfangs die Erfahrungen oder den Instinct des Kranken zu Rathe zu ziehen. Die Art, in welcher er die Geschwulst mit seinen Händen umfasst, um ihr eine Lage zu geben, in der sie ihm weniger beschwerlich ist, muss genau beobachtet und die von den Händen in diesem Augenblick gebildete Aushöhlung durch die Pelotte genau nachgeahmt werden. Die Befestigung der Pelotte geschieht auch hier durch die oben (bei der zweiten Art) angegebenen Hülfsmittel. Oft muss man auf eine feste Pelotte ganz verzichten und statt ihrer einen Tragbeutel anwenden, der bald mit Hosenträgern, bald an einem Schnürleib befestigt wird.

Arnaud hat in einem der schwierigsten Fälle durch Anwendung concaver. allmälig abgeflachter und endlich mit convexen vertauschter Pelotten (unterstützt durch die übrige von ihm empfohlene Behandlung, p. 728) einen vollständigen Erfolg errungen. Vgl. *Mémoires de l'Académie de chirurgie* T. II, p. 265, eine der schönsten Beobachtungen.

Die Operation eines eingeklemmten Nabelbruchs hat mit manchen eigenthümlichen Schwierigkeiten zu kämpfen. Der Bruchsack ist sehr dünn und so innig mit den gleichfalls sehr dünnen Bedeckungen verbunden, dass seine Verletzung, wenn man letztere auch noch so vorsichtig incidirt, oft schwer zu vermeiden ist. Häufig bestehen Verwachsungen im Bruchsack und oft ist die Einklemmung durch angewachsene Stränge bedingt.

Die Eröffnung des Bruchsackes führt hier sogleich mitten in die Bauchhöhle, während man bei Inguinal- und Femoral-Hernien, auch wenn man den Bruchsack weit spaltet, doch nur in einen Anhang des Bauchfells eindringt. Deshalb erklären sich bei den Nabelbrüchen auch diejenigen Chirurgen, welche sonst der Operation ohne Eröffnung des Bruchsackes durchaus abhold sind, entschieden für dieselbe. So namentlich Dieffenbach, der ausdrücklich sagt: „die Operation des eingeklemmten Nabelbruches ohne Eröffnung des Bruchsackes wäre, wenn sie immer gelänge, der grösste Gewinn und es würde dadurch die Gefahr, welche mit der Einklemmung dieser Brüche immer verbunden ist, sehr verringert, auch dann wenn die Bauchhöhle an einer kleinen Stelle eröffnet würde. Indess", fügt er hinzu, „ist mir dies nur einmal bei einem grossen Bruch gelungen"|.

Die Vortheile der Operation ohne Eröffnung des Bruchsackes sind in Betreff der Nabelhernien namentlich schon von Asthley Cooper, von Key, von Bransby Cooper und von Chassaignac hervorgehoben worden. Vgl. des Letzteren Uebersetzung der Abhandlung von Key in d. *Archives générales de médecine* T. IV, p. 497 u. folg. — Vidal ist ganz unbedingt gegen die Operation der Nabelbrüche ohne Eröffnung des Bruchsackes, indem er glaubt, dass die Einklemmung fast immer innerhalb des Bruchsackes ihren Sitz habe und dass gerade in der Nabelhernie sich sehr schnell und äusserlich unerkennbar Gangrän entwickele.

|Wollte man, wie bei anderen Bruchoperationen, gerade auf der Geschwulst incidiren und an dieser Stelle den Bruchsack entblössen, so würde man die Verletzung desselben wohl niemals vermeiden können, wahrscheinlich aber, auch bei der vorsichtigsten Messerführung sogleich bis auf die Eingeweide vordringen. Deshalb ist durchweg das von Dieffenbach angegebene Verfahren zu bevorzugen, durch welches einer Seits die Dilatation der einklemmenden Stelle ohne Eröffnung des Bruchsackes möglich gemacht, anderer Seits, wenn diese sich nicht vermeiden lässt, doch eine ausgedehnte Blosslegung oder gar Verletzung der Bruch-Eingeweide verhütet wird. Das Wesentliche an diesem Verfahren ist, dass man den Einschnitt am Rande der Basis der Bruchgeschwulst oder in deren nächster Nähe macht, mit vorsichtigen Zügen bis zum Bauchfell vordringt und das Bruchmesser dann zwischen diesem und den übrigen Bedeckungen in die Bruchpforte einschiebt. Gelingt dies nicht oder lässt sich die Reposition nach Erweiterung der Bruchpforte doch nicht ausführen, so eröffnet man das Bauchfell so weit, dass man den linken Zeigefinger in die Bauchhöhle und von dieser aus sogleich in den Bruchsack einführen kann, um zu untersuchen, ob Enge des Bruchsackhalses oder angeheftete Stränge der Grund der Einklemmung sind, sucht diese wo möglich mit dem Finger zu lösen und leitet, wenn solches nicht gelingt, auf dem Finger sogleich das Bruchmesser ein, um mit diesem die nöthigen Schnitte (allerdings im Dunkeln) zu führen. Sofort wird dann, nach gelungener Reposition, die

Wunde durch die Bauchnaht genau vereinigt und überhaupt wie eine penetrirende Bauchwunde behandelt.|

|Key's Verfahren ist in mancher Beziehung dem von Dieffenbach angegebnen ähnlich; nur will er das Bauchfell unbedingt unverletzt erhalten. Er macht oberhalb der Bruchgeschwulst in der Mittellinie einen Einschnitt bis zur Basis der Geschwulst, legt die *Linea alba* blos, spaltet sie bis auf's Bauchfell (dessen Verletzung oberhalb des Nabels, wo es etwas lockerer an der Bauchwand haftet, am leichtesten vermieden werden kann) und incidirt nur die Bruchpforte in der Richtung des Hautschnittes.|

|Viel ungünstiger gestalten sich die Verhältnisse, wenn man die Operation nach dem gewöhnlichen alten Verfahren unternommen hat. Die Richtung des über den Gipfel der Bruchgeschwulst zu führenden Schnittes mag dabei gleichgültig sein. Zusammengesetzte Schnitte in Kreuz-, T- oder L-Gestalt sind meist überflüssig, oft sogar gefährlich, weil bei ihnen leichter Eiterung entsteht. Die Wunde befindet sich ohnehin schon in den ausgedehnten meist papierdünnen Bedeckungen, in denen *Prima intentio* nicht zu erwarten ist. Entsteht aber Eiterung, so läuft der Eiter geraden Wegs in die Bauchhöhle und eine voraussichtlich tödtliche Peritonitis steht zu erwarten.|

Die Richtung der Erweiterungsschnitte hängt wesentlich von dem Sitze der Einklemmung ab. Jedenfalls sind mehrere kleinere Schnitte auch hier besser als ein grosser. Jedoch ist man am Nabel durch die Nähe von Gefässen, die man zu schonen hätte, fast gar nicht beschränkt. Nur höchst selten bleiben die Nabelgefässe offen und noch seltener kommt ein solcher abnormer Verlauf der Bauchdeckengefässe vor, dass man deren Nähe zu fürchten hätte [1]). Immerhin wird es aber die grösste Sicherheit gewähren, wenn man den Schnitt im linken oberen Viertheil des Nabelumfanges führt.

|Bei Befolgung des Dieffenbach'schen Verfahrens wird man den Darm zuerst reponiren können und das Netz, wenn es dem Bruchsack adhärirt, in demselben zurücklassen, oder, wenn es beweglich ist, nach dem Darm zurückbringen können.|

Hat man dagegen die Bruchgeschwulst gerade von vorn geöffnet, so trifft man in der Regel zuerst auf das Netz, welches, wenn es hypertrophisch und zusammengeballt ist, die Reposition des Darmes hindern könnte. Man sucht den Netzklumpen dann seitlich zu umgehen und hinter oder neben ihm die Darmschlinge

[1]) Vgl. Manec und Menière, *Archives générales* T. X. p. 381.

zu entdecken. Hierbei ist aber auch zu bedenken, dass Fettklumpen dem Bruchsack aufsitzen können, die mit dem Netz grosse Aehnlichkeit haben. |Ob man das blossgelegte Netz, wenn es sich nicht reponiren lässt, abschneiden soll, oder nicht, darüber lässt sich im Allgemeinen nicht entscheiden. Man schlage im einzelnen Falle dasjenige Verfahren ein, durch welches man Eiterung am sichersten verhüten zu können glaubt; denn Eiterung ist, wie schon erwähnt, hier am meisten zu fürchten.| — Findet man an einem im Bruche liegenden Stück des Dickdarms die *Appendices epiploicae* missfarbig, so schneidet man sie vor der Reposition des Darmes ab (A. Cooper). Ist ein kleines Stück der Circumferenz des Darmes brandig, so kann man noch reponiren, muss aber eine Ansa anlegen. Es bildet sich dann eine Kothfistel, die leicht heilt. Ist aber ein Darmstück im ganzen Umfange oder doch im grösseren Theile desselben brandig, so ist es besser die nekrotischen Stücke, durch, im Gesunden geführte Schnitte zu entfernen und dann die Darmnaht anzulegen, als die Bildung eines *Anus praeternaturalis* abzuwarten, weil letzterer an dieser Stelle äusserst schwer heilt (vgl. pag. 874).

IV. Bruch der weissen Linie, *Hernia lineae albae.*

Die Brüche der weissen Linie treten bald durch eine längere Spalte in derselben, bald durch eine mehr ringförmige Oeffnung in ihr oder dicht neben ihr hervor. Die Oeffnung kann eine sehr verschiedene Grösse haben und sich an allen möglichen Stellen vom Schwertfortsatz bis zur Schoossfuge finden. In einzelnen Fällen bestehen zwei Brüche der weissen Linie zugleich, der eine oberhalb, der andere unterhalb des Nabels, während der Nabelring selbst geschlossen bleibt.

a) Die zwischen Nabel und Schoossfuge hervortretenden Hernien besitzen gewöhnlich eine spaltförmige Bruchpforte von ansehnlicher Länge. Die beiden graden Bauchmuskeln haben sich von einander entfernt und die fibrösen Schichten zwischen ihnen sind durch die seitliche Ausdehnung beträchtlich verdünnt. Sie können dem Andrange der Eingeweide keinen genügenden Widerstand leisten und werden daher bei jeder Anstrengung in Gestalt einer länglichen Geschwulst in der Mittellinie des Körpers hervorgetrieben. Der wesentliche Grund des Uebels ist somit die angeborene oder erworbene Diastase der graden Bauchmuskeln und es handelt sich nicht um eine Oeffnung in der *Linea alba*, sondern um eine Umwandlung dieses äusserst schmalen fibrö-

Theils der *Linea alba* zu Grunde; jedoch bedarf e
bildung fast immer noch einer Gelegenheitsursache
übermässige Ausdehnung der Bauchwand (Schwange
gegeben wird. In seltenen Fällen ist eine vorausg
tion die Ursache des Bruches. Bis zu welcher Gr
Hernien entwickeln können, geht daraus hervor,
Uterus gravidus darin liegen kann.

b) Die Brüche der weissen Linie oberi
bels (*Herniae epigastricae*) wurden früher auch
„Magenbrüche" bezeichnet, ohne dass man die A
Magens in ihnen nachweisen konnte. Die Brüche
können in der That nicht blos den Magen, son
Colon transversum und einen Theil des Netzes entl

Leveillé (*Nouvelle doctrine chirurgicale* Paris 1812, T
erklärte sich zuerst gegen die Annahme von Garengeot, Pi
u. A, dass in diesen Brüchen immer ein Theil des Magens
bezeichnete sie daher nicht mehr als Gastrocele sondern als
Dass aber andrerseits der Magen doch darin vorkommen kann,
Beobachtungen ausser Zweifel gesetzt (s. u.). Das *Colon trans*
de la Peyronie (*Mémoires de l'Académie de chirurgie* Tom
einem solchen Bruche, einen Theil des Netzes Scarpa, bei ein

Sehr oft hat man angenommen, der Magen liege
epigastrica, weil der Bruch Beschwerden erregte, di
Leiden des Magens beziehen zu müssen glaubte, d
gut aus einer krankhaften Erregung der Unterleib
haupt erklärt werden konnten. Häufig genug sind
schwerden von der Art, dass sie viel eher an ei
irgend eines anderen Unterleibsorganes als grad
denken lassen. Dies ist auch der Grund, weshal
Fällen die Untersuchung der Magengegend lange
worden ist.

Die nachstehenden Beobachtungen von Jalade-Lafond
ziehung lehrreich.

I. Eine Dame, welche schon seit längerer Zeit an Verdauungs-Beschwerden, Verstopfung, hartnäckigem Kopfschmerz und zeitweise auch an Erbrechen und heftigen Diarrhöen gelitten hatte, war von ihrem Hausarzt als an einer chronischen Entzündung der Darmschleimhaut leidend, auf äusserst schmale Kost gesetzt worden. In Folge davon war sie zwar sehr abgemagert, hatte aber ihre alten Leiden behalten. Trousseau, an den sie sich deshalb wandte, fand einen, aus der vom Schwertfortsatz bis gegen den Nabel hin offnen *Linea alba* hervorgetretenen Bruch, der bei Spannung der Recti durch deren Ränder an der Basis etwas eingeschnürt wurde. Diese Hernie war im 23sten Jahre bei einer Niederkunft entstanden und bereits 8 Jahre lang unbeachtet geblieben, obgleich sie die Quelle aller bestehenden Leiden war; denn diese verschwanden nach Anlegung eines, von Jalade-Lafond construirten Bruchbandes, welches an den falschen Rippen seinen Stützpunkt fand und die graden Bauchmuskeln gleichsam gegeneinander schob.

II. Eine junge Dame von 18 Jahren klagte seit längerer Zeit über Kopfschmerz, Ermüdung und Schmerzen bei der geringsten Bewegung, Gefühl von Schwere im Unterleibe, Verdauungsstörungen und namentlich häufige Diarrhöen, auch Trockenheit und Brennen in der Kehle; sie sah blass aus, war mager und unregelmässig menstruirt, litt auch an *Fluor albus*. In der Hoffnung eines günstigen Erfolges hatte man sie verheirathet! Der Grund aller Leiden war eine beim Husten deutlich vorspringende *Hernia epigastrica*, die sich durch ein Bruchband sehr leicht zurückhalten liess.

Aehnliche Fälle haben Michon, Ricord (bei einem Manne, dessen Leiden von einer vermeintlichen Spermatorrhoe abgeleitet wurden) u. A. beobachtet.

Die Diagnose einer solchen Hernie hat, sobald man nur eine genaue Untersuchung der *Regio epigastrica* nicht verabsäumt, selten Schwierigkeiten. Der Kranke muss dabei aufrecht oder ein wenig vornüber gebeugt stehen und, während man die Hand auf das Epigastrium legt, husten. Die Bruchpforte findet sich bald in der Mittellinie, bald etwas zur Seite, häufiger etwas nach links als nach rechts von der *Linea alba*. Die Grösse der Geschwulst ist auch bei dieser Hernie vielen Schwankungen unterworfen. Während sie dem Kopfe eines Erwachsenen gleichkommen kann, ist sie in anderen Fällen so unbedeutend, dass sie nur bei sehr genauer Untersuchung entdeckt wird. Die Gestalt ist meist länglich, entsprechend der Form der Bruchpforte. Diese wird, wie die anatomische Untersuchung kleiner Hernien nachweist, durch eine der Lücken gebildet, welche sich zwischen den Sehnenfasern der Aponeurose des *Obliquus externus* finden.

Verwechselungen mit einem Abscess und sogar mit Markschwamm sind bei unzureichender Untersuchung allerdings vorgekommen, namentlich in Fällen, wo der Bruch unbeweglich war. Andrerseits kann auch ein Abscess in den Bauchdecken, der entweder daselbst entstanden ist oder aus dem vorderen Mittelfellraume sich dahin gesenkt hat, endlich sogar (wie **Horner**[1]) beobachtete) ein das Epigastrium hervorwölbender Leberabscess für eine *Hernia epigastrica* gehalten werden. [Wir brauchen nur an die allgemeinen Charactere der Hernien und namentlich an die Resultate der physicalischen Untersuchung zu erinnern, um den Weg zur Vermeidung solcher Irrthümer zu zeigen. Der Bruch kann niemals einen leeren Percussionsschall geben, da niemals blos Netz, sondern immer auch ein Theil des Dickdarmes oder des Magens darin liegt. In letzterem Falle wird der Percussionsschall bei vollem Magen, namentlich wenn der Kranke aufrecht steht, leer sein können; aber dann giebt die Auscultation der Geschwulst während der Patient Flüssigkeiten hinabschluckt eine sichere Entscheidung, denn man hört dieselben mit gluckendem Geräusch in den Magen eintreten.]

[Zwei schöne Beobachtungen von **Wutzer**, welche von Dr. **Walter** in seiner Dissertation und in der rheinischen Monatsschrift 1851 beschrieben sind, werden wesentlich zur Erläuterung dienen. I. Ein junges Mädchen hatte, nachdem sie in einen Brunnen gefallen war, an Magenschmerzen gelitten und eine allmälig wachsende Geschwulst in der Herzgrube bemerkt, die sich nach Jahresfrist vom Schwertfortsatz bis zum Nabel erstreckte. Appetit und Verdauung waren ungestört; dagegen litt sie an Schling- und Athembeschwerden. Percussion der Geschwulst bei aufrechter Stellung dumpf, bei liegender Stellung hell, sogenannter Magenton. Legt man das Ohr an die Geschwulst, während die Kranke trinkt, so hört man die Flüssigkeit mit gluckendem Geräusch eintreten. Durch Druck liess sich die Geschwulst bis auf den dritten Theil ihres Umfanges vermindern, jedoch nicht ohne Schmerz. Die Bruchpforte zu fühlen, war unmöglich. Nach vierwöchentlicher Behandlung (Rückenlage mit erschlafften Bauchdecken, leichte Kost, Purganzen, tägliche Repositionsversuche) gelang es, zwei Dritttheile der Geschwulst zurückzubringen. Ein Retentionsapparat wurde aber durchaus nicht ertragen, erregte vielmehr Magenschmerzen mit Fieber und Erbrechen. Erst nach 8 Wochen gelang die Reposition vollständig. Nun konnte man die Bruchpforte deutlich als eine, zwei Fingerspitzen aufnehmende Oeffnung fühlen und das zum Behuf der Retention angelegte, mit einer Pelotte versehene Corset wurde von da ab gut ertragen. — II. Nach einem Fall von 20 Fuss Höhe hatte sich bei einem 15jährigen Mädchen eine, Anfangs nur kirschgrosse, aber allmälig wachsende Geschwulst in der Magengrube entwickelt, die von dem einen Arzte für einen Abscess, von dem andern für Markschwamm gehalten worden war. Als sie nach zweijährigem Bestehen (während welcher Zeit die Kranke die Cholera zwei Mal überstanden und auch an Gelenk-Rheumatismus gelitten hatte) von **Wutzer** untersucht wurde, erstreckte sie sich vom Schwertfortsatz bis 2 Centim. über den Nabel und hatte in verticaler Richtung 15 Centm., in horizontaler 22 Centm. Durchmesser, so dass sie zu den Seiten bis unter die kurzen Rippen reichte. Durch Anfüllung des Magens wurde sie etwas vergrössert. Getränke hörte man mit Geräusch eintreten. Sie war

[1]) *Archives gén. de méd.* 1834, T. VI. pag. 111.

elastisch, fluctuirend, ihre Oberfläche glatt. Durch gleichmässigen Druck konnte man ohne Schmerzen einen kleinen Theil der Geschwulst reponiren. Tiefes Athemholen erregte Schmerz, Klopfen auf die Geschwulst verursachte Schmerz und Athembeschwerden. Percussion im oberen Theil der Geschwulst bei vollem Magen dumpf, bei leerem Magen hell; im unteren Theile bald dumpf, bald tympanitisch. Diagnose: Bruch der weissen Linie, der oben einen Theil des Magens, in der Mitte Netz, unten ein Stück des *Colon transversum* enthält. Während der, wie bei I. eingeleiteten Behandlung, entstand ganz unerwartet eine heftige Unterleibsentzündung, gegen welche Calomel bis zur Salivation angewandt wurde. Da trat der Bruch plötzlich von selbst vollständig in die Bauchhöhle zurück und die $1\frac{1}{2}$ Zoll grosse Bruchpforte konnte nun gefühlt und durch eine Pelotte versperrt werden.|

Aetiologie. Die *Hernia epigastrica* ist in allen Lebensaltern beobachtet worden. Malgaigne hat sie bei einem Säugling, bereits von so beträchtlicher Grösse gesehen, dass man in die zwischen den graden Bauchmuskeln befindliche Bruchpforte einen Finger einschieben konnte. Jalade-Lafond sah bei einem Kinde, dessen Schwäche und Kränklichkeit als Folge des Keuchhustens gedeutet wurde, eine ansehnliche *Hernia epigastrica*, durch deren sorgfältige Retention dem Kinde schnell das volle Wohlbefinden wiedergegeben wurde. Wahrscheinlich ist in allen solchen Fällen eine angeborne Diastase der Bauchmuskeln anzunehmen, wie bei den analogen Brüchen unterhalb des Nabels. Im Uebrigen kommen in ätiologischer Beziehung alle für die Entstehung der Hernien überhaupt wichtigen Verhältnisse (vgl. p. 695 u. folgd.) auch hier in Betracht, namentlich auch die, grade in dieser Gegend häufigen Fettbrüche (Siehe das nächste Capitel).

Complicationen. Sehr häufig bestehen mit der *Hernia epigastrica* zugleich andre Brüche; nach Malgaigne häufiger als bei irgend einer anderen Hernie. Bald ist der zweite Bruch gleichfalls eine *Hernia lineae albae*, bald eine *umbilicalis*, *inguinalis*, *femoralis;* es können deren auch mehrere zugleich bestehen. Anderweitige Complicationen sind viel seltener, als bei Nabelbrüchen, namentlich weil das Netz selten in der *Hernia epigastrica* vorkommt, welches, wie wir sahen (p. 873), durch seine Hypertrophie, Verwachsungen u. s. f. einen grossen Theil der bei Nabelhernien so häufigen Complicationen veranlasst. Dazu kommt, dass die Bruchpforte hier gewöhnlich weit ist, und so erklärt es sich, dass weder Unbeweglichkeit noch Einklemmung häufig vorkommen. |Dass erstere jedoch in hohem Grade bestehen kann, zeigen die oben angeführten Beobachtungen von Wutzer|. Wird eine *Hernia epigastrica* eingeklemmt, so nimmt die Krankheit gewöhnlich einen sehr schnellen Verlauf, wie schon de la Peyronie (loc. cit.) bemerkt hat. Radicalheilung einer *Hernia epigastrica* ist noch nicht beobachtet worden.

Die Behandlung muss wie beim Nabelbruch der Erwachsenen eingerichtet werden, natürlich mit der entsprechenden Rücksicht auf die Gestalt der Bruchpforte. Ist diese sehr gross, so muss man Tragbänder, welche über die Schultern laufen, oder Corsets zu Hülfe nehmen, wie in den Fällen von Wutzer (pag. 884).

Manchmal reicht ein gewöhnliches Schnürleib allein aus, wie z. B. in der nachstehenden Beobachtung von Pipelet (*Mém. de l'Acad. de chirurg.* T. IV. p. 196), welche auch in anderer Beziehung interessant ist. Eine Frau hatte als junges Mädchen an Magenschmerzen und häufigem Erbrechen gelitten. Als sie anfing ein Schnürleib zu tragen, verloren sich diese Zufälle. Nach ihrer Verheirathung legte sie dasselbe weniger sorgfältig an und die alten Zufälle kehrten wieder. Dieselben wurden aus der beginnenden Schwangerschaft erklärt; aber sie bestanden nach der Entbindung in noch höherem Grade weiter fort, so dass die Kranke nicht einmal Fleischbrühe bei sich behielt und der Abzehrung verfiel. Pipelet fand nahe unter dem Schwertfortsatz in der *Linea alba* eine kleine Geschwulst, nach deren Reposition die Kranke langsam aber vollständig wieder hergestellt wurde.

V. Bauchbruch, *Hernia ventralis.*

Diejenigen Brüche, welche durch keine der bisher betrachteten Bruchpforten, sondern an einer beliebigen anderen Stelle durch die Bauchwand hervortreten, heissen Bauchbrüche, *Herniae ventrales.*

[Manche Autoren rechnen auch die Brüche der weissen Linie zu den Bauchbrüchen; Andere (so auch Vidal) ziehen wenigstens die unterhalb des Nabels in der *Linea alba* vorkommenden Hernien hierher, trennen aber davon die *Hernia epigastrica*, wofür durchaus kein Grund vorliegt. Vielmehr werden ja grade unter dem letzteren Namen auch Brüche verstanden, die nicht genau in der *Linea alba* hervortreten und die daher nicht mit Unrecht als Bauchbrüche bezeichnet werden könnten.]

Vorbereitete Bruchpforten für Bauchbrüche giebt es nicht; man müsste denn die kleinen unregelmässigen Lücken in den Aponeurosen der Bauchmuskeln, durch welche Fettklümpchen hervorwachsen und einen Bruchsack hinter sich herziehen können, hierher rechnen wollen. Ihre gewöhnlichen Veranlassungen sind Verwundungen, seltner Abscesse der Bauchdecken. Erstere lassen die Entstehung einer Hernie um so mehr befürchten, je weniger vollständig die erste Vereinigung bei ihnen gelungen ist.

Die Gestalt und Grösse eines Bauchbruches ist wesentlich abhängig von der Beschaffenheit seiner Bruchpforte. Ist er durch eine zufällig bestehende, etwa für den Durchtritt eines Gefässes bestimmte Lücke in den Aponeurosen hervorgetreten, so bildet er eine gestielte und gewöhnlich kleine Geschwulst. Hat er sich dagegen durch Dehnung einer Narbe seinen Weg gebahnt, so ist er nicht gestielt und gewöhnlich, so wie auch seine Pforte, von beträchtlicher Grösse, weil nach kleineren Verletzungen selten eine nachgiebige Narbe zurückbleibt. Der gewöhnliche Inhalt der Ventralhernien ist Netz und Darm; jedoch können, je nach ihrer Lage, auch andere Eingeweide darin vorkommen. Fast immer haben sie einen Bruchsack, auch wenn sie in Folge einer Bauchwunde entstanden sind; im letzteren Falle zeigt derselbe eine Narbe, wie man sie auch in anderen Brüchen finden kann, wenn bei einer vorausgegangenen Bruchoperation ein Theil des Sackes abgeschnitten wurde. Die *Fascia transversalis* ist bald von dem hervortretenden Bruche mit herausgewölbt, bald der Bruchpforte entsprechend, durchbohrt. Deutlich nachweisbar ist sie als eine Bruchhülle immer nur an Hernien, die durch die untere Hälfte der Bauchwand hervortreten.

Die Behandlung unterscheidet sich nicht wesentlich von derjenigen, welche bei den Nabelbrüchen Erwachsener erforderlich ist. Höchst selten wird Radicalheilung erreicht. Einklemmung kommt nur an solchen Ventralhernien vor, welche durch eine enge ringförmige Oeffnung hervortreten; je enger dieselbe und je fester und schärfer ihr Rand, desto schneller ist Gangrän zu befürchten. Macht die Einklemmung eine Operation erforderlich, so wird man die Erweiterungsschnitte in einer solchen Richtung zu machen haben, dass man die Epigastrica und ihre grösseren Aeste vermeidet.

Bauchbrüche sind selten. Asthley Cooper führt deren drei an, die sämmtlich unterhalb der Höhe des Nabels ihren Sitz hatten und an der äusseren Seite des graden Bauchmuskels durch die Aponeurosen hervorgetreten waren. — Ledran hat einen Netzbruch in der Scheide des Rectus nahe den falschen Rippen beobachtet. Er lag hinter dem Muskel. In dem Netz bildete sich ein Abscess und Ledran musste einen grossen Tschnitt machen, dessen lappenförmige Ränder er demnächst abtrug, um dem Eiter Abfluss zu verschaffen. (*Vgl. dessen Oeuvr. chirurg.* T. II. p. 45. — J. L. Petit sah einen Bauchbruch von der Grösse eines Kindskopfes zwischen den falschen Rippen und dem hinteren Theile des *Musculus transversus*. Derselbe verschwand durch Druck und in horizontaler Lage. Er klemmte sich aber doch ein (*Traité des malad. chirurg.* T. II p. [illegible]) Decaisne und Van Varenberg haben bei einem 6jährigen Kinde gerade in derselben Gegend einen Bruch von der Grösse eines Hühnereies beobachtet. Das Kind war aus einer Höhe von 30 Fuss auf Pallisaden gefallen.

VI. Zwerchfellbruch, *Hernia diaphragmatica.*

Durch einen Spalt des Zwerchfells können Baucheingeweide in die Brusthöhle treten und auf solche Weise einen Zwerchfellbruch darstellen, der sich von allen übrigen Hernien wesentlich dadurch unterscheidet, dass die Bruchеingeweide nicht unter die äusseren Bedeckungen, sondern in eine andre Leibeshöhle treten, weshalb dieser Bruch auch niemals eine äusserlich wahrnehmbare Geschwulst darstellen kann. Höchst selten entsteht der an sich schon seltene Zwerchfellbruch, indem Bauch-Eingeweide durch den *Hiatus oesophageus* oder durch die dreieckige Lücke, welche dicht hinter dem Schwertfortsatz zwischen den Fleischbündeln des Zwerchfells besteht, emporsteigen. Fast alle vorliegenden Beobachtungen beziehen sich vielmehr auf Hernien, die durch angeborne oder zufällig (in Folge von Verletzungen) entstandene Spalten in der linken Hälfte des Zwerchfells hinaufgetreten sind. Auf der rechten Seite verdeckt die Leber solche Oeffnungen, wenn sie nicht sehr gross sind, wie wir dies bereits bei den Zwerchfellwunden (pag. 656) hervorgehoben haben. In der Regel ist also dem Zwerchfellbruch eine penetrirende Brustwunde oder eine bedeutende Quetschung der linken Seite, eine Erschütterung durch Fall von bedeutender Höhe oder eine Zersprengung des Zwerchfells durch übermässige Anstrengung der Bauchpresse vorhergegangen. Gewöhnlich hat man die dislocirten Bauch-Eingeweide (am häufigsten Magen, Quergrimmdarm, Netz) ganz unbedeckt in der Brusthöhle gefunden. Seltener waren sie von einem einfachen, noch seltner von einem doppelten serösen Ueberzuge (Bruchsack), der ihnen vom Peritoneum und von der Pleura geliefert wurde, überzogen. Dies hängt, wie man leicht einsieht, davon ab, ob bei der Entstehung der Spalte im Zwerchfell die beiden serösen Ueberzüge, oder nur einer von beiden, oder endlich gar keiner unversehrt geblieben sind. Aus dem Raume, welchen die Bauch-Eingeweide nunmehr im Thorax einnehmen, müssen die entsprechenden Brusteingeweide natürlich verdrängt werden; zunächst wird die Lunge comprimirt, bei bedeutenderer Grösse des Bruches auch das Herz verschoben. Auscultation und Percussion des Thorax können daher zu einer richtigen Diagnose führen. Das Respirations-Geräusch fehlt an der entsprechenden Stelle und der Percussionsschall ist, da gewöhnlich Magen oder Dickdarm verschoben sind, tympanitisch; nur in Fällen, wo das Netz oder die Milz allein hinaufgetreten wären, würde die Percussion leer sein. Liegt der Magen in einem Zwerchfellbruche, so kann er durch das Gewicht der eingeführten Nahrungsmittel in die Bauchhöhle zurückgezogen werden; der Kranke fühlt sich dann nach dem Essen erleichtert. Uebrigens bestehen fast immer Verdauungsstörungen, Coliken, Schmerzen in der Herzgrube, Seitenstiche, Athembeschwerden u. dgl. m. Auch bei der sorgfältigsten Untersuchung wird die Diagnose eines Zwerchfellbruches nicht mit Sicherheit gestellt werden können. Wir besitzen kein Mittel, um die Reposition oder gar die Retention eines solchen Bruches zu bewirken, und vermögen auch gegen die relativ häufig vorkommende Einklemmung nur mit den, bei inneren Einklemmungen empfohlenen, Medicamenten (voraussichtlich ohne Erfolg) anzukämpfen.

Bei der grossen Seltenheit der Zwerchfellbrüche dürfte es zweckmässig sein, einige hierher gehörige Beobachtungen mitzutheilen. I. Ein Mann litt seit frühster Jugend an Magenkrämpfen, häufiger Uebelkeit, schmerzhaftem Erbrechen, Athemnoth mit Erstickungszufällen. Alle diese Leiden befielen ihn aber nur von Zeit zu Zeit und zwar niemals, wenn sein Magen voll war; auch vermochte er sie zu beseitigen, wenn er Speisen zu sich nahm. Er starb an einer anderweitigen Erkrankung. Man fand in der linken Pleurahöhle, ganz unbedeckt, Theile des Colcn, des Netzes und des Magengrundes. Diese Eingeweide waren weder untereinander, noch mit den benachbarten Theilen verwachsen. Die Bruchpforte befand sich in der linken Hälfte des *Centrum tendineum*, hatte glatte Ränder und war 55 Millim. lang, 25 Millim. breit. II. Einen Fall, in welchem die anatomische Untersuchung ganz ähnliche Resultate lieferte, der Kranke aber an Einklemmung des Bruches starb, hat Edwards beschrieben. III. Einen ähnlichen Fall gleichfalls auf der linken Seite, aber nur vom Colon gebildet, untersuchte Astley Cooper. IV. Norris (*Gaz. méd.* 1837, p. 705) beobachtete gleichfalls eine *Hernia diaphragmatica* ohne Bruchsack, an deren Einklemmung der Kranke starb. Dieselbe war sehr gross und wurde durch ein grosses Darmconvolut, das ganze Netz und das Pancreas [!] gebildet. Die Oeffnung im Zwerchfell hatte mehr als einen Zoll Durchmesser; der Darm adhärirte im Umfange derselben, das Herz war nach rechts verschoben, wo man seine Pulsationen deutlich gefühlt hatte. Die linke Lunge war bis auf das Volumen einer Faust comprimirt. Der Kranke wurde 19 Jahr alt; er hatte von klein auf an den pag. 888 angegebenen Beschwerden gelitten. V. J. L. Petit, l. c., beschreibt einen Fall, der dadurch besonders merkwürdig ist, dass (nach Petit's Angabe) ein, nicht blos von der Pleura und dem Bauchfell, sondern auch von einem äusserst verdünnten Theile des Zwerchfelles gebildeter Bruchsack bestanden haben soll. Der Kranke hatte lange Zeit an Asthma gelitten; Anfüllung des Magens verschaffte ihm Erleichterung. Er starb an einer Unterleibsentzündung. Bei der Section fand man in der linken Pleurahöhle die fast cylindrische Bruchgeschwulst, welche beinah 4 Zoll hoch war. Die Bruch-Eingeweide waren unter einander und mit der Peritonealfläche des Sackes durch frische Adhäsionen verwachsen; eben so die linke Lunge, mit der von der Pleura überzogenen Fläche. VI. Ein Arbeitsmann erlitt bei einer Verschüttung eine Fractur der fünften Rippe rechter Seits in ihrem Mittelstück. Er hatte sogleich Athembeschwerden und heftige Schmerzen in der rechten Brusthälfte. Die Percussion wurde auf dieser Seite allmälig immer höher hinauf matt, während sie in der oberen Hälfte tympanitisch war. Statt des Athemgeräusches fand man nach einiger Zeit auf dieser Seite amphorischen Wiederhall und metallisches Klingen. Hiernach wurde die Diagnose auf Pneumo-Hydro-Thorax gestellt. Der Tod erfolgte 14 Tage nach der Verletzung unter Erstickungs-Erscheinungen, ohne dass irgend ein Symptom auf ein wesentliches Leiden der Verdauungsorgane hätte schliessen lassen. Bei der Section fand man keinen Erguss in der Pleurahöhle. Links war das Zwerchfell bis zur Höhe der fünften Rippe emporgewölbt, rechts schien auf den ersten Blick die ganze Pleurahöhle durch mindestens die Hälfte des Dickdarms ausgefüllt zu sein. Nachdem man die Darmstücke, welche sich bis zum Schlüsselbein erstreckten, zurückgeschoben hatte, zeigte sich die Lunge bis auf das Volumen einer Faust gegen die Wirbelsäule comprimirt, durch einige Adhäsionen an der Spitze nach Oben festgeheftet. Im Zwerchfell fand sich ein Riss, durch welchen die Bauch-Eingeweide ihren Weg genommen hatten, etwa 20 Ctm. lang, in der Richtung von Rechts und Hinten nach Links und Vorn. Derselbe war durch die hindurch getretenen Theile zu einer ringförmigen Oeffnung ausgeweitet. Ausser dem schon erwähnten Dickdarm war auch fast der ganze rechte Leberlappen in die rechte Pleurahöhle eingedrungen. Nirgend hatten die dislocirten Eingeweide einen Ueberzug; auch bestanden keine Adhäsionen, weder mit der Pleura, noch mit dem Zwerchfell (Olivet im *Journ. de méd. de Lyon* 1844, Monat Juli, aus der Krankenabtheilung von Petréquin). |VII. Ein Mädchen hatte in ihrem zweiten Lebensjahre eine tiefe Stichwunde zwischen der achten und neunten Rippe linker Seits erhalten. Sie klagte von klein auf über Schmerzen in der linken Seite, zu denen sich nicht selten Uebelkeit und Erbrechen gesellten, wogegen antiphlogistische und abführende Mittel (gewöhnlich mit schnellem Erfolge) angewandt wurden. Als sie beinah erwachsen war, starb sie, unter den heftigsten Erscheinungen einer Darm-Entzündung, nach zweitägiger Krankheit. Bei der Section fand man Einklemmung eines Theils des *Colon transversum* und des grossen Netzes in einer drei Finger breiten Oeffnung des Zwerchfells. Die Stichwunde hatte überdies eine Oeffnung zwischen der achten und neunten Rippe hinterlassen, welche nur äusserlich durch eine Narbe verschlossen war (Bujalsky, in d. mediz. Zeitg. Russlands 1852. No. 26).|

|In der unter Autenrieth's Leitung gearbeiteten Abhandlung von Dreifuss sind 55 Fälle von Zwerchfellbrüchen zusammengestellt. Unter diesen war 37 Mal der Magen allein oder mit anderen Unterleibsorganen zugleich dislocirt.|

|Die genaue Beschreibung eines Zwerchfellbruches, der, mit Perforation des Magens complicirt, unter Cholera ähnlichen Erscheinungen schnell zum Tode führte, hat Lesser in Rust's Magazin, Bd. 57. p. 75, geliefert. Vgl. auch Hager. Brüche und Vorfälle, Wien 1850, p. 15—29.|

VII. Bruch des eirunden Loches, *Hernia foraminis ovalis, Hernia obturatoria.*

Durch die am äusseren oberen Umfange des *Foramen obturatum seu ovale* befindliche, von oben her durch das *Os pubis*, von unten durch die *Membrana obturatrix* begrenzte, für den

Durchtritt des *Nervus* und der *Vasa obturatoria* bestimmte Lücke (*Canalis, s. Annulus obturatorius*) kann ein Bruch hervortreten, der als Bruch des eirunden Loches, *Hernia obturatoria, s. foraminis ovalis* bezeichnet wird. Vgl. Fig. 110. S. p. 817.

|Anatomie des ***Canalis obturatorius***[1]).|

|Der ***Canalis obturatorius*** wird von oben her durch die am Schambein befindliche Rinne, ***Sulcus obturatorius***, gebildet, deren vordere und hintere Grenze seichte Einschnitte darstellen und als ***Incisura obturatoria anterior*** und ***posterior*** bezeichnet werden können. Die seitlichen Grenzen dieser Rinne werden durch zwei Höcker, ***Tuberculum obturatorium superius*** und ***inferius*** bezeichnet. Diese Furche wird dadurch zu einem kurzen Canale, dass die an den Rändern des ***Foramen obturatum*** entspringenden und dasselbe verschliessenden Weichtheile, jener Rinne entsprechend, eine Lücke offen lassen, durch welche Gefässe und Nerven hervortreten. Die gedachten Weichtheile sind: die ***Membrana obturatrix interna***, der ***Musculus obturator internus***, die ***Membrana obturatrix externa*** und der ***Musculus obturator externus***.

Die fibröse ***Membrana obturatrix interna*** entspringt vom Umfange des ***Foramen ovale*** und zwar soweit der ***Ramus horizontalis ossis pubis*** zu dessen Bildung beiträgt, von dessen hinterem Rande. Nur in der Nähe des ***Sulcus obturatorius*** enthält sie stärkere Fasern, im Uebrigen ist sie dünn und nachgiebig. Von ihrer inneren Oberfläche und ihren Insertionspunkten entspringt der ***Musculus obturator internus***; beide lassen somit unter dem Sulcus eine kleine, bald mehr rundliche, bald mehr ovale Oeffnung frei, den ***Annulus obturatorius***. Die dünne Fascie, von welcher die hintere Fläche des genannten Muskels überzogen ist, geht mit einem scharfen Rande stärkerer Fasern an der Grenze des Annulus in die ***Membrana obturatrix*** über — ***Crus tendineum Annuli obturatorii***. Der hintere Eingang in den ***Canal. obturatorius*** ist somit scharf begrenzt, die vordere Oeffnung dagegen besitzt keinen scharfen Rand, indem der ***Musculus obturator internus*** mit einer allmäligen Krümmung in die Fläche der ***Membrana obturatrix interna*** übergeht. Der ***Canal. obturatorius*** ist auch nur, insofern man sein knöchernes Dach berücksichtigt, ein wirklicher Canal. Seine untere Wand wird nur durch den von der ***Membrana obturatrix interna*** bekleideten Rand des ***Musc. obturator internus*** gebildet.

Die ***Membrana obturatrix externa*** und der ***Musculus obturator externus*** stehen zu dem ***Canal. obturatorius*** in keiner unmittelbaren Beziehung, sind aber für die Verhältnisse der ***Hernia obturatoria*** von nicht geringerer Bedeutung. Der ***Musculus obturator externus*** entspringt nämlich nicht von der gewöhnlich schlechtweg als ***Membrana obturatrix*** beschriebenen ***Membrana obturatrix interna***, sondern mit seiner mittleren Portion von einer besonderen fibrösen Lamelle, ***Membrana obturatrix externa***, mit seiner vorderen Portion dagegen von der vorderen Fläche des Schoossbeines und mit der hinteren von der vorderen Fläche des ***Ramus ascendens ischii***. Die ***Membr. obtur.***

[1]) |Nach den Untersuchungen von Roman Fischer, in der Zeitschrift für rationelle Medicin 1852 Heft 3. und in dessen Schrift: Beiträge zur Lehre über die ***Hernia obturatoria***, Luzern 1856.|

extern. selbst entspringt am *Tubercul. obturat. inferius* und spaltet sich in zwei Schenkel, deren einer sich an das *Tuberc. superius* ansetzt, während der andere sich in das Kapselband des Hüftgelenkes in der Gegend der *Incisura acetabuli* verliert. Die ganze Membran wird deshalb auch von anderen Autoren als ein zum Hüftgelenk gehöriges Band betrachtet. Von den genannten drei Portionen des *Musc. obtur. ext.* lassen sich die hintere und die mittlere nur künstlich von einander trennen, zwischen der oberen und mittleren dagegen befindet sich reichliches Fettgewebe, womit auch der zwischen den übrigen Theilen des Muskels und der *Membr. obtur. intern.* befindliche Raum ausgefüllt ist. Dies Fett hängt einerseits mit dem das Hüftgelenk umgebenden und andrerseits mit den subperitonealen Fettmassen zusammen. Zwischen dem vorderen Rande des *Musc. obtur. ext.* und der vorderen Oeffnung des *Canal. obturat.* bleibt eine längliche Oeffnung, zwischen der vorderen und mittleren Portion des Muskels, sowie zwischen der hinteren Portion und dem *Os ischii* bleiben nur enge Spalten offen.

Die *Arteria obturatoria* liegt, wenn sie ihren normalen Ursprung aus der Hypogastrica nimmt, unter und hinter dem Nerven, wenn sie dagegen aus der Epigastrica entspringt, über und vor dem Nerven. Fast alle ihre Aeste liegen in dem vorher beschriebenen Fettgewebe und verbreiten sich nur in den zunächst gelegenen Muskeln; selten treten einzelne grössere, in Begleitung der Nervenäste, weiter hervor. Für das Verständniss der anatomischen Verhältnisse einer *Hernia obturator.* haben sie keine Bedeutung. Der *Nervus obturatorius* theilt sich schon innerhalb des Canales in drei Aeste. Der erste, *Ram. adductorius anterior*, tritt am vorderen Rande des *Musc. obturat. ext.* hervor, giebt Zweige zum *Pectineus*, *Adduct. longus* und *brevis* und geht zwischen den beiden letzteren hindurch zum Gracilis. Der zweite geht zwischen der vorderen und mittleren Portion des *Musc. obturat. ext.* hindurch, dann zwischen *Adduct. brevis* und *magnus* und versorgt hauptsächlich den letzteren, schickt aber auch einen Zweig zum Hüftgelenk. Der dritte Ast wendet sich sogleich durch die zwischen der *Membr. obtur. int.* und *ext.* befindliche Lücke zur hinteren Portion des *Musc. obturat. ext.* Für das Verständniss des Weges, welchen die *Hernia obturatoria* bei weiterem Wachsthume nehmen kann, ist es wichtig sich die Lagerung der Fascien und Muskeln, welche vor dem *Foramen ovale* sich befinden, zu vergegenwärtigen. Nimmt man den *Musc. pectineus* und den *Adduct. longus* fort, so erscheint eine Fascie, welche vom vorderen Umfange des *Foramen ovale* entspringt und der hinteren Fläche des *Pectineus* folgend, auf die vordere Fläche des *Adduct. brevis* übergeht — *Fascia subpectinea.* Hinter dieser liegt der *Ramus anterior Nervi obturatorii* von Fett umgeben. Entfernt man diese Fascie und den *Adduct. brevis*, so erscheint ein zweites fibröses Blatt, welches die vordere Fläche des *Obturat. externus* im Bereich seiner vorderen Portion und ebenso die vordere Fläche des *Adduct. magnus* überkleidet. Hinter dieser Fascie liegt der zweite Ast des *Nervus obturatorius.* Spaltet man dieselbe und nimmt den *Adduct. magnus* fort, so erscheinen nun erst die mittlere und hintere Portion des *Obturat. externus* von einem Fascienblatt bedeckt, welches sich auf den *Quadratus femoris* fortsetzt.|

|Nachdem die *Hernia obturatoria* durch den *Canalis obturatorius* hervorgetreten ist, gelangt sie zunächst in den von Fett

ausgefüllten Raum zwischen der *Membr. obturat. externa* und der vorderen Portion des *Musc. obtur. ext.* Von hier aus kann er möglicher Weise vier verschiedene Wege einschlagen: 1) zwischen dem *Ramus horizontal. ossis pubis* und dem vorderen Rande des *Musc. obtur. ext.*, dem Laufe des *Ramus adduct. anterior Nervi obturat.* folgend; 2) zwischen der vorderen und mittleren Portion des *Obturator ext.*, nach dem Verlaufe des *Ramus adduct. post. Nervi obturatorii*; 3) zwischen der *Membr. obturat. interna* und *ext.*, dem dritten Aste des *Nerv. obturat.* folgend, in die mit Fett gefüllte Grube zwischen der hinteren Portion des *Musc. obturator ext.* und der *Membr. obturatrix interna*; 4) zwischen der *Membr. obtur. ext.* und der *Incis. acetabuli*. Von diesen möglichen vier Wegen sind die beiden zuletzt aufgeführten wegen der Enge und geringen Nachgiebigkeit der sie umgebenden Theile, sowie wegen der ganz vom Verlaufe des *Canal. obturat.* abweichenden Richtung, sehr unwahrscheinlich. Unter den beiden anderen, deren Richtung mit derjenigen des *Canal. obturator.* übereinstimmt, scheint der zweite, zwischen der vorderen und mittleren Portion des *Musc. obturat. ext.*, die grössere Wahrscheinlichkeit für sich zu haben, weil die ihn begrenzenden Ränder die meiste Nachgiebigkeit besitzen. Ein auf diesem Wege hervortretender Bruch müsste zwischen dem *Adductor brevis* und dem *Adductor magnus* liegen. Tritt die Hernie dagegen auf dem unter 1) aufgeführten Wege hervor, so gelangt sie zwischen den *Musc. pectin.* und den *Adduct. brevis* dicht unter die *Fascia subpectinea*. Aus den verhätnissmässig spärlichen Sectionsberichten ergiebt sich, dass unter 11 Fällen fünfmal der erste, dreimal der zweite und dreimal der dritte Weg von der hervortretenden Bruchgeschwulst eingeschlagen wurde[1]). Weitere Schlüsse lassen sich hieraus aber nicht ziehen, weil einerseits die Zahl der Beobachtungen zu gering, andrerseits die Angaben nicht genau genug sind. Ueber das Lageverhältniss zwischen dem Bruch und der *Arteria obturatoria* lässt sich nach den vorliegenden Beobachtungen keine allgemein gültige Angabe machen. Man fand sie in den Fällen, wo eine anatomische Untersuchung vorgenommen wurde, ebenso oft an der äusseren als an der inneren Seite des Bruchsackes, seltener hinter ihm.|

|In Betreff der **Aetiologie** ist hervorzuheben, dass vor dem dreissigsten Jahre kein Fall mit Sicherheit beobachtet worden ist, die grosse Mehrzahl findet sich erst jenseit des vierzigsten Lebens-

[1]) Fischer „Beiträge" p. 14.

jahres und zwar überwiegend häufiger bei Frauen als bei Männern (ungefähr im Verhältniss wie 4 : 1).

Dies erklärt sich aus der geringeren Beckenneigung, so wie der geringeren Weite und dem schrägeren Verlaufe des *Canal. obturatorius* bei Kindern. Bei dem verwachsenen Manne ist der Canal etwas enger, als bei Frauen; überdies liegen wegen der grösseren Weite des Beckens und der Anwesenheit des Uterus mehr Gedärme in den Seitentheilen des weiblichen als des männlichen Beckens. Einem directen Impulse ist auch bei den stärksten Wirkungen der Bauchpresse die Gegend des *Canal. obturat.* wenig ausgesetzt. Grade diese Hernie dürfte fast ausschliesslich durch den bereits im Allgemeinen pag. 697 und auch bei den bisher betrachteten einzelnen Bruchformen beschriebenen Mechanismus der Hervorzerrung eines Bruchsackes durch herauswachsende Klümpchen des subperitonealen Fettes (*Hernia adiposa*) entstehen. Fälle, in denen leere Bruchsäcke von verschiedener, meist geringer Grösse in dem *Canalis obturator.* stecken, kommen jedem vor, der bei Leichenuntersuchungen auf diesen Punkt seine Aufmerksamkeit richtet.|

|Die Grösse des Bruches ist selten bedeutend. Die Bruchpforte meist eng. In der Beobachtung von Demeaux hatte sie einen Durchmesser von 8‴, bei Bouvier 8‴ Höhe, 11‴ Breite, bei Gadermann 1″, bei Blazina 9‴ Höhe, 13‴ Breite.

Den Inhalt machen gewöhnlich Theile des Dünndarmes aus, zuweilen kam auch Netz zugleich mit dem Darme vor, selten die Blase, einmal der Eierstock nebst der Tuba (Blazina).|

|Die Diagnose einer *Hernia obturatoria* im beweglichen Zustande wird nur bei bedeutender Grösse derselben mit voller Bestimmtheit gestellt werden können. So lange der Bruch noch im *Canalis obturat.* steckt (*Hernia obturatoria incompleta*) wird er sich kaum durch irgend ein Symptom zu erkennen geben, welches nicht ebenso gut aus anderweitigen Erkrankungen des Darmcanales erklärt werden könnte (Verstopfung, Verdauungsstörungen u. dgl.). Nur wenn mit den Erscheinungen gestörter Darmthätigkeit zugleich Schmerzen oder doch kribbelnde Empfindungen und Steifigkeit in den Adductoren (d. h. also an der inneren Seite des Oberschenkels) auftreten, wird man berechtigt sein auf eine *Hernia obturatoria* zu schliessen. Solche Empfindungen müssen nothwendig entstehen, wenn durch die Bruchgeschwulst der *Nerv. obturatorius* an seiner Austrittsstelle gedrückt wird. Sollte es auf diese Weise gelingen eine bewegliche *Hernia obturatoria* zu ent-

decken, so wäre es nun weiter die Aufgabe dieselbe zu reponiren und durch ein Bruchband zurückzuhalten. Rückenlage, directer Druck auf die Gegend des *Foramen ovale*, Rotationen des Schenkels würden zur Reposition wohl hinreichen, aber ein Bruchband für diese Hernie zu construiren, welches seinen Zweck wirklich erfüllte, wird schwerlich gelingen. Hier sind nicht blos dieselben Schwierigkeiten zu überwinden, die bei der Retention einer *Hernia femoralis* uns entgegentreten, sondern ausserdem macht noch die tiefe Lage der Hernie hinter mehreren Fascien und wenigstens einem Muskelbauche die Wirkung des Bruchbandes unsicher.

Am meisten Vertrauen dürften hier noch die von Bourjeaurd empfohlenen Bandagen verdienen, die wie eine Schwimmhose über die Oberschenkel gezogen werden und vermöge ihrer Elasticität einen gleichmässigen auf die Bruchpforte aber einen stärkeren Druck durch eine eingeschobene Pelotte ausüben vgl. p. 706. Ein solches Bruchband hat Vinson ganz speciell für die *Hernia obturatoria* empfohlen. Jedenfalls wird es aber auch durch dies Bruchband nicht gelingen die Bruchpforte verschlossen zu halten, auf welche direct durchaus kein Druck ausgeübt werden kann, — sondern nur der weiteren Vergrösserung des Bruches vorzubeugen.

In den meisten Fällen hat man diese Hernie erst wenn sie eingeklemmt wurde, beachtet und erkannt; sie wurde sogar mindestens ebenso häufig erst nach dem Tode als die Ursache der bei Lebzeiten beobachteten Einklemmungs-Erscheinungen nachgewiesen. Ausser diesen Einklemmungs-Erscheinungen sind aber für die Diagnose einer *Hernia obtur. incarcerata* die von der Compression des *Nervus obturatorius* abhängigen Symptome, auf welche Romberg[1]) zuerst aufmerksam gemacht hat, von der grössten Bedeutung. Dieselben bestehen in der Regel in einer schmerzhaften Steifigkeit, einer Empfindung von Erstarren, wie beim Einschlafen der Glieder, auch wohl ähnlich dem Wadenkrampfe, in der ganzen inneren Seite des Oberschenkels, wie wir bereits für die *Hernia mobilis* angegeben haben. Beim eingeklemmten Bruch sind sie deutlicher, werden durch Bewegungen des Schenkels gesteigert und active Bewegungen sind, soweit die Adductoren dabei betheiligt, unmöglich oder doch schwierig.

Zuweilen wurden sympathische Schmerzen in anderen Körpertheilen beobachtet, in einzelnen Fällen sogar auf der entgegengesetzten Körperseite, so z. B. im linken Oberschenkel bei einer *Hernia obtur. dextra*, welche bei Lebzeiten nicht entdeckt wurde (Bouvier, *Société anatomique* 1840), in der linken Brust und im linken Arme, während der Bruch rechts sass (Romberg) in der Lendengegend derselben Seite, so dass man anfangs an Nephritis dachte (Maréchal). Vgl. Fischer „Beiträge" pag. 25.

[1]) In Dieffenbach's Operativer Chirurgie Bd. II. p. 621 ff.

|Kann man eine Bruchgeschwulst in der betreffenden Gegend fühlen, so erleichtert dies die Diagnose in hohem Grade. Beinahe in der Hälfte der bis jetzt beobachteten Fälle fand sich aber neben der *Hernia obturatoria* noch ein anderer Bruch, der eine äusserlich wahrnehmbare Geschwulst darstellte, namentlich eine *Hernia femoralis* oder *inguinalis*, bald auf derselben, bald auf der anderen Seite. In einzelnen Fällen fanden sich sogar ausser der *Hernia obturatoria* noch mehrere Brüche.|

|Chassaignac (*Gaz. des hôpit.* 1851. No. 84) fand bei einer, an Einklemmungs-Erscheinungen leidenden Frau zwei Schenkelbrüche, beide unbeweglich; Tags darauf wurde sie von der Cholera ergriffen und hingerafft. Bei der Section fand man, dass auch noch eine *Hernia obturatoria dextra* bestand, in welcher eine Darmschlinge mässig fest eingeklemmt sass. Gefässe und Nerven lagen auf der äusseren Seite des Bruchsackes; der äussere Rand des *Obturator externus* bedeckte ihn nur zum Theil, so dass, nach Entfernung des *Pectineus*, am oberen Rande des *Obturator externus* der halbkugelige Grund des Bruchsackes zum Theil sichtbar wurde. In dem linken Schenkelbruche lag eine grosse Darmschlinge, ohne Adhäsionen, nur wegen des Missverhältnisses zwischen ihr und dem Bruchsackhalse unbeweglich. Das straff gespannte Mesenterium dieser Darmschlinge hatte endlich noch die Veranlassung zu einer inneren Einklemmung gegeben. Wegen der Schwierigkeiten des Durchganges durch das im Bruch liegende Darmstück hatte sich das zunächst über dieser Stelle liegende Darmstück, unter dem Drucke der andrängenden Faecalmassen sehr stark ausgedehnt, und war durch seine eigene Schwere von der linken Seite des straff gespannten Mesenterium auf die rechte hinüber und in das kleine Becken hinabgefallen, wodurch jegliche Communication nach Unten vollkommen unmöglich wurde.|

|Auf diese Weise kann die Diagnose sehr schwierig werden. Der Arzt kommt zu einem Kranken mit Erscheinungen der Darmeinklemmung und findet eine Bruchgeschwulst. Die Taxis gelingt. Man hält den Kranken für gerettet, aber die Einklemmungs-Erscheinungen dauern fort, führen endlich zum Tode und bei der Section findet man die eingeklemmte Darmschlinge im *Canalis obturatorius*. Es wäre selbst möglich, dass ein dreister Wundarzt, in der Meinung, dass die Fortdauer der Einklemmungs-Erscheinungen von einer Bruchverschiebung abhinge, inzwischen noch den Inguinalcanal, natürlich ohne Erfolg, gespalten hätte. Somit muss als allgemeine Regel aufgestellt werden: dauern nach der Reposition einer äusserlich wahrnehmbaren Bruchgeschwulst die Erscheinungen der Darmeinklemmung weiter fort und bestehen zugleich die von der Compression des *Nervus obturatorius* abhängigen Symptome, so hat man anzunehmen, dass die Einklemmung im *Canalis obturatorius* stattfinde. Von grossem Werthe ist in dieser Bezie-

hung auch die Anamnese, da Patienten mit eingeklemmter *Hernia obturatoria* voraussichtlich auch früher schon nicht blos an Kolik und Verdauungsstörungen, sondern auch an Schenkelschmerz gelitten haben. Lässt sich in der Gegend des *Foramen ovale* auch gar keine Geschwulst und keine Hervorwölbung entdecken, so führt doch vielleicht eine grössere Empfindlichkeit dieser Gegend beim Druck und das dadurch erregte Auftreten von Schmerzen nach dem Verlaufe des *Nervus obturatorius* zu einer richtigen Diagnose. In manchen Fällen kann es auch wohl möglich sein durch sorgfältige Vergleichung des Percussionsschalles in der Adductorengegend beider Schenkel zu entdecken, dass auf der einen Seite hinter dem Pectineus ein Darmstück liege (R. Fischer). Mehr Sicherheit könnte beim Weibe die Untersuchung durch die Scheide gewähren (Röser). Man kann den Finger bis zur Gegend des *Canalis obturatorius* an der vorderen Beckenwand emporschieben. Liegt nun eine Darmschlinge in demselben, so wird ein gegen diese ausgeübter Druck Schmerzen hervorrufen, die bei Berührung derselben Gegend auf der anderen Seite ausbleiben. Schwieriger, obgleich nicht unmöglich, dürfte es sein, diese Untersuchung auch beim Manne mit dem durch den After eingeführten Finger vorzunehmen.|

Als ein wichtiges Merkmal zur Unterscheidung der eingeklemmten *Hernia obturatoria* von der *Hernia femoralis* hat K[illegible] den Zustand der *Vena saphena* hervorgehoben. Dieselbe soll, wenn ein eingeklemmter Schenkelbruch besteht, stark angeschwollen sein, während die *Hernia obturatoria* keinen Einfluss der Art ausübt. Diese Lehre ist offenbar *a priori* deducirt, in der Voraussetzung, dass der Schenkelbruch bei seiner Einklemmung auf die Venen drücken müsse. Dies ist aber, wie wir pag. 850 gezeigt haben, nicht der Fall: Anschwellung der Saphena gehört keineswegs zu dem Krankheitsbilde einer *Hernia femoralis incarcerata*.|

|Für die **Taxis** der eingeklemmten *Hernia obturatoria* sind ausser den bereits im Allgemeinen angegebenen Hülfsmitteln namentlich die wiederholte Rotation und Abduction des Schenkels (Fischer) und die Zurückzerrung der Darmschlinge durch den in die Vagina oder das Rectum eingeführten Finger (Röser) in Vorschlag gebracht worden. Durch jene Bewegungen soll gleichsam ein malaxirender Druck auf die Bruchgeschwulst, zugleich aber Erschlaffung der *Membrana obturatrix externa* herbeigeführt werden. Die Wirk[illegible] des in die Vagina eingeführten Fingers soll durch einen [illegible] mit der anderen Hand über dem horizontalen Aste des S[illegible] beines vervollständigt werden. Man soll [illegible]

nahe gegen einander drängen und die dazwischen liegenden Theile nach Hinten zu zerren suchen. Bedenkt man, dass die eingeklemmte Darmschlinge in allen Fällen, wo man bei der Section den Versuch machte, sich durch einen Zug von der Bauchhöhle aus, leicht in diese zurückführen liess, so muss man die Ausführbarkeit eines solchen Verfahrens anerkennen.|

|In gleicher Absicht empfiehlt Löwenhardt (Deutsche Klinik, 1854, No. 22) dem Kranken grosse Mengen regulinischen Quecksilbers zu geben, um durch Anfüllung des nächst oberen Darmstückes eine Zurückzerrung der eingeklemmten Darmschlinge zu bewirken.|

|Auch bei diesem Bruch ist aber die allgemeine Regel gültig, dass man lieber zu früh als zu spät operiren soll. Manchmal wird es vielleicht gelingen, den Bruch, nachdem man ihn blossgelegt hat, durch einen sanften Druck zurückzubringen; denn erst nach der Blosslegung befindet sich ja eine *Hernia obturatoria* in einem der Taxis ebenso zugänglichen Zustande als ein Leisten-, Schenkel- oder Nabelbruch. Die Operation muss mit einem grossen Hautschnitt beginnen. Der Pectineus und nöthigenfalls auch der *Adductor brevis* werden gespalten und zurückgeschlagen; den Zugang zur Bruchpforte gewinnt man am sichersten von oben her. Gelingt die Reposition nicht ohne Erweiterung der Bruchpforte, so versucht man letztere zuerst mittelst eines stumpfen Hakens zu erweitern, da nach der übereinstimmenden Angabe aller Autoren die Bruchpforte gewöhnlich leicht dehnbar ist. Muss man sich zur Dilatation mit dem Messer entschliessen, so sucht man vorher mit der Fingerspitze zu entdecken, an welcher Seite die *Arteria obturatoria* pulsirt und macht dann in der entgegengesetzten Richtung einige kleine Einkerbungen. Erst wenn sich diese Erweiterung der Bruchpforte unzureichend erwiese, müsste man den Bruchsack spalten und die Erweiterung des Bruchsackhalses nach den p. 770 u. f. angegebenen Regeln vornehmen. Unzweifelhaft kann die Einklemmung auch bei dieser Hernie bald in der Bruchpforte, bald im Bruchsackhalse ihren Sitz haben, auch durch ein angelöthetes Netzstück bedingt sein; unwahrscheinlich ist es, dass sie weiter nach Vorn zwischen den Bündeln des *Muscul. obturator externus* oder in einer der anderen Spalten, durch welche der Bruch seinen Weg nehmen kann (Vgl. p. 893) stattfinden sollte.|

|Die einzige Operation einer eingeklemmten *Hernia obturatoria*, welche bis jetzt bekannt geworden ist, wurde von Henry Obre, gemeinschaftlich mit Gardener verrichtet (Vgl. mein Referat in Canstatt's Jahresbericht pro 1852 u. 53).

Es waren die Erscheinungen einer Darmeinklemmung da, ohne dass man an den gewöhnlichen Bruchstellen eine Geschwulst entdecken konnte; jedoch wurde am rechten Oberschenkel nach Innen von den Gefässen ganz in der Tiefe eine gewisse Härte gefühlt. Diese war am vierten Tage des Leidens, wo schon andauerndes Kothbrechen Statt fand, noch deutlicher geworden. Man entschloss sich zur Operation, in der Voraussetzung, einen kleinen Schenkelbruch zu finden. Nachdem drei Zoll unterhalb des Poupart'schen Bandes an der inneren Seite der grossen Gefässe bis durch die *Fascia cribriformis* eingeschnitten worden war, zeigte sich kein Bruchsack, aber man fühlte den vorher bemerkten harten Theil in der Tiefe und nach Innen; es wurde weiter geschnitten durch die *Fascia lata* und den *M. pectineus*, dessen Fasern quer durchschnitten wurden. Hinter diesem erschien der Bruchsack, neben welchem in den *Canalis obturatorius* der Finger eingeführt werden konnte. Der Sack wurde geöffnet; es lag eine blaue, mit Blut überfüllte Dünndarmschlinge darin. Obgleich die Einschnürung nicht bedeutend schien, wurde doch die Bruchpforte erweitert und dabei (unbegreiflicher Weise) die *Vena saphena* verletzt, so dass sie unterbunden werden musste. Bei indifferenter Nachbehandlung genas die 55jährige Kranke schnell und vollkommen. — Des charakteristischen Schenkelschmerzes ist in diesem Falle keine Erwähnung gethan; es ist nur von Schmerzen in der Nabelgegend die Rede.|

|Statt dieses directen Weges ist, wie auch für andere Hernien, die Eröffnung des Unterleibes in Vorschlag gebracht worden, um durch dieselbe den Finger einzuführen und die Darmschlinge auf diese Weise zurückzuschieben. Dies Verfahren ist jedoch gefährlicher und in Bezug auf den Erfolg weniger sicher als die eigentliche Herniotomie. Die Gefahr würde dadurch vermindert werden, wenn man das Bauchfell nicht durchschnitte, sondern zurückschöbe, um zwischen ihm und der vorderen Beckenwand den Finger abwärts zu drängen (Löwenhardt). Dadurch wird die Ausführung aber noch schwieriger und unsicherer. Der vermeintliche Vortheil, den der Bauchschnitt in diesen Fällen vor der Herniotomie haben soll, dass man nämlich im Falle einer falschen Diagnose von der Bauchwunde aus eine etwa bestehende innere Einklemmung vielleicht beseitigen könnte, bedarf wohl keiner Berücksichtigung.|

|Die in mancher Beziehung interessante Geschichte der *Hernia obturatoria*, welche auch Vidal, obwohl sehr kurz, berührt, ist von R. Fischer in seinen „Beiträgen", genau zusammengestellt worden. Ausser dessen schon angeführten Arbeiten sind zu vergleichen: Röser, Jahrbücher für praktische Heilkunde 1845, Archiv für physiologische Heilkunde 1846, 1851; v. Rotteck, Archiv für physiologische Heilkunde 1851; Paul, Zeitschrift für klinische Medicin 1853 und die Berichte über Chirurgie in Canstatt's Jahresbericht pro 1851, 1852, 1853.|

VIII. Hüftausschnittsbruch, *Hernia ischiadica, s. dorsualis, s. Ischiocele.*

Die *Hernia ischiadica* tritt mit der *Arteria glutaea superior* über den *Ligamentis tuberoso-* und *spinoso-sacris* und auch über dem *Musculus pyriformis* durch die *Incisura ischiadica* aus dem Becken hervor und dann vor dem *Nervus ischiadicus* und vor der Arterie und Vene gleichen Namens abwärts. Die *Vasa obturatoria* müssen bei normalem Verlauf den Bruchsackhals kreuzen.

[Nach Vidal's Angabe läge der *Musculus pyriformis* oberhalb der Bruch-Geschwulst, — was mit der anderweitigen Angabe, dass der Bruch dem Laufe des *Nervus ischiadicus* folge, in Einklang stände. In den Beschreibungen der Autoren, welche den Bruch selbst beobachtet haben, steht aber, dass die Bruchgeschwulst vor oder über dem Pyriformis gelegen habe.]

In dem Falle, den A. Cooper (Anatomische Beschreibung der Unterleibsbrüche, deutsche Uebersetzung p. 201) beschreibt, lag die *Art. obturat.* über und die *Vena obturat.* unter dem Bruchsackhals.

[Ob dieser Bruch jemals eine bedeutende Grösse erreichen kann, ist zweifelhaft. Die Fälle, welche als Beleg dafür von Vidal angeführt werden, können auch als Dammbrüche gedeutet werden. Verdier (*Mém. de l'Acad. de chirurg.* Tom. II. p. 2) beschreibt nämlich, nach einer Mittheilung in einem Londoner Blatt, bei einer 50jährigen Frau eine *Hernia ischiad.*, die vom Gesäss bis zur Wade hinabhing und in der man bei der Section das Netz, den Dünndarm, den Blinddarm, einen Theil des Dickdarms vorfand, während der Magen in der Mitte des Bauches eine verticale Lage angenommen hatte und das Duodenum der Bruchpforte genähert war. Hierbei wird einfach angegeben, es sei eine *Hernia ischiadica* gewesen. Derselbe Verdier beschreibt aber ebenda zwei von Bertrandi in Turin beobachtete Hernien, gleichfalls als *Herniae ischiadicae*, obgleich er ausdrücklich angiebt, dass die Brüche unter den *Ligamentis sacro-ischiadicis* hervorgetreten seien, woraus sich ergiebt, dass es, nach der jetzt üblichen Nomenclatur, Dammbrüche gewesen sein müssen (Vgl. Hager, l. c. p. 90).]

[Die erste zuverlässige Beobachtung einer *Hernia ischiadica* findet sich bei Peter Camper, *Demonstrationes anatomico-patholog. Lib. II. Cap. VI.* „*In sinistro pelvis latere peritoneum saccum profundum formabat inter ligamentum sacro-ischiadicum, os ileum et os latum. Juxta nervum ischiadicum fundus amplior, ostium vero compressius erat. Dextrae manus digitum in hunc saccum immissum a parte clunis sinistra manu clarissime percipere potui, quamvis tanta caro interfuit. Ovarium sinistrum praeter naturam magnum, sibi relictum sponte saccum ingrediebatur; num umquam intestina intraverint ne conjectura quidem assequi audeo. Quidquid sit, liquido inde constat, etiam hunc locum herniis opportunum esse.*]

Käme die *Hernia ischiadica* als eine deutliche Geschwulst zum Vorschein, so würde ihre Diagnose keine besonderen Schwierigkeiten haben, obgleich sie immer noch durch eine dicke Fettschicht und eine derbe Fascie bedeckt sein würde. Bevor sie aber unter dem *Glutaeus maximus* hervorgetreten ist, wird es kaum möglich sein, sie zu entdecken.

So erging es auch Jones in dem von Cooper angeführten Falle. Er hatte die bei der Section erst gefundene Hernie durchaus nicht vermuthet.

|Vielleicht liesse sich aus den Erscheinungen von Compression des *Nervus ischiadicus*, namentlich also aus einer *Ischias postica* auf Bestehen einer *Hernia ischiadica* schliessen, wenn sich zugleich einige Anschwellung in der Tiefe der Hinterbacke zeigt und letztere sammt den Schmerzen durch eine, in der Absicht die Reposition der Hernie herbeizuführen ausgeübte kräftige Compression verschwindet. Gleichzeitige Störungen der Darmthätigkeit würden die Wahrscheinlichkeit erhöhen. Ich habe einen solchen Fall gesehen, den Kranken aber später nicht wieder untersuchen können.|

|Ausdrücklich zu warnen ist in diagnostischer Beziehung vor der Verwechselung einer *Hernia ischiadica* mit anderen Geschwülsten dieser Gegend, namentlich Cysten (angeborne Cystenhygrome. Vgl. Bd. I. p. 462), selbst *Spina bifida*. Solche Irrthümer sind mehrmals vorgekommen und haben, wenn man sich, in dem Glauben eine Neubildung vor sich zu haben, an die Operation machte, zu dem Tode des Patienten Veranlassung gegeben.|

Wegen der grösseren Weite des Beckens scheint die *Hernia ischiadica* bei Frauen häufiger als bei Männern vorkommen zu müssen; auch scheint sie häufiger auf der rechten als auf der linken Seite beobachtet zu sein.

|Die *Hernia ischiadica* kann auch angeboren sein. Vgl. Meinel, Prager Vierteljahrsschrift 1849.|

Für die Reduction lassen sich besondere Vorschriften nicht geben. Die Retention hält A. Cooper für leicht. Sie möchte aber in der That selbst durch das beste Bruchband schwer gelingen, da zwischen der Pelotte und der Bruchpforte nicht blos Fett und eine derbe Fascie, sondern auch der bei jeder Bewegung sich hin- und herschiebende grosse Gesässmuskel sich befindet. Die Operation einer eingeklemmten *Hernia ischiadica* müsste schwierig sein, aber nicht unbedingt tödtlich, wie Sabatier glaubt. Man muss auch hier in den oberflächlichen Schichten mit grossen Schnitten beginnen, um in der Tiefe mit ganz kleinen aufzuhören. Der *Glutaeus maximus* wird nach der Richtung seiner Fleischbündel gespalten, um die ganze Bruchgeschwulst übersehen und umgreifen zu können. Vielleicht gelingt dann schon die vorher unwirksame Taxis. Die Dilatation der Bruchpforte kann nur in der Richtung nach Vorn und Oben ausgeführt werden. Nach allen anderen Seiten grenzt der Bruchsackhals an Gefässe, an den *Nervus ischiadicus* oder an den Knochen. Jedenfalls wird man aber ausgiebige Schnitte in einer so grossen Tiefe zu vermeiden haben.

IX. Dammbruch, Mittelfleischbruch, *Hernia perinealis s. ischio-rectalis.*

Dammbrüche heissen diejenigen, welche im Bereich des eigentlichen Beckenausganges hervortreten, indem sie die daselbst liegenden musculösen oder aponeurotischen Gebilde entweder durchbrechen oder vor sich herdrängen. Der Bruch kann an verschiedenen Stellen des Beckenausganges entstehen, zwischen dem Mastdarm und der Blase beim Manne, zwischen dem Mastdarm und der Scheide beim Weibe, — oder seitlich von den genannten Organen. Im weiblichen Körper, wo er wegen der grösseren Weite des Beckenausganges häufiger sein soll, kann sich dieser Bruch, wenn die Eingeweide vor dem *Ligam. uteri latum.* an der Seite der Scheide sich herabgesenkt haben, seinen Weg in die grosse Schaamlefze nehmen. Diese Unterart des Perinealbruches wird als *Hernia labii majoris* beschrieben, welcher Name aber auch für die in die grosse Schaamlefze hinabgetretenen Leistenbrüche in Gebrauch ist. Vgl. p. 822.

Der Perinealbruch ist ungemein selten und die Beschreibungen der einzelnen Fälle sind zum grossen Theil nicht genau genug, um in jeder Beziehung bestimmte Angaben aus ihnen entnehmen zu können. Eine äusserlich wahrnehmbare Geschwulst scheint dieser Bruch sehr selten zu bilden, so dass die Diagnose nur bei sorgfältiger Untersuchung *per vaginam* oder *per rectum* festgestellt werden kann. Ist der Bruch beweglich, so kann eine Verwechselung mit anderen Geschwülsten dieser Gegend nicht leicht vorkommen. Man darf dabei nicht vergessen, dass der Bruchsackhals, je nach der Dauer des Bestehens der Hernie, in verschiedener Höhe liegen muss. Je länger der Bruch besteht, desto tiefer sinkt er hinab, so dass er sich endlich ganz ausserhalb des Beckens befindet. Zur Reduction wird es bald eines blos äusserlichen Druckes bedürfen, bald wird man einen oder mehrere Finger in den Mastdarm oder die Vagina oder auch in beide Canäle einführen müssen, um mit diesen den Bruch zurückzuschieben. Der Patient muss dabei, je nach der Lage und Richtung des Bruches, bald auf dem Rücken liegen mit erhöhtem Becken und gebeugten Schenkeln, bald auf der Seite, auch wohl auf dem Bauch, halb stehend und über den Rand eines Tisches gebeugt, wie wenn man die Dammmuskeln präpariren wollte. Zur Retention dient bei Männern das von Scarpa angegebene Bruchband: ein federnder Gürtel umfasst das Becken, von diesem steigt eine beinahe halbkreisförmig gebogene Feder abwärts, deren Ende die Pelotte trägt; von letzterer läuft ein elastischer Schenkelriemen zum vorderen Theile des Gürtels. Bei Frauen lässt sich die Retention durch einen in die Vagina eingepressten Schwamm bewerkstelligen. Einklemmung eines Dammbruches wird zu den grössten Seltenheiten gehören, da die Bruchpforte immer weit und nachgiebig ist. Die Herniotomie ist daher wohl auch noch niemals ausgeführt worden. Würde sie erforderlich, so müsste man den Bruchsack in grosser Ausdehnung bloslegen, um in der Tiefe sehen und das Messer gehörig leiten zu können. Jedenfalls würden sehr kleine Einschnitte in die Bruchpforte hinreichen, um die Reposition möglich zu machen. Man wird das Herniotom hierbei stets mit seinem Rücken gegen die zu schonenden Organe (Rectum, Urethra, Samenblasen etc.) wenden.

Zur weiteren Erläuterung dienen nachstehende Beobachtungen. Scarpa hatte Gelegenheit zur anatomischen Untersuchung einer *Hernia perinealis*, die auf der rechten Seite der Afteröffnung, etwas weiter nach Hinten als diese, sich fand. Der Bruchinhalt war Dünndarm. Der Mastdarm und die Blase waren nach Links verdrängt, der Bruchsack war dünn und erhielt einen vollständigen Ueberzug von dem verdrängten und dadurch verdünnten *Levator ani.* Der Bruchsackhals hatte 3 Centm. Durchmesser und hatte sich bereits unter das Niveau des Beckenausganges gesenkt. Bromfield machte bei einem 8jährigen Knaben, an dem er übrigens nichts Abnormes bemerkt hatte, den Steinschnitt vom Damm aus. Er erstaunte über die abweichende Richtung des Blasenhalses, der hinter der Schoossfuge in verticaler Richtung gerade emporstieg. Während er den Stein sucht, kommt im hinteren Theil der Wunde eine hydatidenähnliche Blase zum Vorschein. Bei dem heftigen Schreien des Knaben platzt diese Blase und entleert ausser seröser Flüssigkeit auch Dünndarm-Schlingen. Nach Beendigung der Operation wurde der Darm zurückgebracht und die Heilung erfolgte ohne üble Zufälle. Vidal glaubt, dass es sich hier nothwendig um eine *Hernia perinealis*, die zwischen Blase und Mastdarm lag, gehandelt haben müsse. [Es wäre jedoch auch möglich, dass das Messer beim Steinschnitt bis dicht an's Bauchfell vorgedrungen und dieses jetzt erst durch die Wirkung der Bauchpresse mit den zunächst liegenden Darmschlingen in die Wunde eingedrängt worden wäre.] Jedoch hat A. Cooper eine ganz ähnliche Hernie anatomisch nachgewiesen. Das Bauchfell war gerade in der Gegend zwischen Blase und Mastdarm nach Unten ausgestülpt, der Bruchsack lag vor dem After und hinter der Prostata zwischen den beiden Samenblasen von Oben und Vorn durch die Harnblase bedeckt. Der Bruch bildete keine äusserlich wahrnehmbare Geschwulst.

Petrunti fand bei einer Frau, die an Harnverhaltung, Stuhlzwang, wehenartigen Empfindungen, häufigem Erbrechen, Verstopfung und schnell steigender Kraftlosigkeit litt, eine Geschwulst zwischen dem Mastdarm und der Vagina, welche auch in diese Canäle hineinragte und sich, wenn man in dieselben den Finger einführte, fluctuirend anfühlte. Petrunti glaubte einen Abscess vor sich zu haben und machte von der Scheide aus einen Einschnitt, durch welchen Jauche und brandige Netzstücke entleert wurden. Das Netz wird unterbunden und abgeschnitten, die Wunde heilt bald. Die hiermit beseitigten Zufälle kehren aber wieder, eine zweite Incision entleert abermals jauchigen Eiter und diesmal erfolgt rasche Heilung. Zugleich hatte *Retroversio uteri* bestanden [wahrscheinlich die wesentliche Ursache der Harnverhaltung]. Nach der zweiten Operation soll der Uterus in seine normale Stellung zurückgekehrt sein. [Vielleicht war in diesem Falle gar keine Hernie vorhanden, sondern wirklich ein Abscess. Gangränöses Fettgewebe ist schwer von brandigem Netze zu unterscheiden und es ist nicht wahrscheinlich, dass in einem Bruch, der die tiefste Stelle des Bauches einnahm, gerade das Netz gelegen haben sollte.] Jedoch haben John Sims und Highton jeder einmal auch einen Fall von *Hernia perinealis* in dem Raum zwischen Mastdarm und Scheide gesehen. Die Diagnose wurde auf Grund der Untersuchung *per rectum* gestellt.

Die *Hernia labii majoris* ist, wie bereits bemerkt, nur eine Varietät der *Hernia perinealis*. Bruchsack und Bruchsackhals verhalten sich ebenso wie bei dieser. Gewöhnlich erreicht sie keine bedeutende Grösse, meist nur die eines Taubeneies und enthält eine Dünndarmschlinge. Sie liegt im mittleren Theile des *Labium majus* und wendet sich von da zur Seite der Vagina gegen das *Tuber ischii*, auf welchem Wege man sie von der Vagina aus mit dem Finger verfolgen kann. Diese Untersuchung ist wichtig für die Unterscheidung von einer *Hernia inguinalis*. Jedoch ergiebt sich die Diagnose in dieser Beziehung auch schon mit Sicherheit daraus, dass der Leistenring und der obere Theil des *Labium majus* bei dieser Hernie vollkommen frei sind, während beim Leistenbruch die Geschwulst mindestens ebenso sehr in diesen Theilen ihren Sitz hat. Zur Unterscheidung von Cysten und Abscessen der grossen Lefzen bedarf es der Berücksichtigung der allgemeinen Bruchsymptome. Die Reposition gelingt leicht, indem man das *Labium majus* gleichmässig comprimirt und die zurückweichenden Eingeweide mit den in die Vagina eingeführten Fingern aufwärts begleitet. Die Retention kann durch ein gewöhnliches Bruchband nicht erreicht werden, da dasselbe nicht auf die Bruchpforte zu wirken vermag; ebenso wenig genügt die von A. Cooper benutzte T Binde, unter welche er in der Gegend des *Labium majus* eine dicke Compresse legen liess. Einige Sicherheit kann nur durch Druck von der Vagina aus erreicht werden. Man benutzt dazu ein Pessarium (Vgl. *Prolapsus vaginae*), welches man so einrichten lässt, dass es vorzugsweise gegen die Seite des Bruches einen Druck ausübt. Wäre der Bruch unbeweglich, so müsste man sich mit einer partiellen Zurückhaltung durch eine T Binde begnügen. Einklemmung ist ebenso unwahrscheinlich wie bei den übrigen Dammbrüchen, die Taxis voraussichtlich leicht. A. Cooper hat eine eingeklemmte *Hernia labii majoris* nur einmal gesehen und in wenigen Minuten reponirt. Die Einklemmung hat in einem Falle, wo die Taxis nicht gelingen sollte, voraussichtlich ihren Sitz stets im Bruchsackhalse, so dass die Eröffnung des Bruchsackes bei der Operation sich nicht würde umgehen lassen. Um das Operationsfeld sicher übersehen zu können, müsste man stets mit der Spaltung des ganzen *Labium majus* beginnen.

X. Mastdarmbruch, *Hernia rectalis*,
XI. Scheidenbruch, *Hernia vaginalis*

stimmen darin überein, dass der Bildung des Bruches d. h. der Verschiebung der Eingeweide ein Prolapsus des Organs, welches den Bruch aufnehmen soll, vorausgehen muss. Die *Hernia recti* und *vaginae* sind also Complicationen des *Prolapsus recti* und *vaginae* und werden daher einfacher mit diesen Krankheitszuständen zugleich in den folgenden Abtheilungen besprochen werden.

XII. Brüche innerhalb der Bauchhöhle, innere Einklemmungen.

|Hier kommen wir an die Grenze zwischen Chirurgie und innerer Medicin. Allerdings könnten die inneren Einklemmungen mit demselben Rechte als die *Hernia diaphragmatica* dem Gebiete der ersteren zugewiesen werden. Aber es ist einmal hergebracht, sie als innere Krankheiten im engeren Sinne des Wortes zu betrachten. Von Seiten der Chirurgie haben wir nur hervorzuheben, dass höchst selten die Diagnose des Sitzes und der Art einer inneren Einklemmung mit solcher Schärfe wird gestellt werden können, dass die Eröffnung der Bauchhöhle in der Absicht, die Einklemmung mit dem Finger oder dem Messer zu heben, gerechtfertigt erscheint. Soll eine solche Laparotomie wirklich hülfreich sein, so muss sie ausgeführt werden, bevor eine heftigere Entzündung sich entwickelt hat. Aber gerade bei inneren Einklemmungen entschliessen sich Arzt und Patient nicht so früh zu einer an sich lebensgefährlichen Operation.|

Drittes Capitel.

Von den Verschiedenheiten der Brüche, welche durch die Einlagerung einzelner Eingeweide bedingt werden.

Bei der Darstellung der allgemeinen Verhältnisse der Brüche sind wir von der Annahme ausgegangen, dass der Bruchinhalt Darm und zwar namentlich eine Dünndarmschlinge oder Netz sei. Jedoch wurde bereits bemerkt, dass fast alle anderen Baucheingeweide gleichfalls in Brüchen vorkommen können und bei der *Hernia epigastrica* haben wir bereits auf die Einlagerung des Magens in einen solchen Bruch näher eingehen müssen. Besonders zu erläutern sind hier noch die selteneren Arten der Darmbrüche: der Darmwandbruch, der Darmanhangsbruch, der Blinddarmbruch, der Bruch des Wurmfortsatzes, dann die Blasenbrüche und die Brüche des Uterus und der Ovarien. Ausserdem aber müssen die bei der Aetiologie der

Brüche schon erwähnten Fettbrüche, welche auch in diagnostischer Beziehung von Wichtigkeit sind, hier genauer beschrieben werden.

I. [Darmwandbruch, *Enterocele partialis s. lateralis*, und Darmanhangsbruch, *Hernia e diverticulo intestini. Herniae Littricae.*]

[Bei der Beschreibung des Darmbruches gingen wir von der Voraussetzung aus, dass der ganze Umfang eines Darmstückes, oder, wie man sich gewöhnlich ausdrückt, eine vollständige Darmschlinge im Bruch liege. Dies ist unzweifelhaft der bei weitem häufigste Fall; jedoch kann es auch vorkommen, dass nur ein Theil des Darmumfanges, gleichsam nur die eine Wand, durch eine Bruchpforte hervorgedrängt wird. Solche Brüche sind als **Darmwandbrüche**, ***Herniae laterales***, beschrieben worden. Ohne genaue Untersuchung kann man zu der Annahme eines solchen Bruches verleitet werden, wenn auch eine vollständige Darmschlinge sammt ihrem Mesenterium durch eine enge Bruchpforte hervorgetreten ist. Das eingezwängte Darmstück sicht nämlich cylindrisch oder halbkugelig aus und von dem Mesenterium ist, da die Mesenterialseiten des Darmes genau gegen einander gepresst sind, gar nichts zu sehen. Jedoch giebt es auch Fälle, in denen genaue anatomische Untersuchung zu dem Resultat führte, dass wirklich nur ein Theil des Darmumfanges im Bruche lag.

Um die Entstehung eines Darmwandbruches zu erklären, brauchen wir keinen eigenthümlichen Mechanismus anzunehmen, wie dies Riecke (Ueber Darmanhangs-Brüche, Berlin 1841) gethan hat, der die Ansicht hegt, „dass vorzüglich die Spannung der im Darm enthaltenen Gase, welche sich mit der äusseren Luft in Gleichgewicht zu setzen streben, zur Ausstülpung eines Theils der Darmwand Veranlassung gäbe“. Ihre Entstehung ist vielmehr in derselben Weise aufzufassen, wie die aller übrigen Brüche.

Wenn ein Darmwandbruch längere Zeit bestanden hat, so büsst die Muskelhaut des ausgestülpten Darmstückes, in derselben Weise wie diejenige einer ganzen Darmschlinge bei den gewöhnlichen Darmbrüchen, ihren Tonus allmälig ein und verfällt endlich, wie jeder andauernd ruhende Muskel der fettigen Degeneration. Dies mag leichter bei alten schlaffen, als bei jungen kräftigen Subjecten geschehen. Bleibt das ausgestülpte Darmstück in der Bruchpforte liegen, so wird es mit steigender Erschlaffung der Muskelhaut immer weiter ausgedehnt und der Bruch somit immer grösser. Geht das Darmstück aus der Hernie zurück, so kann die Ausstülpung am Darm doch bleiben und auf diese Weise ein sogenanntes falsches Divertikel entstehen. Die Störungen, welche ein Darmwand-Bruch veranlasst, werden immer geringer sein, als diejenigen, zu welchen ein gewöhnlicher Darmbruch Veranlassung giebt; denn die Continuität des Darmrohres wird, selbst bei vollständiger Einklemmung, nicht ganz unterbrochen. Jedenfalls bedingt aber auch der kleinste Darmwandbruch eine Verengerung des Darmrohres und eine Behinderung der Fortbewegung seines Inhaltes. Dazu gesellen sich alsbald Entzündungs-Erscheinungen, die den Bruch unbeweglich machen und häufig zur Einklemmung führen. Die Diagnose ist wegen der geringen Grösse des Bruches stets schwierig. Wahrscheinlich kommen Darmwand-Brüche nur in der *Hernia femoralis, umbilicalis, epigastrica* und *obturatoria* vor. Man wird also namentlich auf die Schenkelbeuge und auf die Nabelgegend seine Aufmerksamkeit zu richten haben, wenn die Erscheinungen eines Darmbruches vorhanden sind, ohne dass eine Bruchgeschwulst zu bemerken wäre. Wird ein eingeklemmter Darmwand-Bruch brandig, so entwickelt sich niemals ein eigentlicher *Anus praeternaturalis*, sondern immer nur eine Kothfistel, deren Heilung, namentlich im Bereiche des Dünndarms, voraussichtlich bald erfolgt. Keineswegs aber darf der Arzt deshalb bei der Einklemmung eines Darmwand-Bruches die operative Hülfe für weniger dringlich halten. Die Erfahrung hat gelehrt, dass die Lebensgefahr dabei ebenso gross ist, als bei der Einklemmung einer ganzen Darmschlinge. Ueberdies ist es ganz unmöglich zu entscheiden, ob in einem eingeklemmten Bruch nur eine Darmwand oder eine kleine Darmschlinge liege, so dass man eigentlich nur, was von kleinen Darmbrüchen im Allgemeinen gilt, auch auf die Darmwandbrüche in prognostischer und therapeutischer Beziehung übertragen kann.|

|Sowie möglicher Weise der Darmwand-Bruch zur Bildung eines Divertikels führen kann, so kann andrerseits auch ein angebornes oder anderweitig erworbenes Divertikel durch eine Bruchpforte hervortreten und entweder allein oder mit anderen Theilen des Darmes, vielleicht auch mit einem Netzstück zusammen den Bruchinhalt ausmachen. Solche Brüche nennt man Darmanhangs-Brüche, *Herniae e diverticulo intestini.* Dieselben können nur bei anatomischer Untersuchung von anderen kleinen Darmbrüchen, namentlich auch von Darmwandbrüchen unterschieden werden. Mehr noch als bei letzteren dürfte bei ihnen, selbst wenn sie eingeklemmt sind, die Continuität des Darmrohres und somit auch die Fortbewegung des Darminhaltes ungestört bleiben|.

|Nur diese höchst seltene Art der Darmbrüche hat auf den Namen Littre-scher Bruch, *Hernia Littrica* Anspruch, da Littre, in den *Mém. de l'Acad. des sciences*, Paris 1700, ausdrücklich von einem Diverticulum spricht, welches den Bruch bildete. Der Name ist aber auch für Darmwand-Brüche, weiterhin auch für kleine Darmbrüche überhaupt, endlich selbst als Synonym für kleine Brüche der weissen Linie gebraucht worden, so dass es besser wäre ihn gänzlich zu unterdrücken (Vgl. Riecke l. c.).|

II. Blinddarm-Bruch, *Hernia coecalis.* [1])

|Der Blinddarm kommt als Bruchinhalt am häufigsten in Leisten- oder Schenkelbrüchen der rechten Seite vor, jedoch kann er auch in anderen Hernien, so z. B. in einer *Hernia ischiadica*, namentlich aber auch in Brüchen auf der linken Seite vorkommen, wie dies bereits Sandifort beobachtet hat.

Wenn der Blinddarm mit einem sehr langen Mesenterium (*Mesocoecum*) versehen ist und ausser ihm auch ein Theil des *Colon ascendens*, durch welches er sonst in seiner Lage festgehalten werden würde, ein Mesocolon besitzt, so kann er, ganz in derselben Weise wie eine Dünndarmschlinge, in einen Bruchsack eintreten, *Hernia coecalis simplex.* Natürlich besitzt er dann einen vollständigen Bruchsack. Die Bruchpforte muss in einem solchen Falle ziemlich weit sein. — Wenn dagegen das Mesocoecum kurz ist und dem *Colon ascendens* ein Mesocolon ganz oder fast ganz fehlt, so kann der Blinddarm nur unter gleichzeitiger Verschiebung des, den aufsteigenden Dickdarm befestigenden Theiles des *Peritoneum parietale* in einen Bruch eintreten, *Hernia colo-coecalis.* Die

[1]) |Die hier gegebene Darstellung der Blinddarm-Brüche weicht insofern von der gewöhnlichen ab, als ich von der aus Hunderten von Sectionen gewonnenen Ueberzeugung ausgehe, dass der Blinddarm stets vollständig vom Bauchfell überzogen ist und dass derjenige Theil des Darmes, den man in der Regel als „hintere Wand des Blinddarmes" bezeichnet, in der That die hintere Wand des *Colon ascendens* ist, welche allerdings des Bauchfell-Ueberzuges entbehrt. Dabei wird vorausgesetzt, dass als Grenze zwischen *Coecum* und *Colon ascendens* die Eintrittsstelle des Dünndarms betrachtet werden soll. Will man dem Blinddarm eine, dann ganz unbestimmte, weitere Ausdehnung nach Oben geben, so hat man in meiner Darstellung nur überall statt „hintere Wand des *Colon ascendens*" zu setzen „oberer Theil der hinteren Wand des Blinddarms", und statt „Blinddarm" — „unterer, beweglicher Theil des Blinddarms". Vgl. meinen kleinen Aufsatz über die Lage des Blinddarms in Virchow's Archiv Bd. II. p. 583 und meine Referate in Canstatt's Jahresbericht (Bd. IV) pro 1852 p. 95 u. 96, pro 1854 p. 74, wo auch die Arbeiten von Linhart, Luschka u. A., welche meiner Ansicht sind, sich aufgeführt finden.|

genannten Theile des Darmcanales rücken dann sammt dem sie umschliessenden Abschnitte des Bauchfells als ein Ganzes abwärts. Ihre relative Lage zu einander und zum Bauchfell (d. h. nun zum Bruchsack) bleibt ganz dieselbe. Wenn man den Bruchsack öffnet, so findet man darin den vom Boden desselben hutförmig emporragenden Blinddarm, weiterhin einen mehr oder weniger grossen Umfang (die sogenannte vordere Wand) des Dickdarmes und ausserdem, in unmittelbarer Berührung mit dem Blinddarme, noch Dünndarm-Schlingen. Oeffnet man eine solche Bruchgeschwulst von der Seite, an welcher die hintere Wand des *Colon ascendens* liegt — und dies muss, da bei der Verschiebung auch leicht eine Drehung des ganzen Bruchinhaltes stattgefunden haben kann, nicht immer gerade die hintere Seite der Bruchgeschwulst sein —, so gelangt man nicht in den Bruchsack, sondern auf das, die hintere Wand des Colon überziehende Bindegewebe und, wenn man tiefer einschneidet, in die Höhle des Dickdarms, ohne den Bruchsack geöffnet zu haben, gerade so, wie dies bei normaler Lage der Theile durch eine zufällige Verletzung geschehen kann (Vgl. p. 636). Die des Bauchfellüberzuges entbehrende hintere Wand des *Colon ascendens* wird sehr bald, wahrscheinlich schon während die Verschiebung vor sich geht, unbeweglich. Sowie sie in der *Fossa iliaca* durch Bindegewebe befestigt war, so wird sie auch, nach Veränderung des Ortes, im Hodensack oder in der *Vagina vasorum femoralium* wieder angelöthet. Da aber der Blinddarm mit dem *Colon ascendens* in seinem ganzen Umfange zusammenhängt, so kann er unter diesen Verhältnissen auch entweder gar nicht oder doch nicht in gehöriger Richtung reponirt werden. Entleert man nämlich auch den Bruchsack von den Dünn-Darmschlingen, welche dem Blinddarm gefolgt sind, so kann man den letzteren doch immer nur mit der Spitze (dem blinden Ende) voraus in die Bauchhöhle zurückbringen. Seine Basis lässt sich nicht verschieben, wenn das *Colon ascendens* festsitzt. Eine solche Reposition würde aber nur schädlich sein, da sie eine Umknickung des Blinddarms oder des Anfangsstückes des Dickdarmes erforderlich machte und somit die Fortbewegung des Darminhaltes stören müsste. Man kann daher nur die mit dem Blinddarm zugleich hervorgetretenen Dünndarmschlingen reponiren und diese, so gut es geht, durch eine ausgehöhlte Pelotte, welche auf den Blind- und Dickdarm, soweit sie im Bruche liegen, nicht drücken darf, zurückhalten.

Die anatomischen Verhältnisse dieser Art der Blinddarmbrüche sind namentlich von Scarpa in seinem grossen Werke über die Brüche (Deutsch von

Seiler, Halle 1813, p. 164 u. f.) aufgeklärt worden. Er betrachtet den Fall, wo blos der Blinddarm mit seiner Spitze voraus, ohne bedeutende Verschiebung des *Peritoneum parietale*, vorliegt, als das erste Stadium, diejenigen Hernien aber, in denen sich zugleich auch das Anfangsstück des Colon oder ausser diesem auch noch ein Theil des Dünndarms vorfindet, als weitere Entwicklungsstufen.

So leicht sich diese anatomischen Verhältnisse auffassen und therapeutisch verwerthen lassen, so schwer möchte es sein die Diagnose ohne vorherige Bloslegung bestimmt zu stellen. Wir berücksichtigen hier natürlich nur die Unterscheidung des Blinddarmbruches von anderen Hernien. Eine *Hernia mobilis*, welche nur den Blinddarm enthält, geht bei leichtem Druck plötzlich ohne Gurren, vielmehr mit einem gluckenden Geräusche zurück. Dieselbe könnte mit einem Blasenbruch verwechselt werden (Siehe unten). Die Percussion und das Bestehen oder Fehlen der auf die Blase bezüglichen Störungen geben die Entscheidung. Der Blinddarmbruch mit gleichzeitiger Verschiebung des *Colon ascendens* zeichnet sich durch seine Grösse aus. Darmgeräusche und der charakteristische Percussionsschall lassen ihn von einem Netzbruch unterscheiden; jedoch kann auch Netz zugleich im Bruchsack liegen und hierdurch sowol als durch die Füllung des Blind- und Dickdarmes mit festeren Massen kann der Percussionsschall leer (matt) werden. Auch nach der sorgfältigsten Reposition einer solchen Hernie bleibt eine ansehnliche Geschwulst mit den Charakteren eines Darmbruches zurück, welche sich längere Zeit nach dem Essen stärker füllt.

Die Veranlassungen zur Entstehung eines Blinddarm-Bruches können, abgesehen von den allgemeinen ätiologischen Verhältnissen der Brüche, durch die Localität bedingt sein. Das Coecum liegt namentlich der Inguinal-Bruchpforte sehr nahe und wird ihr bei bedeutender Anfüllung noch mehr genähert. Letztere muss um so leichter eine Verschiebung bewirken können, als nicht blos das Gewicht des gefüllten Blinddarms selbst, sondern auch die Druckhöhe der gleichfalls gefüllten Säule des *Colon ascendens* in Betracht kommt. In manchen Fällen mag die Coecalhernie erst die Folge eines länger bestehenden Dünndarm-Bruches sein, indem das unterste Stück des Ilium zuletzt den Blinddarm nach sich zieht. Endlich giebt es auch angeborne Blinddarm-Brüche, die, nach Scarpa, daraus sich erklären, dass der Hoden bei seinem Descensus den zufällig mit ihm verwachsenen Blinddarm mit sich hinabgezogen hat. Natürlich kann es sich in solchen Fällen immer nur um Inguinal-Hernien handeln.

Einklemmung ist bei Coecalbrüchen, wie bei grossen Hernien überhaupt, sehr selten. Meist handelt es sich um *Incarceratio stercoralis.* Die Bruchpforte ist bei der einen, wie bei der anderen Art dieser Brüche weit, wenn nicht etwa blos ein kleiner Zipfel des Blinddarms hervorgestülpt ist. In solchen seltenen Fällen hat man dann auch Gangrän des Blinddarmes in Folge der Einklemmung beobachtet. Geht der Kranke dabei nicht zu Grunde, so bleibt eine Kothfistel zurück, welche ohne Kunsthülfe nicht heilt. Da nämlich der Blinddarm fast ganz unbeweglich liegt, so fallen hier alle, die Heilung der gewöhnlichen Darmfisteln begünstigenden Momente ganz fort.

Bei Erwägung der anatomischen Verhältnisse muss man die Taxis des Blinddarmes, wenn er **allein** in einem Bruche liegt, für leicht halten; auch die Operation würde, wenn sie erforderlich werden sollte, keine besonderen Schwierigkeiten darbieten. Wenn dagegen **Verschiebung des** ***Colon ascendens*** **sammt dem Blinddarme** besteht, so wird ein solcher Bruch, bevor Einklemmungs-Erscheinungen auftreten, jedenfalls schon lange unbeweglich gewesen sein. Von der Taxis ist daher gar nichts zu erwarten. Die Operation aber wird man, wie bei allen grossen Brüchen, gern **ohne Eröffnung des Bruchsackes** auszuführen suchen [1]). Spaltet man den Bruchsack, so geräth man, da der Blind- und Dickdarm nachher doch nicht zurückgebracht werden können, in die üble Lage, diese für längere Zeit unvollständig bedeckt und jedenfalls dem Einflusse der äusseren Luft länger als erwünscht ausgesetzt lassen zu müssen. Man würde nach der Operation in einem solchen Falle die Wunde sehr sorgfältig und nöthigenfalls mit Hülfe der Naht zu schliessen haben, da die früher (pag. 791) angedeuteten Gefahren der Naht nach einer solchen Bruchoperation jedenfalls geringer sind als diejenigen eines fortdauernden Blossliegens solcher Darmstücke. Die Operation hat aber dadurch noch besondere Gefahren und Schwierigkeiten, dass, selbst wenn man darauf gefasst wäre, einen Colo-Coecal-Bruch zu finden, doch die Stelle, an welcher das Colon des Bauchfellüberzuges entbehrt, zufällig bei der Incision getroffen werden könnte. Der ganze Eingeweidecomplex, welcher den Bruchinhalt bildet, kann sich nämlich

[1]) [Man thut gewiss gut, bei jedem **grossen**, seit längerer Zeit bestehenden, Scrotal-Bruch, zumal wenn er schon seit einiger Zeit unbeweglich ist, sowie auch bei jedem unbeweglichen Femoralbruch die Operation mit aller der Vorsicht zu unternehmen, als wäre man überzeugt, dass der Blinddarm nebst dem Anfangsstück des Colon darin liege.]

bei der Verschiebung nach Unten zugleich in der Weise gedreht haben, dass die hintere Wand des *Colon ascendens* schliesslich nach Aussen oder nach Vorn sieht. Man muss also schon die ersten Schnitte sehr vorsichtig, immer mit Erhebung einer Hautfalte, weiterhin zwischen zwei die Bindegewebs-Schichten erhebenden Pincetten u. s. f. ausführen und immer wieder sorgfältig mit Finger und Auge untersuchen, um den voraussichtlich mit Bruchwasser gefüllten Bruchsack zu treffen.

Die Reposition des Blinddarms und des *Colon ascendens* ist nicht blos wegen der Adhäsionen unmöglich, durch welche die Rückenseite des letzteren befestigt ist, denn diese liessen sich lösen, sondern wegen der Verschiebung, die das ganze *Colon ascendens* bei der Bildung eines solchen Bruches erlitten haben muss. Den Theil des Dickdarms aber, welcher in der Bauchhöhle zurückgeblieben ist, wieder in seine normale Lage zu bringen, ist ganz unmöglich. Man würde daher, wenn man das vorgelagerte Stück des Colon ablöste und zurückschöbe dicht hinter der Bruchpforte nothwendig demselben eine solche Knickung ertheilen, dass seine Durchgängigkeit im höchsten Grade gestört werden müsste. Dagegen ist eine allmälige Zurückziehung des vorliegenden Darmstückes nicht für unmöglich zu erachten.

[In derselben Weise wie das Coecum kann auch die *Flexura sigmoidea* bald allein, bald unter Verschiebung des *Colon descendens* in einen Bruch eintreten. Fälle der Art sind viel seltener als Blinddarmbrüche; sie werden in der Regel links und nur bei beträchtlicher Länge des Mesocolon oder bei abnormer Lage rechts vorkommen. Besitzt das *Colon transversum* ein sehr langes Mesocolon, so kann es nicht blos in Brüche der Oberbauchgegend, sondern auch in Leisten- und Schenkelbrüche eindringen.]

III. Wurmfortsatz-Bruch, *Hernia processus vermiformis*.

Bei Vorlagerung des Blinddarmes befindet sich fast immer auch der Wurmfortsatz im Bruche. Seine Anwesenheit wird sogar als charakteristisch für Blinddarm-Brüche hervorgehoben. Beim Colo-Coecal-Bruch kann er niemals fehlen.

Höchst selten kommt es vor, dass der Wurmfortsatz allein in einem Bruche liegt. Fälle der Art können sowohl im beweglichen als im eingeklemmten Zustande grosse Schwierigkeiten bei der Diagnose bereiten. Die Entscheidung, ob das vorliegende Darmstück wirklich der Wurmfortsatz oder ein zufälliger Darmanhang sei, wird selbst nach erfolgter Blosslegung oft unmöglich sein.]

) muss z. B. die Beobachtung von Cabaret (*Journ. des connaiss. médico-*
r. Paris 1842) zweifelhaft bleiben. Derselbe giebt an, er habe in einer
eingeklemmten rechten Schenkelhernie, welche die Grösse eines Hühnereies
bei der Operation nur den Wurmfortsatz gefunden. Dieser soll 3'' lang,
ark geschwollen, an Grösse und Gestalt einem Stück Dünndarm ähnlich
ı Ende zugespitzt gewesen sein, — was alles mindestens ebenso gut auf
)armanhang als auf den Wurmfortsatz passt. Ein Bruchsack bestand gar
Die Reposition gelang nach Erweiterung der Bruchpforte leicht und der
wurde hergestellt.

aramelli berichtet in den *Annali universali di medicina*, September 1835,
· bei einer alten Frau in dem Mailänder Spital einen rechten Leistenbruch
icklichem Erfolge operirt habe, in welchem sich ausschliesslich der Wurm-
vorfand.

ıverlässig sind dagegen die von Merling in seiner Inauguraldissertation
berg 1836) beschriebenen zwei Fälle. In dem einen wurde die Operation
cklichem Erfolge ausgeführt; in dem anderen war der Bruch so klein, dass
n gar nicht erkannte; bei der Section aber fand sich im Leistencanale der
emmte Wurmfortsatz.

ie genaueste Beschreibung von einer *Hernia processus vermiformis* hat
ka gegeben (*Hernia cruralis* mit ausschliesslicher Vorlagerung des *Processus*
rmis. Virchow's Archiv Bd. VI. p. 409). Derselbe fand in einer unter
oupart'schen Bande rechter Seits liegenden Geschwulst, welche einer ver-
:en und erweichten Lymphdrüse glich, den ganzen Wurmfortsatz, welcher
em Coecal-Ende verengt und um seine Achse gedreht, in der Mitte blasig
eben, gegen das freie Ende hin aber abgeplattet war. Das Mesenteriolum
ch Aussen gerichtet, verkürzt und verdreht und der ganze Wurmfortsatz zu
Pakete zusammengelegt. Der Bruchsack war deutlich. Es war eine *Hernia*
s interna. Mit der Bruchpforte war der seröse Ueberzug des Wurmfort-
fast durchgängig verwachsen.]

Die Entstehung eines Bruches, welcher ausschliesslich den
ıfortsatz enthält, lässt sich nur höchst gezwungen erklären,
man von der Annahme ausgehen will, dass der Bruchsack
lem durch die Bauchpresse hervorgedrängten Eingeweide vor
ıergetrieben werde. Es ist gar nicht einzusehen, wie dies
s des peitschenförmig flottirenden *Processus vermiformis* ge-
en sollte. Wahrscheinlich entstehen diese Brüche durch den
ach geschilderten Mechanismus der *Hernia adiposa*, so dass
der Bruchsack selbstständig sich bildet und viel eher das
weide hinter sich her zieht als von diesem hervorgetrieben
Vielleicht hat in allen solchen Fällen eine angeborne oder
bene Verwachsung der Spitze des Wurmfortsatzes mit dem
neum parietale bestanden, so dass jener folgen musste, wenn
ı hervorgezogen wurde. Eine solche Verwachsung könnte
uch später, nach Art anderer Adhäsionen zwischen serösen
en, wieder gelöst haben und daher schliesslich bei der

anatomischen Untersuchung des Bruches nicht mehr nachzuweisen sein.]

IV. Blasen-Bruch, *Hernia vesicalis.*

Die ganze Harnblase kann niemals in einem Bruche liegen; vielmehr findet sich darin immer nur ein ausgestülpter Theil derselben. Ein solcher kann in einer *Hernia inguinalis, femoralis, obturatoria, ischiadica, perinealis, vaginalis* vorkommen. Dass der offen gebliebene Urachus bis in eine Nabelhernie hineinreichen kann wurde bereits erwähnt. — Abgesehen von den ätiologischen Verhältnissen der Brüche im Allgemeinen, ist für die Entstehung eines Blasenbruches eine krankhafte Beschaffenheit der Blase selbst vorauszusetzen: sie muss weit und schlaff sein. Daher muss man die Gewohnheit den Harn lange zurückzuhalten, die unwillkürliche *Retentio urinae* bei Stricturen der Harnröhre und bei Protasta-Geschwülsten, die stärkere Ausdehnung der Seitentheile der Blase während der Schwangerschaft als Prädispositionen zu Blasenbrüchen betrachten.

Symptome. Der Blasenbruch bildet eine weiche fluctuirende Geschwulst, deren Gestalt, je nach der Lage und Weite der Bruchpforte verschieden ist und deren Grösse wesentlich von der Zeit abhängt, während welcher der Kranke den Harn zurückhält. Durch Druck gelingt, wenn auch Verwachsungen das Zurückgehen des ausgestülpten Blasentheiles unmöglich machen, doch die Entleerung des Harnes aus dem vorliegenden Theile in den innerhalb der Bauchhöhle zurückgebliebenen. Dadurch wird dann sogleich der Drang zum Harnlassen erregt und der nach einer solchen Manipulation entleerte Urin ist trübe und bildet beim Erkalten einen starken Bodensatz. Der in dem Bruchdivertikel angesammelte Harn verweilt nämlich lange Zeit darin, wenn er nicht mechanisch in der eben beschriebenen Weise entleert wird, da die Muskeln der ausgestülpten Blasenwand, durch die Lageveränderung in ihrer Thätigkeit behindert, alsbald erschlaffen und fettig entarten. Der Harn erleidet also eine chemische Zersetzung während seines längeren Aufenthaltes in diesem Divertikel und reizt demnach den Schleimhautüberzug desselben, wodurch eine stärkere Epithelialabstossung (Catarrh) erzeugt wird, welche wiederum die schnellere Zersetzung des Harns begünstigt. Ueberdies wird diese sogenannte Schleimabsonderung auch durch die Dislocation allein, wegen der damit verbundenen Zerrung, gesteigert. Hieraus erklärt sich, dass bei längerem Bestehen in dem ausgestülpten Theile der Blase grössere Mengen von Sediment sich ansammeln und durch den Blasenschleim zu mehr oder weniger beträchtlichen Concretionen verklebt werden können (Vgl. Blasensteine). — Nach Entleerung des vorliegenden Blasenstückes fühlt man in der alsdann ungemein verkleinerten Geschwulst die verdickten Blasenwände, die man unter den Fingern hin- und herrollen, d. h. gegen einander verschieben kann. In zweifelhaften Fällen könnte man die Anfüllung der Blase mit lauwarmem Wasser als diagnostisches Hülfsmittel benutzen. Besteht der Bruch noch nicht lange, so lässt sich die Blase nicht blos durch Druck reponiren, sondern geht zuweilen bei stärkerer Anfüllung von selbst zurück. Späterhin ist dies unmöglich, weil die im Bruch liegenden Theile der Blasenwand so stark verdickt werden, dass sie die Bruchpforte nicht mehr passiren können und überdies mit dem Umfange der letzteren und den übrigen umliegenden Theilen innig verwachsen. Die Blase erhält dann die Gestalt eines Quersackes, dessen enges Mittelstück in der Bruchpforte liegt. Der Blasenbruch macht fast immer, namentlich aber nach längerem Bestehen, bedeutende Beschwerden. Selten fehlen Schmerzen in der Lendengegend, am Damm und in der Harnröhre, die sich während des Urinirens heftig steigern. Von Zeit zu Zeit tritt Harnverhaltung ein und manche Kranke müssen, um den Harn zu entleeren, jedesmal die Bruchgeschwulst mit den Händen zusammendrücken.

Die anatomischen Verhältnisse der Blasenbrüche sind, da die vordere Blasenwand vom Bauchfell nicht überzogen ist, den Verschiebungen des *Colon ascendens* (Siehe Blinddarmbrüche) ähnlich. In den *Canalis obturatorius*, in die Schenkellücke, selbst in den Leistenkanal, kann sich bei sehr stark ausgedehnter Blase ein Theil ihrer vorderen Wand eindrängen, ohne ein Stück des Bauchfells mit herauszuziehen. Sobald aber der Blasenbruch eine etwas bedeutendere Grösse erreicht, muss eine Ausstülpung des Bauchfelles nachfolgen, die alsdann für andere Eingeweide, namentlich Dünndarmschlingen, zum Bruchsack wird. Auf den ersten Blick sollte man meinen, dieser Bruchsack müsse hinter dem im Bruche liegenden Theile der Blase sich befinden. Für eine *Hernia obturatoria* möchte dies auch richtig sein, jedoch besitzen wir keine anatomische Untersuchung eines auf diesem Wege hervorgetretenen Blasenbruches. Beim Schenkelbruch, in welchen die Blase höchst selten eintritt und für den wir auch noch einer anatomischen Untersuchung entbehren, sind die Verhältnisse voraussichtlich wie beim Leistenbruch. Hier aber findet sich der Bruchsack mit den, in ihm liegenden Eingeweiden vor der Blase, — und bei genauerer Erwägung ist leicht einzusehen, dass es so sein müsse. Die vordere Wand der Blase wird nämlich beim Eintritt in die Bruchpforte, da sie sich über den horizontalen Ast des Schoossbeines oder das Fallopische Band hinüberschlagen muss, alsbald zur unteren und bei weiterem Hervortreten zur hinteren Wand des ausgestülpten Theiles. Selbst bei grosser Dehnbarkeit der Blase kann sie doch nicht so weit hervorgestülpt werden, als das ihrer hinteren (jetzt oberen oder vorderen) Wand adhärirende Bauchfell, dessen Ausstülpung nicht blos durch weitere Dehnung, sondern auch durch Herbeiziehung der benachbarten Theile, des *Peritoneum parietale* (Vgl. Bruchsackbildung) vergrössert werden kann. Der Blasenbruch kann aber auch secundär entstehen, indem ein in der Nähe der Blase hervorgestülpter Bruchsack, welcher vorher schon mit anderen Eingeweiden gefüllt ist, zu seiner weiteren Vergrösserung allmälig auch den die Blase überziehenden Theil des Bauchfells verwendet. Dieser haftet aber zu fest an der Blase, um ohne Dislocation derselben jenem Zuge folgen zu können. So wird dann nicht blos der Peritonealüberzug, sondern das ganze Organ verschoben. Hierbei liegt natürlich die Blase auch wieder hinter dem Bruchsack.

Diese beiden Entstehungsweisen der Blasenbrüche, sowie das anatomische Verhalten derselben sind bereits von Verdier (*Recherch. sur la hernie de la vessie. Mém. de l'Acad. de chirurg. Tom. II. p. 9*) beschrieben und von A. Cooper bestätigt worden. Die Untersuchungen Beider beziehen sich aber nur auf Leistenbrüche.

Complicationen. Ganz gewöhnlich liegt, wie wir bereits geschildert haben, mit der Blase zugleich ein Darmconvolut im Bruch, an welchem die bei den Darmbrüchen bereits erwähnten Veränderungen und Complicationen vorkommen können. Die gleichzeitige Vorlagerung des Darmes kann schon an sich als Complication des Blasenbruches betrachtet werden. Was den letzteren selbst betrifft, so muss an das Vorkommen von Steinen in dem abgesackten Theile erinnert werden. Solche lassen sich in der Regel, nachdem die Flüssigkeit entleert ist, leicht mit den Fingern erkennen, jedoch können sie, wenn die Entleerung der Flüssigkeit nicht vollständig gelingt oder die Wandungen der Blase sehr stark verdickt sind, selbst in oberflächlich gelegenen Bruchgeschwülsten unentdeckt bleiben.

Verdier erzählt l. c. einen Fall, in welchem Dominico Sala den in einer *Cystocele scrotalis* gelegenen Stein erst bei der Section entdeckte. — Pott verkannte sogar eine *Cystocele inguinalis*, in welcher sich ein grosser Stein befand, gänzlich, legte die Geschwulst bloss, trennte sie vom Hoden und vom Samenstrang und schnitt sie an ihrem Stiel ab. Erst jetzt wurden bei genauerer Untersuchung die Verhältnisse dieser Geschwulst klar. Der Harn floss noch 14 Tage lang durch die Wunde aus, dann aber vernarbte diese vollständig und ohne üble Zufälle (Pott, *Oeuvres chirurgic.* [Uebersetzung aus dem Englischen]. Paris 1777. Tom. I. p. 488).

Die Anwesenheit eines Blasensteines in der Hernie kann, indem dieser die in der Bruchpforte liegende Communicationsöffnung versperrt, zur Einklemmung Veranlassung geben. Die Entleerung des im ausgestülpten Theile der Blase befindlichen Harnes wird dadurch ganz unmöglich. Derselbe zersetzt sich schnell und führt zu einer heftigen acuten Cystitis. Diese bedingt eine beträchtliche Schwellung der Blasenwände und dadurch abermals Steigerung des räumlichen Missverhältnisses in der Bruchpforte, welches schliesslich zur Gangrän führt. Die Einklemmung kann aber auch ohne Mitwirkung eines Blasensteines zu Stande kommen, wahrscheinlich jedoch nur in solchen Fällen, wo gleichzeitig Darmschlingen in dem mit der Blase in Verbindung stehenden Bruchsacke vorliegen, obgleich die Möglichkeit der Einklemmung durch blosse entzündliche Schwellung der Blasenwände nicht geleugnet werden kann.

[Als Beispiel diene die neueste Beobachtung eines eingeklemmten Blasenbruches, welche von Roux, kurz vor seinem Tode gemacht wurde (*Hernie inguinale comprénant une partie de la vessie. Gaz. des Hôp.* 1853. No. 13). Es handelte sich um einen seit 4 Tagen eingeklemmten grossen, schon seit der Kindheit bestehenden Inguinalbruch der rechten Seite, welcher erst seit dem 21sten Jahre durch ein schlechtes Bruchband unvollständig zurückgehalten worden war. Die Bruchgeschwulst war nach Oben und Aussen ziemlich hart, nach Unten und Innen weicher. Nach Eröffnung des Bruchsacks und Erweiterung der Pforte wurde zunächst eine eingeklemmte Darmschlinge ohne Schwierigkeiten zurückgebracht. Dahinter erschien aber ein glatter mit einzelnen Fettklumpen besetzter Körper, welchen Roux für Netz hielt. Die Reduction desselben gelang immer nur theilweise, indem das reducirte Stück stets wieder hervorfiel. Roux fasste ein Stück davon mit den Fingern und wollte es abschneiden, als das eindringende Messer einem Harnstrome den Weg öffnete und nun die Diagnose klar wurde. Die Blasenwunde wurde genäht; die Einklemmungs-Erscheinungen bestanden fort und der Kranke starb nach 26 Stunden. Roux glaubt nach den, nicht genauer mitgetheilten Resultaten der Section, dass die Cystocele von Anfang an bestanden, zuerst nur ein vom Peritoneum nicht überzogenes Stück enthalten habe, welches aber allmälig das Bauchfell nachzog, in welches sich dann Darmschlingen einsenkten. Bei der Operation lag die Hälfte der Blase im Bruch. Höchst bemerkenswerth ist, dass kein Symptom auf das Bestehen eines Blasenbruches schliessen liess.]

Unter den Erscheinungen, welche für einen eingeklemmten Blasenbruch charakteristisch sein sollen, werden vorzüglich diejenigen aufgeführt, die von der Cystitis abhängig sind, namentlich also Schmerzen im Bereich der Blase und ihrer Umgebungen, schluchzendes Athmen, Erbrechen u. s. f. Aber häufig lassen diese Symptome den Arzt gänzlich im Stich, wie z. B. in dem vorstehenden Falle von Roux. Dies lässt sich wohl daraus erklären, dass in manchen Fällen die, in dem begleitenden Bruchsacke gelegenen Darmschlingen eingeklemmt sein können, ohne dass die Blase wirklich eingeklemmt ist. Ueberdies muss die verschiedene Empfindlichkeit der Kranken dabei, wie bei allen subjectiven Symptomen, in Anschlag gebracht werden.

Die Prognose des Blasenbruches ist deshalb ungünstig, weil er zu der Zeit, wo noch eine wesentliche Hülfe geleistet werden könnte, fast immer übersehen wird. Erst wenn beträchtliche Harnbeschwerden auftreten, wird der Kranke auf die bis dahin übersehene Geschwulst aufmerksam. Alsdann ist die dislocirte Blase gewöhnlich schon unbeweglich geworden und es kann daher nicht einmal von einer vollständigen Retention, viel weniger noch von Radicalheilung die Rede sein.

Die Behandlung hat nur insofern Eigenthümlichkeiten, als man die Reposition durch häufige Entleerung der Blase mittelst des Katheters möglich zu machen sucht, wenn sie ohne diese unmöglich erscheint. Lässt sich dieselbe durchaus nicht erreichen, der im Bruche liegende Theil der Blase jedoch noch entleeren, so wendet man eine ausgehöhlte Pelotte an. Bei eingeklemmten Blasenbrüchen kann man ausser der bereits erläuterten Therapie der Einklemmung auch die Punktion des vorliegenden Theiles der Blase mit dem Troicart anwenden, wie dies Morand nach dem beistimmenden Berichte von Verdier (l. c.) mit glücklichem Erfolge gethan hat. Natürlich kann hiervon ein Vortheil aber nur dann erwartet werden, wenn entweder nur die Blase allein vorliegt oder doch von ihrer Anfüllung die Einklemmung abhängt. Somit wird also, wenn die mit der Blase zugleich vorliegenden Darmschlingen im Bruchsackhalse oder durch eine anderweitige Strictur des Bruchsackes, vielleicht auch durch einen straff gespannten Netzstrang eingeklemmt sind, die Punction der Blase keinen wesentlichen Nutzen haben, sondern die gewöhnliche Herniotomie erforderlich sein. Bei dieser lässt sich die Entblössung der Blase nicht vermeiden und man wird nur selten die Blase nachher zurückbringen können. Soll man sie nun ausserhalb der Bruchpforte liegen lassen oder soll man sie dicht vor der Bruchpforte abschneiden? Der Vorsicht entsprechend ist der erstere

Weg; jedoch könnte man, im Hinblick auf die oben erwähnte Operation von Pott, die Gefahr des letzteren Verfahrens für nicht allzugross ansehen im Vergleich zu dem Vortheile, den es gewährt, da nicht blos die Heilung der Wunde abgekürzt, sondern auch die Möglichkeit der Radicalheilung herbeigeführt wird. Entdeckt man in der eingeklemmten Blase einen Stein, so spaltet man den im Bruch liegenden Theil derselben und zieht den Stein aus. In einem solchen Falle, wie auch nach der Excision eines Blasenstückes wird man, wenn auch Adhäsionen in der Bruchpforte vorausgesetzt werden können, doch, zur grösseren Sicherheit, durch einige Nähte das Zurückweichen in die Bauchhöhle verhüten müssen.

V. Gebärmutter-Bruch, *Hernia uteri*, *Hysterocele.*

Dass der schwangere Uterus in einem Bruche vorkommen kann, wurde bereits bei den Nabelbrüchen erwähnt. Jedoch geschieht dies sehr selten; am häufigsten noch in der Art, dass der *Uterus gravidus* zwischen den, in Folge wiederholter Schwangerschaften auseinander gewichenen geraden Bauchmuskeln sich nach vorn senkt. Vgl. *Hernia lineae albae.* Die Lage und die Befestigung des leeren Uterus sind von der Art, dass seine Dislocation durch irgend eine Bruchpforte schwer zu begreifen ist.

Die Diagnose des in einem Bruche liegenden *Uterus gravidus* ist leicht. Sein stetiges Wachsthum kann hier noch bestimmter, als in der normalen Lage beobachtet werden und die Bewegungen und Herztöne des Foetus sind gleichfalls deutlicher. Die Behandlung kann in solchen Fällen niemals auf Reduction des Bruches ausgehen, vielmehr hat man nur die Geschwulst durch einen bequemen, mittelst Schultergürtel befestigten Tragbeutel zu unterstützen. Dies muss auch während des Geburtsaktes mittelst der Hände vorsichtig geschehen, um den Uterus soviel als möglich seiner normalen Richtung zu nähern. Die Kreissende muss möglichst horizontal auf dem Rücken liegen. Die Geburt kann aber nur in solchen Fällen, wo die Bruchpforte sehr gross ist, also namentlich bei Diastase der *Mm. recti*, auf natürlichem Wege erfolgen. Ist die Bruchpforte dagegen eng und die Reposition nicht schon ausgeführt worden, bevor der Uterus eine zu bedeutende Grösse erreicht hatte, so muss man entweder frühzeitig Abortus herbeiführen, oder beim Beginne der Geburt den Kaiserschnitt machen, — wobei natürlich das Leben der Mutter in grosse Gefahr geräth.

Verdier (l c.) theilt folgende Beobachtung von Sennert mit. Eine Frau bekam im Anfange ihrer Schwangerschaft einen Schlag mit einem Pfahl in der Leistengegend. Einige Tage darauf zeigte sich daselbst eine Hernie, in welcher, wie sich später erwies, der Uterus lag. Die Schwangerschaft dauerte die gehörige Zeit; beim Eintritt der Wehen machte man den Kaiserschnitt; die Frau starb in Folge der eingetretenen Gangrän. — Andere Fälle sind mitgetheilt in den *Annal. de chirurg.* Paris 1842. Tom. V. p. 249 und in *London and Edinburgh Monthly Journal of medical science* 1842.

VI. Eierstocksbruch, *Hernia ovarii*, *Oophorocele*.

Die Eierstöcke folgen stets dem Uterus bei dessen Verschiebungen. Zuweilen liegt aber auch ein Eierstock ohne den Uterus im Bruch. Selten werden sie unbeweglich und dann auch schmerzhaft. Die Diagnose wird meist sehr unsicher sein, da bald Lymphdrüsen, die auf einem Bruchsack liegen, bald verhärtete Netzstücke in einem Bruchsack die grösste Aehnlichkeit mit der Gestalt des Ovarium darbieten können. Einen beweglichen Bruch der Art wird man nach den allgemeinen Regeln behandeln. Lässt sich das Ovarium nicht reponiren und erregt es heftige Schmerzen, so kann man die Exstirpation desselben vornehmen, die, wenn sie auf beiden Seiten ausgeführt wird, natürlich die Wirkungen einer absichtlichen Castration haben muss.

Pott (l. c.) Tom. I. p. 192 hat im St. Bartholomäus-Hospital zu London einen sehr merkwürdigen Fall von *Hernia ovarii* beobachtet. Eine 23jährige Frau hatte auf beiden Seiten vor dem Leistenringe eine Geschwulst, welche nicht entzündet, auch nicht eingeklemmt, aber bei den Bewegungen der Schenkel so schmerzhaft war, dass die Frau arbeitsunfähig wurde. Da die Reduction nicht gelang, entschloss sich Pott zur Exstirpation. Beide Geschwülste waren von den Eierstöcken gebildet, die in kleinen Bruchsäcken lagen. Vor dem Abschneiden unterband man den Stiel, der sich in den Leistenkanal fortsetzte. Die Heilung erfolgte; aber die bis dahin regelmässige Menstruation kehrte nicht wieder, die Brüste schwanden, die Muskeln wurden kräftiger und die Frau wurde im Ganzen einem Manne ähnlich.

VII. Fettbruch, *Hernia adiposa, Liparocele*.

Obgleich schon, bei der Aetiologie der Brüche und bei der Betrachtung der nach den Bruchpforten zu unterscheidenden einzelnen Brucharten, der Fettbrüche wiederholt Erwähnung geschehen st, müssen wir wegen der Wichtigkeit, welche sie in ätiologischer, diagnostischer und therapeutischer Beziehung besitzen noch einmal im Zusammenhange auf sie zurückkommen. Freilich handelt es sich bei den Fettbrüchen eigentlich nicht um eine Eigenthümlichkeit des Bruch-Inhaltes, sondern um eine Fettentwickelung an der äusseren Fläche des Bruchsackes; aber diese der Aussenfläche des Peritoneums aufsitzende Fettmasse bildet jedenfalls den wesentlichen Theil der Geschwulst und simulirt zuweilen einen Bruchinhalt.

Schon Morgagni hat die Fettbrüche genau gekannt und namentlich solche, die in der *Regio epigastrica* vorkommen, beschrieben. Die merkwürdigste seiner Beobachtungen bezieht sich auf einen Fürsten, der ausser anderen Uebeln auch viel von Blähungen und hypochondrischer Auftreibung des Unterleibes zu leiden hatte. Sein Arzt glaubte, etwas nach Oben und Links vom Nabel einen Netzbruch zu entdecken; Morgagni konnte, nach der von ihm vorgenommenen Untersuchung, diese Ansicht nicht theilen, enthielt sich jedoch eines bestimmten Ausspruches. Bei der Section fand man, dass zwar kein Netzbruch bestand, wohl aber eine zwischen den Bauchdecken hervorgedrängte Fettgeschwulst. Pelletan erklärte auf Grund der Morgagni'schen Beobachtungen und nach eignen Untersuchungen, wie solche von der äusseren Fläche des Bauchfelles ausgehende Geschwülste bei weiterem Hervorwachsen eine Ausstülpung des Bauchfelles hinter sich herziehen und solcher Gestalt die Bildung eines wirklichen Bruchsackes bewirken (*Clinique chirurgicale* Tom III. p. 33 u. f.). Diese Auffassung des Zusammenhanges zwischen einem sogenannten Fettbruch und der Bildung eines Bruchsackes wurde, obgleich Pelletan sie sehr bestimmt aussprach und den Vorgang der durch sie bewirkten Bruchsackbildung sogar ausdrücklich mit dem analogen Process der Bildung des *Processus vaginalis peritonei* bei dem *Descensus testiculi* verglich, doch wenig beachtet und noch in neuerer Zeit ist sein Verdienst von Schriftstellern, welche dieser Lehre eine grössere Ausbreitung verschafft haben, gar nicht erwähnt worden.

In manchen Fällen werden bestehende Canäle, durch welche die Fettgeschwulst ihren Weg nimmt, bei deren weiterem Wachsthume ausgedehnt; so der Leistenkanal, der *Canalis obturatorius*. In anderen Fällen ist dem Wachsthume der Fettgeschwulst durch eine frühere Verwundung der Weg gebahnt; häufig aber und namentlich in der *Regio epigastrica* verdrängt die wachsende Fettgeschwulst ganz selbstständig die aponeurotischen oder muskulösen Gebilde der Bauchwand, begünstigt vielleicht durch das Bestehen kleiner, eigentlich nur für den Durchtritt von Gefässen und Nerven bestimmter Lücken. Dass die Fettgeschwulst aber bei weiterem Wachsthume ihren Weg gegen die Haut hin nimmt, ist leicht einzusehen, weil von der anderen Seite her der stetige Druck der Bauchpresse auf sie einwirkt.

Fettbrüche erreichen nicht selten die Grösse einer Nuss oder selbst eines Eies, ausnahmsweise können sie sich bis zu einem noch bedeutenderem Volumen entwickeln. (Laennec). Ihre Gestalt ist kugelig, ihre Oberfläche glatt oder leicht h

Nicht selten sind sie deutlich gestielt, in welchem Falle sie dann namentlich einer Epiplocele, zumal einer unbeweglichen, täuschend ähnlich werden.

Zuweilen bestehen mehrere Fettbrüche zugleich. Fardeau hat deren zwei in der *Regio epigastrica* und sechs an anderen Stellen bei demselben Menschen beobachtet.

Zu entscheiden, ob die Entwickelung eines Fettbruches bereits bis zur Bildung eines Bruchsackes gediehen ist, oder nicht, — wird nur dann möglich sein, wenn man den Entwickelungsgang genau beobachten konnte und das in den Bruchsack eindringende Eingeweide ein Darmstück ist, mithin durch die Percussion erkannt werden kann. Der hinter der Fettgeschwulst hervorgezogene Bruchsack kann aber auch ein Netzstück enthalten, so dass in der That beide Ansichten, sowol dass es ein Netzbruch sei, als dass es sich um eine Fetthernie handele, ihr Recht haben.

Einen solchen Fall hat Jobert (*Maladies chirurgicales du canal intestinal*, T. II, p. 446) genau untersucht und beschrieben. Merkwürdig ist, dass bei derselben Frau, an welcher dieser Bruch gefunden wurde, auch noch eine *Hernia umbilicalis* bestand, an deren Bruchsack durchaus kein Fett lag.

Die Schwierigkeit der Diagnose steigert sich, wenn die Fettgeschwulst Cysten enthält. Nach Eröffnung einer solchen glaubt man, in den Bruchsack gelangt zu sein, während dieser doch erst viel tiefer liegt und bei der Operation, wenn man nicht mit grosser Sorgfalt verfährt, leicht übersehen werden kann (vgl. pag. 767). Scarpa glaubt, die Fettbrüche unterschieden sich von den Netzbrüchen durch grössere Härte. Wir haben aber bereits pag. 725 auf die mannigfaltigen Veränderungen, welche das im Bruche liegende Netz, namentlich wenn es unbeweglich ist, erfahren kann, aufmerksam gemacht. Die Consistenz der durch einen Netzbruch bedingten Geschwulst zeigt so viel Verschiedenheiten, dass man auf sie allein unmöglich die Diagnose stützen kann. Man muss also die Anamnese zu Hülfe nehmen. Ergiebt sich, dass die Geschwulst früher in horizontaler Lage zurückging, so ist es wahrscheinlich, dass sie ein Netzbruch ist; jedoch können auch Fettbrüche ganz so wie Netzbrüche je nach der Stellung des Körpers hervor- und zurücktreten, wie dies namentlich Laennec beobachtet hat.

Eine in der Pariser Charité an einer acuten Krankheit gestorbne Frau hatte auf der rechten Seite etwas oberhalb des Nabels eine Geschwulst von der Grösse eines mässigen Apfels, die man durch Druck ganz in die Bauchhöhle zurückschieben konnte. Drückte man die Bauchhöhle von den Seiten her zusammen, so trat sie wieder hervor. Man glaubte sonach, eine *Hernia umbilicalis* vor sich zu haben;

aber bei genauerer Untersuchung fand Laennec, dass diese Geschwulst nur aus einer Fettmasse bestand, die sich im Unterhautzellgewebe entwickelt hatte und mit einem Theil ihrer Oberfläche am Bauchfell haftete, indem die aponeurotischen Fasern an dieser Stelle auseinander gewichen waren. Drängte man die Geschwulst zurück, so trat sie durch die rundliche Oeffnung der Bauchwand, und nahm zwischen Bauchfell und *Rectus abdominis* ihren Platz. Das Fettgewebe, welches diese Geschwulst bildete, war fester und dunkler gefärbt als der *Panniculus adiposus* in der Nachbarschaft. Die Fettgeschwulst war durch eine ziemlich starke Zellgewebsschicht von den umgebenden Theilen getrennt (Vgl. die Anmerkung von Cayol in dessen französischer Uebersetzung der Scarpa'schen Brüche p. 397).

Fettbrüche stören die Funktionen des Magens nicht. Somit könnte man glauben, hieran ein (freilich subjectives) Zeichen zur Unterscheidung von den Netzbrüchen zu besitzen. Wir haben aber bereits gesehen, dass auch unbewegliche Netzbrüche sehr oft ohne irgendwelche Störungen der Verdauung bestehen, ja selbst ohne überhaupt Beschwerden zu veranlassen. Bérard hat deshalb den Rath gegeben, die zweifelhafte Geschwulst zwischen den Fingern zu drücken, um über die Empfindlichkeit bestimmten Aufschluss zu erhalten. Entstehen hierbei heftige Schmerzen, so handle es sich um einen Netzbruch, andern Falls nicht. Jedoch kann diese Untersuchung nur bei eingeklemmten Netzbrüchen zur Entscheidung führen, wie dies Bérard selbst bereits bemerkt hat. Freilich ist eine sichere Diagnose gerade bei diesen von der grössten Bedeutung. — Ein Fettbruch kann bei einem Menschen bestehen, der aus anderen Gründen von Peritonitis befallen wurde. Diese könnte, wenn man den Fettbruch für einen Netzbruch ansieht, da die Reposition nicht gelingt, als von Brucheinklemmung abhängig gedeutet werden. Umgekehrt, obgleich weniger leicht, könnte man die Einklemmung übersehen, indem man von der Annahme einer *Hernia adiposa* ausginge.

Olivier (d'Angers) beschreibt ausführlich einen solchen Fall, wo man, in der Voraussetzung, dass Brucheinklemmung bestehe, die Herniotomie ausführte. Der Kranke starb und bei der Section wurde nachgewiesen, dass Peritonitis neben einer *Hernia adiposa*, aber keine Brucheinklemmung bestand. Bérard und Velpeau haben gleichfalls solche Fälle beobachtet.

Der Fettbruch kann aber auch der Ausgangspunkt heftiger Schmerzen und einer von da über das übrige Bauchfell sich weiter verbreitenden Entzündung sein.

Béclard fand in der Leiche eines 60jährigen Mannes eine *Hernia adiposa*, einen Zoll unterhalb des Schwertfortsatzes, durch Adhäsionen mit der Oeffnung in der Bauchwand, durch welche sie hervorgetreten war, verbunden. Diese liessen schon auf eine vorausgegangene Entzündung schliessen; überdies fanden sich die Spuren eines auf diese Stelle geklebten Blasenpflasters, welches offenbar gegen die in der Geschwulst bestehenden Schmerzen angewandt worden war (Vgl. die franz. Uebersetzung des Scarpa'schen Werks p. 413). Cruveilhier erzählt einen in dieser Beziehung doppelt merkwürdigen Fall (*Essai sur l'anatomie pathologique* T. II. p. 268). Ein Mann kam in's Hôtel Dieu, um von jahrelang schon bestehenden Kolikschmerzen befreit zu werden. Man entdeckte eine kleine *Hernia epigastrica*, die sich aber bei der Operation als *Hernia adiposa* erwies. Der Fettklumpen wurde entfernt und von da ab waren auch die Kolikschmerzen verschwunden.

In allen solchen zweifelhaften Fällen räth Scarpa die Geschwulst blosszulegen. Findet man einen eingeklemmten Bruch, so ist mit dem diagnostischen Einschnitte sogleich der Weg zur weiteren Operation eröffnet; anderen Falls hat die Blosslegung einer an dem Bauchfelle haftenden Fettgeschwulst, trotz bestehender Peritonitis kein besonderes Bedenken. Jedoch darf nicht unerwähnt bleiben, dass die Blosslegung der Geschwulst oft nicht zureichen wird, um die Diagnose sicher zu stellen, dass es hierzu genauerer Untersuchung und weiterer Einschnitte bedarf, welche, zumal bei schon bestehender Peritonitis nicht unbedenklich sind, da sie zu einer unbeabsichtigten Eröffnung der Bauchhöhle führen können. Somit ist der vorsichtige Rath Vidal's, in einem solchen Falle, bevor man einschneidet erst alle anderen diagnostischen Hülfsmittel zu erschöpfen, gewiss nicht zu tadeln. Man suche also den Ausgangspunkt der Unterleibsschmerzen, die Art ihrer Entstehung, die möglichen Ursachen einer acuten Peritonitis zu erforschen; man denke an perforirende Geschwüre des Magens und Darmcanals, an Neubildungen im Bereich der Ovarien oder des Uterus, namentlich Cysten, deren Platzen häufig zu Peritonitis Veranlassung geben kann.

Ist der Fettbruch schmerzlos und verhält sich wie ein Lipom oder wie eine Balggeschwulst an anderen Körpertheilen, so liegt kein Grund vor, etwas gegen ihn zu unternehmen.

|Solche Fettbrüche könnten, wenn sie sehr hart sind, mit Fibroiden der Bauchdecken verwechselt werden. Letztere haften bekanntlich auch nicht ganz selten mit einem Theil ihrer Oberfläche am Bauchfell, ohne dass sich diese bei einer Operation höchst gefährliche Verbindung vorher bestimmt erkennen liesse. Hierauf ist, wenn durch schnelles Wachsthum oder anderweitige Beschwerden die Exstirpation einer solchen Geschwulst indicirt erscheint, sorgfältig Rücksicht zu nehmen, damit man nicht in die üble Lage kommt, eine weit offne und schwerlich durch erste Vereinigung zu schliessende, penetrirende Bauchwunde anzulegen. (Vgl. Langenbeck, deutsche Klinik, 1850, Nr. 20).

Zwanzigste Abtheilung.

Krankheiten des Mastdarms.

Anatomie.

Das etwa 9 Zoll lange Endstück des Darmes, welches als Mastdarm, *Rectum*, bezeichnet wird, beginnt in der Gegend der *Symphysis sacro-iliaca sinistra*, wendet sich von da, abwärts steigend, gegen die Mittellinie des Kreuzbeines und macht schliesslich eine Biegung nach Vorn, um mit der von dem *Levator ani* trichterförmig umfassten Afteröffnung, *Anus s. orificium ani*, zu enden. Man kann, von letzterer beginnend, den Mastdarm in drei Abschnitte theilen. Der erste erstreckt sich bis zum Anfang der Prostata, und ist 1—1 $^1/_2$'' lang. Seine Richtung ist schräg aufwärts und etwas nach Vorn; mit der Urethra bildet dieser Abschnitt einen nach Unten und Vorn offenen Winkel von 20—30°. Dieser Theil wird von den beiden Sphincteren und von dem engeren Endstücke des *Levator ani* umfasst. Reichliches Fettgewebe füllt die Zwischenräume zwischen diesem Muskel und dem oberflächlichen Blatt der *Fascia perinei*. Der zweite Abschnitt, gegen 3'' lang, beginnt an der Prostata und endet an der Stelle, wo das Bauchfell von dem Mastdarm zur Blase hinübertritt (*Plicae Douglasii*). Dieser Theil beschreibt eine nach Vorn concave Curve, hat vor sich die Postata, von der er durch lockeres Bindegewebe getrennt ist und die über dieser Drüse liegenden Samenbläschen, zwischen welchen ein dreieckter Raum, der von Vorn durch die Harnblase und von Hinten durch den Mastdarm begrenzt ist, nur durch Fettgewebe gefüllt wird. Die hintere Wand des Mastdarms ist in diesem Abschnitte durch lockeres Fett- und Bindegewebe an der Aushöhlung des Kreuzbeins und des Steissbeins befestigt. Dasselbe Gewebe umgiebt die beiden Seiten des Mastdarms. Im weiblichen Körper liegt in der ganzen Ausdehnung dieses Abschnittes vor dem Mastdarm die Scheide. Die hintere Wand der letzteren ist mit der vorderen Wand des ersteren durch Bindegewebe vereinigt. Der dritte Abschnitt umfasst mehr als die Hälfte der Länge des Mastdarms. Dieser Theil ist vom Bauchfell überzogen, bald mehr, bald weniger vollständig, immer aber über die Hälfte seines Umfanges hinaus.

Die Entfernung der Stelle, wo das Bauchfell vom Mastdarm zur Blase oder im weiblichen Körper zur Scheide herübertritt, bis zu der Afteröffnung und somit die Länge des vom Bauchfell nicht bekleideten Theils des Mastdarms, wird sehr verschieden angegeben und unterliegt wahrscheinlich auch vielen individuellen Schwankungen. Jedoch dürfte die Länge dieses Stücks im Allgemeinen selten mehr als 4'' und selten weniger als 2'' im erwachsenen Körper betragen. Bei Kindern und in weiblichen Körpern steigt das Bauchfell tiefer hinab als bei erwachsenen Männern. Bei Kindern kann es sich bis zum oberen Theile der Prostata erstrecken. Zwischen dem Mastdarme und der Blase (oder dem Uterus) liegen Dünndarmschlingen, so dass die vordere Wand des vom Bauchfell überzogenen Theils des Mastdarms die hintere Wand der Blase oder des Uterus im lebenden Körper niemals berührt.

Die Schleimhaut ist im Mastdarm dicker, gefässreicher und daher auch röther, als in irgend einem anderen Darmstück. Sie hängt mit der Muskelhaut nur locker zusammen und besitzt sehr starke säulenförmige Längs- und schwächere Querfalten. Zwischen denselben können sich, namentlich bei älteren Leuten leicht Ausbuchtungen entwickeln. Die Muskelfasern des Mastdarms sind beträchtlich stärker, als diejenigen irgend eines anderen Darmstücks. Die Längsfasern bilden eine ununterbrochene ziemlich mächtige Schicht. Querfasern sind zwar auch in seiner ganzen Ausdehnung nachweisbar, aber vorzugsweise finden sie sich in der Nähe des Afters entwickelt, wo sie die beiden Sphincteren darstellen. Der eine dieser ringförmigen Muskeln springt am unteren Ende des Mastdarm gegen die Höhle desselben vor. Der andere, weniger deutlich, aber gleichfalls von unzweifelhafter Wirksamkeit, findet sich etwa 4 Zoll vom After entfernt (Nélaton). Von diesen sogenannten inneren Schliessmuskeln ist der *Sphincter ani externus* zu unterscheiden, da er kein Theil der Muskelhaut des Darmes ist.

Der After liegt etwa 1'' von der Steissbeinspitze entfernt, in einer Vertiefung, welche bald mehr, bald weniger stark, im Allgemeinen aber bei Männern beträchtlich tiefer als bei Weibern ist. Die äussere Haut wird gegen den After hin allmälig immer dünner und weicher und geht ohne eine ganz scharfe Grenze in die Schleimhaut über. In der Afteröffnung selbst finden sich zahlreiche Längsfalten, welche eine beträchtliche Erweiterung der scheinbar engen Oeffnung gestatten. Auch hier hängt die Schleimhaut nur locker mit den übrigen Schichten zusammen. Das subcutane Bindegewebe in der nächsten Umgebung des Afters ist sehr dünn, weiter nach aussen wird seine Dicke immer beträchtlicher.

Dicht unter der Haut liegt der *Sphincter ani externus*, der aus 2 seitlichen Bündeln gebildet wird. Diese entspringen hinten mit einer am Steissbein festgehefteten Fascie und enden vorn, indem sie sich theils kreuzen, theils aber in den *Transversus perinei* und den *Bulbo-cavernosus* übergehen. Im weiblichen Körper ist die Kreuzung dieser Muskelfasern deutlicher, so dass die Bündel der rechten Hälfte der *Sphincter ani* in die Bündel der linken Hälfte des *Constrictor cunni* übergehen.

Der *Levator ani* (*Diaphragma pelvis*) entspringt vom seitlichen Umfange des Beckenausgangs [vom *Processus falciformis* der *Fascia pelvis*, also in der Ausdehnung von der Schoossfuge bis zur *Spina ischii*]. Dicht vor dem Steissbein stossen seine Fasern von beiden Seiten her zusammen, weiter nach vorn heften sie sich an das untere Ende des Mastdarms, indem sie mit den Fasern des *Sphincter externus* verschmelzen. Noch weiter nach vorn zwischen Mastdarm und Prostata stossen sie wieder zusammen und lassen beim Manne nur die Oeffnung für die Urethra und die *Corpora cavernosa* (sammt deren Muskeln), beim Weibe auch noch diejenige für die Vagina frei. [Die äussere Fläche des *Levator ani* ist der Innenfläche des *Os ischii* und dem *M. obturator int.* zugewandt; der zwischen beiden befindliche Raum (*Cavum recto-ischiadicum*) ist von dichtem Fettgewebe erfüllt. Durchschneidet man ein frisches Becken in der Richtung seines Querdurchmessers vertical, so erscheint das *Cavum recto-ischiadicum* zu beiden Seiten des *Levator ani* als ein mit der Spitze nach oben gerichteter pyramidaler Raum; nach hinten wird derselbe durch die vom Steissbein entspringenden Fasern des *Glutaeus maximus* begrenzt, nach vorn wird er allmälig immer niedriger und geht zuletzt in die zwischen dem *Bulbus urethrae* und den *Corpora cavernosa* befindliche Furche über. Die obere Fläche des *Levator ani* wird von der *Fascia pelvis*, die untere von der *Fascia perinei* überzogen. Letztere ist aber hier verhältnissmässig dünn und leistet gegen das *Cavum recto-ischiadicum* hin keinen besondern Widerstand.|

Die Arterien des Mastdarms (*Art. haemorrhoidales*) entspringen aus sehr verschiedenen Stämmen. Die oberen kommen aus der *Art. mesenterica inferior*. Die mittleren aus der Hypogastrica, die unteren aus der *Pudenda interna*. Letztere sind namentlich für den After und dessen nächste Umgebungen bestimmt. Alle diese Arterien anastomosiren untereinander. Noch zahlreicher sind die Verbindungen zwischen den einzelnen Mastdarmvenen, die den gleichen Namen und einen analogen Verlauf wie die Arterien haben. Der grössere Theil des Venenblutes wendet sich durch die *Vena haemorhoid. sup.* der *Vena portarum* zu. Die Anastomosen zwischen den Hämorhoidalvenen stellen daher eine Verbindung zwischen der *Vena portar.* und dem System der *Vena cava inferior* dar. Der obere Theil des Mastdarms enthält einen starken Venenplexus, *Plex. haemorhoidalis*, der zwischen der Schleimhaut und der Muskelhaut liegt. Der *Sphincter internus* wird von einer grossen Menge von Venen, die sich zu diesem Plexus begeben, durchbohrt. Die Lymphgefässe des Mastdarms wenden sich zu den Lymphdrüsen des Beckens; die vom After herkommenden verlaufen zum Theil zu den Inguinaldrüsen. Die Nerven des Mastdarmes kommen vom *Plexus hypogastricus* und *sacralis*.

Erstes Capitel.

Missbildungen und Formfehler.

I. Verschluss des Afters. *Atresia ani.*

Die Endöffnung des Darms kann sich statt am Damm an irgend einer andren Stelle befinden, oder in eine andre mit Schleimhaut ausgekleidete Höhle münden. Danach unterscheidet man einen *Anus anomalus externus* und *internus*.

Man hat Afteröffnungen in der *Regio sacralis*, *hypogastrica* (Littre), *umbilicalis* (Oeffnung im Nabel selbst, Merie), *pudendalis*, sogar am Penis beobachtet. — In den *Archives de médécine* t. VII. p. 424 (Paris 1844) findet sich die Beschreibung eines Falles, in welchem bei einer Frau, in deren Körper auch die Nieren gefehlt haben sollen, der Nabel in der Gegend des *Mons Veneris* und der After in derjenigen der Vulva sich befand, ohne dass eine Communication zwischen dem Rectum und den Genitalien bestanden hätte.

|Wenn der After am Penis mündet, so verläuft das Endstück des Mastdarms unter der Urethra. Man muss dann in der Gegend des normalen Afters den Darm

bloslegen, durchschneiden, hervorziehen (wenigstens die Schleimhaut) und mit Nähten befestigen.|

Der *Anus anomalus internus* mündet bald in die Blase, bald in die Urethra, bald in die Vagina. Solche Communicationen zwischen dem Endstücke des Darmes und anderen Organen sind viel bedenklicher als anomale äussere Oeffnungen. Bei der Einmündung in die Blase werden in der ersten Zeit des Lebens die flüssigen Fäces, mit dem Harn gemischt, leicht durch die Urethra entleert; sobald aber ihre Consistenz zunimmt, ist dies unmöglich und der Aufenthalt derselben in der Blase wird lebensgefährlich.

|In solchen Fällen ist operative Hülfe fast immer unmöglich. Mündet der Mastdarm dagegen in die Scheide, so können die Fäces zuweilen hinreichend durch dieselbe entleert werden und die Operation lässt sich alsdann noch Jahre lang verschieben. In anderen Fällen ist die Communicationsöffnung zu eng, so dass schleunige Hülfe nöthig ist. Man führt dann von der Vagina aus eine Sonde in den Mastdarm ein, und incidirt in der Richtung gegen deren Spitze vom Damm aus, spaltet den Mastdarm an dieser Stelle und heftet ihn in der äusseren Wunde fest. Den Verschluss des mit der Scheide in Verbindung bleibenden Stücks sucht man durch Kauterisation zu bewirken. In manchen Fällen kann es auch gelingen von der Darmwunde aus das Rectum so herabzuziehen, dass man es unmittelbar an der Vagina (mit der Scheere) ablösen und dann in der Wunde am Damm festheften kann. Beide Verfahren rühren von Dieffenbach her|.

Der After kann aber auch, in Folge eines Bildungsfehlers, gänzlich verschlossen sein. Gewöhnlich fehlt dann zugleich das unterste Stück des Mastdarms, zuweilen der ganze Mastdarm und der Dickdarm endet blind, wie eine unterbundene Arterie.

Beobachtungen der Art sind keineswegs ganz selten und schon Ruysch (*Advers. anatom.* Decas II) und Binninger (*Observationum medic.* centur. II) berichten über solche Fälle. Jameson versuchte bei einem Kinde, welches ohne irgend eine Spur einer Afteröffnung zur Welt gekommen war, die Anlegung einer solchen am Damm vergeblich. Bei der Section fand sich, dass der Mastdarm gänzlich fehlte. Der mit Meconium überfüllte, blind endende Dickdarm lag frei und beweglich in der Bauchhöhle.

Wenn es möglich ist, das blinde Ende des Mastdarms durch eine Operation ohne Eröffnung der Bauchhöhle vom Damm aus zu erreichen, so ist auch Heilung zu erwarten; je länger aber der Weg ist, den die Fäces durch die angelegte Wunde zu durchlaufen haben, je grösser also die Wundfläche, die mit ihnen in Berührung kommt, desto grösser auch die Gefahr der Gangrän und der Kothinfiltration. Sehr selten findet sich das unterste Stück des Mastdarms offen, während weiter oben ein Stück verschlossen ist oder ganz fehlt.

Trioen (*observations médico-chirurg.* p. 60) fand bei einem kleinen Mädchen den After offen und regelmässig gebildet, aber eine in den Mastdarm eingeführte Sonde stiess auf Widerstand; das Kind lebte nur drei Tage. Bei der Section zeigte sich der Mastdarm, einen Zoll oberhalb des Afters verschlossen und an seiner Stelle eine zehn Linien dicke Substanz von fast horniger Festigkeit.

Zuweilen wird der Verschluss des Mastdarms nur durch eine dünne Membran bewirkt, deren Trennung leicht auszuführen ist. Eine solche in einzelnen Fällen nur durch Verschmelzung der Epithelien (Roser) gebildete Klappe kann sich in verschiedener Höhe im Mastdarme vorfinden. Die Durchbohrung macht niemals Schwierigkeiten und stellt die Functionen vollkommen her. — Ist der Verschluss fester, lässt sich das angehäufte Meconium aber vom Damm aus als eine Geschwulst fühlen, so ist die Operation auch noch sehr einfach. Man stösst ein spitzes Bistouri an der Stelle, wo der After sich befinden sollte, schräg aufwärts und nach Hinten so tief ein, bis Meconium neben der Klinge hervorquillt und dilatirt diese Wunde dann bis zu der Weite des normalen Mastdarms. Die Mastdarmschleimhaut wird bei der Heilung der Wunde durch Narbenverkürzung voraussichtlich nach Aussen gezogen und auf diese Weise entsteht ein Schleimhautsaum, der vor Wiederverwachsung schützt. Sollte dies nicht geschehen, so müsste man die Umsäumung durch Hervorziehen und Anheften der Schleimhaut später zu bewirken suchen, wie bei der Lippenbildung. — Kann man dagegen eine Geschwulst vom Damm aus |24 bis höchstens 48 Stunden nach der Geburt| nicht entdecken und muss somit annehmen, dass mit dem After zugleich auch wenigstens das unterste Stück des Mastdarms fehlt, so ist die Ausführung der Operation schwierig und der Erfolg höchst unsicher. Das Kind wird mit stark gebeugten und auseinander gezogenen Schenkeln mit dem Gesäss nahe am Rande eines Tisches von einem Gehülfen gehalten. Die Blase wird durch ein Katheter entleert, der zur Sicherung darin bleibt und von einem Gehülfen gehalten wird. Der Operateur fühlt nach der Spitze des Steissbeins und macht in der Mittellinie des Dammes einen etwa 10 Lin. langen Einschnitt und einen kleineren Querschnitt. In der Richtung der vorderen Fläche des Kreuzbeins wird unter Leitung der in die Wunde eingeführten Fingerspitze das Messer weiter hinaufgeschoben, indem man nach jeder Incision wieder untersucht. Entdeckt man eine weiche oder fluctuirende Geschwulst, so stösst man die Messerspitze sogleich in dieselbe ein oder punktirt sie mit dem Troicart.

Die Punction mit dem Troicart ohne vorgängige successive Incision ist als höchst unsicher zu verwerfen; die Blase, welche man bei dieser Operation aufs Sorgfältigste vermeiden muss, würde dadurch noch vielmehr gefährdet werden. Höher hinauf als $1\frac{1}{2}$—2 Zoll in die Beckenhöhle einzudringen, erscheint nach den vorliegenden Erfahrungen unzulässig. Man eröffnet sonst die Peritonealhöhle. Tritt aus dem so weit eingeschobenen Troicart-Rohr (nach Ausziehung des Stilets) kein Meconium aus, so untersucht man nochmals mit einer durch das Rohr eingeführten Knopfsonde. Kann auch mit dieser ein gefülltes Darmstück nicht gefühlt werden, so zieht man das Rohr zurück und schiebt in die Wunde einen Pressschwamm-Cylinder (Dieffenbach). Findet sich nach 10—12 Stunden in dem alsdann durch das Aufquellen des Schwammes erweiterten Wundcanale kein fluctuirendes Darmstück, so muss man die Operation an dieser Stelle aufgeben.

Ist die Eröffnung des Darms gelungen, so dilatirt man in einem hinreichenden Grade, um dem Meconium den Austritt zu gestatten und demnächst einen Charpiebausch, späterhin ein biegsames Rohr bis in die Darmhöhle einführen zu können. Eine solche Operation ist aber auch in günstigeren Fällen wegen der weiterhin eintretenden Infiltration des Bindegewebes mit Koth höchst gefährlich. In der Regel werden die Kinder icterisch und gehen (wahrscheinlich an Pyämie) zu Grunde.

Um dies zu verhüten, empfiehlt Vidal unmittelbar nach der Operation die ganze Wundfläche zu kauterisiren, um dadurch das umgebende Bindegewebe zu verdichten und der Kothinfiltration unzugängig zu machen. Amussat schlägt in derselben Absicht vor, die Schleimhaut des geöffneten Mastdarm-Endes herabzuziehen und nach Art der Dieffenbach'schen Lippenumsäumung an die äussere Haut im Umfange des neuen Afters anzuheften. Dies Herabziehen wird aber immer sehr schwierig, und wenn ein grösseres Stück Mastdarm fehlt, ganz unmöglich sein. Ueberdies muss unmittelbar nach der Eröffnung des Darmes die ganze Wundfläche doch mit dem Meconium in Berührung kommen, auch späterhin wird dies nicht ganz zu vermeiden sein, da schwerlich an allen Stellen die erste Vereinigung gelingen wird. Jedenfalls bleibt auch nach dem glücklichsten Gelingen der Operation *Incontinentia alvi* und, wenn die Umsäumung mit Schleimhaut nicht vollständig gelang, eine entschiedne Neigung zur Verengerung des künstlich angelegten Canales zurück. Um dem ersten Uebelstande vorzubeugen, hat Goyrand in einer bemerkenswerthen Abhandlung über diesen Gegenstand, im *Journ. hebdomad.* 1834, den Vorschlag gemacht, den *Sphincter ani*, der nach seinen Untersuchungen sich auch dann finden soll, wenn das untere Stück des Mastdarms ganz fehlt (?), sorgfältig zu schonen, die Schnitte also immer nur in der Richtung der *Raphe perinaei* zu führen.

Wenn es nicht gelingt, vom Damm aus bis zum blinden Ende des Mastdarms vorzudringen, so bleibt nichts übrig, als den Dickdarm an einer anderen Stelle zu öffnen, um einen künstlichen After anzulegen.

Wir werden auf die Beschreibung dieser Operation zurückkommen, nachdem wir auch die erworbenen Verengerungen des Mastdarms kennen gelernt haben.

II. Erweiterung und Verengerung des Afters und des Mastdarms.

Fast alle Krankheiten des Afters und des Mastdarms haben auf die Weite desselben einigen Einfluss. Zuweilen betrifft die Verengerung den After und den Mastdarm gleichzeitig, häufiger aber bewirkt die Verengerung des Afters eine Erweiterung des Mastdarms durch andauernde Zurückhaltung der Fäces. So namentlich beim Bestehen von Hämorrhoidalknoten am After. Eine ähnliche Wirkung haben Prostata-Geschwülste. Der Mastdarm kann in solchen Fällen bis zu dem Volumen der gefüllten Harnblase ausgedehnt werden. Gleichzeitige Erweiterung des Afters und des Mastdarms findet man nach, längere Zeit fortgesetztem, widernatürlichen Coitus. Zu gleichmässiger Erweiterung führen auch vorausgegangene Invaginationen des Dickdarms in den Mastdarm und häufig wiederkehrender Prolapsus der Mastdarmhäute, der seinerseits freilich von einer schon zu grossen Schlaffheit des *Sphincter ani* abhängt. Die Enge und Weite der Afteröffnung und die Dehnbarkeit des Sphincter sind aber auch innerhalb der Grenzen der Gesundheit grossen Variationen unterworfen. Bei manchen Personen ist die Einführung eines Fingers schon schwierig, bei anderen kann man mehrere Finger und in seltenen Fällen nach und nach sogar die ganze Hand einführen. Auf die Behandlung dieser Erweiterungen des Mastdarms werden wir bei der *Fissura ani*, beim *Prolapsus ani* und bei den Hämorrhoidal-Geschwülsten zurückkommen.

A. Verengerung des Afters. *Strictura ani.*

Abgesehen von den bereits erwähnten Fällen, wo mit angeborner Enge des Mastdarms zugleich auch Verengerung des Afters besteht, kommt letztere unter zwei Formen vor, entweder als narbige Contractur nach Verbrennungen oder Verschwärungen (was höchst selten ist), oder als spastische Contractur. Die Therapie der ersteren wäre vorkommenden Falls nach allgemeinen Grundsätzen leicht einzuleiten, wahrscheinlich aber schwer auszuführen, weil voraussichtlich ein grosser Theil des Mastdarms mit erkrankt ist (s. unten).

Auf die krampfhafte Verengerung des Afters müsse wir aber näher eingehen, da dies Uebel häufig und von eigen thümlichen Folgen begleitet ist, unter denen namentlich die Ent wickelung kleiner linearer Geschwüre am Afterrande di Aufmerksamkeit der Wundärzte so sehr in Anspruch genomme hat, dass man die Krankheit danach als „Mastdarmschrunde *Fissura ani*", bezeichnete.

Die Krankheit beginnt ganz unmerklich mit einer brennende oder anderweitig schmerzhaften Empfindung beim Stuhlgang. Nac einigen Stunden ist diese wieder verschwunden und der Krank glaubt dann blos an einer vorübergehenden Erhitzung, vielleich auch an Hämorrhoiden zu leiden. Vermeidet er in Folge desse erhitzende Getränke und wendet kalte Waschungen an, so verliere sich diese Störungen nach einigen Tagen gänzlich; bald abe kehren sie wieder, die Stuhlausleerung wird beschwerlich, auc wol mit etwas Blut vermischt, der Schmerz heftiger; Abführmitte Klystiere und kühlende Diät gewähren abermals Linderung, abe auch nur für kurze Zeit; bald kommt es so weit, dass der Krank ohne Abführmittel oder Klystiere gar keinen Stuhlgang hat, ode wenn er die Anwendung dieser Mittel unterlässt, bei der ers nach mehreren Tagen eintretenden Ausleerung von den furcht barsten, oft bis zu krampfhafter Erregung des ganzen Körper gesteigerten Schmerzen gefoltert wird, „als stecke ihm ein glühen des Eisen im After". Auch nach der Entleerung bleibt dann ei lebhafter, periodisch gesteigerter Schmerz zurück; der Genuss e hitzender Getränke und reichlicher Nahrung steigert die Schmerze beträchtlich, so dass manche Kranke überhaupt nur mit der grösste Angst essen, weil sie vor den zu erwartenden Schmerzen im vo aus zittern.

Bei manchen Frauen steigern sich die Schmerzen zur Zeit der Menstruatio Anstrengungen des Körpers und sogar die längere Dauer gewisser Körperstellung erregen den Schmerz. Manche können nicht längere Zeit stehen, andere nic längere Zeit sitzen. Den übelsten Einfluss haben aber immer harte, massenha Fäces, die gewöhnlich erst nach vorgängiger Erweichung durch Klystiere entle werden können. In manchen Fällen aber sind die Schmerzen, selbst wenn Diarrh besteht, sehr heftig, und in einzelnen ist selbst der Abgang der Winde schmerzha

Versucht man den Finger in den After einzuführen, so wi derselbe sogleich heftig geschnürt und der Kranke empfindet ein solchen Schmerz, dass er sich vornüber oder zur Seite wirft. Z weilen entdeckt der eingeführte Finger eine kleine Unebenheit einer Stelle des Afterrandes. Dieser entsprechend, findet m dann bei genauer Besichtigung (zu welcher die Hinterbacken stark von einander gezogen werden müssen) ein kleines lineares Geschwür zwischen den Falten der Afteröffnung, zuweilen auch mehrere; in einzelnen Fällen aber ist gar keins zu entdecken.

Gleichzeitig können Hämorrhoidalknoten bestehen, jedoch ist ein bestimmter Zusammenhang zwischen ihnen und der Fissur durchaus nicht nachzuweisen. Zuweilen findet sich Harnverhaltung oder doch erschwertes Harnlassen, wodurch man bei der Diagnose auf Irrwege gerathen kann. In anderen Fällen überwiegen die sympathischen Störungen im ganzen Nervensysteme, meist unter der Form der Hypochondrie in einem solchen Grade, dass der Patient über die Schmerzen am After nur nebenbei klagt oder sie aus Schaamgefühl, vielleicht auch, weil er sie für nothwendige Begleiter der Hämorrhoiden hält, gar nicht erwähnt. So sagt Boyer, dem wir die ersten genauen Untersuchungen über dies Leiden verdanken: „Unter den Kranken, welche sich dieses Uebels wegen an mich wandten, war die Mehrzahl schon von mehreren anderen Aerzten behandelt worden, ohne dass man den Grund des Leidens erkannt hatte.“ Eine Frau, bei welcher Vidal die *Fissura ani* entdeckte, hatte bis dahin nur über Schmerzen in der Lendengegend, eine andere nur über Gesichtsschmerz geklagt und beide waren mit antispasmodischen Mitteln bis dahin vergeblich behandelt worden.

Die pathognomonischen Zeichen sind also: der brennende Schmerz, die krampfhafte Zusammenziehung des Sphincter und das lineare Geschwür. Letzteres ist jedoch nicht ganz constant, so dass man sagen konnte, es gäbe auch eine *Fissura ani sine fissura.*

Hieraus geht schon hervor, dass nicht die Fissur, sondern die Contractur des Sphincter das Wesentliche ist, wie dies Boyer erkannt hat. Allerdings lässt sich einwenden, dass in denjenigen Fällen, wo nur Contractur und kein Geschwür am Afterrande gefunden wurde, das letztere vielleicht wegen ungenauer Untersuchung übersehen worden sei. Während Boyer das in der Richtung der Afterfalten auftretende Geschwür wesentlich von dem Druck ableitet, wollen die Vertreter der entgegengesetzten Ansicht, namentlich Sanson, Blandin, Velpeau die Contractur des Schliessmuskels als die Folge der durch das Geschwür bedingten schmerzhaften Erregung ansehen.

Behandlung. Besteht eine *Fissura ani* ohne Contractur des Schliessmuskels, so kann man durch sorgfältige Reinlichkeit und milde Salben, Zinksalbe, Bleisalbe, sowie auch durch oberflächliches Betupfen mit Höllenstein Heilung bewirken. Die krampfhafte Verengerung aber erheischt immer ein operatives Verfahren. Das einfachste und sicherste Mittel ist das Einschneiden des Afterrandes. Der Darm wird vorher durch Klystiere entleert; der Kranke liegt auf der Seite, die Hinterbacken werden durch einen Gehülfen stark von einandergezogen. Der Operateur führt den linken Zeigefinger in den Mastdarm und schiebt auf dessen Beugeseite (derselben flach anliegend) ein Messer mit abgestumpfter Spitze ein. Die Schneide wird dann gegen die Stelle der Fissur gewandt und Schleimhaut, Sphincter und äussere Haut mit einem Zuge getrennt. Die Heilung des Geschwürchens wird befördert, wenn man gerade an seiner Stelle incidirt; aber dies ist nicht durchaus erforderlich; man kann auch an einer anderen Stelle den Sphincter spalten und wenn das Geschwür gerade nach Vorn oder gerade nach Hinten sitzt, so macht man den Einschnitt lieber nicht an dieser Stelle, weil man daselbst nicht sicher ist, die Muskelfasern des Sphincter gehörig zu trennen. Bei hohen Graden des Uebels ist es überdies empfehlenswerth, statt eines sehr tiefen Schnittes zwei oder mehrere etwas weniger tiefe zu machen.

Die subcutane Durchschneidung des Sphincter ist nicht blos unsicher, sondern auch unzureichend, weil es darauf ankommt, auch die Haut des Afterrandes vollständig zu erschlaffen.

Nach der Operation sind häufige Sitzbäder und Einspritzungen zu empfehlen; das Einlegen von Charpie aber ist zu verwerfen, da ein längeres Klaffen und Eitern der Wundränder zur Heilung durchaus nicht erforderlich ist. Die Wiedervereinigung kann schon in acht Tagen vollendet sein.

Velpeau führt (im *Dictionnaire en XXX vol. article „Anus" II. édit.*) zwei Fälle an, in denen der Tod auf diese Operation gefolgt sein soll. Eine Frau starb mehrere Monate nach der Operation. Die Section wies eitrige Infiltration in der Umgebung des Mastdarms nach. Ein 35jähriger Mann bekam am zwölften Tage eine tödtliche *Entero-peritonitis*. Es ist schwer, aus diesen Fällen die Ueberzeugung von der Gefährlichkeit der Operation zu gewinnen.

Die gewaltsame Erweiterung des Afters ist von Recamier empfohlen und von Maisonneuve und Monod später, mit angeblich günstigem Erfolge, angewandt worden. Man soll erst einen und dann nach und nach möglichst viele Finger in den After stopfen und ihn damit auseinander ziehen.

|Dies Verfahren würde kaum der Erwähnung werth sein, wenn nicht die glücklichen Erfolge, die man durch gewaltsame Ueberwindung anderweitiger Muskelcontracturen unter Anwendung des Chloroforms in neuerer Zeit gewonnen hat, zu ähnlichen Versuchen am *Sphincter ani* aufforderten. Natürlich würde man nach gewaltsamer Ueberwindung der Contractur die Erweiterung durch Einlegen eines Charpiepfropfs aufrecht erhalten müssen.| Dass die allmälige Erweiterung durch Einführung immer stärkerer Tampons, die man auch mit narcotischen Salben bestrichen hat, gleichfalls zum Ziele führen soll, wird von Béclard, A. Dubois und Velpeau versichert.

B. Verengerung des Mastdarms. *Strictura recti.*

Die Verengerung des Mastdarms hängt entweder von Verhärtung und Verdickung seiner Wandungen oder von der Entwickelung von Geschwülsten in ihm selbst oder in seiner Nachbarschaft ab. Letztere werden später zu erörtern sein. In Betreff der ersteren ist zu bemerken, dass sie vorzugsweise in Folge heftiger Entzündungen, namentlich auch nach syphilitischen Blennorrhöen sich entwickeln. Solche Fälle aber, in denen die Strictura wirklich blos durch narbige Verdickung und Zusammenziehung der Mastdarmwände entsteht, sind äusserst selten. Von vornherein hat man bei jeder *Strictura recti* eine von seinen Wandungen ausgehende Neubildung zu vermuthen. Die Verengerung kann in sehr verschiedener Höhe ihren Sitz haben. Am häufigsten findet sie sich den Stellen der Sphincteren entsprechend, also entweder in der Afteröffnung selbst oder dicht darüber oder an der Grenze zwischen Mastdarm und *Flexura sigmoidea*. Sehr häufig besteht die Verengerung in grosser Ausdehnung oder an mehreren Stellen zugleich in Folge einer Entwickelung von Geschwülsten. Alsdann ist auch gewöhnlich die Richtung des Darmrohres verändert (Vergl. *Carcinoma recti*). Jede Verengerung behindert die Entleerung der Fäces. Dies ist das für gewöhnlich zuerst bemerkte Krankheits-Symptom. Der Darmkoth wird durch den längeren Aufenthalt im Mastdarme härter und hat nach der Entleerung nicht mehr eine cylindrische, sondern eine plattgedrückte bandähnliche Gestalt. Nach und nach werden immer dünnere Stückchen und zuletzt nur flüssige Stühle entleert. Der Leib wird aufgetrieben und es entstehen zuletzt dieselben Zufälle wie bei einer Darmeinklemmung. Die Behandlung der Verengerung des Mastdarms fällt grossen Theils mit derjenigen des Mastdarmkrebses zusammen, weil, wie wir bereits erwähnten, bei weitem am häufigsten Neubildungen dieser Art die Ursache der Verengerung sind. Gegen die Verengerung als solche ist die mechanische Erweiterung, die Incision, die Kauterisation wie bei anderen Stricturen angewandt worden.

1. Erweiterung auf mechanischem Wege ist mit verschiedenen Instrumenten, mit allmälig verdickten Charpiebäuschen, mit Pressschwamm und mit conischen Bougies aus Gummigewebe versucht worden. Desault wandte namentlich Charpiebäusche an. Seinem Beispiele ist die Mehrzahl der Wundärzte gefolgt. Man kann diese Charpiebäusche mit Salben bestreichen, von denen man eine günstige Wirkung auf die verengerte Stelle erwartet. Sehr wichtig ist es, sie stets mit starken Fäden zu versehen, die man aussen befestigt, damit sie nicht in den weiteren Theil des Darmes emporgleiten können, wo sie sonst schwer wieder herauszubefördern sind. Wirksamer ist jedenfalls der Pressschwamm, durch dessen Aufquellen eine bedeutende Erweiterung erreicht wird, ohne dass man ihn bei der Einführung in die verengerte Stelle einzuzwängen brauchte. In ähnlicher Weise mögen auch die Gummischläuche nützlich wirken, welche man mit einer Leitungssonde in die ver-

engerte Stelle einführt und dann entweder mit Wasser stark anfüllt oder mit Watte oder Charpie ausstopft (Costala). Gefährlich dagegen sind diejenigen Dilatations-Instrumente, welche nach Art der dreiklappigen Specula construirt sind. Ihre Arme sollen geschlossen eingeführt und dann durch eine Schraube auseinander gedrängt werden. Hierbei ist mit grosser Wahrscheinlichkeit statt der Erweiterung Zerreissung zu erwarten. Um die Compression nicht zu unterbrechen, hat Bermond einen besonderen Apparat erfunden, der durch Ausziehen eines in ihm steckenden Cylinders zu einem Rohr umgewandelt wird, durch welches die Fäces entleert werden sollen, — ein Vortheil, der im Vergleich zu den Schwierigkeiten der Darstellung und Anwendung des Apparats viel zu gering ist. Die Incision einer *Strictura recti* kann, wenn man sich von der Anwesenheit eines dicken Narbenringes überzeugt hat, unter Leitung des Fingers mit einem kleinen convexen Messer ausgeführt werden. Die Kauterisation ist meist mit der Compression zugleich angewandt worden. Besondere Aetzmittelträger sind, da man die Afteröffnung selbst leicht erweitern kann, nicht erforderlich. Sässe die Verengerung hoch oben, so würde man sich ähnlicher Apparate wie für die Kauterisation der Harnröhre und der Speiseröhre (vgl. p. 514) bedienen. Unter allen Kauterisationsmitteln würde auch hier die Galvanokaustik den Vorzug verdienen.

Die Beurtheilung der gegen Mastdarm-Verengerungen angewandten Operationen ist sehr schwierig, weil in den einzelnen Fällen, theils unbewusst, theils bewusst, narbige Stricturen von Verengerungen in Folge des Mastdarmkrebses nicht gehörig unterschieden sind. Von der Behandlung der letzteren muss hier natürlich ganz abgesehen werden. Erstere aber lassen sich voraussichtlich weder durch Dilatation, noch durch Incision, noch auch durch Kauterisation dauernd beseitigen, da nach allen diesen Operationen die Narbenverkürzung sich immer wieder geltend machen wird. Kann man das verengerte Stück exstirpiren oder ausschälen, die benachbarte Schleimhaut herunterziehen und in der Nähe der Afteröffnung festheften, so dass also an die Stelle des Narbenringes ein Schleimhautüberzug tritt, so wird man auf diese Weise der Wiederverengerung am sichersten vorbeugen. Die Ausführbarkeit einer solchen Operation wird bei der *Exstirpatio recti* weiter unten erläutert werden.

Wenn die Erweiterung in keiner Weise gelingt, so handelt es sich schliesslich um die Erfüllung der *Indicatio vitalis*, dem Darminhalte an einer anderen Stelle einen Ausweg zu verschaffen, d. h. einen künstlichen After anzulegen.

Bildung eines künstlichen Afters. Formatio ani artificialis, Laparocolotomia, Colotomia.

Zwei Methoden der Anlegung eines künstlichen Afters sind zu unterscheiden, je nachdem man a) den Darm, nach vorgängiger

Eröffnung der Peritonealhöhle, hervorzieht und in der äusseren Wunde durch Nähte genau befestigt (Methode von Littre), oder b) die Eröffnung der Peritonealhöhle zu umgehen sucht, indem man in der linken Lumbalgegend auf die vom Bauchfell nicht überzogene hintere Wand des *Colon descendens* einschneidet (Methode von Callisen).

Die Anlegung eines künstlichen Afters ist zuerst von Littre in Vorschlag gebracht worden (*Histoire de l'Académie des sciences, année* 1710, p. 36). Er fand in dem Körper eines, am sechsten Tage nach der Geburt gestorbenen Kindes das Rectum und den Mastdarm in einer Ausdehnung von etwa 27 Millim. unterbrochen. Die Verbindung zwischen dem oberen und unteren Stück wurde nur durch einige dünne Fäden hergestellt. Das untere Stück war leer, das obere mit Mekonium gefüllt. Littre schlug vor, die Bauchhöhle zu öffnen und entweder die beiden Darmstücke, nachdem man sie geöffnet hätte, aneinander zu nähen, oder wenigstens das obere blind endende Stück in die Wunde zu ziehen, dann zu öffnen und an den Wundrändern durch Nähte zu befestigen.

Schon 1776 führte Pillore in Rouen die Littre'sche Idee bei einem Manne aus, der am Krebs des Mastdarms und des *S romanum* litt und wegen der Versperrung dieser Darmtheile seit länger als einem Monat keine Ausleerungen gehabt hatte. Pillore durchschnitt die Haut in querer Richtung etwas oberhalb der Schenkelbeuge der rechten Seite, drang dann im Unterhautzellgewebe etwas schräg aufwärts und durchschnitt dann auch in derselben Richtung die Bauchmuskeln und das Bauchfell. Sogleich kam der Blinddarm, leicht kenntlich durch den an ihm hängenden Wurmfortsatz, zum Vorschein, wurde möglichst stark hervorgezogen und durch Nähte befestigt. Der Darminhalt floss reichlich aus und der vorher aufgetriebene Unterleib sank etwas zusammen. Das Quecksilber, welches man dem Patienten vorher gereicht hatte, um Stuhlgang zu bewirken, kam aber nicht zum Vorschein und am 20sten Tage trat, während die Verwachsung des Darmes mit der äussern Haut vollständig erfolgt war, eine heftige schmerzhafte Auftreibung des Unterleibes, bald auch begleitet von den übrigen Erscheinungen der Enteritis auf, unter denen der Kranke am 28sten Tage nach der Operation starb. Bei der Section fand man 2 Pfd. *Hydrargyrum virum*, die der Kranke vor mehr als einem Monat eingenommen hatte, im Jejunum. Das schwere Gewicht hatte diesen Darmtheil in die *Regio hypogastrica* hinabgezogen und eine solche Entzündung veranlasst, dass an mehreren Stellen gangränöse Flecke sich zeigten. Diese Operation, deren unglücklicher Ausgang offenbar nicht von ihr selbst abhing, weicht von dem Vorschlage Littre's insofern ab, als nicht der Mastdarm oder das *S romanum*, sondern der Blinddarm geöffnet wurde.

Der erste Fall, in welchem, mit glücklichem Erfolge, genau nach dem Vorschlage von Littre verfahren wurde, wird von Duret (*Recueil périod. de la société de méd. de Paris* 1793, T. II. p. 1260) beschrieben. Wir theilen Duret's eigene Worte mit, weil die ganze Darstellung in mehrfacher Beziehung lehrreich ist. „Freitag den 18. October 1793 bemerkte die Hebeamme zu Brêles, dass das von der Ehefrau des Arbeitsmanns Michel Ledreves geborne Kind keinen After und missgebildete Geschlechtstheile habe. Auf ihren Rath wurde das Kind am anderen Morgen zu mir nach Brest gebracht, wo ich bei der Untersuchung folgendes fand: Die Genitalien sahen wie weibliche aus, indem das Scrotum gespalten war und in jeder Hälfte einen Hoden enthielt. Die *Glans penis* befand sich am Damme und war von der Harnröhre durchbohrt, durch welche der Harn frei abfliessen konnte. Von einer Afteröffnung war keine Spur vorhanden; auch zeigte sich, wenn das Kind drängte, durchaus keine Geschwulst am Damm, so dass man annehmen musste, das untere Stück des Mastdarms fehle gleichfalls. Ich rief sogleich die Aerzte und Wundärzte der Stadt zu einer Berathung, deren Resultat war, dass man zunächst den Mastdarm vom Damm aus aufsuchen sollte. Diese Operation hatte kein anderes Resultat, als dass man sich von dem Fehlen des Mastdarms vollständig überzeugte. Inzwischen war es 4 Uhr Nachmittags geworden. Das Kind schien rettungslos verloren zu sein. Das Erbrechen, die Auftreibung des Bauches, die Kälte der unteren Extremitäten hatten sich von Stunde zu Stunde gesteigert und liessen einen baldigen Tod erwarten. Aber das Kind lebte noch am folgenden Morgen und ich machte daher bei einer zweiten Consultation den Vorschlag, die Bauchhöhle zu öffnen und einen künstlichen After anzulegen. Um für dieses aussergewöhnliche Verfahren mehr Vertrauen zu gewinnen, führte ich die Operation an der Leiche eines etwa 14 Tage alten Kindes aus. Ich machte einen etwa 2 Zoll langen Einschnitt auf der linken Seite zwischen der letzten falschen Rippe und der *Crista Ilei*; der convexe Rand der Niere und ein kleines Stück des *Colon descendens* wurde blossgelegt und letzteres demnächst geöffnet. Ich spritzte dann Wasser durch den After ein, welches zum Theil durch die Wunde nach aussen, zum Theil aber auch in die Bauchhöhle floss. Nach Eröffnung der Bauchhöhle zeigte sich, dass im Körper eines so kleinen Kindes dem *Colon descendens* auch an seiner hinteren Wand der Peritonealüberzug nicht fehlt, dass dieser Darmtheil vielmehr ein Mesocolon besitzt und frei beweglich ist, mithin auch ohne Eröffnung der Peritonealhöhle nicht geöffnet werden kann. Die Operation an dieser Stelle wurde daher verworfen, weil man den Eintritt des Meconium in die Bauchhöhle befürchten musste. In Erwägung des alten Celsus'schen: *Anceps remedium melius quam nullum*, entschlossen wir uns aber, die Oeffnung weiter nach vorn in der *Regio iliaca*, wo das Meconium eine Geschwulst zu bilden und sogar durch die Bauchdecken hindurchzuschimmern schien, zu machen. Ich machte einen Einschnitt von etwa $1\frac{1}{2}''$ Länge und zog mit dem Zeigefinger das *S romanum* heraus. Damit es gewiss nicht zurücktreten könne, wurden zwei Fäden durch sein Mesocolon geführt, dann wurde es der Länge nach gespalten und sogleich stürzten Darmgas und Meconium in grosser Menge hervor. Der Verband bestand in einer gefensterten Compresse, Charpie und einer Binde. In der folgenden Nacht schlief das Kind ruhig, das Erbrechen hörte auf, die Körperwärme kehrte zurück und es nahm mehrmals begierig die Brust. Am Tage nach der Operation waren Alle von der günstigen Wendung erfreut. Reichliche Ausleerungen dauerten fort und die bis dahin kaum vernehmliche Stimme liess sich hören. Am vierten Tage wurden die Excremente mehr gelblich und weniger reichlich, weshalb ein Klystier gesetzt und Rhabarbersyrup mit gutem Erfolge gegeben wurde. Am fünften Tage wurden die Fäden, welche das Zurücktreten des Darms verhüten sollten, entfernt, da sie überflüssig erschienen. Am sechsten Tage drängte sich ein Theil der Darmschleimhaut aus der Fistelöffnung hervor. Man versuchte, deshalb sowol, als auch um den Ausfluss der Excremente zu sichern, die Einführung einer bleiernen Röhre, was jedoch so heftige Schmerzen erregte, dass man davon abstehen musste. Am siebenten Tage erschien in jeder Beziehung der Zustand des Kindes so erwünscht, dass man es aus der Behandlung entlassen zu können glaubte."

Die Methode, welche Duret Anfangs ausführen wollte und an der Leiche eines Kindes wirklich versucht hat, wird gewöhnlich, im Gegensatz zu der Methode von Littre, als Methode von Callisen bezeichnet. Callisen sagt nämlich in seinem *Systema chirurgiae hodiernae, Hafniae* 1813 Tom. I.: „Die Eröffnung des Blinddarms und des *Colon descendens* vermittelst eines in der *Regio lumbalis* am Rande des *Musc. quadratus lumborum* gemachten Einschnittes, welche man in solchen Fällen (nämlich bei *Atresia recti*) vorgeschlagen hat, gewährt nur wenig Aussicht auf Erhaltung des Lebens; jedoch lässt sich der Darm an dieser Stelle immer noch leichter erreichen, als weiter nach vorn." Die Angaben von Callisen sind also, wie man sieht, viel weniger genau, als diejenigen von Duret, und Callisen selbst behauptet gar nicht, dass diese Methode von ihm herrühre. Zu practischer Geltung ist sie überdies erst durch Amussat gekommen (vgl. dessen, *Mémoires sur l'anus artificiel. Paris* 1839, 1841, 1843). Für die Beurtheilung dieser von Callisen angedeuteten Operationsstelle bedarf es genauer anatomischer Untersuchungen. Das *Colon descendens* beginnt nämlich im *Hypochondrium sinistr.* unter dem Blindsack des Magens, nach Vorn von der Milz, aber in höchst verschiedener Entfernung von der *Crista ilei*, so dass der oberhalb dieses Knochenrandes gelegene Theil des *Colon descendens* bald nur 35, bald 160 Mm. lang ist. Dies hängt namentlich von den zuweilen vorhandenen, zuweilen aber fehlenden Windungen ab. Das Bauchfell überzieht in manchen Körpern nur die vordere Wand des absteigenden Dickdarms, in anderen ist dasselbe so vollständig vom Bauchfell überkleidet, dass es sogar ein Mesocolon besitzt. Alle Abstufungen, die zwischen diesen beiden Extremen liegen, können vorkommen; jedoch ist der Fall, in welchem die hintere Wand zum grösseren Theile vom Bauchfell nicht bekleidet ist, verhältnissmässig selten. Von Wichtigkeit ist ferner, in wie weit sich der Bauchfellüberzug vom Dickdarme ablösen lässt und in welcher Weise bei stärkerer Anfüllung des Darmes die Vergrösserung sich auf den vom Bauchfell überzogenen und auf den eines solchen Ueberzuges entbehrenden Theil des Darmumfanges vertheilt. In ersterer Beziehung liefern alle Versuche dasselbe Resultat, dass nämlich die Ablösung des Peritonealüberzuges nicht blos höchst schwierig, sondern höchst gefährlich ist, da derselbe sehr leicht zerreisst, wodurch dann sofort die Bauchfellhöhle geöffnet wird. Bewirkt man eine bedeutende Ausdehnung des Dickdarmes absichtlich durch Aufblasen, so findet man, dass er einen Umfang von 12—19 Cm. erreichen kann und zwar zeigt sich, dass die Ausdehnung um so leichter erfolgt und desto weiter getrieben werden kann, je weniger der Bauchfellüberzug des Darmes auf die hintere Wand übergreift. In Fällen, wo ein vollständiger Ueberzug besteht und nur der Streifen des Darmes, gegen welchen die im Mesocolon enthaltenen Gefässe ihren Lauf nehmen, mit lockerem Bindegewebe in Verbindung steht, lässt sich auch die geringste Ausdehnung des Darmumfanges durch Aufblasen herbeiführen. Stösst man nach Eröffnung der Bauchhöhle dicht über der *Crista ilei* einen Troicart durch das *Colon descendens* nach Hinten, so kommt seine Spitze in einer Entfernung von 8—13 Cm. von den Dornfortsätzen am Rücken heraus.

Die nachstehende Tabelle liefert die Beläge für die bisher besprochenen anatomischen Verhältnisse des *Colon descendens*. Die Maasse sind in Bruchtheilen eines Mètre angegeben.

Alter und Geschlecht.	Entfernung des Dickdarms von den Dornfortsätzen.	Entfernung der *Flexura Coli sinistra* von der *Crista ilei*.	Umfang des aufgeblasenen *Colon descendens*.	Breite des vom Bauchfell nicht überzognen Theils am aufgeblasenen Darm.
Junges Mädchen von 15 bis 16 Jahren	0,088	0,040	0,150	0,060
Mann von 30 Jahren	0,130	0,140	0,140	0,046
Mann desselben Alters . . .	0,118	0,130	0,190	0,050
Frau von 55 Jahren	0,080	0,110	0,140	0,040
Frau von 60 Jahren	0,090	0,150	0,160	0,045
Frau von 65 Jahren	0,120	0,135	0,120	0,050
Frau von 75 Jahren	0,120	0,160	0,140	0,020

Von Belang ist ausserdem das Verhalten der Blutgefässe, welche zum *Colon descendens* verlaufen. Findet sich ein vollständiges Mesocolon, so liegen sie zwischen dessen beiden Lamellen. In den häufigeren Fällen, wo dies fehlt oder doch nur unvollständig entwickelt ist, treten sie von der inneren Seite her mit dem Bauchfellüberzuge an den Darm heran. Der grosse Gefässbogen, welcher dem *Colon descendens* seine Aeste liefert, liegt sehr nahe am Darmrohr, verläuft fast parallel mit ihm und sendet von der Stelle aus, wo das Peritoneum auf den Darm übergeht, seine Aeste in die Darmwände. Die hintere Wand des Darmrohrs ist in dieser Gegend von grösseren und namentlich auch von quer laufenden Aesten ganz frei.

Das von Amussat für die sog. Callisen'sche Methode empfohlene und ausgeführte Verfahren ist folgendes: Man macht einen queren Einschnitt zwei Finger breit oberhalb der *Crista ilei* oder, genauer gesagt, in der Mitte zwischen dieser und der letzten falschen Rippe, etwa dem mittleren Drittel der Crista entsprechend. Nach Durchschneidung der Haut kann man die tieferen Schichten durch einen Kreuzschnitt trennen, um mehr Platz zu gewinnen. Jedoch gewährt ein einfacher querer Schnitt gewöhnlich Raum genug, zumal man auch den äusseren Rand des *Quadratus lumborum* an der hinteren Seite einschneiden kann. Nachdem alle Muskelschichten der Bauchwand durchschnitten sind, handelt es sich um Aufsuchung des Darmes. Derselbe ist oft von dichtem Fettgewebe umgeben und im leeren Zustande schwer zu erkennen. Sorgfältiges Präpariren, wiederholte Untersuchung mit dem Finger und vorsichtige Percussion sind die besten Hülfsmittel. Ist der Dickdarm gefüllt, so lässt er sich als eine fluctuirende Geschwulst mit dem Finger und an seiner grünen oder bräunlichen Farbe auch mit dem Auge erkennen. Der Mangel alles Widerstandes vor dem untersuchenden Finger zeigt, dass man zu weit nach aussen gelangt ist. Hat man das Colon sicher erkannt, so ergreift man es mit einer Hakenpincette, zieht es hervor, führt mittelst einer krummen Heftnadel eine Schlinge hindurch und eröffnet es dann mit dem Troicart oder mit dem Messer, mit dem man jedenfalls nachher die Oeffnung erweitern muss. Die Ränder der Darmwunde werden sogleich mit denen der Hautwunde möglichst weit nach vorn durch Nähte vereinigt. Der hintere Theil der äusseren Wunde wird gleichfalls zusammengeheftet.

Eine Variante des Amussat'schen Verfahrens ist der Vorschlag von Breschet, zu dem *S. romanum* in derselben Weise, unter Ablösung des Bauchfells vorzudringen, wie man sich den Weg zur *Arteria iliaca ext.* bei deren Unterbindung bahnt. Nach demselben Princip operirte Dupuytren auf der rechten Seite bei einem Kinde mit *Atresia ani*, indem er die hintere Wand des Blinddarms (d. h. des *Colon ascendens*) ohne Verletzung des Bauchfells zu eröffnen suchte. Das Kind starb an Peritonitis.

Vergleich der Littre'schen und der Callisen'schen Methode.

Bei der Operation nach Littre muss man die Peritonealhöhle öffnen, und eine heftige Entzündung des Peritoneums ist daher unvermeidlich. Dies soll bei der Callisen'schen Methode vermieden werden. Da aber, wie wir gesehen haben, namentlich bei Kindern, trotz der gegentheiligen Versicherung von Amussat, ein *Mesocolon descendens* vorkommt, so wird die Methode von Callisen zunächst für eine gewisse Zahl von Fällen ganz unausführbar. Der vom Bauchfell nicht überzogene Theil des *Colon descendens* ist aber in vielen Fällen so gering, dass es nur durch einen besonderen Zufall gelingen kann, gerade diese Stelle zu treffen, um das benachbarte Bauchfell nicht zu verletzen. Zugegeben, es gelänge auch, diese Verletzung immer zu vermeiden, so muss eine Entzündung des Peritoneums auf die Callisen'sche Operation doch folgen, da das Darmstück durch die ganze Tiefe der Wunde hervorgezogen werden soll, was ohne beträchtliche Zerrung und Ablösung des Bauchfellüberzuges unmöglich geschehen kann. Bei der Unterbindung der Iliaca eröffnet man auch nicht das Bauchfell, aber die Entzündung desselben ist dennoch eine häufige und gefährliche Folge dieser Operation. Amussat selbst gesteht dies zu, indem er das von Breschet vorgeschlagene Verfahren gerade wegen der Ablösung des Bauchfells gänzlich verwirft. Somit müssen wir sagen: bei der Littre'schen Methode ist die Peritonitis bestimmt zu erwarten, die Ausführung der Operation aber einfach und sicher; bei der Callisen'schen Methode ist die Ausführung immer schwierig und unsicher und die Peritonitis nur in solchen Fällen weniger zu fürchten, wo gerade die hintere Wand des *Colon descendens* in grosser Ausdehnung des Bauchfellüberzuges entbehrt.

engerte Stelle einführt und dann entweder mit Wasser stark anfüllt oder mit Watte oder Charpie ausstopft (Costala). Gefährlich dagegen sind diejenigen Dilatations-Instrumente, welche nach Art der dreiklappigen Specula construirt sind. Ihre Arme sollen geschlossen eingeführt und dann durch eine Schraube auseinander gedrängt werden. Hierbei ist mit grosser Wahrscheinlichkeit statt der Erweiterung Zerreissung zu erwarten. Um die Compression nicht zu unterbrechen, hat Bermond einen besonderen Apparat erfunden, der durch Ausziehen eines in ihm steckenden Cylinders zu einem Rohr umgewandelt wird, durch welches die Fäces entleert werden sollen, — ein Vortheil, der im Vergleich zu den Schwierigkeiten der Darstellung und Anwendung des Apparats viel zu gering ist. Die Incision einer *Strictura recti* kann, wenn man sich von der Anwesenheit eines dicken Narbenringes überzeugt hat, unter Leitung des Fingers mit einem kleinen convexen Messer ausgeführt werden. Die Kauterisation ist meist mit der Compression zugleich angewandt worden. Besondere Aetzmittelträger sind, da man die Afteröffnung selbst leicht erweitern kann, nicht erforderlich. Sässe die Verengerung hoch oben, so würde man sich ähnlicher Apparate wie für die Kauterisation der Harnröhre und der Speiseröhre (vgl. p. 514) bedienen. Unter allen Kauterisationsmitteln würde auch hier die Galvanokaustik den Vorzug verdienen.

Die Beurtheilung der gegen Mastdarm-Verengerungen angewandten Operationen ist sehr schwierig, weil in den einzelnen Fällen, theils unbewusst, theils bewusst, narbige Stricturen von Verengerungen in Folge des Mastdarmkrebses nicht gehörig unterschieden sind. Von der Behandlung der letzteren muss hier natürlich ganz abgesehen werden. Erstere aber lassen sich voraussichtlich weder durch Dilatation, noch durch Incision, noch auch durch Kauterisation dauernd beseitigen, da nach allen diesen Operationen die Narbenverkürzung sich immer wieder geltend machen wird. Kann man das verengerte Stück exstirpiren oder ausschälen, die benachbarte Schleimhaut herunterziehen und in der Nähe der Afteröffnung festheften, so dass also an die Stelle des Narbenringes ein Schleimhautüberzug tritt, so wird man auf diese Weise der Wiederverengerung am sichersten vorbeugen. Die Ausführbarkeit einer solchen Operation wird bei der *Exstirpatio recti* weiter unten erläutert werden.

Wenn die Erweiterung in keiner Weise gelingt, so handelt es sich schliesslich um die Erfüllung der *Indicatio vitalis*, dem Darminhalte an einer anderen Stelle einen Ausweg zu verschaffen, d. h. einen künstlichen After anzulegen.

Bildung eines künstlichen Afters. Formatio ani artificialis, Laparocelotomia, Celotomia.

Zwei Methoden der Anlegung eines künstlichen Afters sind zu unterscheiden, je nachdem man a) den Darm, nach vorgängiger

Die Thatsachen sollen, nach Amussat, entschieden zu Gunsten der Callisen'schen Methode sprechen. Der Beweis für diese Behauptung ist aber keineswegs vollständig geführt. Amussat hält es für erwiesen, dass er die Operation in fünf Fällen ohne Bauchfellverletzung ausgeführt habe, weil die Patienten nicht daran starben. Dies ist aber ein falscher Schluss, denn bekanntlich ist nicht jede Bauchfellverletzung tödtlich. Vor allem aber müssten die Thatsachen zahlreicher sein und wir müssen leider hinzufügen, auch besser constatirt, als dies in den fünf Fällen von Amussat geschehen ist. Amussat berichtet u. A. über den vierten seiner Fälle folgendes: Eine 60jährige Frau leidet an einem Mastdarmkrebs, ein künstlicher After wird am *Colon ascendens* in der rechten Lendengegend angelegt; die Kranke stirbt am 10. Tage darauf. Am 1. Tage war der Leib auf der rechten Seite schmerzhaft, der Puls 88; am 2. Tage wird weder über die Empfindlichkeit des Leibes, noch über die Beschaffenheit des Pulses berichtet; am 3. Tage Puls 80, Schmerz in der *Fossa iliaca;* am 4. Tage *Erysipelas faciei,* Leib unempfindlich, Puls 80; am 5. Tage ist das Erysipelas wieder verschwunden, der Unterleib schmerzhaft, der Puls 92. Am 6. Tage sinken die Kräfte, die Kranke klagt über heftige Leibschmerzen mit reichlichen Ausleerungen; der Puls ist nicht mehr so kräftig, dagegen frequent. Von diesem Tage an steigerten sich die Erscheinungen der Enteritis trotz einer entsprechenden Behandlung, die Leibschmerzen wurden heftiger, Erbrechen trat hinzu, die Kräfte sanken allmälig, bis am zehnten Tage der Tod erfolgte. Dies ist jedenfalls ein höchst ungenauer Bericht, aus dem namentlich keineswegs hervorgeht, dass es sich wirklich um Enteritis gehandelt habe. Als man nach 36 Stunden die Section machte, war die Fäulniss leider schon weit vorgeschritten. Die Angaben des Sectionsberichts aber sind in mancher Beziehung widersprechend. Keine Spur von Peritonitis, nur eine geringe Menge röthlicher Flüssigkeit im kleinen Becken. Auf der folgenden Seite aber heisst es: keine Flüssigkeit in der Bauchhöhle. Der Dünndarm findet sich an mehreren Stellen entzündet und zwar desto mehr, je näher dem Magen, während der Magen selbst frei ist. Diese Entzündung leitet Amussat von einer Weiterverbreitung der, durch die Erweichung des Krebses im Mastdarm gesetzten entzündlichen Reizung auf die übrige Darmschleimhaut ab und doch fügt er bald darauf hinzu, dass im Dickdarm mit Ausnahme der Umgebungen des künstlichen Afters keine Entzündung bestanden habe. Bei dieser Art zu beobachten und zu erklären muss offenbar Manches zweifelhaft bleiben.

Nehmen wir aber die Fälle, so wie sie Amussat mittheilt, und zwar ganz abgesehen von den Uebeln, die zur Operation Veranlassung gaben, so ergiebt sich, dass von fünf, vier einen glücklichen Erfolg hatten. Ausser der bereits erwähnten 60jährigen Frau, die am 10. Tage starb, wurden nämlich operirt: 1) eine Frau von 48 Jahren, welche noch 5 Monat lebte, 2) ein Mann von 62 Jahren, der noch nach zwei Jahren lebte, 3) eine Frau von 50 Jahren, bei der der Erfolg gleichfalls glücklich war, 4) ein Mann von 57 Jahren, der noch drei Monat lebte. Die nach der Littre'schen Methode operirten Fälle, welche Amussat aufführt, sind sieben. Von diesen können aber drei gar nicht mit in Rechnung gezogen werden, nämlich 1) der oben ausführlicher mitgetheilte Fall von Pillore, der streng genommen als ein gelungener betrachtet werden muss, da der Kranke nicht an den Folgen der Operation, sondern an den Folgen des vorher genossenen Quecksilbers am 28. Tage starb. 2) Die von Velpeau an einer Frau, welche bereits allgemeine Peritonitis hatte, ausgeführte Operation. 3) Der Fall, in welchem Amussat selbst operirte und wo selbst der kühne Magendie die Operation nicht billigen wollte, da bereits Kälte der Extremitäten, livide Haut, kleiner fadenförmiger Puls den nahe bevorstehenden Tod der Kranken ankündigten. Die übrigen Fälle betreffen 1) einen 44jährigen Mann, der mit vollständigem Erfolge von Martland operirt wurde, 2) eine 64jährige Frau, operirt von Pring, lebte noch nach sechs Monaten, 3) 63jährige Frau, operirt von Fine, lebte noch 3½ Monat, 4) 47jähriger Mann, operirt von Freer, starb nach acht Tagen. Somit finden sich unter fünf Operationen nach der Callisen'schen Methode, vier Erfolge; unter fünf Operationen nach der Littre'schen Methode gleichfalls vier Erfolge, wenn wir den Fall von Pillore mitrechnen, oder, wenn wir denselben fortlassen, unter vier Operationen drei Erfolge.

Somit lässt sich nach den wenigen vorliegenden Beobachtungen eine bestimmte Entscheidung zu Gunsten der einen oder andern Methode gar nicht treffen.

Als ein Uebelstand nach Ausführung der Callisen'schen Methode ist hervorzuheben, dass der in der Lendengegend liegende künstliche After später viel grössere Beschwerden macht, als ein an der vorderen Seite des Bauches angelegter. Fassen wir Alles zusammen, so müssen wir mit Sabatier, Dupuytren, Bégin, Velpeau, Goyrand, Marchal de Calvi[1]) der Littre-schen Methode den Vorzug geben.

|Von Operationen bei neugebornen Kindern ist hierbei gar nicht die Rede. Bei ihnen lässt sich ein sehr vollständiger Bauchfellüberzug am *Colon descendens* mit der grössten Wahrscheinlichkeit erwarten und die Methode von Callisen ist somit bei ihnen voraussichtlich unausführbar.|

Während die Mehrzahl der Chirurgen froh sein wird, wenn es gelungen ist, bei einem Kinde mit *Atresia ani* einen künstlichen After anzulegen, macht Martin den Vorschlag, zuerst den Dickdarm, nach der Littre'schen Methode, zu öffnen, dann aber von dieser Oeffnung aus einen Katheter einzuführen und mit diesem das blinde Ende des Mastdarms gegen den Damm abwärts zu drängen, wo man die Spitze des Katheters demnächst von einer vorher angelegten Wunde aus aufsuchen und, durch sie geleitet, den Mastdarm öffnen soll. Man könnte statt des Katheters dann auch eine Pfeilsonde (d. h. ein Rohr, aus welchem sich ein Stilet hervorstossen lässt) anwenden, um den Darm in der Richtung von innen nach aussen zu öffnen. Die grosse Unsicherheit und Gefahr einer solchen Operation leuchtet von selbst ein.

Zweites Capitel.

Wunden und fremde Körper.

A. Wunden.

Wunden des Mastdarms können primär durch die Blutung und durch die Eröffnung der Peritonealhöhle gefährlich werden;

[1]) Vgl. dessen Aufsatz in den *Annales de la chirurgie*. T. III, p. 255.

secundär durch die Infiltration des Darminhalts in das den Mastdarm umgebende Bindegewebe; nachträglich auch noch durch die, in Folge von Verletzungen, bei denen Substanzverlust oder doch beträchtliche Eiterung bestanden hat, zu befürchtende Verengerung. |Häufig bestehen zugleich Verletzungen der Scheide, der Harnblase, der Harnröhre, der Beckenknochen.|

Blutung ist am meisten bei Schnittwunden, Eröffnung der Peritonealhöhle bei Stichwunden, Kothinfiltration nach Zerreissungen, namentlich also bei Schusswunden und bei dem nicht ganz selten beobachteten zufälligen Aufpfählen zu erwarten.

|Besonders zu erwähnen ist, dass bei ungeschickter Handhabung der Klystirspritze der Mastdarm damit durchbohrt und durch das alsdann in das Bindegewebe des Beckens eingespritzte Klystir Gangrän bewirkt werden kann.|

Die Stillung der Blutung gelingt, sofern nicht die Unterbindung des blutenden Gefässes, welche auch hier vor allen andereren Mitteln den Vorzug verdient, ausgeführt werden kann, am besten durch die Tamponade. Man führt einen mit zwei dicken Fäden zusammengeknoteten dicken Charpiebausch bis über die verletzte Stelle hinaus und verfährt dann wie bei der Tamponade der Nasenhöhle.

Ein Colpeurynter, wie man ihn zur Tamponade der Scheide jetzt anwendet, oder statt dessen ein weiter Gummischlauch, ein Stück Thierdarm, eine Thierblase, die man strotzend mit Wasser füllt, wirken in derselben Weise.

Hat man ein Glüheisen zur Hand, so kann auch durch dessen Anwendung die Blutung sehr sicher gestillt werden; jedoch wird man eine ausgedehnte Anwendung desselben wegen der danach zu erwartenden Narbenverkürzung gern vermeiden.

Um Kothinfiltration zu verhüten, räth Bégin, sogleich nach der Verletzung den *Sphincter ani* zu durchschneiden, damit der gesammte Inhalt des Mastdarms fortdauernd frei abfliesse. Da nach einer solchen Durchschneidung ein für die Funktion hinreichend genaue Wiedervereinigung zu erwarten steht, so verdient dieser Rath alle Berücksichtigung. Ausserdem wird man durch häufig wiederholte Einspritzungen für die grösste Reinlichkeit sorgen müssen. |Von grosser Wichtigkeit ist es bei allen bedeutenderen Mastdarmverletzungen, solche Nahrungsmittel zu geben, welche möglichst wenig Fäces liefern. Geniesst der Kranke nichts weiter als Fleischbrühe und Eier, so erfolgt acht bis vierzehn Tage lang keine Stuhlentleerung. In derselben Absicht Opium zu geben, ist nicht empfehlenswerth, weil darauf die Bildung harter Kothballen folgt, durch welche die frisch vernarbte Mastdarmwunde wieder zersprengt werden könnte.|

B. Fremde Körper.

Die fremden Körper im Mastdarm kommen theils aus dem oberen Abschnitte des Darmkanals, wo sie entweder erst entstanden sind (Darmsteine, verhärtete Kothballen), oder in welchen sie vom Munde aus gelangt sind (Fischgräten, Nadeln, Knochenstückchen); theils sind sie von Aussen eingedrungen oder eingebracht. Die wunderbarsten Dinge hat man bald in Folge eines sonderbaren Zufalles, bald in boshafter Absicht oder bei Verirrungen des Geschlechtstriebes in den Mastdarm gelangen sehen: Kugeln aller Art, Rüben, Pomadentöpfchen, Fläschchen und Gläser, Gabeln, auch goldne Ringe, Geldrollen, Uhrfedern (bei Dieben).

Die Zeit, binnen welcher ein fremder Körper vom Munde bis zum After gelangt, lässt sich durchaus nicht bestimmen; bald sind es nur 24 Stunden, bald mehrere Wochen. Das Fortrücken des fremden Körpers wird, wenn er gross oder scharf ist, oft durch heftige Schmerzen angedeutet. Ist ein solcher Körper im Mastdarm angelangt, so erregt er in der Regel heftigere Schmerzen, die durch manche Bewegungen, namentlich durch Beugung des Rumpfes verschlimmert werden. Kleine, spitzige oder zackige fremde Körper setzen sich in den kleinen Ausbuchtungen fest, welche sich im Mastdarme zwischen den, seine Längsfalten verbindenden Querfalten vorfinden. Dort entsteht alsdann sehr schnell Verschwärung, die schliesslich zur Durchbohrung des Darms und Entwickelung einer Mastdarmfistel führt. Grössere Gegenstände können den Darm mehr oder weniger verstopfen und somit Ueberfüllung des nächst oberen Darmstücks und schliesslich die Erscheinungen einer Darmeinklemmung herbeiführen.

Dabei kann auch (bei Männern) Harnverhaltung in Folge des Druckes auf den Blasenhals entstehen. Auch sollen fremde Körper, wenn sie längere Zeit verweilen, zur Entwickelung von Hämorrhoiden Veranlassung geben können.

Aus allen diesen Zeichen würde man jedoch die Anwesenheit eines fremden Körpers immer nur vermuthen können. Eine bestimmte Diagnose kann nur nach genauer Untersuchung des Mastdarms gestellt werden. Dieselbe wird am einfachsten mit dem Finger ausgeführt; selten gewährt die mit Hülfe eines Speculum auszuführende Besichtigung genaueren Aufschluss über die Natur des fremden Körpers. Häufig genug hat man fremde Körper im Mastdarm gefunden, die man gar nicht vermuthet hatte, so z. B. beim Setzen eines Klystiers, beim Spalten eines Abscesses am After u. dgl.

Unter den im Darm selbst entstandenen fremden Körpern erwähnen wir die sogenannten Kothsteine, d. h. verhärtete Kothmassen, die sich bald im Blinddarm, bald an einer andern Stelle des Colon, namentlich wenn diese Darmstücke in einem Bruch liegen, oder oberhalb einer Darmverengerung, oft aber auch wirklich erst im Rectum bilden. Kommen sie von oben herab, so sind Kolikschmerzen, Uebelkeit und Verstopfung mit ihrer Anwesenheit verbunden. Alsdann können sie oft durch Palpation des Unterleibes schon erkannt werden. Sie bilden zuweilen eine so harte Geschwulst, dass man eine Krebsgeschwulst vor sich zu haben geglaubt hat.

Vidal fand eine solche Anhäufung verhärteter Kothmassen in dem Dickdarm einer jungen Dame, die man nach ihrem ersten Wochenbett beinahe zehn Monat im Bett gehalten hatte, in dem Glauben, es handle sich um eine Krebsgeschwulst des Eierstocks. Abführende Pillen beseitigten die Geschwulst und stellten die Kranke, die durch eine gegen den Krebs gerichtete Entziehungskur fast an den Rand des Grabes gebracht war, wieder her.

Sind diese Fäcalconcremente im Mastdarm angelangt, so erregen sie eine unbehagliche Empfindung von Schwere und veranlassen den Kranken zu vergeblichen Bemühungen, sich ihrer zu entledigen. Solche Bestrebungen dauern zuweilen wochenlang und gelingen immer nur unter der grössten Anstrengung mit kaltem Schweiss, oft selbst mit krampfartigen Zufällen. Selbst Klystiere bleiben in solchen Fällen ganz gewöhnlich ohne Erfolg.

Zuweilen tritt Harnverhaltung als das wesentlichste Krankheitssymptom dem Arzte entgegen, so dass er, wenn er den Finger in den Mastdarm einzuführen verabsäumt, auf therapeutische Irrwege gerathen kann. Manchmal findet sich, wie Boyer bemerkt hat, unwillkürliche Darmentleerung, wenn der Mastdarm durch Concremente sehr stark ausgedehnt ist. Dies erklärt sich aus dem lähmungsartigen Zustande, in welchen der Sphincter durch den fortgesetzten Druck der hartgewordnen Concremente versetzt wird. Alsdann können Flüssigkeiten abgehen, ohne dass die Oeffnung hinreichend weit ist, um die verhärteten Massen austreten zu lassen. Unter solchen Verhältnissen kann der Glaube entstehen, dass der Kranke an Durchfall leide, während sein Grundleiden gerade Verstopfung ist. Alsdann entstehen, selbst wenn die den Mastdarm erfüllenden Kothmassen keinen sehr hohen Grad von Härte erlangt haben, beträchtliche Schmerzen im Leibe, die man für entzündliche zu halten verleitet wird und die in der That auch die Verläufer einer wie bei Darmeinklemmung eintretenden Entzündung sind. Zu ihrer Beseitigung hat man aber nicht Aderlässe und Calomel, sondern die Ausräumung des Mastdarms anzuordnen.

Seltner als Fäcalconcremente fanden sich wirkliche Steine, welche aus den

Gallen- oder aus den Harnwegen herrühren, im Mastdarm. Aus der Blase kann ein Stein nur nach vorgängiger Perforation derselben sowie der Mastdarmwand in die Darmhöhle gelangen. Die Diagnose kann also, sobald man mit dem Finger untersucht, nicht zweifelhaft sein.

Fassen wir die durch fremde Körper im Mastdarm hervorgerufenen Erscheinungen zusammen, so ergeben sich: 1) locale, nämlich Schmerz, Entzündung, Abscess und Fistelbildung, je nach der Grösse auch Funktionsstörung durch Verstopfung des Darmrohrs. 2) Functionsstörungen im übrigen Darmcanal in Folge der Versperrung seines unteren Endes, seltner in Folge der Weiterverbreitung der Entzündung ohne Versperrung. In letzterem Falle kann eine die Ernährung allmälig bedeutend beeinträchtigende Verdauungsstörung sich entwickeln.

Man darf mit der Entfernung eines fremden Körpers aus dem Mastdarme niemals zögern. In vielen Fällen reichen die Finger aus, um dieselbe zu bewerkstelligen. Bei ihrer Anwendung ist man am sichersten vor Verletzungen. Zeigen sie sich aber unzureichend, so wird man wohl nur sehr selten sich aufgefordert fühlen, die ganze Hand einzuführen oder ein Kind mit der Ausführung dieser Operation zu beauftragen, wie dies in früherer Zeit geschehen ist.

Nollet (*Observations curieuses* XXXVIII. p. 103) erzählt, dass ein Geistlicher in der Absicht, sich von einer heftigen Kolik zu befreien, eine Flasche voll Rosmarinspiritus in seinen Mastdarm eingebracht habe, deren Extraction nicht gelingen wollte, bis man einen Knaben von acht Jahren dazu anstellte, der mit seiner ganzen Hand einging und die Flasche hervorzog.

Zur Unterstützung der Finger benutzt man Löffel und Kornzangen; gewöhnliche Theelöffel sind oft von grossem Nutzen, in manchen Fällen leistet der Steinlöffel Fig. 120 noch mehr.

Fig. 120.

|Dieffenbach empfiehlt, vor der Einführung eines Instrumentes, den Mastdarm stets mit Haferschleim zu füllen, welcher mit $\frac{1}{4}$ seines Volumens Baumöl durchgeschüttelt ist. Dadurch soll Verletzung der Mastdarmschleimhaut verhütet werden (S. unten).|

Oft wird die Extraction wegen einer besonderen Befestigung oder einer besonderen Beschaffenheit des fremden Körpers schwierig. Gräten und Nadeln, welche in die Mastdarmwand tief eingedrungen sind, muss man, nachdem man sie mit der Kornzange gefasst hat, erst aufwärts schieben, um sie dann entweder mit einer zweiten Zange an ihrer Spitze zu fassen, oder durch eine Art von Wendung auszuziehen. Wenn es der Raum gestattet, kann man sie mit derselben Zange, mit der man sie zuerst gefasst hat, unter dem Schutze des Fingers herausbefördern. Hat eine Nadel in der Nähe des Afters die Mastdarmhäute gänzlich perforirt und ist mit ihrer Spitze bis dicht unter die äussere Haut vorgedrungen, so gelangt man schneller zum Ziele, indem man da, wo die Spitze deutlich gefühlt wird, einen kleinen Einschnitt macht und die Nadel durch diesen hervorzieht. Sitzt ein spitzer Körper in der vorderen Mastdarmwand fest, so muss man bei männlichen Individuen die Entleerung und Untersuchung der Blase mittelst des Katheters nicht versäumen; denn nicht selten dringt ein solcher Körper bis in die Blase ein und wird daselbst schnell von Harnsalzen incrustirt. In diesem Falle gelingt seine Ausziehung vom Mastdarme aus nur nach vorgängiger Erweiterung der kleinen Wunde, in welcher er steckt. Die Entleerung der Blase ist auch bei fremden Körpern von bedeutendem Volumen nothwendig. In solchen Fällen entsteht durch die entzündliche Anschwellung der Mastdarmschleimhaut schnell eine heftige Einklemmung. Alsdann hat man, wenn der fremde Körper zerbrechlich ist, die Zertrümmerung desselben mittelst einer starken Kornzange oder mittelst eines Steinzertrümmerers, wie er bei Blasensteinen zur Anwendung kommt, in Vorschlag gebracht. Dies ist aber bei Gläsern und Töpfen, auf die ein solches Verfahren am leichtesten Anwendung finden könnte, sehr gefährlich, weil die Bruchstücke entweder sogleich oder doch bei dem Versuche sie heraus zu ziehen, mit ihren Spitzen und Zacken in die Darmwand eindringen. Man muss also lieber von vornherein mittelst langer, stumpfer Haken, wie sie auch zum Auseinanderziehen der Vaginalwände benutzt werden, den fremden Körper von der ihn umschliessenden Schleimhaut frei zu machen, und letztere zu schützen suchen, um ihn ohne Zertrümmerung ausziehen zu können. Zeigt sich die Enge der Afteröffnung hierbei hinderlich, so kann man den Sphincter unbedenklich (am besten in der Richtung nach Hinten) einschneiden.

Es giebt allerdings Beispiele von gelungener Ausziehung der Scherben eines absichtlich mit der Zange zermalmten Glases oder Topfes, aber es fehlt auch nicht an Fällen, in denen dabei trotz der grössten Sorgfalt lebensgefährliche Verletzungen nicht vermieden werden konnten. Desault (*Journal de chirurgie, par Desault. Paris,* 1792 t. III. p. 177) bediente sich der Zertrümmerung, um einen kleinen Topf, der mit seinem schmaleren Ende, welches jedoch noch immer einen bedeutenden Durchmesser hatte, voraus, eingebracht worden war. Unter den gewaltigen Anstrengungen, welche der Kranke gemacht hatte, um diesen fremden Körper wieder herauszudrücken, hatte sich die Mastdarmschleimhaut umgestülpt und in den Topf, dessen Boden schon vorher herausgeschlagen war, eingedrängt. Nachdem die Mastdarmwände etwas von dem Topfe entfernt waren, gelang die Zertrümmerung und Ausziehung ohne Verletzungen. Der Prolapsus wurde zurückgebracht und der Kranke nach vierzehn Tagen geheilt entlassen. — Dagegen endete ein anderer Fall tödtlich, in dem man ein grosses Trinkglas, welches sich ein Mensch in den Mastdarm gestopft hatte, gleichfalls zu zerbrechen suchte. Die spitzen Bruchstücke drängten sich in die Darmwand ein, und obgleich Velpeau noch glücklich genug war, durch eine Art von Wendung diese fremden Körper zu entfernen, starb der Unglückliche doch acht Tage darauf. Zu derselben Zeit gelang im Hôtel Dieu die Ausziehung eines fast ebenso grossen Glases ohne vorherige Zermalmung durchaus glücklich.

Statt des Einschiebens von Haken zwischen den fremden Körper und die Schleimhaut des Mastdarms, kann man in manchen Fällen, wenn der fremde Körper nicht besonders voluminös, aber sehr rauh und zackig ist, ein Rohr einführen, durch welches man ihn dann auszieht.

Eine besondere Berühmtheit hat der Schweinsschwanz erlangt, den Göttinger Studenten einem Mädchen mit dem dickeren Ende voraus in den Mastdarm geschoben hatten. Beim Ziehen an der Spitze des Schwanzes mussten die (abgestutzten) Borsten sich nothwendig aufrichten und in die Schleimhaut eindringen. Am sechsten Tage wurde Marchettis gerufen, dem die Extraction in folgender Weise gelang. Er band an der Spitze des Schwanzes einen dicken Faden fest, zog diesen durch ein Schilfrohr, schob letzteres dann, während er den Faden spannte, über dem Schweinsschwanze empor und konnte diesen nun leicht sammt dem eingeführten Rohre entfernen.

Wenn ein fremder Körper längere Zeit im Mastdarme verweilt hat, oder wenn bei der Entfernung desselben bedeutende Verletzungen stattgefunden haben, so muss man zur Vermeidung einer gefährlichen Entzündung wie bei gerissenen und gequetschten Wunden des Mastdarms verfahren (Vgl. p. 944).

Drittes Capitel.

Vorfall des Mastdarms, Vorfall aus dem After *Prolapsus recti, s. ani.*

Der Mastdarmvorfall ist nicht immer von derselben Beschaffenheit; bald handelt es sich nämlich blos um eine Hervorstülpung der Schleimhaut, bald um eine Ausstülpung einer, vorher in die Mastdarmhöhle eingestülpten Darmwand (Vorfall mit Invagination). Im ersteren Falle dringt der Vorfall nur durch den After heraus, im zweiten muss das ausgestülpte Darmstück vorher durch einen Theil des Mastdarms selbst herabsteigen |wobei dann wieder zu unterscheiden ist, ob die Ausstülpung ein höher gelegenes Darmstück, oder blos einen Theil des Mastdarms selbst betrifft|. Nur bei einem Vorfall der letzteren Art kann eine Einsenkung anderer Eingeweide in den ausgestülpten Theil des Mastdarms stattfinden (Mastdarmbruch).

1. Vorfall der Mastdarmschleimhaut.

Bei schwächlichen Menschen drängt sich mit jeder Stuhlentleerung eine ringförmige Schleimhautfalte einige Linien weit aus der Afteröffnung hervor und tritt, nachdem die Entleerung vollendet ist, von selbst wieder zurück. Bei manchen Thieren, namentlich den Pferden, ist dieser Vorgang ganz normal. Die, mannigfaltigen Bewegungen unterworfene, Mastdarmschleimhaut ist nämlich mit den übrigen Häuten des Mastdarms überhaupt nur lose verbunden. Lockert sich diese Verbindung noch mehr und büsst die Schleimhaut selbst ihren Tonus ein, so senkt sie sich allmälig gegen den After hin und ragt endlich sogar aus demselben hervor. Ursache eines solchen Vorfalles ist also alles, was den Tonus der Mastdarmschleimhaut vermindert oder sie ihrer mechanischen Stützpunkte beraubt. Dahin gehört Lähmung der Sphincteren und des *Levator ani*, chronische Diarrhöe, zumal bei schwächlichen Subjecten, bei Kindern und Greisen. Als unmittelbare Veranlassung können alle bedeutenden Anstrengungen, namentlich diejenigen bei der Kothentleerung betrachtet werden. Daher kommt der Mastdarmvorfall in der Ruhr, bei Hämorrhoiden, bei Verengerung der Harnröhre, bei Prostatageschwülsten und anderweitigen Krankheiten, die die Harnentleerung erschweren, nicht selten vor. Da die Aftermuskeln bei der Harnentleerung thätig sind und da die Bauchpresse, die zur Entleerung der Blase benutzt wird, immer auch auf den Mastdarm wirken muss, so ist der Zusammenhang zwischen Harnbeschwerden und Mastdarmvorfall nicht schwer zu erklären. Geschwülste, welche sich im Mastdarm entwickeln, namentlich auch die als Hämorrhoiden bekannten Blutaderknoten begünstigen die Entstehung eines Schleimhautvorfalles, nicht blos indem sie zu stärkeren Anstrengungen bei der Entleerung veranlassen, sondern auch, indem sie die Schleimhaut allmälig immer weiter herabziehen und hervordrängen.

Der Vorfall der Mastdarmschleimhaut stellt eine weiche, rothe, bei der Berührung nicht sehr empfindliche, ringförmige Geschwulst dar. Diese ist von einer kleinen Rinne umgeben, in welche man aber weder Finger noch Sonde tiefer einführen kann. Sie steht mit dem *Sphincter ani* nicht blos in Contiguität, sondern in Continuität. Die Geschwulst tritt niemals plötzlich hervor. Bei längerem Bestehen nimmt sie nicht an Länge, sondern vielmehr an Dicke zu. In der Mitte der Geschwulst befindet sich eine Oeffnung, durch welche man den Finger in die Höhle des Mastdarms einführen kann. Die Prognose ist bei dem einfachen Mastdarmvorfall günstig; aber in seiner vollen Einfachheit kommt dieser Zustand eigentlich nur bei Kindern vor. Bei alten Leuten oder sehr geschwächten Subjecten, wo gewöhnlich entweder Hämorrhoiden oder Mastdarmpolypen oder eine Erkrankung der Harnwege zugleich besteht, ist die Prognose bei weitem ungünstiger; radicale Heilung ist unter solchen Verhältnissen viel seltener; |vielmehr veraltet der Mastdarmvorfall unter solchen Verhältnissen häufig und erhält dann ein der Epidermis ähnliches trockenes Epithelium.|

Behandlung. Eine gute stärkende Diät, tonische, namentlich eisenhaltige Mittel, die Anwendung adstringirender Einspritzungen und Sitzbäder vermögen namentlich bei jüngeren Patienten radicale Heilung herbeizuführen. |Von Vielen wird die Wirkung des *Extr. Nucis vomicae* gelobt.| Jedenfalls sucht man den Vorfall sogleich zurückzubringen und zurückzuhalten. Die Reposition muss sanft und allmälig geschehen; dann gelingt sie selbst in schwierig scheinenden Fällen, ohne dass man nöthig hat, den Sphincter einzuschneiden. Zum Behuf der radicalen Heilung hat man, wenn die oben angegebene Behandlung nicht ausreicht, auch operative Eingriffe zu Hülfe genommen.

A. Abschneiden des Prolapsus. Man fasst die ausgestülpte Schleimhaut mit der Hakenpincette und trägt sie mit der Hohlscheere ab (Sabatier). Um sicher zu sein, dass die Geschwulst nicht sofort in die Mastdarmhöhle zurückgleitet, wenn man den Schnitt beginnt, kann man sie vorher mit einigen Fadenschlingen befestigen. Jedoch gelingt es selten, die erschlaffte Schleimhaut ganz abzutragen und man ist daher vor Recidiven nicht sicher. Bei der Operation kann eine heftige Blutung eintreten, zu deren Stillung die Unterbindung erforderlich wird. Man empfiehlt deshalb auch, ein *Ferrum candens* bereit zu halten.

B. Kauterisation. Man lässt den Kranken stark drängen, um den Prolapsus möglichst weit herauszutreiben und zieht darauf, je nach der Grösse desselben, mehr oder weniger zahlreiche Streifen mit einem schmalen Glüheisen. Man hofft, dass durch die hierauf folgende Narbenbildung der Wiederkehr des Prolapsus vorgebeugt würde. Dies ist jedoch nicht immer der Fall.

C. Verengerung der Afteröffnung durch Ausschneiden von Hautfalten in der Umgebung wurde zuerst von Hey im Jahre 1788 vorgeschlagen. Dupuytren hat dies Verfahren besonders ausgebildet. Nach seiner Vorschrift verrichtet man die Operation in folgender Weise: der Kranke liegt auf dem Bauch, Rumpf und Kopf etwas vornüber gebeugt, das Becken durch untergeschobene Polster erhöht. Die Hinterbacken werden von einander gezogen, so dass man den Prolapsus genau sehen kann. Der Operateur erhebt mit einer etwas breiten Pincette zuerst auf der einen und dann auf der andern Seite, nöthigen Falls auch vor und hinter dem After Hautfalten in radiärer Richtung gegen den After und trägt sie sofort mit einer Hohlscheere ab. Je nachdem der Prolapsus bedeutend war, wird eine grössere Anzahl von Falten und in grösserer Ausdehnung, namentlich gegen die Afteröffnung hin und bis in dieselbe hinein ausgeschnitten. Bei grosser Erschlaffung der Schleimhaut werden vier bis sechs Falten bis zu $\frac{1}{2}$ Zoll Höhe abgetragen.

Dupuytren wandte nach der Operation gar keinen Verband an; Velpeau suchte sogar durch das Einlegen von Charpie Eiterung zu erregen, indem er dadurch eine festere Narbe zu erhalten hoffte. [Diese Ansicht ist aber entschieden irrig. Je vollständiger die erste Vereinigung gelingt und je schmaler die Narbe ausfällt, desto mehr ist man vor abermaliger Ausdehnung sicher. Deshalb ist auch das Ausschneiden grosser Stücke keineswegs zu empfehlen, zumal die Wunden in Folge der Spannung der Haut sich alsbald quer stellen, wenn man die Schnitte auch radiär gegen den After geführt hat (Roser).] Robert (*Mémoire de l'Académie royale de médecine.* Paris, 1843. t. X. p. 88) will statt mehrerer Falten einen dreieckten Lappen, dessen Basis an der Afteröffnung liegen müsste, ausschneiden. Diese Operation hat aber keine Vorzüge und mehr Beschwerden für den Kranken.

Bei der Beurtheilung dieser verschiedenen Operationsweisen darf man vor allem nicht vergessen, dass der Schleimhautvorfall bei Kindern mit der Zeit von selbst heilt. Bei Erwachsenen ist, wenn er noch nicht lange besteht und nicht complicirt ist, das Dupuytren'sche Verfahren sehr wirksam. Jedoch muss der Operirte lange Zeit jede Anstrengung bei der Stuhlentleerung vermeiden. Ist der Vorfall aber bereits veraltet und in der oben geschilderten Weise complicirt, so wird durch die anderen Verfahren radicale Heilung auch nicht erzielt. Solche Subjecte leiden gewöhnlich an einem solchen Grade allgemeiner Erschlaffung, dass man im Stande sein müsste, ihren ganzen Körper zu stärken, um von irgend einer Operation ein glückliches Resultat erwarten zu können. Ist der Mastdarmvorfall die Folge des fortschreitenden Wachsthums eines Polypen oder eines Hämorrhoidalknotens, so wird die Therapie natürlich vor allen Dingen gegen diese Uebel zu richten sein.

II. Vorfall der ganzen Mastdarmwand und Mastdarmbruch.

|Viel seltener als die Schleimhaut allein, prolabiren alle Häute des Mastdarms in mehr oder weniger grosser Ausdehnung, so dass bald nur die eine Seite, bald die ganze Circumferenz des Darmes eine Ausstülpung erleidet. Am häufigsten scheint auch diese Art des *Prolapsus recti* bei schwächlichen Kindern, zumal nach andauernden Diarrhöen vorzukommen. Ihre Aetiologie fällt überhaupt mit derjenigen des blossen Schleimhautvorfalles zusammen. In diagnostischer Beziehung ist es von Wichtigkeit, dass man beim Schleimhautvorfall nirgend zwischen dem Prolapsus und dem Afterrande eindringen kann, während dies bei jedem Vorfall der ganzen Dicke des Mastdarms, der nicht gerade in der ganzen Circumferenz sich entwickelt hat, der Fall sein muss. Die bedeutendere Dicke und die Möglichkeit, wenigstens an dem frischen Prolapsus mehrere Schichten (Häute) durch das Gefühl zu unterscheiden, wird auch zu beachten sein. Dennoch dürften Fälle der Art von dem Einen als blosser Schleimhautvorfall, von dem Anderen als Vorfall der ganzen Mastdarmwand gedeutet werden können. Ist ein solcher Vorfall veraltet, so verhält sich seine Oberfläche wie beim Schleimhautvorfall. Auch die Therapie stimmt im wesentlichen mit derjenigen des Schleimhautvorfalles überein; nur wird man hier noch weniger als dort zum Abschneiden geneigt sein und dasselbe jedenfalls erst vornehmen, nachdem man volle Gewissheit erlangt hat, dass in dem ausgestülpten Mastdarmstück keine Eingeweide eingeschlossen liegen. Vor dem Schnitt muss man durch die ganze Dicke des Prolapsus an seiner Basis eine hinreichende Anzahl von Fäden ziehen, um sie sofort als Nähte benutzen zu können. Wem dies Verfahren zu schwierig erscheint, der kann auch das, namentlich von Chelius empfohlene Abbinden in der Bd. I. pag. 399 und 400 angegebenen Weise anwenden. Am vortheilhaftesten wirkt, nach den Erfahrungen von Dieffenbach, das Kauterisiren mit dem *Ferrum candens*, welches bei alten Vorfällen der Art aber mehrmals wiederholt werden muss.|

|Sind, wenn auch nur auf einer Seite, sämmtliche Mastdarmhäute vorgefallen, so ist es sehr wahrscheinlich, dass sich sofort auch Eingeweide in die, durch den Prolapsus gebildete Tasche einsenken. Auf diese Weise entsteht der Mastdarmbruch (*Hedrocele, Hernia recti*). Für die Entwickelung desselben ist also immer ein *Prolapsus recti* nothwendig. Gewöhnlich ist hierbei der Mastdarm aus dem After hervorgestülpt und in dieser Ausstülpung auf Kosten der einen, in der Regel der vorderen Wand die Bruchtasche entwickelt. Dann liegt also der grössere Theil des Mastdarms hinter dem Bruch, beide aber liegen ausserhalb des Afters. In manchen dieser Fälle wird es schwer sein bestimmt zu sagen, ob der Bruch mehr als *Hernia perinealis* oder als *Hernia rectalis* bezeichnet werden soll. Der Mastdarmbruch kann aber auch bestehen, ohne dass der umgestülpte Theil des Mastdarms aus dem After hervorragt; die Bruchtasche hängt dann wie ein breitgestielter Polyp in der Mastdarmhöhle. Endlich kann die vom Mastdarm gebildete Bruchtasche auch bersten, entweder ganz oder mit Erhaltung der Schleimhaut, so dass die Brucheingeweide dann entweder prolabiren oder in einem, nur von der Schleimhaut gebildeten Sack liegen. In allen diesen Fällen wird man immer zuerst die Eingeweide zurückdrängen müssen. Wollte man die Reposition des Prolapsus vorher ausführen, so müsste dadurch geradezu Einklemmung bewirkt werden. Zur Retention bedient man sich ähnlicher Apparate, wie wir sie bei der Behandlung des *Prolapsus vaginae* näher beschreiben werden; namentlich sind hier gebogene Stäbe von Fischbein oder Stahl anwendbar, deren eines Ende einen weichen Schwamm als Pelotte trägt, während das andere an einem Beckengürtel befestigt ist.|

III. Mastdarmvorfall mit Invagination.

Als Invagination oder Intussusception bezeichnet man bekanntlich die mit Umstülpung verbundene Einschiebung eines Stückes des Darmrohres in das nächst untere. Findet dieser Process am Dickdarm statt, so kann das invaginirte Darmstück aus dem After hervortreten in Gestalt einer cylindrischen, weichen, rothen, mit Schleim oder auch mit Blutstreifen überzogenen Geschwulst, die selbst eine Länge von 43 Ctm. erreichen kann. Am unteren Ende dieses Darmvorfalls findet sich eine von der gefalteten Schleimhaut umgebene Oeffnung, in welche man einen Catheter oder den kleinen Finger einführen kann. Das obere Ende der Geschwulst wird von dem After fest umschlossen, befindet sich aber nur in Contiguität mit dieser Oeffnung, so dass man zwischen dem prolabirten Darm und dem After den Finger zuweilen mehrere Zoll hoch hinaufführen kann. Gewöhnlich hat der durch die Invagination gebildete Cylinder eine gerade Richtung; bei Frauen soll häufiger eine Krümmung desselben nach Vorn vorkommen, weil die vordere Mastdarmwand, wegen ihrer Befestigung an der Scheide, weniger nachgiebt. Oft lässt sich die Geschwulst ohne Schwierigkeit reponiren; jedoch werden dadurch die Krankheits-Erscheinungen nicht immer beseitigt, da die Invagination im Inneren weiter fortbestehen und Gangrän des Darms bewirken kann. Auch dann ist durch Abstossung des nekrotischen Darmstücks (selbst bis zu 1½ Fuss Länge) und Verwachsung der einander berührenden Darmflächen noch Heilung möglich. In anderen Fällen lässt sich das invaginirte Darmstück gar nicht reponiren. Dasselbe wird eingeklemmt und man kann den Process der Abstossung alsdann äusserlich beobachten.

Beispiele. I. Ein schwächlicher fünfzigjähriger Schäfer, der schon länger an Diarrhöe litt, fühlt unter heftigen Kolikschmerzen das Bedürfniss zum Stuhlgang. Alsbald aber schiesst ihm eine Geschwulst aus dem After hervor; die Schmerzen steigern sich sofort aufs Fürchterlichste, so dass er sich alsbald auf die Erde legen musste und sich eine Stunde lang nicht von der Stelle schleppen konnte. 28 Stunden darauf ergiebt die ärztliche Untersuchung folgendes: Verzerrte Gesichtszüge, kleiner, schneller Puls, Schluchzen, brennender Durst, häufiges Erbrechen, reissende Schmerzen im Unterleibe, *retentio urinae et alvi;* aus dem After ragt eine elf Zoll lange, etwas nach vorn gekrümmte Geschwulst hervor, an deren unterstem Ende sich eine Oeffnung befindet, in welche man den kleinen Finger einführen kann; ihr Umfang beträgt acht Zoll, aber in der Afteröffnung ist sie eng eingeschnürt. Ihre Farbe ist rothbraun, die Oberfläche schleimig feucht, übelriechend. Man sieht auf ihr einzelne Höcker, die durch tief liegende Stränge von einander getrennt sind. Die Reposition durch gleichmässigen Druck auf die ganze Geschwulst ist unmöglich. Durch allmäliges Einschieben in die am untersten Ende befindliche Oeffnung gelingt sie aber und der Kranke wird wieder hergestellt (*Dictionaire des sciences médicales* t. XXIII. p. 506).

II. Unter denselben Erscheinungen starb ein 24jähriger Mann am siebenten Tage der Invagination. Die Geschwulst hatte gleichfalls beinahe acht Zoll Umfang, ragte fünf Zoll hervor und war schwarz, namentlich in der Umgebung des Afters wie verkohlt. Der Leib aufgetrieben, das Netz rothbraun, der Dünndarm von Gas ausgedehnt und entzündet, der rechten Hüftbeingrube angelöthet, links bilden das *Colon descendens* und das Rectum eine feste Säule. Das Anfangsstück des Jejunum, das *Mesocolon transversum* und die rechte Hälfte des Netzes, ferner das Endstück des Ileum, das Coecum und der aufsteigende sowol als der quere Theil des Colon sind in das *Colon descendens* und in das Rectum invaginirt. Das umgestülpte Coecum hat seinen Platz gerade im *Orificium ani.* (Beobachtung von **Beaudin Brest**, aus der Thèse von Lepelletier).

Aetiologie. Der Mastdarm bildet eine Art von Trichter, in den die beweglicheren Theile des zunächst über ihm liegenden Dickdarms leicht eingeschoben werden können. Der Grund für diese Einschiebung muss in denselben Verhältnissen gesucht werden, welche die Intussusception auch in anderen Abschnitten des Darmcanals veranlassen. Sie kann also plötzlich entstehen durch stürmische Darmbewegungen bei entzündlicher Reizung der Schleimhaut; häufiger entsteht sie analog einer Hernie allmälig; so z. B. bei einer Darmverengerung, wo der verengerte Theil allmälig immer weiter hinabgedrängt wird. Oft wiederholte grosse Anstrengungen bei der Entleerung der Fäces und anderweitige aussergewöhnliche Thätigkeiten der Bauchpresse können, wenn die Darmwände sich überhaupt in einem Zustande von Atonie befinden, schliesslich zur Bildung einer Invagination führen. Die während ihrer Entstehung durch sie schon bedingten Krankheits-Erscheinungen: Verstopfung, Uebelkeit, Erbrechen, Kolikschmerzen, werden oft als begleitende oder complicirende Krankheitszustände aufgefasst. Die Prognose dieser Art des Mastdarmvorfalles ist immer bedenklich; denn die Behandlung kann in den meisten Fällen die zu stellenden Indicationen nicht erfüllen. Wenn auch in der Mehrzahl der Fälle die Reposition gelingt, so darf man deshalb doch nicht hoffen, auch die Invagination immer beseitigt zu haben, und noch viel weniger Aussicht hat man, Recidive zu verhüten.

Behandlung. Bei der Reduction muss man ähnlich verfahren wie bei der Taxis eines Bruches. Das zuletzt vorgefallne Stück muss zuerst reponirt werden. Man fängt also in der Nähe der unteren Oeffnung der Geschwulst an und schiebt zunächst das invaginirte Darmstück in das invaginirende zurück.

Um dies recht bequem ausführen zu können, empfiehlt Lepelletier, ein elastisches Rohr mit dickem Ende in das vorgefallne Darmstück einzuschieben, da man durch Vermittelung desselben gleichmässiger drücken und schieben könne. [Zur Unterstützung der Repositionsversuche sollen Einspritzungen von Wasser oder Luft in das Ende des prolabirten Darmes (Klystiere, *Douche ascendente*) nützlich sein. Solche sind bei inneren Invaginationen häufig versucht und oft auch wirksam befunden worden, wobei freilich die Frage offen bleibt, ob es sich in den Fällen, wo man dadurch die Darmeinschiebung gelöst zu haben glaubt, auch wirklich um eine solche gehandelt habe. Von den übrigen Mitteln, welche man bei inneren Invaginationen empfohlen hat, kann hier kaum die Rede sein. Schwerlich wird ein Brechmittel auf das Zurückgehen des invaginirten Prolapsus so viel Einfluss ausüben, als der Druck der Finger.]

Das Abschneiden des Prolapsus, als Nachahmung des Naturheilungsprocesses durch Abstossung, lässt sich nur in solchen

Fällen rechtfertigen, wo die Reposition auch bei fortgesetzten Bemühungen nicht gelingt. Dann entsteht aber die Frage, ob die in einander steckenden Theile des Darmrohrs auch schon mit einander verwachsen sind, worüber mit Bestimmtheit niemals entschieden werden kann. Somit wird es erforderlich sein, vor dem Abschneiden eine grössere Anzahl sich kreuzender Fäden mit einer Nadel nahe am After durch die Geschwulst zu führen, mit denen nach dem Abschneiden zunächst die Darmenden in ihrer Lage erhalten werden. Man fasst dann das Mittelstück eines Fadens nach dem anderen, zieht es hervor, durchschneidet es und macht auf diese Weise aus jedem einzelnen Faden zwei, von denen jeder dann zur Knotung einer Naht benutzt wird. Begreiflicher Weise vermag die Abtragung des prolabirten Darmstücks durchaus nichts gegen die Fortdauer einer weiter oben bestehenden Invagination. Zur Verhütung von Recidiven sind dieselben Vorschriften wie bei dem einfachen Mastdarmvorfall zu geben.

Viertes Capitel.

Entzündungen, Abscesse, Fisteln.

Die entzündlichen Processe, welche hier zu betrachten sind, betreffen nicht blos den Mastdarm selbst, sondern auch dessen Umgebungen. Auf letztere muss Rücksicht genommen werden, weil sie nachträglich stets in nähere Beziehung zum Mastdarm treten, namentlich Mastdarmfisteln veranlassen. Dagegen übergehen wir die weiter aufwärts im Darm sich erstreckenden Entzündungen des Rectum, als der inneren Therapie zugehörig.

I. Entzündungen des Afters und des Mastdarms.

Als Veranlassungen zu der keineswegs seltenen Entzündung des Afters sind anzuführen: Reibung durch harte Fäces, vorübergehende Einklemmung der Schleimhaut bei deren Entleerung, Zerrungen der im Umkreise der Afteröffnung wachsenden Haare, Reibungen der zarten Haut durch die verklebten Haare oder durch ihre Spitzen, wenn sie abgeschnitten worden sind (Velpeau), auch Reibungen der in der Gesässspalte an einander liegenden Hautflächen auf angestrengten Märschen, namentlich bei Fettleibigen, welche stark schwitzen (sog. „Wolf"). Alle diese äusserlichen Entzündungen werden durch Ruhe, Umschläge von Bleiwasser oder kaltem Wasser schnell beseitigt. Kann der Patient sich nicht ruhig verhalten, so muss man durch Einlegen kleiner Charpiebäusche, die mit Zinksalbe bestrichen sind, oder durch dickes Aufstreichen dieser Salbe auf die leidende Stelle die Heilung befördern. Letzteres ist namentlich in solchen Fällen nützlich, wo die Haare kurz abgeschnitten waren. Erstreckt sich die Entzündung bis in die Afteröffnung hinein oder noch weiter aufwärts, so leidet der Patient an Tenesmus mit brennenden Schmerzen, wobei gewöhnlich zugleich glasiger, gelblicher, oft mit Blutstreifen gemischter Schleim entleert wird. Erweichende Klystiere, Sitzbäder und eine auf 1 bis 2 Tage auszudehnende Hungerkur reichen zur Beseitigung dieses Uebels aus, sofern dasselbe nicht etwa syphilitischen Ursprunges ist. Auf letztere Quelle muss man aber bei allen blennorrhoischen Leiden der Afteröffnung seine Aufmerksamkeit richten. Aus ihr entspringen auch die häufig vorkommenden papillösen Wucherungen, welche je nach ihrer Gestalt mit verschiedenen, meist dem Pflanzenreiche entnommenen Namen belegt werden, im Allgemeinen aber auch hier wie an den Genitalien als Condylome bezeichnet werden. Häufig haben sie die Gestalt eines Hahnenkamms; dieser hat jedoch keine specifische Bedeutung für die Condylome am After, entsteht vielmehr dadurch, dass die Condylome während ihres Wachsthums zwischen den Hinterbacken platt gedrückt werden. Die Mastdarmblennorrhöe kann von localer Ansteckung herrühren; die Condylome können bis zu dem *Anus* von dem *Introitus vaginae*, oder selbst vom Penis her weiter wuchern, häufig aber treten beide Leiden als Erscheinungen einer syphilitischen Allgemeinerkrankung auf. Daher bedarf man auch in der Mehrzahl der Fälle zu ihrer Beseitigung einer allgemeinen Behandlung; jedoch befördern örtliche Mittel, namentlich adstringirende Umschläge und Einspritzungen, die Heilung sehr wesentlich. Geschwüre werden mit Höllenstein betupft, Condylome mit der Scheere abgetragen und ihre Basis gleichfalls kauterisirt. Besteht aber noch Vaginal- oder Uterin-Blennorrhöe, so wird man die Condylome auch an der Afteröffnung immer wieder aufwachsen sehen, bis jene gänzlich beseitigt ist.

II. Abscesse (Perineal-Abscesse).

Abscesse in der Aftergegend sind häufig. Dies lässt sich aus localen Verhältnissen leicht erklären. In der Umgebung des unteren Endes des Mastdarms findet sich eine grosse Menge von gefässreichem Bindegewebe; die Venen des Mastdarms haben keine Klappen, wodurch Blutstockungen begünstigt werden; Wiederholte Stuhlverstopfung steigert diese Stockung; dazu kommt die Wirkung der Sphincteren, die wenigstens vorübergehend eine Einklemmung der Hämorrhoidalvenen bedingen. Ueberdies können von den benachbarten Organen Entzündungen und Abscesse gegen den Mastdarm vordringen und sich in seine Häute oder in seine Höhle einsenken. Auch aus weiterer Entfernung kann ein Senkungsabscess seinen Weg gegen den After nehmen, namentlich von den Beckenknochen oder von der Wirbelsäule her. Am häufigsten aber geben anderweitige Erkrankungen des Mastdarms, namentlich fremde Körper, Hämorrhoidalknoten, anderweitige Geschwülste, endlich auch Wunden, namentlich Zerreissungen zu Abscessbildung in der Umgegend des Afters Veranlassung. Unleugbar ist auch, dass bei gewissen Allgemeinleiden, z. B. bei rheumatischen Affectionen, im Verlauf der Lungenschwindsucht, nach dem Typhus, sich sogenannte metastatische Abscesse in der Aftergegend entwickeln, die vielleicht aus einer Verstopfung der Gefässe (Thrombose) durch fortgeschwemmte Blutgerinnsel oder Stückchen der atheromatösen Arterienwand bedingt werden. Letztere treten oft mit schneller brandiger Zerstörung auf (sogen. spontane Gangrän), ähnlich wie dies öfter an den Zehen beobachtet wird.

Je nach dem Sitze und Ausgangspunkte des Abscesses kann man drei Arten unterscheiden:

1) Oberflächliche, äussere Abscesse entwickeln sich im Fettgewebe unter der Haut, haben gewöhnlich eine rundliche Gestalt und bilden, da die Fascie in der Tiefe stärkeren Widerstand leistet, als die äussere Haut, von Anfang an eine nach Aussen hervorragende Geschwulst, in welcher sich sehr bald Fluctuation zeigt.

2) Tiefe Perineal-Abscesse entstehen aus einer Phlegmone des in dem *Cavum recto-ischiadicum* enthaltenen Fettgewebes. Ihnen ist der Ausweg gegen die Haut hin durch das die untere Wand dieses Raumes bildende Blatt der *Fascia perinealis* versperrt. Der in dieser Gegend gebildete Eiter nimmt daher seinen Weg gegen den Mastdarm, vorzugsweise gegen dessen hinteren Umfang. Die Perforation des Mastdarms kann in sehr verschiedener Höhe erfolgen und die Entblössung der Mastdarmwand von dem sie umschliessenden Bindegewebe kann sich sowol oberhalb als unterhalb der Perforationsstelle weiter fortsetzen, je nach der Ausdehnung, welche der Abscess vor dem Durchbruch gewonnen hatte. — Die Diagnose solcher Abscesse kann, da sie gegen die äussere Haut nur wenig hervorragen, schwierig sein, wenn man sich mit einer äusserlichen Untersuchung begnügt. Der in

die äussere Oeffnung zur Seite des Afters, selten hinter, noch seltener vor ihm. Der Fistelgang ist oft gewunden oder sinuös, zuweilen auch winklig, sogar im Zickzack gebogen. Wenn mehrere äussere Oeffnungen bestehen, so theilt sich der Gang in eine entsprechende Anzahl von Aesten, die unter verschiedenen Winkeln, meist ziemlich regelmässig gegen die innere Oeffnung hin convergiren. Zuweilen ist der Fistelgang selbst durch grössere Höhlen unterbrochen, so dass er aus mehreren Gängen zusammengesetzt erscheint. Diese Höhlen entsprechen ebenso vielen Abscessen, durch deren Zusammenfliessen die Fistel entstanden war. Durch sie wird bei längerem Bestehen der Mastdarm in solcher Weise entblösst, dass er zuletzt in einer grossen Eiterhöhle zu hängen scheint. An welcher Stelle die innere Oeffnung der Fistel zu suchen sei, ist längere Zeit streitig gewesen. Jetzt ist man allgemein davon überzeugt, dass sie sich fast immer im untersten Theile des Mastdarms, nahe über dem Sphincter befindet. Dagegen erstreckt sich die Entblössung oder Unterminirung der Mastdarmhäute sehr oft viel weiter hinauf, so dass man die Sonde allerdings von der äusseren Fistelöffnung aus zu einer beträchtlichen Höhe hinaufschieben und deshalb glauben kann, die innere Oeffnung der Fistel befinde sich in dieser Höhe.

Ribes (*Mémoires et observations d'anatomie et de chirurgie*, Paris, 1841. t. II. p. 1) hat zuerst darauf aufmerksam gemacht, dass die innere Oeffnung sich fast immer dicht oberhalb des *Sphincter internus* befinde, — wie er glaubte, höchstens 5 bis 7 Mm. über ihm. Larrey erklärte sich hiermit einverstanden und beide beriefen sich auf Sabatier, in dessen *Médecine opératoire*, T. II. p. 352 allerdings wörtlich steht: „Man hat nicht genug darauf geachtet, dass die Fistelöffnung sich häufig nahe am Afterrande befindet, wenn auch der Darm weiter hinauf entblösst ist.“ Velpeau fand, ohne diese Bemerkung Sabatier's zu kennen, unter 35 Fällen, die er theils an Lebenden, theils an Leichen untersuchte, nur 5, die höher als 4 Cm. vom *Sphincter ext.* mündeten. In einem dieser Fälle soll die innere Oeffnung beinahe 10 Cm. oberhalb des Afterrandes gelegen haben, so dass man sie kaum mit der Fingerspitze erreichen konnte; freilich verlief der Fistelgang vorher schon eine lange Strecke zwischen der Schleimhaut und den übrigen Mastdarmhäuten. In einigen Fällen fand sich die innere Oeffnung unterhalb des Sphincter, so dass man diesen Fisteln eigentlich eine Darmöffnung absprechen konnte.

Symptome. Aus der Anamnese ergiebt sich gewöhnlich, dass mehrere Wochen vor der Bildung des äusseren Geschwürs ein tiefer Perinealabscess oder Entzündung und Ulceration eines Hämorrhoidalknotens bestanden oder eine Verletzung des Mastdarms von Aussen her oder durch einen fremden Körper stattgefunden hat. In Betreff der letzteren wird der Kranke freilich, wenn sie aus dem oberen Theile des Darmcanals in den Mastdarm gelangt sind, keinen Aufschluss geben können. Bei weitem nicht immer kommt aus der äusseren Fistelöffnung Koth oder Darmgas hervor, meist sickert eine rothbraune, bisweilen blutige Flüssigkeit aus, zuweilen auch graugelber Eiter, der von Zeit zu Zeit sogar die Qualitäten des *pus bonum et laudabile* annehmen kann.

Aehnlich kann sich die aus einer unvollkommenen äusseren Fistel aussickernde Flüssigkeit verhalten. Selbst die Beimengung von Gasblasen ist nicht entscheidend; denn während der Mastdarm leer ist, kann äussere Luft in das fistulöse und gewöhnlich zugleich sinuöse Geschwür, das wir als unvollkommene Fistel bezeichnen, eindringen und beim Druck auf den Mastdarm entleert werden. Kommt aus der äusseren Oeffnung Darmkoth, ein fremder Körper oder ein Spulwurm hervor, so ist natürlich an dem Bestehen einer inneren Oeffnung nicht mehr zu zweifeln.

Zum Behuf einer genaueren Untersuchung lässt man den Kranken sich auf die Seite legen mit hervorgestrecktem Hinteren, als sollte ihm ein Klystier gegeben werden. Der (vorher beölte) linke Zeigefinger wird in den Mastdarm eingeführt, um die innere Oeffnung zu entdecken. Sie findet sich auf einer kleinen Erhöhung, die bei der Berührung schmerzhaft ist. Eine Sonde wird nun durch die äussere Oeffnung, vorsichtig den Biegungen des Fistelganges folgend, eingeführt, bis sie den im Mastdarm befindlichen Finger berührt. Hatte letzterer die innere Oeffnung bereits entdeckt, so ist die Untersuchung leicht; anderen Falls muss man alle die Abweichungen, die der Verlauf des Fistelganges darbieten kann, vor Augen haben. Zuweilen ist der in den Mastdarm eingebrachte Finger hinderlich, indem er die Richtung des Fistelganges ändert; man ziehe ihn deshalb wieder aus, wenn man die innere Oeffnung nicht fühlen kann, und schiebe die Sonde ganz sanft ohne alle Gewalt vorwärts, bis man nach der Länge des eingeschobenen Stücks vermuthen kann, dass sie in den Mastdarm gelangt sei, wo der Finger sie dann mit Leichtigkeit entdecken wird. Häufig kommt man bei der ersten Untersuchung zu keinem bestimmten Resultat. Man muss dann die Sonde in verschiedener Richtung wiederholt einführen oder die Untersuchung mittelst des Mastdarmspiegels zu Hülfe nehmen. Auch Einspritzungen von Tinte und anderen farbigen Substanzen sind oft nützlich. Man injicirt die Flüssigkeit mit einer kleinen Spritze durch die äussere Fistelöffnung und untersucht, ob sie in die Mastdarmhöhle eindringt. Tamponirt man den Mastdarm vorher mit einem Wattenbausch, so kann man auf diese Weise zu gleicher Zeit erfahren, in welcher Höhe sich die Fistelöffnung befindet. In schwierigen Fällen müsste man endlich, wenn es durchaus darauf ankäme, über das Bestehen einer inneren Oeffnung im Klaren zu sein, die Erweiterung des Fistelganges mit Pressschwamm zu Hülfe nehmen. Jedoch ist es in therapeutischer Beziehung gleichgültig, ob der Fistelgang bis an den Mastdarm heran oder wirklich in ihn hineingeht.

Für die Diagnose einer inneren blinden Mastdarmfistel ist die Anamnese von grosser Wichtigkeit. Der Kranke hat Schmerzen in der Umgebung des Mastdarms gehabt, die nach und nach einen klopfenden Charakter annahmen. Es bestand eine Härte in der Umgegend des Afters und endlich kam eine grössere Menge Eiter aus dem Mastdarme hervor. Die Excremente waren von da ab mit Eiter gemischt. Beim Druck auf die Umgebungen des Afters bemerkt man dann auch noch eine gewisse Härte, oft selbst Hautverdünnung und die Untersuchung mit dem Finger liefert dasselbe Ergebniss, wie bei der completen Fistel. Häufig werden innere blinde Mastdarmfisteln von den Kranken für Hämorrhoidalleiden gehalten und ärztliche Hülfe gar nicht gesucht. Deshalb hält man sie im Allgemeinen für seltener als sie sind.

Bei allen am Damm mündenden Fisteln ist zu berücksichtigen, dass es sich auch um eine Harnfistel handeln kann. Ihrer Entwickelung gehen aber stets Harnbeschwerden voraus. Der Kranke emfindet beim Harnlassen ein eigenthümliches Geräusch, eine mehr oder weniger beträchtliche Hitze in der Umgegend der äusseren Fistelöffnung. Oft kann man auch beim Betasten des Perineums den Fistelgang als einen harten Strang in der Richtung gegen die Blase oder gegen die Harnröhre hin verfolgen. Bei der Untersuchung mit der Sonde findet man den Fistelgang gleichmässig eng und gelangt entschieden nicht in den Mastdarm. In der Mehrzahl der Fälle ist der urinöse Geruch der aus der Fistel ausfliessenden Flüssigkeit schon allein entscheidend.

Prognose und Behandlung. Die Fälle von spontaner Heilung sind selten und betreffen meist unvollkommene Fisteln. Dieselbe scheint bald durch wiederholte Entzündungen des Fistelganges, bald durch allmälig steigende Compression, bei steigender Fettbildung in den Umgebungen der Fistel, zu Stande zu kommen. Gewöhnlich beobachtet man solche Heilungen, nachdem die Kranken lange Zeit nicht mehr untersucht worden sind und namentlich, nachdem sie zur Kräftigung ihres Körpers längere Zeit sich auf dem Lande aufgehalten haben.

Spontane Heilungen von Mastdarmfisteln sind von Sabatier, Ribes, Velpeau und Vidal beobachtet worden. Letzterer erwähnt namentlich eines Geistlichen, der, nachdem seine Fistel durch mehrere zuverlässige Wundärzte constatirt worden war, aus Aengstlichkeit den Termin der Operation immer wieder weiter hinausschob, bis endlich die Heilung ohne Operation erfolgte.

In der Regel ist eine Mastdarmfistel keine gefährliche Krankheit. Jedoch giebt es Fälle, in denen die Eiterung so beträchtlich wird, dass sie die Kräfte des Kranken herunterbringt; auch können sinuöse Fistelgänge, wenn bei erneuter Abscessbildung in ihren Wandungen Kothinfiltration zu Stande kommt, zur Pyämie Veranlassung geben. Immer aber ist die Mastdarmfistel ein lästiges Uebel, oft in dem Grade, dass die Kranken, selbst um den Preis einer gefährlichen Operation, davon befreit zu sein wünschen.

|Hier entsteht aber die Frage, ob die Gefahr einer solchen für die Heilung der Mastdarmfistel erforderlichen Operation vielleicht unverhältnissmässig gross und ob überhaupt die Heilung aller Mastdarmfisteln zulässig sei. Die Operation als solche bedingt, wie wir näher nachweisen werden, keine besonderen Gefahren. Aber die Heilung der Fistel, der Verschluss dieses von der Natur angelegten Secretionsorganes, soll in gewissen Fällen lebensgefährlich sein. Die Entwickelung von Mastdarmfisteln wird, wie bereits bei den Mastdarm-Abscessen bemerkt wurde, nicht selten bei dyskrasischen, namentlich bei tuberculösen und bei gichtischen Individuen beobachtet. Es ist zwar nicht schwer nachzuweisen, wie die, durch den ganzen Krankheitsprocess, namentlich durch die Behinderung des Kreislaufes durch Lunge und Leber bedingte *Plethora abdominalis* zur Entwickelung von Abscessen im Bereich des Mastdarmes führen kann, auch ist noch niemals eine wirkliche Besserung des Grundübels nach dem Auftreten einer sogenannten vicarirenden Mastdarmfistel beobachtet und die Abhängigkeit eines übelen Ausganges von der Heilung der Fistel nicht erwiesen worden; aber ein allgemein verbreiteter Volksglaube spricht zu Gunsten der Ansicht, dass es schädlich sei, Mastdarmfisteln, die auf Grund eines Allgemeinleidens entstanden sind, zu operiren. Sicher ist, dass solche Operationen keinen Nutzen gewähren; entweder haben sie gar keinen Erfolg, oder der durch die Heilung der Fistel erlangte Vortheil ist wenigstens verschwindend gering im Vergleich zu dem ungestört weiter fortschreitenden Allgemeinleiden. Dass die Operation bei Fisteln, welche aus einem Senkungs-Abscess entstanden oder vielleicht gar nur ein Theil der durch ein Carcinom bedingten Zerstörungen sind, ganz werth- und zwecklos sein muss, versteht sich von selbst.|

|Das einzige sichere Mittel zur Heilung der Mastdarmfistel ist

die Operation. Dieselbe muss den *Sphincter ani* trennen, um der von diesem an den sich entwickelnden Granulationen fortdauernd ausgeübten Zerrung und dem wesentlich von ihm abhängigen Eintritte des Darminhaltes in den Fistelgang vorzubeugen; sie muss aber auch ferner die abgelöste Mastdarmwand und die unterminirten Hautränder spalten, um ihr Anheilen an die zunächst liegenden Theile möglich zu machen. Die Erfüllung dieser Aufgaben ist bei den unvollkommenen Fisteln ebenso nothwendig als bei den vollkommenen. Erstere werden daher im ersten Akte der Operation in vollkommene verwandelt.]

Zur Heilung der Mastdarmfisteln hat man von den ältesten Zeiten her innere Mittel, Bäder, reizende Einspritzungen u. dgl. m. versucht; namentlich aber hat man sich in Frankreich viel damit beschäftigt, als es sich darum handelte, Louis XIV. von seiner Mastdarmfistel zu befreien. Es wäre überflüssig, die tausend Mittel, welche empfohlen sind, aufzuzählen. Die wenigen Fälle, in denen die Heilung ohne Operation gelang, gehören wahrscheinlich in die Kategorie derjenigen, welche auch von selbst geheilt wären. Von unzweifelhaftem Werthe für die Beschleunigung der Heilung ist das Reinhalten des Fistelganges nicht blos von Excrementen sondern auch von dem in ihm stagnirenden Eiter. Häufige Injectionen, lange andauernde Sitz- und Totalbäder sind in dieser Beziehung sehr wesentlich; mindestens ebenso wichtig aber ist eine besonders anzuordnende Diät, wie wir sie bereits bei den Mastdarmwunden (p. 944) angegeben haben und wie sie für die Mastdarmfisteln namentlich von Dieffenbach empfohlen worden ist.

Die Compression kann nur in Verbindung mit der eben angegebenen Diät bei frischen Fisteln einige Aussicht auf Erfolg gewähren; aber auch in diesen Fällen ist sie ebenso schmerzhaft und noch beschwerlicher, als die anderen schneller und sicher zum Ziele führenden Methoden. Die Absicht ist, durch Tamponade des Mastdarms mit Charpie oder mit besonderen Instrumenten die Fistelwände gegen einander zu drücken. Zu diesem Behuf sind besondere Instrumente in grösserer Anzahl empfohlen worden, unter denen wir nur den Vorschlag von Sabatier erwähnen, einen elastischen Pfropf, ein Suppositorium, in den Mastdarm bis über die Stelle der inneren Fistelöffnung hinaus einzuschieben, der hinreichend stark sein soll, um die Fistelöffnung vollständig zu versperren und ihre Wandungen gegen einander zu drängen. Sabatier selbst machte aber bereits darauf aufmerksam, dass dies Verfahren nur in solchen Fällen von Nutzen sein kann, wo die Fistel frisch ist und nahe an der Afteröffnung sitzt. Gerade diese werden aber durch jedes andere Verfahren leichter und schneller geheilt.

Die Operations-Methoden, unter denen wir zu wählen haben, sind: I. Spaltung mit dem Messer, II. Ligatur, III. Kauterisation.

I. Die Spaltung (Incision) der zwischen dem Fistelgange und der Mastdarmhöhle gelegenen Wand ist unter allen Operations-Methoden die gebräuchlichste. Der Patient befindet sich in einer Lage, als sollte ihm ein Klystier gegeben werden. [Man untersucht zunächst den Fistelgang in der oben angegebenen Weise noch einmal genau und führt, wenn man die innere Oeffnung deutlich erkannt hat, statt der Sonde ein schmales geknöpftes Bistouri (das Pott'sche Messer) durch den Fistelgang, bis sein Knopf die Volarfläche des in den Mastdarm eingeführten Zeigefingers berührt. Finger und Messer werden nun fest gegen einander gedrückt, so dass sie ein Ganzes darstellen und in dieser Stellung schnell ausgezogen, so dass also der zwischen dem Fistelgange und der Mastdarmhöhle gelegene Theil der Mastdarmwand und des *Sphincter ani* mit einem Zuge getrennt wird. Erscheint das Einführen des geknöpften Messers schwierig, so schiebt man statt seiner eine biegsame Hohlsonde durch den Fistelgang, in den Mastdarm aber statt des Fingers ein hölzernes Gorgeret (d. h. einen gestielten hölzernen Spatel, der an der einen Seite flach ausgehöhlt ist). Die ausgehöhlte Seite des Gorgerets wird dem Fistelgange zugewandt; den Griff der Hohlsonde übergiebt der Operateur einem Gehülfen, das Gorgeret hält er selbst, beide Instrumente aber müssen wiederum ein einziges darstellen. Mit der rechten Hand ergreift der Operateur nun ein spitzes Bistouri und schiebt es auf der Hohlsonde, die Schneide dem Gorgeret zugewandt, schnell vorwärts, bis die Spitze das Gorgeret berührt, wobei zugleich Alles, was zwischen Sonde und Gorgeret liegt, durchschnitten sein muss.

Erscheint es dem Operateur bequemer, so kann er natürlich auch statt der Sonde das Gorgeret von dem Gehülfen halten lassen. Befindet sich die Fistelöffnung dicht über dem Sphincter, so kann man auch die vorher etwas auf die Fläche gebogene Hohlsonde, nachdem sie den ganzen Fistelgang passirt hat, unter Leitung des linken Zeigefingers wieder aus dem After hervorschieben und die Spaltung dann ohne Benutzung eines Gorgerets ausführen. In solchen Fällen lässt sich die Operation aber mit einem geknöpften Messer ohne Sonde noch schneller machen.

Sehr wesentlich ist es, sogleich, nachdem der angegebene Schnitt gemacht ist, mit dem Finger zu untersuchen, ob die Fistel nicht einen weiter aufwärts sich erstreckenden Blindsack besitzt, durch den die Wand des Mastdarms gleichfalls von dem benachbarten Bindegewebe getrennt und somit gleichsam unterminirt ist. Wo sich ein solcher Recessus findet, muss sogleich die Spaltung der Mastdarmwand bis zum oberen Ende desselben hinzugefügt werden. Man verrichtet sie am besten mit einer auf dem linken Zeigefinger einzuführenden Scheere, kann aber auch zum zweiten Mal das Gorgeret einführen, die Hohlsonde in das blinde Ende der Sinuosität einsetzen, abermals Hohlsonde und Gorgeret gegen einander drängen und die Spaltung dann in der oben beschriebenen Weise mit dem Messer ausführen. Bestehen Sinuositäten in der Umgebung der äusseren Fistelöffnung, so müssen auch diese gespalten und die sie bedeckende Haut, wenn sie bereits in hohem Grade verdünnt ist, weggeschnitten werden. Gewinnt man die Ueberzeugung, dass eine innere Oeffnung noch gar nicht besteht, oder entdeckt man eine blinde Ausbuchtung oberhalb der inneren Fistelöffnung schon vor der Operation, so spaltet man in der eben beschriebenen Weise auf der Hohlsonde von dem oberen Ende der Sinuosität abwärts Alles mit einem Zuge. Man muss immer festhalten, dass die Operation ebenso sehr durch die Entblössung der Mastdarmwand als durch das Bestehen der Fistel indicirt wird.

Nach dem Schnitt hat man nur selten eine bedeutende Blutung beobachtet. Sollte eine grössere Arterie in der Schnittlinie liegen, so wird man dieselbe voraussichtlich schon vorher mit dem Finger erkennen und dann auch vermeiden können. Zur Stillung einer, Gefahr drohenden Blutung reicht übrigens voraussichtlich die Tamponade stets aus; nur muss man dieselbe sorgfältig machen und namentlich den inneren Tampon (die oberste Charpiekugel) hoch genug legen, um sicher zu sein, dass das Blut nicht aufwärts in die Darmhöhle sich ergiessen kann (Vgl. p. 944).

Der Verband der Wunde besteht in dem Einlegen eines Bourdonets, auf welches noch lose Charpie und Compressen gelegt werden, die man schliesslich durch eine T Binde befestigt. Vom dritten Tage ab, oder, wenn schon früher Eiterung eintritt, von da ab, wird der Verband täglich erneuert und durch Einspritzungen und Sitzbäder die Wunde aufs Sorgfältigste gereinigt. Die Heilung erfolgt in 14 Tagen bis drei Wochen, bei sehr kurzen Fistelgängen auch schneller.

Manche Chirurgen wollen sich mit der blossen Spaltung des Fistelganges begnügen und hoffen, dass die abgelösten Mastdarmwände und die unterminirten Hautstücke sich wieder anlegen werden. Zu Gunsten dieser Ansicht lässt sich anführen, dass die Operation alsdann viel leichter und schneller zu vollenden ist, dass Blutung, Ausbreitung der Entzündung und Wundfieber weniger zu fürchten sind und dass das Wesentliche bei der Operation doch jedenfalls die Spaltung des Sphincter ist, der durch seine Contraction das Darmsecret immer wieder in die Fistelöffnung einzutreten nöthigt, und wenn auch in dem Fistelgange die Vernarbung beginnt, dieser durch seine Spannung immer wieder hinderlich wird. Hierauf lässt sich mit Velpeau erwidern, dass die Heilung, wenn man die abgelösten Mastdarmwände sich selbst überlässt, trotz der Durchschneidung des Sphincter eben so häufig ausbleibt, als erfolgt. Es verhält sich damit ebenso, wie mit den unterminirten

Rändern sinuöser Abscesse und Geschwüre, die bei einem gewissen Grade von Verdünnung auch niemals mit den unterliegenden Theilen wieder verheilen. Ueberdies ist die Wirkung der circulären Muskelfasern des Darmes als Hinderniss der Heilung auch in Anschlag zu bringen. Die Nachtheile und Schwierigkeiten aber, welche die Excision der unterminirten Theile darbieten soll, sind nicht hoch anzuschlagen. Der Kranke unterwirft sich einer etwas länger dauernden Operation gern, wenn er dadurch die Aussicht auf Heilung mit grösserer Sicherheit gewinnt. Zu unterlassen ist aber die Spaltung über die Höhe des Fistelganges hinaus, wenn augenscheinlich Gefahren mit ihr verknüpft sein würden; so namentlich in den seltenen Fällen, wo der Fistelgang an der vorderen Seite des Mastdarms liegt, wo man sich wenigstens vor Verletzungen der Blase, der Prostata und in Fällen, wo die Ablösung sehr hoch hinaufreicht, auch des Bauchfelles, vorher ganz sicher stellen müsste.

II. Die Unterbindung (Apolynosis) kann zur Heilung der Mastdarmfistel benutzt werden, indem man die bei der Incision zu durchschneidenden Theile mit einer Faden- oder Drahtschlinge umschnürt und dadurch ihre Nekrose bedingt. Statt der Hohlsonde führt man eine recht biegsame Oehrsonde durch den Fistelgang bis in den Mastdarm. Endete der Fistelgang in der Nähe des Mastdarmes blind, so müsste die Wand des letzteren vorher mit einem kleinen Stilet durchbohrt werden. Die Spitze der Oehrsonde wird mit dem in den Mastdarm eingeführten Zeigefinger (oder, wenn dieser nicht ausreicht, mit einer Kornzange) abwärts gebogen und aus dem Mastdarm herausgeleitet. Ihr folgt auf diesem Wege der in dem Oehr befestigte Faden, der hinreichend stark und gut gewichst sein muss. Ist der Fistelgang kurz, so schnürt man die aus der äusseren Fistelöffnung und aus dem Mastdarm heraushängenden Enden mit kräftigem Zuge zusammen und kann hierauf schon die Nekrose des ganzen umschnürten Stückes erwarten. Bei längeren Fistelgängen aber muss man die Zusammenschnürung allmälig verstärken und bedarf daher eines Schnürapparates (Vgl. Bd. I. p. 401), dessen Anwesenheit am After für den Patienten nicht gerade angenehm ist. Derselbe wird entbehrlich, wenn man statt des Fadens weichen Silberdraht anwendet, den man mit einer glatten Drahtzange Tag für Tag stärker zusammen drehen kann. Hat die Ligatur schliesslich durchgeschnitten, so ist durch die hinter der trennenden Ligatur stetig fortschreitende Granulations- und Narbenbildung auch die ganze Fistel geheilt, ohne dass es ausser den allgemein gültigen Maassregeln (p. 966) irgend einer weiteren Behandlung bedürfte. Die Ligatur ist also, namentlich unter Anwendung einer Drahtschlinge höchst einfach und bequem für den Arzt wie für den Kranken; denn die

Schmerzen bei der täglich zu wiederholenden stärkeren Zusammenschnürung sind nicht bedeutender als die bei dem nach der Incision täglich zu wechselnden Verbande. Man hat hier weder Blutung noch Pyämie zu fürchten, welche letztere in grossen Krankenhäusern nach der Incision vorgekommen ist. Aber die Ligatur ist voraussichtlich unzureichend in Fällen, wo bedeutende Ausbuchtungen an dem Fistelgange sich finden, da man auf diese durch die Trennung der zwischen dem Mastdarm und dem Fistelgange bestehenden Brücke wenig Einfluss hat, wie dies in Betreff der Incision bereits geschildert ist.

|An die Wirkung der Ligatur schliesst sich am Nächsten an das von Chassaignac als allgemeine Operationsmethode empfohlne *Écrasement linéaire*. Statt des Ligaturfadens wird eine Kette von kleinen Stahlstäbchen eingeführt, die sich durch einen besonderen Apparat mit so grosser Gewalt zusammenschnüren lässt, dass die Trennung der von ihr umfassten Theile sofort erfolgt. Die Wunde ist, als eine durch Zermalmung entstandene, frei von Blutung und heilt voraussichtlich nicht langsamer als die durch den Schnitt bewirkte, da von einer Heilung *per primam* nach der Operation der Mastdarmfistel jedenfalls abzusehen ist.|

III. Kauterisation. Das Aetzen und Ausbrennen ist, wie bei Fistelgängen überhaupt, so namentlich auch bei Mastdarmfisteln schon in den ältesten Zeiten in Gebrauch gewesen. Namentlich bediente man sich beim Aetzen derselben starker Sublimatlösungen, mit welchen Charpiebäusche getränkt wurden, des Höllensteins in Substanz, der Jodtinktur, auch ätzender Pulver. Die Absicht dabei war, entweder blos die Fistelmembran zu zerstören und eine zur Vernarbung geeignete Granulationsbildung herbeizuführen, oder in derselben Weise, wie dies beim Schnitt und bei der Ligatur geschieht, die Brücke zwischen dem Mastdarm und dem Fistelgange und namentlich auch den Sphincter zu trennen. Ersteres wird in den meisten Fällen unzureichend, letzteres mit den gewöhnlichen Aetzmitteln nur äusserst schwierig und mit unverhältnissmässig grossen Beschwerden für den Kranken zu erreichen sein. |Dagegen bietet der glühende Platindraht, in Form der galvanokaustischen Schneideschlinge angewandt, keine grösseren Schwierigkeiten dar, als die einfache Ligatur und gewährt neben den Vortheilen derselben zugleich alle diejenigen Vorzüge, die sonst der Spaltung mit dem Messer zugestanden werden müssen. Die Operation kann auf diese Weise ohne alle Blutung in wenigen Augenblicken vollendet werden und die Heilung erfolgt voraussichtlich noch schneller als bei der Anwendung des Messers, weil durch die Einwirkung der Glühhitze eine üppigere Granulationsbildung und schnellere Vernarbung zu erwarten steht. Die Ausführung der Operation unterscheidet sich in ihren ersten Acten gar nicht von der Anlegung einer anderen Drahtschlinge. Die beiden Enden des Platindrahts werden dann in den (pag. 388 abgebildeten) Middeldorpf'schen Schlingenträger gezogen und durch dessen Vermittelung in die galvanische Kette eingefügt, während des Glühens aber durch Umdrehung der Schnürwelle zusammengedreht, um die umfassten Weichtheile mit einem Zuge zu trennen. Sollten auf diese Weise nicht bloss die zwischem dem Fistelgange und dem Mastdarm gelegenen Weichtheile, sondern auch die abgelöste Mastdarmwand noch weiter hinauf gespalten werden, so müsste man den Platindraht durch eine vorher im obersten Theile der Sinuosität anzulegende Oeffnung hindurchführen.|

Fünftes Capitel.

Neubildungen.

I. Hämorrhoiden.

Als Hämorrhoiden oder Hämorrhoidalknoten bezeichnen wir die Varicositäten im Gebiet der Mastdarmvenen. Dieselben nehmen häufig die Charaktere der cavernösen Geschwülste an. Sie werden, analog den Blutaderknoten der unteren Extremitäten, bald von verdickten, bald von verdünnten Theilen der Mastdarmschleimhaut überzogen.

Im Alterthume bedeutete der Name „Hämorrhoiden" ganz wörtlich Blutungen. Man sprach daher auch von „Hämorrhoiden des Mundes, des Uterus, der Blase." Obgleich man jetzt allgemein nur die oben bezeichneten Geschwülste mit diesem Namen belegt, so ist man über die Structur derselben doch keineswegs einig. Theden hielt die Verdickung der Mastdarmschleimhaut, die sich an alten Hämorrhoidalknoten allerdings in der Regel findet, für sehr wesentlich. Ledran beschrieb sie als traubenförmige oder maschige Geschwülste, was für die Fälle, in denen die Hämorrhoidalknoten nach dem Typus der cavernösen Geschwülste gebaut sind, vollkommen passt, irrte aber entschieden, indem er angab, dass sie mit Arterienästen zusammenhingen. Hodgson legt wiederum das grösste Gewicht auf die, bei der Erweiterung der Venen gleichzeitig stattfindende Verlängerung und den hierdurch bedingten gewundenen Verlauf derselben und vergleicht sie deshalb mit einem Haufen Blutegel. In diesen erweiterten Venen gerinnt, nach seiner Ansicht, das Blut zeitweise und erregt dann eine schmerzhafte Entzündung. Ribes hebt vorzüglich die cystenähnlichen Anhänge an den Venen hervor. Dupuytren macht darauf aufmerksam, wie die theils unter der Schleimhaut, theils im Gewebe der Schleimhaut selbst gelegenen Varices in Folge wiederholter Entzündungen mit einander verwachsen oder durch Pseudomembranen zu grösseren Paketen verbunden werden. Die genauen Untersuchungen endlich von Jobert, Andral, Riquet u. A. haben die oben ausgesprochene Ansicht über die Structur der Hämorrhoidalknoten bereits zur vollen Geltung gebracht. Dabei ist nicht zu übersehen, dass grössere Arterienäste von dem aus dem submucösen Gewebe hervorwachsenden Varix mit hervorgedrängt oder von zwei und mehreren Varicositäten, indem sie bei weiterer Vergrösserung mit einander verwachsen, zwischen sich eingeschlossen und somit schliesslich ein integrirender Theil des *Tumor haemorrhoidalis* werden können. Uebrigens kommen auch sogenannte Gefässschwämme (arterielle Teleangiectasieen) im Mastdarme vor. Vidal erzählt von einer solchen Geschwulst, die gestielt war, die Gestalt einer Kirsche hatte und, gleichzeitig mit einem anderen ähnlichen Gefässschwamm auf der Schulter, bei einem kleinen Mädchen vorkam. [Die Operation solcher Gefässgeschwülste wird hier, wie überall, auf die Stillung der Blutung besonders einzurichten sein, mit Berücksichtigung der für die Operation der Hämorrhoidalknoten anzugebenden Vorsichtsmassregeln.]

Die Aetiologie der Hämorrhoidalknoten fällt grossen Theils mit derjenigen der Varicositäten im Allgemeinen zusammen (Vgl. Bd. II. p. 274). Besonders begünstigt wird die Entwickelung derselben am unteren Ende des Mastdarms durch das Fehlen der Venenklappen im ganzen Gebiet der *Vena portae*, deren unterste Aeste gerade die Mastdarmvenen sind, ferner durch den oft wiederholten Druck, dem die Stämme der Mastdarmvenen bei längerem Verweilen der Fäces in dem oberen Theile desselben ausgesetzt sind, endlich durch die häufigen Störungen der Blutbewegung durch die Leber, deren jede auf die *Vena portarum*, als das mit sehr geringer Stromkraft Blut zuführende Gefäss, eine bis auf die letzten Aeste zurückstauende Wirkung ausüben muss. Ueberdies fehlt es nicht an örtlichen Veranlassungen, wohin andauerndes Sitzen, welches theils mechanisch, theils auch durch die dabei stattfindende Erhitzung der Aftergegend wirken mag, angestrengtes Reiten, der Missbrauch drastischer Abführmittel und warmer Klystiere, langes Zurückhalten der Fäces und des Harns vorzugsweise zu rechnen sind.

Symptome. Man unterscheidet, je nach dem Sitz, äussere und innere Hämorrhoidalknoten. Oft bestehen beide zugleich oder wenigstens mehrere Knoten der einen Art. Die äusseren sind theils von Schleimhaut, theils von äusserer Haut bedeckt, die inneren nur von Schleimhaut. Letztere können prolabiren und in dem After eingeklemmt werden. In solchen Fällen haben sie, namentlich nach wiederholter Ausstülpung, in Folge der dabei stattfindenden Zerrung der Schleimhaut, einen verhältnissmässig dünnen Stiel; sonst aber sitzen alle Hämorrhoidalknoten mit relativ breiter Basis auf. Ihre Oberfläche ist anfangs glatt, später runzlig, maulbeerförmig. Ihre Consistenz ist sehr verschieden, bald prall und fast hart, wenn sie stark gefüllt sind oder geronnenes Blut enthalten, — bald weich und fluctuirend. Ihre Farbe schwankt zwischen Rothblau, Blau und Rothbraun. Die äusseren Hämorrhoiden werden durch die Reibung der Kleidungsstücke, namentlich beim Sitzen gereizt, in Entzündung versetzt, erregen dann heftige Schmerzen und machen das Sitzen fast unmöglich, sind aber auch beim Gehen und Stehen sehr hinderlich. Liegen sie gerade in der Aftergegend, so bewirken sie, wie fremde Körper, Tenesmus, Verstopfung oder auch unwillkürliche Entleerungen, wenn der Sphincter endlich erschlafft. Die inneren Hämorrhoiden erregen bei einiger Grösse gleichfalls die Empfindung eines fremden Körpers, Gefühl von Schwere in der Dammgegend, häufiges Bedürfniss zur Stuhlentleerung, namentlich unmittelbar nachdem sie stattgefunden hat. In manchen Fällen tritt auch ohne Hervorstülpung und Einklemmung des Knotens eine bald mehr acute, bald chronische Entzündung in der Umgebung ein. Senken sie sich in die Afteröffnung, so ziehen sie die Schleimhaut mit sich hervor, worauf bei dem *Prolapsus ani* schon hingewiesen wurde. Eine häufige Erscheinung sind die Blutungen aus den Hämorrhoidalknoten; jedoch können letztere auch bestehen, ohne dass es zu Blutungen kommt, und Blutungen aus dem Mastdarm können wiederum auftreten, ohne dass Hämorrhoiden vorhanden sind; so namentlich nach Verletzungen, bei der Ruhr, bei Carcinom des Mastdarms, in manchen Fällen auch ohne nachweisbare Ursache in ähnlicher Weise wie Nasenbluten.

Man darf also aus dem Auftreten einer Mastdarmblutung ebenso wenig, als aus den oben angegebenen subjectiven Symptomen auf das Bestehen von Hämorrhoiden schliessen, sondern muss die Diagnose immer durch eine genaue Untersuchung des Mastdarmes sichern. Bei äusseren Hämorrhoiden gelingt dies leicht durch blosse Inspection. Für die Entdeckung der inneren ist das Einführen des Fingers oder die Besichtigung mittelst eines Mastdarmspiegels (Vergl. Bd. I. p. 7. Fig. 2 und 3) erforderlich. Der Hämorrhoidalblutung gehen gewöhnlich gewisse Vorläufer voraus. Die Knoten selbst werden härter, schwellen an, jucken und schmerzen. Das Gefühl von Schwere im Mastdarm steigert sich. Dazu gesellt sich ein unbestimmtes allgemeines Uebelbefinden, bald Apathie, bald gesteigerte Reizbarkeit, Wadenkrämpfe, Gefühl von Spannung oder Vollsein in der *Regio hypochondriaca*, Aufstossen, Appetitlosigkeit, auch wohl Schwindel und Ohrensausen. Jedoch sind alle diese, namentlich die sympathischen Symptome, höchst unzuverlässig. Der Ausfluss des Blutes findet nicht immer in derselben Weise statt. Gewöhnlich beginnt er höchst geringfügig und steigert sich bis zum dritten Tage, worauf er wieder allmälig abnimmt und am fünften oder sechsten Tage gänzlich versiegt. Zuweilen kehrt er in regelmässigen vierwöchentlichen Intervallen wieder; manchmal aber bricht die Blutung plötzlich und gewaltig hervor, sogar im Strahle wie bei einem Aderlass; bald ist das Blut mehr dem arteriellen, bald mehr dem venösen ähnlich. Zuweilen wird statt Blut eine weissliche, schleimige Flüssigkeit (Schleimhämorrhoiden) entleert. Alsdann kann man aber mit vieler Wahrscheinlichkeit voraussetzen, dass neben den Hämorrhoiden noch anderweitige Erkrankungen des Mastdarmes bestehen. Die Menge des entleerten Blutes ist gleichfalls höchst verschieden; ist sie mässig und erfolgt die Entleerung allmälig, so fühlt sich der Kranke alsbald sehr erleichtert und alle die oben angeführten Krankheits-Erscheinungen verschwinden. Die Blutung kann aber durch ihre Quantität auch höchst bedenklich werden.

Wenn es auch zweifelhaft ist, ob die Frau, über welche Tissot in einem Briefe an Zimmermann berichtet, wirklich Tag für Tag 18 Unzen Blut ein ganzes Jahr lang aus den Hämorrhoidalvenen verloren hat, so giebt es doch zuverlässige Beobachtungen genug, namentlich von Lieutaud und Hoffmann, aus denen sich ergiebt, dass wahrhaft unglaubliche Mengen Blut auf diesem Wege ohne nachweisbaren Schaden für die Gesundheit verloren werden können. Aehnliches hat man auch in manchen Fällen von Nasenbluten beobachtet. Gewöhnlich führen jedoch übermässige Hämorrhoidalblutungen, zumal wenn sie sich mehrmals wiederholen, schnell zu Marasmus, wie andere bedeutende Blutverluste.

Der hippocratische Ausspruch, dass Irre durch das Aufbrechen ihrer Hämorrhoidalknoten geheilt werden sollen, hat sich in den Beobachtungen von Saviard, Recamier u. A. mehrmals bewährt.

Von der Unterdrückung der Hämorrhoidalblutung hat man oft üble Folgen gesehen. Bei Männern entwickeln sich unter solchen Verhältnissen oft ähnliche Erscheinungen wie bei Frauen in den klimacterischen Jahren.

Die Hämorrhoidalknoten können auch, ohne dass Blutung eintritt, anschwellen, schmerzhaft werden und Beschwerden beim Stuhlgang in erhöhtem Grade bedingen. Dies kann sich auch in regelmässigen Intervallen ereignen (sogen. trockne oder blinde Hämorrhoiden).

Das Wachsthum der Hämorrhoidalknoten erfolgt bald langsam und stetig, bald schneller, worauf sie dann stationär bleiben oder in bald regelmässigen, bald unregelmässigen Perioden sich weiter vergrössern. Diese Differenzen sind gewöhnlich abhängig von den verschiedenen Veranlassungen, die ihnen zu Grunde liegen.

Als Complicationen der Hämorrhoiden haben wir zuerst eine übermässige Grösse, beträchtliche Anzahl, Entzündung und Verschwärung der Knoten selbst zu betrachten. Häufig sind sie aber mit anderen Erkrankungen des Mastdarms oder der benachbarten Organe complicirt; dahin gehören die sogenannte *Fissura ani*, Abscesse in der Nähe des Mastdarms, Mastdarmfisteln, *Prolapsus ani*, Blasensteine. Auch eine übermässige Blutung kann als Complication aufgefasst werden. Im höheren Alter, selten jedoch vor dem 60ten Jahre, können die Hämorrhoidalknoten verschrumpfen und endlich ganz schwinden. Sie können aber auch bis zum höchsten Alter fortbestehen, wenn locale Veranlassungen sie unterhalten. Zuweilen hat man Hämorrhoidalknoten krebsig entarten sehen, wobei freilich zweifelhaft bleibt, ob das Vorhandensein derselben für die Entwickelung des Krebses von Bedeutung war.

Verwechselungen der Hämorrhoiden mit anderen Krankheiten des Mastdarms und der Nachbarorgane sind heutzutage, wo ein gewissenhafter Arzt die genaue Untersuchung des Mastdarms, der Blase und der Genitalien bei einer auf diese Theile bezüglichen Klage des Patienten niemals unterlassen wird, sehr selten. Man könnte jedoch zweifeln, ob eine im Mastdarm wahrnehmbare Geschwulst ein Polyp, eine Cyste, ein Abscess, ein partieller Schleimhautvorfall wäre oder ein Hämorrhoidalknoten. Auch Condylome können von einem Anfänger für Hämorrhoiden genommen werden. Schwellungen der Prostata, Verdickung der Blasenwände, ein Stein in der Blase, Geschwülste des *Collum uteri*, Uterus-Polypen, Geschwülste in der Recto-Vaginalwand könnten möglicherweise ähnliche Erscheinungen wie Hämorrhoiden hervorrufen, werden aber bei sorgfältiger Untersuchung leicht zu unterscheiden sein. Dasselbe gilt wohl in Betreff der Verwechselungen, die zwischen anderweitigen Mastdarmblutungen und hämorrhoidaler Blutung vorkommen können.

Die Prognose ist insofern ungünstig, als Naturheilung gar nicht oder doch erst im späten Alter erfolgt. Das Auftreten der Hämorrhoiden selbst aber wird von dem Volksglauben als etwas günstiges betrachtet (daher „güldene Ader"). Ohne bestreiten zu wollen, dass bei gewissen Erkrankungen der grossen drüsigen Organe des Unterleibes das Befinden des Kranken immer viel schlechter sein würde, wenn keine Hämorrhoidalblutungen bei ihm stattfänden, dürfen wir doch nicht vergessen, dass letztere einen hohen Grad von Gefahr bedingen können und dass erstere durch sie immer nur vorübergehend gebessert werden.

Die Aufgaben, welche sich der Therapie darbieten, sind also 1) Beseitigung der Grundübel, 2) Heilung der Anämie, die aus übermässiger Blutung hervorgegangen ist, 3) Entfernung der Hämorrhoidalknoten selbst, die sich als locale Mastdarmkrankheit geltend machen, 4) Stillung einer das Leben bedrohenden Blutung. Von diesen Aufgaben gehören die erste und zweite nicht in unser Gebiet. Die Stillung einer übermässigen Blutung erheischt, wenn sie acut auftritt, die bei den Mastdarmwunden angegebene Behandlung. Andauernde oder periodisch wiederkehrende übermässige Blutung bekämpft man am besten durch kalte Sitzbäder und täglich wiederholte Einspritzungen von kaltem Wasser. In manchen Fällen aber ist die Entfernung oder Zerstörung der Knoten das einzige Mittel, um der Blutung Herr zu werden. Dies ist dann auch die wichtigste und ganz unbestrittene Indication für ihre Entfernung. Dieselbe erscheint aber auch noch indicirt, wenn entweder grosse Schmerzhaftigkeit oder Behinderung beim Stuhlgang dringend zur Abhülfe auffordern. Bei entzündlicher Schwellung sucht man vorher durch Ansetzen von Blutegeln im Umfange des Afters oder durch Scarification der Knoten (welche jedoch nicht weniger gefährlich sein dürfte, als das vollständige Abschneiden) Erleichterung zu schaffen. Bei Behinderung des Stuhlgangs werden auflösende Klystiere versucht, bevor man sich zur Operation entschliesst. Das meiste leisten auch hier noch Klystiere von kaltem Wasser, indem sie das Volumen der Varicositäten vermindern und den Darmcanal zu kräftigerer Zusammenziehung anregen. Innere Hämorrhoidalknoten fallen zuweilen vor und lassen sich alsdann oft nur mit grosser Mühe zurückbringen, entweder weil sie vom Sphincter eingeklemmt werden, oder weil der Sphincter erschlafft ist und sie daher immer wieder vorfallen lässt. Um den eingeklemmten Knoten zurückbringen zu können, hat man sich in einzelnen Fällen veranlasst gesehen, den Sphincter einzuschneiden. Besser ist es wohl in solchen Fällen, den prolabirten Knoten mit der nöthigen Vorsicht (s. unten) abzutragen. Bei Erschlaffung des Sphincter muss in analoger Weise wie beim *Prolapsus ani* verfahren werden.

Operation der Hämorrhoidalknoten.

Die Entfernung der Hämorrhoidalknoten kann durch Abschneiden, Abbinden, Abschnüren, Abklemmen, endlich auch durch Kauterisation ausgeführt werden. Mehrere dieser Operationsmethoden lassen sich auch combiniren. |Die beiden Gefahren, welche man bei dieser Operation zu vermeiden sucht, sind 1) die Blutung, 2) die Pyämie, welche aus der Eiterung an der Operationsstelle selbst und in deren Umgebung hervorgehen kann.|

|I. Das Abschneiden bietet in Betreff der Blutung unzweifelhaft die grösste Gefahr und stellt vor Pyämie keineswegs sicher. Will man dasselbe ausführen, so muss man jedenfalls die Hämorrhoidalknoten mit scharfen Haken oder Hakenpincetten hinreichend weit hervorziehen und auch die benachbarte Mastdarmschleimhaut fixiren, damit man nach dem Schnitte die Wundfläche noch übersehen und nöthigen Falls kauterisiren kann.|

Dupuytren empfiehlt das *Ferrum candens* auf die Wundfläche zu setzen, wenn die Blutung bedeutend ist; seine Schüler aber, namentlich Marx, rathen dies in jedem Falle zu thun. Um die, nach Anwendung des *Ferrum candens* auftretende Entzündung zu vermeiden, hat Velpeau empfohlen, nach der Excision die Wunde zu nähen. Um dies leicht ausführen zu können, führt er die Nahtfäden zuerst durch die Schleimhaut an der Basis der Geschwulst, schneidet dann ab und knotet demnächst die Fäden.

|II. Durch die Ligatur erreicht man zwar die Verhütung der Blutung, aber mit gesteigerter Gefahr der Pyämie, da die Gangrän des abgebundenen Knotens leicht zu ausgebreiteterer Verschwärung führen kann. Die grosse Gefahr des Abbindens der Hämorrhoidalknoten ist fast allgemein anerkannt. Man kann dasselbe übrigens, wenn die Basis der Geschwulst einen Stiel darstellt, oder beim Anlegen der Ligatur in einen solchen verwandelt werden kann, leicht nach den gewöhnlichen Regeln ausführen. Man schnürt den Ligaturfaden möglichst fest. Bei Anwendung eines kräftig wirkenden Schnürwerkzeugs kann es gelingen, den ganzen Knoten sogleich abzuschnüren. Dies wird namentlich durch das von Chassaignac angegebene Instrument erreicht, welches auch zur Trennung anderer Theile in ähnlicher Weise benutzt werden soll (*Écrasement linéaire*, vgl. p. 970). Auf Geschwülste, die mit breiter Basis aufsitzen, ist die gewöhnliche Ligatur nicht anzuwenden. Zum Behuf des Abbindens müsste man wenigstens mehrere Nadeln hindurchführen, wodurch die Verletzung, da die Nadeln als fremde Körper zurückbleiben, viel complicirter und gefahrvoller würde.|

|III. Die Kauterisation mit dem *Ferrum candens*, schon im Alterthume angewandt, kann natürlich nur ausgeführt werden, nachdem man die Hämorrhoidalknoten herabgezogen, fixirt und die Um-

gebung vor zufälliger Verbrennung sicher gestellt hat. Dies lässt sich am Sichersten durch Anwendung der von B. Langenbeck angegebenen Zange erreichen, indem man die Basis des hervorgezogenen Knotens in diese einklemmt und durch deren breite flügelförmige Fass-Enden den Nachbartheilen zugleich den nöthigen Schutz gewährt.

Die Kauterisation mit dem *Ferrum candens* scheint, nach den vorliegenden Erfahrungen, nicht blos die Gefahr der Blutung zu beseitigen, sondern auch vor der Pyämie am meisten sicher zu stellen [1]). Deshalb verdient, wenn dem Operateur der galvanokaustische Apparat zu Gebote steht, die Anwendung des *Filum candens* vor allen übrigen Methoden den Vorzug. Bei breit aufsitzenden Geschwülsten muss man vorher durch die Basis einige starke Nadeln (gewöhnliche englische Nähnadeln) hindurchstossen, um die Lage der Drahtschlinge zu sichern. Dieselben haben hier nicht den, bei der Ligatur erwähnten Nachtheil; denn sie werden mit der Geschwulst zugleich gänzlich entfernt, während sie dort als fremde Körper im Mastdarm zurückbleiben.|

Um die Hämorrhoidalknoten durch ein Aetzmittel zu entfernen, empfahl Amussat eine Pincette (Klemme) mit gerinnten Branchen, welche mit Höllenstein gefüllt sein sollen. Auf diese Weise sollte die Basis oder der Stiel der Geschwulst durch Kauterisation entfernt werden.

II. Fibroide, Polypen.

Fibroide im Mastdarm sind selten; sie nehmen fast immer, der Höhle dieses Organs entsprechend, eine langstreckige Gestalt an, sind mehr oder weniger gestielt und erhalten daher den Namen Polypen. Im Gegensatz zu diesen fibrösen Mastdarmpolypen unterscheidet man, wie in der Nasenhöhle, auch Schleimpolypen, die jedoch noch viel seltner sind. Alle Polypen des Mastdarms sind sehr gefässreich, sie können deshalb auch leicht im Beginne ihrer Entwickelung mit Hämorrhoidalknoten verwechselt werden, deren subjective Symptome sie gleichfalls hervorrufen können. Bei weiterem Wachsthum lassen sie sich bei der Untersuchung mit dem Finger an ihrer Gestalt und grösseren Festigkeit leicht erkennen. In Betreff der Behandlung können wir auf die Schlundpolypen verweisen; die dort angegebenen Operationsmethoden sind hier leichter auszuführen, weil der Stiel des Polypen leichter zugängig ist und selbst bei einfachem Abschneiden desselben die Gefahr

[1]) |Vgl. Fock, Ueber das *Ecrasement linéaire* etc., Deutsche Klinik 1856. No. 30 u. 31.|

der überhaupt unwahrscheinlichen Blutung immer viel geringer wäre, als im Schlunde.

Erwähnenswerth scheint mir, dass Vidal bereits vor zehn Jahren für diese Geschwülste das Abquetschen empfohlen hat: „*L'écrasement serait peut-être le procédé le plus prudent* ...“ Als eine besondere Complication erwähnt Gerdy eine Geschwürshöhle in einem Mastdarmpolypen, in welcher sich harte Fäces festgesetzt hatten. Schmucker und Louis sprechen von Steinen in der Mastdarmwand; wahrscheinlich waren dies die verkreideten Ueberreste tuberculöser Geschwüre.

In der nächsten Umgebung des Afters sind verschiedenartige Geschwülste, Lipome, Fibroide, auch sogenannte Steatome nicht ganz selten beobachtet worden. Belmas wurde durch eine solche einmal an der Ausführung eines Seiten-Steinschnitts gehindert.

III. Mastdarmkrebs, *Carcinoma recti.*

Die ätiologischen Verhältnisse des Mastdarmkrebses sind ebenso dunkel als die des Carcinoms überhaupt. In Betreff der grösseren Häufigkeit bei dem einen oder dem andern Geschlecht finden sich die widersprechendsten Angaben. Jenseit des 50sten Jahres soll er häufiger sein, als in früheren Lebensjahren; jedoch sah ihn Cruveilhier im 30sten, |ich selbst im 26sten,| Mayot im 12ten Lebensjahr. Erblich scheint er durchaus nicht zu sein. Von Belang ist vielleicht der längere Aufenthalt der Fäces im Mastdarm, welcher manchen Menschen zur zweiten Natur wird, und andauerndes Sitzen, indem dadurch chronische Hyperämien in den Mastdarmhäuten bedingt werden. Auch der Missbrauch drastischer Abführmittel muss vielleicht in Anschlag gebracht werden.

„Es ist eine bemerkenswerthe Thatsache, dass von allen Theilen des Darmcanals diejenigen, die eine Verengerung darstellen oder in anderer Weise der Weiterbewegung des Darminhaltes ein Hinderniss darbieten, am häufigsten erkranken und namentlich entarten. Alle diese Stellen haben zahlreichere Gefässe und eine grössere Empfindlichkeit, stärker entwickelte Drüsen, überhaupt eine complicirtere Structur. Sie begrenzen den Bezirk gewisser chemischer Processe und sind mechanischen Insulten mehr ausgesetzt, als der übrige Darmcanal. Diese Gipfelpunkte in der Pathologie des Darmes, wie man sie nennen könnte, sind: der *Isthmus faucium*, das obere Ende der Speiseröhre, die Cardia, der Pylorus, die Umgebungen der *Valvula Bauhini*, endlich der untere Theil des Mastdarms und der After. An diesen Stellen entwickeln oder concentriren sich am häufigsten acute und chronische Entzündungen, namentlich aber auch Neubildungen. Am günstigsten sind aber die Verhältnisse für die Entwickelung der letzteren gerade am Mastdarm. Ein doppelter Muskelring setzt den austretenden Stoffen einen beträchtlichen Widerstand entgegen und bedingt bei jeder Entleerung eine mechanische Reizung der Schleimhaut. Diese ist mit Schleimdrüsen, Arterien und, in Gestalt von Plexus ausgebreiteten Venen reichlich versehen. Störungen in der Blutbewegung werden nicht blos durch vorübergehende stärkere Anfüllung des Darmriders, sondern auch durch die in den benachbarten Genitalien stattfindenden physiologischen und pathologischen Vorgänge bedingt. Endlich hat jede stärkere Muskelanstrengung, jede Anstrengung der Stimme, jeder Husten einen directen Einfluss auf die Blutbewegung im Mastdarm." Begin. *Mémoires sur les maladies de l'anus et du rectum.*

Arten des Mastdarmkrebses. Scirrhus, Fungus, Epithelialkrebs, Colloid und melanotischer Krebs sind im Mastdarm beobachtet worden. Am Häufigsten scheinen das Colloid und der Epithelialkrebs vorzukommen, am seltensten Melanose. Auch die Form, unter welcher das Carcinom auftritt, ist sehr verschieden. Zuweilen ist dasselbe infiltrirt (*Cancer diffusus*), so dass bald in grosser Ausdehnung, bald nur an einzelnen Stellen die ganze Dicke der Mastdarmwände von ihm ergriffen wird. In solchen Fällen scheint es sich meist um Scirrhus oder Colloidkrebs zu handeln. Der Krebs kann aber auch in einzelnen Geschwülsten auftreten, die in verschiedener Grösse, manchmal sogar gestielt, in die Mastdarmhöhle hineinwuchern. Dieselben haben in einzelnen Fällen eine glatte Oberfläche, indem sie die Schleimhaut vor sich herdrängen, bis endlich ihr Aufbruch erfolgt (Fungus), oder sie beginnen als zottige, blumenkohlähnliche Wucherungen, mit einem ungeheuren Reichthum an colossalen Capillargefässen, auf der Oberfläche der Schleimhaut und dringen erst allmälig weiter in die Tiefe ein (Epithelialkrebs).

Sitz und Ausbreitung. Der Krebs kann an beliebigen Stellen des Mastdarms beginnen. Vorzugsweise sind aber das oberste und unterste Ende seine Ausgangspunkte. Welcher von beiden häufiger sei, ist streitig. Man hat sich von beiden Seiten auf diagnostische Irrthümer berufen, um die von der Gegenpartei aufgeführte Zahl zu schwächen. Die Wahrscheinlichkeit falscher Diagnosen ist aber in der That an der einen Stelle nicht geringer als an der andern. Jedenfalls verbreitet sich der Krebs von der ursprünglich befallenen Stelle aus sehr bald sowol in die Fläche, als in die Tiefe. Von der Art der Ausbreitung und von der Prominenz der carcinomatösen Stellen ist die mehr oder weniger bedeutende Verengerung abhängig, welche der Mastdarm durch das Carcinom erleidet. Ringförmig auftretende Krebse können schon bei geringer Entwickelung einen hohen Grad von Verengerung bedingen. Treten die Geschwülste in unregelmässiger Verbreitung an mehreren Stellen zugleich auf, so erleidet der Darm zugleich Knickungen oder Biegungen, welche oft mehr als die Verengerung bei der Darmausleerung hinderlich sind und die specielle Diagnose so sehr erschweren, dass es zuweilen, selbst vor dem Aufbruch, ganz unmöglich ist, mit dem Finger oder mit einer Sonde den Eingang zu dem oberen Darmstücke zu finden. Man verirrt sich gleichsam zwischen den Krebsmassen und bei dem Versuch, Klystiere hoch hinauf einzuspritzen, kann auch das eingeführte Rohr auf falsche Wege gerathen. Der Mastdarmkrebs kann auf die benachbarten Organe übergreifen; er kann aber auch von diesen erst auf den Mastdarm übergehen; so namentlich vom Uterus her, seltner von der Harnblase (beim Manne).

Symptome. Als erste Krankheitserscheinung ist die Erschwerung des Stuhlgangs zu erwähnen, welche theils mechanisch durch die Verengerung des Mastdarms, theils durch die Lähmung seiner comprimirten oder infiltrirten Muskelfasern bedingt wird.

Der Werth dieses Symptoms darf aber nicht überschätzt werden. Viele Menschen haben nur alle drei Tage oder nur alle Wochen einmal Stuhlgang; in einzelnen Fällen hat man die Verstopfung sogar Monate lang andauern sehen, ohne dass deshalb auf einen Mastdarmkrebs zu schliessen war.

Gewöhnlich erfolgen die Ausleerungen in ungenügender Menge, in bandartig zusammengedrückter Gestalt und unter langen und schmerzhaften Anstrengungen. Dies kann sich in einer späteren Periode der Krankheit ändern. Wenn nämlich durch Ulceration (Erweichung) der Krebsmassen das mechanische Hinderniss beseitigt ist, so stürzen die lange zurückgehaltenen Fäces mit grosser Macht hervor und die Kranken scheinen in der letzten Zeit vor ihrem Tode oft an Diarrhöen zu leiden. Dünnflüssiger Darminhalt passirt überdies fast immer die verengerten Stellen. Die Ausleerungen bestehen aber nicht blos in Fäces, sondern enthalten in der ersten Zeit der Krankheit grosse Mengen dünnflüssigen Schleims, späterhin gallertige Massen oder anderweitige Bestandtheile der Krebsgeschwulst (je nach ihrer Structur), endlich Detritus und Jauche von höchst widerlichem Geruch. Nicht selten ist ihnen auch Blut beigemischt. Dasselbe fliesst entweder in der Zwischenzeit zwischen den Stuhlentleerungen oder wird mit diesen selbst in Gestalt von Gerinnseln entleert. In letzterem Falle hat die Blutung voraussichtlich oberhalb der verengten Stelle stattgefunden. In manchen Fällen ist die Blutung das erste Krankheitssymptom, wird aber gewöhnlich, weil man sie als Hämorrhoiden deutet, gar nicht beachtet. Macht man die Untersuchung mit dem Finger nicht sehr genau, so kann man durch die kleinen weichen Geschwülste, welche man entdeckt, in diesem Irrthume bestärkt werden. Lange Zeit und oft während der ganzen Dauer der Krankheit fehlt der Schmerz, auf den man als auf ein charakteristisches Zeichen des Carcinoms Werth zu legen gewohnt ist. Klagt der Kranke über Schmerzen, so können auch diese leicht für hämorrhoidale genommen werden. Unwillkürliche Entleerungen treten gewöhnlich erst mit dem Beginne der Ulceration ein; früher vorzüglich in solchen Fällen, wo das Carcinom nahe am After sitzt und durch seinen Druck die Thätigkeit des Schliessmuskels beeinträchtigt. Ragt die Geschwulst aus dem After hervor, so kann sie Tenesmus erregen, einen *Prolapsus recti* veranlassen, auch eingeklemmt werden.

Zu einer bestimmten Diagnose ist die genaue Untersuchung des Mastdarms mittelst des Fingers, demnächst mit Hülfe des Speculum, auch mit Sonden und mit Injectionen erforderlich. Letztere müssen als reinigende Klystiere jeder andern Untersuchung vorausgeschickt werden, können aber auch ausserdem zur Aufhellung der Diagnose beitragen.

Die Untersuchung mit dem Finger hat natürlich nur dann Werth, wenn die carcinomatöse Stelle mit dem Finger zu erreichen ist. Man lässt den Kranken vornübergebeugt mit dem Rumpf auf einen Tisch oder einen Stuhl gestützt stehen oder in ähnlicher Haltung liegen. Der beölte Zeigefinger wird langsam ein- und allmälig möglichst hoch hinaufgeführt, indem er ringsum die Mastdarmwände betastet. Man lässt den Kranken drängen, damit die oberen Theile des Mastdarms möglichst tief hinabgepresst werden, und führt den Finger so stark aufwärts, dass man einen Theil des Perineums mit emporschiebt.

Um dies mit hinreichender Kraft ausführen zu können, räth Amussat, mit der freien Hand am Ellenbogen des untersuchenden Armes zu schieben oder diesem wenigstens eine Stütze zu gewähren. Wäre der untersuchende Arzt sehr schwächlich, so könnte er, nach Amussat, auch einen Gehülfen schieben lassen.

Entdeckt man mit dem Finger eine derbe, Widerstand leistende, oder aber eine unter dem Fingerdruck leicht zu zermalmende Geschwulst, so hat man alle Ursache, ein Carcinom anzunehmen. Man muss hierbei vor, allerdings möglichen, groben Irrthümern sich hüten; bei Frauen kann man die *Portio vaginalis uteri* oder den *Fundus uteri*, je nach der Neigung dieses Organs, für eine im Mastdarm befindliche Verhärtung halten. Die Untersuchung *per vaginam* stellt auch den Ungeübten vor solchen Verwechselungen sicher. Die Verhältnisse können aber complicirter werden, wenn der Uterus carcinomatös und in Folge davon mit dem Mastdarm verwachsen ist. Man kann dann in eine dem Rectum zugehörige Krebsgeschwulst mit dem Finger einzudringen glauben, während man in der That durch die bereits ulcerirte Mastdarmwand in den carcinomatösen Uterus eindringt. Auch der umgekehrte Irrthum ist möglich, wenn das Carcinom, vom Rectum ausgehend, den oberen Theil desselben stark nach vorn gedrängt hat.

Einen Fall der Art hat Cruveilhier beobachtet (*Anatomie pathologique du corps humain.* XXXII. Liefrg.) — Bei sehr stark entwickelter *Antroversio uteri* kann das *Collum uteri* den Mastdarm durchbohren. Es ist vorgekommen, dass man alsdann diesen Theil der Gebärmutter für eine Krebsgeschwulst hielt und Charpiebäusche in das *Orificium uteri* einführte.

Die Untersuchung des Mastdarms muss also stets mit derjenigen der Vagina combinirt werden. Aus ähnlichen Gründen darf man beim Manne nie unterlassen, den Katheter einzuführen, um vor Verwechselungen mit Krankheiten der Harnwege sicher zu sein.

Die Anwendung des Mastdarmspiegels gewährt keine grossen Vortheile. Sitzt der Krebs in der Nähe des Afters, so lässt sich die Diagnose mit dem Finger ebenso sicher stellen; sitzt er dagegen am oberen Ende des Mastdarms, so gelingt es höchst selten, die Geschwulst zu sehen, weil sich die Falten der schlaffen Mastdarmschleimhaut vor die Oeffnung legen. Ueberdies bietet der Mastdarm, in Folge der Entwickelung des Carcinoms, gewöhnlich so viele Abweichungen von seiner normalen Richtung dar, dass die Einführung des Speculum schwierig und schmerzhaft wird.

Vidal macht den Vorschlag, dem Mastdarmspiegel, zum Behuf der leichteren Einführung, eine der Biegung des Kreuzbeins entsprechende Krümmung zu geben. Man soll denselben dann zuerst mit nach hinten gerichteter Concavität einen Zoll tief einführen, demnächst aber um seine Axe drehen, so dass die Concavität nach vorn kommt und ihn dann weiter einführen. Vidal selbst macht aber schon darauf aufmerksam, dass diese Anpassung an die normale Richtung des Mastdarmes von wenig Erfolg sein wird, weil das Carcinom dieselbe alsbald abändert.

Sonden benutzt man nur dann zur Untersuchung, wenn man mit dem Finger nicht ausreicht. Man sucht letzteren künstlich zu verlängern, indem man einen Fingerhut darauf setzt, auf dem noch mehrere Glieder angebracht sein können. Auch Schlundsonden können benutzt werden. Um Abdrücke von den in den Mastdarm hineinragenden Geschwülsten zu erhalten, versieht man das obere Ende derselben mit Modellirwachs; aber es ist wenig wahrscheinlich, dass hierdurch eine bessere Einsicht gewonnen wird; denn die Abdrücke werden nothwendig schon bei der Zurückziehung der Sonde durch den Mastdarm, noch mehr aber beim Durchgang durch den After verwischt.

Injectionen sind als diagnostische Hülfsmittel auch nur von untergeordneter Bedeutung und können zu Täuschungen Veranlassung geben, wenn sie nicht sorgfältig ausgeführt werden. Bei hohem Sitze des Krebses kann der Mastdarm noch eine grosse Menge von Flüssigkeit aufnehmen, ohne dass diese über die krebsige Stelle hinausginge. In manchen Fällen war die Täuschung noch gröber, indem man nur die Menge der zur Einspritzung verbrauchten Flüssigkeit in Anschlag brachte und gänzlich übersah, dass ein grosser Theil zwischen der Canüle und dem After wieder ausgeflossen war. Findet man, dass nach Einspritzung einer kleinen Menge Flüssigkeit schon wieder etwas zwischen After und Canüle hervordringt, während der Kranke heftigen Drang zum Stuhlgange hat, so ist man berechtigt, eine Verengerung im Mastdarm anzunehmen. Fliesst mit dem eingespritzten Wasser Blut oder abgelöste Krebsmasse heraus, so ist die Diagnose des Carcinoms unzweifelhaft. In dem Theile des Darmkanals, der oberhalb der verengerten Stelle liegt, findet immer eine beträchtliche Anhäufung von Fäcalmassen statt. Kann man mit Hülfe einer Schlundsonde die Einspritzung bis dahin wirken lassen, so werden diese in Folge der Verdünnung stürmisch entleert.

Im weiteren Verlauf stört der Mastdarmkrebs die Functionen der übrigen Beckenorgane, wenn er sie auch noch nicht mit ergriffen hat. Bildet er eine bedeutende Geschwulst, so hindert diese die Entwickelung des *Uterus gravidus* und es erfolgt Abortus oder doch vorzeitige Geburt. Oft sind Beschwerden bei der Harnentleerung lange Zeit hindurch vorherrschend und der Verstopfung gehen zuweilen längere Zeit heftige Kolikschmerzen und Auftreibung des Leibes vorher.

Differentielle Diagnose. Die häufige Verwechselung des Mastdarmkrebses mit entzündlichen Indurationen, welche oft syphilitischen Ursprungs sind, hat zu grossen Differenzen in der Therapie Veranlassung gegeben. Die Einen glaubten alle diese Krankheiten als Krebs betrachten zu müssen und gaben deshalb jede Behandlung auf, Andere, namentlich Desault und seine Schüler, behaupteten, weil ihnen die Zertheilung gewisser Verhärtungen des Mastdarms durch Compression gelungen war, der Krebs lasse sich durch dies Mittel heilen. Manche der vermeintlichen radicalen Heilungen des Mastdarmkrebses durch Exstirpation mögen auf derselben Verwechselung beruhen. Mit Recht haben aber ruhige Beobachter gefragt, warum denn die sonst so entschieden recidivirenden Carcinome gerade im Mastdarm so gutartig sein sollten. —

Wenn auch zugestanden werden muss, dass die Unterscheidung des beginnenden Carcinoms von einer gutartigen Verhärtung sehr schwer ist, so sind wir ihr in neuerer Zeit doch wesentlich näher gerückt.

Abgesehen von ursprünglichen Missbildungen sind in dieser Beziehung folgende Krankheitszustände zu berücksichtigen. Fremde Körper können Verstopfung und Kolikschmerz erregen, namentlich wenn sie vom Magen herkommen. Die Untersuchung mit dem Finger liefert die Entscheidung. Krampfhafte Contractur des Sphincter (mit oder ohne sogen. Fissur) kann bald Verstopfung bald unwillkürliche Ausleerung, oft mit deutlichen Intermissionen oder Remissionen, bewirken. Gewöhnlich sind die Entleerungen gering und häufig blutig gefärbt. Auch hier entscheidet die Untersuchung mit dem Finger. Chronische Entzündungen veranlassen häufiger diagnostische Irrthümer, wie dies namentlich durch Cruveilhier nachgewiesen ist. Die Härte der chronisch entzündeten Mastdarmwand ist aber viel geringer als diejenige des Scirrhus, mit welchem allein doch eine Verwechselung möglich wäre. Ueberdies ist die Schmerzhaftigkeit viel geringer, wenn man nicht etwa gerade zur Zeit einer Exacerbation der Entzündung untersucht. Auch die Anamnese vermag zur Aufhellung beizutragen. Der Kranke wird über eine vorausgegangene acute Entzündung (z. B. Ruhr) oder oft wiederkehrende schmerzhafte Entzündungsanfälle zu berichten wissen, zwischen denen mehr oder weniger lange Zeiten der Ruhe und des Wohlbefindens gelegen haben.

Die nachstehende Beobachtung von Cruveilhier zeigt mit vieler Wahrscheinlichkeit, dass man selbst die Exstirpation der durch chronische Entzündung verhärteten Mastdarmwände, in der Idee, ein Carcinom vor sich zu haben, ausgeführt hat. Eine Frau starb 34 Jahr alt an Schwindsucht. Schon lange vorher hatte sie fortdauernd im Bett gelegen, weil es ihr, wie sie sagte, in Folge einer Operation des Mastdarmkrebses, unmöglich war, die Excremente zurückzuhalten. Der After stellte eine grosse trichterförmige Höhle dar, die mit ihrer engeren Oeffnung in den Mastdarm überging. Die letzten fünf Zoll des Mastdarmes entbehrten eines Schleimhautüberzuges gänzlich und waren statt dessen von einer säulenartig angeordneten fibrösen Narbe bekleidet. Von einem Sphincter war keine Spur vorhanden.

Die syphilitischen Indurationen sind noch weniger empfindlich, als die bisher erwähnten; aber sie können dennoch mit Carcinom verwechselt werden. Man kann sich von dem Verhalten derselben eine deutliche Vorstellung machen, wenn man sich des Zustandes der Vorhaut erinnert, an welcher indurirte

Schanker ihren Sitz haben. Ist dieselbe von etwas ungewöhnlicher Länge und Enge, so stellt sie einen harten callösen Kanal dar, den man leicht für scirrhös entartet ansehen könnte, wenn das Auftreten der syphilitischen Geschwüre mit indurirter Basis nicht gerade an diesem Theile so ungemein häufig und so genau bekannt wäre. Derselbe Zustand kann sogar gleichzeitig an den Genitalien und im Mastdarme vorkommen.

Vidal behandelte im *Hôpital de Lourcine* eine Frau, deren Mastdarm, namentlich in der Nähe des Afters, von höckrigen syphilitischen Indurationen in der Art dicht besetzt war, dass man Anfangs gar nicht den Finger einführen konnte. Nach einer methodischen Quecksilberbehandlung wurden die Geschwülste am After exstirpirt, um Charpiebäusche zum Behuf der Compression einführen zu können. Die Heilung gelang durch dies combinirte Verfahren vollständig. Solche Fälle sind gewiss nicht ganz selten unter denjenigen, welche als geheilte Krebse beschrieben worden sind. Somit muss also auch in Bezug auf vorausgegangene syphilitische Leiden die grösste Sorgfalt beim Krankenexamen stattfinden.

Abscesse in der Umgegend des Mastdarms können gleichfalls für Carcinome gehalten werden, wenn man nicht den Krankheitsverlauf sorgfältig berücksichtigt; namentlich kann die phlegmonöse Härte mit der scirrhösen, die Fluctuation mit Erweichung verwechselt werden und die Beschwerden beim Stuhlgang, die bandartige Beschaffenheit der Fäces, die Schmerzen im Mastdarm bestehen bei beiden Uebeln oft in ganz gleichem Grade. Aber der Verlauf ist höchst verschieden, beim Abscess immer acut, beim Krebs immer chronisch.

Hämorrhoidalknoten können, namentlich wenn sie entzündet, verhärtet, ulcerirt sind, den schwammigen Auswüchsen, welche der Mastdarmkrebs in gewissen Formen und auf gewissen Stufen seiner Entwickelung darbietet, ähnlich werden. Nicht bloss Schmerzen, Blutungen, Beschwerden beim Stuhlgang, sondern auch jauchige Absonderungen können die Aehnlichkeit so gross machen, dass nur bei der genauesten Untersuchung mit dem Finger die Unterscheidung möglich wird. In manchen Fällen hat man sogar die Entstehung des Carcinoms aus, oder, was schwer zu entscheiden ist, neben den Hämorrhoidalknoten beobachtet.

Die fibroide Entartung der Mastdarmwände, welche auch unabhängig von vorausgegangenen Entzündungen und Verschwärungen vorkommt, dürfte, gerade weil die anamnestischen Hülfsmittel der Diagnose ganz fehlen, von dem Scirrhus gar nicht zu unterscheiden sein, bis der weitere Verlauf, namentlich der Aufbruch, die Schwellung benachbarter Lymphdrüsen, das Auftreten der Krebs-Cachexie über die wahre Natur des Uebels Aufschluss geben.

Fibröse Mastdarmpolypen, an sich schon selten, könnten mit fungösen Auswüchsen, wie sie beim Epithelialkrebs und beim Markschwamm vorkommen, verwechselt werden. Sie unterscheiden sich aber durch ihr isolirtes Auftreten, ihre glatte Oberfläche und ihren deutlichen Stiel.

Verschiedene Krankheiten der Unterleibsorgane können endlich mit einem Symptomencomplex auftreten, den man gewöhnlich unter dem Namen Ileus zusammengefasst hat und der mit den Erscheinungen eines bereits weit fortgeschrittenen Mastdarmkrebses grosse Aehnlichkeit darbietet.

Hierher gehört die Brucheinklemmung, der Volvulus, die Intussusception der Gedärme. Es reicht wol hin, auf die Möglichkeit einer Verwechselung aufmerksam zu machen, um sie damit zugleich zu verhüten.

Verlauf und Ausgang. Die Veranlassungen des Mastdarmkrebses sind so gut wie unbekannt, der Verlauf höchst verschiedenartig, der Ausgang immer derselbe: der Tod. Verschiedenheiten des Verlaufs erklären sich zum Theil aus dem verschiedenen Baue des Krebses. Der Scirrhus verläuft hier wie überall langsam, der Markschwamm höchst rapid, der Epithelialkrebs mit mässiger Schnelligkeit, oft lange Zeit stillstehend, dann wieder mit einem Mal zu üppigem Wachsthume gleichsam erwachend. Das Colloid, welches Cruveilhier als die häufigste Art des Mastdarmkrebses bezeichnete, ist von neueren Forschern daselbst so selten befunden worden, dass über seinen Verlauf kaum etwas mit Bestimmtheit ausgesagt werden kann.

Jedenfalls schreitet das Uebel, wegen der fortdauernden Reizung, die es durch die Darmcontenta erfährt, an dieser Stelle schneller fort, als in anderen inneren Organen, — namentlich wenn das Carcinom nicht von der Schleimhaut des Mastdarms bedeckt ist.

Man hat früher die voraussichtliche Lebensdauer bei Mastdarmkrebs bestimmt angeben zu können geglaubt. Bayle behauptet, dass dieselbe von dem Tage an, wo der Kranke zuerst Schmerz empfindet, auf 6 Monat bis höchstens zwei Jahr vorauszubestimmen sei. Die unzulängliche Begründung solcher Behauptungen leuchtet von selbst ein, wenn man den verschiedenen Verlauf der einzelnen Krebsformen überhaupt berücksichtigt.

Oft tritt ganz unerwartet, oder in Folge der Anwendung eines höchst milden Mittels, nach einem Bade, einem Klystiere, einem Abführmittel eine so auffallende Besserung ein, dass nicht blos der Kranke, sondern zuweilen auch der Arzt über die nahe Gefahr getäuscht werden. In sehr seltenen Fällen hat man brandige Abstossung des Krebses und selbst einen Beginn von Vernarbung im Bereich der Demarcationsfläche beobachtet. Auch hieran knüpfen sich nur trügerische Hoffnungen, denn die geschwürige Zerstörung macht alsbald neue Fortschritte. Markschwamm des Mastdarms wird häufig von Markschwamm der Leber begleitet und tödtet deshalb oft plötzlich durch Blutvergiftung, bevor noch die Verengerung des Mastdarms einen solchen Grad erreicht hat, dass Ileus entsteht und bevor sich die Erscheinungen der Krebs-Cachexie entwickelt haben.

Ein berühmtes Beispiel für einen unerwartet schnellen Tod in Folge des Mastdarmkrebses liefert Broussais, dessen Ende so wenig erwartet wurde, dass man sogar für nöthig fand, seine Eingeweide einer genauen chemischen Analyse zu unterwerfen, um den Verdacht einer Vergiftung zu verscheuchen.

Auch Pyämie kann sich im Verlaufe der Krankheit entwickeln. Die, in deren Gefolge auftretenden Lungenabscesse haben wol auch Cruveilhier veranlasst, als den gewöhnlichen Ausgang des Mastdarmkrebses eine tödtliche Pneumonie zu bezeichnen. Die Pyämie entwickelt sich vorzugsweise, wenn in der Umgebung des carcinomatösen Darmstücks Entzündung und demnächst Verjauchung des Bindegewebes im kleinen Becken entsteht.

Die Verengerung des Mastdarms bedingt aber schon an und für sich allmälig einen Zustand von Inanition; es findet nur eine halbe Ernährung Statt, ja der Kranke beschränkt sich aus Angst vor den nachfolgenden Qualen auf den Genuss möglichst weniger Speisen und diese werden nicht einmal vollständig verdaut, weil sich sehr bald ein, die Funktion störender Reizungszustand vom Mastdarme aus über einen grossen Theil des Darmcanals verbreitet.

Es leuchtet ein, dass der tödtliche Ausgang durch Complicationen der Krankheit wesentlich beschleunigt werden kann, so namentlich, wenn ein Theil des Mastdarms vorfällt oder der Dickdarm sich invaginirt, *Prolapsus uteri* oder *vaginae* entsteht, wenn der Krebs auf die Harnblase oder andere Nachbarorgane übergreift, Nekrose des Kreuzbeins hinzutritt (Costalat: *Essai sur un nouveau mode de dilatation particulièrement appliqué au rétrécissement du rectum, Paris*, 1834, 29. *observation*), ferner Schwangerschaft, Blasensteine u. s. f.

Die Behandlung des Mastdarmkrebses verhält sich entweder durchaus palliativ, indem sie nur die Schmerzen zu lindern und die Entleerung der Fäces zu erleichtern sucht, oder sie beabsichtigt die radicale Entfernung des Uebels — wenigstens am Mastdarm, —

denn Recidive in anderen Theilen und selbst nach der radicalsten Entfernung auch Recidive am Mastdarm hat man hier eben so sehr zu erwarten, wie beim Krebs andrer Organe. Mit Uebergehung der schmerzlindernden inneren Mittel erwähnen wir als Palliativ-Operationen: die Erweiterung, die Kauterisation, welche in ähnlicher Weise wie bei anderweitigen Verengerungen des Mastdarmes (vgl. p. 935) angewandt worden sind, ferner das Zerquetschen, Ausreissen, Abbinden und Abschneiden prominirender Geschwülste. Alle diese Verfahren sind auch in der Hoffnung auf radicale Erfolge versucht worden, so namentlich an Broussais. Aber, wie für die operative Behandlung des Carcinoms im Allgemeinen, so muss auch hier der Grundsatz leitend sein, dass eine Operation nur dann Aussicht auf Erfolg haben kann, wenn die Trennungslinie durch gesunde Theile geführt und somit der Mutterboden des Carcinoms vollständig entfernt wird. So kann es sich denn nur um die Exstirpation des Mastdarmes handeln, und zwar entweder in seinem ganzen Umfange oder doch in weitem Umkreise um die Krebsgeschwulst, wenn diese ausnahmsweise auf einen Theil des Darmumfanges beschränkt sein sollte.

Faget exstirpirte 1759 ein Stück von 41 Millim. Länge aus dem ganzen Umfange des Mastdarms mit glücklichem Erfolge in einem Fall, wo dieser Darmtheil durch zwei grosse Abscesse, die sich in der *Excavatio recto-ischiadica* entwickelt hatten, ringsherum entblösst worden war. — Béclard war der erste, der nach dem Zeugniss von Velpeau (*Médecine opératoire*, Paris 1839, T. IV. p. 809) 1822 öffentlich lehrte, dass man zum Behuf der Entfernung krebsiger Verhärtungen das untere Stück des Mastdarms exstirpiren solle. Morgagni, Desault und Boyer hatten sich noch gegen diese Operation ausgesprochen. Erst Lisfranc führte sie in die Praxis ein. Pinault schrieb 1826 seine Thèse über dieselbe und einige Jahre darauf hielt Lisfranc selbst einen Vortrag über diesen Gegenstand in der *Académie de médecine* (*Mémoires de l'acad. de méd.* T. III. p. 290 ff.). Lisfranc suchte zur Begründung dieser Operation ihre Ausführbarkeit ohne Verletzung des Bauchfelles zuerst von anatomischer Seite darzuthun. Nach zahlreichen Untersuchungen glaubte er bestimmt behaupten zu können, dass der Mastdarm im weiblichen Körper 162 Mm. und im männlichen Körper 108 Mm. vom After aufwärts des Bauchfellüberzuges entbehre. Blandin dagegen fand (*Nouveaux éléments d'anatomie*, Paris 1838. T. II. p. 187 ff.), dass der Bauchfellüberzug des Mastdarmes beim Weibe durchschnittlich 41 Mm., beim Manne 81 Mm. vom Afterrande entfernt sei. Zugleich fügte er hinzu, dass beim Fötus und bei kleinen Kindern das Bauchfell viel tiefer hinabsteige, so dass eine Recto-Vaginal- oder Recto-Vesicalwand bei ihnen gar nicht bestehe. Die grosse Verschiedenheit zwischen diesen Angaben musste natürlich zu ferneren Messungen auffordern. Je mehr Untersuchungen der Art aber gemacht worden sind, desto mehr hat man sich der Ansicht Blandin's nähern und Lisfranc's Zahlen als zu gross ansehen müssen. Ueberdies verhält es sich hier, wie am ganzen Dickdarm; die Ausbreitung des Peritonealüberzuges, die Länge und selbst die Existenz der Mesocola ist zahlreichen individuellen Schwankungen unterworfen. Wüsste man daher auch ganz genau die mittlere Länge des vom Bauchfell nicht überzogenen Mastdarmstückes, so wäre man deshalb doch nicht für alle Fälle gesichert, da gerade in dem zur Operation kommenden Falle das Bauchfell ungewöhnlich tief hinabsteigen könnte. Ueberdies muss die Messung des betreffenden Mastdarmstückes sehr verschiedene Resultate liefern, je nach der angewandten Methode. Wenn man dieselbe ohne vorherige Präparation der Leiche ausführt, indem man eine Sonde oder den Finger in den Mastdarm einschiebt und nun, nach Eröffnung der Bauchhöhle, bestimmt, wie weit man eindringen kann, bevor man die Douglas'schen Falten erreicht, so findet man eine Länge von vielleicht 3 Ctm. Macht man an derselben Leiche einen verticalen Durchschnitt durch das ganze Becken, so findet man schon 1 Ctm. mehr und so schreitet die Verlängerung weiter fort, je mehr man die normalen Anheftungen des Mastdarms löst und erschlafft.

Die von Vidal mit Unterstützung von Bouchut ausgeführten Messungen waren folgende: I. männlicher Körper von etwa 20 Jahren. An der vorderen Seite ist das Bauchfell 74 Mm. vom After entfernt, ein Mesorectum fehlt. Der Grund der Harnblase entbehrt über 27 Mm. oberhalb der Prostata des Bauchfellüberzuges. Man kann das Bauchfell an der vorderen Seite des Mastdarmes bis zu 108 Mm. ablösen. II. Frau von etwa 70 Jahren. Das Bauchfell ist nur 30 Mm. vom After entfernt, das Mesorectum stark entwickelt. Die obersten 27 Mm. der hinteren Vaginalwand sind vom Bauchfell frei. Die Serosa lässt sich hier sowol als am Mastdarme nur mit grosser Schwierigkeit ablösen. III. Mann von 26 Jahren. Entfernung des Bauchfells vom After 57 Mm. Kein Mesorectum. Der Peritonealüberzug der vorderen Mastdarmwand lässt sich leicht ablösen. IV. Alte Frau mit reichlicher Fettentwickelung, abgeplattetem Bauch und tief hinabgesunkenen Beckenorganen. Der Bauchfellüberzug erstreckt sich bis auf 27 Mm. gegen den After; an dem aus dem Körper entfernten Mastdarme aber findet man eine Strecke von 81 Mm. frei vom Bauchfellüberzuge. V. Alte magere Frau mit abgeplattetem Bauch und gesenkten Beckenorganen. Entfernung des Bauchfells vom After gleichfalls 27 Mm. Schlaffes Mesorectum. In den beiden letzt erwähnten Fällen war der Bauchfellüberzug wegen bereits eingetretener Fäulniss leicht abzulösen. VI. Mann von 27 Jahren. Der Bauchfellüberzug bleibt an der vorderen Wand des Mastdarmes 74 Mm. von dessen Ende entfernt. Oberhalb der Prostata sind noch 14 Mm. an der hinteren Blasenwand nicht vom Bauchfell überzogen. Das Bauchfell lässt sich vom Mastdarm leicht ablösen. VII. Mann von 45 Jahren. 68 Mm. der vorderen Mastdarmwand vom Bauchfell frei. Kein Mesorectum. Der Bauchfellüberzug reicht von der Blase bis auf die Prostata hinab.

Wenn man diese Messungen, welche freilich bei weitem nicht zahlreich genug sind, zusammenstellt, so ergiebt sich eine mittlere Länge von 54 Mm. für den vom Bauchfell nicht überzogenen Theil der vorderen Mastdarmwand. Jedenfalls wird man aus diesen wenigen Zahlen auch schon abnehmen können, wie wenig man sich auf die angebliche mittlere Länge verlassen darf.

Die von Lisfranc für die Zulässigkeit der Exstirpation des carcinomatösen Mastdarms aufgestellten Bedingungen müssen noch jetzt als richtig anerkannt werden; nämlich: 1) man muss mit dem Zeigefinger über die obere Grenze des Carcinoms hinausgehen können, 2) die Dicke des Carcinoms muss nicht über die Wandungen des Mastdarmes hinausreichen, so dass derselbe noch beweglich ist und sich herabziehen lässt. In letzterer Beziehung sind jedoch solche Krebsgeschwülste auszunehmen, die vom Rande des Afters sich gegen den Damm hin ausgebreitet haben, ohne weiter in das kleine Becken einzudringen. Für diese sind die anatomischen Untersuchungen von Wichtigkeit, welche Lisfranc seinem Verfahren zu Grunde gelegt hat. Die Entfernung des Anus von der Steissbeinspitze beträgt durchschnittlich 41 Mm., diejenige von der Basis des genannten Knochens 54 Mm. Diese Maasse sind für beide Geschlechter dieselben. Der *Diameter antero-posterior* des Perineums schwankt im weiblichen Körper zwischen 5 und 27 Mm. Man kann im weiblichen Körper aber durch vorsichtiges Präpariren, von einem, die Afteröffnung in einer Entfernung von etwa 20 Mm. umkreisenden Schnitt aus, 36 Mm. von der vorderen und 54 Mm. von der hinteren und Seitenwand des Mastdarms entfernen, ohne die Vagina zu verletzen. Uebt man am Mastdarm einen Zug aus, so wird dadurch der Peritonealüberzug verhältnissmässig wenig, höchstens 2 Mm. herabgezogen. Im männlichen Körper verhält sich dies ebenso, man kann aber von einem, den After umkreisenden Einschnitte aus bis zu 41 Mm. im ganzen Umfange des Mastdarms entfernen, ohne dabei die Urethra zu verletzen. Blase und Urethra sind überdies nur in einer Ausdehnung von 10 Mm. und auch hier durch sehr dehnbares Bindegewebe mit dem Mastdarm verbunden. Von da ab entfernt sich die Harnröhre immer weiter vom Darm unter einem Winkel von ungefähr 20 Grad. Von Arterien kommen in Betracht: die *Haemorrhoidalis inferior*, der oberflächliche Ast der *Pudenda int.*, die *Transversa perinei*, die *Haemorrhoidalis media* und die Endäste der *Haemorrhoidalis superior*. Obgleich es etwas kühn ist, wenn Lisfanc sagt, man könne dafür einstehen, dass die Blutung bei der Exstirpation des Mastdarmes nicht lebensgefährlich werde, so ist es doch richtig, dass alle die Gefässe, deren Verletzung in Aussicht steht, theils durch die Unterbindung, theils durch Compression oder Kauterisation geschlossen werden können.

Verfahren von Lisfranc. Der Kranke befindet sich in der Seitenlage mit halb gebeugten Schenkeln. Ein Gehülfe zieht die Nates stark von einander. Ein anderer hat die Instrumente zu reichen, ein dritter das Blut aufzutupfen und bei den nöthigen Unterbindungen behülflich zu sein. Ueberdies muss für das Festhalten des Kranken gesorgt werden. Der Operateur umschneidet mit zwei halbmondförmigen Schnitten den After in mehr oder weniger grosser Entfernung von ihm, je nach der Ausbreitung, welche das Carcinom im Umfange des Afters gewonnen hat. Von diesen Einschnitten aus dringt er in schräger Richtung gegen den Mastdarm weiter vor, bis er denselben ringsherum blossgelegt hat. Alsdann kann der in den After eingeführte Finger, indem er hakenförmig gekrümmt wird, leicht den erkrankten Theil hervorziehen und nach aussen umstülpen. Die Exstirpation wird dann mit dem Messer oder der Scheere vollendet und bietet keine weiteren Schwierigkeiten dar. Der *Sphincter externus* braucht hierbei nicht gänzlich entfernt zu werden und die Kranken vermögen daher, sobald die Wunde geheilt ist, auch die Fäces wieder zurückzuhalten. Wenn der Krebs aber in der ganzen Dicke der Mastdarmwand wurzelt und sich dabei wie gewöhnlich auch höher hinauf erstreckt, so soll man von den beiden halbmondförmigen Einschnitten aus zunächst auch den unteren Theil des Mastdarmes ringsherum ablösen, dann aber mit einer starken Scheere die hintere Wand des Mastdarmes bis über die Grenze der Entartung hinaus spalten. Die bis dahin verletzten Arterien werden sogleich unterbunden und die parenchymatöse Blutung durch Einführung eines mit kaltem Wasser gefüllten Schwammes gestillt. Man muss durchaus genau sehen können und durch die Blutung dabei nicht gehindert werden, wenn man die Operation glücklich vollenden will. Mehrere Haken werden in das untere Ende des Mastdarmes eingesetzt und dasselbe nun möglichst stark herabgezogen. Die Operation aber wird von der hinteren Mastdarmwand gegen die vordere weiter fortgesetzt, indem man die carcinomatösen Theile von den gesunden bald mit dem Messer, bald mit der Scheere trennt und die spritzenden Arterien stets unmittelbar nach ihrer Verletzung unterbindet. Bei Weibern wird, wenn man zur Exstirpation des vorderen Mastdarmumfanges schreitet, der Finger in die Vagina eingeführt, um dieselbe vor einer Verletzung zu bewahren.

Bei Männern soll ein Gehülfe den vorher in die Harnröhre eingeführten Katheter halten, um diese leicht kenntlich zu machen, was jedoch eher hinderlich als nützlich sein dürfte.

Verfahren von Velpeau. Es wird vorausgesetzt, dass der Krebs einen Ring von etwa 27 Mm. Höhe darstelle. Man spaltet die hintere Wand, zieht darauf den Mastdarm mit Haken oder Hakenzangen so weit abwärts, dass der carcinomatöse Theil ausserhalb des Afters liegt. Hierauf wird ringsherum etwa 5—7 Mm. oberhalb der Grenze des Carcinoms eine Reihe von Fäden mit einer starken Nadel durch den Mastdarm eingeführt und oberhalb, gleichsam hinter der Krebsgeschwulst, durch die äussere Haut am Damm wieder herausgeführt. Der carcinomatöse Ring wird durch einen im gesunden Gewebe geführten Schnitt entfernt und die Fäden werden sofort zu Nähten geknotet, so dass das nunmehrige untere Ende des Mastdarms an den ringförmigen Wundrand der äusseren Haut geheftet wird.

In ähnlicher Weise beabsichtigt Velpeau auch dann zu verfahren, wenn das Carcinom sich höher hinauf erstreckt. Alsdann muss aber der Anlegung der Nähte eine sorgfältige Ablösung des erkrankten Mastdarms von seinen gesunden Umgebungen in der von Lisfranc angegebenen Weise vorausgehen; dann erst werden die Fäden durch den zurückzulassenden Theil des Mastdarms mit ihrem einen Ende und durch den Wundrand der äussern Haut mit ihrem anderen Ende hindurchgeführt, um sogleich nach der Abtragung des carcinomatösen Theils zusammengeknotet zu werden.

Die Vorzüge des von Velpeau angegebenen Verfahrens sind einleuchtend; dasselbe ist aber bei Weitem nicht immer ausführbar.

|Wenn der *Sphincter externus* und die ihn bedeckende Haut gesund sind, muss man sie auch vollständig zu erhalten suchen und sie daher nicht in der von Lisfranc angegebenen Weise durch Umschneidung ablösen, sondern durch Spaltung des Afters in der Richtung gegen die Steissbein-Spitze und nöthigenfalls auch nach Vorn, den erforderlichen Raum für das Herabziehen und Ausschälen des Mastdarms gewinnen (Dieffenbach). Auf diese Weise kann man, bei vollständiger Erhaltung des *Sphincter externus*, dessen Spaltung nach beendeter Operation durch Nähte vereinigt wird, — unter sonst günstigen Umständen — das untere Ende des Mastdarms bis zu einer Höhe von mehr als 2 Zoll (= 5 Centimeter) exstirpiren.|

Verband und Nachbehandlung. Nachdem man durch nochmalige genaue Untersuchung sich überzeugt hat, dass alles Erkrankte entfernt ist, führt man auf dem Finger eine mit Oel getränkte gefensterte Compresse in den Mastdarm ein und ersetzt demnächst den zurückgezogenen Finger durch einen entsprechend langen Charpiebausch. Dadurch werden die Wundflächen gleichmässiger an einander gedrückt, als wenn man sich auf die Wirkung der angelegten Suturen allein verlässt. In solchen Fällen, wo es nicht gelang, den oberen Wundrand mit dem unteren in Berührung zu bringen, ist das Einlegen von Charpie doppelt nothwendig. Dieser Verband wird anfangs täglich, späterhin mehrmals am Tage gewechselt, denn die Heilung erfolgt selbst in den leichtesten Fällen nicht vollständig durch erste Vereinigung; wo aber die Zusammenheftung der Wundränder nicht vollständig gelingt, wird die Eiterung nach Ablauf von acht Tagen gewöhnlich überaus reichlich und der Eiter übelriechend. Erst zwischen dem 20sten und 30sten Tage pflegt in solchen Fällen die Vernarbung zu beginnen, bei welcher sich dann, selbst nach grossen Substanzverlusten, namentlich im unteren Theil der Wunde, die Narbenverkürzung in hohem Grade geltend macht. Es leuchtet ein, dass alle die Sorgfalt, welche nach der Operation der Mastdarmfistel auf die grösste Reinlichkeit verwandt werden muss, hier in noch höherem Grade zu empfehlen ist (vgl. p. 966). Bei Frauen muss man, um den Harn von der Wunde abzuhalten, die Blase durch den Catheter entleeren. Um Verengerung des Darmes zu verhüten, soll man während der Vernarbung Charpiebäusche, mit Bleisalbe bestrichen, oder Röhren von Blei, Zinn, Horn, Gutta-Percha einführen. Solche Röhren sind auch benutzt worden, um nach Operationen, bei denen die Herabziehung des Mastdarms bis zur Perinealwunde nicht gelang, die Continuität des Darmrohres zu ergänzen.

Ueble Zufälle bei und nach der Operation: 1) **Blutung.** Lisfranc fürchtete sie nicht, aber Todesfälle durch Nachblutung sind doch nicht unerhört (Velpeau) und schon während der Operation kann sich die Blutung trotz aller Vorsicht höchst bedenklich zeigen, wenn das zu entfernende Carcinom von beträchtlicher Höhe oder Dicke ist. Gegen solche Blutungen reicht die Anwendung der Kälte nicht aus. Die Tamponade ist schwierig, weil dem Darm selbst, in welchem der obere Tampon befestigt werden soll, der grösste Theil seiner Befestigungen genommen sind. Kann man also die blutende Arterie nicht alsbald fassen und unterbinden, so greife man sofort zum *Ferrum candens*, dessen Anwendung um so weniger bedenklich ist, als die grösseren Gefässe meist von der Seite gegen den Mastdarm verlaufen, so dass man wenigstens eine Perforation der Blase oder der Vagina bei der Lösung des Schorfs nicht zu befürchten hat.

2) **Verletzung des Bauchfells und Peritonitis** sind um so mehr zu fürchten, je höher hinauf man vordringen muss. Verletzungen des Peritoneums sind mehrmals vorgekommen.

Vidal sah im Mai 1841, zugleich mit Deprez, Giraldès und Denonvillers, in der Leiche eines Mannes, der zwölf Stunden nach der Exstirpation des Mastdarmes gestorben war, eine Oeffnung, welche drei Finger hindurchliess, in dem zwischen Blase und Mastdarm befindlichen Theile des Bauchfells. Hierher gehört auch wahrscheinlich der Fall, der einem berühmten französischen Chirurgen auf einer Reise passirte. Er exstirpirte am Tage seiner Abreise einen krebsigen Mastdarm; aber er war kaum in den Wagen gestiegen, als der Kranke starb.

Es ist aber keineswegs eine Verletzung des Peritoneums erforderlich, um Peritonitis zu erzeugen. Es reicht vollkommen hin, wenn die Operation sich bis nahe an das Bauchfell erstreckt hat. Auch die Kauterisation in der Nähe des Bauchfells ist hierher zu rechnen.

3) Entzündung und Eiterung des Bindegewebes im Becken folgt noch häufiger als Peritonitis auf die Exstirpation des Mastdarmes.

Zwei der von Lisfranc operirten Frauen gingen daran zu Grunde. Nur bei einer derselben wurde die Section gemacht. Die hintere Wand des Mastdarmes war in einer Ausdehnung von 95 Mm. gespalten und mit ihr zugleich das tiefe Blatt der *Fascia perinei*, so dass die Eiterung sich von der Operationsstelle bis dicht unter die Nieren längs der Wirbelsäule hätte fortsetzen können. Wahrscheinlich hat sich auch in diesen Fällen Pyämie entwickelt.

4) Pyämie wird ausdrücklich erwähnt in zwei Fällen von Velpeau und Pinault. In dem letzteren befand sich eine grosse Menge Eiter in den Beckenvenen.

5) Nervöse Erscheinungen. Fast immer haben die Kranken nach der Operation heftige Kolikschmerzen, Aufstossen, Uebelkeit, Drängen zum Stuhlgang, auch Erbrechen und Drang zum Harnlassen mit heftigen Blasenschmerzen (Pinault). Diese Symptome könnten zur Annahme einer Peritonitis verleiten. Der Leib ist dabei aber nicht aufgetrieben, beim Druck nicht schmerzhaft; auch sieht man alle diese Zufälle unmittelbar nach der Operation auftreten, während Peritonitis sich nicht sogleich entwickelt. Auch Schüttelfrost unmittelbar nach der Operation ist, wie nach anderen eingreifenden Operationen, nicht selten, ohne dass man ihn stets für den Vorboten der Pyämie zu halten hätte.

Schliessliches Ergebniss nach der Exstirpation des Mastdarmes. Wenn es sich nur um die Entfernung des untersten Endes des Mastdarmes in einer Höhe von 1 Zoll oder doch nicht viel mehr oberhalb des Afterrandes handelt und der *Sphincter ani* erhalten werden kann, so ist der unmittelbare Erfolg ein wahrhaft glänzender. Beschwerden beim Stuhlgange bestehen dann fast gar nicht, namentlich bleibt keine Incontinenz zurück. Bei Entfernung grösserer Stücke des Mastdarmes ist die Operation dagegen nicht blos gefährlich, sondern auch schon in ihren primären Ergebnissen ungenügend. Höchst selten gelingt es unter solchen Verhältnissen, alles Krankhafte zu entfernen, so dass im unmittelbaren Anschluss an die nach der Operation folgende Eiterung neue Wucherung und Zerfall des Krebses einzutreten pflegt. Jedenfalls wird eine beträchtliche Verengerung des Darmes zurückbleiben. Hat man aber den ganzen Sphincter mit entfernt, so ist die gewöhnliche Folge *Incontinentia alvi.* Der Darmkoth fliesst zwar nicht wie aus einem *Anus praeternaturalis* continuirlich ab; aber die Kranken vermögen auch dem leisesten Drange nicht zu widerstehen. Dass die Zurückhaltung der Fäces bis zu einem gewissen Grade möglich ist und dass namentlich ein fortdauernder Ausfluss nicht stattfindet, erklärt sich aus der Anwesenheit des von Nélaton beschriebenen dritten Sphincters, der am oberen Ende des Mastdarmes seinen Sitz hat (Vgl. p. 926). —

Hat der Krebs eine vollständige Obstruction des Mastdarmes bewirkt, erscheint die Exstirpation desselben unzulässig, droht aber die Zurückstauung des Darminhaltes, unter den Erscheinungen des Ileus, mit einem qualvollen Tode, so ist die Anlegung eines künstlichen Afters — als palliatives Hülfsmittel — gerechtfertigt (Vgl. p. 936).

CPSIA information can be obtained
at www.ICGtesting.com
Printed in the USA
LVHW021553050423
743357LV00024B/1841

9 783382 008420